ISAAC BASHEVIS SINGER

47 contos

Tradução

José Rubens Siqueira

Prefácio

Moacyr Scliar

COMPANHIA DAS LETRAS

Título original
The Collected Stories

Capa
Jeff Fisher

Preparação
Maria Cecília Caropreso

Revisão
Ana Maria Barbosa
Carmen S. da Costa

Dados Internacionais de Catalogação na Publicação (CIP)
(Câmara Brasileira do Livro, SP, Brasil)

Singer, Isaac Bashevis, 1904-1991
47 contos / Isaac Bashevis Singer ; tradução de José Rubens Siqueira. — São Paulo : Companhia das Letras, 2004.

Título original em inglês: The Collected Stories
ISBN 85-359-0503-0

1. Contos iídiche I. Título.

04-2689 CDD-839.0933

Índice para catálogo sistemático:
1. Contos : Literatura iídiche 839.0933

[2004]
Todos os direitos desta edição reservados à
EDITORA SCHWARCZ LTDA.
Rua Bandeira Paulista 702 cj. 32
04532-002 — São Paulo — SP
Telefone (11) 3707 3500
Fax (11) 3707 3501
www.companhiadasletras.com.br

47 CONTOS DE ISAAC BASHEVIS SINGER

Sumário

O mundo de Singer

Moacyr Scliar

O "Entre dois mundos" foi o título que Jacó Guinsburg, editor, deu a uma coletânea de ficção judaica. Título muito significativo, metáfora que remete a um característico importante de um grupo humano cuja história ficou marcada pelo sofrimento. Constantemente perseguidos e ameaçados, os judeus muitas vezes tiveram de emigrar; constituíam assim um povo errante, sempre em movimento, entre dois ou vários países, entre dois ou vários mundos. É fácil imaginar os problemas de identidade que daí resultam: em casa, uma cultura, um idioma, uma culinária; fora de casa, outra cultura, outro idioma, outra culinária. Uma situação verdadeiramente esquizofrenizante, mas o conflito que dela emerge pode resultar, ao menos para algumas pessoas, em benefícios inesperados. É o caso dos escritores, que têm aí uma fonte inesgotável de inspiração. Isso nos ajuda a entender por que os escritores judeus formaram um grupo tão numeroso e tão destacado. Os Estados Unidos é um exemplo disso. A literatura judaico-americana representa verdadeira vertente que, como assinala o crítico Irving Howe, tornou-se equivalente do regionalismo sulista de um Faulkner. Ali temos, entre outros, o Nobel Saul Bellow, Philip Roth, Bernard Malamud, Cintia Ozick... Nesse grupo, Isaac Bashevis Singer ocupa uma posição singular.

* * *

Nascido em Radzymin, na Polônia, em 14 de julho de 1904, Singer chamava-se na realidade Icek Hersz Zynger. Mudou o nome em 1925, aproveitando para homenagear, com o Bashevis do meio, a mãe, Batsheva. Passou a maior parte da infância em Varsóvia, onde o pai, descendente de rabinos, tinha um Beth Din, espécie de tribunal religioso destinado a acomodar litígios entre membros da comunidade. Pinkhos Menachem era ligado à seita hassídica. Esse grupo religioso, muito importante na Europa Oriental, surgiu como reação à religião tradicional, mais austera, mais elitista e mais distante. Os hassidistas, pobres, pouco letrados, viam Deus em toda parte, inclusive na natureza, e procuravam chegar à divindade pelo canto e pela dança — ou seja, realizavam um culto alegre. Conta Singer que a casa do pai, na rua Krochmalna, era um local de debates, orações, de estudo — mas também a sede de alegres celebrações, um lugar em que as pessoas se reuniam para contar histórias, as histórias que constituiriam a semente de sua literatura.

O pai de Singer era um homem amável; a mãe, filha de um rabino mitnagued (opositor do hassidismo), era culta e inteligente, mas tinha com o filho uma relação distante. Singer costumava dizer que seus pais formavam um casal errado: ela deveria ter sido o marido e ele a esposa. De qualquer modo, havia na casa um ambiente propício à cultura e, sobretudo, à literatura; de fato, o irmão mais velho, Israel Yehoshua, falecido em 1944, tornou-se um escritor bastante conhecido, autor de *Os irmãos Aschkenazi*. Isaac tinha também uma irmã, igualmente mais velha, Hinde Esther, uma espécie de ovelha negra da família. Instável emocionalmente, sofria de histeria e de epilepsia. Segundo Singer, "às vezes parecia possuída por um dybbuk [*mau espírito*]". Mulheres assim, vítimas de um húbris não isento de erotismo, são personagens freqüentes em sua ficção.

Singer foi um menino introspectivo, solitário, dessas crianças que preferem manter distância do mundo. De novo: esse distanciamento, esse não-envolvimento, não é raro entre aqueles que, como diz Kafka, preferem "trocar a vida por palavras", os escritores. Tudo colaborava para que Bashevis Singer se voltasse para a literatura; e, nessa literatura, solidão e desamparo seriam componentes importantes. Quando fez treze anos, a mãe levou-o, juntamente com o irmão menor, para morar com familiares na pequena cidade de Bilgoray. Essa experiência foi muito importante para Singer em termos de convívio com a comunidade, mas depois tornou-se sufocante. Aos dezoito anos ele mudou-se de novo, indo morar com o irmão mais velho em Varsóvia. Graças a Israel Yehoshua, passou a freqüentar o Clube dos Escritores em Iídiche, "centro de idéias, aspirações, teorias, fantasias, sonhos". Havia então uma vigorosa literatura em iídiche, idioma que, como a cultura judaica, era uma síntese: hebraico, alemão, russo... Nas palavras de Singer: "Um idioma do exílio, não ligado a um território, não amparado pelo poder estatal; um idioma desprezado por gentios e por judeus emancipados... O iídiche é um sábio e humilde idioma, o idioma de nossa atemorizada, mas esperançosa, humanidade".

Em iídiche havia também um rico folclore, que incluía numerosas historietas e anedotas. O humor judaico é um humor peculiar, contido, melancólico, filosófico; não é humor para gargalhadas, antes para um sorriso. Esse humor freqüentemente funcionou como antídoto contra o desespero resultante de uma situação de crônica inferioridade, de submissão, de risco. Não é de estranhar que escritores judeus tenham feito do humor um importante componente de sua literatura: Scholem Aleichem, Peretz, até mesmo Kafka. No Clube, Singer teve sua iniciação nos clássicos; ao Talmude e à Cabala uniam-se agora Platão, Spinoza, Tolstói, Dostoiévski, Thomas Mann (traduziu *A montanha mágica* para o iídiche). Também ali conheceu a primeira esposa, com quem teve seu único filho. Pouco preparado para assumir o papel de marido e pai, acabou por deixar a família quando emigrou para a América (1935), de novo por iniciativa do irmão, que então estava em Nova York. Nesse ano também publica *Satã em Goray*, primeira obra importante, história de uma moça que, histérica e epiléptica, parece possuída pelo demônio — história claramente inspirada pela irmã.

Em Nova York, Singer começou vida nova. Precariamente: de inglês, a única frase que sabia era "*Take a chair*", pegue uma cadeira (como disse depois, não precisava fazer tal oferecimento: em seu quartinho só havia uma cadeira, a dele, e, de qualquer modo, ninguém o visitava). O irmão arranjou-lhe um emprego no *Forverts*, conhecido jornal em iídiche. O jornalismo não era muito rentável; como disse o próprio Singer, se o Moisés bíblico fosse pago pela tabela dos jornais, teria de escrever não dez mandamentos, mas dois mil, para ganhar alguma coisa. No *Forverts* (em inglês, *Forward*, para a frente) publicou novelas sob a forma de capítulos seriados, mas houve um momento em que parou de escrever ficção por absoluta descrença: não acreditava que ainda houvesse público para a literatura em iídiche. Em 1937, encontrou apoio naquela que viria a ser a companheira de sua vida, Alma, judia de origem alemã. Embora não falasse iídiche, Alma tinha gosto literário e era muito devotada ao desamparado Singer; por ele, deixou marido e dois filhos. Mais: como os ganhos de Singer com literatura eram insignificantes, ela sustentava o casal trabalhando como vendedora na loja Lord & Taylor. Não era fácil conviver com Singer, um homem que tinha suas idiossincrasias; era inclusive vegetariano ("Não por causa da minha saúde, por causa da saúde das galinhas").

Vencida a crise, Singer voltou a escrever. Em 1945 publicou o autobiográfico *A família Muskat* e três novelas: *Os pequenos sapateiros*, *Gimpel, o bobo* e *Breve sexta-feira*, retratatando o shtetl, a aldeia judaica da Europa Oriental. Suas obras começaram a ser traduzidas para o inglês, processo do qual ele próprio participava. Depois de *A família Muskat*, vieram *O mágico de Lublin* e *O escravo*. Também nessa época, e por sugestão de uma de suas tradutoras, começou a escrever histórias infantis. Sua reputação como escritor consolidava-se, tanto por seu talento como pelo fato de dar testemunho de uma cultura quase aniquilada pelo Holocausto — e que ele não esquecia. Quando, em 1978, recebeu o Nobel de Literatura, disse que com o dinheiro do prêmio compraria uma nova máquina de escrever com tipos em iídiche; a sua, já com quarenta anos de idade, recusava-se a funcionar quando não gostava do que seu dono escrevia. Continuou publicando até sua morte, em 1991, aos 87 anos de idade.

Desde os primeiros escritos ficou claro que a literatura de Singer era, antes de mais nada, um reflexo de sua infância e adolescência na Polônia. O shtetl é o cenário preferencial, mas os personagens estão longe de ser caricaturais ou ingênuos; o que temos aqui são pessoas à mercê de paixões e fantasias poderosas, inspiradas pelo misticismo e pelo folclore judaicos. O dybbuk freqüentemente está presente nas histórias, o que faz delas um equivalente judaico do realismo mágico de um García Márquez. Mas a atitude de Singer em relação ao misticismo não é de frio distanciamento; ele crê, como declarou no discurso de recepção do prêmio Nobel, nas forças da espiritualidade. Desde criança ouvindo do irmão Israel os argumentos racionalistas de Spinoza e Max Nordau, Singer tinha dolorosa consciência do antagonismo entre tradição judaica e modernidade ocidental. Mas também confiava nas "respostas que a fé em Deus oferece para nossas dúvidas". Disse a respeito, em seu discurso: "A despeito do meu desencanto e do ceticismo, acredito que se pode aprender muito com o judaísmo", sobretudo com sua capacidade de "encontrar felicidade onde outros apenas veriam miséria e humilhação... O gueto não era só o local de uma minoria perseguida, era um reduto de humanismo".

"Sou um contador de histórias", dizia Singer. Grande contador de histórias, desses escritores que acreditam na literatura como forma de alargar os horizontes da experiência humana, de criar novas perspectivas, de estabelecer uma continuidade entre passado, presente e futuro mediante o uso da palavra. Na tradição judaica, diz Singer, "nunca houve diferença entre o poeta e o profeta". Poetas e profetas convivem nas páginas da Bíblia: ali está o Cântico dos Cânticos, ali estão as profecias de Isaías. A Bíblia é um texto de caráter histórico, ético, religioso, mas é também a evidência palpável da verdadeira reverência do judaísmo pela palavra escrita. Esse pequeno povo não se celebrizou pela arte ou por monumentos gigantescos; o que deixou para a posteridade foi um Livro, mas esse Livro, passando de geração para geração, condicionou boa parte da mentalidade do Ocidente.

Em relação à sua própria literatura, Singer era modesto e até irônico: "Quando eu era criança", declarou, "diziam que era mentiroso. Depois que cresci, virei escritor". Não via a literatura como um vôo do intelecto e muito menos como um ato de redenção da humanidade: "Quando a literatura se torna demasiadamente intelectual, quando ignora emoções, torna-se estéril, tola, vazia". Isso não exclui, contudo, o cuidado formal, a necessidade de reescrever de forma constante, apoiado em boa dose de autocrítica: "A cesta de papéis é a melhor amiga do escritor".

A presente antologia é muito representativa da ficção de Singer. Aqui estão, entre outros contos, "Gimpel, o bobo", "O Spinoza da rua do Mercado", "Breve sexta-feira", "Um amigo de Kafka", "Uma coroa de penas", "O poder das trevas". Este último conto tem como cenário Varsóvia, mais precisamente a já famosa rua Krochmalna, onde vive o narrador, um menino em tudo parecido com o pequeno Isaac: filho de rabino e estudioso do Talmude, está começando a descobrir o sexo e seus mistérios. No início da história, somos apresentados a Henia Dvosha, que "sofria dos nervos" e tem uma estranha fantasia: acredita que a irmã, Dunia, está apaixonada por seu marido, Issur Godel. Quer morrer, para que os dois possam viver juntos. Henia Dvosha morre, de fato, e Dunia, mulher emancipada, mundana, casa com o cunhado, que também abandona o estilo de vida religioso. Os filhos de Henia e Issur são matriculados numa escola secular e recebem nomes gentios. Tzeitel, mãe de Henia, vê a falecida em sonhos, queixando-se de que não pode repousar na sepultura. Mais do que isso, o espírito da irmã morta se instala, como um dybbuk, no ouvido esquerdo de Tzeitel e ali fica, recitando a Torá e pregando sermões. Começa a Primeira Guerra, o conflito que desembocará na Revolução Russa e que mudará o destino do judaísmo, mas o espectro de Henia Dvosha continua presente: agora, mete-se na cama entre Issur e Dunia, que acabam se divorciando. "Os vivos morrem para que os mortos possam viver" é a última frase do conto, irônico e melancólico paradoxo que resume a literatura de Singer.

Termino com um depoimento pessoal. Em 1989, a convite de uma instituição cultural norte-americana, fui aos Estados Unidos para um programa de visitas a escritores, entre eles Singer. Eu ansiava por encontrar o grande expoente da literatura iídiche, mas, para minha decepção, ele não estava em Nova York, onde eu me encontrava, e sim na Flórida — aquele clássico paraíso dos idosos americanos. O coordenador do programa sugeriu que eu ligasse e tentasse agendar um encontro. Foi o que fiz: liguei para a Flórida. Do outro lado da linha respondeu-me uma vozinha rouca, aparentemente de uma senhora de idade, que imediatamente começou a se queixar do assédio da imprensa, de intelectuais e do mundo em geral. Ouvi durante algum tempo e finalmente disse: "Muito bem, senhora Singer, agora, por favor, chame o seu marido". "Mas eu sou o Isaac

Bashevis Singer", disse a voz, agora irada. Pedi desculpas, conversamos um pouco e depois desliguei.

Essa é a recordação que tenho do grande escritor americano. Embutida nela, uma dúvida: de quem era a estranha voz que escutei? Isaac Bashevis Singer pode até ter pensado que era ele quem falava. Acho que não era. Acho que era um dybbuk.

Nota do autor

É difícil para mim comentar a escolha das 47 histórias desta coleção, selecionadas entre mais de cem. Como um pai oriental que tem um harém cheio de mulheres e filhos, gosto de todas.

No processo de criação delas, tomei consciência dos muitos perigos que espreitam o autor de ficção. Os piores são os seguintes: 1. a idéia de que o escritor tem de ser sociólogo e político, ajustando-se ao que se chama de dialética social; 2. o amor pelo dinheiro e pelo reconhecimento imediato; 3. a originalidade forçada, especificamente a ilusão de que uma retórica pretensiosa, inovações preciosistas de estilo e jogos de símbolos artificiais podem expressar a natureza básica, sempre cambiante, das relações humanas ou refletir as combinações e as complexidades da hereditariedade e do meio ambiente. Esses abismos verbais da escrita chamada "experimental" vêm prejudicando até talentos genuínos; destruíram boa parte da poesia moderna, tornando-a obscura, esotérica, sem encanto. A imaginação é uma coisa, e a distorção do que Spinoza chamou de "ordem das coisas" é outra muito diferente. A literatura pode muito bem descrever o absurdo, mas não deve nunca ser absurda ela mesma.

Embora o conto não esteja em voga hoje em dia, ainda acredito que ele constitui o desafio extremo para o escritor criativo. Ao contrário do romance, que pode absorver e até perdoar extensas digressões, *flashbacks* e uma construção frouxa, o conto tem de ter sempre como alvo direto o seu clímax. Tem de possuir tensão e suspense ininterruptos. Além disso, a brevidade é sua própria essência. O conto tem de ter um projeto definido; não pode ser o que se chama de "fatia da vida" no jargão literário. Os mestres do conto, Chekhov, Maupassant, assim como o sublime autor da história de José no Livro do Gênesis, sabiam exatamente para onde estavam indo. A gente os lê e relê e nunca se cansa. A ficção em geral não deve nunca ser analítica. Na verdade, o escritor de ficção não deve nem tentar meter-se na psicologia e em seus vários ismos. A literatura genuína informa enquanto entretém. Consegue ser ao mesmo tempo clara e profunda. Tem o poder mágico de fundir acaso com objetividade, dúvida com fé, as paixões da carne com os anseios da alma. Ela é única e geral, nacional e universal, realista e mística. Aceita ser comentada por outros, mas nunca tenta explicar a si mesma. Essas verdades óbvias precisam ser repetidas porque a falsa crítica e a pseudo-originalidade criaram um estado de amnésia literária em nossa geração. A busca da mensagem fez muitos escritores esquecerem que contar histórias é a *raison d'être* da prosa artística.

Para os leitores que gostariam que eu contasse algo "mais pessoal", cito aqui algumas passagens (embora não na ordem em que foram escritas) de minhas recentes memórias: "Meu isolamento de tudo continua o mesmo. Rendi-me à melancolia e ela me fez prisioneiro. Apresentei um ultimato à Criação: 'Conta-me o teu segredo ou deixa-me perecer'. Tinha de fugir de mim mesmo. Mas como? Para onde? Sonhei com um humanismo e uma ética que tivessem por base a recusa em justificar todos os males que o Altíssimo nos enviou e está preparando para nos impor no futuro. Na melhor das hipóteses, a arte não pode ser mais que um meio para esquecer o desastre humano por um momento".

Ainda estou trabalhando com afinco para fazer esse "momento" valer a pena.

Tive a sorte de trabalhar com três editores genuínos, muito talentosos, Robert Giroux, Cecil Hemley e Rachel MacKenzie. Dedico esta coleção à sagrada memória de Rachel MacKenzie. Ela era dotada de sabedoria, charme e humildade, e imbuída de uma perfeita compreensão da literatura — uma grande editora e, mais do que isso, uma grande pessoa.

I. B. S.
6 de julho de 1981

Gimpel, o bobo

Eu sou Gimpel, o bobo. Não acho que eu seja bobo. Ao contrário. Mas é assim que me chamam. Me deram o nome quando eu ainda estava na escola. Eu tinha sete nomes ao todo: imbecil, burro, cabeça oca, avoado, rabugento, besta e bobo. O último nome pegou. No que consistia a minha bobagem? Eu era fácil de enganar. Diziam: "Gimpel, sabe que a mulher do rabino foi ter nenê?". Daí eu não ia para a escola. Bom, era mentira. Como eu poderia ter sabido? Porque ela não tinha barriga. Mas eu nunca olhei para a barriga dela. Será que isso é tão bobo assim? A turma ria, caçoava, batia o pé no chão, dançava e cantava uma prece de boa-noite. E em vez das passas que davam quando a mulher estava de resguardo, enchiam minha mão com cocô de cabra. Eu não era fracote. Se dava um tapa em alguém, jogava lá na Cracóvia. Não sou frouxo por natureza. Penso comigo: deixe passar. Então tiram vantagem de mim.

Estava voltando da escola e ouvi um cachorro latindo. Não tenho medo de cachorro, mas claro que também não quero que nenhum me assuste. Pode estar louco, e se morder nenhum tártaro do mundo consegue salvar. Então eu dei no pé. Aí virei e vi o mercado inteiro rolando de rir. Não era cachorro nenhum, era Wolf-Leib, o ladrão. Como é que eu podia saber que era ele? Parecia uma cadela uivando.

Quando os moleques e os gozadores descobriram que eu era fácil de enganar, todos aprontavam alguma comigo. "Gimpel, o czar vem para Frampol; Gimpel, a lua caiu em Turbeen; Gimpel, o Hodel Peludo achou um tesouro atrás da casa de banhos." E eu, como um golem, acreditava em todo mundo. Em primeiro lugar, tudo é possível, como está escrito em *A sabedoria dos patriarcas*, só que eu esqueci como. Segundo, eu tinha de acreditar quando a cidade inteira caía em cima de mim! Se algum dia eu tivesse a coragem de dizer: "Ah, você está brincando!", ia dar problema. Iam ficar bravos. "Como assim? Está chamando todo mundo de mentiroso?" O que eu podia fazer? Acreditava neles e esperava que isso, pelo menos, fizesse algum bem para eles.

Sou órfão. Meu avô que me criou já estava com um pé na cova. Então me entregaram para o padeiro, e quanto aprontaram comigo lá! Toda mulher ou menina que entrava para assar uma fornada tinha de me gozar pelo menos uma vez. "Gimpel, no céu tem uma feira; Gimpel, o rabino deu à luz uma vaca de sete meses; Gimpel, uma vaca voou em cima da casa e botou ovos dourados." Um dia, um estudante da yeshiva entrou para comprar uma rosca e disse: "Enquanto você está aí, Gimpel, raspando com essa pá de padeiro, o Messias chegou. Os mortos saíram das tumbas". "Como assim?", perguntei. "Não ouvi ninguém soprando o chifre de carneiro!" Ele disse: "Está surdo?". E todo mundo começou a gritar: "Nós ouvimos, nós ouvimos!". Aí, veio a Rietze, a fabricante de velas, e falou com aquela voz grossa dela: "Gimpel, seu pai e sua mãe saíram do túmulo. Estão procurando você".

Para dizer a verdade, eu sabia muito bem que não tinha acontecido nada daquilo, mas mesmo assim, como eles estavam dizendo, vesti a capa de lã e saí. Quem sabe alguma coisa tinha acontecido. O que eu tinha a perder se fosse olhar? Bom, que zoada que fizeram! E aí jurei que nunca mais acreditava em nada. Mas também não ia dar certo. Eles me confundiam tanto que eu me embaralhava todo.

Fui pedir conselho ao rabino. Ele disse: "Está escrito, melhor ser bobo todos os seus dias que ser mau por uma hora. Você não é bobo. Eles são os bobos. Pois aquele que faz seu vizinho sentir vergonha perde o Paraíso". Mesmo assim, a filha do rabino me gozou. Quando eu estava saindo da casa do rabino, ela disse: "Já beijou o muro?". Eu disse: "Não. Por quê?". Ela respondeu: "É a lei. Você tem de fazer isso depois de cada visita". Bom, não parecia haver nenhum mal naquilo. E ela estourou de rir. Foi uma boa piada. Ela aprontou comigo direitinho.

Eu queria ir embora para outra cidade, mas todo mundo começou a arrumar par para mim, e andavam tanto atrás de mim que quase me arrancaram os rabos da casaca. E falaram e falaram, me encheram os ouvidos. Ela não era nenhuma donzela inocente, mas me disseram que era virgem pura. Era manca, e disseram que fazia de propósito, por timidez. Era filha sem pai, e me disseram que o menino era irmãozinho dela. Gritei: "Estão perdendo seu tempo. Nunca que vou casar com aquela vagabunda". Mas eles disseram, indignados: "Que jeito de falar! Não tem vergonha, não? Se a gente te denunciar para o rabino, você leva uma multa por chamar a mulher de nome feio". Entendi que não ia escapar tão fácil e pensei: estão decididos a me fazer de trouxa. Mas quando a gente casa, o marido é quem manda, e se ela quiser para mim está bom também. Além disso, não dá para passar incólume pela vida, nem esperar por isso.

Fui até a cabana de barro dela, que ficava na areia, e a turma toda gritando e brincando foi atrás de mim. Pareciam uns caçadores de urso. Quando chegamos no poço, eles pararam de repente. Ficaram com medo de começar alguma coisa com Elka. Ela parecia que tinha mola na boca, e a língua afiada. Entrei na casa. Tinha cordas esticadas de parede a parede e roupas secando. Descalça do lado da tina, ela estava lavando. Com um vestido de veludo usado que ganhou de alguém. Estava com o cabelo trançado e preso na cabeça. Quase fiquei sem ar com o fedor daquilo ali.

Claro que ela sabia quem eu era. Deu uma olhada em mim e disse: "Olhe só quem está aí! Ele veio, o chato. Sente".

Contei tudo para ela; não neguei nada. "Me diga a verdade", falei, "você é virgem e aquele moleque Yechiel é mesmo seu irmão? Não me engane, porque eu sou órfão."

"Eu também sou órfã", ela respondeu, "e quem tentar te enrolar há de ficar com o nariz enrolado. Mas não pense que vão levar vantagem comigo. Quero um dote de cinqüenta florins e eles que passem o chapéu. Senão, eles que vão tomar você sabe onde." Ela era muito franca. Eu disse: "É a noiva, não o noivo que tem de dar dote". Aí ela disse: "Não tente me enrolar. É sim ou não, direto. Você pode voltar para o mesmo lugar de onde veio".

Pensei: desse mato não sai coelho. Mas a nossa cidade não é pobre. Eles concordaram com tudo e continuaram com a história do casamento. Acontece que houve uma epidemia de disenteria na época. A cerimônia foi no portão do cemitério, perto da cabaninha de lavar os corpos. Todo mundo ficou bêbado.

Quando estavam escrevendo o contrato de casamento, ouvi o rabino mais piedoso perguntar: "A noiva é viúva ou divorciada?". E a mulher do sacristão respondeu por ela: "As duas coisas, viúva e divorciada". Foi um momento negro para mim. Mas o que eu podia fazer, fugir de debaixo do dossel matrimonial?

Teve canto e dança. Um vovozinho dançou na minha frente, agarrado numa halla branca trançada. O mestre-de-cerimônias rezou um "Deus tenha piedade" em memória dos pais da noiva. Os meninos da escola gritaram igual no dia de jejum de Tishe b'Av. Depois do sermão, ganhamos uma porção de presentes: uma tábua de macarrão, uma gamela de fazer massa, um balde, esfregões, pás, tudo que uma casa precisa. Aí, dei uma olhada e vi dois moços fortes carregando um berço. "Para que a gente precisa disso?", perguntei. E eles disseram: "Não quebre a cabeça pensando, não. Pode deixar que vai ter utilidade". Entendi que iam me enrolar. Mas, por outro lado, o que eu tinha a perder? Pensei assim: vamos ver no que vai dar. Impossível uma cidade inteira ficar completamente louca.

II.

De noite, fui até onde minha mulher estava deitada, mas ela não me deixou ficar. "Escute, olhe aqui, foi para isso que casaram a gente?", falei. E ela disse: "Estou de regras". "Mas ontem eles te levaram para o banho ritual, e isso é depois, não é assim que é?" "Hoje não é ontem", ela falou, "e ontem não é hoje. Pode se mandar se não gostou." Para resumir, eu esperei.

Menos de quatro meses depois, ela estava dando à luz. O pessoal da cidade escondia o riso com a mão. Mas o que eu podia fazer? Ela teve dores intoleráveis e arranhava as paredes com as unhas. "Gimpel", gritava, "vou morrer. Me perdoe!" A casa cheia de mulheres. Elas ferviam panelas de água. Os gritos dela subiam até o céu.

O melhor a fazer era ir para a casa de orações e ficar cantando salmos, e foi isso que eu fiz.

O pessoal gostou disso, gostou bem. Fiquei num canto cantando salmos e orações e eles acenavam a cabeça para mim. "Reze, reze!", me diziam. "Reza nunca deixou nenhuma mulher grávida." Um dos fiéis botou uma palha na minha boca e disse: "Feno para o gado". Tinha alguma coisa ali, juro mesmo!

Ela teve um menino. Sexta-feira, na sinagoga, o sacristão ficou de pé na frente da Arca, bateu na mesa de leitura e anunciou: "O rico Reb Gimpel convida a todos para uma festa de comemoração pelo nascimento de um filho". A casa de orações inteira caiu na risada. Minha cara ficou pegando fogo. Mas eu não podia fazer nada. Afinal, eu era o responsável pelas honras e rituais da circuncisão.

Metade da cidade veio correndo. Não cabia mais ninguém. As mulheres trouxeram grão-de-bico com pimenta, e veio um barril de cerveja da taverna. Comi e bebi como todo mundo, e todos me deram os parabéns. Aí aconteceu a circuncisão e batizei o menino com o nome do meu pai, que descanse em paz. Quando todo mundo foi embora e fiquei sozinho com minha mulher, ela enfiou a cabeça pela cortina da cama e me chamou.

"Gimpel", disse, "por que está tão quieto? Perdeu alguma coisa?"

"O que eu posso dizer?", respondi. "Bela coisa você me aprontou! Se minha mãe ficasse sabendo disso, ia morrer de novo."

Ela disse: "Você é louco, é?".

"Como é que você pode fazer assim de bobo aquele que devia ser amo e senhor?", eu disse.

"Qual é o seu problema?", ela disse. "O que você estava pensando?"

Vi que ia ter de falar claro e aberto. "Acha que isso é jeito de usar um órfão?", disse. "Você teve um filho sem pai."

Ela respondeu: "Tire essa bobagem da cabeça. O filho é seu".

"Como é que pode ser meu?", retruquei. "Nasceu dezessete semanas depois do casamento."

Ela me disse então que ele era prematuro. Eu falei: "Não é um pouco prematuro demais?". Ela disse que teve uma avó que também dava à luz cedo assim e que ela era tão parecida com essa avó quanto uma mão com a outra mão. Jurou de um jeito que qualquer um era capaz de acreditar num vendedor de feira que falasse daquele jeito. Para dizer a verdade, eu não acreditei nela, não. Mas quando discuti o assunto com o mestre-escola no dia seguinte, ele me disse que a mesma coisa tinha acontecido com Adão e Eva. Deitaram dois, acordaram quatro.

"Não existe mulher no mundo que não seja neta de Eva", ele disse.

E assim foi; me deixaram tonto, me convenceram. Mas também quem pode saber como são essas coisas?

Comecei a esquecer minha tristeza. Amava loucamente o menino, e ele me amava também. Assim que me via, sacudia as mãozinhas e queria que eu pegasse ele no colo, e quando tinha dor de barriga era só comigo que sossegava. Trouxe para ele um mordedor de osso e um solideuzinho dourado. Ele estava sempre pegando mau-olhado de alguém, e eu tive de correr para arrumar para ele um daqueles abracadabras que tiravam olho-gordo. Eu trabalhava feito um burro de carga. Sabe como as despesas aumentam quando tem criança em casa. Não vou mentir, eu não desgostava de Elka também. Ela gritava comigo e xingava, e eu nunca enjoava dela. Que força ela tinha! Um olhar dela bastava para me deixar sem fala. E quando ela ficava brava! A fala dela tinha breu e enxofre, e mesmo assim tinha charme. Eu adorava cada palavra que ela dizia. Mas estava sempre me tirando sangue.

De noite, eu levava para ela um pão branco e um preto também, e pãezinhos de papoula que eu mesmo assava. Roubava por causa dela e passava a mão em tudo o que podia: biscoitos, passas, amêndoas, bolos. Espero ser perdoado por roubar das panelas de sábado que as mulheres deixavam para esquentar no forno do padeiro. Eu tirava pedaços de carne, um naco de pudim, uma perna ou cabeça de galinha, um pedaço de tripa, qualquer coisa que desse para pegar depressa. Ela comia e ficou gorda e bonita.

Tinha de dormir fora de casa a semana inteira, na padaria. Na sexta-feira à noite, quando eu chegava em casa, ela sempre dava alguma desculpa. Ou estava com sufocação, ou com uma pontada do lado, ou com soluço, ou com dor de cabeça. Sabe como são desculpas de mulher. Era triste para mim. Era duro. Além disso, aquele irmãozinho dela, o sem pai, estava crescendo. Ele fazia cada galo em mim, e quando eu queria bater de volta ela abria a boca e me xingava tanto que eu via uma neblina verde na frente dos olhos. Dez vezes por dia ela ameaçava pedir divórcio. No meu lugar, qualquer outro homem teria saído à francesa e desaparecido. Mas sou do tipo que agüenta e não fala nada. O que se pode fazer? O ombro é de Deus, e a carga também.

Uma noite, aconteceu uma calamidade na padaria: o forno explodiu e quase aconteceu um incêndio. Não tinha jeito senão voltar para casa, então voltei para casa. Vamos experimentar o gostinho, pensei, de dormir na cama durante a semana. Não queria acordar o bebê, então entrei na ponta dos pés. Quando entrei, me pareceu ouvir não o ronco de um, mas, por assim dizer, um ronco duplo, um ronco até fino e outro que parecia o de um porco no matadouro. Ah, eu não gostei daquilo! Não gostei nem um pouco. Fui até a cama, e as coisas de repente ficaram pretas. Ao lado de Elka havia o vulto de um homem deitado.

Outro no meu lugar teria feito um escândalo e um barulho de acordar a cidade inteira, mas me ocorreu que eu podia acordar o bebê. Uma coisinha daquelas, por que assustar um passarinho assim?, pensei. Tudo bem então, voltei para a padaria, me estiquei em cima de um saco de farinha e até de manhã não preguei o olho. Tremia como se tivesse malária. "Chega de ser burro", disse para mim mesmo. "Gimpel não vai ser idiota a vida inteira. Até para a bobagem de um bobo como Gimpel existe um limite."

De manhã, fui me aconselhar com o rabino, e isso sacudiu a cidade inteira. Mandaram o sacristão atrás de Elka na mesma hora. Ela veio, carregando o bebê. E o que acha que ela fez? Ela negou, negou tudo, na minha cara! "Ele está maluco", disse. "Não tenho nada a ver com sonho nem com adivinhação." Gritaram com ela, ameaçaram, bateram na mesa, mas ela fincou pé: era uma acusação falsa, disse.

Os açougueiros e os vendedores de cavalo ficaram do lado dela. Um dos rapazes do matadouro chegou perto de mim e disse: "Estamos de olho em você, você é um homem marcado". Enquanto isso, o bebê começou a fazer força e se sujou. No salão do rabinado tem uma Arca da Aliança e não podem permitir isso, então mandaram Elka embora.

Falei para o rabino: "O que é que eu faço?".

"Tem de se divorciar dela imediatamente", ele disse.

"E se ela não concordar?", perguntei.

Ele disse: "Você tem de pedir o divórcio. É o que você tem de fazer".

Eu disse: "Bom, está certo, rabino. Vou pensar".

"Não tem nada que pensar", ele disse. "Você não deve ficar debaixo do mesmo teto que ela."

"E se eu quiser ver o bebê?", perguntei.

"Deixe ela ir embora, a meretriz", ele disse, "e toda a sua prole de bastardos com ela."

O veredicto que ele deu era que eu não devia atravessar a soleira da porta da casa dela nunca mais, até o fim da minha vida.

Durante o dia, isso não me incomodava muito. Pensei: tinha de acontecer, o abcesso tinha de explodir. Mas de noite, quando deitava em cima dos sacos, ficava muito amargurado. Uma saudade tomou conta de mim, dela e do bebê. Queria ficar bravo, mas é exatamente este o meu problema, não está em mim ficar bravo de verdade. Em primeiro lugar, foi assim que eu comecei a pensar, deslize sempre acontece. Não dá para viver sem errar. Quem sabe ela foi enganada por aquele rapaz que estava com ela, ele deve ter oferecido presentes, vá saber, as mulheres têm sempre cabelo comprido e juízo curto, e ela se deixou convencer. E ela nega com tanta força que talvez eu tenha visto coisas. Alucinação existe. A gente vê um vulto, um manequim, uma coisa, mas aí chega perto e vê que não era nada, que não tinha nada lá. Se for assim, estou sendo injusto com ela. E quando cheguei a esse ponto na minha cabeça, comecei a chorar. E chorei tanto que molhei a farinha onde estava deitado. De manhã, fui até o rabino e contei para ele que tinha cometido um erro. O rabino escreveu com a pena e disse que, se era assim, tinha de reconsiderar o caso todo. Enquanto ele não tivesse terminado, eu não podia chegar perto da minha mulher, mas podia mandar pão e dinheiro para ela por um mensageiro.

III.

Nove meses se passaram até os rabinos chegarem a um entendimento. Cartas foram e voltaram. Eu não fazia idéia de que podia haver tanta erudição numa questão como aquela.

Enquanto isso, Elka deu à luz mais uma criança, dessa vez uma menina. No shabat, fui até a sinagoga e pedi uma bênção para ela. Eles me chamaram até a Torá e batizei a criança com o nome da minha sogra, que ela descanse em paz. Os grossos e bocudos da cidade iam até a padaria para me gozar. Frampol inteira se divertiu com os meus problemas e a minha dor. Mas resolvi que ia sempre acreditar no que me dissessem. Qual a vantagem de não acreditar? Hoje é na sua mulher que você não acredita; amanhã é no próprio Deus que você não confia.

Por meio de um aprendiz vizinho dela, eu mandava todo dia um pão de milho ou de trigo, um pedaço de torta, rolinhos ou bagels, ou, quanto dava jeito, um naco de pudim, uma fatia de pão de mel, ou um strudel de casamento, o que me aparecesse na frente. O aprendiz era um rapaz de bom coração e mais de uma vez levou também alguma coisa dele mesmo. Ele antes tinha me incomodado bastante, puxando meu nariz e me cutucando as costelas, mas quando começou a visitar minha casa passou a ser amigo e amável. "É, Gimpel", ele me dizia, "você tem uma esposinha muito decente e dois filhos bonitos. Não merece eles, não."

"Mas as coisas que dizem dela", falei.

"Bom, as pessoas falam demais", ele disse, "e não dizem nada. Ignore, como você ignora o frio do inverno passado."

Um dia, o rabino mandou me chamar e disse: "Tem certeza, Gimpel, de que se enganou sobre a sua mulher?".

Eu disse: "Tenho, sim".

"Mas veja bem! Você viu com os seus olhos."

"Deve ter sido uma sombra", eu disse.

"Sombra de quê?"

"De uma trava do teto, acho."

"Então pode ir para casa. Deve agradecer ao rabino Yanover. Foi ele que encontrou no Maimônides uma obscura referência que favoreceu você."

Peguei a mão do rabino e beijei.

Queria correr para casa na mesma hora. Não é pouco ficar tanto tempo separado da mulher e do filho. Então pensei: melhor eu voltar para o serviço agora e ir para casa de noite. Não disse nada para ninguém, mesmo que dentro do meu coração parecesse que era um dia santo. As mulheres brincaram e riram de mim como todo dia, mas eu pensava assim: podem falar, falem. A verdade veio à tona, como óleo em cima da água. Maimônides disse que está certo, então está certo!

De noite, depois que eu cobri a massa para crescer, peguei minha porção de pão e um saquinho de farinha e fui para casa. A lua estava cheia e as estrelas cintilando, uma coisa de apavorar a alma. Fui depressa, e à minha frente corria uma sombra comprida. Era inverno e uma neve fresca tinha caído. Senti vontade de cantar, mas estava ficando tarde e não queria acordar os moradores. Então senti vontade de assobiar, mas lembrei que não se assobia de noite, para os demônios não saírem. Então fiquei quieto e andei o mais depressa que pude.

Os cachorros do bairro cristão latiram para mim quando eu passei, mas pensei assim: podem latir até cair seus dentes! Vocês não passam de cachorros. Enquanto eu sou um homem, marido de uma boa mulher, pai de filhos promissores.

Quando fui chegando em casa, meu coração começou a bater como se fosse o coração de um criminoso. Não sentia medo, mas meu coração fazia tum!

tum! Bom, não tinha volta. Levantei a tranca devagarinho e entrei. Elka estava dormindo. Olhei o berço do bebê. A persiana estava fechada, mas a lua se enfiava pelas frestas. Vi a carinha do recém-nascido e me enchi de amor por ele assim que vi, na mesma hora, cada ossinho dele.

Aí, cheguei mais perto da cama. E o que vi foi o aprendiz deitado do lado de Elka. A luz sumiu de repente. Ficou tudo muito escuro, estremeci. Meus dentes começaram a bater. O pão caiu da minha mão, minha mulher acordou e disse: "Quem é, hein?".

Resmunguei: "Sou eu".

"Gimpel?", ela perguntou. "Como é que você está aqui? Achei que estava proibido."

"O rabino disse que podia", respondi, tremendo como se estivesse com febre.

"Escute aqui, Gimpel", ela disse, "vá lá no abrigo e veja se a cabra está boa. Ela parecia doente." Esqueci de contar que a gente tinha uma cabra. Quando soube que ela não estava bem, fui até o quintal. A cabrita era uma boa criaturinha. Eu tinha um sentimento quase humano por ela.

Com passos hesitantes, fui até o abrigo e abri a porta. A cabra ali estava sobre as quatro patas. Apalpei seu corpo todo, puxei pelos chifres, examinei as tetas e não encontrei nada errado. Ela provavelmente tinha comido casca de árvore demais. "Boa noite, cabritinha", falei. "Passe bem." E o bichinho respondeu com um "méé", como se estivesse agradecendo a minha boa vontade.

Voltei. O aprendiz tinha sumido.

"Cadê o rapaz?", perguntei.

"Que rapaz?", minha mulher respondeu.

"Como assim?", eu disse. "O aprendiz. Você estava dormindo com ele."

"Queria que as coisas que eu sonhei esta noite e a noite passada", ela disse, "virassem realidade para acabar com você de corpo e alma! Tem algum mau espírito aí dentro de você, te atrapalhando a vista." Ela gritou: "Monstro! Palerma! Assombração! Grosso! Suma daqui, senão eu acordo a cidade inteira com os meus berros!".

Antes que eu pudesse me mexer, o irmão dela saiu de trás do forno e me bateu na nuca. Achei que tinha me quebrado o pescoço. Senti que alguma coisa estava profundamente errada comigo, e disse: "Não faça escândalo. Só o que me falta agora é as pessoas me acusarem de invocar espíritos e dybbuks". Porque era isso que ela estava querendo dizer. "Ninguém mais vai querer comprar o pão que eu fizer."

Resumindo, consegui de algum jeito que ela acalmasse.

"Bom", ela disse, "já chega. Deite aí, antes que se arrebente."

Na manhã seguinte, chamei de lado o aprendiz. "Escute aqui, meu irmão!", falei. E tal e coisa e coisa e tal. "O que você me diz?" Ele ficou olhando para mim como se eu tivesse caído do céu ou algo assim.

"Juro", ele disse, "que é melhor você ir falar com a benzedeira ou com algum curandeiro. Acho que está com um parafuso solto, mas não vou contar para ninguém." E foi nesse pé que a coisa ficou.

Para encurtar a história, vivi vinte anos com minha mulher. Ela me deu seis filhos, quatro meninas e dois meninos. Aconteceu uma porção de coisas, mas eu não vi nem ouvi nada. Acreditei, e pronto. O rabino outro dia me disse: "Acreditar é benéfico em si. Está escrito que um bom homem vive por sua fé".

De repente, minha mulher ficou doente. Começou uma coisinha, um carocinho no seio. Mas claro que não era destino dela viver muito; não tinha idade. Gastei uma fortuna com ela. Esqueci de contar que por essa época eu já tinha uma padaria própria e em Frampol me consideravam um homem rico. A benzedeira vinha todo dia, e tudo quanto era curandeiro que os vizinhos traziam. Resolveram usar sanguessugas, e depois disso tentaram sangria com ventosa de vidro. Chegaram até a chamar o médico de Lublin, mas já era tarde demais. Antes de ela morrer, me chamou e disse assim: "Me perdoe, Gimpel".

Eu falei: "Perdoar o quê? Você foi uma mulher boa e fiel".

"Arre, Gimpel!", ela disse. "Foi muito feio o jeito que eu enganei você todos esses anos. Quero chegar limpa no meu Criador, então tenho de te contar que os filhos não são seus."

Se me batessem na cabeça com um pedaço de pau eu não ia ficar tão tonto.

"De quem são?", perguntei.

"Não sei", ela disse. "Foram tantos... mas não são seus." E quando disse isso derrubou a cabeça para o lado, ficou com os olhos vidrados e tudo acabou-se para Elka. Em seus lábios brancos sobrou um sorriso.

Imaginei que, morta daquele jeito, ela estava dizendo: "Eu enganei Gimpel. Foi esse o sentido da minha breve vida".

IV.

Uma noite, depois que o luto acabou, eu estava sonhando em cima dos sacos de farinha e me veio o próprio Espírito do Mal e me disse: "Gimpel, por que está dormindo?".

Eu disse: "Queria que eu estivesse fazendo o quê? Comendo kreplech?".

"O mundo inteiro engana você", disse ele, "e você tem de enganar o mundo por sua vez."

"Como é que eu posso enganar o mundo inteiro?", perguntei.

Ele respondeu: "Pode guardar um balde de urina todo dia e de noite colocar na massa. Que os espertos de Frampol comam imundície".

"E como vai ser o meu juízo na outra vida?", perguntei.

"Não existe outra vida", ele disse. "Venderam para vocês uma ilusão e convenceram vocês de que têm o rei na barriga. Quanta bobagem!"

"Bom", eu falei, "e existe Deus?"

Ele respondeu: "Não tem Deus nenhum também, não".

"O que é que existe então?", perguntei.

"Um grande atoleiro."

Ele estava bem ali na minha frente, com barba e chifres de bode, dentes compridos e um rabo. Quando ouvi essas palavras, tentei pegar ele pelo rabo, mas caí de cima dos sacos de farinha e quase quebrei uma costela. Aí, tive de atender a um chamado da natureza e, quando estava passando, vi a massa crescendo, e ela parecia falar para mim: "Faça!". Resumindo, me deixei convencer.

De manhã, o aprendiz chegou. Amassamos o pão, espalhamos sementes de cominho nele e colocamos para assar. Aí, o aprendiz foi embora e eu fiquei sentado do lado do forno, em cima de uma pilha de trapos. Bom, Gimpel, pensei, você se vingou de toda a vergonha que eles fizeram você passar. Lá fora o gelo brilhava, mas estava quente do lado do forno. As chamas aqueciam minha cara. Baixei a cabeça e caí num cochilo.

Num sonho, logo vi Elka em sua mortalha. Ela falou para mim: "O que você fez, Gimpel?".

Eu disse para ela: "A culpa é sua", e comecei a chorar.

"Idiota!", ela falou. "Idiota! Só porque eu fui falsa tudo também é falsidade? Eu nunca enganei ninguém a não ser a mim mesma. Estou pagando por tudo, Gimpel. Aqui não deixam passar nada."

Olhei para a cara dela. Estava preta. Me assustei e acordei, e fiquei ali sentado, abobalhado. Senti que estava tudo por um fio. Um passo em falso agora e eu perdia a vida eterna. Mas Deus me deu uma ajuda. Peguei uma pá comprida e tirei do forno os pães, levei para o quintal e comecei a cavar um buraco na terra gelada.

Meu aprendiz voltou quando eu estava nisso. "O que está fazendo, chefe?", ele perguntou, e ficou mais pálido que um morto.

"Você sabe o que eu estou fazendo", respondi e enterrei tudo na frente dele.

Aí, fui para casa, tirei os meus bens do esconderijo e dividi entre as crianças. "Eu vi a mãe de vocês hoje", eu disse. "Ela está ficando preta, coitada."

Eles ficaram tão assustados que não conseguiram dizer uma palavra.

"Fiquem bem", eu disse, "e esqueçam que existiu alguém chamado Gimpel." Vesti meu casaco curto, calcei um par de botas, peguei a mala onde ficava minha estola de oração de um lado, meu bastão do outro, e beijei o mezuzá. Quando as pessoas me viram na rua, ficaram muito surpresas.

"Aonde está indo?", perguntaram.

Respondi: "Para o mundo". E foi assim que fui embora de Frampol.

Vaguei por aí, e as pessoas boas não me abandonaram. Depois de muitos anos, fiquei velho, de cabelo branco. Ouvi muita coisa, muita mentira e falsidade, mas quanto mais vivia, mais entendia que na verdade não existem mentiras. Tudo o que não acontece de verdade é sonhado de noite. Acontece com um se não acontece com o outro, amanhã se não hoje, ou um daqui a um século se não no ano que vem. Que diferença faz? Muitas vezes, ouvi histórias que me faziam dizer: "Ora, uma coisa dessas não acontece". Mas antes que passasse um ano, ouvia dizer que tinha acontecido, sim, em algum lugar.

Indo de lugar em lugar, comendo em mesas estranhas, sempre acontece de eu inventar histórias, coisas improváveis, que nunca podiam acontecer, sobre diabos, mágicos, moinhos, coisas assim. E as crianças correm atrás de mim dizendo: "Vovozinho, conte uma história". Às vezes pedem uma história que já conhecem, e eu faço tudo para agradar. Uma vez, um menino gordinho me disse: "Vovozinho, é a mesma história que o senhor já contou". O moleque tinha razão.

Com sonho é assim também. Faz muitos anos que fui embora de Frampol, mas assim que fecho os olhos, estou lá de novo. E quem vocês acham que eu vejo? Elka. Ela está do lado da tina de lavar, como no nosso primeiro encontro, mas com a cara brilhando e os olhos radiantes como os olhos de uma santa, e me fala palavras do outro mundo, coisas estranhas. Quando acordo, esqueço tudo. Mas enquanto dura o sonho fico reconfortado. Ela responde todas as minhas dúvidas e o resultado é que está tudo certo. Eu choro e imploro: "Me deixe ir com você". E ela me consola e diz para ter paciência. Minha hora está mais perto do que longe. Às vezes, ela me faz carinho, me beija e chora em cima de mim. Quando acordo, sinto seus lábios e o sal das suas lágrimas.

O mundo é, sem dúvida, um mundo inteiramente imaginário, mas só uma vez é removido do mundo verdadeiro. Na porta da cabana onde eu fico tem uma prancha com a qual os mortos são levados embora. O coveiro judeu está com a pá sempre pronta. A cova espera e os vermes estão com fome; as mortalhas preparadas, deito com elas no meu saco de mendigo. Tem outro *shnorrer* esperando para herdar minha cama de palha. Quando chegar a hora vou embora com alegria. Seja o que for que haja por lá, será de verdade, sem complicações, sem ridículo, sem engano. Deus seja louvado: lá nem Gimpel pode ser enganado.

O cavalheiro da Cracóvia

Entre densas florestas e pântanos profundos, na encosta de uma montanha, junto ao topo, fica a aldeia de Frampol. Ninguém sabe por quem ela foi fundada, nem por que naquele lugar. Cabras pastavam entre as lápides já afundadas no chão do cemitério. Na casa comunal, havia um pergaminho com uma crônica da aldeia, mas estava faltando a primeira página e a escrita era desbotada. Correm lendas entre as pessoas, contos de pérfidas intrigas relativas a um louco nobre, uma dama lasciva, um estudioso judeu e um cachorro selvagem. Mas sua verdadeira origem perdeu-se no passado.

Os camponeses que aravam o campo em torno eram pobres; a terra era teimosa. Na aldeia, os judeus eram empobrecidos; tinham telhados de palha, o chão de terra. No verão, muitos não usavam sapato, e no frio enrolavam trapos nos pés, ou usavam sandálias de palha.

O rabino Ozer, embora renomado por sua erudição, recebia de salário apenas dezoito groszy por semana. O rabino assistente, além de ser o abatedor ritual, era professor, casamenteiro, atendente nos banhos e enfermeiro dos pobres também. Mesmo os moradores considerados ricos conheciam poucos luxos. Usavam casacos de algodão, amarrados com uma faixa na cintura, e só comiam carne no shabat. Raramente se viam moedas de ouro em Frampol.

Mas os moradores de Frampol eram abençoados com belos filhos. Os meninos cresciam altos e fortes, as meninas bonitas. Era uma meia bênção, porém, porque os jovens partiam para casar com moças de outras cidades, enquanto suas irmãs, que não tinham dotes, eram deixadas sem casamento. Porém, apesar de tudo, inexplicavelmente, embora a comida fosse escassa e a água salobra, as crianças continuavam a vicejar.

Então, num verão, houve uma seca. Nem os camponeses mais velhos lembravam de uma calamidade como aquela. Não caía chuva nenhuma. O grão secou e parou de crescer. Não havia praticamente nada que valesse a pena colher. Só quando foram cortados e colhidos alguns feixes de trigo foi que veio a chuva, e com ela o granizo que destruiu o pouco grão que a seca havia poupado. Na trilha da tormenta, vieram gafanhotos do tamanho de pássaros; diziam que vozes humanas saíam de suas bocas. Eles voavam nos olhos dos camponeses que tentavam espantá-los. Nesse ano, não houve feira, porque estava tudo perdido. Nem os camponeses nem os judeus de Frampol tinham comida. Embora houvesse grão nas cidades grandes, ninguém podia comprar.

Quando toda a esperança já havia sido abandonada e toda a cidade estava a ponto de sair mendigando, aconteceu um milagre. Um carro puxado por oito cavalos ariscos entrou em Frampol. Os aldeões acharam que seu ocupante seria um cavalheiro cristão, mas foi um judeu, um jovem com idade entre vinte e trinta anos, que desceu dele. Alto e pálido, com uma barba preta redonda e ardentes olhos escuros, usava chapéu de pele, sapato de fivelas prateadas e um cafetã debruado de pele de castor. Em volta da cintura, trazia um cordão verde de seda. Excitada, a cidade inteira correu para dar uma olhada no estranho. A história era a seguinte: ele era um médico viúvo da Cracóvia. Sua mulher, filha de um rico mercador, morrera junto com o bebê no parto.

Assombrados, os aldeões perguntaram por que ele tinha vindo para Frampol. A conselho do Rabino Prodígio, ele contou. A melancolia que conheceu depois da morte da esposa desapareceria em Frampol, garantiu o rabino. Os mendigos vieram da casa dos pobres, se juntando em torno enquanto ele distribuía esmolas, moedas de três groszy, seis groszy, meio guilder. Claro que o estranho era uma bênção dos céus, e Frampol estava destinada a não desaparecer. Os mendigos correram para a padaria comprar pão, e o padeiro partiu para Zamosc para comprar um saco de farinha.

"Um saco?", perguntou o jovem doutor. "Mas isso não dá nem para um dia.

Vou encomendar um carro completo e não só farinha de trigo, mas farinha de milho também."

"Mas não temos dinheiro", explicaram os anciãos da aldeia.

"Se Deus quiser, vocês me pagam quando vierem tempos melhores", e, dizendo isso, o estranho tirou uma bolsa cheia de ducados de ouro. Frampol se alegrou enquanto ele contava as moedas.

No dia seguinte, carroças carregadas de farinha de trigo, de trigo mourisco, de cevada, de painço e de feijão entraram em Frampol. A notícia da boa sorte da aldeia chegou aos ouvidos dos camponeses, e eles vieram até os judeus para comprar coisas, como os egípcios tinham ido até José. Estando sem dinheiro, pagaram em espécie; e como resultado havia carne na aldeia. Agora os fornos estavam assando de novo; as panelas estavam cheias. A fumaça subia das chaminés, enchendo o ar da tarde de odores de galinha e ganso assados, de cebola e alho, de pão fesco e tortas. O aldeões voltaram a suas ocupações; os sapateiros consertavam sapatos; os alfaiates manejavam suas velhas tesouras e ferros de passar.

As noites eram cálidas, o céu claro, embora a Festa do Tabernáculo já tivesse passado. As estrelas pareciam excepcionalmente grandes. Até os pássaros ficavam acordados e trinavam e gorjeavam como se fosse o meio do verão. O estranho da Cracóvia tinha alugado o melhor quarto da hospedaria, e seu jantar consistia de pato grelhado, marzipã e pão trançado. Abricós e vinho húngaro de sobremesa. Seis velas enfeitavam sua mesa. Uma noite, depois de jantar, o médico da Cracóvia entrou no grande salão público onde alguns cidadãos mais inquisitivos haviam se reunido e perguntou:

"Alguém gostaria de um jogo de cartas?"

"Mas ainda não é Hanuká", responderam, surpresos.

"Por que esperar o Hanuká? Aposto um guilder para cada groszy."

Alguns homens mais frívolos estavam dispostos a tentar a sorte, e acabou dando certo. Um groszy virava um guilder e um guilder virava trinta. Quem quis jogar, jogou. Todo mundo ganhou. Mas o estranho não pareceu se importar. Notas bancárias e moedas de prata e ouro cobriam a mesa. Mulheres e meninas enchiam a sala, e parecia que o brilho do ouro à volta delas se refletia em seus olhos. Elas suspiravam de deslumbramento. Nunca antes havia acontecido uma coisa dessas em Frampol. Mães aconselhavam as filhas a caprichar nos penteados e permitiam que usassem suas roupas de feriado. A menina que encontrasse favor aos olhos do jovem doutor seria uma felizarda; ele não haveria de cobrar dote.

II.

Na manhã seguinte, ele foi convocado por casamenteiros, cada um louvando as virtudes da moça que representava. O doutor os convidou a sentar, serviu-lhes bolo de mel, biscoitos, nozes e hidromel, e anunciou:

"Todos vocês me contam exatamente a mesma história: sua cliente é bonita, inteligente e possui todas as distinções possíveis. Mas como posso saber qual de vocês está dizendo a verdade? Quero a melhor de todas para esposa. E é isto que sugiro: vamos fazer um baile para o qual toda moça casadoura será convidada. Observando sua aparência e comportamento, vou poder escolher entre elas. Então será feito o contrato de casamento, e o matrimônio combinado."

Os casamenteiros ficaram atônitos. O Velho Mendel foi o primeiro a encontrar palavras: "Um baile? Esse tipo de coisa fica bem para ricos gentios, mas nós, judeus, não nos permitimos essas festividades desde a destruição do Templo, a não ser quando a Lei determina para certos feriados".

"Os judeus não são todos obrigados a casar suas filhas?", perguntou o doutor.

"Mas as meninas não têm roupas adequadas", protestou outro casamenteiro. "Por causa da seca, elas teriam de vestir trapos."

"Eu providencio para que todas tenham roupa. Vou mandar vir de Zamosc seda, lã, veludo e linho para vestir todas as moças. Que se faça um baile. Que seja um baile que Frampol não esquecerá jamais."

"Mas onde fazer um baile?", perguntou outro casamenteiro. "O salão onde se fazia casamentos pegou fogo e nossas casas são pequenas demais."

"Tem a praça do mercado", sugeriu o cavalheiro da Cracóvia.

"Mas já é o mês de Heshvan. Qualquer dia destes fica frio."

"Vamos escolher uma noite quente, quando houver lua. Não se preocupem."

Para cada uma das muitas objeções dos casamenteiros, o estranho tinha uma resposta pronta. Finalmente, eles concordaram em consultar os anciãos. O médico disse que não tinha pressa, que esperava a decisão deles. Durante toda a discussão, ficou jogando xadrez com um dos jovens mais inteligentes da aldeia, enquanto mascava passas.

Os velhos ficaram incrédulos quando ouviram o que havia sido proposto. Mas as moças ficaram excitadas. Os jovens aprovaram também. As mães fingiram hesitar, mas acabaram dando seu consentimento. Quando uma delegação de anciãos foi procurar o rabino Ozer para sua aprovação, ele ficou indignado.

"Que tipo de charlatão é esse?", berrou. "Frampol não é a Cracóvia. Só faltava um baile! O céu permita que não se provoque uma peste e que crianças inocentes acabem pagando por nossa frivolidade!"

Mas os homens mais práticos ponderaram com o rabino, dizendo: "Nossas filhas andam descalças e em farrapos agora. Ele vai dar sapatos e roupas para elas. Se gostar de uma delas, ele se casa e se estabelece aqui. Não há dúvida de que nós ganhamos com isso. A sinagoga precisa de telhado novo. As vidraças da casa de estudos estão quebradas, a casa de banhos precisa de reparos urgentes. Na casa dos pobres os doentes dormem em cima de feixes de palha podre".

"Tudo isso é verdade. Mas e se for pecado?"

"Tudo será feito de acordo com a Lei, rabino. Pode confiar em nós."

O rabino Ozer pegou o livro da Lei e folheou. Acabou parando e estudando uma página e então, finalmente, depois de suspirar e hesitar, consentiu. Havia escolha? Ele próprio não recebia o salário fazia seis meses.

Assim que o rabino deu consentimento, houve mostras de grande atividade. Os comerciantes de bens secos viajaram imediatamente para Zamosc e Yanev e voltaram com tecido e couro pagos pelo cavalheiro da Cracóvia. Os alfaiates e as costureiras trabalhavam dia e noite; os sapateiros só saíam de suas bancadas para rezar. As moças, tomadas de expectativa, estavam febris. Passos de dança vagamente relembrados passaram a ser experimentados. Assaram-se bolos e outras pastelarias, e se esgotaram os estoques de geléias e conservas guardados para a emergência de uma doença. Os músicos de Frampol também entraram em atividade. Címbalos, violinos e gaitas-de-fole, há muito esquecidos e abandonados, tiveram de ser espanados e afinados. A alegria contagiava até os mais velhos, pois correu o rumor de que o elegante doutor planejava fazer um banquete para os pobres, em que haveria distribuição de esmolas.

As moças casadouras só pensavam em se embelezar. Esfregavam a pele e arrumavam os cabelos; algumas chegaram a visitar o banho ritual para se banhar entre as mulheres casadas. À noite, os rostos se acendiam, os olhos cintilavam, elas se encontravam umas nas casas das outras, contavam histórias e adivinhavam charadas. Era difícil para elas, e para suas mães também, conseguir dormir de noite. Os pais suspiravam quando elas adormeciam. E, de repente, as jovens de Frampol ficaram tão atraentes que os rapazes que estavam pensando em se casar fora da cidade se apaixonaram por elas. Embora os rapazes ainda ficassem na casa de estudos meditando sobre o Talmude, não absorviam mais a sabedoria do livro. Era só do baile que falavam, só o baile ocupava seus pensamentos.

O médico da Cracóvia também se divertia. Mudava de roupa várias vezes por dia. Primeiro, era um casaco de seda usado com chinelo de pompom, depois um cafetã de lã com botas altas. Para uma refeição, usava uma pelerine debruada com caudas de castor, para a outra uma capa bordada de flores e folhas. No café-da-manhã comia pombo assado regado a vinho seco. No almoço, pedia massa de ovos e blintzes, e tinha a audácia de comer pudim de shabat em dias de semana. Não comparecia nunca às orações, mas em vez disso jogava todo tipo de jogos: cartas, lobo e cordeiro, cara e coroa. Depois do almoço, rodava pela vizinhança com seu cocheiro. Os camponeses tiravam o chapéu quando ele passava e se curvavam quase até o chão. Um dia, passeou pelas ruas de Frampol com uma bengala de castão de ouro. As mulheres se juntaram nas janelas para olhar para ele, e os meninos, correndo atrás, catavam as balas que ia jogando. De noite, ele e seus companheiros, jovens alegres, bebiam vinho até altas horas. O rabino Ozer alertava constantemente os membros de seu rebanho que eles estavam indo ladeira abaixo, levados pelo Maligno, mas ninguém lhe dava atenção. Estavam com a cabeça e o coração inteiramente tomados pelo baile, que teria lugar na praça do mercado em meados daquele mês, na época da lua cheia.

III.

Nos limites da cidade, em um pequeno vale próximo a um pântano, havia uma cabana não muito maior que um galinheiro. O chão era de terra batida, as janelas estavam fechadas por pranchas; e o telhado, como era coberto de musgo verde e amarelo, fazia pensar em um ninho de pássaro abandonado. Diante da cabana, havia pilhas de lixo, e valas de limo cortavam a terra encharcada. No meio do refugo, havia uma cadeira sem o assento, uma caneca sem a asa, uma mesa sem pernas. Tudo quanto é tipo de vassoura, osso e trapo parecia estar ali apodrecendo. Era ali que vivia Lipa, o catador de trapos, com sua filha, Hodle.

Enquanto sua mulher era viva, Lipe havia sido um respeitado comerciante de Frampol, onde ocupava um banco na parede leste da sinagoga. Mas depois que a mulher se afogou no rio, seu estado foi declinando rapidamente. Ele passou a beber, a se aproximar dos piores elementos da cidade, e logo acabou na bancarrota.

Sua segunda esposa, uma mendiga de Yanev, deu-lhe uma filha, que deixou com ele quando o abandonou por falta de sustento. Indiferente à partida da mulher, Lipa deixou que a criança se virasse sozinha. Toda semana, ele passava alguns dias catando trapos no lixo. O resto do tempo passava na taverna. A mulher do taverneiro ralhava com ele, mas recebia apenas respostas insultuosas. Entre os homens, Lipa fazia sucesso como contador de histórias. Atraía clientes para o lugar com suas fantásticas lendas de feiticeiras e moinhos, demônios e duendes. Era também capaz de recitar versos poloneses e ucranianos e tinha um talento especial para contar piadas. O taverneiro deixava que ele ocupasse um lugar junto ao fogão, e de quando em quando lhe dava uma tigela de sopa e um pedaço de pão. Velhos amigos, lembrando a antiga riqueza de Lipa, às vezes lhe presenteavam com umas calças, um casaco puído ou uma camisa. Ele aceitava tudo sem agradecer. Chegava a mostrar a língua para seus benfeitores quando eles viravam as costas.

Como no ditado "Tal pai, tal filho", Hodle herdou os vícios de ambos: do pai bêbado e da mãe mendiga. Quando tinha seis anos, já havia conquistado a fama de gulosa e ladra. Descalça e meio nua, vagava pela cidade, entrava nas casas e pilhava as despensas dos que estavam fora. Atacava galinhas e patos, cortava seus pescoços com caco de vidro e comia as aves. Embora os habitantes de Frampol sempre alertassem ao pai que estava criando uma selvagem, a informação parecia não afetá-lo. Ele raramente falava com ela e ela não o chamava de pai. Quando tinha doze anos, sua lascívia passou a ser assunto de discussão entre as mulheres. Ciganos visitavam sua cabana e dizia-se que ela devorava a carne de gatos e cachorros, na verdade de todo tipo de carcaça. Alta e esbelta, de cabelo vermelho e olhos verdes, andava descalça verão e inverno, e suas saias eram feitas dos retalhos coloridos que as costureiras jogavam fora. Era temida pelas mães, que diziam que ela lançava encantamentos capazes de esgotar os jovens. Os anciãos da aldeia que a advertiam recebiam respostas atrevidas. Tinha a esperteza de uma filha sem pai, a língua rápida de uma víbora, e quando atacada por moleques de rua, não hesitava em revidar. Particularmente dotada nos xingamentos, era dona de um repertório sem fim. Era do seu estilo dizer "Que a sua língua se aposteme e o seu olho gangrene" ou quem sabe "Que você apodreça até os gambás fugirem do seu cheiro".

De vez em quando suas pragas funcionavam, e a cidade temia incorrer em sua raiva. Mas ao amadurecer ela foi evitando a cidade propriamente dita, e chegou um momento em que foi quase esquecida. Porém no dia que os comerciantes de Frampol, preparando o baile, distribuíram pano e couro entre as jovens da cidade, Hodle reapareceu. Estava agora com seus dezessete anos, totalmente crescida, embora ainda de saia curta; o rosto era sardento, o cabelo emaranhado. Contas, como as que os ciganos usam, rodeavam seu pescoço, e nos pulsos usava pulseiras feitas com dentes de lobo. Abrindo caminho na multidão, ela exigiu sua parte. Não havia sobrado nada além de uns restos, que lhe foram dados. Furiosa com o que lhe coube, voltou depressa para casa. Os que viram o que aconteceu deram risada: "Olhe só quem vem ao baile! Que beleza ela vai estar!".

Por fim, os sapateiros e os alfaiates terminaram; todos os vestidos caíam bem, todos os sapatos serviam. Os dias estavam milagrosamente quentes e as noites mais luminosas que as noites de Pentecostes. Foi a estrela da manhã que acordou toda a cidade no dia do baile. Mesas e bancos se alinhavam de um lado da praça do mercado. As cozinheiras já grelhavam vitelas, carneiros, cabritos, gansos, patos e galinhas, e haviam assado bolo-esponja e bolo de passas, pães trançados e broas, biscoitos de cebola e pão de gengibre. Havia hidromel e cerveja, e um barril de vinho húngaro que foi trazido pelo vinhateiro. Quando as crianças chegaram, trouxeram os arcos e flechas com que costumavam brincar na festa de Omer, junto com os chocalhos do Purim e as bandeiras da Torá. Até os cavalos do doutor foram enfeitados com galhos de salgueiro e flores de outono, e o cocheiro desfilou com eles pela cidade. Os aprendizes deixaram seu trabalho, e os estudantes da yeshiva os seus volumes do Talmude. E apesar da restrição do rabino Ozer ao comparecimento das matronas ao baile, elas se vestiram com seus vestidos de casamento e foram, chegando junto com as moças, que também vieram de branco, cada uma levando uma vela na mão, como se fosse uma noiva. A orquestra já começara a tocar, e a música era alegre. Só o rabino Ozer não estava presente, tendo se trancado em sua sala de estudos. Sua criada foi ao baile, deixando-o sozinho. Ele sabia que desse comportamento não poderia vir nada de bom, mas nada podia fazer para evitar.

No fim da tarde, todas as moças estavam reunidas na praça do mercado, cercadas pelo povo da aldeia. Soaram tambores. Palhaços se apresentaram. As meninas dançaram; primeiro uma quadrilha, depois uma dança da tesoura. Depois foi a dos cossacos e por fim a dança da raiva. A lua apareceu, embora o sol ainda não se tivesse posto. Era a hora do cavalheiro da Cracóvia. Ele entrou montando sua égua branca, ladeado por guarda-costas e seu padrinho. Usava um chapéu com grande pluma, e botões de prata brilhavam em seu casaco verde. Levava uma espada do lado, e as botas brilhantes apoiadas nos estribos. Parecia um cavalheiro que partia para a guerra com seu *entourage*. Montado, silencioso em sua sela, olhava as moças que dançavam. Como eram graciosas, como deslizavam com graça! Só uma não dançava, era a filha de Lipa, o catador de trapos. Estava isolada, ignorada por todos.

IV.

O sol poente, incrivelmente grande, vigiava, severo, como um olho celeste acima da praça do mercado de Frampol. Nunca antes Frampol havia visto um pôr-do-sol assim. Como rios de enxofre em chamas, nuvens chamejantes deslizavam pelo céu, assumindo a forma de elefantes, leões, cobras e monstros. Parecia que estavam travando uma batalha no céu, uns devorando os outros, cuspindo fogo, respirando fogo. Era quase como se estivessem vendo o Rio de Fogo, onde demônios torturavam os malfeitores entre brasas acesas e montanhas de cinzas. A lua se encheu, ficou vasta, cor de sangue, manchada, marcada, e dava pouca luz. A noite ficou muito escura, dissolvendo até as estrelas. Os rapazes pegaram tochas, e um barril de piche aceso foi preparado. Sombras dançavam aqui e ali como se fizessem o seu próprio baile. Em torno da praça do mercado, as casas pareciam vibrar; telhados tremiam, chaminés estremeciam. Nunca antes se vira em Frampol tal alegria e embriaguez. Pela primeira vez em meses, todos tinham comido e bebido o suficiente. Até os animais participavam da festa. Os cavalos relinchavam, as vacas mugiam, e os poucos galos que sobreviveram à matança de aves cantavam. Revoadas de corvos e de pássaros estranhos surgiram para bicar as sobras. Vaga-lumes iluminavam a escuridão e relâmpagos faiscavam no horizonte. Mas não havia trovão. Uma estranha luz circular refulgiu no céu por alguns momentos, depois mergulhou para o horizonte, deixando para trás uma trilha carmesim, que parecia um ferro em brasa. Então, enquanto todos olhavam o céu, deslumbrados, o cavalheiro da Cracóvia disse:

"Escutem. Tenho coisas incríveis para contar a vocês, e que ninguém se deixe dominar pela alegria. Homens, segurem suas mulheres. Rapazes, procurem suas garotas. Quem aqui vêem é o homem mais rico do mundo. Dinheiro para mim é como areia, e diamantes são cascalho. Venho da terra de Ofir, onde o rei Salomão encontrou o ouro para seu templo. Moro no palácio da rainha de Sabá. Minha carruagem é de ouro maciço, tem rodas cravejadas de safiras, eixos de marfim, lanternas cravejadas de rubis e esmeraldas, de opalas e ametistas. O Regente das Dez Tribos Perdidas de Israel sabe do sofrimento de vocês, e mandou a mim como seu benfeitor. Mas há uma condição. Esta noite, todas as virgens têm de se casar. Darei um dote de dez mil ducados a cada donzela, além de um colar de pérolas que lhe desça até os joelhos. Mas é preciso pressa. Cada moça deve ter um marido antes de o relógio bater as doze badaladas."

A multidão ficou calada. O silêncio era igual ao do Ano-Novo, antes de soar o chifre de carneiro. Podia-se ouvir o zumbido de uma mosca.

Então um velho falou: "Mas isso é impossível. As meninas não estão nem noivas!".

"Que fiquem noivas."

"De quem?"

"Podemos jogar a sorte", respondeu o cavalheiro da Cracóvia. "Todos os que forem se casar terão seu nome escrito em um cartão. O meu também. E então tiramos, para ver quem fica com quem."

"Mas a moça tem de esperar sete dias. Tem de fazer as abluções da lei."

"Que o pecado pese sobre mim. Ela não precisa esperar."

Apesar dos protestos dos velhos e de suas mulheres, uma folha de papel foi rasgada em pedaços, e em cada pedaço o escriba escreveu o nome de um rapaz ou de uma moça. O sacristão da cidade, agora a serviço do cavalheiro da Cracóvia, tirou de um solidéu o nome dos rapazes e, de outro, o nome das moças, entoando seus nomes com a mesma melodia com que chamava os membros da congregação para ler a Torá.

"Naum, filho de Katriel, noiva de Yentel, filha de Natan. Salomão, filho de Cov Baer, noivo de Tryna, filha de Jonas Lieb." Eram estranhas associações, mas como à noite todos os gatos são pardos, os casais pareceram até razoáveis. Depois de cada sorteio, o casal recém-formado, de mãos dadas, ia até o doutor para recolher o dote e o presente de casamento. Conforme prometera, o cavalheiro da Cracóvia deu a cada um a soma estipulada de ducados e no pescoço de cada noiva colocou um fio de pérolas. Então as mães, não conseguindo mais conter a alegria, começaram a dançar e a gritar. Os pais assistiam, perplexos. Quando as meninas levantavam os vestidos para pegar as moedas de ouro dadas pelo doutor, suas pernas e roupas de baixo apareciam, o que lançou os homens a extremos de luxúria. Violinos guinchavam, tambores batiam, trombetas sopravam. O barulho era ensurdecedor. Meninos de doze anos ficaram com "solteironas" de dezenove. Filhos de sólidos cidadãos tomaram por noivas filhas de pobres; anões emparelhados com gigantes, beldades com estropiados. Nos dois últimos pedaços de papel, surgiram os nomes do cavalheiro da Cracóvia e de Hodle, a filha de Lipa, o catador de trapos.

O mesmo velho que havia protestado antes disse: "Ai de nós, a moça é uma vadia".

"Venha para mim, Hodle, venha para o seu noivo", chamou o doutor.

Hodle, com os cabelos presos em duas longas tranças, usando uma saia de musselina e sandálias nos pés, não esperou duas vezes. Assim que foi chamada, dirigiu-se ao lugar onde o cavalheiro da Cracóvia estava montado em sua égua e pôs-se de joelhos. Prostrou-se diante dele sete vezes.

"É verdade o que diz o velho tolo?", perguntou seu futuro marido.

"É, meu senhor, é assim."

"Você pecou só com judeus ou com gentios também?"

"Com os dois."

"Foi pelo pão?"

"Não. Foi por puro prazer."

"Quantos anos tinha quando começou?"

"Ainda não tinha dez."

"Está arrependida do que fez?"

"Não."

"Por que não?"

"Por que deveria estar?", ela perguntou, sem nenhuma vergonha.

"Não tem medo das torturas do inferno?"

"Não tenho medo de nada. Nem de Deus. Não existe Deus."

Mais uma vez, o velho começou a gritar. "Ai de nós, ai de nós, judeus! O fogo está sobre nós, queimando, judeus, o fogo de Satã. Salvem suas almas, judeus. Fujam antes que seja tarde!"

"Amordace esse homem", ordenou o cavalheiro da Cracóvia.

O guarda pegou o velho e amordaçou-o. O médico, levando Hodle pela mão, começou a dançar. Então, como se os poderes das trevas tivessem sido invocados, começou a cair chuva e granizo; poderosos trovões seguiam-se às faíscas dos raios. Mas indiferentes à tormenta, homens e mulheres piedosos se abraçaram sem vergonha, dançando e cantando como se estivessem possuídos. Até os velhos foram tocados. Naquele furor, vestidos foram rasgados, sapatos arrancados, chapéus, perucas e solidéus pisados na lama. Fitas, caindo ao chão, torciam-se como cobras. De repente, ouviu-se uma terrível explosão. Um enorme raio atingiu simultaneamente a sinagoga, a casa de estudos e a casa de banhos rituais. Toda a cidade estava em chamas.

Agora, finalmente, as pessoas iludidas se deram conta de que não havia origem natural nesses acontecimentos. Embora a chuva continuasse caindo e até aumentasse de intensidade, o fogo não se extinguia. Uma estranha luz brilhou na praça do mercado. Os poucos indivíduos prudentes que tentaram se livrar da turba ensandecida foram pisados e esmagados na terra.

E então o cavalheiro da Cracóvia revelou sua verdadeira identidade. Não era mais o jovem que os aldeões haviam recebido, mas uma criatura coberta de escamas, com um olho no peito, e na testa um chifre que girava a grande velocidade. Seus braços eram cobertos de pêlos, espinhos e cachos emaranhados, e sua cauda era um nó de serpentes vivas, pois ele não era outro senão Ketev M'riri, o Chefe dos Diabos.

Feiticeiras, lobisomens, diabretes, demônios e elfos mergulhavam do céu, alguns sobre vassouras, outros em aros de barril, outros ainda sobre aranhas. Osnath, a filha de Machlath, os cabelos de fogo soltos ao vento, os seios nus e as coxas expostas, saltava de chaminé em chaminé e deslizava pelos beirais. Namah, Hurmizah, filha de Aff, e muitas outras diabas davam todo tipo de cambalhotas. O próprio Satã conduziu a noiva, enquanto quatro maus espíritos seguravam os postes do dossel, que haviam se transformado em pítons enroladas. Quatro cães escoltavam o noivo. O vestido de Hodle voou para longe dela e ela estava nua. Seus seios pendiam até o umbigo e tinha membranas entre os dedos dos pés. O cabelo era um enredado de vermes e lagartas. O noivo estendeu um anel triangular e, em vez de dizer "Com este anel és consagrada a mim segundo as leis de Moisés e Israel", disse "Com este anel sejas desconsagrada a mim segundo a blasfêmia de Corá e Ismael". E em vez de desejar boa sorte ao casal, os maus espíritos gritaram "Azar" e começaram a entoar:

A maldição de Eva, a marca de Caim,
a astúcia da serpente os une até o fim.

Gritando pela última vez, o velho agarrou a cabeça entre as mãos e morreu. Ketev M'riri começou o seu tributo:

Do Demo a bosta, de Satã, feitiço eterno,
levem sua alma para queimar no inferno.

V.

No meio da noite, o rabino Ozer acordou. Como era um homem santo, o fogo que consumia a cidade não tinha poder sobre a sua casa. Sentado na cama, olhou em torno, imaginando se a manhã já teria chegado. Mas lá fora não era dia nem noite. O céu estava incendiado de vermelho, e da distância vinha o clamor de gritos e canções que pareciam o zurrar de feras selvagens. Primeiro, sem lembrar de nada, o velho imaginou o que estaria acontecendo. "Será que o mundo acabou? Ou eu é que não ouvi o chifre de carneiro anunciando o Messias? Terá ele chegado?" Lavou as mãos, calçou o chinelo, vestiu o sobretudo e saiu.

A cidade estava irreconhecível. Onde antes havia casas, só as chaminés estavam de pé. Montanhas de carvão fumegavam aqui e ali. Chamou o sacristão, mas não obteve resposta. Com sua bengala, o rabino começou a procurar seu rebanho.

"Onde estão vocês, judeus, onde estão?", chamou, piedoso.

A terra queimava-lhe os pés, mas não diminuiu o passo. Cachorros loucos e seres estranhos o atacaram, mas vibrou sua bengala contra eles. Sua tristeza era tamanha que não sentia medo. No lugar onde ficava a praça do mercado, uma terrível visão veio a seu encontro. Não havia nada senão um grande charco, cheio de lama, limo e cinzas. Espojando-se na lama até a cintura, uma multidão de gente nua fazia os movimentos de uma dança. Primeiro, o rabino tomou as estranhas figuras que se mexiam por demônios, e estava a ponto de recitar o capítulo "Que haja contentamento" e outras passagens relativas ao exorcismo quando reconheceu os homens de sua cidade. Só então lembrou-se do médico da Cracóvia, e o rabino gritou, amargurado: "Judeus, pelo amor de Deus, salvem suas almas! Estão nas mãos de Satã!".

Mas os moradores da cidade, inebriados demais para ouvir seus gritos, continuaram com seus movimentos frenéticos durante longo tempo, pulando como sapos, tremendo como se estivessem com febre. De cabeça descoberta e seios nus, as mulheres riam, gritavam e oscilavam. Pegando um rapaz da yeshiva pelos cachos, uma menina puxou-o para seu colo. Uma mulher puxou a barba de um homem estranho. Velhos e velhas estavam mergulhados na lama até a cintura. Mal pareciam vivos.

Implacavelmente, o rabino insistia para as pessoas resistirem ao mal. Recitando a Torá e outros livros sagrados, além de fórmulas mágicas e dos vários nomes de Deus, conseguiu despertar alguns deles. Logo outros reagiram. O rabino ajudou o primeiro a sair da lama, depois este ajudou o outro, e assim por diante. A maioria já havia se recuperado quando apareceu a estrela da manhã. Talvez o espírito de seus antepassados tenha intercedido, pois embora muitos tivessem pecado, só um homem morreu nessa noite na praça do mercado.

Agora os homens estavam horrorizados, percebendo que o diabo os havia enfeitiçado, arrastando-os na lama; e eles choraram.

"Onde está nosso dinheiro?", gemiam as moças. "E nosso ouro e nossas jóias? Onde está nossa roupa? O que aconteceu com o vinho, e as comidas e os presentes de casamento?"

Mas tudo havia virado lama; a cidade de Frampol, despida e destruída, se transformara em um pântano. Seus habitantes estavam cobertos de lama, nus, monstruosos. Por um momento, esquecendo a tristeza, eles riram uns dos outros. Os cabelos das meninas estavam emaranhados e havia morcegos presos neles. Os rapazes estavam grisalhos e enrugados; os velhos, amarelos como mortos. No meio deles, o velho que havia morrido. Vermelho de vergonha, o sol nasceu.

"Rasguemos nossas roupas em luto", evocou um homem, mas suas palavras despertaram riso, pois estavam todos nus.

"Estamos condenadas, irmãs", lamentou uma mulher.

"Vamos nos afogar no rio", gritou uma moça. "Por que continuar vivendo?"

Um dos meninos da yeshiva disse: "Vamos nos enforcar com nossas faixas".

"Irmãos, estamos perdidos. Vamos blasfemar contra Deus", disse um vendedor de cavalos.

"Perderam a cabeça, judeus?", gritou o rabino Ozer. "Arrependam-se, antes que seja tarde. Caíram todos na armadilha de Satã, mas a culpa é minha, e assumo a culpa para mim. Sou eu o culpado. Serei o seu bode expiatório e vocês todos estarão limpos."

"Isso é loucura!", protestou um dos estudiosos. "Deus nos livre de que tantos pecados caiam sobre sua santa cabeça."

"Não se preocupem com isso. Tenho ombros largos. Eu devia ter enxergado melhor. Estava cego de não perceber que o doutor da Cracóvia era o Maligno. E quando o pastor está cego, o rebanho se dispersa. Sou eu que mereço castigo e maldição."

"Rabino, o que faremos? Não temos mais casas, nem lençóis, nada. Ai de nós, de nossos corpos e de nossas almas."

"Nossos bebês!", gritaram as jovens matronas. "Vamos voltar correndo para eles!"

Mas os bebês é que tinham sido as verdadeiras vítimas da paixão pelo ouro que levou os habitantes de Frampol a transgredir. Os berços estavam queimados, seus ossinhos tisnados. As mães curvaram-se para pegar mãozinhas, pés, crânios. O choro e os gemidos duraram longo tempo, mas por quanto tempo pode uma cidade inteira chorar? O coveiro recolheu os ossos e levou para o cemitério. Metade da cidade deu início aos sete dias de luto prescritos pela lei. Mas todos jejuaram, porque não havia comida em parte alguma.

A compaixão dos judeus, porém, é bem conhecida, e quando a cidade vizinha de Yanev ficou sabendo o que havia acontecido, roupas, lençóis de cama, pão, queijo e pratos foram coletados e mandados para Frampol. Os comerciantes de madeira trouxeram troncos para construir. Homens ricos ofereceram crédito. No dia seguinte, começou a reconstrução da cidade. Embora o trabalho fosse proibido para os que estavam de luto, o rabino Ozer emitiu um veredicto de que se tratava de um caso excepcional: a vida das pessoas estava em perigo. Milagrosamente, o tempo permaneceu brando, não caiu neve. Nunca antes se viu tanto empenho em Frampol. Os moradores construíam e rezavam, misturando cal com areia e recitando salmos. As mulheres trabalhavam junto com os homens, enquanto as moças, esquecendo suas exigências, também ajudavam.

Estudiosos e homens de alta posição apoiavam. Camponeses das aldeias vizinhas, tendo ouvido da catástrofe, receberam em suas casas os velhos e enfermos. Também trouxeram madeira, batatas, repolhos, cebolas e outras comidas. Sacerdotes e bispos de Lublin, ao saber dos acontecimentos que sugeriam bruxaria, vieram examinar as testemunhas. Quando o escriba registrou o nome das pessoas que moravam em Frampol, Hodle, a filha de Lipa, o catador de trapos, de repente foi lembrada. Mas quando os moradores foram até onde ficava sua cabana, encontraram a montanha coberta de mato e espinheiros, em silêncio, a não ser pelos gritos dos corvos e dos gatos. Não havia nenhum indício de que seres humanos houvessem algum dia vivido ali.

Então se compreendeu que Hodle era na verdade Lilith e que o anfitrião do outro mundo tinha vindo a Frampol por causa dela. Terminadas suas investigações, os religiosos de Lublin, muito assustados com o que tinham visto e ouvido, voltaram para casa. Dias depois, na véspera do shabat, o rabino Ozer morreu. Toda a cidade compareceu ao funeral, e o pregador da cidade recitou uma elegia para ele.

No tempo certo, um novo rabino veio para a comunidade, e uma nova cidade surgiu. Os velhos morreram, os túmulos do cemitério se desmancharam e os monumentos aos poucos afundaram. Mas a história, assinada por testemunhas fidedignas, ainda pode ser lida no pergaminho da crônica.

E os eventos da história levaram ao epílogo: a paixão pelo ouro foi domada em Frampol, e nunca se reacendeu. Por gerações e gerações o povo continuou pobre. Uma moeda de ouro se transformou em abominação em Frampol e até a de prata era olhada com desconfiança. Sempre que um sapateiro ou um alfaiate pedia um preço alto demais por seu trabalho, diziam-lhe: "Vá procurar o cavalheiro da Cracóvia e ele lhe dará baldes de ouro".

E no túmulo do rabino Ozer, na capela do cemitério, brilha uma luz eterna. No telhado, sempre se vê um pombo branco: o espírito santificado do rabino Ozer.

Alegria

Depois de enterrar Bunem, seu terceiro filho, o rabino Bainish de Komarov parou de rezar por seus filhos doentes. Sobravam apenas um filho e duas filhas, e todos cuspiam sangue. Sua mulher muitas vezes invadia a solidão de seu estúdio gritando: "Por que fica tão quieto? Por que não move céus e terra?". De punhos cerrados ela gemia: "De que adiantam seus conhecimentos, suas preces, o mérito de seus ancestrais, seus jejuns prolongados? O que Ele tem contra você, nosso Pai do céu? Por que Sua ira se volta contra você?". Em seu desespero, ela uma vez agarrou um livro sagrado e atirou no chão. Em silêncio, o rabino Bainish o levantou. Sua resposta era invariavelmente: "Me deixe em paz!".

Embora não tivesse ainda cinqüenta anos, a barba do rabino, tão rala que dava para contar os fios, havia ficado branca como a barba de um velho. Seu corpo alto se curvara. Os severos olhos negros olhavam através das pessoas. Ele não comentava mais a Torá nem presidia as refeições. Passava semanas sem aparecer na casa de estudos. Embora viessem seguidores de outras cidades visitá-lo, tinham de voltar sem lhes ter sido permitido nem apresentar um cumprimento. Atrás da porta trancada ficava ele sentado, silencioso; era um silêncio fecundo. A turba, seus hassidistas "pão com manteiga", aos poucos se dividiu entre outros rabinos. Só o seu círculo íntimo, os velhos hassídicos, os sábios, permaneceram. Quando Rebeca, sua filha mais nova, morreu, o rabino não acompanhou o cortejo. Ordenou ao sacristão, Avigdor, que fechasse as janelas, e fechadas elas ficaram. Por uma abertura em forma de coração entrava uma débil luz por meio da qual o rabino olhava seus livros. Não mais recitava alto os textos; simplesmente folheava as páginas, abrindo o livro num lugar, depois em outro, e com um olho fechado olhava vago as páginas e as paredes. Molhando a pena no tinteiro, puxava uma folha de papel para si, mas não escrevia. Enchia o cachimbo, que ficava sem acender. O café-da-manhã e o jantar trazidos a seu estúdio não mostravam sinal de terem sido tocados. Assim passaram-se semanas e meses.

Num dia de verão, o rabino apareceu na casa de estudos. Muitos meninos e rapazes estavam lá estudando, enquanto dois velhos, freqüentadores habituais, faziam a meditação. Como o rabino estava ausente havia muito tempo, todos ficaram com medo ao vê-lo. Dando um passo para a frente e outro para trás, ele perguntou: "Onde está Abraão Moshe de Borisov?".

"Na hospedaria", respondeu um rapaz que ainda não tinha emudecido.

"Pode pedir a ele que venha falar comigo, por favor?"

"Posso, rabino."

O rapaz partiu imediatamente para a hospedaria. O rabino foi até as estantes, pegou um livro ao acaso, olhou uma página e recolocou o livro no lugar. Com seu manto desabotoado, a longa estola franjada, as calças curtas, meias brancas, chapéu empurrado para trás, os cachos laterais desfeitos, as sobrancelhas contraídas, ele ali ficou. A casa de estudos estava tão quieta que dava para ouvir a água pingando na pia e as moscas zunindo em torno das velas. O relógio de carrilhão, com suas longas correntes e romãs no mostrador, gemeu e bateu as três horas. Pelas janelas abertas, espreitavam as árvores frutíferas do pomar; dava para ouvir o canto dos pássaros. Nas colunas oblíquas de pó, minúsculas partículas vibravam, não mais matéria e não ainda espírito, refletindo as cores do arco-íris. O rabino chamou um menino que tinha acabado de sair da escola de hebraico e que começara a ler sozinho o Talmude.

"Como é seu nome, hein?"

"Moshe."

"O que está estudando?"

"O primeiro tratado."

"Que capítulo?"

"*Shur Shenagah ath haparah.*"

"Como se traduz isso?"

"Um touro chifrou uma vaca."

O rabino bateu o pé calçado no chinelo. "Por que o touro chifra a vaca? O que a vaca fez para ele?"

"Um touro não raciocina."

"Mas Aquele que criou o touro raciocina."

O menino não sabia a resposta para aquilo. O rabino beliscou sua bochecha. "Vá, continue estudando", disse, voltando à sua sala.

Reb Abraão Moshe chegou logo depois. Era um homem pequeno, de rosto juvenil, barba branca e cachos laterais, usando roupa comprida até o chão, uma grossa faixa verde-musgo e trazendo um longo cachimbo que lhe chegava aos joelhos. Por cima do solidéu, usava um chapéu alto. Suas excentricidades eram bem conhecidas. Recitava a oração matinal à tarde, e a oração da tarde muito depois de os outros terem voltado para o serviço da noite. Cantava salmos no Purim e durante a reza Kol Nidrei ele dormia. Na noite de Páscoa, quando todos comemoravam a festa da Páscoa, ele estudava os comentários dos Tratados Talmúdicos sobre Perdas e Compensações. Dizia-se que uma vez, na taverna, tinha vencido um general no jogo de xadrez, e que o general o havia recompensado com uma licença para vender conhaque. Sua esposa é que tocava o negócio; ele próprio passava mais tempo em Komarov do que em casa. Dizia que morar em Komarov era como estar no sopé do monte Sinai; o próprio ar já purificava. Quando estava mais jocoso, dizia que nem era preciso estudar em Komarov; bastava ficar sentado em um banco na casa de estudos e inalar a Torá ao respirar. Os hassidistas sabiam que o rabino tinha Reb Abraão Moshe na mais alta estima, que discutia a doutrina esotérica com ele e pedia seus conselhos. Reb Abraão Moshe estava sempre sentado à cabeceira da mesa. Mesmo assim, toda vez que ia visitar o rabino arrumava-se como um rapazinho. Lavava as mãos, abotoava o cafetã, enrolava os cachos de cabelo e penteava a barba. Chegava à sua presença com reverência, como quem chega à casa de um santo.

O rabino não mandava chamá-lo desde a morte de Rebeca; só isso já era indício da profundidade da dor do rabino. Reb Abraão Moshe não foi arrastando os pés, como sempre, mas andou depressa, quase correndo. Ao chegar à porta do rabino, parou um momento, arranjou o chapéu, o peito, enxugou a testa com o lenço e entrou com capricho. O rabino, que abrira uma das venezianas, estava fumando seu cachimbo na poltrona de braços de marfim. Um copo de chá pela metade sobre a mesa, um pão ao lado. Aparentemente, o rabino havia se recuperado.

"Rabino, aqui estou", disse Reb Abraão Moshe.

"Estou vendo. Sente."

O rabino ficou em silêncio um momento. Pousando a mão fina na beirada da mesa, olhou as unhas brancas dos dedos longos. E disse: "Abraão Moshe, não é nada bom".

"O que não é nada bom?"

"Abraão Moshe, a coisa é pior do que você pensa."

"O que poderia ser pior?", perguntou Abraão Moshe ironicamente.

"Abraão Moshe, o ateu tem razão. Não existe justiça, não existe juiz."

Reb Abraão Moshe estava acostumado com as palavras ásperas do rabino. Em Komarov, nem o Senhor do Universo era poupado. Mas rebelar-se era uma coisa; negar a Deus era outra. Reb Abraão Moshe ficou pálido. Seus joelhos tremeram.

"Então quem governa o mundo, rabino?"

"Não é governado."

"Quem então?"

"Uma mentira total!"

"Ora, ora..."

"Um monte de esterco..."

"De onde veio o esterco?"

"No princípio, era o esterco."

Reb Abraão Moshe gelou. Queria falar, mas seus argumentos ficavam parados na garganta. Bom, é a dor dele falando, pensou. Mesmo assim deslumbrou-se. Se Jó agüentou, o rabino agüentaria.

"O que devemos fazer então, rabino?", perguntou Reb Abraão Moshe com voz rouca.

"Devemos adorar ídolos."

Reb Abraão Moshe agarrou a beira da mesa para não cair.

"Que ídolos?", perguntou. Tudo à sua volta pareceu apertar-se.

O rabino deu uma risadinha. "Não tenha medo; não vou mandar você para o padre. Se o ateu tem razão, qual a diferença entre Terá e Abraão? Cada um serviu a um ídolo diferente. Terá, que era simplório, inventou um deus de barro. Abraão inventou o Criador. O que importa é o que se inventa. Até uma mentira tem de ter alguma verdade em si."

"É brincadeira sua", Reb Abraão Moshe gaguejou. Sentia a boca seca, a garganta apertada.

"Bom, pare de tremer! Sente aí!"

Reb Abraão Moshe sentou. O rabino se levantou, foi até a janela e ficou olhando o espaço por um longo tempo. Depois, foi até o armário. O armário, que cheirava a vinho e a velas apagadas, continha uma caixa de especiarias, uma caixa de cidra e um candelabro de Hanuká. O rabino pegou um Zohar, abriu ao acaso, olhou a página, fez que sim com a cabeça e então, estalando os lábios, exclamou: "Uma boa invenção, muito boa!".

II.

Mais e mais hassidistas iam embora. Aos sábados, na casa de estudos mal havia quorum. Todos os sacristãos, menos Afigdor, haviam partido. Achando intolerável a solidão, a mulher do rabino foi fazer uma longa visita a seu irmão, o rabino de Biala. Reb Abraão Moshe ficou em Komarov. Passava um shabat por mês com a família, em sua cidade natal. Se um homem não podia ser abandonado quando seu corpo estava doente, pensou, com toda certeza não podia ser deixado sozinho durante a doença de sua alma. Se seu rabino estava cometendo pecados, Deus nos livre, devia ser proibido ter contato com ele, mas na verdade sua piedade agora era maior do que antes. Ele rezava, estudava, visitava a casa de banhos rituais. E era tão ardoroso na caridade que vendeu suas posses mais preciosas (os candelabros de prata, o grande candelabro de Hanuká, seu relógio de ouro e a bandeja de Páscoa) e deu o dinheiro aos pobres. Reb Abraão Moshe o censurou, dizendo que estava esbanjando a sua herança, mas o rabino respondeu: "Os pobres existem *de fato*. Isso é uma coisa de que podemos ter certeza".

O verão passou e veio o mês de Elul. Nos dias de semana, Avigdor, o sacristão, soprava o chifre de carneiro na casa de estudos. Komarov costumava ficar completamente cheia durante o mês de Elul; não havia camas que bastassem nas hospedarias, e gente jovem dormia nos depósitos, nas cocheiras, nos sótãos. Mas nesse ano estava sossegado em Komarov. As janelas das hospedarias continuaram fechadas. A grama crescia à vontade no jardim do rabino; não havia ninguém para pisá-la. Teias de aranha oscilavam no ar. As maçãs, pêras e ameixas amadureciam nas árvores do pomar, porque os meninos que costumavam apanhá-las tinham ido embora. O canto dos pássaros soava mais alto do que nunca. Toupeiras cavavam e formavam muitos montes de terra. Certos arbustos produziram suas frutinhas venenosas. Um dia, a caminho da casa de banhos, o rabino apanhou uma dessas frutinhas. "Se uma coisa destas é capaz de transformar um homem num cadáver", pensou, "o que é um cadáver?" Cheirou a frutinha e jogou fora. "Se tudo gira em torno de uma frutinha, então nossa vida é uma frutinha." O rabino entrou na casa de banhos. "Bem, demônios, onde estão vocês?", perguntou em voz alta, e suas palavras lhe foram devolvidas pelo eco. "Pelo menos, que existam diabos." Sentou-se no banco, tirou seu manto de franjas e o examinou. "Fio e nós, nada mais..."

A água estava fria, mas isso não fez diferença para ele. "Quem sente frio? E se se sente frio, qual é o problema?" O frio cortou-lhe a respiração e ele agarrou a barra. Depois mergulhou e ficou um longo tempo debaixo d'água. Algo dentro dele estava rindo. "Enquanto respira, o homem tem de respirar." O rabino enxugou-se e vestiu-se. Voltou a seu estúdio, abriu o livro da Cabala, As Duas Tábuas da Aliança. Ali estava escrito que "o rigor da lei devia ser abrandado para privar Satã de alimento". "Bom, e se isso for um conto de fadas?" O rabino fechou um olho, enquanto o outro continuava enxergando. "O sol? Feche os olhos e não existe sol. Os pássaros? Tape os ouvidos e não existem pássaros. Dor? Engula uma frutinha silvestre e a dor desaparece. O que resta então? Absolutamente nada. O passado não existe mais e o futuro ainda está por vir. A conclusão é que nada existe além do momento. Bom, se é assim, não há nada com que nos preocupar."

Não mais que trinta hassidistas reuniram-se em Komarov para o Rosh Hashanah. Embora o rabino comparecesse à cerimônia com seu manto e estola, não dava para saber se rezava, porque estava em silêncio. Depois da cerimônia, os hassidistas sentaram-se à mesa, mas o lugar de seu rabino estava vazio. Um velho cantou uma curta canção e outros o acompanharam, ruidosos. Reb Abraão Moshe repetiu um comentário à Torá que o rabino havia feito vinte anos antes. Graças a Deus, o rabino estava vivo, embora na prática estivesse morto.

Avigdor levou para a sala do rabino uma garrafa de vinho, maçãs com mel, a cabeça de uma carpa, dois pães halás, um quarto de galinha com cenouras cozidas e uma fatia de abacaxi para a bênção do primeiro fruto. Mas embora já fosse noite, o rabino não tocou em nada.

Durante o mês de Elul ele havia jejuado. Seu corpo dava a sensação de ter sido esvaziado. A fome ainda mordia em algum lugar do estômago, mas era uma fome que não tinha relação com ele. O que ele, Bainish de Komarov, tinha a ver com comida? Seria forçoso ceder às paixões do corpo? Se o sujeito resiste, acontece o quê? Morre? "Que morra, se é isso que se quer. Por mim, está bem." Uma mosca verde-dourada veio voando pela janela, do lado de fora da cortina, e pousou em cima do olho vidrado da carpa. O rabino murmurou: "Bom, o que está esperando? Coma...".

Ali sentado, meio dormindo, meio acordado em sua velha poltrona, os braços nos braços da poltrona, mergulhado em pensamentos que não sabia que estava pensando, despojado de todas as coisas externas, o rabino de repente viu sua filha mais nova, Rebeca. Ela entrou pela porta fechada e ali ficou, pálida, ereta, o cabelo preso em duas tranças, usando seu melhor vestido bordado, um livro de orações na mão, um lenço na outra. Esquecendo que ela havia morrido, o rabino olhou-a um pouco surpreso. "Olhe, ela já está crescida, como ainda não está noiva?" Uma nobreza extraordinária se espalhava por suas feições; parecia ter acabado de se recuperar de uma doença; as pérolas do colar brilhavam com uma luz sobrenatural, com uma aura dos Dias de Assombro. Com uma expressão de recato e amor ela olhou para o rabino.

"Bom feriado, Pai."

"Bom feriado, feliz ano-novo", disse o rabino.

"Pai, recite as graças."

"Por quê? Claro, claro."

"Pai, vá sentar à mesa junto com os convidados", disse ela, meio ordenando, meio implorando.

Um arrepio gelado percorreu a espinha do rabino. "Mas ela está morta!" Imediatamente, seus olhos se encheram de lágrimas e ele se pôs de pé como se fosse correr para ela. Na névoa das lágrimas, a forma de Rebeca se distorceu, ficou mais longa, parcialmente borrada, mas ainda pairava à frente dele. O rabino observou o fecho prateado do livro de orações e a renda de seu lenço. O rabinho de cabelo da esquerda estava amarrado com uma fita branca. Mas seu rosto, como por trás de um véu, dissolveu-se num borrão. A voz do rabino enfraqueceu.

"Minha filha, você está aqui?"

"Estou, Pai."

"Por que veio?"

"Pelo senhor."

"Quando?"

"Depois dos feriados."

Ela pareceu retirar-se. No torvelinho da névoa, sua forma perdeu substância, mas o vestido continuou a se arrastar pelo chão em dobras e ondas, como uma cauda de ouro, e dele subia um fulgor. Logo também isso dissolveu-se, e nada restou a não ser uma sensação de deslumbramento, um gosto sobrenatural, um toque de alegria celestial. O rabino não chorou, mas duas gotas luminosas caíram em seu manto branco bordado de flores e folhas. Uma fragrância de murta, cravo e açafrão espalhou-se no ar. Ele sentiu um gosto de saciedade na boca, como se tivesse comido marzipã.

O rabino lembrou do que Rebeca lhe disse. Colocou na cabeça o chapéu de pele, levantou-se e abriu a porta que dava para a casa de estudos. Era hora da reza da noite, mas os velhos ainda não tinham deixado a mesa.

"Bom feriado, meus amigos", disse o rabino com voz alegre.

"Bom feriado, rabino."

"Avigdor, quero dar as graças."

"Estou pronto, rabino."

Avigdor trouxe o vinho, e o rabino, entoando a melodia do feriado, recitou a oração. Lavou as mãos com a bênção apropriada e rezou a prece do pão. Depois de tomar um pouco de sopa, o rabino comentou a Torá, coisa que não fazia havia anos. Sua voz era baixa, mas audível. O rabino escolheu a pergunta de por que a lua é escura no Rosh Hashanah. A resposta é que no Rosh Hashanah se reza pela vida, e vida significa livre-arbítrio, e liberdade é Mistério. Se alguém soubesse a verdade, como podia haver liberdade? Se o céu e o paraíso fossem no meio da praça do mercado, todo mundo seria santo. De todas as bênçãos dadas ao homem, a maior delas está no fato de a face de Deus estar sempre escondida dele. Os homens são filhos do Altíssimo, e o Todo-Poderoso brinca de esconde-esconde com eles. Ele esconde Seu rosto, e os filhos O procuram enquanto têm fé de que Ele existe. Mas e se, Deus nos livre, alguém perde a fé? Os maus vivem negando; negar em si também é uma fé, fé em fazer o mal, e disso se pode tirar força para o corpo. Mas se o homem piedoso perde a fé, a verdade lhe é mostrada, e ele é chamado de volta. Este o sentido simbólico das palavras "Quando o homem morre em uma tenda": quando o homem piedoso baixa de posição e passa, como os maus, a não ter abrigo permanente, então uma luz brilha no alto, e todas as dúvidas cessam...

A voz do rabino foi ficando gradualmente mais fraca. Os velhos se inclinaram para ele, ouvindo com atenção. A casa de estudos estava tão quieta que dava para ouvir as velas bruxulearem. Reb Abraão Moshe ficou pálido. Ele entendeu o sentido oculto por trás de tudo aquilo. No momento em que terminou o Rosh Hashanah, mandou algumas cartas, depois de ter ficado acordado até o amanhecer para escrevê-las. A esposa do rabino voltou de Biala, e os hassidistas chegaram em grande número para o Yom Kippur. O rabino tinha voltado a ser o que era. Durante os feriados de Sukot, ele comentou sobre a Torá em sua pérgola. Em Hashanah Raba, rezou a noite inteira, até o amanhecer, com seus hassidistas. Em Simchas Torá, não se cansou de dançar em torno do púlpito de leitura. Seus hassidistas disseram depois que Komarov não havia nunca, nem com o rabino anterior, bendita seja sua memória, comemorado aquele feriado com tamanha animação. O rabino falava pessoalmente com cada um de seus hassidistas, perguntando da família e lendo cuidadosamente cada petição. Ajudou as crianças a decorar a pérgola com lanternas, fitas, cachos de uva. Teceu com as próprias mãos cestos de folhas de lulab para as murtas. Beliscou as bochechas dos meninos que tinham vindo junto com os pais e lhes deu biscoitos. Geralmente, o rabino rezava tarde e sozinho, mas no dia seguinte ao Sukot, rezou na casa de estudos com o primeiro grupo. Depois da cerimônia, pediu um copo de café. Reb Abraão Moshe e um círculo de rapazes ficou olhando o rabino tomar café. Entre um gole e outro, tirava baforadas de seu cachimbo. Disse: "Quero que saibam que o mundo material não tem substância".

Depois do café-da-manhã, o rabino deu as graças. Em seguida mandou arrumar sua cama e murmurou alguma coisa sobre sua velha estola de oração. Assim que se deitou, virou um moribundo. Seu rosto ficou tão amarelo quanto a roupa franjada. Suas pálpebras se fecharam. Coberta de rugas, sua testa assumiu um estranho aspecto. A vida estava literalmente indo embora dele; seu corpo encolheu e se alterou. A mulher do rabino queria chamar o médico, mas o rabino fez um sinal para que não fizesse isso. Abrindo os olhos, olhou para a porta. Entre os umbrais, ao lado do mezuzá, estavam todos de pé: seus quatro filhos e duas filhas, seu pai, bendita seja sua memória, e seu avô. Reverentes, olhavam todos para ele, com expectativa, de braços estendidos. Cada um emitia uma luz diferente. Curvados para a frente, pareciam contidos por uma cerca invisível. "Então é assim", pensou o rabino. "Bom, está tudo claro." Ouviu sua mulher soluçar e quis consolá-la, mas não tinha mais força na garganta, nos lábios. De repente, Reb Abraão Moshe curvou-se sobre ele, como se entendesse que o rabino queria falar, e o rabino murmurou: "Devemos estar sempre alegres".

Foram suas últimas palavras.

Os pequenos sapateiros

I. OS SAPATEIROS E SUA ÁRVORE GENEALÓGICA

A família dos pequenos sapateiros era famosa não só em Frampol como em todo o distrito em volta: em Yanev, Kreshev, Bilgoray e até em Zamoshoh. Abba Shuster, o fundador da linhagem, apareceu em Frampol algum tempo depois dos pogroms de Chmielnitzki. Comprou um lote na cerrada montanha atrás das barracas dos açougueiros e ali construiu uma casa que ainda estava de pé até outro dia. Não que estivesse em boas condições, não: o alicerce de pedra cedeu, as pequenas janelas empenaram e o telhado de madeira ficou verde de musgo e coberto de ninhos de andorinhas. Além disso, a porta afundou no chão; as balaustradas arquearam e, em vez de subir para a soleira, tinha-se de descer. Mesmo assim, ela sobreviveu aos inúmeros incêndios que devastaram Frampol nos primeiros tempos. As vigas, porém, estavam tão podres que nelas cresciam cogumelos, e quando era preciso serragem para estancar o sangue de uma circuncisão, bastava arrancar um pedaço da parede externa e esfregar entre os dedos. O telhado, tão íngreme que o limpador de chaminé não conseguia subir para cuidar da chaminé, estava sempre pegando fogo com as fagulhas. Só pela graça de Deus a casa nunca foi colhida por um desastre.

O nome de Abba Shuster está registrado no pergaminho dos anais da comunidade judaica de Frampol. Era costume dele fazer seis pares de sapatos todos os anos para distribuir entre viúvas e órfãos; em reconhecimento por sua filantropia, a sinagoga o chamava para ler a Torá sob o título honroso de Murenu, que quer dizer "nosso professor".

A lápide com seu nome desapareceu do cemitério, mas os sapateiros sabiam de um sinal que marcava o túmulo: perto crescia uma aveleira. Segundo as velhas matronas, a árvore cresceu da barba de Reb Abba.

Reb Abba teve cinco filhos; eles se estabeleceram, todos menos um, nas cidades vizinhas; só Getzel permaneceu em Frampol. Ele continuou a prática caridosa do pai, fazendo sapatos para os pobres, e era também ativo na irmandade dos coveiros.

Os anais prosseguem, dizendo que Getzel teve um filho, Godel, e que de Godel nasceu Treitel, e de Treitel, Gimpel. A arte da sapataria foi passando de geração em geração. Um princípio estava solidamente instituído na família, exigindo que o filho mais velho permanecesse em casa e desse continuidade ao pai na bancada de trabalho.

Os sapateiros se pareciam uns com os outros. Eram todos baixos, de cabelos cor de areia, e sólidos e honestos trabalhadores. A gente de Frampol acreditava que Reb Abba, o cabeça da linhagem, havia aprendido a fazer sapatos com um mestre da arte em Brod, que revelou a ele o segredo de fortalecer o couro e torná-lo durável. No porão de sua casa, os pequenos sapateiros mantinham um tambor para deixar as peles de molho. Deus sabe que estranhos produtos químicos acrescentavam ao líquido de curtir. Não revelavam a fórmula a estranhos, e ela era passada de pai para filho.

Como não é nossa missão lidar com todas as gerações dos pequenos sapateiros, vamos nos limitar às três últimas. Reb Lippe ficou sem herdeiro até a velhice, e tinha-se por certo que a linhagem ia terminar nele. Mas quando estava com quase setenta anos, sua mulher morreu e ele se casou com uma virgem para lá de madura, uma ordenhadora, que lhe deu seis filhos. O filho mais velho, Feivel, ficou bastante bem de vida. Destacava-se nos assuntos da comunidade, comparecia a todas as reuniões importantes e durante anos foi sacristão na sinagoga dos alfaiates. Em sua sinagoga, era costume escolher um novo sacristão a cada Simchat Torá. O homem assim escolhido era homenageado com uma abóbora colocada sobre sua cabeça; a abóbora era guarnecida com velas acesas, e o privilegiado era conduzido de casa em casa e a cada parada brindado com vinho e strudel ou bolos de mel. Porém Reb Feivel veio a morrer no Simchat Torá, o dia de se alegrar pela Lei, enquanto cumpria aplicadamente esse circuito; ele caiu estatelado na praça do mercado, e não houve como revivê-lo. Como Feivel tinha sido um notável filantropo, o rabino que celebrou a cerimônia declarou que as velas por ele portadas aquele dia na cabeça iluminariam seu caminho para o Paraíso. O testamento encontrado em seu cofre forte solicitava que, quando fosse levado para o cemitério, um martelo, um furador e uma fôrma de sapatos fossem colocados no pano preto sobre seu caixão, para marcar o fato de ter sido um homem pacífico e industrioso que nunca enganava os clientes. Sua vontade foi cumprida.

O filho mais velho de Feivel chamava-se Abba, em honra ao fundador. Assim como o resto da família, era baixo e atarracado, com uma grande barba amarela e uma testa alta marcada por rugas, como só os rabinos e os sapateiros têm. Seus olhos também eram amarelos, e a impressão geral que dava era a de uma galinha zangada. Apesar disso, era bom trabalhador, caridoso como seus antepassados, e em Frampol não havia igual como homem de palavra. Nunca fazia uma promessa, a menos que tivesse a certeza de poder cumpri-la. Quando não tinha certeza, dizia: quem sabe, se Deus quiser, ou talvez. Além disso, era homem de alguma cultura. Todos os dias lia um capítulo da Torá traduzida para o iídiche e ocupava o tempo livre com livros populares. Abba nunca perdia um único sermão dos pregadores itinerantes que passavam pela cidade e gostava particularmente dos trechos bíblicos que se liam na sinagoga durante os meses de inverno. Quando sua mulher, Pesha, leu para ele, num shabat, a tradução iídiche das histórias do Livro do Gênesis, ele imaginou que era Noé e que seus filhos eram Sem, Cam e Jafé. Ou então via a si mesmo na imagem de Abraão, Isaque, Jacó. Muitas vezes pensou que se o Todo-Poderoso o chamasse para sacrificar seu filho mais velho, Gimpel, ele levantaria cedo de manhã e cumpriria o mandamento sem demora. Sem dúvida, iria embora da Polônia e da casa de seu nascimento e vagaria pela terra onde Deus o mandasse. Sabia de cor a história de José e seus irmãos, mas nunca se cansava de ler o texto de novo. Tinha inveja dos antigos porque o Rei do Universo revelava-Se para eles e fazia milagres em prol deles, mas se consolava pensando que dele, Abba, até os Patriarcas estendia-se uma corrente ininterrupta de gerações, como se também ele fizesse parte da Bíblia. Ele brotou do lombo de Jacó; ele e seus filhos eram as sementes cujo número tornara-se como a areia e as estrelas. Estava vivendo em exílio porque os judeus da Terra Santa haviam pecado, mas esperava a Redenção, e estaria pronto quando chegasse a hora.

Abba era, de longe, o melhor sapateiro de Frampol. Suas botas sempre calçavam com perfeição, nunca nem apertadas nem largas demais. As pessoas que sofriam de frieiras, calos, varizes ficavam especialmente satisfeitas com seu trabalho, dizendo que os sapatos dele as deixavam aliviadas. Ele desprezava novas modas, as botas e chinelos vagabundos com saltos ornamentados e solados mal costurados que se soltavam com a primeira chuva. Seus clientes eram respeitáveis cidadãos de Frampol ou camponeses das aldeias vizinhas, e mereciam o melhor. Tirava suas medidas com um cordão cheio de nós, como no tempo antigo. A maior parte das mulheres de Frampol usava peruca, mas sua mulher, Pesha, cobria a cabeça com um gorro também. Ela lhe deu sete filhos e ele os batizou em honra dos antepassados: Gimpel, Getzel, Treitel, Godel, Feivel, Lippe e Ananias. Eram todos baixos e de cabelos cor de palha como o pai. Abba preconizou que iria transformá-los em sapateiros, e como homem de palavra deixou que assistissem ao trabalho da bancada desde que eram ainda bem pequenos, e às vezes lhes ensinava o velho ditado: trabalho bom nunca é perdido.

Passava dezesseis horas por dia na bancada, um saco estendido sobre os joelhos, preparando as solas com uma ferramenta, costurando com uma agulha de arame, tingindo e polindo o couro, ou raspando com um pedaço de vidro; e enquanto trabalhava, cantarolava trechos dos cânticos dos Dias de Assombro. Geralmente, a gata se encolhia por perto e ficava assistindo aos procedimentos como se estivesse cuidando dele. Sua mãe e avó haviam, em sua época, caçado ratos para os pequenos sapateiros. Da janela, Abba podia olhar toda a cidade lá embaixo e uma considerável distância além, até a estrada para Bilgoray e a floresta de pinheiros. Observava os grupos de matronas que toda manhã se reuniam nas barracas dos açougueiros e os rapazes e vagabundos que iam e vinham pelo pátio da sinagoga; as moças que iam à bomba buscar água para o chá, e as mulheres correndo ao entardecer para o banho ritual.

À noite, quando o sol estava se pondo, a casa era tomada por um refulgir tristonho. Raios de luz dançavam pelos cantos, piscavam no teto e deixavam a barba de Abba brilhando com a cor de ouro fiado. Pesha, a mulher de Abba, fazia kasha e sopa na cozinha, os filhos brincavam, as mulheres e moças vizinhas iam e vinham da casa. Abba se levantava de seu trabalho, lavava as mãos, vestia o casaco comprido e ia até a sinagoga dos alfaiates para a oração da noite. Sabia que o vasto mundo era cheio de cidades estranhas e terras distantes, que Frampol não era, de fato, maior que um ponto em um pequeno livro de orações; mas a ele parecia que essa pequena cidade era o umbigo do universo e que sua casa ficava bem no centro dele. Muitas vezes pensava que quando o Messias viesse para levar os judeus para a Terra de Israel, ele, Abba, ia ficar para trás, em Frampol, em sua própria casa, em sua própria montanha. Só no shabat e nos dias santos subiria em uma nuvem e se deixaria levar voando para Jerusalém.

II. ABBA E SEUS SETE FILHOS

Como Gimpel era o mais velho e, portanto, destinado a suceder o pai, era o primeiro nas preocupações de Abba. O pai mandou-o para os melhores professores de hebraico e até contratou um tutor que lhe ensinou elementos de iídiche, polonês, russo e aritmética. O próprio Abba desceu com o menino ao porão e mostrou-lhe a fórmula para adicionar produtos químicos e diversos tipos de casca de árvore ao tanino líquido. Revelou a ele que na maioria dos casos o pé direito é maior que o esquerdo e que a fonte de todos os problemas no ajuste de sapatos encontra-se em geral nos dedões dos pés. Então ensinou a Gimpel os princípios do corte dos solados e das solas internas, dos sapatos de bico arrebitado e dos pontudos, dos saltos altos e baixos; e os ajustes para clientes com pés chatos, joanetes, dedos tortos e calos.

Às sextas-feiras, quando havia sempre uma pressa para sair, os meninos mais velhos deixavam o cheder às dez da manhã e ajudavam o pai na loja. Pesha assava halá e preparava o almoço deles. Pegava o primeiro pão e levava, quente do forno, soprando o tempo todo e jogando de uma mão para a outra, para mostrar a Abba, girando no ar de frente para trás, até ele aprovar com a cabeça. Ela então voltava com uma concha e o fazia provar a sopa de peixe, ou pedia que provasse um pedacinho de um bolo recém-assado. Pesha prezava muito sua opinião. Quando ia comprar pano para ela ou para as crianças, trazia algumas amostras para ele escolher. Até antes de ir ao açougue pedia a opinião dele: o que devia comprar, peito ou lombo, perna ou costela? Ela o consultava não por medo ou porque não tivesse opinião própria, mas simplesmente porque havia aprendido que ele sempre sabia o que estava dizendo. Mesmo quando tinha certeza de que ele estava errado, no fim acabava tendo razão. Ele nunca a intimidava, mas simplesmente lhe dava um olhar para que entendesse que estava sendo boba. Era assim também que lidava com os filhos. Havia uma correia pendurada na sala, mas ele raramente fazia uso dela; seu jeito era pela bondade. Até estranhos o respeitavam. Os comerciantes lhe vendiam os couros a preço justo e não faziam objeções quando ele pedia crédito. Seus próprios clientes confiavam nele e pagavam seus preços sem reclamar. Era sempre o sexto a ser chamado na leitura da Torá na sinagoga dos alfaiates, o que constituía uma honra considerável, e quando assumia um compromisso ou tinha um pagamento a fazer, não era preciso relembrá-lo. Pagava, sem falta, logo depois do shabat. A cidade logo registrou suas virtudes, e embora ele não fosse nada mais que um simples sapateiro e, para dizer a verdade, um tanto ignorante, tratavam-no como a um homem distinto.

Quando Gimple fez treze anos, Abba amarrou um pano de saco na cintura do menino e colocou-o para trabalhar na bancada. Depois de Gimpel, também Getzel, Treitel, Godel e Feivel foram ser aprendizes. Embora fossem seus próprios filhos e os sustentasse com seus ganhos, pagava-lhes um salário. Os dois meninos mais novos, Lippe e Ananias, ainda estavam no cheder elementar, mas também davam uma mão martelando pregos. Abba e Pesha tinham orgulho deles. De manhã, os seis trabalhadores marchavam para a cozinha para tomar café-da-manhã, lavavam seus seis pares de mãos com a bênção adequada, e suas seis bocas mastigavam a aveia tostada e o pão de grão.

Abba adorava colocar os dois meninos mais novos um em cada joelho e cantar para eles uma velha canção de Frampol:

A mãe tinha
dez filhinhos.
Oh, Senhor, tinha dez filhinhos!

O primeiro era Avremele,
o segundo era Berele,
o terceiro chamava Gimpele,
o quarto chamava Dovid'l
o quinto chamava Hershelle...

E todos os meninos entravam com o coro:

Oh, Senhor, chamava Hershelle!

Agora que tinha aprendizes, Abba produzia mais, e seus ganhos aumentaram. A vida era barata em Frampol e como os camponeses sempre lhe faziam presente de uma medida de grão ou uma broa de manteiga, um saco de batatas ou um pote de mel, uma galinha ou um ganso, ele conseguia economizar algum dinheiro na comida. Com o aumento de prosperidade, Pesha começou a falar de reconstruir a casa. Os quartos eram pequenos, o teto baixo demais. O chão tremia ao andar. O reboco estava caindo das paredes e havia todo tipo de vermes e lagartas furando as madeiras. Viviam com medo constante de que o teto caísse sobre suas cabeças. Mesmo tendo um gato, o lugar era infestado de camundongos. Pesha insistia para que demolissem aquela ruína e construíssem uma casa maior.

Abba não disse não imediatamente. Falou para a mulher que ia pensar. Mas depois de pensar expressou a opinião de que preferia deixar as coisas como estavam. Primeiro, tinha medo de botar abaixo a casa, porque podia trazer má sorte. Segundo, temia mau-olhado: as pessoas falavam e eram bem invejosas. Terceiro, achava difícil livrar-se da casa em que seus pais e avós, e a família inteira, durante muitas gerações, tinham vivido e morrido. Conhecia cada canto da casa, cada rachadura, cada fresta. Quando uma camada de tinta desgrudava da parede, outra, de cor diferente, aparecia; e debaixo dessa camada, ainda outra. As paredes eram como um álbum em que os destinos da família estavam registrados. O sótão estava tomado de heranças: mesas e cadeiras, bancadas de trabalho e fôrmas de sapateiro, pedras de amolar e facas, roupas velhas, potes, panelas, roupa de cama, pranchas de salgar, berços. Sacos cheios de livros de orações rasgados despejavam-se pelo chão.

Abba adorava subir ao sótão em um dia quente de verão. As aranhas teciam grandes teias, e os raios de sol, filtrados pelas frestas, batiam nos fios em arco-íris. Havia em cima de tudo uma grossa camada de poeira. Escutando com atenção, dava para ouvir um sussurrar, um murmurejar, um suave arranhar, como se alguma criatura invisível, ocupada em incessante atividade, estivesse conversando numa língua sobrenatural. Tinha certeza de que as almas de seus antepassados vigiavam a casa. Do mesmo jeito, amava a terra onde ela estava construída. As ervas daninhas chegavam à altura da barba de um homem. Havia um denso matagal de plantas peludas e espinhosas por todo o lugar, as próprias folhas e ramos agarravam as roupas das pessoas como se tivessem unhas e dentes. Moscas e mosquitos voavam em enxames pelo ar, e pelo solo deslizavam minhocas e cobras de todos os tipos. Formigas levantavam suas montanhas nessas moitas; ratos do campo cavavam seus buracos. No meio desse matagal, crescia uma pereira; todo ano, na época da Festa do Tabernáculo, ela produzia pequenas frutas com o gosto e a dureza da madeira. Pássaros e abelhas voavam por essa selva, grandes moscas de barriga dourada. Girinos nasciam depois de cada chuva. O solo era descuidado, mas uma mão invisível preservava sua fertilidade.

Quando Abba parava ali, olhando o céu de verão, perdido na contemplação das nuvens em forma de barco, de rebanho de ovelhas, de vassouras, de tropas de elefantes, sentia a presença de Deus, Sua providência, Sua misericórdia. Quase podia ver o Todo-Poderoso sentado em Seu trono de glória, a terra Lhe servindo de apoio para os pés. Satã estava dominado; os anjos cantavam hinos. O Livro da Memória, no qual estavam registrados todos os atos dos homens, ali estava aberto. De quando e quando, ao entardecer, Abba chegava a achar que via o rio de fogo do outro mundo. As chamas saltando das brasas; uma onda de fogo subindo, inundando as margens. Quando ouvia com atenção, tinha certeza de ouvir gritos abafados dos pecadores e o riso zombeteiro do Maligno.

Não, aquilo estava bem bom para Abba Shuster. Não, nada a mudar. Que tudo ficasse como era havia tanto tempo, até que ele terminasse de viver o tempo que lhe estava destinado e fosse enterrado no cemitério junto com seus ancestrais, que haviam calçado os pés da sagrada comunidade e cujo bom nome era preservado não apenas em Frampol, mas em todo o distrito em torno.

III. GIMPEL EMIGRA PARA A AMÉRICA

O provérbio bem diz: o homem põe e Deus dispõe.

Um dia, quando Abba estava trabalhando em uma bota, seu filho mais velho, Gimpel, entrou na oficina. O rosto sardento estava acalorado, o cabelo cor de areia despenteado debaixo do solidéu. Em vez de tomar seu lugar à bancada, parou ao lado do pai, olhou para ele, hesitante, e por fim disse: "Pai, tenho que contar uma coisa ao senhor".

"Bom, não estou te impedindo", replicou Abba.

"Pai", disse ele, "vou para a América."

Abba deixou cair o trabalho. Era a última coisa que esperava ouvir, e suas sobrancelhas se arquearam.

"O que aconteceu? Roubou alguém? Entrou em alguma briga?"

"Não, Pai."

"Então por que está fugindo?"

"Não há futuro para mim em Frampol."

"Como não? Você tem um ofício. Se Deus quiser, vai casar algum dia. Pode ter ainda muitas esperanças."

"Estou cheio de cidades pequenas, cheio das pessoas. Isto aqui não passa de um pântano fedido."

"Quando for drenado", disse Abba, "não haverá mais pântano."

"Não, Pai, não é isso que eu quero dizer."

"Então o que quer dizer?", gritou Abba, furioso. "Fale!"

O menino falou, mas Abba não entendeu nem uma palavra. Ele atacou a sinagoga e o Estado com tamanha virulência que Abba só podia pensar que o coitado estava possuído: os professores de hebreu batem nas crianças; a mulheres esvaziam os penicos na frente da porta; os donos das lojas vagueiam pelas ruas; não existe banheiro em lugar nenhum e o povo se alivia onde bem entende, atrás da casa de banhos ou no espaço aberto, provocando epidemias e pragas. Ele caçoou de Ezreal, o curandeiro, e de Mecheles, o corretor matrimonial, e não poupou a corte rabínica e o atendente dos banhos, a lavadeira e o supervisor da casa dos pobres, as profissões e as sociedades beneficentes.

De início, Abba temeu que o menino tivesse perdido o juízo, mas quanto mais prosseguia em sua arenga, mais claro ficava que ele havia se desviado do caminho da retidão. Jacó Reifman, o ateu, costumava se instalar em Shebreshin, não longe de Frampol. Um aluno dele, detrator de Israel, tinha o costume de visitar uma tia em Frampol e conquistara um bom número de seguidores entre os inúteis. Nunca ocorrera a Abba que o seu Gimpel podia ter caído para o lado desse bando.

"O que diz, Pai?", perguntou Gimpel.

Abba pensou. Sabia que não adiantava discutir com Gimpel e lembrou do provérbio: uma maçã podre estraga o barril inteiro. "Bom", respondeu, "o que eu posso fazer? Se você quer ir, vá. Não vou segurar você."

E retomou seu trabalho.

Mas Pesha não concordou tão fácil. Suplicou a Gimpel que não fosse para tão longe; chorou e implorou que não envergonhasse a família. Chegou a correr até o cemitério, aos túmulos dos antepassados, para pedir a intercessão dos mortos. Mas finalmente convenceu-se de que Abba tinha razão: não adiantava discutir. O rosto de Gimpel ficou duro como couro, e uma luz egoísta surgiu em seus olhos amarelos. Tinha se transformado num estranho em sua própria casa. Passou aquela noite fora com amigos e voltou de manhã para embalar sua estola de orações e os filactérios, algumas camisas, um cobertor e alguns ovos cozidos. E estava pronto para ir. Havia economizado dinheiro suficiente para a passagem. Quando a mãe viu que estava tudo pronto, insistiu com ele para levar pelo menos um pote de conserva, uma garrafa de suco de cereja, lençóis, travesseiros. Mas Gimpel recusou. Ia escapar pela fronteira com a Alemanha e tinha mais chance se levasse pouca bagagem. Em resumo, beijou a mãe, disse adeus aos irmãos e amigos e lá se foi. Não querendo separar-se do filho com raiva, Abba acompanhou-o até o vagão na estação de Reivetz. O trem chegou no meio da noite, com um silvo e um apito, um tremor e um tinir de sino. Abba tomou os faróis da locomotiva pelos olhos de um diabo odioso e evitou olhar para as chaminés com suas colunas de fagulhas e fumaça, e nuvens de vapor. As luzes cegantes só aumentavam a escuridão. Gimpel corria de um lado para outro com sua bagagem, como um louco, e o pai corria atrás dele. No último momento, o rapaz beijou a mão do pai, e Abba gritou para ele na escuridão: "Boa sorte! Não abandone sua religião!".

O trem partiu, deixando um cheiro de fumaça nas narinas de Abba e um retinir em seus ouvidos. A terra tremeu sob seus pés. Como se o menino tivesse sido arrebatado por demônios! Quando voltou para casa e Pesha apoiou-se nele, chorando, ele lhe disse: "O Senhor deu, o Senhor tira...".

Passaram-se meses sem uma palavra de Gimpel. Abba sabia que era assim quando jovens saíam de casa: esqueciam seus entes queridos. Como diz o provérbio: longe dos olhos, longe do coração. Duvidava que fosse ter notícias dele, mas um dia chegou uma carta da América. Abba reconheceu a caligrafia do filho. Gimpel escreveu dizendo que havia cruzado a fronteira em segurança, que vira muitas cidades estranhas e passara quatro semanas a bordo do navio, vivendo de batatas e arenques porque não queria tocar comida imprópria. O oceano era muito profundo e as ondas altas como o céu. Viu peixes voadores, mas nenhuma sereia, nem tritão, e nem ouviu seu canto. Nova York é uma grande cidade, as casas chegam até as nuvens. Os trens correm por cima dos telhados. Os gentios falam inglês. Ninguém anda com os olhos no chão, todo mundo anda de cabeça em pé. Conheceu uma porção de conterrâneos em Nova York; todos usavam casacos curtos. Ele também. O ofício que aprendera em casa resultou muito útil. Ele estava bem; estava ganhando a vida. Escreveria de novo, uma longa carta. Beijos ao pai e à mãe e aos irmãos e mande lembranças para os amigos.

Uma carta afável, afinal.

Em sua segunda carta, Gimpel anunciou que tinha se apaixonado por uma moça e comprado um anel de diamante para ela. Seu nome é Bessie; ela é da Romênia; e trabalha *at dresses* [com roupas]. Abba colocou os óculos de aros dourados e passou longo tempo tentando decifrar aquilo. Onde o menino havia aprendido tantas palavras em inglês? A terceira carta contava que havia se casado e que um *reverend* havia celebrado a cerimônia. Anexou um instantâneo dele e da esposa.

Abba mal podia acreditar. Seu filho vestindo uma casaca de cavalheiro e cartola. A noiva vestida como uma condessa de vestido branco, com cauda e véu, segurando um buquê de flores na mão. Pesha deu uma olhada no instantâneo e começou a chorar. Os irmãos de Gimpel ficaram de boca aberta. Os vizinhos vieram correndo, e os amigos da cidade inteira: eles também podiam jurar que Gimpel havia sido arrebatado por espíritos mágicos para uma terra de ouro, onde havia tomado por esposa uma princesa, igual nos livros de história que os vendedores ambulantes traziam à cidade.

Para encurtar a história, Gimpel induziu Getzel a ir para a América e Getzel levou Treitel; Godel foi atrás de Treitel, e Feivel atrás de Godel; e então os cinco irmãos levaram os jovens Lippe e Ananias. Pesha vivia só pelo correio. Amarrou uma caixa de esmolas ao batente da porta e sempre que chegava uma carta, colocava uma moeda na fresta. Abba trabalhava totalmente sozinho. Não precisava mais de aprendizes porque agora tinha poucos gastos e podia se permitir ganhar menos. Na verdade, podia desistir inteiramente do trabalho, porque seus filhos lhe mandavam dinheiro do estrangeiro. Mesmo assim, levantava-se na hora de sempre e ficava na bancada até tarde da noite. Seu martelo ressoava, acompanhado pelo grilo da lareira, pelo camundongo em sua toca, pelas telhas que rangiam no teto. Mas sua cabeça girava. Durante gerações os pequenos sapateiros viveram em Frampol. De repente, os pássaros tinham voado da gaiola. Seria um castigo, um julgamento dele? Isso fazia sentido?

Abba abriu um buraco, enfiou nele um prego e murmurou: "Então, você, Abba, sabe o que está fazendo e Deus não sabe? Que vergonha, seu tolo! Seja feita a Sua vontade. Amém!".

IV. A SACOLA DE FRAMPOL

Passaram-se quase quarenta anos. Pesha morrera de cólera havia muito, durante a ocupação austríaca. E os filhos de Abba tinham ficado ricos na América. Escreviam toda semana, pedindo que fosse juntar-se a eles, mas Abba continuava em Frampol, na mesma velha casa na montanha cerrada. Seu túmulo estava pronto, junto ao de Pesha, entre os pequenos sapateiros; a lápide já havia sido levantada, só faltava a data. Abba colocou um banco ao lado do túmulo dela, e na noite de Rosh Hashanah ou durante os jejuns ia até lá para rezar e ler as Lamentações. Adorava o cemitério. O céu era muito mais claro e alto do que na cidade, e um grande silêncio cheio de significado se elevava do solo consagrado e da velha pedra tumular coberta de musgo. Adorava sentar e olhar as altas faias, que estremeciam mesmo quando não soprava vento algum, e os corvos balançando nos ramos, como frutas negras. Antes de morrer, Pesha o tinha obrigado a prometer que não se casaria de novo e que iria regularmente a seu túmulo para contar notícias dos filhos. Ele manteve a promessa. Esticava-se na terra e cochichava em seu ouvido, como se ela estivesse viva: "Gimpel tem mais um neto. A filha mais nova de Getzel está noiva, graças a Deus...".

A casa na montanha estava quase em ruínas. As vigas tinham apodrecido e o teto tinha de ser sustentado por postes de pedra. Duas das três janelas estavam fechadas com tábuas porque não era mais possível encaixar vidros nas vidraças. O chão havia quase sumido, e a terra nua ficava exposta aos pés. A pereira do jardim havia secado, o tronco e os galhos estavam cobertos de escamas. O próprio jardim estava agora tomado de frutinhas e uvas venenosas, e havia uma profusão de carrapichos que as crianças usavam para atirar em Tishe b'Av. As pessoas juravam que viam estranhos fogos brilhando lá de noite e que o sótão estava cheio de morcegos que se embaraçavam no cabelo das moças. Fosse como fosse, uma coruja decerto piava perto da casa. Os vizinhos insistiam com Abba para se mudar daquela ruína antes que fosse tarde demais: o menor vento era capaz de jogá-la por terra. Imploravam para que parasse de trabalhar, seus filhos o cobriam de dinheiro. Mas Abba levantava teimosamente ao amanhecer e continuava em sua bancada de sapateiro. Embora cabelo amarelo não mude de cor com facilidade, a barba de Abba havia ficado inteiramente branca, e o branco, manchado, havia ficado amarelo de novo. Tinha as sobrancelhas hirsutas como espinheiros, escondendo os olhos, e a testa alta era como um pedaço de pergaminho amarelo. Mas não havia perdido o toque. Ainda era capaz de produzir um sapato sólido com um grande salto, mesmo demorando um pouco mais. Furava com o furador, costurava com a agulha, batia seus pregos e, com voz rouca, cantava a velha canção dos sapateiros:

A mãe comprou um bode,
o shochet matou o bode.
Oh, Senhor, matou-se o bode!
Avremele pegou as orelhas,
Berele pegou o pulmão,
Gimpele pegou o bucho,
E Dovid'l pegou a língua,
Herchele pegou o pescoço...

Como não havia coro para cantar com ele, agora cantava o coro sozinho:

Oh, Senhor, matou-se o bode!

Seus amigos insistiam para que contratasse uma criada, mas ele não queria mulher estranha na casa. De vez em quando, uma das vizinhas vinha varrer e tirar o pó, mas até isso era demais para ele. Estava acostumado a ficar sozinho. Aprendeu a cozinhar para si mesmo, preparava sopa no tripé, e nas sextas-feiras até fazia um pudim para o shabat. Mais do que tudo, gostava de ficar sentado sozinho à bancada e seguir o curso de seus pensamentos, que com os anos iam ficando mais e mais emaranhados. Dia e noite, estava em conversa consigo mesmo. Uma voz fazia perguntas, a outra respondia. Vinham-lhe à cabeça palavras inteligentes, agudas, expressões maduras cheias da sabedoria da idade, como se seus avós tivessem voltado à vida e estivessem conduzindo suas infindáveis disputas dentro de sua cabeça sobre assuntos referentes a este e ao outro mundo. Todos os seus pensamentos tinham o mesmo tema: o que é a vida e o que é a morte, o que é o tempo que corre sem parar e a que distância fica a América. Seus olhos se fechavam, o martelo caía da mão, mas ele continuava ouvindo a batida característica dos sapateiros: um toque suave, um mais alto e um terceiro ainda mais alto, como se houvesse um fantasma sentado a seu lado, remendando sapatos invisíveis. Quando um dos vizinhos perguntou por que não ia encontrar com os filhos, ele apontou o monte que havia sobre a bancada e disse: "*Nu*, e os sapatos? Quem remenda?".

Passavam-se os anos, e ele não fazia idéia de como ou por que eles desapareciam. Pregadores itinerantes passavam por Frampol com notícias perturbadoras do mundo exterior. Na sinagoga dos alfaiates, que Abba ainda freqüentava, os rapazes falavam de guerra e de decretos anti-semitas, de judeus emigrando para a Palestina. Camponeses que haviam sido clientes de Abba durante anos de repente o abandonaram e passaram a comerciar com os sapateiros poloneses. E um dia o velho ouviu que era iminente uma segunda guerra mundial. Hitler, que seu nome seja esquecido!, levantara legiões de bárbaros e estava ameaçando arrebatar a Polônia. Esse flagelo de Israel expulsara os judeus da Alemanha, como no tempo da Espanha. O velho pensou no Messias e ficou tremendamente agitado. Quem sabe? Talvez essa seja a batalha de Gog e Magog. Talvez o Messias realmente venha e os mortos tornem à vida! Viu os túmulos se abrindo e os pequenos sapateiros saindo: Abba, Getzel, Treitel, Gimpel, seu avô, seu próprio pai. Chamou todos para a sua casa e serviu conhaque e bolos. Sua esposa, Pesha, estava envergonhada de encontrar a casa em tais condições, mas "não tem importância", ele garantiu a ela, "a gente arruma alguém para dar uma varrida. Contanto que estejamos todos juntos!". De repente, uma nuvem aparece, envolve a cidade de Frampol — sinagoga, casa de estudos, de banho ritual, todos os lares judeus, o dele inclusive — e arrebata toda a colônia para a Terra Santa. Imagine sua surpresa quando encontra seus filhos da América. Eles caem a seus pés, chorando: "Desculpe, Pai!".

Quando Abba imaginava esse evento, seu martelo batia mais rápido. Ele via os pequenos sapateiros vestidos para o shabat em sedas e cetins, com mantos esvoaçantes amarrados com cordões grossos, indo se regozijar em Jerusalém. Rezavam no Templo de Salomão, bebiam o vinho do Paraíso e comiam carnes do poderoso novilho de Leviatã. O ancião Jochanan, o sapateiro, famoso por sua piedade e sabedoria, saudava a família e puxava uma discussão sobre a Torá e a confecção de sapatos. Terminado o shabat, todo o clã voltava para Frampol, que se transformara em parte da Terra de Israel, e entrava em casa de novo. Mesmo sendo a casa tão pequena como sempre, ela milagrosamente ficara ampla o bastante, como a toca de um gamo, conforme está escrito no Livro. Todos trabalhavam na mesma bancada, Abbas, Gimpels, Getzels, Godels, os Treitels e os Lippes, costurando sandálias douradas para as filhas de Sião e botas de nobres para os filhos. O próprio Messias vem ver os pequenos sapateiros e faz tirarem suas medidas para um par de chinelos de seda.

Uma manhã, quando Abba estava vagando entre seus pensamentos, ouviu um barulho tremendo. O velho estremeceu até os ossos: o toque da trombeta do Messias! Derrubou a bota em que estava trabalhando e saiu correndo, em êxtase. Mas não era Elias, o profeta, proclamando o Messias. Aviões nazistas estavam bombardeando Frampol. Espalhou-se o pânico pela cidade. Uma bomba caiu perto da sinagoga, tão forte que Abba sentiu o cérebro sacudir dentro do crânio. Abriu-se o inferno diante dele. Houve um relâmpago de luz, seguido de uma explosão que iluminou toda Frampol. Formou-se uma nuvem negra sobre o pátio da sinagoga. Bandos de pássaros bateram as asas pelo céu. A floresta estava queimando. Olhando montanha abaixo, Abba viu os pomares debaixo de grandes colunas de fumaça. As macieiras estavam florescendo e queimando. Vários homens perto dele se atiraram ao chão e gritaram para ele fazer o mesmo. Ele não ouviu; estavam mexendo os lábios sem som. Tremendo de medo, com os joelhos batendo, entrou de novo em casa e arrumou um saco com sua estola de oração e os filactérios, uma camisa, suas ferramentas de sapateiro e papel-moeda que havia escondido no colchão de palha. Depois pegou uma bengala, beijou a mezuzá e saiu pela porta. Foi um milagre não ter sido morto, porque a casa pegou fogo no momento em que ele saiu. O teto virou para cima como uma tampa, descobrindo o sótão e seus tesouros. As paredes desabaram. Abba virou-se e viu a estante de livros sacros em chamas. As páginas enegrecidas virando no ar, brilhando com letras de fogo como a Torá dada aos judeus no monte Sinai.

V. ATRAVÉS DO OCEANO

Desse dia em diante, a vida de Abba se transformou, ficou irreconhecível: era como uma história lida na Bíblia, um conto fantástico ouvido dos lábios de um pregador visitante. Ele abandonou a casa de seus antepassados e o local de seu nascimento, e de cajado na mão vagou pelo mundo como o patriarca Abraão. A devastação em Frampol e nas aldeias vizinhas fazia pensar em Sodoma e Gomorra, queimando como uma fornalha. Ele passava as noites no cemitério, junto com os outros judeus, deitado com a cabeça em um túmulo, ele também, como Jacó em Betel, indo de Berseba a caminho de Harã.

No Rosh Hashanah os judeus de Frampol realizaram suas cerimônias na floresta, com Abba conduzindo a prece mais solene das Dezoito Bênçãos porque era o único que tinha uma estola de oração. Estava debaixo de um pinheiro, que servia de altar, e com voz rouca entoou a litania dos Dias de Assombro. Um cuco e um picapau faziam o acompanhamento e todos os pássaros em torno trinavam, gorjeavam, guinchavam. Fiapos do fim do verão flutuavam pelo ar e pousavam na barba de Abba. De quando em quando, soava um mugido na floresta, como o toque de um chifre de carneiro. Quando foi chegando o Dia da Reparação, os judeus de Frampol se levantavam à meia-noite para fazer a prece do perdão, recitando em fragmentos tudo o que conseguiam lembrar. Os cavalos nos pastos em torno relinchavam e nitriam, os sapos coaxavam na noite fresca. Tiros distantes soavam intermitentemente; as nuvens brilhavam vermelhas. Caíam meteoros, relâmpagos brincavam pelo céu. Crianças meio famintas, exaustas de chorar, adoeciam e morriam nos braços de suas mães. Havia muitos enterros nos campos abertos. Uma mulher deu à luz.

Abba sentiu que tinha se transformado em seu próprio tataravô, que havia fugido dos pogroms de Chmielnitzki e cujo nome está registrado nos anais de Frampol. Estava pronto a se oferecer em Santificação do Nome. Sonhava com padres e com a Inquisição, e quando o vento soprava entre os ramos ouvia judeus martirizados gritando: "Escuta, ó Israel, o Senhor nosso Deus, o Senhor é Um!".

Felizmente, Abba pôde ajudar um bom número de judeus com seu dinheiro e suas ferramentas de sapateiro. Com o dinheiro, alugou carroças e fugiram para o sul, para a Romênia, mas muitas vezes tinham de andar longas distâncias e seus sapatos rasgavam. Abba parava debaixo de uma árvore e tirava suas ferramentas. Com a ajuda de Deus, suplantaram o medo e atravessaram a fronteira da Romênia durante a noite. Na manhã seguinte, véspera do Yom Kippur, uma velha viúva recebeu Abba em sua casa. Foi enviado um telegrama para os filhos de Abba na América, informando que seu pai estava em segurança.

Podem ter certeza que os filhos de Abba moveram céus e terras para resgatar o velho. Quando descobriram seu paradeiro, correram para Washington e com grande dificuldade obtiveram um visto para ele. Depois, enviaram dinheiro para o cônsul de Bucareste, implorando que ajudasse seu pai. O cônsul mandou um portador até Abba e ele foi colocado em um trem para Bucareste. Ali foi retido durante uma semana, transferido para um porto de mar italiano, onde teve a cabeça raspada e desinfetada de piolhos e as roupas fervidas no vapor. Foi colocado a bordo do último navio para os Estados Unidos.

Foi uma viagem longa e árdua. O trem da Romênia para a Itália arrastou-se, subindo e descendo montanhas, durante trinta e seis horas. Deram-lhe comida, mas por medo de tocar algo ritualmente impuro, ele não comeu absolutamente nada. Seus filactérios e a estola de orações se perderam, e com eles Abba perdeu a noção do tempo, não conseguindo mais distinguir entre o shabat e os dias da semana. Aparentemente, era o único passageiro judeu a bordo. Havia no navio um homem que falava alemão, mas Abba não conseguia entendê-lo.

Foi uma travessia tormentosa. Abba passou quase todo o tempo deitado, e freqüentemente vomitava bile, embora não comesse nada além de crosta de pão seco e água. Dormia e acordava ao som dos motores vibrando dia e noite, ao som das explosões longas e ameaçadoras dos sinalizadores, que fediam a fogo e a enxofre. A porta de sua cabine estava sempre batendo, como se algum duende estivesse se balançando em cima dela. Os vidros das prateleiras tremiam e dançavam, as paredes sacudiam, o convés oscilava como um berço.

Durante o dia, Abba vigiava por uma escotilha em seu catre. O navio subia como se fosse chegar ao céu, e o céu roto despencava como se o mundo estivesse voltando ao caos original. Aí o navio tornava a mergulhar no oceano, e mais uma vez o firmamento se dividia das águas, como no Livro do Gênesis. As ondas eram amarelas de enxofre e negras. Agora elas serrilhavam no horizonte como uma cadeia de montanhas, lembrando Abba das palavras do salmista: "As montanhas saltavam como carneiros, os morros como cordeiros". Depois iam se erguendo de novo, como na miraculosa Separação das Águas. Abba tinha pouco estudo, mas as referências bíblicas rondavam sua cabeça, e ele se viu como o profeta Jonas, que fugiu perante Deus. Ele também estava no ventre de uma baleia e, como Jonas, rezava a Deus por proteção. Então lhe parecia que aquilo não era oceano, mas um deserto ilimitado, cheio de serpentes, monstros e dragões, como está escrito no Deuteronômio. Mal fechava os olhos de noite. Quando levantava para se aliviar, ficava tonto e perdia o equilíbrio. Com grande dificuldade punha-se de pé e, com os joelhos dobrados, vagava, perdido, pelo estreito corredor em curva, gemendo e pedindo socorro até um marinheiro levá-lo de volta à cabine. Sempre que isso acontecia, tinha certeza de que estava morrendo. Não teria nem um enterro judeu decente, mas seria jogado ao mar. E fazia sua confissão, batendo o punho nodoso no peito e exclamando: "Pai, perdoa-me!".

Assim como não conseguia se lembrar de quando começou sua viagem, também não teve consciência de quando ela terminou. O navio já estava ancorado no porto de Nova York, mas Abba não tinha a mais vaga noção disso. Viu imensos edifícios e torres, mas tomou-os pelas pirâmides do Egito. Um homem alto de chapéu branco entrou na cabine e gritou-lhe algo, mas ele continuou imóvel. Por fim, ajudaram-no a se vestir e levaram-no para o porto, onde seus filhos e noras e netos estavam esperando. Abba ficou desnorteado: uma multidão de proprietários de terra poloneses, condes e condessas, meninos e meninas gentios, saltou em cima dele, abraçando-o e beijando, gritando em uma estranha língua que ao mesmo tempo era iídiche e não era iídiche. Foi meio levado, meio carregado, e colocado dentro de um carro. Chegaram outros carros, cheios de parentes de Abba, e partiram, correndo como flechas sobre pontes, rios e telhados. Edifícios subiam e sumiam, como por mágica, alguns deles tocando o céu. Cidades inteiras se espalhavam diante dele. Abba pensou em Píton e Ramsés. O carro corria tão depressa que lhe parecia que as pessoas nas ruas estavam andando para trás. O ar estava cheio de trovão e raios, estrondos e barridos, ao mesmo tempo um casamento e uma conflagração. As nações haviam enlouquecido, um festival pagão...

Seus filhos estavam reunidos à sua volta. Ele os viu numa neblina e não os reconheceu. Homens pequenos de cabelos brancos. Gritavam, como se ele fosse surdo.

"Eu sou Gimpel!"

"Getzel!"

"Feivel!"

O velho fechou os olhos e não respondeu. As vozes corriam juntas, tudo estava atrapalhado, em confusão. De repente, pensou em Jacó chegando ao Egito, onde foi recebido pelas carruagens do Faraó. Sentiu que tinha vivido a mesma experiência em uma encarnação anterior. Sua barba começou a tremer; um soluço rouco subiu-lhe do peito. Uma passagem esquecida da Bíblia grudou em sua garganta.

Abraçou cegamente um de seus filhos e soluçou: "É você mesmo? Vivo?".

O que ele queria dizer era: "Agora me deixem morrer, já que vi teu rosto, porque ainda estás vivo".

VI. A HERANÇA AMERICANA

Os filhos de Abba moravam nos arredores de uma cidade da Nova Jersey. Suas sete casas, cercadas de jardins, ficavam às margens de um lago. Todo dia iam de carro para a fábrica de calçados de Gimpel, mas no dia da chegada de Abba fizeram um feriado e prepararam uma festa em sua honra. Teria lugar na casa de Gimpel, cumprindo inteiramente as leis alimentares. A esposa de Gimpel, Bessie, cujo pai havia sido professor de hebraico no antigo país, lembrava-se bem de todos os rituais e observava-os cuidadosamente, chegando a ponto de cobrir a cabeça com um lenço. Suas cunhadas faziam a mesma coisa, e os filhos de Abba colocaram os solidéus que usavam antigamente nos dias santos. Os netos e bisnetos, que não sabiam uma palavra de iídiche, aprenderam algumas frases. Tinham ouvido as lendas de Frampol, dos pequenos sapateiros e dos primeiros na linhagem familiar de Abba. Até os gentios da vizinhança conheciam bastante bem essa história. Nos anúncios que Gimpel publicava nos jornais, expunha com orgulho que sua família pertencia à aristocracia dos calçados:

> Nossa experiência vem de trezentos anos, da cidade polonesa de Brod, onde nosso ancestral, Abba, aprendeu o ofício com um mestre local. A comunidade de Frampol, onde nossa família trabalhou durante quinze gerações, atribuiu-lhe o título de Mestre em reconhecimento às suas obras de caridade. Esse sentido de responsabilidade pública esteve sempre de mãos dadas com a nossa devoção aos mais altos princípios do ofício e com a nossa estrita política de trato honesto com os clientes.

No dia em que Abba chegou, os jornais de Elizabeth traziam uma notícia dizendo que os sete irmãos da famosa companhia de calçados estavam dando as boas-vindas a seu pai da Polônia. Gimpel recebeu um monte de telegramas de congratulações de manufaturas rivais, parentes e amigos.

Era uma festa extraordinária. Foram postas três mesas na sala de jantar de Gimpel: uma para o velho, seus filhos e noras, outra para os netos e a terceira para os bisnetos. Embora fosse dia claro, as mesas tinham velas, vermelhas, azuis, amarelas, verdes, e suas chamas refletiam-se nos pratos e na prataria, nos copos de cristal e nos cálices de vinho, nos frascos remanescentes da Páscoa Seder. Havia uma abundância de flores em todos os cantos possíveis. Com toda certeza, as noras teriam preferido ver Abba adequadamente vestido para a ocasião, mas Gimpel bateu o pé e deixaram que Abba passasse seu primeiro dia no costumeiro casaco comprido ao estilo de Frampol. Mesmo assim, Gimpel contratou um fotógrafo para tirar fotos do banquete, para publicação nos jornais, e convidou um rabino e um cantor para homenagear o velho com uma canção tradicional.

Abba sentou-se na cadeira de braços à cabeceira da mesa. Gimpel e Getzel trouxeram uma bacia e verteram água em suas mãos para a bênção antes da comida. Os pratos foram servidos em bandejas de prata, trazidas por mulheres negras. Diante do velho, foram colocados todos os tipos de sucos de frutas e saladas, licores doces, conhaque, caviar. Mas o Faraó, José, a mulher de Potifar, a Terra de Goshen, o padeiro-chefe e o mordomo-chefe continuavam rondando sua cabeça. Suas mãos tremiam tanto que não foi capaz de se alimentar sozinho e Gimpel teve de ajudá-lo. Por mais que os filhos falassem com ele, não conseguia distinguir um do outro. Sempre que o telefone tocava, dava um pulo: os nazistas estavam bombardeando Frampol. A casa inteira girava e girava como um carrossel, as mesas estavam no teto e todo mundo sentado de ponta-cabeça. Seu rosto estava doentiamente pálido à luz das velas e das lâmpadas elétricas. Ele adormeceu logo depois da sopa, enquanto a galinha estava sendo servida. Levaram-no depressa para o quarto, tiraram sua roupa e chamaram um médico.

Passou várias semanas de cama, perdendo e recobrando a consciência, cochilando espasmodicamente em uma febre. Não tinha força nem para fazer suas orações. Havia uma enfermeira ao lado da cama, dia e noite. Por fim, recuperou-se o bastante para dar alguns passos ao ar livre, em frente da casa, mas continuava com os sentidos desorientados. Entrava em armários de roupas, trancava-se no banheiro e esquecia como sair; a campainha da porta e o rádio o assustavam; e sofria de uma constante ansiedade por causa dos carros que passavam correndo diante da casa. Um dia, Gimpel levou-o à sinagoga que ficava a quinze quilômetros, mas mesmo lá ele ficou confuso. O sacristão não tinha barba, os candelabros tinham lâmpadas elétricas, não havia pátio nem torneira para lavar as mãos, nem calorífico para se parar ao lado. O cantor em vez de cantar como um cantor, resmungava, grasnava. A congregação usava estolas de oração minúsculas, como lenços em volta do pescoço. Abba tinha a certeza que havia sido levado a uma igreja para se converter...

Quando veio a primavera e ele não melhorou, as noras começaram a insinuar que não seria má idéia colocá-lo em um asilo. Mas aconteceu algo imprevisto. Um dia, quando ele abriu por acaso um armário, notou uma sacola no chão que lhe parecia familiar. Olhou de novo e reconheceu seu equipamento de sapateiro de Frampol: fôrma, martelo e pregos, a faca e o alicate, a lima e o furador, até um sapato estragado. Abba sentiu um tremor de excitação, mal podia acreditar em seus olhos. Sentou-se num banquinho e começou a mexer naquilo com dedos que estavam desajeitados e duros. Quando Bessie entrou e encontrou-o brincando com um sapato velho e sujo, caiu na risada.

"O que está fazendo, Pai? Tome cuidado, vai se cortar, Deus nos livre!"

Nesse dia, Abba não ficou de cama cochilando. Trabalhou empenhadamente até a noite e ainda comeu com grande apetite o seu pedaço de frango de sempre. Sorriu para os netos quando vieram ver o que estava fazendo. Na manhã seguinte, quando Gimpel contou aos irmãos que o pai havia voltado aos velhos hábitos, eles riram e não pensaram mais no assunto, mas a atividade logo se mostrou a salvação do velho. Ele trabalhava dia após dia sem se cansar, caçando sapatos velhos nos armários e implorando aos filhos para lhe fornecerem couro e ferramentas. Quando por fim cederam, ele consertou todos os pares de sapato da casa, de homem, mulher e criança. Depois dos feriados da Páscoa, os irmãos se reuniram e resolveram construir uma pequena cabana no jardim. Seria dotada de uma bancada de sapateiro, de um estoque de solas e de couros, pregos, tinturas, pincéis, tudo que fosse remotamente útil ao ofício.

Abba ganhou vida nova. Suas noras diziam que ele parecia quinze anos mais moço. Como nos dias de Frampol, levantava-se ao amanhecer, fazia suas orações e ia direto para o trabalho. Continuava usando um cordão com nós como fita métrica. O primeiro par de sapatos, que ele fez para Bessie, foi o assunto principal da vizinhança. Ela sempre reclamava dos pés, mas aquele par, insistia, eram os sapatos mais confortáveis que jamais tivera. As outras moças logo seguiram seu exemplo e também pediram sapatos sob medida. Depois vieram os netos. Até alguns vizinhos gentios vieram a Abba quando souberam que por puro prazer de trabalhar ele estava produzindo sapatos feitos sob medida. Tinha de se comunicar com os outros em grande parte por gestos, mas se davam muito bem. Quanto aos netos mais novos e aos bisnetos, já estavam há muito acostumados a parar na porta para vê-lo trabalhar. Agora estava ganhando dinheiro e cobria-os de doces e brinquedos. Ele até apontou um lápis e começou a lhes ensinar elementos de hebraico e de piedade.

Um domingo, Gimpel entrou na oficina e, não totalmente a sério, arregaçou as mangas e juntou-se a Abba na bancada. Os outros irmãos não deixariam por menos, e no domingo seguinte havia oito banquinhos na cabana. Os filhos de Abba colocaram aventais de pano de saco sobre os joelhos e mergulharam no trabalho, cortando solas e moldando saltos, fazendo furos e martelando pregos, como nos bons velhos dias. As mulheres ficavam do lado de fora, rindo, mas tinham muito orgulho de seus homens, e as crianças estavam fascinadas. O sol jorrava pelas janelas e partículas de pó dançavam na luz. No alto céu de primavera, pairando sobre a grama e a água, voavam nuvens em forma de vassouras, barcos a vela, rebanhos de carneiros, tropas de elefantes. Os pássaros cantavam, as moscas zuniam, as borboletas voejavam.

Abba levantou as grossas sobrancelhas e seus olhos tristes olharam os herdeiros a sua volta, os sete sapateiros: Gimpel, Getzel, Treitel, Godel, Feivel, Lippe e Ananias. Tinham os cabelos brancos, embora restassem traços do amarelo. Não, louvado seja Deus, eles não se transformaram em idólatras no Egito. Não tinham esquecido sua herança, não tinham se perdido entre os indignos. O velho estremeceu e vibrou no fundo do peito e, de repente, começou a cantar com uma voz rouca e abafada:

A mãe tinha
dez filhinhos.
Oh, Senhor, tinha dez filhinhos!

O sexto chamava Velvele,
o sétimo era Zeinvele,
o oitavo chamava Chenele,
o novo chamava Tevele,
o décimo chamava Judele...

E os filhos de Abba cantaram em coro:

Oh, Senhor, chamava Judele!

O invisível

I. NATÃ E TEMERL

Dizem que eu, o Mau Espírito, depois de descer à terra para induzir as pessoas ao pecado, subo ao Céu para acusá-las. Na verdade, sou também aquele que dá o primeiro empurrão no pecador, mas faço isso de um jeito tão esperto que o pecado parece um ato de virtude; assim, outros infiéis, não podendo aprender pelo exemplo, continuam a cair no abismo.

Mas deixe eu contar uma história. Era uma vez um homem que morava na cidade de Frampol, conhecido por sua riqueza e prodigalidade. Chamava-se Natã Jozefover, porque nasceu em Jozefov Pequena, casou-se com uma moça de Frampol e lá se estabeleceu. Reb Natã, na época desta história, tinha sessenta anos, talvez um pouco mais. Baixo, de ossos grandes, tinha, como a maior parte da gente rica, uma vasta pança. As bochechas vermelhas como vinho apareciam entre as moitas da barba preta, curta. Sobre os olhinhos piscantes, as sobrancelhas eram grossas e cerradas. A vida inteira ele comeu, bebeu e festejou. No café-da-manhã, sua mulher lhe servia galinha fria e pão de passas, que, como grande proprietário de terras, ele engolia regado por um copo de hidromel. Tinha preferência por iguarias como pombo assado, pescoço recheado com ova de peixe picadinha, panquecas de fígado, macarrão de ovos com caldo etc. O pessoal da cidade murmurava que a mulher, Roise Temerl, preparava para ele pudim de macarrão todo dia, e que se ele quisesse fazia até uma refeição de shabat no meio da semana. Na verdade, ela também gostava de se permitir essas coisas.

Como tinham muito dinheiro e nenhum filho, marido e mulher aparentemente acreditavam que estava muito certo se divertir. Os dois, portanto, ficaram gordos e preguiçosos. Depois do almoço, fechavam as persianas do quarto e roncavam em suas camas de penas como se fosse meia-noite. Durante as noites de inverno, longas como o exílio judeu, se levantavam da cama para se regalar com uma moela, um fígado de galinha e geléia, regados a sopa de beterraba ou suco de maçã. Aí, de volta a suas camas de dossel, retomavam seus sonhos com o mingau do dia seguinte.

Reb Natã dedicava pouco tempo a seu negócio de cereais, que marchava sozinho. Um grande silo com duas portas de carvalho se erguia atrás da casa que havia herdado do sogro. No quintal, havia também uma porção de cocheiras, barracões e outras construções. Muitos dos velhos camponeses das aldeias em torno vendiam seu grão e seu linho só para Natã, pois, mesmo que outros pudessem oferecer mais, confiavam na honestidade de Natã. Ele nunca dispensava ninguém de mãos vazias e às vezes até adiantava algum dinheiro da colheita do ano seguinte. Os camponeses simplórios, por gratidão, lhe traziam lenha da floresta, enquanto suas esposas colhiam cogumelos e frutinhas para ele. Uma criada mais velha, viúva desde a juventude, cuidava da casa e até ajudava nos negócios. Durante a semana inteira, menos no dia de mercado, Natã não precisava levantar um dedo.

Gostava de usar roupas finas e de contar histórias. No verão, cochilava numa cama entre as árvores do pomar ou lia fosse a Bíblia em iídiche, fosse um simples livro de histórias. No shabat, gostava de ouvir a pregação de um *magid* e, às vezes, convidava um pobre a sua casa. Tinha muitos divertimentos: por exemplo, adorava que sua mulher, Roise Temerl, lhe fizesse cócegas nos pés, e ela o fazia sempre que ele desejava. Comentava-se que ele e a mulher tomavam banho juntos na grande sala de banho que ficava no quintal. Envolto num grande roupão de seda bordado com flores e folhas, e de chinelo de pompom, ele descia da varanda, à tarde, fumando um cachimbo de fornilho de âmbar. Quem passava cumprimentava, e ele respondia com gentileza. Às vezes, parava uma moça que estava passando, perguntava isto e aquilo, e a despedia com uma piada. Depois da leitura do Perek, aos sábados, sentava-se com as mulheres no banco, comendo nozes e sementes de abóbora, ouvindo as fofocas e contando de seus encontros com proprietários de terras, sacerdotes e rabinos. Tinha viajado muito na juventude e visitara a Cracóvia, Brod e Dantzig.

Roise Temerl era quase a imagem do marido. Como diz o ditado: marido e mulher que dormem no mesmo travesseiro acabam com a mesma cabeça. Pequena e gorducha, tinha ainda as faces cheias e rosadas apesar da idade, uma boquinha pequena e falante. O pouco hebraico que sabia, com o qual se orientava nos livros de orações, dava-lhe o direito a um papel de liderança no setor feminino da casa de orações. Ela sempre conduzia a noiva até a sinagoga, patrocinava uma circuncisão e eventualmente coletava dinheiro para o enxoval de alguma moça pobre. Embora fosse mulher rica, sabia aplicar ventosas num doente e cortar com muito jeito o pescoço de uma galinha. Entre suas habilidades estavam o bordado e o tricô. Tinha muitas jóias, vestidos, casacos e peles, que mantinha em arcas de carvalho para proteger das traças e dos ladrões.

Graças à sua maneira graciosa, era bem-vinda no açougue, nos banhos rituais, onde quer que fosse. Só lamentava não ter filhos. Para compensar isso, fazia contribuições caridosas e contratava um religioso para recitar orações pelos mortos. Tinha gosto por um pé-de-meia que conseguiu economizar ao longo dos anos, escondido em algum lugar dentro de uma bolsa, e de quando em quando gostava de contar as moedas de ouro. Mas como Natã lhe dava tudo de que precisava, não fazia idéia de como gastar o dinheiro. Embora soubesse de suas economias, ele fingia ignorar, entendendo que "água roubada é doce de beber", e não se ressentia com essa inofensiva diversão da mulher.

II. SHIFRA ZIREL, A CRIADA

Um dia, a velha criada deles ficou doente e logo morreu. Natã e a mulher ficaram profundamente abalados, não só porque haviam se acostumado com ela quase como se fosse uma parenta de sangue, mas também porque havia sido honesta, industriosa e leal, e não seria fácil substituí-la. Natã e Roise Temerl choraram em seu túmulo, e Natã recitou o primeiro Kadish. Prometeu que depois dos trinta dias de luto iria até Janov para encomendar a lápide que ela merecia. Natã, na verdade, não perdeu nada com a morte dela. Como raramente gastava o que ganhava, e não tendo família, ela deixou tudo para os patrões.

Imediatamente depois do enterro, Roise Temerl começou a procurar uma nova criada, mas não encontrou nenhuma que se comparasse à primeira. As moças de Frampol eram não só preguiçosas como não sabiam assar nem fritar ao gosto de Roise Temerl. Diversas viúvas, divorciadas e esposas abandonadas se ofereceram, mas nenhuma tinha as qualificações que Roise Temerl desejava. A cada candidata que se apresentava na casa ela perguntava como preparar peixe, borscht marinado, como assar uma massa, um strudel, biscoitos de ovo etc.; o que fazer quando o leite e o borscht azedavam, quando a galinha era muito dura, com um caldo gorduroso demais, um pudim de shabat que passou do ponto, um mingau grosso ou fino demais, e outras perguntas capciosas. A moça se atrapalhava, enrolava a língua e ia embora envergonhada. Semanas assim se passaram, e a mimada Roise Temerl, que tinha de fazer todo o serviço, percebia com clareza como era mais fácil comer uma refeição do que fazê-la.

Bem, eu, o Sedutor, não podia ficar ali vendo Natã e a mulher morrerem de fome. Mandei para eles uma criada, a maravilha das maravilhas.

Nascida em Zamosc, ela havia trabalhado para famílias ricas em Lublin. Embora de início tenha se recusado, mesmo ganhando seu peso em ouro, a ir para um lugar insignificante como Frampol, diversas pessoas interferiram, Roise Temerl concordou em pagar uns guilderes mais do que pagava antes, e a moça, Shifra Zirel, resolveu aceitar o emprego.

Na carruagem que teve de ser mandada a Zamosc para ela e sua volumosa bagagem, ela chegou com malas, cestos e mochilas, como uma noiva rica. Bem avançada nos vinte anos, parecia não ter mais que dezoito ou dezenove. Cabelos presos em duas tranças enroladas dos lados da cabeça, usava um xale xadrez com franjas, vestido de cretone e sapatos de saltos finos. Tinha certa dureza de lobo no queixo, lábios finos, olhos ladinos e despudorados. Usava argolas nas orelhas e um colar de coral no pescoço. Desgostou imediatamente da lama de Frampol, do gosto de barro da água do poço e do pão empelotado feito em casa. Roise Temperl lhe serviu um prato de sopa supercozida no primeiro dia e ela provou uma gota com a colher, fez uma careta e reclamou: "Está azeda e rançosa!".

Pediu uma menina judia ou gentia para assistente, e Roise Temerl, depois de uma busca cansativa, encontrou uma menina gentia, robusta filha de uma atendente da casa de banhos. Shifra Zirel começou a dar ordens. Mandou a menina esfregar o chão, limpar o fogão, varrer as teias de aranha dos cantos e aconselhou Roise Temerl a se livrar da mobília supérflua, de várias cadeiras, bancos, mesas e arcas capengas. As janelas foram limpas, as cortinas empoeiradas removidas, e os quartos ficaram mais leves e mais espaçosos. Roise Temerl e Natã ficaram perplexos com a primeira refeição que ela preparou. Nem o imperador podia querer cozinheira melhor. Uma entrada de fígado e pulmão de vitela, parte fritos, parte grelhados, foi servida antes da sopa, e seu aroma titilava as narinas. A sopa veio temperada com ervas que não se encontravam em Frampol, como páprica e alcaparras, que aparentemente a nova criada havia trazido de Zamosc. A sobremesa foi uma mistura de suco de maçã, passas e abricós, aromatizada com canela, açafrão e cravos, cuja fragrância encheu a casa. Depois, como nas casas ricas de Lublin, ela serviu café preto com chicória. Após o almoço, Natã e a mulher queriam cochilar como sempre, mas Shifra Zirel alertou-os que não era saudável dormir imediatamente depois de comer, porque os vapores subiam do estômago para o cérebro. Aconselhou os patrões a andar de um lado para outro no jardim algumas vezes. Natã estava até a borda de boa comida e o café tinha-lhe subido à cabeça. Cambaleava e repetia: "Bom, minha querida mulher, ela não é uma jóia de criada?".

"Espero que ninguém tire essa moça de nós", Roise Temerl disse. Sabendo como as pessoas eram invejosas, ela temia o olho-gordo ou aqueles que pudessem oferecer melhores condições para a moça.

Não faz sentido entrar em detalhes sobre os pratos excelentes que Shifra Zirel preparava, as babkas e massas de amêndoas que assava, as entradas que apresentava. Os vizinhos viram as salas de Natã e seu quintal se tornarem irreconhecíveis. Shifra Zirel mandou caiar as paredes, limpou os barracões e os armários e contratou um trabalhador para tirar as ervas daninhas do jardim e consertar a cerca e a balaustrada da varanda. Mais parecendo dona da casa que criada, ela supervisionava tudo. Quando Shifra Zirel, de vestido de lã e sapato de bico fino, saía para passear aos sábados, depois da refeição cholent pré-cozida, quem olhava para ela não eram só os trabalhadores comuns e as meninas pobres, mas também os rapazes e as moças de boa família. Levantando com elegância a barra da saia, ela caminhava de cabeça erguida. Sua assistente, filha da atendente da casa de banhos, ia atrás, levando uma sacola de frutas e biscoitos, porque judeus não podem carregar pacotes no shabat. Dos bancos em frente das casas, as mulheres a observavam e sacudiam a cabeça. "É mais orgulhosa que uma mulher de proprietário!", comentavam, prevendo que sua estada em Frampol seria breve.

III. TENTAÇÃO

Uma terça-feira, quando Roise Temerl estava em Janov, visitando a irmã que estava doente, Natã mandou a menina gentia preparar um banho de vapor para ele. Sentia os membros e os ossos doendo desde a manhã e sabia que o único remédio para isso era transpirar em abundância. Depois de colocar um monte de lenha no queimador em torno dos tijolos, a menina acendeu o fogo, encheu de água o barril e voltou para a cozinha.

Quando o fogo acabou de queimar, Natã tirou a roupa e verteu um balde de água fria em cima dos tijolos vermelhos em brasa. A casa de banhos encheu-se de vapor. Natã subiu ao degrau mais alto, onde o vapor era quente e denso, e açoitou-se com uma vassourinha de gravetos, preparada de antemão. Geralmente Roise Temerl o ajudava nisso. Quando ele transpirava, ela vertia os baldes de água, e quando ela transpirava ele é que vertia. Depois de se açoitarem um ao outro com vassourinhas de gravetos, Roise Temerl o banhava em uma banheira de madeira e penteava seu cabelo. Mas dessa vez Roise Temerl tivera de ir a Janov ver a irmã doente, e Natã não achou prudente esperar seu retorno, já que a cunhada era muito velha e podia morrer, e aí Roise Temerl ia ter de ficar lá por sete dias. Ele nunca havia tomado seu banho sozinho. O vapor, como sempre, logo assentou. Natã queria descer e pôr mais água nos tijolos, mas suas pernas estavam pesadas e sentia preguiça. Com a barriga espetada para cima, ficou deitado de costas, batendo no corpo com a vassourinha, friccionando os joelhos e os tornozelos, olhando a viga torta do teto enegrecido de fumaça. Um pedaço de céu claro espiava para dentro por uma fresta. Era o mês de Elul, e Natã se viu tomado pela melancolia. Lembrou-se da cunhada quando moça, cheia de vida, e agora ela estava em seu leito de morte. Ele tampouco iria comer marzipã e dormir em edredons para sempre, ocorreu-lhe, pois um dia seria colocado em um túmulo escuro, os olhos cobertos por cacos, e os vermes consumiriam seu corpo que Roise Temerl mimou durante os quase cinqüenta anos em que foi sua esposa.

Examinando sua alma, Natã ali estava, de barriga para cima, quando de repente ouviu a corrente soar, a porta ranger. Olhando em volta, viu, surpreso, que Shifra Zirel havia entrado. Descalça, um lenço branco na cabeça, vestindo apenas uma combinação. Engasgado, gritou "Não!" e correu a se cobrir. Incomodado, sacudindo a cabeça, com gestos ordenou que saísse, mas Shifra Zirel disse: "Não tenha medo, patrão, não vou morder, não".

Ela despejou um balde de água sobre os tijolos quentes. Um chiado encheu a sala, e colunas brancas de vapor logo se elevaram, escaldando os membros de Natã. Então, Shifra Zirel subiu os degraus até Natã, agarrou a vassourinha de gravetos e começou a bater nele suavemente. Ele ficou tão perplexo que perdeu a fala. Engasgado, quase rolou para baixo dos degraus escorregadios. Enquanto isso, Shifra Zirel continuava batendo diligentemente nele, esfregando-o com uma pedra de sabão que havia trazido. Finalmente, retomando a compostura, ele disse, rouco: "O que você está fazendo? Que vergonha!".

"Vergonha de quê?", perguntou a criada alegremente. "Não vou machucar o patrão..."

Durante um longo tempo, ocupou-se em pentear e massagear o patrão, esfregando o sabão e encharcando-o de água, e Natã foi forçado a admitir que aquela mulher diabólica era mais habilidosa do que Roise Temerl. Suas mãos eram também mais macias; elas provocavam seu corpo e despertavam seu desejo. Ele logo esqueceu que estavam no mês de Elul, nos Dias de Assombro, e mandou a criada trancar a trava de madeira da porta. Depois, com voz trêmula, fez uma proposta.

"Nunca, tio!", disse ela, resoluta, vertendo um balde de água em cima dele.

"Por que não?", ele perguntou, o pescoço, a barriga, a cabeça, todos os membros pingando.

"Porque eu pertenço ao meu marido."

"Que marido?"

"Aquele que eu vou ter um dia, se Deus quiser."

"Ora, Shifra Zirel", ele disse. "Eu te dou alguma coisa... um colar de coral, um broche."

"Está desperdiçando saliva", disse ela.

"Um beijo ao menos", ele implorou.

"Um beijo custa vinte e cinco moedas", disse Shifra Zirel.

"Moedas de groszy ou de vinténs?", Natã perguntou, eficiente, e Shifra Zirel respondeu: "De guilderes".

Natã refletiu. Vinte e cinco guilderes não eram ninharia. Mas eu, o Velho Demo, lembrei-lhe que não se vive para sempre e que não faz mal nenhum deixar para trás alguns guilderes. Ele, portanto, concordou.

Curvando-se sobre o patrão, colocando os braços em torno de seu pescoço, Shifra Zirel beijou-o na boca. Meio beijo, meio mordida, aquilo o deixou sem ar. A luxúria despertou dentro dele. Não podia sair dali porque os braços e as pernas estavam tremendo, e Shifra Zirel teve de ajudá-lo a descer e até a vestir o roupão. "Então você é desse tipo...", ele murmurou.

"Não me ofenda, Reb Natã", ralhou ela. "Sou pura."

"Pura como um joelho de porco", Natã pensou. Abriu a porta para ela. Depois de um momento, olhando ansiosamente em torno para ter certeza de não ser visto, ele também saiu. "Imagine acontecer uma coisa dessas!", murmurou. "Que indecência! Uma verdadeira prostituta!" Decidiu não ter mais nada com ela.

IV. NOITES INQUIETAS

De noite, Natã ficou deitado em seu edredom, enrolado num cobertor de seda, a cabeça apoiada em três travesseiros, mas foi privado do sono por minha esposa Lilith e suas companheiras. Havia cochilado, mas estava acordado; começara a sonhar alguma coisa, mas a visão o assustou e levantou-se sobressaltado. Alguém invisível sussurrou alguma coisa em seu ouvido. Durante um momento, achou estar com sede. Aí, sentiu a cabeça febril. Saiu da cama, enfiou o chinelo e o roupão, e foi à cozinha pegar uma caneca de água. Ao se inclinar sobre o barril, escorregou e quase caiu dentro dele. De repente, percebeu que desejava Shifra Zirel com o desejo de um jovem. "O que está acontecendo comigo?", murmurou. "Só pode ser um truque do diabo." Estava voltando para o quarto, mas se viu indo para o quartinho onde dormia a criada. Parado na porta, escutou. Ouviu bulha no fogão, e na lenha seca algo estalou. Lá fora brilhou o pálido fulgor de uma lanterna; houve um suspiro. Natã lembrou que era Elul, que os judeus tementes a Deus se levantavam ao alvorecer para as preces Selichot. Quando estava virando as costas, a criada abriu a porta e perguntou em tom alerta: "Quem está aí?".

"Sou eu", Natã sussurrou.

"O que o patrão deseja?"

"Não sabe?"

Ela deu um grunhido e ficou quieta, como se pensasse o que fazer. Então disse: "Volte para a cama, patrão. Não adianta conversar".

"Mas não consigo dormir", Natã reclamou num tom que às vezes usava com Roise Temerl. "Não me mande embora!"

"Vá, patrão", Shifra Zirel disse com voz zangada, "senão eu grito!"

"Quieta. Não vou te obrigar, Deus me livre. Gosto de você. Eu te amo."

"Se o patrão me ama, então que case comigo."

"Como é que eu posso? Tenho mulher!", Natã disse, surpreso.

"Bom, e daí? Para que acha que serve o divórcio?", ela disse, sentando na cama.

"Ela não é uma mulher", Natã pensou, "é um demônio." Assustado com ela e com o que dizia, ficou parado na porta, pesado, confuso, encostado ao umbral. O Bom Espírito, que está no auge de sua força durante o mês de Elul, lembrou-lhe *A medida de honestidade*, que ele havia lido em iídiche, contando histórias de homens piedosos tentados por esposas de proprietários de terras, por diabas, por prostitutas, mas que haviam se recusado a sucumbir à tentação. "Vou mandar essa moça embora imediatamente, amanhã, nem que eu tenha de pagar para ela o salário de um ano", Natã decidiu. Mas disse: "O que você está pensando? Vivi com minha mulher quase cinqüenta anos! Por que haveria de me divorciar dela agora?".

"Cinqüenta anos já bastam", respondeu a audaciosa criada.

A insolência dela, ao invés de repeli-lo, o atraiu ainda mais. Foi até a cama, sentou na beirada. Um vil calor subia dela. Tomado por um poderoso desejo, disse: "Como posso me divorciar dela? Ela não vai consentir".

"O senhor consegue, mesmo sem o consentimento dela", disse a criada, aparentemente bem informada.

Agrados e carinhos não a convenceram. A todos os argumentos de Natã, ela fazia ouvidos moucos. O dia já estava nascendo quando ele voltou para a cama. As paredes de seu quarto estavam cinzentas como lona. Igual a um carvão brilhando numa pilha de cinzas, o sol nasceu a leste, lançando uma luz escarlate como o fogo do inferno. Um corvo que pousou no batente da janela começou a crocitar com seu negro bico recurvo, como se tentasse anunciar alguma má notícia. Um tremor percorreu os ossos de Natã. Ele sentiu que não era mais senhor de si, que o Mau Espírito, tomando as rédeas, o levava por uma trilha iníqua, perigosa, cheia de obstáculos.

A partir de então, Natã não teve mais um momento de sossego.

Enquanto sua esposa, Roise Temerl, observava o período de luto pela irmã em Janov, ele despertava toda noite e era atraído a Shifra Zirel, que o rejeitava todas as vezes.

Implorando, suplicando, prometeu presentes valiosos, ofereceu um rico dote e a inclusão em seu testamento, mas nada lhe valia. Jurou não voltar a ela, mas quebrava o voto a cada noite. Falou bobagens, de um jeito inadequado a um homem respeitável, e desgraçou-se. Quando a acordava, ela não só o mandava embora como ralhava com ele. Ao passar de seu quarto para o dela no escuro, tropeçava nas portas, nos armários, nos aquecedores, e ficou coberto de marcas. Batia no urinol e derramava tudo. Quebrava objetos de vidro. Tentava recitar um capítulo dos Salmos que sabia de cor e implorar a Deus que o resgatasse da rede que estendi, mas as palavras sagradas distorciam-se em sua boca, e sua cabeça se confundia com pensamentos impuros. Em seu quarto, havia um constante zumbido e zunido de pirilampos, moscas, mariposas e mosquitos que eu, o Maligno, ali coloquei. De olhos bem abertos e orelhas atentas, Natã ficava deitado, muito alerta, ouvindo cada rumor. Galos cantavam, sapos coaxavam nos charcos, grilos cricrilavam, clarões de relâmpagos rebrilhavam estranhamente. Um diabinho insistia: não seja bobo, Reb Natã, ela está esperando você; quer ver se você é um homem ou um rato. E o diabinho ronronava: Elul ou não Elul, uma mulher é uma mulher, e se você não gozar com ela neste mundo, no próximo é que não vai ser. Natã chamava Shifra Zirel e ficava esperando a resposta. Parecia-lhe ouvir o pisar de pés descalços, ver a brancura do corpo dela, ou de sua combinação no escuro. Por fim, tremendo, incendiado, levantava da cama e ia até o quarto dela. Mas ela continuava teimosa. "Ou eu ou a patroa", declarava. "Vá embora, patrão!"

E pegando uma vassoura da pilha de lixo, batia nas costas dele. Então Reb Natã Jozefover, o homem mais rico de Frampol, respeitado por moços e velhos, voltava derrotado e batido para sua cama de dossel, para rolar de um lado para o outro, febril, até o amanhecer.

V. ESTRADA DA FLORESTA

Quando voltou de Janov e viu o marido, Rosie Temerl ficou muito assustada. Estava com a cara branca, tinha bolsas debaixo dos olhos, a barba, que até recentemente era preta, estava agora riscada de branco, a barriga frouxa, pendurada como um saco. Como alguém perigosamente doente, ele mal conseguia arrastar os pés. "Deus me perdoe, até coisa melhor acaba a sete palmos!", ela exclamou. Começou a interrogá-lo, mas como ele não podia lhe contar a verdade, disse que estava sentindo dores de cabeça, azia, pontadas e outras aflições. Roise Temerl, embora estivesse com saudades do marido e esperasse se divertir ao lado dele, chamou uma carruagem e cavalos e mandou que ele fosse ver um médico em Lublin. Encheu uma mala com biscoitos, geléias, sucos e vários outros lanches, insistiu para que não economizasse, e fosse, sim, procurar o melhor dos médicos e tomasse todos os remédios receitados. Shifra Zirel também se despediu do patrão, acompanhando a pé a carruagem até a ponte, desejando-lhe rápida recuperação.

Tarde da noite, à luz da lua cheia, quando a carruagem passava por uma estrada da floresta e as sombras corriam à frente, eu, o Mau Espírito, fui ter com Reb Natã e perguntei: "Aonde está indo?".

"Não está vendo? Vou ao médico."

"Sua doença não pode ser curada por um médico", eu disse.

"O que eu faço então? Me divorcio da minha velha esposa?"

"Por que não?", perguntei. "Abraão não expulsou sua serva Agar para o deserto, com um frasco de água apenas, porque preferia Sara? E depois não tomou Quetura e teve seis filhos com ela? Moisés, mestre de todos os judeus, não tomou, além de Zípora, uma outra esposa da terra de Cuxe? E quando Míriam, sua irmã, falou mal dele, não ficou leprosa? Fique sabendo, Natã, que você está destinado a ter filhos e filhas, e, segundo a lei, devia ter se divorciado de Roise Temerl dez anos depois do casamento. Bom, não pode deixar o mundo sem gerar filhos, e o Céu, portanto, lhe mandou Shifra Zirel para sentar em seu colo, ficar grávida e gerar crianças saudáveis, que depois de sua morte rezarão o Kadish por você e herdarão suas posses. Portanto, não tente resistir, Natã, porque esse é o desígnio do Céu, e se não cumprir com isso será punido e logo morrerá, e Roise Temerl ficará viúva de qualquer forma e você herdará o inferno."

Ouvindo essas palavras, Natã ficou assustado. Tremendo dos pés à cabeça, disse: "Se assim é, por que ir a Lublin? Devia era mandar o cocheiro voltar para Frampol".

E eu repliquei: "Não, Natã. Por que contar a sua mulher o que está para fazer? Quando souber que planeja se divorciar dela para tomar a criada em seu lugar, vai ficar muito ofendida e poderá se vingar de você e da criada. Ao contrário, siga o conselho dado por Shifra Zirel. Consiga papéis de divórcio em Lublin e coloque secretamente entre os vestidos de sua mulher. Com isso, o divórcio tem validade. Depois, diga a ela que os médicos mandaram você ir para Viena fazer uma operação porque está com um tumor interno. E, antes de ir, pegue todo o dinheiro e leve com você, deixando para sua mulher apenas a casa, a mobília e os pertences pessoais dela. Só quando estiver longe de casa, e Shifra Zirel junto com você, é que pode informar Roise Temerl de que ela é uma mulher divorciada. Desse jeito você evita o escândalo. Mas não demore, Natã, porque Shifra Zirel não vai ficar esperando, e se ela for embora você pode ser punido, e morrer, e perder este mundo além do outro".

Fiz outros discursos, pios e ímpios, e ao amanhecer, quando ele adormeceu, levei-lhe Shifra Zirel nua e mostrei-lhe as imagens dos filhos que teria, homens e mulheres, de suíças e cachos, e fiz com que comesse pratos imaginários que ela lhe preparara: tinham gosto de Paraíso. Ele acordou dessas visões com fome e consumido de desejo. Chegando à cidade, a carruagem parou numa estalagem, onde Natã tomou café-da-manhã e foi-lhe preparada uma cama macia. Mas em sua boca permanecia o sabor da panqueca que havia comido em sonho. E em seus lábios podia quase sentir os beijos de Shifra Zirel. Tomado de desejo, ele vestiu de novo o casaco e disse aos hospedeiros que tinha de correr para encontrar mercadores.

Numa viela aonde o levei, descobriu um escrivão avaro que por cinco guilderes redigiu-lhe papéis de divórcio e fez com que fossem assinados por testemunhas, como manda a lei. Natã, então, comprou muitos frascos e pílulas numa farmácia e voltou para Frampol. Disse à mulher que havia sido examinado por três médicos, que todos acharam que tinha um tumor no estômago e que devia ir imediatamente a Viena para ser tratado por grandes especialistas, senão duraria menos de um ano. Abalada com a história, Roise Temerl disse: "Que importa o dinheiro? Sua saúde é muito mais importante para mim". Queria ir junto com ele, mas Natã argumentou, dizendo: "A viagem vai custar o dobro. Além disso, alguém precisa cuidar de nossos negócios aqui. Não, você fica, e, se Deus quiser, se tudo correr bem, eu volto e seremos felizes juntos". Para encurtar a história, Roise Temerl concordou e ficou.

Nessa mesma noite, depois que Roise Temerl adormeceu, Natã se levantou da cama e silenciosamente colocou os papéis de divórcio dentro de seu baú. Também foi visitar Shifra Zirel no quarto dela e informou-lhe o que havia feito. Ela o beijou e abraçou, prometeu ser uma boa esposa e uma mãe fiel para seus filhos. Mas dentro do seu coração, escarnecendo, pensou: Velho idiota, vai pagar caro por ter se apaixonado por uma prostituta.

E agora começa a história de como eu e meus companheiros forçamos o velho pecador Natã Jozefover a virar um homem que vê sem ser visto, de forma que seus ossos nunca serão devidamente enterrados, que é o castigo para a devassidão.

VI. NATÃ VOLTA

Passou-se um ano, Roise Temerl tinha agora um segundo marido, casada que estava com o comerciante de cereais de Frampol, Moshe Mecheles, que havia perdido a esposa na mesma época que ela fora divorciada. Moshe Mecheles era um homem pequeno, de barba vermelha, com pesadas sobrancelhas vermelhas e penetrantes olhos amarelos. Discutia muito com o rabino de Frampol, usava dois pares de filactérios quando rezava e era dono de um moinho de água. Estava sempre coberto de pó de farinha. Havia sido rico, mas depois do casamento com Roise Temerl assumira os silos e os clientes dela e transformou-se em um magnata.

Por que Roise Temerl casou-se com ele? Primeiro, outras pessoas interferiram. Em segundo lugar, estava solitária e pensou que outro marido podia ao menos em parte substituir Natã. Em terceiro, eu, o Sedutor, tinha minhas razões para querer que ela casasse. Bom, depois de casar, ela se deu conta que havia cometido um erro. Moshe Mecheles era esquisito. Era magro, e ela tentou engordá-lo, mas ele nem tocava seus bolinhos, panquecas e galinhas. Preferia pão com alho, batatas com casca, cebolas e rabanetes e, uma vez por dia, um pedaço de carne magra cozida. Seu cafetã manchado nunca estava abotoado, usava um barbante para prender as calças, recusava o banho que Roise Temerl esquentava para ele e tinha de ser forçado a trocar de camisa ou de cueca. Além disso, raramente ficava em casa; estava sempre ou viajando a negócios ou participando de reuniões comunitárias. Ia dormir tarde e gemia e roncava na cama. Quando o sol se levantava, também Moshe Mecheles se levantava, zumbindo como uma abelha. Embora perto dos sessenta anos, Roise Temerl ainda não desprezava o que os outros gostam, mas Moshe Mecheles raramente a procurava, e era só por questão de dever. A mulher finalmente admitiu que havia errado, mas o que podia fazer? Engoliu o orgulho e sofreu em silêncio.

Uma tarde, perto da época de Elul, quando Rosie Temerl foi ao quintal jogar fora a água servida, viu uma estranha figura. Deu um grito, a bacia caiu de suas mãos, a água espirrou em seus pés. A dez passos dela estava Natã, seu antigo marido. Vestido como um mendigo, com o cafetã rasgado, um pedaço de corda na cintura, os sapatos esfarrapados, e na cabeça só o forro do chapéu. Seu rosto um dia rosado agora estava amarelo, e os tocos de barba grisalhos; tinha olheiras inchadas sob os olhos. Debaixo das sobrancelhas despenteadas olhou para Roise Temerl. Por um momento, ela pensou que ele devia ter morrido e que aquilo na sua frente era um fantasma. Quase falou: Alma Pura, volte ao lugar de seu descanso!, mas como estavam em plena luz do dia ela logo se recuperou do susto e perguntou com voz trêmula: "Será que meus olhos estão me enganando?".

"Não", disse Natã. "Sou eu."

Durante um longo tempo, marido e mulher ficaram se olhando. Roise Temerl estava tão tonta que não conseguia falar. Suas pernas começaram a tremer e teve de segurar no tronco de uma árvore para não cair.

"Ai de mim, o que aconteceu com você?", perguntou.

"Seu marido está em casa?", Natã perguntou.

"Meu marido?", ela estava confusa. "Não..."

Roise Temerl estava a ponto de convidá-lo para entrar quando se lembrou que, segundo a lei, não lhe era permitido ficar sob o mesmo teto que ele. Além disso, temia que a criada pudesse reconhecê-lo. Curvou-se e pegou a bacia.

"O que aconteceu?", perguntou.

Natã contou-lhe, entrecortadamente, que encontrara com Shifra Zirel em Lublin, havia se casado com ela e depois sido convencido a ir com ela procurar seus parentes na Hungria. Numa estalagem perto da fronteira, ela o abandonou, roubando-lhe tudo, até as roupas. Desde então, ele vagava por todo o país, dormia em abrigos de indigentes e, como um mendigo, batia de porta em porta. De início, pensara conseguir um documento assinado por cem rabinos, permitindo que se casasse de novo, e partira para Frampol. Descobrira então que Roise Temerl havia se casado de novo, e tinha vindo implorar seu perdão.

Sem poder acreditar em seus olhos, Roise Temerl ficou olhando para ele. Apoiado no cajado torto, como um mendigo, ele nunca levantava os olhos. De suas narinas e orelhas saíam tufos de pêlos. Pelo casaco rasgado, ela viu a aniagem da roupa de baixo, e numa fenda desta a sua pele. Ele parecia ter ficado menor.

"Alguém da cidade viu você?", perguntou.

"Não. Vim pelo campo."

"Ai de mim. O que eu posso fazer por você agora?", ela exclamou. "Estou casada."

"Não quero nada de você", disse Natã. "Adeus."

"Não vá!", disse Roise Temerl. "Ah, como eu sou infeliz!"

Cobrindo o rosto com as mãos, começou a chorar. Natã se afastou.

"Não chore por mim", disse. "Não morri ainda."

"Eu preferia que tivesse morrido", ela respondeu. "Eu ficaria mais feliz."

Bem, eu, o Destruidor, ainda não tinha usado todos os meus truques insidiosos. A balança de pecados e castigos ainda não estava equilibrada. Portanto, num movimento vigoroso, falei à mulher na língua da compaixão, pois é sabido que a compaixão, como qualquer outro sentimento, pode servir a maus propósitos tanto quanto a bons. Roise Temerl, eu disse, ele é seu marido; viveu com ele cinqüenta anos e não pode repudiá-lo agora que caiu. E quando ela perguntou: "O que devo fazer? Afinal, não posso ficar aqui parada e me expor ao ridículo", fiz uma sugestão. Ela tremeu, levantou os olhos e pediu a Natã que a seguisse. Submisso, ele foi atrás dela, como um pobre visitante que faz qualquer coisa que a dona da casa ordene.

VII. O SEGREDO DA RUÍNA

No quintal, atrás do celeiro, perto da sala de banho, havia uma ruína na qual, muitos anos antes, os pais de Roise Temerl haviam morado. Estava agora desocupada, as janelas do andar térreo tapadas, mas no andar de cima ainda havia alguns cômodos bem conservados. Os pombos pousavam no teto e andorinhas faziam ninho nas calhas. Havia uma vassoura velha enfiada na chaminé.

Natã sempre dizia que a velha casa devia ser demolida, mas Roise Temerl insistira que enquanto estivesse viva a casa de seus pais não seria posta abaixo. O sótão estava cheio de velharias e trapos. Escolares diziam que à meia-noite emanava da ruína uma luz e que havia demônios vivendo no porão. Roise Temerl levou Natã para lá. Não era fácil de entrar na ruína. Ervas daninhas que picavam e queimavam obstruíam o caminho. A saia de Roise Temerl enganchou em espinhos afiados como pregos. Havia montículos de toupeiras por toda parte. Uma pesada cortina de teias de aranha barrava a porta aberta. Roise Temerl removeu-as com um ramo morto. Os degraus tremiam. Ela sentia as pernas pesadas e teve de se apoiar no braço de Natã. Uma densa nuvem de poeira levantou-se e Natã começou a espirrar e tossir.

"Onde está me levando?", perguntou, confuso.

"Não tenha medo", disse Roise Temerl. "Está tudo bem."

Deixando-o na ruína, ela voltou para casa. Disse à criada que podia tirar folga o resto do dia, e não precisou falar duas vezes. Assim que ela saiu, Roise Temerl abriu os armários que ainda estavam cheios de roupas de Natã, pegou sua roupa de baixo do baú e levou tudo para a ruína. Mais uma vez saiu, e quando voltou foi com uma cesta contendo uma refeição de arroz e carne de panela, dobradinha com mocotó, pão branco e ameixas cozidas. Depois que ele devorou o jantar e lambeu o prato de ameixas, Roise Temerl pegou um balde de água do poço e mandou que fosse se lavar no outro quarto. A noite estava caindo, mas o lusco-fusco durou um longo tempo. Natã fez o que Roise Temerl mandou, e ela ficou ouvindo o espadanar da água e os suspiros dele na outra sala. Ele então trocou de roupa. Quando Roise Temerl o viu, rolaram lágrimas de seus olhos. A lua cheia brilhava pela janela, deixando a sala clara como dia, e Natã, de camisa limpa, roupão bordado de folhas e flores, de touca de seda e chinelo de veludo, era de novo o Natã de antes.

Moshe Mecheles estava fora da cidade, e Roise Temerl não tinha pressa. Voltou à casa e trouxe roupas de cama. A cama só precisava de estrado. Não querendo acender uma vela, para que ninguém visse a luz, Rosie Temerl se movia no escuro; subiu ao sótão com Natã e foi tateando até encontrar sarrafos velhos para a cama. Depois, colocou o colchão, lençóis e um travesseiro por cima. Tinha lembrado até de trazer um pouco de geléia e uma caixa de biscoitos para Natã se deliciar antes de dormir. Só então sentou num instável banquinho para descansar. Natã sentou na beira da cama.

Depois de um longo silêncio, ele disse: "Para que isso? Amanhã tenho de ir embora".

"Por que amanhã?", Roise Temerl perguntou. "Descanse. Tem muito tempo para apodrecer na casa dos pobres."

Ficaram sentados até tarde da noite conversando, murmurando. Roise Temerl chorou e parou de chorar, começou de novo e se acalmou de novo. Insistiu que Natã lhe confessasse tudo, sem omitir nenhum detalhe, e ele contou de novo que havia encontrado Shifra Zirel, que haviam se casado, que ela o convencera a ir junto com ela para Pressburg, e que passara a noite cheia de palavras doces e jogos amorosos com ele em uma estalagem. E ao amanhecer, quando adormeceu, ela se levantou e desamarrou a bolsa que ele levava ao pescoço. Contou a Roise Temerl também que tinha sido forçado a esquecer toda vergonha e dormir nos dormitórios de mendigos e a comer em mesas de estranhos. Embora sua história a enfurecesse e ela o chamasse de cabeça-dura, de bobo, idiota, burro, imbecil, seu coração quase se desmanchou de pena.

"O que se pode fazer agora?", perguntava a si mesma sem parar. E eu, o Mau Espírito, respondi: Não deixe ele ir embora. Vida de mendigo não é para ele. Pode morrer de tristeza ou de vergonha. E quando Roise Temerl argumentou que como mulher casada não tinha o direito de ficar com ele, eu disse: Será que doze linhas de um decreto de divórcio podem separar duas almas que se fundiram ao longo de cinqüenta anos de vida comum? Será que a lei pode transformar irmão e irmã em estranhos? Natã não se tornou parte de você? Você não o vê toda noite em sonhos? Toda a sua fortuna não é resultado do empenho e do esforço dele? E quem é Moshe Mecheles? Um estranho, um grosso. Não seria melhor queimar com Natã no Inferno do que servir de apoio para os pés de Moshe Mecheles no céu? Lembrei-lhe também uma passagem de um livro de histórias em que um proprietário de terras cuja esposa havia fugido com um domador de ursos depois a perdoou e recebeu-a de volta em sua mansão.

Quando o relógio da igreja de Frampol bateu onze horas, Roise Temerl voltou para casa. Em sua luxuosa cama de dossel, ficou revirando como alguém que está com febre. Durante longo tempo, Natã ficou parado ao lado da janela, olhando para fora. O céu de Elul estava cheio de estrelas. A coruja no teto da sinagoga guinchava com voz humana. A gritaria dos gatos lembrava mulheres em trabalho de parto. Grilos cricrilavam e serras invisíveis pareciam estar zunindo dentro do tronco das árvores. O nitrir dos cavalos que tinham pastado toda a noite atravessava os campos junto com os gritos dos pastores. Natã, que estava no andar de cima, abarcava toda a cidadezinha com um só olhar, a sinagoga, a igreja, o matadouro, a casa de banhos pública, o mercado, e as ruas laterais onde viviam os gentios. Reconheceu cada abrigo, cada barracão, cada tábua de seu próprio quintal. Um bode arrancava um pouco de casca de uma árvore. Um rato do campo saía do celeiro para voltar a seu ninho. Natã ficou observando por um longo tempo. Tudo em volta era familiar e ao mesmo tempo estranho, real e fantasmagórico, como se não estivesse mais entre os vivos e só seu espírito flutuasse ali. Lembrava de uma frase hebraica que se aplicava a ele, mas não conseguia recordar suas palavras exatas. Finalmente, depois de tentar longo tempo, lembrou: *alguém que vê sem ser visto*.

VIII. ALGUÉM QUE VÊ SEM SER VISTO

Em Frampol correu o boato de que Roise Temerl se desentendeu com a empregada e mandou a moça embora no meio do contrato. Isso surpreendeu as donas de casa, porque ela era reconhecidamente trabalhadeira e honesta. Na verdade, Roise Temerl dispensou a moça para impedir que ela descobrisse que Natã estava morando na ruína. Como sempre, quando seduzo pecadores, convenci o casal de que tudo aquilo era provisório, que Natã ia ficar só até se recuperar de sua perambulação. Mas me certifiquei de que Roise Temerl apreciasse a presença de seu hóspede secreto e de que Natã gostasse de estar onde estava. Mesmo discutindo sua futura separação todas as vezes que estavam juntos, Roise Temerl dava aos cômodos de Natã um ar de permanência. Voltou a cozinhar e fritar para ele e mais uma vez lhe trazia pratos saborosos. Depois de poucos dias, a aparência de Natã havia mudado incrivelmente. Com pastelaria e pudins, seu rosto voltou a ficar rosado e mais uma vez a barriga se fez protuberante, como a de um homem de posses. Mais uma vez, usava camisas bordadas, chinelos de veludo, roupões de seda e lenços de cambraia. Para evitar que se entediasse com a inatividade, Roise Temerl lhe trouxe uma Bíblia em iídiche, um exemplar de *Herança do gamo* e numerosos livros de histórias. Chegou a conseguir algum tabaco para seu cachimbo, pois ele gostava de fumar, e trouxe do porão garrafas de vinho e hidromel que Natã havia guardado havia anos. O casal divorciado fazia banquetes na ruína.

Providenciei para que Moshe Mecheles raramente estivesse em casa; eu o enviava a todos os tipos de feiras e até o recomendei como árbitro em disputas. Não levou muito tempo para a ruína atrás do celeiro se transformar no único conforto de Roise Temerl. Assim como os pensamentos de um avarento voltam constantemente para o tesouro que enterrou escondido, também Roise Temerl só pensava na ruína e no segredo do seu coração. Às vezes, pensava que Natã tinha morrido e que ela o havia ressuscitado magicamente por algum tempo; outras vezes, imaginava que tudo era um sonho. Sempre que olhava pela janela o teto coberto de musgo da ruína, pensava: Não! É inconcebível que Natã esteja aqui; devo estar enganada. E imediatamente tinha de voar para lá, subir a escada instável e ser encontrada a meio caminho por Natã em pessoa, com seu sorriso familiar e odor agradável. "Natã, você está aí?", perguntava, e ele respondia: "Estou, Roise Temerl, estou aqui, esperando você".

"Sentiu minha falta?", ela perguntava, e ele respondia: "Claro. Quando escuto seus passos é festa para mim".

"Natã, Natã", ela prosseguia. "Um ano atrás você acreditaria que isto ia terminar assim?"

E ele murmurava: "Não, Roise Temerl, é como um pesadelo".

"Ah, Natã, já perdemos este mundo e meu medo é que a gente tenha perdido o outro também", Roise Temerl dizia.

E ele respondia: "Bom, é uma pena, mas o inferno também é para gente, não para cachorros".

Como Moshe Mecheles era dos hassidistas, eu, o Velho Rebelde, mandei que fosse passar os Dias de Assombro com seu rabino. Sozinha, Roise Temerl levou para Natã uma estola de oração, um manto branco, um livro de orações e preparou uma refeição de festa para ele. Como no Rosh Hashanah não há lua, ele comeu a refeição noturna no escuro, molhou cegamente uma fatia de pão no mel e provou uma maçã, uma cenoura, a cabeça de uma carpa, e ofereceu uma bênção ao primeiro fruto, usando uma romã. Ficou rezando o dia inteiro com seu manto e estola. O som do chifre de carneiro chegou fraco a seus ouvidos, desde a sinagoga. No intervalo entre as orações, Roise Temerl o visitava com seu vestido dourado, o casaco branco debruado de cetim e o xale bordado com fios prateados, para lhe desejar feliz ano-novo. Usava no pescoço a corrente de ouro que ele havia lhe dado no noivado. Um broche que ele lhe trouxera de Dantzig tremulava em seu peito, e em seu pulso rolava uma pulseira que ele lhe comprara em Brod. Ela exsudava um aroma de bolo de mel e do setor feminino da sinagoga. Na véspera do Dia do Perdão, Roise Temerl lhe trouxe um galo branco como vítima sacrificial e preparou para ele a refeição que devia comer antes de começar o jejum. Além disso, ofereceu à sinagoga uma vela de cera pela alma dele. Antes de ir para a prece Minchah na sinagoga, foi se despedir dele e começou a lamentar-se tão alto que Natã temeu que pudessem ouvi-la. Caindo em seus braços, pendurou-se nele e não se afastava. Encharcou o rosto de lágrimas e uivava como se estivesse possuída. "Natã, Natã", gemia, "não teremos mais felicidade", e outras coisas que se dizem quando morre um membro da família, repetidas muitas vezes. Temendo que ela desmaiasse e caísse, Natã acompanhou-a escada abaixo. Depois, parado à janela, ficou olhando o povo de Frampol a caminho da sinagoga. As mulheres andavam depressa, com vigor, como se tivessem pressa de ir rezar por alguém no leito de morte; levantavam as saias e quando duas se encontravam caíam uma nos braços da outra e oscilavam para a frente e para trás como se estivessem em alguma luta misteriosa. Esposas de cidadãos importantes batiam à porta dos pobres e imploravam perdão. Mães que estavam com filhos doentes corriam com os braços estendidos, como se perseguissem alguém, chorando como loucas. Velhos tiravam os sapatos antes de sair de casa, vestiam mantos brancos, estolas de oração e solidéus brancos. No pátio da sinagoga, os pobres sentavam nos bancos com a caixa de esmolas. Um fulgor avermelhado espalhou-se sobre os telhados, refletindo nos vidros das janelas e iluminando os rostos pálidos. No poente, o sol ficou enorme, as nuvens em torno se incendiaram, o céu se inundou de chamas até a metade. Natã lembrou do Rio de Fogo em que todas as almas têm de se purificar. O sol logo baixou atrás do horizonte. Moças vestidas de branco saíram e fecharam cuidadosamente as persianas. Pequenas chamas brincavam nas janelas altas da sinagoga e dentro todo o edifício parecia uma grande labareda. Dali subia um zumbido abafado e explosões de soluços. Tirando os sapatos, Natã se enrolou na estola e no manto. Meio lendo, meio relembrando, entoou as palavras de Kol Nidrei, a canção que é recitada não só pelos vivos mas também pelos mortos em seus túmulos. O que era ele, Natã Jozefover, senão um morto, que em vez de repousar em seu túmulo vagava por um mundo que não existia?

IX. PEGADAS NA NEVE

As Grandes Festas terminaram. O inverno chegou. Mas Natã ainda estava na ruína. Ela não podia ser aquecida, não só porque o fogão havia sido desmontado, mas porque a fumaça, saindo pela chaminé, levantaria suspeitas. Para impedir que Natã congelasse, Roise Temerl providenciou roupas quentes e um aquecedor de carvão. De noite, ele se cobria com dois acolchoados de pluma. Durante o dia, usava sua pele de raposa e botas de feltro nos pés. Roise Temerl trouxe-lhe também um pequeno barril de bebida forte com um canudinho, e ele bebia cada vez que sentia frio, enquanto comia um pedaço de pernil seco. Com a comida substanciosa que Roise Temerl lhe fornecia, ficou gordo e pesado. À noite, parava à janela olhando com curiosidade as mulheres que iam para o banho ritual. Em dias de mercado, nunca saía da janela. Entravam carros no quintal e os camponeses descarregavam sacos de cereal. Moshe Mecheles, de casaco acolchoado de algodão, andava de um lado para o outro gritando, rouco. Embora fosse doloroso para Natã pensar que aquele sujeito ridículo dispunha de suas posses e deitava com sua mulher, a aparência de Moshe Mocheles o fazia rir, como se tudo aquilo fosse uma espécie de peça que ele, Natã, estava pregando em seu concorrente. Às vezes, sentia vontade de gritar para ele: Olá, Moshe Mocheles! e de atirar nele um pedaço de estuque ou um osso.

Enquanto não houvesse neve, Natã tinha tudo de que precisava. Roise Temerl o visitava sempre. De noite, Natã saía para dar um passeio na trilha que levava ao rio. Mas numa noite caiu uma grande quantidade de neve, e no dia seguinte Roise Temerl não foi visitá-lo por temer que alguém pudesse notar suas pegadas na neve. Natã também não podia sair para satisfazer suas necessidades. Durante dois dias não comeu nada quente, e a água do balde virou gelo. No terceiro dia, Roise Temerl contratou um camponês para limpar a neve entre a casa e o celeiro, e mandou que limpasse também a neve entre o celeiro e a ruína. Quando voltou para casa, Moshe Mocheles ficou surpreso e perguntou: "Por quê?", mas ela mudou de assunto, e como ele não desconfiava de nada, logo esqueceu o caso.

A vida de Natã daí em diante foi ficando cada vez mais difícil. Depois de cada nevasca, Roise Temerl limpava a passagem com uma pá. Para impedir que os vizinhos vissem o que acontecia no quintal, mandou consertar a cerca. Como pretexto para ir até a ruína, mandou fazer um buraco para o lixo ali perto. Sempre que via Natã, ele dizia que era hora de fazer a mala e ir embora, mas Roise Temerl o convencia a esperar. "Para onde iria?", ela perguntava. "É capaz de morrer de cansaço." Segundo o almanaque, ela argumentava, o inverno seria brando e o verão começaria cedo, semanas depois do Purim, ele só tinha de agüentar metade do mês de Kislev, além de Teveth e Shevat. Ela lhe disse outras coisas. Às vezes, os dois nem falavam, sentados em silêncio, de mãos dadas, chorando. Ambos perdiam forças dia a dia, Natã engordando, inchado, a barriga cheia de vento, as pernas parecendo de chumbo e a visão diminuindo. Não podia mais ler seus livros de histórias. Roise Temperl ficou magra como uma tuberculosa, perdeu o apetite e não conseguia dormir. Passava acordada algumas noites, chorando. E quando Moshe Mocheles lhe perguntava por que, ela dizia que era porque não tinha filhos para rezar por ela quando fosse embora.

Um dia, uma chuva lavou toda a neve. Como Roise Temerl não visitava a ruína fazia dois dias, Natã ficou esperando ela chegar a qualquer momento. Não havia mais comida, apenas um pouco de conhaque no fundo do barril. Durante horas intermináveis esperou por ela à janela, enevoada de gelo, mas Roise não veio. A noite foi negra como piche e gelada. Cães ladravam, o vento soprava. As paredes da ruína sacudiam, um assobio corria pela chaminé e as telhas chacoalhavam no teto. Na casa de Natã, agora casa de Moshe Mocheles, parecia haver várias lâmpadas acesas; ela parecia excepcionalmente iluminada, e a luz que produzia tornava mais densa a escuridão em torno. Natã pensou ter ouvido o rolar de rodas, como se uma carruagem tivesse chegado à casa. No escuro, alguém pegou água no poço, alguém esvaziou as bacias. A noite corria, mas apesar do avançado da hora as persianas continuavam abertas. Vendo sombras que passavam de lá para cá, Natã pensou que devia haver visitas importantes, brindadas com um banquete. Ficou olhando a noite até sentir os joelhos fracos, e com seu último restinho de forças arrastou-se para a cama e caiu num sono profundo.

O frio o despertou cedo na manhã seguinte. Com membros enrijecidos levantou-se e mal se arrastou até a janela. Havia caído mais neve durante a noite e uma geada pesada se instalara. Para sua surpresa, Natã viu um grupo de homens e mulheres em torno de sua casa. Imaginou, ansioso, o que podia estar acontecendo. Mas não teve de pensar muito, pois de repente a porta se abriu e quatro homens saíram levando um caixão coberto com um pano preto. "Moshe Mocheles morreu!", Natã pensou. Mas aí viu Moshe Mocheles acompanhando o caixão. Não era ele, era Roise Temerl que havia morrido.

Natã não conseguiu chorar. Era como se o frio tivesse congelado suas lágrimas. Tremendo, ficou olhando os homens levarem o caixão, o sacristão sacudindo a caixa de esmolas e os acompanhantes de luto lutando com a neve profunda. O céu, pálido como um lençol, estava baixo, juntando-se à terra coberta de branco. Como se estivessem boiando numa torrente, as árvores do campo pareciam flutuar na brancura. O caixão subia e descia, o grupo de pessoas seguindo atrás ficava mais ralo e às vezes desaparecia por completo, parecendo afundar no chão e emergir de novo. Natã achou por um momento que o cortejo tinha parado e que não avançava mais, e que as pessoas, assim como o corpo, estavam voltando para trás. O cortejo foi ficando cada vez menor, até se transformar num ponto preto. Como o ponto parou de se mexer, Natã entendeu que os carregadores tinham chegado ao cemitério e que estava assistindo ao enterro de sua fiel esposa. Lavou as mãos com o resto do conhaque, pois a água do balde havia se transformado em gelo, e começou a murmurar a oração para os mortos.

X. DUAS CARAS

Natã tencionava empacotar suas coisas e partir durante a noite, mas eu, Chefe dos Diabos, o impedi de realizar seu plano. Antes do nascer do sol, ele foi tomado por poderosa cólica de estômago, sua cabeça ficou quente, os joelhos tão fracos que não conseguia andar. Seus sapatos estavam quebradiços, não podia calçá-los, e as pernas haviam engordado. O Bom Espírito aconselhou-o a pedir socorro, a gritar até as pessoas ouvirem e virem salvá-lo, porque homem nenhum pode causar a própria morte, mas eu disse a ele: Lembre-se das palavras do rei Davi: "Antes cair nas mãos de Deus do que nas mãos do povo". Não quer que Moshe Mecheles e seus parceiros tenham a satisfação de se vingar de você e ainda rir. Melhor morrer como um cão. Em resumo, ele me ouviu, primeiro porque era orgulhoso, segundo porque não era seu destino ser enterrado segundo a lei.

Juntando o resto de suas forças, empurrou a cama até a janela, para ali ficar e olhar. Adormeceu cedo e despertou. Veio o dia, depois a noite. Às vezes, ouvia gritos no quintal. Às vezes, achava que alguém chamava seu nome. Sua cabeça, pensou, tinha ficado monstruosamente grande e pesada, como uma pedra de moinho em cima do pescoço. Seus dedos eram de madeira, a língua dura; parecia maior do que o espaço que ocupava. Meus ajudantes, duendes, apareceram para ele em sonhos. Gritaram, assobiaram, acenderam fogos, andaram sobre pernas de pau e representaram como artistas do Purim. Ele sonhou com enchentes, depois com incêndios, imaginou que o mundo havia sido destruído e depois que pairava no vazio com asas de morcego. Em seus sonhos também via panquecas, bolinhos, grandes macarrões com queijo, e quando acordava seu estômago estava cheio como se tivesse comido de verdade, mas arrotava e suspirava, e tocava a barriga que estava vazia e toda dolorida.

Uma vez, sentando na cama, olhou para fora da janela e viu com surpresa as pessoas andando para trás, e deslumbrou-se com isso. Logo, viu outras coisas extraordinárias. Entre os que passavam, reconheceu homens que haviam morrido havia muito. "Será que meus olhos me enganam?", pensou. "Ou será o Messias que chegou e ressuscitou os mortos?" Quanto mais olhava, mais atônito ficava. Gerações inteiras passaram pela cidade, homens e mulheres com embrulhos nos ombros e cajados nas mãos. Reconheceu entre eles seu pai e avô, suas avós e tias-avós. Viu os trabalhadores construírem a sinagoga de Frampol. Eles levaram tijolos, madeira serrada, misturaram a massa, martelaram telhas. Colegiais paravam em torno, olhando para cima e gritando uma estranha palavra que não conseguia entender, como alguma coisa numa língua estrangeira. Como numa dança em torno da Torá, duas cegonhas circundaram o edifício. Depois, o edifício e os construtores desapareceram e ele viu um grupo de pessoas descalças, de barbas longas, olhos febris, com cruzes nas mãos, levando um judeu para a prisão. Embora o jovem de barba preta chorasse de cortar o coração, arrastaram-no amarrado por cordas. Soaram sinos, as pessoas na rua correram e se esconderam. Era meio-dia, mas ficou escuro como durante um eclipse do Sol. Por fim, o homem gritou: "Shemá Yisroel, o Senhor nosso Deus, o Senhor é Um", e foi enforcado, a língua pendurada para fora. Suas pernas balançaram por longo tempo, e bandos de corvos voaram acima, crocitando, roucos.

Em sua última noite, Natã sonhou que Roise Temerl e Shifra Zirel eram a mesma mulher com duas caras. Ficou felicíssimo com sua aparição. "Por que não notei isso antes?", pensou. "Por que tive de passar por todos esses problemas, toda essa ansiedade?" Beijou a mulher de duas caras, e ela retribuiu seus beijos com lábios duplos, apertando contra ele seus dois pares de seios. Ele lhe disse palavras de amor, e ela respondeu com duas vozes. Em seus quatro braços e dois regaços, todas as suas perguntas encontraram resposta. Não havia mais vida e morte, aqui nem ali, começo nem fim. "A verdade é dupla", Natã exclamou. "É esse o mistério dos mistérios!"

Sem uma última confissão de seus pecados, Natã morreu nessa noite. Transportei imediatamente sua alma para o abismo mais fundo. Ele ainda vaga até hoje em espaços desolados e ainda não ganhou admissão ao inferno. Moshe Mecheles casou de novo, com uma jovem dessa vez. Ela o fez pagar caro, logo herdou sua fortuna e a dissipou. Shifra Zirel virou meretriz em Pressburg e morreu na casa dos pobres. A ruína ainda existe como antes, os ossos de Natã ainda estão lá. E, quem pode dizer?, talvez outro homem que vê sem ser visto esteja escondido lá.

O Spinoza da rua do Mercado

O dr. Naum Fischelson andava de um lado para outro em seu quarto de sótão na rua do Mercado, em Varsóvia. O dr. Fischelson era um homem baixo, curvado, de barba grisalha e bem careca, a não ser por uns fiapos de cabelo que sobravam na nuca. Tinha o nariz curvo como um bico e os olhos grandes, escuros e agitados como os de algum pássaro imenso. Era uma noite quente de verão, mas o dr. Fischelson usava um casaco preto que ia até os joelhos e colarinho duro, com uma gravata-borboleta. Da porta, ele andava devagar até a janela de água-furtada embutida no alto do teto inclinado e voltava de novo. Era preciso subir vários degraus para olhar para fora. Uma vela num suporte de latão queimava sobre a mesa e uma variedade de insetos zumbia em volta da chama. De vez em quando, uma das criaturas voava perto demais do fogo e chamuscava as asas, ou alguma se incendiava e reluzia no pavio por um instante. Nesses momentos, o dr. Fischelson fazia uma careta. Seu rosto enrugado se franzia e debaixo do bigode despenteado ele mordia os lábios. Por fim, tirou do bolso um lenço e espantou com ele os insetos.

"Fora daqui, tolos, imbecis", ralhou. "Não vão se aquecer aqui, estão só se queimando."

Os insetos se espalharam, mas um segundo depois voltaram e mais uma vez circundaram a chama trêmula. O dr. Fischelson enxugou o suor da testa enrugada e suspirou: "Assim como os homens, eles só querem o prazer do momento". Sobre a mesa, havia um livro aberto, escrito em latim, e suas páginas de largas margens tinham notas e comentários escritos em letras pequenas pelo dr. Fischelson. O livro era a *Ética*, de Spinoza, e o dr. Fischelson o vinha estudando ao longo dos últimos trinta anos. Sabia de cor cada proposição, cada prova, cada corolário, cada nota. Quando queria encontrar determinada passagem, geralmente abria de imediato na página, sem precisar procurar. Mas mesmo assim continuava a estudar a *Ética* durante horas todos os dias, com uma lente de aumento na mão ossuda, murmurando e balançando a cabeça em concordância. A verdade era que quanto mais o dr. Fischelson estudava, mais intrigantes, menos claras, mais crípticas observações ele encontrava. Cada frase continha indícios insuspeitados por qualquer estudante de Spinoza. Na verdade, o filósofo havia previsto todas as críticas de razão pura feitas por Kant e seus seguidores. O dr. Fischelson estava escrevendo um comentário sobre a *Ética*. Tinha gavetas cheias de anotações e rascunhos, mas aparentemente não ia ser capaz de completar nunca seu trabalho. O mal de estômago que o assolava fazia anos estava piorando dia a dia. Agora sentia dores de estômago depois de apenas alguns bocados de mingau de aveia. "Deus do céu, está difícil, muito difícil", dizia a si mesmo, usando a mesma entonação que seu pai, o falecido rabino de Tishevitz. "É muito, muito duro."

O dr. Fischelson não tinha medo de morrer. Para começar, não era nenhum jovem. Em segundo lugar, está dito na quarta parte da *Ética* que "um homem livre não pensa em nada mais que na morte e sua sabedoria é uma meditação não sobre a morte, mas sobre a vida". Em terceiro lugar, está dito também que "a mente humana não pode absolutamente ser destruída junto com o corpo humano, mas existe alguma parte dela que permanece eterna". Porém a úlcera do dr. Fischelson (ou talvez fosse um câncer) continuava a incomodá-lo. Sua língua estava sempre esbranquiçada. Ele arrotava com freqüência e emitia um gás malcheiroso diferente a cada vez. Sofria de azia e de cólicas. Às vezes, sentia vontade de vomitar e outras vezes tinha vontade de alho, cebola e comidas fritas. Há muito havia descartado os remédios receitados pelos médicos e procurava seus próprios tratamentos. Descobriu que era benéfico comer rabanetes ralados depois das refeições e deitar na cama de barriga para baixo, com a cabeça pendurada do lado. Mas esses remédios caseiros ofereciam apenas um alívio temporário.

Alguns médicos que consultou insistiram que não havia nada de errado com ele. "Apenas nervos", disseram. "O senhor pode viver até os cem anos."

Mas nessa noite de verão em particular, o dr. Fischelson sentiu sua força minguando. Tinha os joelhos tremendo, o pulso fraco. Sentou-se para ler e sua visão borrou. As letras na página passaram de verde a ouro. As linhas ficaram onduladas e saltavam umas sobre as outras, deixando espaços em branco, como se o texto tivesse desaparecido de forma misteriosa. O calor era intolerável, baixando direto do teto de metal; o dr. Fischelson sentia como se estivesse dentro de um forno. Diversas vezes subiu os quatro degraus da janela e enfiou a cabeça para fora, na fresca brisa da noite. Se ficasse muito tempo naquela posição, seus joelhos cederiam. "Ah, que boa brisa", murmurava, "realmente deliciosa", e se lembrava que, de acordo com Spinoza, a moralidade e a felicidade eram idênticas, e o ato mais moral que um homem podia perpetrar era permitir-se algum prazer que não fosse contrário à razão.

II.

De pé sobre o último degrau da janela, olhando para fora, o dr. Fischelson podia enxergar dois mundos. Acima dele estava o céu, intensamente semeado de estrelas. O dr. Fischelson nunca havia estudado astronomia com seriedade, mas era capaz de diferenciar entre os planetas, aqueles corpos que, como a Terra, giravam em torno do Sol, e as estrelas fixas, elas próprias sóis distantes, cuja luz nos chegava cem ou até mil anos depois. Reconhecia as constelações que marcavam o caminho da Terra no espaço e a faixa nebulosa, a Via Láctea. O dr. Fischelson possuía um pequeno telescópio que havia comprado na Suíça, onde estudara, e apreciava particularmente olhar a Lua com ele. Era capaz de identificar com clareza os vulcões na superfície da Lua, banhados pela luz do Sol, e as crateras escuras, sombreadas. Não se cansava nunca de olhar essas brechas e fendas. Pareciam-lhe ao mesmo tempo próximas e distantes, ao mesmo tempo substanciais e insubstanciais. De vez em quando, via uma estrela cadente traçar um amplo arco no céu e desaparecer, deixando uma trilha de fogo atrás de si. O dr. Fischelson sabia então que um meteorito havia atingido nossa atmosfera, e talvez algum fragmento não queimado dele tivesse caído no oceano ou aterrissado no deserto, ou mesmo em alguma região habitada. Lentamente, as estrelas que tinham aparecido atrás do telhado do dr. Fischelson subiram até brilharem acima da casa do outro lado da rua. Sim, quando o dr. Fischelson olhava os céus, tomava consciência daquela extensão infinita que é, segundo Spinoza, um dos atributos de Deus. Para o dr. Fischelson era reconfortante pensar que embora fosse apenas um homem fraco, insignificante, um modo cambiante da Substância absolutamente infinita, era mesmo assim parte do cosmos, feito da mesma matéria dos corpos celestiais; na medida em que era parte da divindade, sabia que não podia ser destruído. Nesses momentos, o dr. Fischelson experimentava o *Amor dei Intellectualis*, que é, segundo o filósofo de Amsterdã, a máxima perfeição da mente. O dr. Fischelson respirou fundo, levantou a cabeça o quanto permitia o colarinho alto e de fato sentiu que estava girando em companhia da Terra, do Sol, das estrelas da Via Láctea e da multidão infinita de galáxias conhecida apenas pelo pensamento infinito. Suas pernas ficaram leves e sem peso, e ele agarrou a moldura da janela com ambas as mãos, como se temesse perder o pé e voar para a eternidade.

Quando o dr. Fischelson cansou de observar o céu, seu olhar desceu para a rua do Mercado, abaixo. Viu uma longa faixa que se estendia do mercado Yanash até a rua do Ferro, com o debrum das luzes de gás que se fundiam num colar de contas de fogo. Estava saindo fumaça das chaminés dos telhados pretos de metal; os padeiros estavam esquentando seus fornos, e aqui e ali fagulhas misturavam-se à fumaça negra. A rua nunca parecia tão barulhenta e cheia como numa noite de verão. Ladrões, prostitutas, jogadores e receptadores vadiavam pela praça que, de cima, parecia um pretzel coberto de sementes de papoula. Os jovens riam, roucos, e a meninas gritavam. Um vendedor ambulante com um pequeno barril de limonada às costas perfurava o rumor geral com seus gritos intermitentes. Um vendedor de melancia gritava com voz selvagem, e a longa faca que usava para cortar as frutas respingava o suco igual a sangue. De vez em quando, a rua ficava ainda mais agitada. Carros de bombeiro, as pesadas rodas rangendo, passavam depressa; eram puxados por fortes cavalos negros que tinham de ser levados com rédea curta para impedir que disparassem loucamente. Veio depois uma ambulância, a sirene gritando. Depois, uns valentões brigaram entre eles e foi preciso chamar a polícia. Um passante foi roubado e saiu correndo, gritando por socorro. Alguns vagões carregados de lenha tentaram atravessar os pátios onde ficavam as padarias, mas os cavalos não conseguiram fazer as rodas passar por cima do meio-fio alto e os cocheiros xingavam e chicoteavam os animais. Os cascos batiam no chão soltando faíscas. Passava das sete agora, hora recomendada para o fechamento das lojas, mas na verdade os negócios apenas começavam. Os clientes eram levados clandestinamente pelas portas de trás. Policiais russos nas ruas, tendo sido subornados, não notavam nada disso. Os comerciantes continuavam a anunciar seus bens, cada um gritando mais alto que os outros.

"Ouro, ouro, ouro", berrava uma mulher que vendia laranjas podres.

"Açúcar, açúcar, açúcar", grasnava o vendedor de ameixas passadas.

"Cabeças, cabeças, cabeças", rugia o menino que vendia cabeças de peixe.

Pela janela de uma casa-estúdio hassídica do outro lado da rua, o dr. Fischelson conseguia ver meninos com longos cachos laterais sacudindo sobre os volumes sagrados, fazendo caretas e estudando alto com vozes musicais. Açougueiros, porteiros e comerciantes de frutas estavam bebendo cerveja na taverna embaixo. Vapor subia da porta aberta da taverna, como o vapor de uma casa de banhos, e havia som alto de música. Fora da taverna, os passantes trombavam com soldados bêbados e trabalhadores a caminho de casa, saídos das fábricas. Alguns homens levavam feixes de lenha nos ombros, lembrando ao dr. Fischelson os maus que eram condenados a acender para sempre os próprios fogos no Inferno. Roucos toca-discos despejavam seus chiados pelas janelas abertas. A liturgia das Grandes Festas se alternando com canções vulgares de *vaudeville*.

O dr. Fischelson espiou a confusão semi-iluminada e aguçou as orelhas. Sabia que o comportamento daquela turba era a própria antítese da razão. Essas pessoas estavam imersas nas mais vãs paixões, bêbadas de emoções, e, segundo Spinoza, a emoção nunca era boa. Em lugar do prazer que procuravam, tudo o que conseguiam obter era doença e prisão, a vergonha e o sofrimento que resultavam da ignorância. Mesmo os gatos que vagavam pelos telhados ali pareciam mais selvagens e apaixonados que os de outras partes da cidade. Gritavam com a voz de mulheres em trabalho de parto, e como demônios escalavam paredes e saltavam sobre telhas e balcões. Um dos machos parou na janela do dr. Fischelson e deu um miado que fez o dr. Fischelson estremecer. O doutor desceu da janela e, pegando uma vassoura, brandiu-a diante dos olhos verdes, brilhantes, da fera negra. "Passa, suma, selvagem ignorante!", e bateu o cabo da vassoura no telhado até o gato sair correndo.

III.

Quando o dr. Fischelson voltou a Varsóvia, vindo de Zurique, onde estudou filosofia, preconizou-se que teria um grande futuro. Seus amigos sabiam que ele estava escrevendo um livro importante sobre Spinoza. Um jornal judeu polonês o convidou para ser colaborador; era hóspede freqüente de diversas famílias ricas e foi nomeado bibliotecário-chefe da sinagoga de Varsóvia. Embora já naquela época fosse considerado um velho solteirão, os casamenteiros propuseram-lhe diversas moças ricas. Mas o dr. Fischelson não tirou partido dessas oportunidades. Queria ser tão independente quanto o próprio Spinoza. E era. Mas devido a suas idéias heréticas, havia entrado em conflito com o rabino e tivera de se demitir do posto de bibliotecário. Durante anos depois disso, sustentou-se dando aulas particulares de hebraico e alemão. Então, quando ficou doente, a comunidade judaica de Berlim aprovou um subsídio anual de quinhentos marcos para ele. Isso foi possível graças à intervenção do famoso dr. Hildesheimer, com quem mantinha correspondência sobre filosofia. Para poder se manter com pensão tão pequena, o dr. Fischelson mudou-se para o quarto no sótão e começou a preparar suas próprias refeições em um fogão a querosene. Tinha um armário de muitas gavetas e em cada gaveta uma etiqueta com o nome do alimento que continha: trigo mourisco, arroz, cevada, cebola, cenoura, batata, cogumelos. Uma vez por semana, o dr. Fischelson colocava seu chapéu preto de abas largas, pegava uma cesta numa mão e a *Ética* de Spinoza na outra, e saía para comprar provisões no mercado. Enquanto esperava ser servido, abria a *Ética*. Os comerciantes o conheciam e o chamavam para as suas bancas.

"Um bom pedaço de queijo, doutor, derrete na boca."

"Cogumelo fresco, doutor, direto da floresta."

"Abram caminho para o doutor, minhas senhoras", gritava o açougueiro. "Por favor, não atrapalhem a entrada."

Durante os primeiros anos de sua doença, o dr. Fischelson ainda ia de noite a um café freqüentado por professores de hebraico e outros intelectuais. Era seu hábito sentar ali e jogar xadrez enquanto bebia meio copo de café preto. Às vezes, parava nas livrarias da rua Santa Cruz, onde se podia comprar barato toda sorte de livros e revistas antigos. Em uma ocasião, um antigo aluno seu combinou de encontrá-lo num restaurante uma noite. Quando o dr. Fischelson chegou, surpreendeu-se ao encontrar um grupo de amigos e admiradores que o fizeram sentar à cabeceira da mesa enquanto faziam discursos a seu respeito. Mas essas eram coisas que aconteceram fazia muito tempo. Agora, as pessoas não estavam mais interessadas nele. Havia se isolado completamente e se transformara em um homem esquecido. Os acontecimentos de 1905, com os rapazes da rua do Mercado começando a organizar greves, a atirar bombas nas delegacias e a dar tiros em fura-greves, de forma que as lojas fechavam mesmo nos dias de semana, aumentaram grandemente seu isolamento. Ele começou a desprezar tudo que se associava ao moderno judaísmo-sionismo, socialismo, anarquismo. Os jovens em questão lhe pareciam nada mais que uma plebe ignorante dedicada a destruir a sociedade, a sociedade sem a qual nenhuma existência razoável era possível. Ainda lia a revista hebraica eventualmente, mas sentia desprezo pelo hebraico moderno, que não tinha raízes na Bíblia nem no Mishná. A grafia de palavras polonesas também havia mudado. O dr. Fischelson concluiu que mesmo os homens ditos espirituais haviam abandonado a razão e estavam fazendo o máximo para agradar à massa. De vez em quando, visitava a biblioteca e folheava algumas histórias da filosofia modernas, porém descobria que os professores não entendiam Spinoza, faziam citações incorretas, atribuíam suas próprias idéias confusas ao filósofo. Embora o dr. Fischelson estivesse bem consciente de que a raiva era uma emoção indigna daqueles que trilham o caminho da razão, ficava furioso e rapidamente fechava o livro e o afastava para longe de si. "Idiotas", murmurava, "burros, pretensiosos." E jurava nunca mais olhar a filosofia moderna.

IV.

A cada três meses, um carteiro especial, que só entregava ordens de pagamento, trazia ao dr. Fischelson oitenta rublos. Ele esperava essa quantia trimestral todo começo de julho, mas quando os dias foram passando e o homem alto de bigode loiro e botões brilhantes não apareceu, o doutor foi ficando preocupado. Mal lhe sobrava um groschen. Quem sabe? Talvez a comunidade de Berlim tivesse rescindido seu subsídio; talvez o dr. Hildesheimer tivesse morrido, Deus nos livre; o correio podia ter cometido um erro. Todo acontecimento tinha a sua causa, o dr. Fischelson sabia disso. Tudo era determinado, tudo necessário, e um homem de razão não tinha o direito de se preocupar. Mesmo assim, a preocupação invadiu sua mente, e zunia como as moscas. Se o pior acontecesse, ocorreu-lhe, podia se suicidar, mas então lembrou que Spinoza não aprovava o suicídio e comparava aos loucos aqueles que tiravam a própria vida.

Um dia, quando o dr. Fischelson foi até a loja comprar um caderno, ouviu as pessoas falando da guerra. Na Sérvia, em algum lugar, um príncipe austríaco havia sido morto e os austríacos tinham dado um ultimato aos sérvios. O dono da loja, um jovem de barba amarela e olhos amarelos inquietos, anunciou: "Estamos a ponto de ter uma pequena guerra", e aconselhou o dr. Fischelson a armazenar comida, porque havia a possibilidade de haver falta no futuro próximo.

Tudo aconteceu muito depressa. O dr. Fischelson não teve nem tempo de resolver se valia a pena gastar quatro groschen num jornal, e já surgiam pelas paredes cartazes anunciando a mobilização. Pelas ruas, viam-se homens andando com etiquetas redondas de metal na lapela, sinal de que tinham sido convocados. Atrás deles, seguiam as esposas em prantos. Uma segunda-feira, quando o dr. Fischelson desceu à rua para comprar comida com seus últimos copeques, encontrou as lojas fechadas. Os donos e suas mulheres estavam parados do lado de fora, explicando que as mercadorias não estavam disponíveis. Mas alguns clientes especiais eram puxados para o lado e admitidos pelas portas dos fundos. Na rua, tudo era confusão. Viam-se policiais a cavalo com as espadas desembainhadas. Uma grande multidão reuniu-se em volta da taverna onde, por ordem do czar, o estoque de uísque estava sendo despejado na sarjeta.

O dr. Fischelson foi ao seu velho café. Talvez encontrasse alguns conhecidos que pudessem aconselhá-lo. Mas não cruzou com uma única pessoa conhecida. Resolveu, então, visitar o rabino na sinagoga onde havia sido bibliotecário, mas o sacristão com o chapéu de seis bicos informou que o rabino e sua família tinham ido para o spa. O dr. Fischelson tinha outros velhos amigos na cidade, mas não encontrou nenhum em casa. Seus pés estavam doendo de tanto andar, começou a enxergar manchas pretas e verdes diante dos olhos e sentiu-se fraco. Parou e esperou passar a tontura. Os transeuntes trombavam com ele. Uma colegial de olhos escuros tentou lhe dar uma moeda. Embora a guerra tivesse apenas começado, soldados marchavam em filas de oito, com uniforme de batalha completo, os homens cobertos de poeira e queimados de sol. Levavam cantis pendurados do lado e cartucheiras atravessadas no peito. As baionetas nos rifles brilhavam com uma luz verde, fria. Cantavam com vozes lamentosas. Junto com os homens vinham canhões, cada um puxado por oito cavalos, os focinhos entre os antolhos soprando sombrio terror. O dr. Fischelson sentiu-se nauseado. Seu estômago estava doendo, os intestinos pareciam a ponto de virar pelo avesso. Tinha o rosto coberto de suor frio.

"Estou morrendo", pensou. "É o fim." Porém conseguiu arrastar-se para casa, onde deitou no catre de ferro e ali ficou, ofegante, sem ar. Devia ter cochilado, porque imaginou que estava em sua cidade natal, Tishevitz. Sentia a garganta inflamada e sua mãe tratava de enrolar uma meia cheia de sal quente em seu pescoço. Dava para ouvir conversas na casa, algo sobre uma vela e como havia sido mordido por um sapo. Queria sair para a rua, mas não deixavam porque a procissão católica estava passando. Homens de roupas compridas, levando machado de lâmina dupla nas mãos, cantarolavam em latim e borrifavam água benta. As cruzes brilhavam; imagens sacras ondulavam no ar. Havia um cheiro de incenso e de cadáver. De repente, o céu incendiou-se de vermelho e o mundo inteiro começou a queimar. Soavam sinos; as pessoas corriam loucamente para todo lado. Bandos de pássaros voavam no céu, guinchando. O dr. Fischelson acordou sobressaltado. Estava com o corpo coberto de suor e a garganta irritada de verdade. Tentou meditar sobre esse sonho excepcional, descobrir sua ligação racional com o que estava lhe acontecendo e entender *sub specie eternitatis*, mas nada fazia sentido. "Ah, o cérebro é um receptáculo para a falta de sentido", pensou o dr. Fischelson. "A terra é dos loucos."

E mais uma vez fechou os olhos, mais uma vez cochilou, mais uma vez sonhou.

V.

Aparentemente, as leis eternas ainda não tinham determinado o fim do dr. Fischelson.

Havia uma porta à esquerda do quarto de sótão do dr. Fischelson que se abria para um corredor escuro, atulhado de caixas e cestos, no qual estava sempre presente o cheiro de cebolas fritas e sabão de lavar roupa. Atrás dessa porta, vivia uma solteirona que os vizinhos chamavam de Negra Dobbe. Dobbe era alta e magra, preta como um pá de padeiro. Tinha o nariz quebrado e um bigode no lábio superior. Falava com voz rouca de homem e usava sapatos de homem. Durante anos, a Negra Dobbe vendeu pães, broas e bagels que comprava do padeiro no portão da casa. Mas um dia ela e o padeiro discutiram e ela mudou seu comércio para o mercado, onde agora trabalhava no que chamavam de "vinco", que era sinônimo de ovos trincados. A Negra Dobbe não dava sorte com os homens. Duas vezes tinha ficado noiva de aprendizes do padeiro, mas em ambos os casos eles haviam lhe devolvido o contrato de noivado. Algum tempo depois, recebera um contrato de noivado de um velho, um vidraceiro que dizia ser divorciado, mas depois veio à luz que ele tinha esposa. A Negra Dobbe tinha um primo na América, um sapateiro, e repetidamente se vangloriava de que esse primo ia lhe mandar a passagem, porém ela continuava em Varsóvia. Era constantemente incomodada pelas mulheres, que diziam: "Você não tem futuro, Dobbe. Seu destino é morrer solteirona". Dobbe sempre respondia: "Não pretendo ser escrava de homem nenhum. Eles que apodreçam".

Naquela tarde, Dobbe recebeu uma carta da América. Em geral, ia até Leizer, o alfaiate, para que ele lesse a carta para ela. Porém Leizer não estava nesse dia, então Dobbe pensou no dr. Fischelson, que outros inquilinos consideravam um convertido, uma vez que nunca ia à reza. Bateu na porta do quarto do doutor, mas ninguém respondeu. "O herege deve ter saído", Dobbe pensou, mas mesmo assim bateu de novo, e dessa vez a porta se mexeu ligeiramente. Ela empurrou a porta e ali ficou, apavorada. O dr. Fischelson estava deitado completamente vestido, o rosto amarelo feito cera, o pomo-de-adão saliente, a barba apontando para cima. Dobbe deu um grito, tinha certeza que estava morto, mas, não, seu corpo se mexeu. Dobbe pegou um copo que estava na mesa, correu para o corredor, encheu o copo com água da torneira, correu de volta e jogou a água na cara do homem inconsciente. O dr. Fischelson sacudiu a cabeça e abriu os olhos.

"Qual é o problema?", Dobbe perguntou. "Está doente?"

"Muito obrigado. Não."

"Tem família? Eu chamo."

"Nenhuma família", disse o dr. Fischelson.

Dobbe quis ir buscar o barbeiro do outro lado da rua, mas o dr. Fischelson indicou que não queria a ajuda do barbeiro. Como Dobbe não ia ao mercado naquele dia, porque não havia "vincos" disponíveis, resolveu fazer uma boa ação. Ajudou o doente a sair da cama e arrumou o cobertor. Depois, despiu o dr. Fischelson e preparou sopa para ele no fogão de querosene. No quarto de Dobbe nunca entrava sol, mas ali quadrados de luz solar refulgiam nas paredes desbotadas. O chão era pintado de vermelho. Em cima da cama, havia um quadro de um homem usando um largo babado em volta do pescoço e o cabelo comprido. "Um sujeito tão velho e conserva o lugar dele tão limpo e arrumado", Dobbe pensou, aprovando. O dr. Fischelson pediu a *Ética* e ela lhe deu, reprovando. Tinha certeza de que era um livro de orações gentio. Ela então começou a se agitar, trouxe um balde de água, varreu o chão. O dr. Fischelson comeu. Depois que terminou estava muito mais forte e Dobbe lhe pediu que lesse a carta.

Ele leu devagar, o papel tremendo nas mãos. Vinha de Nova York, do primo de Dobbe. Mais uma vez escreveu que estava para lhe mandar "uma carta realmente importante" e uma passagem para a América. Mas agora Dobbe já sabia a história de cor e ajudou o velho a decifrar os garranchos do primo. "É mentira dele", Dobbe falou. "Esqueceu de mim já faz tempo." De noite, Dobbe voltou. Ao lado da cama, queimava uma vela num suporte de latão. Sombras avermelhadas tremulavam nas paredes e no teto. O dr. Fischelson estava recostado na cama, lendo um livro. A vela lançava uma luz dourada em sua testa, que parecia estar partida em dois. Um pássaro entrara voando pela janela e estava pousado sobre a mesa. Por um momento, Dobbe ficou com medo. Esse homem a fazia pensar em bruxas, espelhos negros e mortos vagando na noite e aterrorizando mulheres. Mesmo assim, deu alguns passos na direção dele e perguntou: "Como vai? Melhorou?".

"Um pouco, obrigado."

"É mesmo convertido?", ela perguntou, embora não tivesse bem certeza do que queria dizer a palavra.

"Eu, convertido? Não. Sou judeu, como qualquer outro judeu", respondeu o dr. Fischelson.

A afirmativa do doutor fez Dobbe se sentir mais à vontade. Encontrou um frasco de querosene e acendeu o fogão, depois pegou um vidro de leite do seu quarto e começou a cozinhar kasha. O dr. Fischelson continuou a estudar a *Ética*, mas essa noite não conseguiu encontrar sentido nos teoremas e nas provas com suas muitas referências a axiomas e definições e outros teoremas. Com mão trêmula levou o livro até os olhos e leu: "A idéia de cada modificação do corpo humano não implica conhecimento adequado do corpo humano em si... A idéia da idéia de cada modificação da mente humana não implica conhecimento adequado da mente humana".

VI.

O dr. Fischelson tinha certeza de que ia morrer a qualquer dia agora. Fez seu testamento, deixando todos os livros e manuscritos para a biblioteca da sinagoga. Sua roupa e mobília ficavam para Dobbe, uma vez que tinha tomado conta dele. Mas a morte não veio. Ao contrário, sua saúde melhorou. Dobbe voltou ao comércio no mercado, mas visitava o velho diversas vezes por dia, preparava sopa para ele, deixava-lhe um copo de chá e contava as notícias da guerra. Os alemães tinham ocupado Kalish, Bendin e Cestechow, e estavam marchando para Varsóvia. As pessoas diziam que em qualquer manhã sossegada se ouviria o troar dos canhões. Dobbe relatou que as baixas eram pesadas. "Estão morrendo como moscas", disse ela. "Que terrível infelicidade para as mulheres."

Não sabia explicar por quê, mas o quarto de sótão do velho a atraía. Gostava de tirar da estante os livros desenhados a ouro, limpar o pó e depois arejar no batente da janela. Subia os poucos degraus da janela e olhava pelo telescópio. Gostava também de conversar com o dr. Fischelson. Ele lhe contou da Suíça, onde havia estudado, das grandes cidades pelas quais havia passado, das altas montanhas cobertas de neve mesmo no verão. Seu pai tinha sido rabino, disse, e antes de ir estudar, ele, dr. Fischelson, tinha freqüentado a yeshiva. Ela perguntou quantas línguas ele sabia e o resultado é que sabia ler e escrever hebraico, russo, alemão e francês, além do iídiche. Sabia latim também. Dobbe ficou perplexa de um homem tão educado viver num quarto de sótão na rua do Mercado. Mas o que mais a deixava admirada era que, apesar do título de "doutor", ele não passava receitas. "Por que não foi ser doutor de verdade?", perguntou. "Eu sou doutor", ele respondeu. "Só que não sou médico." "Que tipo de doutor?" "Doutor em filosofia." Embora não fizesse idéia do que queria dizer aquilo, ela sentiu que devia ser muito importante. "Ah, minha mãe abençoada", dizia, "de onde o senhor tirou essa cabeça?"

Então, uma noite, quando Dobbe lhe deu biscoitos e o copo de chá com leite, ele começou a lhe perguntar de onde ela vinha, quem eram seus pais e por que não tinha se casado. Dobbe ficou surpresa. Ninguém nunca havia lhe feito essas perguntas. Contou a ele sua história com voz calma e ficou até as onze horas. O pai dela havia sido ajudante dos açougueiros kacher. A mãe depenava galinhas no matadouro. A família vivia num porão no número 19 da rua do Mercado. Quando tinha dez anos, foi ser empregada. O homem para quem trabalhava era um receptador que comprava bens roubados dos ladrões da praça. Dobbe tinha um irmão que fora para o exército russo e nunca voltara. A irmã casou com um cocheiro de Praga e morreu no parto. Dobbe contou das batalhas entre o submundo e os revolucionários em 1905, do cego Itche e sua gangue, e como cobravam taxa de proteção nas lojas, dos brigões que atacavam meninos e meninas pequenos nos passeios de sábado se não recebessem taxa de segurança. Falou também dos cáftens que andavam por aí de carruagem e raptavam mulheres para vender em Buenos Aires. Dobbe jurou que alguns homens tinham até tentado atraí-la para dentro de um bordel, mas que havia fugido. Reclamou de mil males feitos contra ela. Tinha sido roubada; seu namorado tinha sido roubado; um concorrente uma vez virou um litro de querosene em cima da sua cesta de pãezinhos; seu próprio primo, o sapateiro, tinha tirado dela cem rublos antes de ir para a América. O dr. Fischelson escutou tudo atentamente. Fez-lhe perguntas, fez um sinal negativo com a cabeça e grunhiu.

"Bom, você acredita em Deus?", perguntou-lhe afinal.

"Não sei", ela respondeu. "O senhor acredita?"

"Acredito, sim."

"Então, por que não vai à sinagoga?", ela perguntou.

"Deus está em toda parte", ele respondeu. "Na sinagoga. No mercado. Neste quarto mesmo. Nós somos parte de Deus."

"Não diga essas coisas", Dobbe falou. "Me assusta."

Saiu do quarto e o dr. Fischelson teve certeza de que ela havia ido para a cama. Mas ficou pensando por que não teria dito boa-noite. "Eu provavelmente a assustei com minha filosofia", pensou. No momento seguinte, ouviu passos. Ela veio carregando uma pilha de roupas, como um vendedor ambulante.

"Queria mostrar estas coisas", disse. "É o meu enxoval." E começou a estender, em cima da cadeira, vestidos de lã, de seda, de veludo. Cada vestido que pegava, colocava diante do corpo. Fez-lhe um relatório de cada peça de seu enxoval: roupas de baixo, sapatos, meias.

"Não sou desperdiçada", disse. "Sou econômica. Tenho dinheiro suficiente para ir para a América."

Depois calou-se e seu rosto ficou vermelho como tijolo. Olhou para o dr. Fischelson com o rabo dos olhos, tímida, inquisitiva. O corpo do dr. Fischelson de repente começou a tremer como se estivesse com febre. Disse: "Muito bom, bonitas as suas coisas". Franziu a testa e ficou puxando a barba com dois dedos.

Um sorriso triste apareceu em sua boca sem dentes, e seus grandes olhos inquietos que olhavam à distância pela janela do sótão sorriram também.

VII.

No dia que a Negra Dobbe veio às salas do rabino e anunciou que ia casar com o dr. Fischelson, a mulher do rabino achou que ela havia ficado louca. Mas a notícia já tinha chegado a Leizer, o alfaiate, e se espalhara para a padaria, assim como para as outras lojas. Havia aqueles que achavam que era muita sorte da "solteirona velha"; o doutor, diziam, tinha um monte de dinheiro. Mas havia outros que eram da opinião que ele era um degenerado decadente que ia lhe passar sífilis. Embora o dr. Fischelson insistisse que o casamento seria pequeno, discreto, uma multidão de convidados se juntou nas salas do rabino. Os aprendizes de padeiro, que geralmente andavam descalços e só de roupa de baixo, com sacos de papel na cabeça, usavam agora ternos de cores claras, chapéus de palha, sapatos amarelos, gravatas vistosas, e trouxeram grandes bolos e tigelas cheias de biscoitos. Tinham conseguido encontrar uma garrafa de vodca, embora a bebida alcoólica estivesse proibida em tempo de guerra. Quando a noiva e o noivo entraram na câmara do rabino, subiu um murmúrio da multidão. As mulheres não podiam acreditar em seus olhos. A mulher que viam não era aquela que conheciam. Dobbe usava um chapéu de abas largas generosamente enfeitado com cerejas, uvas e plumas, e o vestido que portava era de seda branca, dotado de cauda; nos pés, calçavas sapatos de salto alto, de cor dourada, e do fino pescoço pendia um colar de pérolas de imitação. E isso não era tudo: seus dedos cintilavam de anéis e pedras brilhantes. Tinha o rosto coberto por um véu. Quase parecia uma daquelas noivas ricas que se casavam no Salão de Viena. Os aprendizes de padeiro assobiaram de brincadeira. Quanto ao dr. Fischelson, usava casaca preta e sapatos de bico largo. Mal podia andar, apoiado em Dobbe. Quando viu a multidão da porta, ficou assustado e começou a recuar, mas o ex-patrão de Dobbe se aproximou dizendo: "Vamos, vamos, noivo. Não seja tímido. Somos todos irmãos agora".

A cerimônia correu de acordo com a lei. O rabino, com uma capa de cetim muito usada, redigiu o contrato de casamento e fez a noiva e noivo tocarem seu lenço como prova de concordância; o rabino secou a ponta da pena em seu solidéu. Diversos trabalhadores que haviam sido chamados da rua para completar o quórum sustentavam o dossel. O dr. Fischelson vestiu um manto branco, como lembrete do dia de sua morte, e Dobbe andou em torno dele sete vezes como exigia o costume. A luz das velas trançadas tremulava pelas paredes. As sombras dançavam. Depois de verter o vinho num cálice, o rabino entoou as bênçãos com uma triste melodia. Dobbe deu um único grito. Quanto às outras mulheres, tiraram os lenços de renda e ficaram com eles nas mãos, fazendo caretas. Quando os meninos do padeiro começaram a cochichar piadas uns para os outros, o rabino levou um dedo aos lábios e murmurou "*Eh nu oh*", como sinal de que era proibido falar. Chegou o momento de deslizar o anel de casamento no dedo da noiva, mas a mão do noivo começou a tremer e ele teve dificuldade para encontrar o indicador de Dobbe. Em seguida, segundo o costume, vinha a quebra dos vidros, mas embora o dr. Fischelson pisasse o cálice diversas vezes, ele continuava inteiro. As moças baixaram a cabeça, se beliscaram assanhadas e riram. Por fim, um dos aprendizes pisou no cálice com o calcanhar e ele se estilhaçou. Nem o rabino conseguiu reprimir um sorriso. Depois da cerimônia, os convidados beberam vodca e comeram biscoitos. O ex-patrão de Dobbe foi até o dr. Fischelson e disse: "*Mazel tov*, noivo. Que sua sorte seja tão boa quanto sua esposa". "Obrigado, obrigado", murmurou o dr. Fischelson, "mas não estou esperando nenhuma sorte." Estava ansioso para voltar o mais depressa possível para seu quarto no sótão. Sentia pressão no estômago e o peito lhe doía. Seu rosto tinha ficado esverdeado. Dobbe de repente ficou brava. Puxou o véu e gritou para a multidão: "Do que vocês estão rindo? Não é uma peça de teatro". E sem pegar a capa de almofada onde os presentes estavam embrulhados, voltou com seu marido para os quartos do quinto andar.

O dr. Fischelson deitou-se na cama recém-arrumada em seu quarto e começou a ler a *Ética*. Dobbe voltou para seu próprio quarto. O doutor tinha lhe explicado que ele era um velho, que estava doente e sem forças. Nada lhe prometeu. Mesmo assim, ela voltou vestindo uma camisola de seda, chinelo de pompom, com o cabelo solto caindo sobre os ombros. Havia um sorriso em seu rosto, e estava tímida e hesitante. O dr. Fischelson estremeceu e a *Ética* caiu de suas mãos. A vela se apagou. Dobbe tateou pelo dr. Fischelson no escuro e beijou-o na boca. "Meu querido marido", sussurrou para ele, "*Mazel tov.*"

O que aconteceu essa noite pode ser chamado de milagre. Se o dr. Fischelson não tivesse certeza de que cada acontecimento está de acordo com as leis da natureza, pensaria que a Negra Dobbe o enfeitiçara. Forças há muito adormecidas despertaram dentro dele. Embora tivesse tomado só um golinho do vinho da cerimônia, era como se estivesse embriagado. Beijou Dobbe e lhe falou de amor. Citações de Klopstock, Lessing, Goethe havia muito esquecidas subiram-lhe aos lábios. Cessaram as pressões e as dores. Ele abraçou Dobbe, apertou-a contra si e era de novo o homem de sua juventude. Dobbe desfaleceu de delícia; chorando, murmurou-lhe coisas numa gíria de Varsóvia que ele não entendia. Depois, o dr. Fischelson deslizou para aquele sono profundo que os jovens conhecem. Sonhou que estava na Suíça, escalando montanhas, correndo, caindo, voando. Ao amanhecer, abriu os olhos; parecia-lhe que alguém havia soprado em suas orelhas. Dobbe estava roncando. O dr. Fischelson saiu silenciosamente da cama. Com sua camisola comprida, aproximou-se da janela, subiu os degraus e olhou para fora deslumbrado. A rua do Mercado estava adormecida, respirando com uma calma profunda. As luzes de gás bruxuleavam. As persianas negras das lojas estavam trancadas com barras de ferro. Soprava uma brisa fresca. O dr. Fischelson olhou o céu. O arco negro estava carregado de estrelas, havia estrelas verdes, vermelhas, amarelas, azuis; havia grandes e pequenas, firmes e tremulantes. Havia algumas reunidas em densos grupos e outras solitárias. Na esfera superior, aparentemente, pouca importância tinha o fato de um certo dr. Fischelson ter, em seu declínio, se casado com alguém chamado Negra Dobbe. Vista lá de cima, a Grande Guerra era nada mais que uma brincadeira temporária. As miríades de estrelas fixas continuavam a viajar por seus cursos predestinados no espaço sem limites. Os cometas, planetas, satélites, asteróides continuavam circundando esses centros brilhantes. Mundos nasciam e morriam em cósmicos levantes. No caos das nebulosas, formava-se a matéria primordial. De quando em quando, uma estrela se soltava e varria o céu, deixando para trás um traço de fogo. Era o mês de agosto, quando acontecem as chuvas de meteoros. Sim, a substância divina era extensa e não tinha começo nem fim; era absoluta, indivisível, eterna, sem duração, infinita em seus atributos. Suas ondas e bolhas dançavam no caldeirão universal, fervendo mudanças, seguindo uma cadeia inquebrantável de causas e efeitos, e ele, o dr. Fischelson, com seu destino inevitável, era parte daquilo. O doutor fechou as pálpebras e deixou que a brisa refrescasse o suor de sua testa e agitasse os pêlos de sua barba. Respirou fundo o ar da meia-noite, apoiou as mãos trêmulas no batente da janela e murmurou: "Divino Spinoza, perdoe-me. Virei um tolo".

A destruição de Kreshev

I. REB BUNIM CHEGA A KRESHEV

Sou a Serpente Primoridal, o Maligno, Satã. A Cabala se refere a mim como Samael, e os judeus às vezes me chamam meramente de "aquele".

É bem sabido que gosto de arranjar casamentos estranhos, me deliciando com casais errados como um velho com uma moça, uma viúva feia com um jovem em sua plenitude, um aleijado com uma beldade, um cantor com uma surda, um mudo com uma tagarela. Pois permitam que eu conte de uma dessas uniões "interessantes" que promovi em Kreshev, cidade às margens do rio San, que me permitiu ser realmente ultrajante e me deu a oportunidade de aplicar um daqueles pequenos golpes que obriga à perda deste mundo e do outro entre o dizer de um sim e de um não.

Kreshev é do tamanho de uma das menores letras do menor dos livros de orações. Em dois lados da cidade, há uma densa floresta de pinheiros e, no terceiro, o rio San. Os camponeses das aldeias vizinhas são mais pobres e mais isolados do que quaisquer outros do distrito de Lublin e os campos são muito estéreis. Durante boa parte do ano, as estradas que levam às grandes cidades são simplesmente largas trincheiras de água; viaja-se de carroça por própria conta e risco. Ursos e lobos espreitam os limites do assentamento no inverno e muitas vezes atacam uma vaca ou um bezerro desgarrados, às vezes até um ser humano. E, por fim, para que os camponeses nunca se livrem de sua miséria, instilei neles uma ardorosa fé. Nessa parte do país há uma igreja para cada duas aldeias, um altar a cada dez casas. Neles, a Virgem, com seu halo pálido, segura Jesus nos braços, o menino filho do carpinteiro judeu Yossel. A ela acorrem os idosos, e no auge do inverno eles se ajoelham, adquirindo assim reumatismo. Quando chega maio, temos procissões diárias dos meio mortos de fome, cantando com vozes roucas, pedindo chuva. O incenso produz um cheiro pungente, e um tamboreiro tuberculoso bate com toda a sua força para me assustar e afastar. Mesmo assim, a chuva não vem. Ou, se vem, nunca vem a tempo. Mas isso não impede as pessoas de acreditar. E assim continua desde tempos imemoriais.

Os judeus de Kreshev são um tanto mais bem informados e mais prósperos que os camponeses. Suas esposas cuidam das lojas e são peritas em declarar falsos pesos e medidas. Os mascates da aldeia sabem como fazer as mulheres camponesas comprarem todo tipo de miudagem e assim ganham para seu uso milho, batata, linho, galinhas, patos, gansos, e às vezes um pequeno extra. O que uma mulher não faz por uma fieira de contas, um espanador de penas decorado, um pano de algodão florido ou apenas uma palavra gentil de um estranho? Então, não é inteiramente surpreendente que aqui e ali entre as crianças de cabelos loiros se encontre um diabinho de cabelo crespo, olhos pretos e nariz de gancho. O sono dos camponeses é extremamente pesado, mas o diabo não permite que suas jovens mulheres descansem, e assim ele as conduz por trilhas escondidas até celeiros onde os mascates esperam. Cães latem para a lua, galos cantam e o próprio Deus cochila entre as nuvens. O Todo-Poderoso é velho; não é nada fácil viver para sempre.

Mas voltemos aos judeus de Kreshev.

Durante todo o ano, o mercado é um charco profundo, pela mui boa razão de que todas as mulheres esvaziam ali seus penicos. As casas não ficam em pé direitas; estão meio afundadas na terra e têm telhados remendados; as janelas são vedadas com trapos ou cobertas com bexigas de boi. As casas dos pobres não têm piso; algumas não têm nem chaminé. Nessas casas, a fumaça do fogão escapa por um buraco no teto. As mulheres se casam quando têm catorze, quinze anos, e envelhecem depressa de tanto terem filhos. Em Kreshev, os sapateiros em suas bancadas baixas só têm sapatos usados, gastos, para praticar seu ofício.

Os alfaiates não têm alternativa senão virar do terceiro lado as peles esfarrapadas que lhes trazem. Os fazedores de escovas penteiam pêlos de porco com pentes de madeira e cantam, roufenhos, trechos de cantos rituais e canções de casamento. Depois de um dia de mercado, não há nada para os donos de loja fazer, então eles ficam pela casa de estudos, se coçando, folheando o Talmude ou contando um para o outro histórias fantásticas de monstros, fantasmas e lobisomens. Evidentemente, numa cidade dessas não há muito para eu fazer. É uma dureza muito grande encontrar um pecado de verdade por ali. Os habitantes não têm nem força nem pendor para isso. De vez em quando, uma costureira fala da mulher do rabino ou a menina do aguadeiro fica gorda de filho, mas esse não é o tipo de coisa que me diverte. Por isso é que eu raramente visito Kreshev.

Mas nessa época de que estou falando havia alguns ricos na cidade, e numa casa próspera qualquer coisa pode acontecer. Então, sempre que eu voltava os olhos naquela direção, cuidava de ver como iam as coisas na casa de Reb Bunim Shor, o homem mais rico da comunidade. Tomaria muito tempo explicar com detalhes como Reb Bunim acabou se estabelecendo em Kreshev. Ele morava originalmente em Zholkve, uma cidade perto de Lemberg. Saiu dali por razões de negócios. Seu interesse era a madeira e por uma soma muito pequena adquiriu um belo trecho de florestas de um jovem solteiro de Kreshev. Além disso, sua mulher, Shifrah Tammar (uma mulher de família distinta, neta do famoso erudito Reb Samuel Edels), sofria de uma tosse crônica que a fazia cuspir sangue, e um médico de Lemberg recomendou que fosse viver em uma área de florestas. De qualquer forma, Reb Bunim mudou-se para Kreshev com todas as suas posses, trazendo consigo também um filho crescido e Lise, a filha de dez anos de idade. Construiu uma casa longe de todas as outras moradas, no fim da rua da sinagoga; e várias carroças de mobília, louças, roupas, livros e uma porção de outras coisas tinham atulhado o edifício. Trouxe consigo também um casal de criados, uma velha e um jovem chamado Mendel, que funcionava como cocheiro de Reb Bunim. A chegada de um novo habitante revigorou a vida da cidade. Agora havia trabalho para os jovens nas florestas de Reb Bunim e os cocheiros de Kreshev tinham troncos para puxar. Reb Bunim reformou o banho da cidade e construiu um teto novo para a casa dos pobres.

Reb Bunim era um homem alto, poderoso, de ossos grandes. Tinha voz de cantor e barba preta de azeviche que terminava em duas pontas. Não era muito erudito e mal conseguia acompanhar um capítulo do Midrash, mas sempre contribuía generosamente com a caridade. Sentava para comer e dava conta de uma só vez de um pão e de um omelete de seis ovos, regando tudo com um quartilho de leite. Às sextas-feiras no banho, subia para o degrau mais alto e fazia o atendente açoitá-lo com um feixe de gravetos até ser hora de acender as velas. Quando ia à floresta, fazia-se acompanhar por dois cães ferozes e levava uma arma. Dizia-se que era capaz de perceber com um olhar se uma árvore estava saudável ou podre. Quando necessário, era capaz de trabalhar dezoito horas contínuas e caminhar quilômetros a pé. Sua mulher, Shifrah Tammar, foi um dia muito bonita, mas entre as corridas aos médicos e as preocupações consigo mesma tinha conseguido envelhecer prematuramente. Era alta e magra, de peito quase chato, e rosto longo, pálido, com um nariz de bico. Os lábios finos estavam sempre fechados e os olhos cinzentos olhavam com beligerância para o mundo. Seus períodos mensais eram dolorosos e quando chegavam ela ia para a cama como se estivesse mortalmente doente. Na verdade, era uma sofredora constante: num momento era uma dor de cabeça, no seguinte um abcesso no dente ou pressão no ventre. Não era uma companheira adequada para Reb Bunim, mas ele não era do tipo que reclama. Muito provavelmente estava convencido de que assim era com todas as mulheres, uma vez que se casara aos quinze anos de idade.

Não há muito a dizer sobre seu filho. Era como o pai — um estudante medíocre, um comedor voraz, um poderoso nadador, um negociante agressivo. Casara-se com uma moça de Brod antes de o pai mudar-se para Kreshev e mergulhara imediatamente nos negócios. Vinha muito raramente a Kreshev. Assim como a seu pai, não lhe faltava dinheiro. Ambos eram bons financistas. Pareciam atrair dinheiro. Pelo jeito, parecia não haver nenhuma razão para Reb Bunim e sua família não viverem seus dias em paz, como acontece tantas vezes com gente comum que, devido a sua simplicidade, é poupada da má sorte e passa pela vida sem nenhum problema real.

II. A FILHA

Mas Reb Bunim tinha também uma filha, e as mulheres, como é bem sabido, trazem infortúnio.

Lise era ao mesmo tempo bonita e bem-criada. Aos doze anos, já era da altura do pai. Tinha cabelo loiro, quase amarelo, e a pele era tão branca e lisa como cetim. Às vezes, seus olhos pareciam azuis, outras vezes verdes. Seu comportamento era uma mistura, metade dama polonesa, metade piedosa donzela judia. Quando tinha seis anos, seu pai contratou uma governanta para ensinar-lhe religião e gramática. Depois, Reb Bunim mandou-a para um professor normal e desde o começo ela demonstrou interesse nos livros. Por conta própria, estudou as Escrituras em iídiche e mergulhou nos comentários em iídiche do Pentateuco de sua mãe. Leu inteiros também *A herança do gamo*, *A vara do castigo*, *O bom coração*, *A medida exata*, e outros livros semelhantes que encontrou na casa. Depois disso, conseguiu, completamente sozinha, pegar uma noção de hebraico. Seu pai havia lhe dito repetidamente que não era adequado uma moça estudar a Torá e sua mãe a alertara de que ia acabar ficando solteirona, uma vez que ninguém ia querer uma esposa erudita, mas esses alertas pouco impressionaram a menina. Continuou a estudar, leu *O dever do coração*, e Josephus, familiarizou-se com as histórias do Talmude e além disso aprendeu toda sorte de provérbios dos tanaítas e amoritas. Não impunha limites a sua sede de conhecimento. Toda vez que o vendedor de livros passava por Kreshev, ela o convidava à casa e comprava o que tivesse em seu saco. Depois da refeição do shabat, suas contemporâneas, filhas das melhores famílias de Kreshev, apareciam para uma visita. As meninas conversavam, brincavam de par-ou-ímpar, propunham charadas para resolver e agiam da forma tola com que as meninas novas geralmente agem. Lise era sempre muito polida com as amigas, servia-lhes frutas, nozes, biscoitos, bolos do shabat, mas nunca tinha muito a dizer, a cabeça ocupada com assuntos mais sérios que vestidos e sapatos. Sua maneira, porém, era sempre amigável, sem o menor traço de arrogância. Nos feriados, Lise ia à sinagoga das mulheres, embora não fosse usual meninas da sua idade freqüentarem os cultos. Em mais de uma ocasião, Reb Bunim, que era dedicado a ela, disse, incomodado: "Pena ela não ser um rapaz. Que homem seria".

Shifrah Tammar pensava diferente.

"Você está estragando a menina", insistia. "Se continuar assim, ela não vai saber nem assar uma batata."

Como não havia nenhum professor competente em assuntos seculares em Kreshev (Yakel, o único professor da comunidade, era capaz apenas de escrever uma única linha de iídiche legível), Reb Bunim mandou a filha estudar com Kalman, o médico. Kalman era muito estimado em Kreshev. Sabia queimar nós de cabelo emaranhado, aplicar sanguessugas e fazer operações usando apenas uma faca de pão comum. Tinha um baú de livros e manufaturava suas próprias pílulas com as ervas dos campos. Era um homem baixo, atarracado, com uma barriga enorme, e ao caminhar seu grande peso fazia parecer que estava cambaleando. Parecia um dos aristocratas locais com seu chapéu de pelúcia, cafetã de veludo, calças até os joelhos e sapatos de fivela. Era costume em Kreshev, quando a procissão levava a noiva para o banho ritual, parar um momento diante da varanda de Kalman para lhe fazer uma alegre serenata. "Um homem desses", dizia-se na cidade, "tem de ser mantido sempre de bom humor. O melhor que se pode querer é nunca precisar dele."

Mas Reb Bunim precisava mesmo de Kalman. O médico estava em perpétuo atendimento a Shifrah Tammar, e ele não só tratava as aflições da mãe como permitia que a filha pegasse emprestados os livros de sua biblioteca. Lise leu sua coleção inteira: volumes sobre medicina, livros de viagem descrevendo terras distante e povos selvagens, histórias românticas da nobreza, como caçavam e faziam amor, os brilhantes bailes que davam. Mas isso não era tudo. Na biblioteca de Kalman havia também histórias maravilhosas sobre feiticeiras e estranhos animais, sobre cavalheiros, reis e príncipes. Sim, Lise leu cada linha disso tudo.

Bom, agora é hora de falar sobre Mendel, Mendel, o criado — Mendel, o cocheiro. Ninguém em Kreshev sabia direito de onde esse Mendel tinha vindo. Uma história era que se tratava de um filho natural abandonado nas ruas. Outras diziam que era filho de um convertido. Qualquer que fosse sua origem, era certamente um ignorante, famoso não apenas em Kreshev mas muitos quilômetros em torno. Literalmente não sabia o Alef Beth, nem nunca foi visto rezando, embora tivesse um conjunto de filactérios. Na sexta-feira à noite, se todos os outros homens estavam na casa de orações, Mendel estaria vadiando na praça do mercado. Ajudava as criadas a puxar água do poço e rondava os cavalos nos estábulos. Mendel fazia a barba, não usava a roupa franjada, não dava bênçãos; havia se emancipado inteiramente dos costumes judeus. Na sua primeira aparição em Kreshev, muita gente se interessou por ele. Foi-lhe oferecida instrução gratuita. Diversas senhoras piedosas alertaram-no de que ia acabar deitado numa cama de pregos na Geena. Mas o jovem ignorou a todos. Simplesmente projetava os lábios e assobiava, sem vergonha nenhuma. Se alguma mulher o criticava muito insistentemente, rosnava para ela, arrogante: "Ah, você, cossaco de Deus, você. Seja como for, não vai estar na minha Geena".

E com o chicote que sempre levava consigo ele levantava a saia da mulher. Formava-se uma grande comoção, risadas, e a senhora piedosa jurava nunca mais mexer com Mendel, o cocheiro.

Embora fosse um herege, isso não o impedia de ser bonito. Não, tinha belos traços, era alto e esguio, com pernas retas e quadris estreitos, os cabelos pretos, fartos, eram um pouco ondulados e um pouco cacheados, e havia neles sempre algumas hastes de palha e de feno. Tinha sobrancelhas pesadas que se juntavam em cima do nariz. Os olhos eram pretos, os lábios grossos. Quanto à roupa, andava vestido como gentio. Usava calças de montaria e botas, jaqueta curta e um chapéu polonês com viseira de couro que podia abaixar atrás até tocar a nuca. Esculpia apitos em ramos e também tocava violino. Outro de seus hobbies eram os pombos; construiu um viveiro em cima da casa de Reb Bunim e era visto às vezes subindo ao telhado para exercitar os pássaros com uma vara comprida. Embora tivesse um quarto próprio e um banco-cama perfeitamente adequado, preferia dormir no palheiro, e quando estava com vontade era capaz de dormir catorze horas seguidas. Uma vez houve um incêndio tão sério em Kreshev que as pessoas resolveram evacuar a cidade. Na casa de Reb Bunim todo mundo procurou Mendel para ele empacotar as coisas e levar embora. Mas não se encontrou Mendel nenhum em parte alguma. Só quando o incêndio por fim se apagou e a excitação acabou foi que o encontraram no pátio, roncando debaixo da macieira, como se nada tivesse acontecido.

Mas Mendel, o cocheiro, não era apenas um dorminhoco. Era bem sabido que corria atrás das mulheres. Uma coisa, porém, se podia dizer dele: não perseguia as donzelas de Kreshev. Suas escapadas eram sempre com as jovens camponesas das aldeias vizinhas. A atração que exercia sobre essas mulheres parecia quase sobrenatural. Os bebedores de cerveja da taverna local juravam que bastava Mendel olhar para uma dessas moças que ela ia imediatamente para ele. Era sabido que mais de uma o havia visitado em seu sótão. Naturalmente, os camponeses não gostavam disso, e Mendel foi avisado que um dia iam lhe cortar a cabeça, mas ele ignorou as ameaças e chafurdava mais e mais fundo na carnalidade. Não havia uma aldeia que tivesse visitado com Reb Bunim onde não tivesse suas "esposas" e famílias. Parecia quase verdade que um assobio dele era feitiço suficiente para trazer alguma moça voando para o seu lado. Mendel, porém, não comentava seu poder sobre as mulheres. Não bebia uísque, evitava brigas e mantinha distância dos sapateiros, alfaiates, barrileiros e fabricantes de escovas que compunham a população mais pobre de Kreshev. Nem se considerava um deles. Tampouco se preocupava muito com dinheiro. Dizia-se que Reb Bunim só lhe pagava com casa e comida. Mas quando um dono de carruagem de Kreshev quis contratá-lo e pagar um salário real, Mendel permaneceu fiel à casa de Reb Bunim. Aparentemente não se importava de ser escravo. Seus cavalos e suas botas, seu pombos e suas meninas eram as únicas coisas em que pensava. De forma que os moradores da cidade desistiram de Mendel, o cocheiro.

"Uma alma perdida", comentavam. "Um judeu gentio."

E gradualmente foram se acostumando com ele e o esqueceram.

III. OS ARTIGOS DE NOIVADO

Assim que Lise completou quinze anos, começaram a conjeturar com quem ela deveria se casar. Shifrah Tammar estava doente, e as relações entre ela e Reb Bunim abaladas, de forma que Reb Bunim resolveu discutir o assunto com a filha. Quando a questão foi mencionada, Lise ficou envergonhada e respondeu que faria o que o pai achasse melhor.

"Você tem duas possibilidades", disse Reb Bunim durante uma dessas conversas. "A primeira é um rapaz de Lublin que é de família muito rica, mas não é nada erudito. O outro é de Varsóvia e é um verdadeiro prodígio. Mas devo avisar que esse não tem um centavo. Agora fale, filha. A decisão é sua. Qual você prefere?"

"Ah, o dinheiro", disse Lise desdenhosa, "que valor ele tem? Dinheiro se perde, conhecimento não." E baixou os olhos.

"Então, se entendi direito, você prefere o rapaz de Varsóvia?", disse Reb Bunim alisando a longa barba negra.

"O senhor é quem sabe, Pai", Lise sussurrou.

"Há mais uma coisa que eu preciso dizer", continuou ele. "É que o homem rico é muito bonito, alto, de cabelo loiro. E o erudito é extremamente baixo, uma cabeça menor que você."

Lise agarrou as duas tranças, seu rosto ficou vermelho e depois perdeu toda a cor. Ela mordeu o lábio.

"Então, o que você resolve, filha?", insistiu Reb Bunim. "Não tenha vergonha de falar."

Lise começou a gaguejar e seus joelhos tremiam de vergonha. "Onde ele está?", perguntou. "Quer dizer, o que ele faz? Onde está estudando?"

"O rapaz de Varsóvia? Ele é, Deus nos guarde, órfão e atualmente está estudando na yeshiva de Zusmir. Me disseram que sabe o Talmude inteiro de cor e que também é filósofo e estudioso da Cabala. Acredito que já escreveu um comentário sobre Maimônides."

"Sei", Lise resmungou.

"Isso quer dizer que é ele que você quer?"

"Só se o senhor aprovar, Pai."

Cobriu o rosto com ambas as mãos e saiu correndo da sala. Reb Bunim acompanhou sua saída com os olhos. Ela o agradava: sua beleza, castidade, inteligência. Era mais próxima dele do que da mãe e, embora quase totalmente crescida, se aninhava nele e passava os dedos por sua barba. Às sextas-feiras, antes de ele sair para a casa de banho, ela lhe preparava uma camisa limpa e quando ele voltava, antes de acender as velas, servia-lhe bolo saído do forno e chá de ameixa. Nunca a ouvira rir alto como faziam as outras moças, e nem descalça ela andava na sua frente. Depois da refeição do shabat, enquanto ele fazia a sesta ela andava na ponta dos pés para não despertá-lo. Quando ele estava doente, ela punha a mão em sua testa para ver se tinha febre e trazia todo tipo de remédios e guloseimas. Em mais de uma ocasião, Reb Bunim sentiu inveja do feliz rapaz que fosse tê-la por esposa.

Dias depois, o povo de Kreshev ficou sabendo que o futuro marido de Lise havia chegado à cidade. O jovem veio numa carruagem sozinho e estava hospedado na casa do rabino Ozer. Todo mundo ficou surpreso de ver como ele era magro, pequeno e franzino, com os cachos laterais emaranhados, o rosto pálido e um queixo pontudo mal coberto com pêlos esparsos. O sobretudo comprido ia até abaixo dos tornozelos. Tinha as costas curvadas e andava depressa, como se não soubesse aonde estava indo. As garotas se juntaram nas janelas e ficaram olhando o rapaz passar. Quando chegou à casa de estudos, os homens saíram para cumprimentá-lo e ele imediatamente começou a discorrer do jeito mais inteligente possível. Não havia dúvida de que era um homem urbano por natureza.

"Bom, aqui se tem algo de metrópole", observou o jovem.

"Ninguém está dizendo que seja Varsóvia", comentou um dos rapazes locais.

O jovem cosmopolita sorriu. "Um lugar é sempre igual ao outro", disse. "Se estão na face da terra, são todos iguais."

Dito isso, começou a fazer citações literais do Talmude babilônico e do Talmude de Jerusalém, e quando terminou distraiu todo mundo com notícias do que estava acontecendo no grande mundo além de Kreshev. Não conhecia pessoalmente Radziwill, mas já o tinha visto e conhecia um seguidor de Sabbatai Zevi, o falso Messias. Conhecia também um judeu que tinha vindo de Susã, a antiga capital da Pérsia, e outro judeu que era convertido e estudava o Talmude em segredo. Como se isso não bastasse, começou a propor, para os que estavam ali reunidos, as charadas mais difíceis e, quando se cansou disso, divertiu-se repetindo anedotas do rabino Heshl. De alguma forma, conseguiu informar também que sabia jogar xadrez, que era capaz de pintar murais usando os doze signos do zodíaco e escrever versos hebraicos que diziam a mesma coisa quando lidos da esquerda para a direita ou de trás para a frente, qualquer que fosse a direção. E não foi tudo. Esse jovem prodígio, além do mais, havia estudado filosofia e a Cabala, e era adepto da matemática mística, sendo capaz até de calcular as frações que se encontram no tratado de Kilaim. Nem é preciso dizer que tinha dado uma olhada no Zohar e na *Árvore da vida* e que conhecia *O guia dos perplexos* tão bem quanto seu próprio nome.

Chegara a Kreshev parecendo andrajoso, mas dias depois de sua chegada Reb Bunim providenciou-lhe um novo sobretudo, sapatos novos e meias brancas, e presenteou-lhe com um relógio de ouro. E agora o jovem começou a pentear a barba e enrolar os cachos. Só na assinatura do contrato foi que Lise viu o noivo, mas havia recebido relatórios do quanto era instruído e estava contente de ter escolhido esse e não o rapaz rico de Lublin.

As festividades de celebração da assinatura do contrato de noivado foram tão ruidosas quanto um casamento. Metade da cidade foi convidada. Como sempre, homens e mulheres sentaram-se separados, e Shloimele, o futuro noivo, fez um discurso extremamente inteligente e assinou seu nome com um floreio brilhante. Diversos dos homens mais instruídos da cidade tentaram conversar com ele sobre assuntos sérios, mas sua retórica e sabedoria eram demais para eles. Durante a comemoração, e antes que fosse servido o banquete, Reb Bunim quebrou o costume habitual de que noiva e noivo não devem se encontrar antes do casamento e levou Shloimele ao quarto de Lise, uma vez que a verdadeira interpretação da lei é que um homem não pode aceitar uma mulher a menos que a tenha visto. O sobretudo do rapaz estava desabotoado, mostrando seu colete de seda e a corrente do relógio de ouro. Parecia um homem do mundo com seus sapatos muito brilhantes e solidéu de veludo no alto da cabeça. Havia suor em sua fronte ampla e tinha as faces coradas. Inquisitivo, acanhado, olhou em torno com seus olhos escuros, e o dedo indicador não parava de enrolar nervosamente a franja da faixa na cintura. Lise ficou muito vermelha quando o viu. Tinham-lhe dito que não era nada bonito, mas ele lhe pareceu atraente. E foi isso o que pensaram as outras garotas presentes. De alguma forma, Shloimele havia se tornado muito mais atraente.

"É com esta moça que você vai se casar", disse Reb Bunim. "Não precisa ficar intimidado."

Lise estava com um vestido preto de seda e um fio de pérolas em torno do pescoço, presente que havia recebido pela ocasião. Seu cabelo parecia quase vermelho à luz das velas, e no dedo da mão esquerda usava um anel com a letra "M" gravada, primeira letra das palavras *mazel tov*. No momento da entrada de Shloimele, estava segurando um lenço bordado na mão, mas assim que o viu o lenço caiu de seus dedos. Uma das garotas no quarto foi até ela e o pegou do chão.

"Está uma linda noite", disse Shloimele para Lise.

"E um verão excelente", responderam a noiva e suas duas acompanhantes.

"Talvez um pouquinho quente", Shloimele observou.

"É, está quente", responderam as três garotas em uníssono.

"Acha que a culpa é minha?", perguntou Shloimele numa espécie de cantarolar. "Diz no Talmude que..."

Mas Shloimele não prosseguiu porque Lise o interrompeu: "Sei muito bem o que diz o Talmude. 'O asno tem frio até no mês de Tammuz'".

"Ah, uma estudiosa do Talmude!", Shloimele exclamou, surpreso, e as pontas de suas orelhas ficaram vermelhas.

Logo depois disso, a conversa terminou e todo mundo começou a se juntar no quarto. Mas o rabino Ozer não concordava que noiva e noivo se conhecessem antes do casamento e mandou que fossem separados. De forma que Shloimele se viu de novo cercado só de homens e a comemoração continuou até o nascer do dia.

Desde o primeiríssimo momento em que o viu, Lise amou Shloimele profundamente. Por vezes, acreditava que o rosto dele lhe havia sido mostrado em um sonho antes do casamento. Outras vezes, tinha certeza de que já tinham sido casados antes em alguma outra existência. A verdade é que eu, o Mau Espírito, precisava de um amor assim tão grande para pôr em prática os meus planos.

De noite, quando Lise dormiu, procurei o espírito dele e o levei até ela e os dois conversaram e se beijaram, trocando juras de amor. Todos os pensamentos dela enquanto estava acordada eram para ele. Ela levava sua imagem dentro dela e conversava com ele, e essa ficção dentro dela respondia a suas palavras. Ela abria-lhe a alma, e a imagem a consolava e pronunciava palavras de amor que Lise ansiava ouvir. Quando punha um vestido ou uma camisola, imaginava que Shloimele estava presente, e sentia vergonha e se alegrava de sua pele ser branca e macia. Às vezes, fazia a essa aparição aquelas perguntas que a intrigavam desde a infância: "Shloimele, o que é o céu? Que profundidade tem a terra? Por que faz calor no verão e frio no inverno? Por que os mortos se juntam de noite para rezar na sinagoga? Como se pode ver o demônio? Por que vemos nosso reflexo no espelho?".

E chegava a imaginar que Shloimele respondia a cada uma delas. Havia outra pergunta que ela fazia à sombra em sua mente: "Shloimele, você me ama de verdade?".

Shloimele lhe garantia que nenhuma outra garota se igualava a ela em beleza. E em suas divagações ela se via afogando no rio San e Shloimele indo salvá-la. Era raptada por maus espíritos e ele a salvava. Na verdade, sua mente era só divagações, tão confusa o amor a havia deixado.

Mas acontece que Reb Bunim protelou o casamento até o shabat depois de Pentecostes e assim Lise foi forçada a esperar quase três quartos do ano mais. Através de sua impaciência, entendeu o desespero que Jacó devia ter sentido quando foi forçado a esperar sete anos para casar com Raquel. Shloimele ficou na casa do rabino e não pôde visitar Lise de novo até o Hanuká. A menina ficava sempre à janela, na vã esperança de vê-lo de relance, mas o caminho da casa do rabino para a casa de estudos não passava pela morada de Reb Bunim. A única notícia que Lise recebia dele era das amigas que vinham vê-la. Uma contou que ele tinha ficado um pouco mais alto e outra disse que ele estava estudando o Talmude junto com os outros rapazes na casa de estudos. Uma terceira garota observou que evidentemente a mulher do rabino não estava alimentando Shloimele direito, porque ele tinha ficado bem magro. Para fazer o inverno passar mais depressa, ela começou a bordar para o marido uma bolsa para o filactério e um pano para cobrir o pão do shabat. A bolsa era de veludo preto, sobre o qual costurou com linha dourada uma estrela-de-davi ao lado do nome de Shloimele, e a data, mês e ano. Empenhou-se ainda mais na toalha, bordando dois pedaços de pão e um cálice. As palavras "shabat Sagrado" foram feitas com fios de prata e nos quatro cantos a cabeça de um gamo, de um leão, de um leopardo e de uma águia bordadas. Não se esqueceu também de debruar as costuras do pano com contas de diversas cores, e decorou as bordas com franjas e pingentes. As moças de Kreshev ficaram abismadas com sua habilidade e imploraram para copiar o risco que usara.

O noivado alterou Lise: ela ficou ainda mais linda. Sua pele estava branca e delicada, os olhos perdidos no espaço. Movia-se pela casa com o passo silencioso de um sonâmbulo. De quando em quando, sorria sem razão, e ficava parada na frente do espelho horas e horas, arrumando o cabelo e conversando com seu reflexo como se estivesse enfeitiçada. Se um mendigo vinha até a casa, ela o recebia graciosamente e lhe oferecia esmolas com alegria. Depois de cada refeição, ia até a casa dos pobres levando sopa e carne para os doentes e indigentes. Os pobres infelizes sorriam e a abençoavam: "Deus permita que você logo tome sopa no seu casamento".

E Lise acrescentava baixinho o seu "Amém".

Como o tempo continuava pesando em suas mãos, estava sempre folheando os livros da biblioteca do pai. Encontrou um volume intitulado *Os costumes do casamento* que dizia que a noiva tinha de se purificar antes da cerimônia, manter registro de seus períodos menstruais e comparecer ao banho ritual. O livro enumerava também os ritos matrimoniais, falava do período das sete bênçãos nupciais, advertia marido e mulher sobre a conduta adequada, dedicando especial atenção à mulher e fornecendo uma miríade de detalhes. Lise achou isso tudo muito interessante, uma vez que já possuía alguma idéia sobre o que acontecia entre os sexos e havia observado os jogos amorosos de pássaros e animais. Começou a meditar cuidadosamente no que tinha lido e passou várias noites sem dormir, mergulhada em pensamentos. Sua modéstia tornou-se mais intensa do que já era antes, seu rosto acalorou-se e ela ficou febril. Seu comportamento andava tão estranho que os criados acharam que estava enfeitiçada por mau-olhado e entoaram fórmulas para curá-la. Cada vez que o nome Shloimele era pronunciado, ela ficava vermelha, estivesse ou não ela própria incluída na referência; e sempre que alguém se aproximava, escondia o livro de instruções que lia sem parar. E o que é mais, passou a ficar ansiosa e desconfiada, e logo se viu em tal estado que ao mesmo tempo esperava o dia do casamento e queria evitá-lo, apavorada. Mas Shifrah Tammar simplesmente continuou preparando o enxoval da filha. Embora distante da menina, queria que o casamento fosse tão magnífico que o evento permanecesse vivo durante anos na mente do povo de Kreshev.

V. O CASAMENTO

O casamento de fato foi grandioso. Modistas de Lublin fizeram o vestido da noiva. Durante semanas, costureiras trabalharam na casa de Reb Bunim, bordando, prendendo rendas em camisolas, lingerie e combinações. O vestido de noiva de Lise era de cetim branco e a cauda tinha dois metros justos de comprimento. Quanto às comidas, os cozinheiros assaram um pão de shabat quase do tamanho de um homem, trançado em ambas as pontas. Nunca havia se visto um pão assim em Kreshev. Reb Bunim não poupou despesas; mandou abater carneiros, vitelas, galinhas, gansos, patos, capões para o banquete de casamento. Havia também peixe do rio San e vinhos húngaros e hidromel fornecido pela estalagem local. No dia do casamento, Reb Bunim ordenou que os pobres de Kreshev fossem alimentados, e quando correu a notícia uma variedade de miseráveis do distrito vizinho apareceu na cidade para se empanturrar também. Foram colocadas mesas e bancos na rua e serviram-se aos mendigos pães brancos de shabat, carpas recheadas, carne cozida com vinagre, bolo de gengibre e canecos de cerveja. Músicos tocaram para os vagabundos e o tradicional bufão de casamento os divertiu. A multidão esfarrapada formou círculos no centro da praça do mercado e dançou e pulou com gosto. Todo mundo cantava e gritava e o barulho era ensurdecedor. De noite, os convidados do casamento começaram a se reunir na casa de Reb Bunim. As mulheres usavam casacos bordados com contas, fitas na cabeça, peles, todas as jóias que tinham. As moças usavam vestido de seda e sapatos de bico feitos especialmente para a ocasião, mas foi inevitável os costureiros e sapateiros não conseguirem atender todos os pedidos, e houve brigas. Mais de uma moça ficou em casa, encolhida na frente do fogão na noite do casamento, banhada em lágrimas, coitadinha.

Nesse dia, Lise jejuou e na hora da oração confessou seus pecados. Bateu no peito como se fosse o Dia da Reconciliação, pois sabia que no dia do casamento todas as transgressões nos são perdoadas. Embora não fosse particularmente piedosa, e às vezes até fraquejasse na fé, como é comum com aqueles que são reflexivos, nessa ocasião rezou com grande fervor. Orou também pelo homem que no fim do dia seria seu marido. Quando Shifrah Tammar entrou no quarto e viu a filha parada num canto com lágrimas nos olhos, batendo em si mesma com os punhos, exclamou: "Olhe essa menina! É uma santa!", e pediu para Lise parar de chorar, senão seus olhos estariam vermelhos e inchados quando fosse para baixo do dossel.

Mas pode acreditar no que eu digo, não era fervor religioso que fazia Lise chorar. Durante dias e semanas antes do casamento eu me esforcei bastante. Toda sorte de estranhos e maus pensamentos estavam atormentando a menina. Num momento, temia não ser virgem, no momento seguinte sonhava com o instante do defloramento e caía em prantos, temendo que não fosse suportar a dor. Outras vezes, via-se dilacerada de vergonha, e no segundo seguinte temia que na noite do casamento fosse suar indevidamente, ou sentir enjôo de estômago, ou molhar a cama, ou sofrer pior humilhação. Desconfiava também que um inimigo a havia enfeitiçado e procurava nas roupas algum nó escondido. Queria acabar com essas ansiedades, mas não conseguia controlá-las. "É possível", disse a si mesma uma ocasião, "que eu esteja só sonhando isso tudo e que não vá me casar. Ou quem sabe meu marido seja algum tipo de diabo que se materializou em forma humana e a cerimônia de casamento será só uma fantasia e os convidados espíritos do mal."

Esse foi só um dos pesadelos com que ela sofreu. Perdeu o apetite, ficou com prisão de ventre e, embora fosse invejada por todas as moças de Kreshev, nenhuma sabia a agonia que estava passando.

Como o noivo era órfão, seu sogro, Reb Bunim, cuidou de fornecer-lhe um guarda-roupa. Encomendou para o genro dois casacos de pele de raposa, um para o dia-a-dia, outro para o shabat, dois sobretudos, um de seda, outro de cetim, uma capa, duas camisas de dormir, diversas calças, um chapéu de treze pontas debruado de pele, além de uma estola de oração turca com três enfeites. Junto com os presentes do noivo havia uma caixa de especiarias de prata com um retrato do muro das lamentações gravado na tampa, um frasco de cidra de ouro, uma faca de pão com cabo de madrepérola, uma caixa de tabaco com tampa de marfim, um volume do Talmude encapado de seda e um livro de orações com capa de prata. No jantar de despedida de solteiro, Shloimele falou com brilhantismo. Primeiro, propôs dez questões que pareceram absolutamente básicas e depois respondeu a todas com uma única afirmação. Mas após cuidar dessas questões essenciais, ele mudou de atitude e demonstrou que as questões que havia proposto não eram questões de fato, absolutamente, e a enorme fachada de erudição que construíra caiu por terra. A platéia ficou perplexa, sem fala.

Não vou me deter muito sobre a cerimônia. Basta dizer que a multidão dançou, cantou e pulou do jeito que as multidões sempre fazem em casamentos, principalmente quando o homem mais rico da cidade casa a filha. Alguns alfaiates e sapateiros tentaram dançar com as moças que serviam, mas foram rejeitados. Diversos hóspedes ficaram bêbados e começaram a dançar, gritando "shabat, shabat". Outros vários cantaram canções iídiches que começavam com palavras como "O que o pobre põe na panela: borscht e batata...". Os músicos serravam os violinos, bufavam nas trompas, soavam os címbalos, batiam os tambores, sopravam suas flautas e gaitas-de-foles. Velhas levantavam a cauda do vestido, afastavam o chapéu e dançavam, frente a frente, batendo palmas, mas quando seus rostos estavam quase se tocando, viravam-se como se estivessem com raiva, o que fazia os espectadores rirem com mais gosto ainda. Shifrah Tammar, apesar de reclamar de doença como sempre (mal podia levantar o pé do chão), foi recrutada por um grupo de festeiros e forçada a fazer uma dança kozotsky e uma dança da tesoura. Como sempre nos casamentos, eu, o Arquimaligno, providenciei os costumeiros choques de ciúmes, demonstrações de vaidade e explosões de libertinagem e ostentação. Quando as meninas fizeram a dança da água, levantaram a saia acima dos tornozelos como se realmente estivessem pisando na água e os preguiçosos que olhavam pelas janelas não puderam evitar que sua imaginação se inflamasse. E tão ansioso estava o bufão do casamento para entreter que cantava inúmeras canções de amor para os convidados e corrompia o sentido das Escrituras entremeando obscenidades nas palavras sagradas, como fazem os *clowns* no Purim, e, ouvindo isso, as moças e as jovens matronas batiam palmas e gritavam de alegria. De repente, a festa foi interrompida por um grito de mulher. Ela perdeu o broche e desmaiou de ansiedade. Embora todo mundo procurasse para cima e para baixo, a jóia não foi encontrada. Um momento depois houve outra agitação quando uma das meninas disse que um rapaz havia picado sua coxa com uma agulha. Terminada essa explosão, era hora da dança da virtude, e enquanto essa dança acontecia, Shifrah Tammar e as damas de honra levaram Lise para a alcova nupcial, que ficava no andar térreo, tão cheia de panos e cortinas que nela não entrava luz nenhuma. A caminho do quarto, as mulheres deram-lhe conselhos sobre como se conduzir e alertaram que não devia ter medo quando visse o noivo, pois o primeiro mandamento ordena que nos propaguemos e multipliquemos. Logo depois disso, Reb Bunim e um outro homem acompanharam o noivo até a noiva.

Bom, não vou satisfazer sua curiosidade sobre este ponto, contando o que aconteceu na alcova nupcial. Basta dizer que quando Shifrah Tammar entrou no quarto na manhã seguinte, encontrou a filha escondida debaixo do acolchoado, envergonhada demais para falar com ela. Shloimele já tinha saído da cama e estava em seu quarto. Foi preciso muito agrado para convencer Lise a permitir que sua mãe examinasse os lençóis, e, de fato, havia sangue neles.

"*Mazel tov*, filha", exclamou Shifrah Tammar. "Você agora é uma mulher e participa com todas nós da maldição de Eva."

E chorando lançou os braços em torno do pescoço de Lise e beijou a filha.

VI. COMPORTAMENTO ESTRANHO

Imediatamente depois do casamento, Reb Bunim foi a cavalo para a floresta, cuidar de negócios, e Shifrah Tammar voltou a seu leito de doente e a seus remédios. Os jovens da casa de estudos eram de opinião que assim que Shloimele se casasse, passaria a ser chefe da yeshiva, dedicando-se aos negócios da comunidade, o que parecia adequado para um prodígio que era também genro de um homem rico. Mas Shloimele não fez nada disso. Revelou-se muito caseiro. Parecia não conseguir chegar na hora à oração matinal e, assim que as palavras finais eram pronunciadas, estava fora da porta a caminho de casa. Tampouco pensava em ficar por lá depois das orações da noite. As mulheres da cidade diziam que Shloimele ia para a cama logo depois do jantar, e não havia dúvida de que a cortina verde de seu quarto ficava fechada até bem tarde de manhã. Havia também os relatos da empregada de Reb Bunim. Ela contou que o jovem casal se portava de um modo quase escandaloso. Estavam sempre cochichando, contando segredinhos um para o outro, consultando livros juntos e se chamando por apelidos estranhos. Também comiam do mesmo prato e bebiam do mesmo copo, e ficavam de mãos dadas como faziam os jovens da aristocracia polonesa. Uma vez, a criada viu Shloimele puxar Lise com uma faixa como se fosse um cavalo de carroça, usando uma varinha para chicoteá-la. Lise cooperou com a brincadeira, imitando o relincho e o andar de uma égua. Outra brincadeira que a criada viu os dois fazerem foi uma em que o vencedor puxava a orelha do perdedor, e a moça jurou que os dois ficaram nessa bobagem até estarem ambos com a orelha vermelha feito sangue.

Sim, o casal estava apaixonado, e todo dia a paixão só aumentava. Quando ele saía para rezar, ela ficava à janela olhando até ele sumir ao longe, como se estivesse partindo para alguma longa jornada; e quando ela se retirava para a cozinha a fim de preparar algum caldo ou prato de flocos de aveia, Shloimele a acompanhava de perto ou logo a chamava de volta, pedindo que se apressasse. No shabat, na sinagoga, Lise esquecia de rezar, mas ficava atrás da treliça e observava Shloimele com sua estola de oração celebrando as devoções na parede oriental. E ele, por sua vez, levantava os olhos ao setor das mulheres para vê-la um pouquinho. Essas demonstrações fizeram as más-línguas funcionarem, mas nada disso incomodava Reb Bunim, que estava muito contente de saber o quanto a filha e o genro se davam bem. Cada vez que voltava de uma viagem, vinha cheio de presentes. Mas, por outro lado, Shifrah Tammar estava longe de satisfeita. Não concordava com esse comportamento excêntrico, essas palavras de ternura sussurradas, esses eternos beijos e carícias. Nada disso jamais acontecera em casa de seu pai, nem nunca vira uma coisa dessas entre gente comum. Sentia-se ofendida e começou a censurar Lise e Shloimele. Era o tipo de conduta que não podia tolerar.

"Não, não vou permitir uma coisa dessas", reclamava. "A mera idéia disso me deixa doente." Ou então chorava de repente: "Nem a nobreza polonesa se exibe desse jeito".

Mas Lise sabia como responder. "Jacó não podia demonstrar seu amor por Raquel?", perguntava à mãe a erudita Lise. "Salomão não tinha mil esposas?"

"Não ouse se comparar com esses santos!", Shifrah Tammar gritava de volta. "Você não é digna nem de mencionar seus nomes."

Na verdade, em sua juventude Shifrah Tammar nunca foi muito estrita na observância dos costumes, mas agora zelava de perto a filha e exigia que obedecesse a todas as leis da pureza, chegando a acompanhar Lise ao banho ritual para ter certeza de que as imersões eram feitas da maneira prescrita. De vez em quando, mãe e filha discutiam nas sextas-feiras à noite, porque Lise demorava para acender as velas. Depois da cerimônia de casamento, a noiva raspou a cabeça e começou a usar o costumeiro lenço de seda, mas Shifrah Tammar descobriu que o cabelo de Lise tinha crescido de novo e ela agora sentava sempre diante do espelho, penteando e trançando as madeixas onduladas. Shifrah Tammar também trocava palavras ásperas com o genro. Estava descontente de ele ir tão raramente à casa de estudos e passar o tempo passeando pelos campos e pomares. Ficou então evidente que ele tinha gosto por comida e era extremamente preguiçoso. Queria derma recheada e massa frita todo dia e fazia Lise colocar mel em seu leite. Como se não bastasse, mandava levar para o quarto chá de ameixa e biscoitos de semente de papoula, além de passas e suco de cereja. De noite, quando se retiravam, Lise fechava e trancava a porta do quarto e Shifrah Tammar ouvia o casal dando risada. Uma vez, pensou ouvir o casal correndo descalço pelo chão; um pedaço de reboco caiu do teto, os candelabros tremeram. Shifrah Tammar foi forçada a mandar uma criada ao andar de cima para bater na porta e pedir que os jovens amantes silenciassem.

O que Shifrah Tammar queria era que Lise ficasse grávida logo e enfrentasse as agonias do trabalho de parto. Esperava que, ao ser mãe, Lise se ocupasse de cuidar da criança, trocar fraldas, tratar quando estivesse doente, que esquecesse a sua tolice. Mas os meses se passaram e nada aconteceu. O rosto de Lise ficou mais fino, seus olhos queimavam com um estranho fogo. Corria em Kreshev o boato de que o casal estava estudando a Cabala.

"É tudo muito estranho", as pessoas cochichavam. "Tem alguma coisa esquisita acontecendo lá."

E as velhas sentadas nas varandas, remendando meias, enrolando fio, tinham assim um interessante e inesgotável tópico de conversação. E ouviam com toda a atenção de seus ouvidos meio surdos e sacudiam a cabeça de indignação.

VII. SEGREDOS DE ALCOVA

Chegou a hora de revelar os segredos daquele quarto. Para algumas pessoas, não basta satisfazer os desejos; elas precisam, além disso, proferir toda sorte de palavras vãs e deixar suas mentes chafurdar na paixão. Aqueles que tomam esse iníquo caminho são inevitavelmente levados à melancolia e entram nos Quarenta e Nove Portões da Polução. Os sábios de antigamente afirmavam que todo mundo sabe por que uma noiva passa debaixo do dossel do casamento, mas aquele que emporcalha esse ato com palavras perde seu lugar no mundo do além. O inteligente Shloimele, devido a sua grande erudição e seu interesse em filosofia, começou a mergulhar cada vez mais nas questões de "ele e ela". Por exemplo, de repente, enquanto acariciava a esposa, perguntava: "Imagine que você tivesse escolhido aquele homem de Lublin em vez de a mim. Acha que estaria deitada aqui com ele agora?". Essas observações primeiro chocaram Lise, e ela não respondia. "Mas eu não fiz essa escolha. Escolhi você." Shloimele, porém, não admitia não receber resposta e continuava falando e propondo mesmo questões mais obscenas, até que Lise era finalmente forçada a admitir que, se de fato tivesse escolhido o marido de Lublin, inquestionavelmente estaria deitada nos braços dele e não nos de Shloimele. Como se isso não bastasse, ele a importunava também com o que faria se ele morresse. "Bom", queria saber, "você se casaria de novo?" Não, nenhum outro homem poderia interessá-la, Lise insistia, mas Shloimele argumentava com ela ardilosamente e, por meio de hábeis sofismas, conseguia minar suas convicções.

"Olhe, você ainda é jovem e atraente. O casamenteiro vem e enche você de propostas e seu pai não vai nem querer ouvir falar de você ficar solteira. Então vai haver outro dossel matrimonial e outra comemoração, e lá vai você para outra cama de casada."

Era inútil Lise implorar que ele não falasse assim, visto que achava todo esse assunto doloroso e, além do mais, sem sentido, uma vez que era impossível prever o futuro. Por mais que ela falasse, Shloimele continuava com suas palavras pecaminosas, porque estimulavam sua paixão, e Lise acabou gostando dessas conversas também, e logo passavam metade das noites sussurrando perguntas e respostas e se altercando sobre assuntos que estavam além do conhecimento de qualquer um. Shloimele então quis saber o que ela faria se fosse náufraga em uma ilha deserta sozinha com o capitão, como se comportaria se estivesse entre selvagens africanos. Imagine que foi capturada por eunucos e levada para o harém de um sultão, e daí? Imagine que é a rainha Ester levada à presença de Assuero! E isso era apenas uma pequena parte do que Shloimele imaginava. Quando ela o censurou por abandonar-se a questões tão frívolas, ele retomou com ela o estudo da Cabala, os segredos da intimidade entre homem e mulher e a revelação da união conjugal. Na casa de Reb Bunim encontravam-se os livros *A árvore da vida*, *O anjo Raziel* e outros volumes mais da Cabala. Shloimele contou a Lise como Jacó, Raquel, Lia, Bila e Zilpa copulavam no mundo superior, cara a cara e anca a anca, os acasalamentos do Santo Pai e da Santa Mãe, e havia nesses livros palavras que simplesmente pareciam profanas.

E como se isso não bastasse, Shloimele começou a revelar a Lise os poderes que os maus espíritos possuíam, que eles eram não apenas satãs, fantasmas, diabos, diabretes, duendes e harpias, mas que pairavam também nos mundos superiores, como por exemplo Nogá, uma mistura de santidade da impureza. Ele apresentou a pretensa prova de que a Horda do Mal tinha ligação com o mundo das emanações. E das palavras de Shloimele podia-se inferir que Satã e Deus eram poderes iguais e que os dois travavam constante combate e nenhum podia derrotar o outro. Outra alegação que fazia era que não havia coisa como o pecado, uma vez que o pecado, assim como um bom ato, pode ser grande ou pequeno e se for elevado chega a grandes alturas. Ele lhe garantia que era preferível um homem cometer um pecado com fervor do que um bom ato sem entusiasmo, e que o sim e o não, a treva e a luz, a direita e a esquerda, o céu e o inferno, a santidade e a degradação eram todas imagens da divindade, e onde quer que uma pessoa se afundasse ela permaneceria à sombra do Todo-Poderoso, pois além da Sua luz nada mais existia. Ele proferia todas essas informações com tal retórica e reforçava seus argumentos com tantos exemplos, que era uma delícia ouvi-lo. A sede de Lise por sua companhia e por absorver essas revelações só fazia aumentar. De vez em quando, sentia que Shloimele a estava atraindo para fora do caminho direito. Suas palavras a aterrorizavam e não se sentia mais dona de si mesma; sua alma parecia cativa e só pensava o que ele queria que pensasse. Mas não tinha vontade de enfrentá-lo e dizia a si mesma: "Vou aonde ele me levar, não importa o que aconteça". Ele logo adquiriu tal domínio sobre ela que sua obediência era implícita. E ele a governava à sua vontade. Mandava Lise se despir diante dele, andar de quatro como um animal, dançar para ele, cantar melodias que ele compunha metade em hebraico, metade em iídiche, e ela obedecia.

Por essa época, era bastante óbvio que Shloimele era um discípulo secreto de Sabbatai Zevi. Pois mesmo que o Falso Messias tivesse morrido havia tempos, os cultos secretos de seus seguidores continuavam existindo em muitas terras. Encontravam-se em feiras e mercados, se reconheciam por meio de sinais secretos e assim mantinham-se a salvo da ira dos outros judeus, que os teriam excomungado. Muitos rabinos, professores, abatedores rituais e outros aparentemente respeitáveis faziam parte dessa seita. Alguns posavam de milagreiros, indo de cidade em cidade distribuindo amuletos nos quais haviam introduzido não o sagrado nome de Deus, mas nomes imundos de cães e maus espíritos, Lilith e Asmodeus, assim como o nome do próprio Sabbatai Zevi. Tudo isso conduzido com tal astúcia que só os membros da irmandade conseguiam perceber sua habilidade. Tinham grande satisfação em iludir os piedosos, em criar destruição. Um discípulo de Sabbatai Zevi chegava a um local, anunciava que era um taumaturgo e logo muita gente vinha a ele com bilhetinhos onde haviam escrito seus pedidos de conselho, seus problemas e súplicas. Antes de deixar a cidade, o falso milagreiro fazia a sua brincadeira e espalhava os bilhetes por toda a praça do mercado, onde eram encontrados pelos malvados da cidade, espalhando a desgraça a muita gente. Outro adepto era um escriba, e ele colocava nos filactérios não as passagens da lei em pergaminho como prescrito, mas sujeira e esterco de cabra, além da sugestão de que o usuário beijasse o traseiro do escriba. Outros da seita se torturavam, tomavam banho na água gelada, rolavam na neve no inverno, se expunham a urtigas no verão e jejuavam de shabat a shabat. Mas eram depravados também, procurando corromper os princípios da Torá e da Cabala e cada um à sua maneira prestava homenagens às forças do mal. E Shloimele era um deles.

VIII. SHLOIMELE MENDEL, O COCHEIRO

Um dia, Shifrah Tammar, mãe de Lise, morreu. Depois dos sete dias de luto, Reb Bunim retomou seus negócios e Lise e Shloimele ficaram por conta própria. Como havia comprado um espaço de floresta em algum lugar em Wolhynia, Reb Bunim lá mantinha cavalos e bois, além de camponeses para trabalhar e, quando ia para lá, não levava Mendel, o cocheiro. O jovem permanecia em Kreshev. Era verão, e Shloimele e Lise sempre passeavam pelo campo na carruagem, com Mendel dirigindo. Quando Lise estava ocupada, os dois homens iam sozinhos. O fresco aroma de pinho revigorava Shloimele. Além disso, gostava de tomar banho no rio San, e Mendel ficava esperando por ele quando chegavam a um ponto onde a água era rasa, pois um dia Shloimele ia ser dono de toda a propriedade.

Assim, ficaram amigos. Mendel era quase duas cabeças mais alto que Shloimele, e Shloimele admirava o conhecimento mundano do cocheiro. Mendel sabia nadar de peito e de costas, ficar parado na água, pegar peixes na corrente com as mãos nuas e subir à árvore mais alta da margem do rio. Shloimele tinha medo até de uma simples vaca, mas Mendel perseguia um rebanho inteiro de gado e não tinha medo de touros. Gabava-se de ser capaz de passar uma noite inteira no cemitério e falava que havia dominado ursos e lobos que o atacaram. Contava ter vencido um ladrão de estrada que o havia abordado. Além disso, sabia tocar no pífano todo tipo de melodia, imitar o crocitar do corvo, as bicadas do pica-pau, o mugir do gado, o balir de carneiros e cabras, o miar do gato e o cricrilar dos grilos. Suas proezas divertiam Shloimele, que apreciava sua companhia. Além disso, prometeu ensinar Shloimele a montar a cavalo. Mesmo Lise, que costumava ignorar Mendel, passou a tratá-lo bem, mandando-o em toda sorte de missões e lhe oferecendo bolo de mel e conhaque doce, pois era uma moça muito gentil.

Uma vez, quando os dois homens estavam nadando no rio, Shloimele notou o físico de Mendel e admirou sua beleza masculina. As pernas compridas, os quadris estreitos, o peito largo, tudo exsudava força. Depois de se vestir, Shloimele conversou com Mendel, que contou sem reservas seu sucesso com as camponesas, gabando-se das mulheres que tivera nas aldeias próximas e dos muitos bastardos que havia semeado. Enumerou também suas amantes aristocratas, mulheres urbanas e prostitutas. Shloimele não duvidou de nada. Quando perguntou a Mendel se ele tinha medo do castigo, o jovem lhe perguntou o que podiam fazer com um cadáver. Não acreditava na vida após a morte. Continuou se expressando como herege. Então, alongando os lábios e dando um assobio agudo, trepou agilmente numa árvore, derrubando pinhas e ninhos de pássaros. Enquanto fazia isso, rugia feito leão, com tanta força que o som se propagou por quilômetros, ecoando de árvore em árvore como se centenas de maus espíritos respondessem o chamado.

Nessa noite, Shloimele contou a Lise tudo o que acontecera. Discutiram o incidente com tantos detalhes que ambos ficaram excitados. Mas Shloimele não estava equipado para satisfazer a paixão da mulher. Seu ardor era maior que sua capacidade e tiveram de se contentar com conversas lascivas. De repente, Shloimele disse: "Me diga a verdade, Lise, meu amor, você gostaria de ir para a cama com Mendel, o cocheiro?".

"Deus nos livre, que coisa horrível você está dizendo", ela respondeu. "Ficou louco?"

"Então...? Ele é um rapaz forte e bonito, as meninas ficam loucas por ele..."

"Que vergonha!", Lise gritou. "Está corrompendo sua própria boca!"

"Adoro a corrupção!", disse Shloimele, os olhos incendiados. "Vou até o fim para o lado da Hóstia!"

"Shloimele, temo por você!", disse Lise depois de longa pausa. "Está caindo cada vez mais!"

"Deve-se ousar tudo!", disse Shloimele, os joelhos tremendo. "Já que a minha geração não pode ser completamente pura, que fique completamente impura!"

Lise pareceu encolher-se e durante longo tempo ficou em silêncio. Shloimele não sabia dizer se ela estava dormindo ou pensando.

"Está falando sério então?", perguntou curiosa, a voz abafada.

"Estou, sério."

"E você não ficaria com raiva nenhuma?", ela perguntou.

"Não... Se desse prazer a você, daria prazer a mim também. Você pode me contar depois."

"Você é um infiel!", Lise gritou. "Um herege!"

"É, sou, sim! Elisha, filho de Abia, também era herege! Quem olha para o vinhedo tem de sofrer as conseqüências."

"Você cita o Talmude para justificar tudo; cuidado, Shloimele! Olhe o que diz! Está brincando com fogo!"

"Adoro fogo! Adoro um holocausto... Queria que o mundo inteiro queimasse e que Asmodeus assumisse o poder."

"Fique quieto!", Lise gritou. "Senão eu grito por socorro."

"Do que tem medo, boba?", Shloimele a acalmou. "O pensamento não é o ato. Eu estudo com você, eu desvendo para você os segredos da Torá, e você continua ingênua. Por que acha que Deus mandou Oséias se casar com uma prostituta? Por que o rei Davi tomou Betsabá de Uria, o hitita e Abigail de Nabal? Por que, na velhice, mandou que Abisague, a sunamita, fosse trazida a ele? Os nobres antigos praticavam adultério. O pecado é purificador! Ah, Lise, meu amor, queria que você obedecesse a todo capricho da mente. Só penso em nossa felicidade... Mesmo que eu leve você para o abismo...!"

E ele a abraçou, acariciou e beijou. Lise estava exausta e confusa com sua oratória. A cama abaixo dela vibrava, as paredes tremiam, e parecia-lhe que já estava balançando na rede que eu, o Príncipe das Trevas, abria para recebê-la.

IX. ADONIAS, FILHO DE HAGITE

Estranhos acontecimentos se seguiram. Lise não via muito Mendel, o cocheiro. Pouco prestava atenção nele quando se encontravam. Mas desde o dia que Shloimele lhe falou sobre Mendel, parecia topar com ele em toda parte. Entrava na cozinha e o encontrava brincando com a criada. Na frente de Lise ele ficava quieto. Ela logo começou a vê-lo em todo lugar, no celeiro, a cavalo, galopando para o rio San. Ereto como um cossaco, desprezando sela e rédeas. Uma vez, Lise precisou de água e não conseguiu encontrar a empregada, então pegou o balde e foi para o poço. De repente, do nada, Mendel, o cocheiro, se materializou para ajudá-la a puxar água. Uma noite, Lise estava passeando pelo campo (Shloimele estava, por acaso, na casa de estudos), e o velho bode da comunidade apareceu na frente dela. Lise tentou passar por ele, mas quando se virou para a direita, ele fechou seu caminho de novo. Quando ela virou para a esquerda, ele saltou para a esquerda também. Ao mesmo tempo, baixou os chifres pontudos como se fosse espetá-la. De repente, levantando nas patas de trás, apoiou as patas da frente contra ela. Seus olhos estavam vermelhos como fogo, acesos de fúria, como se estivesse possuído. Lise começou a lutar para se libertar, mas ele era mais forte e quase a derrubou. Ela gritou e estava a ponto de desmaiar quando de repente ouviu-se um assobio alto e o estalo de um chicote. A dura haste trançada quase quebrou a espinha do animal. Com um balido engasgado, ele saiu correndo sem rumo. Tinha as pernas cobertas de pêlos cerrados, emaranhados. Parecia mais uma fera selvagem do que um bode. Lise ali ficou, tonta. Durante algum tempo, olhou para Mendel em silêncio. Depois, sacudiu-se como se acordasse de um pesadelo e disse: "Muito obrigada".

"Bode estúpido!", Mendel exclamou. "Se me cair nas mãos de novo, arranco as tripas dele!"

"O que ele queria?", Lise perguntou.

"Quem sabe? Bodes às vezes atacam as pessoas. Mas vão sempre atrás de mulher, nunca de homem!"

"Por que será?... Você está brincando!"

"Não, sério... Numa aldeia onde fui com o patrão, tinha um bode que ficava esperando as mulheres voltarem do banho ritual para atacar. As pessoas perguntaram para o rabino o que fazer e ele mandou matar o bode..."

"É mesmo? Por que tiveram de matar?"

"Para ele não espetar mais as mulheres..."

Lise agradeceu de novo e achou um milagre Mendel ter aparecido como apareceu. Com suas botas brilhantes e culotes de montaria, chicote na mão, o jovem ficou olhando para ela com olhos sabidos e insolentes. Lise estava incerta se continuava o passeio ou voltava para casa, já que no momento estava com medo do bode e imaginou que podia estar tramando vingança. E o rapaz, como se lesse sua mente, se ofereceu para escoltá-la e protegê-la. Foi andando atrás dela, como um guarda. Depois de algum tempo, Lise resolveu voltar para casa. Estava com o rosto queimando e, sentindo os olhos de Mendel atrás de si, seus tornozelos roçaram um no outro e ela tropeçou. Viu fagulhas dançando a sua frente.

Depois, quando Shloimele chegou em casa, Lise ia lhe contar tudo de uma vez, mas se conteve. Só de noite, depois de apagar a luz, foi que lhe contou. A surpresa de Shloimele foi sem limites e ele interrogou Lise em detalhe. Beijou-a e acariciou-a, e o incidente pareceu agradá-lo imensamente. De repente, disse: "Aquele maldito bode queria você...". E Lise perguntou: "Como um bode pode querer uma mulher?". Ele explicou que sua beleza era grande demais, capaz de excitar até um bode. Ao mesmo tempo, elogiou o cocheiro por sua lealdade e afirmou que a aparição dele no momento propício não tinha sido acidente, mas uma manifestação de amor, e que ele estava pronto a entrar no fogo por ela. Quando Lise perguntou como Shloimele podia saber disso tudo, ele prometeu lhe revelar um segredo. Fez que ela colocasse a mão debaixo da coxa dele, de acordo com o antigo costume, implorando que nunca revelasse nada daquilo.

Quando ela obedeceu, ele começou: "Você e o cocheiro são reencarnações e descendem de uma mesma fonte espiritual. Você, Lise, na sua primeira existência, foi Abisague, a sunamita, e ele foi Adonias, o filho de Hagite. Ele desejava você e mandou Betsabá para o rei Salomão para poder ficar com você como esposa. Mas como, de acordo com a lei, você era viúva de Davi, o desejo dele era passível de morte e as Trombetas do Altar não foram capazes de lhe dar proteção, porque foi levado embora e morto. Mas a lei se aplica apenas ao corpo, não à alma. Assim, quando uma alma tem desejo por outra, os céus determinam que não podem encontrar paz enquanto o desejo não for satisfeito. Está escrito que o Messias não virá até que todas as paixões sejam consumadas, e por causa disso as gerações antes do Messias serão completamente impuras! E quando uma alma não puder consumar seu desejo em uma existência, ela reencarnará de novo, e de novo, e assim foi com vocês dois. Há quase três mil anos já suas almas vagam nuas e não podem entrar no Mundo das Emanações de onde provêm. As forças de Satã não permitiram que vocês se encontrassem, porque então viria a redenção. Aconteceu que enquanto ele era príncipe, você era criada, e quando você era princesa, ele era escravo. Além disso, foram separados pelos oceanos. Quando ele navegava até você, o Diabo criava uma tempestade e afundava o navio. Houve outros obstáculos também, e sua dor foi intensa. Agora, estão ambos na mesma casa, mas como ele é um ignorante você evita se aproximar dele. Na verdade, espíritos sagrados habitam seus corpos, gritando no escuro e desejando a união. E você é uma mulher casada porque há um tipo de purificação que só pode ser obtido através do adultério. Por isso Jacó desposou duas irmãs e Judá deitou-se com Tamar, sua nora, e Rubem violou a cama de Bila, concubina de seu próprio pai, e Oséias levou sua esposa a um bordel, e assim foi com todos eles. E saiba também que o bode não era um bode comum, mas um diabo, um membro de Satã, e se Mendel não tivesse aparecido como apareceu, o animal teria, Deus nos livre, machucado você".

Quando Lise perguntou se ele, Shloimele, também era uma reencarnação, ele disse que era o rei Salomão e que tinha voltado à terra para apagar o terror de sua prévia existência, que, por causa do pecado de mandar executar Adonias, não podia entrar na Mansão que lhe era destinada no Paraíso. Quando Lise perguntou o que viria depois da correção do erro, se teriam todos de deixar a terra, Shloimele respondeu que ele e Lise gozariam depois uma longa vida juntos, mas nada contou do futuro de Mendel, insinuando apenas que a estada do rapaz na terra seria curta. E fez todas essas declarações com o absolutismo dogmático do cabalista para o qual nenhum segredo é inviolável.

Quando Lise acabou de ouvir suas palavras, um tremor a sacudiu e ela ficou deitada, amortecida. Lise, conhecedora das Escrituras, sempre sentira pena de Adonias, o filho errante do rei Davi, que desejara a concubina do pai e quisera ser rei, pagando com a cabeça a sua rebelião. Mais de uma vez havia chorado de pena ao ler esse capítulo do Livro dos Reis. Tinha pena também de Abisague, a sunamita, a mais bela donzela da terra de Israel, que embora não fosse carnalmente conhecida pelo rei, foi forçada a ser viúva o resto da vida. Era uma revelação saber que ela, Lise, era na verdade Abisague, a sunamita, e que a alma de Adonias habitava o corpo de Mendel.

De repente, ocorreu-lhe que Mendel realmente se parecia com Adonias, como ela o imaginava, e achou isso surpreendente. Entendeu então por que os olhos dele eram tão pretos e estranhos e seu cabelo tão grosso, por que ele a evitava e se mantinha apartado das pessoas e por que olhava para ela com tamanho desejo. Começou a imaginar que conseguia lembrar sua existência anterior como Abisague, a sunamita, e como Adonias passava na frente do palácio num carro, cinqüenta homens correndo a sua frente, e embora ela servisse ao rei Salomão, sentia um forte desejo de se entregar a Adonias... Era como se a explicação de Shloimele desvendasse um enigma profundo e soltasse dentro dela o fio da meada de segredos muito antigos.

Nessa noite, o casal não dormiu. Shloimele ficou deitado ao lado dela e conversaram baixinho até de manhã. Lise fez perguntas e Shloimele deu respostas razoáveis a todas elas, pois o meu povo é notavelmente loquaz, e, em sua inocência, ela acreditou em tudo. Até um cabalista poderia ser levado a pensar que essas eram palavras do Deus vivo e que Elias, o profeta, se revelara a Shloimele. As palavras de Shloimele provocaram nele tal entusiasmo que ele virava e pulava na cama, e seus dentes batiam como se estivesse com febre, e a cama mexia embaixo dele, e fios de suor corriam por seu corpo. Quando Lise entendeu o que estava destinada a fazer, e que Shloimele tinha de ser obedecido, chorou amargamente e molhou de lágrimas o travesseiro. E Shloimele a confortou e acariciou e revelou-lhe os segredos mais íntimos da Cabala. Ao amanhecer, ela caiu em estupor, sua força evaporada, mais morta que viva. E assim o poder de um falso cabalista e as palavras corruptas de um discípulo de Sabbatai Zevi fizeram uma mulher modesta desviar-se do caminho direito.

Na verdade, Shloimele, o vilão, divisou esse capricho só para satisfazer sua paixão depravada, uma vez que havia ficado perverso por pensar demais, e o que o gratificava era fazer a pessoa mediana sofrer intensamente. Devido a uma superabundância de luxúria, tornara-se impotente. Aqueles que entendem as complexidades da natureza humana sabem que alegria e dor, feiúra e beleza, amor e ódio, misericórdia e crueldade e outras emoções conflitantes sempre se misturam e não podem se separar uma da outra. Assim, consigo não só fazer as pessoas voltarem as costas ao Criador, mas danificar seus próprios corpos, tudo em nome de alguma causa imaginária.

X. O ARREPENDIMENTO

Aquele verão foi quente e seco. Colhendo sua magra safra de grãos, os camponeses cantavam como se estivessem entoando um lamento. O cereal crescia raquítico e meio enrugado. Eu trouxe os gafanhotos e os pássaros do outro lado do rio San, e o fruto do trabalho dos camponeses os insetos devoraram. Muitas vacas morreram, provavelmente por causa de encantamentos lançados por bruxas. Na aldeia de Lukoff, não longe de Kreshev, viram uma bruxa montada num arco de barril e brandindo uma vassoura. À frente dela, corria alguma coisa de cabelos emaranhados, pelame comprido e rabo. Os moleiros reclamavam que diabretes espalhavam excremento do diabo na farinha. Um tratador de cavalos que cuidava dos animais de noite, perto do pântano, viu pairando no ar uma criatura com uma coroa de espinhos, e os cristãos acharam que era um sinal de que o Dia do Juízo não estava longe.

Era o mês de Elul. Uma praga atacou as folhas, que se soltavam das árvores e giravam em círculos no vento. O calor do sol se misturava à brisa gelada do Mar de Gelo. Os pássaros que migram para terras distantes fizeram uma reunião no telhado da sinagoga, piando, trinando e discutindo em língua de ave. Morcegos mergulhavam de noite e as moças tinham medo de sair de casa, pois se um morcego se enrola no cabelo de alguém, essa pessoa não vive até o final do ano. Como sempre nessa estação, meus discípulos, as Sombras, começaram a perpetrar maldades de seu próprio estilo. As crianças caíam com sarampo, catapora, diarréia, crupe e urticárias, e embora as mães tomassem as precauções de sempre, medissem túmulos e acendessem velas votivas, seus rebentos morriam. Na casa de orações, o chifre de carneiro soava várias vezes por dia. Soprar o chifre de carneiro é, como bem se sabe, uma tentativa de me afastar, pois quando escuto o chifre eu devo imaginar que o Messias está chegando e que Deus, louvado seja Seu nome, está para me destruir. Mas meus ouvidos não são tão sensíveis e não consigo distinguir entre o Grande Shofar e o chifre de um carneiro de Kreshev...

Vocês estão vendo, portanto, que eu continuava alerta e arranjei um regalo para o povo de Kreshev do qual não iriam se esquecer tão cedo.

Foi durante a reza, em uma segunda-feira de manhã. A casa de orações estava cheia. O sacristão estava indo pegar o Rolo da Lei. Já tinha fechado a cortina diante da Arca Sagrada e aberto a porta, quando de repente irrompeu um tumulto por toda a sala. Os fiéis olharam para o lugar de onde veio o barulho. Pelas portas abertas precipitou-se Shloimele. Sua aparência era chocante. Usava um capote esfarrapado, com o forro rasgado, a lapela arrancada como se estivesse de luto; estava de meias como no nono dia de Ab, e em sua cintura havia uma corda no lugar da faixa. Estava pálido, a barba emaranhada, os cachos desarrumados. Os fiéis não podiam acreditar em seus olhos. Ele correu depressa para o vaso de cobre das abluções e lavou as mãos. Depois, subiu à mesa de leitura, bateu no tampo e gritou com voz trêmula: "Homens! Trago más notícias! Algo terrível aconteceu". Na casa de orações repentinamente silenciosa, as chamas das velas votivas crepitaram alto. Então, como numa floresta antes da tempestade, um sussurro passou pela multidão. Todos chegaram mais perto do leitoril. Livros de oração caíram ao chão e ninguém se deu ao trabalho de pegar. Jovens subiram nos bancos e nas mesas sobre as quais ficavam os livros sagrados, mas ninguém mandou que descessem. No setor das mulheres, houve uma comoção e um tumulto. As mulheres estavam se apertando à treliça para ver o que estava acontecendo com os homens.

O velho rabino Reb Ozer ainda estava entre os vivos e controlava seu rebanho com mão de ferro. Embora não estivesse disposto a interromper o ritual, virou-se em seu lugar perto da parede leste onde estava rezando com estola de oração e filactérios e gritou, zangado: "O que você quer? Fale!".

"Homens, eu sou um transgressor! Um pecador que levei outros ao pecado. Como Jeroboão, filho de Nebate!", exclamou e bateu no peito com o punho. "Saibam todos que forcei minha mulher ao adultério. Confesso tudo, abro a minha alma!"

Embora falasse baixo, sua voz ecoava como se o salão estivesse vazio. Algo como riso emanou do setor das mulheres na sinagoga e transformou-se em seguida naquela espécie de gemido baixo que se escuta nas orações noturnas na noite do Dia da Reconciliação. Os homens pareciam petrificados. Muitos acharam que Shloimele tinha perdido a razão. Outros já tinham ouvido o boato. Depois de um momento, Reb Ozer, que há muito desconfiava que Shloimele fosse um seguidor secreto de Sabbatai Zevi, tirou da cabeça o xale de oração e com mãos trêmulas enrolou-o nos ombros. Seu rosto, com as manchas de barba branca e os cachos laterais, tinha ficado amarelo como o de um cadáver.

"O que você fez?", perguntou o patriarca com voz áspera, cheia de presságios. "Com quem sua mulher cometeu adultério?"

"Com o cocheiro de meu sogro, aquele Mendel... É tudo culpa minha... Ela não queria, mas eu convenci a pobre..."

"Você?" Reb Ozer parecia a ponto de atacar Shloimele.

"Eu, rabino... Eu."

Reb Ozer estendeu o braço para pegar uma pitada de rapé, como se quisesse fortalecer seu espírito cansado, mas sua mão tremeu e o rapé escorregou entre os dedos. Com os joelhos tremendo, fez um esforço para se apoiar num banco.

"Por que fez isso?", perguntou debilmente.

"Não sei, rabino... Alguma coisa me possuiu!", gritou Shloimele, e sua figura insignificante pareceu encolher. "Cometi um grave erro... Um grave erro!"

"Erro?", Reb Ozer perguntou, levantando um olho. Parecia que aquele olho único continha uma risada que não era deste mundo.

"É, um erro!", Shloimele disse, desamparado, desnorteado.

"*Oy vey*... Judeus, um fogo ruge, um fogo da Geena!", gritou de repente um homem de comprida barba preta como azeviche e cachos compridos e despenteados. "Nossos filhos estão morrendo por causa deles! Crianças inocentes que nada sabem do pecado!"

Com a menção das crianças, subiu um lamento na sinagoga das mulheres. Eram mães lembrando seus pequenos que tinham perecido. Como Kreshev era uma cidade pequena, a notícia logo se espalhou e seguiu-se uma terrível agitação. As mulheres se misturaram aos homens, filactérios caíram ao chão, xales de oração se soltaram. Quando a multidão se aquietou, Shloimele começou de novo sua confissão. Contou que havia se juntado às fileiras do culto de Sabbatai Zevi ainda menino, que havia estudado com os discípulos dele, que tinham lhe ensinado que um excesso de degradação significava maior santidade e que, quanto mais hedionda a maldade, mais próximo o dia da redenção.

"Homens, sou um traidor de Israel!", gemeu ele. "Um herege por pura perversidade, um libertino! Em segredo profanei o shabat, comi leite com carne, negligenciei minhas orações, profanei meus livros de oração e me permiti toda iniqüidade possível... Forcei minha própria mulher ao adultério! Levei minha mulher a pensar que aquele vagabundo, Mendel, o cocheiro, era Adonias, filho de Hagite, e que ela era Abisague, a sunamita, e que os dois só podiam se salvar por meio da união! Consegui que acreditasse até que pecando cometia um ato bom! Eu transgredi, fui desleal, falei baixezas, gerei iniqüidades, fui presunçoso e aconselhei o mal!"

Gritava com voz aguda, e a cada grito batia no peito. "Cuspam em cima de mim, judeus. Me chicoteiem! Me esquartejem! Me julguem!", gritava. "Que eu pague meus pecados com a morte."

"Judeus, não sou o rabino de Kreshev, mas de Sodoma!", gritou Reb Ozer, "Sodoma e Gomorra!"

"*Oy*... Satã está dançando em Kreshev!", gemeu o judeu escuro, e bateu na cabeça com ambas as mãos. "Satã, o destruidor!"

O homem estava certo. Durante todo aquele dia e durante a noite seguinte, eu governei Kreshev. Ninguém rezou, ninguém estudou naquele dia, o chifre do carneiro não foi tocado. Os sapos nos charcos coaxavam: "Imundo! Imundo! Imundo!". Os corvos anunciavam más notícias. O bode da comunidade enlouqueceu e atacou uma mulher que voltava do banho ritual. Em cada chaminé pairava um demônio. Dentro de cada mulher, um duende falava. Lise ainda estava na cama quando a multidão invadiu sua casa. Depois de estilhaçar as vidraças com pedras, assaltaram seu quarto. Quando Lise viu a multidão, ficou branca como o lençol embaixo dela. Pediu que a deixassem vestir-se, mas arrancaram a roupa de cama e retalharam a camisola de seda em seu corpo, e assim desarrumada, descalça, esfarrapada, a cabeça descoberta, foi arrastada até a casa do rabino. O jovem Mendel tinha acabado de chegar de uma aldeia onde havia passado alguns dias. Antes mesmo de saber o que estava acontecendo, foi assaltado pelos rapazes do açougue, amarrado com cordas, severamente espancado e sumiu na cadeia comunitária da ante-sala da sinagoga. Como Shloimele tinha confessado voluntariamente, escapou com alguns socos na cara, mas de livre e espontânea vontade se estendeu deitado na soleira da porta da casa de estudos e pediu a todo mundo que entrava ou saía que cuspisse e pisasse em cima dele, que é a primeira penitência para o pecado do adultério.

Tarde da noite, Reb Ozer acomodou-se na câmara de justiça com o abatedor ritual, o curador, os sete anciãos da cidade e outros estimados cidadãos, ouvindo as histórias dos pecadores. Embora as venezianas estivessem fechadas e a porta trancada, uma curiosa multidão se reuniu, e o bedel tinha de sair a toda hora para afastá-la. Levaria muito tempo para contar tudo sobre a vergonha e as depravações detalhadas por Shloimele e Lise. Vou repetir só alguns detalhes. Embora todo mundo pensasse que Lise ia chorar e protestar inocência, ou simplesmente desmaiar, ela manteve a compostura. Respondeu com clareza todas as perguntas que o rabino lhe fez. Quando admitiu ter fornicado com o rapaz, o rabino perguntou como era possível uma filha judia inteligente fazer uma coisa dessas, e ela respondeu que a culpa era toda dela, que tinha pecado e estava disposta a qualquer castigo agora. "Sei que perdi este mundo e o próximo", disse, "e que não tenho esperança." Disse isso tão calma que parecia que toda a cadeia de acontecimentos era uma ocorrência comum, chocando assim todo mundo. E quando o rabino perguntou se estava apaixonada pelo rapaz ou se havia pecado sob coação, ela respondeu que tinha agido de livre vontade e de seu próprio acordo.

"Quem sabe foi enfeitiçada por um espírito mau?", sugeriu o rabino. "Ou fizeram algum encantamento contra você? Ou foi forçada por alguma força sombria? Ou quem sabe entrou num transe e esqueceu os ensinamentos da Torá e o que significa ser uma boa filha judia? Se assim for... não negue!"

Mas Lise afirmou que nada sabia de maus espíritos, nem de demônios, nem de mágicas e ilusões.

Os outros homens interrogaram mais, perguntaram se ela havia encontrado nós em sua roupa ou emaranhados em seu cabelo, ou uma marca amarela no espelho, ou uma marca roxa no corpo, e ela declarou que não havia encontrado nada. Quando Shloimele insistiu que ele é que a havia espicaçado e que ela era pura de coração, Lise baixou a cabeça e nem negou nem admitiu. E quando o rabino perguntou se se arrependia de suas transgressões, ela primeiro calou, depois disse: "O que adianta me arrepender?", e acrescentou: "Quero ser julgada de acordo com a lei, impiedosamente". Então ficou em silêncio e foi difícil arrancar dela qualquer outra palavra.

Mendel confessou que tinha deitado com Lise, filha de seu patrão, muitas vezes; que ela tinha ido até ele em seu quarto no sótão e no jardim entre os canteiros de flores e que ele também havia visitado várias vezes o quarto dela. Embora tivesse sido espancado e estivesse com a roupa em farrapos, continuava desafiador, pois está escrito: "Pecador não se arrepende nem na porta da Geena...", e fez grosseiras observações. Quando um respeitado cidadão lhe perguntou: "Como pôde fazer uma coisa dessas?", Mendel rosnou: "E por que não? Ela é melhor que a sua mulher".

Ao mesmo tempo, aviltou os inquisidores, chamou-os de ladrões, glutões e usurários, disse que usavam falsos pesos e medidas. Falou também depreciativamente de suas esposas e filhas. Disse a um ilustre que sua mulher deixava uma trilha de refugos atrás dela; a outro que era fedido demais até para a própria mulher, que se recusava a dormir com ele; e fez observações similares, cheias de arrogância, zombaria e ridículo.

Quando o rabino lhe perguntou: "Você não tem medo? Acha que vai viver para sempre?", ele respondeu que não havia diferença entre um homem morto e um cavalo morto. Os homens ficaram tão enfurecidos que o açoitaram de novo e a multidão do lado de fora ouviu seus xingos, enquanto Lise, cobrindo o rosto com ambas as mãos, soluçava.

Como Shloimele havia confessado seus pecados voluntariamente e estava preparado para aceitar penitência imediata, foi poupado, e algumas pessoas até se dirigiram a ele com gentileza. De novo diante da corte, relatou como os discípulos de Sabbatai Zevi o haviam envolvido em sua teia quando era menino e como havia estudado secretamente seus livros e manuscritos, passando a acreditar que quanto mais fundo se mergulhava na escória, mais perto se chegava do Fim dos Dias. E quando o rabino lhe perguntou por que não havia escolhido outra expressão para o pecado que não o adultério, e se mesmo um homem caído no mal ia querer sua mulher ultrajada, ele replicou que esse pecado específico lhe dava prazer, que quando Lise vinha a ele dos braços de Mendel depois de terem feito amor, perguntava-lhe todos os detalhes e isso o satisfazia mais do que se tivesse participado do ato ele mesmo. Quando um cidadão observou que isso era antinatural, Shloimele respondeu que era assim mesmo. E revelou que só depois de ela ter deitado com Mendel muitas vezes e ter começado a se afastar dele foi que se deu conta de que estava perdendo sua amada esposa, e sua delícia transformou-se em profunda tristeza. Tentou então mudar o comportamento dela, mas já era tarde demais, pois ela passara a amar o rapaz, ansiava por ele e falava dele dia e noite. Shloimele revelou também que Lise tinha dado presentes a Mendel e tirado dinheiro de seu dote para o amante, que havia comprado um cavalo, uma sela e toda sorte de arreios. E um dia Lise lhe disse que Mendel a tinha aconselhado a se divorciar do marido e sugeriu que eles dois fugissem para uma terra estrangeira. Shloimele tinha ainda mais a revelar. Disse que antes do acontecido Lise sempre fora sincera, mas depois começou a se proteger com toda sorte de mentiras e enganos e, por fim, chegou a ponto de não mais contar a Shloimele que tinha estado com Mendel. Essa declaração provocou discussão e até violência. Os cidadãos ficaram chocados com essas revelações; era difícil conceber que uma cidade tão pequena como Kreshev pudesse esconder atos tão escandalosos. Muitos membros da comunidade estavam com medo de que a cidade inteira sofresse a vingança do Céu e que, livre-nos Deus, houvesse seca, um ataque dos tártaros ou uma enchente. O rabino anunciou que ia decretar um jejum geral imediatamente.

Temendo que os moradores pudessem atacar os pecadores, ou mesmo derramar sangue, o rabino e os anciãos da cidade mantiveram Mendel na prisão até o dia seguinte. Lise, sob custódia das mulheres da Sociedade Funerária, foi levada para a casa dos pobres e trancada num quarto separado, para sua própria segurança. Shloimele ficou na casa do rabino. Recusou-se a deitar na cama e se estendeu no chão de madeira. Depois de consultar os anciãos, o rabino passou seu veredicto. Os pecadores seriam levados pela cidade no dia seguinte como exemplo da humilhação que sofrem os que se esquecem de Deus. Shloimele seria, então, divorciado de Lise, que, segundo a lei, estava agora proibida a ele. Tampouco seria permitido que se casasse com Mendel, o cocheiro.

A sentença foi executada muito cedo na manhã seguinte. Homens, mulheres, meninos e meninas começaram a se reunir no pátio da sinagoga. Moleques escalaram o telhado da casa de estudos e o balcão da sinagoga das mulheres para ver melhor. Alguns malandros trouxeram escadas de abrir e pernas de pau. Apesar do alerta do bedel, de que o espetáculo devia ser visto com gravidade, sem brincadeiras nem alegria, as palhaçadas não acabavam mais. Embora fosse a movimentada temporada pré-feriados, as costureiras deixaram seu trabalho para se regozijar com a queda de uma filha dos ricos. Alfaiates, sapateiros, barrileiros e fabricantes de escovas se juntaram, fizeram piadas, se cutucaram e flertaram com as mulheres. À maneira dos participantes de um funeral, as moças respeitáveis enrolaram xales na cabeça. As mulheres vestiram seus aventais duplos, um na frente, outro atrás, como se estivessem presenciando um exorcismo de dybbuk ou participando da cerimônia de um casamento de levirato. Comerciantes fecharam suas lojas, artesãos abandonaram suas bancadas. Até os gentios vieram ver os judeus castigarem seus pecadores. Todos os olhos estavam fixos na velha sinagoga de onde os pecadores seriam conduzidos para sofrer a vergonha pública.

As portas de carvalho se abriram, acompanhadas de um murmúrio dos espectadores. Os açougueiros conduziam Mendel, de mãos amarradas, jaqueta esfarrapada e com o forro de um solidéu na cabeça. Um ferimento manchava sua testa. Uma penugem escura cobria seu queixo sem barbear. Arrogante, ele encarou a multidão e alongou os lábios, como se fosse assobiar. Os açougueiros seguravam com força seus cotovelos, pois ele já havia tentado escapar. Foi saudado com gritos e vaias. Embora Shloimele tivesse se arrependido voluntariamente e fosse poupado do tribunal, exigia que seu castigo fosse o mesmo dos outros. Assobios, gritos e risos soaram quando ele apareceu. Estava mudado, irreconhecível, seu rosto branco como morto. Em vez do sobretudo, calças e roupa franjada, farrapos pendiam de seu corpo. Uma face estava inchada. Sem sapatos, com buracos nas meias, os dedos dos pés nus aparecendo. Colocaram-no ao lado de Mendel, e ele ali ficou, curvado e duro como um espantalho. Muitas mulheres começaram a chorar diante do espetáculo, como se lamentassem alguém falecido. Algumas protestavam que os anciãos da cidade eram cruéis e que se Reb Bunim estivesse presente uma coisa dessas nunca aconteceria.

Lise demorou um longo tempo para aparecer. A grande curiosidade da multidão a respeito dela fazia todos se apertarem. Em sua excitação, mulheres perderam os panos de cabeça. Quando Lise apareceu na porta, escoltada pelas mulheres da Sociedade Funerária, a multidão pareceu congelar. Um grito escapou de todas as bocas. A roupa de Lise não tinha se alterado, mas em sua cabeça havia uma fôrma de pudim, em volta do pescoço um colar de dentes de alho e um ganso morto; levava em uma mão uma vassoura e na outra um espanador de asa de ganso. Tinha uma corda de palha amarrada na cintura. Era muito claro que as senhoras da Sociedade Funerária tinham se empenhado com diligência para fazer a filha de uma casa nobre e rica sofrer o mais alto grau de vergonha e degradação. De acordo com a sentença, os pecadores deviam ser levados por todas as ruas da cidade, parar diante de cada casa, onde cada homem e mulher devia cuspir e lançar ofensas sobre eles. A procissão começou na casa do rabino e foi se deslocando para as casas dos membros inferiores da comunidade. Muitos temiam que Lise fosse desmaiar e estragar a festa, mas ela estava aparentemente decidida a aceitar o castigo com toda a sua severidade.

Para Kreshev era como a Festa de Omer no meio do mês de Elul. Armados com pinhas, arcos e flechas, os meninos do cheder trouxeram comida de casa, correram como loucos, gritaram e baliram como bode o dia inteiro. As donas de casa deixaram seus fogões esfriar, a casa de estudos ficou vazia. Até os doentes e indigentes ocupantes da casa de esmolas saíram para assistir ao Negro Festim.

Mulheres cujos filhos estavam doentes e aqueles que ainda respeitavam os sete dias de luto saíram de casa para censurar os pecadores com gritos, lamentos, pragas e punhos cerrados. Como tinham medo de Mendel, o cocheiro, que podia facilmente se vingar, e não sentindo nenhum ódio real por Shloimele, que consideravam aturdido, todos expressavam sua fúria contra Lise. Embora o bedel alertasse contra a violência, algumas mulheres a beliscaram e maltrataram. Uma mulher encharcou-a com um balde de refugos, outra a cobriu de entranhas de galinha, todo tipo de imundície foi jogado em cima dela. Como Lise havia contado a história do bode e que isso a fizera pensar em Mendel, gozadores da cidade amarraram o bode e acompanharam a procissão puxando o bicho pela corda. Algumas pessoas assobiavam, outras cantavam canções de zombaria. Lise foi chamada de: meretriz, prostituta, vadia, devassa, libertina, mulher da rua, burra, idiota, amante, cadela e de outros semelhantes. Violinistas, um percussionista e um cimbalista tocaram uma marcha nupcial acompanhando a procissão. Um dos rapazes, fingindo ser o bufão de casamento, declamou versos, dissolutos, profanos. As mulheres que acompanhavam Lise tentaram animá-la e confortá-la, porque essa marcha era a sua reparação e ao se arrepender podia recuperar sua decência, mas ela nada respondeu. Ninguém a viu derramar uma única lágrima. Também não largou a vassoura e o espanador. A favor de Mendel, permitam dizer que ele também não se opôs a seus atormentadores. Silenciosamente, sem responder a todas as ofensas, ele caminhava. Quanto a Shloimele, pelas caras que fazia, era difícil dizer se estava rindo ou chorando. Andava incerto, tropeçando constantemente, até ser empurrado e ter de seguir. Começou a mancar. Como tinha feito os outros pecar, mas não tinha pecado ele mesmo, logo lhe foi permitido abandonar o cortejo. Um guarda o acompanhou, para protegê-lo. Mendel foi devolvido à prisão essa noite. Na casa do rabino, Lise e Shloimele foram divorciados. Quando Lise levantou as duas mãos e Shloimele colocou nelas o Edito de Divórcio, as mulheres ergueram um lamento. Homens tinham lágrimas nos olhos. Lise foi então levada de volta à casa de seu pai em companhia das mulheres da Sociedade Funerária.

XII. A DESTRUIÇÃO DE KRESHEV

Nessa noite, o vento soprou como se (como diz o ditado) sete bruxas tivessem se enforcado. Na verdade, só uma jovem se enforcou: Lise. Quando a velha criada entrou no quarto da patroa de manhã, encontrou a cama vazia. Esperou, pensando que Lise tinha ido atender suas necessidades pessoais, mas depois de passar um longo tempo sem que Lise aparecesse, a criada foi procurar por ela. Logo encontrou Lise no sótão, pendurada de uma corda sem nada na cabeça, descalça e de camisola. Já estava fria.

A cidade ficou chocada. As mesmas mulheres que nos dias anteriores haviam atirado pedras em Lise e expressado indignação pelo castigo tão leve, lamentavam agora que os anciãos da cidade houvessem matado uma decente filha judia. Os homens se dividiram em duas facções. A primeira facção dizia que Lise já tinha pagado por sua transgressão e que seu corpo devia ser enterrado no cemitério do lado da mãe e considerado respeitável; a segunda facção sustentava que devia ser enterrada fora da área do cemitério, atrás da cerca, como os outros suicidas. Membros da segunda facção diziam que diante de tudo o que Lise dissera e fizera na câmara de justiça, havia morrido rebelde e sem se arrepender. O rabino e os anciãos da comunidade eram membros da segunda facção, e foram os que triunfaram. Ela foi enterrada à noite, atrás da cerca, à luz de uma lanterna. Mulheres soluçavam, engasgando. O barulho despertou os corvos aninhados nas árvores do cemitério e eles começaram a crocitar. Alguns anciãos pediram perdão a Lise. Foram colocados cacos sobre seus olhos, de acordo com o costume, e uma barra entre seus dedos, de forma que, quando chegasse o Messias, ela pudesse cavar um túnel de Kreshev à Terra Santa. Como se tratava de uma mulher jovem, Kalman, o médico, foi chamado para descobrir se estava grávida, pois seria má sorte enterrar uma criança não nascida. O coveiro disse o que se diz nos funerais: "A Rocha, Sua obra é perfeita, pois todos os Seus modos são juízo: um Deus de perseverança e sem iniqüidade, justo e certo é Ele". Punhados de grama foram arrancados e jogados por cima dos ombros. Os presentes jogaram cada um uma pazada de terra no túmulo. Embora Shloimele não fosse mais marido de Lise, seguiu atrás do carro com o caixão e pronunciou o Kadish sobre o túmulo dela. Depois do funeral, atirou-se sobre o monte de terra, recusou-se a levantar e teve de ser levado embora à força. E ainda que, segundo a lei, estivesse dispensado de observar os sete dias de luto, retirou-se para a casa do sogro e observou os ritos prescritos.

Durante o período de luto, diversos moradores da aldeia foram rezar com Shloimele e oferecer condolências, mas ele nada respondeu, como se tivesse jurado silêncio eterno. Esfarrapado e roto, examinando o Livro de Jó, sentou-se num banquinho, o rosto pálido, a barba e os cachos laterais desarrumados. A vela tremulava numa poça de óleo. Dentro de um copo de água, havia um trapo ensopado. Era para a alma da falecida, para que pudesse mergulhar ali. A criada velha trouxe comida para Shloimele, mas ele não aceitou mais que uma fatia de pão amanhecido com sal. Depois dos sete dias de luto, Shloimele, de cajado na mão e uma mochila nas costas, partiu para o exílio. Os moradores da cidade o acompanharam durante algum tempo, tentando dissuadi-lo ou fazê-lo ao menos esperar a volta de Reb Bunim, mas ele nada disse, simplesmente sacudiu a cabeça e continuou em frente até os que falavam se cansarem e voltarem para trás. Nunca mais foi visto.

Enquanto isso, perdido em algum lugar de Woliny, Reb Bunim estava absorto nos negócios e nada sabia de seu infortúnio. Poucos dias antes do Rosh Hashanah, fez um camponês com sua carroça conduzi-lo a Kreshev. Levava vários presentes para sua filha e genro. Uma noite, parou numa estalagem. Pediu notícias de sua família, mas, embora todo mundo soubesse o que havia acontecido, ninguém teve coragem de lhe contar. Disseram que não sabiam de nada. E quando Reb Bunim ofereceu uísque e bolo para alguns, eles comeram e beberam relutantes, evitando os olhos dele quando faziam seus brindes. Reb Bunim ficou surpreso com tamanha reticência.

A cidade parecia abandonada de manhã, quando Reb Bunim entrou em Kreshev. Na verdade, os moradores estavam fugindo dele. Foi para sua casa, viu as venezianas fechadas e trancadas ao meio-dia e assustou-se. Chamou por Lise, Shloimele e Mendel, mas ninguém respondeu. A criada também tinha saído e estava doente na casa de esmolas. Finalmente, uma velha apareceu do nada e deu a Reb Bunim a terrível notícia.

"Ah, não tem mais Lise nenhuma!", chorou a mulher, torcendo as mãos.

"Quando ela morreu?", perguntou Reb Bunim, o rosto branco, tremendo.

Ela disse o dia.

"E onde está Shloimele?"

"Foi para o exílio!", disse a mulher. "Imediatamente depois do sétimo dia de luto..."

"Louvado seja o verdadeiro Juiz!", Reb Bunim ofertou sua bênção aos mortos. E acrescentou uma frase do Livro de Jó: "'Nu eu vim do ventre de minha mãe e nu a ele retorno'".

Foi para seu quarto, fez um rasgo na lapela, tirou as botas e sentou-se no chão. A velha lhe trouxe pão, um ovo cozido e um pouco de cinza, como manda a Lei. Gradualmente, explicou que a única filha dele não tinha morrido de morte natural, mas se enforcado. Explicou também a razão do suicídio. Mas Reb Bunim não se abalou com a informação, pois era um homem temente a Deus e aceitava todo castigo que viesse do Alto, conforme está escrito: "O homem é obrigado a agradecer tanto o bem quanto o mal", e manteve sua fé e não guardou nenhum ressentimento contra o Senhor do Universo.

No Rosh Hashanah, Reb Bunim rezou na casa de orações e entoou suas preces com vigor. Depois, comeu a refeição festiva sozinho. A criada serviu-lhe uma cabeça de carneiro, maçãs com mel e uma cenoura, e ele mastigou e oscilou o corpo, cantando os cânticos da mesa. Eu, o Mau Espírito, tentei atrair o pai dolorido para fora do caminho da retidão e preencher seu espírito com melancolia, pois para esse propósito me mandou à terra o Criador. Mas Reb Bunim me ignorou e cumpriu o que diz o provérbio: "Não se responde ao tolo de acordo com sua tolice". Em vez de disputar comigo, ele estudou e rezou, e logo depois do Dia da Reconciliação começou a construir uma cabana de Sukot e assim ocupou seu tempo com a Torá e bons atos. É sabido que só tenho poder sobre aqueles que questionam os caminhos de Deus, não sobre aqueles que praticam bons atos. E assim se passaram os Dias Santos. Ele pediu também que Mendel, o cocheiro, fosse libertado da prisão para que pudesse seguir seu caminho. Assim, Reb Bunim deixou a cidade como o santo sobre quem está escrito: "Quando um santo deixa a cidade, vai-se embora a sua beleza, seu esplendor, sua glória".

Imediatamente depois dos Dias Santos, Reb Bunim vendeu a casa e outras posses por uma ninharia e deixou Kreshev, porque a cidade lembrava demais o seu infortúnio. O rabino e todo mundo o acompanharam até a estrada, e ele deixou uma soma para a casa de estudos, para a casa dos pobres e para outros propósitos caritativos.

Mendel, o cocheiro, vagou por um tempo pelas aldeias vizinhas. Os mascates de Kreshev contavam que os camponeses tinham medo dele e que sempre discutiam com ele. Alguns diziam que havia se transformado em ladrão de cavalos, outros que era salteador de estrada. Havia um rumor de que visitara o túmulo de Lise; descobriram a marca de suas botas na areia. Havia outras histórias sobre ele. Algumas pessoas temiam que pudesse se vingar da cidade, e tinham razão. Uma noite, começou um incêndio. Começou em vários lugares ao mesmo tempo e, apesar da chuva, as chamas saltavam de casa em casa até quase três quartos de Kreshev estarem destruídos. O bode da comunidade também perdeu a vida. Testemunhas juravam que Mendel, o cocheiro, é que havia começado o incêndio. Como estava bastante frio na época, e várias pessoas ficaram sem um teto sobre a cabeça, muitos adoeceram, seguiu-se uma peste, homens, mulheres e crianças pereceram, e Kreshev foi realmente destruída. Até o dia de hoje a cidade continua pequena e pobre, nunca foi reconstruída em seu tamanho anterior. E isso tudo por causa de um pecado cometido por um marido, uma esposa e um cocheiro. E embora não seja costume entre os judeus fazer súplicas diante do túmulo de um suicida, as jovens que vinham visitar os túmulos dos pais geralmente iam até o monte de terra atrás da cerca, choravam e ofereciam orações não só por si mesmas e suas famílias, mas pela alma da falecida Lise, filha de Shifrah Tammar. E o costume permanece até os dias de hoje.

Taibele e seu demônio

Na cidade de Lashnik, não longe de Lublin, vivia um homem com sua esposa. O nome dele era Chaim Nossen, o dela Taibele. Não tinham filhos. Não que o casamento fosse estéril; Taibele dera ao marido um filho e duas filhas, mas todos os três morreram na infância, um de tosse comprida, outro de escarlatina e um de difteria. Depois disso, o útero de Taibele se fechou, e nada lhe valia: nem preces, nem encantamentos, nem poções. A tristeza levou Chaim Nossen a retirar-se do mundo. Ele se mantinha distante da mulher, parou de comer carne e não dormia mais em casa, mas num banco na casa de orações. Taibele era dona de um armazém de secos, herdado dos pais, e ali ficava o dia inteiro, com um metro na mão direita, uma tesoura na esquerda e o livro de orações das mulheres em iídiche na frente dela. Chaim Nossen, alto, magro, com olhos negros e uma cunha de barba, sempre fora um homem lento, silencioso até nos melhores momentos. Taibele era pequena e loira, com olhos azuis e o rosto redondo. Embora castigada pelo Todo-Poderoso, ela ainda sorria com facilidade, covinhas brincando-lhe nas faces. Não tinha mais ninguém para quem cozinhar agora, mas acendia o fogão ou o tripé todos os dias e cozinhava um pouco de mingau ou sopa para ela mesma. Continuava também com o tricô, ora um par de meias, ora um colete; ou então bordava alguma coisa sobre lona. Não era de sua natureza reclamar do destino ou se prender à tristeza.

Um dia, Chaim Nossen colocou dentro de uma sacola a estola de oração e os filactérios, uma muda de roupa de baixo, um pedaço de pão, e saiu de casa. Os vizinhos perguntaram aonde estava indo; ele respondeu: "Onde meus olhos me levarem".

Quando as pessoas contaram a Taibele que seu marido a tinha deixado, era tarde demais para alcançá-lo. Ele já havia atravessado o rio. Descobriu-se depois que havia contratado um carro para levá-lo a Lublin. Taibele mandou um mensageiro procurá-lo, mas nem o marido nem o mensageiro jamais foram vistos de novo. Aos trinta e três anos, Taibele se viu uma esposa abandonada.

Depois de um período de buscas, compreendeu que não tinha mais nada a esperar. Deus tinha lhe tomado tanto os filhos quanto o marido. Nunca poderia casar-se de novo; de agora em diante ia ter de viver sozinha. Tudo que lhe restou foi a casa, a loja e seus pertences. Os moradores da cidade ficaram com pena dela, pois era uma mulher sossegada, de bom coração e honesta nos negócios. Todo mundo se perguntava: por que teria merecido um infortúnio desses? Mas os caminhos de Deus são ocultos para o homem.

Entre as matronas da cidade, Taibele tinha várias amigas que conhecia desde a infância. Durante o dia, as donas de casa estavam ocupadas com panelas e caçarolas, mas de noite as amigas de Taibele muitas vezes apareciam para um bate-papo. No verão, sentavam-se num banco diante da casa, fofocando e contando histórias uma para a outra.

Numa noite sem lua de verão, quando a cidade estava mais escura que o Egito, Taibele sentou ao lado das amigas no banco e contou-lhes uma história que tinha lido num livro comprado de um mascate. Era sobre uma jovem judia e um demônio que a arrebatara e vivia com ela como marido e mulher. Taibele contava a história nos mínimos detalhes. As mulheres se juntavam mais, uniam as mãos, cuspiam para manter afastado o mal, e riam aquele tipo de risada que vem do medo.

Uma delas perguntou: "Por que ela não exorcizou o marido com um amuleto?".

"Nem todo diabo tem medo de amuletos", respondeu Taibele.

"Por que ela não foi procurar um rabino sagrado?"

"O demônio avisou que seria sufocada se revelasse seu segredo."

"Ai de mim, que o Senhor nos proteja, que ninguém fique sabendo de uma coisa dessas!", gritou uma mulher.

"Vou ficar com medo de ir para casa agora", disse outra.

"Vou com você", uma terceira prometeu.

Enquanto conversavam, aconteceu de estar passando Alchonon, o ajudante de professor que esperava um dia ser bufão de casamento. Alchonon, viúvo fazia cinco anos, tinha fama de ser um moleque brincalhão, um homem de parafuso solto. Seus passos eram silenciosos porque as solas de seus sapatos estavam completamente gastas e ele andava com as solas dos pés nuas. Quando ouviu Taibele contando a história, parou para escutar. A escuridão era tão profunda e as mulheres estavam tão concentradas na estranha história, que não o viram. Esse Alchonon era um sujeito dissipado, cheio de truques libidinosos. Imediatamente concebeu um plano malicioso.

Quando as mulheres foram embora, Alchonon entrou sorrateiramente no quintal de Taibele. Escondeu-se atrás de uma árvore e ficou olhando pela janela. Quando viu Taibele ir para a cama e apagar a vela, esgueirou-se para dentro da casa. Taibele não havia trancado a porta, nunca se ouvira falar de ladrões naquela cidade. No corredor, ele tirou o cafetã esfarrapado, as calças e ficou nu como sua mãe o deu à luz. Então foi nas pontas dos pés até a cama de Taibele. Ela estava quase dormindo, mas de repente viu uma figura assomando no escuro. Ficou apavorada demais para emitir qualquer som.

"Quem é?", sussurrou, tremendo.

Alchonon respondeu com voz cava: "Não grite, Taibele. Se gritar, destruo você. Sou o demônio Hurmizah, que domina a escuridão, a chuva, o granizo, o trovão e as feras selvagens. Sou o mau espírito que desposou as moças de que você falou hoje. E como você contou a história com tanto gosto, ouvi suas palavras no abismo e fiquei cheio de luxúria em meu corpo. Não tente resistir, porque eu arrasto os que se recusam a obedecer a minha vontade para além das Montanhas das Trevas, até o Monte Sair, até um deserto onde pés humanos são desconhecidos, onde nenhuma fera ousa caminhar, onde a terra é de ferro e o céu é de cobre. E rolo essas pessoas nos espinhos e no fogo, entre cobras e escorpiões, até cada osso de seu corpo estar moído como pó, e e elas se perderem por toda a eternidade nas profundezas do nada. Mas se atender ao meu desejo, nem um fio de cabelo de sua cabeça será afetado, e enviarei sucesso a tudo o que fizer".

Ouvindo essas palavras, Taibele ficou imóvel, como num desmaio. Seu coração palpitou e pareceu parar. Pensou que havia chegado o seu fim. Depois de algum tempo, cobrou coragem e murmurou: "O que quer de mim? Sou uma mulher casada!".

"Seu marido está morto. Eu mesmo acompanhei o enterro." A voz do ajudante de professor ressoou. "É verdade que não posso ir até o rabino e declarar isso e libertar você para se casar de novo, porque os rabinos não acreditam em nós. Além disso, não ouso ultrapassar a soleira da porta da câmara do rabino, tenho medo dos Rolos Sagrados. Mas não estou mentindo. Seu marido morreu numa epidemia, e os vermes já comeram seu nariz. E mesmo que estivesse vivo, você não estaria proibida de deitar comigo, porque as leis do Shulchan Aruch não se aplicam a nós."

Hurmizah, o ajudante de professor, continuou com suas persuasões, algumas doces, outras ameaçadoras. Invocou o nome de anjos e diabos, de feras demoníacas e de vampiros. Jurou que Asmodeus, o Rei dos Demônios, era seu tio por afinidade. Disse que Lilith, a Rainha dos Maus Espíritos, dançava para ele em uma perna só e fazia de tudo para agradá-lo. Shibtah, a diaba que rouba bebês das mulheres no leito do parto, fazia bolos de semente de papoula para ele nos fornos do Inferno e untava-os com a gordura de magos e de cachorros pretos. Argumentou tanto, citando parábolas e provérbios tão inteligentes, que Taibele finalmente viu-se obrigada a sorrir naquele momento extremo. Hurmizah revelou que amava Taibele fazia longo tempo. Descreveu para ela os vestidos e xales que usara aquele ano e no ano anterior; contou pensamentos secretos que vinham a ela quando estava sovando a massa do pão, preparando a refeição do shabat, se lavando no banho e fazendo suas necessidades na casinha. Lembrou também o dia que ela acordou com uma marca roxa no seio. Ela achou que tinha sido o beliscão de um demônio. Mas era a marca deixada pelos lábios de Hurmizah, disse ele.

Depois de algum tempo, o demônio subiu na cama de Taibele e fez o que quis com ela. Disse que de agora em diante ia visitá-la duas vezes por semana, nas noites de quarta-feira e do shabat, porque eram as noites em que os ímpios estavam soltos no mundo. Alertou-a, porém, a não revelar a ninguém o que havia lhe acontecido, nem mesmo insinuar, sob pena de um horrendo castigo: ele arrancaria os cabelos de sua cabeça, furaria seus olhos e morderia seu umbigo. E a lançaria num deserto desolado onde o pão é excremento e a água sangue, e onde os gemidos de Zalmaveth soam o dia inteiro e a noite inteira. Mandou Taibele jurar sobre os ossos de sua mãe que ia manter segredo até seu último dia de vida. Taibele viu que não tinha escapatória. Pôs a mão na coxa dele e jurou, e fez tudo o que o monstro lhe pediu.

Antes de sair, Hurmizah a beijou longa e lascivamente, e como era um demônio e não um homem, Taibele retribuiu seus beijos e molhou sua barba com lágrimas. Podia ser mau espírito, mas tinha tratado bem dela...

Quando Hurmizah foi embora, Taibele chorou no travesseiro até o sol nascer.

Hurmizah vinha toda noite de quarta-feira e toda noite de shabat. Taibele teve medo de se ver grávida de um filho e dar à luz algum monstro de rabo e chifre, um diabrete ou um bezerro. Mas Hurmizah prometeu protegê-la contra a vergonha. Taibele perguntou se precisava ir ao banho ritual para se limpar depois de seus dias impuros, mas Hurmizah disse que as leis referentes à menstruação não se estendiam àquelas que consorciavam com a legião impura.

Como diz o ditado, Deus nos livre de tudo aquilo com que podemos nos acostumar. E assim foi com Taibele. No começo, ela teve medo que seu visitante noturno pudesse lhe fazer mal, dar-lhe furúnculos ou emaranhados nos cabelos, fazê-la latir como cachorro ou beber urina, e abater desgraças sobre ela. Mas Hurmizah não a chicoteou, nem beliscou, nem cuspiu em cima dela. Ao contrário, ele a acariciava, sussurrava carinhos, fazia trocadilhos e rimas para ela. Às vezes, fazia tais brincadeiras e tagarelava tais bobagens diabólicas que ela era forçada a rir. Puxava o lóbulo da orelha dela e dava-lhe mordidas de amor no ombro, e de manhã ela achava as marcas de seus dentes na pele. Ele a convenceu a deixar o cabelo crescer por baixo da touca e o prendia em tranças. Ensinou-lhe encantos e feitiços, contou de seus irmãos da noite, os demônios com quem voava sobre ruínas e campos de cogumelos venenosos, sobre os pântanos salgados de Sodoma e as vastidões congeladas do Mar de Gelo. Ele não negava que tinha outras esposas, mas eram todas diabas; Taibele era a única esposa humana que possuía. Quando Taibele lhe pediu o nome das esposas, ele as enumerou: Namah, Machlath, Aff, Chuldah, Zluchah, Nafkah e Cheimah. Sete ao todo.

Contou que Namah era preta como piche e cheia de raiva. Quando brigava com ele, cuspia veneno e soltava fogo e fumaça pelas narinas.

Machlath tinha cara de sanguessuga, e aqueles que tocava com a língua ficavam marcados para sempre.

Aff gostava de se enfeitar com prata, esmeraldas e diamantes. Suas tranças eram de ouro fiado. Usava sinetes e pulseiras nos tornozelos; quando dançava, todos os desertos ressoavam com seu tilintar.

Chuldah tinha a forma de um gato. Miava em vez de falar. Seus olhos eram verdes como uvas. Quando copulava, sempre mascava fígado de urso.

Zluchah era a inimiga das noivas. Roubava a potência dos noivos. Se uma noiva saía sozinha de noite durante as Sete Bênçãos Nupciais, Zluchah dançava até ela, e a noiva perdia a capacidade de falar ou era tomada por um mal estranho.

Nafkah era voluptuosa, sempre o traía com outros demônios. Retinha o afeto dele só por causa de sua fala insolente e vil, que deliciava o coração de Hurmizah.

Cheimah, segundo seu nome, devia ser tão perversa quanto Namah devia ser doce, mas o contrário é que era verdade: Cheimah era uma diaba sem fel. Estava sempre praticando atos caritativos, amassando massa para as donas de casa quando estavam doentes ou levando pão às casas dos pobres.

Assim Hurmizah descreveu suas esposas e contou a Taibele que se divertia com elas, brincando em cima dos telhados e fazendo toda sorte de peraltices. Geralmente uma mulher fica com ciúmes quando um homem se junta a outras mulheres, mas como pode uma humana ter ciúmes de uma diaba? Bem ao contrário, as histórias de Hurmizah divertiam Taibele, e ela estava sempre a assediá-lo com perguntas. Às vezes, ele lhe revelava mistérios que nenhum humano podia saber, sobre Deus, seus anjos e serafins, suas mansões celestiais e os sete céus. Contava também que os pecadores, homens e mulheres, eram torturados em barris de piche e caldeirões de brasas ardentes, em camas de pregos e em poços de neve, e que os Anjos Negros batiam nos corpos dos pecadores com ferros em brasa.

A maior punição do inferno eram as cócegas, disse Hurmizah. Havia no Inferno certo diabrete de nome Lekish. Quando Lekish fazia cócegas nos pés ou nas axilas de uma adúltera, sua risada atormentada ecoava até a ilha de Madagáscar.

Dessa forma, Hurmizah entretinha Taibele a noite inteira, e logo aconteceu que ela sentia falta dele quando estava longe. As noites de verão pareciam curtas, pois Hurmizah ia embora logo depois que o galo cantava. Nem as noites de inverno era longas o bastante. A verdade era que ela agora amava Hurmizah e, embora soubesse que uma mulher não deve desejar um demônio, ansiava por ele dia e noite.

II.

Embora Alchonon fosse viúvo fazia muitos anos, as casamenteiras ainda tentavam casá-lo com alguém. As moças que elas propunham eram de lares humildes, viúvas e divorciadas, pois um ajudante de professor é um provedor pobre, e Alchonon tinha também a reputação de ser um irrequieto indolente. Alchonon descartava as ofertas sob vários pretextos: uma mulher era feia demais, a outra tinha a boca suja, a terceira era relaxada. As casamenteiras ficavam pensando: como pode um ajudante de professor que ganha nove groschen por semana achar que tem o direito de ser tão exigente e seletivo? E quanto tempo um homem agüenta viver sozinho? Mas ninguém pode ser arrastado à força para o dossel matrimonial.

Alchonon passeava pela cidade, esguio, magro, esfarrapado, com uma barba vermelha despenteada, de camisa amarfanhada, com o pomo-de-adão pontudo subindo e descendo. Estava esperando o bufão de casamento Reb Zekele morrer para poder pegar seu emprego. Mas Reb Zekele não tinha pressa de morrer; ainda animava casamentos com um fluxo inexaurível de gracejos e versos, como em seus dias de juventude. Alchonon tentou se estabelecer como professor independente para iniciantes, mas nenhum pai de família confiava os filhos a ele. De manhã e de tarde, levava os meninos de ida e volta do cheder. Durante o dia, ficava sentado no pátio de Reb Itchele, o professor, apontando barras de madeira ou cortando papel para decorações que só eram usadas uma vez por ano, em Pentecostes, ou modelando figurinhas de barro. Não longe da loja de Taibele, havia um poço, e Alchonon ia lá muitas vezes por dia, para puxar um balde de água ou beber um pouco, derramando água pela barba ruiva. Nesses momentos, dava uma olhada rápida em Taibele. Taibele tinha pena dele: por que o sujeito andava por ali completamente sozinho? E Alchonon dizia a si mesmo, toda vez: "Ah, Taibele, se você soubesse a verdade!".

Alchonon vivia num quartinho embaixo do teto, na casa de uma viúva idosa que era surda e meio cega. A velha sempre ralhava com ele porque não ia à sinagoga, rezar como os outros judeus. Assim que Alchonon entregava as crianças em suas casas, fazia uma prece rápida e ia para a cama. Às vezes, a velha achava que ouvia o ajudante de professor levantar no meio da noite e sair para algum lugar. Perguntou-lhe aonde ia de noite, mas Alchonon disse que ela estava sonhando. As mulheres que ficavam sentadas nos bancos de noite, tricotando meias e fofocando, espalharam o boato que depois da meia-noite Alchonon se transformava em lobisomem. Algumas diziam que ele estava se juntando a um súcubo. Senão, por que um homem haveria de ficar tantos anos sem esposa? Os ricos não confiavam mais a ele os seus filhos. Agora só levava os filhos dos pobres, e raramente comia uma colherada de comida quente, tendo de se contentar com cascas secas.

Alchonon foi ficando mais e mais magro, porém seus pés continuavam ágeis como sempre. Com suas pernas finas, parecia caminhar pela rua como se estivesse em cima de pernas de pau. Devia sofrer de sede constante, pois estava sempre indo até o poço. Às vezes, apenas ajudava um comerciante ou camponês a dar de beber ao cavalo. Um dia, quando Taibele observou à distância como o seu cafetã estava rasgado e esfarrapado, ela o chamou para dentro da loja. Ele deu uma olhada temerosa e ficou branco.

"Estou vendo que seu cafetã está rasgado", disse Taibele. "Se quiser, adianto para você uns dois metros de pano. Pode me pagar depois, cinco tostões por semana."

"Não."

"Por que não?", Taibele disse, perplexa. "Não vou te arrastar até o rabino se você atrasar. Me pague quando puder."

"Não."

E saiu depressa de dentro da loja, temendo que ela reconhecesse sua voz.

No verão, era fácil visitar Taibele no meio da noite. Alchonon ia pelas vielas de trás, apertando o cafetã em torno do corpo nu. No inverno, vestir e despir no frio corredor de Taibele foi ficando cada vez mais doloroso. Mas o pior de tudo era nas noites depois de uma nova nevasca. Alchonon temia que Taibele ou um dos vizinhos notasse suas pegadas. Ele se resfriou e começou a tossir. Uma noite, subiu à cama de Taibele com os dentes batendo e não conseguiu se esquentar por um longo tempo. Temendo que ela descobrisse o engodo, inventou explicações e maldições. Mas Taibele não investigou, nem queria investigar muito de perto. Tinha descoberto havia muito que um diabo tem todos os hábitos e fragilidades de um homem. Hurmizah transpirava, espirrava, soluçava, bocejava. Às vezes, seu hálito cheirava a cebola, às vezes a alho. A sensação de seu corpo era como a sensação do corpo de seu marido, ossudo e peludo, com um pomo-de-adão e um umbigo. Às vezes, Hurmizah estava com espírito jocoso, outras vezes deixava escapar um suspiro. Seus pés não eram pés de ganso, mas humanos, com unhas e queimaduras de frio.

Uma vez Taibele lhe perguntou o sentido dessas coisas e Hurmizah explicou: "Quando um de nós se consorcia com uma mulher humana, assume a forma de um homem. Senão, ela morria de susto".

Sim, Taibele se acostumou com ele e o amava. Não tinha mais terror dele nem de suas brincadeiras endiabradas. Suas histórias eram inexauríveis, mas Taibele encontrava sempre contradições nelas. Como todos os mentirosos, ele tinha memória curta. Tinha dito a ela que os diabos eram imortais. Mas uma noite perguntou: "O que você faria se eu morresse?".

"Mas diabo não morre!"

"São levados para o abismo mais profundo..."

No inverno, houve uma epidemia na cidade. Vieram ventos contaminados do rio, da floresta e dos pântanos. Não só crianças mas também adultos caíram com a febre. Choveu e caiu granizo. Enchentes romperam o dique do rio. As tempestades arrancaram uma pá do moinho. Na quarta-feira à noite, quando Hurmizah foi para a cama de Taibele, ela notou que seu corpo estava queimando, mas seus pés estavam gelados. Ele tremia e gemia. Tentou entretê-la com conversa de diabas, como elas seduziam os jovens, como cabriolavam com outros diabos, espadanavam no banho ritual, amarravam emaranhados nas barbas de velhos, mas estava fraco e incapaz de possuí-la.

Ela nunca o tinha visto naquele estado miserável. Tinha um presságio no coração. Perguntou: "Quer que eu pegue amoras com leite para você?".

Hurmizah respondeu: "Esses remédios não servem para nós".

"O que vocês fazem quando estão doentes?"

"Coçamos e arranhamos..."

Falou pouco depois disso. Quando beijou Taibele, seu hálito estava forte. Ele sempre ficava com ela até o galo cantar, mas dessa vez foi embora cedo. Taibele ficou deitada em silêncio, ouvindo seus movimentos no corredor. Ele tinha jurado a ela que saía voando pela janela mesmo quando estava fechada e trancada, mas ela ouviu a porta ranger. Taibele sabia que era pecado rezar para os diabos, que era preciso amaldiçoá-los e apagá-los da memória; mas ela rezava a Deus por Hurmizah.

Pediu, angustiada: "Existem tantos diabos, permita que exista mais um...".

No shabat seguinte, Taibele ficou esperando em vão por Hurmizah até o amanhecer; ele não veio. Ela o chamou por dentro e murmurou os encantamentos que ele havia lhe ensinado, mas o corredor continuou silencioso. Taibele ficou deitada, amortecida. Hurmizah tinha se gabado uma vez de ter dançado para Tubalcaim e Enoque, que tinha sentado no teto da arca de Noé, lambido o sal do nariz da esposa de Ló e puxado Assuero pela barba. Tinha profetizado que ela ia reencarnar depois de cem anos como uma princesa e que ele, Hurmizah, ia capturá-la, com a ajuda de seus escravos Chittim e Tachtim, e levá-la para o palácio de Basemate, a esposa de Esaú. Mas ele agora estava caído em algum lugar, doente, um demônio desamparado, um órfão solitário, sem pai nem mãe, sem uma esposa fiel para cuidar dele. Taibele lembrou como sua respiração chiava feito uma serra da última vez que esteve com ela; quando assoou o nariz, seu ouvido assobiava. De domingo a quarta-feira Taibele moveu-se como num sonho. Na quarta-feira, mal pôde esperar o relógio bater meia-noite, mas a noite passou e Hurmizah não apareceu. Taibele virou a cara para a parede.

O dia começou, escuro como a noite. Caía uma poeira de neve do céu sombrio. A fumaça não subia pela chaminé; espalhava-se pelos telhados como lençóis esfarrapados. As gralhas crocitavam, ásperas. Cães ladravam. Depois de uma noite miserável, Taibele não teve forças para ir à loja. Mesmo assim, vestiu-se e saiu. Viu quatro carregadores levando uma maca. Por baixo da coberta manchada de neve espetavam-se os pés azulados de um cadáver. Só o sacristão acompanhava o morto.

Taibele perguntou quem era, e o sacristão respondeu: "Alchonon, o ajudante de professor".

Ocorreu a Taibele uma estranha idéia: acompanhar Alchonon, o coitado que viveu sozinho e morreu sozinho, em sua última jornada. Quem haveria de ir à loja hoje? E que importava o trabalho? Taibele tinha perdido tudo. Pelo menos estaria praticando um bom ato. Acompanhou o morto pela longa estrada até o cemitério. Lá, esperou até o coveiro afastar a neve e cavar uma cova na terra gelada. Enrolaram Alchonon, o ajudante de professor, numa estola de oração e num capote, colocaram cacos sobre seus olhos e enfiaram entre seus dedos um ramo de mirto para cavar seu caminho rumo à Terra Santa quando o Messias chegasse. Então, o túmulo foi fechado e o coveiro recitou a Kadish. Taibele deixou escapar um grito. Aquele Alchonon vivera uma vida solitária como a dela. Sim, Alchonon, o ajudante de professor, tinha bailado sua última dança. Pelas histórias de Hurmizah, Taibele sabia que os mortos não vão direto para o Céu. Todo pecado gera um diabo, e esses diabos são os filhos do homem depois da morte. Eles aparecem para pedir sua parte. Chamam o morto de Pai e rolam-no pelas florestas e desertos, até a medida do castigo estar completa e ele estar pronto para a purificação do Inferno.

Daí em diante, Taibele ficou sozinha, duplamente desertada: por um asceta e por um diabo. Envelheceu rapidamente. Nada lhe ficou do passado, senão um segredo que não podia ser contado nunca e no qual ninguém acreditaria. Há segredos que o coração não pode revelar para os lábios. O salgueiros os murmuram, as gralhas os crocitam, as lápides conversam sobre eles em silêncio, na linguagem das pedras. Os mortos despertarão um dia, mas seus segredos permanecerão com o Todo-Poderoso e Seu juízo até o fim de todas as gerações.

Sozinho

Muitas vezes, no passado, desejei que o impossível acontecesse. E aconteceu. Mas embora meu desejo se realizasse, foi de um jeito tão confuso que parecia que os Poderes Ocultos estavam tentando me mostrar que eu não entendia minhas próprias necessidades. Foi isso o que ocorreu naquele verão em Miami Beach. Eu estava morando em um grande hotel, cheio de turistas sul-americanos que tinham vindo a Miami para relaxar, além de pessoas como eu que padeciam de febre do feno. Eu estava cheio daquela história toda: mergulhar no mar com aqueles hóspedes barulhentos; ouvir falarem espanhol o dia inteiro; comer refeições pesadas duas vezes por dia. Se eu lia um jornal ou um livro iídiche, os outros me olhavam com surpresa. Então, quando estava dando um passeio um dia, aconteceu de eu levantar a cabeça e dizer alto: "Queria estar sozinho nesse hotel". Um diabo deve ter me ouvido, porque imediatamente começou a aprontar a armadilha.

Quando desci para o café-da-manhã no dia seguinte, encontrei o saguão do hotel em confusão. Hóspedes parados em pequenos grupos, as vozes mais altas que de costume. Malas empilhadas por toda parte. Atendentes correndo por todo lado empurrando carrinhos cheios de roupas. Perguntei a alguém qual era o problema. "Não ouviu o comunicado no sistema de alto-falante? Fecharam o hotel." "Por quê?", perguntei. "Foram à falência." O homem se afastou, irritado com minha ignorância. Aquilo era uma charada: o hotel ia fechar! No entanto, pelo que eu sabia, estava fazendo um bom dinheiro. E como se pode de repente fechar um hotel com centenas de hóspedes? Mas eu tinha descoberto que na América é melhor não fazer muitas perguntas.

O ar-condicionado já havia sido desligado e o saguão estava mofado. Havia uma longa fila de hóspedes no balcão do caixa para pagar as contas. Agitação por toda parte. As pessoas esmagavam seus cigarros no chão de mármore. Crianças arrancavam folhas e flores dos vasos de plantas tropicais. Alguns sul-americanos, que ainda ontem fingiam ser latinos puro-sangue, falavam agora em voz alta em iídiche. Eu tinha muito pouca coisa para embalar, apenas uma mala. Peguei-a e fui em busca de outro hotel. Lá fora, o sol ardente me lembrou da história talmúdica em que Deus, na planície de Manre, tira o sol de seu rumo para que nenhum estranho incomode Abraão. Eu estava um pouco tonto. Voltavam meus dias de solteiro, quando, despreocupado, eu costumava colocar todos os meus pertences numa mala, ir embora, para cinco minutos depois me encontrar em outro quarto. Passando por um pequeno hotel que parecia um pouco decaído, li a placa: "Preços fora de temporada: a partir de dois dólares por dia". O que podia ser mais barato? Entrei. Não havia ar-condicionado. Atrás do balcão, uma moça corcunda de olhos negros penetrantes. Perguntei se podia ocupar um quarto.

"O hotel inteiro", ela respondeu.

"Não tem ninguém aqui?"

"Ninguém." A moça riu, mostrando uma fileira de dentes quebrados, com grandes falhas entre eles. Falava com sotaque espanhol.

Era de Cuba, me contou. Aluguei um quarto. A corcunda me conduziu até o elevador estreito, que me levou ao terceiro andar. Ali seguimos por um longo corredor escuro, fracamente iluminado por uma única lâmpada. Ela abriu a porta e me fez entrar no quarto, como um prisioneiro em sua cela. A janela, coberta por uma tela antimosquitos, dava para o oceano Atlântico. A tinta estava descascando das paredes e o tapete do chão estava gasto e sem cor. O banheiro cheirava a mofo, o armário a repelente de traças. Os lençóis, embora limpos, estavam úmidos. Desembalei minhas coisas e desci. Era tudo só para mim: a piscina, a praia, o mar. No pátio, havia um grupo de cadeiras de lona em mau estado. O sol batia à minha volta toda. O mar estava amarelo, as ondas baixas e preguiçosas, mal se mexendo, como se estivessem cansadas por causa do calor sufocante. Só de vez em quando, por obrigação, rolavam uns flocos de espuma. Na água, havia uma única gaivota, tentando resolver se pegava um peixe ou não. Ali, diante de mim, encharcada de sol, havia uma melancolia de verão. O que é estranho, porque melancolia sempre sugere outono. A humanidade, ao que parece, tinha perecido em alguma catástrofe e eu fui deixado, como Noé, mas numa arca vazia, sem filhos, sem esposa, sem nenhum animal. Podia ter nadado nu, mas vesti meu calção de banho. A água estava tão morna, o mar parecia uma banheira. Ramos soltos de algas flutuavam nas ondas. No primeiro hotel, a timidez havia me limitado; aqui era a solidão. Quem pode se divertir num mundo vazio? Eu podia nadar um pouco, mas quem me salvaria se alguma coisa desse errado? Os Poderes Ocultos tinham me brindado com um hotel vazio, mas podiam também, da mesma forma, me brindar com uma corrente submarina, um buraco fundo, um tubarão, uma serpente marinha. Quem brinca com o desconhecido tem de ter cuidado em dobro. Depois de algum tempo, saí da água e deitei em uma das cadeiras de lona murchas. Meu corpo estava branco, minha cabeça vazia, e apesar de eu proteger os olhos com óculos escuros, o sol brilhava através deles. O céu azul-claro estava sem nuvens. O ar cheirava a sal, peixe e mangas. Senti que não havia divisão entre o orgânico e o inorgânico. Tudo em volta, cada grão de areia, cada seixo, respirava, crescia, vibrava. Através dos canais celestes que, diz a Cabala, controlam o fluxo da Divina Misericórdia, vinham verdades impossíveis de captar num clima do norte. Eu tinha perdido toda ambição; estava preguiçoso; minhas poucas necessidades eram mesquinhas e materiais: um copo de limonada ou de suco de laranja. Na minha fantasia, uma mulher de olhos ardentes mudava-se para o hotel para passar algumas noites. Eu não tinha dito que queria um hotel só para mim. O diabo entendeu errado, ou fingiu que entendeu errado. Como todas as formas de vida, eu também queria frutificar, queria multiplicar, ou pelo menos praticar os atos para tanto. Estava pronto para esquecer qualquer exigência moral ou estética. Estava pronto para cobrir minha culpa com um lençol e ceder inteiramente, como um cego, ao sentido do toque. Ao mesmo tempo, a eterna questão martelava em minha cabeça: quem está por trás do mundo das aparências? É a Substância com seus Infinitos Atributos? É a Mônada de todas as Mônadas? É o Absoluto, a Vontade Cega, o Inconsciente? Algum tipo de ser superior tinha de estar escondido por trás de todas essas ilusões.

No mar, amarelo oleoso junto à praia, verde vítreo mais para o fundo, uma vela andava sobre a água como um corpo amortalhado. Curvada para a frente, parecia estar tentando chamar alguma coisa das profundezas. No céu, um pequeno avião arrastava um anúncio: RESTAURANTE MARGOLIES — KACHER, 7 PRATOS, $ 1,75. Então a Criação ainda não tinha voltado ao caos primordial. Ainda serviam sopa com kasha e kneidlach, knishes e derma recheado no restaurante Margolies. Nesse caso, talvez amanhã eu recebesse uma carta. Tinham prometido que minha correspondência me seria reencaminhada. Era meu único elo, em Miami, com o mundo exterior. Fico sempre surpreso de alguém me escrever, dar-se ao trabalho de selar e postar um envelope. Procuro mensagens codificadas, mesmo no lado em branco do papel.

II.

Como o dia pode ser longo quando a gente está sozinho! Li um livro e dois jornais, tomei uma xícara de café no bar, batalhei com as palavras cruzadas. Parei em uma loja que fazia leilão de tapetes orientais, entrei em outra onde vendem ações de Wall Street. É verdade, eu estava na avenida Collins, em Miami Beach, mas me sentia como um fantasma, apartado de tudo, entrei na biblioteca e fiz uma pergunta: a bibliotecária ficou assustada. Eu era como um homem que tinha morrido, cujo espaço já havia sido preenchido. Passei por muitos hotéis, cada um com sua decoração e atrações especiais. Os coqueiros coroados por leques de folhas meio murchas, os cocos pendurados como testículos pesados. Tudo parecia imóvel, até os carros novos e brilhantes deslizando no asfalto. Cada objeto prosseguia sua existência com aquela força sem esforço que é, talvez, a essência de todo ser.

Comprei uma revista, mas não consegui ler além das primeiras linhas. Subi num ônibus, deixei-me levar sem rumo por estradas, ilhas com lagos, ruas ladeadas de mansões. Os moradores, construindo numa área desolada, tinham plantado árvores e plantas floridas de todas as partes do mundo: tinham aterrado as baías rasas ao longo da costa; tinham criado maravilhas arquitetônicas, elaborado complicados esquemas para o prazer. Um hedonismo planejado. Mas o tédio do deserto perdurava. Nenhuma música ruidosa podia dispersá-lo, nenhuma ostentação eliminá-lo. Passamos por um cacto cujas lâminas e espinhos empoeirados haviam produzido uma flor vermelha. Rodamos perto de um lago cercado por grupos de flamingos que arejavam as asas, e a água espelhava seus longos bicos e as penas rosadas. Uma assembléia de pássaros. Patos selvagens voavam em torno, grasnando. O pântano se recusava a ceder.

Olhei pelas janelas abertas do ônibus. Tudo o que eu via era novo, e no entanto parecia velho e gasto: avós com cabelo pintado e faces maquiadas, meninas de biquíni mal lhes cobrindo as vergonhas, rapazes bronzeados bebendo Coca-Cola em esquis aquáticos.

Um velho deitado no deque de um iate, aquecendo suas pernas reumáticas, o peito de pêlos brancos aberto ao sol. Sorrindo amarelo. Ao lado, a amante, a quem ele deixará a fortuna em testamento, mexendo nos dedos dos pés de unhas vermelhas, tão segura de seus encantos quanto que o sol nascerá amanhã. Na popa, um cachorro olhando, altivo, a trilha do iate, bocejando.

Levei um longo tempo para chegar ao fim da fila. Uma vez lá, entrei em outro ônibus. Rodamos perto de um píer onde estavam pesando o peixe recém-pescado. Suas cores estranhas, feridas sangrentas, olhos vidrados, bocas cheias de sangue coagulado e de dentes pontudos, tudo era prova de uma maldade mais funda que um abismo. Homens estripavam os peixes com uma alegria profana. O ônibus passou por uma fazenda de cobras, uma colônia de macacos. Vi casas roídas por cupins e uma lagoa de água salobra em que rastejavam e deslizavam os descendentes da serpente primordial. Papagaios gritavam com vozes estridentes. Às vezes, cheiros estranhos entravam pela janela do ônibus, fedores tão fortes que faziam minha cabeça latejar.

Graças a Deus o dia de verão é mais curto no sul do que no norte. A noite caiu de repente, sem nenhum crepúsculo. Sobre as lagunas e estradas pairava uma escuridão de selva, tão densa que a luz não conseguia penetrá-la. Carros de faróis acesos rodavam. A lua surgiu, excepcionalmente grande e vermelha, pendurada no céu como um globo de geógrafo mostrando um mapa que não era deste mundo. A noite tinha uma aura de milagre, de mudança cósmica. Uma esperança que nunca abandonei despertou em mim: estaria destinado a testemunhar uma revolução no sistema solar? Talvez a Lua estivesse para cair. Talvez a Terra, soltando-se de sua órbita em torno do Sol, fosse vagar por novas constelações.

O ônibus serpenteou por regiões desconhecidas até voltar para a rua Lincoln, para as lojas de luxo, meio vazias no verão, mas que ainda mantinham em estoque tudo o que um turista rico possa desejar: estola de arminho, gola de chinchila, diamante de doze quilates, desenho original de Picasso. Vendedores-dândis, seguros na consciência de que além do nirvana pulsa o carma, conversavam entre si em seus ambientes refrigerados. Eu não estava com fome, mesmo assim entrei num restaurante onde uma garçonete de cabeça recém-descolorida, com uma permanente recém-feita, me serviu uma refeição completa, tranqüilamente e sem agitações. Dei-lhe meio dólar. Quando saí, estava com dor de estômago e com a cabeça pesada. O ar noturno, aquecido pelo sol, me sufocou. Num prédio próximo, um letreiro de néon piscava a temperatura: trinta e cinco graus e meio e quase a mesma umidade! Eu não precisava de um homem do tempo. Já brilhavam relâmpagos no céu claro, mas não ouvi trovão. Uma nuvem imensa estava baixando, densa como uma montanha, cheia de fogo e de água. Gotas de chuva esparsas caíram na minha careca. Os coqueiros pareciam petrificados, esperando o abate. Corri de volta para o meu hotel vazio, querendo chegar lá antes da chuva; além disso, esperava que houvesse alguma correspondência para mim. Mas mal percorri metade da distância e a tempestade desabou. Uma rajada e fiquei encharcado como se por uma grande onda. Uma vara de fogo acendeu o céu e no mesmo momento ouvi troar o trovão, sinal de que o raio caíra perto de mim. Queria correr para dentro de algum lugar, mas cadeiras levadas pelo vento de varandas próximas saltavam na minha frente, impedindo o caminho. Placas de anúncio caíam. O topo de um coqueiro, cortado pelo vento, deslizou perto dos meus pés. Vi um segundo coqueiro enrolado em pano de saco, curvado pelo vento, pronto para cair de joelhos. Em minha confusão, continuei correndo. Afundei em poças tão fundas que quase me afoguei. Corri em frente com a leveza da meninice. O perigo me deixara ousado e eu gritava e cantava, berrando para a tormenta em seu próprio tom. Nessa altura, todo o tráfego tinha parado, os carros tinham até sido abandonados. Mas continuei correndo, decidido a escapar daquela loucura ou então ser engolido por ela. Tinha de pegar minha carta de entrega especial, que ninguém escrevera e que nunca recebi.

Ainda não sei como reconheci meu hotel. Entrei no saguão e fiquei imóvel alguns momentos, pingando água no tapete. O espelho do lado oposto refletia minha imagem meio dissolvida como a figura de uma pintura cubista. Consegui chegar ao elevador e subi até o terceiro andar. A porta de meu quarto estava entreaberta: dentro, pernilongos, mariposas, libélulas e mosquitos esvoaçavam e zuniam, abrigando-se da tempestade. O vento havia rasgado a rede contra mosquitos e espalhado os papéis que eu tinha deixado em cima da mesa. Os tapetes estavam encharcados. Caminhei até a janela e olhei o mar. As ondas subiam como montanhas no meio do oceano, vagalhões monstruosos definitivamente prontos a varrer a costa e levar a terra flutuando. As águas rugiam com maldade e borrifavam espuma na escuridão da noite. As ondas latiam para o Criador como uma matilha de cães. Com toda a força que me restava, puxei a janela para baixo e fechei a veneziana. Me agachei para arrumar meus livros e manuscritos. Estava quente. O suor escorria pelo meu corpo, misturando-se aos fios de água da chuva. Tirei as roupas e elas ficaram caídas junto aos meus pés como conchas. Senti-me como uma criatura que acabou de sair de seu casulo.

III.

A tempestade ainda não tinha atingido seu ápice. O vento uivava, batendo e estrondeando como se tivesse martelos poderosos. O hotel parecia um barco flutuando no mar. Alguma coisa se soltou e caiu, o teto, um balcão, parte do alicerce. Barras de ferro se quebraram. O metal gemeu. As janelas se soltaram dos batentes. As venezianas sacudiam. A pesada veneziana da minha janela subiu com tal facilidade que parecia uma cortina. O quarto iluminou-se com o clarão de uma grande conflagração. Veio, então, um trovão tão forte que eu ri de medo. Uma figura branca se materializou no escuro. Meu coração parou, meu cérebro estremeceu em sua caixa. Eu sempre soube que mais cedo ou mais tarde algum deles iria se mostrar a mim corporalmente, cheio de horrores nunca ditos, porque ninguém que o viu jamais sobreviveu para contar a história. Ali fiquei, em silêncio, pronto para o fim.

E ouvi uma voz: "Desculpe, *señor*, por favor, estou com muito medo. Está dormindo?". Era a corcunda cubana.

"Não, entre", respondi.

"Eu tremo. Acho que morro de medo", disse a mulher. "Um furacão desses não veio nunca. O *señor* é único no hotel. Por favor, desculpe incômodo."

"Não está incomodando. Vou acender a luz, mas não estou vestido."

"Não, não. Não precisa... Estou com medo de ficar sozinha. Por favor, deixe ficar aqui até tempestade passar."

"Claro. Pode deitar se quiser. Vou sentar na poltrona."

"Não, eu sento na poltrona. Onde está poltrona, *señor*? Não vejo."

Levantei, encontrei a mulher no escuro e levei-a até a poltrona. Ela se arrastou atrás de mim, tremendo. Eu queria ir ao armário, pegar alguma roupa. Mas tropecei na cama e caí em cima dela. Me cobri depressa com o lençol para que a estranha não me visse nu quando o relâmpago brilhasse. Logo depois, caiu outro raio e vi que ela estava sentada na cadeira, uma criatura deformada com uma camisola grande demais, com as costas corcundas, o cabelo despenteado, longos braços peludos e pernas tortas, como um macaco tubercular. Tinha os olhos arregalados, como um animal com medo.

"Não tenha medo", eu disse. "A tempestade logo passa."

"Sim, sim."

Apoiei a cabeça no travesseiro e fiquei imóvel, com a estranha sensação de que o diabo gozador estava atendendo a meu último pedido. Queria um hotel para mim, e o tinha. Havia sonhado com uma mulher chegando ao meu quarto, como Rute chegando para Boaz, e uma mulher havia chegado. Cada vez que o relâmpago brilhava, meus olhos encontravam os dela. Ela me encarava intensamente, em silêncio, como uma bruxa lançando um feitiço. Temi aquela mulher mais do que temia o furacão. Tinha estado em Havana uma vez e lá encontrei as forças das trevas ainda na posse de seus antigos poderes. Nem mesmo os mortos eram deixados em paz: seus ossos eram desenterrados. De noite, lá ouvi uivos de canibais e gritos de donzelas cujo sangue borrifava os altares dos idólatras. Ela vinha de lá. Quis pronunciar uma encantação contra o mau-olhado e rezar aos espíritos que têm a palavra final, para não deixar aquela bruxa me dominar. Alguma coisa dentro de mim gritou: *Shaddai*, destrua Satã. Enquanto isso, o trovão soou, os mares rugiram e irromperam com uma risada líquida. As paredes de meu quarto ficaram escarlates. No brilho infernal, a bruxa cubana estava agachada como um animal pronto a saltar sobre a presa: boca aberta mostrando dentes podres, pêlo cerrado, negro nos braços e nas pernas, pés cobertos de bolhas e pústulas. A camisola havia escorregado e seus peitos enrugados pendiam sem peso. Só faltava o focinho de porco e o rabo.

Devo ter dormido. Em meu sonho, entrei numa cidade de ruas estreitas, íngremes, de janelas trancadas, sob a luz suja de um eclipse, no silêncio de um Sabá Negro. Procissões funerárias católicas seguiam umas depois das outras, incessantemente, com cruzes e caixões, alabardas e tochas queimando. Não um, mas muitos corpos sendo levados para o cemitério, uma tribo inteira aniquilada. Havia incenso queimando. Vozes gementes gritavam uma canção de profunda tristeza. Repentinamente, os caixões mudaram e assumiram a forma de filactérios, pretos e brilhantes, com nós e correias. Dividiram-se em muitos compartimentos: caixões para gêmeos, trigêmeos, quadrigêmeos, quíntuplos...

Abri os olhos. Alguém estava sentado em minha cama: a mulher cubana. Começou a falar arrastado em mau inglês.

"Não tenha medo. Não vou machucar. Sou ser humano, não bicho. Quebrei minhas costas. Não nasci deste jeito. Caí da mesa quando era criança. Minha mãe era pobre demais para me levar no médico. Meu pai, ele não prestava, sempre bebendo. Ele vai com mulher vagabunda, e minha mãe trabalha na fábrica de charuto. Ela tosse até acabar pulmão. Por que treme assim? Corcunda não pega. Não vai pegar de mim. Tenho alma igual todo mundo. Tem homem que me deseja. Até meu patrão. Ele confia em mim, me deixa aqui no hotel sozinha. *Señor* é judeu, não é? Ele é judeu também... da Turquia. Sabe falar... como que diz?... árabe. Ele casa com *señora* alemã, mas ela é nazista. Primeiro marido dela era nazista. Ela xinga o patrão, tenta envenenar. Ele processa ela, mas juiz fica do lado dela. Acho que ela comprou ele, ou deu alguma outra coisa para ele. O patrão, ele tem de pagar para ela... como que diz?... pensão."

"Mas por que ele casou com ela?", perguntei, só para dizer alguma coisa.

"Bom, ele ama ela. Ele é muito homem, sangue forte, entende? O *señor* já apaixonou?"

"Já."

"Cadê a *señora*? Casou com ela?"

"Não. Mataram."

"Quem?"

"Os mesmos nazistas."

"Uhm-hum... e o *señor* ficou sozinho?"

"Não, tenho uma esposa."

"Onde está esposa?"

"Em Nova York."

"É fiel para ela, ahn?"

"Sou, sou fiel, sim."

"Sempre?"

"Sempre."

"Uma vez, para se divertir, tudo bem."

"Não, minha cara, quero viver minha vida honestamente."

"Que interessa o que *señor* faz? Ninguém vê."

"Deus vê."

"Bom, se falar de Deus, vou embora. Mas o *señor* é mentiroso. Se eu não fosse aleijada, não falava de Deus. Ele castiga mentira assim, porco!"

Ela cuspiu em cima de mim, desceu da cama e bateu a porta ao sair. Me enxuguei imediatamente, mas sua saliva me queimou como se estivesse quente. Senti a testa inchando no escuro e a pele coçando com uma estranha sensação, como se houvesse sanguessugas me chupando o sangue. Entrei no banheiro para me lavar. Molhei uma toalha para fazer uma compressa e enrolei na testa. Tinha esquecido completamente o furacão. Tinha parado sem que eu notasse. Fui dormir e quando acordei era quase meio-dia. Estava com o nariz entupido, a garganta apertada, os joelhos doendo. Meu lábio inferior estava inchado e rachado numa grande irritação de febre. Minhas roupas ainda estavam no chão, molhadas em uma grande poça. Os insetos que haviam entrado para se refugiar na noite anterior estavam pelas paredes, mortos. O céu tinha aquela cor cinza de outono e o mar plúmbeo mal se movia por causa do próprio peso. Consegui me vestir e descer. Por trás do balcão, estava a corcunda, pálida, magra, com os cabelos puxados para trás e um brilho nos olhos negros. Usava uma blusa antiquada, debruada de renda amarelada. Lançou-me um olhar zombeteiro. "Vai ter que mudar", disse. "O patrão telefona e diz para eu trancar o hotel."

"Tem carta para mim?"

"Não tem carta."

"Por favor, me dê a conta."

"Não tem conta."

A mulher cubana olhou torto para mim, uma bruxa que tinha falhado em seu feitiço, uma parceira silenciosa dos demônios que me cercavam e de seus ardilosos truques.

Yentl, o menino da yeshiva

Depois da morte do pai, Yentl não tinha razão para continuar em Yanev. Estava completamente sozinha na casa. Com toda certeza, haveria inquilinos querendo morar ali e pagar aluguel; e as casamenteiras se juntavam à sua porta com ofertas de Lublin, de Tomashev, de Zamosc. Mas Yentl não queria se casar. Dentro dela, uma voz sempre repetia: "Não!". O que acontece com uma moça assim que ela se casa? Começa imediatamente a parir e criar. E a sogra passa a mandar nela. Yentl sabia que não era feita para uma vida de mulher. Não sabia costurar, não sabia tricotar. Deixava a comida queimar e o leite derramar; seu pudim de shabat nunca saía direito, e a massa de halá não crescia. Yentl preferia muito mais as atividades masculinas que as femininas. Seu pai, Reb Todros, que descanse em paz, durante os muitos anos que passou de cama, estudou a Torá com a filha, como se ela fosse um filho. Mandava Yentl trancar as portas e puxar a cortina nas janelas, e juntos se debruçavam sobre o Pentateuco, o Mishná, o Gemara, e os Comentários. Ela se mostrou uma pupila tão capacitada que o pai costumava dizer:

"Yentl, você tem alma de homem."

"Então por que nasci mulher?"

"Até o Céu erra."

Não havia dúvida, Yentl era diferente de todas as moças de Yanev, alta, magra, ossuda, de seios pequenos e quadris estreitos. Nas tardes de shabat, quando o pai dormia, ela vestia suas calças, o manto de franjas, o casaco de seda, o solidéu, o chapéu de veludo, e estudava seu reflexo no espelho. Parecia um rapaz, moreno, bonito. Havia até uma ligeira pelugem sobre seu lábio superior. Só as grossas tranças mostravam sua feminilidade, mas quanto a isso, cabelo sempre pode ser cortado. Yentl concebeu um plano e dia e noite não pensava em outra coisa. Não, não havia sido criada para a tábua de macarrão e o prato de pudim, para o matraquear de mulheres tolas e o empurra-empurra por um lugar melhor na bancada do açougueiro. Seu pai havia lhe contado tantas histórias de yeshivas, rabinos, homens de letras! Sua cabeça estava cheia de disputas talmúdicas, perguntas e respostas, de frases aprendidas. Secretamente, ela até fumava o longo cachimbo do pai.

Yentl falou para os comerciantes que queria vender a casa e ir viver em Kalish com uma tia. As mulheres da vizinhança tentaram convencê-la a não fazer isso, e as casamenteiras disseram que estava louca, que era mais provável encontrar um bom partido ali mesmo em Yanev. Mas Yentl ficou obstinada. Estava com tanta pressa, que vendeu a casa ao primeiro interessado e deixou a mobília em troca de centavos. Tudo o que lhe rendeu a herança foi cento e quarenta rublos. Então, numa noite do mês de Av, muito tarde, enquanto Yanev dormia, Yentl cortou as tranças, enrolou cachos nas têmporas e vestiu as roupas do pai. Embalou roupas de baixo, filactérios e alguns livros em uma mala de palha, e partiu a pé para Lublin.

Na estrada principal, Yentl conseguiu carona em uma carruagem que a levou até Zamosc. Dali, continuou de novo a pé. Parou em uma hospedaria ao longo do caminho e disse que se chamava Anshel, nome de um tio que já havia morrido. A hospedaria estava cheia de rapazes a caminho de estudar com famosos rabinos. Havia uma discussão em curso, sobre os méritos de diversas yeshivas, alguns elogiando as da Lituânia, outros afirmando que o estudo era mais intenso na Polônia e o corpo docente melhor. Era a primeira vez que Yentl se via sozinha na companhia de rapazes. Como a conversa deles era diferente da tagarelice das mulheres, pensou, mas estava tímida demais para participar. Um rapaz estava discutindo sobre sua futura noiva e o tamanho de seu dote, enquanto outro, parodiando o jeito de um rabino purim, declamava uma passagem da Torá, acrescentando toda sorte de interpretações impudicas. Depois de algum tempo, o grupo passou a fazer um concurso de força. Um tentava abrir o punho de outro; um segundo tentava dobrar o braço de um companheiro. Um estudante, que jantava pão e chá, não tinha colher e mexia a xícara com o canivete.

Então um do grupo foi até Yentl e cutucou seu ombro. "Por que tão quieto? Perdeu a língua?"

"Não tenho nada a dizer."

"Como é seu nome?"

"Anshel."

"Você *é* tímido. Uma florzinha na beira da estrada."

E o rapaz beliscou o nariz de Yentl. Ela teria lhe dado um bofetão em troca, mas seu braço recusou-se a mexer. Ficou branca. Outro estudante, ligeiramente mais velho que o resto, alto e pálido, de olhos ardentes e barba preta, veio em seu socorro.

"Ei, você aí, por que está fazendo isso com ele?"

"Se não gostou, não precisa olhar."

"Quer que eu arranque os seus cachos?"

O rapaz de barba chamou Yentl com um gesto e perguntou de onde vinha e para onde estava indo. Yentl contou que estava procurando uma yeshiva, mas queria uma sossegada. O jovem mexeu na barba.

"Então venha comigo para Bechev."

Explicou que era o quarto ano que voltava a Bechev. A yeshiva lá era pequena, com apenas trinta estudantes, e as pessoas da cidade forneciam acomodações para todos. A comida era farta e as donas de casa remendavam as meias dos estudantes e cuidavam de sua roupa suja. O rabino de Bechev, que chefiava a yeshiva, era um gênio. Era capaz de colocar dez questões e responder todas dez com uma única prova. A maioria dos estudantes acabava encontrando esposas na cidade.

"Por que saiu no meio do ano?", Yentl perguntou.

"Minha mãe morreu. Agora estou voltando."

"Como é seu nome?"

"Avigdor."

"E como você ainda não casou?"

O jovem cofiou a barba. "É uma longa história."

"Conte."

Avigdor cobriu os olhos e pensou um pouco. "Vai para Bechev?"

"Vou."

"Então vai acabar descobrindo de qualquer jeito. Eu estava noivo da única filha de Alter Vishkower, o homem mais rico da cidade. Até a data do casamento já estava marcada, quando de repente eles devolveram o contrato de casamento."

"O que aconteceu?"

"Não sei. As fofoqueiras, acho, se encarregaram de espalhar histórias. Eu tinha o direito de reclamar metade do dote, mas isso vai contra a minha natureza. Agora estão tentando me convencer de uma outra moça, mas ela não me atrai."

"Em Bechev, os rapazes da yeshiva olham para as mulheres?"

"Na casa de Alter, onde eu ia comer uma vez por semana, Hadass, a filha, sempre servia a comida..."

"Ela é bonita?"

"Ela é loira."

"Morenas também podem ser bonitas."

"Não."

Yentl observou Avigdor. Era magro e ossudo, com as faces encovadas. Tinha os cachos laterais tão pretos que pareciam azuis, e as sobrancelhas se encontravam na ponta do nariz. Ele lhe deu um rápido olhar, com o tímido arrependimento de quem acaba de revelar um segredo. Tinha a lapela do paletó rasgada, como era costume para quem estava de luto, e o forro do sobretudo estava aparecendo. Tamborilava na mesa sem parar e cantarolou uma canção. Por trás da testa alta e vincada, os pensamentos pareciam correr. De repente, falou:

"Bom, é isso aí. Vou ser um recluso e pronto."

II.

É estranho, mas assim que Yentl, ou Anshel, chegou a Bechev coube-lhe um dia de refeição na casa daquele mesmo homem rico, Alter Vishkower, cuja filha havia rompido o noivado com Avigdor.

Os alunos da yeshiva estudavam em duplas, e Avigdor escolheu Anshel para parceiro. Ele ajudava com as lições. Era também excelente nadador e se ofereceu para ensinar Anshel a nadar de peito e ficar parada na água, mas ela sempre achava desculpas para não ir até o rio. Avigdor sugeriu que dormissem juntos, mas Anshel achou um lugar para dormir em casa de uma viúva velha que era meio cega. Às terças-feiras, Anshel comia na casa de Alter Vishkower e Hadass a servia. Avigdor sempre fazia muitas perguntas: "Como está Hadass? Está triste? Está alegre? Estão procurando casamento para ela? Não menciona o meu nome?". Anshel informou que Hadass derrubava pratos na toalha da mesa, esquecia de trazer o sal e punha o dedo dentro do mingau de aveia quando trazia o prato. Dava ordens para a empregada, estava sempre mergulhada em livros de histórias e mudava de penteado toda semana. Além disso, devia se considerar uma beldade porque estava sempre na frente do espelho, mas, de fato, não era assim tão bonita.

"Dois anos depois de casada", disse Anshel, "vai estar um bagulho."

"Então, para você ela não é bonita?"

"Não muito."

"Mas se ela quisesse você, você não recusava."

"Posso passar sem ela."

"Não tem maus pensamentos?"

Os dois amigos, usando o mesmo apoio de livro num canto da casa de estudos, passavam mais tempo conversando que aprendendo. De vez em quando, Avigdor fumava e Anshel tirava o cigarro de sua boca e dava uma tragada. Avigdor gostava de bolos assados feitos de trigo-mourisco, então Anshel parava toda manhã na padaria para comprar um e não deixava que ele pagasse. Muitas vezes, Anshel fazia coisas que surpreendiam Avigdor. Se caía um botão do paletó de Avigdor, por exemplo, no dia seguinte Anshel chegava na yeshiva com linha e agulha e pregava o botão. Anshel comprava todo tipo de presente para Avigdor: um lenço de seda, um par de meias, um cachecol. Avigdor foi ficando mais e mais ligado àquele rapaz cinco anos mais novo que ele, cuja barba não tinha nem começado a nascer ainda.

Uma vez, Avigdor disse para Anshel: "Quero que você case com Hadass".

"O que você tem a lucrar com isso?"

"Melhor você que um estranho."

"Você ia virar meu inimigo."

"Nunca."

Avigdor gostava de caminhar pela cidade e Anshel muitas vezes ia com ele. Envolvidos na conversa, chegavam até o moinho de água, ou à floresta de pinheiros, ou ao cruzamento onde ficava o altar dos cristãos. Às vezes, se esticavam na grama.

"Por que uma mulher não pode ser igual a um homem?", Avigdor perguntou uma vez, olhando o céu.

"O que você quer dizer com isso?"

"Por que Hadass não podia simplesmente ser como você?"

"Como eu como?"

"Ah... um sujeito legal."

Anshel ficou muita pálida. Colheu uma flor e arrancou as pétalas uma a uma. Pegou uma castanha e jogou em Avigdor. Avigdor ficou olhando uma joaninha subir pela palma da mão.

Depois de um tempo, falou: "Estão tentando me fazer casar".

Anshel sentou-se instantaneamente. "Com quem?"

"Com Peshe, a filha de Feitl."

"A viúva?"

"Essa."

"Por que você haveria de casar com uma viúva?"

"Ninguém mais me aceita."

"Não é verdade. Vai aparecer alguém para você."

"Nunca."

Anshel disse a Avigdor que ela era um mau partido. Peshe não era nem bonita, nem inteligente, era só uma vaca com um par de olhos. Além disso, dava azar, pois o marido dela tinha morrido no primeiro ano de casados. Essas mulheres eram mata-maridos. Mas Avigdor não respondeu. Acendeu um cigarro, deu uma grande tragada e soprou anéis de fumaça. Seu rosto tinha ficado esverdeado.

"Preciso de uma mulher. Não consigo dormir de noite."

Anshel ficou surpresa. "Por que não pode esperar até aparecer a mulher certa?"

"Hadass era a mulher para mim."

E os olhos de Avigdor se umedeceram. De repente, se pôs de pé. "Chega de ficar aqui. Vamos embora."

Depois disso, tudo aconteceu depressa. Num dia, Avigdor estava confiando seu problema a Anshel, dois dias depois estava noivo de Peshe, e levou bolo de mel e conhaque para a yeshiva. Foi logo marcada a data do casamento. Quando a futura noiva é viúva, não é preciso esperar o enxoval. Estava tudo pronto. O noivo, além disso, era órfão e não precisava pedir a permissão de ninguém. Os estudantes da yeshiva beberam o conhaque e deram os parabéns. Anshel tomou um gole também, mas logo engasgou.

"Ai, isso queima!"

"Você não é homem para isso", Avigdor brincou.

Depois da comemoração, Avigdor e Anshel sentaram-se com um volume do Gemara, mas progrediram pouco, e a conversa deles foi igualmente lenta. Avigdor oscilava para a frente e para trás, cofiava a barba, resmungava baixinho.

"Estou perdido", disse de repente.

"Se não gosta dela, por que vai casar?"

"Eu casava até com uma cabra."

No dia seguinte, Avigdor não apareceu na casa de estudos. Feitl, o comerciante de couros, pertencia aos hassidistas e queria que seu futuro genro continuasse os estudos em uma casa de orações hassídica. Os estudantes da yeshiva diziam, confidencialmente, que não havia como negar que a noiva era baixa e redonda feito um barril, que a mãe era filha de um leiteiro, o pai meio ignorante, mas que a família inteira fedia a dinheiro. Feitl era co-proprietário de um curtume; Peshe havia investido seu dote em uma loja que vendia arenque, alcatrão, panelas e caçarolas, e que estava sempre cheia de camponeses. Pai e filha estavam vestindo Avigdor e tinham encomendado um casaco de pele, um casaco de pano, um capote de seda e dois pares de botas. Além disso, ele já havia recebido muitos presentes, coisas que pertenceram ao primeiro marido de Peshe: a edição de Vilna do Talmude, um relógio de ouro, um candelabro de Hanuká, uma caixa de rapé. Anshel ficou sozinha em sua mesa.

Na terça-feira, quando Anshel chegou para jantar na casa de Alter Vishkower, Hadass observou: "O que você me diz do seu parceiro? Se deu bem de novo, não é?".

"O que você queria? Que ninguém mais quisesse saber dele?"

Hadass ficou vermelha. "Não foi culpa minha. Meu pai era contra."

"Por quê?"

"Porque descobriram que um irmão dele se enforcou."

Anshel olhou para ela ali parada, alta, loira, com um longo pescoço, rosto encovado, os olhos azuis, usando um vestido de algodão e avental de musselina.

O cabelo, preso por duas tranças, caindo solto pelos ombros. Pena eu não ser homem, Anshel pensou.

"Você se arrependeu?", Anshel perguntou.

"Ah, claro."

Hadass saiu correndo da sala. O resto da comida, bolinhos de carne e chá, foi servido pela criada. Só quando Anshel tinha acabado de comer e estava lavando as mãos para a bênção final foi que Hadass reapareceu.

Veio até a mesa e disse, com voz sufocada: "Jure para mim que não vai dizer nada a ele. Por que ele teria de saber o que acontece no meu coração?".

Saiu correndo de novo e quase caiu na porta.

III.

O chefe da yeshiva mandou Anshel escolher outro parceiro de estudos, mas passaram-se semanas e Anshel continuava estudando sozinho. Não havia ninguém na yeshiva que pudesse tomar o lugar de Avigdor. Todos os outros eram pequenos, de corpo e de espírito. Falavam bobagens, se gabavam de ninharias, sorriam por tolices, portavam-se como vagabundos. Sem Avigdor a casa de estudos parecia vazia. De noite, Anshel deitava em seu banco na casa da viúva e não conseguia dormir. Despida do sobretudo e das calças, era de novo Yentl, a moça de idade casadoura, apaixonada por um rapaz que estava noivo de outra. Talvez eu deva contar a ele a verdade, Anshel pensou. Mas era tarde demais para isso. Anshel não podia voltar a ser mulher, nunca mais conseguiria passar sem livros, sem uma casa de estudos. Ficou deitada remoendo pensamentos de outro mundo que a levaram quase à loucura. Adormeceu, depois acordou sobressaltada. Em seu sonho, era ao mesmo tempo homem e mulher, usando ao mesmo tempo um corpete de mulher e a roupa franjada de homem. As regras de Yentl estavam atrasadas e ela de repente ficou com medo... quem sabe? Tinha lido no *Medrash Talpioth* que uma mulher concebera meramente por desejar um homem. Só então Yentl compreendeu o sentido da proibição da Torá de usar roupas do sexo oposto. Ao fazer isso, enganava-se não só aos outros mas também a si mesmo. Até a alma ficava perplexa, vendo-se encarnada em um corpo estranho.

De noite, Anshel ficava acordada; de dia, mal podia manter os olhos abertos. Nas casas onde tomava refeições, as mulheres reclamavam que o rapaz estava deixando tudo no prato. O rabino notou que Anshel não prestava mais atenção nas palestras, olhando pela janela, perdido em pensamentos pessoais. Quando vinha a terça-feira, Anshel aparecia na casa de Vishkower para comer. Hadass colocava a tigela de sopa na sua frente e esperava, mas Anshel ficava tão perturbada que não conseguia nem agradecer. Pegava a colher e deixava cair.

Hadass arriscou um comentário: "Ouvi dizer que Avigdor abandonou você".

Anshel acordou de seu transe. "Como assim?"

"Não é mais seu parceiro."

"Ele saiu da yeshiva."

"Nunca encontra com ele?"

"Ele parece que está se escondendo."

"Você ao menos vai ao casamento?"

Por um momento Anshel ficou em silêncio, como se não tivesse captado o sentido das palavras. Depois disse: "Ele é um grande bobo".

"Por que diz isso?"

"Você é linda e a outra parece um macaco."

Hadass ficou vermelha até a raiz dos cabelos. "A culpa é do meu pai."

"Não se preocupe. Vai encontrar alguém que mereça você."

"Não tem ninguém que eu queira."

"Mas todo mundo quer você..."

Houve um longo silêncio. Os olhos de Hadass ficaram grandes, encheram-se daquela tristeza de alguém que sabe que não há consolação.

"Sua sopa está esfriando."

"Eu também quero você."

Anshel ficou atônita diante do que tinha acabado de dizer. Hadass olhou para ela por cima do ombro.

"O que está dizendo?"

"É verdade."

"Alguém pode escutar."

"Não tenho medo."

"Tome a sopa. Vou trazer os bolinhos de carne."

Hadass virou-se para sair, os saltos altos batendo. Anshel começou a pescar os feijões da sopa, fisgou um e deixou cair. Tinha perdido o apetite, estava com a garganta apertada. Sabia muito bem que estava se envolvendo numa enrascada, mas alguma força impunha que prosseguisse. Hadass reapareceu, trazendo um prato com dois bolinhos de carne.

"Por que não está comendo?"

"Estou pensando em você."

"O que está pensando?

"Quero casar com você."

Hadass fez cara de quem engoliu alguma coisa.

"Essas questões, você tem de conversar com meu pai."

"Eu sei."

"O costume é mandar um casamenteiro."

Ela saiu correndo da sala, deixando a porta bater atrás de si. Rindo por dentro, Anshel pensou: "Com as meninas, posso brincar quanto eu quiser!". Salpicou sal na sopa, depois pimenta. Ficou ali sentada, de cabeça leve. O que foi que eu fiz? Devo estar ficando louca. Não tem outra explicação... Fez um esforço para comer, mas não conseguiu engolir nada. Só então Anshel lembrou que Avigdor é que queria que ela casasse com Hadass. Em sua confusão, o plano tinha vindo à tona; ela executaria a vingança de Avigdor e ao mesmo tempo, por meio de Hadass, o atrairia para perto de si. Hadass era virgem: o que sabia de homens? Uma menina assim podia ser enganada durante longo tempo. Com toda certeza, Anshel também era virgem, mas sabia muito sobre esses assuntos pelo Gemara e por ouvir as conversas dos homens. Anshel foi tomada de medo e alegria ao mesmo tempo, como uma pessoa fica quando está planejando enganar toda a comunidade. Lembrou-se do ditado: "O público é tolo". Levantou-se e disse em voz alta: "Agora vou começar uma coisa de verdade".

Nessa noite, Anshel não dormiu nem um segundo. A cada poucos minutos levantava para beber água. Estava com a garganta seca, a testa queimando. Sua cabeça trabalhava febrilmente, por vontade própria. Parecia haver uma disputa dentro dela. Sentia o estômago retorcido, os joelhos doendo. Era como se tivesse feito um pacto com Satã, o Maligno, que prega peças nos humanos, que coloca blocos que caem e armadilhas em seu caminho. Quando Anshel adormeceu, era de manhã. Acordou mais exausta que antes. Mas não podia continuar dormindo no banco da viúva. Com grande esforço levantou-se e, pegando o saco que continha seus filactérios, partiu para a casa de estudos. A caminho, quem encontrou senão o pai de Hadass. Anshel deu-lhe um respeitoso bom-dia e recebeu um cumprimento gentil de volta. Reb Alter cofiou a barba e puxou conversa:

"Minha filha Hadass deve estar lhe servindo sobras. Você parece estar morrendo de fome."

"Sua filha é uma ótima moça, e muito generosa."

"Então, por que está tão pálido?"

Anshel ficou em silêncio um minuto. "Reb Alter, tenho de lhe dizer uma coisa."

"Pois diga logo."

"Reb Alter, gosto de sua filha."

Alter Vishkower parou. "Ah, é? Achei que estudantes da yeshiva não podiam falar dessas coisas."

"Mas é a verdade."

"Não se discutem essas coisas com o próprio rapaz."

"Eu sou órfão."

"Bom... nesse caso, o costume é mandar um agente de casamento."

"Sei..."

"O que acha dela?"

"É bonita... boa... inteligente..."

"Bom, bom, bom.... Vamos lá, me conte um pouco de sua família."

Alter Vishkower passou o braço pelos ombros de Anshel e assim continuaram andando até chegar ao pátio da sinagoga.

IV.

Quando se diz "A", é preciso dizer "B". Pensamentos levam a palavras, palavras levam a ações. Reb Alter Vishkower deu consentimento à união. A mãe de Hadass, Freyda Leah, resistiu um pouco. Disse que não queria mais estudantes da yeshiva de Bechev para sua filha e que preferia alguém de Lublin ou Zamosc; mas Hadass avisou que, se fosse envergonhada em público outra vez (do jeito que tinha sido com Avigdor), iria se atirar no poço. Como sempre acontece com esses noivados malfadados, todo mundo era fortemente a favor: o rabino, os parentes, as amigas de Hadass. Havia algum tempo, as moças de Bechev já olhavam para Anshel desejosas, espiando pelas janelas quando o jovem passava na rua. Anshel mantinha as botas bem engraxadas e não baixava os olhos na presença de mulheres. Quando parava na padaria do Beila para comprar um *pletzl*, brincava com elas de tal forma que ficavam encantadas. As mulheres concordavam que havia algo especial em Anshel: seus cachos enrolavam como os de ninguém e ele amarrava diferente o lenço do pescoço; seus olhos, sorridentes e distantes, pareciam sempre fixos em algum ponto ao longe. E o fato de Avigdor ter ficado noivo de Peshe, a filha de Feitl, abandonando Anshel, o tinha deixado ainda mais querido aos olhos do povo da cidade. Alter Vishkower mandou redigir um contrato provisório para o noivado, prometendo a Anshel um dote ainda maior, mais presentes e um período de manutenção ainda mais longo do que prometera a Avigdor. As moças de Bechev abraçaram Hadass e lhe deram os parabéns. Hadass começou imediatamente a fazer um saco de crochê para os filactérios de Anshel, um pano de halá, uma bolsa de matzá. Quando Avigdor soube da notícia do noivado de Anshel, foi até a casa de estudos dar suas congratulações. Tinha envelhecido nas últimas semanas. A barba estava despenteada, os olhos vermelhos.

Disse para Anshel: "Sabia que ia ser assim. Desde o começo. Assim que conheci você na hospedaria".

"Mas foi você que sugeriu isso."

"Eu sei."

"Por que me abandonou? Foi embora sem nem se despedir."

"Queria queimar as pontes que deixei para trás."

Avigdor convidou Anshel para um passeio. Embora já tivesse passado o Sukot, o dia estava claro de sol. Avigdor, mais amigo do que nunca, abriu seu coração com Anshel. Sim, era verdade, um irmão dele tinha sucumbido à melancolia e se enforcado. Agora ele também se sentia à beira do abismo. Peshe tinha muito dinheiro e seu pai era rico, mas ele não conseguia dormir de noite. Não queria trabalhar numa loja. Não conseguia esquecer de Hadass. Ela lhe aparecia em sonhos. Na noite de shabat em que o nome dela foi dito na oração de Havdala, ele ficou tonto. Mesmo assim, era bom que Anshel e ninguém mais se casasse com ela... Pelo menos ela cairia em mãos decentes. Avigdor curvou-se e ficou arrancando a grama ressecada. Seu discurso era incoerente, como o de um homem possuído.

De repente, disse: "Pensei em fazer o que meu irmão fez".

"Gosta tanto assim dela?"

"Ela está gravada em meu coração."

Os dois juraram amizade e prometeram nunca mais se afastar. Anshel propôs que, depois que estivessem ambos casados, fossem morar em casas vizinhas ou mesmo repartissem uma casa. Estudariam juntos todos os dias, talvez até pudessem ser sócios numa loja.

"Quer saber a verdade?", Avigdor perguntou. "É como a história de Jacó e Benjamin: minha vida está presa à sua vida."

"Então por que me deixou?"

"Talvez por isso mesmo."

Embora o dia tivesse ficado frio e ventoso, os dois continuaram andando até chegar à floresta de pinheiros, e não voltaram senão ao entardecer, na hora da oração da noite. As moças de Bechev, a seus postos nas janelas, viram os dois passar com os braços no ombro um do outro e tão mergulhados na conversa que pisavam em poças e pilhas de lixo sem notar. Avigdor parecia pálido, despenteado, e o vento agitava seus cachos; Anshel roía as unhas. Hadass também correu à janela, deu uma olhada e seus olhos se encheram de lágrimas.

Os acontecimentos se sucederam rapidamente. Avigdor foi o primeiro a casar. Como a noiva era viúva, o casamento foi discreto, sem músicos, sem bufão de festa, sem a colocação cerimonial do véu na noiva. Um dia, Peshe estava debaixo do dossel matrimonial, no dia seguinte estava de volta à loja, vendendo alcatrão com as mãos engorduradas. Avigdor rezava na casa da assembléia hassídica com sua nova estola de oração. À tarde, Anshel foi visitá-lo e os dois cochicharam e conversaram até a noite. A data do casamento de Anshel com Hadass foi marcada para o shabat da semana de Hanuká, embora o futuro sogro quisesse que fosse antes. Hadass já havia sido noiva. Além disso, o noivo era órfão. Por que deveria ficar rolando numa cama provisória na casa da viúva, quando podia ter uma esposa e uma casa própria?

Muitas vezes por dia, Anshel alertava a si mesma de que o que estava para fazer era pecaminoso, louco, um ato de profunda depravação. Estava envolvendo tanto Hadass quanto ela mesma em uma trama de enganos e cometendo tantas transgressões que jamais conseguiria pagar todas as penitências. Uma mentira levava a outra. Repetidamente, Anshel decidia ir embora de Bechev a tempo, acabar com aquela estranha comédia que era mais obra de um diabo que de um ser humano. Mas estava nas garras de uma força a que não conseguia resistir. Foi ficando mais e mais ligada a Avigdor, e não conseguia tomar a decisão de destruir a ilusória felicidade de Hadass. Agora que estava casado, Avigdor tinha um desejo de estudar maior do que nunca, e os amigos se encontravam duas vezes por dia: de manhã estudavam o Gemara e os Comentários, à tarde os Códigos Legais com suas interpretações. Alter Vishkower e Feitl, o comerciante de couros, estavam contentes e comparavam Avigdor e Anshel a Davi e Jônatas. Com todas as complicações, Anshel parecia um bêbado. Os alfaiates tiraram suas medidas para um novo guarda-roupa e ela foi forçada a todo tipo de subterfúgios para impedir que descobrissem que não era um homem. Embora a impostura durasse muitas semanas, Anshel ainda acreditava nela: como era possível? Enganar a comunidade tinha sido um jogo, mas quanto tempo mais podia continuar? E como a verdade viria à tona? Anshel ria e chorava por dentro. Tinha se transformado em um espírito trazido ao mundo para caçoar das pessoas e enganá-las. Eu sou má, uma transgressora, um Jeroboão ben Nabat, ela dizia a si mesma. Sua única justificativa era que assumira todos esses encargos porque sua alma tinha sede de estudar a Torá.

Avigdor logo começou a reclamar que Peshe o tratava mal. Chamava-o de vagabundo, de shlemiel, dizia que era apenas uma boca a mais para alimentar. Tentou prendê-lo na loja, incumbiu-lhe de tarefas para as quais ele não tinha a menor inclinação, reclamava por ter de lhe dar dinheiro para os gastos. Em vez de consolar Avigdor, Anshel o cutucava contra Peshe. Chamava sua mulher de feiúra, megera, miserável, e dizia que Peshe sem dúvida devia ter matado seu primeiro marido de tanto falar, e que mataria Avigdor também. Ao mesmo tempo, Anshel enumerava as virtudes de Avigdor: sua altura e virilidade, sua inteligência, sua erudição.

"Se eu fosse mulher, casava com você", dizia Anshel, "eu saberia apreciar você."

"Bom, mas você não é..."

Avigdor suspirava.

Enquanto isso, ia se aproximando a data do casamento de Anshel.

No shabat antes de Hanuká, Anshel foi chamado ao púlpito para ler a Torá. As mulheres jogaram-lhe uma chuva de passas e amêndoas. No dia do casamento, Alter Vishkower deu uma festa para os rapazes. Avigdor sentou-se à direita de Anshel. O noivo fez um discurso talmúdico, e o resto do grupo discutiu os pontos, enquanto fumava cigarros e bebia vinho, licores, chá com limão ou geléia de amoras. Seguiu-se a cerimônia de colocar o véu na noiva, depois da qual o noivo foi levado ao dossel matrimonial que tinha sido armado ao lado da sinagoga. A noite estava gelada e clara, o céu cheio de estrelas. Os músicos começaram uma melodia. Duas filas de moças levavam acesos círios e velas de cera trançadas. Depois da cerimônia de casamento, noiva e noivo quebraram o jejum com um dourado caldo de galinha. Depois começou o baile e o anúncio dos presentes de casamento, tudo conforme o uso. Os presentes eram muitos e caros. O bufão de casamento representou as alegrias e tristezas que estavam reservadas à noiva. A esposa de Avigdor, Peshe, era uma das convidadas, mas, embora coberta de jóias, continuava muito feia, com uma peruca que lhe cobria a testa, uma enorme capa de pele e nas mãos restos de alcatrão que, por mais que lavasse, jamais seriam removidos. Depois da dança da virtude, a noiva e o noivo foram levados separadamente para a câmara matrimonial. Os ajudantes do casamento instruíram o casal nas condutas adequadas e exortaram-nos a "ser frutíferos e multiplicar-se".

Ao amanhecer, a sogra de Anshel e seu grupo desceram à câmara matrimonial e arrancaram os lençóis debaixo de Hadass para ter certeza de que o casamento fora consumado. Quando descobriu traços de sangue, o grupo se alegrou e começou a beijar e a congratular a noiva. Então, brandindo o lençol, reuniram-se do lado de fora e dançaram uma dança *kacher* na neve recém-caída. Anshel tinha achado um jeito de deflorar a noiva. Em sua inocência, Hadass não entendeu que as coisas não foram exatamente como deveriam ter sido. Já estava profundamente apaixonada por Anshel. É recomendado que a noiva e o noivo fiquem separados sete dias depois da primeira relação. No dia seguinte, Anshel e Avigdor estudaram o Tratado sobre Mulheres Menstruadas. Quando os outros homens saíram e os dois foram deixados sozinhos na sinagoga, Avigdor perguntou timidamente a Anshel sobre sua noite com Hadass. Anshel satisfez-lhe a curiosidade e os dois ficaram cochichando até o anoitecer.

V.

Anshel tinha caído em boas mãos. Hadass era uma esposa devotada e os pais atendiam a todos os desejos do genro, e gabavam tudo o que ele fazia. Claro que muitos meses se passaram e Hadass continuava sem filho, mas ninguém levou isso a ferro e fogo. Por outro lado, Avigdor piorava constantemente. Peshe o atormentava e por fim não lhe dava o suficiente para comer e até lhe recusava uma camisa limpa. Como estava sempre sem vintém, Anshel passou a lhe trazer de novo um bolo diário de trigo sarraceno. Como Peshe era ocupada demais para cozinhar e mesquinha demais para contratar uma criada, Anshel convidou Avigdor para comer em sua casa. Reb Alter Vishkower e sua mulher não concordaram, dizendo que estava errado um pretendente rejeitado freqüentar a casa de sua antiga noiva. A cidade tinha bastante o que falar. Mas Anshel citou precedentes para mostrar que não era proibido por lei. A maior parte dos cidadãos estava do lado de Avigdor e culpava Peshe de tudo. Avigdor começou a pressionar Peshe por um divórcio e como não queria ter um filho com essa fúria, agia como Onã ou como traduz o Gemara: ele bombeava dentro e derramava a semente fora. Confiava em Anshel e contou que Peshe ia para a cama sem se lavar, que roncava feito um serrote, que tanto pensava no dinheiro recebido na loja que falava dele até durante o sono.

"Ah, Anshel, que inveja eu tenho de você", disse.

"Não tem razão para me invejar."

"Você tem tudo. Queria que a sua sorte fosse minha, sem você perder nada, claro."

"Cada um tem os seus problemas."

"Que problema *você* tem? Não desafie a Providência."

Como Avigdor podia imaginar que Anshel não dormia de noite e pensava constantemente em fugir? Deitar com Hadass e enganá-la ficava cada vez mais doloroso. O amor e a ternura de Hadass a envergonhavam. A devoção da sogra e do sogro e sua esperança de netos eram um peso. Nas sextas-feiras à tarde, todo mundo da cidade ia aos banhos, e a cada semana Anshel tinha de encontrar uma nova desculpa. Mas isso estava começando a despertar suspeitas. Falava-se que Anshel devia ter alguma horrível marca de nascença, ou uma hérnia, ou que talvez não fosse adequadamente circuncidado. A julgar pela idade do rapaz, sua barba por certo já devia ter começado a aparecer, no entanto suas faces continuavam lisas. Já estavam no Purim, e a Páscoa se aproximava. Logo viria o verão. Não longe de Bechev havia um rio onde todos os estudantes da yeshiva, todos os rapazes iam nadar assim que esquentava. A mentira estava inchando como um abcesso e um dia desses certamente ia estourar. Anshel sabia que precisava achar um jeito de se libertar.

Era costume dos rapazes que moravam com os sogros viajar pelas cidades próximas durante os meios-feriados de meados da semana de Páscoa. Eles gostavam da mudança, relaxavam, buscavam novas oportunidades de negócios, compravam livros e outras coisas que um rapaz podia precisar. Bechev não ficava longe de Lublin, e Anshel convenceu Avigdor a fazer a viagem com ela, tudo às suas custas. Avigdor ficou deliciado com a perspectiva de se livrar por uns dias da megera que tinha em casa. A viagem de carruagem foi muito alegre. Os campos estavam ficando verdes; cegonhas, de volta dos países quentes, planavam pelo ar em grandes arcos. Riachos corriam na direção dos vales. Pássaros gorjeavam. Moinhos giravam. Flores de primavera começavam a se abrir nos campos. Aqui e ali uma vaca já estava pastando. Os companheiros, conversando, comeram as frutas e os bolinhos que Hadass tinha preparado, contaram piadas e trocaram confidências até chegarem a Lublin. Lá, foram para uma hospedaria e alugaram um quarto para dois. Na viagem, Anshel tinha prometido a Avigdor revelar-lhe um incrível segredo em Lublin. Avigdor tinha brincado: que tipo de segredo podia ser? Anshel teria descoberto um tesouro escondido? Teria escrito um ensaio? Teria criado uma pomba, com seus estudos da Cabala?

Então, entraram no quarto e enquanto Anshel trancava cuidadosamente a porta, Avigdor disse, brincando: "Bom, vamos ver esse grande segredo".

"Prepare-se para a coisa mais incrível que jamais aconteceu."

"Estou preparado para tudo."

"Eu não sou homem, sou mulher", disse Anshel. "Meu nome não é Anshel, é Yentl."

Avigdor caiu na risada. "Sabia que era brincadeira."

"Mas é verdade."

"Nem que eu fosse bobo engolia uma dessas."

"Quer que eu mostre?"

"Quero."

"Então vou tirar a roupa."

Os olhos de Avigdor se arregalaram. Ocorreu-lhe que Anshel podia estar querendo praticar pederastia. Anshel tirou o sobretudo e o manto de franjas, e removeu a roupa de baixo. Avigdor deu uma olhada e primeiro ficou branco, depois vermelho como brasa. Anshel cobriu-se depressa.

"Só fiz isso para que você possa testemunhar no tribunal. Senão Hadass vai ser considerada uma mulher abandonada pelo marido."

Avigdor tinha perdido a fala. Foi tomado por um ataque de tremores. Queria falar, mas seus lábios não mexiam e nada saía. Sentou-se depressa, porque não conseguia se sustentar nas pernas.

Por fim, murmurou: "Como é possível? Não acredito!".

"Quer que eu tire a roupa de novo?"

"Não!"

Yentl então contou a história toda: que seu pai, preso ao leito, havia estudado com ela a Torá; que ela nunca tivera paciência com as mulheres e suas conversas bobas; que tinha vendido a casa e toda a mobília, deixado a cidade e partido para Lublin disfarçada de homem e no caminho encontrara Avigdor. Ele ficou ali sentado, sem fala, olhando para a narradora. Yentl estava agora usando roupas de homem outra vez.

Avigdor disse: "Deve ser sonho".

Beliscou a própria bochecha.

"Não é sonho."

"Uma coisa dessas acontecer comigo!"

"É tudo verdade."

"Por que você fez isso? *Nu*, melhor eu ficar quieto."

"Não queria desperdiçar a minha vida entre o forno e a tigela."

"E Hadass? Por que fez isso?"

"Por você. Sabia que Peshe ia atormentar você e que em nossa casa você teria paz."

Avigdor ficou em silêncio um longo tempo. Baixou a cabeça, apertou as mãos nas têmporas, fez um sinal negativo com a cabeça. "O que vai fazer agora?"

"Vou embora para outra yeshiva."

"O quê? Se tivesse me contado antes, podíamos ter..."

Avigdor calou-se no meio da frase.

"Não... não teria sido bom."

"Por que não?"

"Não sou nem uma coisa nem outra."

"Em que dilema eu estou!"

"Peça o divórcio daquele horror. Case com Hadass."

"Ela nunca vai se divorciar de mim e Hadass não vai me aceitar."

"Hadass ama você. Ela não vai ouvir o pai mais uma vez."

Avigdor ficou de pé de repente, mas voltou a sentar-se. "Não vou conseguir me esquecer de você. Nunca..."

VI.

Segundo a lei, Avigdor estava proibido de passar mais um único momento a sós com Yentl; porém, vestida de sobretudo e calças, ela era de novo o Anshel de sempre.

Retomaram a conversa no mesmo pé em que estavam: "Como você teve coragem de violar, todos os dias, o mandamento que diz: 'Uma mulher não deve usar aquilo que pertence a um homem'?".

"Não fui criada para depenar frangos e conversar com mulheres."

"Prefere perder seu lugar no outro mundo?"

"Talvez..."

Avigdor levantou os olhos. Só então se deu conta de que as faces de Anshel eram macias demais para ser de homem, o cabelo abundante demais, as mãos muito pequenas. Mesmo assim não podia acreditar que uma coisa dessas tivesse acontecido. Esperava acordar a qualquer momento. Mordeu os lábios, beliscou a coxa. Foi tomado pela timidez e não conseguia falar sem gaguejar. Sua amizade com Anshel, a intimidade de suas conversas, as confidências, tudo havia se transformado em impostura, em engano. Chegou a lhe ocorrer a idéia de que Anshel podia ser um demônio. Sacudiu-se como quem quer afastar um pesadelo; mas aquela força que sabe a diferença entre sonho e realidade lhe disse que era tudo verdade. Tomou coragem. Ele e Anshel não podiam nunca ser estranhos um para o outro, mesmo que Anshel fosse de fato Yentl...

Arriscou um comentário: "Parece-me que a testemunha que depõe a favor de uma mulher abandonada não pode casar com ela, porque a Lei a chama de 'parte do caso'".

"O quê? Isso não me ocorreu!"

"Temos de procurar em Eben Ezer."

"Não tenho nem certeza de que as leis referentes a uma mulher abandonada se apliquem a este caso", disse Anshel à maneira de um especialista.

"Se não quer que Hadass tenha a condição de abandonada pelo marido, tem de revelar o segredo diretamente para ela."

"Isso eu não posso fazer."

"De qualquer jeito, tem de conseguir outra testemunha."

Pouco a pouco, os dois foram voltando à conversa talmúdica. De início, Avigdor achou meio estranho estar discutindo o texto sagrado com uma mulher, mas pouco depois a Torá tinha reunido os dois. Embora seus corpos fossem diferentes, suas almas eram de um mesmo tipo. Anshel falava cantado, gesticulava com o polegar, agarrava os cachos, alisava o queixo sem barba, fazia todos os gestos usuais de um estudante da yeshiva. No calor da discussão, ela até pegou Avigdor pela lapela e chamou-o de burro. Um grande amor por Anshel dominou Avigdor, misturando vergonha, remorso, ansiedade. Se eu pelo menos soubesse disso antes, disse a si mesmo. Em sua cabeça, comparava Anshel (ou Yentl) a Bruria, a mulher de Reb Meir, ou a Yalta, a esposa de Reb Nachman. Pela primeira vez viu com clareza que era isso que sempre quisera: uma esposa cuja cabeça não fosse dominada por coisas materiais... Seu desejo por Hadass havia desaparecido, e sabia que ia sentir falta de Yentl, mas não ousou dizer isso. Sentiu calor e sabia que seu rosto estava queimando. Não conseguia mais olhar nos olhos de Anshel. Começou a enumerar os pecados de Anshel e viu que ele também estava envolvido, pois tinha sentado ao lado de Yentl e tinham se tocado em seus dias impuros. *Nu*, e que dizer de seu casamento com Hadass? Que multidão de transgressões! Engano voluntário, falsos votos, falsa apresentação! Deus sabe o que mais.

Perguntou de repente: "Diga a verdade, você é um herege?".

"Deus me livre!"

"Então como teve coragem de fazer uma coisa dessas?"

Quanto mais Anshel falava, menos Avigdor entendia. Todas as explicações de Anshel pareciam indicar uma coisa: ela tinha alma de homem e corpo de mulher. Anshel disse que tinha casado com Hadass só para poder estar perto de Avigdor.

"Podia ter casado comigo", Avigdor disse.

"Queria estudar o Gemara e os Comentários com você, não remendar as suas meias!"

Durante um longo tempo nenhum dos dois disse nada. Então Avigdor quebrou o silêncio: "Tenho medo que Hadass fique doente por causa disso tudo, Deus nos livre!".

"Também tenho medo disso."

"O que vai acontecer agora?"

Veio o crepúsculo e os dois começaram a recitar a prece vespertina. Em sua confusão, Avigdor misturou as bênçãos, omitiu algumas e repetiu outras. Deu uma olhada de soslaio para Anshel, que oscilava para a frente e para trás, batendo o peito, de cabeça baixa. Viu quando ela, de olhos fechados, levantou o rosto para o Céu, como se implorasse: Você, Pai do Céu, sabe a verdade... Quando terminaram as orações, sentaram-se em cadeiras frente a frente, se encarando, mas com certa distância entre eles. O quarto encheu-se de sombras. Reflexos do pôr-do-sol, como bordados purpúreos, tremulavam na parede oposta à janela. Avigdor mais uma vez tentou falar, mas de início as palavras, tremendo na ponta da língua, não saíam.

De repente, explodiu: "Talvez não seja tarde demais. Não posso continuar vivendo com aquela maldita mulher... Você...".

"Não, Avigdor, é impossível."

"Por quê?"

"Vou viver minha vida como sou..."

"Vou sentir sua falta. Terrivelmente."

"E eu a sua."

"Qual o sentido disso tudo?"

Anshel não respondeu. A noite caiu e a luz se apagou. No escuro, pareciam ouvir os pensamentos um do outro. A lei proibia Avigdor de ficar sozinho no quarto com Anshel, mas ele não conseguia pensar nela só como mulher. Que estranho poder havia na roupa, pensou.

Mas falou outra coisa: "Meu conselho é você simplesmente mandar um divórcio para Hadass".

"Como posso fazer isso?"

"Como o sacramento do casamento não foi válido, que diferença faz?"

"Acho que tem razão."

"Ela depois vai ter muito tempo para descobrir a verdade."

A criada entrou com a lâmpada, mas assim que ela saiu, Avigdor apagou a luz. A condição deles e as palavras que tinham de dizer um para o outro não suportavam a luz. Na escuridão, Anshel revelou todos os detalhes. Respondeu todas as perguntas de Avigdor. O relógio bateu duas horas, e continuaram conversando. Anshel contou para Avigdor que Hadass nunca o esquecera. Falava dele com freqüência, se preocupava com sua saúde, tinha pena, embora não sem certa satisfação, do rumo que as coisas haviam tomado com Peshe.

"Ela vai ser uma boa esposa", disse Anshel. "Eu não sei nem assar um pudim."

"Mesmo assim, se você quisesse..."

"Não, Avigdor. Não era meu destino..."

VII.

Foi um grande enigma para a cidade: o mensageiro que chegou trazendo os papéis de divórcio para Hadass; a permanência de Avigdor em Lublin até depois dos feriados; seu retorno a Bechev de ombros caídos e olhos sem vida, como se tivesse estado doente. Hadass ficou de cama e recebia a visita do médico três vezes por dia. Avigdor entrou em reclusão. Se alguém cruzava com ele por acaso e se dirigia a ele, não respondia. Peshe reclamou com seus pais que Avigdor passava a noite inteira andando para lá e para cá, fumando. Quando ele finalmente desmaiou, de pura fadiga, chamava em seu sono o nome de uma mulher desconhecida: Yentl. Peshe começou a pensar em divórcio. A cidade achou que Avigdor não ia concordar ou que no mínimo iria exigir dinheiro, mas ele concordou com tudo.

Em Bechev, as pessoas não estavam acostumadas a deixar os mistérios continuarem mistérios por muito tempo. Como manter segredos em uma cidadezinha em que todo mundo sabe o que acontece dentro da casa dos outros? Porém, mesmo havendo tanta gente que tinha o costume de olhar por buracos de fechadura e de encostar o ouvido numa veneziana, o que aconteceu continuou um enigma. Hadass ficou de cama e chorou. Chanina, o médico herbalista, disse que ela estava se consumindo. Anshel desapareceu sem deixar rastro. Reb Alter Vishkower mandou chamar Avigdor e ele veio, mas os que se puseram atrás da janela não conseguiram pescar nem uma palavra do que foi dito entre eles. Aquelas pessoas que normalmente se metem na vida dos outros inventaram toda sorte de teorias, mas nenhuma delas tinha consistência.

Um grupo chegou à conclusão de que Anshel havia caído nas mãos de padres católicos e convertera-se. Isso podia fazer sentido. Mas onde Anshel teria encontrado tempo para os padres, se estava sempre estudando na yeshiva? E, além disso, desde quando um apóstata mandava o divórcio para a mulher?

Outro grupo murmurou que Anshel estava de olho em outra mulher. Mas como podia ser isso? Não havia casos amorosos acontecendo em Bechev. E nenhuma das moças tinha saído da cidade recentemente, nem judia nem gentia.

Alguém sugeriu que Anshel havia sido levado por espíritos maus, ou mesmo que ele próprio fosse um deles. Como prova, citavam o fato de Anshel nunca ter ido à casa de banhos nem ao rio. É bem sabido que os demônios têm pés de ganso. Bom, mas Hadass nunca o tinha visto descalço? E quem alguma vez ouviu falar de um demônio que manda o divórcio para a mulher? Quando um demônio se casa com a filha de um mortal, geralmente ela acaba mulher abandonada.

A alguém mais ocorreu que Anshel havia cometido alguma transgressão maior e partido para o exílio para se penitenciar. Mas que tipo de transgressão poderia ser? E por que não a teria confiado ao rabino? E por que Avigdor perambulava como um fantasma?

A hipótese de Tevel, o músico, foi a mais próxima da verdade. Tevel afirmava que Avigdor não tinha conseguido esquecer Hadass e que Anshel havia se divorciado dela para o amigo poder casar com ela. Mas seria possível uma amizade dessas neste mundo? Nesse caso, por que Anshel havia se divorciado de Hadass antes mesmo de Avigdor se divorciar de Peshe? Além disso, uma coisa dessas só pode acontecer se a esposa tiver sido informada do arranjo e concordar, porém tudo indicava um grande amor de Hadass por Anshel, e ela de fato estava doente de tristeza.

Uma coisa ficou clara para todos: Avigdor sabia a verdade. Mas era impossível arrancar qualquer coisa dele. Permaneceu recluso e calado com uma obstinação que toda a cidade censurava.

Amigos próximos aconselharam Peshe a não se divorciar de Avigdor, embora os dois tivessem rompido relações e não vivessem mais como marido e mulher. Ele nem fazia mais a bênção kiddush para ela nas sextas-feiras à noite. Passava as noites na casa de estudos ou na casa da viúva onde Anshel havia se alojado. Quando Peshe falava com ele, não respondia, mantendo a cabeça baixa. A comerciante Peshe não tinha paciência para essas coisas. Precisava de um jovem que ajudasse na loja, não de um estudante da yeshiva mergulhado em melancolia. Alguém assim podia até enfiar na cabeça de ir embora e deixá-la abandonada. Peshe concordou com o divórcio.

Enquanto isso, Hadass recuperou-se e Reb Alter Vishkower fez saber que um contrato de casamento estava sendo preparado. Hadass ia se casar com Avigdor. A cidade esperava ansiosamente. Um casamento entre um homem e uma mulher que já haviam sido noivos e rompido noivado era coisa de que nunca se ouvira falar. O casamento aconteceu no primeiro shabat depois de Tishe b'Av e teve tudo o que costumava haver no casamento de uma virgem: um banquete para os pobres, um dossel diante da sinagoga, músicos, o bufão de casamento, a dança da virtude. Só faltava uma coisa: alegria. O noivo ficou debaixo do dossel, uma figura desolada. A noiva tinha se recuperado da doença, mas continuava pálida e magra. Suas lágrimas pingavam no dourado caldo de galinha. De todos os olhos espiava a mesma pergunta: por que Anshel havia feito aquilo?

Depois do casamento de Avigdor com Hadass, Peshe espalhou o boato de que Anshel havia vendido a esposa para Avigdor por um preço em dinheiro fornecido por Alter Vishkower. Um rapaz pensou no enigma durante muito tempo e finalmente chegou à conclusão de que Anshel tinha perdido sua amada esposa para Avigdor num jogo de cartas, ou mesmo na roda de dreidl do Hanuká. É regra que, quando não se pode encontrar o grão da verdade, os homens engulam grandes porções de falsidade. A verdade muitas vezes se esconde de tal forma que quanto mais se procura, mais difícil é de se encontrar.

Não muito tempo depois do casamento, Hadass ficou grávida. Era um menino, e os que se reuniram na circuncisão mal podiam acreditar quando ouviram o pai dar ao filho o nome de Anshel.

Zeidlus, o papa

No tempo antigo, em cada geração havia uns poucos homens que eu, o Maligno, não conseguia corromper da maneira usual. Era impossível tentá-los com o assassinato, com a lascívia, com o roubo. Não conseguia nem levá-los a parar de estudar a Lei. Só de um jeito podiam as paixões internas dessas almas retas ser tocadas: por sua vaidade.

Zeidel Cohen era um homem desses. Em primeiro lugar, tinha a proteção de nobres ancestrais: era descendente de Rashi, cuja genealogia recua no tempo até o rei Davi. Em segundo lugar, era o maior erudito de toda a província de Lublin. Aos cinco anos, já havia estudado o Gemara e os Comentários; aos sete, havia memorizado as Leis do Casamento e do Divórcio; aos nove, fez um sermão, citando tantos livros que até o mais velho dos eruditos ficou confuso. Sentia-se completamente em casa com a Bíblia; na gramática hebraica não tinha igual. E, além disso, estudava constantemente: inverno e verão levantava-se com a estrela da manhã e começava a ler. Como raramente deixava seus cômodos para tomar ar e não fazia nenhum esforço físico, tinha pouco apetite e o sono leve. Não tinha nem vontade nem paciência para conversar com amigos. Zeidel gostava só de uma coisa: livros. No momento que entrava na casa de estudos, ou mesmo em sua própria casa, corria direto para a estante e começava a folhear volumes, sugando para os pulmões a poeira das páginas antigas. Tão grande era o poder de sua memória que bastava um olhar para uma passagem do Talmude, para alguma nova interpretação em um comentário, e lembrava daquilo para sempre.

Eu tampouco conseguia dominar Zeidel pelo corpo. Seus membros não tinham pêlos; aos dezessete anos, a cabeça pontuda estava careca; no queixo, cresciam apenas alguns pêlos. Tinha o rosto comprido e duro, três ou quatro gotas de suor sempre brilhando na testa alta; o nariz de gancho era estranhamente nu, como o de um homem que está acostumado a usar óculos mas acabou de tirá-los. Tinha pálpebras avermelhadas, detrás das quais havia um par de olhos amarelos, melancólicos. As mãos e os pés eram pequenos como de mulher, e como nunca visitava os banhos rituais não se sabia se era eunuco ou andrógino. Como seu pai, Reb Sander Cohen, era um homem extremamente rico, ele próprio um erudito e dono de certo renome, cuidou para que o filho encontrasse partido adequado à família. A noiva veio de uma rica família de Varsóvia e era uma beldade. Até o dia do casamento ela não viu o noivo, e quando pousou os olhos nele, pouco antes de cobrir o rosto com o véu, já era tarde demais. Casou-se com ele e nunca conseguiu conceber. Passava o tempo sentada nas salas que o sogro lhe franqueara, tricotando meias, lendo livros de histórias, ouvindo o grande relógio de parede com seus pesos e correntes douradas tocar a cada meia hora, esperando pacientemente, ao que parece, que os minutos se tornassem dias, os dias anos, até chegar sua hora de ir dormir no velho cemitério de Janov.

Zeidel tinha tal intensidade que tudo em volta adquiria seu caráter. Embora uma criada cuidasse de seus cômodos, a mobília estava sempre coberta de poeira; as janelas, cobertas por cortinas pesadas, pareciam não ter sido nunca abertas; pesados tapetes cobriam o chão, abafando seus passos, de forma que estes soavam como se um espírito, não um homem, ali caminhasse. Zeidel recebia regularmente uma mesada do pai, mas jamais gastava um centavo consigo próprio. Mal sabia que aparência tinha uma moeda, no entanto era um avarento e nunca levava nenhum pobre para comer em sua casa a refeição do shabat. Nunca se dava ao trabalho de fazer amigos, e como nem ele nem a mulher jamais convidavam ninguém, ninguém sabia a aparência interna da casa.

Livre das paixões e da necessidade de ganhar a vida, Zeidel estudava diligentemente. Primeiro devotou-se ao Talmude e aos Comentários. Depois mergulhou na Cabala, e logo era um perito no oculto, escrevendo tratados sobre *O anjo Raziel* e *O livro da Criação*. Naturalmente, estava bem familiarizado com *O guia para os perplexos*, o *Kuzari* e outras obras filosóficas. Um dia, ocorreu de comprar um exemplar da Vulgata. Logo aprendeu latim e começou a ler profusamente a literatura proibida, emprestando muitos livros de um padre estudioso que morava em Janov. Em resumo, assim como seu pai acumulara moedas de ouro a vida inteira, Zeidel acumulava conhecimento. Quando tinha trinta e cinco anos, ninguém em toda a Polônia igualava-se a ele em conhecimento. Foi quando recebi ordens de tentá-lo ao pecado.

"Persuadir Zeidel a pecar?", perguntei. "Que tipo de pecado? Ele não gosta de comida, é indiferente a mulher e não tem nada a ver com negócios." Eu já havia tentado antes a heresia, sem sucesso. Ainda lembrava nossa última conversa:

"Vamos supor, Deus nos perdoe, que Deus não existe", ele me respondeu. "E daí? Então Seu próprio não-ser é divino. Só Deus, a Causa de todas as Causas, poderia ter o poder de não existir."

"Se não existe Criador, por que você reza e estuda?", continuei.

"O que mais deveria fazer?", ele perguntou de volta. "Beber vodca e dançar com as moças gentias?"

Para dizer a verdade, eu não tinha resposta para isso, então deixei-o em paz. Depois disso, seu pai morrera, e agora eu tinha ordens de me dedicar a ele de novo. Sem a menor idéia de por onde começar, desci para Janov com o coração pesado.

II.

Depois de algum tempo, descobri que Zeidel tinha uma fraqueza humana: a altivez. Tinha muito mais do que aquela lasca de vaidade que a Lei permite ao erudito.

Tracei meus planos. No meio de uma noite, despertei-o de seu sono e disse: "Sabe, Zeidel, que você é mais versado do que qualquer rabino da Polônia nos detalhes dos Comentários?".

"Claro, sei muito bem", respondeu. "Mas quem mais sabe? Ninguém."

"Sabe, Zeidel, que você suplanta todos os outros gramáticos com seu conhecimento do hebraico?", continuei. "Sabe que conhece mais a Cabala do que foi revelado a Reb Chaim Vital? Sabe que é o maior filósofo desde Maimônides?"

"Por que está me dizendo essas coisas?", Zeidel perguntou, curioso.

"Estou dizendo porque não está certo um grande homem como você, um mestre da Torá, uma enciclopédia de conhecimento, ficar enterrado numa aldeia esquecida como esta, onde ninguém presta a menor atenção em você, onde os cidadãos são rústicos e o rabino ignorante, com uma mulher que não tem conhecimento de seu verdadeiro valor. Você é uma pérola perdida na areia, Reb Zeidel."

"Bom", disse ele, "e o que posso fazer? Devo sair por aí entoando loas a mim mesmo?"

"Não, Reb Zeidel. Isso não seria bom para você. A cidade só iria dizer que ficou louco."

"Então, o que me aconselha?"

"Prometa não me interromper e eu lhe digo. Sabe que os judeus nunca honraram seus líderes: resmungavam sobre Moisés; se rebelaram contra Samuel; jogaram Jeremias numa vala; e mataram Zacarias. O Povo Escolhido detesta a grandeza. Sentem no grande homem um rival de Jeová, então amam apenas o que é mesquinho e medíocre. Seus trinta e seis santos são todos sapateiros e aguadeiros. As leis judaicas se preocupam principalmente com a gota de leite que cai na tigela de carne ou com o ovo que a galinha botou no feriado. Corromperam deliberadamente o hebraico, degradaram os antigos textos. Seu Talmude faz do rei Davi um rabino provinciano dando conselhos sobre a menstruação para as mulheres. Pelo jeito que pensam, o menor é o maior, o mais feio o mais belo. Sua regra é: quanto mais perto do pó, mais perto de Deus. Então você entende, Reb Zeidel, por que acham que você é um chute no estômago: você com sua erudição, riqueza, boa criação, idéias brilhantes e memória extraordinária."

"Por que está me dizendo tudo isso?", Zeidel perguntou.

"Reb Zeidel, me escute: o que você tem de fazer é se tornar cristão. Os gentios são a antítese dos judeus. Como o Deus deles é um homem, um homem pode ser Deus para eles. Os gentios admiram a grandeza de qualquer tipo e adoram os homens que possuem grandeza: homens de grande piedade ou grande crueldade, grandes construtores ou grandes destruidores, grandes virgens ou grandes prostitutas, grandes sábios ou grandes tolos, grandes governantes ou grandes rebeldes, grandes crentes ou grandes infiéis. Para eles, não importa o que o homem seja: se ele é grande, é idolatrado. Portanto, Reb Zeidel, se quer honrarias, deve abraçar a fé deles. E não se preocupe com Deus. Para Alguém tão poderoso e sublime, a terra e seus habitantes não passam de um enxame de mosquitos. Ele não se importa se os homens rezam a Ele na sinagoga ou na igreja, se jejuam de shabat a shabat ou se se empanturram de carne de porco. Ele é sublime demais para notar essas criaturas insignificantes que se iludem achando que são a coroa da Criação."

"Isso quer dizer que Deus não deu a Torá para Moisés no monte Sinai?", perguntou Zeidel.

"O quê? Deus abrir Seu coração para um homem nascido de mulher?"

"E Jesus não era Seu filho?"

"Jesus era um filho bastardo de Nazaré."

"Não existe nem recompensa nem castigo?"

"Não."

"Então o que existe?", Zeidel me perguntou, temeroso e confuso.

"Existe algo que existe, mas não tem existência", respondi, à maneira dos filósofos.

"Não existe esperança de se saber a verdade jamais?", Zeidel perguntou, em desespero.

"O mundo não é cognoscível e não existe verdade", respondi, virando a pergunta de ponta-cabeça. "Assim como não é possível sentir o gosto do sal com o nariz, o cheiro do bálsamo com a orelha ou o som de um violino com a língua, é impossível compreender o mundo com a razão."

"Com que se pode compreender então?"

"Com as paixões... uma pequena parte delas. Mas você, Reb Zeidel, só tem uma paixão: o orgulho. Se destruir isso também, ficará vazio, oco."

"O que devo fazer?", Zeidel perguntou, perplexo.

"Amanhã, vá até o padre e diga que quer se tornar um deles. Depois, venda seus bens e propriedades. Tente convencer sua mulher a mudar de religião. Se ela quiser, bom; senão, a perda será pequena. Os gentios farão de você um padre, e a um padre não é permitido ter esposa. Vai continuar a estudar, a usar um casaco comprido e um solidéu. A única diferença será que, em vez de ficar enfiado em uma remota aldeia entre judeus que detestam você e seu desenvolvimento, rezando num buraco de uma casa de estudos onde mendigos se coçam atrás da estufa, você vai viver numa cidade grande, pregar em igrejas luxuosas onde alguém tocará órgão e onde sua congregação consistirá de homens de peso, cujas mulheres beijarão sua mão. Se você extrapolar e formular alguma miscelânea sobre Jesus e sua mãe, a Virgem, farão de você um bispo, e depois um cardeal, e, se Deus quiser, se tudo correr bem, farão de você papa um dia. Então os gentios carregarão você em seu trono dourado, como um ídolo, e queimarão incenso à sua volta; e ajoelharão diante de sua imagem em Roma, em Madri, na Cracóvia."

"Qual será o meu nome?", perguntou Zeidel.

"Zeidlus Primeiro."

Tão grande foi a impressão que minhas palavras produziram, que Zeidel teve um violento sobressalto e sentou-se na cama. Sua esposa acordou e perguntou por que não estava dormindo. Por algum instinto secreto, sabia que o marido estava possuído por um grande desejo, e pensou: Quem sabe talvez um milagre tenha acontecido. Mas Zeidel já tinha resolvido se divorciar dela, portanto mandou que ficasse quieta e não fizesse mais perguntas. Calçou os chinelos, vestiu o roupão, foi para o estúdio, onde acendeu uma vela de cera e ficou sentado até o amanhecer, relendo a Vulgata.

III.

Zeidel fez o que aconselhei. Foi até o padre e o fez saber que desejava falar de questões de fé. Claro que o gentio estava mais que disponível. Que melhor mercadoria existe para um padre do que uma alma judia? De qualquer forma, para encurtar a história, sacerdotes e nobres de toda a província prometeram a Zeidel uma grande carreira na Igreja; ele vendeu rapidamente todas as suas posses, divorciou-se da esposa, deixou-se batizar com água benta e tornou-se cristão. Pela primeira vez na vida, Zeidel foi homenageado: os eclesiásticos fizeram muito barulho a respeito dele, os nobres o cobriram de elogios, suas mulheres lhe sorriram benignamente, e foi convidado às suas propriedades. O bispo de Zamosc foi seu padrinho. Seu nome mudou de Zeidel, filho de Sander, para Benedictus Janovsky, sendo o sobrenome em honra da aldeia onde nascera. Embora Zeidel não fosse padre ainda, nem mesmo diácono, encomendou uma batina preta no alfaiate e pendurou um rosário com uma cruz no pescoço. Por enquanto, vivia na reitoria do padre, raramente saindo porque, quando o fazia, colegiais judeus corriam atrás dele nas ruas gritando: "Convertido! Apóstata!".

Seus amigos gentios tinham muitos planos diferentes para ele. Alguns o aconselhavam a entrar num seminário e estudar; outros recomendavam que entrasse para o priorado dominicano de Lublin. Outros ainda sugeriram que se casasse com alguma mulher rica local e se tornasse um cavalheiro. Mas Zeidel tinha poucos pendores para trilhar a estrada usual. Queria a grandeza imediatamente. Sabia que no passado muitos conversos ao cristianismo haviam ficado famosos escrevendo polêmicas contra o Talmude: Petrus Alfonzo, Fablo Christiani de Montpelier, Paulo de Santa Maria, Johann Baptista, Johann Pfefferkorn, para mencionar só alguns. Zeidel resolveu seguir seus passos. Agora que estava convertido e as crianças judias abusavam dele na ruas, descobriu de repente que nunca havia amado o Talmude. O hebraico do livro era corrompido pelo aramaico; seu *pilpul* era sem graça, suas lendas improváveis, seus comentários bíblicos artificiais e cheios de sofismas.

Zeidel viajou por bibliotecas de seminários em Lublin e na Cracóvia, para estudar os tratados escritos pelos convertidos judeus. Logo descobriu que eram todos muito parecidos. Os autores eram ignorantes, plagiavam uns aos outros abundantemente e todos citavam as mesmas poucas passagens antigentios do Talmude. Alguns não tinham nem usado as próprias palavras, copiando a obra de outros e assinando seus nomes. A verdadeira *Apologia contra Talmudum* ainda estava por ser escrita, e ninguém mais bem preparado para esse trabalho do que ele, com seu conhecimento de filosofia e dos mistérios cabalísticos. Ao mesmo tempo, Zeidel se pôs a procurar na Bíblia novas provas de que os profetas previram o nascimento, martírio e ressurreição de Jesus; e a descobrir provas corroborativas para a religião católica na lógica, na astronomia e nas ciências naturais. O tratado de Zeidel ia ser para a cristandade o que *A mão forte*, de Maimônides, foi para o judaísmo. E levaria seu autor de Janov direto para o Vaticano.

Zeidel estudou, pensou, escreveu, sentado todo dia e metade da noite em bibliotecas. De quando em quando, encontrava eruditos cristãos e conversava com eles em polonês e latim. Com o mesmo fervor com que tinha estudado os livros judeus, agora estudava os textos cristãos. Logo era capaz de recitar capítulos inteiros do Novo Testamento. Transformou-se em um latinista perito. Depois de algum tempo, era tão versado na teologia cristã que os padres e monges temiam conversar com ele, porque com sua erudição descobria erros por toda parte. Muitas vezes prometeram-lhe um cargo num seminário, mas de alguma forma nunca o conseguiu. O posto de bibliotecário na Cracóvia que devia ser seu foi para um parente do governador. Zeidel começou a perceber que mesmo entre os gentios as coisas eram longe de perfeitas. O clero se interessava mais por dinheiro que por Deus. Seus sermões eram cheios de erros. A maioria dos padres não sabia latim, mas mesmo em polonês as citações eram incorretas.

Durante anos, Zeidel trabalhou em seu tratado, mas ele ainda não estava terminado. Seu padrão era tão alto que estava constantemente encontrando falhas, porém quanto mais mudanças fazia, mais mudanças achava necessárias. Escrevia, riscava, reescrevia, jogava fora. Suas gavetas estavam lotadas de páginas manuscritas, anotações, referências, mas não conseguia levar o trabalho a uma conclusão. Depois de anos de esforços, estava tão cansado que não conseguia mais distinguir certo e errado, senso e contra-senso, o que agradaria e o que desagradaria a Igreja. Nem acreditava mais naquilo que chamava de verdade e falsidade. Mesmo assim, continuava a ponderar, a encontrar eventualmente umas poucas idéias. Em seu trabalho, consultava o Talmude com tanta freqüência que voltou a mergulhar em suas profundezas, anotando nas margens das páginas, comparando todos os diferentes textos, mal sabendo se fazia isso para encontrar novas acusações ou simplesmente por hábito. Às vezes, lia livros sobre julgamentos de bruxas, relatos de moças possuídas pelo diabo, documentos da Inquisição, todo manuscrito que encontrasse descrevendo esses acontecimentos de diversos países e épocas.

Pouco a pouco, o saco de moedas de ouro que levava pendurado no pescoço foi ficando mais leve. O rosto ficou amarelo como pergaminho. Os olhos se apagaram. As mãos tremiam como as de um velho. A batina manchada e rasgada. A esperança de ser famoso entre as nações desapareceu. Passou a lamentar sua conversão. Mas o caminho de volta estava bloqueado: primeiro, porque duvidava agora de todas as fés; segundo, porque era lei da terra que um cristão que retornasse ao judaísmo seria queimado na fogueira.

Um dia, quando Zeidel estava sentado, estudando um manuscrito desbotado na biblioteca da Cracóvia, tudo escureceu diante de seus olhos. Primeiro, pensou que havia anoitecido e perguntou por que as velas não tinham sido acesas. Mas quando um monge lhe disse que o dia ainda estava brilhante, entendeu que havia ficado cego. Incapaz de voltar sozinho para casa, Zeidel teve de ser levado pelo monge. Desse momento em diante, Zeidel viveu em trevas. Temendo que seu dinheiro logo acabasse e que fosse deixado sem um groschen, além de sem olhos, Zeidel decidiu, depois de muita hesitação, passar a mendigar na frente da igreja de Cracóvia. "Perdi este mundo e o outro", pensou, "então por que orgulho? Se não dá para subir, há que descer." Assim, Zeidel, filho de Sander, ou Benedictus Janovsky, tomou o seu lugar entre os mendigos na escadaria da grande catedral de Cracóvia.

No começo, padres e cânones tentaram ajudá-lo. Queriam colocá-lo num claustro. Mas Zeidel não tinha nenhuma vontade de ser monge. Queria dormir sozinho em seu sótão e continuar levando seu saco de dinheiro debaixo da camisa. Nem tinha pendor para ajoelhar-se na frente do altar. Vez por outra, um estudante do seminário parava para conversar com ele alguns minutos sobre assuntos eruditos. Mas em pouco tempo todo mundo esqueceu dele. Zeidel contratou uma velha para levá-lo até a igreja de manhã e de volta para casa de noite. Ela também levava para ele uma tigela de mingau todos os dias. Gentios de bom coração atiravam-lhe esmolas. Ele conseguiu até economizar algum dinheiro, e o saco pendurado em seu pescoço ficou pesado de novo. Os outros mendigos caçoavam dele, mas Zeidel nunca replicava. Durante horas ficava ajoelhado nos degraus, a cabeça careca descoberta, os olhos fechados, a batina preta fechada até o queixo. Seus lábios nunca paravam de mexer e murmurar. Os transeuntes achavam que estava rezando para os santos cristãos, mas na verdade estava recitando o Gemara, o Mishná e os salmos. A teologia dos gentios ele havia esquecido tão depressa quanto a aprendera; o que restava era o que adquirira na juventude. A rua era cheia de tumulto; carroças rolavam pelas pedras do calçamento; cavalos nitriam; cocheiros gritavam com vozes roucas e estalavam os chicotes; garotas riam e falavam alto; crianças choravam; mulheres discutiam, chamando-se nomes feios, pronunciando obscenidades. De vez em quando, Zeidel parava de murmurar, mas só para cochilar com a cabeça caída no peito. Não tinha mais nenhum desejo terreno, porém uma ânsia ainda o assolava: conhecer a verdade. Existia um Criador ou o mundo era nada mais que átomos e suas combinações? Existia a alma ou todo pensamento era mera reverberação do cérebro? Haveria um Juízo Final com recompensa e punição? Existia uma Substância ou toda a existência não era nada senão imaginação? O sol o queimava, a chuva o encharcava, pombos o sujavam com seus dejetos, mas ele era imune a tudo. Agora que tinha perdido sua única paixão, o orgulho, nada mais lhe importava. Às vezes, perguntava a si mesmo: Será possível que eu seja Zeidel, o prodígio? Meu pai era Reb Sander, o chefe da comunidade? Eu realmente tive esposa um dia? Existe ainda alguém que me conheça? Para Zeitel parecia que nenhuma dessas coisas podia ser verdade. Eventos assim não tinham acontecido, e, se assim não fosse, a própria realidade era uma grande ilusão.

Uma manhã, quando a velha veio ao quarto de Zeidel no sótão para levá-lo à igreja, encontrou-o doente. Esperou até ele cochilar, cortou furtivamente o saco de dinheiro que levava ao pescoço e foi embora. Em seu estupor, Zeidel sabia que estava sendo roubado, mas não se importou. Sua cabeça estava pesada como pedra sobre o travesseiro de palha. Os pés doíam. As juntas estavam todas cheias de dor. Lá fora, nas ruas, ouvia vozes, gritos, cascos pisando, sinos tilintando. Parecia que uma multidão pagã estava celebrando um feriado com trombetas e tambores, tochas e feras, danças lascivas, sacrifícios idólatras. "Onde estou?", perguntou a si mesmo. Não conseguia se lembrar do nome da cidade; tinha esquecido até que estava na Polônia. Achou que podia estar em Atenas, ou Roma, talvez estivesse em Cartago. "Em que época vivo eu?", perguntou. Seu cérebro febril o fez pensar que era centenas de anos antes da era cristã. Logo se cansou de tanto pensamento. Só uma pergunta continuava a intrigá-lo: será que os epicuristas têm razão? Estarei realmente morrendo sem nenhuma revelação? Estou a ponto de ser extinto para sempre?

De repente, eu, o Tentador, me materializei. Embora cego, ele me viu. "Zeidel", eu disse, "prepare-se. Chegou a sua hora."

"É você, Satã, Anjo da Morte?", Zeidel exclamou com alegria.

"Sim, Zeidel", respondi, "vim buscar você. E não adianta se arrepender nem confessar, portanto nem tente."

"Para onde vai me levar?", perguntou.

"Direto para a Geena."

"Se existe uma Geena, existe também um Deus", Zeidel disse, os lábios tremendo.

"Isso não prova nada", redargüi.

"Prova, sim", disse ele, "se o Inferno existe, tudo existe. Se você é real, Ele é real. Agora me leve para onde mereço. Estou pronto."

Tirei a espada e acabei com ele, arrebatei sua alma com minhas garras e, acompanhado por um bando de demônios, voei para o mundo inferior. Na Geena, os Anjos da Destruição estavam espalhando as brasas. Dois diabos zombeteiros estavam no umbral, meio fogo, meio piche, cada um com um chapéu de três bicos na cabeça, um açoite na cintura. Os dois caíram na gargalhada.

"Lá vem Zeidlus Primeiro", um disse para o outro, "o menino da yeshiva que queria ser papa."

O último demônio

Eu, um demônio, declaro que não existem mais demônios. Para que demônios, se o próprio homem é um demônio? Por que atrair para o mal alguém que já está convencido dele? Sou o último dos persuasores. Moro num sótão em Tishevitz e tiro meu sustento de um livro de histórias iídiche, um resto dos tempos antes da grande catástrofe. As histórias do livro são parca nutrição, são leite de pato, mas as letras hebraicas têm um peso próprio. Não preciso dizer que sou judeu. Ou o quê, um gentio? Ouvi dizer que existem demônios gentios, mas não conheço nenhum, nem quero conhecer. Jacó e Esaú não podem ser parentes.

Venho de Lublin. Tishevitz é uma aldeia desolada; Adão não parou aqui nem para mijar. É tão pequena que quando uma carruagem atravessa a cidade o cavalo está no mercado e as rodas de trás estão no portão do pedágio. Em Tishevitz tem lama desde Sukot até Tishe b'Av. Os bodes da cidade não precisam levantar as barbas para mascar os tetos de sapé das casinhas. Galinhas se empoleiram no meio das ruas. Pássaros fazem ninhos nos chapéus das mulheres. Na sinagoga dos alfaiates, um bode é o décimo do quórum.

Não me pergunte como eu consegui chegar a essa mínima letra no menor de todos os livros de oração. Mas quando Asmodeus manda ir, você vai. Depois de Lublin a estrada é conhecida até Zamosc. Dali em diante é por sua conta. Me mandaram procurar um galo de ferro giratório com um corvo encarapitado em cima no telhado da casa de estudos. Um dia, muito tempo atrás, o galo girava no vento, mas faz anos que não se mexe, nem mesmo com trovão e relâmpagos. Em Tishevitz, até os galos de ferro morrem.

Falo no tempo presente porque para mim o tempo parou. Chego. Olho em torno. Por tudo que me é mais sagrado, não consigo encontrar um único dos nossos. O cemitério está vazio. Não tem privada fora. Vou até a casa de banhos rituais, mas não escuto nem um som. Sento-me no banco mais alto, olho para a pedra sobre a qual se vertem os baldes de água toda sexta-feira e penso: Por que sou necessário aqui? Se é necessário um pequeno demônio, é preciso importá-lo de Lublin? Não existem diabos suficientes em Zamosc? Lá fora, brilha o sol, o solstício de verão está próximo, mas dentro da casa de banhos está escuro e frio. Acima de mim há uma teia de aranha, e dentro da teia a aranha mexendo as pernas, parecendo fiar, mas sem puxar fio nenhum. Não há nem sinal de uma mosca, nem da casca de uma mosca. "O que come essa criatura?", me pergunto. "Suas próprias entranhas?" De repente, ouço entoar uma canção talmúdica: "Um leão não se satisfaz com um bocado e uma vala não se enche com a terra de suas próprias paredes".

Caio na gargalhada.

"É mesmo? Por que se disfarçou de aranha?"

"Já fui verme, pulga, sapo. Faz duzentos anos que estou aqui, sem trabalho nenhum para fazer. Mas precisa ter licença para sair."

"Eles não pecam aqui?"

"Homens banais, pecados banais. Alguém cobiça a vassoura do outro hoje; amanhã faz jejum e coloca ervilhas dentro dos sapatos. Desde que Abraão Zalman teve a ilusão de que era o Messias, filho de José, o sangue dessa gente congelou nas veias. Se eu fosse Satã, não mandava nem um calouro nosso para cá."

"O que ia custar para ele?"

"O que está acontecendo no mundo?", ele me pergunta.

"Não tem andado muito bom para a nossa turma."

"O que aconteceu? O Espírito Santo está ficando mais forte?"

"Mais forte? Só em Tishevitz é que ele é poderoso. Ninguém ouviu falar dele nas grandes cidades. Até em Lublin está fora de moda."

"Bom, então devia estar tudo bem."

"Mas não está", eu disse. "'Para nós, culpa total é pior do que inocência total'. Chegou a ponto de as pessoas quererem pecar acima das suas capacidades. Elas se martirizam pelo mais trivial dos pecados. Se é assim, para que precisam de nós? Pouco tempo atrás, eu estava voando sobre a rua Levertov e vi um homem vestido com um casaco de pele de onça. Tinha barba preta e cachos ondulados, uma piteira de âmbar presa entre os lábios. Do outro lado da rua, a mulher de um oficial estava caminhando, então me ocorreu dizer: 'É uma troca e tanto, não acha, Tio?'. Só eu esperava dele um pensamento. Estava com o lenço pronto para o caso de ele cuspir em mim. E o que o homem faz? 'Por que desperdiçar saliva comigo?', me diz, zangado, 'Eu estou a fim. Vá trabalhar em cima dela.'"

"Que tipo de desgraça é essa?"

"Iluminação! Nos duzentos anos que você está sentado aí em cima do rabo, Satã cozinhou um novo prato de kasha. Os judeus produzem escritores agora. Escritores iídiches, escritores hebraicos, e eles tomaram conta do nosso trabalho. A gente fica rouco de falar com todo adolescente, mas eles publicam suas cafonices aos milhares e distribuem para judeus em toda parte. Conhecem todos os nossos truques: escárnio, piedade. Inventam cem razões de por que um rato deve ser *kacher*. Tudo o que querem é redimir o mundo. Ora, se você não conseguiu corromper nada, por que ficou largado aqui duzentos anos? E se não conseguiu fazer nada em duzentos anos, o que esperam de mim em duas semanas?"

"Você conhece o provérbio: 'Turista ligeiro visita o mundo inteiro'."

"O que há para ver?"

"Um jovem rabino mudou para cá, vindo de Modly Bozyc. Ainda não tem trinta anos, mas está absolutamente recheado de conhecimentos, conhece os trinta e seis tratados do Talmude de cor. É o maior cabalista da Polônia, jejua toda segunda e toda quinta-feira, e toma banho na casa de banhos rituais mesmo quando a água está gelada. Não permite que nenhum de nós fale com ele. E, além de tudo, tem uma esposa linda, e isso é favas contadas. Com o que se pode tentar esse aí? É melhor tentar arrombar uma parede de ferro. Se pedissem minha opinião, eu diria que Tishevitz devia ser removida dos nossos arquivos. Tudo o que peço é que me tirem daqui antes que eu fique louco."

"Não, primeiro, temos de ter uma conversa com esse rabino. Como acha que devo começar?"

"Você é que sabe. Ele vai começar a despejar sal no seu rabo antes de você abrir a boca."

"Sou de Lublin. Não me assusto tão fácil."

II.

A caminho do rabino, pergunto ao diabinho: "O que você tentou até agora?".

"O que eu não tentei?", ele responde.

"Uma mulher?"

"Nem olha para mulher."

"Heresia?"

"Sabe todas as respostas."

"Dinheiro?"

"Não sabe que cara tem uma moeda."

"Fama?"

"Ele foge dela."

"Nunca olha para trás?"

"Nem mexe a cabeça."

"Tem de haver algum ângulo."

"Escondido onde?"

A janela do estúdio do rabino está aberta, e voamos para dentro. A parafernália de sempre a toda volta: uma arca com o Rolo Sagrado, estantes, um mezuzá em sua caixa de madeira. O rabino, um jovem de barba loira, olhos azuis, cachos amarelos, testa alta e um profundo bico-de-viúva, senta-se em sua cadeira rabínica espiando o Gemara. Está completamente equipado: yarmulka, faixa e manto de franjas com cada franja trançada oito vezes. Escuto seu crânio: pensamentos puros! Ele oscila o corpo e canta em hebraico: "*Rachel t'unah v'gazezah*" e traduz: "Uma ovelha lanosa tosada".

"Em hebraico, Raquel é nome tanto de ovelha quanto de mulher", digo.

"É?"

"A ovelha tem lã e a moça tem cabelo."

"Portanto?"

"Se ela não for andrógina, a moça tem pêlos púbicos."

"Pare de falar bobagem e me deixe estudar", o rabino diz com raiva.

"Espere um pouco", digo. "A Torá não vai esfriar. É verdade que Jacó amava Raquel, mas quando lhe deram a Lia no lugar, ela não era veneno. E quando Raquel deu Bila para ele como concubina, o que Lia fez para provocar a irmã? Pôs Zilpa na cama dele."

"Isso foi antes da doação da Torá."

"E o rei Davi?"

"Isso aconteceu antes da excomunhão pelo rabino Gershom."

"Antes ou depois do rabino Gershom, um homem é um homem."

"Canalha. *Shaddai kra Satan*", o rabino exclama. Agarrando os dois cachos, começa a tremer como se tomado por um pesadelo. "Que bobagem estou pensando?" Agarra os lóbulos das orelhas e fecha as orelhas. Continuo falando, mas ele não ouve; fica absorto numa passagem difícil e não há mais com quem falar. O diabinho de Tishevitz diz: "Esse é difícil de pegar, não é? Amanhã vai jejuar e rolar numa cama de espinhos. Vai dar o último centavo para as obras de caridade".

"Um crente desses hoje em dia?"

"Sólido como uma rocha."

"E a mulher dele?"

"Um cordeiro sacrifical."

"E os filhos?"

"Ainda bebês."

"Tem talvez uma sogra?"

"Já está no outro mundo."

"Alguma briga?"

"Nem meio inimigo."

"Onde se encontra uma jóia dessas?"

"De vez em quando, uma coisa dessas aparece entre os judeus."

"Esse aí eu preciso pegar. É o meu primeiro trabalho por aqui. Me prometeram que se eu acertar, sou transferido para Odessa."

"E o que tem de bom nisso?"

"É o mais perto do paraíso que a nossa turma pode imaginar. Pode-se dormir vinte e quatro horas por dia. A população peca sem a gente precisar levantar um dedo."

"E o que se faz o dia inteiro?"

"Brinca-se com as nossas mulheres."

"Aqui não tem nem uma das nossas mulheres." O diabrete suspira. "Tinha uma velha sem-vergonha, mas ela expirou."

"Então o que sobrou?"

"O que Onã fazia."

"Isso aí não leva a nada. Me ajude e juro pela barba de Asmodeus que tiro você daqui. Temos uma vaga para misturador de ervas amargas. Só tem de trabalhar nas Páscoas."

"Espero que dê certo, mas não conte com o ovo."

"Já cuidamos de gente mais dura que ele."

III.

Passa-se uma semana e nosso negócio não vai para a frente; me vejo num péssimo estado de espírito. Uma semana em Tishevitz é igual a um ano em Lublin. O diabinho de Tishevitz é legal, mas quando alguém passa duzentos anos num buraco desses, acaba virando um caipira. Ele conta piadas que não divertiriam Enoque e tem convulsões de riso; cita nomes do Hagadá. Todas as histórias dele têm longas barbas. Eu queria ir embora daqui, mas não posso voltar de mãos vazias. Tenho inimigos entre meus colegas e preciso evitar intrigas. Talvez tenha sido mandado para cá para quebrar o pescoço. Quando diabos param de guerrear com pessoas, começam a perseguir uns aos outros.

A experiência ensina que de todos os truques que usamos, três são infalíveis: luxúria, orgulho e avareza. Ninguém escapa desses três, nem o rabino Tsots em pessoa. Dos três, o orgulho tem as malhas mais fortes. Segundo o Talmude, ao erudito se permite uma oitava parte de uma oitava parte de vaidade. Mas o homem instruído geralmente supera essa cota. Quando vejo que os dias estão passando e que o rabino de Tishevitz continua teimando, me concentro na vaidade.

"Rabino de Tishevitz", digo, "eu não nasci ontem. Venho de Lublin, onde as exegeses do Talmude são como as pedras da rua. Usamos manuscritos para acender nossos fornos. O piso de nossos sótãos se curvam debaixo do peso da Cabala. Mas nem mesmo em Lublin encontrei um homem de sua eminência. Como é que ninguém ouviu falar de você?", pergunto. "Santos verdadeiros deveriam se esconder, talvez, mas silêncio não traz redenção. Você devia ser líder da sua geração, e não apenas o rabino desta comunidade, por mais sagrado que isso seja. Chegou a hora de se revelar. Céu e terra esperam por você. O próprio Messias fica sentado no Ninho de Pássaro olhando para baixo em busca de um santo sem jaça como você. Mas o que você está fazendo a respeito? Fica aí sentado em sua cadeira rabínica aplicando a lei para dizer quais potes e quais panelas são *kacher*. Desculpe a comparação, mas é como se um elefante fosse usado para puxar uma palha."

"Quem é você e o que quer?", perguntou o rabino, aterrorizado. "Por que não me deixa estudar?"

"Há um momento em que o serviço de Deus exige que se negligencie a Torá", brado. "Qualquer estudante pode estudar o Gemara."

"Quem mandou você aqui?"

"Fui mandado; estou aqui. Acha que não sabem que você está aqui? Os ilustres estão chateados com você. Ombros largos têm de levar a sua parte do peso. Para colocar em rima: mais tropeça quem mais baixa a cabeça. Escute isto: Abraão Zalman era o Messias, filho de José, e vocês têm ordens de preparar o caminho para o Messias, filho de Davi, mas pare de dormir. Prepare-se para a batalha. O mundo está mergulhando no quadragésimo nono portal de impureza, mas você já avançou para o sétimo céu. Um único grito se escuta nas mansões, o homem de Tishevitz. O anjo encarregado do Edom mandou um clã de demônios contra você. Satã está à espera também. Asmodeus está enfraquecendo você. Lilith e Namah pairam ao lado de sua cama. Você não vê as duas, mas Shabriri e Briri estão seguindo seus passos. Se os Anjos não defendessem você, seria esmagado por essa multidão perversa até virar pó e cinza. Mas você não está sozinho, rabino de Tishevitz. O Senhor Sandalphon guarda cada passo seu. Metratron olha por você de sua esfera luminescente. Está tudo em equilíbrio, homem de Tishevitz, você pode burlar a balança."

"O que devo fazer?"

"Ouça bem o que eu digo. Mesmo que eu mande você violar a lei, faça o que mando."

"Quem é você? Como é seu nome?"

"Elias, o tisbita. Tenho prontos os chifres de carneiro para o Messias. A redenção chegar ou vagarmos na escuridão no Egito outros dois mil seiscentos e oitenta e nove anos são coisas que só dependem de você."

O rabino de Tishevitz permanece em silêncio durante longo tempo. Seu rosto fica branco como as folhas de papel em que escreve seus comentários.

"Como posso saber se está dizendo a verdade?", pergunta com voz trêmula. "Desculpe, Anjo Sagrado, mas preciso de um sinal."

"Você está certo. Eu lhe darei um sinal."

E levanto um tal vento no estúdio do rabino que a folha de papel em que está escrevendo sobe da mesa e começa a voar como um pombo. As páginas do Gemara viram sozinhas. A cortina do Rolo Sagrado se agita. O yarmulka pula da cabeça do rabino, sobe até o teto e cai de volta em seu crânio.

"É assim que a natureza se comporta?", pergunto.

"Não."

"Acredita em mim agora?"

O rabino de Tishevitz hesita. "O que quer que eu faça?"

"O líder desta geração tem de ser famoso."

"Como faço para ficar famoso?"

"Vá e corra o mundo."

"O que eu faço no mundo?"

"Pregue e colete dinheiro."

"Para que coleto dinheiro?"

"Primeiro colete. Depois eu digo o que fazer com o dinheiro."

"Quem vai contribuir?"

"Quando eu ordeno, os judeus dão."

"Como vou me sustentar?"

"Um emissário rabínico tem direito a parte do que coleta."

"E minha família?"

"Vai conseguir o suficiente para todos."

"O que tenho de fazer agora?"

"Feche o Gemara."

"Ah, mas minha alma deseja a Torá", geme o rabino de Tishevitz. Mesmo assim, levanta a capa do livro, pronto para fechá-lo. Se fizesse isso, estaria conquistado. O que fez José de la Reina? Só deu a Samael uma pitada de rapé. Já estou rindo por dentro. "Rabino de Tishevitz, você já é meu." O diabinho da casa de banhos, parado num canto, estica a orelha e fica verde de inveja. Verdade, prometi a ele um favor, mas os ciúmes de nossa espécie são mais fortes que tudo. De repente, o rabino diz: "Desculpe, meu Senhor, mas preciso de outro sinal".

"O que quer que eu faça? Que detenha o sol?"

"Só me mostre seus pés."

No momento em que o rabino de Tishevitz diz essas palavras, sei que está tudo perdido. Podemos disfarçar todas as partes do nosso corpo, menos os pés. Desde o menor diabrete até o Ketev M'riri, todos temos garras de ganso. O diabinho no canto explode de rir. Pela primeira vez em mil anos, eu, o mestre do discurso, perco a fala.

"Não mostro meus pés", grito, furioso.

"Quer dizer que você é um diabo. *Pik*, saia daqui", grita o rabino. Corre à estante, pega *O livro da Criação* e o sacode ameaçadoramente sobre mim. Que diabo consegue agüentar *O livro da Criação*? Saio correndo do estúdio do rabino com o espírito em pedaços.

Para encurtar a história, fico retido em Tishevitz. Nada de Lublin, nada de Odessa. Em um segundo todos os meus estratagemas se transformaram em cinzas. Vem uma ordem do próprio Asmodeus. "Fique em Tishevitz e frite-se. Não vá além daquilo que é permitido a um homem caminhar no shabat."

Há quanto tempo estou aqui? A Eternidade e mais um dia. Já vi tudo, a destruição de Tishevitz, a destruição da Polônia. Não existem mais judeus, não existem mais demônios. As mulheres não deitam mais água na noite do solstício de inverno. Não evitam dar as coisas em números pares. Não batem mais ao amanhecer na antecâmara da sinagoga. Não avisam mais antes de esvaziar os penicos. O rabino foi martirizado numa sexta-feira do mês de Nisan. A comunidade foi abatida, os livros santos queimados, o cemitério violado. *O livro da Criação* foi devolvido ao Criador. Gentios se lavam nos banhos rituais. A capela de Abraão Zalman foi transformada em pocilga. Não existe mais Anjo do Bem e Anjo do Mal. Nada de pecados, nada de tentações! A geração já é sete vezes culpada, mas o Messias não chega. Para quem chegaria? O Messias não foi aos judeus, então os judeus foram ao Messias. Não há mais necessidade de demônios. Também fomos aniquilados. Sou o último, um refugiado. Posso ir aonde quiser, mas aonde vai um demônio como eu? Aos assassinos?

Encontrei um livro de histórias iídiches entre dois barris quebrados na casa que um dia pertenceu a Velvel, o fabricante de barris. Sento ali, o último dos demônios. Como poeira. Durmo em cima de um espanador. Continuo lendo bobagens. O estilo do livro é à nossa maneira; pudim de shabat cozido com gordura de porco: blasfêmia enrolada em piedade. A moral do livro é: nem juiz nem julgamento. Mas mesmo assim as letras são judaicas. O alfabeto que não puderam desperdiçar. Chupo as letras e me alimento. Conto as palavras, faço rimas e tortuosamente interpreto e reinterpreto cada ponto.

Aleph, o abismo, não é outra nossa sina.
Beth, o bebê, danação pré-natalina.
Gimel, Deus, fingindo que soubera.
Daleth, o golpe, desde muito à nossa espera.
Hai, hábil pensador, nobre aprisionado.
Vov, o vento, balançando o enforcado.
Zayeen, o zodíaco, signos tecidos na distância.
Chet, chama da sabedoria, desnuda a ignorância.
Tet, tanatos, morte-sombra alongada.
Yud, o juiz, a sentença fraudada.

Sim, enquanto restar um único volume, tenho algo para me sustentar. Contanto que as traças não tenham destruído a última página, resta algo com que brincar. O que vai acontecer quando a última letra não existir mais é algo que não deixo chegar aos meus lábios.

Quando a última letra fenecer,
o último demônio vai morrer.

Breve sexta-feira

Na aldeia de Lapschitz vivia um alfaiate chamado Shmul-Leibele com sua esposa, Shoshe. Shmul-Leibele era meio alfaiate, meio peleteiro, e um pobre completo. Nunca dominou sua profissão. Quando tomava a encomenda de um paletó ou de uma capa, inevitavelmente fazia a roupa ou curta demais ou justa demais. O cinto nas costas ficava ou alto demais ou baixo demais, as lapelas nunca se encontravam, a abertura ficava fora de centro. Diziam que ele um dia havia costurado umas calças com a braguilha para um lado. Shmul-Leibele não podia contar com os cidadãos ricos entre seus clientes. As pessoas comuns lhe traziam suas roupas surradas para remendar e costurar, e os camponeses traziam as peles velhas para virar pelo avesso. Como sempre acontece com incompetentes, ele era lento também. Vagabundeava em cima de uma roupa semanas e semanas. Porém, apesar das limitações, deve-se dizer que Shmul-Leibele era um homem honrado. Só usava linha forte e nenhuma costura sua cedia. Se alguém encomendava um forro para Shmul-Leibele, mesmo que fosse de simples pano de saco ou algodão, ele comprava só o melhor material e assim perdia a maior parte do lucro. Ao contrário de outros alfaiates que guardam cada restinho de tecido, ele devolvia todos os retalhos para os clientes.

Se não fosse sua mulher competente, Shmul-Leibele certamente teria morrido de fome. Shoshe o ajudava de todas as formas que podia. Às quintas-feiras, ela servia como diarista para famílias ricas, fazendo massa, e nos dias de verão ia à floresta colher frutinhas e cogumelos, além de pinhas e gravetos para o fogão. No inverno, afofava as plumas para os colchões das noivas. Era também melhor alfaiate que o marido, e quando ele começava a suspirar ou a perder tempo e resmungar consigo mesmo, sinal de que não continuaria trabalhando, ela pegava o giz de sua mão e mostrava como seguir em frente. Shoshe não tinha filhos, mas era de conhecimento comum que não era ela a estéril, e sim o marido, uma vez que todas as suas irmãs tinham tido crianças, enquanto o único irmão dele também não tinha filhos. As mulheres da cidade insistiam com Shoshe para se divorciar dele, mas ela fingia não ouvir, porque o casal se amava com um grande amor.

Shmul-Leibele era pequeno e desajeitado. Tinha mãos e pés grandes demais para o corpo, e a testa apresentava um volume de cada lado, como é comum nos simplórios. Suas faces, vermelhas como maçãs, não tinham barba, apenas uns poucos fios brotavam-lhe no queixo. Praticamente não tinha pescoço; a cabeça apoiava-se nos ombros como a de um homem de neve. Quando andava, arrastava os sapatos no chão, de forma que se ouviam seus passos de longe. Cantarolava continuamente e trazia sempre um sorriso afável no rosto. Inverno e verão, usava o mesmo cafetã e boné com protetor de orelhas feito de pele de carneiro. Sempre que havia necessidade de um mensageiro, Shmul-Leibele era empurrado para o serviço e, por mais longe que fosse mandado, ia sempre de boa vontade. Os gozadores da cidade davam-lhe uma coleção de apelidos e faziam dele a vítima de toda sorte de brincadeiras, mas ele nunca se ofendia. Quando outros ralhavam com os que o atormentavam, ele simplesmente observava: "Que me importa? Deixe eles se divertirem. São crianças, afinal...".

Às vezes, presenteava um ou outro dos gozadores com um pedaço de doce ou com uma noz. Fazia isso sem nenhuma segunda intenção, simplesmente por bondade de coração.

Shoshe era uma cabeça mais alta que ele. Em seus dias de juventude, fora considerada uma beldade, e nas casas onde trabalhou como criada falavam muito bem de sua honestidade e empenho. Muitos jovens tinham disputado sua mão, e ela selecionara Shmul-Leibele porque ele era quieto e porque nunca acompanhava os outros rapazes que se juntavam na estrada de Lublin ao meio-dia de sábado para flertar com as meninas. Sua devoção e natureza retraída a agradavam.

Já em menina, Shoshe tinha muito prazer em estudar o Pentateuco, em cuidar dos doentes da casa dos pobres, em ouvir as histórias das velhas que ficavam sentadas na frente das casas remendando meias. Ela jejuava no último dia de cada mês, o Dia Menor da Reconciliação, e freqüentava bastante os cultos da sinagoga das mulheres. Imediatamente depois do casamento, raspou a cabeça e amarrou com firmeza um pano em cima das orelhas, não permitindo que nem um fio de cabelo de sua peruca de matrona aparecesse, como faziam algumas outras jovens. A atendente do banho a elogiava porque nunca brincava no banho ritual, apenas fazia suas abluções de acordo com a lei. Comprava sempre carne indiscutivelmente kacher, embora custasse meio centavo a mais por peso, e quando estava em dúvida sobre as normas alimentares, procurava o conselho do rabino. Mais de uma vez não hesitou em jogar fora toda a comida e até em quebrar a tigela de barro. Em resumo, era uma mulher capaz e temente a Deus, e mais de um homem invejava Shmul-Leibele pela jóia de mulher que tinha.

Acima de todas as bênçãos da vida, o casal reverenciava o shabat. Toda sexta-feira ao meio-dia, Shmul-Leibele punha de lado suas ferramentas e suspendia o trabalho. Estava sempre entre os primeiros no banho ritual e mergulhava na água quatro vezes pelas quatro letras do Santo Nome. Ajudava também o bedel a acender as velas dos lustres e candelabros. Shoshe economizava durante a semana inteira, mas no shabat era pródiga. Iam para dentro do forno quente bolos, biscoitos e o pão de shabat. No inverno, fazia pudins de pescoço de galinha recheado de massa e gordura derretida. No verão, preparava pudins de arroz ou macarrão, untados de gordura de galinha e polvilhados com açúcar ou canela. O prato principal era batata e trigo sarraceno, ou cevadinha com feijão, no meio da qual nunca deixava de colocar um osso de tutano. Para ter certeza de que o prato seria bem cozido, ela selava o forno com massa solta. Shmul-Leibele valorizava cada bocado, e a toda refeição do shabat dizia: "Ah, Shoshe, meu amor, isso é comida de rei! Tem gosto de Paraíso!". Ao que Shoshe respondia: "Coma bem. Que seja bom para a sua saúde".

Embora Shmul-Leibele fosse pobre em erudição, incapaz de memorizar um capítulo do Mishná, era bem versado em todas as leis. Ele e a mulher sempre estudavam *O bom coração*, em iídiche. Nos meios-feriados e feriados, e a cada dia livre, ele estudava a Bíblia em iídiche. Nunca perdia um sermão e, embora pobre, comprava dos mascates todo tipo de livros de instruções morais e histórias religiosas, que depois lia junto com a mulher. Nunca se cansava de recitar frases sagradas. Assim que levantava de manhã, lavava as mãos e começava a pronunciar o preâmbulo das orações. Depois, ia até a casa de estudos e orava, como parte do quórum. Todo dia recitava alguns capítulos dos Salmos, além de outras orações que os menos sérios tendiam a negligenciar. Tinha herdado do pai um grosso livro de orações com capa de madeira, que continha os rituais e as leis para cada dia do ano. Shmul-Leibele e sua mulher respeitavam absolutamente todos eles. Muitas vezes ele dizia à mulher: "Eu sem dúvida vou acabar na Geena, porque não vai haver ninguém para rezar o Kadish para mim". "Morda a língua, Shmul-Leibele", ela protestava. "Primeiro, tudo é possível aos olhos de Deus. Segundo, vai viver até a chegada do Messias. Terceiro, é possível que eu morra antes de você e que você case com outra que vai lhe dar uma dúzia de filhos." Quando Shoshe dizia isso, Shmul-Leibele gritava: "Deus me livre! Você tem de ter boa saúde. Prefiro queimar na Geena!".

Shmul-Leibele e Shoshe gostavam de todos os shabats, mas sua maior satisfação vinha nos shabats do inverno. Como o dia antes da noite de shabat era curto, e como Shoshe estava ocupada até tarde na quinta-feira, o casal ficava acordado a noite de quinta-feira inteira. Shoshe amassava o pão na gamela, cobria com um pano e uma almofada para que fermentasse. Aquecia o forno com aparas de madeira e gravetos. As janelas eram mantidas fechadas e a porta trancada. A cama e o catre ficavam sem arrumar, pois ao nascer do dia o casal tiraria uma soneca. Enquanto estava escuro, Shoshe preparava a refeição do shabat à luz de uma vela. Depenava a galinha ou o ganso (se conseguia arranjar um barato), deixava de molho, salgava e raspava a gordura. Grelhava um fígado para Shmul-Leibele em cima das brasas brilhantes e assava um pequeno pão de shabat para ele. De vez em quando, ela escrevia seu próprio nome em cima do pão com letras de massa, e então Shmul-Leibele brincava com ela: "Shoshe, estou comendo você. Shoshe, engoli você". Shmul-Leibele adorava calor e subia em cima do forno para ficar olhando dali a esposa cozinhar, assar, lavar, enxaguar, moer e cortar. O pão de shabat ficava redondo e corado. Shoshe trançava a massa com tanta agilidade que parecia dançar diante dos olhos de Shmul-Leibele. Ela se agitava com espátulas, espetos, conchas e espanadores de asa de ganso, e às vezes até pegava uma brasa com os dedos nus. As panelas fumegavam, borbulhavam. De vez em quando, uma gota de sopa saltava para fora e a chapa quente chiava, assobiava. E o tempo todo o grilo continuava a cricrilar. Embora Shmul-Leibele já tivesse jantado, sentia o apetite abrir outra vez, e Shoshe atirava-lhe um knish, uma moela da galinha, um biscoito, uma ameixa do guisado de ameixa, um naco da carne de panela. Ao mesmo tempo, ralhava, dizendo que era guloso. Quando ele tentava se defender, ela dizia: "Ah, a culpa é minha, eu é que deixei você ficar morrendo de fome...".

Ao amanhecer, ambos iam se deitar de pura exaustão. E, por causa do esforço deles, Shoshe não teria de sair correndo malvestida no dia seguinte, e podia fazer a bênção das velas um quarto de hora antes do amanhecer.

A sexta-feira em que esta história aconteceu era a sexta-feira mais curta do ano. Lá fora, a neve caíra a noite inteira, agasalhando a casa até a altura das janelas e bloqueando a porta. Como sempre, o casal ficara acordado até de manhã, deitando-se então para dormir. Acordaram mais tarde que de costume porque não ouviram o galo cantar e, como as janelas estavam cobertas de neve e gelo, o dia parecia escuro como a noite. Shmul-Leibele murmurou "Agradeço-Vos" e saiu com uma vassoura e uma pá para limpar a entrada, depois pegou um balde e foi buscar água no poço. Então, como não tinha nenhum trabalho urgente, resolveu ficar deitado o dia inteiro. Foi à casa de estudos para as preces da manhã e depois do café dirigiu-se à casa de banhos. Mas por causa do frio lá fora os clientes reclamavam sem parar: "Um balde! Um balde!", e o atendente vertia mais e mais água sobre as pedras em brasa, de forma que o vapor ficava constantemente mais denso. Shmul-Leibele encontrou uma vassourinha de salgueiro espetada, subiu ao degrau mais alto e açoitou-se até ficar com a pele vermelha. Da casa de banhos, correu para a casa de estudos, que o bedel já tinha varrido, espargindo areia no chão. Shmul-Leibele arrumou as velas e ajudou a colocar as toalhas nas mesas. Depois voltou para casa e vestiu a roupa de shabat. As botas, que tinham recebido sola nova dias antes, não deixavam mais passar o frio. Shoshe tinha lavado a roupa da semana e lhe deu uma camisa limpa, cueca, um manto de franjas e até um par de meias limpo. Ela já havia feito a bênção das velas, e o espírito do shabat emanava de cada canto da sala. Estava usando o lenço de seda com lantejoulas prateadas, vestido cinza e amarelo, e sapatos brilhantes, de bico fino. No pescoço, usava a corrente que a mãe de Shmul-Leibele, que descanse em paz, tinha lhe dado para comemorar a assinatura do contrato de casamento. A aliança matrimonial cintilava no dedo indicador. A luz da vela se refletia nos vidros da janela e Shmul-Leibele pensou que parecia uma duplicata da sala lá fora, com uma outra Shoshe acendendo as velas do shabat. Ele queria dizer à mulher como ela estava cheia de graça, mas não havia tempo para isso, uma vez que está especificamente dito no livro de orações que é conveniente estar entre os dez primeiros fiéis a chegar à sinagoga; e aconteceu que, ao ir para as orações, foi o décimo homem a chegar. Depois que a congregação entoou o Cântico dos Cânticos, o cantor cantou "Agradecei" e "Oh, exultemos". Shmul-Leibele rezou com fervor. As palavras escorriam-lhe da boca, pareciam sair de seus lábios com vida própria, e ele sentiu que subiam pela parede oriental, acima da cortina bordada da Arca Sagrada, dos leões dourados, da tábuas, flutuando até o teto com sua pintura das doze constelações. De lá, as preces sem dúvida subiram até o Trono de Glória.

II.

O cantor cantou "Vem, minha amada" e Shmul-Leibele trombeteou junto, acompanhando. Vieram a seguir as orações e os homens recitaram "É nosso dever louvar...", ao que Shmul-Leibele acrescentou um "Senhor do Universo". Depois, ele desejou a todos um bom shabat: ao rabino, ao abatedor ritual, ao chefe da comunidade, ao rabino assistente, a todos os presentes. Os meninos do cheder gritaram "Bom shabat, Shmul-Leibele", caçoando dele com gestos e caretas, mas Shmul-Leibele respondeu a todos com um sorriso, chegando a beliscar a bochecha de um menino afetuosamente. E foi para casa. A neve estava tão alta que mal dava para divisar os contornos dos telhados, como se toda a povoação estivesse imersa em branco. O céu, que ficara baixo e coberto o dia inteiro, agora estava ficando claro. Por entre as nuvens, uma lua cheia espiava o mundo, lançando um brilho quase diurno sobre a neve. A oeste, a barra da nuvem ainda guardava uma centelha de pôr-do-sol. As estrelas dessa sexta-feira pareciam maiores e mais nítidas, e algum milagre fazia parecer que Lapschitz havia se fundido com o céu. A cabana de Shmul-Leibele, que ficava situada não longe da sinagoga, agora estava suspensa no espaço, como está escrito: "Ele suspendeu a terra no nada". Shmul-Leibele foi andando devagar, pois, segundo a lei, não se deve ter pressa ao voltar de um lugar santo. Mas ansiava por chegar em casa. "Quem pode saber?", pensou. "Talvez Shoshe tenha ficado doente. Ou tenha ido buscar água e, Deus nos livre, caiu dentro do poço. O céu nos guarde, mas quantos problemas podem despencar em cima de um homem."

Na soleira, bateu os pés para sacudir a neve, então abriu a porta e viu Shoshe.

A sala o fez pensar no Paraíso. O forno acabara de ser caiado, as velas nos candelabros de latão lançavam um clarão de shabat. Os aromas que vinham do forno selado misturavam-se aos perfumes do jantar de shabat. Shoshe estava sentada na cama aparentemente a sua espera, as faces brilhando com o frescor de uma menina. Shmul-Leibele desejou-lhe um bom shabat e ela retribuiu desejando-lhe um bom ano. Ele começou a cantarolar "A paz esteja convosco, anjos da guarda..." e depois de se despedir dos anjos invisíveis que acompanham cada judeu que sai da sinagoga, recitou: "A mulher de valor". Ele entendia muito bem o sentido dessas palavras, porque as tinha lido muitas vezes em iídiche, e todas as vezes refletia de novo como pareciam se aplicar tão bem a Shoshe.

Shoshe sabia que essas frases sagradas estavam sendo ditas em sua honra, e pensou: "Aqui estou eu, uma mulher simples, órfã, e Deus escolheu me abençoar com um marido devotado que me elogia na língua sagrada".

Os dois haviam comido frugalmente durante o dia para ter apetite para a refeição do shabat. Shmul-Leibele pronunciou a bênção sobre o vinho de passas e deu a taça para Shoshe beber. Depois, lavou os dedos numa tigela de estanho, e ela lavou os dela, e ambos secaram as mãos numa mesma toalha, cada um numa ponta. Shmul-Leibele levantou o pão do shabat e, com a faca de pão, cortou uma fatia para ele e outra para sua esposa.

Imediatamente informou a ela que o pão estava bom e ela contestou: "Ora, você diz isso todo shabat".

"Mas é verdade", ele respondeu.

Embora fosse difícil encontrar peixe durante o tempo do frio, Shoshe havia comprado quase meio quilo de lúcio no peixeiro. Tinha picado em postas com cebola, acrescentado um ovo, sal e pimenta, e cozinhado com cenouras e salsinha. Shmul-Leibele ficou sem fôlego e depois teve de beber um cálice de uísque. Quando começou a entoar os cânticos da mesa, Shoshe o acompanhou calada. Depois veio a sopa de galinha com macarrão, e pequenos círculos de gordura brilhavam na superfície como ducados de ouro. Entre a sopa e o prato principal, Shmul-Leibele cantou de novo hinos do shabat. Como o ganso era barato nessa época do ano, Shoshe deu uma coxa a mais para agradar Shmul-Leibele. Depois da sobremesa, Shmul-Leibele lavou-se pela última vez e fez uma bênção. Quando chegou às palavras: "Que não passemos necessidade nem dos dons da carne e do sangue, nem de seus empréstimos", ele voltou os olhos para o alto e brandiu os punhos. Nunca deixava de rezar para que lhe fosse permitido continuar ganhando sua sobrevivência, sem se tornar, Deus nos livre, objeto de caridade.

Depois das graças, rezou ainda mais um capítulo do Mishná e todo tipo de outras preces que se encontravam em seu grande livro de orações. Então sentou-se para ler sua porção semanal do Pentateuco, duas vezes em hebraico e uma em aramaico. Enunciava cada palavra e tomava o cuidado de não cometer nenhum erro nos difíceis parágrafos aramaicos do Onkelos. Quando chegou à última seção, começou a bocejar e vieram-lhe lágrimas aos olhos. Foi dominado pela total exaustão. Mal podia manter os olhos abertos, e entre uma passagem e outra do texto cochilava por um ou dois segundos. Quando Shoshe viu isso, arrumou a cama para ele e preparou sua própria cama de penas com lençóis limpos. Shmul-Leibele mal conseguiu fazer as orações finais e começou a se despir. Quando já estava deitado na cama, disse: "Bom shabat, minha piedosa esposa. Estou muito cansado...", e, virando para o canto, prontamente começou a roncar.

Shoshe ficou ainda um pouco mais olhando as velas de shabat que já haviam começado a fumegar e oscilar. Antes de ir para a cama, colocou um jarro de água e uma bacia à cabeceira de Shmul-Leibele para ele não levantar na manhã seguinte sem água para se lavar. Então ela também se deitou e dormiu.

Tinham dormido uma ou duas horas, talvez três, que importa isso de fato?, quando de repente Shoshe ouviu a voz de Shmul-Leibele. Ele a despertou e sussurrou seu nome. Ela abriu um olho e perguntou: "O que foi?".

"Está pura?", ele resmungou.

Ela pensou um momento e replicou: "Estou".

Ele se levantou e foi até ela. Deitou-se na cama com ela. Um desejo por sua carne o despertara. Seu coração batia depressa, o sangue corria em suas veias. Sentia uma pressão no ventre. A urgência era de se acasalar com ela imediatamente, mas lembrou-se da lei que adverte um homem a não copular com uma mulher sem antes lhe falar afetuosamente, e começou a lhe falar de seu amor por ela e de como aquela relação poderia resultar num filho homem.

"E uma menina você não aceitaria?", Shoshe ralhou. E ele replicou: "O que Deus Se dignar nos conceder será bem-vindo".

"Temo não ter mais esse privilégio", disse ela com um suspiro.

"Por que não?", perguntou ele. "Nossa avó Sara era muito mais velha que você."

"Como pode alguém se comparar a Sara? Seria melhor você se divorciar de mim e se casar com outra."

Ele a interrompeu, colocando uma mão em cima de sua boca. "Mesmo que soubesse com certeza que ia gerar as dozes tribos de Israel com outra, eu não deixaria você. Não posso nem me imaginar com outra mulher. Você é a jóia da minha coroa."

"E se eu morresse?", ela perguntou.

"Deus me livre! Eu simplesmente morreria de tristeza. Iam ter de enterrar nós dois no mesmo dia."

"Não blasfeme. Que você sobreviva à minha vida. Você é homem. Encontraria outra. Mas o que eu faria sem você?"

Ele quis responder, mas ela selou seus lábios com um beijo. Ele então foi a ela. Amou seu corpo. Cada vez que ela se entregava, a maravilha daquilo o deslumbrava de novo. Como era possível, pensava, que ele, Shmul-Leibele, tivesse um tal tesouro para si? Conhecia a lei, não se ousa entregar-se à luxúria por prazer. Mas tinha lido em algum lugar de um livro sagrado que era permitido beijar e abraçar uma mulher com quem se estava casado de acordo com as leis de Moisés e Israel, e então acariciou o rosto dela, seu pescoço, seus seios. Ela alertou que aquilo era frivolidade. Ele replicou: "Então serei torturado na grelha. Os grandes santos também amaram suas esposas". Mesmo assim, prometeu a si mesmo que iria ao banho ritual na manhã seguinte, para entoar salmos e dar uma soma para caridade. Como ela o amava também e gostava de suas carícias, deixou que fizesse o que queria.

Depois de ter saciado seu desejo, ele quis voltar para a própria cama, mas uma pesada sonolência o dominou. Sentiu uma dor nas têmporas. Shoshe também estava com dor de cabeça. Ela disse de repente: "Acho que tem alguma coisa queimando no forno. Eu devia ir abrir a chaminé".

"Ora, é imaginação sua", ele respondeu. "Vai ficar frio demais aqui dentro."

E tão completo era seu cansaço, que adormeceu, como ela também.

Nessa noite, Shmul-Leibele padeceu num sonho misterioso. Imaginou que tinha morrido. Os irmãos da Sociedade Funerária vieram, levantaram-no, acenderam velas à sua cabeceira, abriram as janelas, entoaram a oração para justificar o mandamento de Deus. Depois, lavaram-no na prancha de ablução e o carregaram numa maca até o cemitério. Lá o enterraram enquanto o coveiro pronunciava o Kadish sobre seu corpo.

"Que estranho", pensou. "Não estou escutando Shoshe lamentar nem implorar perdão. Será possível ela ter ficado infiel assim tão depressa? Ou será que está tomada de dor, Deus nos livre?"

Quis chamar seu nome, mas não conseguiu. Tentou livrar-se da tumba, mas seus membros estavam impotentes. De repente acordou.

"Que pesadelo horrível!", pensou. "Espero sair bem dele."

Nesse momento, Shoshe também despertou. Quando ele contou seu sonho, ela não disse nada por um momento. Depois falou: "Ai de mim. Tive o mesmo sonho".

"É mesmo? Você também?", Shmul-Leibele perguntou, agora assustado. "Não gosto disso."

Tentou sentar-se, mas não conseguiu. Era como se tivesse sido privado de toda a força. Olhou a janela, para ver se já era dia, mas não havia janela visível, nem vidraça. Pairava a escuridão por toda parte. Apurou o ouvido. Geralmente conseguia ouvir o cricrilar de um grilo, os passinhos de um rato, mas dessa vez só um morto silêncio dominava. Quis tocar Shoshe, mas sua mão parecia sem vida.

"Shoshe", disse baixinho, "estou paralisado."

"Ai de mim, eu também", disse ela. "Não consigo mexer um dedo."

Ficaram ali deitados um longo tempo, em silêncio, sentindo o amortecimento. Então, Shoshe falou: "Acho que já estamos em nossos túmulos para sempre".

"Acho que tem razão", Shmul-Leibele respondeu com uma voz que não era dos vivos.

"Que pena, quando aconteceu? Agora?", Shoshe perguntou. "Afinal fomos dormir sãos e salvos."

"Devemos ter sido asfixiados com os gases do fogão", Shmul-Leibele falou.

"Bem que eu queria abrir a chaminé."

"Mas agora é tarde demais para isso."

"Deus tenha piedade de nós. O que a gente faz agora? Ainda éramos jovens..."

"Não adianta. Parece que estava fadado."

"Por quê? Preparamos o shabat direitinho. Fiz uma comida tão gostosa. Um pescoço de galinha inteiro e dobradinha."

"Não precisamos mais de comida."

Shoshe não respondeu logo. Estava tentando sentir as próprias entranhas. Não, não tinha nenhum apetite. Nem mesmo por um pescoço de galinha e dobradinha. Queria chorar, mas não conseguiu.

"Shmul-Leibele, já nos enterraram. Está tudo acabado."

"É, Shoshe, louvado seja o Juiz verdadeiro! Estamos nas mãos de Deus."

"Vai conseguir recitar a passagem do seu nome diante do anjo Dumah?"

"Vou."

"É bom a gente estar um do lado do outro", ela murmurou.

"É, sim, Shoshe", disse ele, lembrando de um verso: *Amorosos e amáveis em vida, e na morte não se separaram.*

"E o que vai ser da nossa cabana? Você não deixou nem testamento."

"Sem dúvida vai para a sua irmã."

Shoshe queria lhe perguntar uma coisa, mas ficou com vergonha. Estava curiosa a respeito da refeição do shabat. Teria sido tirada do forno? Quem teria comido? Mas sentiu que não era uma questão adequada para um cadáver. Não era mais Shoshe a fazedora de pão, mas um corpo puro, amortalhado, com cacos em cima dos olhos, um capelo na cabeça, ramos de murta entre os dedos. O anjo Dumah ia aparecer a qualquer momento com seu bastão de fogo e ela tinha de estar pronta para dar conta de si mesma.

É, os breves anos de torvelinho e tentação haviam se acabado. Shmul-Leibele e Shoshe haviam chegado ao mundo verdadeiro. Marido e mulher ficaram em silêncio. Na quietude, ouviram o bater de asas, um canto calado. Um anjo de Deus veio guiar Shmul-Leibele, o alfaiate, e sua mulher, Shoshe, até o Paraíso.

A sessão espírita

Foi durante o verão de 1946, na sala da sra. Kopitzky em Central Park West. Uma única lâmpada vermelha brilhava atrás da cúpula enfeitada com um dos desenhos mediúnicos da sra. Kopitzky — círculos com olhos, flores com bocas, cálices com dedos. As paredes todas cobertas com as pinturas de Lotte Kopitzky, feitas quando ela estava em estado de transe e sob a manifestação de Bhaghavar Krishna, um sábio hindu que teria vivido no século IV. Ele, Bhaghavar Krishna, é que havia pintado o pavão de rabo dourado, no meio do qual se via a imagem de Buda; as árvores do outro mundo com cachos e frutas fantásticas penduradas; as moças do planeta Vênus com braços em forma de galhos e orelhas das quais se projetavam redes prateadas, órgãos de telepatia. Sombras avermelhadas pairavam sobre os quadros, a velha mobília, as estantes de livros. As janelas estavam fechadas com pesadas cortinas.

À mesa redonda, sobre a qual estava a tábua Ouija, uma trompa e uma rosa murcha, sentava-se o dr. Zorach Kalisher, pequeno, de ombros largos, careca na frente e com escassos tufos de cabelo atrás, meio amarelos, meio grisalhos. Detrás de suas fartas sobrancelhas amarelas espiavam dois olhos pequenos e penetrantes. O dr. Kalisher quase não tinha pescoço, a cabeça pousada diretamente nos ombros largos fazendo com que parecesse uma estátua africana primitiva. Tinha o nariz torto, largo no alto, a ponta aberta em dois. No queixo, um minúsculo cavanhaque. Era difícil dizer se aquilo era o resto de uma barba ou apenas uma verruga peluda. Tinha o rosto enrugado, mal barbeado e encardido. Vestia paletó de veludo preto, camisa branca coberta de manchas de cinza e de café, e uma gravata-borboleta torta.

Conversava com a sra. Kopitzky falando uma estranha mistura de iídiche e alemão. "O que está detendo nosso amigo Bhaghavar Krishna? Será que perdeu o rumo nas esferas do Céu?"

"Doutor Kalisher, não me apresse", respondeu a sra. Kopitzky. "Não podemos dar ordens para eles... Eles têm suas razões e vontades. Tenha um pouco de paciência."

"Bom, se tem de ser, que seja."

O dr. Kalisher batucou com os dedos na mesa. Em cada dedo, brotava uma barbinha vermelha. A sra. Kopitzky repousou a cabeça no encosto de sua poltrona estofada e preparou-se para entrar em transe. Ao fulgor da lâmpada vermelha, dava para discernir seu cabelo recém-tingido, preto sem brilho, ondulado em minúsculos caracóis; o rosto maquiado, o nariz largo, as maçãs salientes e os olhos separados, fortemente marcados com rímel. O dr. Kalisher sempre brincava que ela parecia um buldogue pintado. Seu marido, Leon Kopitzky, dentista, tinha morrido dezoito anos antes, sem deixar filhos. A viúva mantinha-se com uma anuidade da companhia de seguros. Em 1929, havia perdido sua fortuna na quebra de Wall Street, mas recentemente começara a comprar ações de novo, aconselhada pela tábua de Ouija, por sua *planchette*, e pela bola de cristal. A sra. Kopitzky chegava a pedir a Bhaghavar Krishna dicas para a corrida de cavalos. Só algumas vezes ele havia lhe revelado em sonhos o nome dos cavalos vencedores.

O dr. Kalisher baixou a cabeça e tampou os olhos com as mãos, murmurando para si mesmo como sempre fazem as pessoas solitárias: "Bom, já me fizeram de bobo o bastante. Esta é a última noite. Até de kreplech se enjoa".

"Disse alguma coisa, doutor?"

"O quê? Nada."

"Quando o senhor me apressa, não consigo entrar em transe."

"Que transe-shmance o quê", o dr. Kalisher resmungou consigo mesmo. "O fantasma está atrasado, só isso. Quem ela pensa que está enganando? É maluca, só isso, meshugga."

Em voz alta, disse: "Não estou apressando, tenho tempo de sobra. Se é certo o que os americanos dizem do tempo, eu sou um segundo Rockefeller".

Quando a sra. Kopitzky abriu a boca para responder, seu queixo duplo com todas as suas verrugas estremeceu, revelando a dentadura artificial. De repente, jogou a cabeça para trás e suspirou. Fechou os olhos e resfolegou. O dr. Kalisher olhou para ela com ar interrogativo, triste. Ainda não tinha ouvido o barulho da porta se abrindo, mas a sra. Kopitzky, que provavelmente tinha a audição afiada de um animal, devia ter ouvido. O dr. Kalisher começou a esfregar as têmporas e o nariz, e a puxar a barbinha.

Houve um tempo em que tentou entender todas as coisas por meio da razão, mas esse período de racionalismo passara havia muito. Desde então, construíra uma filosofia anti-racionalista, uma espécie de extremo hedonismo que via no erotismo a *Ding an sich* e na razão o estágio mais baixo do ser, a entropia que levava à morte absoluta. Sua posição era uma curiosa mistura da idéia do Inconsciente de Hartmann com a Cabala do rabino Isaac Luria, segundo a qual todas as coisas, do menor grão de areia à própria Divindade, são União e Copulação. Por causa desse sistema é que o dr. Kalisher tinha vindo de Paris para Nova York em 1939, deixando para trás na Polônia seu pai rabino, uma esposa que se recusava a divorciar-se dele e uma amante, Nella, com quem vivera anos em Berlim e depois em Paris. Acontece que, quando o dr. Kalisher partiu para a América, Nella foi visitar os pais em Varsóvia. Ele planejara trazê-la para os Estados Unidos assim que encontrasse um tradutor, um editor e uma cadeira em uma universidade americana.

Naqueles dias, o dr. Kalisher ainda tinha esperanças. Ofereceram-lhe uma cadeira na Universidade Hebraica de Jerusalém; um editor da Palestina estava para lançar um de seus livros; seus ensaios tinham sido publicados em Zurique e Paris. Mas com a eclosão da Segunda Guerra Mundial sua vida começou a deteriorar. Seu agente literário morreu de repente, seu tradutor era inepto e, para piorar as coisas, deu sumiço a uma boa parte do manuscrito, do qual não havia cópia. Na imprensa iídiche, por alguma estranha razão, seus resenhadores passaram a ser hostis e insinuaram que ele era um charlatão. As organizações judaicas que programavam palestras para ele cancelaram a turnê. Segundo sua própria filosofia, ele acreditara que todo o sofrimento não era mais que expressões negativas de erotismo universal: Hitler, Stalin, os nazistas que cantavam a canção de Horst Wessel e faziam os judeus usar bandas amarelas nos braços, estavam, de fato, procurando novas formas e variações de salvação sexual. Mas o dr. Kalisher começou a duvidar de seu próprio sistema e caiu em desespero. Teve de deixar o hotel onde morava e se mudar para um quarto mobiliado barato. Andava por ali de roupas amarfanhadas, passava o dia inteiro sentado em cafés, bebia incontáveis xícaras de café, fumava charutos ruins e mal conseguia sobreviver com os poucos dólares que uma organização assistencial lhe dava todo mês. Os refugiados com que se encontrava espalhavam toda sorte de boatos sobre vistos para aqueles que haviam ficado na Europa, pacotes de comida e medicamentos que lhes seriam mandados por diversos agentes, formas de trazer os parentes da Polônia via Honduras, Cuba, Brasil. Mas ele, Zorach Kalisher, não conseguia salvar ninguém dos nazistas. Tinha recebido apenas uma única carta de Nella.

Só em Nova York foi que o dr. Kalisher entendeu o quanto estava ligado à sua amante. Sem ela, ficava impotente.

II.

Tudo era exatamente como tinha sido ontem e anteontem. Bhaghavar Krishna começou a falar em inglês com sua voz estrangeira que era metade masculina, metade feminina, repetindo os erros de pronúncia e gramática da sra. Kopitzky. Lotte Kopitzky era de uma aldeia das montanhas dos Cárpatos. O dr. Kalisher jamais descobriu sua nacionalidade: húngara, romena, galega? Não falava polonês nem alemão, e muito pouco inglês; até o seu iídiche se corrompera nos muitos anos de América. Na verdade, tinha ficado sem linguagem, e Bhaghavar Krishna falava em seus vários jargões. De início, o dr. Kalisher pedira a Bhaghavar Krishna detalhes de sua existência terrena, mas Bhaghavar Krishna lhe dissera ter esquecido tudo nas mansões celestiais onde habitava. Tudo o que conseguia lembrar era que tinha vivido nos subúrbios de Madras. Bhaghavar Krishna não sabia nem que se falava tâmil naquela parte da Índia. Quando o dr. Kalisher tentou conversar com ele sobre sânscrito, sobre o Mahabharata, o Ramayana, o Sakuntala, Bhaghavar Krishna respondeu que não estava mais interessado em literatura terrestre. Bhaghavar Krishna não conhecia nada além das poucas brochuras e revistas teosóficas e espíritas que a sra. Kopitzky assinava.

Para o dr. Kalisher era tudo uma grande piada, mas quando se vivia em um quarto cheio de insetos, com o estômago arruinado por comida de bar, quando se tinha sessenta anos e nenhuma família, passava-se a ser tolerante com todo tipo de maluco. Tinha sido apresentado à sra. Kopitzky em 1942, participara de inúmeras sessões, lera seus escritos psicografados, admirara suas pinturas psicoinspiradas, ouvira suas sinfonias psicocompostas. Algumas vezes havia emprestado dinheiro dela, que depois não conseguira devolver. Comia em sua casa, jantares vegetarianos, uma vez que a sra. Kopitzky não tocava carne, peixe, leite, nem ovos, mas apenas frutas e vegetais que a mãe terra produzia. Era especialista no preparo de saladas com nozes, amêndoas, romãs, abacates.

De início, Lotte Kopitzky tentara atraí-lo para um romance. Os espíritos eram todos da opinião que Lotte Kopitzky e Zorach Kalisher provinham da mesma origem espiritual: *a Grande Loja Branca*. Até Bhaghavar Krishna tinha certo gosto casamenteiro. Lotte Kopitzky transmitia constantemente ao dr. Kalisher recomendações dos mestres que tinham conexões no Tibete, na Atlântida, na Hierarquia Celestial, em Shambala, no Quarto Reino da Natureza e no Conselho de Sanat Kumara. Assim na terra como no Céu, no começo dos anos 40 estavam se preparando todos os tipos de crise. Com o realinhamento dos Poderes, os membros dos ashrams preparavam uma guerra contra o Mal Cósmico. A Hierarquia enviou projetores para iluminar o planeta Terra e encontrar homens e mulheres esotéricos para cumprir objetivos específicos. A sra. Kopitzky garantiu ao dr. Kalisher que lhe estava reservado desempenhar um grande papel no Renascimento Universal. Mas ele negligenciava sua missão, decepcionado com os Mestres. Tinha prometido telefonar, mas não telefonou. Passou meses na Filadélfia sem mandar a ela nem um cartão-postal. Voltou e não a avisou. A sra. Kopitzky cruzou com ele num restaurante automático da Sexta Avenida e ele estava com o casaco rasgado, a camisa suja, os sapatos tão gastos que nem tinham mais saltos. Nem pedira ainda a cidadania norte-americana, embora refugiados tivessem direito à cidadania sem a necessidade de viajar ao exterior para conseguir visto.

Agora, em 1946, tudo o que Lotte Kopitzky profetizara havia se realizado. Todos tinham passado para o outro lado: seu pai, os irmãos, as irmãs, Nella. Bhaghavar Krishna trazia mensagens deles. Os Mestres ainda lembravam do dr. Kalisher, e ainda tinham planos para ele a respeito da Conferência do Centenário da Hierarquia. Até mesmo o fato de sua família ter perecido em Treblinka, Maidanek, Stutthof estava intimamente ligado com os Poderes da Luz, o Desenvolvimento do Carma, o Novo Ciclo pós-Lemúria e com o objetivo de conduzir a humanidade a uma nova ascensão no Amor e a uma nova Era Aquática.

Durante as últimas semanas, a sra. Kopitzky não tinha ficado satisfeita de invocar o espírito de Nella da maneira normal. O dr. Kalisher teve a rara oportunidade de entrar em contato com a forma materializada de Nella. Aconteceu assim: Bhaghavar Krishna deu ao dr. Kalisher um sinal de que devia seguir pelo corredor escuro até o quarto da sra. Kopitzky. Lá, no escuro, junto à escrivaninha da sra. Kopitzky, pairava uma aparição que devia ser Nella. Ela murmurou em polonês para o dr. Kalisher, disse palavras carinhosas em seu ouvido, trouxe-lhe mensagens de parentes e amigos. Bhaghavar Krishna havia advertido insistentemente ao dr. Kalisher que não tentasse tocar o fantasma, porque o contato podia causar feridas profundas a ambos, a ele e à sra. Kopitzky. Nas poucas vezes que tentou se aproximar dela, ela agilmente o evitou. Mas mesmo confuso com esses episódios, ele tinha consciência de que eram fabricados. Aquela não era Nella, nem sua voz, nem sua maneira. As mensagens recebidas não provavam nada. Ele havia mencionado aqueles nomes todos à sra. Kopitzky e tinha sido interrogado por ela. Mas o dr. Kalisher continuava curioso: quem era a aparição? Por que fazia aquele papel? Provavelmente por dinheiro. Mas o fato de Lotte Kopitzky ser capaz de contratar um fantasma provava que ela iludia não apenas a si mesma, mas aos outros também. Toda vez que o dr. Kalisher seguia pelo corredor escuro, murmurava: "Louca, meshugga, mulher ridícula".

Nessa noite, o dr. Kalisher mal podia esperar pelo sinal de Bhaghavar Krishna. Estava cansado daqueles absurdos. Durante anos tinha sofrido de problemas na próstata e agora precisava urinar de meia em meia hora. Um médico de Varsóvia que não podia clinicar na América, mas que clinicava clandestinamente mesmo assim, aconselhara o dr. Kalisher a não adiar a operação, porque podia haver complicações. Mas Kalisher não tinha nem dinheiro nem vontade de ir para o hospital. Procurava curar-se com banhos, bolsas de água quente e comprimidos que havia trazido da França. Tentava até massagear a glândula prostática ele mesmo. De hábito, ia ao banheiro no momento que chegava à casa da sra. Kopitzky, mas nessa noite não fizera isso. Agora sentia pressão na bexiga. Os vegetais que a sra. Kopitzky tinha lhe dado para comer retorciam-lhe os intestinos. "Bom, estou velho demais para esses prazeres", murmurou. Quando Bhaghavar Krishna falou, o dr. Kalisher mal conseguiu ouvir. "O que ela está resmungando, essa idiota? Não é nem boa ventríloqua."

No momento que Bhaghavar Krishna deu o sinal de sempre, o dr. Kalisher se levantou. Suas pernas vinham incomodando bastante, mas nunca tremeram tanto quanto naquela noite. "Bom, vou ao banheiro primeiro", resolveu. Chegar ao banheiro no escuro não era fácil. O dr. Kalisher caminhava hesitante, as mãos estendidas para a frente, tentando achar seu rumo. Quando chegou ao banheiro e abriu a porta, alguém do lado de dentro puxou de volta a maçaneta. Era ela, a moça, entendeu o dr. Kalisher. Tão abalado ficou que esqueceu por que tinha ido até lá. "É muito provável que tenha entrado aí para se trocar." Ficou envergonhado por si mesmo e pela sra. Kopitzky. "Por que ela precisa disso, para quem está representando essa comédia?" Seus olhos se acostumaram ao escuro. Tinha visto a silhueta da moça. O banheiro tinha uma janela que dava para a rua, e a luz da rua entrava por ela. Era baixa, larga, com o peito alto. Parecia estar de roupa de baixo. O dr. Kalisher ali ficou, hipnotizado. Queria gritar: "Basta, é tudo tão óbvio", mas sua língua estava amortecida. O coração batia e ele escutava a própria respiração.

Depois de algum tempo, voltou pelo caminho que fizera, mas estava tonto de cegueira. Bateu num cabide de roupas e na parede, machucando a cabeça. Deu um passo para trás. Algo caiu e se quebrou. Talvez uma das esculturas do além da sra. Kopitzky! Nesse momento, o telefone começou a tocar, o som excepcionalmente alto e ameaçador. Ele tinha se molhado como uma criança.

III.

"Bom, cheguei ao fundo do poço", o dr. Kalisher resmungou para si mesmo. "Estou pronto para o depósito de lixo." Foi andando para o quarto. Tinha molhado não só a roupa de baixo, mas também a calça. Queria que a sra. Kopitzky atendesse o telefone; tinha acontecido mais de uma vez de ela despertar do transe para discutir ações, apólices e dividendos. Mas o telefone continuava tocando. Só então percebeu o que tinha feito: fechara a porta da sala, obstruindo a luminosidade vermelha que o ajudava a achar o caminho. "Vou para casa", resolveu. Virou-se na direção da porta da rua, mas percebeu que havia perdido todo o senso de direção naquele labirinto de apartamento. Pegou uma maçaneta e girou. Ouviu um grito abafado. Tinha ido dar no banheiro de novo. Parecia não haver trinco nem corrente por dentro. Mais uma vez viu a mulher de espartilho, mas dessa vez seu rosto estava meio iluminado. Nessa fração de segundo, soube que era de meia-idade.

"Desculpe, por favor." E recuou.

O telefone parou de tocar, e começou de novo. De repente, o dr. Kalisher viu um raio de luz vermelha e ouviu a sra. Kopitzky indo para o telefone. Parou e disse, meio afirmando, meio perguntando: "Senhora Kopitzky!".

A sra. Kopitzky assustou-se. "Já terminou?"

"Não estou bem, preciso ir embora."

"Não está bem? Aonde vai? Qual é o problema? O coração?"

"Tudo."

"Espere um minuto."

A sra. Kopitzky aproximou-se dele, pegou seu braço e levou-o de volta para a sala. O telefone continuava tocando e finalmente silenciou. "Sentiu uma pressão no coração, ahn?", perguntou a sra. Kopitzky. "Deite no sofá, vou chamar o médico."

"Não, não, não precisa."

"Faço uma massagem."

"Minha bexiga não está em ordem, minha próstata."

"O quê? Vou acender a luz."

Ele queria lhe pedir que não acendesse, mas ela já havia ligado diversos abajures. A luz feriu seus olhos. Ela ficou olhando a calça molhada. Sacudiu a cabeça de um lado para o outro. Depois disse: "Isso é que dá viver sozinho".

"Sério, estou com vergonha."

"Vergonha de quê? Todo mundo envelhece. Ninguém fica mais moço. Estava no banheiro?"

O dr. Kalisher não respondeu.

"Espere um pouco, ainda tenho as roupas *dele*. Tinha a premonição de que ia precisar delas um dia."

A sra. Kopitzky saiu da sala. O dr. Kalisher sentou na ponta da cadeira e colocou seu lenço embaixo do corpo. Ficou ali sentado, duro, molhado, infantilmente culpado e indefeso, mas com aquela quietude interior que vem da doença. Durante anos teve medo de médicos, hospitais e principalmente de enfermeiras, que renegam sua timidez feminina e tratam homens adultos como bebês. "Bom, estou acabado, *kaput*." Fez um breve resumo de sua existência. "Filosofia? Que filosofia? Erotismo? Erotismo de quem?" Havia brincado com frases durante anos, sem chegar a nenhuma conclusão. O que acontecera com ele, dentro dele, tudo o que havia acontecido na Polônia, na Rússia, nos planetas, nas galáxias distantes, não podia ser reduzido à vontade cega de Schopenhauer ou ao erotismo dele, Kalisher. Tampouco a substância de Spinoza, as mônadas de Leibnitz, a dialética de Hegel ou o monismo de Heckel explicavam. "Todos eles só manipulam palavras, como a senhora Kopitzky. Era melhor não ter publicado toda aquela minha escrevinhação. Qual a vantagem de todas essas hipóteses ridículas? Não ajudam em nada..." Olhou os quadros da sra. Kopitzky pelas paredes, e na luz intensa eles pareceram borrões de crianças de escola. Da rua vinha a buzina de carros, os gritos dos meninos, o eco trovejante do metrô passando. A porta se abriu e a sra. Kopitzky entrou com um monte de roupas: paletó, calça e camisa, e roupa de baixo. As roupas cheiravam a naftalina e poeira. Ela disse: "Esteve no quarto?".

"O quê? Não."

"Nella não se materializou?"

"Não, ela não se materializou."

"Bom, troque de roupa. Não quero que fique com vergonha."

Colocou o monte no sofá e curvou-se sobre o dr. Kalisher com a devoção de um parente. Disse: "Vai ficar aqui. Amanhã mando buscar suas coisas".

"Não, não faz sentido."

"Eu sabia que isso ia acontecer no momento em que fomos apresentados na Segunda Avenida."

"Como assim? Bom, tanto faz."

"*Eles* me contam coisas antes que aconteçam. Quando olho para alguém, sei o que vai acontecer com a pessoa."

"É? Quando eu vou embora?"

"Tem de viver ainda muitos anos. É necessário aqui. Tem de terminar seu trabalho."

"Meu trabalho vale tanto quanto os seus fantasmas."

"Fantasmas *existem*, existem! Não seja tão cínico. Eles cuidam de nós lá de cima, nos levam pela mão, vigiam nossos passos. Somos mais importantes para o Reviver Cíclico do Universo do que você imagina."

Ele queria perguntar: "Por que então você contratou uma mulher para me enganar?", mas ficou quieto. A sra. Kopitzky saiu de novo. O dr. Kalisher tirou a calça e a cueca e secou-se com seu lenço. Durante algum tempo ficou ali apenas com a parte superior vestida, e sem calça, como um bufão maluco. Depois, vestiu a cueca folgada, que estava fria como um sudário. Enfiou a calça listrada, larga demais e comprida demais para ele. Teve de revirar a barra da calça até chegar-lhe aos joelhos. Bufava e resfolegava, tinha de parar a cada poucos segundos para descansar. De repente, lembrou! Era exatamente como na infância, em que vestia as roupas do pai quando o pai dormia depois da refeição de shabat: a calça branca do velho, o manto de cetim, o manto de franjas, o chapéu de pele. Agora seu pai tinha virado um monte de cinzas em algum lugar da Polônia e ele, Zorach, vestia a roupa mofada de um dentista. Foi até o espelho e olhou para si mesmo, até pôs a língua para fora como uma criança. Depois deitou-se no sofá. O telefone tocou de novo e aparentemente a sra. Kopitzky atendeu, porque dessa vez o toque parou imediatamente. O dr. Kalisher fechou os olhos e ficou deitado, quieto. Não tinha nada a esperar. Não havia nem mesmo nada em que pensar.

Cochilou e viu-se num café da rua Quarenta e Dois, perto da Biblioteca Pública. Estava quebrando pedaços de um biscoito de ovo. Um refugiado lhe contava como salvar parentes na Polônia vestindo-os com uniformes nazistas. Depois, eles eram mandados de navio para o Pólo Norte, para o Pólo Sul e através do Pacífico. Havia agentes preparados para se encarregar deles na Terra do Fogo, em Honolulu e em Yokohama... Que estranho, mas aquele contrabando tinha alguma coisa a ver com o sistema filosófico dele, Zorach Kalisher, não a versão antiga, mas uma nova, que misturava erotismo com memória. Enquanto combinava todas essas imagens, perguntou a si mesmo, perplexo: "Que tipo de relação pode haver entre sexo, memória e redenção do ego? E como isso funciona no tempo infinito? Não é nada mais que casuística, casuística. É um jeito de explicar minha própria impotência. E como posso trazer Nella de volta quando ela já morreu? A menos que a morte em si não seja nada mais que uma amnésia sexual". Despertou e viu a sra. Kopitzky curvada sobre ele com um travesseiro que ia colocar debaixo de sua cabeça.

"Como está se sentindo?"

"Nella já foi embora?", perguntou, perplexo com as próprias palavras. Devia ainda estar meio dormindo.

A sra. Kopitzky estremeceu. O duplo queixo sacudiu e tremeu. Seus olhos escuros encheram-se de uma censura maternal.

"Está caçoando, é? Não existe a morte, não existe. Vivemos para sempre e amamos para sempre. Essa é a pura verdade."

O abatedor

Yoineh Meir devia ter sido o rabino de Kolomir. Seu pai e seu avô tinham ambos sentado na cadeira rabínica de Kolomir. Porém os seguidores da corte de Kuzmir tinham assumido uma teimosa posição: dessa vez não iam permitir que um hassidista de Trisk fosse o rabino da cidade. Subornaram um funcionário distrital e mandaram uma petição ao governador. Depois de demorada contenda, os hassidistas de Kuzmir finalmente conseguiram o que queriam e instalaram seu próprio rabino. Para não deixar Yoineh Meir sem uma fonte de rendimentos, nomearam-no abatedor ritual da cidade.

Quando Yoineh Meir soube disso, ficou ainda mais pálido que o normal. Protestou que abater animais não era coisa para ele. Que tinha o coração mole; que não suportava a visão de sangue. Mas todo mundo se juntou para convencê-lo: os líderes da comunidade; os membros da sinagoga de Trisk; seu sogro, Reb Getz Frampoler; e Reitze Doshe, sua esposa. O novo rabino, Reb Sholem Levi Halberstam, também insistiu com ele para aceitar. Reb Sholem Levi, neto do rabino de Sondz, estava incomodado com o pecado de tirar o meio de vida de outrem; não queria que o homem mais novo ficasse sem sustento. O rabino de Trisk, Reb Yakov Leibele, escreveu uma carta para Yoineh Meir dizendo que o homem não pode ser mais compassivo que o Todo-Poderoso, fonte de toda compaixão. Quando se mata um animal com uma faca pura e com piedade, libera-se a alma que nele reside. Pois é bem sabido que as almas dos santos muitas vezes transmigram para os corpos de vacas, aves e peixes para se penitenciar de alguma ofensa.

Depois da carta do rabino, Yoineh Meir cedeu. Tinha sido ordenado muito tempo antes. Então se pôs a estudar as leis do abate conforme explicadas no *Natureza do boi*, no *Shulchan Aruch* e nos Comentários. O primeiro parágrafo do *Natureza do boi* dizia que o abatedor ritual tem de ser um homem temente a Deus, e Yoineh Meir dedicou-se à Lei com mais zelo do que nunca.

Yoineh Meir, pequeno, magro, rosto pálido, uma rala barba amarela na ponta do queixo, nariz adunco, boca caída e olhos amarelos apavorados muito juntos, era famoso por sua religiosidade. Quando rezava, usava três pares de filactérios: os de Rashi, os do rabino Tam e os do rabino Sherira Gaon. Logo depois de completar sua estada em casa do sogro, começara a respeitar todas as datas de jejum e a acordar para os serviços da meia-noite.

Sua esposa, Reitze Doshe, reclamava sempre que Yoineh Meir não era deste mundo. Reclamava com a mãe que ele nunca lhe falava uma palavra e que nunca prestava atenção nela, nem em seus dias puros. Só ia a ela nas noites depois que ela visitava o banho ritual, uma vez por mês. Disse que ele não lembrava os nomes das próprias filhas.

Depois que concordou em ser o abatedor ritual, Yoineh Meir impôs a si mesmo novos rigores. Comia cada vez menos. Quase parou de falar. Quando um mendigo vinha à porta, Yoineh Meir corria a lhe dar boas-vindas e entregava-lhe seu último groschen. A verdade é que transformar-se em abatedor mergulhou Yoineh Meir na melancolia, porém ele não ousava opor-se à vontade do rabino. Era para ser assim, Yoineh Meir dizia a si mesmo; era seu destino provocar tormento e sofrer tormento. E só o Céu sabia o quanto Yoineh Meir sofria.

Yoineh Meir temia que pudesse desmaiar ao abater sua primeira ave, ou que sua mão não ficasse firme. Ao mesmo tempo, em algum lugar do seu coração, esperava cometer um erro. Isso o liberaria da ordem do rabino. Porém tudo correu de acordo com as regras.

Muitas vezes por dia, Yoineh Meir repetia para si mesmo as palavras do rabino: "Um homem não pode ser mais compassivo que a Fonte de toda compaixão". A Torá diz: "Deves matar teu rebanho e tua manada conforme te ordenei". No monte Sinai, a Moisés foram ensinados os modos de matar e abrir o animal em busca de impurezas. É tudo um mistério de mistérios: vida, morte, homem, animal. Os que não são abatidos morrem de qualquer forma, de doenças variadas, muitas vezes sofrendo semanas ou meses. Na floresta, as feras se devoram umas às outras. Nos mares, peixe engole peixe. A casa dos pobres de Kolomir está cheia de aleijados e paralíticos que ali ficam anos, se sujando. Nenhum homem escapa às tristezas deste mundo.

E, no entanto, Yoineh Meir não encontrava consolação. Cada tremor da ave abatida provocava em Yoineh Meir um igual tremor nas entranhas. A morte de cada animal, grande ou pequeno, causava-lhe tanta dor quanto se estivesse cortando sua própria garganta. De todos os castigos que podiam se abater sobre ele, matar era o pior.

Mal haviam se passado três meses desde que Yoineh Meir se tornara abatedor, porém o tempo parecia esticar-se, sem fim. Sentia que estava mergulhado em sangue e linfa. Seus ouvidos eram atacados pelo cacarejar de galinhas, pelo canto dos galos, pelo grasnar dos gansos, pelo mugir dos bois, pelo bramir e blaterar de novilhas e cabritos; asas adejando, garras batendo o chão. Os corpos se recusavam a aceitar qualquer justificativa ou desculpa, cada corpo resistia a seu jeito, tentava escapar, e parecia discutir com o Criador até o último alento.

E a cabeça de Yoineh Meir se enchia de questões. Verdadeiramente, para criar o mundo, Aquele que é Infinito teve de encolher Sua luz; não podia haver livre-arbítrio sem dor. Mas uma vez que os animais não eram dotados de livre-arbítrio, por que tinham de sofrer? Yoineh Meir observava, tremia, enquanto os açougueiros esquartejavam as vacas com seus machados e pelavam as carcaças antes de elas terem exalado o último suspiro. As mulheres depenavam as galinhas ainda vivas.

É costume o abatedor receber o baço e o bucho de toda vaca. A casa de Yoineh Meir ficou cheia de carne. Reitze Doshe fazia sopas em panelas grandes como caldeiras. Na grande cozinha havia um constante frenesi de cozinhar, grelhar, fritar, assar, mexer e cozer. Reitze Doshe estava grávida de novo e sua barriga se projetava em ponta. Grande e atarracada, tinha cinco irmãs, todas tão volumosas quanto ela. As irmãs vinham com os filhos. Todo dia, a mãe de Reitze Doshe trazia novas pastelarias e quitutes feitos por ela. Uma mulher não devia fazer ouvir sua voz, mas a criada de Reitze Doshe, filha de um aguadeiro, cantava, andava por todo lado descalça, com os cabelos soltos, e ria tão alto que o barulho ressoava por todos os quartos.

Yoineh Meir queria escapar do mundo material, mas o mundo material o perseguia. O cheiro da casa de abate não saía de suas narinas. Tentava esquecer-se na Torá, mas descobriu que a própria Torá estava cheia de assuntos terrenos. Interessou-se pela Cabala, embora soubesse que nenhum homem deve mergulhar nos mistérios antes de chegar à idade de quarenta anos. Mesmo assim, continuava a folhear o *Tratado do hassidismo*, *O pomar*, *O livro da Criação*, e *A árvore da vida*. Lá, nas altas esferas, não havia morte, nem abate, nem dor, nem estômagos e intestinos, nem corações, pulmões ou fígados, nem membranas, nem impurezas.

Nessa noite em particular, Yoineh Meir foi à janela e olhou o céu. A lua espalhava sua radiação em torno dele. As estrelas brilhavam e cintilavam, cada uma com seu segredo celestial. Em algum lugar acima do Mundo dos Atos, acima das constelações, Anjos voavam, e Serafins e Rodas Sagradas e Animais Sagrados. No Paraíso, os mistérios da Torá eram revelados às almas. Todo zaddik sagrado herdava trezentos e dez mundos e tecia coroas para a Divina Presença. Quanto mais perto do Trono de Glória, mais brilhante a luz, mais pura a radiação, menos numerosas as hostes profanas.

Yoineh Meir sabia que o homem não pode pedir pela morte, mas no fundo de si mesmo ansiava pelo fim. Tinha desenvolvido uma repugnância por tudo o que tinha a ver com o corpo. Não conseguia nem forçar-se a ir ao banho ritual com os outros homens. Debaixo de toda pele via sangue. Cada pescoço fazia Yoineh Meir se lembrar da faca. Seres humanos, como animais, tinham lombo, veias, entranhas, nádegas. Um corte com a faca e esses sólidos chefes de família tombariam como bois. Como diz o Talmude, tudo o que se destina a ser queimado já está queimado. Se o fim do homem é a corrupção, os vermes, o fedor, então ele nada mais era que um pedaço de carne pútrida já de início.

Yoineh Meir entendia agora por que os sábios de antigamente comparavam o corpo a uma jaula, uma prisão onde a alma está cativa, ansiando pelo dia da libertação. Só agora entendia verdadeiramente o sentido das palavras do Talmude: "Muito bem, isto é morte". Porém o homem estava proibido de escapar de sua prisão. Tem de esperar que o carcereiro remova as correntes, abra o portão.

Yoineh Meir voltou para a cama. A vida inteira havia dormido em uma cama de penas, debaixo de um acolchoado de penas, a cabeça repousando sobre um travesseiro; agora, de repente, dava-se conta de que estava deitado sobre penas e penugem arrancada de aves. Na outra cama, junto à de Yoineh Meir, Reitze Doshe roncava. De quando em quando, saía um assobio de suas narinas e formava-se uma bolha em seus lábios. As filhas de Yoineh Meir iam ao penico, os pés nus correndo pelo chão. Dormiam juntas e às vezes cochichavam e riam metade da noite.

Yoineh Meir havia desejado filhos que estudassem a Torá, mas Reitze Doshe produzia menina após menina. Enquanto eram pequenas, Yoineh Meir de vez em quando lhes beliscava a bochecha. Sempre que comparecia a uma circuncisão, trazia-lhes um pedaço de bolo. Às vezes, até beijava na cabeça uma das menores. Mas agora estavam crescidas. Pareciam ter puxado à mãe. Tinham se expandido em largura. Reitze Doshe reclamava que comiam muito e estavam ficando gordas. Roubavam lambiscos dos potes. A mais velha, Bashe, já recebera proposta de casamento. Num momento, as meninas brigavam e se insultavam, no momento seguinte uma penteava o cabelo da outra e fazia tranças. Estavam sempre matraqueando sobre vestidos, sapatos, meias, paletós, calcinhas. Choravam e riam. Catavam piolhos, brigavam, lavavam-se, beijavam-se.

Quando Yoineh Meir tentava ralhar com elas, Reitze Doshe gritava: "Não se meta! Deixe as meninas sossegadas!". Ou ralhava: "Melhor seria você cuidar que suas filhas não saíssem por aí descalças e nuas!".

Por que precisavam de tanta coisa? Por que era preciso vestir e adornar tanto o corpo?, Yoineh Meir pensava consigo mesmo.

Antes de ser abatedor, raramente estava em casa e mal sabia o que acontecia. Mas agora começara a ficar em casa e via o que elas estavam fazendo. As meninas corriam para apanhar frutinhas e cogumelos; juntavam-se às filhas das casas comuns. Traziam para casa cestos de gravetos secos. Reitze Doshe preparava geléia. Costureiras vinham fazer provas. Sapateiros mediam os pés das mulheres. Reitze Doshe e a mãe discutiam por causa do enxoval de Bashe. Yoineh Meir ouvia falar de um vestido de seda, um vestido de veludo, toda sorte de saias, mantos, casacos de pele.

Agora que ficava acordado, essas palavras todas ressoavam em seus ouvidos. Elas rolavam em luxos porque ele, Yoineh Meir, tinha começado a ganhar dinheiro. Em algum lugar no útero de Reitze Doshe, uma nova criança estava crescendo, mas Yoineh Meir sentia claramente que seria outra menina. "Bom, é preciso receber bem tudo o que o Céu mandar", aconselhava a si mesmo.

Tinha se coberto, mas agora estava quente demais. O travesseiro sob a cabeça ficara estranhamente duro, como se houvesse uma pedra entre as penas. Yoineh Meir era ele próprio um corpo: pés, barriga, peito, cotovelos. Sentiu uma pontada nas entranhas. A boca seca.

Yoineh Meir sentou-se. "Pai do Céu, não consigo respirar!"

II.

Elul é um mês de arrependimento. Em anos passados, Elul trazia consigo uma sensação de exaltada serenidade. Yoineh Meir adorava as brisas frescas que vinham da floresta e dos campos colhidos. Ficava olhando longo tempo o céu azul-pálido com as nuvens esgarçadas que lembravam o tecido em que eram embrulhados os limões para a Festa do Tabernáculo. No ar voejavam fibras. Nas árvores, as folhas ficavam amarelo-açafrão. No trinar dos passarinhos ouvia a melancolia dos Dias Solenes, quando o homem faz uma avaliação de sua alma.

Mas, para o abatedor, Elul era outra coisa muito diferente. Muitos animais era abatidos para o ano-novo. Antes do Dia da Reconciliação, todo mundo oferecia uma ave sacrificial. Em cada pátio, galos cantavam e galinhas cacarejavam, e todos tinham de ser mortos. Então chegava a Festa dos Caldos, o Dia dos Gravetos de Salgueiro, a Festa de Azereth, o Dia do Regozijo com a Lei, o shabat do Gênesis. Cada feriado trazia sua própria mortandade. Milhões de aves e gado agora vivos estavam condenados a ser mortos.

Yoineh Meir não dormia mais de noite. Se cochilava, era imediatamente assolado por pesadelos. Vacas assumiam forma humana, com barbas e cachos laterais e solidéus em cima dos chifres. Yoineh Meir estava matando uma vitela e ela se transformava em uma moça. O pescoço latejava e ela implorava ser poupada. Corria para a casa de estudos e salpicava o chão com seu sangue. Ele chegou a sonhar que estava matando Reitze Doshe no lugar de uma ovelha.

Em um de seus pesadelos, ouviu uma voz humana saindo de um cabrito abatido. O cabrito, com a garganta cortada, saltou sobre Yoineh Meir e tentou chifrá-lo, xingando em hebraico e aramaico, cuspindo e espumando em cima dele. Yoineh Meir acordou suando. Um galo cantou como um sino. Outros responderam, como uma congregação respondendo ao cantor. Para Yoineh Meir, pareceu que as aves estavam gritando perguntas, protestando, lamentando em coro o infortúnio que pairava sobre elas.

Yoineh Meir não conseguia descansar. Sentou-se na cama, agarrou os cachos com as duas mãos e oscilou o corpo.

Reitze Doshe acordou. "O que foi?"

"Nada, nada."

"Por que está balançando assim?"

"Me deixe."

"Está me assustando!"

Depois de algum tempo, Reitze Doshe começou a roncar de novo. Yoineh Meir saiu da cama, lavou as mãos e se vestiu. Queria colocar cinza na testa e recitar a oração da meia-noite, mas seus lábios recusaram-se a pronunciar as palavras sagradas. Como podia lamentar a destruição do Templo quando uma carnificina estava sendo preparada ali em Kolomir e ele, Yoineh Meir, era Tito, era Nabucodonosor!?

O ar da casa estava sufocante. Cheirava a suor, gordura, roupa de baixo suja, urina. Uma de suas filhas resmungou alguma coisa no sono, outra gemeu. As camas rangeram. Do armário veio um farfalhar. Na gaiola debaixo do fogão, havia aves que Reitze Doshe tinha prendido para o Dia da Reconciliação. Yoineh Meir ouviu o raspar de um rato, o cricrilar de um grilo. Pareceu-lhe que conseguia ouvir os vermes cavando no teto e no soalho. Inúmeras criaturas cercavam o homem, cada uma em sua própria natureza, cada uma clamando ao Criador.

Yoineh Meir saiu para o quintal. Ali tudo estava fresco e frio. Havia sereno. No céu, as estrelas da meia-noite cintilavam. Yoineh Meir respirou fundo. Andou pela grama molhada, entre as folhas e os arbustos. Suas meias ficaram molhadas acima do calçado. Chegou a uma árvore e parou. Parecia haver alguns ninhos nos galhos. Ouviu o piar dos filhotes despertados. Coaxaram sapos no brejo além da montanha. "Será que não dormem nunca, esses sapos?", Yoineh Meir perguntou a si mesmo. "Têm voz de homem."

Desde que Yoineh Meir começara a abater, seus pensamentos eram obcecados por criaturas vivas. Lutava com todo tipo de pergunta. De onde vinham as moscas? Nasciam do ventre da mãe ou de dentro de ovos? Se todas as moscas morriam no inverno, de onde vinham as novas no verão? E a coruja que fizera o ninho debaixo do teto da sinagoga, o que fazia quando vinha a neve? Ficava lá? Ou voava para países mais quentes? E como podia qualquer coisa viver no gelo que queimava, quando mal era possível esquentar-se debaixo do cobertor?

Dentro de Yoineh Meir, cresceu um amor desconhecido por tudo o que rasteja e voa, procria e enxameia. Até pelos camundongos, era culpa deles serem ratos? Que mal faz um camundongo? Tudo o que ele quer é uma casca de pão ou um pedaço de queijo. Por que o gato é tão inimigo dele?

Yoineh Meir balançava para a frente e para trás no escuro. O rabino pode ter razão. O homem não pode e não deve ter mais compaixão do que o Mestre do universo. Ele, porém, Yoineh Meir, estava doente de pena. Como se pode rezar pela vida no ano que vem, ou por um registro favorável no Céu, quando se está roubando a outros o alento da vida?

Yoineh Meir achava que nem o próprio Messias podia redimir o mundo enquanto se praticasse injustiça contra os animais. O certo era que tudo pudesse renascer dos mortos: cada bezerro, peixe, mosquito, borboleta. Até no verme que rasteja na terra fulgura uma centelha divina. Quando se abate uma criatura, abate-se Deus...

"Ai de mim, estou perdendo a cabeça!", murmurou Yoineh Meir.

Uma semana antes do Ano-Novo, houve um aumento nos abates. O dia inteiro Yoineh Meir passava ao lado de uma fossa abatendo galinhas, galos, gansos, patos. Mulheres empurravam, discutiam, tentavam chegar primeiro ao abatedor. Outras faziam piadas, riam, brincavam. Voavam penas, o pátio estava cheio de grasnidos, de tagarelice, do canto dos galos. De vez em quando, uma ave gritava como um ser humano.

Yoineh Meir estava tomado por um aperto de dor. Até esse dia, ainda esperava que fosse se acostumar com o abate. Mas agora sabia que mesmo que continuasse durante cem anos seu sofrimento não cessaria. Seus joelhos tremiam. Sentia a barriga distendida. A boca cheia de fluidos amargos. Reitze Doshe e suas irmãs também estavam no pátio, conversando com as mulheres, desejando a cada uma um ano-novo abençoado, e formulando os piedosos votos de se reencontrarem no ano seguinte.

Yoineh Meir temeu não estar mais abatendo de acordo com a Lei. Num momento, um negror flutuava diante de seus olhos; no momento seguinte, tudo ficava verde-dourado. Testava constantemente a lâmina da faca na unha do indicador para ter certeza de que ela não estava cega. Tinha de ir urinar a cada quinze minutos. Mosquitos o picavam. Corvos crocitavam para ele entre os galhos.

Lá ficou até o pôr-do-sol, e o fosso se encheu de sangue.

Depois das preces da noite, Reitze Doshe serviu para Yoineh Meir sopa de trigo sarraceno com assado de panela. Mas embora não tivesse tocado em comida desde a manhã, não conseguiu comer. Sentiu a garganta fechada, tinha um pelote no esôfago e mal conseguiu engolir o primeiro bocado. Recitou o Shemá do rabino Isaac Luria, fez sua confissão e bateu no peito como um homem que está mortalmente doente.

Yoineh Meir pensou que não ia conseguir dormir essa noite, mas seus olhos se fecharam assim que tocou a cabeça no travesseiro e recitou a última bênção antes de adormecer. Pareceu-lhe que estava examinando uma vaca abatida em busca de impurezas, abrindo sua barriga, arrancando os pulmões e soprando dentro deles. O que queria dizer aquilo? Porque isso em geral era trabalho do açougueiro. Os pulmões foram ficando maiores e maiores; cobriram a mesa inteira e incharam para cima até o teto. Yoineh Meir parou de soprar, mas os lóbulos continuaram se expandindo. O lóbulo menor, que é chamado de "ladrão", sacudiu e oscilou, como se quisesse escapar. De repente, um assobio, uma tosse, um grunhido de lamentação escapou da traquéia. Um dybbuk começou a falar, gritar, cantar, a derramar uma torrente de versos, citações do Talmude, passagens do Zohar. Os pulmões subiram e voaram, batendo como asas. Yoineh Meir queria escapar, mas a porta estava bloqueada por um touro negro de olhos vermelhos e chifres pontudos. O touro bufou e abriu uma bocarra cheia de dentes compridos.

Yoineh Meir estremeceu e acordou. Estava com o corpo banhado em suor. A cabeça inchada, cheia de areia. Os pés pousados na enxerga de palha, inertes como pau. Fez um esforço e sentou-se. Vestiu o robe e saiu. A noite estava pesada e impenetrável, grossa com a escuridão de hora antes do amanhecer. De tempo em tempo, uma lufada de ar vinha de algum lugar, como o suspiro de alguém invisível.

Um arrepio percorreu-lhe a espinha, como se alguém tivesse passado uma pena por ela. Algo dentro dele chorava e ria. "Bom, e daí que o rabino disse isso?", falou a si mesmo. "E se o Deus Todo-Poderoso ordenou, o que é que tem? Posso passar sem recompensas no próximo mundo! Não quero nenhum Paraíso, nenhum Leviatã, nenhum Touro Selvagem! Eles que me deitem numa cama de pregos. Que me joguem no Vazio da Funda. Não quero nenhum dos Seus favores, Deus! Não tenho mais medo do Seu Juízo! Sou um traidor de Israel, um transgressor por vontade própria!" Yoineh Meir gritou: "Tenho mais compaixão que o Deus Todo-Poderoso, mais, mais! Ele é um Deus cruel, um Homem de Guerra, um Deus de Vingança. A Ele não sirvo! O mundo está abandonado!". Yoineh Meir riu, mas as lágrimas correram por suas faces como gotas ferventes.

Yoineh Meir foi até a despensa onde guardava as facas, a pedra de amolar, a faca de circuncisão. Recolheu tudo e jogou na fossa externa. Sabia que estava blasfemando, que estava profanando instrumentos sagrados, que estava louco, mas não queria mais ser são.

Saiu e começou a caminhar para o rio, para a ponte, para a floresta. A estola de oração e os filactérios? Não precisava mais deles! O pergaminho era feito de couro de vaca. As caixas dos filactérios eram feitas de couro de vitela. A própria Torá era feita de pele de animal. "Pai do Céu, sois um matador!", gritou uma voz dentro de Yoineh Meir. "Sois um matador e o Anjo da Morte! O mundo inteiro é um matadouro!"

Um dos sapatos saiu do pé de Yoineh Meir, mas ele deixou ficar para trás, andando só com um pé de sapato e uma meia. Começou a gritar, a berrar, cantar. Estou enlouquecendo a mim mesmo, pensou. Mas mesmo isso era sinal de loucura...

Tinha aberto uma porta em sua mente, e a loucura entrou, inundando tudo. De momento a momento, Yoineh Meir ficava mais rebelde. Jogou fora o solidéu, agarrou as franjas de oração e arrancou-as, rasgou pedaços do colete. Estava possuído por uma força, pela inquietação de alguém que se livrou de todas as cargas.

Cães o perseguiam, latindo, mas ele os afastou. Portas se abriam. Homens corriam para fora descalços, com penas grudadas nos solidéus. Mulheres saíam de combinação e touca de dormir. Todos gritavam, tentando impedir sua passagem, mas Yoineh Meir escapou de todos.

O céu ficou vermelho feito sangue, e um crânio redondo emergiu do mar de sangue como do útero de uma mulher ao dar à luz.

Alguém tinha ido contar aos açougueiros que Yoineh Meir enlouquecera. Eles vieram correndo com varas e cordas, mas Yoineh Meir já estava em cima da ponte, indo depressa para os campos colhidos. Corria e vomitava. Caiu e levantou, machucado pela grama. Pastores que levam os cavalos para pastar de noite caçoaram dele e jogaram esterco de cavalo em cima dele. As vacas no pasto correram atrás dele. Sinos tocaram como num incêndio.

Yoineh Meir ouviu gritos, berros, pés correndo. A terra começou a descer e Yoineh Meir rolou encosta abaixo. Chegou à floresta, saltou correndo tufos de musgo, pedras, ribeirões. Yoineh Meir sabia a verdade: aquilo não era o rio à sua frente; era um charco de sangue. Corria sangue do sol, manchando o tronco das árvores. Dos galhos pendiam intestinos, fígados, rins. Os quartos dianteiros de animais se punham em pé e o salpicavam de bile e lodo. Yoineh Meir não podia escapar. Miríades de vacas e aves o cercavam, prontas para se vingar de cada corte, cada ferida, cada moela aberta, cada pena arrancada. Com os pescoços sangrando, todas entoavam: "Todos podem matar e toda matança é permitida".

Yoineh Meir caiu num choro que ecoou pela floresta em muitas vozes. Levantou o punho ao céu: "Demônio! Assassino! Fera devoradora!".

Durante dois dias os açougueiros procuraram por ele, mas não o encontraram. Então, Zeivel, que era dono do moinho, chegou à cidade com a notícia de que o corpo de Yoineh Meir havia aparecido no rio, perto da represa. Tinha se afogado.

Os membros da Sociedade Funerária foram imediatamente buscar o corpo. Havia muitas testemunhas de que Yoineh Meir tinha se comportado como louco, e o rabino determinou que o falecido não era um suicida. O corpo do morto foi lavado e sepultado perto dos túmulos de seu pai e sua avó. O próprio rabino fez a apologia.

Como era a estação de festas e havia o perigo de Kolomir ficar sem carne, a comunidade despachou depressa dois mensageiros para trazer um novo abatedor.

O violinista morto

Na cidade de Shidlovtse, que fica entre Radom e Kielce, não longe das montanhas da Santa Cruz, vivia um homem, por nome Reb Sheftel Vengrover. Esse Reb Sheftel era tido como comerciante de cereais, mas toda compra e venda era feita por sua mulher, Zise Feige. Ela comprava trigo, milho, cevada e trigo-sarraceno dos donos de terra e camponeses e mandava para Varsóvia. Mandava também moer parte do grão e vendia a farinha para lojas e padarias. Zise Feige possuía um celeiro e tinha um ajudante, Zalkind, que auxiliava no negócio e fazia todo o trabalho que exigia a mão de um homem: carregava sacos, cuidava dos cavalos e servia de cocheiro sempre que Zise Feige saía para uma feira ou ia visitar um dono de terra.

Reb Sheftel apegava-se à crença de que a Torá era a mercadoria mais valiosa de todas. Levantava-se ao amanhecer e ia à casa de estudos debruçar-se sobre o Gemara, as Anotações e Comentários, o Midrash e o Zohar. À noite, lia uma lição do Mishná com a Sociedade Mishná. Reb Sheftel também se dedicava a negócios comunitários e era um ardoroso hassidista de Radzymin.

Reb Sheftel não era muito mais alto que um anão, mas tinha a barba mais comprida de Shidlovtse e do distrito em torno. Sua barba chegava até os joelhos e parecia conter todas as cores: vermelha, amarela, até a cor de palha. Em Tishe b'Av, quando os moleques bombardeavam todo mundo com carrapichos, a barba de Reb Sheftel ficava cheia deles. De início, Zise Feige havia tentado tirá-los, mas Reb Sheftel não permitia, porque ela arrancava junto os pêlos da barba, e a barba de um homem é uma marca de seu judaísmo e um lembrete de que foi criado à imagem de Deus. Os carrapichos ficavam em sua barba até caírem sozinhos. Reb Sheftel não enrolava os cachos laterais e considerava isso um costume frívolo. Eles desciam até os ombros. Tufos de pêlos cresciam dentro de seu nariz. Quando estudava, fumava um longo cachimbo.

Quando Reb Sheftel ficava diante da leitoril da sinagoga com sua estola de oração e filactérios, parecia um dos antigos. Tinha testa alta e, debaixo das sobrancelhas fartas, olhos que combinavam o olhar agudo de um erudito com a humildade de um homem temente a Deus. Reb Sheftel se impôs uma variedade de penitências. Não bebia leite a menos que houvesse presenciado a ordenha. Não comia carne exceto no shabat e nos dias de festa, e só quando examinava a faca de abate antes. Contava-se que havia mandado que na noite de Páscoa o gato usasse meias nos pés, para não trazer para dentro de casa nem a menor migalha de pão sem fermento. Toda noite, rezava fielmente suas orações noturnas. As pessoas diziam que, apesar de ter herdado o negócio de cereais do pai e do avô, ainda era incapaz de distinguir entre trigo e centeio.

Zise Feige era uma cabeça mais alta que o marido e em seus dias de jovem havia sido famosa por sua beleza. Os donos de terras que lhe vendiam o cereal cobriam-na de elogios, mas a boa judia não prestava atenção em palavras vazias. Zise Feige amava seu marido e considerava uma honra ajudá-lo a servir ao Todo-Poderoso.

Tinha dado à luz nove filhos, mas restavam apenas três: um filho casado, Jededias, que foi morar com o sogro em Wlodowa; um menino, Tsadock Meyer, que ainda estava no cheder; e uma filha crescida, Liebe Yentl. Liebe Yentl estivera noiva e a ponto de casar, mas seu noivo, Ozer, pegou um resfriado e morreu. Esse Ozer tinha fama de ser um prodígio, um erudito. Seu pai era presidente da comunidade de Opola. Embora Liebe Yentl tivesse visto Ozer apenas durante a assinatura dos papéis de noivado, chorou amargamente quando soube da má notícia. Quase imediatamente foi cercada de ofertas de casamento, pois já era uma moça madura de dezessete anos, mas Zise Feige sentiu que era melhor esperar até ela superar o infortúnio.

O noivo de Liebe Yentl, Ozer, deixou este mundo logo depois da Páscoa.

Agora já era o mês de Heshvan. Depois de Sukot, geralmente vêm chuvas e neve, mas esse outono estava ameno. O sol brilhava. O céu estava azul, como depois de Pentecostes. Os camponeses das aldeias reclamavam que as safras de inverno estavam começando a brotar nos campos, o que poderia levar à perda das colheitas. As pessoas temiam que o tempo mais quente pudesse trazer epidemias. Enquanto isso, os preços dos cereais subiram três groschen por arroba e Zise Feige teve lucros mais altos. Como era costume entre marido e mulher, ela apresentava a Reb Sheftel um relatório completo dos ganhos da semana toda noite de shabat e ele imediatamente deduzia uma soma: para a casa de estudos, a casa de orações, o conserto dos livros sagrados, para os moradores da casa dos pobres e para os mendigos itinerantes. Não faltava quem precisasse de caridade.

Como Zise Feige tinha uma criada, Dunya, e ela própria era boa dona de casa, Liebe Yentl prestava pouca atenção em assuntos domésticos. Tinha seu próprio quarto, onde muitas vezes sentava-se a ler livros de histórias. Copiava cartas do livro de cartas. Quando terminou de ler todos os livros de histórias, passou a pegar emprestado, em segredo, da estante do pai. Era boa também na costura e no bordado. Gostava de roupas bonitas. Liebe Yentl herdara a beleza da mãe, mas o cabelo vermelho vinha do lado do pai. Assim como a barba do pai, seu cabelo era excepcionalmente comprido, abaixo da cintura. Desde o percalço com Ozer, seu rosto, sempre pálido, ficara ainda mais pálido e delicado. Seus olhos eram verdes.

Reb Sheftel prestava pouca atenção na filha. Simplesmente rezava ao Senhor para que lhe mandasse o marido certo. Mas Zise Feige via que a filha estava crescendo mais selvagem que uma erva do campo. A cabeça cheia de caprichos e vontades. Não permitia nem que se falasse de arenques ou rabanetes em sua presença. Desviava os olhos das aves abatidas e da carne na tábua de salgar ou na tigela de enxágüe. Se encontrava uma mosca no mingau, não comia nada o resto do dia. Não tinha amigos em Shidlovtse. Reclamava que as moças da cidade eram vulgares e atrasadas; assim que se casavam ficavam descuidadas e sujas. Toda vez que ia estar entre outras pessoas, jejuava no dia anterior, com medo de vomitar. Embora fosse bonita, inteligente e culta, achava que as pessoas estavam sempre rindo dela e lhe apontando o dedo.

Muitas vezes, Zise Feige quis conversar com o marido sobre os problemas que estava tendo com a filha, mas relutava em desviá-lo dos estudos. Além disso, ele podia não entender os problemas de mulher. Tinha regras para tudo. Nas poucas ocasiões em que Zise Feige tinha tentado comentar com ele seus temores, sua única resposta fora: "Quando, se Deus quiser, ela casar, vai esquecer toda essa bobagem".

Depois da calamidade com Ozer, Liebe Yentl ficou doente de tristeza. Não dormia de noite. A mãe a ouvia soluçando no escuro. Ia constantemente tomar um gole de água. Bebia conchas inteiras e Zise Feige não conseguia entender como seu estômago agüentava tanta água. Como se, Deus nos livre, houvesse um incêndio queimando dentro dela, consumindo tudo.

Às vezes Liebe Yentl falava com a mãe como alguém completamente perturbado. Zise Feige pensava consigo que era bom mesmo a menina evitar as pessoas. Mas quanto tempo uma coisa pode continuar secreta? Já se comentava na cidade que Liebe Yentl tinha ausências. Ela brincava com o gato. Fazia caminhadas solitárias pelas ruas dos gentios que levavam ao cemitério. Quando alguém se dirigia a ela, ficava pálida e suas respostas eram quase sempre estranhas. Algumas pessoas achavam que era surda. Outros insinuavam que Liebe Yentl devia estar mexendo com magia. Numa noite de luar, foi vista andando pelo pasto do outro lado da ponte, abaixando de quando em quando para apanhar flores ou ervas. Mulheres cuspiam para afastar o mal quando falavam dela. "Coitadinha, infeliz e ainda por cima doente."

II.

Liebe Yentl estava para ficar noiva outra vez, agora de um jovem de Zawiercia. Reb Sheftel mandou um examinador até o pretendente, e ele voltou relatando que Shmelke Motl era um erudito. O contrato de noivado já estava escrito, pronto para ser assinado.

A mulher do examinador, Traine, que havia visitado Zawiercia com o marido (tinham uma filha morando lá), disse a Zise Feige que Shmelke Motl era baixo e moreno. Não era lá uma beleza, mas tinha uma cabeça de gênio. Como era órfão, as famílias da cidade forneciam-lhe refeições; comia cada dia da semana em uma casa diferente. Liebe Yentl ouviu sem dizer palavra.

Quando Traine foi embora, Zise Feige serviu o jantar da filha: trigo-sarraceno e assado de panela com molho. Mas Liebe Yentl não tocou a comida. Ficou balançando o corpo diante do prato como se ele fosse um livro de orações.

Logo depois retirou-se para o quarto. Zise Feige suspirou e também foi para a cama. Reb Sheftel tinha ido dormir cedo, porque precisava levantar para as orações da meia-noite. A casa estava quieta. Só um grilo cantava a sua canção noturna atrás do forno.

De repente, Zise Feige estava acordada e alerta. Do quarto de Liebe Yentl vinha um ofegar abafado, como se alguém estivesse sufocando lá dentro. Zise Feige correu para o quarto da filha. À luz brilhante do luar, viu a menina sentada na cama, o cabelo despenteado, o rosto branco como giz, lutando para controlar os soluços. Zise Feige disse: "Filha, o que aconteceu? Ai de mim!". Correu para a cozinha, acendeu uma vela e voltou até Liebe Yentl trazendo um copo de água para jogar nela se, Deus nos livre, a menina desmaiasse.

Mas nesse momento uma voz de homem saiu dos lábios de Liebe Yentl. "Não precisa me reanimar, Zise Feige", disse a voz. "Não tenho o costume de desmaiar. Melhor me pegar um gole de vodca."

Zise Feige se pôs de pé, petrificada de horror. Derramou a água do copo.

Reb Sheftel também tinha acordado. Lavou as mãos depressa, vestiu o roupão e os chinelos, e entrou no quarto da filha.

A voz de homem o saudou. "Bom despertar para você, Reb Sheftel. Me dê um schnapps. Estou com a garganta seca. Ou um slivovitz, qualquer coisa serve, contanto que molhe o bico."

Marido e mulher entenderam imediatamente o que havia acontecido: um dybbuk havia possuído Liebe Yentl. Reb Sheftel perguntou, com um arrepio: "Quem é você? O que quer?".

"Quem eu quero você não ia saber", respondeu o dybbuk. "Você é um erudito de Shidlovtse e eu um violinista de Pinchev. Você abraça os livros, eu abraço as mulheres. Você ainda está aí no Mundo Imaginário e eu estou além disso tudo. Eu bati as botas e já experimentei o que vem depois. Já passei frio e calor e agora estou de volta à terra pecadora: não tem lugar para mim nem no Céu nem no Inferno. Esta noite parti voando para Pinchev, mas perdi o rumo e acabei aqui em Shidlovtse. Sou músico, não cocheiro. Mas tem uma coisa que eu sei: minha garganta está coçando."

Zise Feige foi tomada por um ataque de tremores. A vela em sua mão sacudia tanto que chamuscou a barba de Reb Sheftel. Ela queria gritar, pedir socorro, mas a voz ficou presa na garganta. Seus joelhos dobraram e teve de se encostar na parede para não cair.

Reb Sheftel puxou o cacho de cabelo quando se dirigiu ao dybbuk. "Como é seu nome?"

"Getsl."

"Por que resolveu possuir minha filha?", perguntou em desespero.

"Por que não? É uma moça bonita. Odeio as feias, sempre odiei, sempre odiarei." Depois disso, o dybbuk começou a berrar palavrões e obscenidades, as duas coisas em iídiche normal e na gíria dos músicos. "Não me deixe esperando, Feige querida", disse finalmente. "Me traga um copinho para me alegrar. Estou mais seco que um osso. Minha goela está coçando e minha barriga retorcendo."

"Minha gente, me ajude!", gritou Zise Feige. Derrubou a vela e Reb Sheftel pegou, porque podia facilmente incendiar a casa de madeira.

Embora fosse tarde, os vizinhos vieram correndo. Em toda parte há sempre alguém incomodado com alguma coisa, que não consegue dormir de noite. Tevye, o vigia noturno, achou que havia começado um incêndio e correu pela rua, batendo nas janelas com seu bastão. Não demorou muito para a casa de Reb Sheftel estar cheia de gente.

Os olhos de Liebe Yentl estavam saltados, a boca torcida como de epiléptica, e dentro dela ressoava uma voz que não tinha como sair da garganta de uma mulher. "Vai me trazer um copo de bebida ou não? Que diabo estão esperando?"

"E se a gente não trouxer?", perguntou Zeinvl, o açougueiro, que estava voltando do açougue para casa.

"Se não trouxerem, eu conto tudo de vocês todos, seus carolas hipócritas. E os segredos das suas mulheres, que elas queimem de urticária."

"Tragam bebida! Dêem bebida para ele!", gritaram vozes de todos os lados.

O filho de Reb Sheftel, Tsadock Meyer, um rapazinho de onze anos, também havia acordado com a comoção. Sabia que seu pai tinha conhaque, para beber no shabat depois do peixe. Abriu o armário, serviu um cálice e levou para sua irmã. Reb Sheftel apoiou-se na cômoda de gavetas porque suas pernas estavam cedendo. Zise Feige despencou numa cadeira. Os vizinhos borrifaram vinagre nela, para não desmaiar.

Liebe Yentl estendeu a mão, pegou o cálice e virou-o. Os que estavam perto não podiam acreditar em seus olhos. A menina não mexeu um músculo.

O dybbuk disse: "Chama isso de bebida? Água, isso é que é... Ô, amigo, traga a garrafa!".

"Não dê para ela! Não dê para ela!", Zise Feige gritava. "Vai ficar envenenada, valha-nos Deus!"

O dybbuk deu uma risada e um ronco. "Não precisa se preocupar, Zise Feige, nada pode me matar outra vez. Para mim o seu conhaque é mais fraco que caramelo."

"Não vai ganhar bebida enquanto não nos contar quem é você e como entrou aí", disse Zeinvl, o açougueiro. Como ninguém mais ousou se dirigir ao espírito, Zeinvl encarregou-se de ser o interlocutor.

"O que o homem da carne quer aqui?", perguntou o dybbuk. "Volte para suas moelas e tripas!"

"Conte quem é você!"

"Tenho de repetir? Eu sou Getsl, o violinista, de Pinchev. Gostava de coisas que ninguém detesta, e quando morri os diabos tomaram conta de mim. Não consegui entrar no paraíso, e o inferno é quente demais para o meu gosto. Os diabos estavam mortos para mim. Então, de noite, quando o vigia dormiu, saí de fininho. Queria ir para a minha mulher, que apodreça em vida, mas o caminho estava escuro e vim parar em Shidlovtse. Olhei pela parede e vi esta menina. Meu coração deu um pulo no peito e me enfiei dentro dela."

"Quanto tempo pretende ficar?"

"Para sempre e mais um dia."

Reb Sheftel estava quase sem fala de terror, mas lembrou-se de Deus e recuperou-se. Clamou assim: "Espírito mau, ordeno que deixe o corpo de minha filha inocente e vá para onde os homens não andam e as feras não pisam. Se não obedecer, será expulso pelo Nome Sagrado, pela excomunhão, pelo soprar do chifre de carneiro".

"Mais um minuto e eu morro de medo", o dybbuk zombou. "Acha que é muito forte só porque tem barba comprida?"

"Miserável imprudente, traidor de Israel!", Reb Sheftel gritou em fúria.

"Melhor devasso descarado que santo falsificado", respondeu o dybbuk. "Pode enrolar os schlemiel de Shidlovtse, mas Getsl, o violinista de Pinchev, acaba de chegar. Estou avisando. Me tragam a garrafa senão vou deixar vocês de quatro."

Houve uma agitação na porta. Alguém tinha acordado o rabino e ele veio com Bendit, o bedel. Bendit trazia uma vara, um chifre de carneiro e o *Livro do Anjo Raziel.*

III.

Uma vez dentro do quarto, o rabino, Reb Yeruchim, ordenou que fosse tocado o chifre de carneiro. Fez o bedel empilhar brasas no braseiro, depois jogou incenso nas brasas. Quando a fumaça de ervas encheu o quarto, recitando versos do Zohar, do *Livro da Criação* e de outros livros da Cabala, ordenou que o perverso saísse e deixasse o corpo da mulher Liebe Yentl, filha de Zise Feige. Mas o espírito profano desafiou a todos. Em vez de sair, tocou uma seqüência de danças, marchas, gigas, só com os lábios. Ressoava como uma viola grave, tilintava como um címbalo, assobiava como flauta e batia como um tambor.

A página é pequena demais para desfiar tudo o que o dybbuk fez e disse naquela noite e nas noites que se seguiram: os truques descarados, as blasfêmias contra o Senhor, os insultos que lançava aos vizinhos, o alarde de todas as sem-vergonhices que cometera, a zombaria, as explosões de riso e de choro, a torrente de citações da Torá e as piadas de bufão de casamento, e tudo isso cantarolado e rimado.

O dybbuk se fazia ouvir só depois de escurecer. Durante o dia, Liebe Yentl jazia exausta na cama e evidentemente não se lembrava do que acontecera à noite. Achava que estava doente e às vezes implorava à mãe para chamar o médico ou lhe dar algum remédio. Dormia a maior parte do tempo, de olhos e boca bem fechados.

Como os encantamentos e amuletos do rabino de Shidlovtse não foram de nenhuma valia, Reb Sheftel foi buscar o conselho do rabino de Radzymin. Na própria manhã que partiu, o tempo ameno deu lugar a vento e neve. As estradas estavam cobertas de neve e foi difícil chegar a Radzymin, mesmo de trenó. Passaram-se semanas, e não veio nenhuma notícia de Reb Sheftel. Zise Feige ficou tão abalada pela calamidade que caiu doente, e seu assistente Zalkind teve de assumir todo o negócio.

As noites de inverno são longas, e os preguiçosos procuram jeitos de passar o tempo. Logo depois do crepúsculo, reuniam-se na casa de Zise Feige para ouvir o dybbuk falar e se deslumbrar com suas palhaçadas. Zise Feige os proibiu de perturbar sua filha, mas a curiosidade da gente da cidade era tão grande que arrombaram a porta e entraram.

O dybbuk conhecia todo mundo e tinha algo a dizer para cada um, de acordo com sua posição e conduta. A maior parte do tempo, cobria de lama os respeitados líderes da comunidade e suas esposas. Dizia a cada um exatamente o que ele era: avarento ou trapaceiro, bajulador ou mendigo, esnobe ou relaxado, preguiçoso ou ávido. Com os comerciantes de cavalos falava de cavalos e com os açougueiros, de bois. Lembrou a Chaim, o moleiro, que ele havia pendurado um peso debaixo da balança com que pesava a farinha moída pelos camponeses. Interrogou Yukele, o ladrão, sobre seu último roubo. Seus gracejos e provocações causavam ao mesmo tempo assombro e riso. Nem mesmo os mais velhos conseguiam deixar de sorrir. O dybbuk sabia coisas que nenhum estranho poderia saber, e ficou claro aos visitantes que estavam lidando com uma alma de que nada se podia esconder, pois enxergava todos os segredos. Embora o espírito mau envergonhasse a todos, cada homem estava disposto a sofrer a própria humilhação para ver os outros humilhados também.

Quando o dybbuk se cansou de expor os pecados da população, pôs-se a desfiar os próprios pecados. Não se passava uma noite sem revelações de novos vícios. O dybbuk chamava as coisas por seus próprios nomes, não negava nada. Quando perguntaram se não se arrependia de suas abominações, respondeu com uma risada: "E se eu me arrependesse, mudava alguma coisa? Tudo fica registrado lá em cima. Só por comer uma ameixa bichada levam-se seiscentas e oitenta e nove chibatadas. Por um único momento de luxúria, rola-se uma semana sobre uma cama de pregos". Entre uma graça e outra, cantava, balia e tocava canções com tamanha habilidade que nenhum ser vivo podia competir com ele.

Uma noite, a esposa do professor veio correndo ao rabino e contou que as pessoas estavam dançando com a música do dybbuk. O rabino vestiu o manto e o chapéu e saiu correndo de casa. Sim, homens e mulheres dançavam juntos na cozinha de Zise Feige. O rabino ralhou com eles e alertou que estavam cometendo sacrilégio. Proibiu severamente Zise Feige de deixar o populacho entrar em sua casa. Mas Zise Feige estava doente na cama, e seu menino, Tsadock Meyer, estava em casa de parentes. Assim que o rabino foi embora, os preguiçosos retomaram a dança: a dança da tesoura, a dança da briga, a dos cossacos, a dança da água. A coisa continuou até meia-noite, quando o dybbuk soltou um ronco e Liebe Yentl caiu dormindo.

Poucos dias depois, houve um novo rumor na cidade: um segundo dybbuk havia ocupado Liebe Yentl, dessa vez uma mulher. Mais uma vez, uma multidão ávida encheu a casa. E, de fato, uma voz de mulher saía agora de Liebe Yentl, não a sua voz suave, mas o grasnar rouco de uma megera. As pessoas perguntaram ao novo diabo quem era, e o diabo contou que seu nome era Beyle Tslove e que vinha da cidade de Plock, onde havia sido garçonete numa taverna e depois prostituta.

Beyle Tslove falava diferente de Getsl, o violinista, com o sotaque aberto de sua região e uma mistura de palavras germanizadas desconhecida em Shidlovtse. O linguajar de Beyle Tslove fazia corar até aos açougueiros e raspadores de pêlos de porco. Cantava canções obscenas e cançonetas de soldados. Disse que tinha vagado oitenta anos por lugares ermos. Que havia reencarnado como gado, peru, cobra e gafanhoto. Durante longo tempo, sua alma residiu numa tartaruga. Quando alguém mencionou Getsl, o violinista, e perguntou se ela o conhecia e se sabia que ele estava alojado na mesma mulher, ela respondeu: "Não conheço nem quero conhecer".

"Por que não? Será que ficou virtuosa de repente?", perguntou Zeinvl, o açougueiro.

"Quem quer saber de um violinista morto?"

As pessoas começaram a chamar Getsl, o violinista, insistindo que ele falasse. Queriam ouvir os dois dybbuks conversando um com o outro. Mas Getsl, o violinista, ficou em silêncio.

Beyle Tslove disse: "Não estou vendo Getsl nenhum aqui".

"Quem sabe está escondido?", disse alguém.

"Onde? Sinto cheiro de homem a um quilômetro."

No meio dessa agitação, Reb Sheftel voltou. Parecia mais velho e ainda mais baixo que antes. A barba estava riscada de branco. Trouxe talismãs e amuletos de Radzymin, para pendurar nos cantos do quarto e no pescoço da filha.

As pessoas esperavam que o dybbuk fosse resistir e combater os amuletos, como fazem os maus espíritos tocados por um objeto sagrado. Mas Beyle Tslove ficou quieta enquanto os amuletos eram pendurados no pescoço de Liebe Yentl. Depois perguntou: "O que é isso? Papel higiênico sagrado?".

"São Nomes Sagrados do rabino de Radzymin!", gritou Reb Sheftel. "Se não deixar minha filha imediatamente, não restará de você nem uma farpa!"

"Diga ao rabino de Radzymin que eu escarro nos amuletos dele", disse a mulher, atrevida.

"Meretriz! Demônio! Bruxa!", Reb Sheftel berrou.

"Por que ele está berrando, esse sexta-feirinha? Isso é homem? Só osso e barba!"

Reb Sheftel tinha trazido consigo moedas bentas de seis groschen, um pedaço de âmbar encantado e diversos outros objetos mágicos que segundo a crença a Legião do Mal evita. Mas aparentemente Beyle Tslove não tinha medo de nada. Ela caçoou de Reb Sheftel e disse que ia aparecer de noite para dar um nó em sua barba.

Nessa noite, Reb Sheftel recitou o Shemá do Sagrado Isaac Luria. Dormiu com seu manto de franjas, *O livro da Criação* e uma faca debaixo do travesseiro, como uma mulher que vai dar à luz. Mas no meio da noite acordou e sentiu dedos invisíveis no rosto. Uma mão invisível acariciava sua barba. Reb Sheftel sentiu vontade de gritar, mas a mão tampou-lhe a boca. De manhã, Reb Sheftel acordou com toda a barba cheia de tranças emaranhadas, embaraçada, como se estivesse cheia de cola.

Embora fosse uma coisa assustadora, os hassidistas de Worka, ferozes oponentes do rabino de Radzymin, comemoraram o dia com bolo de mel e conhaque na casa de estudos. Agora tinham provas de que o rabino de Radzymin não sabia a Cabala. Os seguidores do rabino de Worka tinham aconselhado Reb Sheftel a fazer a viagem até Worka, mas ele os ignorou, e eles agora estavam vingados.

IV.

Uma noite, quando Beyle Tslove estava se gabando de sua antiga beleza e de todos os homens que haviam corrido atrás dela, o violinista de Pinchev de repente levantou a voz. "Do que eles tanto gostavam?", perguntou, gozador. "Você era a única mulher em Plock?"

Durante algum tempo, tudo ficou em silêncio. Parecia que Beyle Tslove tinha perdido a língua. Então, ela deu uma rouca gargalhada. "Então ele está aqui... o arranhador! Onde estava escondido? Na vesícula?"

"Se você é cega, eu posso ser mudo. Vamos lá, vovó, continue falando. Essa sua história já tinha barba branca quando eu ainda usava fralda. No seu lugar, eu ia contar essas mentiras para os bobos de Chelm. Aqui em Shidlovtse tem uns dois ou três homens inteligentes."

"Espertinho, é?", disse Beyle Tslove. "Pois escute uma coisa. Um violinista-arranhador vivo já não vale nada. Morto então! Me desculpe, mas volte para o seu repouso eterno. Estão sentindo sua falta no cemitério de Pinchev. Os defuntos que rezam de noite precisam de mais um esqueleto para dar quórum."

As pessoas que ouviram os dois dybbuks discutir ficaram tão perplexas que esqueceram de rir. Ora saía de Liebe Yentl uma voz de homem, ora de mulher. Os "rr" do violinista de Pinchev eram macios, os da prostituta de Plock eram duros.

A própria Liebe Yentl repousava sobre dois travesseiros, o rosto pálido, o cabelo solto, os olhos fechados. Ninguém via seus lábios se mexerem, embora o quarto estivesse cheio de gente olhando. Zise Feige não conseguia manter as pessoas fora, e não havia ninguém para ajudá-la. Reb Sheftel não voltava mais para casa à noite; dormia na casa de estudos. Dunya, a criada, tinha abandonado o emprego no meio do ano. Zalkind, o assistente de Zise Feige, voltava para sua casa à noite, para a esposa e os filhos. As pessoas entravam e saíam da casa como se ela não pertencesse a ninguém. Sempre que algum dos membros respeitáveis da comunidade vinha repreender o alegre bando por ridicularizar uma pobre moça abatida, os dois dybbuks cobriam-no de xingamentos e insultos. Os dybbuks davam apelidos às pessoas: Reitse, o intrometido, Mindl gulosa, Yekl durão, Dvoshe, a prostituta. Em várias ocasiões, gentios e membros da nobreza local vieram ver a maravilha, e os dybbuks brincaram com eles em polonês. Um proprietário de terras disse depois, na taverna, que o melhor teatro de Varsóvia não conseguia concorrer com as cenas representadas pelos dois malandros mortos de Shidlovtse.

Depois de algum tempo, Reb Sheftel, que votava uma inflexível lealdade ao rabino de Radzymin, cedeu e foi ver o rabino de Worka; talvez ele pudesse ajudar.

Enquanto isso, os dois dybbuks continuavam seu duelo verbal. Acredita-se em geral que as mulheres levam a melhor no que diz respeito à língua, mas o violinista de Pinchev era um rival à altura da prostituta de Plock. O violinista gritava sempre que estava abaixo da sua dignidade discutir com uma meretriz, uma donzela com atestado de estupro, mas os vagabundos o estimulavam. "Responda para ela! Não deixe ela ficar com a última palavra!" Assobiavam, gritavam, batiam palmas, batiam os pés no chão.

A batalha espirituosa aos poucos se transformou em contação de história. Beyle Tslove contou que sua mãe, uma mulher piedosa e virtuosa, tinha dado ao marido, hassidista e vagabundo, oito filhas, todas mulheres. Quando Beyle

Tslove apareceu no mundo, o pai ficou tão amolado que foi embora de casa. Trapaceando, coletou assinaturas de cem rabinos para permitir que se casasse de novo e a mãe dela passou a ser uma esposa abandonada. Para sustentar a família, ia ao mercado toda manhã vender feijão quente aos estudantes da yeshiva. Um tutor perverso, com barba de bode e cachos até os ombros, veio ensinar Beyle Tslove a rezar, mas a estuprou. Ela não tinha ainda oito anos de idade. Quando Beyle Tslove continuou, contando que se tornara garçonete, que os camponeses a beliscavam, xingavam e puxavam seu cabelo, que uma cafetina, fingindo ser mulher piedosa, a tinha atraído para uma cidade distante e levado para um bordel, as moças que estava escutando caíram em prantos. Os rapazes também ficaram com os olhos úmidos.

Getsl, o violinista, a interrogou. Quem eram os clientes? Quanto pagavam? Quanto tinha de dar para os cafetões e quanto sobrava para ela viver? Já tinha ido para a cama com algum turco ou mouro?

Beyle Tslove respondeu todas as perguntas. Os jovens devassos a atormentavam a seu modo e os velhos libertinos a cansavam com exigências. A cafetina arrancava seu último tostão e trancava o pão no armário. O cafetão batia nela com uma correia molhada e enfiava agulhas em suas nádegas. Por causa da fome e da saudade de casa contraiu tuberculose e acabou escarrando os pulmões numa casa de pobres. E como a enterraram atrás da cerca, sem Kadish, foi imediatamente arrebatada por multidões de demônios, diabos, enganadores e babuks. O Anjo Dumah pediu que dissesse o verso de seu nome e como não soube responder, ele fendeu seu túmulo com uma vara de fogo. Ela implorou para ser admitida no inferno, porque lá os castigos duram apenas doze meses, mas os Profanos a arrastaram para lugares ermos e desertos. Contou que no deserto tinha encontrado um poço que era a porta da Geena. Dia e noite saíam do poço os gritos dos pecadores que estavam sendo punidos. Foi levada até o Mar de Gelo, onde veleiros naufragados por tormentas jaziam imóveis, com tripulações mortas e capitães transformados em pedra. Beyle Tslove tinha voado também por uma terra habitada por gigantes com duas cabeças e um olho único na testa. Lá nasciam poucas mulheres, e toda mulher tinha seis maridos.

Getsl, o violinista, também começou a contar os eventos de sua vida. Narrou os incidentes nos casamentos e bailes da aristocracia em que ia tocar e o que aconteceu depois, na vida futura. Disse que os malfeitores não se arrependiam, nem nas Regiões Inferiores. Embora já soubessem a verdade das coisas, suas almas ainda buscavam prazeres. Jogadores jogavam com cartas invisíveis, ladrões roubavam, trapaceiros trapaceavam e fornicadores abandonavam-se a suas abominações.

O povo que ouvia os dois se assombrava, e Zeinvl, o açougueiro, perguntou: "Como pode alguém pecar quando está apodrecendo na terra?".

Getsl explicou que era a alma, não o corpo, que se regozijava com o pecado. Por isso a alma era punida. Além disso, havia corpos de todos os tipos, de fumaça, de teias de aranha, de sombra, e eles podiam ser usados por algum tempo, até os Anjos da Destruição despedaçá-los. Havia castelos, hospedarias e ruínas nos desertos e abismos que forneciam esconderijos para o Julgamento, e também Anjos Vingadores que podiam ser subornados com promessas ou mesmo com o tipo de dinheiro que não tem substância, mas que é usado nas tavernas e bordéis do Mundo Inferior.

Quando um dos vadios gritou que isso era inacreditável, Getsl chamou Beyle Tslove para confirmar a verdade de suas palavras. "Conte para a gente, Beyle Tslove, o que você realmente fez todos esses anos? Recitou salmos ou vagou por pântanos e desertos, se acasalando com demônios, zmoras e malachais?"

Em vez de responder, Beyle Tslove riu e tossiu. "Não consigo falar, minha boca está seca."

"É, vamos tomar um trago", Getsl rebateu, e quando alguém trouxe uma garrafa de conhaque, Liebe Yentl entornou como se fosse água. Não abriu os olhos nem pestanejou. Era claro para todo mundo que estava inteiramente à mercê dos dybbuks dentro dela.

Quando Zeinvl, o açougueiro, percebeu que os dois dybbuks tinham feito as pazes, perguntou: "Por que vocês dois não se casam? Fariam um bom casal".

"E o que a gente faz depois do casamento?", Beyle Tslove respondeu. "Reza pelo mesmo livro?"

"Fazem o que fazem os casais casados."

"Com o quê? Já estamos além disso tudo. Seja como for, não dá tempo. Não vamos ficar aqui muito mais."

"Por que não? Liebe Yentl ainda é moça."

"O rabino de Worka não é o schlemiel de Radzymin", disse Beyle Tslove. "O próprio Asmodeus tem medo dos talismãs dele."

"O rabino de Worka pode me beijar você sabe onde", gabou-se Getsl. "Mas não estou a fim de virar noivo."

"O partido não está à sua altura?", Beyle Tslove gritou. "Se soubesse quem queria casar comigo, ia cantar noutra freguesia."

"Se ela já está me xingando agora, o que me espera depois?", Getsl brincou. "Além disso, ela tem idade para ser minha bisavó, setenta anos mais velha que eu, dá para imaginar?"

"Pateta. Eu tinha vinte e sete anos quando bati as botas, e não dá para envelhecer depois. E você quantos anos tem, fundo de garrafa? Uns sessenta pelo menos."

"Que a sua carne inchada se encha de tantos vermes quantos anos eu tenho a menos que cinqüenta."

"Pode me dar a carne que eu não faço questão dos vermes."

Os dois continuaram a disputa e a multidão continuou insistindo, até que os dois dybbuks finalmente concordaram. Quem não ouviu o noivo e a noiva mortos discutirem sobre o dote, o enxoval, os presentes nunca saberá do que são capazes espíritos impuros.

Beyle Tslove disse que já tinha pagado, fazia muito tempo, por todas as suas transgressões e que, portanto, era pura como uma virgem. "Seja como for, existe essa coisa de virgem?", questionou. "Toda alma já habitou incontáveis vezes tanto homens como mulheres. Não existem mais almas novas no Céu. A alma é fervida num caldeirão, como pratos antes da Páscoa. Ela é purificada e mandada de volta para a terra. O mendigo de ontem é o magnata de hoje. A mulher do rabino vira um cocheiro. Um ladrão de cavalos volta como ancião da comunidade. Um abatedor volta como boi. Então por que tanta coisa? É tudo farinha do mesmo saco: gato e rato, caça e caçador, velho e criança." A própria Beyle Tslove tinha sido, em encarnações anteriores, comerciante de cereais, ordenhadeira, esposa de rabino, professor de Talmude.

"Ainda lembra alguma coisa do Talmude?", Getsl perguntou.

"Se o Anjo do Esquecimento não tivesse me puxado o nariz, é claro que eu lembrava."

"O que dizem da minha noiva?", brincou Getsl. "Uma língua afiada. É capaz de convencer até uma pedra. Se minha mulher em Pinchev soubesse por quem está sendo trocada, se afogava num balde de urina."

"Sua mulher achou quem ocupasse a cama antes de você esfriar..."

A estranha notícia se espalhou pela cidade: amanhã haveria casamento na casa de Reb Sheftel: Getsl, o violinista, e Beyle Tslove iam se tornar marido e mulher.

V.

Quando o rabino ficou sabendo dos acontecimentos, emitiu uma proscrição proibindo todo mundo de comparecer às bodas negras. Mandou Bendit, o bedel, ficar de guarda na porta da casa de Reb Sheftel e não permitir que ninguém entrasse. Essa noite, porém, houve uma pesada nevasca e de manhã ficou muito frio. O vento soprava com grande força e assobiava em todas as chaminés. Bendit ficou envolto em branco dos pés à cabeça e parecia um boneco de neve feito por crianças. Sua mulher foi buscá-lo e levou-o para casa, meio congelado. Assim que começou a anoitecer, juntou-se a escória na casa de Reb Sheftel. Alguns trouxeram garrafas de vodca ou conhaque, outros presunto seco e bolo de mel.

Como sempre, Liebe Yentl dormiu o dia inteiro e não acordou nem quando a enferma Zise Feige colocou algumas colheradas de caldo em sua boca. Uma vez mais veio a escuridão e a moça sentou-se na cama. Havia tanta gente na casa que as pessoas não conseguiam se mexer.

Zeinvl, o açougueiro, encarregou-se de tudo. "Noiva, você jejuou no dia do seu casamento?"

"O que os mortos comem, os mortos são", respondeu Beyle Tslove com um provérbio.

"E você, noivo, está pronto?"

"Que ela primeiro entregue o dote."

"Pode ficar com tudo o que eu tenho: uma pitada de poeira, uma crosta de mofo..."

Nessa noite, Getsl provou que não era só um músico hábil, mas podia ser também rabino, cantor e bufão matrimonial. Primeiro, tocou uma triste melodia e recitou "Deus é cheio de misericórdia" para a noiva e para o noivo. Depois, tocou uma melodia alegre, acompanhando com as piadas adequadas. Aconselhou a noiva a ser uma esposa fiel, a vestir-se e enfeitar-se, e a cuidar bem de sua casa. Aconselhou o casal a atentar para o dia de sua morte e cantou para eles:

Chora, noiva, chora e geme,
A solidão o morto teme.
Lá no Sling, na onda agitada,
O noivo espera a sua amada.

Morto e morta, espectro no ar,
todo demônio busca um par.
Anjo Dumah, diabo, Shed do mal,
um esquife é um leito nupcial.

Embora fosse um casamento de mentira, muitas lágrimas rolaram dos olhos das mulheres. Os homens suspiraram. Tudo correu de acordo com o costume. Getsl pregou, cantou, brincou. Os convidados ouviram de verdade o gemer do violino, o trilar da clarineta, o balir da trompa, o gemido da gaita-de-foles. Getsl fingiu cobrir a noiva com o véu e tocou uma melodia apropriada para a cerimônia do véu. Depois da marcha nupcial, recitou as palavras do "Sois Santificada", que acompanham a entrega do anel. Fez a oração do noivo e anunciou os presentes de casamento: um espelho amortalhado, um saquinho de terra da Terra Santa, uma colher de limpar defunto, um relógio parado. Quando o espírito dos convidados parecia desanimar, Getsl atacava um kozotsky. Eles tentavam dançar, mas mal havia espaço para dar um passo. Balançavam e gesticulavam.

Beyle Tslove de repente começou a choramingar. "*Oy*, Getsl!"

"O que foi, minha pombinha?"

"Por que isto não pode ser de verdade? Nós não nascemos mortos!"

"Ihh! A própria realidade está por um fio."

"Para mim não é brincadeira, idiota."

"Seja o que for, vamos beber e ficar tranqüilos. Vamos nos alegrar e festejar até todos os fogos se apagarem no inferno."

Foi trazido um cálice de vinho e Liebe Yentl bebeu até a última gota. Depois, atirou o cálice contra a parede, e Getsl começou a recitar na cantilena dos meninos do cheder:

A lição de pai Noé
é não chorar, se puder.
É beber, e beber bem,
vivos e mortos também.
O vinho dá vitalidade
porque é longa a eternidade.

Zise Feige não conseguiu agüentar mais. Levantou de sua cama de doente, enrolou-se num xale e foi arrastando os chinelos para o quarto da filha. Tentou abrir caminho na multidão. "Amimais", gritou. "Estão torturando minha filha!"

Beyle Tslove gritou para ela: "Não se preocupe, rabugenta! Melhor um violinista podre que um aleijado de Zawiercia!".

VI.

No meio da noite ouviram-se som de passos e gritos do lado de fora. Reb Sheftel voltava de Worka trazendo um saco de novos amuletos, encantos e talismãs. Os hassidistas do rabino de Worka entraram com ele, prontos para expulsar a turba. Giraram as faixas, gritando: "Fora, ralé!".

Diversos rapazes tentaram brigar com os hassidistas de Worka, mas o povo de Shidlovtse estava cansado de ficar de pé tanto tempo e logo começou a sair pela porta. Getsl chamou por eles. "Irmãos, não deixem esses schlemiels sagrados mandarem em vocês! Mostrem para eles a força de seus punhos! Ê, você aí, chefão!"

"Covardes! Desgraçados! Ratos!", Beyle Tslove guinchou.

Alguns hassidistas de Worka levaram um ou outro soco, mas depois de um tempo a ralé se retirou. Os hassidistas explodiram dentro do quarto, ofegando e ameaçando os dybbuks com a excomunhão.

O diretor da sinagoga de Worka, Reb Avigdor Yavrover, correu até a cama de Liebe Yentl e tentou pendurar um encantamento em seu pescoço, mas a moça arrancou-lhe o chapéu e o solidéu com a mão direita e com a esquerda o pegou pela barba. O outro hassidista tentou puxá-lo, mas Liebe Yentl esperneava em todas as direções. Chutava, mordia e arranhava. Um homem levou um bofetão no rosto, um segundo teve o cacho lateral puxado, um terceiro recebeu uma cusparada no rosto, um quarto um soco nas costelas. Para afastar os piedosos, ela gritou que estava em seus dias impuros. Depois arrancou a roupa e exibiu as vergonhas. Os que não desviaram os olhos notaram que sua barriga estava esticada como um tambor. À direita e à esquerda, dois volumes do tamanho de cabeças, evidentemente ali estavam os espíritos. Getsl rugiu como um leão, uivou como lobo, silvou como cobra. Chamou o rabino de Worka de eunuco, palhaço, macaco, insultou todos os sábios sagrados e blasfemou contra Deus.

Reb Sheftel caiu no chão e ali ficou como alguém de luto. Cobriu os olhos com as mãos e oscilava o corpo como se estivesse diante de um cadáver. Zise Feige agarrou uma vassoura e tentou afastar os homens que enxameavam em torno de sua filha, mas foi afastada para um lado e caiu. Duas vizinhas ajudaram-na a se levantar. Sua touca caiu, expondo a cabeça raspada com os cabelinhos grisalhos nascendo. Ela levantou os punhos e gritou, soluçando: "Torturadores, estão matando minha filha! Deus do Céu, mande as pragas do Faraó sobre eles!".

Por fim, vários hassidistas mais jovens pegaram as mãos e os pés de Liebe Yentl e amarraram na cama com suas faixas. Depois colocaram os amuletos do rabino de Worka em seu pescoço.

Getsl, que tinha ficado quieto durante a luta, falou: "Diga para o seu milagreiro que esses amuletos são lixo".

"Miserável, está no Inferno e ainda nega isso?", trovejou Reb Avigdor Yavrover.

"O Inferno está cheio de gente como você."

"Cão, velhaco, degenerado!"

"Por que estão xingando, seus insetos?", berrou Beyle Tslove. "É culpa nossa o seu idiota sagrado espalhar talismãs falsos? Melhor deixar a menina sossegada. Não estamos fazendo mal nenhum a ela. O bem dela é o nosso bem. Também somos judeus, não esqueçam, não somos tártaros. Nossas almas também estiveram no monte Sinai. Se erramos na vida, já pagamos a conta, com juros."

"Vadia, peste, cadela, sai fora!", gritou um dos hassidistas.

"Só vou quando eu quiser."

"Todres, sopre o chifre de carneiro, um toque longo!"

O chifre de carneiro encheu a noite com seu estranho lamento.

Beyle Tslove riu e desdenhou: "Sopre muito, sopre pouco, que importa!".

"Um toque entrecortado agora!"

"Já não tem cortes que bastem debaixo das suas fundas de hérnia?", zombou Getsl.

"Satã, amalecita, apóstata!"

Passaram-se horas, mas os dybbuks continuavam teimando. Alguns hassidistas de Worka foram para casa. Outros se encostaram na parede, prontos para lutar até o fim de suas forças. Os malandros que tinham ido embora voltaram com varas e facas. Os hassidistas do rabino de Radzymin tinham ouvido a notícia de que os talismãs de Worka haviam falhado e vieram gozar.

Reb Sheftel levantou do chão e em sua angústia começou a implorar aos dybbuks. "Se são judeus, têm corações judeus. Olhem como ficou a minha filha inocente, aqui deitada, amarrada como um carneiro pronto para o sacrifício. Minha mulher está doente. Eu próprio estou a ponto de despencar. Meus negócios estão caindo aos pedaços. Quanto tempo vão nos torturar? Até um assassino tem uma fagulha de piedade."

"Ninguém tem piedade de nós."

"Eu me encarrego de fazer com que vocês recebam o perdão. Diz na Bíblia: 'Que não fique banido dele o seu desterrado'. Nenhuma alma judaica é rejeitada para sempre."

"O que vai fazer por nós?", perguntou Getsl. "Nos ajudar a gemer?"

"Vou recitar salmos e ler o Mishná para vocês. Vou dar esmolas. Vou rezar o Kadish para vocês durante doze meses inteiros."

"Não sou um dos seus camponeses. Não pode me enganar."

"Nunca enganei ninguém."

"Jure que vai manter a palavra!", Getsl ordenou.

"Qual é o problema, Getsl? Já está ansioso para me abandonar?", Beyle Tslove perguntou com uma risada.

Getsl bocejou. "Tenho pena dos velhos."

"Quer fazer de mim uma esposa abandonada logo na primeira noite?"

"Venha comigo, se puder."

"Para onde? Para trás da Montanha da Escuridão?"

"Onde nossos olhos nos levarem."

"Quer dizer as órbitas, palhaço!"

"Jure, Reb Sheftel, que vai manter todas as suas promessas", Getsl, o violinista, repetiu. "Faça um voto sagrado. Se quebrar a palavra, eu volto com toda a Legião do Mal e espalho seus ossos aos quatro ventos."

"Não jure, Reb Sheftel, não jure!", gritaram os hassidistas. "Uma jura dessas é a dessacralização do Nome!"

"Jure, marido, jure. Se não jurar, eu morro."

Reb Sheftel pôs a mão na barba. "Almas queridas, juro que cumprirei fielmente tudo o que assumi. Vou estudar o Mishná para vocês. Vou rezar o Kadish durante doze meses. Me digam quando morreram e mando queimar velas em memória de vocês. Se não há lápides em seus túmulos, viajarei até os cemitérios e mandarei erguer lápides."

"Nossos túmulos sumiram já faz muito tempo. Venha, Beyle Tsove, vamos embora. O amanhecer está surgindo sobre Pinchev."

"Demônio, faz uma jovem judia de boba por nada!", Beyle Tslove censurou.

"Ê, homens, se afastem!", Getsl gritou. "Senão ocupo um de vocês!"

Fez-se tal a correria que embora a porta estivesse aberta ninguém conseguiu sair. Chapéus e solidéus caíram. Cafetãs ficaram presos em pregos e se rasgaram. Um grito abafado subiu da multidão. Diversos hassidistas caíram e outros pisaram em cima deles. A boca de Liebe Yentl se abriu e ouviu-se um tiro, como de pistola. Os olhos dela rolaram e ela caiu deitada no travesseiro, branca como morta. Um fedor varreu o quarto, um hálito pestilento de túmulo. Zise Feige cambaleou sobre pernas fracas na direção da filha e desamarrou a menina. A barriga dela estava agora chata e enrugada, como a de uma mulher que deu à luz.

Reb Sheftel declarou depois que duas bolas de fogo saíram das narinas de Liebe Yentl e voaram pela janela. Um vidro se partiu, e as duas almas pecadoras atravessaram a rachadura para o Mundo da Ilusão.

VII.

Depois que os dybbuks a deixaram, Liebe Yentl ficou doente durante semanas. O médico aplicou ventosas e sanguessugas; sangrou-a, mas Liebe Yentl nunca abria os olhos. A mulher da Sociedade de Cuidados com os Doentes que ficava com a menina à noite contou ter ouvido tristes melodias do lado de fora da janela, e a voz de Getsl implorando para retirarem os amuletos do pescoço da menina para ele poder entrar. A mulher ouviu também o riso de Beyle Tslove.

Pouco a pouco, Liebe Yentl começou a se recuperar, mas quase parou de falar. Sentava na cama e olhava a janela. O inverno tinha acabado. As andorinhas voltaram dos países quentes e estavam construindo ninhos debaixo do beiral. De sua cama, Liebe Yentl podia ver o teto da sinagoga, onde um casal de cegonhas estava reformando o ninho do ano passado.

Reb Sheftel e Zise Feige temiam que Liebe Yentl não pudesse mais ser aceita em matrimônio, mas Shmelke Motl escreveu de Zawiercia dizendo que manteria o acordo se aumentassem em um terço o valor do dote. Reb Sheftel e Zise Feige consentiram uma vez mais. Depois de Pentecostes, Shmelke Motl apareceu na casa de orações de Shidlovtse, não mais alto que um menino de cheder, mas com uma cabeça grande sobre um pescoço fino e cachos torcidos tão apertados que espetavam como dois chifres. Tinha sobrancelhas grossas e olhos escuros que olhavam sempre para a ponta do nariz. Assim que ele entrou na casa de estudos, pegou um Gemara e sentou para estudar. Ali ficou, balançando o corpo e murmurando até ser levado para a cerimônia de noivado.

Reb Sheftel convidou apenas uns poucos escolhidos para a refeição de noivado, porque durante o tempo em que sua filha estivera possuída pelos dybbuks ele tinha feito muitos inimigos, tanto entre os hassidistas de Radzymin quanto entre os de Worka. Segundo o costume, os homens ficavam em uma mesa, as mulheres em outra. O noivo fez um sermão de improviso sobre o tema do Boi Apedrejado. Esses sermões geralmente duravam meia hora, mas passaram-se duas horas e o noivo ainda estava falando com sua voz aguda, raspada, acompanhando as palavras com gestos amplos. Fazia caretas, como se sentisse dor, puxava um cacho, coçava o queixo, onde estava começando a brotar uma barba, agarrava o lóbulo da orelha. De quando em quando, seus lábios se abriam num sorriso, revelando dentes escuros, pontudos como pregos.

Liebe Yentl não afastou nem uma vez os olhos dele. As mulheres tentaram falar com ela; insistiram para que provasse os biscoitos, a geléia, o refresco. Mas Liebe Yentl mordia os lábios e olhava.

Os convidados começaram a tossir e a se mexer, indicando de várias maneiras que era hora de dar um fim ao discurso, e finalmente o noivo terminou seu sermão. O contrato de noivado lhe foi levado, mas ele não assinou de imediato. Primeiro leu a página do começo ao fim. Era evidentemente míope, pois levou o papel até o nariz. Então começou a barganhar. "A estola de oração tem de ter enfeite de prata."

"Vai ter o enfeite que quiser", concordou Reb Sheftel.

"Escreva isso."

O texto foi escrito na margem. O noivo continuou lendo e exigiu: "Quero um Talmude publicado em Slovita".

"Muito bem, será de Slovita."

"Escreva."

Depois de muita negociação e escrita, o noivo assinou o contrato: Shmelke Motl, filho do falecido Catriel Godl. As letras da assinatura eram miúdas como cocôs de mosca.

Quando Reb Sheftel levou o contrato para Liebe Yentl e estendeu-lhe a caneta, ela disse com voz clara: "Não vou assinar".

"Filha, você me envergonha!"

"Não vou viver com ele."

Zise Feige começou a beliscar suas bochechas enrugadas. "Gente, vão embora!", ela bradou. Soprou as velas dos candelabros. Algumas mulheres choraram com a mãe desgraçada; outras repreenderam a noiva. Mas a moça não respondeu a ninguém. Pouco depois, a casa estava escura e vazia. A criada saiu para fechar a janelas.

Reb Sheftel geralmente rezava na sinagoga com o primeiro quórum, mas nessa manhã não compareceu ao local sagrado. Zise Feige não saiu às compras. A porta da casa de Reb Sheftel permaneceu trancada, as janelas fechadas. Shmelke Motl voltou imediatamente para Zawiercia.

Depois de algum tempo, Reb Sheftel voltou a rezar na sinagoga, e Zise Feige foi de novo ao mercado com sua cesta. Mas Liebe Yentl nunca mais saiu à rua. As pessoas achavam que os pais a tinham mandado para algum lugar, mas Liebe Yentl estava em casa. Ficava em seu quarto e se recusava a falar com qualquer pessoa. Quando a mãe lhe trazia um prato de sopa, primeiro batia na porta, como se fossem aristocratas. Liebe Yentl mal tocava a comida e Zise Feige a mandava para a casa dos pobres.

Durante alguns meses, os casamenteiros ainda trouxeram ofertas, mas desde que um dybbuk falara dentro dela e ela envergonhara um noivo, Liebe Yentl não podia mais ser considerada um partido adequado. Reb Sheftel tentou obter um perdão do jovem de Zawiercia, mas ele tinha ido embora para alguma yehiva na Lituânia. Correu o boato de que havia se enforcado com a faixa. Então ficou evidente que Liebe Yentl seria uma solteirona. Seu irmão mais novo, Tsadock Meyer, tinha crescido nesse ínterim e casara com uma moça de Bendin.

Reb Sheftel foi o primeiro a morrer. Isso aconteceu numa quinta-feira à noite, no inverno. Reb Sheftel tinha levantado para as orações da meia-noite. Estava à mesa de leitura, com cinzas na cabeça, recitando um lamento sobre a Destruição do Templo. Um mendigo estava passando a noite na casa de orações. Por volta das três da manhã, o homem acordou e colocou algumas batatas no fogão para assar. De repente, ouviu um baque. Levantou e viu Reb Sheftel no chão. Borrifou água do jarro em cima dele, mas a alma já tinha ido embora.

As pessoas da cidade choraram por Reb Sheftel. O corpo não foi levado para casa, mas ficou na casa de orações com velas à cabeceira até a hora do enterro. O rabino e alguns eruditos da cidade fizeram apologias. Na sexta-feira, Liebe Yentl acompanhou o caixão ao lado da mãe. Liebe Yentl estava enrolada em um xale preto dos pés à cabeça; só uma parte de seu rosto aparecia, branca como a neve do cemitério. Os dois filhos viviam longe de Shidlovtse e o funeral não podia ser retardado até depois do shabat; é uma desonra para o corpo esperar tanto tempo pelo enterro. Reb Sheftel foi colocado para descansar perto do túmulo do velho rabino. É sabido que aqueles que são enterrados na sexta-feira depois do meio-dia não sofrem a pressão do túmulo, porque na noite do shabat o Anjo Dumah guarda a sua vara de fogo.

Zise Feige durou alguns anos mais, mas foi se apagando dia a dia. Seu corpo curvou-se como uma vela. Em seu último ano, não cuidava mais dos negócios, confiando inteiramente em seu assistente, Zalkind. Começou a se levantar ao amanhecer para rezar na sinagoga das mulheres e muitas vezes ia ao cemitério prostrar-se no túmulo de Reb Sheftel. Morreu tão de repente como o marido. Aconteceu durante uma oração noturna no Yom Kippur. Zise Feige tinha ficado o dia inteiro de pé, chorando, na grade que divide o setor das mulheres do dos homens na casa de orações. As vizinhas, vendo seu rosto amarelo e ceroso, insistiram com ela para quebrar o jejum, porque a vida humana tem precedência sobre todas as leis, mas Zise Feige recusou. Quando o cantor entoou "Os portões do Céu abertos", Zise Feige já tinha passado para o Mundo Verdadeiro. Suas últimas palavras foram: "Minha filha...".

Dessa vez o funeral foi retardado até a chegada dos dois filhos. Eles sentaram para lamentar com a irmã. Mas Liebe Yentl evitou todos os estranhos. Aqueles que vinham para rezar com os que estavam de luto e para confortá-los encontravam apenas Jededias e Tsadock Meyer. Liebe Yentl trancou-se em seu quarto.

Nada restou da fortuna de Reb Sheftel. As pessoas murmuraram que o assistente havia embolsado o dinheiro, mas nada pôde ser provado. Reb Sheftel e Zise Feige não mantinham livros. Todas as contas eram feitas com um pedaço de giz na parede do guarda-roupa. Depois dos sete dias de luto, os filhos chamaram Zalkind ao tribunal do rabino, mas ele se propôs a jurar perante os Rolos Sagrados e as velas negras que nunca tocara um groschen do dinheiro de seus patrões. O rabino proibiu o juramento. Disse que um homem capaz de desrespeitar o mandamento "Não roubarás" podia violar também o mandamento "Não tomarás Seu Santo Nome em vão".

Depois do julgamento, os dois filhos foram para casa. Liebe Yentl ficou com a criada. Zalkind assumiu o negócio e simplesmente mandava para Liebe Yentl dois guilderes por semana para alimentação. Logo recusou-se a dar até isso e mandava apenas alguns groschen. A criada foi embora e arrumou trabalho em outro lugar.

Agora que Liebe Yentl não tinha mais criada, foi obrigada a mostrar-se na rua, mas nunca saía durante o dia. Deixava a casa só depois do anoitecer, esperando até as ruas estarem vazias e as lojas sem outros clientes. Aparecia de repente, como se saída do nada. Os lojistas tinham medo dela. Cachorros latiam para ela nos jardins cristãos.

Inverno e verão, andava envolta dos pés à cabeça em um longo xale. Entrava na loja e esquecia o que queria comprar. Sempre dava mais dinheiro do que pediam, como se não se lembrasse mais como contar. Umas poucas vezes foi vista entrando na taverna dos gentios para comprar vodca. Tevye, o vigia noturno, tinha ouvido Liebe Yentl andando pela casa de noite, falando sozinha.

As boas amigas de Zise Feige tentavam insistentemente ver a moça, mas a porta estava sempre trancada. Liebe Yentl nunca ia à sinagoga nos feriados para rezar pelas almas dos mortos. Durante os meses de Nisan e Elul, nunca visitava os túmulos dos pais. Não assava pão de shabat aos sábados, não colocava assados no forno durante a noite toda e provavelmente não abençoava as velas. Não ia à sinagoga das mulheres nem nos dias santos.

As pessoas começaram a esquecer de Liebe Yentl, como se estivesse morta, mas ela continuava viva. Às vezes, subia fumaça da chaminé. Tarde da noite, era vista às vezes no poço, em busca de um balde de água. Os que a avistavam juravam que não parecia nem um dia mais velha. Seu rosto estava ficando ainda mais pálido, o cabelo ainda mais vermelho e comprido. Diziam que Liebe Yentl brincava com gatos. Alguns murmuravam que tinha tratos com um demônio. Outros achavam que o dybbuk tinha voltado a ela. Zalkind ainda entregava uma medida de farinha na casa toda quinta-feira, deixando-a na despensa do saguão de entrada. Também fornecia lenha a Liebe Yentl.

Antigamente, havia na rua diversas outras casas judias, mas pouco a pouco os proprietários venderam aos gentios. Um açougueiro de carne de porco tinha se mudado para uma casa e construído uma alta cerca em torno dela. Outra casa foi ocupada por uma viúva velha e surda que passava os dias fiando, guardada por um cachorro cego a seus pés.

Passaram-se os anos. Um dia, de manhã cedo, no Elul, o rabino estava sentado em seu estúdio escrevendo um comentário e bebendo chá do samovar quando Tevye, o vigia noturno, bateu na porta. Disse ao rabino que tinha visto Liebe Yentl na estrada que ia para Radom. A moça estava usando um vestido branco comprido, sem lenço na cabeça e andava descalça. Estava acompanhada por um homem de cabelo comprido que levava uma caixa de violino. A lua cheia brilhava forte. Tevye pensou em chamar, mas como as figuras não faziam sombra, foi tomado pelo medo. Quando olhou de novo, a dupla havia desaparecido.

O rabino mandou que Tevye esperasse até os fiéis estarem reunidos para a prece da manhã na sinagoga. Então Tevye contou às pessoas da aparição, e dois homens, um cocheiro e um açougueiro, foram à casa de Reb Sheftel. Bateram, mas ninguém atendeu. Arrombaram a porta e encontraram Liebe Yentl morta. Estava no meio da sala, entre pilhas de lixo, de camisola comprida, descalça, o cabelo vermelho solto. Era óbvio que não estava mais entre os vivos fazia muitos dias, talvez uma semana ou até mais. As mulheres da Sociedade Funerária correram para levar o corpo à cabana de lavagem dos mortos. Quando as mulheres que iam fazer a mortalha abriram o guarda-roupa, uma nuvem de traças voou para fora, enchendo a casa como um enxame de gafanhotos. Todas as roupas estavam comidas, todos os lençóis mofados e destruídos.

Como Liebe Yentl não tinha tirado a própria vida e como demonstrara todos os sinais de loucura, o rabino permitiu que fosse enterrada ao lado dos pais. Metade da cidade acompanhou o corpo até o cemitério. Os irmãos foram notificados e vieram depois para vender a casa e encomendar a lápide do túmulo da irmã.

Ficou claro para todo mundo que o homem que aparecera com Liebe Yentl na estrada para Radom era o violinista morto de Pinchev. Dunya, a antiga criada de Zise Feige, contou às mulheres que Liebe Yentl não havia conseguido esquecer o noivo Ozer e que Ozer tinha se transformado num dybbuk para impedir o casamento com Shmelke Motl. Mas onde Ozer, um erudito, filho de um homem rico, teria aprendido a tocar música e representar como um bufão matrimonial? E por que apareceria na estrada para Radom na forma de um violinista? E onde estava indo com a morta Liebe Yentl aquela noite? E o que fora feito de Beyle Tslove? Céus e terras juraram que a verdade ficará para sempre escondida.

Muitos anos se passaram, mas o violinista morto não foi esquecido. Era ouvido tocando de noite na sinagoga fria. Seu violino cantava distante na casa de banhos, na casa dos pobres, no cemitério. Diziam na cidade que ele ia a casamentos. Às vezes, ao final de um casamento, depois da banda de Shidlovtse ter parado de tocar, as pessoas ouviam algumas notas pairando no ar, e sabiam que era o violinista morto.

No outono, quando as folhas caíam e os ventos sopravam das montanhas da Santa Cruz, muitas vezes se ouvia uma melodia baixa nas chaminés, fina como um cabelo e triste como o mundo. Até as crianças ouviam e perguntavam: "Mamãe, quem está tocando?". E a mãe respondia: "Durma, filho. É o violinista morto".

Henne Fogo

É, tem gente que é demônio. Deus nos livre e guarde! As mães enxergam coisas quando dão à luz, mas nunca contam o que enxergam!

Henne Fogo, como era chamada, não era um ser humano, mas um fogo da Geena. Sei que não se deve falar mal dos mortos, e ela sofreu muito por seus pecados. Que culpa tinha de haver sempre uma fogueira em seu peito? Dava para ver pelos olhos: duas brasas. Eu tinha medo de olhar para eles. Era preta como uma cigana, com o rosto estreito, as faces encovadas, emaciadas, pele e ossos. Uma vez, vi quando tomava banho no rio, as costelas salientes como aros. Como pode alguém como Henne engordar? Ela imediatamente se ofendia com tudo o que se dizia para ela, por mais inocente que fosse. Começava a gritar, sacudia os punhos e rodava como uma maluca. O rosto dela ficava branco de raiva. Se a pessoa tentava se defender, ela quase a engolia viva, e começava a quebrar pratos. A cada poucas semanas seu marido, Berl Chazkeles, tinha de comprar um jogo novo.

Desconfiava de todo mundo. A cidade inteira a perseguia. Quando tinha um ataque de raiva, dizia coisas que não ocorreriam nem a uma pessoa louca. Palavrões saíam de sua boca como ervilhas roídas por vermes. Sabia de cor todas as pragas do livro santo. Não achava nada demais atirar pedras. Uma vez, no meio do inverno, quebrou a vidraça de um vizinho, e o vizinho nunca ficou sabendo por quê.

Henne tinha filhas, quatro meninas, mas assim que elas cresceram, fugiram de casa. Uma foi ser criada em Lublin; outra partiu para a América; a mais bonita, Malkeleh, morreu de escarlatina; e a quarta casou com um velho. Qualquer coisa era melhor que viver com Henne.

O marido dela, Berl, devia ser um santo. Só um santo podia agüentar uma megera dessas por vinte anos. Ele fazia peneiras. Naqueles dias, no inverno, o trabalho começava quando ainda estava escuro. O fazedor de peneiras tinha de prover sua própria vela. Ganhava uma ninharia. Claro que eram pobres, mas não eram os únicos. Um vagão cheio de giz não bastaria para escrever todas as reclamações que ela jogava em cima dele. Eu morava vizinho e, uma vez, quando o marido saiu para trabalhar ao amanhecer, ouvi Henne gritando para ele: "Volte morto!". Não posso imaginar qual era a culpa que ela via nele. Ele lhe entregava até o último tostão e a amava de verdade. Como se pode amar um demônio desses? Só Deus sabe. De qualquer forma, quem pode entender o que se passa no coração de um homem?

Meus caros, até ele acabou fugindo dela. Uma manhã de verão, uma sexta-feira, ele saiu para ir ao banho ritual e desapareceu como uma pedra na água. Quando Henne ouviu dizer que ele tinha sido visto saindo da aldeia, caiu na sarjeta com um ataque epiléptico. Bateu a cabeça nas pedras, sibilou feito uma cobra e espumou pela boca. Alguém enfiou uma chave em sua mão esquerda, mas não adiantou. O lenço da cabeça caiu e revelou que ela não raspava o cabelo. Foi carregada para casa. Nunca vi uma cara daquelas, verde feito grama, os olhos revirados. No momento que voltou a si, começou a xingar, e acho que daí em diante não parou mais. Dizem que xingava até dormindo. No Yom Kippur, ela ficava no setor feminino da sinagoga e enquanto a mulher do rabino recitava as orações para os que não sabiam ler, Henne censurava o rabino, o cantor, os anciãos. Invocou um negro Juízo Final para o marido, desejou que tivesse varíola e gangrena. E também blasfemou contra Deus.

Depois que foi abandonada por Berl, ficou completamente louca. Em geral, uma mulher abandonada ganhava a vida amassando pão na casa dos outros ou trabalhando de criada. Mas quem ia deixar uma criatura perturbada como Henne entrar em sua casa? Ela tentou vender peixe às quintas-feiras, mas quando alguma mulher perguntava o preço, Henne respondia: "Não vai comprar mesmo, então por que vem aqui só para me amolar? Vai andar por aí e comprar em outro lugar".

Uma dona de casa pegou um peixe e abriu a guelra para ver se estava fresco. Henne arrancou-o de suas mãos, gritando: "Por que está cheirando o peixe? Não pode se rebaixar a comer peixe podre?". E desfiou uma lista de pecados que achava que os pais, avós e bisavós da mulher tinham cometido dez gerações antes. As peixeiras de verdade vendiam sua mercadoria, e Henne ficava com a barraca cheia. A cada poucas semanas, Henne ia lavar roupa. Não me perguntem o que ela fazia. Brigava por tudo: pelas tinas de lavar, pelos varais, pela bomba de água. Se encontrava um grão de poeira numa blusa posta a secar, culpava as vizinhas. Ela própria derrubava os varais das outras. Dava para ouvir ela gritando do outro lado da cidade. As pessoas tinham medo dela e cediam, mas também não adiantava. Se alguém respondia, ela armava um salseiro, e se ficava quieto ela berrava: "É alguma desgraça falar comigo?". Não havia como tratar com ela sem ser insultado.

De início, as filhas vinham das cidades grandes para passar os feriados em casa. Eram boas moças, e todas puxaram ao pai. Num momento, mãe e filha estavam se abraçando e se beijando e, de repente, se armava uma briga de gatos na alameda dos Açougueiros, onde a gente morava. Pratos estilhaçavam, janelas quebravam. A filha saía correndo da casa como se estivesse envenenada e Henne corria atrás com uma vara, gritando: "Cadela, vadia, sem-vergonha, devia ter dissolvido dentro da barriga da mãe!". Quando Berl a deixou, Henne desconfiava que as filhas sabiam o destino dele. Embora elas jurassem por tudo que é sagrado que não, Henne vociferava: "Suas bocas vão mudar para a nuca jurando assim em falso!".

O que podiam fazer as pobres meninas? Elas a evitavam como a uma praga. E Henne ia ao professor da aldeia e fazia com que escrevesse cartas dizendo que deserdava as filhas. Que não era mais sua mãe e que elas não eram mais suas filhas.

Mesmo assim, numa cidade pequena não se deixa ninguém passar fome. A boa gente cuidava de Henne. Traziam-lhe sopa, borscht de alho, um pedaço de pão, batatas, o que tivessem para oferecer, e deixavam na soleira da porta. Entrar na casa dela era como entrar na toca de um leão. Henne raramente comia esses presentes. Jogava tudo no buraco do lixo. Pessoas assim sobrevivem de briga.

Como os adultos a ignoravam, Henne começou a brigar com as crianças.

Um menino passava e Henne arrancava-lhe o boné porque imaginava que ele tinha roubado pêras de sua árvore. As pêras eram duras como pau e tinham gosto de pau, nem um porco comia aquilo. Ela só precisava era de uma desculpa. Estava sempre mentindo e chamava todo mundo de mentiroso. Ia ao chefe de polícia e denunciava metade da cidade, acusando este de ser falsificador e aquele de fazer contrabando da Galícia. Denunciava que os hassidistas eram desrespeitosos com o czar. No outono, quando convocaram recrutas, Henne anunciou no mercado que os rapazes ricos estavam sendo dispensados e os pobres aceitos. E era verdade. Mas se tivessem sido aceitos todos, teria sido melhor? Alguém tem de ir servir. Mas Henne, sendo daquele jeito, não podia agüentar injustiça. Os funcionários russos ficaram com medo de ela causar confusão e mandaram Henne para um hospício.

Eu estava lá quando um soldado e um policial vieram buscá-la. Ela avançou em cima deles com uma machadinha. Armou tamanha comoção que a cidade inteira veio correndo. Mas qual a força de uma mulher? Ao ser amarrada e jogada no carro, foi xingando em russo, polonês e iídiche. Parecia um porco sendo sacrificado. Foi levada a Lublin e colocada em camisa-de-força.

Não sei o que aconteceu, mas ela deve ter se comportado bem, porque em menos de meio ano estava de volta à cidade. Uma família tinha se mudado para o seu barraco, mas ela expulsou todo mundo no meio de uma noite fria. No dia seguinte, Henne anunciou que tinha sido roubada. Foi a cada vizinho procurar seus pertences e humilhar todo mundo. Não era mais admitida na sinagoga das mulheres e não era aceita nem quando queria comprar um lugar para o Dia de Assombro. As coisas chegaram a tal impasse que quando ela ia ao poço buscar água, todo mundo fugia. Era simplesmente perigoso ficar perto dela.

Não respeitava nem os mortos. Passava um enterro e Henne cuspia, gritando que esperava que a alma do morto ficasse vagando para sempre nos ermos. As pessoas melhores faziam que não ouviam, mas quando os acompanhantes eram gente comum, ela apanhava. Henne gostava de apanhar, essa é a verdade. Ia para todo lado mostrando um calombo que lhe fez este aqui, um olho preto que lhe fez aquele outro. Corria ao farmacêutico em busca de sanguessugas e pomadas. Convocava todo mundo ao rabino, mas o bedel não lhe dava mais ouvidos e o rabino baixou uma ordem proibindo que entrasse em seu estúdio. Ela tentou a sorte com os gentios também, mas eles riam dela. Não lhe restou nada além de Deus. E, segundo Henne, ela e o Todo-Poderoso tinham as melhores relações.

Agora escute o que aconteceu. Havia um cocheiro chamado Kopel Klotz que morava perto de Henne. Uma vez, no meio da noite, ele foi despertado por gritos de socorro. Olhou pela janela e viu que a casa do sapateiro do outro lado da rua estava em chamas. Agarrou o balde de água e correu para ajudar a apagar. Mas o incêndio não era no sapateiro, era na casa de Henne. O que ele tinha visto era só o reflexo na janela do sapateiro. Kopel correu para a casa dela e encontrou tudo queimando: a mesa, o banco, o armário. Não era um fogo normal. Pequenas chamas voavam como passarinhos. A camisola de Henne estava queimando. Kopel arrancou a camisola e ela ali ficou, nua como no dia em que nasceu.

Um incêndio na alameda dos Açougueiros não é coisa pouca. A madeira das casas é seca mesmo no inverno. Uma fagulha pode transformar a alameda inteira em cinzas. As pessoas vieram correndo, mas as chamas dançavam e davam cambalhotas. A todo momento alguma coisa mais pegava fogo. Henne cobriu o corpo nu com um xale e as franjas começaram a queimar como outras tantas velas. Os homens lutaram contra o incêndio até de manhã. Alguns foram vitimados pela fumaça. Aquilo não era fogo, eram gnomos do inferno.

De manhã, houve outra erupção. Os lençóis da cama de Henne começaram a queimar por si mesmos. Eu visitei a cabana de Henne nesse dia. O lençol estava cheio de furos; o acolchoado e a cama de penas também. A massa que estava na tigela tinha assado na forma de um pão chato. Uma vassoura de fogo tinha varrido o chão, incendiando o lixo. Línguas de fogo lambiam tudo. Deus nos livre, eram truques da Legião do Mal. Henne mandava todo mundo para o inferno, agora o inferno tinha se voltado contra ela.

De alguma forma, o fogo se apagou. Os moradores da alameda dos Açougueiros avisaram o rabino que se não conseguissem convencer Henne a ir embora, iam tomar o caso em suas próprias mãos. Todo mundo temia por sua família e posses. Ninguém queria pagar pelos pecados dos outros. Henne foi à casa do rabino e choramingou: "Para onde eu vou? Assassinos, ladrões, feras!".

Ficou rouca como um corvo. Enquanto xingava, seu lenço pegou fogo. Quem não estava lá nunca saberá o que os demônios são capazes de fazer.

Enquanto Henne estava ali no estúdio do rabino, insistindo com ele para que a deixasse ficar, sua casa pegou fogo. Uma labareda subiu do telhado e tinha a forma de um homem de cabelo comprido. Dançou e assobiou. Os sinos da igreja deram o alarme. Os bombeiros fizeram todo o possível, mas em poucos minutos não sobrou nada além da chaminé e um monte de brasas.

Depois Henne espalhou o boato de que seus vizinhos tinham tocado fogo na casa. Mas não foi assim. Quem faria uma coisa dessas, principalmente com o vento soprando? Muita gente testemunhou que não tinha sido assim. A figura de fogo sacudia os braços e ria loucamente. Então, subiu no ar e desapareceu entre as nuvens.

Foi então que começaram a chamá-la de Henne Fogo. Até então, ela era conhecida como a Negra Henne.

II.

Quando Henne se viu sem um teto sobre a cabeça, tentou mudar para a casa do pobres, mas os pobres e os doentes não a deixaram entrar. Ninguém queria ser queimado vivo. Pela primeira vez, ela ficou quieta. Um lenhador gentio a recebeu em sua casa. No momento em que ela atravessou o batente, o cabo do machado dele pegou fogo, e lá se foi ela. Teria morrido congelada se o rabino não a tivesse acolhido.

O rabino tinha uma cabana perto de sua casa que era usada durante os feriados de Sukot. Tinha um teto que podia ser aberto e fechado por uma série de roldanas. O filho do rabino instalou um fogão de lata para Henne não congelar. A mulher do rabino deu uma cama com um lençol de palha e lençóis. Que mais podiam fazer? Os judeus não deixam as pessoas morrer. A esperança era que os demônios respeitassem a cabine de Sukot e que ela não pegasse fogo. Verdade que não tinha mezuzá, mas no lugar dele o rabino pendurou um talismã na parede. Algumas pessoas se ofereceram para levar comida para Henne, mas a mulher do rabino falou: "O pouco que ela come eu posso fornecer".

O frio do inverno começou imediatamente depois do feriado de Sukot e durou até o Purim. As casas ficavam debaixo de neve. De manhã, era preciso abrir caminho com uma pá. Henne ficava na cama o dia inteiro. Não era a mesma Henne: estava dócil como um carneiro. Mas o mal continuava a espiar por seus olhos. O filho do rabino alimentava seu fogão toda manhã. Na casa de estudos, ele contou que Henne ficava o dia inteiro enfiada em sua cama de penas e nunca dizia uma palavra. A mulher do rabino sugeriu que ela entrasse na cozinha e talvez ajudasse um pouco com o serviço da casa. Henne recusou. "Não quero que aconteça nada com os livros do rabino", disse. Comentaram na cidade que talvez o Maligno tivesse abandonado Henne.

Por volta do Purim, de repente esquentou. O gelo derreteu e o rio transbordou. A rua da Ponte ficou inundada. Pobres são sempre miseráveis, mas quando acontece uma enchente durante a noite e as coisas da casa começam a boiar, indo embora, a vida fica insuportável. Usaram uma jangada para atravessar a rua da Ponte. A padaria tinha começado a preparar os matzos para a Páscoa, mas a água infiltrou-se nos sacos e a farinha ficou inutilizada.

De repente, ouviu-se um grito na casa do rabino. A cabine de Sukot tinha se incendiado como uma lanterna de papel. Aconteceu no meio da noite. Depois, Henne contou que uma mão de fogo desceu do teto e em um segundo tudo se consumiu. Ela havia agarrado um cobertor e corrido para o pátio enlameado, sem roupa nenhuma. Restava alguma escolha ao rabino? Tinha de recebê-la. Sua esposa parou de dormir à noite. Henne disse ao rabino: "Não deviam deixar eu fazer uma coisa dessas com o senhor". Mesmo antes de a cabine se queimar, a filha casada do rabino, Taube, havia embalado seu enxoval num lençol para poder salvá-lo depressa em caso de incêndio.

No dia seguinte, os anciãos da comunidade convocaram uma assembléia. Houve muita conversa e negociação, mas não conseguiram chegar a um acordo. Alguém propôs que Henne fosse mandada para outra cidade. Henne invadiu o estúdio do rabino, o vestido esfarrapado, um espantalho vivo. "Rabino, vivi aqui a minha vida inteira e quero morrer aqui. Que cavem um túmulo e me enterrem. O cemitério não vai pegar fogo." Tinha voltado a falar e todo mundo ficou surpreso.

Presente na reunião estava Reb Zelig, o encanador, um homem decente, que afinal sugeriu: "Rabino vou construir para ela uma casinha de tijolos. Tijolo não pega fogo".

Não pediu pagamento por seu trabalho, apenas os custos. Então o telhadeiro prometeu fazer o telhado. Henne era dona do lote da alameda dos Açougueiros e a chaminé ainda estava de pé.

Levantar uma casa leva meses, mas essa pequena edificação foi levantada entre o Purim e a Páscoa, todo mundo ajudando. Os meninos da casa de estudos removeram as cinzas. As crianças da escola transportaram os tijolos. Os estudantes da yeshiva prepararam a massa. Yudel, o vidraceiro, contribuiu com as janelas. Como diz o provérbio: uma comunidade nunca é pobre. Um homem rico, Reb Falik, doou a folha de flandres para o teto. Um dia havia uma ruína, no dia seguinte uma casa. Na verdade, era um barraco sem porta, mas o que mais precisa uma pessoa sozinha? Henne ganhou uma cama de ferro, um travesseiro, um colchão de penas, uma cama de penas. Ela nem foi observar os construtores. Ficou sentada na cozinha, para evitar incêndios.

A casa ficou pronta um dia antes da Páscoa. Dos fundos dos pobres, forneceu-se a Henne matzos, batatas, ovos, rabanetes, todo o necessário. Ela ganhou de presente até um jogo novo de pratos. Só uma coisa todo mundo recusou: recebê-la no Seder. De noite, olharam para a sua janela: sem festa, sem Seder, sem velas. Estava sentada num banco, mastigando uma cenoura.

Nunca se sabe como as coisas vão se resolver. No começo, nada se soube de Mindel, a filha de Henne que tinha ido para a América. Como é mesmo o ditado? Além do mar é outro mundo. Eles vão para a América e esquecem pai, mãe, judaísmo, Deus. Os anos passaram e não se sabia uma palavra dela. Mas Mindel acabou se mostrando uma filha dedicada. Tinha se casado e o marido ficou imensamente rico.

Nosso correio tem um carteiro que é um simples camponês. Um dia, um carteiro estranho apareceu. Tinha bigodes compridos, jaqueta com botões dourados e usava uma insígnia no boné. Trouxe uma carta que exigia assinatura do destinatário. Para quem era? Para Henne. Ela não era mais capaz de assinar o nome do que eu de dançar uma quadrilha. Fez três marcas no recibo e alguém serviu de testemunha. Para resumir, a carta continha dinheiro. Lippe, o professor, veio ler e metade da cidade veio ouvir.

"Minha querida mãe, seus problemas se acabaram. Meu marido ficou rico. Nova York é uma cidade grande onde se come pão branco no meio da semana. Todo mundo fala inglês, os judeus também. A noite é tão clara quanto o dia. Os trens viajam em plataformas altas como tetos. Faça as pazes com Papai que mando para vocês duas passagens para a América."

As pessoas não sabiam se riam ou se choravam. Henne ouviu, mas não disse uma palavra. Nem xingou, nem abençoou.

Um mês depois, chegou outra carta, e dois meses depois, outra. Um dólar americano valia dois rublos. Havia um agente na cidade, e quando ele soube que Henne estava recebendo dinheiro da América, foi lhe propor todo tipo de negócio. Ela gostaria de comprar uma casa ou fazer sociedade numa loja? Havia em nossa cidade um homem chamado Leizer, o mensageiro, embora ninguém o mandasse a lugar nenhum. Ele foi até Henne e se ofereceu para procurar seu marido. Se estivesse vivo, Leizer tinha certeza que conseguiria encontrá-lo, ou para trazê-lo para casa ou para lhe dar um documento de divórcio. A resposta de Henne foi: "Se me trouxer ele de volta, que seja morto, e você acaba de muletas!".

Henne continuava Henne, mas os vizinhos começaram a se preocupar com ela. Assim são as pessoas. Quando farejam um groschen, ficam excitadas. Agora, eles logo a cumprimentavam, chamavam de Hennely e cuidavam dela. Henne se limitava a olhar feio para eles, murmurando pragas. Ia direto à taverna de Zrule, comprava uma grande garrafa de vodca e voltava para casa. Para resumir, Henne começou a beber. Mulher beber é coisa rara, mesmo entre os gentios, mas uma mulher judia beber era coisa de que nunca se tinha ouvido falar. Henne ficava na cama e engolia a bebida. Cantava, chorava e fazia caras malucas. Passeava pelo mercado em roupas de baixo, seguida pelos moleques aos gritos. Era um sacrilégio comportar-se como Henne, mas o que os outros podiam fazer? Ninguém ia preso por beber. Os próprios funcionários do governo muitas vezes bebiam de cair. Os vizinhos diziam que Henne levantava de manhã e tomava um copo de vodca. Era o seu desjejum. Depois, ia dormir e quando acordava começava a beber para valer. Às vezes, quando lhe dava vontade, abria a janela e jogava algumas moedas. Os pequenos quase se matavam para tentar pegá-las. Quando estavam abaixados no chão pegando o dinheiro, ela esvaziava o penico em cima deles. O rabino mandou chamá-la, mas podia ter economizado a voz. Todo mundo tinha certeza de que ela ia beber até morrer. Aconteceu algo completamente diferente.

Via de regra, Henne saía de casa de manhã. Às vezes, ia até o poço buscar um balde de água. Havia cachorros vadios na alameda dos Açougueiros e ela às vezes lhes atirava um osso. Não havia banheiros e os moradores faziam suas necessidades ao ar livre. Passaram-se uns dias sem que ninguém visse Henne. Os vizinhos tentaram olhar pela janela, mas as cortinas estavam fechadas. Bateram na porta, e ninguém abriu. Por fim, arrombaram a porta e o que viram jamais seria visto de novo. Algum tempo antes, Henne havia comprado uma poltrona estofada de uma viúva. Era um móvel velho. Ela costumava sentar ali e resmungar consigo mesma. Quando abriram a porta, sentado na cadeira estava um esqueleto preto como carvão.

Meus caros, Henne tinha queimado até torrar. Mas como? A própria cadeira estava quase intacta, só o tecido do encosto estava chamuscado. Para uma pessoa ser consumida de tal forma, era preciso um fogo maior que o da casa de banhos na sexta-feira. Até para assar um ganso é preciso um monte de lenha. Mas a cadeira estava intacta. Nem o lençol da cama tinha queimado. Ela havia comprado uma cômoda de gavetas, uma mesa, um guarda-roupas, e tudo estava em perfeito estado. Henne, porém, era um pedaço de carvão. Não havia corpo a transportar, lavar nem vestir com mortalha. Os funcionários correram à casa de Henne e não podiam acreditar nos próprios olhos. Ninguém tinha visto o fogo, ninguém sentira o cheiro da fumaça. De onde podia ter vindo um fogo do inferno assim? Não havia cinzas no fogão nem debaixo do tripé. Henne quase nunca cozinhava. O médico da cidade, Chapinski, chegou. Seus olhos saltaram das órbitas e ele ali ficou feito uma figura de barro.

"Como é possível?", perguntou o chefe de polícia.

"É impossível", respondeu o doutor. "Se alguém me contasse uma coisa dessas, eu chamava de mentiroso."

"Mas aconteceu", interrompeu o chefe de polícia.

Chapinski deu de ombros e murmurou: "Eu simplesmente não entendo".

Alguém sugeriu que podia ter sido um raio. Mas não tinha havido raios nem trovões por semanas.

Os rapazes da vizinhança ouviram falar do acontecimento e chegaram à cena. A alameda dos Açougueiros ficou cheia de carruagens, britskas e faetontes. A multidão olhava, de boca aberta. Todo mundo tentava encontrar uma explicação. Estava além da razão. O estofado da cadeira era de palha, mais seco que carvão.

Espalhou-se o boato de que a vodca tinha incendiado o estômago de Henne. Mas quem jamais ouviu falar de fogo nas tripas? O médico sacudiu a cabeça. "É um enigma."

Não fazia sentido preparar Henne para o enterro. Colocaram seus ossos em um saco, levaram ao cemitério e enterraram. O coveiro recitou o Kadish. Depois suas filhas vieram de Lublin, mas o que podiam descobrir? Os incêndios corriam atrás de Henne e o fogo havia acabado com ela. Em suas pragas, ela havia usado muitas vezes a palavra "fogo": fogo na cabeça, fogo na barriga. Ela dizia: "Que você queime como uma vela", "Que queime de febre", "Vai queimar feito lenha". As palavras têm força. Diz o provérbio: "Um tapa se esquece, a palavra permanece".

Meus caros, Henne continuou a causar problemas mesmo depois de morta. Kopel, o cocheiro, comprou das filhas a casa dela e transformou em estábulo. Mas os cavalos suavam de noite e ficavam resfriados. Quando um cavalo se resfria desse jeito, é o fim. Diversas vezes a palha pegou fogo. Uma vizinha que havia brigado com Henne por causa da roupa lavada jurava que o fantasma de Henne havia rasgado seus lençóis no varal e jogado na lama. O fantasma derrubou também uma tina de lavar. Eu não estava lá, mas de uma pessoa como Henne tudo se pode acreditar. Até hoje a vejo, negra, magra, com o peito chato como de homem e os olhos ardentes de um bicho caçado. Algo queimava dentro dela. Ela deve ter sofrido. Eu me lembro de minha avó dizendo: "Uma vida boa nunca fez ninguém bater com a cabeça na parede". Porém, independentemente do mal que possa acontecer, eu digo: "Exploda, mas faça cara boa".

Graças a Deus, ninguém pode lamentar constantemente a sua sorte. Um rabino da nossa cidade uma vez disse assim: "Se as pessoas não tivessem de trabalhar por seu pão, todo mundo passaria a vida lamentando a própria morte e a vida seria um grande funeral".

O escritor de cartas

Herman Gombiner abriu um olho. Era assim que ele acordava toda manhã: pouco a pouco, primeiro um olho, depois o outro. Seu olhar encontrou um teto rachado e parte do prédio do outro lado da rua. Tinha ido para a cama de madrugada, por volta das três. Levou muito tempo para dormir. Agora eram quase dez horas. Ultimamente, Herman Gombiner vinha sofrendo uma espécie de amnésia. Quando levantava durante a noite, não conseguia lembrar quem era, onde estava, nem mesmo seu nome. Levou alguns segundos para entender que não estava mais em Kalomin, nem em Varsóvia, mas em Nova York, no norte da cidade, em uma das ruas que fica entre a avenida Columbus e Central Park West.

Era inverno. O vapor chiava no radiador. A Segunda Guerra Mundial tinha acabado fazia tempo. Herman (ou Hayim David, como era chamado em Kalomin) tinha perdido a família com os nazistas. Agora era editor, revisor e tradutor numa editora hebraica chamada Zion. Ficava na rua do Canal. Era um solteirão de quase cinqüenta anos, e doente.

"Que horas são?", resmungou. Estava com a língua grossa, os lábios rachados. Sentia dor nos joelhos, a cabeça latejando, um gosto amargo na boca. Com esforço levantou-se, pousando os pés no tapete gasto que cobria o chão. "O que é isso? Neve?", murmurou. "Bom, é inverno."

Ficou um tempo parado à janela, olhando. Os carros quebrados estacionados na rua sobressaíam da neve como relíquias de uma civilização há muito desaparecida. Geralmente a rua estava cheia de lixo, barulho e crianças: negras e porto-riquenhas. Mas agora o frio mantinha todo mundo dentro de casa. A calma, a brancura o fizeram pensar em sua velha terra, Kalomin. Herman cambaleou até o banheiro.

O quarto era uma alcova com espaço para uma cama apenas. A sala estava cheia de livros. Uma parede tinha armários do chão ao teto e junto à outra havia duas estantes. Livros, jornais e revistas por todo lado, empilhados. Pelo contrato, o proprietário era obrigado a pintar o apartamento a cada três anos, mas Herman Gombiner tinha subornado o superintendente para não ser perturbado. Muitos dos seus velhos livros se desmanchariam se fossem deslocados. Por que pintura nova era melhor que velha? A poeira se acumulara em camadas. Um único camundongo havia descoberto o apartamento e toda noite Herman lhe deixava um pedaço de pão, uma fatiazinha de queijo e um pires de água para evitar que roesse os livros. Graças a Deus, não tinha procriado. De vez em quando, se aventurava para fora do seu buraco mesmo com a luz acesa. Herman tinha lhe dado até um nome hebraico: Huldah. Seus olhinhos como bolhas olhavam para ele com curiosidade, tinha perdido o medo dele.

O prédio em que Herman morava tinha muitos defeitos, mas não faltava aquecimento. Os radiadores chiavam desde manhã cedinho até tarde da noite. O proprietário, um porto-riquenho, não permitia que os filhos de seus moradores passassem frio nunca.

Não havia chuveiro no banheiro e Herman tomava banho de banheira todos os dias. Atrás da porta havia um espelho rachado ao meio e Herman deu uma olhada em si mesmo: um homem baixo, com um pijama grande demais, reduzido a pele e osso, com pescoço comprido e cabeça grande, um tufo de cabelo grisalho nascendo de cada lado. A testa era larga e profunda, o nariz adunco, as maçãs do rosto salientes. Só nos olhos escuros com cílios longos como de moça restava algum traço de juventude. Às vezes pareciam até brilhar de astúcia. Muitos anos de leitura e de atenção às letras miúdas não tinham comprometido a visão nem provocado miopia. A força que restava no corpo de Herman Gombiner, um corpo gasto pela doença e pela subalimentação, parecia estar concentrada em seu olhar.

Fez a barba lenta e cuidadosamente. Sua mão, de dedos longos, tremia, e ele podia facilmente se cortar. Enquanto isso, a banheira ia se enchendo de água morna. Despiu-se e ficou surpreso com a própria magreza: peito estreito, braços e pernas ossudos; havia vazios profundos entre o pescoço e os ombros. Entrar na banheira era um esforço, mas depois ficar deitado na água tépida era um alívio. Herman sempre perdia o sabonete. Escorregava de suas mãos, brincalhão, como uma coisa viva, e ele ficava procurando na água. "Está fugindo para onde?", dizia. "Bandido!" Acreditava que tudo tinha vida, que os objetos chamados inanimados tinham seus caprichos e vontades.

Herman Gombiner considerava estar entre os poucos privilegiados que viam além da fachada dos fenômenos. Tinha visto um mata-borrão levantar sozinho da escrivaninha, flutuar lenta e instavelmente até a porta e, uma vez lá, descer suavemente, como se estivesse suspenso por um fio invisível manejado por uma mão oculta. A coisa toda havia sido completamente sem sentido. Por mais que Herman pensasse, era incapaz de formular qualquer razão para o que havia acontecido. Tinha sido um desses acontecimentos extraordinários que não podem ser explicados nem pela ciência, nem pela religião, nem pelo folclore. Depois Herman abaixou-se, pegou o mata-borrão e colocou de volta em cima da mesa, onde estava até hoje, coberto de papéis, empoeirado e ressecado, um objeto inanimado que por um momento tinha de alguma forma se livrado das leis da física. Herman Gombiner sabia que não tinha sido nem alucinação nem sonho. Ocorrera numa sala bem-iluminada, às oito horas da noite. Ele não estava doente, nem mesmo mal-humorado naquele dia. Nunca bebia álcool e estava plenamente desperto. Encontrava-se parado perto da cômoda, a ponto de pegar um lenço da gaveta. De repente, seu olhar foi atraído para a escrivaninha e vira o mata-borrão subir e flutuar. E não tinha sido o único incidente desse tipo. Essas coisas vinham lhe acontecendo desde a infância.

Tudo demorava um longo tempo: tomar banho, enxugar-se, vestir a roupa. Correr não era com ele. Sua competência era resultado de determinação. Os revisores da Zion trabalhavam tão depressa que deixavam passar erros. Os tradutores dificilmente perdiam tempo conferindo no dicionário significados de que não tinham certeza. A maioria dos hebraístas americanos, e mesmo israelenses, sabia pouco sobre os pontos vocálicos e as sutilezas da gramática. Herman Gombiner tinha encontrado tempo para estudar todas essas coisas. Verdade que trabalhava muito devagar, mas o velho Morris Korver, que era dono da Zion, e mesmo seus filhos, meio cristãos, sempre valorizaram o fato de que a reputação da casa havia sido conquistada por Herman Gombiner. Morris Korver, porém, tinha ficado velho e senil e a Zion corria o risco de fechar. Circulava o boato de que seus filhos mal podiam esperar o velho morrer para liquidar o negócio.

Mesmo que quisesse, era impossível para Herman fazer qualquer coisa depressa. Quando caminhava, seus passos eram miúdos. Levava meia hora para tomar uma tigela de sopa. Procurar a palavra certa no dicionário ou conferir alguma coisa na enciclopédia podia exigir horas de trabalho. As poucas vezes em que se apressou acabaram em desastre; tinha quebrado o pé, torcido a mão, caído na escada, tinha até sido atropelado. As menores coisas haviam se transformado em problema para ele: fazer a barba, se vestir, levar a roupa para lavar na lavanderia chinesa, comer no restaurante. Atravessar a rua também era um problema, porque a luz nem bem tinha ficado verde e já ficava vermelha de novo. Os que sentavam atrás da direção possuíam a velocidade e a moral de autômatos. Se uma pessoa não conseguia correr, eram capazes de passar por cima. Recentemente, tinha começado a sofrer de tremores nas mãos e nos pés. Tivera antes uma meticulosa caligrafia, mas não conseguia mais escrever. Usava uma máquina de escrever, datilografando com o indicador da mão direita. O velho Korver insistia que todos os problemas de Gombiner vinham do fato de ser vegetariano; sem um pedaço de carne, perde-se a força. Herman não conseguiria comer um bocado de carne nem que sua vida dependesse disso.

Herman calçou uma meia e descansou. Calçou a segunda meia e descansou de novo. O ritmo de seu pulso estava lento: cinqüenta e poucas batidas por minuto. O menor esforço e ficava tonto. A alma mal sobrevivia em seu corpo. Tinha acontecido algumas vezes de estar deitado na cama ou sentado numa cadeira, e seu espírito deixar o corpo e vagar pela casa ou mesmo sair pela janela. Ele vira o próprio corpo desmaiado, parecendo morto. Quem podia enumerar as aparições, os incidentes telepáticos, as visões clarividentes e os sonhos proféticos que tinha experimentado? E quem acreditaria nele? O que acontecia era que seus colegas de trabalho riam dele. Bastava um copo de conhaque e o Korver mais velho chamava Herman de ingênuo supersticioso. Era tratado como um personagem de outro mundo.

Havia muito Herman Gombiner tinha chegado à conclusão de que o homem moderno era tão fanático em sua descrença quanto o homem antigo havia sido em sua fé. O racionalismo da atual geração era em si mesmo um exemplo de idéias preconcebidas. Comunismo, psicanálise, fascismo e radicalismo eram as palavras de ordem do século XX. Ah, bom! O que podia ele, Herman Gombiner, fazer diante de tudo isso? Não tinha escolha senão observar e calar.

"Bom, é inverno, inverno!", Herman Gombiner disse a si mesmo com uma voz meio cantada, meio gemida. "Quando será Hanuká? O inverno começou cedo este ano." Herman tinha o hábito de falar sozinho. Sempre fizera isso. O tio que o criara era surdo. A avó, que descanse em paz, acordava no meio da noite para recitar orações de penitência e lamentações encontradas apenas em antigos livros de orações. O pai tinha morrido antes de Herman (Hayim David) nascer. A mãe casou de novo em uma cidade distante e teve filhos com o segundo marido. Hayim David sempre cuidou-se sozinho, mesmo quando freqüentava o cheder e estudava na yeshiva. Agora, desde que Hitler matara toda a sua família, não tinha parentes a quem escrever cartas. Escrevia cartas a estranhos.

"Que horas são?", Herman perguntou a si mesmo. Vestiu um terno escuro, camisa branca e gravata preta e entrou na quitinete. Ali havia uma geladeira sem gelo e um fogão que nunca usava. Duas vezes por semana, o leiteiro deixava uma garrafa de leite na porta. Herman tinha algumas latas de vegetais, que comia nos dias em que não saía de casa. Tinha descoberto que o ser humano precisa de muito pouco. Para Herman, um par de sapatos durava cinco anos. Terno, casaco e chapéu não gastavam nunca. Só a roupa que ia ao tintureiro apresentava algum desgaste, e mesmo assim não pelo uso, mas pelos produtos químicos que o chinês usava. A mobília decerto não se desgastava. Se não fosse pelos gastos com táxis e presentes, poderia economizar um bom dinheiro.

Tomou um copo de leite e comeu um biscoito. Depois vestiu cuidadosamente o casaco preto, o cachecol de lã, galochas e um chapéu de feltro de aba larga. Arrumou a pasta com livros e manuscritos. Estava ficando dia a dia mais pesada, não porque tivesse mais coisas dentro, mas porque sua força estava diminuindo. Colocou óculos escuros para proteger os olhos da claridade da neve. Antes de sair do apartamento, disse adeus à cama, à escrivaninha com suas pilhas de papel (debaixo das quais estava o mata-borrão), aos livros e ao camundongo em seu buraco. Tinha jogado fora a água parada de ontem, enchido de novo o pires e deixado um biscoito e um pedacinho de queijo. "Bom, Huldah, fique bem!"

No corredor soavam rádios. Mulheres de pele escura, cabelo despenteado e olhos ferozes falavam num espanhol excepcionalmente carregado. Crianças corriam, seminuas. Aparentemente, os homens estavam desempregados. Andavam, preguiçosos, pelos quartos lotados, comendo de pé ou tocando bandolins. Herman ficou tonto com o cheiro dos apartamentos. Ali se fritava todo tipo de carne e peixe. Os corredores fediam a alho, cebola, fumaça e a algo penetrante e nauseabundo. À noite, os vizinhos dançavam e riam lascivamente. Às vezes havia brigas, e mulheres gritavam por socorro. Uma vez, uma mulher tinha ido esmurrar a porta de Herman no meio da noite, buscando proteção contra um homem que tentava esfaqueá-la.

II.

No térreo, Herman parou nas caixas de correio. Os outros moradores raramente recebiam correspondência, mas toda manhã a caixa de Herman Gombiner estava sempre cheia. Ele tirou a chave, os dedos tremendo, enfiou no buraco e puxou a correspondência. Pelo envelope conseguia identificar quem havia mandado as cartas. Alice Grayson, de Salt Lake City, usava envelope rosado. A sra. Roberta Hoff, de Pasadena, Califórnia, mandava toda sua correspondência nos envelopes timbrados da empresa funerária em que trabalhava. A srta. Bertha Gordon, de Fairbanks, Alasca, parecia ter uma grande sobra de envelopes de cartões de Natal. Hoje, Herman encontrou carta de uma nova correspondente, a sra. Rose Beechman, de Louisville, Kentucky. Na parte de trás do envelope, seu nome e endereço em letras de fôrma enfeitadas, feitas à mão. Além das cartas, havia diversas revistas sobre ocultismo que Herman Gombiner assinava, da América, da Inglaterra e até da Austrália. Não havia espaço em sua pasta para todas essas cartas e periódicos, então Herman os enfiou no bolso do casaco. Saiu e esperou um táxi.

Era raro passar um táxi por aquela rua, principalmente vazio, mas andar meio quarteirão até Central Park West ou a avenida Columbus era esforço demais para ele. Herman Gombiner combatia sua fraqueza com orações e autossugestão. Parado na neve, murmurou uma prece por um táxi. Colocava repetidamente a mão no bolso e tocava as cartas em seus envelopes. Essas cartas e revistas tinham se transformado na essência de sua vida. Através delas, estabelecia contato com almas. Conquistara a amizade e até o amor de mulheres. Os relatos que delas recebia fortaleciam sua crença nos poderes psíquicos e no mundo do além. Mandava presentes para suas correspondentes desconhecidas e recebia presentes delas. Elas o chamavam pelo nome de batismo, revelavam seus pensamentos, sonhos, esperanças e as mensagens que recebiam na tábua de Ouija, por escrita automática, na mesa giratória e por outros meios sobrenaturais.

Herman Gombiner tinha começado a se corresponder com essas mulheres por meio das revistas que assinava, onde eram publicados não só relatos de experiências de leitores, mas também os nomes e os endereços dos correspondentes. Os artigos eram escritos principalmente por mulheres. Herman Gombiner escolhia sempre as que moravam longe. Queria evitar encontros. Era capaz de sentir pela forma como era descrita a experiência, pelo nome ou endereço, se uma mulher seria capaz de manter correspondência. Quase nunca errava. Uma pequena nota dele provocava uma longa carta de resposta. Às vezes recebia manuscritos inteiros. Sua correspondência tinha ficado tão grande que só de selos gastava alguns dólares por semana. Muitas de suas cartas eram mandadas registradas ou por entrega especial.

Os milagres eram ocorrência diária. Assim que terminou a oração, um táxi apareceu. O motorista parou diante da casa como se tivesse recebido uma ordem telepática. Entrar no táxi deixou Herman exausto, e ele ficou um bom tempo sentado com a cabeça apoiada na janela e os olhos fechados, agradecendo ao Poder que ouvira a sua súplica. Só um cego não via a mão da Providência, ou como se quisesse chamar isso. Alguém se ocupava das mais triviais necessidades do homem.

Quando seu espírito saía do corpo, parecia vagar pelos mais distantes lugares. Todas as suas correspondentes o tinham visto. Uma noite, esteve em Los Angeles e na Cidade do México, em Oregon e na Escócia. Sentia que uma de suas amigas distantes estava doente, e pouco depois recebia uma carta dizendo que ela estivera mesmo doente e hospitalizada. Ao longo dos anos, diversas morreram, e em todas as vezes ele teve uma premonição.

Durante as últimas semanas, Herman estava com a forte sensação de que a Zion ia fechar. Verdade que isso vinha sendo predito fazia anos, mas Herman sempre soube que era apenas um boato. E só recentemente os funcionários tinham ficado otimistas: os negócios estavam melhorando. O velho falava de um déficit, mas todo mundo sabia que ele estava mentindo, para não aumentar os salários. A casa tinha publicado um livro de orações que era best-seller. O novo dicionário de hebreu-inglês que Herman Gombiner estava terminando tinha toda chance de vender dezenas de milhares de exemplares. Mesmo assim, Herman sentia uma calamidade, com a mesma certeza com que joelhos reumáticos pressentem uma mudança do tempo.

O táxi desceu pela avenida Columbus. Herman olhou pela janela e fechou os olhos de novo. O que existe para se ver em um dia de inverno em Nova York? Ficou envolto em sua melancolia. Independentemente de quantos agasalhos vestisse, estava sempre com frio. Além disso, fica-se menos alerta aos espíritos, aos contatos espirituais durante o tempo frio. Herman levantou mais a gola e enfiou as mãos nos bolsos. Os países frios desenvolviam um tipo violento de civilização. Não devia nunca ter se estabelecido em Nova York. Se estivesse vivendo no sul da Califórnia, não seria escravo do tempo desse jeito. Ah, bom... E existia alguma editora judaica no sul da Califórnia?

III.

O táxi parou na rua do Canal. Herman pagou a tarifa e acrescentou cinqüenta centavos de gorjeta. Era frugal consigo mesmo, mas quando se tratava de motoristas de táxi, garçons e ascensoristas, era generoso. Na época de Natal, até comprava presentes para seus vizinhos porto-riquenhos. Hoje, Sam, o ascensorista, devia estar tomando um café do outro lado da rua, e Herman teve de esperar. Sam fazia o que queria. Vinha da mesma cidade que Morris Korver. Era o único ascensorista, de forma que quando não sentia vontade de vir trabalhar, quem trabalhava no prédio tinha de subir a escada. Além disso, era comunista.

Herman esperou dez minutos até Sam aparecer: um homem baixo, de costas largas, com uma cara que parecia ter sido composta de peças que não combinavam: testa curta, sobrancelhas cerradas, olhos saltados com grandes bolsas embaixo e um nariz de batata coberto de verrugas vermelhas como cerejas. Seu andar era instável. Herman cumprimentou, mas ele resmungou uma resposta. Tinha um jornal esquerdista iídiche enfiado no bolso de trás. Não fechou de imediato a porta do elevador. Primeiro tossiu diversas vezes, depois acendeu um charuto. De repente, cuspiu e falou: "Já soube da novidade?".

"O que aconteceu?"

"Venderam o prédio."

"Aha, então é isso!", Herman disse a si mesmo. "Venderam? Como assim?", perguntou.

"Como assim? Porque o velho esperto está caduco e os filhinhos dele não estão nem aí. É uma garagem que vai ter aqui. Vão derrubar o prédio e jogar os livros no lixo. Ninguém vai receber um tostão desses fascistas desgraçados!"

"Quando foi isso?"

"Foi e pronto."

Bom, eu *sou* clarividente, Herman pensou. Ficou quieto. Durante anos o pessoal da editora falara de se filiar a um sindicato e fazer um fundo de pensão, mas tudo não passou de conversa. O velho Korver tinha se encarregado disso. Os salários eram baixos, mas de vez em quando ele escorregava para alguns dos seus cupinchas um bônus de cinco ou dez dólares. Dava dinheiro no Hanuká, mandava presentes de Purim e agia em geral como um patrão europeu da velha-guarda. Os que se opunham a ele eram despedidos. Os contadores e os outros funcionários talvez pudessem conseguir empregos em outros lugares, mas os escritores e os editores não teriam para onde ir. O judaísmo estava se tornando uma especialidade minguante na América. Quando judeus morriam, seus livros religiosos e hebraicos eram doados para bibliotecas ou simplesmente jogados fora. O hitlerismo e a guerra tinham provocado um temporário ressurgimento dele, mas não o suficiente para tornar lucrativa a publicação de obras religiosas em hebraico.

"Bom, acabaram-se os sete anos de vacas gordas", Herman murmurou para si mesmo. O elevador subiu ao terceiro andar. Dava diretamente na sala editorial, uma sala ampla de teto baixo, mobiliada com escrivaninhas antigas e máquinas de escrever superadas. Até os telefones eram antigos. A sala cheirava a poeira, cera e a algo abafado e amanhecido.

Raphael Robbins, editor-chefe de Korver, estava sentado em uma cadeira estofada e lia um manuscrito, os óculos na ponta do nariz. Sofria de hemorróidas e tinha problemas de próstata. Homem de meia altura, tinha ombros largos, cabeça redonda e uma barriga saliente. Debaixo dos olhos pendiam-lhe dobras de pele solta. Seu rosto expressava uma bondade de avô e uma astúcia de mulher velha. Durante anos sua principal tarefa foi almoçar com o velho Korver. Robbins era sabidamente vaidoso, mentiroso e lisonjeador. Possuía uma biblioteca de livros pornográficos, remanescente de sua juventude. Como Sam, vinha da mesma cidade de Morris Korver. O filho de Raphael Robbins, físico, tinha trabalhado na bomba atômica. Sua filha casara-se com um rico corretor de Wall Street. O próprio Raphael Robbins acumulara algum capital e já tinha idade suficiente para receber sua pensão da Segurança Social. Enquanto lia o manuscrito, Robbins coçava a calva e sacudia a cabeça. Raramente devolvia um manuscrito, e muitos deles estavam jogados por ali, acumulando poeira em cima da mesa, em suas duas estantes e nos armários da copa onde os funcionários faziam chá.

O homem que tinha enriquecido Morris Korver e em cujos ombros repousara a casa editora durante muitos anos era o professor Yohanan Abarbanel, um compilador de dicionários. Ninguém sabia de onde vinha o seu título. Nunca recebera um diploma nem freqüentara uma universidade. Dizia-se que o velho Korver tinha feito dele um professor. Além de compilar diversos dicionários, Abarbanel havia editado uma coleção de sermões com citações para rabinos, escrito livros de estudos para meninos no bar-mitzvá e elaborado outros manuais que tiveram muitas edições. Solteirão em seus setenta anos, Yohanan Abarbanel tivera um ataque do coração e sofrera uma cirurgia de hérnia. Trabalhava por uma ninharia, vivia num hotel barato e todo ano se afligia com a possibilidade de ser despedido. Tinha diversos parentes pobres que sustentava. Era um homem pequeno, de cabelo branco e barba branca, e rosto pequeno, vermelho como uma maçã congelada; seus olhinhos se escondiam debaixo de sobrancelhas brancas hirsutas. Ficava sentado à mesa e chiava e tossia, escrevendo o tempo todo numa caligrafia minúscula com uma caneta de aço. Nos últimos anos, não se podia contar que fosse terminar qualquer trabalho sozinho. Cada palavra era relida por Herman Gombiner, e todo o manuscrito tinha de ser reescrito.

Por alguma razão, ninguém no escritório cumprimentava ninguém com um "olá" ou um "bom dia" ao chegar, nem dizia nada ao final do expediente. Durante o dia, porém, ocasionalmente trocavam algumas palavras amigáveis. Podia até acontecer de, não tendo se dirigido a outro durante meses, um deles ir até um colega abrir o coração ou convidar para jantar. Mas aí, na manhã seguinte, comportava-se de novo como se tivessem brigado. Ao longo dos anos, foram ficando entediados uns com os outros. Reclamações e ressentimentos se acumulavam e nunca eram completamente esquecidos.

A srta. Lipshitz, a secretária, que tinha começado a trabalhar na Zion recém-saída da faculdade, estava agora completamente grisalha. Sentava-se à máquina de escrever, pequena, rechonchuda e ereta, com seu pescoço curto e peito farto. Tinha nariz de cachorrinho e olhos que pareciam nunca olhar para o manuscrito que estava datilografando, e sim ao longe, atravessando as paredes. Os dias passavam sem que se ouvisse sua voz. Ela murmurava no telefone. Quando almoçava no restaurante do outro lado da rua, sentava sozinha à mesa, comia, fumava e lia o jornal simultaneamente. Houve tempo em que todo mundo no escritório, inclusive o velho sr. Korver, ficou aberta ou secretamente apaixonado por essa moça inteligente que sabia inglês, iídiche, hebraico, estenografia e muito mais. Costumavam convidá-la para ir ao teatro e ao cinema, e brigavam para levá-la para almoçar. Mas fazia anos que a srta. Lipshitz se isolara. O velho Korver dizia que ela havia se encerrado atrás de uma parede invisível.

Herman acenou com a cabeça, mas ela não respondeu. Ele passou pelo escritório de Ben Melnick. Melnick era o gerente de negócios, alto, de pele morena, com uma cara jovem, olhos negros saltados, cabelos brancos como leite. Sofria de asma e jogava nos cavalos. Recebia toda sorte de tipos estranhos, *bookmakers*. Estava separado da mulher e tendo um caso com a srta. Potter, a contadora-chefe, outra parente de Morris Korver.

Herman Gombiner entrou em seu próprio escritório. Passar pela sala editorial e não ser cumprimentado era um sacrifício para ele. Korver empregava um homem para manter o local limpo, Zeinvel Gitzis, mas Zeinvel negligenciava o trabalho: as parede eram imundas, as janelas nunca lavadas. Pacotes de manuscritos empoeirados e jornais jaziam por ali havia anos.

Herman tirou cuidadosamente o casaco e colocou sobre uma pilha de livros. Sentou-se na cadeira que tinha a crina saindo do estofamento. Trabalhar? Que sentido fazia trabalhar quando a firma estava para fechar? Ficou sentado, sacudindo a cabeça, em parte por fraqueza, em parte por lamentar. "Bom, tudo tem de ter um fim", resmungou. "Está determinado que nenhuma instituição humana durará para sempre." Esticou a mão e pegou a correspondência do bolso do casaco. Inspecionou os envelopes, sem abrir nenhum deles. Voltou à carta de Rose Beechman de Louisville, Kentucky. Numa revista chamada *Mensagem*, a sra. Beechman revelara os contatos que mantinha havia quinze anos com sua avó morta, sra. Eleanor Brush. A avó geralmente se materializava durante a noite, embora às vezes aparecesse também à luz do dia, vestida com as roupas do funeral. Vinha cheia de conselhos para a neta, e uma vez chegou a lhe dar uma receita de frango frito. Herman escrevera a Rose Beechman, mas passaram-se sete semanas sem resposta. Tinha quase perdido a esperança, embora continuasse a mandar mensagens telepáticas para ela. Devia ter estado doente, Herman tinha certeza disso.

Agora a carta dela ali estava à sua frente, num envelope azul-claro. Abri-la não foi fácil para ele. Teve de recorrer aos dentes. Finalmente removeu as seis folhas dobradas de papel azul-claro e leu:

Prezado sr. Gombiner,

Estou escrevendo esta carta ao senhor um dia depois de minha volta do hospital, onde passei quase dois meses. Fui operada para remover um tumor na espinha. Havia risco de paralisia ou algo pior. Mas o destino, parece, ainda me quer por aqui... Ao que parece, a minha pequena história na *Mensagem* causou certo furor. Durante minha doença, recebi dezenas de cartas de todas as partes do país e da Inglaterra.

Acontece que minha filha colocou sua carta embaixo da pilha e, se eu fosse ler todas pela ordem, teria levado várias semanas mais para chegar à sua. Mas a premonição, o que mais pode ter sido?, me fez abrir a última carta primeiro. Foi então que me dei conta, pelo carimbo do correio, de que a sua foi das primeiras, senão a primeiríssima, a chegar. Parece que estou sempre fazendo as coisas não como tenciono fazer, mas obedecendo a um comando de alguém ou de alguma coisa de que não tenho consciência. Tudo o que posso dizer é: essa "alguma coisa" está comigo desde que me conheço por gente, talvez mesmo antes de eu ser capaz de pensar.

Sua carta é tão lógica, tão nobre e fascinante que posso dizer que iluminou minha volta ao lar. Minha filha trabalha em um escritório e não tem nem tempo nem paciência de cuidar da casa. Quando voltei, encontrei as coisas em um estado lamentável. Sou, por natureza, uma dona de casa meticulosa que não tolera desordem, e o senhor pode, portanto, imaginar como me senti. Mas seus pensamentos profundos e realmente notáveis, assim como a fraternidade e humanidade neles implícitas me ajudaram a esquecer meus problemas. Li sua carta três vezes e agradeci a Deus que ainda existam pessoas com a sua compreensão e fé.

O senhor me pede detalhes. Meu caro sr. Gombiner, se eu for contar todos os fatos, nenhuma carta é suficiente. Poderia encher um livro inteiro. Não se esqueça que essas experiências vêm acontecendo faz quinze anos. Minha santa avó me visitou todos os dias no hospital. Ela literalmente assumiu o trabalho das enfermeiras, que não são, como o senhor deve saber, muito devotadas aos pacientes, nem têm tempo de ser. Sim, descrever "exatamente", como o senhor pede, levaria semanas, meses. Só posso repetir que tudo o que escrevi na *Mensagem* é a mais fiel verdade. Alguns correspondentes me chamam de "maluca", "louca", "charlatã".

Acusam-me de mentir e de buscar publicidade. Por que eu mentiria e por que precisaria de publicidade? Foi, portanto, especialmente agradável ler os seus admiráveis sentimentos. Vejo, pelo cabeçalho, que o senhor é judeu e vinculado a uma editora hebraica. Gostaria de assegurar-lhe que sempre tive a maior estima pelos judeus, o povo escolhido de Deus. Não há muitos judeus em Louisville, e só tive contatos pessoais com judeus que têm pouco interesse na própria religião. Sempre quis conhecer melhor um verdadeiro judeu, que respeita a tradição dos Santos Patriarcas.

Chego agora ao ponto principal de minha carta, e peço que perdoe minhas divagações. Na véspera de deixar o hospital, minha adorada avó, a sra. Brush, me visitou até o amanhecer. Conversamos sobre diversos assuntos, e pouco antes de ir embora ela me disse: "Neste inverno, você irá a Nova York, onde conhecerá um homem que mudará o rumo de sua vida". Foram suas palavras de despedida. Devo acrescentar que, embora esteja convencida de que nos últimos quinze anos minha avó nunca falou por falar e que tudo o que disse fazia sentido, naquele momento, pela primeira vez, fiquei em dúvida. O que teria eu, uma viúva vivendo com uma pequena pensão, de ir fazer na longínqua Nova York? E que homem de Nova York poderia alterar a minha existência?

É verdade que ainda não sou velha, tenho pouco mais que quarenta anos, e sou considerada uma mulher bonita. (Peço que não pense que sou vaidosa. Simplesmente quero esclarecer a situação.) Mas quando meu marido morreu, há oito anos, decidi que bastava. Fui deixada com uma filha de doze anos e queria dedicar todas as minhas energias à sua criação. Foi o que fiz. Ela hoje é bonita, formou-se numa escola de administração e tem uma excelente posição em uma firma imobiliária. Está noiva de um homem extremamente interessante e bem-educado (funcionário do governo). Sinto que será muito feliz.

Desde a morte de meu marido recebi propostas de homens, mas sempre as recusei. Minha avó, ao que parece, deve ter concordado comigo, porque nunca me disse nada em contrário. Menciono isso porque o que minha avó falou sobre a viagem a Nova York e sobre o homem que lá encontraria parece tão pouco provável que acreditei que o disse apenas para me alegrar depois de minha doença. Mais tarde, suas palavras acabaram sumindo de minha cabeça.

Imagine minha surpresa quando hoje, recém-chegada do hospital, recebo uma carta registrada de um sr. Ginsburg, advogado de Nova York, me notificando a morte de minha tia-avó Catherine Pennell e contando que ela me deixou a soma de quase cinco mil dólares. Tia Catherine era uma solteirona e havia rompido relações com nossa família fazia cinqüenta anos, antes de eu nascer. Pelo que sei, vivia em uma fazenda na Pensilvânia. Meu pai falou dela algumas vezes e de suas excentricidades, mas nunca a conheci, nem sabia se estava viva ou morta. Como ela acabou em Nova York é um mistério para mim, assim como a razão de ter me escolhido para me deixar seu dinheiro. São esses os fatos, e devo ir a Nova York por causa de minha herança. Os documentos já foram assinados e tudo.

Quando li a carta do advogado e depois a sua, tão interessante e querida, de repente compreendi que seria bobagem duvidar das palavras de minha avó. Ela nunca fez uma previsão que não resultasse verdadeira, e nunca duvidarei dela outra vez.

Esta carta já está longa demais e meus dedos estão cansados de segurar a caneta. Simplesmente gostaria de informar ao senhor que estarei em Nova York por alguns dias em janeiro, ou no começo de fevereiro, o mais tardar, e consideraria um privilégio e uma honra conhecê-lo pessoalmente.

Não posso saber o que os Poderes que existem me reservam, mas sei que encontrar o senhor será um acontecimento importante em minha vida, como espero que seja também para o senhor. Tenho coisas extraordinárias a lhe dizer. Enquanto isso, aceite minha mais profunda gratidão e meus melhores votos.

Sinceramente sua,
Rose Beechman

IV.

Tudo aconteceu muito depressa. Num dia falaram de fechar a casa editora, no dia seguinte estava feito. Morris Korver e seus filhos convocaram uma reunião dos funcionários. O próprio Korver falou em iídiche, bateu o punho na mesa e gritou com a voz forte de um jovem. Alertou os trabalhadores que se não aceitassem as propostas elaboradas por ele e pelos filhos, ninguém receberia um tostão. Um dos filhos, Seymour, advogado, tinha algumas palavras a dizer, em inglês. Contrastando com os gritos do pai, Seymour falou manso. Os empregados mais velhos, que tinham dificuldade para ouvir, puxaram as cadeiras para mais perto e ligaram os aparelhos auditivos. Seymour mostrou uma lista de números.

Nos últimos cinco anos, disse, a editora havia perdido vários milhares de dólares. Quanto pode perder uma empresa? Estava tudo escrito ali, preto no branco.

Quando os patrões saíram, os escritores e os funcionários do escritório votaram se iam ou não concordar com os termos propostos. A maioria votou pela aceitação. Foi dito que Korver havia subornado secretamente alguns empregados para ficarem do seu lado, mas que diferença fazia? Cada trabalhador receberia o cheque final no dia seguinte. Os manuscritos foram deixados sobre as mesas. Sam já havia trazido os homens da demolidora.

Raphael Robbins colocou cuidadosamente dentro da mochila a almofadinha em que se sentava, a lente de aumento e uma gaveta de remédios. Despediu-se de todo mundo com o sorriso astuto de um homem que sabia de tudo antes e portanto nunca se surpreendia. Yohanan Abarbanel levou para casa só um dicionário. A srta. Lipshitz, a secretária, ficou andando a manhã inteira de um lado para o outro com olhos vermelhos, chorosos. Ben Melnick trouxe um enorme baú e embalou seus arquivos particulares, que consistiam de registros de apostas nos cavalos.

Herman Gombiner estava frágil demais para empacotar as cartas e os livros que haviam se acumulado na estante. Abriu uma gaveta, olhou os papéis cobertos de poeira e imediatamente começou a tossir. Disse adeus à srta. Lipshitz, entregou a Sam uma última gorjeta de cinco dólares, foi ao banco, sacou o cheque e ficou esperando um táxi.

Durante muitos anos, Herman Gombiner tinha vivido com medo do dia em que ficasse sem emprego. Mas quando entrou no táxi para ir para casa à uma hora da tarde, sentiu a calma da resignação. Nem virou a cabeça para olhar o lugar onde desperdiçara quase trinta anos. Estava caindo uma neve molhada. O céu estava cinzento. Sentado no táxi, com a cabeça apoiada no encosto, de olhos fechados, Herman Gombiner comparou-se a um defunto que volta do próprio funeral. Provavelmente era assim que a alma deixava o corpo e começava sua existência espiritual, pensou.

Havia planejado tudo. Com os quase dois mil dólares que tinha guardados no banco, o dinheiro que recebera de Morris Korver e o seguro-desemprego, podia se virar durante dois anos, talvez até alguns meses mais. Depois, teria de contar com a assistência social. Não fazia sentido nem começar a tentar arrumar outro emprego. Desde a infância Herman havia implorado a Deus que não o deixasse depender de caridade, mas evidentemente seu destino foi resolvido de modo diferente. A menos, claro, que a morte o redimisse primeiro.

Graças a Deus sua casa era quente. Herman olhou o buraco do camundongo. De que maneira ele, Herman, era melhor que o bichinho? Huldah também tinha de depender de alguém. Pegou o caderno e o lápis, começou a calcular. Não precisaria mais pagar dois táxis por dia, nem almoçar no restaurante, nem dar gorjeta para o garçom. Não haveria mais contribuições para todo tipo de coleta: para a Palestina, para os filhos ou netos de empregados quando se casavam, para presentes de aposentadoria. Certamente não teria de pagar mais nenhum imposto. Herman examinou o armário de roupas. Tinha camisas e sapatos suficientes para durar mais dez anos. Só precisava de dinheiro para aluguel, pão, leite, revistas e selos. Houve tempo em que pensara conseguir um telefone para o apartamento. Graças a Deus não tinha feito isso. Com aqueles seis dólares podia passar uma semana. Sem saber que ia chegar a isso, Herman havia praticado durante muitos anos a arte de reduzir os gastos a um mínimo, baixando o pavio da vida, por assim dizer.

Nunca antes Herman Gombiner havia apreciado tanto aquele apartamento como no dia em que voltou para casa depois do fechamento da casa editora. As pessoas sempre reclamavam com ele de solidão, mas enquanto houvesse livros e papel de carta, enquanto pudesse sentar numa cadeira perto do radiador e meditar, nunca estaria sozinho. Podia ouvir risos de criança, mulheres conversando, vozes fortes de homens nos apartamentos vizinhos. Rádios ligados a todo volume. Na rua, meninos e meninas brincando ruidosamente.

O dia curto foi ficando mais e mais escuro, e a casa encheu-se de sombras. Lá fora, a neve assumiu uma cor azul incomum. Baixou o crepúsculo. "Então, mais um dia se passou", Herman disse a si mesmo. Esse dia em particular, essa data exata, nunca retornaria, a menos que Nietzsche estivesse certo em sua teoria do eterno retorno. Mesmo acreditando que o tempo era imaginário, aquele dia havia terminado, como a página virada de um livro. Passara para os arquivos da eternidade. Mas o que ele, Herman Gombiner, tinha conseguido? Quem havia ajudado? Nem mesmo o camundongo. Ele não saíra de seu buraco, nem uma olhadinha o dia inteiro. Estaria doente? Não era mais jovem, a velhice chegava para todo mundo...

Sentado no crepúsculo invernal, Herman parecia estar esperando um sinal dos Poderes superiores. Às vezes, recebia mensagens deles, mas outras vezes mantinham-se ocultos e silentes. Descobriu-se pensando em seus pais, avós, irmãs, irmão, tias, tios e primos. Onde estavam todos? Onde estavam descansando, benditas sejam suas almas, martirizados pelos nazistas? Será que jamais pensavam nele? Ou teriam subido a esferas onde não se preocupavam mais com os mundos inferiores? Começou a rezar para eles, convidando-os a visitá-lo naquela noite de inverno.

O vapor do radiador chiava, cantando sua nota única. O vapor parecia falar nos canos, consolando Herman: "Você não está sozinho, você é um elemento do universo, um filho de Deus, uma parte integrante da Criação. Seu sofrimento é o sofrimento de Deus, seu anseio o anseio d'Ele. Está tudo certo. Deixe que a verdade lhe seja revelada e você se encherá de alegria".

De repente, Herman ouviu um guincho. Na penumbra, o camundongo havia saído e olhava cautelosamente em torno, como se tivesse medo de algum gato pairando por ali. Herman prendeu a respiração. Sagrada criatura, não tenha medo. Nenhum mal lhe será feito. Ficou olhando ele se aproximar do pires de água, tomar um gole, depois um segundo e um terceiro. Devagar, começou a mastigar o pedaço de queijo.

Pode haver maravilha maior?, Herman pensou. Ali estava um camundongo, filho de um camundongo, neto de camundongo, produto de milhões, bilhões de camundongo que viveram antes, sofreram, se reproduziram e agora se foram para sempre, mas deixaram um herdeiro, aparentemente o último de sua linhagem. Ali estava ele, nutrindo-se com comida. No que pensa todo o dia em seu buraco? Deve pensar em alguma coisa. Tem uma mente, um sistema nervoso. Ele também é parte da criação de Deus, como os planetas, as estrelas, as galáxias distantes.

O camundongo de repente levantou a cabeça e olhou para Herman com um olhar humano de amor e gratidão. Herman imaginou que ele estava agradecendo.

V.

Depois que Herman Gombiner parou de trabalhar, deu-se conta do esforço que era levantar de manhã, esperar o táxi na rua, perder tempo com dicionários, escrever, editar e viajar de volta para casa toda noite. Aparentemente vinha trabalhando com suas últimas forças. Parecia-lhe que a casa editora havia fechado no mesmo dia em que gastara sua última porção de energia. Esse fato em si era um excelente exemplo da presença da compaixão divina e da mão da Providência. Mas graças ao céu ainda sentia vontade de ler e de escrever cartas.

Havia caído neve. Herman não lembrava de nenhum outro inverno em Nova York com tanta neve como aquele. Altos montes se formavam. Era impossível os carros passarem em sua rua. Para conseguir um táxi, Herman teria de abrir caminho até a avenida Columbus ou Central Park West. Sem dúvida teria tido um colapso. Por sorte, o menino de entregas do armazém não se esqueceu dele. Dia sim, dia não, trazia-lhe pães, às vezes ovos, queijo, e o que mais Herman encomendasse. Seus vizinhos batiam na porta para perguntar se precisava de alguma coisa, café, chá, frutas. Ele agradecia profusamente. Pobre como era, sempre dava à mãe uma moeda para comprar um chocolate para o filho. As mulheres nunca iam embora em seguida, sempre ficavam um pouco, conversavam com ele em seu inglês misturado, olhando para ele como se não quisessem ir embora. Uma vez, uma mulher acariciou suavemente a cabeça de Herman. As mulheres sempre se sentiram atraídas por ele.

Houve momentos em que mulheres ficaram desesperadamente apaixonadas por ele, mas casamento e família não eram para Herman. A idéia de criar filhos lhe parecia absurda. Por que prolongar a tragédia humana? Além disso, enviara até seu último centavo para Kalomin.

Seus pensamentos voltavam sempre para Kalomin. Ele indo ao cheder, estudando na yeshiva, aprendendo secretamente hebraico moderno, polonês, alemão, tomando lições, instruindo outros. Experimentando seu primeiro caso amoroso, os encontros com garotas, os passeios às florestas, ao moinho, ao cemitério. Sentira-se atraído por cemitérios mesmo quando moço, e passara horas ali, meditando entre os túmulos e ouvindo suas pétreas histórias. Os mortos falavam com ele de dentro dos túmulos. No cemitério de Kalomin cresciam altas árvores de bétula de casca branca. Suas folhas prateadas tremiam à menor brisa, conversando em seu dialeto vegetal o dia inteiro. Os ramos se inclinavam uns para os outros, sussurrando segredos.

Mais tarde, veio a viagem à América e ele vagou por Nova York, sem emprego. Depois, foi trabalhar na Zion e começou a estudar inglês. Era bastante saudável naquela época e tinha tido casos com mulheres. Era difícil acreditar nos muitos triunfos que tivera. Nas noites solitárias, detalhes de velhos episódios e palavras nunca esquecidas lhe voltavam à mente. A própria memória demonstra que não existe o olvido. Palavras que uma mulher havia lhe dito fazia trinta anos e que ele não entendera de fato na época de repente ficavam claras. Graças a Deus tinha lembranças suficientes para lhe durar cem anos.

Pela primeira vez desde que chegara à América, suas janelas ficaram cobertas de gelo. Nos vidros, formaram-se árvores de geada branca como aquelas de Kalomin: palmeiras de cabeça para baixo, exóticos arbustos e flores estranhas. O gelo pintava como um artista, mas seus padrões eram eternos. Cristais? O que eram cristais? Quem tinha ensinado os átomos e as moléculas a se arranjarem desse ou daquele jeito? Que ligação havia entre as moléculas de Nova York e as de Kalomin?

As maiores maravilhas começavam quando Herman cochilava. Assim que fechava os olhos, os sonhos lhe vinham como gafanhotos. Enxergava tudo com clareza e precisão. Não eram sonhos, eram visões. Voava sobre cidades orientais, planava sobre cúpulas, mesquitas e castelos, pairava sobre estranhos jardins, florestas misteriosas. Passava sobre tribos ainda não descobertas, falava estranhas línguas. Às vezes, assustava-se com monstros.

Herman sempre achara que a verdadeira vida é vivida durante o sono. A vigília nada mais era que um tempo marginal destinado a fazer coisas.

Agora que estava livre, todo seu horário tinha se invertido. Parecia ter acontecido espontaneamente. Ficava acordado de noite e dormia durante o dia. Almoçava ao anoitecer e pulava o jantar. O despertador tinha parado, mas Herman não lhe deu corda. Que diferença fazia a hora que era? Às vezes, tinha preguiça de acender as luzes de noite. Em vez de ler, sentava numa cadeira perto do radiador e cochilava. Estava dominado por uma fadiga que nunca o deixava. Estou ficando doente, pensou. Por menos que o menino do armazém trouxesse, Herman tinha sempre demais.

Seu real sustento eram as cartas que recebia. Herman ainda descia os poucos lances de escada até sua caixa de correio no saguão. Tinha se abastecido com um suprimento de selos e papel. Havia uma caixa de correio a poucos passos da entrada da casa. Se não conseguisse passar pela neve, podia pedir que um vizinho enviasse suas cartas. Recentemente, uma mulher que morava no seu andar se oferecera para pegar sua correspondência toda manhã, e Herman lhe dera a chave da caixa. Ela colecionava selos; os selos eram seu pagamento. Herman agora poupava-se o trabalho de subir a escada. Ela enviava suas cartas e passava as cartas recebidas por baixo da porta, e tão quietinha que ele nunca ouvia seus passos.

De noite, muitas vezes ficava escrevendo, cochilando entre cartas. De vez em quando, pegava uma velha carta da gaveta da escrivaninha e lia com uma lente de aumento. Sim, os mortos ainda estavam conosco. Vinham aconselhar seus parentes em negócios, dívidas, na cura dos doentes; consolavam os derrotados, davam sugestões sobre viagens, empregos, amor, casamento. Alguns deixavam buquês de flores sobre a colcha da cama, e traziam artigos de lugares distantes. Alguns se revelavam só para os mais íntimos no momento da morte, outros voltavam depois de anos de terem morrido. Se tudo isso fosse verdade, Herman pensou, então seus parentes também decerto estavam vivos. Ficou sentado, rezando para que lhe aparecessem. O espírito não pode ser queimado, nem asfixiado, enforcado, fuzilado. Seis milhões de almas devem existir em algum lugar.

Uma noite, depois de escrever cartas até o amanhecer, Herman as colocou nos envelopes, endereçou, colou os selos e foi para a cama. Quando abriu os olhos, era dia pleno. Sua cabeça estava pesada. Parecia uma pedra em cima do travesseiro. Sentia calor, mas calafrios lhe percorriam a espinha. Tinha sonhado que sua família morta havia vindo até ele, mas que não se comportavam devidamente como fantasmas: brigavam, gritavam e até se atacaram fisicamente por causa de um cesto de palha.

Herman olhou para a porta e viu a correspondência da manhã que a vizinha havia enfiado por baixo da porta, mas não conseguiu se mexer. Estou paralisado, pensou. Adormeceu de novo, e os fantasmas voltaram. Sua mãe e suas irmãs estava discutindo por causa de um pente de metal. "Bom, isso é ridículo", disse a si mesmo. "Espíritos não precisam de pentes de metal." O sonho continuou. Descobriu um armário na parede de seu quarto. Abriu e começaram a despencar cartas de dentro, centenas de cartas. O que era esse armário? As cartas tinham antigos carimbos de data; ele nunca tinha aberto nenhuma delas. Em seu sono, perturbou-se de tanta gente ter lhe escrito e ele não ter respondido. Resolveu que algum carteiro devia ter escondido ali as cartas para se poupar o trabalho de entregá-las. Mas se o carteiro tinha ido até sua casa, que sentido fazia esconder as cartas no armário?

Herman acordou e era noite. "Como o dia passou tão depressa?", perguntou a si mesmo. Tentou ir ao banheiro, mas sua cabeça girou e tudo ficou preto. Caiu no chão. Bom, é o fim, pensou. O que vai ser de Huldah?

Ficou ali impotente um longo tempo. Depois, lentamente se pôs de pé e, andando junto à parede, chegou ao banheiro. Sua urina estava marrom e oleosa, e sentiu uma queimação.

Levou um longo tempo para voltar à cama. Deitou de novo e a cama parecia subir e descer. Que estranho, não precisava mais abrir os envelopes das cartas. Poderes de clarividência lhe permitiam ler o conteúdo. Recebeu a resposta de uma mulher de uma pequena cidade do Colorado. Ela escreveu sobre uma vizinha agora morta com quem sempre discutia, e contava que depois da morte da vizinha o fantasma dela quebrou sua máquina de costura. A antiga inimiga despejou água no chão de sua casa, rasgou uma almofada e removeu as penas. Os mortos podem ser nocivos. Podem também ser muito vingativos. Se assim fosse, pensou ele, uma guerra entre os judeus mortos e os nazistas mortos era plenamente possível.

Nessa noite, Herman adormeceu, tremeu convulsivamente e acordou repetidamente. Lá fora, o vento zunia. Atravessava por dentro da casa. Herman lembrou de Huldah: o camundongo estava sem comida e sem água. Queria descer da cama para ajudá-lo, mas não conseguia mexer nenhuma parte do corpo. Rezou a Deus: "Não preciso mais de ajuda, mas não deixe aquela pobre criatura morrer de fome!". Prometeu dinheiro para caridade. E adormeceu.

Herman abriu os olhos e o dia estava apenas começando: um dia encoberto de inverno que mal dava para perceber na vidraça coberta de gelo. Estava tão frio dentro como fora. Herman ficou ouvindo, mas não conseguiu distinguir a toada do radiador. Tentou cobrir-se, mas suas mãos não tinham força. Ouviu sons de gritos e passos rápidos no corredor. Alguém bateu na porta, mas ele não conseguiu responder. Bateram mais. Um homem falou em espanhol, e Herman ouviu uma voz de mulher. De repente, alguém empurrou a porta e entrou um homem porto-riquenho, seguido de uma mulher pequena usando um casaco de tricô com chapéu combinando. Levava um agasalho para mãos muito grande, que Herman nunca tinha visto na América.

A mulher veio até sua cama e disse: "Senhor Gombiner?". Pronunciou seu nome de um jeito que ele mal conseguia reconhecer, com a tônica na primeira sílaba. O homem saiu. A mulher segurava na mão as cartas que pegara do chão. Tinha pele clara, olhos escuros e nariz pequeno. Disse: "Eu sabia que o senhor estava doente. Sou a senhora Beechman, Rose Beechman". Estendeu para ele uma carta que havia lhe enviado e que estava entre as cartas que recolheu no chão.

Herman entendeu, mas não conseguiu falar. Ouviu quando ela disse: "Minha avó me fez vir até o senhor. Eu só viria a Nova York daqui a duas semanas. O senhor está doente e a caldeira desta casa explodiu. Espere, vou cobrir o senhor. Onde está o telefone?".

Puxou o cobertor para cima dele, mas a roupa de cama estava fria como gelo. Ela começou a se mexer, batendo os pés e esfregando as mãos. "O senhor não tem telefone? Como posso chamar um médico?"

Ele queria dizer que não precisava de médico, mas estava fraco demais. Olhar para ela o deixava cansado. Fechou os olhos e imediatamente esqueceu que tinha visita.

VI.

"Como pode alguém dormir tanto?", Herman perguntou a si mesmo. Essa sonolência o havia transformado numa criatura indefesa. Abriu os olhos, viu a mulher estranha, lembrou quem era e imediatamente adormeceu de novo. Ela trouxe o médico, um homem alto, um gigante, e esse homem o havia descoberto, escutado seu coração com um estetoscópio, apertado seu estômago, olhado dentro de sua garganta. Herman ouviu a palavra "pneumonia"; disseram-lhe que teria de ir para o hospital, mas ele conseguiu reunir forças suficientes para fazer um sinal negativo com a cabeça. Preferia morrer. O médico o repreendeu bondosamente; a mulher tentou convencê-lo. Qual o problema do hospital? Iam fazer com que sarasse lá. Ela iria visitá-lo todos os dias, cuidaria dele.

Mas Herman foi inflexível. Conseguiu atravessar a doença e falar para a mulher: "Toda pessoa tem o direito de determinar seu destino". Mostrou a ela onde guardava o dinheiro; olhou para ela, suplicante, e estendeu a mão, implorando que lhe prometesse que não seria removido.

Num momento falava claramente como um homem saudável, no momento seguinte voltava a seu torpor. Sonhou de novo, dormindo ou acordado, ele próprio não sabia mais. A mulher deu-lhe um remédio. Veio uma moça e aplicou-lhe uma injeção. Graças a Deus havia aquecimento de novo. O radiador cantava o dia inteiro e metade da noite. Agora o sol brilhava, um retalho de sol chegava à janela de manhã; agora a luz do teto brilhava. Os vizinhos vinham perguntar como estava, principalmente mulheres. Traziam-lhe tigelas de mingau, leite morno, xícaras de chá. Uma mulher estranha trocava-lhe a roupa; às vezes ela usava vestido preto ou amarelo, às vezes uma blusa branca ou cor-de-rosa. Às vezes, parecia de meia-idade e séria, outras vezes juvenil e brincalhona. Enfiava o termômetro em sua boca e lhe trazia o urinol. Tirava sua roupa e friccionava-lhe o corpo com álcool. Ele ficava com vergonha por causa do corpo emaciado, mas ela argumentava: "Vergonha de quê? Somos todos como Deus nos fez". Doente como estava, ele tinha consciência de suas mãos macias. Seria humana? Ou um anjo? Herman era criança de novo, a mãe preocupada com ele. Sabia muito bem que podia morrer em sua sonolência, mas não tinha mais medo da morte.

Herman estava preocupado com alguma coisa: um acontecimento, uma visão que se repetia em incontáveis variações, mas cujo sentido não conseguia penetrar. Parecia-lhe que seu sono era como um longo livro que lia com tamanha avidez que não conseguia parar nem por um minuto. Beber chá, tomar remédio eram só enfadonhas interrupções. Seu corpo, com todas as agonias, havia se desprendido dele.

Despertou. O dia estava empalidecendo. A mulher havia colocado uma bolsa de gelo em sua cabeça. Retirou-a e comentou que a blusa do pijama estava suja de sangue. O sangue havia saído do nariz.

"Estou morrendo? É isto a morte?", perguntou a si mesmo. Sentia apenas curiosidade.

A mulher deu-lhe remédio com uma colher de chá, e o líquido tinha a força e o gosto de conhaque. Herman fechou os olhos e quando abriu de novo viu o azul nevado da noite. A mulher estava sentada a uma mesa que durante anos vivera coberta de livros, que ela devia ter removido. Tinha colocado as pontas dos dedos na beira da mesa. A mesa estava se mexendo, levantando as pernas da frente e depois baixando com ruído.

Durante algum tempo, ele ficou plenamente desperto e com a cabeça tão clara quanto se estivesse sadio. A mesa estaria mesmo se mexendo por si própria? Ou a mulher é que a levantava? Ficou olhando, deslumbrado. A mulher estava murmurando; fazia perguntas que ele não conseguia escutar. Ela às vezes grunhia; uma vez até riu, mostrando a boca cheia de dentes pequenos. De repente, ela foi até a cama, curvou-se sobre ele e disse: "Você vai viver. Vai se recuperar".

Ele ouviu suas palavras com uma indiferença que o surpreendeu.

Fechou os olhos e viu-se de novo em Kalomin. Estavam todos vivos: seu pai, sua mãe, seu avô, sua avó, suas irmãs, seu irmão, todos os tios e tias e primos. Que estranho Kalomin fazer parte de Nova York. Bastava chegar a uma rua que levava à rua do Canal. A rua ficava na encosta de uma montanha, e era preciso subir. Parece que ele tinha de atravessar um porão ou túnel, um lugar que recordava outros sonhos. Foi ficando cada vez mais escuro, o chão mais fundo, cheio de valas, as paredes mais e mais baixas e o ar mais abafado. Ele teve de abrir uma porta para uma pequena câmara cheia de ossos de cadáveres, viscosos de putrefação. Tinha chegado a um cemitério subterrâneo e lá encontrou um bedel, ou guardião, ou coveiro que estava cuidando dos ossos.

"Como se pode viver aqui?", Herman perguntou a si mesmo. "Quem haveria de querer um emprego desses?" Herman não estava mais vendo o homem, mas lembrava de sonhos anteriores em que o havia visto, barbudo e maltrapilho. Ele quebrava membros como se fossem raízes apodrecidas. Ria com uma satisfação secreta. Herman tentou escapar desse labirinto, rastejando sobre a barriga e deslizando como cobra, se extenuando de tal forma que parou de respirar.

Acordou com suores frios. A luz não estava acesa, mas um difuso fulgor brilhava em algum lugar. De onde vinha essa luz, Herman pensou, e onde está a mulher? Que milagre — estava se sentindo bem.

Sentou-se e viu a mulher dormindo em um catre, coberta com uma colcha desconhecida. Suave luminosidade vinha de uma lâmpada minúscula plugada na tomada junto ao chão. Herman ficou imóvel e deixou a transpiração secar, sentindo-se mais fresco quando ela secou.

"Bom, não estava escrito que eu devia morrer ainda", murmurou. "Mas para que sirvo aqui?" Não conseguiu encontrar uma resposta.

Herman recostou no travesseiro e ficou quieto. Lembrava de tudo: tinha adoecido, Rose Beechman havia chegado e trazido o médico para vê-lo. Herman se recusara a ir para o hospital.

Avaliou a si mesmo. Aparentemente, tinha passado a crise. Estava fraco, mas não mais doente. Todas as dores haviam desaparecido. Conseguia respirar livremente. A garganta não estava mais obstruída com muco. Essa mulher havia salvado sua vida.

Herman sabia que tinha de agradecer à Providência, mas alguma coisa dentro dele se sentia triste e quase enganada. Ele esperava uma revelação. Contara com seu sono profundo para ver coisas invisíveis a seu olho são. Até sobre a morte havia pensado assim: vamos dar uma olhada no que existe do outro lado da cortina. Tinha lido muitas vezes sobre pessoas que ficaram doentes e cujos corpos astrais vagaram sobre cidades, oceanos e desertos. Outros entravam em contato com parentes, tinham visões, luzes celestiais lhes apareciam. Mas em seu longo sono Herman não havia experimentado nada além de uma porção de sonhos emaranhados. Lembrava-se da mesinha que tinha levantado e abaixado as pernas numa noite. Onde estava ela? Estava não muito longe de sua cama, coberta com uma pilha de cartas e revistas que deviam ter chegado durante a sua doença.

Herman observou Rose Beechman. Por que teria vindo? Quando mandara trazer a cama desmontável? Via seu rosto distintamente agora, o nariz pequeno, as faces encovadas, o cabelo escuro, a testa redonda um pouco alta demais para uma mulher. Dormia calmamente, o cobertor sobre o seio. Não dava para ouvir sua respiração. Ocorreu a Herman que podia estar morta. Ficou olhando para ela intensamente: suas narinas se moviam um pouquinho.

Herman cochilou de novo. De repente, ouviu um murmúrio. Abriu os olhos. A mulher estava falando no sono. Ele ouviu atentamente, mas não conseguiu distinguir as palavras. Não tinha certeza se era inglês ou outra língua. O que queria dizer? De repente entendeu: está falando com a avó. Prendeu a respiração. Todo o seu ser se imobilizou. Fez um esforço para distinguir ao menos uma palavra, mas não conseguiu captar nem uma sílaba. A mulher se calou e então começou a sussurrar de novo. Não mexia os lábios. A voz parecia sair de suas narinas. Quem sabe? Talvez não estivesse falando uma língua conhecida, Herman Gombiner pensou. Pareceu-lhe que estava sugerindo alguma coisa para a pessoa invisível e discutindo com ela. Essa escuta intensa logo o cansou. Fechou os olhos e adormeceu.

Teve um sobressalto e acordou. Não sabia quanto tempo havia dormido: um minuto ou uma hora. Pela janela, viu que ainda era noite. A mulher na caminha estava dormindo silenciosamente. De repente, Herman lembrou. O que teria acontecido com Huldah? Que horror ter se esquecido completamente dele durante a sua doença. Ninguém o tinha alimentado nem dado nada para ele beber. "Está morto, com certeza", disse a si mesmo. "Morto de fome e de sede!" Sentiu uma grande vergonha. Tinha se recuperado. Os Poderes que governam o mundo haviam mandado uma mulher para ele, uma irmã de misericórdia, mas aquela criatura que dependia dele para as suas necessidades tinha morrido. "Não podia ter me esquecido dele! Não podia! Eu matei o bichinho!"

O desespero tomou conta de Herman. Começou a rezar pela alma do camundongo. "Bom, você viveu sua vida. Cumpriu sua missão neste mundo desamparado, o pior de todos os mundos, este abismo sem fundo, onde Satã, Asmodeus, Hitler e Stalin dominam. Não está mais limitado ao seu buraco, a fome, sede e doença, mas está unificado no cosmos pleno de Deus, junto com o próprio Deus... Quem sabe por que teve de nascer camundongo?"

Em seus pensamentos, Herman fez uma apologia do camundongo que tinha participado de um momento de sua vida e que, por causa dele, havia deixado este mundo. "O que eles fazem, todos esses eruditos, esses filósofos, esses líderes do mundo, com seres como você? Eles se convenceram de que o homem, o pior transgressor de todas as espécies, é a coroa da criação. Todas as outras criaturas são criadas meramente para lhe fornecer comida, peles, para ser atormentadas, exterminadas. Com relação a eles, todo mundo é nazista; para os animais é uma Treblinka eterna. E mesmo assim o homem exige compaixão do céu." Herman bateu na boca com as mãos. "Não posso viver, não posso! Não posso mais fazer parte disso! Deus do céu, me leve embora!"

Durante um momento, sua cabeça ficou vazia. Depois, ele estremeceu. Talvez Huldah ainda estivesse vivo. Talvez tivesse encontrado alguma coisa para comer. Talvez estivesse inconsciente em seu buraco e pudesse ser reanimado. Tentou descer da cama. Levantou o cobertor e lentamente desceu um pé. A cama rangeu.

A mulher abriu os olhos como se não estivesse dormindo, mas apenas fingindo. "Onde você vai?"

"Preciso descobrir uma coisa."

"O quê? Espere um pouco." Ela endireitou a camisola debaixo da coberta, saiu da cama e foi até ele descalça. Seus pés eram brancos, juvenilmente pequenos, com dedos delicados. "Como está se sentindo?"

"Por favor, me escute!" E em voz baixa contou a ela sobre o camundongo.

A mulher ouviu. Seu rosto, escondido nas sombras, expressou surpresa. Ela disse: "É, ouvi os camundongos raspando diversas vezes durante a noite. Provavelmente estão comendo seus livros".

"É só um pequeno camundongo. Uma criatura maravilhosa."

"O que eu tenho de fazer?"

"O buraco é logo ali... Eu costumava deixar um prato de água para ele e um pedaço de queijo."

"Não tenho queijo aqui."

"Talvez possa colocar um pouco de leite num pratinho. Tenho certeza de que ele está vivo, mas talvez..."

"É, leite tem. Primeiro, vou medir sua temperatura." Pegou um termômetro de algum lugar, sacudiu e colocou-o em sua boca com a autoridade de uma enfermeira.

Herman ficou olhando enquanto ela se ocupava na quitinete. Ela colocou leite num pires. Diversas vezes se voltou e olhou para ele inquisitivamente, como se não pudesse acreditar no que tinha ouvido.

Como pode ser?, Herman pensou. Ela não parece uma mulher que tem uma filha crescida. Parece uma menina. O cabelo solto chegava aos ombros. Podia perceber seu corpo por baixo do roupão: cintura fina, quadris não muito largos. O rosto tinha uma brandura, uma maciez que não combinavam com a carta séria, quase severa que tinha escrito para ele. Ah, sim, onde está escrito que tudo tem que combinar? Toda pessoa é uma nova experiência no laboratório de Deus.

A mulher pegou o pires e cuidadosamente o colocou onde ele havia indicado. Ao voltar para sua cama de armar, calçou os chinelos. Pegou o termômetro de sua boca e foi ao banheiro, onde a luz estava acesa. Logo voltou. "Está sem febre. Graças a Deus."

"Você salvou minha vida", Herman disse.

"Foi minha avó quem me mandou aqui. Espero que tenha lido minha carta."

"Li, li, sim."

"Pelo que vejo, você se corresponde com meio mundo."

"Tenho interesse em pesquisa psíquica."

"É seu primeiro dia sem febre."

Durante algum tempo, ficaram ambos em silêncio. Então ele perguntou: "Como posso retribuir a você?".

A mulher franziu a testa. "Não precisa retribuir."

VII.

Herman adormeceu e viu-se em Kalomin. Era uma noite de verão e estava passeando com uma moça pela ponte, a caminho do moinho e do Cemitério Ortodoxo Russo, onde as lápides têm as fotos dos que estão enterrados. Uma grande esfera luminosa brilhava no céu, maior que a lua, maior que o sol, um novo corpo celeste, incomparável. Lançava uma luz esverdeada sobre a água, fazendo-a transparente, de forma que se viam os peixes nadando. Não as carpas e os lúcios de sempre, mas baleias e tubarões de barbatanas douradas e chifres vermelhos, com a pele parecida com a das asas de morcegos.

"O que é tudo isso?", Herman perguntou. "O cosmos mudou? A Terra libertou-se do Sol, de toda a Via Láctea? Está para se transformar num cometa?" Tentou conversar com a moça a seu lado, mas era uma das mulheres enterradas no cemitério. Ela respondeu em russo, embora fosse também hebraico. Herman perguntou: "As categorias da razão pura de Kant não se aplicam mais a Kalomin?".

Despertou com um sobressalto. Do outro lado da janela ainda era noite. A mulher estranha estava dormindo na cama de armar. Herman examinou-a com mais cuidado agora. Não estava mais sussurrando, mas seus lábios tremiam de vez em quando. Sua testa enrugou-se quando sorriu no sono. O cabelo espalhava-se sobre o travesseiro. O acolchoado havia deslizado, e ele viu as dobras da camisola acumuladas sobre seu peito. Herman ficou olhando para ela, mudo de deslumbramento. Uma mulher tinha vindo a ele de algum lugar no sul, não uma judia, mas como Ruth tinha ido a Boaz, mandada por alguma Naomi que não estava mais entre os vivos.

Onde teria encontrado a roupa de cama?, Herman pensou. Já havia colocado ordem no apartamento, pendurou uma cortina na janela, removeu os jornais e manuscritos da mesa grande. Que estranho, não tinha tirado do lugar o mata-borrão, como se soubesse que ele era o instrumento de um milagre.

Herman ficou olhando, sacudindo a cabeça de assombro. Os livros nas estantes não pareciam mais tão velhos e rasgados. Ela colocara alguma ordem neles também. O ar que respirava não cheirava mais a mofo e pó, mas tinha uma qualidade úmida, fresca. Herman lembrou da noite de Páscoa em Kalomin. Só faltavam os matzos pendurados do teto. Tentou lembrar seu último sonho, mas só conseguiu recordar a luz extraterrena que caía sobre o lago. "Bom, os sonhos todos se perdem", Herman disse a si mesmo. "Cada dia começa com amnésia."

Ouviu um barulho ligeiro que soava como uma criança mamando. Herman sentou-se e viu Huldah. Parecia mais magro, fraco, e seu pêlo parecia grisalho, como se tivesse envelhecido.

"Deus do céu! Huldah está vivo! Ali está ele, bebendo leite no pires!" Uma alegria que havia experimentado poucas vezes tomou conta de Herman. Ainda não havia agradecido a Deus por trazê-lo de volta à vida. Sentira até algum ressentimento. Mas por manter vivo o camundongo tinha de louvar os Poderes Superiores. Herman encheu-se de amor pelo camundongo e pela mulher, Rose Beechman, que entendera seus sentimentos e, sem questionar, atendera a seu pedido, dando leite ao camundongo. "Eu não sou digno, não sou digno", murmurou. "É tudo pura Graça."

Herman não era homem de chorar. Seus olhos tinham continuado secos mesmo quando recebeu a notícia de que sua família havia morrido na destruição de Kalomin. Mas agora seu rosto estava molhado e quente. Não estava escrito que devesse carregar a culpa de um assassinato. A Providência, consciente de cada molécula, de cada grão de poeira, havia cuidado para que seu camundongo recebesse nutrição durante seu longo sono. Ou talvez fosse possível que um camundongo pudesse jejuar todo aquele tempo?

Herman ficou olhando intensamente. Mesmo agora, depois de passar fome tanto tempo, o camundongo não se apressava. Lambia o leite devagar, fazendo pausas, evidentemente confiante de que ninguém lhe tiraria aquilo que era seu por direito. "Pobre camundongo, sagrada criatura, santa!", Herman gritou para ele em seus pensamentos. E soprou-lhe um beijo.

Rose Beechman abriu os olhos. "Ah! Está acordado? Que horas são?"

"Huldah tomou o leite", Herman disse.

"O quê? Ah, é."

"Por favor, eu imploro, não ria de mim."

"Não estou rindo de ninguém."

"Você salvou não uma vida, mas duas."

"Bom, somos todos criaturas de Deus. Vou fazer chá."

Herman queria dizer que não era preciso, mas estava com sede e sentia a garganta seca. Sentia até um pouco de fome. Tinha voltado à vida, com todas as suas necessidades.

A mulher imediatamente se ocupou na quitinete, e logo trouxe para Herman uma xícara de chá com dois biscoitos. Aparentemente, havia comprado pratos novos para ele. Sentou-se na beira da cadeira e disse: "Bom, beba o chá. Acho que você não sabe o quanto esteve doente".

"Estou muito agradecido."

"Se eu tivesse chegado dois dias depois, não haveria o que fazer."

"Talvez tivesse sido melhor assim."

"Não. Pessoas como você são necessárias."

"Hoje eu ouvi você falando com sua avó", disse Herman, sem saber bem se devia dizer isso.

Ela ouviu e ficou pensativa, em silêncio, durante um momento. "É, ela esteve comigo esta noite."

"E o que ela disse?"

A mulher deu um olhar estranho para ele. Pela primeira vez Herman notou que tinha olhos castanho-claros. "Espero que não caçoe de mim."

"Deus do céu, nunca!"

"Ela quer que eu cuide de você; você precisa de mim mais do que minha filha: palavras dela."

Herman sentiu um frio percorrer-lhe a espinha. "É, pode ser verdade, mas..."

"Mas o quê? Eu imploro, seja franco comigo."

"Não tenho nada. Estou fraco. Vou ser só uma carga..."

"Cargas existem para ser carregadas."

"É. É."

"Se quiser, eu fico com você. Pelo menos até se recuperar completamente."

"Quero, sim."

"Era isso que eu queria ouvir." Levantou-se depressa e virou-se. Foi até o banheiro, envergonhada como uma jovem noiva de Kalomin. Parou na porta, de costas para ele, a cabeça abaixada, revelando a nuca miúda, os cabelos despenteados.

Pela janela começava a aparecer uma luz cinzenta. A neve estava caindo, uma neve de amanhecer. Retalhos de dia e de noite se misturavam lá fora. Apareceram nuvens. Janelas, telhados e escadas de incêndio emergiram do escuro. As luzes se apagaram. A noite terminara como um sonho e a ela seguiu-se uma obscura realidade, auto-absorta, mergulhada no perpétuo mistério do ser. Um pombo estava voando pela nevasca, concentrado em cumprir sua missão. No radiador, o vapor já assobiava. Dos apartamentos vizinhos ouviam-se os primeiros gritos das crianças que acordavam, rádios tocando e donas de casa aflitas gritando e xingando em espanhol. O globo chamado Terra mais uma vez havia girado em seu eixo. As vidraças ficaram rosadas, sinal de que a leste o céu não estava completamente nublado. Os livros foram momentaneamente banhados em uma luz arroxeada, que iluminava as velhas encadernações e os últimos resquícios dos títulos gravados a ouro e meio ilegíveis. Tudo assumia a qualidade de uma revelação.

Um amigo de Kafka

Anos antes de ler qualquer livro de Franz Kafka, eu tinha ouvido falar dele por seu amigo Jacques Kohn, ex-ator do teatro iídiche. Digo "ex" porque, na época em que o conheci, não estava mais no palco. Foi no começo dos anos 30, e o teatro iídiche de Varsóvia já havia começado a perder seu público. Jacques Kohn era um homem doente e alquebrado. Embora ainda se vestisse como um dândi, suas roupas eram surradas. Usava monóculo no olho esquerdo, colarinho alto antiquado (conhecido como "mata-padre"), sapatos de couro legítimo e chapéu-coco. Tinha sido apelidado de "O Lorde" pelos cínicos do clube de escritores iídiches de Varsóvia que nós dois freqüentávamos. Embora estivesse ficando cada vez mais curvado, insistia laboriosamente em manter os ombros para trás. Tudo o que restava de seu cabelo um dia amarelo ele penteava para formar uma ponte sobre o crânio nu. Na tradição do teatro de antigamente, de vez em quando ele caía no iídiche germanizado, principalmente quando falava de sua relação com Kafka. Ultimamente, começara a escrever artigos para jornal, mas os editores foram unânimes em rejeitar seus manuscritos. Vivia num sótão em algum lugar da rua Leszno e estava sempre doente. Corria entre os membros do clube uma piada sobre ele: "Passa o dia inteiro num balão de oxigênio e de noite sai de Don Juan".

Era sempre à noite que nos encontrávamos no clube. A porta se abria devagar para deixar entrar Jacques Kohn. Ele tinha o ar de uma importante celebridade européia que estava se dignando a visitar o gueto. Olhava em torno e fazia uma careta, como para indicar que os aromas de arenque, alho e tabaco barato não eram de seu gosto. Olhava desdenhosamente as mesas cobertas com jornais rasgados, peças de xadrez quebradas e cinzeiros cheios de pontas de cigarro, em torno das quais sentavam-se os membros do clube eternamente discutindo literatura com suas vozes agudas. Balançava a cabeça de um lado para o outro como quem diz: O que se pode esperar desses schlemiels?. No momento que o via entrando, eu já punha a mão no bolso, preparando os zloty que ele inevitavelmente ia me pedir emprestados.

Nessa noite em particular, Jacques parecia estar de melhor humor que o normal. Sorria, exibindo os dentes de porcelana que não se encaixavam e que se mexiam ligeiramente quando ele falava, e veio até mim com o andar afetado de quem estava no palco. Me estendeu a mão ossuda de dedos longos e disse: "Como vai indo hoje a estrela em ascensão?".

"Já vai começar?"

"Estou falando sério. Sério. Reconheço o talento quando vejo na minha frente, mesmo que eu não tenha nenhum. Quando representamos em Praga em 1911, ninguém nunca tinha ouvido falar de Kafka. Ele veio ao camarim, e no momento que o vi compreendi que estava na presença de um gênio. Dava para sentir o cheiro, como um gato sente cheiro de rato. Foi aí que nossa grande amizade começou."

Eu já havia escutado essa história muitas vezes e com muitas variações, mas sabia que teria de ouvir de novo. Ele ficou sentado à minha mesa, e Manya, a garçonete, nos trouxe copos de chá e biscoitos. Jacques Kohn levantou as sobrancelhas sobre os olhos amarelentos, os brancos riscados de pequenas veias. Sua expressão parecia dizer: "É isso que os bárbaros chamam de chá?". Colocou cinco torrões de açúcar no copo e mexeu, girando a colher de estanho de dentro para fora. Com o polegar e o indicador, cuja unha era excepcionalmente comprida, quebrou um pedacinho do biscoito, colocou na boca e disse: *"Nu ja"*, que queria dizer: não se pode encher a barriga com o passado.

Era tudo uma representação. Ele próprio vinha de uma família hassídica de uma das pequenas cidades polonesas. Seu nome não era Jacques, mas Jankel. Porém tinha vivido muitos anos em Praga, Viena, Berlim, Paris. Nem sempre fora ator do teatro iídiche, mas representara nos palcos tanto da França quanto da Alemanha. Era amigo de muitas celebridades. Tinha ajudado Chagall a encontrar um estúdio em Belleville. Tinha sido hóspede freqüente de Israel Zangwill. Aparecera em uma produção de Reinhardt, e havia comido frios com Piscator. Mostrou-me cartas que recebera não só de Kafka, mas de Jakob Wassermann, Stefan Zweig, Romain Rolland, Ilya Ehrenburg e Martin Buber. Todos se dirigiam a ele pelo nome de batismo. Quando nos conhecemos melhor, chegou a me mostrar fotografias e cartas de atrizes famosas com quem havia mantido casos amorosos.

Para mim, "emprestar" um zloty para Jacques Kohn significava entrar em contato com a Europa ocidental. Até o jeito como levava sua bengala de castão de prata me parecia exótico. Ele até fumava o cigarro de um jeito diferente do que fumávamos em Varsóvia. Tinha maneiras da corte. Nas raras ocasiões em que me censurou, sempre conseguiu preservar meus sentimentos com algum elogio elegante. Mais que tudo, eu admirava o jeito de Jacques Kohn com as mulheres. Eu era tímido com as garotas: ficava vermelho, envergonhado na presença delas. Mas Jacques Kohn tinha a segurança de um conde. Tinha alguma coisa agradável para dizer até para a menos atraente das mulheres. Lisonjeava a todas, mas sempre num tom de bem-humorada ironia, afetando a atitude blasé de um hedonista que já havia experimentado de tudo.

Comigo falava francamente. "Meu jovem amigo, eu sou quase impotente. Isso sempre começa com o desenvolvimento de um gosto super-refinado. Quando se está com fome, ninguém precisa de marzipã nem de caviar. Cheguei a ponto de não considerar nenhuma mulher realmente atraente. Nenhum defeito me escapa. Isso é impotência. Vestidos, espartilhos são transparentes para mim. Não me deixo mais enganar por pintura e perfume. Já perdi meus dentes, mas basta uma mulher abrir a boca que eu enxergo suas obturações. Esse, por sinal, era o problema de Kafka quanto ao ato de escrever: ele via todos os defeitos, os dele e os dos outros. A maior parte da literatura é produzida por plebeus e frouxos como Zola e D'Annunzio. No teatro, eu via os mesmos defeitos que Kafka encontrou na literatura, e isso nos aproximou. Mas o mais estranho é que, quando se tratava de avaliar o teatro, Kafka era completamente cego. Punha no céu nossas peças iídiches baratas. Apaixonou-se loucamente por uma atriz canastrona, madame Tschissik. Quando penso que Kafka amou essa criatura, sonhou com ela, fico com vergonha pelo homem e suas ilusões. Bom, a imortalidade não é exigente. Qualquer um que por acaso entre em contato com um grande homem marcha com ele para a imortalidade, geralmente nos passos errados.

"Você uma vez não me perguntou o que me dava forças para continuar, ou imaginei que perguntou? O que me dá forças para suportar a pobreza, a doença e, pior de tudo, a desesperança? É uma boa pergunta, meu jovem. Eu mesmo me fiz a mesma pergunta quando li o Livro de Jó. Por que Jó continua a viver e sofrer? Para no fim ter mais filhas, mais burros, mais camelos? Não. A resposta é: pelo jogo em si. Nós jogamos xadrez tendo o Destino como adversário. Ele mexe uma pedra; nós mexemos uma. Ele tenta nos dar o xeque-mate em três lances; nós tentamos impedir. Sabemos que não podemos ganhar, mas somos levados a lhe dar um bom combate. Meu oponente é um anjo duro. Ele enfrenta Jacques Kohn com todos os truques que tem na manga. Estamos no inverno; faz frio até com a lareira acesa, mas minha lareira não funciona há meses e o dono da casa se recusa a consertar. Além disso, eu não teria dinheiro para comprar carvão. Dentro do meu quarto faz tanto frio quanto fora. Se você nunca morou num sótão, não sabe a força do vento. Minhas vidraças batem até no verão. Às vezes, um gato sobe no telhado perto da minha janela e mia a noite inteira como uma mulher parindo. Fico lá, congelado debaixo dos cobertores, e ele uiva por uma gata, ou quem sabe simplesmente esteja com fome. Eu podia lhe dar um pouco de comida para que calasse a boca, ou tocar o bicho dali, mas para não congelar eu me enrolo mais em todos os trapos que possuo, até em jornais velhos: o menor movimento e despenca tudo.

"Porém, se você joga xadrez, meu querido, é melhor jogar com um adversário de valor do que contra um vagabundo. Admiro meu oponente. Às vezes, fico encantado com sua criatividade. Ele fica lá sentado num escritório no terceiro ou no sétimo céu, naquele departamento da Providência que administra nosso pequeno planeta e só tem uma tarefa: cercar Jacques Kohn. Suas ordens são 'quebre o barril, mas não deixe o vinho vazar'. Ele faz exatamente isso. É um milagre ele conseguir me manter vivo. Tenho vergonha de contar quantos remédios eu tomo, quantos comprimidos engulo. Tenho um amigo que é farmacêutico, senão não teria dinheiro para isso. Antes de ir para a cama, engulo um depois do outro: a seco. Se beber, tenho de urinar. Tenho problema na próstata e já preciso levantar diversas vezes por noite. No escuro, as categorias de Kant não se aplicam. O tempo deixa de ser tempo, e o espaço é não-espaço. Você pega uma coisa na mão e de repente ela não está mais lá. A luz do meu lampião de gás não é uma questão simples. Meus fósforos estão sempre desaparecendo. Meu sótão fervilha de demônios. De vez em quando, me dirijo a um deles: 'Ê, você aí, Vinagre, filho do Vinho, que tal parar com esses truques perversos!'.

"Faz algum tempo, no meio da noite, ouvi uma batida na porta e o som de uma voz de mulher. Não sabia dizer se estava rindo ou chorando. 'Quem poderá ser?', perguntei a mim mesmo. 'Lilith? Namah? Machlath, a filha de Ketev M'riri?' Em voz alta eu disse: 'Madame, está cometendo um erro'. Mas ela continuou batendo na porta. Então ouvi um gemido e alguma coisa caindo. Não ousei abrir a porta. Comecei a procurar meus fósforos, até descobrir que estava com eles na mão. Finalmente saí da cama, acendi a luz de gás e vesti o roupão e os chinelos. Vi de relance meu reflexo no espelho e minha aparência me assustou. Meu rosto estava verde e sem barbear. Por fim abri a porta, e lá estava uma jovem mulher descalça, com um casaco de zibelina por cima da camisola. Estava pálida, os longos cabelos loiros despenteados. 'Madame, qual é o problema?', perguntei.

"'Alguém acaba de tentar me matar. Eu imploro, por favor, me deixe entrar. Só quero ficar no seu quarto até amanhecer.'

"Queria perguntar quem tinha ameaçado sua vida, mas vi que estava meio congelada. Provavelmente bêbada também. Deixei que entrasse e notei um bracelete de grandes diamantes em seu pulso. 'Meu quarto não é aquecido', disse.

"'Melhor que morrer na rua.'

"E ali estávamos nós dois. Mas o que eu devia fazer com ela? Só tinha uma cama. Não bebo, não posso beber, mas um amigo havia me dado uma garrafa de conhaque de presente e eu tinha alguns biscoitos murchos. Servi-lhe um drinque e um biscoito. A bebida pareceu reanimá-la. 'Mora neste prédio, madame?', perguntei.

"'Não', disse ela. 'Moro no boulevard Ujazdowskie.'

"Dava para ver que era uma aristocrata. Uma palavra puxa outra, descobri que era uma condessa, viúva, e que seu amante morava no prédio, um homem louco, que tinha um filhote de leão como bicho de estimação. Ele também era membro da nobreza, embora proscrito. Já havia passado um ano na Cidadela, por tentativa de homicídio. Não podia visitá-la porque ela morava na casa da sogra, então ela vinha vê-lo ali. Nessa noite, num ataque de ciúmes, ele a tinha espancado e encostado um revólver em sua têmpora. Para encurtar a história, ela conseguiu pegar o casaco e sair correndo do apartamento. Tinha batido nas portas dos vizinhos, mas nenhum deixou que entrasse, então subiu até o sótão.

"'Madame', eu disse, 'seu amante provavelmente está procurando pela senhora. Suponhamos que encontre. Não sou mais o que se possa chamar de cavaleiro.'

"'Ele não vai ter coragem de fazer um escândalo", disse ela. "Está em liberdade condicional. Não quero mais saber dele. Tenha pena de mim, por favor não me expulse no meio da noite.'

"'Como vai voltar para casa amanhã?', perguntei.

"'Não sei', disse ela. 'Estou mesmo cansada da vida, mas não quero ser morta por ele.'

"'Bom, não vou mesmo conseguir dormir', eu disse. 'Fique com a minha cama que eu descanso aqui nesta poltrona.'

"'Não. Isso não. O senhor já não é jovem e não parece bem. Por favor, volte para a sua cama e eu fico sentada aqui.'

"Discutimos um longo tempo e por fim resolvemos deitar juntos. 'Não tem nada a temer de mim', garanti. 'Sou velho e incapaz com mulheres.' Ela pareceu inteiramente convencida.

"O que eu estava dizendo? Sim, de repente me vejo na cama com uma condessa cujo amante pode arrombar a porta a qualquer momento. Cobri nós dois com os dois cobertores que tenho e não me dei ao trabalho de fazer o casulo que sempre faço com as pontas. Estava tão envolvido que esqueci do frio. Além disso, sentia a proximidade dela. Um estranho calor emanava de seu corpo, diferente de todos que conhecia, ou talvez eu tivesse esquecido como era. Meu oponente estaria tentando um novo gambito? Nos últimos anos tinha parado de jogar a sério comigo. Eu sabia, existe algo como um xadrez bem-humorado. Me disseram que Nimzowitsch sempre fazia piadas com seus adversários. Nos velhos tempos, Morphy era famoso como um gozador do xadrez. 'Belo lance', eu disse a meu adversário. 'Uma obra-prima.' Com isso me dei conta de que sabia quem era seu amante. Já tinha me encontrado com ele na escada, um homem gigantesco com cara de assassino. Que fim engraçado para Jacques Kohn, acabar nas mãos de um Otelo polonês.

"Comecei a rir e ela riu junto. Abracei a moça e apertei-a contra o meu peito. Ela não resistiu. De repente, um milagre aconteceu. Eu era homem outra vez! Uma vez, numa quinta-feira à noite, eu estava perto de um matadouro de uma pequena aldeia e vi um boi e uma vaca copularem antes de serem abatidos para o shabat. Por que ela consentiu eu nunca saberei. Talvez para se vingar de seu amante. Ela me beijou e murmurou palavras ternas. Então, ouvimos passos duros. Alguém esmurrando a porta. Minha garota rolou da cama e ficou no chão. Eu queria recitar a oração dos moribundos, mas estava envergonhado diante de Deus — nem tanto diante de Deus, mas perante meu zombeteiro oponente. Por que lhe dar esse prazer a mais? Até o melodrama tem limites.

"O bruto atrás da porta continuava batendo, e fiquei surpreso de ela não ceder. Ele chutava. A porta gemia, mas agüentava. Eu estava aterrorizado, porém alguma coisa dentro de mim não podia deixar de rir. Então as batidas cessaram. Otelo retirou-se.

"Na manhã seguinte, levei o bracelete da condessa a uma casa de penhores. Com o dinheiro que recebi, comprei para minha heroína um vestido, roupas de baixo e sapatos. O vestido não serviu, nem os sapatos, mas tudo o que ela precisava era entrar num táxi, contanto, claro, que seu amante não estivesse de tocaia na escada. É curioso, mas o sujeito desapareceu aquela noite e nunca mais reapareceu.

"Antes de sair, ela me beijou e insistiu que eu a procurasse, mas não sou tão tolo assim. Como diz o Talmude, 'Milagres não acontecem todo dia'.

"E sabe de uma coisa?, Kafka, jovem como era, tinha as mesmas inibições que me assolam em minha velhice. Elas o impediam em tudo o que fazia, no sexo assim como na escrita. Ansiava por amor, e fugia dele. Escrevia uma frase, e imediatamente riscava. Otto Weininger também era assim, louco e gênio. Conheci Otto em Viena, ele desperdiçava aforismos e paradoxos. Um de seus ditos eu jamais esquecerei: 'Deus não criou o percevejo'. Você tem de conhecer Viena para entender direito essas palavras. No entanto, quem efetivamente criou os percevejos?

"Ah, olhe o Bamberg! Olhe como ele ginga com aquelas pernas curtas, um cadáver que se recusa a descansar no túmulo. Talvez seja boa idéia fundar um clube para defuntos insones. Por que ele espreita assim a noite inteira? De que serve um cabaré para ele? Os médicos desistiram dele anos atrás, quando ainda estava em Berlim. Não que isso o impedisse de sentar no Romanisches Café até as quatro da manhã, conversando com as prostitutas. Uma vez, Granat, o ator, anunciou que estava dando uma festa em sua casa, uma verdadeira orgia, e entre outros convidou Bamberg. Granat instruiu todos os homens a levar uma dama, fosse esposa ou amiga. Mas como Bamberg não tinha nem esposa nem amante, pagou uma prostituta para acompanhá-lo. Teve de comprar para ela um vestido de noite para a ocasião. O grupo consistia exclusivamente de escritores, professores, filósofos e dos parasitas intelectuais de sempre. Todos tiveram a mesma idéia de Bamberg: contrataram prostitutas. Eu também estava lá. Fui acompanhado de uma atriz de Praga que conhecia fazia muito tempo. Conhece Granat? Um selvagem. Bebe conhaque como se fosse refresco e é capaz de comer uma omelete de dez ovos. Assim que as pessoas chegaram, ele se despiu e começou a dançar loucamente com as prostitutas, só para impressionar seus convidados esnobes. De início, os intelectuais ficaram sentados, olhando. Depois de algum tempo, começaram a discutir sexo. Schopenhauer disse isso... Nietzsche disse aquilo. Quem nunca viu uma coisa dessas não consegue imaginar como esses gênios podem ser ridículos. No meio daquilo tudo, Bamberg passou mal. 'Estou acabado. Um bom lugar para morrer.' Estava tendo uma crise de rim ou de vesícula biliar. Levei-o meio carregado para fora e para um hospital. Por sinal, pode me emprestar um zloty?"

"Dois."

"O quê? Roubou o Banco Polski?"

"Vendi um conto."

"Parabéns. Vamos jantar juntos. Eu convido."

II.

Enquanto comíamos, Bamberg veio até nossa mesa. Era um homem pequeno, emaciado como um tuberculoso, curvado e de pernas arqueadas. Usava sapatos de couro legítimo e polainas. Em seu crânio pontudo havia alguns cabelos grisalhos. Um olho era maior que o outro, olhos vermelhos, saltados, assustados com a própria visão. Apoiou em nossa mesa as mãozinhas ossudas e disse com sua voz cacarejante: "Jacques, ontem li *O castelo*, de Kafka. Interessante, muito interessante, mas aonde ele quer chegar? É longo demais para ser um sonho. As alegorias têm de ser curtas".

Jacques Kohn engoliu depressa a comida que estava mastigando. "Sente", disse. "Um mestre não tem de seguir regras."

"Algumas regras até os mestres têm de seguir. Nenhum romance pode ser mais comprido que *Guerra e paz*. Até *Guerra e paz* é comprido demais. Se a Bíblia tivesse dezoito volumes, já teria sido esquecida faz tempo."

"O Talmude tem trinta e seis volumes e os judeus não se esqueceram dele."

"Judeu lembra demais. É essa a nossa desgraça. Há dois mil anos fomos expulsos da Terra Santa e agora estamos querendo voltar. É loucura, não é? Se a nossa literatura refletisse a nossa insanidade, seria uma grande literatura. Mas nossa literatura é estranhamente sadia. Bom, chega disso."

Bamberg endireitou o corpo, franzindo a cara no esforço. Com seus passinhos miúdos, afastou-se de nossa mesa. Foi até o gramofone e colocou música de dança. Era sabido no clube de escritores que ele não escrevia uma palavra havia anos. Em sua velhice, tinha aprendido a dançar, influenciado pela filosofia de seu amigo dr. Mitzkin, autor de *A entropia da razão*. Em seu livro, o dr. Mitzkin tentava provar que o intelecto humano está arruinado e que a verdadeira sabedoria só pode ser atingida pela paixão.

Jacques Kohn sacudiu a cabeça. "Hamlet de meia-tigela. Kafka tinha medo de ficar como Bamberg, por isso se destruiu."

"A condessa não procurou mais você?", perguntei.

Jacques Kohn tirou do bolso o monóculo e o colocou. "E se procurasse? Na minha vida tudo se transforma em palavras. É tudo conversa, conversa. É esta, de fato, a filosofia do doutor Mitzkin: o homem vai terminar como uma máquina de palavras. Vai comer palavras, beber palavras, casar com palavras, se envenenar de palavras. Por falar nisso, o doutor Mitzkin também estava presente à orgia de Granat. Foi pôr em prática o que pregava, mas podia muito bem ter escrito *A entropia da paixão*. A condessa me procura, sim, de vez em quando. Ela também é uma intelectual, mas sem intelecto. Para falar a verdade, apesar de as mulheres fazerem de tudo para revelar os encantos de seus corpos, elas sabem tão pouco do significado do sexo quanto do intelecto.

"Veja Madame Tschissik. O que tinha ela, além de um corpo? Mas tente perguntar a ela o que é um corpo de verdade. Agora ela está feia. Quando era atriz nos dias de Praga, ainda tinha alguma coisa. Fui galã dela. Ela era um talento miudinho. Fomos a Praga para ganhar dinheiro e encontramos um gênio a nossa espera, o *Homo sapiens* no mais alto grau de autotortura. Kafka queria ser judeu, mas não sabia como. Queria viver, mas tampouco sabia. 'Franz', eu disse a ele uma vez, 'você é jovem. Faça o que nós todos fazemos.' Havia um bordel que eu conhecia em Praga e convenci Kafka a ir lá comigo. Ele ainda era virgem. Prefiro não falar na moça de quem estava noivo. Ele estava mergulhado até o pescoço no pântano da burguesia. Os judeus de seu círculo tinham um ideal: se tornarem gentios, mas não gentios tchecos, e sim gentios alemães. Para resumir, eu o atraí para a aventura. Levei-o a uma viela escura no antigo gueto, e lá estava o bordel. Subimos a escada tortuosa. Abri a porta, e parecia um cenário de teatro: as prostitutas, os cafetões, os clientes, a madame. Nunca esquecerei aquele momento. Kafka começou a tremer e puxou minha manga. Então virou-se e desceu correndo a escada, tão depressa que tive medo que fosse quebrar uma perna. Uma vez na rua, parou e vomitou como um colegial. Na volta, passamos pela velha sinagoga, e Kafka começou a falar do golem. Kafka acreditava no golem e que o futuro poderia trazer outro. Deve haver palavras mágicas capazes de transformar um pedaço de barro em um ser vivo. Segundo a Cabala, Deus não criou o mundo pronunciando palavras sagradas? No começo, era o Logos.

"É, tudo não passa de um grande jogo de xadrez. Minha vida inteira tive medo da morte, mas agora que estou na porta do túmulo parei de ter medo. Está claro que meu parceiro quer jogar um jogo lento. Vai continuar pegando minhas peças uma a uma. Primeiro, tirou meu encanto como ator e me transformou num suposto escritor. Nem bem tinha feito isso, me deu cãibras de escritor. Seu próximo passo foi me privar de minha potência. Eu sei, porém, que ele ainda está longe do xeque-mate, e isso me dá força. Meu quarto é frio, que seja. Não tenho o que jantar, não vou morrer por causa disso. Ele sabota a mim e eu saboto a ele. Faz algum tempo, eu estava voltando tarde para casa. O frio queimava e, de repente, me dei conta de que havia perdido a chave. Acordei o zelador, mas ele não tinha uma chave de reserva. Estava fedendo a vodca e seu cachorro mordeu meu pé. Em outros tempos, eu teria ficado desesperado, mas dessa vez disse ao meu oponente: 'Se quer que eu pegue pneumonia, por mim tudo bem'. Deixei a casa e resolvi ir para a estação de Viena. O vento quase me carregava. Ia ter de esperar pelo menos quarenta e cinco minutos pelo bonde àquela hora da noite. Passei pelo sindicato dos atores e vi luz numa janela. Resolvi entrar. Talvez pudesse passar a noite ali. Na escada, chutei alguma coisa com o sapato e ouvi um som tilintante. Me abaixei e peguei uma chave. Era a minha! A chance de encontrar uma chave na escada escura desse edifício era uma em um bilhão, mas parece que meu oponente estava com medo que eu pudesse entregar a alma antes de ele estar pronto. Fatalismo? Chame de fatalismo, se quiser."

Jacques Kohn se levantou e pediu licença para fazer um telefonema. Fiquei ali sentado e observei Bamberg dançando sobre suas pernas trêmulas com uma dama literária. Estava de olhos fechados e a cabeça pousada no peito dela como se fosse um travesseiro. Parecia estar dançando e dormindo ao mesmo tempo. Jacques Kohn demorou um longo tempo, muito mais longo do que normalmente se gasta em um telefonema. Quando voltou, o monóculo em seu olho brilhava. "Adivinhe quem está na outra sala?", disse. "Madame Tschissik! O grande amor de Kafka."

"É mesmo?"

"Falei de você. Venha, quero apresentar vocês dois."

"Não."

"Por que não? Uma mulher que foi amada por Kafka, vale a pena conhecer."

"Não estou interessado."

"Está tímido, essa é que é a verdade. Kafka também era tímido, mais tímido que um estudante da yeshiva. Eu nunca fui tímido, e pode ser por isso que nunca dei em nada. Meu querido amigo, preciso de mais vinte groschen para meus zeladores, dez para o deste prédio e dez para o do meu prédio. Sem dinheiro, não posso voltar para casa."

Tirei do bolso uns trocados e dei a ele.

"Tanto assim? Você deve mesmo ter roubado um banco hoje. Quarenta e seis groschen! Prontinho! Bom, se existe um Deus, Ele haverá de recompensar você. E se não existe, quem é que está pregando todas essas peças em Jacques Kohn?"

A cafeteria

Mesmo tendo chegado ao ponto em que grande parte de meus ganhos vai embora em impostos, ainda tenho o costume de comer em cafeterias quando estou sozinho. Gosto de pegar uma bandeja com faca, colher e garfo de flandres e guardanapo de papel para escolher no balcão a comida de que eu gosto. Além disso, lá encontro os *landsleit* da Polônia, além de todo tipo de principiante literário e leitores que sabem iídiche. No momento em que me sento a uma mesa, eles vêm. "Olá, Aaron!", me cumprimentam, e conversamos sobre a literatura iídiche, o holocausto, o Estado de Israel, e muitas vezes sobre conhecidos que estavam comendo pudim de arroz ou doce de ameixa na última vez que estive ali e que já estão em seus túmulos. Como raramente leio jornal, só fico sabendo dessas notícias mais tarde. Eu me surpreendo todas as vezes, mas na minha idade é preciso estar pronto para essas novidades. A comida gruda na garganta; olhamos um para o outro em confusão, e nossos olhos perguntam em silêncio: quem será o próximo? Logo começamos a mastigar de novo. Sempre me lembra uma cena de um filme sobre a África. Um leão ataca uma manada de zebras e mata uma delas. As zebras, apavoradas, correm um pouco, depois param e começam a comer de novo. Elas têm escolha?

Não posso passar muito tempo com esses iidichistas porque estou sempre ocupado, escrevendo um romance, um conto, um artigo. Tenho de fazer uma palestra hoje ou amanhã; minha agenda está cheia de todo tipo de compromissos com uma antecedência de semanas e meses. Pode acontecer de, uma hora depois de sair da cafeteria, eu estar num trem para Chicago ou voando para a Califórnia. Mas nesse meio-tempo conversamos em nossa língua-mãe e fico sabendo de intrigas e mesquinharias das quais, sob um ponto de vista amoral, seria melhor não ser informado. Todo mundo tenta à sua própria maneira se apossar por todos os meios de tantas honrarias e de tanto dinheiro e prestígio quanto possível. Nenhum de nós aprende com todas essas mortes. A velhice não nos purifica. Não nos arrependemos nos portões do inferno.

Venho percorrendo esta vizinhança há trinta anos, o mesmo tempo que vivi na Polônia. Conheço cada quarteirão, cada casa. Houve poucas construções no lado norte de Broadway ao longo das últimas décadas e tenho a ilusão de ter lançado raízes aqui. Falei na maioria das sinagogas. Me conhecem em algumas lojas e nos restaurantes vegetarianos. As mulheres com quem tive casos amorosos moram nas ruas laterais. Até os pombos me conhecem; no momento que saio com um saco de sementes, começam a voar na minha direção desde muitos quarteirões. É uma área que vai da rua Noventa e Seis até a Setenta e Dois, e do Central Park até o Riverside Drive. Quase todos os dias em minha caminhada depois do almoço, passo pela casa funerária que espera por nós e por todas as nossas ambições e ilusões. Às vezes imagino que a casa funerária também é uma espécie de cafeteria onde se obtém uma rápida oração fúnebre ou um Kadish a caminho da eternidade.

O pessoal da cafeteria que encontro é na maioria homens: velhos solteirões como eu, pretensos escritores, professores aposentados, alguns com dúbios títulos de doutorado, um rabino sem congregação, um pintor de temas judaicos, alguns tradutores, todos imigrantes da Polônia ou da Rússia. Raramente sei seus nomes. Um deles desaparece, e acho que já está no outro mundo; de repente, reaparece e me conta que tentou mudar para Tel Aviv ou Los Angeles. De novo come pudim de arroz, adoça seu café com sacarina. Tem algumas rugas mais, mas conta a mesma história e faz os mesmos gestos. Pode acontecer de tirar do bolso um papel e ler um poema que escreveu.

Foi nos anos 50 que uma mulher surgiu no grupo, parecendo mais jovem que todos nós. Devia ter trinta e poucos anos; era baixa, magra, com um rosto juvenil, cabelo castanho que usava preso num coque, nariz curto e covinhas nas faces. Tinha olhos cor de avelã — na verdade, de uma cor indefinida. Vestia-se discretamente à européia. Falava polonês, russo e uma espécie de iídiche de ouvido. Levava sempre consigo jornais e revistas iídiches. Tinha estado num campo de prisioneiros na Rússia e passara algum tempo nos campos da Alemanha antes de conseguir o visto para os Estados Unidos. Os homens a rodeavam. Ela não deixava que pagassem a conta. Galantemente, levavam café e torta de queijo para ela. Ouviam sua conversa, suas piadas. Ela voltara da devastação ainda alegre. Foi apresentada a mim. Seu nome era Esther. Eu não sabia se era solteira, viúva, divorciada. Me disse que estava trabalhando em uma fábrica, onde classificava botões. Essa mulher jovem e fresca não se encaixava num grupo de velhos ultrapassados. Também era difícil de entender por que não conseguia encontrar emprego melhor do que de separadora de botões em Nova Jersey. Mas não fiz tantas perguntas. Ela me disse que tinha lido meus escritos ainda na Polônia e depois nos campos da Alemanha, no fim da guerra. Me disse: "Você é o meu escritor".

No momento em que pronunciou essas palavras, imaginei que estava apaixonado por ela. Estávamos sentados sozinhos (o outro homem da nossa mesa tinha ido telefonar) e respondi: "Tenho que te dar um beijo por essas palavras".

"Bom, o que está esperando?"

Ela me deu um beijo e uma mordida.

Eu disse: "Você é fogo!".

"Sou, um fogo da Geena."

Poucos dias depois, me convidou para ir a sua casa. Morava numa rua entre a Broadway e a Riverside Drive, com o pai, que não tinha pernas e vivia numa cadeira de rodas. Suas pernas haviam congelado na Sibéria. Ele tentou fugir de um dos campos de escravos de Stalin no inverno de 1944. Parecia um homem forte, tinha fartos cabelos brancos, o rosto vermelho, os olhos cheios de energia. Contava muitas vantagens, com uma bazófia juvenil e uma risada alegre. Em uma hora me contou sua história. Nascera na Rússia Branca, mas vivera muitos anos em Varsóvia, Lodz e Vilna. No começo dos anos 30, virou comunista e logo depois funcionário do Partido. Em 1939, escapou para a Rússia com a filha. A mulher e os outros filhos continuaram na Varsóvia ocupada pelos nazistas. Na Rússia, alguém o denunciou como trotskista e foi mandado para uma mina de ouro no norte. A GPU, a polícia secreta soviética, mandava as pessoas para morrer lá. Mesmo os mais fortes não conseguiam sobreviver ao frio e à fome mais do que um ano. Eram exilados sem julgamento. Morriam juntos sionistas, budistas, membros do Partido Socialista Polonês, nacionalistas ucranianos e simples refugiados, todos presos por causa da falta de emprego. Muitas vezes morriam de escorbuto ou beribéri. Boris Merkin, o pai de Esther, falava disso como se fosse uma grande piada. Chamava os stalinistas de renegados, bandidos, sicofantas. Me garantiu que se não fosse pelos Estados Unidos, Hitler teria dominado toda a Rússia. Contou como os prisioneiros enganavam os guardas para conseguir um pedaço a mais de pão ou uma porção dupla de sopa aguada e quais os métodos usados para catar piolhos.

Esther disse: "Pai, chega!".

"Qual é o problema? Estou mentindo?"

"Até kreplech demais enjoa."

"Filha, foi você que fez isso."

Quando Esther foi para a cozinha fazer chá, fiquei sabendo por seu pai que ela tivera um marido na Rússia, um judeu polonês que se alistara como voluntário no Exército Vermelho e tinha morrido na guerra. Ali em Nova York, era cortejada por um refugiado, um antigo contrabandista da Alemanha que havia aberto uma encadernadora de livros e enriquecera. "Convença ela a casar com ele", Boris Merkin me disse. "Seria bom para mim também."

"Talvez ela não tenha amor por ele."

"Amor é coisa que não existe. Me dê um cigarro. No campo, as pessoas trepavam umas com as outras feito vermes."

II.

Eu havia convidado Esther para jantar, mas ela telefonou dizendo que estava com gripe e que tinha de ficar de cama. Depois, em poucos dias, surgiu uma situação que me fez partir para Israel. No caminho de volta, parei em Londres e Paris. Queria escrever para Esther, mas tinha perdido seu endereço. Quando voltei para Nova York, tentei telefonar para ela, mas não havia nem Boris Merkin nem Esther Merkin na lista telefônica, pai e filha deviam morar no apartamento de outra pessoa. As semanas passaram e ela não apareceu na cafeteria. Perguntei por ela ao grupo; ninguém sabia onde estava. "Muito provavelmente casou com o encadernador", disse a mim mesmo. Uma noite, fui à cafeteria com a premonição de que ia encontrar Esther lá. O que vi foi uma parede negra e janelas fechadas por tapumes: a cafeteria tinha pegado fogo. Os velhos solteirões estavam, sem dúvida, se encontrando em outra cafeteria, ou num restaurante automático. Mas onde? Procurar não é da minha natureza. Já tinha muitas complicações sem Esther.

O verão passou; era inverno. Um dia, passei bem tarde pela cafeteria e novamente vi luzes, um balcão, clientes. Os donos a tinham reconstruído. Entrei, peguei um canhoto e vi Esther sentada sozinha a uma mesa, lendo um jornal iídiche. Ela não percebeu minha presença e fiquei a observá-la um momento. Estava usando um fez masculino de pele e um casaco debruado com uma gola de pele desbotada. Parecia pálida, como se estivesse se recuperando de uma doença. Será que aquela gripe podia ter sido o começo de uma doença séria? Fui até a mesa dela e perguntei: "O que há de novo com os botões?".

Ela se assustou e sorriu. E exclamou: "Milagres acontecem!".

"Onde andou?"

"Onde foi que você desapareceu?", ela respondeu. "Pensei que ainda estava no estrangeiro."

"Onde estão nossos cafeterianiks?"

"Eles agora vão para uma cafeteria na esquina da rua Cinqüenta e Sete com a Oitava Avenida. Só ontem reabriram aqui."

"Quer uma xícara de café?"

"Eu bebo café demais. Mas tudo bem."

Fui buscar seu café e um grande biscoito de ovo. Enquanto estava no balcão, virei a cabeça e olhei para ela. Esther tinha tirado a pele masculina e ajeitado o cabelo. Dobrou o jornal, o que queria dizer que estava pronta para conversar. Levantou-se e inclinou a outra cadeira contra o lado da mesa, como sinal de que o lugar estava ocupado. Quando me sentei, Esther disse: "Você foi embora sem se despedir, e lá estava eu prestes a bater nos brilhantes portões do céu".

"O que aconteceu?"

"A gripe virou pneumonia. Me deram penicilina, mas sou daquelas que não podem tomar. Tive uma erupção de pele por todo o corpo. Meu pai também não está bem."

"Qual é o problema do seu pai?"

"Pressão alta. Teve uma espécie de derrame e sua boca ficou toda torta."

"Ah, sinto muito. Ainda trabalha com botões?"

"É, com botões. Pelo menos não tenho de usar a cabeça, só as mãos. Posso pensar meus pensamentos."

"Em que você pensa?"

"Em tudo. As outras trabalhadoras são todas porto-riquenhas. Matraqueiam em espanhol da manhã à noite."

"Quem cuida do seu pai?"

"Quem? Ninguém. Volto para casa à noite e faço o jantar. Ele só quer uma coisa: que eu me case para o meu bem e, talvez, para o conforto dele, mas não posso casar com um homem que eu não ame."

"O que é o amor?"

"Você me pergunta! Você escreve romances sobre isso. Mas você é homem, acho que não deve saber o que é isso. Mulher é mercadoria para você. Para mim, um homem que fala bobagem ou que sorri como um idiota é repulsivo. Prefiro morrer a viver com ele. E um homem que pula de uma mulher para outra não é para mim. Não quero repartir com ninguém."

"Desconfio que estejamos chegando a uma época em que todo mundo vai ter de repartir."

"Isso não é para mim."

"Que tipo de pessoa era o seu marido?"

"Como sabe que eu tive um marido? Meu pai, claro. No minuto que eu saio da sala, ele entrega tudo. Meu marido acreditava nas coisas e estava pronto a morrer por elas. Não era exatamente o meu tipo, mas eu tinha respeito por ele, e amor também. Ele queria morrer como um herói e morreu. O que mais posso dizer?"

"E os outros?"

"Não houve outros. Os homens iam atrás de mim. O jeito que as pessoas ficam na guerra, você não sabe. Perdem toda a vergonha. Nos catres perto de mim uma vez, uma mãe deitou com um homem e a filha com outro. As pessoas ficam parecendo animais, pior que animais. No meio de tudo, eu sonhava com o amor. Agora parei de sonhar. Os homens que vêm aqui são uns tremendos chatos. A maioria é meio maluca também. Um deles tentou ler para mim um poema de quarenta páginas. Eu quase desmaiei."

"Eu nunca leria para você uma coisa escrita por mim."

"Já me contaram como você se comporta: não!"

"Não é não. Tome seu café."

"Você nem tenta me convencer. A maioria dos homens aqui inferniza a gente e não há como se livrar deles. Na Rússia as pessoas sofriam, mas nunca encontrei lá tantos maníacos quanto em Nova York. O prédio onde eu moro é um hospício. Meus vizinhos são lunáticos. Se acusam uns aos outros de todo tipo de coisas. Cantam, gritam, quebram pratos. Uma das vizinhas pulou da janela e morreu. Estava tendo um caso com um rapaz vinte anos mais novo. Na Rússia, o problema era escapar dos piolhos; aqui você se vê cercado pela loucura."

Tomamos café e repartimos um biscoito de ovo. Esther pousou a xícara. "Não acredito que estou sentada com você aqui nesta mesa. Leio todos os seus artigos com todos os seus pseudônimos. Você revela tanto de si mesmo que tenho a sensação de que te conheço faz anos. Mesmo assim, é um enigma para mim."

"Homens e mulheres nunca conseguem se entender."

"Não. Não consigo entender meu próprio pai. Às vezes, ele me parece completamente estranho. Não vai viver muito tempo mais."

"Está tão doente assim?"

"É tudo junto. Ele perdeu a vontade de viver. Por que viver sem pernas, sem amigos, sem família? Morreram todos. Fica lá sentado, lendo jornal o dia inteiro. Age como se estivesse interessado no que acontece no mundo. Seus ideais se foram, mas ele ainda espera uma revolução justa. Como uma revolução pode ajudar um homem como ele? Eu não coloco nenhuma esperança em movimento, nem partido nenhum. Como ter esperança se tudo acaba em morte?"

"A esperança é uma prova de que não existe morte."

"É, sei que você sempre escreve a esse respeito. Para mim, a morte é o único conforto. O que os mortos fazem? Continuam bebendo café e comendo biscoitos de ovo? Ainda lêem jornais? Uma vida depois da morte não passaria de uma piada."

III.

Alguns dos cafeterianiks voltaram para a cafeteria reconstruída. Apareceu gente nova, todos europeus. Partiram para longas discussões em iídiche, polonês, russo e até hebraico. Alguns dos que vinham da Hungria misturavam alemão, húngaro, iídiche alemão, aí, de repente, todos começavam a falar iídiche galego simples. Pediam para o café ser servido em copos e prendiam cubos de açúcar entre os dentes ao beber. Muitos eram leitores meus. Apresentaram-se e me censuraram por todo tipo de erro literário: eu me contradizia, ia longe demais nas descrições de sexo, descrevia os judeus de tal forma que os anti-semitas podiam usar meus textos como propaganda. Me contavam suas experiências nos guetos, nos campos de concentração nazistas, na Rússia. Apontavam-se uns aos outros. "Está vendo aquele ali?, na Rússia ele logo virou stalinista. Denunciou os próprios amigos. Aqui na América virou antibolchevista." Esse de quem falavam pareceu sentir que estava sendo difamado, porque no momento que meu interlocutor se afastou ele pegou sua xícara de café e seu pudim de arroz, sentou-se à minha mesa e disse: "Não acredite em uma palavra do que dizem a você. Inventam todo tipo de mentiras. O que você faria num país em que a gente está sempre com a corda no pescoço? Você tem de se adaptar, se quer viver e não morrer em algum lugar do Cazaquistão. Para conseguir uma tigela de sopa ou um lugar para ficar, a gente tinha de vender a alma".

Havia uma mesa com um grupo de refugiados que me ignorava. Não estavam interessados em literatura e jornalismo, mas estritamente em negócios. Na Alemanha tinham sido contrabandistas. Pareciam estar fazendo algum tipo de negócio escuso ali também; cochichavam entre si e piscavam o olho, contavam dinheiro, anotavam longas listas de números. Alguém me apontou um deles. "Tinha uma loja em Auschwitz."

"Como assim, uma loja?"

"Valha-nos Deus. Escondia a mercadoria na palha onde dormia: uma batata podre, às vezes um pedaço de sabão, uma colher de flandres, um pouco de gordura. Mesmo assim, fazia negócio. Depois, na Alemanha, virou um contrabandista tão importante que uma vez tiraram dele quarenta mil dólares."

Às vezes eu ficava meses sem ir à cafeteria. Um ano ou dois haviam se passado (talvez três ou quatro, perdi a conta), e Esther não aparecia. Perguntei por ela algumas vezes. Alguém me disse que ela estava freqüentando uma cafeteria na rua Quarenta e Dois; outro ouvira dizer que ela havia se casado. Fiquei sabendo que alguns dos cafeterianiks tinham morrido. Eles estavam começando a se fixar nos Estados Unidos, haviam se casado de novo, aberto negócios, lojas, até tido filhos de novo. Depois, vinha o câncer ou um enfarte. Resultado dos anos de Hitler e Stalin, diziam.

Um dia, entrei na cafeteria e vi Esther. Estava sentada a uma mesa, sozinha. Era a mesma Esther. Usava o mesmo gorro de pele, mas sobre sua testa pendia uma mecha de cabelos grisalhos. Que estranho: o gorro de pele parecia ter também ficado grisalho. Os outros cafeterianiks pareciam não estar mais interessados nela, ou não a conheciam. Seu rosto mostrava o tempo que havia passado. Havia sombras debaixo de seus olhos. O olhar já não era claro. Em volta da boca havia uma expressão que podia ser chamada de amarga, desencantada. Cumprimentei-a. Ela sorriu, mas seu sorriso desapareceu imediatamente. Perguntei: "O que aconteceu com você?".

"Ah, ainda estou viva."

"Posso sentar?"

"Por favor, claro."

"Quer que eu pegue um café para você?"

"Não. Bom, se você insiste."

Notei que estava fumando e também que estava lendo não o jornal para o qual escrevo, mas um concorrente. Tinha passado para o lado inimigo. Trouxe um café para ela e ameixas em calda para mim, remédio contra a prisão de ventre. Sentei. "Onde esteve esse tempo todo? Andei perguntando por você."

"É mesmo? Obrigada."

"O que aconteceu?"

"Nada de bom." Olhou para mim. Eu sabia que ela via em mim o que eu via nela: um lento murchar da carne. Ela disse: "Você não tem cabelo, mas está tudo branco".

Durante um momento, ficamos quietos. E então eu disse: "Seu pai...", e ao dizer isso entendi que sabia que o pai dela não estava mais vivo.

Esther disse: "Morreu já faz quase um ano".

"Você ainda classifica botões?"

"Não, agora sou operadora numa loja de roupas."

"Posso saber o que aconteceu com você, pessoalmente?"

"Ah, nada... Absolutamente nada. Você não vai acreditar, mas eu estava sentada aqui pensando em você. Caí em algum tipo de armadilha. Não sei como chamar isso. Achei que você podia me aconselhar. Ainda tem paciência para ouvir os problemas de gente miúda como eu? Não, não quis ofender. Achei que nem ia se lembrar de mim. Para encurtar a história, estou trabalhando, mas o trabalho está ficando mais difícil para mim. Tenho artrite. Parece que meus ossos vão rachar. Não posso nem sentar quando acordo de manhã. Um médico me disse que é um disco da coluna, outros querem me curar dos nervos. Um tirou raio X e disse que eu tinha um tumor. Queria que eu ficasse umas semanas no hospital, mas não tenho a menor pressa de fazer uma operação. De repente, apareceu um advogadozinho. Ele é refugiado também e tem ligações com o governo alemão. Sabe que estão pagando indenizações. É verdade que foi da Rússia que eu escapei, mas sou vítima dos nazistas do mesmo jeito. Além disso, não conhecem direito minha biografia. Podia conseguir uma pensão e mais alguns milhares de dólares, mas a minha hérnia de disco não é boa para a história, porque aconteceu depois, depois dos campos. Esse advogado me disse que a minha única chance é convencer as pessoas de que eu estou fisicamente destruída. É a pura verdade, mas como eu posso provar? Os médicos alemães, os neurologistas, os psiquiatras, eles querem provas. Tem de estar tudo de acordo com o manual, direitinho, e não diferente. O advogado quer que eu me declare doente mental. Claro que ele leva vinte por cento da indenização, talvez mais. Não entendo por que precisa de tanto dinheiro. Já tem mais de setenta anos, é solteirão. Tentou fazer amor comigo e tudo. É meio meshugga. Mas como eu posso fingir que estou louca, quando *de fato* estou louca? A coisa toda é revoltante e acho que vai acabar me deixando louca mesmo. Odeio mentiras. Mas esse advogadozinho fica me perseguindo. Não consigo dormir. Quando o despertador toca de manhã, acordo assustada como acordava na Rússia, quando tinha de andar pela floresta e serrar troncos às quatro da manhã. Claro que tomo comprimidos para dormir, se não tomar não durmo nada. Essa é, mais ou menos, a situação."

"Por que você não se casa? Ainda é uma mulher bonita."

"Bom, é o velho problema... Não tem com quem. É tarde demais. Se soubesse como estou me sentindo, não faria uma pergunta dessas."

IV.

Passaram-se algumas semanas. Andou nevando. Depois da neve veio chuva, depois gelo. Parei diante da minha janela e olhei a Broadway. Os transeuntes entre andando e escorregando. Os carros rodando devagar. O céu acima dos telhados brilhava roxo, sem lua, sem estrelas, e, embora ainda fossem oito da noite, a luz e o vazio me lembravam o amanhecer. As lojas estavam desertas. Por um momento tive a sensação de estar em Varsóvia. O telefone tocou e corri para atender como fazia dez, vinte, trinta anos atrás, ainda esperando as boas notícias que um telefonema poderia me trazer. Disse alô, mas ninguém respondeu e fui tomado pelo medo de que algum poder maléfico estivesse tentando reter as boas notícias no último minuto. Então ouvi um balbuciar. Uma voz de mulher murmurou meu nome.

"Sou eu, sim."

"Desculpe incomodar. Meu nome é Esther. Nos encontramos na cafeteria há algumas semanas..."

"Esther!", exclamei.

"Não sei onde arrumei coragem para telefonar. Preciso conversar com você sobre uma coisa. Claro que se tiver tempo e... desculpe a minha pretensão."

"Pretensão nenhuma. Quer vir ao meu apartamento?"

"Se não incomodar. É difícil conversar na cafeteria. É barulhento e tem gente ouvindo. O que quero dizer a você é um segredo que eu não contaria a mais ninguém."

"Por favor, venha."

Dei o endereço a Esther. Aí, tentei arrumar o apartamento, mas logo percebi que era impossível. Cartas, manuscritos espalhados por mesas e cadeiras. Livros e revistas em pilhas altas pelos cantos. Abri armários e joguei para dentro tudo o que estava à mão: paletós, calças, camisas, sapatos, chinelos. Peguei um envelope e, para minha surpresa, vi que nunca tinha sido aberto. Rasguei e encontrei um cheque. "O que está acontecendo comigo, será que fiquei louco?", disse em voz alta. Tentei ler a carta que havia junto com o cheque, mas tinha perdido os óculos; minha caneta-tinteiro também havia sumido. Bom, e minhas chaves onde estavam? Ouvi uma campainha tocar e não sabia se era a porta ou o telefone. Abri a porta e vi Esther. Devia estar nevando de novo, porque ela estava com o chapéu e os ombros ornados de branco. Disse a ela que entrasse, e meu vizinho, um divorciado que me espionava abertamente sem nenhuma vergonha, e Deus sabe que sem nenhuma razão, abriu a porta e observou minha visita.

Esther tirou as botas e coloquei seu casaco em cima da caixa da *Enciclopé-*

dia Britânica. Empurrei uns manuscritos de cima do sofá para ela poder sentar. "Minha casa está um caos total."

"Não tem importância."

Sentei em uma poltrona coalhada de meias e lenços. Conversamos um pouco sobre o tempo, sobre o perigo de sair à noite em Nova York, mesmo não muito tarde. E Esther disse: "Lembra quando falei para você do meu advogado, que eu tinha de ir ao psiquiatra por causa do dinheiro da indenização?".

"Lembro, sim."

"Não contei tudo para você. Era loucura demais. Ainda parece inacreditável, até para mim. Não me interrompa, eu imploro. Não estou completamente sadia, posso até dizer que estou doente, mas sei muito bem a diferença entre fato e ilusão. Faz noites que não durmo, pensando se devia ou não ligar para você. Resolvi não ligar, mas esta noite me ocorreu que, se não confiasse em você com uma coisa dessas, não haveria ninguém com quem conversar. Li seus livros e sei que tem uma sensibilidade para grandes mistérios..." Esther falou tudo isso gaguejando e com pausas. Durante um momento, seus olhos sorriram e depois ficaram tristes e inquietos.

Eu disse: "Pode me contar tudo".

"Tenho medo de você me achar louca."

"Juro que não vou achar."

Esther mordeu o lábio inferior. "Quero que saiba que eu vi Hitler", disse ela.

Mesmo preparado para algo fora do comum, minha garganta fechou. "Quando... onde?"

"Está vendo, você já está com medo. Foi uns três anos atrás... quase quatro. Vi Hitler aqui na Broadway."

"Na rua?"

"Na cafeteria."

Tentei engolir o calombo que tinha na garganta. "Provavelmente alguém parecido com ele", eu disse afinal.

"Sabia que você ia dizer isso. Mas lembre que prometeu me ouvir. Lembra do incêndio na cafeteria?"

"Claro que lembro."

"O fogo tem a ver com isso. Mas como você não acredita mesmo, para que contar? Foi assim que aconteceu. Naquela noite, eu não dormi. Geralmente, quando não consigo dormir, eu levanto e faço chá, ou tento ler um livro, mas dessa vez alguma força me ordenou que eu vestisse uma roupa e saísse. Não sei explicar para você como tive a coragem de sair a pé pela Broadway tão tarde da noite. Deviam ser duas ou três da manhã. Cheguei à cafeteria achando que talvez ficasse aberta a noite inteira. Tentei olhar para dentro, mas a vitrina grande estava fechada por uma cortina. Havia uma penumbra lá dentro. Experimentei a porta giratória e ela funcionou. Entrei e vi uma cena que não vou esquecer até o último dia da minha vida. As mesas estavam todas juntas e, sentados em volta delas, homens de roupas brancas, como médicos ou enfermeiros, todos com suásticas nas mangas. Sentado na cabeceira, Hitler. Imploro que me escute até o fim, pois mesmo uma pessoa desequilibrada merece ser ouvida. Estavam falando alemão. Não me viram. Estavam ocupados com o Führer. Fez-se silêncio e ele começou a falar. Aquela voz abominável, que eu tinha ouvido no rádio tantas vezes. Não entendi direito o que ele disse, estava apavorada demais para entender. De repente, um dos seguidores dele se virou para mim e pulou da cadeira. Nunca vou saber como escapei viva. Saí correndo com todas as minhas forças, e tremendo dos pés à cabeça. Quando cheguei em casa, disse a mim mesma: 'Esther, você não está bem da cabeça'. Ainda não sei como sobrevivi àquela noite. Na manhã seguinte, não fui direto para o trabalho, passei na frente da cafeteria para ver se ela estava mesmo lá. Uma experiência dessas faz a pessoa duvidar dos próprios sentidos. Quando cheguei, descobri que o lugar havia pegado fogo. Quando vi isso, entendi que tinha alguma coisa a ver com o que eu tinha visto. As pessoas que estavam lá quiseram apagar todos os traços. É a pura verdade. Não tenho nenhuma razão para inventar uma coisa tão estranha."

Ficamos ambos em silêncio. Então eu disse: "Você teve uma visão".

"O que você quer dizer com uma visão?"

"O passado não se perde. Uma imagem de muitos anos atrás permaneceu presente em algum lugar da quarta dimensão e chegou até você naquele momento."

"Pelo que sei, Hitler nunca usou roupa branca comprida."

"Talvez tenha usado."

"Por que a cafeteria pegou fogo justo naquela noite?", Esther perguntou.

"O incêndio pode ter evocado a visão."

"Ainda não havia nenhum incêndio. De alguma forma, eu previ que você ia me dar uma explicação desse tipo. Se aquilo foi uma visão, então eu estar aqui sentada com você também é uma visão."

"Não pode ter sido nada mais que isso. Mesmo que Hitler estivesse vivo e escondido nos Estados Unidos, não é provável que fosse se encontrar com seus seguidores em uma cafeteria da Broadway. Além disso, a cafeteria pertence a um judeu."

"Eu vi Hitler como estou vendo você agora."

"Teve um vislumbre retrospectivo no tempo."

"Bom, que seja. Mas desde então não tive mais sossego. Fico pensando nisso. Se o meu destino é enlouquecer, isso vai me levar à loucura."

O telefone tocou e dei um pulo, assustado. Era engano. Sentei de novo. "E o psiquiatra que seu advogado mandou você ver? Se contar isso para ele, vai receber a compensação plena."

Esther me lançou um olhar atravessado, pouco amigável. "Sei o que quer dizer. Ainda não desci tão baixo."

V.

Tive medo de Esther continuar me telefonando. Cheguei a planejar uma mudança de número de telefone. Mas as semanas e os meses passaram e nunca mais ouvi falar dela, nem a vi. Não voltei à cafeteria. Mas sempre penso nela. Como pode o cérebro produzir tais pesadelos? O que acontece naquele pouco de polpa dentro do crânio? E que garantia tenho eu de que a mesma coisa não vá acontecer comigo? E como saber se a espécie humana não vai terminar assim? Brinquei com a idéia de que a humanidade inteira sofre de esquizofrenia. Junto com o átomo, vem se dividindo também a personalidade do *Homo sapiens*. Quando se trata de tecnologia, o cérebro ainda funciona, mas no mais a degeneração já começou. Estão todos loucos: os comunistas, os fascistas, os pregadores da democracia, os escritores, os pintores, o clero, os ateus. Logo a tecnologia também vai se desintegrar. Edifícios ruirão. Centrais elétricas vão parar de gerar eletricidade. Generais vão jogar bombas atômicas sobre suas próprias populações. Revolucionários loucos vão correr pelas ruas gritando slogans fantásticos. Sempre pensei que isso ia começar em Nova York. Esta metrópole tem todos os sintomas de uma mente ensandecida.

Mas como a loucura ainda não dominou inteiramente, é preciso agir como se ainda houvesse ordem, de acordo com o princípio do "como se" de Vaihinger.

Continuei escrevendo. Mandava meus originais para o editor. Fazia palestras. Quatro vezes por ano, enviava cheques para o governo federal, para o Estado. O que sobrava depois de pagas as despesas eu punha numa poupança. Um contador anotava uns números na minha caderneta e isso queria dizer que eu estava precavido. Alguém publicava umas linhas em uma revista ou jornal, e isso queria dizer que meu valor como escritor havia subido. Via com perplexidade os meus esforços se transformarem em papel. Meu apartamento era um grande cesto de papel usado. Dia a dia, todo esse papel ia ficando mais seco e quebradiço. Eu acordava à noite com medo de aquilo sofrer uma autocombustão. Não passava uma hora sem que ouvisse sirenes de carros de bombeiros.

Um ano depois da última vez que vi Esther, estava indo a Toronto para fazer uma conferência sobre o iídiche na segunda metade do século XIX. Coloquei umas camisas em uma mala, além de documentos de todos os tipos, entre eles um que havia feito de mim cidadão dos Estados Unidos. Tinha no bolso dinheiro vivo suficiente para pagar o táxi até a estação Grand Central. Mas parecia que os táxis estavam ocupados. Os que não estavam se recusavam a parar. Será que os motoristas não me viam? Será que de repente tinha virado um daqueles que vêem e não são vistos? Resolvi tomar o metrô. No caminho, vi Esther. Não estava sozinha, mas acompanhada de alguém que eu conhecera fazia muitos anos, logo que cheguei aos Estados Unidos. Era um freqüentador da cafeteria da East Broadway. Costumava sentar a uma mesa, expressar opiniões, criticar, resmungar. Era um homem pequeno, de cara encovada cor de tijolo e olhos saltados. Tinha raiva dos novos escritores. Diminuía os mais velhos. Enrolava os próprios cigarros e punha a cinza nos pratos em que comíamos. Quase duas décadas haviam se passado desde a última vez que o vira. De repente, ele aparece com Esther. Estava até segurando o braço dela. Nunca tinha visto Esther com aparência tão boa. Estava de casaco novo, chapéu novo. Sorriu para mim e acenou com a cabeça. Fiquei com vontade de detê-la, mas meu relógio mostrava que era tarde. Mas consegui pegar o trem. Em minha cabine, a cama já estava feita. Tirei a roupa e fui dormir.

No meio da noite, acordei. Meu vagão estava sendo trocado, e quase caí da cama. Não consegui dormir mais e tentei lembrar o nome do homenzinho que havia visto com Esther. Mas não consegui. O que eu me lembrava era que mesmo trinta anos atrás ele já não era muito jovem. Tinha vindo para os Estados

Unidos em 1905, depois da revolução da Rússia. Na Europa, era famoso como orador e figura pública. Que idade teria agora? Pelos meus cálculos, devia estar com bem mais de oitenta, talvez até noventa. Seria possível Esther haver estabelecido intimidade com um velho desses? Mas nessa noite ele não parecera velho. Quanto mais pensava sobre isso no escuro, mais estranho o encontro me parecia. Cheguei a imaginar ter lido em algum lugar num jornal que ele havia morrido. Mortos passeiam pela Broadway? Isso queria dizer que Esther também não estava mais viva. Levantei a cortina da janela e fiquei sentado, olhando a noite: negra, impenetrável, sem lua. Umas poucas estrelas correram junto com o trem e depois desapareceram. Uma fábrica iluminada surgiu; vi máquinas, mas nenhum operário. Depois ela foi engolida pela escuridão e um outro grupo de estrelas começou a seguir o trem. Eu estava girando com a Terra em seu eixo. Estava girando com ela em torno do Sol e indo na direção de uma constelação cujo nome esqueci. Não existe morte? Ou não existe vida?

Lembrei quando Esther me contou que tinha visto Hitler na cafeteria. Me parecera uma bobagem total, mas agora eu começava a reavaliar a idéia. Se o tempo e o espaço não são mais do que formas de percepção, como diz Kant, e qualidade, quantidade, causalidade são apenas categorias do pensamento, por que Hitler não poderia conferenciar com seus nazistas em uma cafeteria da Broadway? Esther não parecia louca. Tinha visto uma fatia da realidade que a censura celeste em regra proíbe. Tinha tido um relance por trás da cortina dos fenômenos. Lamentei não ter pedido mais detalhes.

Em Toronto, tive pouco tempo para ponderar sobre essas coisas, mas quando voltei para Nova York fui até a cafeteria fazer uma investigação particular. Encontrei um homem que conhecia: um rabino que se transformara em agnóstico e desistira do emprego. Perguntei-lhe sobre Esther. Ele disse: "Aquela mulherzinha bonita que vinha sempre aqui?".

"É."

"Soube que ela se suicidou."

"Quando... como?"

"Não sei. Talvez a gente não esteja falando da mesma pessoa."

Por mais perguntas que eu fizesse, por mais que descrevesse Esther, tudo continuava vago. Uma mulher jovem que costumava ir lá havia ligado o gás e acabado com a vida, foi tudo o que o ex-rabino conseguiu me dizer.

Resolvi não descansar enquanto não soubesse com certeza o que havia acontecido com Esther e também com aquele meio escritor, meio político que eu lembrava da East Broadway. Mas fui ficando cada dia mais ocupado. A cafeteria fechou. O bairro mudou. Passaram-se os anos e nunca mais vi Esther. Os mortos andam pela Broadway, sim. Mas por que Esther escolheu aquele morto em particular? Ela podia ter escolhido melhor até neste mundo.

A piada

Por que um judeu polonês de Nova York publicaria uma revista literária em alemão? A revista, *Das Wort*, devia sair a cada três meses, mas mal conseguia aparecer três vezes por ano, às vezes duas, um volume pequeno de noventa e seis páginas. Eu não conhecia nenhum dos escritores alemães que apareciam nela. Hitler já estava no poder e aqueles escritores eram todos refugiados. Originais de Paris, da Suíça, de Londres e até da Austrália. As histórias eram ponderosas, com frases que ocupavam páginas inteiras. Por mais que eu tentasse, não conseguia chegar ao fim de nenhuma delas. Os poemas não tinham nem rima nem ritmo e, no meu entender, tampouco conteúdo.

O editor, Liebkind Bendel, era da Galícia, tinha vivido anos em Viena e enriquecera aqui em Nova York nos mercados de ações e imobiliário. Liquidara todas as suas ações cerca de seis meses antes da quebra de 1929, e numa época em que dinheiro era uma raridade ele possuía muito dinheiro vivo, com o qual comprou prédios.

Nos conhecemos porque Liebkind Bendel estava planejando publicar uma revista igual à *Das Wort* em iídiche; e queria que eu fosse seu editor. Nos encontramos muitas vezes em restaurantes, cafés e também no apartamento de Bendel em Riverside Drive. Era um homem minúsculo com um crânio estreito, sem um único fio de cabelo, a cara comprida, o nariz pontudo, queixo meio longo, e mãos e pés pequenos, quase femininos. Seus olhos eram amarelos como âmbar. Parecia-me um menino de dez anos de idade em quem alguém havia colocado uma cabeça de adulto. Usava roupas berrantes, gravatas de brocado dourado. Liebkind Bendel tinha muitos interesses. Colecionava autógrafos e manuscritos, comprava antiguidades, fazia parte de clubes de xadrez e se considerava um gourmet e um Don Juan. Gostava de aparelhos, relógios que eram também calendários, canetas com lanterna. Jogava nos cavalos, bebia conhaque, tinha uma enorme coleção de literatura erótica. Trabalhava sempre com um plano: salvar a humanidade, devolver a Palestina aos judeus, reformar a vida familiar, transformar em ciência e arte a atividade dos casamenteiros. Uma idéia que lhe era cara era uma loteria em que o prêmio seria uma moça bonita, uma Miss América ou Miss Universo.

Liebkind Bendel tinha uma esposa alemã, Friedel, não mais alta que ele, mas larga, com cabelos pretos encaracolados. Era filha de uma lavadeira e de um ferroviário de Hamburgo; seus pais eram ambos arianos, mas Friedel parecia judia. Durante anos vinha escrevendo uma dissertação sobre a tradução de Shakespeare feita por Schlegel. Fazia todo o trabalho de casa e além disso era secretária do marido. Ele tinha também uma amante, Sarah, uma viúva, mãe de uma filha louca. Sarah morava em Brownsville, Liebkind Bendel uma vez me apresentou a ela.

Iídiche era a única língua de Liebkind Bendel. Com quem não conhecia iídiche ele falava uma mistura de iídiche, alemão e inglês. Tinha um talento especial para trucidar palavras. Não demorei muito para perceber que não tinha nenhuma ligação com a literatura. O verdadeiro editor da *Das Wort* era Friedel. A versão iídiche nunca chegou a acontecer, mas alguma coisa me atraiu naquele homenzinho divertido. Talvez o fato de não conseguir apreendê-lo. Toda vez que pensava que o conhecia, algum capricho novo aparecia.

Liebkind Bendel falava sempre de sua correspondência com o velho e famoso escritor hebreu dr. Alexander Walden, um filósofo que viveu anos em Berlim. Lá, ele editou uma enciclopédia hebraica, cujos primeiros volumes saíram antes da Primeira Guerra Mundial. A publicação da enciclopédia se arrastou por tantos anos que passou a ser uma piada. Dizia-se que o último volume seria publicado depois da vinda do Messias e da ressurreição dos mortos, quando os nomes que nela apareciam trariam três datas: data de nascimento, dia da morte e dia de renascimento no túmulo.

Desde o início a enciclopédia foi patrocinada por um mecenas de Berlim, Dan Kniaster, hoje um velho de seus oitenta anos. Embora Alexander Walden fosse mantido por Dan Kniaster, agia como rico. Tinha um apartamento grande perto de Kurfürstendamm, possuía muitos quadros, mantinha um mordomo. Quando jovem, um milagre havia acontecido para Alexander Walden: a filha de um milionário judeu, parente dos Tietz e dos Warburg, Mathilda Oppenheimer, havia se apaixonado por ele. Viveu com ele apenas dois meses e depois se divorciou. Mas a idéia de que o dr. Alexander Walden tinha sido marido de uma herdeira alemã e escrito em alemão deixou os hebraístas assombrados com ele. Como ele os ignorava, acusavam-no de esnobe. Ele evitava até falar iídiche, embora fosse filho de um rabino de uma pequena aldeia na Polônia. Dizia-se que era íntimo de Einstein, Freud e Bergson.

Até hoje não é claro para mim por que Liebkind Bendel queria tanto se corresponder com o dr. Alexander Walden. O dr. Walden tinha a fama de nunca responder cartas, e Liebkind Bendel gostava de mostrar que ninguém o desafiava. Escreveu, pedindo a Alexander Walden que contribuísse com a *Das Wort*. Suas cartas foram ignoradas. Mandou longos telegramas, mas o dr. Walden continuou calado. Diante disso, Liebkind Bendel resolveu conseguir uma carta do dr. Walden a qualquer preço.

Em Nova York, Liebkind Bendel encontrou um bibliógrafo hebreu, Dov Ben Zev, que tinha ficado meio cego de tanto ler. Dov Ben Zev sabia de cor quase todas as palavras que o dr. Walden havia escrito. Liebkind Bendel convidou Dov Ben Zev a seu apartamento, mandou Friedel preparar um jantar de blintzes e creme azedo, e os dois juntos desenvolveram um plano complicado. Foi enviada ao dr. Walden uma carta escrita em nome de uma moça rica de Nova York, amiga dos Lehman e dos Schiff, herdeira de muitos milhões, miss Eleanor Seligman-Braude. Era uma carta cheia de amor e admiração pela obra e personalidade do dr. Walden. Os conhecimentos dos escritos do dr. Walden era de Dov Ben Zev, o alemão clássico de Freidel, e a bajulação de Liebkind Bendel.

Liebkind Bendel tinha entendido corretamente que, apesar da idade, o dr. Walden ainda sonhava com outro casamento rico. Que isca melhor haveria do que uma milionária americana, solteira e profundamente mergulhada na obra do dr.

Walden? Quase imediatamente, chegou uma carta aérea de oito páginas escritas à mão. O dr. Walden respondia o amor com amor. Queria vir a Nova York.

Friedel nunca escreveu mais que uma carta; protestou que toda aquela história era um truque sujo e que não queria ter mais nada a ver com aquilo. Mas Liebkind Bendel conseguiu encontrar uma velha refugiada da Alemanha, uma frau Inge Schuldiener, que estava disposta a colaborar com ele. Iniciou-se uma correspondência que durou de 1933 a 1938. Durante esses anos todos, uma única coisa impediu o dr. Walden de desembarcar em Nova York: o fato de ele enjoar demais no mar. Em 1937, Dan Kniaster, com as propriedades a ponto de serem confiscadas em Berlim e seus negócios usurpados pelos filhos, mudou-se para Londres. Levou com ele o dr. Walden. Na curta viagem de travessia do Canal, o dr. Walden passou tão mal que teve de ser carregado de maca do barco para o porto de Dover.

Uma manhã de 1938, às sete horas, fui chamado ao telefone público do andar de baixo da casa de cômodos onde morava. Tinha ido dormir tarde e levei algum tempo para vestir o roupão de banho, o chinelo e descer os três lances de escada. Era Liebkind Bendel. "Acordei você, hein?", gritou ele. "Estou numa enrascada. Não preguei os olhos a noite inteira. Se você não me ajudar, estou arruinado. Liebkind Bendel será um caso perdido. Pode até rezar o Kadish para mim."

"O que foi?"

"O doutor Walden está chegando de avião. Frau Schuldiener recebeu um telegrama de Londres para Eleanor. Mandando mil beijos para ela!"

Levei alguns segundos para entender o que estava acontecendo. "O que você quer que eu faça?", perguntei. "Que me disfarce de herdeira?"

"Ai! Que confusão eu arrumei! Se não tivesse medo de a guerra explodir qualquer dia desses, fugia para a Europa. O que eu faço? Estou ficando louco. Devia ser trancado num hospício. Alguém precisa ir encontrar com ele."

"Eleanor podia estar na Califórnia."

"Mas ela garantiu para ele que ia ficar na cidade neste verão. E, seja como for, o endereço dela é de um quarto mobiliado numa das ruas Oitenta Oeste. Ele vai entender na hora que não se trata do apartamento de uma milionária. Ele tem o número do telefone, frau Schuldiener vai atender e vai ser o inferno. Ela é uma *jaecki*, não tem nenhum senso de humor."

"Acho que nem Deus pode ajudar você."

"O que eu faço: me suicido? Até agora ele tinha medo de voar. De repente o velho idiota ganhou coragem. Estou disposto a doar um milhão de dólares ao rabino Meir, o milagreiro, para ele fazer o avião do doutor Walden cair no mar. Mas eu e Deus não somos muito chegados. Nós dois temos até as oito da noite."

"Faça o favor de não me colocar como parceiro das suas aventuras."

"Você é o meu único amigo que sabe da história. Ontem de noite, Friedel ficou tão brava que ameaçou se divorciar de mim. Aquele schlemiel do Dov Ben Zev está no hospital. Telefonei para os hebraístas, mas o dr. Walden desprezou todos eles tantas vezes que são seus inimigos mortais. Ele não fez nem reserva de hotel. Muito provavelmente está esperando que Eleanor vá com ele direto do aeroporto para o dossel matrimonial."

"Realmente não tenho como ajudar."

"Pelo menos vamos tomar café-da-manhã juntos. Se eu não conversar com alguém vou enlouquecer. Que horas quer comer?"

"Quero dormir, não quero comer."

"Eu também. Tomei três comprimidos ontem à noite. Ouvi dizer que Dan Kniaster foi embora da Alemanha sem um pfennig. Ele está acabado aos oitenta e cinco anos. Os filhos dele são uns verdadeiros prussianos, assimilacionistas, semiconvertidos. Se eclodir a guerra, esse doutor Walden vai ser uma pedra no meu pescoço. E como eu posso explicar as coisas para ele? É capaz de ter um ataque."

Marcamos de nos encontrar às onze horas em um restaurante da Broadway. Voltei para a cama, mas não dormi. Meio sonado, meio rindo sozinho, brincando com uma solução, não por qualquer lealdade a Liebkind Bendel, mas daquele mesmo jeito com que às vezes tento resolver alguma charada de jornal.

II.

No restaurante, mal reconheci Liebkind Bendel. Mesmo vestindo paletó amarelo, camisa vermelha e gravata com pintas douradas, seu rosto estava mais pálido que depois de uma doença. Retorcia um grande charuto entre os lábios e já tinha pedido conhaque. Estava sentado na ponta da cadeira. Antes que me sentasse, ele me abordou. "Achei uma saída, mas você tem de me ajudar. Eleanor acaba de morrer em um desastre de avião. Falei com frau Schuldiener e ela vai confirmar. Tudo o que você tem de fazer é esperar o caçador de rabo-de-saia no aeroporto e levar para um hotel. Diga que você é amigo ou sobrinho de Eleanor. Eu reservo um quarto para ele e pago um mês adiantado. Depois disso, não tenho mais nenhuma responsabilidade. Ele que volte para Londres e encontre alguma filha de lorde."

"Você podia posar de amigo de Eleanor tanto quanto eu."

"Não posso. Ele ia grudar em mim feito uma sanguessuga. O que ele pode tirar de você? Seus originais? Você passa umas horas com ele e ele não incomoda mais. Se acontecer o pior, eu pago a passagem dele de volta para a Inglaterra. Você vai estar salvando a minha vida e eu nunca esquecerei disso. Não dê seu endereço para ele. Diga que mora em Chicago ou em Miami. Houve tempo em que eu pagaria uma fortuna para passar meia hora ao lado dele, mas agora perdi o apetite. Tenho medo dele. Tenho certeza que na hora que ele aparecer na minha frente e falar o nome de Eleanor, vou cair na gargalhada. Na verdade, eu estava sentado aqui rindo sozinho. O garçom deve achar que estou maluco."

"Bendel, não posso fazer isso."

"É sua última palavra?"

"Não posso representar uma farsa dessas."

"Bom, não é não. Eu vou ter de fazer isso então, vou dizer a ele que sou um primo distante, um parente pobre. Que ela até me sustentava. Que nome vou inventar? Lipman Geiger. Tive um sócio em Viena com esse nome. Espere, tenho da fazer um telefonema."

Liebkind Bendel saltou e correu para a cabine telefônica. Ficou lá uns dez minutos. Dava para vê-lo através da porta de vidro. Virava as páginas de um caderno. Fazia caretas estranhas. Quando voltou, disse: "Reservei o hotel e cuidei do resto. Por que eu preciso dessa meshugga toda? Estou quase fechando a revista. Quero ir para a Palestina e virar judeu. Todos esses escritores, cabeças ocas, não têm nada para dizer. Aos cinqüenta anos, meu avô acordava toda noite para as rezas da meia-noite; o doutor Walden quer seduzir uma herdeira aos sessenta e cinco. A última carta dele era simplesmente um cântico, o Cântico dos Cânticos. E quem precisa da enciclopédia dele? Essa frau Schuldiener é uma boba, e além disso se faz de boba."

"Ele podia, talvez, casar com frau Schuldiener."

"Ela tem mais de setenta anos. Já é bisavó. Era professora em Frankfurt... em Hamburgo, não lembro onde. Copiava frases de um manual de cartas de amor. Talvez o que eu deva fazer é arrumar uma mulher para fazer o papel de Eleanor. Que tal uma atriz iídiche?"

"Essas só sabem chorar."

"Em algum lugar de Nova York deve haver alguma verdadeira admiradora dele, alguma solteirona que adoraria um partido desses. Mas como encontrar essa pessoa? Quanto a mim, estou cansado de tudo. Friedel é bem culta, mas não tem nenhuma imaginação. Ela só pensa em Schlegel. Sarah está inteiramente ocupada com a filha maluca. Agora tem um costume novo: mandam os pacientes do hospício para casa, depois recebem de volta. Ela passa um mês lá e um mês com a mãe. Passo um tempinho com elas e começo a sentir que não sou mais eu. Por que estou contando tudo isso para você? Me faça um favor e venha comigo ao aeroporto. Eu nunca esquecerei disso. Concorda? Me dê a mão. Juntos, nós vamos resolver de algum jeito. Vamos brindar a isso."

III.

Fiquei atrás da divisória de vidro, olhando os passageiros que chegavam. Liebkind Bendel estava tremendo e a fumaça de seu charuto quase me asfixiava. Por alguma razão, eu tinha certeza de que o dr. Walden era um homem alto. Mas ele era baixo, largo e gordo, com uma grande barriga e cabeça imensa. Naquele dia quente de verão, vestia casaco comprido, gravata esvoaçante e chapéu de pelúcia de aba larga. Tinha um espesso bigode grisalho e fumava cachimbo. Trazia duas valises de couro com fechos antiquados e bolsos laterais. Debaixo das pesadas sobrancelhas, seus olhos procuravam alguém.

O nervosismo de Liebkind Bendel era contagioso. Ele estava com cheiro de bebida, ronronando como um gato. Sacudiu as mãos e gritou: "É aquele ali, com certeza. Eu reconheço. Veja como engordou, mais largo que alto. Um bode velho".

Quando o dr. Walden subiu pela escada rolante, Liebkind Bendel me empurrou para ele. Tentei fugir, mas não consegui. Em vez disso, dei um passo à frente: "Doutor Walden?".

O dr. Walden colocou as maletas no chão, tirou o cachimbo de entre os dentes enegrecidos e o colocou, ainda aceso, dentro do bolso. "*Ja.*"

"Doutor Walden", eu disse em inglês. "Sou amigo de miss Eleanor Seligman-Braude. Houve um acidente. O avião dela caiu." Falei depressa. Sentia a boca e o palato secos.

Eu esperava uma cena, mas ele apenas olhou para mim debaixo das sobrancelhas hirsutas. Pôs uma mão em concha no ouvido e me respondeu em alemão. "Poderia repetir? Não consigo entender seu inglês americano."

"Aconteceu uma tragédia... uma grande tragédia." Liebkind Bendel começou a falar em iídiche. "Sua amiga estava voltando da Califórnia e o avião dela caiu. Caiu direto no mar. Todos os passageiros morreram, sessenta pessoas."

"Quando? Como?"

"Ontem, setenta inocentes, a maioria mãe de filhos." Liebkind Bendel falava com sotaque e entonação galegos. "Eu era amigo chegado dela e este jovem aqui também. Ficamos sabendo que o senhor ia chegar. Queríamos passar um telegrama, mas já era tarde demais, então viemos receber o senhor. É uma grande honra para nós, mas é de partir o coração ter que dar uma notícia tão terrível." Liebkind Bendel mexia os braços, sacudia o dr. Walden e gritava em seu ouvido como se ele fosse surdo.

O dr. Walden tirou o chapéu e colocou em cima da bagagem. Era careca na frente, mas na parte de trás da cabeça tinha uma massa de cabelo louro-grisalho. Tirou um lenço sujo e limpou o suor da testa. Tive a sensação de que ainda não tinha entendido. Parecia estar pensando. Seu rosto ficou pesado; parecia empoeirado, amassado, sem barbear. De suas orelhas e narinas saíam tufos de pêlos. Cheirava a remédio. Depois de algum tempo, disse em alemão. "Eu esperava que ela estivesse aqui em Nova York. Por que foi para a Califórnia?"

"A negócios. Fraulein Seligman-Braude era uma mulher de negócios. Tratava-se de uma grande soma, milhões, e aqui na América se diz 'primeiro os negócios, depois o prazer'. Ela estava voltando às pressas para encontrar o senhor. Mas não estava escrito assim." Liebkind Bendel falou tudo isso num fôlego só e sua voz ficou aguda. "Ela me contou tudo. Adorava o senhor, doutor Walden, mas o homem põe e Deus dispõe, como se diz. Oitenta pessoas em plena saúde, mulheres jovens e bebezinhos, na plenitude da vida..."

"Posso perguntar quem é o senhor?", disse o dr. Walden.

"Um amigo, um amigo. Este jovem é um escritor iídiche." Liebkind Bendel apontou para mim. "Escreve para jornais iídiches e tudo o mais: folhetins e coisas assim. Tudo na língua-mãe, para deleite da gente comum. Temos muitos *landsleit* aqui em Nova York e o inglês é uma língua seca para eles. Querem o sabor da velha terra."

"*Ja*."

"Doutor Walden, reservamos um quarto de hotel para o senhor", disse Liebkind Bendel. "Minhas condolências! É realmente uma tragédia. Como era mesmo o nome dela? Fraulein Braude-Seligson era uma mulher maravilhosa. Gentil, de maneiras suaves. Bonita também. Sabia hebraico e outras dez línguas. De repente, quebra uma coisa no motor, um parafuso se solta e toda essa cultura se acaba. É isto o homem: uma palha, um grão de poeira, uma bolha de sabão."

Fiquei muito grato com o comportamento digno do dr. Walden. Ele não chorou, não protestou. Levantou as sobrancelhas e seus olhos líquidos, cheios de veias vermelhas, olharam para nós com surpresa e desconfiança. Perguntou: "Onde fica o banheiro? Essa viagem me deixou enjoado".

"Por ali, por ali!", Liebkind Bendel gritou. "O que não falta na América é banheiro. Venha conosco, doutor Walden, acabamos de passar pelo banheiro."

Liebkind Bendel pegou uma valise, eu a outra, e levamos o dr. Walden para o banheiro masculino. Ele olhou interrogativamente para nós e para sua bagagem. Depois entrou no banheiro e ficou lá dentro um longo tempo.

Eu disse: "Ele se comportou como um homem".

"O pior já passou. Eu estava com medo de ele desmaiar. Não vou deixar que fique abandonado, não. Que fique em Nova York quanto tempo quiser. Quem sabe possa escrever para a *Das Wort* afinal. Eu faria dele o editor-chefe e tudo. Friedel está cansada daquilo. Os escritores pedem royalties e mandam cartas zangadas. Se encontram algum erro de impressão ou uma simples linha faltando, sua vida corre perigo. Pagarei trinta dólares por semana para ele e ele que sente e escreva. Podemos editar a revista metade em alemão, metade em iídiche. Vocês dois juntos podiam ser os editores. Friedel se daria por satisfeita com a, como é que vocês dizem mesmo?, superintendência editorial."

"Você mesmo me disse que o doutor Walden detesta iídiche."

"Detesta hoje, adora amanhã. Com alguns centavos e um elogio se compram todos esses intelectuais."

"Não devia ter dito para ele que eu sou um escritor iídiche."

"Tem uma porção de coisas que eu não devia fazer. Em primeiro lugar eu não devia ter nascido, em segundo lugar não devia ter casado com Friedel, em terceiro lugar não devia nunca ter começado essa comédia, em quarto lugar...

Como não mencionei seu nome, ele nunca vai conseguir encontrar você. Tudo isso por causa da minha admiração pelos grandes homens. Sempre amei escritores. Se um homem publicava alguma coisa num jornal ou numa revista, ele era Deus. Lia a *Neue Freie Presse* como se fosse a Bíblia. Todo mês recebia a *Haolam*, onde o doutor Walden publicava seus artigos. Corria para palestras feito um louco. Foi assim que conheci Friedel. Aí vem o nosso doutor Walden."

Dr. Walden parecia abalado. Estava com a cara amarela. Tinha esquecido de abotoar a braguilha. Olhou para nós e resmungou. Depois disse: "Com licença" e voltou ao banheiro.

IV.

Dr. Walden pediu meu endereço e número de telefone, e eu dei. Não conseguia enganar aquele homem culto. No dia seguinte à sua chegada a Nova York, Liebkind Bendel partiu para a Cidade do México. Ultimamente, estava sempre voando para o México. Eu desconfiava que tinha uma amante lá, e provavelmente algum negócio também. De um jeito estranho, Liebkind Bendel combinava os papéis de comerciante e conhecedor de arte. Foi até Washington tentar obter um visto para um escritor judeu da Alemanha, e lá se associou a uma fábrica que produzia peças de avião. O dono era um judeu da Polônia que estava no negócio de couro e não tinha o menor conhecimento de aviação. Eu estava começando a perceber que o mundo da economia, indústria e dos chamados assuntos práticos não era muito mais substancial que o mundo da literatura e da filosofia.

Um dia, quando cheguei em casa depois do almoço, encontrei um recado de que o dr. Walden tinha telefonado. Liguei para ele e vi que gaguejava e ofegava. Falou comigo em iídiche germanizado. Pronunciou errado meu nome e disse: "Por favor venha até aqui. Eu estou *kaput*".

Liebkind Bendel tinha colocado o dr. Walden em um hotel judeu ortodoxo no centro da cidade, embora nós dois morássemos no norte. Eu desconfiava que queria mantê-lo o mais distante possível. Peguei o metrô para a rua Lafayette e fui a pé até o hotel. O saguão estava cheio de rabinos. Pareciam estar fazendo um congresso. Andavam para lá e para cá com suas capas compridas e chapéus de veludo. Gesticulavam, agarravam as barbas e falavam ao mesmo tempo. O elevador parava em todos os andares e pela porta aberta vi uma noiva tirando fotografia com o vestido de casamento, meninos de yeshiva embalando livros e estolas de oração e garçons de solidéu arrumando depois de um banquete. Bati na porta do dr. Walden. Ele apareceu com um roupão vermelho-burgúndio até os pés. Coberto de manchas. Usava chinelos gastos. O quarto fedia a tabaco, gotas de valeriana e aquele cheiro azedo de doença. Ele parecia inchado, velho, confuso. Perguntou: "Você é... como é o nome?... editor da *Jugend*?".

Disse-lhe meu nome.

"Escreve para aquele *Tageblatt*?"

Dei o nome do meu jornal.

"Bom... *ja*."

Depois de tentar insistentemente falar comigo em alemão, o dr. Walden por fim mudou para iídiche, com todas as inflexões e pronúncias da aldeia onde nascera. Disse: "Que tipo de calamidade é esta? Por que ela de repente foi para a Califórnia? Levei anos para resolver se fazia ou não esta viagem. Como Kant, eu sofro de fobia de viagem. Um amigo meu, o professor Mondek, parente do famoso Mondek, me deu uns comprimidos, mas eles me impediram de urinar. Eu tive certeza que o meu fim havia chegado. Bela coisa, pensei, se o avião chega a Nova York comigo morto. Em vez disso, ela é que morreu. Não consigo atinar. Perguntei para alguém e me disseram que não sabiam desse desastre de avião. Liguei para o telefone dela e uma velha atendeu. Deve ser surda e caduca, parecia incoerente. Quem era aquele outro homenzinho que encontrei no aeroporto?".

"Lipman Geiger."

"Geiger... neto de Abraham Geiger? Os Geiger não falam iídiche. São quase todos convertidos."

"Esse Geiger vem da Polônia."

"Qual era a relação dele com miss Eleanor Seligman-Braude?"

"Amigos."

"Estou completamente atrapalhado." O dr. Walden falava em parte para mim, em parte para si mesmo. "Eu sei inglês de ler Shakespeare. Li *A tempestade* no original uma porção de vezes. É a maior obra de Shakespeare. Cada linha é simbólica. Uma obra-prima em todos os sentidos. Calibã na verdade é Hitler. Mas aqui falam um inglês que soa como chinês. Não entendo uma palavra do que dizem. Miss Eleanor Seligman-Braude tinha família?"

"Apenas parentes distantes. Mas pelo que sei não era próxima deles."

"O que vai acontecer com a fortuna dela? Geralmente gente rica deixa um testamento. Não que eu tenha qualquer interesse nesses assuntos, absolutamente nenhum. Mas e o corpo? Não vai haver um funeral em Nova York?"

"O corpo dela está em algum lugar no fundo do mar."

"Da Califórnia para Nova York se viaja em cima do mar?"

"Parece que o avião voou para oeste em vez de para o leste."

"Como pode ser isso? Onde foi noticiado esse desastre? Em que jornal? Quando?"

"Só sei o que Lipman Geiger me contou. Ele era amigo dela, não eu."

"O quê? Uma charada, uma charada. Não se deve ir contra a própria natureza. Uma vez, Immanuel Kant estava para fazer uma viagem de Königsberg para alguma outra cidade da Prússia. Tinha viajado só um pequeno trecho quando começou a chover, a cair raios e a trovejar. Ele imediatamente mandou voltar para trás. Em algum lugar, eu sabia o tempo todo que esta viagem ia ser um fiasco. Não tenho nada para fazer aqui, absolutamente nada. Não posso voar para Londres no meu estado. De navio seria ainda pior. Vou dizer a verdade para o senhor: não trouxe quase nenhum dinheiro. Meu grande amigo e benfeitor, Dan Kniaster, agora é um refugiado ele próprio. Trabalhei em uma enciclopédia, mas deixamos as chapas em Berlim, até os originais. Os nazistas colocaram uma bomba-relógio no nosso escritório e escapamos por pouco de ser estraçalhados. Alguém sabe que estou em Nova York? Viajei incógnito, como costumam dizer. No ponto em que estão as coisas, talvez fosse útil informar os jornais. Tenho muitos inimigos aqui, mas talvez em algum lugar possa encontrar um amigo."

"Acho que Lipman Geiger avisou os jornais."

"Não há nenhuma menção a mim em parte alguma. Eu pedi os jornais." O dr. Walden apontou uma pilha de jornais iídiches em cima de uma cadeira.

"Vou fazer o possível."

"Na minha idade não se deve enfrentar uma aventura dessas. Onde está o senhor Geiger?"

"Teve de ir para o México, mas volta logo."

"México? O que foi fazer no México? Bom, então este é o meu fim. Não tenho medo da morte, mas não quero ser enterrado nesta cidade maluca. Verdade que Londres não é muito mais sossegada, mas pelo menos tenho conhecidos lá."

"O senhor vai viver, doutor Walden", eu disse. "Vai viver para ver a queda de Hitler."

"Para quê? Hitler ainda tem alguma coisa para estragar nesta terra. Mas eu já cometi todos os meus pecados. Pecados demais. Esta viagem infeliz não é nem uma tragédia. É só uma piada, bom, *ja*, a minha vida inteira é uma grande piada, do começo ao fim."

"O senhor deu uma grande contribuição à humanidade, ao leitor judeu."

"Ninharias, bobagens, lixo. Conhecia pessoalmente miss Seligman-Braude?"

"Conhecia... não. Só ouvi falar dela."

"Não gostei desse Geiger, um palhaço. O que o senhor escreve nos jornais iídiches? Sobre o que se pode escrever? Estamos voltando para a selva. O *Homo sapiens* está na bancarrota. Todos os valores desapareceram: a literatura, a ciência, a religião. Bom, de minha parte desisti totalmente."

O dr. Walden tirou uma carta do bolso. Estava manchada de café e cinza. Ele a examinou, fechando um olho, apertando as pálpebras, bufando. "Começo a suspeitar que esta miss Seligman-Braude nunca existiu."

V.

Bem tarde, uma noite, quando eu estava deitado na minha cama completamente vestido, pensando na minha preguiça, no trabalho atrasado e na minha falta de força de vontade, fui avisado que havia uma chamada para mim no telefone público do andar térreo. Desci correndo os três lances de escada, peguei o fone pendurado do fio e ouvi uma voz desconhecida dizer meu nome. A voz disse: "Sou o doutor Linder. O senhor é amigo do doutor Alexander Walden?".

"Conheço."

"O doutor Walden teve um ataque cardíaco e está no hospital Beth Aaron. Ele deu seu nome e número de telefone. É parente dele?"

"Não sou parente."

"Ele tem família aqui?"

"Parece que não."

"Ele me pediu para ligar para o professor Albert Einstein, mas ninguém atende. Não tenho tempo para esses encargos. Venha ao hospital amanhã. Ele está na enfermaria. Foi o melhor que pudemos oferecer, sinto muito."

"Qual o estado dele?"

"Nada bom. Ele tem uma lista de complicações. Pode fazer a visita entre meio-dia e duas e entre seis e oito da noite. Até logo."

Procurei um níquel para ligar para Friedel, mas só encontrei uma moeda de cinqüenta centavos e duas notas de um dólar. Fui até a Broadway buscar troco. Quando consegui e encontrei uma farmácia com uma cabine telefônica desocupada, já havia se passado meia hora. Disquei o número de Friedel e a linha estava ocupada. Durante quinze minutos fiquei discando o mesmo número e dava sempre ocupado. Uma mulher entrou na cabine ao lado e alinhou suas moedas. Deu uma olhada para mim com uma expressão complacente que parecia dizer "Está esperando em vão". Enquanto falava, gesticulava com o cigarro. De quando em quando, enrolava uma mecha do cabelo descolorido. Suas garras escarlates, pontudas, sugeriam uma ferocidade tão profunda quanto a tragédia humana.

Encontrei uma moeda do valor adequado e me pesei. De acordo com aquela balança, eu havia perdido dois quilos. Saiu uma tirinha de papelão. Dizia: "Você é uma pessoa de dotes, mas desperdiça tudo em nada".

Vou tentar de novo e se o telefone estiver ocupado volto para casa imediatamente, resolvi comigo mesmo. Essa balança disse a mais dura verdade.

A linha não estava ocupada. Ouvi a voz masculina de Friedel. Nesse exato momento, a mulher de cabelo descolorido e unhas escarlates saiu depressa da cabine. Piscou para mim com os cílios postiços. "Senhora Bendel", eu disse, "desculpe incomodar. O doutor Walden teve um ataque cardíaco. Foi levado para o hospital Beth Aaron. Está na enfermaria."

"Ah, meu Deus! Eu sabia que essa piada não ia acabar bem. Avisei Liebkind. Foi um crime, um verdadeiro crime. É assim que Liebkind é: inventa uma brincadeira e não sabe mais quando parar. O que eu posso fazer? Não sei nem onde ele está. Ele pretendia fazer uma parada em Cuba. Onde você está?"

"Numa farmácia na Broadway."

"Talvez deva vir para cá. Isso não é brincadeira. Eu me sinto culpada. Devia ter me recusado a escrever aquela primeira carta. Venha até aqui, ainda é cedo. Nunca vou dormir antes das duas da manhã."

"O que a senhora faz até as duas?"

"Ah, eu leio, penso, me preocupo."

"Bom, esta noite já está perdida", resmunguei ou pensei. Tinha de andar só alguns quarteirões até o apartamento de Liebkind Bendel em Riverside Drive. O porteiro me conhecia. Subi ao décimo quarto andar, e no momento em que toquei a campainha, Friedel abriu a porta.

Friedel era baixa, de quadris largos e pernas pesadas. Tinha nariz torto e olhos castanhos debaixo de sobrancelhas masculinas. Via de regra, vestia roupas escuras, e nunca vi nenhum traço de cosmético nela. A maior parte das vezes que visitei Liebkind Bendel, ela imediatamente me trouxe meio copo de chá, disse algumas palavras e voltou a seus livros e originais. Liebkind Bendel costumava dizer brincando: "O que se pode esperar de uma esposa que é editora? É um milagre ela saber preparar um copo de chá".

Dessa vez Friedel estava com um vestido branco sem mangas e sapatos brancos. Estava usando batom. Me convidou para entrar na sala de estar, e em cima da mesa de centro havia uma fruteira, uma jarra cheia de alguma coisa para beber e um prato de biscoitos. Friedel falava inglês com forte sotaque alemão. Me indicou o sofá e sentou-se em uma poltrona. Disse: "Eu sabia que isso ia acabar mal. Desde o começo, era uma brincadeira do diabo. Se o doutor Walden morrer, Liebkind será o responsável. Velhos são românticos. Eles esquecem a idade que têm e as suas forças. Aquela imbecil da frau Schuldiener escrevia para ele de um jeito que ele tinha toda razão de ter ilusões. Pode-se enganar todo mundo, até um sábio". (Friedel usou a palavra iídiche *chochom*.)

Pode-se enganar até Liebkind Bendel, algo soprou em minha cabeça: um dybbuk ou um diabrete. Em voz alta, eu disse: "A senhora não devia ter permitido que as coisas fossem tão longe, madame Bendel".

Friedel franziu as grossas sobrancelhas. "Liebkind faz o que bem entende. Nunca pede meu conselho. Ele vai embora e eu realmente não sei para onde nem para quê. Devia ir ao México. No último minuto, anunciou que queria parar em Havana. Não tem negócio nenhum nem em Havana nem na Cidade do México. Você deve saber muito mais dele do que eu. Tenho certeza que deve se gabar com você das conquistas que faz."

"Absolutamente não. Não faço a menor idéia de onde foi nem de quem foi ver."

"Eu faço uma boa idéia. Mas por que falar disso? Conheço todos os truques galegos dele..."

Durante um momento, fez-se silêncio. Friedel nunca tinha falado comigo daquele jeito. As poucas conversas que tivemos haviam sido sobre literatura alemã, sobre a tradução de Shakespeare por Schlegel e sobre certas expressões iídiches ainda em uso em alguns dialetos alemães, que Friedel tinha descoberto serem derivadas do alemão antigo. Eu ia responder que entre os galegos também existe gente decente, quando o telefone tocou. O aparelho ficava numa mesinha perto da porta. Friedel foi até ele devagar e sentou-se para atender. Falou manso, mas dava para perceber que estava falando com Liebkind Bendel. Ele estava ligando de Havana. Achei que Friedel ia contar imediatamente que o dr. Walden estava doente e que eu estava lhe fazendo uma visita. Mas ela não mencionou nenhum dos dois fatos. Falou ironicamente com ele: negócios? Claro. Uma semana? Fique quanto precisar. Uma pechincha? Compre, por que não? Eu trabalhando como sempre, o que mais tenho para fazer?

Ao falar, ela me lançava olhares de soslaio. Sorria astutamente. Imaginei que piscou para mim. Que noite maluca esta, pensei. Levantei-me e fui indo hesitante para a porta, na direção do banheiro. De repente, fiz uma coisa que surpreendeu até a mim mesmo. Me inclinei e beijei o pescoço de Friedel. A mão dela agarrou a minha e apertou com força. Seu rosto ficou simultaneamente jovem e sarcástico. Ao mesmo tempo, perguntou: "Liebkind, quanto tempo você vai ficar em Havana?".

Levantou-se e, gozadora, colocou o fone em meu ouvido. Ouvi a voz anasalada de Liebkind Bendel. Ele estava falando das antiguidades que se encontravam em Havana, explicando a diferença de câmbio. Friedel encostou-se em mim, de forma que nossas orelhas se tocavam. O cabelo dela fazia cócegas em meu rosto. A orelha dela quase queimando a minha. Eu estava envergonhado, como um menino. Em um momento, minha necessidade de ir ao banheiro ficou embaraçosamente urgente.

Na manhã seguinte, quando Friedel telefonou para o hospital, disseram que o dr. Walden estava morto. Tinha morrido no meio da noite. Friedel disse: "Não é cruel? Vou ser torturada por minha consciência até o meu último momento".

No dia seguinte, os jornais iídiches publicaram a notícia. Os mesmos editores que, segundo Liebkind Bendel me dissera, haviam se recusado a noticiar a chegada do dr. Walden a Nova York agora escreviam longamente sobre seus conhecimentos da literatura hebraica. Apareceram obituários também na imprensa de língua inglesa. As fotos tinham pelo menos trinta anos: nela, o dr. Walden aparecia jovem, alegre, com a cabeça coberta de cabelos. Segundo os jornais, os hebraístas nova-iorquinos, inimigos do dr. Walden, estavam preparando o funeral. O serviço telegráfico judaico deve ter enviado a notícia para o mundo inteiro. Liebkind Bendel telefonou para Friedel de Havana para dizer que estava voltando para casa.

De volta a Nova York, falou comigo ao telefone durante quase uma hora. Repetia sem parar que a morte do dr. Walden não era culpa sua. Ele teria morrido em Londres do mesmo jeito. Que diferença faz onde se morre? Liebkind Bendel estava especialmente interessado em saber se o dr. Walden tinha algum original com ele. Planejava um número especial da *Das Wort* dedicado a ele. Liebkind Bendel trouxera de Havana uma pintura de Chagall que comprara de um refugiado. Admitiu para mim que devia ter sido roubada de alguma galeria. Liebkind Bendel me disse: "Bom, se tivesse sido arrebatado pelos nazistas teria sido melhor? A Linha Maginot não vale uma pitada de fumo. Hitler vai entrar em Paris! Guarde bem o que estou dizendo".

A capela onde seria realizado o funeral ficava a apenas alguns quarteirões do apartamento de Liebkind Bendel, e ele, Friedel e eu combinamos nos encontrar na porta. Estavam todos lá: os hebraístas, os iidichistas, os escritores anglo-judeus. Não paravam de chegar táxis. De algum lugar, surgiu uma mulher pequena, trazendo uma menina que parecia emaciada, perturbada. Ela parava a cada poucos segundos e batia o pé na calçada; a mulher mandava que seguisse em frente e a animava. Era Sarah, a amante de Liebkind Bendel. Mãe e filha tentaram entrar na capela, mas já estava lotada.

Depois de algum tempo, Liebkind Bendel e Friedel chegaram em um carro vermelho. Ele estava de terno cor de areia e com uma gravata berrante de Havana. Parecia renovado e queimado de sol. Friedel estava de preto, com um chapéu de aba larga. Eu disse a Liebkind que a sala estava cheia e ele respondeu: "Não seja bobo. Vai ver como se fazem as coisas na América". Cochichou alguma coisa no ouvido do porteiro e ele nos levou até lá dentro e encontrou lugar para nós em uma das primeiras fileiras. As velas artificiais do menorá emitiam uma luz velada. O caixão estava perto do estrado. Um jovem rabino de bigodinho preto e minúsculo solidéu que se fundia ao cabelo brilhante de pomada fez uma apologia em inglês. Parecia saber pouco do dr. Walden. Confundia fatos e datas. Errou os títulos de obras do dr. Walden. Depois um rabino mais velho, de cavanhaque branco, refugiado da Alemanha, com um chapéu branco que parecia uma caçarola, falou em alemão. Enfatizava os tremas e citou longas passagens em hebraico. Chamou o dr. Walden de pilar do judaísmo. Disse que o dr. Walden tinha vindo à América para continuar publicando a enciclopédia à qual havia dedicado seus melhores anos. "Os nazistas afirmam que canhões são mais importantes que manteiga", declamou o rabino, solene, "mas nós, judeus, o povo do Livro, ainda acreditamos no valor da palavra." Ele pediu fundos para publicar os últimos volumes da enciclopédia pela qual o dr. Walden havia sacrificado a vida, vindo à América apesar de sua doença. Tirou um lenço e com uma ponta enxugou uma lágrima única por trás dos óculos. Pediu atenção para o fato de, entre os presentes à capela, encontrar-se o mundialmente amado professor Albert Einstein, amigo íntimo do falecido. Um murmúrio geral percorreu a multidão, que passou a olhar em torno. Alguns chegaram a se levantar para espiar o cientista mundialmente famoso.

Depois do sermão do rabino alemão houve outra apologia, feita pelo editor de uma revista hebraica de Nova York. E aí um cantor, com um chapéu hexagonal e cara de buldogue, recitou "Deus cheio de misericórdia". Cantava em tons altos e lúgubres.

Perto de mim, sentou-se uma jovem de roupa preta. Tinha cabelos amarelos e faces vermelhas. Notei em seu dedo um anel com um imenso diamante. Enquanto o jovem rabino falava em inglês, ela levantou o véu e assoou o nariz num lenço de renda. Quando o velho rabino falou em alemão, ela juntou as mãos e chorou. Quando o cantor cantou "No Paraíso seu descanso estará!", a mulher soluçou com o abandono das mulheres do país de ontem. Curvou-se como se fosse desmaiar, o rosto encharcado de lágrimas. Quem podia ser ela, pensei. Pelo que eu sabia, o dr. Walden não tinha parentes aqui. Lembrei das palavras de Liebkind Bendel de que em algum lugar de Nova York se poderia encontrar um verdadeiro admirador do dr. Walden que realmente o amasse. Tinha entendido fazia tempo que tudo o que alguém é capaz de inventar já existe em alguma parte.

Depois da cerimônia, todos se levantaram e desfilaram diante do caixão. Vi diante de mim o professor Albert Einstein exatamente como aparecia nas fotos, ligeiramente curvado, o cabelo comprido. Ele parou por um momento, murmurando uma despedida. Então vi o dr. Walden. Os agentes funerários haviam aplicado seus cosméticos. Sua cabeça estava sobre o travesseiro de seda, o rosto rígido como de cera bem barbeado, com o bigode revirado, e nos cantos dos olhos um vestígio de sorriso que parecia dizer: "Bom, *ja*, minha vida foi uma grande piada, do começo ao fim".

Poderes

Em geral, quem vem buscar conselho no jornal onde trabalho não pergunta por ninguém em particular. Temos um repórter que produz uma coluna regular de conselhos aos leitores, e qualquer um que apareça em geral encaminhado para ele. Mas esse homem perguntou especificamente por mim. Foi levado à minha sala: um homem alto, teve de baixar a cabeça para passar pela porta, sem chapéu, com uma cabeleira preta misturada de grisalho. Seus olhos pretos, debaixo de sobrancelhas hirsutas, tinham um ar intenso que me assustou bastante. Usava uma capa de chuva leve, embora estivesse nevando lá fora. O rosto quadrado estava vermelho de frio. Não usava gravata e a camisa estava aberta, mostrando um peito coberto de pêlos espessos como pele. O nariz era largo, os lábios grossos. Quando falou, revelou dentes grandes, separados, que pareciam excepcionalmente fortes.

Disse assim: "O senhor é o escritor?".

"Sou."

Pareceu surpreso. "Esse homenzinho aí sentado nessa mesa?", disse. "Imaginei o senhor um pouco diferente. Bom, as coisas não têm de ser exatamente como a gente imagina. Leio tudo o que o senhor escreve, em iídiche e em inglês. Quando sei que publicou alguma coisa numa revista, corro para comprar."

"Muito obrigado. Por favor, sente."

"Prefiro ficar de pé... mas... bom... vou sentar. Posso fumar?"

"Claro."

"Devo lhe dizer que não sou americano. Vim para cá depois da Segunda Guerra Mundial. Passei pelo inferno de Hitler, pelo inferno de Stalin e por mais alguns outros infernos. Mas não foi por isso que vim ver o senhor. Tem tempo para me ouvir?"

"Tenho, sim."

"Bom, todo mundo na América é ocupado. Como tem tempo de escrever tudo isso e ainda conversar com as pessoas?"

"Há tempo para tudo."

"Talvez. Aqui na América o tempo desaparece, uma semana não é nada e um mês não é nada, e um ano passa entre o sim e o não. Naqueles infernos do outro lado, um dia parecia mais longo do que um ano aqui. Estou neste país desde 1950, e os anos passaram como um sonho. Ora é verão, ora é inverno, os anos vão rolando. Quantos anos acha que tenho?"

"Quarenta e poucos, talvez cinqüenta."

"Ponha mais treze anos. Em abril vou fazer sessenta e três."

"Parece mais jovem, bata na madeira."

"É o que todo mundo diz. Minha família não fica de cabelo branco. Meu avô morreu com noventa e três e quase não tinha cabelo branco. Era ferreiro. Do lado da minha mãe, são eruditos. Estudei numa yeshiva, era estudante na yeshiva em Gur, e durante algum tempo na Lituânia. Só até os dezessete anos, é verdade, mas tenho boa memória. Quando aprendo uma coisa, fica grudada na minha cabeça. Não esqueço nada, e em certo sentido essa é a minha tragédia. Uma vez, acreditei que era inútil ficar debruçado em cima do Talmude e comecei a estudar livros mais mundanos. Os russos tinham ido embora nessa época e os alemães assumiram. Aí, a Polônia ficou independente e fui convocado para o Exército. Ajudei a expulsar os bolcheviques de Kiev. Depois eles fizeram a gente recuar para o Vístula. Os poloneses não gostam muito de judeus, mas eu progredi. Me fizeram primeiro-sargento, *chorázy*, que é o posto mais alto que se pode conseguir sem a escola militar, e depois da guerra me ofereceram para ir para uma academia militar. Podia ter sido coronel ou alguma coisa, mas minha ambição não era o quartel. Li muito, pintei, e tentei ser escultor. Comecei a esculpir todo tipo de figura em madeira. Acabei fazendo móveis. Armários, me especializei em restaurar mobília, principalmente antiguidades. Sabe como é, um marchetado que cai, um pedaço que quebra. Precisa ter habilidade para deixar um remendo invisível. Ainda não sei por que me lancei nisso com tanto entusiasmo. Encontrar o grão certo da madeira, a cor certa, e encaixar no lugar de um jeito que nem o dono consegue descobrir onde foi, para isso precisa ter uma paciência de ferro, e instinto também.

"Agora vou dizer por que vim aqui. É porque o senhor escreve sobre os poderes misteriosos: telepatia, espíritos, hipnotismo, fatalismo, e assim por diante, eu leio tudo. Leio porque tenho os poderes que o senhor descreve. Não vim aqui me exibir, e não pense que quero virar jornalista. Aqui na América trabalho na minha profissão e ganho o quanto basta. Sou solteiro, sem mulher, sem filhos. Mataram minha família. Tomo meu gole de uísque, mas não sou nenhum bêbado. Tenho um apartamento aqui em Nova York e um chalezinho em Woodstock. Não preciso de ninguém.

"Mas voltando aos poderes. O senhor tem razão quando diz que a pessoa já nasce com eles. A gente já nasce com tudo. Eu era uma criança de seis anos quando comecei a esculpir. Depois, abandonei isso, mas o dom continuou comigo. E é assim com os poderes. Eu tinha, mas não sabia o que eram. Levantei uma manhã e me veio à cabeça que alguém do nosso prédio ia cair da janela naquele dia. A gente vivia em Varsóvia, na rua Twarda. Não gostei da idéia, me assustou. Fui para o cheder, e quando voltei para casa o pátio estava preto de gente. A ambulância tinha acabado de chegar. Um vidraceiro estava trocando o vidro de uma janela do segundo andar e caiu. Se coisas como essas acontecessem uma, duas, até cinco vezes, eu podia dizer que era coincidência, mas elas são tão freqüentes que não podem ser coincidência. Estranho, eu comecei a achar que tinha de esconder isso, como se fosse uma marca feia de nascença. E eu tinha razão, porque poderes assim são uma infelicidade. É melhor nascer surdo ou manco do que possuir esses poderes.

"Mas por mais cuidadoso que a gente seja, não dá para esconder tudo. Uma vez, eu estava sentado na cozinha. Minha mãe, que descanse em paz, estava tricotando uma meia. Meu pai ganhava bem, mesmo sendo um operário. Nosso apartamento era confortável, e limpo como casa de rico. A gente tinha uma porção de pratos de cobre, que minha mãe areava toda semana até deixar brilhando. Eu estava sentado num banco baixo. Não tinha mais que sete anos na época. De repente, eu disse: 'Mãe, tem dinheiro debaixo do piso! Tem dinheiro!'.

Minha mãe parou de tricotar e olhou para mim surpresa. 'Que tipo de dinheiro? Que bobagem você está dizendo?' 'Dinheiro', eu disse, 'moedas de ouro.' Minha mãe falou: 'Está maluco? Como sabe o que tem debaixo do piso?'. 'Eu sei', respondi. Já tinha entendido que não devia ter falado nada, mas era tarde demais.

"Quando meu pai chegou em casa para jantar, minha mãe contou para ele o que eu tinha dito. Eu não estava lá, mas meu pai ficou tão atônito que confessou que tinha escondido algumas moedas de ouro debaixo do piso. Eu tinha uma irmã mais velha e meu pai estava economizando para o dote dela, botar dinheiro em banco não era costume de gente simples. Quando voltei do cheder, meu pai começou a me interrogar. 'Andou me espionando?' Na verdade, meu pai tinha escondido o dinheiro enquanto eu estava no cheder e minha mãe fazendo compras. Minha irmã tinha ido visitar uma amiga. Ele tinha trancado a porta, e morávamos no terceiro andar. Tinha até tido o cuidado de entupir com algodão o buraco da fechadura. Levei uma surra, mas, por mais que tentasse, não conseguia explicar como sabia daquelas moedas. 'Esse menino é um diabo!', meu pai disse, e me deu mais um tapa na orelha. Foi uma boa lição para me ensinar a ficar de boca fechada.

"Podia contar para o senhor mais de cem coisas assim da minha infância, mas vou falar só mais uma. Na frente da nossa casa, do outro lado da rua, tinha um estabelecimento que vendia laticínios. Naqueles anos, a gente ia à leiteria para comprar leite fervido. Eles ferviam o leite num fogão a gás. Uma manhã, minha mãe me deu uma panela e disse: 'Vá até a Zelda do outro lado da rua e compre um litro de leite fervido'. Eu fui à leiteria e tinha só uma freguesa, uma moça comprando uns gramas de manteiga. Em Varsóvia costumavam cortar a manteiga de um grande bloco usando um arco, como os arcos que as crianças levavam na Festa de Omer, nos piqueniques das florestas de Praga. Olhei e vi uma coisa esquisita: uma luz brilhando em cima da cabeça de Zelda, como se fosse uma lâmpada de Hanuká dentro da peruca dela. Fiquei olhando de boca aberta. Como era possível? Perto, no balcão, a moça falava com Zelda como se não tivesse nada de estranho. Depois que Zelda pesou a manteiga na balança e a moça foi embora, ela disse: 'Entre, entre. O que está fazendo aí parado na porta?'. Eu queria dizer para ela 'Por que tem essa luz brilhando em cima da sua cabeça?', mas já tinha entendido que só eu via aquilo.

"No dia seguinte, quando voltei do cheder para casa, minha mãe me disse:

'Já soube o que aconteceu? A Zelda da leiteria caiu morta'. Pode imaginar o meu susto. Eu tinha só uns oito anos. Desde então já vi essa luz muitas vezes em cima da cabeça daqueles que estão para morrer. Graças a Deus, faz vinte anos que não vejo mais. Na minha idade, e no meio dessa gente com quem passo os meus dias, ia ver essa luz o tempo inteiro."

II.

"Não faz muito tempo, o senhor escreveu que em todo grande amor existe um elemento de telepatia. Fiquei tocado com isso e resolvi que queria ver o senhor. Na minha vida isso aconteceu não uma vez, nem dez, mas muitas e muitas vezes. Em meus anos de juventude, fui um romântico. Via uma mulher e ficava apaixonado à primeira vista. Naquela época não se podia simplesmente chegar perto da mulher e dizer para ela que se estava apaixonado. As meninas eram criaturas delicadas. Uma mera palavra podia ser considerada um insulto. Além disso, à minha maneira, eu era tímido. Orgulhoso também. Não é da minha natureza correr atrás de mulher. Para encurtar a história, em vez de conversar com uma menina, eu pensava nela dia e noite. Imaginava todo tipo de encontros e aventuras impossíveis. Aí começava a perceber que meus pensamentos surtiam efeito. A menina em quem eu tanto pensava acabava vindo para mim. Uma vez, eu deliberadamente esperei uma mulher em uma rua cheia de Varsóvia, até ela aparecer. Não sou matemático, mas sei que as possibilidades de aquela mulher atravessar aquela rua naquela hora era de cerca de uma em vinte milhões. Mas ela veio, como se tivesse sido atraída por um ímã invisível.

"Eu não sou muito crédulo; até hoje tenho as minhas dúvidas. Queremos acreditar que tudo acontece de uma maneira racional e segundo uma ordem. Temos medo dos mistérios: se existem poderes bons, é provável que existam também poderes maus, e quem sabe do que são capazes! Mas tantas coisas irracionais me aconteceram que eu teria de ser idiota para ignorar.

"Talvez por ter esse tipo de magnetismo, eu nunca casei. Seja como for, não sou o tipo de homem que se satisfaz com uma mulher só. Tenho outros poderes também, mas não vou me gabar desses. Vivi, como dizem, em um paraíso turco, muitas vezes com cinco ou seis amantes ao mesmo tempo. Na salas onde eu costumava consertar a mobília, muitas vezes travei conhecimento com mulheres bonitas, quase sempre gentias. E sempre ouvi delas a mesma cantilena, que eu era diferente dos outros judeus, esse tipo de conversa. Eu tinha um quarto com entrada independente, e isso é tudo que um solteirão precisa. Tinha conhaque e bebida e um bom sortimento de iguarias no meu armário. Se eu contasse o que acontecia nesse quarto, no meu sofá, dava para o senhor escrever um livro, mas quem está interessado? Quanto mais velho fico, mais claro fica para mim que o casamento do homem moderno é uma loucura completa. Sem religião, toda a instituição é absurda. Naturalmente sua mãe e minha mãe eram mulheres fiéis. Para elas existia só um Deus e só um marido.

"Agora vou chegar ao ponto principal. Apesar de todas as mulheres que tive nesses anos, tem uma com quem fiquei quase trinta anos, na verdade até o dia em que os nazistas bombardearam Varsóvia. Nesse dia, milhares de homens atravessaram a ponte para Praga. Eu queria levar Manya comigo, Manya era o nome dela, mas ela estava com gripe e eu não podia ficar esperando por ela. Eu tinha muitas ligações na Polônia, mas numa catástrofe dessas elas não valem mais que uma pitada de tabaco. Depois me contaram que a casa onde eu morava tinha sido atingida por uma bomba e reduzida a uma pilha de entulho e tijolos. Nunca mais ouvi falar de Manya.

"Essa Manya podia ser considerada uma moça comum. Vinha de alguma pequena aldeia da Grande Polônia. Quando a gente se conheceu, nós dois éramos virgens. Mas nenhum poder, nenhuma traição da minha parte podia destruir o amor entre nós. De alguma forma, ela sabia de todas as minhas abominações e ficava me avisando que ia me deixar, se casar e não sei mais o quê. Mas vinha regularmente toda semana, às vezes mais. As outras mulheres nunca passavam a noite no meu quarto, mas quando Manya vinha, ela ficava. Não era particularmente bonita, era morena, não muito alta, de olhos pretos. Tinha cabelo crespo. Na aldeia era chamada de Manya, a cigana. Tinha todo o jeito de cigana. Lia a sorte nas cartas e lia a mão. Acreditava em todo tipo de feitiçaria e superstição. Até se vestia de cigana, com saias floridas e xales, usava brincos grandes de argola e contas vermelhas no pescoço. Estava sempre com um cigarro na boca. Ganhava a vida como vendedora em uma loja de lingerie. Os donos eram um casal velho sem filhos, e Manya virou quase uma filha para eles. Era excelente vendedora. Sabia costurar, bordar e aprendeu até a fazer espartilhos. Controlava o negócio todo. Se quisesse roubar, podia ter feito uma fortuna, mas era cem por cento honesta. Seja como for, os velhos iam deixar a loja para ela no testamento. Anos mais tarde, o velho teve um problema de fígado e viajaram para Carlsbad, Marienbad e Piszczany. E deixaram tudo com Manya. Por que ela precisaria casar? O que ela precisava era de um homem, e eu era esse homem. Essa mulher, que mal sabia ler e escrever, era, do seu jeito, muito refinada, principalmente no sexo. Na minha vida tive sabe Deus quantas mulheres, mas nunca nenhuma como Manya. Tinha os seus caprichos e peculiaridades, e quando penso nisso não sei se rio ou se choro. Sadismo é sadismo e masoquismo é masoquismo, existem nomes para essas bobagens todas? Cada vez que a gente brigava, os dois ficavam terrivelmente infelizes, e fazer as pazes era uma grande cerimônia. Ela podia cozinhar para um rei. Quando os patrões foram para os spas, ela cozinhava para mim no apartamento deles. Eu dizia sempre que a comida dela tinha *sex appeal*, e havia certa verdade nisso. Esse era o lado bom dela. O lado mau é que Manya não conseguia aceitar a idéia de que eu tinha outras mulheres. Fazia de tudo para estragar meu prazer. Eu por natureza não sou mentiroso, mas por causa dela acabei ficando. Automaticamente. Não tinha de inventar mentiras, minha boca inventava sozinha, e eu ficava sempre perplexo de como uma boca pode ser esperta e inteligente. A boca prevê acontecimentos e situações, coisas que só entendi depois. Mas não se pode enganar ninguém durante trinta anos. Manya sabia dos meus hábitos e nunca deixou de me espionar; meu telefone costumava tocar no meio da noite. Ao mesmo tempo, minhas histórias com outras mulheres eram uma diversão perversa para ela. De vez em quando, eu confessava e ela pedia detalhes, me chamava dos piores nomes, chorava, ria, ficava louca. Eu muitas vezes me sentia como um treinador de animais, como alguém que coloca a cabeça dentro da boca do leão. Sempre soube que meu sucesso com outras mulheres só fazia sentido se Manya estivesse ao fundo. Se eu tivesse Manya, a condessa Potocka era uma bagatela. Sem Manya, nenhuma conquista valia um groschen.

"Acontecia às vezes de eu voltar de uma de minhas aventuras, talvez numa hospedaria, ou na propriedade de um nobre, e estar com Manya naquela mesma noite. Ela me restaurava e eu começava tudo de novo, como se nada tivesse acontecido. Mas quando fui ficando mais velho comecei a me preocupar, achando que amor demais podia me fazer mal. Sou um pouco hipocondríaco. Leio livros de medicina e artigos nos jornais. Me preocupo com a possibilidade de estar estragando minha saúde. Uma vez, quando voltei completamente exausto e tinha de encontrar Manya, me veio uma idéia na cabeça: que bom seria se Manya estivesse no seu período menstrual e eu não precisasse passar a noite com ela.

Telefonei e ela me disse: 'Aconteceu uma coisa engraçada. Minhas férias', era assim que ela chamava, 'vieram no meio do mês'. 'Então você agora é milagreiro', eu disse para mim mesmo. Mas continuei não acreditando que aquilo tinha alguma coisa a ver com o meu desejo. Só depois que essas coisas aconteceram muitas vezes foi que entendi que tinha o poder de dar ordens para o corpo de Manya. Cada palavra que estou dizendo para o senhor é a pura verdade. Umas poucas vezes, desejei que ela ficasse doente, claro que só um pouquinho, porque eu gostava muito dela, e ela imediatamente tinha uma febre alta. Ficou claro para mim que eu governava completamente o corpo dela. Se quisesse que ela morresse, ela teria morrido. Li muitos livros e panfletos sobre mesmerismo, magnetismo animal e coisas assim, mas nunca me ocorreu que eu mesmo possuísse esse poder, e a esse ponto.

"Além de ser capaz de fazer com ela o que eu quisesse, lia seus pensamentos também. Podia literalmente ler a cabeça dela. Uma vez, depois de uma briga feia, Manya foi embora, e bateu a porta tão forte que os vidros das janelas tremeram. No momento em que ela saiu, me ocorreu que estava indo para o Vístula para se afogar. Agarrei meu sobretudo e fui atrás dela em silêncio. Ela foi de rua em rua e eu a seguindo feito um detetive. Ela não olhou para trás nem uma vez. Por fim, chegou ao Vístula e foi indo direto para a água. Corri atrás dela e agarrei pelos ombros. Ela gritou e se debateu. Salvei Manya da morte. Depois disso, ordenei com minha mente que ela nunca mais pensasse em suicídio. Mais tarde, ela me disse: 'Que estranho, eu sempre pensava em acabar com a minha vida. Ultimamente esses pensamentos sumiram de uma vez. Você sabe explicar isso?'.

"Eu podia ter explicado tudo. Uma vez, quando ela me procurou, eu disse assim: 'Você hoje perdeu dinheiro'. Ela ficou pálida. Era verdade. Ela estava voltando da caixa econômica e tinha perdido seiscentos zlotys."

III.

"Vou contar ao senhor a história do cachorro e mais uma história, e aí chega. Uma vez no verão, deve ter sido 1928 ou 1929, fui tomado por uma terrível fadiga. Hipocondria também. Estava enrolado em tantos casos e complicações que quase me acabei. Meu telefone tocava sem parar. As brigas feias que eu tinha com Manya começaram a ficar esquisitas. No lugar onde ela trabalhava, a mulher do velho morreu, e Manya ficava ameaçando se casar com ele. Tinha um primo na África do Sul que escrevia cartas de amor para ela e que se ofereceu para mandar um documento de compromisso legal. O grande amor dela de repente se transformou num ódio terrível. Falava em envenenar a ela e a mim. Me propôs um duplo suicídio. Nos seus olhos negros queimava um fogo que fazia ela parecer uma mulher tártara. Somos todos descendentes de sabe lá Deus quais assassinos. O senhor ou alguém do seu jornal já escreveu alguma vez que todo homem é um nazista em potencial? Eu costumava dormir feito uma pedra durante a noite, mas agora sofro de insônia. Quando finalmente adormeço, tenho pesadelos. Uma manhã, senti que meu fim tinha chegado. Minhas pernas estavam tremendo, tudo girava diante dos meus olhos, havia um tinido no meu ouvido. Entendi que, se eu não mudasse alguma coisa, ia me acabar. Resolvi deixar tudo e ir embora. Fiz uma mala. Quando estava arrumando a mala, o telefone começou a tocar loucamente, mas eu não atendi. Desci para a rua e tomei um droshky para a estação ferroviária de Viena. Tinha um trem de partida para a Cracóvia e eu comprei um bilhete. Sentei no banco de segunda classe e estava tão cansado que dormi a viagem inteira. O condutor me acordou na Cracóvia. Na Cracóvia, peguei outro droshky e mandei o cocheiro me levar para um hotel. No momento em que entrei no quarto do hotel, caí na cama ainda vestido e cochilei até amanhecer. Digo cochilei porque meu sono era agitado, eu dormia, mas não dormia. Fui ao banheiro e havia vozes gritando no meu ouvido e sinos tocando. Ouvi, literalmente, Manya chorando e me chamando de volta. Estava a ponto de ter um colapso. Mas me controlei com as minhas últimas forças. Fazia um dia e uma noite que estava em jejum e, quando acordei às onze da manhã, estava mais morto que vivo. Não havia banheiro nos quartos de hotel da Cracóvia, se você queria um banho tinha de encomendar com a camareira. Havia uma bacia e um jarro de água no quarto. De algum jeito consegui me barbear, tomei o café-da-manhã e fui para a estação de trem. Rodei algumas paradas e aí os trilhos terminaram. Claro que eu queria ir para as montanhas, mas não era a linha para Zakopane, era um ramal. Cheguei numa aldeia perto de Babia Góra. É uma montanha isolada das outras montanhas — uma montanha individualista — e poucos turistas vão até lá. Não havia hotel nem casa de cômodos e consegui um quarto com um velho casal de camponeses, *gazdas*. Acho que o senhor não conhece a região e nem preciso dizer o quanto é bonita. Mas essa aldeia era especialmente bonita e rústica, talvez por ser tão isolada. O velho casal tinha um cachorro, um bicho enorme, não sei de que raça. Me avisaram que ele mordia e que eu precisava tomar cuidado. Afaguei a cabeça dele, cocei seu pescoço e ele imediatamente ficou meu amigo. Isso é dizer pouco: o cachorro ficou loucamente apaixonado por mim, e aconteceu quase de imediato. Ele não me largava um minuto. O casal de velhinhos alugava o quarto todo verão, mas o cachorro nunca tinha se ligado a nenhum inquilino. Para resumir, fugi de um amor humano e caí num amor canino. Burek tinha todo o jeito de mulher, mesmo sendo macho. Fazia cenas de ciúmes piores que as de Manya. Eu dava longas caminhadas e ele corria atrás de mim por toda parte. Na aldeia havia muitos cachorros e se eu sequer olhasse para outro cachorro, Burek ficava louco. Mordia os outros e eu também. De noite, insistia em dormir na minha cama. Nesses lugares, os cachorros têm pulgas. Eu tentava não deixar que entrasse no quarto, mas ele uivava e gania tanto que acordava metade da aldeia. Era obrigado a deixar que entrasse, e ele imediatamente pulava em cima da cama. Gritava com voz de gente. Começaram a dizer na aldeia que eu era um feiticeiro. Não fiquei muito tempo, porque dava para morrer de tédio lá. Tinha levado uns livros comigo, mas logo li todos. Estava descansado e pronto para novos envolvimentos. Mas me separar de Burek não era coisa fácil. Ele tinha sentido, sabe Deus com qual instinto, que eu estava para ir embora. Tinha telefonado para Manya do posto de correio e recebido telegramas e cartas registradas naquela aldeia perdida. O cachorro ficava latindo e uivando. No último dia, ele teve uma espécie de espasmo, espumando pela boca. Os camponeses ficaram com medo de ele estar louco. Até então, nunca tinha sido preso, mas o dono arrumou uma corrente e prendeu o cachorro numa estaca. O barulho que fazia e os puxões na corrente me abalavam os nervos.

"Voltei para Varsóvia queimado de sol, mas não de todo descansado. O que o cachorro fez comigo naquela aldeia, Manya e umas outras mulheres fizeram comigo em Varsóvia. Todas se penduraram em mim e me morderam. Eu tinha encomendas para consertar móveis, e os clientes ficavam me telefonando. Passaram-se uns dias, ou talvez umas semanas, não me lembro bem. Depois de um dia difícil, fui para a cama cedo. Apaguei a luz. Estava tão exausto que dormi imediatamente. De repente, acordei. Acordar no meio da noite não era coisa comum para mim, mas dessa vez acordei com a sensação de que havia alguém dentro do quarto. Eu costumava acordar com um peso no peito, mas dessa vez senti um peso de verdade nos pés. Olhei e vi um cachorro deitado em cima do meu cobertor. A lâmpada estava apagada, mas não estava completamente escuro, porque a luz da rua entrava pela janela. Reconheci Burek.

"Pensei primeiro que o cachorro tinha corrido atrás do trem até Varsóvia. Mas isso era uma bobagem total. Em primeiro lugar, estava amarrado; depois, nenhum cachorro podia correr tanto tempo atrás de um trem expresso. Mesmo que o cachorro tivesse conseguido chegar até Varsóvia sozinho, e localizado a minha casa, não tinha como subir três andares de escada. Além disso, minha porta estava sempre trancada. Compreendi que não era um cachorro real, de carne e sangue, mas um fantasma. Olhei os olhos dele, senti seu peso em cima de meus pés, mas não ousava tocar nele. Fiquei ali sentado, aterrorizado, e ele olhando dentro dos meus olhos com uma expressão absolutamente triste, e com algo mais que eu não sabia como chamar. Queria empurrar o bicho e liberar meus pés, mas me senti tolhido. Não era um cachorro, era um fantasma. Deitei de novo e tentei dormir. Depois de algum tempo consegui. Um pesadelo? Digamos que foi um pesadelo. Mas era Burek do mesmo jeito. Reconheci seus olhos, orelhas, a expressão, o pêlo. No dia seguinte, pensei escrever ao camponês para perguntar do cachorro. Mas sabia que ele não sabia ler e eu estava ocupado demais para escrever uma carta. E não ia mesmo receber resposta. Estou absolutamente convencido de que o cachorro morreu e que o que me visitou não era deste mundo.

"Não foi só dessa vez que ele veio; ao longo de alguns anos ele voltou, e tive muito tempo de olhar bem para ele, mesmo ele nunca aparecendo no claro. O cachorro estava velho quando fui embora da aldeia, e pela aparência que tinha naquele último dia, eu sabia que não podia durar muito. Corpo astral, espírito, alma, chame como quiser, para mim é um fato indiscutível que o fantasma de um cachorro veio até mim e deitou em cima das minhas pernas não uma, mas dúzias de vezes. Primeiro, quase toda noite, depois mais raramente. Sonho? Não, eu não estava sonhando, a menos que a vida inteira seja um sonho."

IV.

"Vou contar um último incidente. Já contei que uma porção de mulheres com quem tive casos eu encontrei nas salas em que eu estava consertando a mobília. Este homem simples sentado aqui já fez amor com condessas polonesas. O que é uma condessa? Nós somos todos feitos do mesmo material. Mas uma vez conheci uma mulher moça que me tirou de mim mesmo. Estava contratado numa casa da nobreza em Vilanov, para consertar um velho piano decorado com guirlandas douradas. Enquanto eu estava trabalhando, uma moça deslizou pela sala. Parou por nada mais que um segundo, olhou o que eu estava fazendo e nossos olhos se encontraram. Como posso descrever a aparência dela? Ao mesmo tempo aristocrata polonesa e estranhamente judia, como se, por mágica, um gentil estudante da yeshiva tivesse se transformado em uma *panienka* polonesa. Tinha o rosto estreito e olhos pretos, tão profundos que fiquei confuso. Eles me queimavam. Tudo naquela mulher era cheio de espiritualidade. Nunca antes eu tinha visto uma beleza daquelas. Ela desapareceu num instante e eu fiquei abalado. Depois, perguntei para a dona da casa quem era aquela beleza e ela me disse que era uma sobrinha que estava de visita. Mencionou o nome de algum estado ou cidade de onde ela vinha. Mas na minha confusão não consegui prestar atenção. Podia ter descoberto com toda facilidade o nome e o endereço dela se não estivesse tão tonto. Terminei o trabalho e ela não apareceu de novo. Mas a imagem dela ficou para sempre diante dos meus olhos. Comecei a pensar nela dia e noite, sem parar. Meu pensamento me esgotava e resolvi acabar com aquilo, custasse o que custasse. Manya percebeu que eu não estava em mim e isso foi motivo para novas cenas. Estava tão atrapalhado que, mesmo conhecendo Varsóvia como a palma da minha mão, me perdia nas ruas e cometia erros bobos. Fiquei meses assim. Pouco a pouco minha obsessão foi enfraquecendo, ou talvez só indo mais para o fundo de mim; eu podia pensar em outra e ao mesmo tempo sonhar com ela. E o verão passou, e passou o inverno, e era primavera de novo. Num fim de tarde, quase anoitecendo, não me lembro se em abril ou maio, o telefone tocou. Eu disse alô e ninguém respondeu. Mas tinha alguém do outro lado da linha. Falei de novo: 'Alô, alô, alô!' e ouvi um estalo e uma voz gaguejando. Eu disse: 'Seja quem for, por favor fale'.

"Depois de um tempo, ouvi uma voz que era de mulher, mas também de menino. Ela me disse: 'Você uma vez trabalhou em Vilanov, numa casa assim e assim. Lembra de alguém que passou pela sala?'. Senti um aperto na garganta e quase perdi a capacidade de mexer a língua. 'Lembro, sim, lembro de você', eu disse. 'Como esquecer seu rosto?' Ela ficou tão quieta que achei que tinha desligado. Mas começou a falar de novo, ou mais murmurar. Disse: 'Preciso falar com você. Onde podemos nos encontrar?'. 'Onde você quiser', eu disse. 'Quer vir até a minha casa?' 'Não, fora de cogitação', ela disse. 'Talvez num café...'

'Não, num café, não', eu disse. 'Me diga onde encontrar você e vou até aí.' Ela ficou quieta; depois falou de uma ruazinha perto da biblioteca da cidade, no norte, perto de Mokotow. 'Quando quer que seja?', perguntei. 'O mais depressa possível.' 'Agora, talvez?' 'Agora, se você puder.' Eu sabia que não existia nem café, nem restaurante, nem um banco para sentar naquela ruazinha, mas disse para ela que estava saindo imediatamente. Houve tempo em que achei que se esse milagre acontecesse eu ia pular de alegria. Mas de alguma forma estava tudo em silêncio dentro de mim. Não estava feliz nem infeliz, só surpreso.

"Quando cheguei ao local do encontro, já era noite. A rua tinha árvores dos dois lados e poucas luzes. Vi que ela estava na quase escuridão. Parecia mais magra, o cabelo penteado num coque. Estava perto de uma árvore, envolta em sombra. A não ser por ela, a rua estava deserta. Ela se assustou quando me aproximei. As árvores estavam florindo e a sarjeta estava cheia de flores. Eu disse: 'Aqui estou. Aonde podemos ir?'. 'O que eu quero dizer pode ser dito aqui mesmo', ela respondeu. 'O que você quer me dizer?', perguntei. Ela hesitou. 'Quero pedir que me deixe em paz.'

"Fiquei assustado e disse: 'Não sei do que você está falando'. 'Sabe muito bem', disse ela. 'Você não me deixa em paz. Tenho marido e sou feliz com ele. Quero ser uma esposa fiel.' Aquilo não era falar, era gaguejar. Ela fazia uma pausa depois de cada palavra. Disse: 'Não foi fácil descobrir quem você era e o número do seu telefone. Tive de inventar uma história de uma cômoda quebrada para fazer minha tia me dar a informação. Não sou mentirosa, minha tia não acreditou em mim. Mesmo assim, me deu seu nome e seu telefone'. E ficou em silêncio.

"Perguntei: 'Por que não podemos ir para algum lugar e conversar?'. 'Não posso ir para lugar nenhum. Podia ter dito isso pelo telefone, é tudo tão estranho, absolutamente louco, mas agora você sabe a verdade.' 'Eu realmente não sei o que você tem em mente', eu disse, só para encompridar a conversa. Ela disse: 'Eu lhe peço, por tudo que é sagrado para você, que pare de me atormentar. O que você quer eu não posso fazer, preferia morrer'. E seu rosto ficou pálido como cera.

"Eu ainda me fiz de bobo e disse: 'Não quero nada de você. É verdade que quando vi você na sala de sua tia, fiquei muito impressionado, mas não fiz nada que pudesse perturbar você'. 'Fez, sim. Se nós não estivéssemos no século XX, eu diria que você é um feiticeiro. Acredite', ela continuou, 'não foi fácil tomar a decisão de ligar para você. Tive medo até de você não saber quem eu era, mas você soube, na mesma hora.'

"'Não podemos ficar conversando aqui na rua', eu disse. 'Temos de ir para algum lugar.' 'Onde? Se algum conhecido me vir, estou perdida.' Eu disse: 'Venha comigo'. Ela hesitou um pouco e depois me acompanhou. Parecia ter dificuldade para andar com os saltos altos e pegou no meu braço. Notei, mesmo ela estando de luvas, que tinha as mãos muito bonitas. Sua mão tocava meu braço, e um estremecimento me percorreu. Depois de algum tempo, a moça ficou mais relaxada e disse: 'Que tipo de poderes você tem? Ouvi sua voz diversas vezes. E também vi você. Acordava no meio da noite e você estava parado ao pé da minha cama. Em vez de olhos, dois raios verdes brilhavam em suas órbitas. Acordei meu marido, mas em um segundo você desapareceu'.

"'Era uma alucinação', eu disse. 'Não, você anda pela noite.' 'Se ando, é sem saber.'

"Chegamos perto da margem do Vístula e sentamos num tronco. Era sossegado ali. Não completamente seguro, porque é cheio de bêbados e vagabundos. Mas ela ficou comigo. E disse: 'Minha tia não vai saber o que aconteceu comigo. Disse a ela que ia dar um passeio. Ela até se ofereceu para me acompanhar. Me faça uma promessa sagrada de que vai me deixar. Talvez tenha esposa e não ia querer que ela fosse molestada por ninguém'.

"'Não tenho esposa', eu disse, 'mas prometo a você que, no que depender de mim, não vou molestar você. É só isso que posso prometer.'

"'Fico agradecida até o meu último suspiro.'

"É essa a história. Nunca mais vi a mulher. Nem sei o nome dela. Não sei por que, mas de todas as coisas estranhas que me aconteceram, essa foi a que mais me impressionou. Bom, isso é tudo. Não quero incomodar mais o senhor."

"Não está me incomodando", respondi. "É bom encontrar uma pessoa com esses poderes. Fortalece minha própria fé. Mas como foi que aconteceu de Manya estar gripada quando você foi embora de Varsóvia? Por que não ordenou que ela sarasse?"

"Eu me faço essa pergunta constantemente. Parece que meu poder é só negativo. Para curar um doente é preciso ser santo, e, como o senhor vê, estou longe de ser santo. Ou pode ser, quem sabe, que naqueles dias ter uma mulher ao seu lado fosse perigoso."

O estranho baixou a cabeça, Começou a tamborilar na mesa com os dedos e a cantarolar para si mesmo. Depois se levantou. Achei que seu rosto tinha mudado; tinha ficado cinzento e enrugado. De repente, aparentava a idade que tinha. Parecia até mais baixo do que antes. Notei que sua capa estava cheia de manchas. Ele me deu a mão e se despediu, e fui com ele até o elevador.

"Ainda pensa em mulheres?", perguntei.

Ele pensou um pouco como quem não tinha entendido minhas palavras. Olhou para mim com tristeza, com desconfiança. "Só nas mortas."

Tem alguma coisa lá

Normalmente, o rabino Neemias de Bechev conhecia as manhas do Maligno e como subjugá-lo, mas nos últimos meses vinha sendo assolado por algo novo e apavorante: ódio do Criador. Uma parte do cérebro do rabino discutia com o Senhor do Universo, argumentando rebeldemente: sim, o senhor é grande, eterno, todo-poderoso, sábio, até cheio de misericórdia. Mas está brincando de esconde-esconde com quem, com as moscas? De que vale sua grandeza para a mosca que cai na rede da aranha que lhe suga a vida? De que servem todos os seus atributos para o rato quando o gato o firma entre as garras? Recompensas no Paraíso? Os animais não precisam disso. O senhor, Pai do céu, tem tempo de esperar o Fim dos Dias, mas eles não podem esperar. Quando o senhor provoca um incêndio no barraco de Feitl, o aguadeiro, e ele junto com a família têm de dormir na casa dos pobres numa noite fria de inverno, isso constitui uma injustiça irreparável. O apagar de sua luz, o livre-arbítrio, a redenção podem servir para explicar o senhor, mas Feitl, o aguadeiro, precisa descansar depois de um dia de trabalho, não ficar virando numa cama de palha podre.

O rabino sabia muito bem que era Satã falando com ele. Tentou de todo jeito silenciá-lo. Mergulhava o corpo na água gelada do banho ritual e estudava a Torá até os olhos fecharem de cansaço. Mas o Diabo se recusava a ceder. Sua insolência aumentava. Gritava de manhã à noite. Ultimamente, começara a poluir os sonhos do rabino. O rabino sonhou com judeus sendo queimados na fogueira, com meninos da yeshiva levados para as galés, com virgens violadas, bebês torturados. Foram-lhe mostradas as crueldades dos soldados de Chmielnitzki e de Gonta e as dos selvagens que consomem membros de animais antes de eles expirarem. Cossacos empalando crianças com suas lanças e enterrando os corpos ainda vivos. Um haydamak de bigode grande e olhos assassinos abriu a barriga de uma mulher e costurou um gato lá dentro. Em seu sonho, o rabino sacudia os punhos para o céu e gritava: "Tudo isso para a sua glória, Assassino Celeste?".

Toda a corte de Bechev estava à beira do colapso. O velho rabino, Reb Eliezer Tzvi, pai do rabino Neemias, morrera três anos antes. Tivera um câncer no estômago. A mãe do rabino Neemias desenvolveu a mesma doença no seio. Além do rabino, restaram uma filha e um filho. O irmão mais novo do rabino, Simcha Davi, se transformou em um "iluminado" quando os pais ainda estavam vivos. Deixou a corte e a esposa, filha do rabino de Zhilkovka, e foi para Varsóvia estudar pintura. A irmã do rabino, Hinde Shevach, havia se casado com o filho do rabino de Neustater, Chaim Mattos, que imediatamente depois do casamento afundou em melancolia e voltou para a casa dos pais. Hinde Shevach virou uma esposa abandonada. Como foi considerado doente mental, Chaim Mattos não obteve permissão para passar por um processo de divórcio. A mulher do próprio rabino Neemias, descendente do rabino de Kotzk, havia morrido junto com o bebê ao dar à luz. As casamenteiras propuseram diversos partidos ao rabino, mas ele deu a todas a mesma resposta: "Vou pensar".

Na verdade, nenhum partido adequado apareceu. A maioria dos hassidistas de Bechev desertou Reb Neemias. Nas cortes rabínicas, vigoravam as mesmas leis que entre os peixes do mar: os maiores devoram os menores. Os primeiros a ir embora foram os ricos. O que podia mantê-los em Bechev? A casa de estudos estava semidestruída. O teto dos banhos rituais estava abaulado por dentro. Cresciam ervas daninhas por toda parte. Reb Neemias ficou com apenas um bedel: Reb Sander. A casa do rabino tinha muitos cômodos, que raramente eram limpos, e uma camada de poeira cobria tudo. O papel de parede estava descascando. Os vidros das janelas haviam quebrado e não foram substituídos. Todo o prédio se acomodara de tal jeito que os pisos se inclinaram. Beila Elke, a criada, sofria de reumatismo; suas juntas ficaram nodosas. A irmã de

Reb Neemias, Hinde Shevac, não tinha paciência para trabalho doméstico. Ficava o dia inteiro sentada no sofá, lendo livros. Quando o rabino perdia um botão do casaco, não havia ninguém para costurar.

O rabino mal completara vinte e sete anos, mas parecia mais velho. Sua figura alta era curvada. Tinha uma barba amarela, sobrancelhas amarelas, cachos laterais amarelos. Era quase careca. Tinha a testa alta, olhos azuis, o nariz estreito, o pescoço comprido com um pomo-de-adão protuberante. Tinha uma palidez de tuberculoso. Em seu estúdio, com um desbotado casaco de estar em casa, solidéu amassado e chinelos vagabundos, Reb Neemias andava de um lado para o outro. Sobre a mesa, um cachimbo comprido e um saco de tabaco. O rabino acendia o cachimbo, tirava uma baforada e o deixava de novo. Pegava um livro, abria e fechava sem ler. Até para comer era impaciente. Mordia um pedaço de pão e mastigava andando. Tomava um gole de café e continuava a caminhar. Era verão, entre Pentecostes e o Dia do Temor, quando nenhum hassidista sai em peregrinação, e durante os longos dias de verão o rabino tinha tempo suficiente para pensar. Todos os problemas se fundiam em um: por que o sofrimento? Não havia resposta possível a sua pergunta, nem no Pentateuco, nem nos livros dos Profetas, no Talmude, no Zohar, nem em*A árvore da vida*. Se o Senhor é onipotente, podia Se revelar sem a ajuda da Legião do Mal. Se não era onipotente, então não era Deus de verdade. A única solução para o enigma estava nos hereges: não existe juiz nem juízo. Toda a criação é um acidente cego — um tinteiro entornou em cima de uma folha de papel e a tinta escreveu uma carta sozinha, cada palavra uma mentira, as frases um caos. Nesse caso, por que ele, Reb Neemias, fez de si mesmo um bobo? Que tipo de rabino era? A quem rezava? Com quem reclamar? Por outro lado, como pode a tinta derramada compor uma única linha? E de onde vieram a tinta e a folha de papel? *Nu*, e de onde vem Deus?

O rabino Neemias parou diante da janela aberta. Lá fora havia um céu azul-pálido; em torno de um sol amarelo-dourado, pequenas nuvens enroladas como as fibras usadas para proteger o *ethrog* em seu estojo. No galho nu de uma árvore seca, um pássaro pousado. Uma andorinha? Um pardal? Sua mãe também foi um pássaro e sua avó também, geração após geração, por milhares de anos. Se Aristóteles tivesse razão e o universo existisse desde sempre, então a cadeia de gerações não tinha início. Mas como podia ser isso?

O rabino fez uma careta como se sentisse dor. Fechou o punho. "Quer esconder seu rosto?", perguntou a Deus. "Pois seja. Você esconde seu rosto e eu escondo o meu. Agora já chega." Resolveu pôr em ação o que vinha pensando fazia um longo tempo.

II.

Naquela noite de sexta-feira, o rabino dormiu pouco. Cochilava e despertava intermitentemente. Cada vez que adormecia, era novamente tomado de horrores. Corria sangue. Corpos atirados nas sarjetas. Mulheres correndo entre chamas, com cabelos chamuscados e seios queimados. Sinos tocavam. Uma debandada de animais com chifres de carneiro, focinho de porco, pele de ouriço e tetas de gata emergia de florestas em chamas. Um grito subia da terra, um lamento de homens, mulheres, serpentes, demônios. Na confusão de seu sonho, o rabino imaginou que Simchat Torá e o Purim caíam no mesmo dia. Teria o calendário sido alterado, imaginou o rabino, ou o Maligno assumira o comando? Ao amanhecer, um velho de barba torta, usando um manto rasgado, gritou com ele e sacudiu-lhe os punhos. O rabino tentou soprar o chifre de carneiro para excomungá-lo, mas em vez do som ouviu-se um chiado que podia ter saído de um pulmão esvaziando.

O rabino tremeu e sua cama estremeceu. Seu travesseiro estava molhado e torcido, como se tivesse acabado de sair do tanque de lavar roupa. Os olhos do rabino estavam meio grudados. "Abominações", murmurou o rabino. "Escória do cérebro." Pela primeira vez na vida, o rabino não fez suas abluções. "O poder do mal? Vamos ver o que o mal pode fazer! O homem santo só pode calar." Foi até a janela. O sol nascente rolava pelas nuvens como uma cabeça cortada. Em cima de uma pilha de lixo, o bode da comunidade tentava mascar as folhas de palmeira do ano anterior. "Ainda está vivo?", o rabino perguntou a ele. E lembrou do carneiro cujos chifres ficaram presos no espinheiro e que Abraão sacrificou no lugar de Isaac. Ele está sempre precisando de oferendas queimadas, pensou o rabino acerca de Deus. O sangue de suas criaturas tinha um gosto doce para Ele.

"Farei isso, farei isso", o rabino disse em voz alta.

Em Bechev, rezavam tarde. Nos shabats de verão mal se atingia o quórum, mesmo contando os poucos velhos sustentados pela corte. Na noite anterior, o rabino resolvera não colocar seu manto de franjas, mas acabou vestindo, só por hábito. Tinha planejado ir de cabeça nua, mas, relutante, colocou o solidéu. Um pecado de cada vez, resolveu. Sentou-se em sua poltrona e cochilou. Depois de algum tempo, teve um sobressalto e levantou-se. Até ontem o Bom Espírito tentara repreender o rabino e ameaçá-lo com a Geena e com uma transmigração inferiorizante de sua alma. Mas agora a voz do Monte Horeb se calava. Todos os medos haviam desaparecido. Só o ódio restava. "Se Ele não precisa dos judeus, os judeus não precisam d'Ele." O rabino falou não mais diretamente com o Todo-Poderoso, mas com alguma outra entidade, talvez uma daquelas mencionadas no Salmo 82: "Deus está na congregação dos poderosos; julga no meio dos deuses". O rabino agora concordava com todo tipo de heresia, com aquelas que O negavam inteiramente e com aquelas que acreditavam em dois domínios; com os idólatras que servem as estrelas e as constelações e com aqueles que sustentam a Trindade; com os karaaítas, que renunciaram ao Talmude; com os samaritanos, que trocaram o Monte Sinai pelo Monte Gerizim. Sim, eu conheci o Senhor e tenciono desdenhá-Lo, disse o rabino. Muitas questões de repente se esclareceram: a serpente primeva, Caim, a Geração do Dilúvio, os sodomitas, Ismael, Esaú, Corá e Jeroboão, filho de Nebate. Com um torturador silencioso não se fala e a um perseguidor não se reza.

O rabino esperava que de alguma forma, no último momento, um milagre ocorresse, Deus se revelasse ou algum poder o contivesse. Mas nada aconteceu. Abriu a gaveta e tirou seu cachimbo, objeto proibido de ser tocado no shabat. Encheu a bombilha com tabaco. Antes de riscar o fósforo, o rabino hesitou. Repreendeu a si mesmo: "Neemias, filho de Eliezer Tzvi, esta é uma das trinta e nove atividades proibidas no shabat. Por causa disso, o sujeito é apedrejado". Olhou em torno. Nenhuma asa tremulou, nenhuma voz chamou. Pegou um fósforo e acendeu o cachimbo. Seu cérebro sacudiu dentro do crânio como a noz em sua casca. Estava mergulhando no abismo.

Geralmente o rabino gostava de fumar, mas agora o fumo estava com um gosto acre. Arranhava a garganta. Alguém podia bater na porta! Para apagar o fogo, pingou dentro do cachimbo algumas gotas da água de ablução, outra grande ofensa. Sentiu vontade de mais uma transgressão, mas qual? Queria cuspir no mezuzá, mas se conteve. Durante algum tempo, o rabino ficou ouvindo o turbilhão dentro de si mesmo. Depois, saiu para o corredor e foi ao quarto de Hinde Shevach. Mexeu no trinco e tentou abrir a porta.

"Quem é?", Hinde Shevach perguntou.

"Sou eu."

O rabino ouviu-a farfalhar, murmurando. Depois ela abriu a porta. Devia ter acabado de acordar. Usava um vestido de casa com arabescos, chinelos e um lenço de seda sobre a cabeça raspada. Neemias era alto, mas Hinde Shevach era baixa. Embora nem tivesse ainda vinte e cinco anos, parecia mais velha, com círculos escuros debaixo dos olhos e a expressão ofendida da esposa abandonada. O rabino raramente vinha a seu quarto, e nunca tão cedo e no shabat.

Ela perguntou: "Aconteceu alguma coisa?".

Os olhos do rabino se encheram de riso. "O Messias chegou. A lua caiu."

"Que conversa é essa?"

"Hinde Shevach, está tudo acabado", disse o rabino, assombrado com as próprias palavras.

"Como assim?"

"Não sou mais rabino. Não existe mais corte, a menos que você queira assumir o lugar e virar uma segunda Virgem de Ludmir."

Os olhos amarelados de Hinde Shevach mediram-no, arrevesados. "O que aconteceu?"

"Me enchi."

"O que vai ser da corte, de mim?"

"Venda tudo, peça o divórcio do seu schlemiel ou vá embora para a América."

Hinde Shevach ficou imóvel. "Sente aí, você está me assustando."

"Estou cansado de tanta mentira", disse o rabino. "Dessa bobagem toda. Não sou rabino e eles não são hassidistas. Estou indo embora para Varsóvia."

"Vai fazer o que em Varsóvia? Seguir os passos de Simcha Davi?"

"É, seguir seus passos."

Os lábios pálidos de Hinde Shevach tremeram. Procurou um lenço entre as roupas que estavam em cima de uma cadeira. Levou o lenço à boca. "E eu?", perguntou.

"Você ainda é moça. Não é aleijada", disse o rabino, surpreso com as próprias palavras. "Tem o mundo inteiro diante de você."

"Tenho? Chaim Mattos não tem permissão para se divorciar de mim."

"Tem, sim. Tem, sim."

O que o rabino queria dizer era: "Você não precisa de divórcio", mas teve medo de Hinde Shevach desmaiar. Sentia uma compulsão de desafio, de coragem, e o alívio de alguém que se livrou de todas as rédeas. Pela primeira vez entendeu o que significava ser um não-crente. Disse: "A instituição hassídica é mera mendicância. Ninguém precisa de nós. A coisa toda é uma fraude, uma mentira".

III.

Correu tudo manso. Hinde Shevach trancou-se em seu quarto, aparentemente chorando. Sander, o bedel, embebedou-se depois do Havdalá, a saída do shabat, e foi dormir. Os velhos ficaram sentados na casa de estudos. Um recitava a Prece de Despedida, outro lia *O começo da sabedoria*, um terceiro limpava o cachimbo com um arame, um quarto remendava o livro sagrado. Umas poucas velas tremulavam. O rabino deu uma última olhada na casa de estudos. "Uma ruína", murmurou. Tinha embalado ele próprio sua mochila. Desde a morte da mulher, acostumara-se a pegar as próprias roupas da arca onde a criada as deixava. Separou diversas camisas, umas roupas de baixo, e meias brancas compridas. Nem levou a estola de oração e os filactérios. Para quê?

O rabino fugiu da aldeia. Foi muito conveniente a lua não estar brilhando. Não pegou a estrada, preferiu ir andando pelas trilhas que conhecia desde menino. Não usou o chapéu de veludo. Encontrou um boné e uma capa dos tempos em que era solteiro.

Na verdade, o rabino não era mais o mesmo homem. Sentiu que estava possuído por um demônio que pensava e falava à sua própria maneira. Atravessou campos e uma floresta. Mesmo sendo sábado à noite, quando os Malignos correm soltos, o rabino sentiu-se forte e ousado. Não tinha mais medo nem de cães nem de ladrões. Chegou à estação e descobriu que não havia trem até o amanhecer. Sentou-se num banco, perto de um camponês que roncava, deitado. O rabino não tinha rezado nem a Prece Noturna nem o Shemá. Vou raspar minha barba também, resolveu. Tinha consciência de que sua fuga não ficaria em segredo e que seus hassidistas podiam procurá-lo e encontrá-lo. Em resumo, pensou deixar a Polônia.

Adormeceu e foi despertado pelo toque de um sino. O trem havia chegado. Antes, havia comprado um bilhete de quarta classe, porque nesses vagões nunca há iluminação; os passageiros sentam-se ou viajam de pé no escuro. Estava apreensivo com a possibilidade de encontrar cidadãos de Bechev, mas o vagão estava cheio de gentios. Um deles riscou um fósforo, e o rabino viu camponeses com chapéus de quatro bicos, cafetãs marrons, calças de algodão, a maioria descalça ou com trapos enrolados nos pés. Não havia janela no vagão, apenas uma abertura redonda. Quando o sol subiu, lançou uma luz roxa sobre o grupo de homens esfarrapados, que fumavam tabaco barato, comiam pão grosseiro com toicinho e bebiam vodca. As esposas estavam reclinadas na bagagem e cochilavam.

O rabino tinha ouvido falar dos pogrons da Rússia. Matutos como aqueles matavam homens, estupravam mulheres, saqueavam, torturavam crianças. O rabino encolheu-se num canto. Tentou proteger o nariz do fedor. "Deus, é este o seu mundo?", perguntou. "Foi a eles que tentou dar a Torá no Monte Seir e no Monte Parã? Foi entre eles que dispersou seu povo escolhido?" As rodas rolavam nos trilhos. A fumaça da locomotiva infiltrava-se pelo buraco redondo. Fedia a carvão, óleo e a alguma substância derretida indecifrável. "Será que posso ficar como eles?", o rabino perguntou a si mesmo. "Se Deus não existe, também não existe Jesus."

O rabino sentiu uma forte vontade de urinar, mas não havia onde. Esses passageiros pareciam cheios de pulgas e piolhos. Sentiu uma coceira debaixo da camisa. Começou a se arrepender de ter deixado Bechev. "Quem me impediria de ser infiel lá?", perguntou a si mesmo. "Pelo menos tinha a minha cama. E o que vou fazer em Varsóvia? Fui impulsivo. Esqueci que um herege também precisa de comida e de um travesseiro debaixo da cabeça. Meus poucos rublos não vão durar muito. O próprio Simcha Davi é pobre." O rabino havia sido informado que Simcha Davi passava fome, usava roupas esfarrapadas e, além disso, era teimoso e pouco prático. "Bom, e o que ele queria? Não faltam charlatões em Varsóvia."

As pernas do rabino estavam doendo e ele abaixou-se no chão. Baixou mais a aba do boné sobre a testa. Em várias estações subiram judeus ao trem; alguém podia reconhecê-lo. De repente, ouviu palavras familiares. "Oh, Deus meu, a alma que me destes é pura; Vós a criastes, Vós lhe destes forma, Vós a soprastes para dentro de mim; Vós a preservastes dentro de mim; e Vós a tirareis de mim, mas ma restituireis no além..." "Mentira, mentira deslavada", exclamou algo dentro do rabino. "Todos têm o mesmo espírito: homem, animal. O próprio Eclesiastes admite isso. Por isso os sábios queriam censurar esse livro. Bom, mas o que é um espírito? Quem forma o espírito? O que dizem os livros profanos a respeito?"

O rabino dormiu e sonhou que era Yom Kippur. Estava no pátio da sinagoga com um grupo de judeus de mantos brancos e estolas de oração. Alguém havia trancado a sinagoga, mas por quê? O rabino levantou os olhos para o céu e em vez de uma lua, viu duas, três, cinco. O que era aquilo? As luas pareciam correr umas para as outras. Foram ficando maiores e mais brilhantes. Brilhou um raio, o trovão ribombou, o céu ardeu em chamas. Os judeus emitiram um uivo lamentoso: "Ai, o Mal prevaleceu!".

Abalado, o rabino acordou. O trem havia chegado a Varsóvia. Não ia a Varsóvia desde que seu pai, bendita sua memória, adoeceu e foi até lá ver o dr. Frankel, meses antes de seu falecimento. Pai e filho haviam, então, viajado em um vagão especial. Sacristãos e membros da corte os acompanharam. Um multidão de hassidistas esperava na estação. Seu pai foi levado à casa de um rico seguidor na rua Twarda. Na sala de jantar, o pai interpretou a Torá. Agora, Neemias caminhava pela plataforma, levando a própria mala. Alguns passageiros corriam, outros arrastavam a bagagem. Carregadores gritavam. Um guarda apareceu com a espada de um lado, o revólver do outro, o peito coberto de medalhas, o rosto quadrado vermelho e gordo. Os olhos sebosos mediram o rabino com desconfiança, ódio e algo que fez o rabino lembrar de uma fera predadora.

O rabino entrou na cidade. Bondes tocavam seus sinos, carruagens se juntavam, cocheiros estalavam chicotes, cavalos galopavam sobre as pedras do calçamento. Havia um fedor de piche, de lixo e de fumaça. "É isto o mundo?", o rabino se perguntou. "É para cá que o Messias deve vir?" Procurou no bolso peitoral o pedaço de papel com o endereço de Simcha Davi, mas ele havia desaparecido. "Será que os demônios já estão brincando comigo?" O rabino voltou a enfiar a mão no bolso e pegou o papel que estava procurando. É, um demônio estava caçoando dele. Mas se não existe Deus, como pode haver uma Legião do Mal? Parou um transeunte e pediu orientação para a rua de Simcha Davi.

O homem forneceu. "Que longe!", disse.

IV.

Cada vez que o rabino perguntava como chegar à rua Smotcha, onde morava Simcha Davi, era aconselhado a tomar um bonde ou um coche, mas o bonde parecia descomunal demais e o coche era caro demais. Além disso, o cocheiro podia ser um gentio. O rabino não falava polonês. Parava para descansar a cada poucos minutos. Não tinha tomado café-da-manhã; mesmo assim, não sabia se estava ou não com fome. Sentia a boca aguar e uma secura na garganta. O cheiro de pães frescos do forno, bagels, leite fervido e arenque defumado evolava dos pátios. Passou por lojas que vendiam couro, artefatos, alimentos secos e roupas prontas. Os vendedores disputavam os clientes, puxavam-nos pelas mangas, piscavam, misturando iídiche com polonês. Vendedoras entoavam "Maçãs, pêras, ameixas, kugel de batata, ervilha quente, feijão". Uma carroça cheia de gravetos tentava passar por um portão estreito. Um carro com pilhas de sacos de farinha forçava a passagem por outro portão. Um louco, descalço, com uma manga faltando no cafetã e um gorro rasgado era perseguido por um bando de meninos. Gritavam-lhe provocações e atiravam-lhe pedras.

"Mamãe cozinhou um gatinho", um menino entoou com voz aguda. Loiros cachos pendiam de seu gorro octogonal.

Ao atravessar a rua, o rabino quase foi atropelado por uma carruagem expressa puxada por dois cavalos belgas. Mulheres torceram as mãos e ralharam com ele. Um homem de barba suja e grisalha que levava um saco nos ombros disse: "Vai ter de rezar um agradecimento neste sábado".

"Sei, agradecimento", disse o rabino a si mesmo. "E o que ele leva no saco? A sua porção do Paraíso?"

Finalmente, chegou à rua Smotcha. Alguém apontou o número do portão para ele. No portão, uma menina vendia pãezinhos de cebola. Entrou num pátio onde crianças brincavam de pega-pega em volta de um recipiente de lixo que tinham acabado de cobrir com piche. Adiante, um tintureiro mergulhava uma saia vermelha em um caldeirão cheio de tintura preta. Por uma janela aberta, uma menina arejava um colchão de plumas, batendo nele com uma vara. As primeiras pessoas a quem perguntou não sabiam de Simcha Davi. Então, uma mulher disse: "Deve morar no sótão".

O rabino não estava acostumado com tantos degraus. Teve de parar para recuperar o fôlego. A escada estava cheia de lixo. As portas dos apartamentos abertas. Um alfaiate costurava a uma máquina. Um apartamento continha uma fileira de teares onde meninas com flocos de algodão nos cabelos teciam fios com grande habilidade. Nos andares mais altos, havia buracos nas paredes de estuque e o cheiro ficava sufocante. De repente, o rabino viu Simcha Davi. Ele surgiu de um corredor escuro, de cabeça descoberta, vestindo um paletó curto manchado de tinta e barro. Tinha cabelo amarelo e sobrancelhas amarelas. Levava um pacote. O rabino ficou surpreso de reconhecer seu irmão; parecia tanto um gentio. "Simcha Davi!", chamou.

Simcha Davi encarou-o. "Uma cara conhecida, mas..."

"Olhe bem."

Simcha Davi deu de ombros. "Quem é você?"

"Seu irmão, Neemias."

Simcha Davi nem piscou. Seus pálidos olhos azuis pareciam vazios, tristes, prontos para todas as coisas bizarras que o tempo podia trazer. Duas rugas profundas surgiram nos cantos de sua boca. Não era mais o prodígio de Bechev, mas um trabalhador surrado. Depois de um tempo, disse: "É, é você. O que houve?".

"Escolhi seguir você."

"Bom, agora não posso me demorar. Tenho de encontrar com alguém. Estão me esperando. Já estou atrasado. Vou deixar você no meu quarto para descansar. Depois a gente conversa."

"Seja."

"'Nunca pensei ver teu rosto'", Simcha Davi citou do Gênesis.

"*Nu*, pensei que você já tivesse esquecido de tudo", disse o rabino. Estava mais constrangido pelo fato de o irmão ter citado a Bíblia do que por sua frieza.

Simcha Davi abriu a porta de um quarto tão minúsculo que o rabino pensou numa jaula. O teto era torto. Ao longo das paredes, havia telas, molduras, rolos de papel encostados. Cheirava a tinta e terebintina. Não havia cama, só um sofá estragado.

Simcha Davi perguntou: "O que você quer fazer em Varsóvia? É um momento difícil". Saiu sem esperar resposta.

Por que teria tanta pressa?, pensou o rabino. Sentou-se no sofá e olhou em torno. Quase todas as pinturas eram de mulheres, algumas nuas, outras seminuas. Na mesinha havia pincéis e uma paleta. Deve ser assim que ele ganha a vida, o rabino pensou. Estava claro agora que tinha agido loucamente. Não devia ter vindo. Pode-se sofrer dor em qualquer parte.

O rabino esperou uma hora, duas, mas Simcha Davi não voltou. Estava sendo devorado pela fome. "Hoje é um dia de jejum para mim, jejum de herege", disse a si mesmo. Uma voz dentro dele brincou: "Você merece o que está recebendo". "Não me arrependo", replicou o rabino. Estava pronto para lutar com o Anjo de Deus, como um dia lutara contra o Senhor do Mal.

O rabino pegou um livro do chão. Era em iídiche. Leu uma história sobre um santo que, em vez de ir à Oração da Noite, catava gravetos para uma viúva. O que é isto, devoção ou gozação? O rabino esperava ler uma negação de Deus e do Messias. Pegou um panfleto cujas páginas estavam caindo e leu sobre os colonos na Palestina. Jovens judeus aravam, semeavam, secavam pântanos, plantavam eucaliptos, lutavam contra beduínos. Um desses pioneiros tinha morrido e o autor o chamava de mártir. O rabino ficou ali sentado, confuso. Se não existe Criador, por que ir para a Terra Santa? E o que querem dizer com mártir?

O rabino ficou cansado e deitou. "Esse judaísmo não é para mim", disse. "Prefiro me converter!" Mas onde a gente se convertia? Além disso, para se converter era preciso fingir acreditar no Nazareno. Parece que o mundo estava cheio de fé. Se não se acreditava em um Deus, tinha de se acreditar em outro. Os cossacos se sacrificavam pelo czar. Os que queriam destronar o czar se sacrificavam pela revolução. Mas onde estavam os hereges de verdade, aqueles que não acreditavam em nada? Não tinha vindo a Varsóvia para trocar uma fé por outra.

V.

O rabino esperou três horas, mas Simcha David não voltou. Assim são os modernos, ponderou. Suas promessas não são promessas; não têm nenhum senso de parentesco ou amizade. Na verdade, o que eles veneram é o ego. Esses pensamentos o perturbaram: não era um deles agora? Mas como domar o pensamento do cérebro? Olhou o quarto. O que podiam ladrões encontrar ali de valor? As mulheres nuas? Saiu, fechou a porta, desceu os degraus. Levou consigo sua mala. Estava tonto e cambaleava. Na rua, passou por um restaurante, mas ficou com vergonha de entrar. Não sabia nem pedir uma refeição. Será que todos os clientes sentavam à mesma mesa? Homens comiam junto com mulheres? As pessoas podiam ridicularizar sua aparência. Voltou ao portão da casa onde morava Simcha Davi e comprou dois pãezinhos. Mas onde comê-los? Lembrou-se do provérbio: "Quem come na rua é cachorro". Ficou parado no portão e mordeu o pãozinho.

Já havia cometido pecados puníveis com a morte, mas comer sem lavar as mãos e sem recitar uma bênção o perturbava. Foi difícil engolir. Bem, é uma questão de hábito, consolou-se o rabino. O sujeito tem de se acostumar até com o fato de ser transgressor. Comeu um pãozinho e pôs o outro no bolso. Saiu andando sem rumo. Em uma rua, três funerais passaram por ele. Atrás do primeiro carro fúnebre seguiam vários homens. Uns poucos coches seguiam o segundo. Ninguém acompanhava o terceiro. "Bom, para eles não faz a menor diferença", o rabino disse a si mesmo. "'Os mortos não sabem coisa nenhuma, nem tampouco terão eles recompensa'", citou o Eclesiastes.

Virou à direita e passou por compridas e estreitas lojas de bens secos, internamente iluminadas por luzes de gás, embora fosse meio-dia. Das carroças quase tão grandes como casas, homens descarregavam rolos de lã, alpaca, algodão e estampados. Um operário passou com um cesto nos ombros, as costas curvadas debaixo do peso. Colegiais uniformizados, com botões brilhantes e insígnias nos bonés, levavam nos ombros livros amarrados com correias. O rabino parou. Se não se acredita em Deus, por que criar filhos, por que manter esposas? Pela lógica, um não-crente tinha de cuidar apenas do próprio corpo e de ninguém mais.

Seguiu andando. No quarteirão seguinte, uma livraria exibia livros em hebraico e em iídiche: *As gerações e seus intérpretes*, *Os mistérios de Paris*, *O homenzinho*, *Masturbação*, *Como prevenir a tuberculose*. Um livro tinha o título de *Como surgiu o universo*. Vou comprar esse, o rabino decidiu. Havia poucos clientes lá dentro. O vendedor, um homem de óculos de ouro presos a uma fita, estava conversando com um homem de cabelo comprido e que usava um chapéu de abas largas, com uma capa nos ombros. O rabino parou na estante e procurou entre os livros.

Uma vendedora se aproximou dele e perguntou: "O que deseja? Um livro de oração, de bênçãos?".

O rabino corou. "Vi um livro na vitrina, mas já esqueci o título."

"Venha, me mostre", disse a moça, piscando para o homem de óculos de ouro. Ela sorriu e formaram-se covinhas em seu rosto.

O rabino sentiu um impulso de sair correndo. Apontou o livro.

"*Masturbação?*", perguntou a moça.

"Não."

"*Vichna Dvosha vai para a América?*"

"Não, aquele no meio."

"*Como surgiu o universo?* Vamos voltar para dentro." A moça cochichou com o dono da loja, que estava agora atrás do balcão. Ele coçou a testa. "É o último exemplar."

"Pego da vitrina?", a moça perguntou.

"Mas por que precisa desse livro em especial?", perguntou o proprietário. "Está superado. O universo não surgiu do jeito que o autor descreve. Não tinha ninguém lá para saber."

A moça caiu na gargalhada. O homem de capa perguntou: "De onde você veio, do interior?".

"É."

"Para que veio a Varsóvia? Comprar mercadoria para sua loja?"

"É, mercadoria."

"Que tipo de mercadoria?"

O rabino sentiu vontade de dizer que ele não tinha nada a ver com isso, mas não estava nele ser insolente. Disse: "Quero saber o que dizem os hereges".

A moça riu de novo. O comerciante tirou os óculos. O homem de capa fixou nele grandes olhos negros. "É só isso que você precisa?"

"Quero saber."

"Bom, ele quer saber. Vão deixar você ler isso? Se for pego com um livro desses, jogam você para fora da casa de estudos."

"Ninguém vai saber", o rabino respondeu. Sabia que estava falando como criança, não como adulto.

"Bom, acho que a Iluminação ainda está viva, como há cinqüenta anos", o homem da capa disse ao proprietário. "Era assim que eles vinham a Vilna e perguntavam: 'Como o mundo foi criado? Por que brilha o Sol? O que veio primeiro, a galinha ou o ovo?'." Virou-se para o rabino. "Não sabemos, meu caro, não sabemos. Temos de viver sem fé e sem conhecimento."

"Então por que são judeus?", perguntou o rabino.

"Temos de ser judeus. Um povo inteiro não pode ser assimilado. Além disso, os gentios não nos querem. Existem centenas de convertidos em Varsóvia e são constantemente atacados pela imprensa polonesa. E de que vale a conversão? Temos de continuar sendo um povo."

"Onde posso conseguir o livro?", perguntou o rabino.

"Quem sabe? Está esgotado. Seja como for, o livro só afirma que o universo evoluiu. Quanto à maneira como evoluiu, como a vida foi criada, e o resto todo, ninguém tem a menor idéia."

"Então por que são descrentes?"

"Meu caro, não temos tempo para entabular uma discussão com você. Só tenho um exemplar e não quero tirar a poeira", disse o proprietário. "Volte daqui a umas semanas quando a gente mudar a vitrina. O universo não vai estragar em tão pouco tempo."

"Por favor, desculpem."

"Meu caro, não existem mais descrentes", disse o homem de capa. "No meu tempo havia alguns, mas os velhos morreram e a nova geração é prática. Querem melhorar o mundo, mas não sabem como. Você pelo menos ganha a vida com a sua loja?"

"Mais ou menos", resmungou o rabino.

"Tem mulher e filhos?"

O rabino não respondeu.

"Como chama a sua aldeia?"

O rabino ficou quieto. Sentia-se tão tímido como um menino de cheder. Disse "Obrigado" e saiu.

VI.

O rabino continuou andando pelas ruas. Estava anoitecendo e ele se lembrou que era hora da Oração Noturna, mas não estava com vontade de elogiar o Todo-Poderoso, de chamá-lo de fonte de conhecimento, de reanimador dos mortos, de curador dos doentes, de libertador dos prisioneiros, ou implorar a Ele que voltasse com Sua divina presença a Sião para reconstruir Jerusalém.

O rabino passou por uma prisão. Um portão negro se abriu e levaram para dentro um homem acorrentado. Um aleijado sem pernas passou sobre uma prancha com rodas. Um cego cantou uma canção que falava de um barco afundado. Numa rua estreita, o rabino ouviu um tumulto. Alguém havia sido esfaqueado, um jovem alto com o sangue esguichando da garganta. Uma mulher gemia: "Ele não deixou roubarem, atacaram com facas. Hão de queimar no inferno. O castigo de Deus tarda, mas não falta".

Por que tarda tanto?, o rabino quis perguntar. E a quem Ele castiga? Ao agredido, não aos agressores. A polícia chegou e a sirene de uma ambulância gemeu. Jovens de calças rasgadas, com a aba dos bonés cobrindo os olhos, saíram correndo dos portões, e também moças de cabelos despenteados, chinelos gastos nos pés nus. O rabino teve medo da multidão e seu ruído. Entrou num pátio.

Uma moça de xale nos ombros, as faces vermelhas como se estivessem pintadas com beterrabas, disse ao rabino: "Venha, custa vinte groschen".

"Ir aonde?", o rabino perguntou, sem entender.

"Vamos descer."

"Estou procurando um lugar para ficar."

"Eu recomendo você." A moça pegou seu braço.

O rabino sobressaltou-se. Pela primeira vez depois de adulto, uma mulher estranha o tocava. A moça desceu com ele uns degraus escuros. Seguiram por um corredor tão estreito que só dava para passar uma pessoa de cada vez. A moça ia na frente, puxando o rabino pela manga. A umidade do subsolo invadiu suas narinas. O que era aquilo? Um túmulo vivo, o portão da Geena? Alguém estava tocando uma harmônica. Uma mulher berrava. Um gato ou um rato pulou sobre os pés dele. Uma porta se abriu e o rabino viu um quarto sem janela, iluminado por um pequeno lampião de querosene, a chaminé enegrecida de fuligem. Junto a uma cama nua que tinha apenas um colchão de palha, ficava uma bacia com água rosada. Os pés do rabino empacaram na soleira como os de um boi levado ao matadouro. "O que é isto? Aonde está me levando?"

"Não se faça de bobo. Vamos nos divertir."

"Estou procurando hospedagem."

"Me passe os vinte groschen."

Poderia ser uma casa de má fama? O rabino estremeceu e tirou um punhado de moedas do bolso. "Pegue você mesma."

A moça pegou uma moeda de dez groschen, uma de seis e uma de quatro groschen. Depois de alguma hesitação, acrescentou um kopeck. Apontou a cama. O rabino derrubou as moedas restantes e saiu correndo de volta pelo corredor. O chão era irregular e cheio de buracos. Ele quase caiu. Bateu numa parede de tijolos. "Deus do Céu, salve-me!" Estava com a camisa encharcada. Quando chegou ao pátio, já era noite. O lugar fedia a lixo, esgoto e podridão. O rabino então deplorou ter invocado o nome de Deus. Sua boca encheu-se de bile. Um tremor percorreu-lhe a espinha. São esses os prazeres do mundo? É isso que Satã tem para vender? Tirou o lenço e enxugou o rosto. Para onde vou agora? "Onde me esconderei de Vossa face?" Levantou os olhos, e acima das paredes pairava o céu com a lua nova e poucas estrelas. Ficou olhando, confuso, como se visse aquilo pela primeira vez. Menos de vinte e quatro horas haviam se passado desde que saíra de Bechev, mas parecia-lhe que vagava havia semanas, meses, anos.

A moça do porão reapareceu. "Por que fugiu, seu caipira bobo?"

"Por favor, me desculpe", disse o rabino, e foi andando pela rua. A multidão tinha ido embora. Subia fumaça das chaminés. Os donos das lojas estavam fechando as portas com barras de ferro e cadeados. O que teria acontecido com o jovem esfaqueado?, pensou o rabino. Será que foi engolido pela terra? De repente, percebeu que ainda estava levando a mala. Como era possível? Parecia que sua mão se prendera a ela com força própria. Talvez esse mesmo poder tivesse criado o mundo. Talvez esse poder fosse Deus. O rabino queria rir e chorar. Não sirvo nem para pecar, um inútil em todos os sentidos. Bem, é o meu fim, o meu fim. Nesse caso, só resta uma saída, devolver os seiscentos e trinta membros e tendões. Mas como? Me enforcando? Me afogando? Estava perto do Vístula? O rabino abordou um transeunte. "Com licença, como chego até o Vístula?"

O homem tinha o rosto escuro, como um limpador de chaminés. Debaixo das sobrancelhas hirsutas, negras como carvão, fixou o rabino. "Para que precisa do Vístula? Quer pescar?" Sua voz latia como a de um cão.

"Pescar, não."

"Que mais, nadar até Dantzig?"

Um gozador, pensou o rabino. "Me disseram que existe uma hospedaria nas imediações."

"Uma hospedaria perto do Vístula? De onde você veio, do interior? O que está fazendo aqui, procurando emprego de professor?"

"Professor? É. Não."

"Meu senhor, para pisar as pedras de Varsóvia tem de ter força. Tem dinheiro?"

"Alguns rublos."

"Por um guilder por noite, pode dormir na minha casa. Moro bem aqui no número 14. Não tenho mulher. Te dou a cama dela."

"Bom, que seja. Obrigado."

"Já comeu?"

"Comi, de manhã."

"De manhã, é? Venha comigo até a taverna. Vamos tomar um copo de cerveja. E comer alguma coisa também. Sou o carvoeiro do outro lado da rua." O homem apontou com o dedo negro uma loja de portas gradeadas. Disse: "Tenha cuidado, podem roubar seu dinheiro. Um homem do interior acaba de ser levado na ambulância. Foi esfaqueado".

VII.

O carvoeiro deu uns passos na direção da taverna. O rabino cambaleou atrás dele. O carvoeiro abriu uma porta de vidro e o rabino foi envolvido pelo odor de cerveja, vodca, alho, pelo ruído de vozes altas de homens e mulheres e pelo som de música de dança. Seus olhos ficaram embaçados. "Por que parou?", perguntou o carvoeiro. "Vamos." Pegou o braço do rabino e puxou.

Através de um vapor tão denso quanto o da casa de banho de Bechev, o rabino viu rostos distorcidos, prateleiras de garrafas nas paredes, um barril de cerveja com uma bomba de latão, um balcão com travessas de ganso assado, pratos de aperitivos. Violinos chiavam, um tambor batia; todos pareciam gritar. "Aconteceu alguma coisa?", o rabino perguntou.

O carvoeiro levou-o a uma mesa e gritou em seu ouvido. "Isto aqui não é a sua cidadezinha. Isto é Varsóvia. Aqui você tem de saber por onde anda."

"Não estou acostumado com esse barulho."

"Você se acostuma. Que tipo de professor quer ser? Aqui tem mais professor do que aluno. Qualquer schlemiel vira professor. Que vantagem tem em tanto estudo? Eles esquecem mesmo. Eu mesmo fui ao cheder. Me ensinaram os comentários de Rashi e tudo. Ainda lembro umas palavras: 'E o Senhor disse a Moisés...'."

"Poucas palavras da Torá ainda são a Torá", disse o rabino, cônscio de que não tinha o direito de falar depois de ter violado tantos mandamentos.

"O quê? Nada daquilo vale o canto de um galo. Esses meninos ficam sentados na casa de estudos, tremendo e fazendo caretas malucas. Quando estão para ser convocados, se machucam. Casam e não conseguem sustentar a esposa. Fazem dúzias de filhos, que ficam engatinhando descalços por aí, nus..."

Talvez aquele ali fosse um verdadeiro não-crente, pensou o rabino. Perguntou: "Acredita em Deus?".

O carvoeiro pousou um punho na mesa. "Como é que eu vou saber? Nunca estive no céu. Tem alguma coisa lá. Quem fez o mundo? No shabat vou rezar com um grupo chamado 'O amor dos amigos'. Custa uns poucos rublos, e como diz o ditado: que seja um mitzvá. Rezamos com um rabino que quase não tem nem pão. A mulher dele vem e compra cinco quilos de carvão. O que é cinco quilos de carvão no inverno? Eu ponho mais um pouco só para arredondar. Se existe Deus, por que Ele permite que os poloneses batam nos judeus?"

"Não sei. Queria saber."

"O que diz a Torá? Você parece que conhece todas as firulas."

"A Torá diz que os maus são punidos e os bons recompensados."

"Quando? Onde?"

"No outro mundo."

"No túmulo?"

"No Paraíso."

"Onde fica o Paraíso?"

Um garçom aproximou-se. "Para mim, cerveja clara e fígado de galinha", pediu o carvoeiro. "O que você quer?"

O rabino não sabia responder. Perguntou: "Dá para lavar a mão aqui?".

O carvoeiro roncou. "Aqui a gente come sem se lavar, mas é kacher. Não servem carne de porco."

"Acho que vou comer um biscoito", o rabino resmungou.

"Biscoito? E o que mais? Aqui tem de beber junto. Que tipo de cerveja você quer? Clara? Escura?"

"Que seja clara."

"Bom, traga um caneco de cerveja de aveia para ele e um biscoito de ovo." Quando o garçom se afastou, o carvoeiro começou a batucar na mesa com as unhas enegrecidas. "Se não comeu desde manhã, isso não basta. Aqui, se não comer, você cai feito uma mosca. Em Varsóvia tem de ser glutão. Se quiser lavar as mãos para as bênçãos, vá ao banheiro. Tem uma torneira lá, mas vai ter de enxugar no casaco."

"Por que estou tão infeliz?", o rabino perguntou a si mesmo. "Estou mergulhado na iniqüidade como todos os outros, talvez mais. Se não quero ser Jacó, tenho de ser Esaú." Para o carvoeiro, disse: "Não quero ser professor".

"O que você quer ser, um conde?"

"Gostaria de aprender alguma profissão."

"Qual profissão? Se quer ser alfaiate, sapateiro ou peleteiro, tem de começar cedo. Te pegam de aprendiz e a mulher do patrão te manda esvaziar o penico e balançar o berço do bebê. Eu sei. Fui aprender para ser carpinteiro e meu patrão nunca me deixava nem tocar na serra, nem na plaina. Sofri com ele quatro anos e quando fui embora não tinha aprendido nada. Sem nem perceber, já tive de ir servir o czar. Durante três anos comi o pão preto dos soldados. Na caserna você tem de comer carne de porco, senão não tem força para carregar a arma. E eu tive escolha? Quando me dispensaram, fui trabalhar para um carvoeiro, e essa é a minha profissão desde então. Todo mundo rouba. Te trazem uma carroça de carvão que devia pesar cem poods, mas ela só pesa noventa. Roubam dez poods no caminho. Se você faz muita pergunta, te passam a faca. Então o que se pode fazer? Eu ponho água no carvão e aí fica mais pesado. Se não fizer isso, passo fome. Está me entendendo?"

"Entendo, sim."

"Então para que falar de profissão? Você deve ter lustrado o banco na casa de estudos esses anos todos, não foi?"

"Foi. Eu estudei."

"Então não presta para nada, só para professor. Mas também para isso precisa ter força. Tem uma Talmude Torá no quarteirão onde tinha um molenga de um professor. Os meninos que estudam lá são todos valentões. Aprontaram tantas com ele que acabou fugindo. Quanto aos ricos, querem professor moderno, que use gravata e saiba escrever em russo. Você é casado?"

"Não."

"Divorciado?"

"Sou viúvo."

"Toque aqui. Eu tinha uma boa esposa. Era um pouco surda, mas trabalhava. Fazia minha comida, tivemos cinco filhos, mas três morreram quando ainda eram bebês. Tenho um filho em Iecaterinoslav. Minha filha trabalha num armazém de ferragens. O patrão dela é rico. Eu sou sozinho. Quanto tempo faz que ficou viúvo?"

"Alguns anos."

"O que você faz quando quer mulher?"

O rabino corou, depois ficou pálido. "O que se pode fazer?"

"Com dinheiro se consegue de tudo em Varsóvia. Não aqui nesta rua. Aqui estão todas contaminadas. Você vai com uma menina e ela tem um bichinho no sangue. Você fica doente e começa a apodrecer. Tinha um homem aqui perto que o nariz dele apodreceu inteiro. Nas ruas melhores, as prostitutas têm de ser examinadas todo mês pelo doutor. Custa um rublo deitar com uma delas, mas pelo menos são limpas. Os casamenteiros andam atrás de mim, mas não consigo me resolver. Mulher o que quer é o seu dinheiro. Estava sentado com uma bem aqui na taverna e ela me perguntou: 'Quanto dinheiro você tem?'. Era uma megera velha, mais feia que o pecado. Disse para ela que o dinheiro que eu tinha economizado não era da conta dela. Se por um rublo dá para pegar uma menina moça e bonita, para que ficar com uma velha megera? Está me entendendo? Olhe aí a sua cerveja. O que foi? Você está branco feito um morto."

VIII.

Passaram-se três semanas e o rabino ainda vagava por Varsóvia. Dormia na casa do carvoeiro. O carvoeiro o levou ao teatro iídiche depois de uma refeição de shabat. Tinha também levado o rabino à corrida de Vilanov.

Todo dia, menos sábado, o rabino ia à biblioteca de Bresler. Parava na frente das estantes e procurava. Havia uma mesa onde se podia sentar e ler. O rabino chegava de manhã e ficava até a hora de fechar. De tarde saía e comprava um pãozinho, um bagel ou um pedaço de kugel de batata de uma mulher do mercado. Comia sem uma bênção. Lia livros em hebraico, em iídiche. Tentou até ler em alemão. Na biblioteca, encontrou o livro que havia visto na vitrina da livraria, *Como surgiu o universo*. "É, como foi criado sem um criador?", o rabino perguntou a si mesmo. Tinha adquirido o hábito de falar sozinho. Puxava a barba, estremecia e sacudia-se como fazia na casa de estudos. Murmurou: "É, uma névoa, mas quem fez a névoa? Como surgiu? Quando começou?".

A Terra separou-se do Sol, leu, mas quem formou o Sol? O homem descende do macaco, mas de onde vem o macaco? E uma vez que o autor não estava presente quando tudo isso aconteceu, como ter certeza? A ciência deles explicava tudo à distância no tempo e no espaço. A primeira célula apareceu centenas de milhões de anos atrás, na lama que beira o oceano. O Sol será extinto dentro de bilhões de anos. Milhões de estrelas, planetas, cometas movem-se no espaço sem começo nem fim, sem plano nem objetivo. No futuro, todas as pessoas serão iguais, haverá um Reino de Liberdade, sem competição, crises, guerra, ciúmes, ódio. Como diz o Talmude, quem quer mentir conta coisas que acontecem longe. Num velho exemplar de uma revista hebraica, *Haasif*, o rabino leu sobre Spinoza, Kant, Leibnitz, Schopenhauer. Chamavam Deus de substância, mônada, hipótese, vontade cega, natureza.

O rabino agarrou um de seus cachos. Quem é essa natureza? Onde obteve tanta habilidade e poder? Cuidava da estrela mais distante, de uma rocha no fundo do oceano, do menor grão de poeira, do alimento no estômago da mosca. Dentro dele, rabino Neemias de Bechev, a natureza fazia tudo ao mesmo tempo. Dava-lhe cólicas abdominais, entupia-lhe o nariz, fazia sua cabeça coçar e o cérebro remoer como o mosquito que atormentava Tito. O rabino blasfemava contra Deus e se desculpava com Ele. Num momento desejava morrer, no momento seguinte temia a doença. Precisava urinar, ia ao banheiro, mas não funcionava. Ao ler, via manchas verdes e douradas diante dos olhos e as linhas se fundiam, se separavam, curvavam e passavam uma em cima da outra. "Estou ficando cego? É o fim? Será que os demônios já se apossaram de mim? Não, Pai do Universo, não vou recitar minha confissão. Estou pronto para toda a sua Geena. Se o senhor pode ficar calado uma eternidade, eu pelo menos vou ficar mudo até entregar minha alma. O senhor não é o único guerreiro", o rabino disse ao Todo-Poderoso. "Se sou seu filho, também sou capaz de armar uma briga."

O rabino parou de ler ordenadamente. Pegava um livro, abria na metade, percorria algumas linhas e recolocava na estante. Onde quer que abrisse, encontrava uma mentira. Todos os livros tinham uma coisa em comum: evitavam o essencial, falavam vagamente e davam nomes diferentes para o mesmo objeto. Não sabiam nem como crescia a grama nem o que era a luz, como funcionava a hereditariedade, como o estômago digeria, o cérebro pensava, como nações fracas ficavam fortes, nem como pereciam os fortes. Embora esses estudiosos escrevessem grossos livros sobre as galáxias distantes, não haviam descoberto o que ocorria um quilômetro abaixo da crosta terrestre.

O rabino virava páginas e ficava de boca aberta. Apoiava a testa na beira da mesa e cochilava um instante. "Ai de mim, não tenho mais forças." Toda noite, o carvoeiro tentava convencer o rabino a voltar para sua aldeia. Dizia: "Vai se acabar e não vão nem saber o que escrever na lápide do seu túmulo".

IX.

Uma noite bem tarde, Hinde Shevach estava dormindo e foi despertada por passos no corredor. Quem é que anda assim no meio da noite?, Hinde Shevach pensou. Como seu irmão tinha ido embora, a casa era mais silenciosa que uma ruína. Hinde Shevach levantou-se, vestiu um casaco de ficar em casa e chinelo. Abriu uma fresta da porta e notou uma luz no quarto do irmão. Foi até lá e viu o rabino. A capa dele estava rasgada, a camisa desabotoada, o solidéu todo amassado. Tinha a expressão do rosto inteiramente alterada. Estava curvado como um velho. No meio do quarto, havia uma mochila.

Hinde Shevach esfregou as mãos. "Meus olhos estão me iludindo?"

"Não."

"Pai do Céu, procuraram você por toda parte. Que os pensamentos que eu tive se percam nos desertos. Já estão escrevendo sobre você nos jornais."

"Sei, bom."

"Onde você estava? Por que foi embora? Por que se escondeu?"

O rabino não respondeu.

"Por que não disse que ia partir?", Hinde Shevach perguntou aflita.

O rabino pendeu a cabeça e não respondeu.

"Pensamos que tinha morrido, Deus nos livre. Telegrafei para Simcha Davi, mas não veio resposta. Queria ficar sentada os sete dias de luto por você. Valha-me o céu! A cidade inteira está tumultuada. Inventaram as coisas mais escabrosas. Até informaram a polícia. Um policial veio me pedir sua descrição e tudo."

"Pena."

"Viu Simcha Davi?", Hinde Shevach perguntou depois de uma hesitação.

"Vi. Não."

"Como ele está se virando?"

"Ah."

Hinde Shevach engoliu em seco. "Você está mais branco que papel, todo esfarrapado. Inventaram cada história que eu fiquei com vergonha de mostrar a cara. Vieram cartas e telegramas."

"Bom..."

"Não pode simplesmente se livrar de mim assim." Hinde Shevach mudou de tom. "Fale claro. Por que fez isso? Você não é um moleque de rua, é o rabino de Bechev."

"Não sou mais rabino."

"Deus tenha piedade. Vai ser uma confusão. Espere, vou pegar um copo de leite para você."

Hinde Shevach saiu. O rabino ouviu-a descer a escada. Puxou a barba e balançou o corpo. Uma grande sombra projetou-se na parede e no teto. Depois de algum tempo, Hinde Shevach voltou. "Não tem leite."

"*Nu.*"

"Não saio daqui enquanto não me contar por que foi embora", disse Hinde Shevach.

"Queria saber o que dizem os hereges."

"E o que eles dizem?"

"Que não são hereges."

"É mesmo?"

"O mundo inteiro adora ídolos", murmurou o rabino. "Inventam deuses e servem aos deuses."

"Os judeus também?"

"Todo mundo."

"Bom, você perdeu a cabeça." Hinde Shevach ficou parada um pouco, olhando, depois foi para seu quarto.

O rabino deitou em sua cama completamente vestido. Sentiu que perdia as forças, não aos pouquinhos, mas de repente, rapidamente. Uma luz que nunca tinha visto piscou em seu cérebro. Sentiu as mãos e os pés amortecidos. A cabeça pesava no travesseiro. Depois de algum tempo, o rabino abriu uma pálpebra. A vela havia se queimado inteira. A lua da madrugada, cortada e apagada pela névoa, brilhava na janela. No oriente, o céu estava avermelhando. "Tem alguma coisa lá", murmurou o rabino.

A guerra entre o rabino de Bechev e Deus havia terminado.

Uma coroa de penas

Reb Naftali Holishitzer, líder da comunidade de Krasnobrod, ficou sem filhos na velhice. Uma filha morrera ao dar à luz e outra numa epidemia de cólera. Um filho afogara-se ao tentar atravessar o rio San a cavalo. Reb Naftali só tinha uma neta, Akhsa, órfã. Não era costume uma menina estudar na yeshiva, porque "a filha do Rei é toda glória por dentro" e as filhas dos judeus eram todas filhas de reis. Mas Akhsa estudava em casa. Surpreendia todo mundo com sua beleza, sabedoria e empenho. Tinha a pele branca e o cabelo preto; seus olhos eram azuis.

Reb Naftali administrava uma propriedade que havia pertencido ao príncipe Czartoryski. Como ele devia vinte mil guilderes a Reb Naftali, a propriedade do príncipe virou um penhor permanente, e Reb Naftali construíra para si um moinho de água e uma cervejaria, e plantara centenas de acres de lúpulo. Sua esposa, Nesha, vinha de uma rica família de Praga. Tinham dinheiro para contratar os melhores tutores para Akhsa. Um ensinava-lhe a Bíblia, outro francês, outro ainda o piano, e um quarto dança. Ela aprendia tudo depressa. Aos oito anos, jogava xadrez com seu avô. Reb Naftali não precisava oferecer um dote para seu casamento, uma vez que era herdeira de toda a sua fortuna.

Cedo se procuraram partidos, mas a avó era difícil de agradar. Olhava um rapaz proposto pelos agentes matrimoniais e dizia: "Tem ombros de bobo" ou "Tem a testa estreita de um ignorante".

Um dia, Nesha morreu inesperadamente. Reb Naftali estava com quase oitenta anos e era impensável que casasse de novo. Metade do dia dedicava à religião, a outra metade aos negócios. Levantava ao nascer do dia e meditava sobre o Talmude e os Comentários, e escrevia cartas aos anciãos da comunidade. Quando um homem adoecia, Reb Naftali ia confortá-lo. Duas vezes por semana visitava a casa dos pobres com Akhsa, que levava uma contribuição de sopa e aveia. Mais de uma vez, Akhsa, a mimada e estudiosa, arregaçou as mangas e arrumou camas ali.

No verão, depois da sesta do meio-dia, Reb Naftali mandava atrelar sua britska e rodava pelos campos e aldeias junto com Akhsa. Enquanto rodavam, discutiam negócios, e todos sabiam que ele escutava os conselhos dela, assim como escutara os da avó dela.

Mas havia uma coisa que Akhsa não tinha: um amiga. Sua avó tentara arrumar amigos para ela; tinha até baixado o nível de exigência e convidado meninas de Krasnobrod. Mas Akhsa não tinha paciência com a conversa delas sobre roupas e assuntos domésticos. Como seus tutores eram todos homens, Akhsa era mantida longe deles, a não ser nas aulas. Agora o avô era sua única companhia. Reb Naftali conhecera nobres em seu tempo. Tinha estado em feiras em Varsóvia, na Cracóvia, em Dantzig e Königsberg. Passava horas sentado com Akhsa, contando-lhe histórias de rabinos e milagreiros, de discípulos do falso messias Sabbatai Zevi, das disputas no Sejm, dos caprichos dos Zamojskis, dos Radziwills e dos Czartoryskis, suas esposas, amantes, cortesãos. Às vezes, Akhsa reclamava: "Queria que você fosse meu noivo, não meu avô", e beijava os olhos dele e sua barba branca.

Reb Naftali não respondia. "Não sou o único homem da Polônia. Existem muitos iguais a mim, e além do mais, jovens."

"Onde, Vovô? Onde?"

Depois da morte da avó, Akhsa se recusava a confiar no julgamento de qualquer um na escolha de um marido, até do avô. Sua avó só via o mal, Reb Naftali só via o bem. Akhsa pediu aos casamenteiros que lhe permitissem conhecer os pretendentes, e Reb Naftali finalmente permitiu. O jovem par podia se encontrar numa sala, de portas abertas, com uma velha criada surda no batente para vigiar que o encontro fosse breve e sem frivolidades. Pela regra, Akhsa não devia ficar com o jovem mais do que alguns minutos. Quase todos os pretendentes lhe pareceram bobos, tolos. Outros tentavam ser inteligentes e faziam piadas indignas. Akhsa os dispensava abruptamente. Que estranho, a avó ainda expressava sua opinião. Uma vez, Akhsa ouviu a voz dela dizer claramente: "Esse tem focinho de porco". Outra vez, disse: "Esse fala como um livro de cartas-padrão".

Akhsa sabia muito bem que não era sua avó falando. Os mortos não voltam do outro mundo para comentar sobre possíveis noivos. Mesmo assim, era a voz da avó, o seu estilo. Akhsa queria conversar com o avô a respeito, mas tinha medo de ele achar que ela estava louca. Além disso, o avô tinha saudades da esposa, e Akhsa não queria alimentar sua dor.

Quando Reb Naftali Holishitzer percebeu que a neta estava afastando os casamenteiros, ficou perturbado. Akhsa já completara dezoito anos. As pessoas de Krasnobrod começaram a murmurar: ela exigia um cavaleiro num cavalo branco ou a lua do céu; ia ficar para tia. Reb Naftali decidiu não ceder mais a seus caprichos, e fazê-la casar. Foi a uma yeshiva e trouxe com ele um rapaz chamado Zemach, órfão e estudioso devoto. Era moreno como um cigano, pequeno, de ombros largos. Seus cachos laterais eram grossos. Era míope e estudava dezoito horas por dia. Assim que chegou a Krasnobrod, foi para a casa de estudos e começou a oscilar o corpo diante de um volume aberto do Talmude. Seus cachos oscilavam também. Os estudantes vieram falar com ele, e ele respondeu sem levantar os olhos do livro. Parecia saber o Talmude de cor, porque pegava todos os erros das citações dos outros.

Akhsa pediu um encontro, mas Reb Naftali respondeu que essa conduta era para alfaiates e sapateiros, não para uma moça de bom nascimento. Alertou Akhsa que se mandasse embora Zemach, iria deserdá-la. Como homens e mulheres ficavam em salas separadas durante a festa de noivado, Akhsa não teve a chance de ver Zemach até o contrato de casamento ser assinado. Olhou para ele e ouviu a avó lhe dizer: "Estão fazendo você comprar mercadoria de segunda".

Suas palavras soaram tão claras que Akhsa achou que todo mundo tinha escutado, mas ninguém ouviu. As meninas e mulheres juntaram-se em torno dela, cumprimentando e elogiando sua beleza, seu vestido, suas jóias. O avô passou-lhe o contrato e a pena, e a avó gritou: "Não assine!". Agarrou o cotovelo de Akhsa e formou-se um borrão no papel.

Reb Naftali gritou: "O que você fez?".

Akhsa tentou assinar, mas a pena caiu de sua mão. Ela começou a chorar. "Vovô, não posso."

"Akhsa, você me envergonha."

"Vovô, me perdoe." Akhsa cobriu o rosto com as mãos. Houve uma agitação. Homens chiaram e mulheres riram e choraram. Akhsa chorou em silêncio. Foi meio levada, meio carregada para seu quarto e colocada na cama.

Zemach exclamou: "Não quero casar com essa megera!".

Abriu caminho na multidão e correu para pegar uma carruagem de volta para a yeshiva. Reb Naftali correu atrás dele, tentando acalmá-lo com palavras e dinheiro, mas Zemach jogou as notas de Reb Naftali no chão. Alguém trouxe seu baú de palha da hospedaria onde havia ficado. Antes de a carruagem partir, Zemach gritou: "Não perdôo essa mulher e Deus também não".

Durante vários dias, Akhsa ficou doente. Reb Naftali Holishitzer, que tinha sido bem-sucedido toda a vida, não estava acostumado ao fracasso. Ficou doente, seu rosto adquiriu uma palidez amarelada. Mulheres e meninas tentavam consolar Akhsa. Rabinos e anciãos iam visitar Reb Naftali, mas ele ia ficando mais fraco com o passar dos dias. Depois de algum tempo, Akhsa recobrou as forças e deixou a cama de doente. Foi ao quarto do avô, trancou a porta por dentro. A criada que ouviu e espiou pelo buraco da fechadura, disse que o ouviu dizer: "Você está louca!".

Akhsa cuidou do avô, levou-lhe remédios e lavou-o com a esponja, mas o velho sofreu uma inflamação nos pulmões. Corria sangue de seu nariz. Parou de urinar. Logo morreu. Anos antes, havia feito o testamento e deixou um terço de sua propriedade para caridade, o resto para Akhsa.

Pela lei, não se senta em shivá de luto pela morte de um avô, mas Akhsa respeitou a cerimônia mesmo assim. Ficava sentada num banquinho baixo e lia o livro de Jó. Ordenou que não deixassem ninguém entrar. Tinha envergonhado um órfão, um estudioso, e provocado a morte de seu avô. Ficou melancólica. Como já tinha lido antes a história de Jó, começou a procurar outro livro para ler na biblioteca do avô. Para sua surpresa, encontrou uma Bíblia traduzida para o polonês, com o Novo Testamento, além do Antigo. Akhsa sabia que era um livro proibido, mas mesmo assim virou as páginas. Teria seu avô lido aquilo?, Akhsa pensou. Não, não era possível. Lembrou-se que nos feriados dos gentios, quando ícones e quadros sagrados eram carregados em procissão perto da casa, não lhe permitiam olhar pela janela. Sua avó lhe disse que era idolatria. Imaginou se a avó teria lido essa Bíblia. Entre as páginas encontrou umas flores azuis secas, do tipo que a avó sempre colhia. A avó era da Boêmia; dizia-se que seu pai fizera parte da seita de Sabbatai Zevi. Akhsa lembrou que o príncipe Czartoryski costumava passar algum tempo com sua avó quando visitava a propriedade e elogiava a maneira como ela falava polonês. Se não fosse uma moça judia, dizia ele, teria casado com ela; um grande elogio.

Nessa noite, Akhsa leu o Novo Testamento até a última página. Era difícil para ela aceitar que Jesus era o filho único de Deus e que levantou de entre os mortos, mas achou o livro mais confortador para o seu espírito torturado do que as palavras punitivas dos profetas, que nunca falavam do Reino do Céu nem da ressurreição dos mortos. Tudo o que prometiam era uma boa colheita para boas ações e fome e peste para as más.

Na sétima noite de shivá, Akhsa foi para a cama. A luz estava apagada e ela cochilava quando ouviu passos que reconheceu serem de seu Avô. Do escuro, emergiu o vulto do Avô: o rosto claro, a barba branca, as feições suaves, até o solidéu sobre a testa alta. Ele disse, com voz mansa: "Akhsa, você cometeu uma injustiça".

Akhsa começou a chorar: "Vovô, o que devo fazer?".

"Tem de corrigir tudo."

"Como?"

"Peça desculpas a Zemach. Seja sua esposa."

"Vovô, eu detesto esse homem."

"Ele está destinado a você."

Durante um momento ele ali ficou, e Aksha sentiu o cheiro do rapé, que ele misturava com cravos e sais aromáticos. Depois desapareceu, deixando um espaço vazio no escuro. Ela estava surpresa demais para se assustar. Apoiou-se na cabeceira, e durante algum tempo dormiu.

Acordou sobressaltada. Ouviu a voz da Avó. Não era um murmúrio como o do Avô, mas uma voz forte, de uma pessoa viva. "Akhsa, minha filha."

Akhsa caiu em prantos. "Vovó, onde você está?"

"Estou aqui."

"O que eu faço?"

"O que o seu coração mandar."

"O quê, Vovó?"

"Procure o sacerdote. Ele aconselha você."

Akhsa ficou amortecida. Sentiu a garganta apertada. Conseguiu dizer: "Você não é minha avó. É um demônio".

"Sou sua avó. Lembra quando fomos brincar no lago aquela noite, no verão, na montanha plana, e você encontrou um guilder na água?"

"Lembro, vovó."

"Posso dar mais uma prova. Saiba que os gentios estão certos. Jesus de Nazaré é o Filho de Deus. Ele nasceu do Espírito Santo como foi profetizado. Os judeus rebeldes se recusaram a aceitar a verdade e por isso são punidos. O Messias não virá para eles, porque já está aqui."

"Vovó, estou com medo."

"Akhsa, não dê ouvidos!", gritou de repente o Avô em sua orelha direita. "Essa não é sua avó. É um espírito mau disfarçado para enganar você. Não escute suas blasfêmias. Vai levar você para a perdição."

"Akhsa, esse não é seu avô, mas um duende que mora atrás da casa de banhos", interrompeu a Avó. "Zemach é um zé-ninguém e vingativo até a raiz dos cabelos. Vai atormentar você, e os filhos que tiverem serão pusilânimes como ele. Proteja-se enquanto é tempo. Deus está com os gentios."

"Lilith! Diaba! Filha de Ketev M'riri!", rosnou o Avô.

"Mentiroso!"

O Avô se calou, mas a Avó continuou falando, embora sua voz se apagasse. Disse: "Seu avô de verdade descobriu a verdade no Céu e converteu-se. Foi batizado com água celeste e descansa no Paraíso. Os santos são todos bispos e cardeais. Os que teimam são queimados no fogo da Geena. Se não me acredita, peça um sinal".

"Que sinal?"

"Desabotoe a fronha, abra as costuras do travesseiro e aí dentro você vai encontrar uma coroa de penas. Não há mão humana capaz de fazer uma coroa assim."

A avó desapareceu e Akhsa caiu num sono pesado. Ao amanhecer, acordou e acendeu uma vela. Lembrou das palavras da avó, desabotoou a fronha e abriu o travesseiro. O que ela viu era tão extraordinário que mal podia acreditar em seus olhos: plumas e penas trançadas em uma coroa, com pequenos ornatos e desenhos complexos que nenhum artesão terreno poderia copiar. No alto da coroa havia uma pequena cruz. Era tudo tão leve que tremulava com a respiração de Akhsa. Akhsa prendeu a respiração. Quem quer que tivesse feito aquela coroa, anjo ou demônio, trabalhara no escuro, no interior de um travesseiro. Estava diante de um milagre. Apagou a vela e esticou-se na cama. Durante um longo tempo ali ficou sem nenhum pensamento. E voltou a dormir.

De manhã, quando acordou, Akhsa pensou que tinha tido um sonho, mas na mesa-de-cabeceira viu a coroa de penas. O sol punha nela cintilações das cores do arco-íris. Parecia cravejada de minúsculas pedras preciosas. Ficou sentada, contemplando a maravilha. Depois, colocou o vestido preto com um xale preto e pediu que lhe trouxessem a carruagem. Foi até a casa onde morava Koscik, o padre. A criada atendeu a porta. O padre estava beirando os setenta anos e conhecia Akhsa. Tinha ido muitas vezes à propriedade para abençoar o pão dos camponeses no tempo da Páscoa, para oficiar os ritos dos moribundos e realizar casamentos e funerais. Um dos professores de Akhsa emprestara dele um dicionário latim-polonês. A cada visita do padre, a avó de Akhsa o convidava a entrar na saleta e os dois conversavam e comiam bolo e vishniak.

O padre ofereceu a Akhsa uma cadeira. Ela se sentou e contou tudo. Ele disse: "Não volte para os judeus. Venha a nós. Vamos cuidar para que sua fortuna permaneça intacta".

"Esqueci de trazer a coroa. Quero ficar com ela."

"Claro, minha filha, vá e traga."

Akhsa voltou para casa, mas uma criada havia limpado o quarto e tirado o pó da mesa-de-cabeceira; a coroa desaparecera. Akhsa procurou no fosso de lixo, nos urinóis, mas não encontrou vestígio dela.

Logo depois disso, correu por Krasnobrod a terrível notícia de que Akhsa havia se convertido.

Passaram-se seis anos. Akhsa casou-se e virou a fazendeira Maria Malkowski. O velho fazendeiro Wladyslaw Malkowski morrera sem herdeiro direto e deixara sua propriedade ao sobrinho Ludwik. Ludwik ficou solteiro até os quarenta e cinco anos, e parecia que não ia se casar nunca. Morava no castelo do tio com a irmã solteirona, Gloria. Seus casos amorosos eram com camponesas, e haviam gerado numerosos bastardos. Era pequeno e leve, com um cavanhaque loiro. Ludwik era solitário, lia velhos livros de história, religião e genealogia. Fumava um cachimbo de porcelana, bebia sozinho, caçava sozinho e evitava os bailes da nobreza. Conduzia os negócios da propriedade com mão firme e cuidava para que seu administrador nunca lhe roubasse. Os vizinhos achavam que era um pedante e alguns o consideravam meio louco. Quando Akhsa adotou a fé cristã, ele pediu a então Maria em casamento. Boatos diziam que Ludwik, o sovina, havia se apaixonado era pela herança de Maria. Os padres e outros convenceram Akhsa a aceitar a proposta de Ludwik. Ele era descendente do rei polonês Leszczynski. Gloria, que era dez anos mais velha que Ludwik, foi contra o casamento, mas pela primeira vez Ludwik não lhe deu ouvidos.

Os judeus de Krasnobrod temeram que Akhsa pudesse se tornar sua inimiga e instigar Ludwik contra eles, como acontecia com tantos convertidos, mas Ludwik continuou comerciando com os judeus, vendendo-lhes peixe, cereal e gado. Zelig Frampoler, um judeu da corte, entregava todo tipo de mercadoria na propriedade. Gloria continuava sendo a senhora do castelo.

Nas primeiras semanas de casamento, Akhsa e Ludwik fizeram viagens juntos em uma carruagem. Ludwik começou até a visitar os cavalheiros da vizinhança e falou em dar um baile. Confessou a Maria todas as suas antigas aventuras com mulheres e prometeu comportar-se como um cristão temente a Deus. Mas pouco depois retomou seus velhos hábitos; afastou-se dos vizinhos, voltou a seus casos com camponesas e recomeçou a beber. Um silêncio raivoso pairava entre marido e mulher. Ludwik deixou de ir ao quarto de Maria e ela não concebeu. Com o tempo, pararam de comer na mesma mesa, e quando Ludwik precisava dizer alguma coisa a Maria, mandava um criado entregar um recado escrito. Gloria, que controlava as finanças, dava à cunhada um guilder por semana; a fortuna de Maria agora pertencia ao marido. Para Akhsa ficou claro que Deus a estava punindo e que nada restava senão esperar a morte. Mas o que aconteceria com ela depois que morresse? Seria torrada numa cama de pregos e jogada no lixo do nada? Reencarnaria como cachorro, como rato, como pedra de moinho?

Como não tinha nada com que ocupar o tempo, Akhsa passava o dia e parte da noite na biblioteca do marido. Ludwik não fizera aquisições, e os livros eram velhos, encadernados em couro, madeira, ou em veludo e seda roídos pelas traças. As páginas estavam amarelas e mofadas. Akhsa leu histórias de reis antigos, de países distantes, de todo tipo de batalhas e intrigas entre príncipes, cardeais, duques. Debruçou-se sobre lendas dos Cruzados e da Peste Negra. O mundo chafurdava na maldade, mas era também cheio de assombros. As estrelas no céu guerreavam e se engoliam umas às outras. Cometas anunciavam catástrofes. Uma criança nasceu com rabo; uma mulher desenvolveu escamas e nadadeiras. Na Índia, faquires andavam descalços sobre brasas ardentes sem se queimar. Outros eram enterrados vivos e depois levantavam-se de seus túmulos.

Era estranho, mas depois da noite em que Akhsa encontrou a coroa de flores em seu travesseiro não teve mais nenhum sinal dos poderes que controlam o universo. Não ouviu mais nada do avô nem da avó. Havia momentos em que Akhsa queria chamar o avô, mas não ousava pronunciar-lhe o nome com seus lábios impuros. Tinha traído o Deus judeu e não acreditava mais no Deus gentio, então evitava rezar. Muitas vezes, quando Zelig Frampoler vinha à propriedade e Akhsa o via da janela, sentia vontade de lhe perguntar sobre a comunidade judia, mas tinha medo que ele pudesse considerar pecado falar com ela e que Gloria a denunciasse por associar-se a judeus.

Passaram-se os anos. O cabelo de Gloria ficou branco e sua cabeça tremia. O cavanhaque de Ludwik ficou grisalho. Os criados ficaram velhos, surdos e meio cegos. Akhsa, ou Maria, estava com seus trinta anos, mas muitas vezes imaginava-se uma velha. Com o passar dos anos convencera-se mais e mais que o Diabo é que a havia persuadido a converter-se e que ele é que tinha confeccionado a coroa de penas. Mas as estradas de volta estavam impedidas. A lei russa proibia um convertido de retornar para a sua fé. A pouca informação dos judeus que chegavam até ela eram más: a sinagoga de Krasnobrod havia queimado, assim como as lojas do mercado. Dignas donas de casa e anciãos da comunidade penduravam sacos nos ombros e saíam esmolando. A cada poucos meses surgia uma epidemia. Não havia para onde voltar. Muitas vezes considerou o suicídio, mas como? Faltava-lhe a coragem de se enforcar ou cortar as veias; não tinha veneno.

Devagar, Akhsa foi chegando à conclusão de que o universo era governado por poderes escuros. Não era Deus que dominava, mas Satã. Encontrou um grosso livro sobre feitiçaria que continha detalhadas descrições de feitiços e encantamentos, talismãs, conjuras de demônios e duendes, sacrifícios a Asmodeus, Lúcifer e Belzebu. Havia relatos da Missa Negra; e de bruxas que untavam o corpo, juntavam-se na floresta, comiam carne humana e voavam montadas em vassouras, pás e arcos de barril, acompanhadas por bandos de diabos e outras criaturas da noite que tinham chifres e rabos, asas de coruja e focinhos de porco. Esses monstros muitas vezes deitavam com as bruxas, que davam à luz aleijões.

Akhsa lembrou-se do provérbio iídiche "Se não dá para ir por cima, vá por baixo". Tinha perdido a próxima vida; portanto, resolveu aproveitar alguma alegria enquanto possuía esta vida. De noite, começou a chamar pelo Diabo, preparada para fazer uma aliança com ele como muitas mulheres negligenciadas haviam feito antes.

Uma vez, no meio da noite, depois de engolir uma poção de hidromel, saliva, sangue humano e ovo de corvo temperada com gálbano e mandrágora, ela sentiu um beijo frio nos lábios. No brilho da lua, tarde da noite, viu uma figura masculina nua, alta e negra, com longos cachos, chifres de gamo e dois dentes salientes como de javali. Ele curvou-se para ela, sussurrando: "O que me ordena, minha senhora? Pode pedir metade do meu reino".

Seu corpo era translúcido como uma teia de aranha. Fedia a piche. Akhsa estava a ponto de responder: "Você, meu escravo, venha e me possua". Em vez disso, murmurou: "Meus avós".

O Diabo caiu na gargalhada. "Eles são pó!"

"Você trançou a coroa de penas?", Akhsa perguntou.

"E quem mais?"

"Você me enganou?"

"Sou um enganador", respondeu o Diabo com uma risada.

"Onde está a verdade?", Akhsa perguntou.

"A verdade é que não existe verdade."

O Diabo permaneceu ali um pouco e desapareceu. Pelo resto da noite, Akhsa nem dormiu, nem ficou acordada. Vozes lhe falavam. Seus peitos incharam, os mamilos endureceram, a barriga se esticou. Sentia dor no crânio. Seus dentes estavam sensíveis e a língua alongada a ponto de ela temer que lhe rasgasse o palato. Sentia os olhos saltando das órbitas. Havia uma batida em seus ouvidos, tão alta quanto um martelo na bigorna. Sentiu, então, como se estivesse em trabalho de parto. "Estou dando à luz um demônio!", Akhsa gritou. Começou a rezar ao Deus que havia desertado. Por fim adormeceu e quando acordou na escuridão antes do amanhecer, todas as dores haviam cessado. Viu seu avô parado aos pés de sua cama. Estava de manto branco e capuz, igual ao que costumava usar na noite de Yom Kippur, quando abençoava Akhsa antes de ir para a oração de Kol Nidrei. De seus olhos irradiava uma luz que iluminou a coberta de Akhsa. "Vovô", Akhsa murmurou.

"Sim, Akhsa. Estou aqui."

"Vovô, o que eu faço?"

"Fuja. Se arrependa."

"Estou perdida."

"Nunca é tarde demais. Encontre o homem que você envergonhou. Transforme-se em uma filha judia."

Depois, Akhsa não se lembrava mais se seu avô tinha efetivamente falado com ela ou se ela o havia entendido sem palavras. A noite terminou. A aurora avermelhou a janela. Pássaros trinavam. Akhsa examinou sua colcha. Não havia sangue. Não tinha dado à luz um demônio. Pela primeira vez em anos, recitou a oração hebraica de graças.

Saiu da cama, lavou-se na bacia e cobriu a cabeça com um xale. Ludwik e Gloria tinham roubado sua herança, mas ainda possuía as jóias de sua avó. Enrolou-as num lenço e colocou dentro de uma cesta, junto com uma camisa e roupas de baixo. Ludwik devia ter passado a noite com uma de suas amantes ou saído ao amanhecer para caçar. Gloria estava doente em seus cômodos. A criada trouxe o café-da-manhã de Akhsa, mas ela comeu pouco. E saiu da propriedade. Cães latiram para ela como se fosse uma estranha. Os velhos criados olharam surpresos sua senhora passar pelos portões com uma cesta no braço e um lenço na cabeça como uma camponesa.

Embora a propriedade de Malkowski não ficasse longe de Krasnobrod, Akhsa passou a maior parte do dia na estrada. Sentou-se para descansar e lavou as mãos num riacho. Recitou as graças e comeu uma fatia de pão que trouxera com ela.

Perto do cemitério de Krasnobrod ficava a cabana de Eber, o coveiro. Do lado de fora, sua mulher lavava roupa numa tina. Akhsa perguntou: "É este o caminho para Krasnobrod?".

"É, sempre em frente."

"Tem notícias da aldeia?"

"Quem é você?"

"Sou parente de Reb Naftali Holishitzer."

A mulher enxugou as mãos no avental. "Não sobrou vivalma dessa família."

"Onde está Akhsa?"

A velha tremeu. "Essa devia ser enterrada de ponta-cabeça, Pai do Céu." E contou da conversão de Akhsa. "Teve o seu castigo já neste mundo."

"O que aconteceu com o rapaz da yeshiva que era noivo dela?"

"Quem sabe? Ele não é daqui."

Akhsa perguntou sobre os túmulos de seus avós, e a velha apontou duas lápides inclinadas uma para a outra, cobertas de musgo e ervas daninhas. Akhsa se prostrou diante deles e ali ficou até o anoitecer.

Durante três meses, Akhsa vagou de yeshiva em yeshiva, mas não encontrou Zemach. Pesquisou os livros de registro da comunidade, interrogou anciãos e rabinos, sem resultado. Como nem toda cidade tem hospedaria, muitas vezes dormiu na casa dos pobres. Deitava-se numa enxerga de palha, coberta com uma esteira, rezando em silêncio para seu avô aparecer e contar onde encontrar Zemach. Crianças choravam. Mães xingavam. Embora Akhsa aceitasse isso como parte de seu castigo, não conseguia superar a sensação de indignidade. Os líderes da comunidade a censuraram. Fizeram-na esperar dias para vê-los. As mulheres desconfiavam dela: por que procurava um homem que sem dúvida tinha mulher e filhos ou podia até já estar no túmulo? "Vovô, por que me levou a isto?" Akhsa chorava. "Me mostre o caminho ou mande a morte me buscar."

Numa tarde de inverno, Akhsa estava sentada em uma hospedaria de Lublin, quando perguntou ao estalajadeiro se já tinha ouvido falar de um homem chamado Zemach, de pequena estatura, moreno, ex-estudante de yeshiva e homem de letras. Um dos outros hóspedes disse: "Está falando de Zemach, o professor de Izbica?".

Ele descreveu Zemach, e Akhsa entendeu que havia encontrado aquele que procurava. "Estava noivo para casar com uma moça de Krasnobrod", disse ela.

"Eu sei. A convertida. Quem é você?"

"Uma parenta."

"O que quer com ele?", perguntou o hóspede. "É pobre, e teimoso até o osso. Tiraram dele todos os alunos. É um homem selvagem, do contra."

"Tem esposa?"

"Já teve duas. Uma ele torturou até a morte, e a outra foi embora."

"Tem filhos?"

"Não, ele é estéril."

O hóspede ia falar mais, porém um criado veio chamá-lo.

Os olhos de Akhsa se encheram de lágrimas. Seu avô não a havia abandonado. Levara-a na direção certa. Foi procurar transporte para Izbica e na frente da hospedaria havia uma carroça coberta pronta para partir. "Não, não estou sozinha", disse a si mesma. "Cada passo é sabido no Céu."

No começo, as estradas eram pavimentadas, mas logo viraram trilhas de terra cheias de buracos e fendas. A noite estava úmida e escura. Muitas vezes os passageiros tiveram de descer e ajudar o cocheiro a empurrar a carroça pela lama. Os outros protestavam com ele, mas Akhsa aceitava com graça seu desconforto. Caía uma neve úmida e soprava um vento frio. Cada vez que saía da carroça, afundava até os joelhos na lama. Chegaram a Izbica tarde da noite. Toda a aldeia era um atoleiro. As cabanas estavam em péssimas condições. Alguém mostrou a Akhsa onde ficava a casa de Zemach, o professor. Era numa pequena encosta perto dos açougues. Embora fosse inverno, havia no ar o fedor da decomposição. Os cachorros dos açougueiros vagavam por ali.

Akhsa olhou pela janela da cabana de Zemach e viu paredes descascadas, chão de terra e estantes de livros rasgados. Um pavio num prato de óleo fornecia a única luz. À mesa, um homenzinho de barba negra, sobrancelhas hirsutas, cara amarela e nariz pontudo. Estava curvado como um míope em cima de um grande volume. Usava o forro de um solidéu e um paletó acolchoado com o avesso sujo à mostra. Enquanto Akhsa estava olhando, um rato saiu de seu buraco e correu por cima da cama, que tinha uma enxerga de palha podre, um travesseiro sem fronha e uma pele de carneiro roída de traças como cobertor. Embora Zemach tivesse envelhecido, Akhsa o reconheceu. Ele se coçou. Cuspiu na ponta dos dedos e enxugou-os na testa. Sim, era ele. Akhsa começou a rir e chorar ao mesmo tempo. Um momento depois, virou o rosto para o escuro. Pela primeira vez em anos ouviu a voz da avó: "Akhsa, fuja".

"Para onde?"

"De volta para Esaú."

E ouviu a voz do avô: "Akhsa, ele vai salvar você do abismo".

Akhsa nunca tinha ouvido o avô falar com tal fervor. Sentiu o vazio que vem antes do desmaio. Apoiou-se na porta e a porta se abriu.

Zemach levantou uma sobrancelha hirsuta. Tinha os olhos saltados e amarelos. "O que quer?", perguntou, áspero.

"Você é Reb Zemach?"

"Sou, você quem é?"

"Akhsa, de Krasnobrod. Fui sua noiva..."

Zemach ficou quieto. Abriu a boca torta, revelando um único dente, preto como um gancho. "A convertida?"

"Voltei para o judaísmo."

Zemach deu um pulo. Um grito terrível saiu de dentro dele. "Saia de minha casa! Que o seu nome se apague!"

"Reb Zemach, por favor, me escute!"

Ele correu para ela com os punhos fechados. O prato de óleo caiu e a luz se apagou. "Imunda!"

A casa de estudos de Holishitz estava lotada. Era a véspera da lua nova, e uma multidão se reunira para recitar as súplicas. Do setor das mulheres vinha o som de uma piedosa oração. De repente, a porta se abriu e entrou um homem de barba preta, vestido com roupas esfarrapadas. Tinha um saco jogado no ombro. Levava uma mulher amarrada a uma corda, como se fosse uma vaca. Ela usava um lenço preto na cabeça, um vestido de saco e trapos enrolados nos pés. Em volta do pescoço, uma guirlanda de alho. Os presentes interromperam a oração. O estranho fez um sinal e ela se prostrou no batente. "Judeus, pisem em cima de mim!", gritou ela. "Judeus, cuspam em mim!"

Fez-se um tumulto na casa de estudos. O estranho foi até a mesa de leitura, bateu pedindo silêncio e entoou: "A família dessa mulher é da sua cidade. O avô dela era Reb Naftali Holishsitzer. Essa é a Akhsa que se converteu e casou com um cavalheiro. Ela agora enxergou a verdade e quer perdão para suas abominações".

Embora Holishitz ficasse na parte da Polônia pertencente à Áustria, a história de Akhsa chegara até ali. Alguns dos presentes protestaram que esse não era o jeito de se arrepender; um ser humano não devia ser arrastado por uma corda, como gado. Outros ameaçaram o estranho com os punhos. Era verdade que na Áustria um convertido podia voltar ao judaísmo, de acordo com a lei da terra. Mas se os gentios viessem a saber que alguém que passara para a sua fé fora humilhado dessa forma, o resultado poderia ser ásperos editos e recriminações. O velho rabino, Reb Bezalel, aproximou-se de Akhsa com passinhos rápidos. "Levante, minha filha. Como você se arrependeu, é uma de nós."

Akhsa levantou-se. "Rabino, eu desgracei o meu povo."

"Como você se arrependeu, o Todo-Poderoso a perdoa."

Quando as mulheres do setor feminino ficaram sabendo o que estava acontecendo, correram para a sala dos homens, a mulher do rabino entre elas. Reb Bezalel disse a ela: "Leve essa moça para casa e vista nela roupas decentes. O homem foi criado à imagem de Deus".

"Rabino", disse Akhsa, "quero ser perdoada por minhas iniqüidades."

"Vou lhe passar uma penitência. Não se torture."

Algumas mulheres começaram a chorar. A mulher do rabino tirou o próprio xale e colocou nos ombros de Akhsa. Outra matrona ofereceu a Akhsa sua capa. Levaram-na para a câmara onde, em outros tempos, se mantinham os prisioneiros que haviam pecado contra a comunidade e que ainda continha um tronco e correntes. Ali as mulheres vestiram Akhsa. Alguém lhe trouxe uma saia e sapatos. Enquanto se ocupavam com ela, Akhsa batia no peito com o punho fechado e contava seus pecados: tinha ofendido a Deus, servido a ídolos, copulado com um gentio. Soluçou assim: "Pratiquei feitiçaria. Invoquei Satã. Ele teceu para mim uma coroa de penas". Quando Akhsa estava vestida, a mulher do rabino levou-a para casa.

Depois das orações, os homens começaram a interrogar o estranho para saber quem ele era e que relação tinha com a neta de Reb Naftali.

Ele respondeu: "Meu nome é Zemach. Eu ia ser marido dela, mas ela me recusou. Agora veio pedir meu perdão".

"Um judeu deve perdoar."

"Eu perdôo, mas o Todo-Poderoso é um Deus de vingança."

"É também um Deus de misericórdia."

Zemach começou um debate com os estudiosos e sua erudição ficou evidente de imediato. Citou o Talmude, os Comentários e a Responsa. Chegou a corrigir o rabino quando ele citou errado.

Reb Bezalel perguntou a ele: "Você tem família?".

"Sou divorciado."

"Nesse caso, tudo pode se acertar."

O rabino convidou Zemach a ir para casa com ele. As mulheres sentaram com Akhsa na cozinha. Insistiram para que comesse pão com chicória. Ela estava em jejum fazia três dias. No estúdio do rabino, os homens cuidavam de Zemach. Levaram-lhe calça, sapatos, um casaco e um chapéu. Como ele estava infestado de piolhos, levaram-no aos banhos.

De noite, os sete cidadãos notórios da cidade e todos os anciãos importantes se reuniram. As esposas trouxeram Akhsa. O rabino pronunciou que, de acordo com a lei, Akhsa não era casada. Sua união com um cavalheiro não era nada mais que um ato de lascívia. O rabino perguntou: "Zemach, deseja Akhsa para esposa?".

"Desejo."

"Akhsa, aceita Zemach por marido?"

"Aceito, Rabino, mas não sou digna."

O rabino descreveu a penitência de Akhsa. Ela teria de jejuar toda segunda e toda quinta-feira, abster-se de carne e peixe nos dias de semana, recitar salmos e levantar ao amanhecer para rezar. O rabino lhe disse: "O principal não é o castigo, mas o remorso. 'E ele voltará e será curado', diz o profeta".

"Rabino, desculpe", Zemach interrompeu. "Esse tipo de penitência é para pecados comuns, não para conversão."

"O que quer que ela faça?"

"Existem formas mais severas de contrição."

"O quê, por exemplo?"

"Colocar pedrinhas nos sapatos. Rolar nua na neve no inverno, nas urtigas no verão. Jejuar de shabat a shabat."

"Hoje em dia as pessoas não têm força para esses rigores", disse o rabino depois de certa hesitação.

"Se têm a força para pecar, devem ter a força para expiar."

"Bom rabino", disse Akhsa, "não seja brando comigo. Que o rabino me dê uma penitência pesada."

"Eu disse o que é certo."

Todos se calaram. Então, Akhsa disse: "Zemach, me dê minha trouxa". Zemach tinha colocado seu saco em um canto. Trouxe-o para a mesa e ela tirou uma sacola pequena. Ouviu-se um suspiro no grupo quando ela despejou o conteúdo de pérolas, diamantes e rubis. "Rabino, estas são as minhas jóias", disse Akhsa. "Não mereço ser dona delas. Que o rabino faça delas o que quiser."

"São suas ou do cavalheiro?"

"Minhas, rabino, herdei de minha sagrada avó."

"Está escrito que mesmo o mais caritativo não deve nunca dar mais do que uma quinta parte."

Zemach fez que não com a cabeça. "De novo eu discordo. Ela desgraçou a avó no Paraíso. Não deve ser permitido que herde suas jóias."

O rabino agarrou a barba. "Se você sabe mais, deve ser você o rabino." Levantou-se de sua cadeira e tornou a sentar. "Como vão se manter?"

"Vou ser aguadeiro", disse Zemach.

"Rabino, posso fazer pão e lavar roupa", disse Akhsa.

"Bom, façam como quiser. Acredito na misericórdia, não no rigor da lei."

No meio da noite, Akhsa abriu os olhos. Marido e mulher moravam numa cabana com chão de terra, não longe do cemitério. O dia inteiro Zemach carregava água. Aksha lavava roupa. A não ser aos sábados e feriados, os dois jejuavam todo dia e só comiam de noite. Akhsa colocava areia e pedrinhas dentro dos sapatos e usava uma camisa de lã áspera junto à pele. À noite, dormiam separados, no chão, ele numa esteira perto da janela, ela numa esteira de palha junto ao forno. De uma corda esticada de parede a parede, pendiam as mortalhas que ela fez para os dois.

Estavam casados fazia três anos, e Zemach ainda não havia se aproximado dela. Ele confessou que também havia mergulhado no pecado. Enquanto tinha esposa, desejara Akhsa. Derramara sua semente como Onã. Tinha desejado vingar-se dela e insultado o Todo-Poderoso, jogado sua raiva contra suas esposas, uma das quais morrera. Como podia ser mais impuro?

Embora a cabana ficasse perto de uma floresta e pudessem pegar madeira de graça, Zemach não permitia que o fogão aquecesse a noite. Dormiam vestidos, cobertos com sacos e trapos. Os moradores de Holishitz diziam que Zemach era louco; o rabino chamou marido e mulher e explicou que era tão cruel torturar a si mesmo quanto torturar aos outros, mas Zemach citou *O começo da sabedoria*, onde se dizia que o arrependimento sem mortificação perdia o sentido.

Akhsa confessava toda noite antes de dormir, e mesmo assim seus sonhos não eram puros. Satã lhe vinha na figura da avó e descrevia cidades deslumbrantes, bailes elegantes, cavalheiros apaixonantes, mulheres luxuriosas. Seu avô havia silenciado de novo.

Nos sonhos de Akhsa, a Avó era jovem e bonita. Cantava canções maliciosas, bebia vinho e dançava com charlatães. Algumas noites, levava Akhsa até templos onde sacerdotes cantavam e idólatras se ajoelhavam diante de estátuas douradas. Cortesãs nuas bebiam vinho em chifres e se entregavam à licenciosidade.

Uma noite, Akhsa sonhou que estava nua em um buraco redondo. Anões dançavam em círculo à sua volta. Cantavam hinos obscenos. Houve um soar de trombetas e bater de tambores. Quando acordou, o canto negro ainda retinia em seus ouvidos. "Estou perdida para sempre", disse a si mesma.

Zemach também tinha acordado. Durante algum tempo ficou olhando pela única janela que não havia vedado. E perguntou: "Akhsa, está acordada? Caiu neve nova".

Akhsa sabia muito bem o que ele queria dizer. Disse: "Não tenho força".

"Teve forças para se entregar aos maus."

"Meus ossos estão doendo."

"Diga isso ao Anjo Vingador."

A neve e a lua da alta noite lançavam um brilho dentro do quarto. Zemach tinha deixado o cabelo crescer, como um antigo asceta. Sua barba era selvagem e seus olhos brilhavam na noite. Akhsa nunca entendeu como ele tinha energia para carregar água o dia inteiro e ainda estudar metade da noite. Mal tocava na refeição noturna. Para evitar o prazer da comida, engolia o pão sem mastigar, e colocava sal e pimenta demais na sopa que ela fazia para ele. A própria Akhsa tinha ficado emaciada. Muitas vezes olhava seu reflexo nas bacias e via um rosto magro, faces encovadas, uma palidez doentia. Tossia com freqüência e escarrava muco com sangue. E disse: "Desculpe, Zemach, não posso levantar".

"Levante, adúltera. Pode ser sua última noite."

"Queria que fosse."

"Confesse! Conte a verdade."

"Já contei tudo."

"Teve prazer na lascívia?"

"Não, Zemach, não."

"Da última vez, você admitiu que teve."

Akhsa ficou quieta um longo tempo. "Muito raramente. Talvez por um segundo."

"E esqueceu de Deus?"

"Não totalmente."

"Conhecia a lei de Deus e O desafiou voluntariamente."

"Acreditei que a verdade estava com os gentios."

"Tudo porque Satã teceu para você uma coroa de penas?"

"Achei que era um milagre."

"Meretriz, não se defenda!"

"Não estou me defendendo. Ele falou com a voz de minha Avó."

"Por que ouviu sua avó e não seu avô?"

"Bobagem minha."

"Bobagem? Durante anos você chafurdou em absoluta profanação."

Depois de algum tempo, marido e mulher saíram descalços na noite. Zemach atirou-se na neve primeiro. Rolou e rolou a grande velocidade. Seu solidéu caiu da cabeça. Seu corpo era coberto de pêlos pretos, como pele. Akhsa esperou um minuto, depois se atirou. Rolou na neve devagar e em silêncio, enquanto Zemach recitava "Nós pecamos, traímos, roubamos, mentimos, zombamos, nos rebelamos". E acrescentou: "Que a Sua vontade seja a minha morte como redenção de todas as minhas iniqüidades".

Akhsa tinha ouvido muitas vezes essa lamentação, mas ela sempre a fazia estremecer. Era assim que os camponeses gemiam quando seu marido, o cavalheiro Malkowski, os chicoteava. Tinha mais medo do gemido de Zemach do que do frio no inverno e das urtigas no verão. Por vezes, quando estava num estado de espírito mais brando, Zemach prometia que iria procurá-la como um marido a uma esposa. Dizia até que gostaria de ser pai de seus filhos. Mas quando? Ele continuava procurando novas transgressões neles dois. Akhsa ficava mais fraca a cada dia. As mortalhas na corda e as lápides do cemitério pareciam chamá-la. Fez Zemach prometer que recitaria o Kadish em seu túmulo.

Num dia quente do mês de Tammuz, Akhsa foi colher folhas de azeda-miúda no pasto que ladeava o rio. Tinha jejuado o dia inteiro e queria cozinhar schav para si mesma e para Zemach comerem na refeição noturna. No meio da colheita, foi tomada pela exaustão. Esticou-se na relva e cochilou, pretendendo descansar apenas um quarto de hora. Mas sua mente se esvaziou e suas pernas viraram pedra. Caiu num sono profundo. Quando abriu os olhos, a noite havia caído. O céu estava encoberto, o ar pesado de umidade. Uma tempestade se aproximava. A terra fumegava com o cheiro da grama e das ervas, e fez Akhsa sentir a cabeça girando. No escuro, encontrou a cesta, mas estava vazia. Algum bode ou vaca havia comido as folhas colhidas. De repente, lembrou-se da infância, quando era mimada pelos avós, vestida de veludo e seda, servida por criadas e mordomos. Então foi sufocada pela tosse, sua testa estava quente e arrepios percorriam-lhe a espinha. Como a lua não brilhava e as estrelas estavam cobertas, mal conseguia enxergar o caminho. Seus pés descalços pisavam espinhos e esterco de vaca. "Em que armadilha fui cair!", algo gritou dentro dela. Chegou a uma árvore e parou para descansar. Naquele momento, viu o avô. A barba branca brilhava no escuro. Ela reconheceu sua testa alta, o sorriso benigno e a amável gentileza de seu olhar. Chamou: "Vovô!". E em um segundo seu rosto estava lavado de lágrimas.

"Sei de tudo", disse o avô. "De suas tribulações e sua dor."

"Vovô, o que eu faço?"

"Minha filha, sua provação terminou. Estamos esperando você. Eu, sua avó, todos que amam você. Santos anjos virão para encontrar você."

"Quando, Vovô?"

Naquele instante, a imagem se dissolveu. Restou só a escuridão. Akhsa tateou o caminho para casa como uma cega. Por fim, chegou a sua cabana. Abriu a porta e sentiu que Zemach estava lá. Sentado no chão, seus olhos eram dois carvões. Ele disse: "É você?".

"Sou eu, Zemach."

"Por que demorou tanto? Por sua causa não pude fazer minha oração da noite tranqüilo. Você confundiu meus pensamentos."

"Desculpe, Zemach. Estava cansada e dormi no pasto."

"Mentirosa! Convertida! Ralé!", Zemach guinchou. "Procurei você no pasto. Estava puteando com um pastor."

"O que está dizendo? Deus nos livre!"

"Diga a verdade!" Ele deu um salto e começou a sacudi-la. "Cadela! Demônio! Lilith!"

Zemach nunca havia agido tão loucamente. Akhsa disse para ele: "Zemach, meu marido, eu sou fiel a você. Adormeci na relva. A caminho de casa, vi meu avô. Minha vida se acabou". Foi tomada por uma tal fraqueza que caiu no chão.

A raiva de Zemach desapareceu imediatamente. Um gemido lamentoso saiu de dentro dele. "Alma sagrada, o que será de mim sem você? Você é uma santa. Perdoe minha grosseria. É por causa do meu amor. Queria purificar você tanto que pudesse sentar ao lado das Santas Mães no Paraíso."

"Sentarei onde merecer."

"Por que tinha de acontecer tudo isso com você? Não há justiça no Céu?" E Zemach gemeu com uma voz que lhe deu medo. E bateu a cabeça na parede.

Na manhã seguinte, Akhsa não levantou da cama. Zemach lhe trouxe mingau de aveia que fez para ela no tripé. Quando lhe deu uma colherada, a mistura caiu de sua boca. Zemach chamou o curador da cidade, mas o curador não sabia o que fazer. As mulheres da Sociedade Funerária vieram. Akhsa estava num estado de absoluta fraqueza. Sua vida estava se escoando. No meio do dia, Zemach foi a pé até a cidade de Jaroslav para trazer um médico. A noite chegou e ele não voltou. Nessa manhã, a mulher do rabino havia mandado um travesseiro para Akhsa. Era a primeira vez em anos que ela dormia com travesseiro. Ao anoitecer, as mulheres da Sociedade Funerária voltaram para as suas famílias e Akhsa ficou sozinha. Um pavio queimava no prato de óleo. Uma brisa tépida entrou pela janela aberta. A lua não brilhava, mas as estrelas cintilavam. Grilos cricrilavam e sapos coaxavam com voz humana. De vez em quando, uma sombra passava pela parede diante de sua cama. Akhsa sabia que seu fim estava próximo, mas não tinha medo da morte. Fez um balanço de sua vida. Nascera rica e bonita, com mais dotes que todas as outras à sua volta. A má sorte transformou tudo no contrário. Teria sofrido por seus próprios pecados ou seria a reencarnação de alguém que havia pecado em uma geração anterior? Akhsa sabia que devia passar suas últimas horas em arrependimento e oração. Mas tal era sua sina que nem mesmo nesse momento a dúvida a deixou. Seu avô lhe dissera uma coisa, a avó outra. Akhsa tinha lido em um velho livro que os apóstatas negavam a Deus e consideravam o mundo uma combinação aleatória de átomos. Tinha agora um desejo: que lhe fosse dado um sinal, que a pura verdade lhe fosse revelada. Deitada, rezou por um milagre. Mergulhou num sono leve e sonhou que estava caindo para profundezas apertadas e escuras. Cada vez que parecia ter chegado ao fundo, o piso despencava debaixo dela e ela começava a cair de novo, com maior velocidade. O escuro ficava mais pesado e o abismo sempre mais profundo.

Abriu os olhos e sabia o que fazer. Com suas últimas forças, levantou-se e encontrou uma faca. Removeu a fronha e com dedos amortecidos desmanchou as costuras do travesseiro. Do recheio de plumas, retirou uma coroa de penas. Uma mão oculta havia tecido em cima dela as quatro letras do nome de Deus.

Akhsa colocou a coroa a seu lado na cama. Na luz oscilante do pavio, enxergava claramente cada letra: o *Yud*, o *Hai*, o *Vov* e o outro *Hai*. Mas como, pensou, seria aquela coroa uma revelação mais verdadeira que a outra? Seria possível haver fés diferentes no Céu? Akhsa começou a rezar por um novo milagre. Em seu desfalecimento, lembrou as palavras do Diabo: "A verdade é que não existe verdade".

Tarde da noite, uma das mulheres da Sociedade Funerária voltou. Akhsa queria implorar a ela para não pisar na coroa, mas estava fraca demais. A mulher pisou na coroa e sua delicada estrutura dissolveu-se. Akhsa fechou os olhos e não tornou a abri-los. Ao amanhecer, deu um suspiro e entregou a alma.

Uma das mulheres levantou uma pena e colocou diante de suas narinas, mas a pena não se mexeu.

Mais tarde, as mulheres da Sociedade Funerária lavaram Akhsa e vestiramna com a mortalha que ela havia costurado para si. Zemach ainda não tinha voltado de Jaroslav, e nunca mais se ouviu falar dele. Comentou-se em Holishitz que tinha sido assassinado na estrada. Alguns achavam que Zemach não era um homem, mas um demônio. Akhsa foi enterrada perto da capela de um homem santo, e o rabino pronunciou um elogio fúnebre para ela.

Uma coisa permaneceu misteriosa. Em suas últimas horas, Akhsa havia aberto o travesseiro que a mulher do rabino lhe mandara. As mulheres que lavaram seu corpo encontraram vestígios de plumas entre seus dedos. Como podia uma mulher moribunda ter força para isso? E o que estaria procurando? Por mais que as pessoas da cidade ponderassem e tentassem encontrar explicações, nunca descobriram a verdade.

Porque se existe uma coisa chamada verdade, ela é tão intrincada e oculta quanto uma coroa de penas.

Um dia em Coney Island

Hoje eu sei exatamente o que devia ter feito naquele verão: meu trabalho. Mas não escrevi quase nada. "Quem precisa de iídiche na América?", eu me perguntava. Embora o editor de um jornal iídiche publicasse um conto meu de quando em quando na edição de domingo, ele me dizia francamente que ninguém ligava a mínima para demônio, dybbuks e diabos de duzentos anos atrás. Aos trinta anos, refugiado da Polônia, eu tinha virado um anacronismo. Como se isso não bastasse, Washington recusou prolongar meu visto de turista. Lieberman, meu advogado, estava tentando conseguir para mim um visto permanente, mas para isso eu precisava da minha certidão de nascimento, de um atestado de bons antecedentes, de uma carta dizendo que estava empregado e que não me tornaria uma despesa pública, e de outros papéis que eu não tinha como conseguir. Mandei cartas alarmadas para meus amigos na Polônia. Eles nunca responderam. Os jornais previam que Hitler podia invadir a Polônia qualquer dia.

Abri os olhos depois de um sono agitado, cheio de pesadelos. Meu relógio de pulso de Varsóvia mostrava quinze para as onze. Pelas frestas da persiana entrava uma luz dourada. Dava para ouvir o barulho do mar. Fazia um ano e meio que eu alugava um quarto mobiliado em uma velha casa em Sea Gate, não longe de Esther (é assim que vou chamá-la aqui), pelo qual eu pagava dezesseis dólares por mês. A sra. Berger, a proprietária, me fornecia o café-da-manhã, cobrado à parte.

Até me deportarem para a Polônia, ia aproveitar o conforto americano. Tomei um banho no banheiro do corredor (a essa hora do dia, não estava ocupado) e vi um grande navio chegando da Europa, o *Queen Mary* ou o *Normandie*. Que luxo olhar pela janela do banheiro e ver o oceano Atlântico e um dos navios mais novos e rápidos do mundo! Enquanto fazia a barba, tomei uma decisão: não ia deixar me deportarem para a Polônia. Não ia cair nas garras de Hitler. Ia ficar ilegalmente. Tinham me contado que se a guerra começasse havia uma boa chance de eu me tornar cidadão automaticamente. Fiz uma careta para meu reflexo no espelho. Meu cabelo vermelho já havia caído. Tinha olhos azuis-água, pálpebras inflamadas, rosto encovado, pomo-de-adão saliente. Embora as pessoas viessem de Manhattan para se bronzear ao sol em Sea Gate, minha pele continuava doentiamente branca. Meu nariz era fino e pálido, meu queixo pontudo, meu peito chato. Achava sempre que não era muito diferente dos diabos que descrevia em minhas histórias. Mostrei a língua e chamei a mim mesmo de louco *batlan*, que quer dizer um inútil do outro mundo.

Esperava que a cozinha da sra. Berger fosse estar vazia nesse final da manhã, mas estavam todos lá: o sr. Chaikowitz; sua terceira esposa; o velho escritor Lemkin, que havia sido anarquista; e Sylvia, que tinha me levado a um cinema da avenida Mermaid dias antes (até as cinco horas o preço do ingresso era apenas dez centavos) e traduzido para mim em um iídiche macarrônico o que os gângsteres do filme diziam. No escuro, ela pegou minha mão, o que me fez sentir culpa. Primeiro, eu tinha prometido obedecer aos Dez Mandamentos. Segundo, estava traindo Esther. Terceiro, tinha a consciência pesada por causa de Anna, que ainda me escrevia de Varsóvia. Mas não queria ofender Sylvia.

Quando entrei na cozinha, a sra. Berger gritou: "Aí está o nosso escritor! Como alguém consegue dormir tanto? Estou de pé desde as seis da manhã". Olhei para as pernas grossas dela, para seus dedos tortos e joanetes salientes. Todo mundo brincou comigo. O velho Chaikowitz disse: "Sabe que perdeu a hora das orações da manhã? Você deve ser um desses hassidistas de Kotzker, que rezam tarde". O rosto dele era tão branco quanto o cavanhaque. Sua terceira esposa, uma mulher gorda de nariz grosso e lábios carnudos, fez coro: "Aposto que esse principiante não tem nem filactérios". Quanto a Lemkin, ele disse: "Se querem saber o que eu acho, ele deve ter ficado a noite inteira acordado escrevendo um best-seller".

"Estou com fome de novo", Sylvia anunciou.

"O que vai comer hoje?", me perguntou a sra. Berger. "Dois pães e um ovo ou dois ovos e um pão?"

"O que a senhora me der."

"Estou pronta para te dar até a lua de bandeja. Tenho medo do que possa escrever a meu respeito no seu jornal iídiche."

Ela me trouxe um pão grande com dois ovos mexidos e uma grande xícara de café. O preço do café-da-manhã era vinte e cinco centavos, mas eu estava devendo para a sra. Berger seis semanas de aluguel e seis semanas de cafés-da-manhã.

Enquanto eu comia, a sra. Chaikowitz ficou falando de sua filha mais velha, que tinha enviuvado um ano antes e que agora se casara de novo. "Já ouviu falar de uma coisa dessas?", disse. "Ele deu um soluço e caiu morto. Parece que alguma coisa se rompeu no cérebro. Deus me livre, esses desastres acontecem. Deixou para ela um seguro de cinqüenta mil dólares. Quanto uma mulher jovem pode esperar? O outro era médico, este é advogado, o maior advogado da América. Olhou para ela e disse: 'Essa é a mulher que eu estava esperando'. Depois de seis semanas casaram e foram passar a lua-de-mel nas Bermudas. Ele comprou para ela um anel de dez mil dólares."

"Ele era solteiro?", Sylvia perguntou.

"Teve uma mulher antes, mas não era o tipo dele e se divorciou. Ela recebe uma bela pensão: duzentos dólares por semana. Que ela gaste tudo em remédio."

Tomei o café-da-manhã e saí. Lá fora, olhei na caixa de correio, mas não havia nada para mim. Dois quarteirões adiante já dava para ver a casa que Esther havia alugado no penúltimo inverno. Ela alugava quartos para gente que queria passar as férias perto de Nova York. Não podia visitá-la de dia; costumava me esgueirar tarde da noite. Uma porção de escritores e jornalistas iídiches estava morando lá neste verão, e não podiam saber do meu caso amoroso com Esther. Como não tencionava casar com ela, por que comprometer sua reputação? Esther era quase dez anos mais velha que eu. Tinha se divorciado do marido, um poeta iídiche, modernista, comunista, charlatão. Ele partiu para a Califórnia e nunca mandou um tostão para as duas filhas pequenas. Morava com uma pintora que fazia quadros abstratos. Esther precisava de um marido para sustentar a ela e às meninas, não de um escritor iídiche especializado em lobisomens e assombrações.

Eu estava na América fazia dezoito meses, mas Coney Island ainda me surpreendia. O sol queimava como fogo. Da praia vinha um rugido ainda mais alto que o do mar. Na calçada, um vendedor de melão italiano batia numa folha de lata com a faca e chamava os clientes com voz louca. Todo mundo berrava à sua maneira: vendedores de pipoca e cachorro-quente, de sorvete e amendoim, de algodão-doce e milho verde. Passei por um show de curiosidades que exibia uma criatura metade mulher, metade peixe; um museu de cera com estátuas de Maria Antonieta, Buffalo Bill e John Wilkes Booth; um estabelecimento onde um astrólogo de turbante ficava sentado no escuro fazendo horóscopos, cercado de mapas e globos das constelações celestes. Na frente de um pequeno circo, dançavam pigmeus, as caras pretas pintadas de branco, todos amarrados frouxamente a uma corda longa. Um macaco mecânico estufava a barriga como um fole e soltava uma risada rouca. Meninos negros apontavam armas para patos de metal. Um homem seminu de barba preta e cabelo até os ombros anunciava poções que fortaleciam os músculos, embelezavam a pele e traziam de volta a potência perdida. Quebrava correntes pesadas com as mãos e entortava moedas entre os dedos. Um pouco adiante, uma médium anunciava que era capaz de invocar de volta os espíritos dos mortos, profetizava o futuro e dava conselhos de amor e casamento. Eu levava comigo um exemplar de *A educação da vontade*, de Payot, em polonês. Esse livro, que ensinava como superar a preguiça e realizar um trabalho espiritual sistemático, havia se transformado em minha segunda Bíblia. Mas eu fazia o contrário do que pregava o livro. Desperdiçava meus dias com sonhos, preocupações, fantasias ocas e me prendia em casos amorosos sem futuro.

No final do passeio, sentei num banco. Todo dia, o mesmo grupo de velhos se reunia ali para discutir o comunismo. Um homenzinho de cara vermelha e redonda, cabelo branco como espuma, sacudia a cabeça com força e gritava: "Quem vai salvar os trabalhadores? Hitler? Mussolini? Aquele fascista social do Leon Blum? Aquele oportunista do Norman Thomas? Viva o camarada Stalin! Benditas as suas mãos!".

Um homem que tinha no nariz um desenho de veias rompidas gritava de volta: "E os processos de Moscou? Os milhões de trabalhadores e camponeses que Stalin exilou na Sibéria? E os generais que seu camarada Stalin executou?". Seu corpo era curto e largo, como se a parte central tivesse sido serrada fora. Cuspia no lenço e berrava: "Será que Bukharin é mesmo um espião alemão? Será que Trotsky recebe dinheiro de Rockefeller? E Kamenev seria inimigo do proletariado? E quanto a você e o proletariado, seu senhorio de favela!".

Sempre imaginei que esses homens não paravam para comer nem para dormir, e que continuavam debatendo sem interrupção. Pulavam uns em cima dos outros como bodes prontos para chifrar. Eu tinha levado um caderno e uma caneta-tinteiro para escrever alguma coisa (talvez sobre esses debatedores), mas em vez disso comecei a desenhar um homenzinho de orelhas compridas, nariz igual a chifre de carneiro, pés de ganso e dois chifres na cabeça. Depois de algum tempo, cobri seu corpo de escamas e pus-lhe asas. Dei uma olhada no *Educação da vontade*. Disciplina? Concentração? O que adiantava isso se eu estava condenado a morrer nos campos de Hitler? E mesmo que eu sobrevivesse, como outro romance, outra história, poderia ajudar a humanidade? Os metafísicos tinham desistido cedo demais, concluí. A realidade não é nem solipsismo nem materialismo. Deve-se começar pelo começo: o que é o tempo? O que é o espaço? Aí estava a chave para todo o enigma. Quem sabe, talvez, eu estivesse destinado a resolvê-lo?

Fechei os olhos e decidi de uma vez por todas romper a barreira entre idéia e ser, entre as categorias da razão pura e a coisa em si. Através das minhas pálpebras o sol brilhava vermelho. O bater das ondas e o burburinho das pessoas se fundiram. Senti, quase palpavelmente, que estava a um passo da verdade. "O tempo é nada, o espaço é nada", murmurei. Mas esse nada é o pano de fundo para o quadro do mundo. Então o que é o quadro do mundo? É matéria? Espírito? É magnetismo ou gravitação? E o que é vida? O que é sofrimento? O que é consciência? E se existe um Deus, o que Ele é? Substância com infinitos atributos? A Mônada das Mônadas? Vontade cega? O Inconsciente? Poderá ser sexo, como insinuam os cabalistas? Deus será um orgasmo que nunca cessa? Será o nada universal o princípio da feminilidade? Não chegaria agora a nenhuma conclusão, refleti. Talvez à noite, na cama...

Abri os olhos e fui na direção de Brighton. As vigas do elevado lançavam uma teia de sol e sombra nas calçadas. Um trem de Manhattan passou ventando com um ruído ensurdecedor. Não importa como se defina tempo e espaço, pensei, é impossível estar simultaneamente no Brooklyn e em Manhattan. Passei por vitrinas que exibiam colchões, amostras de telhas de madeira, galinhas kacher. Parei num restaurante chinês. Devia almoçar? Não, na cafeteria podia ser um vintém mais barato. Estava praticamente nos meus últimos centavos. Se meu conto "Depois do divórcio" não saísse na edição de domingo, não me restaria nada além do suicídio.

Voltando, me assombrei comigo mesmo. Como pude permitir que minhas finanças minguassem a esse ponto? Verdade que turista não tinha permissão para trabalhar, mas como o Serviço de Imigração e Naturalização poderia saber se eu lavava pratos num restaurante, ou arrumara um emprego como mensageiro ou professor de hebraico? Era loucura esperar até ficar completamente duro. Verdade, tinha me convencido de que podia me sustentar com os restos das mesas da cafeteria. Mas mais cedo ou mais tarde o gerente ou o caixeiro acabariam notando aquele predador humano. Os americanos preferiam jogar comida no lixo a deixar que fosse consumida sem pagamento. Pensar em comida me deu fome. Lembrei o que havia lido sobre jejum. Tendo água para beber, um homem pode viver sessenta dias mais ou menos. Tinha lido em algum lugar que numa expedição ao Pólo Sul, ou Norte, Amundsen havia comido uma de suas botas. Minha fome atual, disse a mim mesmo, não era nada mais que histeria. Dois ovos e um pão contêm amido, gordura e proteína suficientes para os dias vindouros. Mesmo assim, senti uma pontada no estômago. Estava com os joelhos fracos. Ia encontrar com Esther à noite, e a fome leva à impotência. Mas cheguei à cafeteria. Entrei, peguei uma comanda e me aproximei do bufê. Sabia que os condenados à morte pedem uma última refeição; as pessoas não querem nem ser executadas de estômago vazio. Isso, pensei, era prova de que a vida e a morte não têm nenhuma ligação. Como a morte não tem substância, ela não pode extinguir a vida. É apenas uma moldura para processos vitais que são eternos.

Eu ainda não era vegetariano, mas estava meditando sobre o vegetarianismo. Mesmo assim, me servi de *flanken* com raiz-forte, batatas cozidas e feijões-verdes, uma caneca de sopa de macarrão, um pão grande, uma xícara de café e um pedaço de bolo, tudo por sessenta centavos. Levando minha bandeja, passei por mesas cobertas com restos de refeições, mas parei numa que estava limpa. Numa cadeira, o tablóide da tarde. Embora eu quisesse ler, lembrei das palavras de Payot: intelectuais devem comer devagar, mastigar cada bocado perfeitamente, e não ler. Mesmo assim, olhei as manchetes. Hitler tinha mais uma vez exigido o Corredor Polonês. Smigly-Rydz anunciou no Sejm que a Polônia ia lutar por todo centímetro de seu território. O embaixador alemão em Tóquio tivera uma audiência com o Mikado. Na Inglaterra, um general reformado criticou a linha Maginot e predisse que seria rompida no primeiro ataque. Os poderes que governam o universo estavam se preparando para a catástrofe.

Quando terminei de comer, contei meu dinheiro e lembrei que tinha de ligar para o jornal para perguntar do meu conto. Sabia que um chamado de Coney Island para Manhattan custava dez centavos e que o editor de domingo, Leon Diamond, raramente ia ao escritório. Mesmo assim, não podia deixar tudo por conta do acaso. Uma moeda não ia mudar a situação. Levantei decidido, encontrei uma cabine telefônica vazia e fiz a ligação. Rezei aos mesmos poderes que preparavam a catástrofe mundial para que a telefonista não ligasse errado. Pronunciei o número o mais claramente possível com o meu sotaque e ela me mandou colocar a moeda. A telefonista atendeu e pedi para falar com Leon Diamond. Tinha quase certeza de que ia me dizer que ele não estava, mas ouvi a voz dele na linha. Comecei a gaguejar e a me desculpar. Quando lhe disse quem eu era, ele retrucou bruscamente: "Sua história vai sair no domingo".

"Obrigado. Muito obrigado."

"Me mande outra. Até logo."

"Um milagre! Um milagre do Céu!", gritei para mim mesmo. No momento em que desliguei, outro milagre aconteceu: começou a cair dinheiro de dentro do telefone, moedas de todos os valores. Por um segundo hesitei; seria roubo pegar aquilo. Mas a Companhia Telefônica nunca receberia mesmo, e alguém que precisava menos do que eu poderia encontrar aquilo. Quantas vezes eu tinha colocado moedas no telefone sem conseguir a ligação! Olhei em torno e vi uma mulher gorda com roupa de banho e um grande chapéu de palha esperando diante da cabine. Catei todas as moedas, enfiei no bolso e saí, me sentindo uma nova pessoa. Na minha cabeça, agradeci aos poderes que tudo sabem. Saí da cafeteria e fui na direção de Sea Gate. Calculei assim: se eu receber cinqüenta dólares pelo conto, dou trinta para a sra. Berger para cobrir o aluguel e os cafés-da-manhã, e ainda me sobram vinte dólares para gastar. Além disso, restabeleceria meu crédito com ela e poderia continuar lá. Nesse caso, podia telefonar para Lieberman, o advogado. Quem sabe ele não teria notícias do cônsul em Toronto? Um turista não podia obter visto permanente estando nos Estados Unidos. Eu teria de ir para Cuba ou para o Canadá. A viagem a Cuba era cara demais para eu levar em conta, mas será que o Canadá permitira minha entrada? Lieberman tinha me alertado que teria de ir clandestinamente de Detroit para Windsor e quem quer que me levasse para o outro lado da ponte ia cobrar uma taxa de cem dólares.

De repente, me dei conta de que havia cometido não um roubo, mas dois. No meu entusiasmo, havia esquecido de pagar o almoço. Ainda estava com a comanda na mão. Isso era, decerto, obra de Satã. O céu estava me tentando. Resolvi voltar e pagar os sessenta centavos. Fui andando depressa, quase correndo. Na cafeteria, um homem de uniforme branco estava parado ao lado do caixeiro. Falavam inglês. Eu queria esperar até terminarem, mas os dois continuavam conversando. O caixeiro me deu um olhar de lado e perguntou: "Deseja o quê?".

Respondi em iídiche: "Esqueci de pagar minha comida".

Ele fez uma careta e resmungou: "Não tem importância, cai fora".

"Mas..."

"Cai fora, seu", grunhiu, e deu uma piscada.

Com isso entendi o que estava acontecendo. O homem de uniforme branco devia ser o proprietário, ou o gerente, e o caixeiro não queria que ele visse que havia deixado um cliente ir embora sem pagar. Os poderes estavam conspirando para me dar um golpe de sorte atrás do outro. Saí, e pela porta de vidro vi o caixeiro e o homem de uniforme branco dando risada. Estavam rindo de mim, o caipira, com meu iídiche. Mas eu sabia que o Céu estava me experimentando, pesando meus méritos e iniqüidades numa balança: eu merecia ficar na América ou tinha de perecer na Polônia? Sentia vergonha de ter tanta fé depois de ter me intitulado agnóstico ou descrente, e disse a meus críticos invisíveis: "Afinal, mesmo segundo Spinoza, tudo é determinado. No universo não existem acontecimentos grandes e pequenos. Para a eternidade, um grão de areia é tão importante quanto uma galáxia".

Não sabia o que fazer com a conta. Devia conservá-la até amanhã ou jogar fora? Resolvi que daria o dinheiro ao caixeiro sem ela. Rasguei a conta em pedaços e joguei na lata de lixo.

Em casa, caí na cama e mergulhei num sono pesado, onde encontrei o segredo do tempo, do espaço e da causalidade. Parecia inacreditavelmente simples, mas no momento em que abri os olhos estava tudo esquecido. O que restou foi o gosto de algo do outro mundo, e maravilhoso. Em meu sonho, dei à minha descoberta filosófica um nome que podia ser latino, hebraico, aramaico, ou uma combinação dos três. Me lembro de dizer: "O ser não é nada senão...", e aí vinha a palavra que respondia todas as minhas questões. Lá fora, estava entardecendo. Os banhistas e nadadores tinham todos ido embora. O sol mergulhava no mar, deixando uma trilha incendiada. Uma brisa trazia o cheiro da podridão submarina. Uma nuvem com a forma de um grande peixe apareceu do nada, e a lua engatinhou de trás de suas escamas. O tempo estava mudando; o sino de nevoeiro do farol bateu duro. Um rebocador puxava três barcaças escuras. Parecia inamovível, como se o Atlântico tivesse se transformado no Mar Congelado a respeito do qual costumava ler nos livros de histórias.

Como eu não precisava mais economizar, fui ao café de Sea Gate e pedi cheesecake e café. Um jornalista iídiche, colaborador do jornal que publicava meus contos, veio até mim e sentou-se à minha mesa. Tinha cabelo branco e rosto vermelho.

"Onde você andou se escondendo esses dias? Ninguém vê você. Me disseram que mora aqui em Sea Gate."

"É, moro aqui."

"Aluguei um quarto na Esther. Sabe quem ela é, a ex-mulher daquele poeta maluco. Por que não vai até lá? A imprensa judaica inteira fica lá. Falaram de você algumas vezes."

"É mesmo? Quem?"

"Ah, os escritores. Até Esther elogia você. Eu mesmo acho que você tem talento, mas escolhe uns temas que não interessam ninguém, em que ninguém acredita. Não existem demônios. Não existe Deus."

"Tem certeza?"

"Absoluta."

"Quem criou o mundo?"

"Ah, bom. A velha questão. É tudo natureza. Evolução. Quem criou Deus? Você é mesmo religioso?"

"Às vezes sou."

"Só de maldade: se existe Deus, por que Ele permite que Hitler arraste gente inocente para Dachau? E o seu visto? Tomou alguma providência? Se não, vai ser denunciado e seu Deus não vai ligar a mínima."

Contei as minhas complicações e ele disse: "Você só tem uma saída: casar com uma cidadã americana. Isso legaliza sua situação. Depois, pode conseguir os papéis e se tornar um cidadão por si mesmo".

"Eu nunca faria isso", respondi.

"Por que não?"

"Seria um insulto tanto para a mulher como para mim."

"E é melhor cair nas mãos de Hitler? Isso nada mais é que orgulho idiota. Você escreve como um homem maduro, mas se comporta como um menino. Quantos anos você tem?"

Contei a ele.

"Na sua idade, eu estava exilado na Sibéria por atividades revolucionárias."

O garçom se aproximou e eu já ia pagar, quando o escritor pegou a minha conta. Hoje estou com sorte demais, pensei.

Olhei para a porta e vi Esther. Ela sempre dava uma passada por ali à noite, o que era uma razão para eu evitar o café. Esther e eu tínhamos combinado manter nosso caso em segredo. Além disso, eu havia me tornado patologicamente tímido na América. A cara vermelha da infância voltou. Na Polônia, eu nunca me considerava baixo, mas entre os gigantes americanos fiquei pequeno. Meu terno de Varsóvia parecia do outro mundo, com suas lapelas largas e enchimentos nos ombros. Além disso, era pesado demais para o calor de Nova York. Esther sempre me censurava por eu usar colarinho duro, colete e chapéu em dias de calor. Ela me viu e pareceu ficar envergonhada, como uma menina polonesa do interior. Nunca tínhamos estado juntos em público. Passávamos nosso tempo no escuro, como dois morcegos. Ela fez menção de sair, mas meu companheiro de mesa chamou seu nome. Ela se aproximou, incerta. Estava de vestido branco e chapéu de palha com uma fita verde. Queimada de sol, um brilho de menina nos olhos negros. Não parecia uma mulher beirando os quarenta, e sim magra e jovem. Veio até nós e me cumprimentou como se eu fosse um estranho. À maneira européia, apertou minha mão. Sorriu tímida e disse "você" em vez de "senhor".

"Como vai você? Faz tempo que não nos vemos", disse.

"Ele está se escondendo." O escritor me denunciou. "Não está tomando nenhuma providência quanto ao visto e vai ser mandado de volta para a Polônia. A guerra vai começar logo. Aconselhei que se casasse com uma mulher americana porque assim pode conseguir um visto, mas ele não quer me ouvir."

"Por que não?", Esther perguntou. As faces dela brilhavam. Deu um de seus sorrisos adoráveis, tímidos. Sentou-se na ponta de uma cadeira.

Eu gostaria de dar uma resposta inteligente, precisa. Porém, disse, encabulado: "Não me casaria para conseguir um visto".

O escritor sorriu e piscou. "Não sou casamenteiro, mas vocês dois formam um belo par."

Esther olhou para mim interrogativamente, censurando e implorando. Eu sabia que tinha de dar uma resposta de imediato, fosse a sério, fosse com uma piada, mas não me ocorreu nenhuma palavra. Senti calor. Minha camisa ficou molhada e eu grudando de suor. Tinha a dolorosa sensação de que minha cadeira estava tombando. O chão oscilou e as luzes do teto se entrelaçaram, compridas e enevoadas. O café começou a girar como um carrossel.

Esther levantou abruptamente. "Tenho de encontrar com uma pessoa", disse, e virou-se. Fiquei olhando ela sair depressa pela porta. O escritor sorriu, cúmplice, fez um aceno com a cabeça, e foi para outra mesa conversar com um colega. Eu fiquei sentado, perplexo com a súbita mudança de minha sorte. Em minha consternação, peguei as moedas do bolso e comecei a contar e recontar, identificando mais pelo toque que pela aparência, fazendo cálculos intrincados. Cada vez dava um resultado diferente. No ponto em que estava o meu jogo com os poderes do alto, parece que eu tinha ganhado um dólar e alguns centavos e perdido o meu refúgio na América e uma mulher que eu realmente amava.

O cabalista de East Broadway

Como acontece tantas vezes em Nova York, o bairro mudou. As sinagogas viraram igrejas, as yeshivas restaurantes ou estacionamentos. Aqui e ali ainda se vê um asilo judeu para velhos, uma loja vendendo livros hebraicos, um ponto de encontro para *landsleit* de alguma aldeia da Rússia ou da Hungria. Eu ia ao centro da cidade algumas vezes por semana, porque o jornal iídiche para o qual eu colaborava ainda ficava lá. Na cafeteria da esquina, em outros tempos podia-se encontrar escritores iídiches, jornalistas, professores, levantadores de fundos para Israel e semelhantes. Blintzes, borscht, kreplech, picadinho de fígado, pudim de arroz e biscoitos de ovo eram pratos comuns. Agora o lugar servia principalmente negros e porto-riquenhos. As vozes eram diferentes, os cheiros eram diferentes. Mesmo assim, eu costumava ir lá às vezes para tomar um lanche rápido ou uma xícara de café. Cada vez que entrava na cafeteria, encontrava imediatamente um homem chamado Joel Yabloner, um velho escritor iídiche especializado na Cabala. Tinha publicado livros sobre o Santo Isaac Luria, o rabino Moshe de Córdoba, o Baal Shem, o rabino Nachman de Bratislava. Yabloner havia traduzido parte do Zohar para o iídiche. Escrevia também em hebraico. Pelos meus cálculos, devia estar com seus setenta anos.

Joel Yabloner, alto, magro, o rosto amarelo e enrugado, tinha a cabeça brilhante sem um único fio de cabelo, o nariz seco, faces encovadas, um pomo-de-adão saliente no pescoço. Tinha os olhos saltados, cor de âmbar. Usava um terno surrado e uma camisa desabotoada que revelava os pêlos brancos do peito. Yabloner nunca se casou. Na juventude sofreu de tuberculose, e os médicos o mandaram para um sanatório no Colorado. Alguém me contou que foi forçado a comer carne de porco, e o resultado foi que caiu em melancolia. Poucas vezes o ouvi pronunciar uma palavra. Quando o cumprimentava, ele mal acenava com a cabeça e muitas vezes desviava os olhos. Vivia com os poucos dólares por semana que o Sindicato dos Escritores Iídiches podia gastar com ele. Seu apartamento na rua Broome não tinha banheiro, telefone, aquecimento central. Ele não comia nem peixe, nem carne, nem mesmo ovos ou leite: só pão, legumes e frutas. Na cafeteria, sempre pedia uma xícara de café preto e um prato de ameixas. Ficava horas sentado, olhando a porta giratória, o balcão da caixa ou a parede onde, anos antes, um artista comercial havia pintado o mercado da rua Orchard, com suas carrocinhas de mão e vendedores ambulantes. A tinta estava descascando agora.

O presidente do Sindicato dos Escritores me disse que embora todos os amigos e admiradores de Joel Yabloner tivessem morrido aqui em Nova York, ele ainda tinha parentes e discípulos na terra de Israel. Sempre o convidavam para ir viver lá. Prometiam que publicariam suas obras (ele tinha baús cheios de manuscritos), que encontrariam um apartamento para ele e providenciariam para que recebesse todo tipo de cuidados. Yabloner tinha um sobrinho em Jerusalém que era professor na universidade. Ainda havia líderes sionistas que consideravam Joel Yabloner seu pai espiritual. Então por que ficar ali sentado na East Broadway, silencioso e esquecido? O Sindicato de Escritores enviaria a pensão para ele em Israel, e ele receberia também o Seguro Social, que nunca se dava ao trabalho de ir buscar. Ali em Nova York já havia sido roubado algumas vezes. Um assaltante o fizera cuspir seus últimos três dentes. Eiserman, o dentista que traduziu os sonetos de Shakespeare para o iídiche, me contou que se ofereceu para fazer uma dentadura para Yabloner mas Yabloner respondeu: "De dente falso a cérebro falso é só um passo".

"Um grande homem, mas um homem esquisito", me disse Eiserman enquanto passava o motor em meus dentes. "Ou talvez queira pagar assim os seus pecados. Ouvi dizer que teve casos de amor na juventude."

"Yabloner? Casos de amor?"

"É, casos amorosos. Eu próprio conheci uma professora de hebraico, Deborah Soltis, que estava perdidamente apaixonada por ele. Era minha paciente. Morreu faz uns dez anos."

Com relação a isso, Eiserman me contou um curioso episódio. Joel Yabloner e Deborah Soltis se viram, ao longo de um período de vinte anos, embarcando em longas conversas, muitas vezes discutindo literatura hebraica, refinadas questões de gramática, Maimônides, o rabino Judah ha-Levi, mas os dois nunca se beijaram. O mais perto que chegaram disso foi uma vez em que ambos procuravam uma palavra ou uma expressão no grande dicionário de Ben-Yahudah e suas cabeças se tocaram acidentalmente. Com bom humor, Yabloner disse, brincalhão: "Deborah, vamos trocar de óculos".

"Por quê?", Deborah Soltis perguntou.

"Ah, porque sim. Só um pouquinho."

Os dois amantes trocaram seus óculos de leitura, mas ele não conseguia ler com os dela e ela não conseguia ler com os dele. Então recolocaram os próprios óculos, e esse foi o contato mais íntimo que tiveram.

Acabei deixando de ir à East Broadway. Mandava pelo correio os meus artigos para o jornal. Esqueci de Joel Yabloner. Nem sabia se ainda estava vivo. Aí, um dia, quando eu entrava no saguão de um hotel em Tel Aviv, ouvi aplausos num salão vizinho. A porta do corredor estava meio aberta e olhei para dentro. Lá estava Joel Yabloner atrás do suporte de texto, fazendo um discurso. Usava um terno de alpaca, camisa branca, solidéu, e seu rosto parecia fresco, rosado, jovem. Tinha os dentes completos e deixara crescer um cavanhaque branco. Como eu não estava especialmente ocupado, encontrei uma cadeira vazia e sentei.

Yabloner não falava hebreu moderno, mas apenas a velha língua sagrada com a pronúncia asquenaze. Notei que quando ele gesticulava as abotoaduras cintilavam nos imaculados punhos da camisa. Ouvi quando disse, com entoação talmúdica: "Como o Infinito preencheu todo o espaço e, como diz o Zohar, 'nenhum espaço está vazio d'Ele', como foi que Ele criou o universo? O rabino Chaim Vital deu a resposta: 'Antes da criação, os atributos do Todo-Poderoso eram todos potenciais, não reais. Como pode alguém ser rei sem súditos e como pode haver misericórdia sem ninguém para recebê-la?' ".

Yabloner agarrou a barba, deu uma olhada em seus apontamentos. De vez em quando, tomava um gole de um copo de chá. Notei um bom número de mulheres e até moças na platéia. Poucos estudantes anotavam. Que estranho: havia também uma freira. Devia entender hebraico. "O Estado judeu ressuscitou Joel Yabloner", disse a mim mesmo. Raramente temos a chance de ver a boa sorte de alguém, e para mim o triunfo de Yabloner era um símbolo do Judeu Eterno. Passara décadas como um homem solitário, negligenciado. Agora parecia ter se assumido. Ouvi o restante da palestra, seguido por perguntas da platéia. Inacreditável, mas aquele homem triste tinha senso de humor. Descobri que a palestra havia sido organizada por um comitê que se encarregara de publicar a obra de Yabloner. Um dos membros do comitê me conhecia e perguntou se eu gostaria de comparecer a um banquete em honra de Yabloner. "Como o senhor é vegetariano", acrescentou, "é a sua chance. Vão servir apenas vegetais, frutas, nozes. Quando se tem a chance de um banquete vegetariano? Uma vez na vida."

Entre a palestra e o banquete, Joel Yabloner foi ao terraço para descansar. O dia havia sido quente, e agora no fim da tarde soprava uma brisa do mar. Me aproximei dele, dizendo: "Você não se lembra de mim, mas eu conheço você".

"Conheço você muito bem. Li tudo o que escreveu", ele respondeu. "Mesmo aqui, tento não perder suas histórias."

"Para mim é uma grande honra ouvir isso de você."

"Por favor, sente", disse ele, indicando uma cadeira.

Deus do Céu, aquele homem silencioso tinha se tornado falante. Fez todo tipo de perguntas sobre a América, East Broadway, literatura iídiche. Uma mulher veio até nós. Usava um turbante sobre o cabelo branco, uma capa de cetim e sapato masculino com saltos baixos, largos. Tinha cabeça grande, malares salientes, cores de cigana, olhos negros que brilhavam de raiva. Dava para perceber o começo de uma barba em seu queixo. Com voz forte, masculina, disse para mim: "*Adoni* [senhor], meu marido acabou de fazer uma palestra importante. Vai ter de falar no banquete, e quero que ele descanse um pouco. Faça a gentileza de nos deixar em paz. Ele não é mais jovem e não pode se esgotar".

"Ah, desculpe."

Yabloner franziu a testa. "Abigail, este homem é um escritor iídiche, e meu amigo."

"Pode ser escritor e seu amigo, mas a sua garganta está sobrecarregada. Se discutir com ele, vai ficar rouco depois."

"Abigail, não estamos discutindo."

"*Adoni*, por favor, me escute. Ele não sabe cuidar de si mesmo."

"Bom, vamos conversar depois", eu disse. "Você tem uma esposa dedicada."

"É o que dizem."

Participei do banquete. Comi as nozes, amêndoas, abacates, queijo, bananas que foram servidos. Yabloner discursou de novo, dessa vez sobre o autor de um livro cabalista, *O tratado do hassidismo*. A esposa sentou-se a seu lado no palco. Cada vez que sua voz arranhava, ela lhe passava um copo com um líquido branco, algum tipo de iogurte. Depois do discurso, durante o qual Yabloner demonstrou muita erudição, o presidente da mesa anunciou que um professor assistente da Universidade Hebraica estava escrevendo a biografia de Yabloner e que estavam levantando fundos para publicá-la. O autor foi chamado ao palco. Era um homem de cara redonda, olhos brilhantes, com o mais minúsculo dos solidéus, que se misturava aos cabelos gomalinados. Em suas palavras de encerramento, Yabloner agradeceu aos velhos amigos, a seus alunos, a todos que tinham vindo homenageá-lo. Prestou tributo à esposa, Abigail, dizendo que sem a ajuda dela nunca teria sido capaz de organizar seus manuscritos. Mencionou o primeiro marido dela, a quem se referiu como um gênio, um santo, um pilar de sabedoria. De uma bolsa imensa, que mais parecia uma mala do que uma bolsa de mulher, a sra. Yabloner tirou um lenço vermelho como aqueles que eram usados pelos rabinos antigos e assoou o nariz com um barulho que reverberou pelo salão. "Que ele interceda por nós no Trono da Glória!", proclamou ela.

Depois do banquete, fui até Yabloner e disse: "Muitas vezes, quando vi você sentado sozinho na cafeteria, me senti tentado a perguntar por que não vinha para Israel. Qual a razão para ter esperado tanto?".

Ele fez uma pausa, fechou os olhos, como se a pergunta exigisse meditação, e finalmente deu de ombros. "O homem não vive de acordo com a razão."

Mais uma vez, alguns anos se passaram. O tipógrafo do jornal para o qual eu trabalhava havia perdido uma página do meu artigo mais recente, e como o artigo tinha de sair no dia seguinte, sábado, não havia tempo para mandar uma cópia pelo correio. Tive de tomar um táxi para levar o artigo à sala de composição. Dei a folha que faltava ao supervisor e desci ao departamento editorial para ver o editor e alguns dos meus antigos colegas. O dia de inverno era curto, e quando voltei para a rua senti a agitação e o barulho do shabat, há tanto esquecidos. Mesmo a vizinhança não sendo mais predominantemente judia, algumas sinagogas, yeshivas e casas de estudos hassídicas haviam se recusado a ir embora. Aqui e ali se via numa janela uma moça acendendo velas de shabat, homens de chapéus de abas largas de pele ou veludo indo para as orações, acompanhados por meninos com cachos laterais compridos. Vieram-me à mente as palavras de meu pai: "O Todo-Poderoso sempre terá Seu quorum". Lembrei dos cantos da liturgia da noite do shabat: "Vamos exaltar", "Vem, meu noivo", "O templo do Rei".

Não tinha mais pressa e resolvi tomar uma xícara de café na cafeteria antes de pegar o metrô para casa. Empurrei a porta giratória. Por um momento, imaginei que nada havia mudado e pensei ouvir aquelas vozes dos meus primeiros anos na América, a cafeteria cheia de intelectuais do Velho Mundo gritando suas opiniões sobre sionismo, socialismo judaico, a vida e a cultura na América. Mas os rostos não eram conhecidos. Espanhol foi a língua que ouvi. As paredes tinham sido pintadas e as cenas da rua Orchard com seus carrinhos e mascates desaparecera. De repente, vi uma coisa em que não pude acreditar. A uma mesa, no centro da sala, estava Joel Yabloner, sem barba, com um terno surrado e uma camisa desabotoada. Estava emagrecido, enrugado e descabelado, e sua boca parecia de novo afundada e vazia. Os olhos saltados olhavam a parede vazia à sua frente. Será que eu estava enganado? Não, era Yabloner, sim. Em sua expressão havia o desespero de um homem preso num dilema para o qual não há saída. Com a xícara de café na mão, parei. Devia me aproximar e cumprimentá-lo, devia pedir licença para me sentar à sua mesa?

Alguém me empurrou, e metade do meu café se derramou. A colher caiu no chão com ruído. Yabloner virou-se e nossos olhos se encontraram por um segundo. Acenei com a cabeça, mas ele não me respondeu. E virou o rosto para o outro lado. Ele me reconheceu, sim, mas não estava com vontade de conversar. Cheguei a imaginar que havia feito que não com a cabeça. Encontrei uma mesa junto à parede e sentei. Bebi o que restava do café, olhando de soslaio para ele o tempo todo. Por que teria deixado Israel? Será que sentia falta de alguma coisa aqui? Estaria fugindo de alguém? Tive um forte desejo de ir até ele e perguntar, mas sabia que não conseguiria nada dele.

Um poder mais forte que o homem e suas maquinações o havia arrancado do Paraíso, de volta para o Inferno, concluí. Ele não ia nem aos ritos da noite de sexta-feira. Era hostil não só com as pessoas, mas com o próprio shabat. Terminei o café e saí.

Semanas depois, li no obituário que Joel Yabloner havia morrido. Foi enterrado em algum lugar do Brooklyn. Naquela noite fiquei acordado até as três horas, pensando nele. Por que voltou? Não teria pagado o suficiente de seus pecados da juventude? A Cabala poderia explicar seu retorno à East Broadway? Será que algumas fagulhas sagradas haviam se desviado do Mundo da Emanação para a Legião do Mal? E que só podiam ser encontradas e levadas de volta à sua sagrada origem naquela cafeteria? Outra idéia me veio à cabeça: talvez ele quisesse repousar perto daquela professora com quem trocara os óculos. Lembrei-me das últimas palavras que ouvi dele: "O homem não vive de acordo com a razão".

Uma citação de Klopstock

Todos que gostam de mulheres precisam se gabar. Nos círculos literários de Varsóvia, Max Persky era conhecido como um caçador de mulheres. Seus seguidores afirmam que se não tivesse passado tanto tempo com mulheres, teria sido um segundo Sholem Aleichem ou um Maupassant iídiche. Embora fosse vinte anos mais velho que eu, ficamos amigos. Eu tinha lido sua obra e ouvido todas as suas histórias. Naquela noite de verão, sentamos num pequeno café de jardim, bebendo café e comendo biscoitos de mirtilo. O sol já havia se posto e uma pálida lua de setembro pairava no céu acima dos tetos de zinco. Mas os restos do crepúsculo ainda se refletiam na porta de vidro que levava ao interior do café. O ar estava cálido e perfumado pela floresta de Praga, pelas babkas recém-saídas do forno e pelo esterco que os camponeses recolhiam dos estábulos para jogar nos campos. Max Persky fumava um cigarro atrás do outro. O cinzeiro estava cheio de cinzas e pontas. Embora já tivesse seus quarenta anos (alguns diziam que tinha quase cinqüenta), Max Persky parecia jovem. Tinha uma figura juvenil, uma cabeça com cabelos pretos brilhantes, um rosto de pele escura, lábios cheios e olhos penetrantes de hipnotizador. As duas linhas nos cantos da boca davam-lhe um ar de alguém fatalistamente alerta. Seus inimigos murmuravam que ele tirava dinheiro de mulheres ricas. Diziam também que uma mulher havia se suicidado por sua causa. Nossa garçonete, de meia-idade mas de aparência jovem, ficava olhando para ele. De quando em quando, sorria culpada para mim, como se dissesse: não posso evitar. Tinha nariz curto, rosto encovado e queixo pontudo. Notei que lhe faltava o dedo médio da mão esquerda.

Max Persky de repente me perguntou: "O que aconteceu com aquela mulher doze anos mais velha que você? Ainda a vê?".

Eu quis responder, mas ele fez um sinal negativo com a cabeça. Disse: "As mulheres mais velhas têm algo que as mais novas não conseguem suprir. Eu próprio tive uma, não doze anos mais velha que eu, mas trinta. Eu era um jovem de vinte e sete e ela devia estar nos seus cinqüenta. Era uma solteirona, professora de literatura alemã. Sabia também hebraico. Naquela época, os judeus ricos de Varsóvia queriam que suas filhas fossem versadas em Goethe, Schiller e Lessing. Se não fossem, faltava-lhes *kultur*. Uma pitada de hebraico não fazia mal também. Theresa Stein ganhava a vida ensinando essas matérias. Você provavelmente nunca ouviu falar dela, mas no meu tempo era bem conhecida em Varsóvia. Era uma mulher que levava a poesia muito a sério, o que prova que não era tão inteligente. Certamente não era bonita. Entrar em seu pequeno apartamento na rua Nowolipki era uma aventura. A pobreza pairava nele todo, mas ela tinha transformado suas salas em uma espécie de templo da solteirona. Gastava metade do que ganhava em livros, a maioria encadernada em veludo com ornatos dourados. Comprava pinturas também. Quando fui apresentado a ela, ainda era uma virgem kacher. Eu precisava de uma citação do *Messiah* de Klopstock para uma das minhas histórias e telefonei. Ela me convidou para visitá-la naquela noite. Quando cheguei, ela já havia encontrado a citação que eu precisava e muitas outras. Levei-lhe meu primeiro livro, que tinha acabado de ser publicado. Ela sabia iídiche bastante bem. Venerava Peretz. Quem ela não venerava? Pronunciava a palavra 'talento' com tanta solenidade quanto um judeu piedoso menciona Deus. Era pequena e roliça, de olhos castanhos que irradiavam bondade e ingenuidade. Mulheres assim não existem mais. Como eu era jovem e representava o papel de cínico, imediatamente fiz de tudo para chocá-la. Acusei todos os poetas de imbecis e contei que tinha casos com quatro mulheres ao mesmo tempo. Os olhos dela se encheram de lágrimas. Disse assim: 'Você é tão jovem, tão talentoso e já tão infeliz. Ainda não sabe o que é o verdadeiro amor, e por isso tortura a sua alma imortal. O verdadeiro amor há de vir e você encontrará tesouros que lhe abrirão os portões do Paraíso'. Para me consolar por estar tão perdido, me ofereceu chá com bolo de geléia que ela mesma tinha feito e um copo de cherry brandy. Não esperei muito para começar a dar-lhe uns beijos, quase por costume. Nunca me esquecerei de sua expressão com o primeiro beijo. Seus olhos se iluminaram com uma luz estranha. Ela agarrou meus pulsos e disse: 'Não faça isso! Eu levo essas coisas a sério!'. Tremia e gaguejava, tentando citar Goethe. Seu corpo ficou excepcionalmente quente. Eu praticamente a estuprei, embora não exatamente. Passei a noite em sua casa, e se alguém colocasse num livro tudo o que ela disse naquela noite, seria uma obra de gênio. Ela imediatamente se apaixonou por mim, com um amor que perdurou até seu último minuto. Estou longe de ser um santo ainda hoje, mas naquela época não tinha nem um traço de consciência. Considerava a coisa toda uma piada.

"Ela começou a me telefonar todos os dias, três vezes por dia, mas eu não tinha tempo para ela e inventava desculpas. Mesmo assim, costumava visitá-la de quando em quando, principalmente em noites chuvosas, quando não tinha outros compromissos. Cada visita era literalmente uma festa para ela. Se era possível, preparava um jantar festivo, comprava flores em minha honra, vestia roupas elegantes ou quimonos. Me cobria de presentes. Tentou me convencer a ler com ela os clássicos alemães. Mas eu rasguei todos em pedacinhos e lhe confessei descaradamente todos os meus pecados, até os bordéis que tinha visitado na juventude. Existem mulheres que conseguem se chocar constantemente e para ela eu nunca poupava material. Só porque ela falava suave, com frases floreadas e nobres citações, eu usava a linguagem da rua e chamava tudo por seus nomes. Ela sempre me dizia: 'Deus há de perdoar você. Se Ele lhe deu talento, você é Seu favorito'. A verdade é que era impossível corrompê-la. Figurativamente falando, continuou virgem até o fim. Possuía uma pureza e um amor pela humanidade que não se podia apagar. Defendia todo mundo, até aquele famoso anti-semita, Purish-kevitch. Dizia: 'Esse pobre homem está iludido. Existem almas que mergulham na escuridão porque nunca tiveram a chance de ver a luz divina'. Eu não entendi isso na época, mas dormia com uma santa, como a santa Teresa cujo nome ela levava.

"Era tão pura que ficava abalada com as coisas que era forçada a fazer comigo. Tenho uma pilha enorme de suas cartas e estão manchadas com suas lágrimas, não falsas, mas verdadeiras. Está chegando um tempo em que ninguém acreditará que existiram mulheres assim. Os anos foram passando, ela ficou mais velha e seu cabelo ficou branco, mas o rosto continuou jovem e os olhos brilhavam com todas as ilusões do romantismo. Eu tinha cada vez menos tempo para ela. Os judeus ricos de Varsóvia aos poucos perderam o interesse na cultura germânica e Theresa ganhava cada vez menos. Mas eu não conseguia cortar inteiramente nossa relação. Tinha sempre a sensação de que, se tudo desse errado e eu fosse desamparado por todos, poderia depender de Theresa para me servir de mãe, esposa, protetora. Ela desenvolvera a tolerância característica dessas naturezas. Me permitia fazer tudo. Eu não tinha de me defender nunca. Em minha situação, o sujeito se transforma num mentiroso crônico, mas para Theresa eu podia dizer a verdade, por mais brutal que fosse. Ela sempre tinha a mesma resposta: 'Coitadinho! Meu grande artista!'.

"Enquanto isso, os anos faziam seu trabalho. Theresa ficou curvada e enrugada. começou a sofrer de reumatismo. Tinha de se apoiar numa bengala. Eu tinha vergonha de mim mesmo por causa da minha caridade, se se pode chamar assim, mas abandonar Theresa inteiramente seria a morte para ela. Agarrava-se a mim com suas últimas forças. De noite, na cama, ela rejuvenescia. Entre outras coisas, me prometeu que depois da morte apareceria para mim, se fosse possível. Não quero decepcioná-lo, por isso já lhe digo que ela nunca cumpriu a promessa. Mas minha história está apenas começando."

Max Persky fez um sinal para a garçonete e ela veio de imediato, como se estivesse esperando com impaciência seu chamado. Ele lhe falou com carinhosa familiaridade: "Panna Helena, estou começando a ficar com fome".

"Meu Deus, hoje nós temos o que você gosta: sopa de tomate."

"O que você vai querer?", ele me perguntou.

"Sopa de tomate também."

"Panna Helena, duas." Piscou para ela e entendi que tinha com a moça a mesma relação conspiratória que tivera com Theresa Stein. À sua maneira, Max Persky era um filantropo, não com dinheiro, mas com amor.

Depois da sopa, Max Persky acendeu um cigarro e perguntou: "Onde eu parei? Sei, ela envelheceu. Teve de se mudar do apartamento e foi morar na casa de outras pessoas. Era uma verdadeira tragédia, mas eu não tinha como ajudar. Sabe, nunca tive um tostão. Não pude nem ajudá-la a empacotar suas coisas e a se mudar, porque Theresa Stein tinha uma reputação imaculada em Varsóvia e o menor murmúrio faria com que perdesse as últimas alunas. Para dizer a verdade, ninguém acreditaria que Theresa fosse capaz de fazer o que fazia. Quanto mais velha ficava, mais culpada se sentia por isso e, mesmo assim, envergonhada, pedia a sua parte. Enquanto teve seu apartamento, não foi difícil manter o segredo. Eu sempre ia à casa dela no começo da noite, e nunca deixava de levar comigo um livro, para fingir que era seu aluno. Se os vizinhos algum dia me viram, certamente não desconfiaram que eu fosse amante de Theresa. Mas quando ela foi morar com outras pessoas, não pude mais visitá-la. Isso teria sido o fim. Mas, com mulheres como Theresa, terminar é tão difícil quanto começar. Ela continuava me chamando e me escrevendo longas cartas. Começamos a nos encontrar em cafés em ruas distantes, dos gentios. Toda vez que me encontrava, ela me trazia algum presente: um livro, uma gravata, até lenços e meias.

"Nessa época, eu estava tendo um caso com uma sobrinha do rabino de Biala, que se chamava Nina. Acho que já contei dessa Nina para você. Ela fugiu da corte do rabino e tentou ser pintora em Varsóvia. Ficava ameaçando o tio, o rabino, que se ele lhe recusasse ajuda em dinheiro, ela se converteria. Era meio louca. O amor entre nós era aquilo que os romances populares chamam de tempestuoso. Ela se consumia de ciúmes e sempre desconfiava de mulheres que eram as mais inocentes. A cada poucas semanas tentava o suicídio. Até então eu nunca tinha batido numa mulher, mas a histeria de Nina era do tipo que só se aquieta batendo. Ela própria admitia isso. Quando começava com suas loucuras, arrancando os cabelos, chorando, rindo e tentando se atirar pela janela, não havia outro remédio senão dar-lhe uns tapas firmes na cara. Funcionava como mágica. Depois dos tapas, ela geralmente começava a me beijar. Até então, eu sabia bem como controlar minhas mulheres. Mas Nina me infernizava com seus ciúmes. Se me pegava com outra mulher, agarrava a outra pelo cabelo e puxava como uma lavadeira. Afastou todas as minhas meninas. Era impossível me livrar de Nina. Estava sempre com um frasco de veneno. Caí em desespero e comecei a escrever uma peça, aquela que depois arruinaram no Teatro Central.

"Uma noite, no inverno, Nina tinha de ir a Biala para ver o tio. Sempre que ia viajar, esperava para me contar no último minuto, para me impedir de marcar outros encontros. Os loucos são muito ladinos. Nessa noite, quando me disse que estava partindo, comecei a telefonar para todas as minhas vítimas. Mas era uma daquelas noites em que todo mundo está ou ocupado ou doente. Havia uma epidemia de gripe. Como fazia semanas, meses, que eu vinha prometendo me encontrar com Theresa, me ocorreu que aquela seria uma boa oportunidade. Telefonei para ela e convidei-a para jantar num restaurante gentio. Depois, fomos para a minha casa. Nós éramos amantes fazia anos, mas todas as vezes ela se comportava como uma virgem assustada. Precisava encontrar uma explicação para o dono de sua casa, por não ir dormir lá. Estava tão alarmada, gaguejava e soluçava de tal forma ao telefone, que me arrependi da história toda. Ela nunca foi de comer muito, mas naquela noite não engoliu nem um bocado. Uma velha ressequida estava sentada diante de mim na mesa. O garçom pensou que fosse minha mãe e perguntou: 'O que sua mãe vai comer?'. Me senti péssimo. Depois do jantar, ela quis voltar para a casa dela. Mas eu sabia que se eu consentisse ela ficaria profundamente decepcionada. Notei também que havia trazido uma camisola na bolsa. Para resumir, convenci Theresa a ir para o meu apartamento. Quando uma jovem se agita demais já é bem ruim, mas quando uma velha se comporta como uma virgem assustada, é ao mesmo tempo cômico e trágico. Subimos os três andares de escada e ela parou algumas vezes para descansar. Tinha me trazido um presente, um conjunto de roupa de baixo de lã. Fiz chá. Tentei lhe dar um copo de conhaque para que se alegrasse. Mas ela recusou. Depois de muita hesitação, muitas desculpas e citações de Fausto e do *Buch der Lieder* de Heine, foi para a cama comigo. Eu tinha certeza que não teria o menor desejo por ela, mas o sexo é cheio de caprichos. Depois de algum tempo, adormecemos. Eu já havia decidido que aquela noite seria o fim do nosso miserável caso amoroso. Até ela mesma havia insinuado que nós não devíamos mais nos fazer de bobos.

"Eu estava cansado e dormi profundamente. Acordei com uma sensação estranha. Primeiro, não me lembrava com quem estava na cama. Durante um momento, achei que fosse Nina. Estiquei a mão e toquei a mulher. Naquele instante, entendi a verdade: Theresa estava morta. Até hoje não sei se ela se sentiu mal e tentou me acordar ou se simplesmente morreu durante o sono. Eu já tinha vivido muitas tragédias, mas o que experimentei naquela noite foi terror absoluto. Meu primeiro impulso foi chamar uma ambulância, mas toda Varsóvia ficaria imediatamente sabendo que Theresa Stein tinha morrido na cama de Max Persky. Se o papa fosse pego roubando um sótão na rua Krochmalna, não teria criado tamanha sensação. O que o homem mais teme é o ridículo. Metade de Varsóvia teria me amaldiçoado e a outra metade caçoado de mim. Quando acendi a luz e olhei seu rosto, fiquei gelado de horror. Ela parecia ter noventa anos, e não sessenta. Eu queria correr até o fim do mundo para que ninguém soubesse o que tinha acontecido comigo. Mas havia gasto todo o meu dinheiro no restaurante e no coche. Entendi que vir para casa comigo e subir toda aquela escada havia matado Theresa. Na verdade, eu havia cometido um assassinato e tinha feito isso por pena.

"Acendi todas as luzes, cobri o corpo com um lençol e comecei a procurar um jeito de dar cabo da minha vida idiota. Morrer ao lado dela criaria a impressão de um duplo suicídio. Sentimos vergonha do que as pessoas vão dizer e pensar até depois de partirmos. O prestígio, não o amor, é mais forte que a morte. Olhei meu relógio, eram três e dez da manhã. Enquanto estava ali, confuso, amaldiçoando o dia em que nasci, a campainha tocou. Eu tinha certeza de que era a polícia. Podiam facilmente me acusar de assassinato. Não atendi, mas a campainha logo ficou insistente e barulhenta. Eu tinha certeza que o próximo passo seria eles porem a porta abaixo. Não perguntei quem era e abri. Era Nina.

"Tinha perdido o trem. Nina era especialista em se atrasar para trens, teatros, encontros. Disse que como não havia mais trens naquela noite tinha voltado para casa. Mas no meio da noite foi assaltada pelo desejo de estar comigo. Ou talvez pensou em me pegar com alguma outra e arrancar-lhe os olhos. Que estranho eu ficar tão contente em ver Nina. Estar sozinho com um corpo nessas circunstâncias é tão doloroso que todos os outros sofrimentos e vergonhas tornam-se pálidos por comparação. Nina disse: 'Por que as luzes estão todas acesas?'. Olhou para a cama e exclamou: 'Não adianta esconder!'. Correu para a cama e quis puxar o lençol, mas segurei suas mãos e disse: 'Nina, é um cadáver que está deitado aí'. Ela viu pela minha cara que eu não estava mentindo. Esperava que ela fosse armar uma tremenda confusão e acordar os vizinhos. Nina era capaz de entrar em pânico à vista de um pequeno camundongo ou de um besouro. Mas nesse momento ficou calma e pareceu curada de sua loucura. Disse: 'Um cadáver? Quem é?'. Quando contei que era Theresa Stein, ela começou a rir, não histericamente, mas do jeito que uma pessoa sadia cairia na gargalhada com uma boa piada. Eu disse: 'Nina, não é brincadeira. Theresa Stein morreu na minha cama'.

"Nina conhecia Theresa Stein. Toda Varsóvia intelectual conhecia. Ela ainda não queria acreditar até eu abrir a bolsa de Theresa e mostrar a Nina o seu passaporte. Com os russos, todo mundo tinha de andar com passaporte, até mulheres."

"Como é que você nunca escreveu sobre isso?", perguntei a Max Persky.

"Até hoje ninguém sabe a verdade. Ainda existe muita gente que conheceu Theresa Stein."

Ele acendeu outro cigarro. Agora já era noite. A lua estava amarela, como se fosse de latão.

"Que história isso daria", eu disse.

"Talvez eu escreva essa história um dia, mas na minha velhice, quando ninguém mais em Varsóvia se lembrar de Theresa Stein. Ainda é cedo. Mas deixe eu contar o resto. Nina estava pronta para me ajudar e tinha até um plano. Podíamos facilmente ter acabado na Sibéria ou na prisão, mas nesses momentos fica-se estranhamente corajoso. Vestimos o corpo com todas as suas roupas. Resolvemos dizer ao porteiro que a mulher tinha tido uma crise de pedra nos rins e que a estávamos levando para um hospital. Esse porteiro era um velho bêbado que nunca acendia a luz quando abria o portão. Tirar a camisola de Theresa Stein e vestir suas calcinhas e outras roupas quase nos matou. O corpo dela era uma ruína. Depois de vestida, eu a levantei e carreguei três lances de escada escura abaixo. Nina me ajudou segurando seus pés. Como Nina, a histérica, conseguiu fazer tudo isso, ainda é um mistério para mim. Nunca antes, nem depois, ela foi tão normal, ou talvez eu devesse dizer supernormal. No corredor escuro que dava para o portão, coloquei Theresa de pé, encostada na parede. A cabeça dela pendeu sobre meu ombro e por um momento imaginei que ela estava viva! Nina bateu na janela do porteiro e ouvimos uma porta ranger e o típico resmungo de alguém acordado no meio da noite. Ele abriu o portão, suspirando e xingando, enquanto Nina e eu arrastávamos o corpo de pé, segurando por baixo dos braços. Consegui até dar uma gorjeta ao porteiro. Ele não fez perguntas e nós não dissemos nada. Se um policial tivesse passado por ali, eu não estaria aqui sentado com você. Mas a rua estava vazia. Puxamos o corpo até a esquina mais próxima e o colocamos cuidadosamente na calçada. Coloquei a bolsa ao lado dela. A coisa toda não durou mais que poucos minutos. Eu estava tão pasmo que não sabia o que fazer em seguida. Mas Nina me levou para a casa dela.

"Existe um velho ditado que diz que não há crime perfeito. O que fizemos naquela noite tinha todos os elementos de um crime perfeito. Se tivéssemos efetivamente estrangulado Theresa, a coisa toda não teria corrido de forma tão tranqüila. É verdade que provavelmente deixamos impressões digitais, mas a técnica de descobrir impressões digitais ainda não era conhecida em Varsóvia naquela época. Pouco importava para a polícia russa uma velha ter sido encontrada morta na rua. Ela foi levada para o necrotério. Quando os judeus ficaram sabendo que Theresa Stein tinha sido encontrada morta, os líderes da comunidade providenciaram para que fosse levada à sala de limpeza do cemitério da rua Gesia, sem autópsia. Claro que fiquei sabendo disso depois. Você não vai acreditar, mas naquela noite, ou no que restava daquela noite, dormi com Nina, e foi tudo como sempre. Naquela época, eu ainda tinha bons nervos. Bebi também meia garrafa de vodca. Realmente não existe regra para saber como os nervos vão reagir.

"Não preciso lhe dizer que Varsóvia ficou chocada com os detalhes da morte de Theresa. Nossos jornais iídiches deram cobertura completa para o evento. Theresa tinha dito à dona de sua casa que ia passar a noite com uma parente doente. Mas quem era essa parenta? Ninguém nunca descobriu. Meu porteiro podia ter dito à polícia que carregamos uma mulher no meio da noite, mas ele era meio cego e nunca lia jornal. Como a bolsa foi encontrada ao lado dela, concluiu-se que tinha caído morta por causas naturais. Lembro que o folhetinesco *Hoje* desenvolveu a teoria de que Theresa Stein tinha ido ajudar os pobres e os doentes. Ele a comparou à santa da história de Peretz, que, em vez de ir às orações da noite, ia esquentar o forno de uma viúva doente.

"Nossos judeus de Varsóvia adoram funerais. Mas funeral como o de Theresa Stein eu nunca tinha visto antes. Centenas de coches seguiram o carro fúnebre. Mulheres e meninas choravam como se fosse Yom Kippur. Foram pronunciados inúmeros discursos fúnebres. O rabino da sinagoga alemã disse que os espíritos de Goethe, Schiller e Lessing estavam pairando sobre o túmulo de Theresa, assim como as almas de Judah ha-Levi e Salomão Ibn Gabriol. Eu não tinha muita certeza da capacidade de Nina guardar segredo. Histeria e denúncia quase sempre andam juntas. Tinha medo de que em nossa primeira briga Nina fosse à polícia. Mas uma verdadeira mudança havia ocorrido nela. Parou de me incomodar com seus ciúmes. Na verdade, nunca mais falamos daquela noite. Virou nosso grande segredo.

"Não muito tempo depois, a guerra começou. E Nina teve tuberculose, que ela já havia tido anos antes. Foi internada pela família em um sanatório em Otwock. Fui lá visitar Nina muitas vezes. Alguma coisa em seu caráter parecia ter se alterado. Nunca mais precisei controlar sua histeria com um tapa. Ela morreu em 1918."

"Nunca tentou aparecer para você?", perguntei.

"Está falando de Nina ou de Theresa? As duas prometeram, mas nenhuma delas manteve a promessa. Mesmo que exista uma entidade como a alma, não acredito que se dê ao trabalho de voltar do outro mundo com mensagens. Realmente espero que a morte seja o fim de toda a nossa bobagem.

"Esqueci de contar uma coisa. Não tem relação com a minha história, mas mesmo assim é interessante. Durante todos esses anos, Nina havia ameaçado o tio, o rabino de Biala, com sua conversão. O rabino tinha um medo terrível de ter uma convertida na família e lhe mandava dinheiro. Depois de sua morte, quando a família foi tratar do enterro e dos documentos necessários, descobriram que ela era católica fazia anos. Isso criou uma comoção entre os hassidistas. Varsóvia já estava sob ocupação alemã. Subornaram as autoridades e ela foi enterrada no cemitério judeu. Na verdade, ela está não muito longe de Theresa Stein, na primeira fila. Por que se converteu, eu jamais saberei. Falava sempre do Deus judeu e mencionava seus sagrados antepassados."

Max Persky ficou em silêncio. A noite esfriou. Em torno da luz sobre a porta, moscas, mariposas e todos os tipos de mosquito faziam uma orgia de noite de verão. Max Persky aquiesceu com a cabeça a uma verdade que estava em seus lábios. "No amor, não se faz favor", disse. "É preciso ser egoísta, senão se destrói a si mesmo e ao ser amado."

Hesitou um pouco e olhou para a garçonete. Ela veio imediatamente até a mesa. "Mais café?"

"Mais, sim, Helena. Me diga, até que horas você trabalha hoje?"

"Geralmente fechamos à meia-noite."

"Vou esperar você lá fora."

Uma dança e um pulo

Casas, às vezes, apresentam uma estranha semelhança com as pessoas que nelas habitam. Leizer, ex-cunhado de meu tio Jekhiel, tinha uma casa dessas. Beila, a irmã de Leizer, era a segunda esposa de tio Jekhiel. Ela não estava mais viva e meu tio havia se casado pela terceira vez depois que meus pais me trouxeram para Shebrin.

Homem de seus sessenta anos, Leizer era alto, de ossos grandes. Em sua juventude, foi um gigante, mas em seus anos finais ficou curvado e alquebrado de problemas. Sua mulher morrera. Ele vivia incomodado por uma hérnia e por uma perna ruim que o fazia mancar. O armazém que possuía queimou e seu negócio de cereais acabou-se. As duas filhas mais velhas faziam pães e bolos, e com seus magros ganhos o sustentavam. Na verdade, todos os seus infortúnios lhe vinham das três filhas, Raquel, Lia e Feigel, que haviam ficado solteiras. Como era possível três meninas de uma aldeia judaica não se casarem? Todo mundo em Shebrin fazia a mesma pergunta, e acho que Leizer e suas filhas ficavam tão perplexos quanto os outros, talvez mais.

Mas vamos voltar para a casa. As paredes de tijolo eram excepcionalmente grossas, o telhado verde de musgo e a chaminé, por mais que fosse limpa, sempre soltava uma mistura de fumaça e chamas. Grzymak, o limpador de chaminés, jurava que uma vez tinha visto um diabo na chaminé: uma criatura negra como fuligem, corcunda tanto na frente quanto atrás, com um cacho de cabelo no meio da cabeça e um nariz que chegava até a cintura. Parecia morar lá. A filha de um vizinho também tinha visto esse monstro. No meio da noite, quando ela foi esvaziar os penicos, ouviu ele rindo. Ao olhar para o telhado de Leizer, a criatura estava agachada em cima da chaminé e chamou-a, esticando uma língua do tamanho de uma pá.

Por que o pedreiro que construiu essa casa fez as paredes com quase um metro de largura, sem janela dando para a frente e com um longo corredor de entrada que era escuro mesmo em pleno dia? Por que os tetos eram baixos, de vigas pesadas, e o sótão desproporcionalmente alto? Ninguém sabia a resposta, mas a construção tinha quase duzentos anos. As janelas pequenas, tortas, davam para um pântano que levava ao rio. Em noites escuras de verão, luzes misteriosas pairavam sobre o pântano e dizia-se que quem ia atrás dessas luzes nunca voltava.

A hérnia de Leizer deixava seus intestinos caídos, e havia uma mulher em Shebrin que sabia manipulá-los de volta. Se não fosse ela, diziam as pessoas, Leizer teria morrido há muito. Para Leizer, era uma desgraça uma mulher estranha tocar suas partes íntimas, mas quando se trata de salvar uma vida essas coisas têm de ser relevadas. Essa mulher recusava pagamento. Era a sua boa ação. Ela se especializava também em afastar mau-olhado e tirar a película pevide da língua das galinhas, permitindo assim que voltassem a comer.

Lia já estava com bem mais de quarenta anos quando meus pais e eu chegamos a Shebrin. Alta e grande como o pai, tinha mãos de homem e uma cara tão larga e tão escura quanto as broas de abóbora que assava. Era difícil tirar dela uma palavra. Sua força também era de homem. Rachava lenha, trazia água do poço e carregava nas costas sacos de farinha do moinho. Apesar disso tudo, dava para perceber que era bem bonita, de feições regulares e olhos negros e ardentes.

Ouvi dizer que um dia, quando ia levando um saco de cereal para o moinho, foi atacada por dois bandidos. Um deles encostou um rifle em seu peito. Lia agarrou a arma, quebrou-a em dois e com a coronha espancou os bandidos até desmaiarem. Os criminosos foram levados para o hospital e depois presos.

Raquel, mais nova que Lia, parecia com ela fisicamente; mas tudo que era duro, forte e resoluto em Lia parecia fraco, macio e indeciso na irmã. Ninguém ousava perguntar a Lia por que não tinha se casado, mas todo mundo perguntava isso para Raquel. A resposta dela era sempre a mesma: "Quando se serve o jantar, serve-se primeiro a sopa, depois a carne".

Me lembro que minha mãe uma vez disse a ela: "É tão terrível assim servir a carne primeiro? Não tem nenhuma lei proibindo isso".

Raquel ouviu e respondeu: "É o costume, primeiro se serve a sopa e depois a carne".

Lia sovava a massa de pão, fazia os pães, colocava no forno e tirava os assados prontos. Vender era tarefa de Raquel. Nas quintas-feiras, ela ficava no mercado com uma cesta de pães, bolos chatos, bagels e broas. Às sextas-feiras vendiam halá e biscoitos de shabat.

Feigel, a mais nova, tinha apenas vinte e nove anos nessa época e os casamenteiros ainda não tinham desistido dela. Sua mãe morrera no parto. Ao contrário das irmãs, Feigel era loira, de pequena estatura, e não se parecia com o resto da família. Achava-se que tinha puxado uma tia-avó de Janov. Três vezes esteve noiva. O primeiro noivo morreu, ela devolveu o contrato de noivado do segundo, e o terceiro foi para a guerra e nunca mais se soube dele.

Lia e Feigel não se falavam fazia mais de dez anos. Evitavam até olhar uma para a outra. Feigel gostava de cantar. Tinha um gato. Seu pai comprou-lhe uma máquina de costura e ela virou costureira, fazendo camisas, roupa de baixo para homem e sutiãs. Tinha longas discussões com os casamenteiros. De quando em quando eram marcadas reuniões e apresentações com um pretendente em potencial, mas de alguma forma nunca dava certo. Feigel visitava sempre minha mãe. Contava histórias de horror sobre a epidemia de cólera de 1915 e fofocava sobre meninas e moças de Shebrin que viraram contrabandistas durante a guerra. Os gendarmes austríacos muitas vezes faziam que se despissem para revistá-las e tocavam as partes íntimas de seus corpos, onde nenhuma mulher decente permitiria ser tocada por um homem estranho. Minha mãe concordava com a cabeça coberta pela peruca. "Tudo por causa do nosso longo exílio."

Feigel acusava Lia de feitiçaria, dizendo que Lia não queria se casar e que tinha impedido Raquel de arrumar marido. Toda vez que Feigel ficava noiva, Lia lançava um feitiço. Feigel dizia a minha mãe: "Minha tia, essa Lia é homem, e não mulher".

"O que você está dizendo?", mamãe protestava. "Ela tem seios."

"Tem pés de cossaco. Deus errou."

"Como pode dizer isso? O Todo-Poderoso não erra."

"Se é assim, ela é uma palerma."

Essa família não estava a nossa altura. Meu tio Jekhiel tinha se apaixonado por sua segunda esposa, embora ela estivesse muito abaixo dele, e quando Feigel chamava minha mãe de "tia" era como uma bofetada no rosto. Mas minha mãe tinha pena das filhas de Leizer porque elas eram órfãs. Me mandava comprar farfel assado para elas e encomendava camisas com Feigel. Os dedos dela me faziam cócegas quando tirava medidas, e eu ria. O comentário de minha mãe dizendo que Lia tinha seios ficou na minha cabeça. Até então eu achava que só mulheres que têm bebês têm seios. É, Lia tinha um grande peito, mas tinha a voz grossa de homem. Será que era o que o Talmude chamava de andrógino? Eu tinha medo dela como dos vãos escuros dos portões, cheios de buracos e fendas. Como gostava de ler livros de histórias, sabia que existiam mulheres pecaminosas que copulavam com demônios e davam à luz duendes e súcubos. Lia estava tendo um caso com o demônio que morava na chaminé. Eu estava chegando à idade do bar mitzvá e pensava cada vez mais no que havia estudado na Gemara sobre as relações entre homens e mulheres. Comecei a me interessar também por romances. Foi por volta dessa época que minha mãe mandou Feigel fazer para mim vários conjuntos de cueca e camisa.

Fui levar o tecido para Feigel e quando cheguei perto da casa notei a fumaça negra e espessa que saía da chaminé. Pensei no diabo que espreitava em seu fuliginoso esconderijo. Quando passei pela padaria, vi Lia de pé com uma saia velha e grandes botas. Estava borrifando água nos pães recém-assados, o vapor subindo no ar.

A soleira do portão era alta e eu tropecei. O dia estava quente e a porta do quarto de Leizer um pouco aberta. Sua barba branca tinha ficado marrom em algumas partes por causa do rapé que usava. A idéia de uma mulher mexendo em seus genitais despertavam em mim sentimentos de curiosidade e repulsa. Ele tinha uma oficina equipada com martelos, serras, alicates, chaves de fenda e lâminas. Havia pranchas e barras de metal empilhadas no canto. Eu me lembrava de minha mãe dizer que quando jovem ele tentara inventar um berço autoembalante pela força de pesos e molas. Por essa razão é que seu negócio havia se arruinado.

Depois de algum tempo, entrei no quarto de Feigel. Era o mais luminoso da casa. Pai e filhas não viviam como uma família. Eram mais como vizinhos.

Alguns quartos tinham desabado e ficavam trancados. Feigel tinha um manequim em seu quarto, uma mulher sem cabeça, mas com quadris e seios. Os fios presos nos cabelos de Feigel lhe davam um charme especial aos meus olhos. Era difícil acreditar que estava beirando os trinta anos, pois sua aparência era a de uma jovem. Com seu pé pequeno, ela pedalava com habilidade a máquina de costura e mexia depressa o dedo indicador, evitando a agulha.

"Ah, está aí, é?" Sorriu para mim, convidativa.

"É, minha mãe me mandou."

"Você gosta da sua mãe?"

Fiquei envergonhado. "Gosto, como não?"

"Um hassidista pode gostar de uma mulher?", perguntou.

"Mãe não é mulher."

"Ah, não?"

Feigel levantou-se para tirar minhas medidas, tomando muito cuidado, porque minha mãe tinha dito a ela que meu pescoço havia engrossado. Seus dedos tocaram meu queixo e senti que eram quentes e macios. Ela de repente baixou a cabeça e seu cabelo roçou meu rosto quando me beijou nos lábios. Fiquei tão perplexo que não consegui dizer nem uma palavra. "Não conte para ninguém", aconselhou.

Que estranho: dias antes eu sabia que estava a ponto de cometer alguma transgressão. Minha cabeça fervia com pensamentos pecaminosos. Noites antes, havia sonhado com minha prima Taube, nua, o corpo enrolado numa rede. No dia seguinte, jejuei até o meio-dia.

Correu por Shebrin a notícia de que Feigel estava para ficar noiva outra vez. O novo pretendente, cocheiro em Varsóvia, tinha um parente em Shebrin, Chaim Kalch, e através dele é que se fizera o arranjo. As coisas correram depressa. Um dia, ficamos sabendo disso, dois dias depois fomos convidados para a festa de noivado. Foi uma ocasião tranqüila, poucos convidados. Leibush, o futuro noivo, parecia um homem de quase quarenta anos, ou quarenta e poucos, grande, de compleição vermelho-arroxeada, nariz grande, lábios grossos e um pescoço cheio de marcas profundas e de espinhas. Imaginei que devia ter cheiro de esterco de cavalo e graxa de eixo. Debaixo das sobrancelhas loiras, os olhos de um azul-água exibiam um ar que sugeria raiva e zombaria, como se a coisa toda não passasse de um engodo. Raquel serviu arenque fatiado, pães de kaiser frescos e vodca. Lia apareceu por um minuto, sem se importar nem de trocar de roupa. Leibush tinha a voz rouca de alguém que está sempre gritando. Ouvi quando disse: "Estou cansado das pedras do calçamento de Varsóvia". Bebeu três quartos de vodca e comeu quase todos os pães enquanto falava de negócios. Estava farto do tumulto e do mau cheiro de Varsóvia e tencionava comprar um cavalo e uma carroça em Shebrin para transportar carga até Lublin. As pessoas em Varsóvia não sabiam atravessar a rua e quando acontecia um acidente o cocheiro é que levava a culpa. Por suas palavras, entendi que provavelmente tinha atropelado alguém, com o conseqüente processo, ou que talvez tivesse sido preso. Feigel também ajudava com os refrescos. Meu pai redigiu o documento de noivado. Ele perguntou a Leibush: "Como é seu nome completo?".

"Leibush Motl."

"Aryeh Mordecai." Meu pai traduziu o nome para hebraico.

"O que você é?", meu pai perguntou. "Cohen, Levi ou israelita?"

"Quem sabe o que eu sou?"

"Freqüenta alguma sinagoga? Não é chamado para ler a Torá?"

"De vez em quando."

"Aqui, vai ter de freqüentar a sinagoga. É uma cidade pequena, e tem de se comportar bem", Feigel interrompeu.

"Bom..."

O pai de Feigel, Leizer, parecia aborrecido, impaciente, mal podendo esperar para voltar aos seus martelos, serras, limas e parafusos. Assentia em silêncio a tudo o que era dito. Feigel sorriu, brincou e até piscou para mim. Deu de ombros: "Casamento e morte são inevitáveis".

"O que faz você dizer uma coisa dessas?", minha mãe perguntou. "Ainda é moça e vai viver até os cento e vinte anos."

"Não tão moça. Ninguém sabe o que nos reserva o amanhã."

"Exatamente o que eu acho", Leibush concordou. "A semana passada eu estava tomando uma caneca de cerveja com meu amigo, de repente a cabeça dele pendeu para um lado, e ele já tinha ido embora."

"Deus nos livre das tragédias que podem acontecer."

"As pessoas se enfiam debaixo das rodas."

A data do casamento foi marcada para um mês depois. Leizer e Lia queriam que fosse um casamento tranqüilo, mas Feigel encomendou uma cerimônia com músicos e bufão. Ouvi quando disse a minha mãe: "O que uma moça pode esperar da vida? Uma dança e um pulo".

No casamento, Feigel dançou com a irmã Raquel e depois com outra moça. Estava linda com o vestido de noiva que ela mesma tinha feito. O vestido abria como um guarda-chuva quando ela girava, e vi suas calcinhas debruadas de renda. Depois da dança da virtude, duas mulheres levaram Feigel para um quarto escuro. Minutos depois, Leizer e um outro homem escoltaram Leibush até a noiva.

Lia foi ao casamento vestindo sua roupa de shabat e sapatos de salto alto. Debaixo das sobrancelhas pesadas, masculinas, os olhos negros estavam tristes e ressentidos. Quando minha mãe foi desejar *mazel tov* a Raquel, ela respondeu: "Onde já se viu servir a sobremesa antes do prato principal?".

"Você e Lia um dia ainda vão dar uma alegria a seu pai."

"Quem sabe."

Na manhã depois do casamento, começou o falatório. Um menino que tinha se escondido atrás da janela do quarto nupcial contou que Feigel e Leibush brigaram metade da noite. Houve xingos e tapas. Para chegar à janela, ele teve de se esgueirar pelo pântano, e mostrou a lama e o musgo que ainda tinha na calça e na bota. Feigel logo procurou minha mãe para desabafar. Eu estava louco para ouvir o segredo de Feigel, mas ela me mandou embora. "Me faça um favor", disse, "saia da sala. Não é para os seus ouvidos."

Do outro lado da porta, ouvi murmúrios e um choro abafado. Quando Feigel saiu, o rosto de minha mãe tinha manchas vermelhas. Perguntei a minha mãe o que havia de errado com o casal e minha mãe disse: "Deus nos perdoe, quanto louco existe por aí".

"Eles não se deram?"

"Ela não tem sorte."

Mas os meninos da casa de estudos falaram claro: "Feigel não recebe o marido na cama dela".

Leibush foi procurar meu tio Jekhiel para denunciar, e os dois se trancaram no estúdio. Do mesmo jeito que havia antes amaldiçoado Varsóvia e elogiado Shebrin, Leibush agora fazia o contrário. Ficava no mercado, cercado de homens e meninos, repetindo: "Como é que alguém pode viver numa aldeia destas, esquecida por Deus? Dá para enlouquecer só de olhar tanta lama. Digam o que disserem, Varsóvia pelo menos é animada".

"Com dinheiro se consegue de tudo aqui também", disse um jovem recém-casado.

"O quê? Não tem nem um lugar para se beber um copo de cerveja decente."

As pessoas tentaram reconciliar Feigel e Liebush. Vendedores de cavalos se dispuseram a vender para Leibush uma parelha de cavalos por quase nada. Comerciantes prometeram que o contratariam para transportar produtos para Lublin e Lemberg. Mas Leibush sacudia a cabeça. Feigel não aparecia. Um moça que foi a sua oficina para experimentar um vestido encontrou a porta trancada. Minha tia Yentl foi discutir o assunto com minha mãe. As duas cochicharam e as fitas do chapéu de Yentl sacudiam. "Temo que essa massa não dê pão", disse Yentl.

"Um ignorante maluco", minha mãe concordou.

O casamento logo se desfez. O divórcio não era permitido em Shebrin porque o rio tinha dois nomes e havia alguma dúvida quanto ao nome que se devia usar no documento de divórcio. O casal foi até Lublin para conseguir o divórcio. Fiquei olhando os dois subirem na carroça para a viagem. Leibush sentou-se ao lado do cocheiro e Feigel atrás, em cima de uma pilha de feno. Estava com o mesmo chapéu com a pena que tinha usado no shabat depois do casamento, quando foi levada à seção das mulheres na sinagoga. Parecia abatida e mais velha. Raquel saiu e entregou à irmã um pacote de comida. Moças e mulheres olhavam por trás das cortinas.

Embora se esperasse que Feigel fosse voltar logo depois, passaram-se semanas e ela continuava em Lublin. Quando efetivamente voltou, já era inverno. Raquel veio nos visitar e disse: "Nunca sirva o terceiro prato antes do primeiro".

"Desculpe, Raquel, mas está falando bobagem."

"Os homens são feras selvagens", Raquel falou, um pouco para minha mãe, um pouco para si mesma.

"Qual é o seu problema? Os maiores santos eram homens."

"Talvez no tempo antigo."

Uma tarde, Feigel apareceu em nossa casa. "É tudo por causa de Lia", confidenciou a minha mãe. "Ela nos enfeitiçou. Quando soube que eu ia casar, foi um inferno. Ela me rogou uma praga. Essa é a verdade."

"Quando se confia em Deus, não há por que temer o mal."

"Isso não adianta nada. Ela dominou Raquel. Raquel repete tudo o que Lia diz, feito um papagaio. Ela fica de ponta-cabeça, se Lia mandar. A razão de ela ser minha inimiga é que eu me nego a fazer o que ela quer."

"Deus vai mandar o seu par."

"Não, tia, meu noivo vai ser o Anjo da Morte."

Feigel falou a verdade. Pouco depois dessa conversa, ouvimos dizer que estava mortalmente doente. Foi chamado um médico, mas ele não pôde fazer nada. As mulheres contaram que ela estava magra como uma tuberculosa e definhava mais e mais a cada dia. Quando eu ia comprar farfel, não ouvia mais o barulho da máquina de costura de Feigel. Uma vez, notei que a porta da oficina de Feigel estava aberta e olhei para dentro. Ela estava sentada, alinhavando uma roupa. Quando me viu, sorriu, fraca, e disse: "Olhe só para ele, como cresceu".

"Feigel, espero que sare logo."

"Se a esperança fosse um cavalo, mendigo galopava. Eu não tenho mais remédio, mas foi gentileza sua me visitar. Venha, sente aqui."

Quando sentei no banquinho, ela começou a recordar. "Outro dia mesmo você era uma criança. Agora está um adulto. Tem uma coisa que quero que você lembre sempre: nunca torture a mulher que cair em suas mãos!"

"Deus me livre."

"Somos todos filhos de Deus."

"O principal é você ficar boa."

"Não, meu querido. Eu não sou mais deste mundo", e um sorriso compreensivo apareceu em sua boca.

Semanas depois, Feigel morreu. Ela mandou chamar meu tio Jekhiel, recitou para ele sua confissão e pediu que seu enxoval fosse dado para as noivas pobres. As mulheres da aldeia disseram que morreu feito uma santa. Eu acompanhei o carro fúnebre. Raquel chorava alto e batia na cabeça com as duas mãos, mas Lia caminhava calada. Leizer recitou o Kadish. Pai e filhas sentaram juntos durante os sete dias de luto.

Depois da morte de Feigel, a família se desmantelou. Leizer contraiu pneumonia meses mais tarde depois e morreu. Começaram a correr boatos de que Raquel estava ficando louca. Ela dava aos clientes mais troco do que haviam pagado pelos pães. Chegou a um ponto que Lia não confiava mais nela para vender. A própria Lia não era boa de vendas. Não tinha paciência com os camponeses pechinchando. Passou a assar apenas para aqueles que iam à padaria, umas poucas moças e matronas que gostavam de seus assados. As duas irmãs não conseguiam mais ganhar a vida. Raquel, que costumava fazer as compras da casa, não ia mais ao açougue. Ficou caduca. Quando visitava minha mãe, confundia datas e fatos em suas histórias. Trazia-nos pão e broas dia sim, dia não. Um shabat, a porta se abriu e Raquel entrou com roupas de trabalho, levando a cesta de pães. Minha mãe começou a lhe beliscar as bochechas. "Raquel, o que há com você? Hoje é shabat!"

"Shabat? Achei que era domingo."

"Mas as lojas estão todas fechadas. É proibido carregar isso."

"Levo o pão de volta para casa?"

"Não, deixe aí. Fez o cozido de shabat?"

"Talvez. Vou para casa."

Pouco depois desse incidente, Raquel desenvolveu um câncer de seio. Ficou de cama e Lia cuidou dela. O dr. Katz, médico de Shebrin, dizia que se Raquel fosse para Varsóvia podiam operá-la e salvá-la. Embora a comunidade estivesse disposta a pagar as despesas, Raquel se recusou a ir, dizendo: "Aqui nasci, aqui morrerei".

Em sua dor e delírio, começou a cantar canções. Fragmentos das liturgias de Rosh Hashanah e Yom Kippur continuavam em sua memória. Ficou óbvio que tinha voz para o canto, embora ninguém antes a tivesse ouvido cantar. Ela até improvisava letras e melodias, além de cantos fúnebres para seu pai e sua mãe há muito falecida, tudo em tons chorosos, herdados de gerações. Ela agora reclamava abertamente que Lia havia impedido Feigel e ela própria de se casarem.

Depois da morte de Raquel, Lia parou de fazer pão. Pôs dois quartos para alugar e de alguma forma conseguia ganhar a vida. Vivia em completa reclusão. Não ia a lugar nenhum e nem no Rosh Hashanah comparecia ao setor feminino da sinagoga para ouvir soprarem o chifre de carneiro. A chaminé parou de soltar fumaça e fagulhas, e em Shebrin dizia-se que o diabo agora vivia atrás do fogão de Lia e dormia com ela na cama. Embora tivesse mais de sessenta anos, seu cabelo continuava preto como piche.

Quando fui embora de Shebrin, Lia ainda estava viva. Ouvi dizer que morreu pouco antes da invasão nazista. Durante longo tempo, não pensei mais nas irmãs, mas ontem, quando cochilei por um minuto em minha mesa, sonhei com Feigel. Vi-a de vestido de noiva, sapatos de seda, cabelos até a cintura, o rosto pálido e os olhos acesos com uma alegria do outro mundo. Estava sacudindo um ramo de palmeira e um limão como se fosse Sukot e dizia para minha mãe: "O que uma moça pode esperar da vida? Nada além de uma dança e um salto".

Avô e neto

Depois da morte de Beyle Teme, Reb Mordecai Meir vendeu sua loja e começou a viver do capital. Alguém calculou para ele, preto no branco, que se gastasse oito rublos por semana, o dinheiro duraria sete anos. E quanto tempo mais ele poderia viver? Tinha chegado à idade com que seus pais morreram. Cada minuto a mais era um presente.

Sua única filha havia morrido de tifo anos antes e ele tinha dois netos em algum lugar de Slonim, mas iam ter de se virar sem herança. A filha de Reb Mordecai casara-se com um Litvak, um opositor do hassidismo, um judeu ilustrado, e seu pai a havia praticamente deserdado.

Reb Mordecai Meir era um homem pequeno com barba branco-amarelada, testa larga, sobrancelhas hirsutas sobre dois olhos amarelos como de galinha. Na ponta do nariz crescia-lhe uma barbicha. De suas narinas e orelhas saíam tufos de pêlos. Ao longo do tempo, suas costas se curvaram e ele parecia estar sempre procurando alguma coisa no chão. Não andava; arrastava os pés. Durante o ano inteiro, usava um cafetã com faixa na cintura, sapatos sem salto e um chapéu de veludo em cima de dois solidéus. Falava em meias frases, apenas para os hassidistas iniciados.

Até entre os hassidistas Reb Mordecai Meir era conhecido como um homem pouco prático. Embora vivesse havia anos em Varsóvia, não conhecia nada das ruas de Varsóvia. O único caminho que fazia era de sua casa para a casa de orações e depois o caminho de volta. Durante o ano, ele às vezes viajava até a casa do rabino de Alexandrow, mas tinha sempre dificuldade em encontrar o bonde na estação, em fazer baldeação e comprar bilhetes. Para tudo isso tinha de ser ajudado por jovens que sabiam se localizar. Ele não tinha nem tempo nem paciência para essas exterioridades.

À meia-noite, levantava-se para estudar e rezar. De manhã muito cedo, recitava o Gemara e o comentário Tosephot. Depois disso, vinham os salmos, mais orações, um mergulho nos livros hassídicos e a discussão de assuntos hassídicos. Os dias de inverno eram curtos. Nem dava tempo de comer um bocado e tirar um cochilo e já era hora de voltar à casa de estudos para as preces noturnas. Mesmo os dias de verão sendo mais longos, ainda não bastavam. Primeiro era a Páscoa, depois a Festa de Omer, e antes que se pudesse voltar para casa já era Shevuoth. Depois disso vinha o décimo sétimo dia do Tammuz, as três semanas de luto pela destruição do Templo, os nove dias sem comer carne e depois Tishe b'Av, o shabat da Consolação. Vinha em seguida o mês de Elul, em que os peixes tremem dentro da água. Depois havia Rosh Hashanah, os dez dias de Penitência, Yom Kippur, Sukot, o dia do Regozijo com a Lei, e depois o shabat do Gênesis.

Em criança, Reb Mordecai Meir já havia entendido que se alguém quer ser um judeu de verdade não tem tempo para mais nada. Louvado seja Deus, sua esposa, Beyle Teme, entendera isso. Nunca lhe pedia para ajudar na loja, para se ocupar de negócios, para assumir o encargo de ganhar a vida. Ele raramente tinha dinheiro no bolso, exceto alguns guilderes que ela lhe dava semanalmente para esmolas, para o banho ritual, livros, rapé e fumo do cachimbo. Reb Mordecai Meir não tinha certeza nem da localização exata da loja nem da mercadoria que se vendia lá. Um vendedor precisava conversar com clientes mulheres, e ele sabia muito bem que falar era um passo para olhar e ter pensamentos luxuriosos.

A rua onde Reb Mordecai Meir morava fervia de mulheres descrentes, perdidas. Meninos anunciavam jornais iídiches cheios de caçoada e de ateísmo. Os bares tinham enxames de rufiões. Reb Mordecai Meir mantinha a janela de sua biblioteca fechada mesmo no verão. Assim que abria a bandeira da janela, ouvia imediatamente canções frívolas ao gramofone e risos femininos. No pátio, prestidigitadores sem chapéu faziam seus truques, que ele achava que podiam ser magia negra. Reb Mordecai Meir soube que rapazes e moças judeus iam ao teatro iídiche onde se caçoava do judaísmo. Surgiam escritores mundanos, escrevendo em hebraico e em iídiche. Eles incitavam os leitores a pecar. O Mau Espírito estava à espreita em cada esquina. Só havia um jeito de vencê-lo: com a Torá, orações, hassidismo.

Os anos passaram e Reb Mordecai Meir não sabia nem como nem por quê. Da noite para o dia sua barba ficou grisalha. Como ele não queria ir ao barbeiro para sentar-se entre transgressores de cara raspada, Beyle Teme costumava cortar seu cabelo. Ela tirava os solidéus e ele rapidamente os recolocava. Ela dizia: "Como posso cortar seu cabelo com os solidéus na cabeça?".

Nos últimos anos ficou careca e só sobraram os cachos laterais. Quando Beyle Teme parou de ter filhos (cinco filhos morreram e restou-lhes apenas a filha única, Zelda Rayzel), Reb Mordecai Meir separou-se da mulher. O que mais precisava depois de ter cumprido o mandamento "Crescei e multiplicai-vos"? Com toda certeza, segundo a Lei, um homem podia ter relações com sua mulher quando ela não mais gerava filhos. Alguns até eram da opinião que o homem não devia se tornar um recluso. Mas onde isso estava dito? Apenas quando se copulava sem nenhum desejo da carne. Se a pessoa tinha relações só por prazer, isso podia levar a tentações e à lascívia. Além disso, ultimamente Beyle Teme não andava bem de saúde. Costumava voltar exausta da loja, cheirando a arenque e gotas de valeriana.

Depois da morte de Zelda Rayzel, Beyle Teme ficou melancólica. Chorava quase toda noite e ficava repetindo as mesmas palavras: "Por que me aconteceu uma coisa dessas?". Reb Mordecai Meir tinha de lembrá-la que era proibido reclamar de Deus. "Tudo o que Deus faz é bom." A razão de existir uma coisa como a morte era porque o corpo não passa de uma roupa. A alma é mandada por um breve período à Geena para se purificar e depois vai para o Paraíso e aprende os segredos da Torá. Será que comer, beber, urinar e suar eram assim tão bom?

Mas Beyle Teme foi ficando mais doente dia a dia. Morreu numa quarta-feira e foi enterrada na tarde de sexta. Como era pouco antes do shabat, foi poupada da pressão da cova que sofrem aqueles enterrados em dias de semana. Reb Mordecai Meir recitou o Kadish para o repouso de sua alma, rezou diante da congregação, estudou o Mishná. Quando se esgotaram os trinta dias de luto, um parente comprou a loja por quatro mil rublos. Pesha, uma vizinha que era viúva, ia todo dia à casa de Reb Mordecai Meir para limpar e cozinhar alguma coisa. Para o shabat, preparava cozido e um pudim para ele. Os hassidistas tentaram arranjar-lhe um casamento, mas ele se recusou a casar de novo.

Uma manhã de verão, estava lendo *As gerações de Jacó* quando cochilou e acordou com o som de batidas. Abriu a porta e viu um rapaz sem barba e de cabelos longos com um chapéu preto de abas largas, uma camisa preta amarrada por um cordão e calça xadrez. Numa mão levava uma mochila, na outra um livro. Seu rosto era pálido e tinha o nariz curto.

Reb Mordecai Meir perguntou: "O que deseja?".

Piscando os olhos muito separados, ele respondeu: "Meu nome é Fulie... O senhor é meu avô".

Reb Mordecai Meir ficou pasmo. Nunca tinha ouvido o nome Fulie. Então compreendeu que muito provavelmente era a variação moderna do velho nome judeu Rafael. Era o filho mais velho de Zelda Rayzel. Reb Mordecai Meir sentiu ao mesmo tempo dor e vergonha. Tinha um neto que tentava imitar os gentios. Disse: "Então entre". Depois de hesitar um momento, o rapaz entrou e colocou a mala no chão. Reb Mordecai Meir perguntou: "O que... do que é...?", e apontou o livro.

"Economia."

"De que lhe serve?"

"Bom..."

"Que notícias tem de Slonim?", Reb Mordecai Meir perguntou. Não queria mencionar o nome de seu antigo genro, que era anti-hassidista. Fulie fez uma cara indicando que não entendia inteiramente a pergunta do avô.

"De Slonim? É igual ao resto. Os ricos ficam mais ricos e os trabalhadores não têm nada para comer. Tive de ir embora porque...", e Fulie calou-se.

"O que vai fazer aqui?"

"Aqui... vou olhar... vou..."

Bom, um gago, Reb Mordecai Meir pensou. Sua garganta arranhou e o estômago começou a retorcer. Era o filho de sua filha Zelda Rayzel, mas enquanto raspasse a barba e se vestisse feito gentio, o que ele faria com o rapaz? Sacudiu a cabeça e abriu a boca. Parecia que o rapaz havia puxado o outro lado da família, com os malares salientes, a testa estreita e a boca larga. Sua aparência lambida e esfomeada fez Reb Mordecai Meir lembrar dos recrutas que passam fome para evitar a convocação.

"Lave as mãos. Coma alguma coisa. Não esqueça que é um judeu."

"Avô, não deixam a gente esquecer."

Na cozinha, o rapaz sentou à mesa e começou a folhear o livro. Reb Mordecai Meir abriu o armário da cozinha, mas não encontrou nenhum pão; só cebolas, uma fiada de cogumelos secos, um pacote de chicória, umas cabeças de alho. Reb Mordecai Meir disse para Fulie: "Vou te dar um dinheiro, vá até a padaria e compre um pão ou mais alguma coisa que queira comer".

"Avô, não estou com fome. Além disso, quanto menos eu sair, melhor", respondeu o rapaz.

"Por quê? Não está doente, Deus nos livre, está?"

"A Rússia inteira tem a mesma doença. Todo lugar está cheio de denunciantes e agentes secretos. Avô, eu não estou 'limpo' de todo."

"Foi convocado pelos militares?"

"Isso também."

"Talvez possa ser salvo?"

"A humanidade inteira precisa ser salva, não só eu."

Reb Mordecai Meir resolveu não ficar bravo, independentemente do que seu neto dissesse ou fizesse. A raiva não conquistaria ninguém para a piedade. Em certos momentos, sentia vontade de cuspir no sujeito sem-vergonha e expulsá-lo de sua casa. Mas continha-se com toda a força. Mesmo Fulie falando iídiche, Reb Mordecai Meir não conseguia entender completamente o que ele dizia. Toda a sua conversa se resumia em uma queixa: os ricos viviam no luxo, os pobres sofriam privação. Mencionava constantemente os trabalhadores das fábricas, os camponeses que lavravam os campos. Falava contra o czar: "Ele mora num palácio e deixa outros apodrecerem em porões. Milhões morrem de fome, de tuberculose. O povo tem de despertar. Tem de haver uma revolução...".

Reb Mordecai Meir agarrava a barba e perguntava: "Como você sabe que outro czar seria melhor?".

"Se a gente conseguir o que quer, não vai haver outro czar."

"Quem vai governar?"

"O povo."

"Não dá para o povo inteiro sentar numa cadeira de governante", respondeu Reb Mordecai Meir.

"Escolhem-se representantes entre os trabalhadores e camponeses."

"Quando estiverem no poder, também vão virar vilões", Reb Mordecai Meir afirmou.

"Então eles perdem a cabeça."

"Está escrito: 'Porque os pobres nunca cessaram de surgir da terra'", disse Reb Mordecai Meir. "Para quem vai se dar esmola se não existirem mais pobres? Além disso, no céu tudo é ordenado. No Rosh Hoshanah o Céu decreta quem vai ser rico e quem vai ser pobre.

"O Céu não é nada mais que ar", disse Fulie. "Ninguém decreta nada."

"O quê? O mundo se criou sozinho?"

"O mundo evoluiu."

"O que quer dizer isso?"

O rapaz começou a dizer alguma coisa, mas parou. Mencionou nomes que Reb Mordecai Meir nunca tinha ouvido. Misturou palavras polonesas, russas e alemãs. O resumo total de seu discurso era que tudo não passava de acidente, de acaso. Matraqueou sobre névoa, gravidade, sobre a Terra se separando do Sol e esfriando. Negou o êxodo do Egito, que o mar Vermelho se abriu, que os judeus receberam a Torá no monte Sinai. Era tudo lenda. Cada palavra de Fulie doía nas entranhas de Reb Mordecai Meir, como se ele tivesse engolido chumbo derretido, como no tempo antigo se dava para os que eram condenados à fogueira. Um grito rasgava sua garganta. Ele queria gritar: "Maldito, Jeroboão, filho de Nebate, saia da minha casa, vá para o inferno!". Mas lembrava que o rapaz era órfão, estranho na cidade, sem recursos. Podia, Deus nos livre, virar um convertido ou se suicidar.

"Que Deus lhe perdoe. Você está iludido", disse.

"O senhor perguntou, Avô, eu respondi."

Daí em diante, avô e neto pararam de debater. Na verdade, não se falavam. Reb Mordecai Meir ficava sentado na sala de estar, Fulie ficava na cozinha e dormia lá, num catre. Quando Pesha fazia alguma comida, dava também a ele um prato de comida. Comprava para ele pão, manteiga, queijo. Lavava sua camisa. Fulie recebeu uma chave da porta da rua. Embora não estivesse registrado, o porteiro deixava que entrasse de noite. Fulie lhe dava dez groschen a cada vez. Algumas noites não voltava para casa.

Reb Mordecai Meir dormia pouco. Logo depois das rezas da noite, era dominado pela fadiga e ia para a cama, mas depois de uma hora ou duas, acordava. De manhã, Fulie saía antes de Reb Mordecai Meir começar a recitar o Shemá. "É preciso não se indispor com eles", Reb Mordecai Meir disse a si mesmo. "As dores do parto do Messias já começaram."

Na cozinha, dentro de uma caixa de livros, Reb Mordecai Meir encontrou um panfleto iídiche com páginas desbeiçadas. Tentou ler, mas pouco entendeu daquilo que estava escrito ali. O autor parecia discutir com outro autor do seu tipo. Mencionava nomes estranhos como Zhelyabov, Kilbatchitch, Perovskaya. Dizia que um deles era um mártir. Reb Mordecai Meir sentiu um gosto amargo na boca. Em sua velhice, tinha de privar com um herege que era seu neto. Na casa de estudos de Alexandrow, perguntou o que estava acontecendo no mundo e lhe disseram coisas que o deixaram absolutamente perplexo. Aqueles que, anos antes, haviam assassinado o czar começaram a levantar de novo o populacho. Entre eles, havia muitos judeus. Em algum lugar da Rússia haviam jogado uma bomba, descarrilado um trem, roubado sacos de ouro. Em alguma cidade distante, um governador havia sido morto a tiros. As cadeias estavam cheias. Muitos rebeldes eram mandados para a Sibéria. O hassidista que narrou esses acontecimentos disse: "Eles matam e são mortos. É a espada de cada um em seu vizinho!".

"O que eles querem?", Reb Mordecai Meir perguntou.

"Que todos sejam iguais."

"Como é possível?"

O hassidista contou que a filha de um comerciante de vinhos, uma hassidista do rabinado de Gur, envolveu-se com esses instigadores e foi presa na Cidadela. Lá, jejuou durante dezoito dias e teve de ser alimentada à força.

Reb Mordecai Meir ficou pasmo. A Redenção devia estar perto! Perguntou: "Se não acreditam no outro mundo, por que se atormentam assim?".

"Eles querem justiça."

Nessa noite, quando Reb Mordecai Meir voltou para casa depois das preces da noite, viu Fulie sentado à mesa da cozinha, a camisa preta desabotoada, o cabelo despenteado, mascando um pedaço de pão e lendo um livro.

"Por que está comendo pão seco? A mulher cozinha para você também."

"Pesha? Levaram para o hospital."

"É mesmo? Temos de rezar por ela."

"Teve uma crise de pedra no rim. Se quiser, posso preparar alguma coisa."

"Você?"

"Garanto que será kacher."

"Acredita nisso?"

"Pelo senhor."

"Bom, não."

Desse dia em diante, avô e neto passaram a comer só comida seca. Fulie comprava pão, açúcar, queijo no armazém. Fazia chá. Reb Mordecai Meir não tinha certeza de poder confiar num sujeito daqueles nem mesmo para fazer chá. Uma coisa era ser um cozinheiro gentio que, presumia o Talmude, não iria comprometer seu próprio meio de vida, e portanto era confiável, e algo inteiramente diferente era um renegado judeu. Porém, pão e açúcar não podiam se tornar impuros. Fulie comprava o queijo de Davi, na venda do outro lado da rua. Se Fulie procurasse uma loja de gentios em outra rua, isso queria dizer que era um apóstata por maldade, do qual se diz: "Ele conhece seu mestre e quer desafiá-Lo". Mas ele não havia descido tão baixo.

A refeição do shabat era preparada por outra vizinha. Reb Mordecai Meir acendia ele próprio as velas do shabat. Sentava-se à mesa sozinho, com seu surrado casaco de cetim, velho chapéu de pele, entoando os cânticos de shabat, molhando um pedaço de halá no copo de vinho ritual. O rapaz (que era como Reb Mordecai Meir chamava Fulie) não aparecia no shabat. A filha da vizinha trazia sopa de arroz, carne, pudim de cenoura. Reb Mordecai Meir meio cantava, meio lamentava.

Se o velho rabino ainda estivesse vivo, Reb Mordecai Meir teria ido morar com ele. Mas Reb Henokh estava morto. O novo rabino ainda era jovem e ligava mais para os jovens hassídicos do que para os velhos. Dizia-se que era versado em assuntos mundanos. Muitos dos velhos hassidistas tinham morrido e não havia recrutamento de novos.

Num dia de shabat, quando Reb Mordecai Meir estava sentado à mesa, murmurando "Cantarei em louvor", ouviu o estalo de uma arma e um grito terrível. Havia um pandemônio no pátio. Janelas se abriram. O ruído da sirene da polícia cortava o ar. Um vizinho veio contar a Reb Mordecai Meir que os "camaradas", os grevistas, tinham dado um tiro num deles mesmo, um sapateiro que diziam ter denunciado o movimento à polícia. Reb Mordecai Meir estremeceu.

"Quem fez isso? Judeus?"

"É, judeus."

"É o fim do mundo." E Reb Mordecai Meir lamentou imediatamente essas palavras. Não era permitido se entristecer nem pronunciar palavras de desespero no shabat.

Como Reb Mordecai Meir acordava para as rezas da meia-noite, ia dormir cedo. Às nove horas, já estava na cama, muitas vezes sem se despir. Só tirava as botas. Nessa noite, ouviu a porta da cozinha se abrir e reconheceu os passos de Fulie. Dormiu de novo, mas exatamente à meia-noite acordou, levantou-se, fez a cerimônia ritual de lavagem das mãos, vestiu um casaco de andar em casa e chinelos, e começou a lamentar a destruição do Templo. Esfregou na cabeça um pouco de cinza, que guardava num potinho. Entoou a melodia chorosa. Quando Reb Mordecai Meir chegou ao verso que diz "Raquel lamenta seus filhos", a porta se abriu e Fulie entrou descalço, vestindo uma cueca suja e de cabeça descoberta. Reb Mordecai Meir levantou as sobrancelhas e fez um gesto para Fulie sair e deixá-lo terminar suas suplicações, mas o rapaz disse: "Avô, está rezando?".

Reb Mordecai Meir não tinha certeza se era permitido interromper a oração. Depois de alguma hesitação, disse: "Estou recitando as preces da meia-noite".

"Como são elas?"

"Um judeu não deve esquecer nunca a destruição do Templo."

"E o que o senhor pretende conseguir com isso?", Fulie perguntou.

Embora Reb Mordecai Meir entendesse cada palavra, não captou o sentido da frase. Queria perguntar a Fulie onde estava sua roupa de baixo franjada, mas percebeu que era uma pergunta sem sentido. Pensou um momento e disse: "A pessoa tem de rezar. Com a ajuda de Deus, o Messias virá e o exílio terá fim".

"Se ele ainda não veio", Fulie perguntou, "por que haveria de vir agora?"

"O Messias quer vir aos judeus mais do que os judeus querem que ele venha, mas a geração deve ser digna disso. O Céu manda quantidade de bênçãos, mas nós fechamos os canais da misericórdia com nossas iniqüidades."

"Avô, tenho de conversar com o senhor."

"Sobre o que quer conversar? Não é permitido interromper as preces da meia-noite."

"Avô, o mundo não vai chegar a nenhum lugar com toda essa oração. As pessoas rezam há quase dois mil anos, mas o Messias ainda não veio com seu burrico branco. É uma guerra, Avô, uma guerra feroz entre exploradores e explorados. Quem incita os camponeses a fazerem pogrons para os judeus? Os Negros Centos, os reacionários. Se os trabalhadores não resistirem, vamos ser mais escravizados. Avô, amanhã vai haver uma grande manifestação e eu vou falar. Se alguma coisa acontecer comigo, quero que entregue este envelope para uma garota chamada Nekhama Katz."

Só então Reb Mordecai Meir notou que o rapaz estava segurando um envelope muito cheio.

Disse: "Não conheço nenhuma garota. Sou um velho. Por que está envolvido com agitadores? Pode ser preso, Deus nos livre, e vai trazer sofrimento a todos nós. O czar tem muitos cossacos e é mais forte que você. Já que não acredita na alma, nem na vida além da morte, por que se colocar em perigo?".

"Avô, não quero começar a discussão toda de novo. A Europa inteira é livre e o czar é um tirano. Não temos Parlamento. O que ele e seus sátrapas querem, eles fazem. A guerra com o Japão custou milhões. Milhares de soldados foram sacrificados. No Ocidente, cuidam da higiene dos trabalhadores, mas aqui um trabalhador é pior que um cachorro. Se não conseguirmos uma Constituição, a Rússia inteira vai acabar em sangue."

Reb Mordecai Meir pousou o livro de orações. "Você é trabalhador?"

"O que eu sou não importa, Avô. Estamos lutando por alguma coisa, por um ideal. Aqui está a carta. Ponha na gaveta. Talvez eu volte amanhã. Se não, vem uma garota com o nome de Nekhama Katz. Entregue para ela."

"Não corra, não se apresse. Aquele que está acima governa o mundo. Ele determina que tem de existir ricos e pobres. Se não existissem pobres, ninguém ia querer fazer o serviço comum. Um é comerciante e outro é limpador de chaminé. Se todo mundo for comerciante, quem vai limpar as chaminés?"

"Estamos lutando é para dar aos limpadores de chaminé os mesmos direitos e os mesmos recursos dos comerciantes. Comerciantes não são necessários. Num mundo socialista, a produção é distribuída de acordo com a necessidade. Não vamos deixar o intermediário pegar o creme para ele."

"O quê! Nós, judeus, não devemos interferir. Quem governa vai perseguir os judeus."

"O anti-semitismo foi criado pelos capitalistas para desviar a raiva que as massas sentem do regime. Os sionistas querem fugir para a Palestina, para o Túmulo da Mãe Raquel, mas tudo isso não passa de fantasia. Nós, judeus, temos de lutar, junto com todo o povo oprimido, por um amanhã melhor."

"Está bem, está bem, me dê a carta. Me deixe em paz. 'A não ser que o Senhor construa a casa, trabalha em vão quem a constrói.' Está escrito: 'Ninguém deve ser castigado sem aviso'. Diz o Gemara: 'Quando se vai a uma loja de especiarias, se cheira bem; quando se vai a um curtume, o fedor fica com a gente'."

"Avô, o que o senhor está chamando de fedor? A luta do povo por seus direitos? Está do lado dos exploradores?"

"Me dê o envelope."

"Boa noite, Avô. Nunca vamos nos entender."

Fulie saiu. Reb Mordecai Meir pegou o envelope por uma ponta e colocou dentro de uma gaveta. Começou a recitar de novo: "Uma voz se ouviu em Ramá, lamentação, choro amargo; Raquel chora seus filhos; não quer ser consolada quanto a seus filhos, porque já não existem". Uma lamparina de querosene estava queimando e o vulto de Reb Mordecai Meir lançava uma grande sombra na parede. Sua cabeça chegava às vigas. Reb Mordecai Meir fez uma careta e balançou para a frente e para trás. Será possível fazer com que entendam a verdade?, perguntou a si mesmo. Leram alguns livros e repetem a bobagem. Constituição schmonstituição! É uma luta entre bem e mal, Deus e Satã, Israel e Amaleque. Esaú e Ismael se recusaram a aceitar a Torá. O escravo gosta de ser abandonado. Mas quando os judeus jogam fora a lei são como pagãos e talvez até pior. Como pode vir o Messias? Era possível, Deus nos livre, que toda a geração fosse inteiramente culpada. Enxugou a testa. "Ai, Pai. A água chega até o pescoço!"

Depois de terminar a oração, Reb Mordecai Meir voltou para a cama. Mas dessa vez não conseguiu dormir. Ficou ouvindo o rapaz se mexer na cozinha. Ele batia os pratos, abria a torneira. Reb Mordecai Meir achou ter ouvido um suspiro. Poderia ser Fulie? Quem sabe, talvez, tivesse idéias de arrependimento. Afinal, do lado da mãe, provinha de homens direitos. Mesmo entre os antepassados de Litvak provavelmente havia judeus devotos. Reb Mordecai Meir não conseguiu ficar na cama. Talvez o rapaz pudesse ser convencido a ficar em casa. O que disse de noite era como um último testamento. Reb Mordecai Meir se levantou da cama com pés trêmulos. Mais uma vez calçou o chinelo e vestiu o roupão. Quando abriu a porta da cozinha, viu uma coisa tão bizarra que não acreditou nos próprios olhos. Fulie estava de pé, inteiramente vestido, segurando um revólver na mão. Reb Mordecai sabia o que era aquilo. Na Festa de Omer as crianças ganhavam armas assim, não de verdade, apenas brinquedos.

Quando percebeu o avô, Fulie colocou a arma na mesa da cozinha. "Avô, o que o senhor quer? Está me espionando?"

"Que tipo de abominação é essa?", perguntou. Começou a tremer e seus dentes batiam.

Fulie riu. "Não tenha medo, Avô. Não é para o senhor."

"Para quem é?"

"Para aqueles que querem deter o progresso e manter o mundo em escuridão."

"O quê? *Você* vai condenar essa gente à morte? Era preciso ter setenta juízes no Sinédrio para condenar alguém à morte. Tinha de haver uma advertência e pelo menos duas testemunhas. Diz o Gemara que um tribunal que condena alguém à morte uma vez que seja em setenta anos será chamado de tribunal de assassinos."

"Avô, essa gente condenou a si mesma. Seu tempo passou, mas eles se recusam a se retirar pacificamente. Então têm de ser tirados à força."

"Fulie, Rafael, você é judeu!" Reb Mordecai Meir engasgou com as palavras. "Esaú vive pela espada. Não Jacó."

"História da carochinha. Judeus são feitos da mesma matéria que os gentios. É tudo um chauvinismo bobo. Essa história de Povo Escolhido é uma grande bobagem. Avô, vou indo."

"Não vá! Não vá! Se pegarem você, Deus nos livre, podem..."

"Eu sei, eu sei. Não sou criança." Fulie colocou o revólver no bolso da calça. Levou com ele um pacote embrulhado em jornal. Provavelmente pão para um lanche. Deixou a porta bater ao sair. Reb Mordecai Meir ficou parado um momento sobre pés instáveis. Apoiou-se na parede para não cair. "Será que as coisas foram tão longe?", perguntou a si mesmo. Dormir estava fora de questão, mas era cedo demais para rezar. A estrela da manhã ainda não havia aparecido. Noite e dia ainda dominavam em confusão.

Com pés hesitantes, Reb Mordecai Meir foi até a janela. À direita, o céu ainda estava negro. Mas à esquerda, no oriente, era como dia. Todas as lojas da rua estavam fechadas. Um aprendiz de padeiro passou, descalço, de calça branca, levando uma bandeja de pães ou bolos sobre a cabeça. "Bom, coisas assadas são necessárias", Reb Mordecai Meir murmurou.

Esperava ver Fulie aparecer na calçada, mas ele não saiu. O portão provavelmente ainda estava fechado. Devia ter amigos ali no pátio, Reb Mordecai Meir concluiu. Ai, ai, o que aconteceu com o meu povo! Pela primeira vez, teve inveja de Beyle Teme. Ela não havia vivido para ver essas calamidades. Agora, certamente já estava no Paraíso. Até hoje, Reb Mordecai Meir tinha pensado poucas vezes na mulher durante as orações. Um judeu tinha de rezar diretamente a Deus, e não a nenhum homem ou mulher santificado. Mas agora Reb Mordecai Meir começou a falar com a alma de Beyle Teme. "Ele é seu neto. Interceda por ele. Que nenhum mal lhe aconteça e que ele, Deus nos livre, não faça nenhum mal aos outros."

À direita, a lua ainda estava visível e Reb Mordecai Meir olhou para ela, o luzeiro menor que, segundo o Talmude, se ressentia do luzeiro maior, e por compensação recebeu as estrelas. Isso queria dizer que havia inveja no alto, Reb Mordecai Meir meio perguntou, meio afirmou. Não conseguiu se forçar a deixar a janela, esperando ver Fulie mais uma vez. Cruzou-lhe a cabeça a idéia de que Abraão também tinha um Esaú por neto. Ele tinha Ismael por filho e os filhos de Quetura. Até os santos não conseguiam produzir apenas boas sementes. De repente, a rua foi inundada por um fulgor avermelhado. O sol tinha surgido sobre as margens do Vístula. Houve um bater de cascos nas pedras do calçamento e ouviu-se o trinar dos pássaros. Reb Mordecai Meir viu soldados, as espadas brilhando, montados a cavalo. Os cavaleiros iam olhando para os andares superiores.

É contra eles que Fulie quer fazer guerra?, Reb Mordecai Meir ponderou. Sentiu frio e estremeceu. Nunca antes havia desejado se livrar deste mundo. Mas agora estava pronto para morrer. Quanto mais teria de vagar por este vale de lágrimas? Melhor enfrentar as dores da Geena do que ver esse fútil torvelinho.

Os gritos e a confusão começaram logo cedo. Bem ali na rua, parece, os rebeldes tentaram derrotar as forças do czar da Rússia. Jovens saíam de todos os portões, gritando, agitando os punhos e cantando. Policiais, de espadas desnudas, os perseguiam e atiravam. Uma bandeira vermelha levantou-se com mais cantos e gritos. As lojas continuaram fechadas, os portões trancados. Ouviu-se o som agudo dos apitos da polícia. Apareceram carros de primeiros socorros, e durante algum tempo a rua ficou vazia. A bandeira vermelha, que alguém acabara de levar desfraldada, estava agora na sarjeta, rasgada e suja. A rua logo voltou a se encher. Outra bandeira tremulou. Houve renovados gritos e o estrondo de muitos pés.

Reb Mordecai Meir não agüentava mais olhar. A luz de Deus sem dúvida tinha de se apagar e Seu rosto esconder-se antes de haver livre-arbítrio, recompensa e castigo, redenção; mas será que o Todo-Poderoso não encontraria outro meio de revelar Seu poder? Esses jovens de barbas raspadas e casacos curtos berravam como camponeses. De vez em quando, chegava o som de gritos femininos. Um policial foi espancado, seu cavalo caiu e ficou no calçamento, com as pernas aparentemente quebradas. Que culpa tinha o pobre animal? A menos que fosse uma alma em reencarnação, pagando por alguma transgressão cometida em uma vida passada.

Reb Mordecai Meir começou a rezar. Não havia possibilidade de ir à sinagoga num dia desses. Enrolou-se na estola de oração, beijou as franjas, colocou os filactérios no braço e na cabeça. Mal conseguiu ficar em pé durante as Dezoito Bênçãos. Enquanto rezava, o tumulto na rua ficou mais alto. Ouviu os gritos daqueles que eram atingidos e machucados. Borrifos de sangue caíram na parede do outro lado. Filhos, que mãe carregaram, deram à luz, cuidaram, zelaram nos menores caprichos, jaziam agora na lama se retorcendo nas agonias da morte. "Ai, meu castigo é maior do que posso suportar!"

Geralmente, depois das orações da manhã, Reb Mordecai Meir lavava as mãos, comia um pouco: um pedaço de pão, uma fatia de queijo, às vezes um pouquinho de arenque, um copo de chá. Mas hoje não conseguia comer; a comida entalava na garganta. Lembrou-se da passagem do Midrash: "Quando os egípcios se afogaram no mar Vermelho, os anjos quiseram cantar hinos de louvor, mas o Todo-Poderoso lhes disse: 'Minhas criaturas afundam no mar e vocês querem cantar!'". O Criador tinha piedade até dos opressores egípcios.

Reb Mordecai Meir sentiu-se tonto e deitou no sofá. Para afastar a luz do dia, colocou o chapéu com sua grande aba sobre os olhos. Durante algum tempo não ficou nem dormindo nem acordado. Por fim, caiu no sono profundo daqueles que não descansaram por muitas noites e estão absolutamente exaustos. Sonhou, mas ultimamente não conseguia se lembrar de seus sonhos.

O tumulto lá fora ficou ainda mais louco. Acordou com um sobressalto. Gritos e tiros reverberavam. Reb Mordecai Meir imaginou que multidões de mulheres estavam gemendo e cães uivando. Durante um silêncio momentâneo, Reb Mordecai Meir ouviu canto de pássaros, que no meio daquela total loucura cumpriam sua missão. Essas criaturas ignoravam os humanos com seus planos e ambições mesmo quando construíam seus ninhos nos beirais dos homens, comiam suas sobras, pulavam nos fios de telefone. Gente também é ajudada por seres que não consegue compreender.

Reb Mordecai Meir levantou-se com a intenção de fazer para si uma xícara de chá. Foi à cozinha, achou os fósforos, encheu a chaleira de água da torneira. Havia um quarto de pão que Fulie devia ter trazido à noite, assim como um pedaço de bolo amanhecido. O velho estava a ponto de riscar o fósforo quando de repente se lembrou que tinha resolvido jejuar. "Hoje é Tishe b'Av para mim. Não vou comer nem beber nada", e deixou os fósforos de lado.

A sala de estar tinha um armário de livros e começou a remexer dentro dele. Não tinha forças para estudar o Talmude, mas queria dar uma olhada em um volume hassídico. Talvez *As gerações de Jacó José*? Pegou um livro pequeno e fininho, *As águas de Shiloh*, escrito pelo primeiro da dinastia Radzym. Ficou surpreso; nem sabia que tinha esse livro. Reb Mordecai Meir foi até uma página no meio. Depois leu que o jeito de apreender a grandeza do Criador era reconhecer o próprio nada. Enquanto o homem se considerasse importante, seus olhos estariam cegos para o Céu. Reb Mordecai Meir pegou a barba. A carne esquece. O Mau Espírito e o Senhor do Esquecimento se juntam. Talvez sejam um e o mesmo?

De repente, ocorreu-lhe que estava estranhamente silencioso lá fora. Teriam se cansado? Foi até a janela e viu a rua vazia, as lojas ainda fechadas. A manhã estava se instalando. "Será que já conseguiram, como é que eles chamam?, uma Constituição?", pensou. Era estranho ver as lojas fechadas num dia comum de semana. A praça, sempre fervilhando de meninos, meninas, vendedores variados e moleques, estava vazia como se fosse o meio da noite.

Ouviu então passos pesados na escada e num instante entendeu que estavam vindo até ele, e que traziam más notícias. Estremeceu e seus lábios começaram a se mover em oração, embora entendesse que agora era tarde demais para evitar o que já havia acontecido. Durante alguns momentos, não houve som e passou por sua cabeça a idéia de que talvez estivesse errado. Então a batida de uma porta e o som de uma bota fizeram seus joelhos dobrar. Parecia que não ia conseguir alcançar a porta. Mas abriu e viu o que esperava ver: quatro homem carregavam um corpo em uma maca, um homem morto, Fulie. Entraram sem dizer nada, taciturnos como carregadores de esquife.

"Foram os assassinos que mataram", gritou um deles. "Onde a gente põe?", perguntou um segundo. Reb Mordecai Meir apontou o chão. O homem morto estava sangrando. Uma poça de sangue formou-se no chão. Uma mão saía de debaixo da coberta: uma mão sem vida, mole e pálida, que não podia mais pegar nada, nem presente, nem favor, nem Constituição...

A barriga de Reb Mordecai Meir inchou feito um tambor. "Grande Deus, não quero mais viver. Basta!" Estava bravo com Deus pelo castigo que tinha lhe dado na velhice. Precisava vomitar e arrastou-se até o banheiro, onde lançou como se tivesse comido e bebido o dia inteiro, e não jejuado. Diante de seus olhos saltavam fogos. Nunca na vida havia reclamado com Deus. Murmurou: "Não mereço esta aflição!". E sabia que estava blasfemando.

Tarde da mesma noite, houve de novo batidas na porta. "Quem será, outro corpo?", Reb Mordecai Meir perguntou a si mesmo em sua ansiedade. Estava sentado ao lado do corpo de Fulie recitando salmos. Quando abriu a porta, entrou um policial, seguido de um civil e depois mais dois policiais e o porteiro. Estavam falando alguma coisa em russo, mas Reb Mordecai Meir não entendia a língua deles. Apontou o corpo e virou as costas.

A busca começou. Abriram gavetas, espalharam papéis. Da cômoda, a pessoa de roupas civis tirou o grosso envelope de Fulie para Nekhama Katz. Abriu e removeu diversas folhas de papel, um caderno, um relógio de níquel, outros objetos. Leu para os outros uma parte da carta, em russo. Um deles sorriu. Os outros ficaram olhando, quietos. E disse para Reb Mordecai Meir em mau iídiche: "Vovô, venha".

"O quê? Onde?"

"Venha."

"O que vai acontecer com o corpo?"

"Venha, venha."

O porteiro encontrou em algum lugar o casaco de Reb Mordecai Meir. Reb Mordecai Meir queria perguntar ao encarregado por que estava sendo preso, mas não falava nem polonês nem russo. De qualquer forma, o que adiantava perguntar? O civil o levou por um braço, o policial pelo outro, e desceram a escada escura. O porteiro ia acendendo fósforos. Abriu o portão. Havia uma pequena carruagem de janelas gradeadas esperando fora. Ajudaram Reb Mordecai Meir a entrar e sentar no banco. Um dos policiais sentou a seu lado. Devagar, a carruagem começou a rodar.

"Bom, me deixe imaginar que é meu funeral", Reb Mordecai Meir disse a si mesmo. "Ninguém vai mesmo dizer o Kadish para mim."

Uma estranha calma baixou sobre ele e também o abandono completo que acompanha infortúnio tão grande, que se sabe que nada pior pode ocorrer. Antes, quando trouxeram o corpo de Fulie, ele se rebelara em pensamento, mas agora lamentava esse ressentimento. "Pai do Céu, perdoe-me." Veio-lhe à mente o dito do Talmude: "Ninguém é sujeito a penalidades por palavras ditas em agonia".

"Que horas serão?", pensou. De repente, lembrou-se que não tinha pegado sua estola de oração e os filactérios. Bom, agora era tarde demais para isso. Reb Mordecai Meir começou a confessar seus pecados. "Transgredimos, traímos, trapaceamos, enganamos..." Levantou a mão e tentou fechar o punho para bater no peito, mas seus dedos estavam rígidos. Bem, ele provavelmente já estava perdoado por seus erros. Reb Mordecai Meir pensou em Fulie. As intenções dele eram boas. Queria ajudar os pobres. Tinha pena dos que passavam fome. Talvez essa fosse a sua salvação. No Céu tudo é julgado de acordo com a intenção. Talvez a alma dele já estivesse limpa.

Não era costume dizer o Kadish sem quorum ou para alguém ainda não enterrado, mas Reb Mordecai Meir sabia que lhe restava pouco tempo. Murmurou o Kadish. Depois recitou um capítulo do Mishná que sabia de cor. "A que horas será permitido recitar o Shemá à noite? No momento em que os sacerdotes entram no Templo para comer as oferendas de comida. Assim diz o rabino Eliezer. E os sábios dizem: até meia-noite."

"Ei, você aí, judeu, cachorro velho, está falando com quem, com o seu Deus?", perguntou o policial. De alguma forma, Reb Mordecai Meir entendeu essas poucas palavras. O que será que ele pensa? Como fazer para ele entender? Reb Mordecai Meir defendeu-se em seus pensamentos. Como nenhum mal pode vir de Deus, aqueles criados à Sua imagem não podem ser completamente maus. E disse ao policial: "Sou judeu, sim. Rezo a Deus".

Eram só essas as palavras gentias que Reb Mordecai Meir conhecia.

Amor velho

Harry Bendiner acordou às cinco horas com a sensação de que para ele a noite havia terminado e que não ia mais conseguir dormir. Na verdade, havia acordado umas dez vezes nessa noite. Sofrera uma operação na próstata anos antes, mas ela não tinha aliviado a constante pressão na bexiga. Dormia uma hora, ou menos, e acordava precisando se esvaziar. Até seus sonhos giravam em torno dessa necessidade. Levantou da cama e arrastou as pernas trêmulas até o banheiro. Na volta, saiu para o balcão do seu apartamento de condomínio no décimo primeiro andar. À esquerda viam-se os arranha-céus de Miami, à direita o mar rugindo. O ar tinha ficado um pouquinho mais frio durante a noite, mas ainda estava tropicalmente cálido. Tinha cheiro de peixe morto, óleo e talvez de laranjas também. Harry ficou ali um longo tempo, sentindo a brisa do mar na testa úmida. Embora Miami Beach tivesse se transformado numa cidade grande, ele imaginava sentir a proximidade dos Everglades, os cheiros e as emanações da vegetação e dos pântanos. Às vezes, uma gaivota acordava de noite e piava. Acontecia de as ondas lançarem na praia a carcaça de uma barracuda ou até de um bebê de baleia. Harry Bendiner olhou na direção de Hollywood. Quanto tempo fazia que aquilo tudo ainda não era um lugar desenvolvido? Em poucos anos, um deserto havia se transformado num lugar cheio de hotéis, condomínios, restaurantes, supermercados e bancos. As luzes urbanas e os anúncios de néon ofuscavam as estrelas do céu. Carros passavam correndo mesmo no meio da noite. Para onde corriam todas essas pessoas no meio da noite? Não dormiam nunca? Que tipo de força as movia? "Bom, não é mais o meu mundo. Depois dos oitenta, já se conta como morto."

Apoiou-se no guarda-corpo e tentou reconstruir o sonho que estava tendo. Só se lembrava que todos os que apareciam no sonho já estavam mortos: os homens e as mulheres. Os sonhos evidentemente não respeitavam a morte. Nos sonhos, suas três mulheres ainda estavam vivas, assim como seu filho, Bill, e sua filha, Sylvia. Nova York, sua cidade natal na Polônia e Miami Beach se fundiam numa só. Ele, Harry, ou Hershel, era ao mesmo tempo adulto e menino do cheder.

Durante um momento, fechou os olhos. Por que era impossível lembrar dos sonhos? Conseguia lembrar com todos os detalhes fatos acontecidos setenta, até setenta e cinco anos atrás, mas os sonhos desta noite se dissolviam feito espuma. Alguma força cuidava para que não restasse nenhum traço deles. Um terço da vida de uma pessoa morria antes de ela ir para o túmulo.

Depois de algum tempo, Harry sentou na espreguiçadeira de plástico que ficava no balcão. Olhou para o mar, a leste, onde o dia logo estaria surgindo. Houve tempo em que ia nadar antes de qualquer outra coisa, de manhã, principalmente nos meses de verão, mas não tinha mais vontade de fazer essas coisas. Os jornais às vezes traziam notícias de tubarões que atacavam banhistas, e havia outras criaturas do mar cujas mordidas causavam sérias complicações. Para ele bastava agora um banho morno.

Seus pensamentos passaram para as questões de negócios. Sabia muito bem que o dinheiro de nada lhe valeria; mas não se pode ficar o tempo todo pensando no fato de que tudo é futilidade de futilidades. Era mais fácil pensar em questões práticas. Fundos e ações subiam e caíam. Dividendos e outros ganhos tinham de ser depositados no banco e marcados no livro de contabilidade por causa dos impostos. Contas de telefone e eletricidade e a manutenção do apartamento tinham de ser pagas. Um dia por semana, uma mulher vinha fazer a limpeza e passar suas camisas e roupas de baixo. De vez em quando, mandava um terno para lavar a seco e os sapatos para consertar. Recebia cartas que tinha de responder. Não tinha envolvimento com a sinagoga o ano inteiro, mas em Rosh Hashanah e no Yom Kippur era preciso ter um lugar para orar, e por causa disso recebia apelos para ajudar Israel, yeshivas, Talmude Torás, asilos de velhos e hospitais. Recebia todo dia uma pilha de lixo postal e antes de jogar fora tinha pelo menos de abrir e dar uma olhada.

Como resolvera passar seus anos sem esposa nem empregada, tinha de preparar sua comida e, dia sim, dia não, fazer as compras no supermercado próximo. Empurrando o carrinho pelos corredores, escolhia produtos como leite, queijo cottage, frutas, legumes em lata, carne moída, de vez em quando uns cogumelos, um vidro de borscht ou de gefilte fish. Ele por certo podia se permitir o luxo de uma empregada, mas algumas empregadas eram ladras. E o que haveria de fazer consigo mesmo se outras pessoas cuidassem dele? Lembrou de um ditado do Gemara que diz que a preguiça leva à loucura. Mexer com o fogão elétrico na cozinha, ir ao banco, ler o jornal (principalmente a seção financeira) e passar uma hora ou duas no escritório da Merrill Lynch olhando as cotações da Bolsa de Nova York piscarem no painel levantava-lhe o ânimo. Recentemente mandara instalar um aparelho de televisão, mas raramente assistia.

Seus vizinhos de condomínio sempre perguntavam, maliciosamente, por que fazia coisas que outros podiam fazer por ele. Todo mundo sabia que era rico. Davam-lhe conselhos e perguntavam: Por que não se mudava para Israel? Por que não ia para um hotel nas montanhas no verão? Por que não se casava? Por que não contratava uma secretária? Tinha adquirido a reputação de avarento. Constantemente lembravam-lhe que "não se leva nada deste mundo", como se isso fosse uma grande revelação. Por essa razão parou de freqüentar as reuniões de condôminos e suas festas. Todo mundo tentava, de um jeito ou de outro, tirar alguma coisa dele, mas ninguém lhe daria um tostão se precisasse. Poucos anos atrás, tomou um ônibus de Miami Beach para Miami e viu que lhe faltavam dois centavos para pagar a tarifa. Só tinha no bolso notas de vinte dólares. Ninguém se dispôs nem a lhe dar os dois centavos, nem a trocar uma de suas notas, e o motorista o obrigou a descer.

A verdade é que em nenhum hotel se sentiria tão confortável quanto se sentia em sua própria casa. As refeições nos hotéis eram grandes demais para ele e não eram do tipo de que precisava. Só ele mesmo podia cuidar para que sua dieta não contivesse sal, colesterol, temperos. Além disso, viagens de avião e de trem eram cansativas demais para um homem com a sua saúde frágil. Nem fazia sentido casar de novo na sua idade. Mulheres mais jovens exigiriam sexo, e ele não tinha o menor interesse em mulheres velhas. Sendo como era, estava condenado a viver sozinho e a morrer sozinho.

Um brilho avermelhado começou a tingir o céu oriental, e Harry foi para o banheiro. Ali ficou um momento, estudando sua imagem no espelho: rosto encovado, a cabeça nua com uns poucos tufos de cabelo branco, o pomo-de-adão proeminente, um nariz cuja ponta virava para baixo, como um bico de papagaio. Os olhos azul-marinho eram um pouco desencontrados, um mais alto que o outro, e expressavam cansaço e traços de ardor juvenil. Ele um dia fora um homem viril. Teve esposas e casos amorosos. Tinha uma pilha de cartas de amor e fotografias guardadas em algum lugar.

Harry Bendiner não tinha vindo para a América sem vintém e sem educação, como outros imigrantes. Em sua cidade natal havia freqüentado casas de estudos até a idade de dezenove anos; sabia hebraico e lia em segredo jornais e livros mundanos. Tomara lições de russo, polonês e até alemão. Ali, na América, havia freqüentado a Cooper Union durante dois anos, na esperança de se tornar engenheiro, mas apaixonou-se por uma garota americana, Rosalie Stein, casou-se com ela, e o pai dela, Sam Stein, levou-o para o negócio de construção. Rosalie morreu de câncer aos trinta anos, deixando-lhe dois filhos pequenos. Assim como o dinheiro entrava, a morte cobrava. Seu filho, Bill, cirurgião, morreu aos quarenta e seis anos, de ataque cardíaco, deixando dois filhos, nenhum dos quais quis ser judeu. A mãe deles, uma cristã, morava em algum lugar do Canadá, com outro homem. A filha de Harry, Sylvia, teve o mesmo tipo de câncer da mãe, exatamente na mesma idade. Sylvia não deixou filhos. Harry recusou-se a gerar outra prole, embora sua segunda esposa, Edna, quisesse ter um ou dois filhos dele.

Sim, o Anjo da Morte tinha levado tudo dele. No começo, os netos lhe telefonavam de vez em quando do Canadá e mandavam um cartão no Ano-Novo. Mas agora não sabia mais deles, e cortara ambos de seu testamento.

Harry fez a barba e cantarolou uma melodia que não sabia de onde vinha. Seria alguma coisa que ouviu na televisão ou uma melodia da Polônia que revivia em sua memória? Não tinha ouvido para música e cantava tudo desafinado, mas mantinha o hábito de cantar no banheiro. Sua toalete ocupava um longo tempo. Há anos os comprimidos que tomava para aliviar a prisão de ventre não faziam mais efeito, e dia sim, dia não, tinha de se fazer um clister, processo demorado e árduo para um homem de oitenta anos. Tentava fazer exercícios calistênicos na banheira, levantando as pernas magras e batendo as mãos na água como se fossem remos. Eram todas medidas para prolongar a vida, mas enquanto fazia isso Harry pensava: "Por que continuar vivendo?". Que gosto a existência possuía? Não, sua vida não fazia mais sentido. Mas será que a de seus vizinhos fazia mais sentido? O condomínio estava cheio de velhos, todos bem de vida, muitos ricos. Alguns homens não podiam andar, ou arrastavam os pés; algumas mulheres se apoiavam em andadores. Muitos sofriam de artrite e de mal de Parkinson. Aquilo não era um prédio, era um hospital. As pessoas morriam e ele não ficava sabendo senão semanas ou meses depois. Embora fosse dos primeiros moradores do condomínio, raras vezes reconhecia alguém. Não ia à piscina e não jogava cartas. Homens e mulheres o cumprimentavam no elevador e no supermercado, mas ele não sabia quem era nenhum deles. De quando em quando, alguém lhe perguntava: "Como vai, senhor Bendiner?". E ele geralmente respondia: "Como se pode estar na minha idade? Cada novo dia é um presente".

Esse dia de verão começou como todos os outros. Harry preparou o café-da-manhã na cozinha: flocos de arroz Krispies com leite desnatado e Sanka adoçado com sacarina. Por volta das nove e meia, tomou o elevador para pegar a correspondência. Não se passava um dia sem que recebesse diversos cheques, mas nesse dia foi um prêmio. As ações tinham caído, mas as companhias continuavam pagando os dividendos como sempre. Harry recebia dinheiro de prédio onde tinha hipotecas, de aluguéis, de apólices, de todo tipo de negócios de que mal se lembrava. Uma companhia de seguros pagava-lhe uma anuidade. Há anos recebia um cheque mensal do Seguro Social. Os rendimentos dessa manhã chegavam a mais de onze mil dólares. Verdade que ia ter de reservar boa parte disso para impostos, mas mesmo assim lhe restariam uns cinco mil dólares. Enquanto fazia as contas, ia resolvendo: devia ir ao escritório da Merrill Lynch e ver o que estava acontecendo na Bolsa? Não, não havia por quê. Mesmo que as ações subissem de manhã, o dia terminaria em perdas. "O mercado está completamente louco", resmungou para si mesmo. Sempre tivera como regra fixa que a inflação sempre acompanhava um mercado em alta, não em baixa. Mas agora tanto o dólar como as ações estavam caindo. Bem, de nada se tem certeza, a não ser da morte.

Por volta das onze horas, desceu para depositar os cheques. O banco era pequeno; todos os empregados o conheciam e diziam bom-dia. Ele mantinha um cofre, onde guardava seus valores e jóias. Aconteceu de suas três mulheres deixarem tudo para ele; nenhuma delas havia feito testamento. Ele não sabia exatamente quanto possuía, mas não podia ser menos do que cinco milhões de dólares. Mesmo assim, andava pela rua com calça e camisa que qualquer pobretão podia comprar e um boné e sapato que usava fazia anos. Apoiava-se na bengala e dava passos miúdos. De vez em quando, olhava para trás. Podia estar sendo seguido. Talvez algum ladrão tivesse descoberto o quanto era rico e planejasse seqüestrá-lo. Embora o dia estivesse brilhante e a rua cheia de gente, ninguém iria intervir se ele fosse agarrado, forçado a entrar num carro e arrastado para alguma ruína ou caverna. Ninguém iria pagar resgate por ele.

Depois de concluir seus negócios no banco, voltou para casa. O sol estava alto no céu e vertia um fogo ardente. Havia mulheres à sombra dos toldos, olhando vestidos, sapatos, meias, lingeries e maiôs nas vitrinas das lojas. Seus rostos mostravam indecisão: comprar ou não comprar? Harry olhou as vitrinas. O que poderia comprar ali? Não havia nada que desejasse. De agora até as cinco horas, quando prepararia o jantar, não precisava de absolutamente nada. Sabia precisamente o que ia fazer quando chegasse em casa: tirar uma soneca no sofá.

Graças a Deus, ninguém o seqüestrou, ninguém o assaltou, ninguém invadiu seu apartamento. O ar-condicionado estava funcionando, assim como o encanamento do banheiro. Tirou os sapatos e se esticou no sofá.

Estranho, ainda sonhava acordado; tinha fantasias sobre inesperados sucessos, sobre sua força restaurada, sobre aventuras masculinas. O cérebro não aceita a velhice. Fervia com as mesmas paixões que tivera na juventude. Harry sempre dizia a seu cérebro: "Não seja idiota. É tarde demais para qualquer coisa. Você não tem mais esperança de nada". Mas o cérebro era constituído de tal forma, que continuava esperando mesmo assim. Quem foi que disse que o homem leva suas esperanças para o túmulo?

Cochilou e foi despertado por um barulho na porta. Ficou alarmado. Ninguém nunca vinha vê-lo. "Deve ser o dedetizador", concluiu. Abriu a porta com a correntinha e viu uma mulher pequena, de faces vermelhas, olhos amarelos e um alto penteado pompadour nos cabelos loiros cor de palha. Estava de blusa branca.

Harry abriu a porta e a mulher disse em inglês com sotaque estrangeiro: "Espero não ter acordado o senhor. Sou sua vizinha da esquerda. Queria me apresentar. Meu nome é Ethel Brokeles. Nome engraçado, não é? É do meu falecido marido. Meu nome de solteira é Goldman".

Harry ficou olhando para ela perplexo. Sua vizinha da esquerda era uma velha que morava sozinha. Lembrava seu nome: sra. Halpert. Perguntou: "O que aconteceu com a senhora Halpert?".

"Aquilo que acontece com todo mundo", a mulher respondeu, significativamente.

"Quando foi? Eu não estava sabendo de nada."

"Já faz mais de cinco meses."

"Entre, entre. As pessoas morrem e nem se fica sabendo", disse Harry. "Era uma mulher boa... mantinha distância."

"Eu não conheci. Comprei o apartamento da filha dela."

"Sente, por favor. Não tenho nada para oferecer à senhora. Tem uma garrafa de licor em algum lugar, mas..."

"Não preciso de nada e não bebo licor. Não no meio do dia. Posso fumar?"

"Claro, claro."

A mulher sentou-se no sofá. Agilmente acendeu o cigarro com um isqueiro chique. Usava esmalte vermelho nas unhas e Harry notou um diamante grande em um dos dedos.

A mulher perguntou: "Mora aqui sozinho?".

"É, sozinho."

"Eu também sou sozinha. O que se pode fazer? Morei vinte e cinco anos com meu marido e não tivemos um único dia ruim. Nossa vida juntos foi como um dia de sol sem uma única nuvem. De repente, ele morreu e me deixou sozinha e arrasada. O clima de Nova York não é saudável para mim. Tenho reumatismo. Vou ter de viver meus últimos anos aqui."

"Comprou o apartamento mobiliado?", Harry perguntou, em tom de negócios.

"Com tudo. A filha não queria nada para ela além dos vestidos e dos lençóis. Me vendeu tudo por uma pechincha. Eu não teria paciência de sair e comprar móveis e pratos. O senhor já mora aqui faz tempo?"

A mulher fazia uma pergunta atrás da outra, e Harry respondia de boa vontade. Parecia relativamente jovem, não mais de cinqüenta anos, possivelmente menos. Ele lhe trouxe um cinzeiro e colocou um copo de limonada e um pratinho de biscoitos na mesinha ao lado dela. Passaram duas horas, mas ele mal notou. Ethel Brokeles cruzou as pernas, e Harry olhou seus joelhos redondos. Ela passara a falar iídiche com sotaque polonês. Ela exsudava o ar de intimidade de um parente. Algo dentro de Harry exultava. Só podia ser sinal de que o céu havia acedido a seus desejos secretos. Só agora, ouvindo aquela mulher, deu-se conta do quanto tinha estado solitário todos esses anos, oprimido pelo fato de raramente trocar uma palavra com alguém. Mesmo tê-la por vizinha era melhor que nada. Ficava jovem em sua presença, e falante. Contou-lhe sobre suas três esposas, as tragédias que atingiram seus filhos. Contou até que, depois da morte da primeira mulher, tinha tido uma namorada.

A mulher disse: "Não precisa dar nenhuma desculpa. Homem é homem".

"Eu envelheci."

"Um homem nunca envelhece. Eu tinha um tio em Wroclawek que aos oitenta anos casou com uma menina de vinte e ela lhe deu três filhos."

"Wloclawek? É perto de Kowal, a cidade onde nasci."

"Eu sei. Estive em Kowal. Tenho uma tia lá."

A mulher olhou o relógio. "Uma hora. Onde tem almoçado?"

"Em lugar nenhum. Só tomo o café-da-manhã e depois janto."

"Está fazendo regime?"

"Não, mas na minha idade..."

"Pare de falar da sua idade!", a mulher ralhou. "Sabe de uma coisa? Venha até a minha casa e nós almoçamos juntos. Não gosto de comer sozinha. Para mim, comer sozinha é ainda pior do que dormir sozinha."

"Realmente, não sei o que dizer. O que eu fiz para merecer isso?"

"Vamos, vamos, não fale bobagem. Isto é a América, não a Polônia. Minha geladeira está cheia de delícias. Jogo fora mais do que eu como, que Deus me perdoe."

A mulher usava expressões iídiches que Harry não ouvia fazia sessenta anos. Ela pegou o braço dele e levou-o para a porta. Ele não precisou dar mais que alguns passos. Quando terminou de trancar sua porta, ela abriu a dela. O apartamento em que entrou era maior que o seu e mais luminoso. Havia quadros nas paredes, abajures elegantes, *bric-à-brac*. A janela dava diretamente para o mar. Sobre a mesa, um vaso com flores. O ar do apartamento de Harry tinha cheiro de poeira, mas ali o ar era fresco. "Ela quer alguma coisa, tem algum interesse secreto", Harry disse a si mesmo. Lembrou de ter lido no jornal sobre mulheres malandras que tiravam fortunas de homens e de outras mulheres também. O principal era não prometer nada, não assinar nada e não entregar nem um único vintém.

Ela o colocou sentado à mesa e da cozinha logo veio o borbulhar de uma cafeteira e o cheiro de pães frescos, frutas, queijo e café. Pela primeira vez em anos, Harry sentiu apetite no meio do dia. Depois de algum tempo, sentaram-se para almoçar.

Entre um bocado e outro, a mulher dava uma tragada no cigarro. Reclamava: "Os homens correm atrás de mim, mas quando chega a hora só estão interessados em saber quanto dinheiro eu tenho. Assim que começam a falar de dinheiro eu rompo com eles. Não sou pobre; sou até, bato na madeira, rica. Mas não quero que ninguém me queira por causa do meu dinheiro".

"Graças a Deus não preciso do dinheiro de ninguém", disse Harry. "Tenho o suficiente para viver até mil anos."

"Isso é bom."

Pouco a pouco, começaram a falar de finanças e a mulher enumerou suas posses. Era dona de prédios no Brooklyn e em Staten Island; tinha ações e títulos. Baseado no que ela dizia e nos nomes que mencionava, Harry concluiu que estava dizendo a verdade. Tinha ali em Miami uma conta e um cofre exatamente no mesmo banco que Harry. Harry calculou que ela possuía pelo menos um milhão de dólares, talvez mais. Ela serviu-lhe a comida com a devoção de uma filha ou esposa. Dizia o que ele devia e não devia comer. Milagres assim tinham lhe ocorrido em seus anos de juventude. As mulheres o encontravam, ficavam instantaneamente íntimas, e grudavam nele, para nunca ir embora. Mas uma coisa dessas lhe acontecer nessa idade parecia um sonho. Perguntou de repente: "Você tem filhos?".

"Tenho uma filha, Sylvia. Ela mora sozinha numa barraca na Colúmbia Britânica."

"Por que numa barraca? O nome da minha filha também era Sylvia. Você mesma podia ser minha filha", acrescentou, sem saber por que estava dizendo uma coisas dessas.

"Bobagem. O que são os anos? Sempre gostei de homens bem mais velhos do que eu. Meu marido, que descanse em paz, era vinte anos mais velho e a vida que vivemos juntos é o que eu desejaria para qualquer filha judia."

"Eu tenho seguramente quarenta anos mais do que você", disse Harry.

A mulher pousou a colher. "Quantos anos acha que eu tenho?"

"Por volta de quarenta e cinco", disse Harry, sabendo que ela era mais velha.

"Some mais doze."

"Não parece."

"Tive uma boa vida com meu marido. Ele me dava o que eu quisesse: a lua, as estrelas, nada era demais para a sua Ethel. Foi por isso que fiquei melancólica depois que ele morreu. Além disso, minha filha estava me deixando doente. Gastei uma fortuna com psiquiatras, mas eles não conseguiram me ajudar. Para chegar a isto que você está vendo agora, passei sete meses num hospital, numa clínica para problemas nervosos. Tive um esgotamento e não queria mais viver. Tinham de me vigiar dia e noite. Ele estava me chamando do túmulo. Vou dizer uma coisa, mas, por favor, não me interprete mal."

"O que é?"

"Você me lembra o meu marido. Foi por isso que..."

"Eu tenho oitenta e dois anos", disse Harry, e imediatamente se arrependeu. Podia facilmente ter subtraído cinco anos. Esperou um momento e acrescentou: "Se eu fosse dez anos mais moço, pediria você em casamento".

Mais uma vez lamentou suas palavras. Aquilo saiu de sua boca como por vontade própria. Ainda se sentia incomodado pelo medo de cair nas mãos de uma caçadora de fortunas.

A mulher olhou para ele interrogativamente e levantou uma sobrancelha. "Como eu resolvi viver, aceito você como você é."

"Como é possível? Como pode ser?", Harry perguntava a si mesmo incessantemente. Falavam em se casar e quebrar a parede que dividia os dois apartamentos para transformá-lo em um só. O quarto dele ficava vizinho ao dela. Ela revelou detalhes de sua situação financeira. Possuía um milhão e meio de dólares. Harry já havia contado quanto tinha. Ele perguntou: "O que vai fazer com tanto dinheiro?".

"Eu não saberia o que fazer com o dinheiro", a mulher respondeu, "mas, juntos, podemos fazer uma viagem de volta ao mundo. Compramos um apartamento em Tel Aviv ou em Tiberias. As fontes quentes de lá são boas para o reumatismo. Comigo a seu lado, você vai viver muito. Garanto cem anos, senão mais."

"Está tudo nas mãos de Deus", disse Harry, surpreso com as próprias palavras. Ele não era religioso. Suas dúvidas sobre Deus e Sua providência tinham se intensificado ao longo dos anos. Dissera muitas vezes que, depois do que havia acontecido com os judeus na Europa, era preciso ser bobo para acreditar em Deus.

Ethel levantou-se e ele também. Abraçaram-se e se beijaram. Ele a apertou com força e desejos juvenis pulsaram dentro dele outra vez.

Ela disse: "Espere até passarmos por baixo do dossel matrimonial".

Harry se deu conta de que já tinha ouvido essas palavras antes, ditas do mesmo jeito. Mas quando? E de quem? Todas as suas três esposas eram americanas natas e não usariam essa expressão. Teria sonhado? Uma pessoa podia prever o futuro num sonho? Curvou a cabeça e refletiu. Quando levantou os olhos, ficou assombrado. Em poucos segundos, a aparência da mulher tinha sofrido uma incrível transformação. Ela havia se afastado dele e ele nem notara. Seu rosto tinha ficado pálido, enrugado e velho. Os cabelos pareceram-lhe repentinamente desgrenhados. Ela olhou para ele de soslaio com uma expressão vazia, triste, até severa. Será que a insultei ou o quê?, pensou. Ouviu-se perguntando: "Alguma coisa errada? Não está se sentindo bem?".

"Nada, mas é melhor você ir para a sua casa agora", ela disse numa voz que parecia alheia, áspera, impaciente. Ele queria perguntar a razão da súbita mudança que ocorrera nela, mas um orgulho há muito esquecido (e nunca esquecido) se impôs. Com as mulheres nunca se sabe mesmo onde se pisa. Mesmo assim, perguntou: "Quando vamos nos ver?".

"Hoje não mais. Talvez amanhã", ela respondeu depois de certa hesitação.

"Até logo. Obrigado pelo almoço."

Ela não se deu ao trabalho de acompanhá-lo até a porta. Dentro de seu apartamento, ele pensou: "Bom, ela mudou de idéia". Foi tomado por um sentimento de vergonha, por ele e por ela também. Será que estava fazendo um jogo com ele? Teriam seus vizinhos maliciosos combinado de fazê-lo de bobo? O apartamento lhe pareceu um pouco vazio. Não vou jantar, resolveu. Sentiu uma pressão no estômago. "Na minha idade, não se pode fazer papel de bobo", murmurou. Deitou no sofá e cochilou. Quando abriu os olhos de novo, estava escuro lá fora. Talvez ela toque minha campainha de novo. Talvez devesse telefonar. Ela havia lhe dado o número do telefone. Embora tivesse dormido, acordou exausto. Tinha cartas para responder, mas deixou para a manhã seguinte. Saiu para o balcão. Um lado do seu balcão dava para uma parte do dela. Podiam se ver ali e até conversar, se ela ainda estivesse interessada nele. O mar batia e espumava. Havia um cargueiro ao longe. Um jato rugiu pelo céu. Uma única estrela que nenhuma luz urbana, nem anúncio de néon, conseguia apagar apareceu lá em cima. Era uma boa coisa poder ver pelo menos uma estrela. Senão, se esquece que o céu existe.

Sentou no balcão, esperando que ela aparecesse. O que estaria pensando? Por que seu humor tinha mudado tão repentinamente? Num minuto estava terna e comunicativa como uma noiva apaixonada; no momento seguinte era uma estranha.

Harry cochilou de novo e quando acordou já era tarde da noite. Não tinha sono e queria descer para comprar a edição da noite do jornal matinal, com as notícias da Bolsa de Nova York; mas em vez disso foi deitar na cama. Tomou antes um copo de suco de tomate e engoliu um comprimido. Só uma fina parede o separava de Ethel, mas as paredes possuem força própria. Talvez por isso algumas pessoas preferissem morar em barracas, pensou. Achou que seus pensamentos fossem impedi-lo de dormir, mas logo apagou. Acordou com uma pressão no peito. Que horas seriam? O painel luminoso de seu relógio de pulso mostrava que tinha dormido duas horas e quinze minutos. Tinha sonhado, mas não lembrava o quê. Reteve apenas a impressão de horrores noturnos. Levantou a cabeça. Ela estaria dormindo ou acordada? Não conseguia ouvir nenhum ruído em seu apartamento.

Dormiu de novo e dessa vez acordou com o som de muitas pessoas falando, portas batendo, passos rápidos no corredor. Sempre teve medo de incêndio. Lia nos jornais notícias de velhos morrendo queimados em asilos, hospitais, hotéis. Levantou da cama, calçou o chinelo, vestiu o roupão e abriu a porta do corredor. Não havia ninguém ali. Teria imaginado tudo? Fechou a porta e saiu para o balcão. Não, nem sinal de bombeiros lá embaixo. Só gente voltando tarde para casa, saindo de clubes noturnos, fazendo barulho de bêbados. No verão, alguns condôminos alugavam seus apartamentos para sul-americanos. Harry voltou para a cama. Durante alguns minutos houve silêncio; depois ouviu de novo um tumulto no corredor e o som de vozes de homens e mulheres. Alguma coisa tinha acontecido, mas o quê? Teve o impulso de levantar e dar mais uma olhada, mas não foi. Ficou deitado ali, tenso. De repente, ouviu o telefone interno da cozinha tocar. Quando levantou o receptor, uma voz de homem disse: "Foi engano". Harry tinha acendido a luz fluorescente da cozinha e o brilho o cegou.

Abriu a geladeira, tirou uma jarra de chá adoçado e serviu-se de meio copo, sem saber se o fazia porque estava com sede ou se para levantar o ânimo. Logo depois, quis urinar e foi ao banheiro.

Nesse momento, a campainha da porta tocou e o som cortou sua vontade. Talvez o prédio tivesse sido arrombado por ladrões? O vigia da noite era velho e não seria páreo para invasores. Harry não conseguia resolver se ia ou não até a porta. Ficou na frente da privada, tremendo. *Estes podem ser meus últimos minutos sobre a terra*, passou pela cabeça dele. "Deus Todo-Poderoso, tenha piedade de mim", murmurou. Só então lembrou-se do olho mágico da porta, através do qual podia olhar o corredor lá fora. Como podia ter esquecido?, pensou. Devo estar ficando caduco.

Foi silenciosamente até a porta, levantou a tampinha do olho mágico e olhou. Viu uma mulher de cabelo branco, de roupão. Reconheceu-a. Era a sua vizinha da direita. Em um segundo ficou tudo claro para ele. O marido dela era paralítico e tinha acontecido alguma coisa com ele. Abriu a porta. A velha estendeu-lhe um envelope sem selo.

"Desculpe, senhor Bendiner, mas a mulher vizinha aí deixou este envelope na sua porta. Tem seu nome escrito."

"Que mulher?"

"A da esquerda. Ela se suicidou."

Harry Bendiner sentiu as entranhas se retorcerem e em segundos sua barriga ficou mais dura que um tambor.

"A loira?"

"É."

"O que ela fez?"

"Pulou da janela."

Harry estendeu a mão e a velha lhe deu o envelope.

"Onde ela está?", perguntou.

"Levaram embora."

"Morta."

"Morta, sim."

"Meu Deus!"

"Já é a terceira aqui. As pessoas ficam loucas na América."

A mão de Harry estava tremendo e o envelope sacudiu como se estivesse ao vento. Agradeceu à mulher e fechou a porta. Foi procurar os óculos, que tinha deixado na mesa-de-cabeceira. "Não posso cair", alertou a si mesmo. "Do que eu menos preciso agora é fraturar a bacia." Cambaleou até a cama e acendeu o abajur. Sim, os óculos estavam onde havia deixado. Sentiu-se tonto. As paredes, a cortina, a cômoda, o envelope, tudo tremia e rodava como uma imagem borrada na televisão. Estou ficando cego, será?, pensou. Sentou e esperou a tontura passar. Mal tinha força para abrir o envelope. O recado estava escrito a lápis, as linhas tortas, as palavras em iídiche escritas errado. Dizia assim:

> Querido Harry, me perdoe. Tenho de ir onde está meu marido. Se não for trabalho demais, reze o Kadish para mim. Eu intercederei por você onde vou.
>
> Ethel

Pousou a folha de papel e os óculos na mesa-de-cabeceira e desligou o abajur. Ficou ali arrotando e soluçando. Seu corpo tremia, as molas da cama vibravam. Bem, de agora em diante não vou esperar mais nada, resolveu com a solenidade de um homem que fazia um voto. Sentiu frio e cobriu-se com o cobertor.

Eram oito e dez da manhã quando voltou do sono. Um sonho? Não, a carta estava em cima da mesinha. Nesse dia, Harry Bendiner não desceu para pegar a correspondência. Não preparou o café-da-manhã nem se deu ao trabalho de tomar banho e se vestir. Ficou cochilando na cadeira de plástico do balcão, pensando sobre aquela outra Sylvia, a filha de Ethel, que morava numa barraca na Colúmbia Britânica. Por que teria fugido para tão longe?, perguntou a si mesmo. Teria a morte do pai lançado a menina em desespero? Será que não suportava a mãe? Ou, na sua idade, já teria entendido a futilidade dos esforços humanos e resolvido ser eremita? Estará tentando descobrir a si mesma ou a Deus? Uma idéia aventurosa surgiu na cabeça do velho: tomar um avião até a Colúmbia Britânica, encontrar a moça na vastidão vazia, consolá-la, ser um pai para ela, e talvez tentar meditar junto com ela sobre por que o homem nasce e por que tem de morrer.

A admiradora

Primeiro, ela me escreveu uma longa carta, cheia de elogios. Entre outras coisas, disse que meus livros a tinham ajudado a se encontrar. Depois me telefonou e marcou um encontro. Em seguida, telefonou de novo, porque descobriu que já tinha um compromisso naquele dia, e propôs outro. Dois dias depois, chegou um longo telegrama. Parece que ia ter de visitar uma tia paralítica no dia do novo encontro. Eu nunca tinha recebido um telegrama tão longo, com tais palavras elegantes em inglês. Depois, um telefonema, e combinamos nova data. Durante uma conversa anterior por telefone, eu havia mencionado que admirava Thomas Hardy. Dias depois, um mensageiro trouxe uma coleção luxuosamente encadernada das obras de Thomas Hardy. O nome da minha admiradora era Elizabeth Abigail de Sollar, um nome incrível para uma mulher cuja mãe, segundo me contou, era da cidade polonesa de Klendev, filha do rabino local.

No dia da visita, limpei meu apartamento e coloquei todos os meus manuscritos e cartas não respondidas no cesto de roupa. Minha convidada devia chegar às onze. Às onze e vinte e cinco o telefone tocou e Elizabeth Abigail de Sollar gritou: "Você me deu um endereço falso! Não existe esse prédio!".

Parece que ela havia trocado o West Side pelo East. Disse a ela precisamente como me encontrar. Assim que chegasse à minha rua no West Side, devia entrar em um portão com o número que tinha em mãos. O portão dava para um pátio. Ali, ela encontraria a entrada para outro número, que dei a ela, e expliquei que morava no décimo primeiro andar. O elevador social por acaso não estava funcionando e ela precisaria pegar o elevador de serviço. Elizabeth Abigail de Sollar repetiu todas as minhas orientações e tentou achar um lápis e um caderno na bolsa para escrever, mas nesse momento a telefonista pediu mais uma moeda. Elizabeth Abigail de Sollar não tinha moeda e, afobada, deu o número da cabine telefônica de onde estava ligando. Liguei imediatamente, mas ninguém atendeu. Devo ter discado o número errado. Peguei um livro e comecei a ler do ponto em que abri, no meio. Como ela possuía meu endereço e número de telefone, acabaria aparecendo mais cedo ou mais tarde. Não consegui chegar ao fim do parágrafo, e o telefone tocou. Peguei o receptor e ouvi um homem tossir, gaguejar, limpar a garganta. Depois de algum tempo, retomou a fala e disse: "Meu nome é Oliver Leslie de Sollar. Posso falar com minha esposa?".

"Sua esposa se enganou e foi a um endereço errado. Deve chegar logo."

"Desculpe incomodar, mas nossa filha ficou doente de repente. Começou a tossir violentamente e a engasgar, e não sei o que fazer. Ela tem asma. Elizabeth tem umas gotas para essas emergências, mas não consigo encontrar. Estou aflito."

"Chame um médico! Chame uma ambulância!", gritei ao telefone.

"Nosso médico não está no consultório. Um segundo, desculpe..."

Esperei vários minutos, mas Oliver Leslie de Sollar não voltou ao telefone e desliguei. "É isso que acontece quando se lida com pessoas: na mesma hora surgem complicações", disse a mim mesmo. "O ato em si é um pecado", citei mentalmente de um livro indiano sagrado, mas qual? Seria o Bhagavad Gita ou o Dhammapada? Se a menina sufocasse e morresse, Deus nos livre, eu seria indiretamente responsável.

A campainha da porta tocou num longo e insistente chamado. Corri para abrir e vi uma mulher jovem de cabelos loiros caindo pelos ombros, chapéu de palha com flores e cerejas, do tipo que se usava quando eu ainda era menino de cheder, blusa branca com renda no pescoço e nas mangas, saia preta bordada e sapatos de botão. Embora estivesse fazendo sol lá fora, ela usava uma sombrinha com fitas e laços. Resumindo, uma fotografia viva saída de um álbum. Antes que ela chegasse a fechar a porta atrás de si, eu disse: "Seu marido acaba de telefonar. Não quero ser alarmista, mas sua filha está tendo um ataque de asma e seu marido não consegue encontrar o médico. Quer saber onde estão as gotas".

Eu tinha certeza que minha visitante ia voar para o telefone que ficava em cima de uma mesa no hall, mas em vez disso ela me mediu com os olhos dos pés à cabeça, e da cabeça aos pés, enquanto um doce sorriso se espalhava por seu rosto. "É, é você mesmo!" Estendeu a mão enluvada de branco até o cotovelo e me presenteou com um pacote embrulhado em papel preto brilhante, amarrado com fita vermelha. "Não se preocupe", disse. "Ele faz isso toda vez que vou a algum lugar. Não agüenta que eu saia de casa. É histeria pura."

"E a menina?"

"Bibi é tão teimosa quanto o pai. Não quer que eu saia de casa também. É filha da ex-esposa dele."

"Por favor, entre. Obrigado pelo presente."

"Ah, você preencheu um vazio em minha vida. Sempre fui uma estranha para mim mesma. Por acaso, encontrei um de seus romances em uma livraria e desde então li tudo o que você escreveu. Acho que já disse que sou neta do rabino de Klendev. Isso do lado da minha mãe. Do lado do meu pai, venho de aventureiros."

Ela me seguiu até a sala de estar. Era baixa e magra, com uma pele branca e lisa que raramente se vê em adultos. Tinha olhos azuis pálidos com traços de amarelo, e um tanto apertados. O nariz era fino e mais para o comprido, os lábios finos, o queixo curto e pontudo. Não usava cosméticos. Geralmente, faço uma idéia da pessoa pela cara que ela apresenta, mas não conseguia formar uma idéia nítida dessa moça. Não era saudável, pensei: sensível, aristocrática. O inglês que falava não me parecia americano, mas estrangeiro. Enquanto conversava com ela e a convidava para se sentar no sofá, desembrulhei o pacote e tirei uma tábua de Ouija com um ponteiro triangular, evidentemente feita à mão, de madeira cara e com incrustações de osso.

Ela disse: "Pelas suas histórias, concluí que se interessa pelo ocultismo, e espero que seja um presente adequado".

"Ah, você me dá presentes demais."

"Você merece todos."

Fiz perguntas e ela respondeu de boa vontade. O pai era advogado aposentado. Separado da mãe de Elizabeth, vivia com outra mulher na Suíça. A mãe sofria de reumatismo e tinha se mudado para o Arizona. Tinha lá um amigo, um velho de oitenta anos. Elizabeth Abigail conheceu o marido na faculdade. Era seu professor de filosofia. Era também astrônomo amador e costumava passar metade da noite com ela no observatório, estudando as estrelas. Judeu? Não, Oliver Leslie era cristão, nascido na Inglaterra, mas descendia de bascos. Dois anos antes de casar com ela, ficou doente, caiu numa depressão crônica, deixou o emprego e foi morar numa casa a poucos quilômetros de Croton-on-Hudson. Havia se isolado completamente das pessoas. Estava escrevendo um livro sobre astrologia e numerologia. Elizabeth Abigail deu um sorriso daqueles que há muito descobriram a futilidade dos esforços humanos. Às vezes seus olhos ficavam melancólicos, até assustados.

Perguntei o que fazia naquela casa em Croton-on-Hudson e ela respondeu: "Fico louca. Leslie passa dias ou semanas inteiras sem falar, a não ser com Bibi. Ele dá aulas para ela. A menina não vai à escola. Não vivemos como marido e mulher. Para mim, os livros se transformaram na essência do meu ser. Quando encontro um livro que me diz alguma coisa, é um grande acontecimento na minha vida. Por isso eu...".

"Quem cuida da casa?"

"Ninguém, na verdade. Temos um vizinho, um ex-fazendeiro que abandonou a família e que nos traz comida do supermercado. Às vezes ele cozinha para nós também. Um homem simples, mas um filósofo a sua maneira. É também nosso motorista. Leslie não consegue mais dirigir o carro. Nossa casa fica no alto de uma colina que é absurdamente escorregadia, não só no inverno, mas sempre que chove."

Minha convidada ficou quieta. Eu já estava acostumado ao fato de muitos dos que me escreviam ou vinham me ver serem excêntricos, almas estranhas, perdidas. Elizabeth Abigail parecia ligeiramente com minha irmã. Como era de Klendev e neta de rabino, podia ser minha parente. Klendev não fica longe das cidades onde várias gerações de meus antepassados moraram.

Perguntei: "Por que Bibi ficou com o pai e não com a mãe?".

Elizabeth respondeu: "A mãe se suicidou".

O telefone tocou e ouvi os mesmos gaguejos e pigarros de antes. Chamei Elizabeth imediatamente e ela se aproximou devagar e com a relutância de alguém que sabe o que a espera. Ouvi quando disse ao marido onde estavam as gotas e ordenou secamente que não a incomodasse de novo. Ele falou um bom tempo e ela respondia com uma breve frase ocasional. "O quê? Bom, não." Por fim, ela disse: "Não sei", em tom de impaciência. Voltou para a sala e retomou seu lugar no sofá.

"Já virou um método deles: na hora que vou a algum lugar, Bibi tem esses espasmos de peito e o pai me chama para me alarmar. Nunca consegue encontrar as gotas, que de qualquer forma não ajudam nada, porque a asma dela é deliberadamente provocada por ele. Desta vez não contei aonde estava indo, mas ele me espionou. Eu queria fazer uma porção de perguntas para você, mas ele me tirou tudo da cabeça. Bom. Onde, em nome de Deus, fica essa Klendev? Não consegui encontrar em mapa nenhum."

"É uma aldeia na área de Lublin."

"Você já esteve lá?"

"Estive, sim, por acaso. Eu tinha saído de casa e alguém me recomendou para um posto de professor lá. Depois de uma única aula, as autoridades escolares e eu concluímos de imediato que eu não era um professor. No dia seguinte já fui embora."

"Quando foi isso?"

"Nos anos 20."

"Ah, meu avô não estava mais morando lá. Ele morreu em 1913."

Embora o que minha visitante tinha a dizer não tivesse nenhum interesse especial para mim, ouvi atentamente. Era difícil acreditar que apenas uma geração a separava do rabino de Klendev, de seu meio ambiente e modo de vida. O rosto dela tinha, de alguma forma misteriosa, se moldado ao dos anglo-saxões, cuja cultura absorvera. Detectei dentro dela traços de outras terras, outros climas. Será que Lysenko tinha razão, afinal?

O relógio mostrava meio-dia e meia e convidei minha visitante a descer comigo para almoçar. Ela disse que não almoçava. O máximo que podia era tomar um chá, mas se eu quisesse podia almoçar e ela me acompanharia. Depois de algum tempo, fomos à cozinha e fiz chá. Coloquei biscoitos num prato para ela e preparei para mim pão com queijo cottage. Sentamos a uma mesa de jogo, um de frente para o outro, como se fôssemos casados. Uma barata atravessou por cima da mesa, mas nem Elizabeth nem eu fizemos nenhum esforço para incomodá-la. As baratas do meu apartamento pareciam saber que eu era vegetariano e que não sentia nenhum ódio por sua espécie, que é alguns milhões de anos mais antiga que o homem e que vai sobreviver a ele. Elizabeth tomou chá forte, com leite, e eu tomei o meu fraco, com limão. Enquanto bebia, eu segurava um cubo de açúcar entre os dentes, como era costume em Bilgoray e Klendev. Ela não tocou os biscoitos e, aos poucos, acabei com eles. Havia surgido entre nós uma familiaridade que não exige preliminares.

Eu me ouvi perguntando: "Quanto tempo faz que parou de dormir com ele?".

Elizabeth começou a ficar vermelha, mas depois que o sangue coloriu metade de seu rosto, o rubor retrocedeu. "Vou contar uma coisa que você não vai acreditar."

"Acredito em qualquer coisa que disser."

"Fisicamente, eu sou virgem." Vomitou essas palavras e pareceu perplexa de tê-las dito.

Para mostrar que não estava chocado, eu disse casualmente: "Achei que essa era uma espécie extinta".

"Sempre existe um Último dos Moicanos."

"Nunca perguntou a um médico sobre essa situação?"

"Nunca."

"E psicanálise?"

"Nem Leslie nem eu acreditamos nisso."

"Não sente necessidade de um homem?", perguntei, surpreso com minha ousadia.

Ela levantou o copo e tomou um gole de chá. "Muito, mas nunca encontrei um homem com quem sentisse vontade de estar. Era assim antes de eu conhecer Leslie e assim é depois. Quando conheci Leslie, achei que era o homem para mim, mas ele disse que queria esperar o casamento. Me pareceu uma bobagem, mas esperei. Quando estávamos casados, fizemos várias tentativas, mas ele não funcionou. Às vezes, imagino que o rabino de Klendev é que não deixa acontecer, porque Leslie é gentio. Depois de algum tempo, desenvolvemos uma repulsa pela coisa."

"São dois ascetas", eu disse.

"Ahn? Não sei. Em minhas divagações, eu me permito casos apaixonados. Já li Freud, Jung, Stekel, mas estou convencida de que não podem me ajudar. É surpreendente a minha franqueza com você. Nunca escrevi para um escritor antes. Geralmente não escrevo cartas. É difícil escrever até para meu pai. De repente, escrevi e telefonei para você. É como se um dos meus dybbuks tivesse entrado em mim. Agora que você parece ter aberto, por assim dizer, uma fonte lacrada dentro de mim, vou contar outra coisa. Desde que comecei a ler seus livros, você passou a ser o amante das minhas fantasias. Expulsou todos os outros."

Elizabeth tomou mais um gole de chá. Sorriu e acrescentou: "Não se assuste. Não foi por isso que vim visitar você".

Senti a garganta seca e tive de fazer um esforço para minha voz sair clara. "Me fale das suas fantasias."

"Ah, passei algum tempo com você. Viajamos juntos. Você me levou à Polônia para visitar as aldeias que descreve. Estranho, mas na minha imaginação sua voz era a mesma que a sua voz de verdade, e não consigo entender como pode ser isso. Até seu sotaque é igual ao que eu tinha imaginado. Isso é uma coisa realmente irracional."

"Todo amor é irracional", eu disse, envergonhado pela minha suposição.

Elizabeth baixou a cabeça e pensou um pouco sobre isso.

"Às vezes, vou dormir com essas fantasias e elas se transformam em sonhos. Vejo cidades cheias de movimento. Ouço gente falando iídiche e, embora eu não saiba a língua, entendo tudo no sonho. Se eu não soubesse que esses lugares foram destruídos, iria lá para ver se é tudo igual aos meus sonhos."

"Nada mais é igual."

"Minha mãe sempre me falava do meu pai, o rabino. Ela veio para a América com a mãe dela, minha avó, quando tinha oito anos. Meu avô casou pela segunda vez quando tinha setenta e cinco anos, com uma moça de dezoito, e minha mãe foi o resultado desse casamento. Seis anos depois, meu avô morreu. Deixou escritas muitas interpretações. A família inteira foi morta pelos nazistas, e todos os manuscritos dele foram queimados. Minha avó trouxe com ela um livrinho em hebraico publicado por ele, que está dentro da minha bolsa ali no hall. Quer ver?"

"Claro."

"Deixe que eu lavo os pratos. Espere aqui. Vou pegar o livro do meu avô e você pode olhar enquanto eu lavo."

Fiquei à mesa e Elizabeth me trouxe um livro fininho, intitulado *O clamor de Mordecai*. Na página de rosto, o autor arrolava sua genealogia, e quando a estudei vi que minha visitante e eu éramos efetivamente aparentados por um antepassado de muitos séculos antes. Ambos descendíamos do rabino Moisés Isserles e também do autor de *O revelador das profundezas*. O livro do rabino de Klendev era um panfleto contra o rabino de Radzyn, Reb Gershon Henoch, que acreditava ter encontrado no mar Mediterrâneo o gastrópode cuja secreção era usada no antigo Israel para tingir de azul as franjas rituais, embora se aceitasse tradicionalmente que o gastrópode tivesse sido escondido depois da destruição do Templo, para só ser encontrado de novo quando o Messias viesse. Reb Gershon Henoch não previa a tempestade de protestos de outros rabinos e orientou seus seguidores a usarem as franjas azuis. Isso despertou uma grande controvérsia no mundo rabínico. O avô de Elizabeth chamava Reb Gershon Henoch de "traidor de Israel, apóstata, mensageiro de Satã, Lilith, Asmodeus e toda a legião do mal". Ele alertava que o pecado de usar essas franjas falsas podia trazer terríveis castigos do céu. As páginas de *O clamor de Mordecai* estavam amarelecidas e tão secas que pedaços das margens se destacavam quando eu folheava o livro.

Elizabeth lavou os pratos e os copos na pia com uma esponja. "O que está escrito aí?", perguntou.

Não era fácil explicar para Elizabeth de Sollar a disputa entre o rabino de Radzyn e os outros rabinos e estudiosos talmúdicos de sua geração, mas de alguma forma encontrei as palavras. Os olhos dela brilhavam enquanto ouvia. "Fascinante!"

O telefone tocou e deixei Elizabeth para ir atender. Era Oliver Leslie de Sollar outra vez. Disse-lhe que ia chamar sua mulher, mas ele falou: "Espere. Posso trocar algumas palavras com você?".

"Pode, claro."

Oliver Leslie começou a tossir e a limpar a garganta. "Minha filha, Bibi, quase morreu com o ataque de hoje. Por pouco não conseguimos salvar a menina. Temos aqui um vizinho, o senhor Porter, que é amigo nosso e ele encontrou um remédio que outro médico tinha receitado. Ela está dormindo agora. Quero que saiba que minha esposa é uma mulher doente, física e espiritualmente. Tentou se suicidar duas vezes. A segunda vez, tomou tantos comprimidos para dormir que teve de ficar três dias em um pulmão de aço. Tem pelo senhor uma grande admiração e está apaixonada pelo senhor, do jeito dela. Mas quero avisar para não lhe dar esperanças. Nosso casamento é extremamente infeliz, mas sou como um pai para ela, porque o pai abandonou a mãe e ela quando Elizabeth era criança. A indiferença do pai instilou nela um puritanismo que transformou nossa vida num inferno. Não prometa nada para ela porque Elizabeth vive inteiramente num mundo de ilusões. Precisa de ajuda psiquiátrica, mas se recusa a isso. Tenho certeza de que o senhor vai entender e que vai agir como uma pessoa responsável."

"Pode ter certeza disso."

"Ela vive à base de tranqüilizantes. Eu era professor de filosofia, mas depois que nos casamos não pude manter meu posto. Felizmente, tenho pais ricos, que nos ajudam. Sofri tanto com ela que minha saúde está comprometida. Ela é o tipo de mulher que rouba a potência de um homem. Se, Deus nos guarde, o senhor se envolver com ela, seu talento será a primeira vítima. Se ela vivesse no século XVI, certamente seria queimada como bruxa. Nestes anos do nosso conhecimento, passei a acreditar em magia negra, como fenômeno psicológico, naturalmente."

"Soube que está escrevendo um livro sobre astrologia."

"Foi isso que ela lhe disse? Bobagem! Estou trabalhando sobre as convicções religiosas e os últimos trinta anos da vida de Newton. O senhor sem dúvida deve saber que Newton considerava a gravidade uma força divina, a mais pura expressão da vontade de Deus. O maior cientista de todos os tempos era também um grande místico. Como a gravidade controla o universo, conclui-se que os corpos celestiais influenciam o mundo orgânico e espiritual de todas as formas e maneiras. Isso está muito longe da astrologia usual com seus horóscopos e outras tolices."

"Quer que eu chame sua mulher?"

"Não. Não diga a ela que eu liguei. Ela é capaz de me aprontar escândalos terríveis. Uma vez, me atacou com uma faca..."

Durante todo o tempo que Oliver Leslie falou comigo, Elizabeth não apareceu. Imaginei por que estaria levando tanto tempo para enxugar dois pratos e dois copos, mas supus que ela não quisesse interromper minha conversa. Assim que desliguei o telefone entrei na cozinha, mas Elizabeth não estava lá. Adivinhei o que havia acontecido. Um estreito corredor levava da cozinha ao meu quarto, onde havia uma extensão do telefone na mesa-de-cabeceira. Abri a porta do corredor e Elizabeth estava parada no batente.

Disse: "Precisei ir ao banheiro".

Pela maneira como disse isso, depressa, num tom culpado e defensivo, eu soube que ela estava mentindo. Podia estar a caminho do banheiro (mas como podia saber qual era a porta?) e ter visto a extensão do telefone. Seus olhos refletiam uma mistura de raiva e zombaria. Então você é desse tipo, pensei. Todos os vestígios de constrangimento que eu podia estar sentindo por ela desapareceram. Pus as mãos em seus ombros. Ela tremia e seu rosto adquiriu a expressão travessa de uma menina surpreendida roubando ou usando as roupas da mãe.

"Para uma virgem, você é bem esperta", eu disse.

"É, ouvi tudo e não volto nunca mais para ele", disse numa voz mais firme e mais jovem também. Era como se tivesse jogado fora a máscara usada por muito tempo e naquela fração de segundo tivesse se transformado em outra pessoa, mais jovem e animada. Ela projetou os lábios como se fosse me beijar. Eu estava tomado de desejo por ela, mas lembrei do aviso de Oliver Leslie. Curvei-me para ela e nossos olhos ficaram tão próximos que só vi um azul igual ao que existe dentro de uma gruta. Nossos lábios se tocaram, mas não se beijaram. Meus joelhos pressionavam os dela e ela começou a se afastar. Quando a puxei um pouco, brincando, uma voz solene me advertiu: "Cuidado! Está caindo numa armadilha!".

Nesse momento, o telefone tocou de novo. Girei com tanta força que quase a derrubei. Um telefone tocando desperta uma reação de loucas expectativas dentro de mim. Sempre me comparo aos cachorros de Pavlov. Durante um momento, hesitei entre correr para o quarto e voltar para o hall. Então, corri para o hall, com Elizabeth nos meus calcanhares. Peguei o telefone e ela tentou arrancá-lo de mim, evidentemente convencida de que seu marido estava chamando de novo. Eu também achava isso, mas ouvi uma voz firme de mulher de meia-idade perguntar: "Elizabeth de Sollar está aí com você? Aqui é a mãe dela".

De início, não captei o sentido das palavras. Na confusão, havia esquecido o nome da minha visitante. Mas logo me recuperei. "Está. Está aqui comigo, sim."

"Meu nome é senhora Harvey Lemkin. Acabei de receber um telefonema do meu genro, o doutor Leslie de Sollar, dizendo que minha filha está fazendo uma visita ao senhor, que deixou sua pequena enteada doente e tudo o mais. Quero avisar ao senhor que minha filha é uma pessoa emocionalmente doente e irresponsável. Meu genro, o professor De Sollar, e eu gastamos uma fortuna para ajudar Elizabeth, mas, sinto dizer, com resultados negativos. Aos trinta e três anos ela ainda é uma criança, embora seja muito inteligente e escreva poemas que, na minha opinião, são notáveis. O senhor é homem e posso entender muito bem que quando uma mulher bonita e muito bem-dotada lhe demonstra admiração, o senhor deva ficar fascinado, mas não se envolva com ela. Vai cair numa trama da qual nunca mais escapará. Por causa dela, saí de Nova York, uma cidade que adoro de toda alma e coração, e me enterrei aqui no Arizona. Minha filha fala muito do senhor e lhe faz tantos elogios que comecei a ler o que o senhor escreve em inglês e em iídiche também. Sou filha do rabino de Klendev e meu iídiche é bastante bom. Poderia lhe contar muito mais e teria muito prazer em encontrar com o senhor em Nova York, para onde vou de quando em quando, mas imploro por tudo o que é mais sagrado: deixe minha filha em paz!"

O tempo todo em que a mãe estava falando, Elizabeth ficou distante, com um olhar de lado, interrogativo, meio assustada, meio envergonhada. Fez menção de se aproximar, mas afastei-a com a mão esquerda. Me fez pensar em uma colegial ouvindo o professor ou o diretor acusá-la na frente dos pais, incapaz de negar as acusações. A voz da mãe era tão alta, que devia estar ouvindo cada palavra. No momento em que eu estava para responder alguma coisa, Elizabeth deu um pulo para a frente, arrancou o telefone da minha mão e exclamou, com voz chorosa: "Mãe, não vou te perdoar nunca! Nunca! Nunca! Você não é mais minha mãe e eu não sou mais sua filha! Você me vendeu para um psicopata, um capão... Não preciso do seu dinheiro e não preciso de *você*! Sempre que estou para conseguir um momento de felicidade, você estraga tudo. Você é meu pior inimigo. Vou te matar! Vou fazer você morrer pelo que está fazendo comigo... Vaca! Puta! Ladra! Criminosa! Você dorme com o seu gângster de oitenta anos por dinheiro! Eu cuspo em cima de você! Cuspo, cuspo, cuspo, cuspo!".

Fiquei ali parado, vendo ela espumar pela boca. Depois curvou-se para a frente e contraiu-se de dor. Agarrou-se à parede. Estendi a mão para ajudar, mas naquele momento ela caiu com um ruído, arrastando o telefone junto. Ficou encolhida, se sacudindo, com uma mão batendo no chão como se estivesse tentando mandar sinal para o vizinho de baixo. Estava com a boca torta e ouvi um grunhido aspirado. Sabia o que estava acontecendo: Elizabeth tinha sofrido um ataque epilético. Peguei o telefone e gritei: "Senhora Lemkin, sua filha está tendo uma crise!". Mas a ligação tinha caído. Será que eu devia chamar uma ambulância? Como se fazia isso? Meu telefone parecia ter parado de funcionar. Queria abrir a janela e gritar por socorro, mas com o barulho e a agitação da Broadway ninguém ia me ouvir no décimo primeiro andar. Em vez disso, corri para a cozinha, enchi um copo de água e joguei no rosto de Elizabeth. Isso fez com que desse um urro estranho, e sua saliva espirrou na minha testa. Corri para o corredor e comecei a esmurrar a porta do vizinho, mas ninguém atendeu. Só então notei uma pilha de revistas e envelopes na soleira. Virei para voltar para o meu apartamento e, para minha consternação, vi que a porta havia batido. Eu não estava com a chave. Empurrei a porta com toda a força, mas não sou daqueles grandalhões que botam portas abaixo.

Em meu desespero, lembrei que na portaria do pátio havia uma duplicata da chave do meu apartamento. Lá poderia também pedir que chamassem uma ambulância. Eu percebia perfeitamente as acusações que o marido e a mãe de Elizabeth podiam me fazer no caso de ela morrer dentro do meu apartamento. Podiam até me acusar de assassinato... Apertei o botão do elevador de serviço e o ponteiro mostrou que estava parado no décimo sétimo andar. Desci correndo a escada e, na minha cabeça, talvez mesmo em voz alta, amaldiçoei o dia em que nasci. Enquanto corria, ouvi o elevador de serviço descendo. Cheguei ao saguão e dois carregadores de mudança estavam bloqueando a entrada com um sofá. Alguém do décimo sétimo andar estava indo embora. O saguão estava cheio de mobília, vasos de flores, pilhas de livros. Pedi aos homens que me deixassem passar, mas fingiram não ouvir. Bem, pensei, essa visita vai ser a minha morte. Então me lembrei que no sexto andar morava um linotipista do jornal onde eu trabalhava. Se alguém da família estivesse em casa, poderia me ajudar a chamar uma ambulância ou ligar para a portaria pedindo a duplicata da chave. Comecei a subir correndo a escada para o sexto andar. Estava com o coração disparado e o corpo banhado em suor. Toquei a campainha do apartamento do linotipista, mas ninguém atendeu. Estava pronto para descer correndo de novo, quando a porta se abriu até onde a correntinha de segurança permitia. Vi um olho, e uma voz feminina perguntou: "O que deseja?".

Comecei a explicar o que havia acontecido. Falava em frases curtas e com a agitação de alguém que está em perigo mortal. O olho único da mulher me perfurava. "Não sou a dona da casa. Eles estão viajando. Sou uma prima."

"Me ajude, eu imploro. Acredite, não sou nenhum ladrão nem assaltante. Seu primo faz a composição de todos os meus manuscritos. Talvez você já tenha ouvido falar no meu nome."

Dei o nome do jornal, até citei títulos de vários livros meus, mas ela não tinha ouvido falar de mim. Depois de alguma hesitação, ela disse: "Não posso deixar o senhor entrar. Sabe como é hoje em dia. Espere aí, vou chamar a portaria pelo telefone interno. Me diga seu nome outra vez".

Repeti meu nome, dei o número do meu apartamento e agradeci profusamente. Ela fechou a porta. Esperava que a qualquer minuto viesse me dizer que tinha chamado a polícia e que a ajuda estava a caminho, mas passaram-se sete minutos e a porta não abriu. Ali fiquei, tenso, arrasado e fiz uma rápida avaliação do homem e de sua existência. Ele é completamente dependente, escravo das circunstâncias. O menor imprevisto e tudo desaba em pedaços. Existe uma solução: liberar-se totalmente de fazer para si mesmo o shabat que é chamado vida e voltar à indiferença da causalidade, à morte, que é a substância do universo.

Passaram-se mais cinco minutos e a porta não se abriu. Comecei a descer de novo a escada, a cabeça agitada por imagens de como castigar aquela mulher desalmada se eu tivesse poderes ilimitados. Cheguei ao saguão e o sofá estava de um lado. Vi o sr. Brown, o superintendente, e desesperado narrei-lhe minha aflição. Ele olhou para mim perplexo. "Ninguém ligou. Venha. Vou lhe dar a chave."

O elevador de serviço estava livre, e subi até o décimo primeiro andar, abri a porta e encontrei Elizabeth Abigail de Sollar deitada no sofá da sala, o cabelo molhado e despenteado, o rosto pálido, sem sapatos. Mal a reconheci. Pareceu-me muito mais velha, quase de meia-idade. Tinha colocado uma toalha debaixo da cabeça. Olhou para mim com a censura calada de uma esposa cujo marido a deixou doente e sozinha e foi se divertir em algum lugar. Eu quase gritei: "Minha cara Elizabeth, tem de voltar para o seu marido! Eu estou muito velho para tanta agitação".

Ela ponderou minhas palavras, depois disse com voz neutra: "Se me mandar embora, eu vou, mas não de volta para ele. Terminei com ele e com minha mãe também. A partir de agora, estou sozinha no mundo".

"Para onde vai?"

"Para um hotel."

"Não vão deixar você se hospedar num hotel sem bagagem. Se não tem dinheiro, posso..."

"Tenho meu talão de cheques, mas por que não posso ficar aqui com você? Não estou completamente boa, mas não é nada orgânico, só funcional. São *eles* que me deixam doente. Sou datilógrafa. Sei um pouco de estenografia também. Ah, esqueci que você escreve em iídiche. Isso eu não sei, mas posso aprender, com o tempo. Minha mãe falava iídiche com minha avó quando não queria que eu entendesse o que estava dizendo, e aprendi muitas palavras. Uma vez comprei um livro de cozinha vegetariana, e posso fazer comida vegetariana para você."

Olhei para ela, calado. É, era minha parente, os genes de nossos antepassados nos atraíam. A idéia de que podia ser incesto passou por minha cabeça, uma dessas idéias indesejadas que brotam sabe Deus de onde e que chocam por sua ridícula irrelevância.

"Isso soa como o paraíso, mas infelizmente não pode ser", eu disse.

"Por que não? Você provavelmente tem alguém. É, eu entendo. Mas existe alguma outra razão para não ter uma empregada? Posso ser tudo para você, empregada e cozinheira. Seu apartamento está descuidado. Você provavelmente come em cafeterias. Eu não faço nada em casa porque não estou interessada nisso, mas minha mãe me obrigou a fazer um curso de economia doméstica. Posso trabalhar para você, e não precisa me pagar nada. Meus pais são ambos podres de ricos e eu sou filha única. Não estou interessada no seu dinheiro..."

Antes que eu pudesse responder, ouvi um toque forte na porta. Ao mesmo tempo, o telefone tocou. Peguei o receptor, disse a quem quer que fosse que estavam batendo na porta e corri para abrir. Vi um homem que não podia ser ninguém senão Oliver Leslie de Sollar: alto, esguio, rosto e pescoço compridos, uma coroa de cabelos loiros claros em volta da cabeça calva, usando terno xadrez, colarinho duro e uma gravata estreita com um nó ainda mais estreito, do tipo que lembrava os dândis de Varsóvia. Fiz um sinal de cabeça e voltei ao telefone. Tinha certeza de que era a mãe de Elizabeth, mas uma áspera voz masculina disse meu nome e exigiu saber se era mesmo eu. Então a pessoa disse devagar e com um tom oficial: "Meu nome é Howard William Moonlight e represento a senhora Harvey Lemkin, mãe da senhora Elizabeth de Sollar. Tenho certeza que o senhor sabe de quem...".

Interrompi para gritar: "O senhor De Sollar está aqui! Fale com ele!".

Corri para a porta, onde meu visitante ainda estava parado, ereto, polido, esperando ser convidado para entrar. Bradei: "Senhor De Sollar, não faz nem duas horas que sua mulher veio me visitar e isto aqui virou um inferno! Já recebi telefonemas ameaçadores do senhor, de sua sogra e agora de um advogado. Sua esposa conseguiu ter um ataque epilético, e só Deus sabe o que mais. Sinto dizer, mas não estou interessado nem na sua mulher, nem na sua sogra, nem no advogado dela, nem nessa história maluca. Faça o favor de levar sua mulher embora. Senão, vou...".

Fiquei momentaneamente sem fala. Estava a ponto de dizer que ia chamar a polícia, mas as palavras não saíram. Olhei o telefone e vi, surpreso, que Elizabeth estava resmungando no aparelho com os olhos fixos em mim e no meu visitante. Ele disse com uma voz fina que não combinava com sua estatura: "Acho que deve estar havendo algum mal-entendido. Não sou a pessoa que telefonou para o senhor. Meu nome é doutor Jeffrey Lifshitz. Sou professor assistente de literatura na Universidade da Califórnia e grande admirador de sua obra. Tenho um amigo neste prédio que também é um devoto leitor do senhor. Vim visitar meu amigo hoje e, quando falamos do senhor, ele me contou que era seu vizinho. Tentei telefonar, mas não encontrei seu nome na lista, então resolvi tocar a campainha. Desculpe se estou incomodando".

"Não está me incomodando. Fico contente que seja leitor do meu trabalho, mas houve uma considerável comoção aqui em casa. Vai ficar muito tempo na cidade?"

"Fico a semana inteira."

"Seria conveniente encontrar comigo amanhã?"

"Claro."

"Digamos, às onze da manhã?"

"Será um prazer e uma honra. Mais uma vez desculpe por aparecer numa hora tão..."

Garanti ao professor Lifshitz que ficaria muito feliz de me encontrar com ele, e ele foi embora.

Elizabeth desligou o telefone. Ficou ao lado do aparelho como se esperasse que eu fosse até ela. Parei a alguns passos e disse: "Desculpe. Você é uma grande mulher, entendo sua situação, mas não posso entrar em combate com seu marido, sua mãe e agora o advogado também. O que ele queria? Por que telefonou?".

"Ah, são todos loucos. Mas ouvi o que você disse para essa pessoa que achou que fosse meu marido, e juro que não vou incomodar mais. O que aconteceu hoje prova para mim que só existe um jeito de eu me libertar. Só quero dizer que o seu diagnóstico está incorreto. Não sou epilética."

"Então o que foi aquilo?"

"Os próprios médicos não sabem. Uma espécie de hipersensibilidade que herdei sabe-se lá de onde, talvez de nosso antepassado comum. Como se chamava mesmo o livro dele?"

"*O revelador das profundezas.*"

"Que tipo de profundezas será que revelava?"

"Que nenhum tipo de amor é perdido", disse eu, embora nunca tivesse lido uma palavra desse meu ancestral.

"E ele diz para onde vão todos os amores, todos os sonhos, todos os desejos?"

"Estão em algum lugar."

"Onde? Nas profundezas?"

"Num arquivo celeste."

"Até o céu seria pequeno para um arquivo desses. Vou embora. Ah, está tocando de novo! Por favor, não atenda! Não atenda!"

Peguei o telefone, mas não havia ninguém na linha. Desliguei, e Elizabeth disse: "Era Leslie. É uma das bobagens dele. O que o revelador das profundezas diz sobre a loucura? Tenho de ir embora! Se eu não perder a cabeça, vai ter notícias minhas. Talvez hoje, do hotel".

Elizabeth de Sollar nunca mais ligou nem escreveu. Deixou para trás, e nunca mandou buscar, sua sombrinha enfeitada e o livro de seu avô, *O clamor de Mordecai*, que devia ser o único exemplar existente, tão precioso para ela. E isso ficou sendo um mistério para mim. Mas outro mistério ligado à sua visita logo se esclareceu. Encontrei meu vizinho, o linotipista, e contei sobre a prima que havia prometido chamar a portaria e nunca mais apareceu.

Ele sorriu, fez um sinal negativo com a cabeça e disse: "Você bateu na porta errada. Eu moro no quinto andar, não no sexto".

A saudade da novilha

Naqueles dias, eu conseguia encontrar grandes pechinchas nos pequenos anúncios do meu jornal iídiche. Precisava delas porque estava ganhando menos de doze dólares por semana, royalties por uma coluna semanal de "fatos" garimpados em revistas. Por exemplo: uma tartaruga pode viver quinhentos anos; um professor de Harvard publicou um dicionário da língua falada pelos chimpanzés; Colombo não estava em busca da rota para as Índias, mas sim das Dez Tribos Perdidas de Israel.

Foi durante o verão de 1938. Eu morava num quarto alugado no quarto andar de um edifício sem elevador. Minha janela dava para uma parede cega. Esse anúncio específico dizia: "Quarto em fazenda com alimentação, dez dólares por semana". Tinha rompido com minha namorada, Dosha, "para sempre", e não havia razão para passar o verão em Nova York. Fiz uma grande mala com meus magros pertences, muitos lápis, além dos livros e revistas de que extraía minha informação, e peguei o ônibus da Catskill Mountain para Mountaindale. Dali, devia telefonar para a fazenda. Minha mala não fechava e tive de amarrá-la com muitos cordões de sapatos que havia comprado de mendigos cegos. Peguei o ônibus das oito da manhã e cheguei à cidade às três da tarde. Na papelaria tentei fazer um telefonema, mas não consegui completar a ligação e perdi três moedas. Na primeira vez, foi engano; na segunda, o telefone começou a assobiar e ficou minutos assobiando. Na terceira, posso ter conseguido o número certo, mas ninguém atendeu. As moedas não foram devolvidas. Resolvi pegar um táxi.

Quando mostrei o endereço ao motorista, ele franziu as sobrancelhas e fez que não com a cabeça. Depois de algum tempo, disse: "Acho que sei onde é". E começou imediatamente a dirigir com furiosa velocidade pela estrada estreita cheia de valas e buracos. Segundo o anúncio, a fazenda ficava a uns sete quilômetros da aldeia, mas ele rodou durante meia hora, e ficou claro que estava perdido. Não havia ninguém a quem perguntar. Nunca imaginei que o estado de Nova York pudesse ter áreas tão desabitadas. Aqui e ali passamos por uma casa queimada, um silo que parecia sem uso havia muitos anos. Um hotel com janelas fechadas por tábuas apareceu do nada e desapareceu como um fantasma. Mato e espinheiros cresciam em liberdade. Bandos de corvos voavam, crocitando. O taxímetro batia alto e com ardorosa rapidez. A cada poucos segundos eu tocava o bolso da calça onde guardava o dinheiro. Queria dizer ao motorista que não tinha dinheiro para ficar rodando sem rumo pelas urzes e desertos, mas sabia que ele ia se zangar comigo. Podia me largar no meio do deserto. Ele resmungava o tempo todo e a cada poucos minutos eu ouvia "Filha-da-puta".

Quando, depois de muito rodar e virar, o táxi finalmente chegou ao endereço certo, entendi que havia cometido um grave erro. Não havia sinal de fazenda, só uma velha casa de madeira caindo aos pedaços. Paguei quatro dólares e setenta centavos pela viagem e dei trinta centavos de gorjeta. O motorista me lançou um olhar assassino. Mal tive tempo de tirar minha mala antes de ele dar a partida e sair a uma velocidade suicida. Ninguém veio me receber. Ouvi uma vaca mugir. Em geral, as vacas mugem algumas vezes e depois ficam quietas, mas essa vaca mugia sem cessar e no tom de uma criatura que houvesse caído em uma insuportável armadilha. Abri a porta de um quarto com fogão de ferro, cama desfeita com lençóis sujos, um sofá rasgado. Encostados a uma parede descascada, havia sacos de feno e sementes. Sobre a mesa uns ovos avermelhados, com sujeira de galinha ainda grudada neles. De outro quarto saiu uma garota de pele escura e nariz comprido, boca carnuda e furiosos olhos negros debaixo de sobrancelhas grossas. Um vago buço negro crescia sobre seu lábio superior. O cabelo era cortado curto. Se não estivesse usando uma saia surrada, eu a teria tomado por um homem.

"O que deseja?", perguntou com voz áspera.

Mostrei-lhe o anúncio. Ela passou os olhos pelo jornal e disse: "Meu pai é louco. Não tem nenhum quarto com alimentação, e não por esse preço".

"Qual é o preço?"

"A gente não precisa de hóspede nenhum. Não tem ninguém para cozinhar para os outros."

"Por que a vaca não pára de mugir?", perguntei.

A menina me examinou dos pés à cabeça. "Não é da sua conta."

Entrou uma mulher que podia ter cinqüenta e cinco, sessenta ou sessenta e cinco anos. Era pequena, larga, um ombro mais alto que o outro, com vastos seios que lhe chegavam à barriga. Usava um chinelo esfarrapado de homem e lenço enrolado na cabeça. Debaixo da saia irregular vi pernas cheias de varizes. Mesmo naquele dia quente de verão, usava uma malha rasgada. Os olhos amendoados eram de tártara. Olhou para mim com astuta satisfação, como se minha vinda fosse resultado de uma brincadeira de mau gosto. "Ah, do jornal, é?"

"É."

"Diga para o meu marido ir se fazer de bobo no lugar dos outros. Ninguém precisa de hóspede aqui. Hóspede aqui ninguém quer saber."

"Eu disse para ele a mesma coisa", acrescentou a moça.

"Desculpe, mas vim até aqui de táxi e ele já voltou para a aldeia. Poderia passar uma noite aqui?"

"Uma noite, é? Aqui não tem para você nem cama nem lençol. Nada", disse a mulher. "Se quiser, posso chamar outro táxi. Meu marido não está regulando direito e faz tudo por maldade. Ele arrastou a gente para cá. Queria ser fazendeiro. Aqui não tem nem loja nem hotel por muitos quilômetros, e eu não tenho ânimo de cozinhar para você. A gente mesmo come direto da lata."

A vaca não parava de mugir, e embora a garota tivesse me dado uma resposta grosseira, não consegui me controlar e perguntei: "Qual é o problema com a vaca?".

A mulher piscou para a menina. "Ela precisa de um touro."

Nesse momento, o fazendeiro entrou, tão baixo e largo quanto a mulher, de macacão remendado, um paletó que me lembrou da Polônia e um boné jogado para trás da cabeça. Da cara queimada de sol brotavam fios de barba branca. O nariz tinha veias. O queixo duplo era mole. Trazia nele os cheiros de esterco de vaca, leite fresco da teta e terra recém-cavada. Levava uma pá em uma mão e na outra uma vara. Debaixo das sobrancelhas hirsutas os olhos eram amarelos. Quando me viu, perguntou: "Do jornal, é?".

"É."

"Por que não telefonou? Eu teria ido buscar você com meu cavalo e a charrete."

"Sam, não faça o rapaz de bobo", a mulher interrompeu. "Não tem roupa de cama para ele, ninguém para cozinhar para ele e o que são dez dólares? Vai custar mais caro para nós."

"Deixe comigo", respondeu o fazendeiro. "Fui eu que anunciei, não você, a responsabilidade é minha. É minha casa, minha terra. Tudo o que você vê aqui pertence a mim. Devia ter escrito um bilhete antes ou telefonado, mas já que está aqui é bem-vindo."

"Desculpe, mas sua mulher e sua filha..."

O fazendeiro não me deixou terminar. "O que elas dizem não vale mais que a sujeira debaixo da minha unha." Mostrou-me uma mão com dedos enlameados. "Vou limpar o seu quarto. Faço a sua cama, a sua comida e providencio tudo o que precisar. Se receber correspondência, vou buscar na aldeia para você. Vou lá a cada dois ou três dias."

"Enquanto isso, eu talvez possa dormir aqui esta noite? Estou cansado da viagem e..."

"Sinta-se em casa. Elas não têm que dizer nada." O fazendeiro apontou a família. Eu já tinha entendido que havia caído em uma casa briguenta e não tencionava ser a vítima. O fazendeiro continuou: "Venha, vou mostrar o seu quarto".

"Sam, o rapaz não vai ficar aqui", disse a mulher.

"Vai ficar aqui, comer aqui e ficar satisfeito", replicou o fazendeiro, "e se você não gostar, volte para a rua Orchard junto com a sua filha. Parasitas, porcas, *paskudas*!"

O fazendeiro deixou a pá e a vara num canto, agarrou minha mala e saiu. Meu quarto tinha uma entrada separada com escada independente. Vi um vasto campo coberto de ervas daninhas. Perto da casa havia um poço e uma privada igual a uma shtetl polonesa. Um cavalo descabelado estava pastando um pedaço de relva. Mais adiante, havia um estábulo, e dali vinha o grito choroso do animal, que não havia parado esse tempo todo. Eu disse ao fazendeiro: "Se a sua vaca está no cio, por que não lhe dar o que precisa?".

"Quem disse que ela está no cio? É uma novilha que eu acabei de comprar.

Foi tirada de um estábulo onde ficava junto com outras trinta vacas e sente falta delas. Muito provavelmente tinha uma mãe ou irmã lá."

"Nunca vi um animal sentir tanta saudade dos parentes", eu disse.

"Animal existe de todo tipo, mas ela vai aquietar. Não vai mugir para sempre."

II.

A escada que levava ao meu quarto rangia. Em vez de corrimão, havia uma corda grossa. O quarto cheirava a madeira apodrecida e inseticida. Na cama havia um colchão manchado, empelotado, com o estofamento saindo pelos buracos. Não estava especialmente quente lá fora, mas dentro do quarto o calor começou de imediato, como um martelo na minha cabeça, e fiquei molhado de suor. Bem, uma noite ali não ia me matar, consolei-me. O fazendeiro colocou minha valise no chão e foi buscar os lençóis. Trouxe um travesseiro com uma fronha rasgada, um lençol grosseiro com manchas de ferrugem e um acolchoado de algodão sem coberta. Me disse assim: "Está quente agora, mas assim que o sol for embora fica uma delícia de fresco. Mais tarde vai ter de se cobrir".

"Tudo bem."

"É de Nova York?"

"É. Nova York."

"Pelo sotaque dá para dizer que você nasceu na Polônia. De onde veio?"

Disse o nome da minha aldeia e Sam me contou que era de uma aldeia vizinha. Disse: "Não sou fazendeiro de verdade. Este é o nosso segundo verão aqui no campo. Desde que cheguei da Polônia fui passador de roupa em Nova York. Puxei e empurrei tanto aquele ferro pesado que acabei com uma hérnia. Sempre quis o ar livre e, como se diz?, a Mãe Terra, verduras frescas, ovo fresco, grama verde. Comecei a procurar alguma coisa nos jornais e encontrei isto aqui, que foi uma pechincha maluca. Comprei do mesmo homem que me vendeu a novilha. Mora a uns cinco quilômetros daqui. Um bom homem, mesmo sendo gentio. O nome dele é Parker, John Parker. Ele me fez uma hipoteca e facilitou tudo para mim, mas a casa é velha e a terra cheia de pedras. Deus nos guarde, mas ele não me enganou. Me contou tudo antes. Para limpar as pedras levaria vinte anos. E não sou mais um homem jovem. Já tenho mais de setenta".

"Não parece", elogiei.

"É o ar puro, o trabalho. Trabalhei duro em Nova York, mas foi só aqui que comecei a trabalhar de verdade. Lá temos o sindicato, que haverá de durar muito, e que não deixa os patrões nos fazerem de escravos como os judeus no Egito. Quando cheguei na América, ainda existia uma espécie de escravidão velada, mas as coisas ficaram mais fáceis. Eu trabalhava minhas oito horas e tomava o metrô para casa. Aqui trabalho dezoito horas por dia e, pode crer, se eu não recebesse minha pensão do sindicato, não dava conta das despesas. Mas tudo bem. O que a gente precisa aqui? Temos nosso próprio tomate, rabanete, pepino. Temos uma vaca, um cavalo, umas galinhas. O próprio ar te deixa saudável. Mas como está escrito em Rashi? Jacó queria paz, mas a tristeza por José não permitiu. É, eu já estudei um dia; até os dezessete anos sentava numa casa de estudos e aprendia. Por que estou lhe dizendo isso? Minha mulher, Bessie, odeia o campo. Sente falta das compras na rua Orchard e das companheiras para conversar e jogar cartas. Ela está em guerra comigo. E que guerra! Entrou em greve. Não cozinha, não assa, não limpa a casa. Se recusa a ceder e eu faço tudo: tiro leite da vaca, cavo o jardim, limpo o banheiro. Não devia contar isso para você, mas ela se recusa a ser esposa. Quer que a gente mude de volta para Nova York. Mas o que eu vou fazer em Nova York? Nos livramos do aluguel do apartamento e ficamos livres da mobília. Aqui temos algo parecido com uma casa..."

"E sua filha?"

"Minha Sylvia puxou à mãe. Já tem mais de trinta anos e devia ter casado, mas nunca quis ser nada. Tentamos fazer ela ir para a faculdade, mas se recusou a estudar. Teve todo tipo de emprego, mas nunca ficou em nenhum. Tem cabeça boa, mas nenhuma *sitzfleisch*. Se cansa de tudo. Saía com tudo quanto é homem e sempre acabou em nada. Na mesma hora que conhece alguém, começa a achar defeito. Um é de um jeito, outro de outro. Passou os últimos oito meses com a gente na fazenda, e acha que me ajudou bastante? Pois está errado. Ela joga baralho com a mãe. Só faz isso. Você não acredita, mas minha mulher ainda nem desempacotou as coisas dela. Tem sabe Deus quantos vestidos e saias, e está tudo empacotado como depois de um incêndio. Minha filha também, tem um monte de trapos, mas as coisas dela também estão no baú. Tudo isso para me aborrecer. Então resolvi: que alguém mude para cá, assim tenho com quem conversar. Temos mais dois quartos para alugar. Não estou tentando ficar rico oferecendo um quarto e três refeições por dia por dez dólares. Não vou virar um Rockefeller. O que você faz? É professor ou alguma coisa assim?"

Depois de certa hesitação, resolvi contar a verdade, que eu escrevia para um jornal iídiche como free-lancer. Os olhos do homem imediatamente se iluminaram.

"Como é seu nome? O que você escreve lá?"

"*Bornal de fatos.*"

O fazendeiro abriu os braços e bateu os pés. "Você é que escreve *Bornal de fatos*?"

"Eu mesmo."

"Meu Deus, eu leio a sua coluna toda semana! Vou até a aldeia toda sexta-feira especialmente para comprar o jornal e, você nem vai acreditar, leio *Bornal de fatos* antes mesmo de ler as notícias. As notícias são todas ruins. Hitler isto, Hitler aquilo. Ele tinha de queimar feito um incêndio, o vagabundo sem-vergonha. O que ele quer dos judeus? É culpa deles a Alemanha ter perdido a guerra? Só de ler sobre isso dá para ter um ataque do coração. Mas os seus fatos são conhecimento, ciência. É verdade que a mosca tem milhares de olhos?"

"É verdade, sim."

"Como pode ser? Por que a mosca precisa de tantos olhos?"

"Parece que para a natureza tudo é fácil."

"Se quer ver a beleza da natureza, fique aqui. Espere um minuto. Tenho de ir contar para a minha mulher quem está aqui."

"Para quê? Não vou ficar aqui mesmo."

"O que está dizendo? Por que não? São mulheres amargas, mas quando souberem quem é você, vão ficar loucas de contentes. Minha mulher também lê sua coluna. Ela arranca o jornal da minha mão porque quer ler*Bornal de fatos* primeiro. Minha filha também sabe iídiche. Falava iídiche antes de falar uma palavra de inglês. Conosco ela fala principalmente iídiche porque..."

O fazendeiro saiu correndo. Seus sapatos pesados martelaram os degraus. A novilha continuava mugindo. Havia um frenesi na voz dela, uma rebelião quase humana. Sentei no colchão e deixei pender a cabeça. Ultimamente, vinha cometendo uma loucura atrás da outra. Tinha brigado com Dosha por uma bobagem. Já havia gasto dinheiro para chegar ali e no dia seguinte tinha de pegar um táxi e um ônibus de volta para Nova York. Começara a escrever um romance, mas atolei e não conseguia decifrar nem minha própria escrita. Sentado ali, o calor cozinhava meu corpo. Se ao menos houvesse uma cortina para fechar a janela! O lamento da novilha me deixava louco. Nele eu ouvia o desespero de tudo o que vive. Toda a criação protestava através dela. Uma idéia maluca me passou pela cabeça: talvez durante a noite eu pudesse sair, matar a novilha e depois a mim mesmo. Um assassinato seguido de suicídio como esse seria algo novo na história da humanidade.

Ouvi passos pesados na escada. O fazendeiro estava trazendo a mulher. Então começaram as desculpas e os estranhos exageros das pessoas simples quando encontram um escritor querido. Bessie exclamou: "Sam, tenho de dar um beijo nele".

E antes que eu conseguisse dizer uma palavra, a mulher pegou meu rosto com suas mãos grossas que cheiravam a cebola, alho e suor.

O fazendeiro estava dizendo, bondoso: "Um estranho ela beija e eu deixa com fome".

"Você é louco e ele é um cientista, maior que um professor."

Não levou nem um minuto e a filha subiu também. Ficou na porta aberta e olhou meio gozadora o jeito como os pais se agitavam por minha causa. Depois de algum tempo, disse: "Se ofendi você, me desculpe. Meu pai nos trouxe aqui para esta desolação. Não temos carro e o cavalo dele está meio morto. De repente, um homem com uma mala despenca do céu e quer saber por que a novilha está mugindo. É engraçado".

Sam juntou as mãos com ar de alguém que estava para anunciar alguma coisa que ia assombrar todo mundo. Seus olhos se encheram de riso. "Se tem tanta pena dos animais, vou devolver a novilha. Podemos passar sem ela. Ela que volte para a mãe, por quem tanto chora."

Bessie inclinou a cabeça para um lado. "John Parker não vai devolver o dinheiro."

"Se não me devolver tudo, devolve dez dólares a menos. É uma novilha sadia."

"Eu completo a diferença", eu disse, perplexo com minhas próprias palavras.

"O quê? Não vamos ao tribunal", disse o fazendeiro. "Quero este homem na minha casa o verão inteiro. Não vai ter de pagar. Para mim será uma honra e uma alegria."

"Realmente, o homem está louco. Ninguém precisa dessa novilha."

Dava para perceber que marido e mulher estavam fazendo as pazes por minha causa.

"Se realmente quer fazer isso, por que esperar?", perguntei. "O animal pode morrer de saudade e daí..."

"Ele tem razão", disse o fazendeiro. "Vou levar a novilha de volta agora mesmo. Neste minuto."

Todo mundo ficou quieto. Como se a novilha soubesse que seu destino estava sendo decidido naquele momento, soltou um berro que me fez estremecer. Aquilo não era uma novilha com saudade, era um dybbuk.

III.

No momento em que Sam entrou no estábulo, a novilha ficou quieta. Era uma novilha preta com grandes orelhas e imensos olhos negros que expressavam uma sabedoria que só os animais possuem. Não havia sinal de que havia passado tantas horas de agonia. Sam amarrou uma corda em seu pescoço e ela o seguiu de boa vontade. Fui atrás, com Bessie perto de mim. A filha ficou na frente da casa e disse: "Realmente, eu não acreditaria nisso se não estivesse vendo com meus próprios olhos".

Fomos andando e a novilha não soltou um som. Parecia conhecer o caminho de volta, porque tentou correr e Sam teve de contê-la. Enquanto isso, marido e mulher discutiam na minha frente do jeito que os casais costumavam discutir quando iam à corte de meu pai para um Din Torá. Bessie estava dizendo: "A ruína ficou ali vazia durante anos e ninguém nem olhava aquilo. Acho que ninguém aceitava aquilo nem de graça. De repente, meu marido aparece e aceita a pechincha. Como é que diz o ditado? 'Quando um bobo vai ao mercado, os comerciantes ficam contentes'".

"O que você tinha lá na rua Orchard? O ar fedia. Assim que o dia clareava, começava o barulho e o movimento. Nosso apartamento foi arrombado. Aqui não precisa nem trancar a porta. Podemos passar dias, semanas fora e ninguém rouba nada."

"Que ladrão viria a um deserto desses?", Bessie perguntou. "E roubar o quê? Os ladrões americanos são exigentes. Querem dinheiro ou diamantes."

"Acredite em mim, Bessie, aqui você vai viver vinte anos a mais."

"Quem quer viver tanto? Cada dia que termina eu agradeço a Deus."

Depois de cerca de uma hora e meia, vi a fazenda de John Parker, a casa, o armazém. A novilha tentou correr de novo e Sam a segurou com toda a força. John Parker estava cortando a grama com uma foice torta. Era alto, loiro, magro, anglo-saxão. Levantou os olhos, surpreso, mas com a calma das pessoas que não se assustam com facilidade. Imaginei até que sorriu. Tínhamos chegado ao pasto onde outras vacas pastavam e a novilha ficou agitada, querendo se livrar das mãos de Sam. Começou a correr e pular com a corda ainda em volta do pescoço, e algumas vacas levantaram a cabeça devagar e olharam para ela, enquanto outras continuavam a arrancar a grama como se nada tivesse acontecido. Em menos de um minuto a novilha também começou a pastar. Eu esperava, depois de toda essa saudade terrível, um encontro dramático entre a novilha e a mãe: muitos toques de focinho, agrados, ou o que quer que as vacas fazem para demonstrar afeto por uma filha perdida. Mas aparentemente o gado não se cumprimenta desse jeito. Sam começou a explicar a John Parker o que tinha acontecido e Bessie também dava seus toques. Sam estava dizendo assim: "Este rapaz é escritor. Eu leio os artigos dele toda semana e ele vai ficar hospedado em nossa casa. Como todo escritor, tem bom coração. Não agüentou o sofrimento da novilha. Minha mulher e eu adoramos cada linha que ele escreve. Quando disse que a novilha podia incomodar seus pensamentos, eu resolvi, dê no que der. E trouxe a novilha de volta. Estou pronto para perder o que você disser que..."

"Não vai perder nada, é uma boa novilha", disse John Parker. "O que você escreve?", perguntou para mim.

"Ah, fatos, num jornal iídiche. Estou tentando escrever um romance também", me gabei.

Ele observou: "Uma vez, fiquei sócio de um clube do livro, mas me mandaram tanto livro que eu não tinha tempo de ler. A fazenda mantém a gente ocupado, mas ainda recebo *The Saturday Evening Post*. Tenho pilhas delas".

"Eu sei. Benjamin Franklin foi um dos fundadores." Tentei mostrar erudição sobre a literatura americana.

"Vamos entrar em casa. Vamos tomar um drinque."

A família do fazendeiro saiu. A esposa, uma mulher morena de cabelos pretos, curtos, me pareceu italiana. Tinha o nariz saliente e olhos negros e firmes. Estava vestida à moda da cidade. O menino era loiro como o pai, a menina de aspecto mediterrâneo como a mãe. Outro homem surgiu. Parecia um trabalhador contratado. Dois cachorros saíram correndo de algum lugar e, depois de latir por alguns segundos, começaram a sacudir o rabo e a se esfregar na minha perna. Sam e Bessie tentaram explicar de novo a razão da visita, e a mulher do fazendeiro me examinou meio curiosa, meio irônica. Convidou-nos a entrar, e logo foi aberta uma garrafa de uísque e bateram-se os copos. A sra. Parker estava dizendo: "Quando viemos de Nova York para cá, senti tanta falta da cidade que quase morri, mas não sou uma novilha e ninguém ligou para os meus sentimentos. Estava tão solitária que tentei escrever, mesmo não sendo escritora. Ainda tenho alguns cadernos de composições por aí e eu própria não me lembro o que despejei neles".

A mulher olhou para mim hesitante e tímida. Sabia exatamente o que ela queria e perguntei: "Posso dar uma olhada?".

"Para quê? Não tenho talento literário. É uma espécie de diário. Anotações sobre as minhas experiências."

"Se não tiver objeção, eu gostaria de ler, não aqui, mas na fazenda de Sam."

Os olhos da mulher brilharam. "Por que teria objeção? Mas por favor não caçoe de mim quando ler o jorro das minhas emoções."

Foi procurar os manuscritos e John Parker abriu uma gaveta do cofre e contou o dinheiro da novilha. Os homens negociaram. Sam se ofereceu para receber alguns dólares menos do que havia pago. John Parker não queria nem ouvir falar disso. Mais uma vez me propus a bancar a diferença, mas ambos me olharam com ar repreensivo e me disseram para eu não me meter. Depois de algum tempo, a sra. Parker me trouxe uma pilha de cadernos de composição dentro de um velho envelope de papel de embrulho que cheirava a naftalina. Nos despedimos e peguei o número do telefone deles. Quando voltamos, o sol já tinha se posto e as estrelas brilhavam no céu. Fazia tempo que eu não via um céu tão estrelado. Pairava baixo, assustador, e ao mesmo tempo solenemente festivo. Me lembrava do Rosh Hashanah. Subi para o meu quarto. Não podia acreditar, mas Sylvia havia trocado minha roupa de cama: um lençol mais branco, um cobertor imaculado e uma fronha mais limpa. Até pendurou um quadrinho com um moinho de vento.

Essa noite, jantei com a família. Bessie e Sylvia fizeram muitas perguntas e contei a elas sobre Dosha e nossa briga recente. Ambas queriam saber a razão da briga, e quando contei as duas riram.

"Por causa de bobagens dessas, um amor não pode ser rompido", disse Bessie.

"Tenho medo que seja tarde demais."

"Ligue para ela agora", Bessie ordenou.

Dei o número para Sylvia. Ela girou a manivela do telefone de parede. Depois berrou no telefone como se a mulher da companhia telefônica fosse surda. Talvez fosse. Depois de um tempo, Sylvia disse: "Sua Dosha está no telefone", e piscou.

Contei a Dosha o que tinha feito e a história da novilha. Ela disse: "Sou eu a novilha".

"O que quer dizer?"

"Fiquei chamando você o tempo todo."

"Dosha, você podia vir para cá. Tem outro quarto na casa. São pessoas muito boas e já me sinto em casa aqui."

"Ahn? Me dê o endereço e o número de telefone. Talvez na semana que vem."

Por volta das dez da noite, Sam e Bessie foram dormir. Me deram boa-noite com a alegre expectativa de um casal jovem. Sylvia propôs que déssemos um passeio.

Não havia lua, mas a noite de verão estava clara. Vaga-lumes iluminavam os espinheiros. Sapos coaxavam, grilos cricrilavam. Houve uma chuva de meteoros durante a noite. Eu conseguia perceber uma faixa luminosa esbranquiçada que era a Via Láctea. O céu, como a terra, não podia descansar. Ansiava com uma ânsia cósmica por algo que levaria miríades de anos-luz para acontecer. Embora Sylvia tivesse acabado de me ajudar a fazer as pazes com Dosha, pegou minha mão. A luz da noite tornava seu rosto feminino, e seus olhos negros emitiam fagulhas douradas. Paramos no meio da estrada de terra e nos beijamos com ardor, como se estivéssemos esperando um pelo outro sabe Deus há quanto tempo. Sua boca grande mordeu a minha como o focinho de um animal. O calor de seu corpo torrava minha pele, não diferente do teto fervente de horas antes. Ouvi um som forte, misterioso, do outro mundo, como se uma novilha celeste em uma constelação distante tivesse despertado e começasse a gemer para não mais parar até que toda a vida do universo fosse redimida.

Uma história de duas irmãs

Leon, ou Haim Leib, Bardeles colocou creme no café. Pôs bastante açúcar, provou, fez uma careta, colocou mais creme e deu uma mordida no biscoito de amêndoa que o garçom lhe trouxera.

Disse: "Gosto de café doce, não amargo. No Rio de Janeiro bebem xícaras minúsculas de café amargo feito bile. Servem aqui também, o expresso, mas gosto de um copo de café como o que se tomava em Varsóvia. Sentado aqui com você, esqueço que estou em Buenos Aires. Parece que estamos no Lurs em Varsóvia. O que me diz do tempo, hein? Demorei muito para me acostumar com o Sukot caindo na primavera e a Páscoa no outono. Não sei nem como dizer a confusão que esse calendário atrapalhado provoca na nossa gente. Hanuká chega durante uma onda de calor e você derrete. Em Shavuoth, faz frio. Bom, pelo menos a primavera tem o mesmo cheiro: os lilases têm o mesmo aroma que costumava vir das florestas de Praga e dos Jardins da Saxônia. Reconheço os cheiros, mas não consigo identificar. Os escritores gentios fazem listas de todas as flores e plantas, mas quantos nomes existem para as flores em iídiche? Só conheço dois tipos de flores: rosas e lírios. Quando vou ao florista de vez em quando para comprar um buquê para alguém, tenho de confiar no vendedor. Tome o seu café!".

"Conte a história", eu disse.

"Ahn? Dá para contar? Por onde eu começo? Prometi contar tudo, toda a verdade, mas dá para contar a verdade? Espere, vou fumar um cigarro primeiro. Na verdade, um dos seus cigarros americanos."

Leon Bardeles tirou um cigarro do maço que eu trouxe para ele de Nova York. Conhecia Leon fazia trinta anos. Uma vez escrevi uma introdução para um livro de poemas seu. Tinha cinqüenta e três ou cinqüenta e quatro anos e sobrevivera ao inferno de Hitler e ao terror de Stalin, mas ainda parecia jovem para sua idade. Tinha cabelos pretos crespos, grandes olhos negros, o lábio superior grosso, e pescoço e ombros que exsudavam força masculina. Ainda usava camisa com o colarinho *slowacki*, como em Varsóvia. Soprou anéis de fumaça e olhou para mim com os olhos apertados, como um artista olha o modelo.

Disse: "Vou começar pelo meio. Por favor, não me peça datas, porque quando se trata de datas fico completamente desorientado. Deve ter sido em 1946, ou talvez no fim de 45. Eu tinha saído da Rússia de Stalin e voltado para a Polônia. Na Rússia eu tinha de ir para o Exército polonês, mas consegui escapulir. Atravessei Varsóvia e vi as ruínas do gueto. Você não vai acreditar, mas fui procurar a casa onde tinha morado em 1939: talvez encontrasse alguns manuscritos no meio dos tijolos. As chances de reconhecer a casa da rua Nowolipki e encontrar um manuscrito depois de todos os bombardeios e incêndios era menos que zero, mas reconheci as ruínas da casa e encontrei um livro meu publicado, com uma introdução sua. Só estava faltando a última página. Fiquei surpreso, mas não muito. Tantas coisas incríveis têm acontecido na minha vida que fiquei completamente blasé. Se voltasse para casa e encontrasse hoje à noite minha falecida mãe, eu nem piscava. Dizia: 'Mamãe, como vai?'.

"De Varsóvia fui, aos tropeços, até Lublin e dali para Stettin. A maioria das cidades estava em ruínas e dormíamos em estábulos, barracas e na rua também. Aqui em Buenos Aires me censuram porque não escrevo sobre as minhas experiências. Primeiro, não sou escritor de prosa. Segundo, ficou tudo misturado na minha cabeça, principalmente as datas e os nomes das cidades, e tenho certeza que eu faria uma tal sopa de erros que me chamariam de mentiroso e enganador. Alguns refugiados ficaram meio loucos. Uma mulher perdeu um filho e procurava por ele nas valas, nos montes de feno, nos lugares mais improváveis. Em Varsóvia, um desertor do Exército Vermelho pôs na cabeça que havia tesouros enterrados debaixo do entulho. Naquele frio de matar ficava cavando com a pá entre os tijolos. Ditaduras, guerras e crueldade levam países inteiros à loucura. Minha teoria é que a espécie humana sempre foi louca, desde o comecinho, e que a civilização e a cultura só servem para realçar a insanidade do homem. Bom, mas você quer fatos.

"Os fatos, para resumir, são os seguintes: em Stettin, conheci uma mulher que literalmente me enfeitiçou na hora. Você sabe que tive muitas mulheres na vida. Na Rússia faltava tudo, menos o que se chama de amor. Do jeito que eu sou, nenhum perigo, crise, fome ou mesmo doença podem me roubar aquilo que agora chamam de libido, ou seja lá qual for o nome que os professores inventam para isso. Eu andava tão longe do amor romântico da nossa juventude quanto estamos hoje distantes de Júpiter. De repente, me vejo parado de boca aberta na frente de uma mulher, como se nunca tivesse visto uma antes. Descrever como ela era? Não sou bom de descrições. Tinha cabelo preto comprido e a pele branca como mármore. Você me perdoe todas essas banalidades. Os olhos eram escuros e estranhamente assustados. Medo não era coisa nada estranha naquela época. A gente arriscava a vida a cada segundo. A Rússia não nos deixava sair e tínhamos que ir para a Palestina ilegalmente, uma vez que a Inglaterra não nos deixava entrar. Arranjaram documentos falsos para nós, mas era fácil dizer que não estavam em ordem. Bom, mas aqueles olhos refletiam outro tipo de medo. Era um pouco como se aquela moça tivesse sido jogada na Terra de um outro planeta e não soubesse onde estava. Talvez os anjos caídos fossem assim. Mas aquilo era gente. Ela usava sapatos furados e uma magnífica camisola que achava que era um vestido. O Comitê de Distribuição Conjunta havia mandado para a Europa roupas que senhoras ricas americanas haviam doado aos refugiados e ela havia recebido aquela caríssima camisola. Além do medo, o rosto dela expressava um raro tipo de refinamento. De alguma forma, aquilo tudo não entrava em choque com a realidade. Essas criaturas delicadas em geral não sobrevivem à guerra. Caem como moscas. Os que sobreviviam eram os fortes, os resolutos, e muitas vezes aqueles que passavam por cima dos corpos mortos dos outros. Apesar de mulherengo, fiquei um pouco intimidado. Nunca dou o primeiro passo. Mas praticamente não conseguia me afastar dela. Tomei coragem e perguntei se podia ajudar. Falei com ela em polonês. De início, ela ficou quieta e desconfiei que fosse muda. Olhou para mim com aquela espécie de abandono que se vê muitas vezes nas crianças. Depois, respondeu em polonês: 'Obrigada. Não dá para me ajudar'.

"Normalmente, quando alguém me dá esse tipo de resposta, eu saio de perto, mas dessa vez alguma coisa me segurou. Acontece que ela provinha de uma família hassídica e era filha de um proprietário de terras de Varsóvia, seguidor do rabino Alexander. Deborah, ou Dora, era uma daquelas moças hassídicas criadas numa atmosfera quase assimilada. Freqüentou uma escola particular de moças e estudou piano e dança. Ao mesmo tempo, a esposa do rabino ia à casa dela para ensinar as orações e a lei judaica. Antes da guerra, tinha dois irmãos mais velhos do que ela, o mais velho já com uma esposa em Bedzin, enquanto o mais novo estudava numa yeshiva. Tinha também uma irmã mais velha. A guerra depressa fez uma confusão em sua família. O pai foi morto por uma bomba alemã, o irmão mais velho, o de Bedzin, foi morto pelos nazistas, o irmão mais novo, convocado pelo Exército polonês, morreu em algum lugar, a mãe morreu de fome e de doença nos rins no gueto de Varsóvia e a irmã, Ytta, desapareceu, Dora não sabia onde ela estava. Dora tinha uma professora de francês do lado ariano, uma solteirona chamada Elzbieta Dolanska, e ela salvou Dora. Como conseguiu isso seria demorado demais para contar. Dora passou dois anos num porão e a professora a alimentou com suas últimas economias. Uma santa, mas morreu durante o levante polonês. É assim que o Todo-Poderoso recompensa os bons gentios.

"Não arranquei tudo isso dela de uma vez, mas aos poucos, puxando palavra por palavra. Disse a ela: 'Na Palestina você se apruma. Vai estar entre amigos'.

"'Não posso ir para a Palestina', ela disse.

"'Por que não? Para onde então?'

"'Tenho de ir para Kuibyshev.'

"Eu não podia acreditar nos meus ouvidos. Imagine, naqueles dias, uma viagem de Stettin para os bolchevistas, e para Kuibyshev. A estrada era cheia de perigos.

"'O que você vai fazer em Kuibyshev?', perguntei. E ela me contou uma história que, se eu mesmo não tivesse confirmado depois, teria considerado fantasia de uma cabeça doente. A irmã dela, Ytta, havia pulado do trem em que estava sendo levada para o campo de concentração e atravessado campos e florestas até a Rússia. Lá, morou com um engenheiro judeu que tinha conseguido um alto posto no Exército Vermelho. Esse oficial foi morto depois da guerra e Ytta enlouqueceu. Estava presa em um asilo de alienados naquela área. Foi um louco acaso, na verdade um milagre, mas Dora descobriu que a irmã ainda estava viva. Perguntei a ela: 'Como pode ajudar sua irmã se ela está louca? Lá pelo menos recebe cuidados médicos. O que você pode fazer por uma mulher perturbada, sem dinheiro, sem apartamento, sem um groschen no bolso? Vão morrer as duas'.

"E ela disse: 'Você tem toda a razão, mas ela é a única que sobrou da minha família e não posso deixar que passe os últimos anos de sua vida em um hospício soviético. Pode ser que ela se cure ao me ver'.

"Não costumo me imiscuir nos assuntos dos outros. A guerra me ensinou que não se pode ajudar ninguém. Em essência, estávamos todos pisando em cima de túmulos. Quando se passa anos em campos e prisões, vendo a morte cara a cara dez vezes por dia, perde-se toda a compaixão. Mas quando ouvi o que essa moça se propunha a fazer, me enchi de um tipo de piedade que nunca tinha sentido antes. Tentei conversar com ela muitas vezes. Elaborei mil argumentos.

"Ela disse: 'Sei que você tem razão, mas tenho de voltar'.

"'Como vai chegar lá?', perguntei. E ela disse: 'Estou pronta para ir até a pé'.

"Eu disse: 'Você é tão louca quanto sua irmã'.

"E ela respondeu: 'Acho que você está certo'.

"Depois de tanta viagem e tribulação, esta pessoa aqui sentada na sua frente desistiu da oportunidade de ir para Israel, que para mim naquela época era o sonho mais lindo, e foi com uma moça estranha para Kuibyshev. Um verdadeiro ato suicida. Uma coisa que descobri então foi que a compaixão é uma forma de amor e, de fato, a sua maior expressão. Não vou descrever a viagem para você, não foi uma viagem, foi uma odisséia. Só posso dizer que os Vermelhos nos detiveram duas vezes no caminho e por muito pouco mesmo nós dois escapamos de acabar numa prisão ou num campo de trabalhos forçados. Dora se comportou de uma forma estranhamente heróica durante a viagem, mas eu sentia que aquilo era mais resignação que valentia. Esqueci de contar: ela era virgem e por baixo de todo aquele desespero havia uma mulher apaixonada. Estou acostumado a ser amado por mulheres, mas essa era diferente de tudo que eu havia conhecido. Ela se agarrou a mim com uma mistura de amor e desespero que me assustava. Era bem-educada e no porão onde ficou escondida por dois anos leu uma biblioteca inteira em polonês, francês e alemão, mas faltava-lhe experiência. Se assustava com cada coisinha. Em seu esconderijo, tinha lido muitos livros cristãos, além das obras de Madame Blavatsky, e escritos ocultistas e teosóficos deixados à senhorita Dolanska por uma tia. Dora falava de Jesus e de fantasmas, mas eu não tinha paciência para essas coisas, mesmo tendo virado um místico, ou pelo menos um fatalista, durante o Holocausto. O estranho é que ela combinava tudo isso com seu judaísmo natal.

"Não houve nenhuma dificuldade especial para atravessar a fronteira da Rússia, mas havia um congestionamento de trens. No meio do nada, a locomotiva era desengatada e enganchada em outros vagões, e ficávamos parados lá dias sem fim. Nos vagões, os passageiros brigavam constantemente. Irrompia uma briga, e todo mundo era jogado para fora do vagão. Havia corpos espalhados ao longo dos trilhos. O frio dentro dos carros era assustador. Algumas pessoas chegavam a viajar nos vagões abertos, com a neve caindo em cima delas. Nos vagões fechados, era preciso levar um urinol ou uma garrafa para se aliviar. Um camponês sentou no teto de um vagão e, quando o trem entrou num túnel, perdeu a cabeça. E foi assim que chegamos a Kuibyshev. O caminho todo, até lá, eu não conseguia parar de me surpreender comigo mesmo pelo que havia feito. Essa coisa com Dora não era um caso comum. Tinha me envolvido com ela para a vida toda. Abandonar alguém assim seria como deixar uma criança sozinha na floresta. Mesmo antes de chegarmos lá, entramos em todo tipo de conflito, sempre devido ao fato de Dora ter medo de me deixar por um minuto que fosse. Quando o trem parava numa estação e eu tentava arrumar alguma comida ou água quente, ela me impedia de descer. Desconfiava que podia ser abandonada por mim. Agarrava minha manga e tentava me arrastar de volta. Os passageiros, principalmente os russos, tinham algum motivo para rir. Parece que um traço de insanidade mental percorria toda a família; manifestava-se como medo, desconfiança e uma espécie de misticismo que vinha do tempo em que o homem vivia em cavernas. O enigma é como essa herança primitiva conseguiu chegar até uma influente família hassídica de Varsóvia. Toda essa aventura que passei continua sendo um enigma para mim até hoje.

"Chegamos a Kuibyshev e parecia ter sido tudo em vão. Não havia irmã nem asilo de loucos. Quer dizer, havia um hospício, mas não para estrangeiros. Os nazistas destruíam hospitais, clínicas e asilos à medida que se retiravam. Fuzilavam ou envenenavam os pacientes. Os assassinos nazistas não tinham chegado a Kuibyshev e o hospital estava tomado por feridos graves. Quem, naqueles dias, pensava nos loucos? Bom, mas uma mulher contou todos os detalhes para Dora. O nome do comandante judeu era Lipman, a mulher era parente de Lipman e não havia razão para ela mentir. Pode imaginar a decepção? Tínhamos suportado toda aquela viagem cheia de dificuldades por nada. Mas, espere, nós encontramos Ytta, sim, não num hospício, mas na aldeia, morando com um velho sapateiro judeu. A mulher não tinha inventado coisas. Ytta sofrera de depressão e havia sido tratada em alguma instituição que lhe deu alta depois de algum tempo. Nunca fiquei sabendo de tudo, mas mesmo as coisas que ela me contou acabei esquecendo. Todo o Holocausto está ligado à amnésia.

"O sapateiro era um judeu polonês, de uma das nossas cidades, Bilgoray ou Janov, um velho de quase oitenta anos, mas ainda ativo. Não me pergunte como foi parar em Kuibyshev e por que Ytta foi morar com ele. Morava num pardieiro, mas sabia consertar botas e sapatos, e isso é necessário em toda parte. Ficava ali sentado com sua longa barba branca, cercado de sapatos velhos, numa cabana que mais parecia um galinheiro, e enquanto martelava tachas ou costurava, murmurava um versículo dos Salmos. Junto a um fogão de barro, uma mulher de cabelo vermelho, descalça, esfarrapada, descabelada e seminua cozinhava cevada. Dora reconheceu a irmã imediatamente, mas a outra não reconheceu Dora. Quando Ytta finalmente entendeu que aquela era sua irmã, não chorou, mas começou a latir feito um cachorro. O sapateiro começou a oscilar o corpo para a frente e para trás em seu banquinho.

"Diziam haver uma fazenda comunal, uma kolkhoz, em algum lugar próximo, mas eu só via uma antiquada aldeia russa de cabanas de madeira, uma pequena igreja, neve profunda e trenós atrelados a cães, e velhos cavalos magros, do jeitinho que eu costumava ver nas figuras de um livro de russo. Quem sabe, pensei, toda a Revolução tenha sido apenas um sonho. Talvez Nicholas ainda estivesse no trono. Durante a guerra e depois, vi muitos reencontros de pessoas com entes queridos, mas aquelas duas fizeram um comovente drama fraterno. Elas se beijaram, se lamberam, uivaram. O velho resmungava com sua boca sem dentes: 'Que pena, que pena...'. Depois voltou a seus sapatos. Parecia ser surdo.

"Não havia nada para empacotar. Tudo que Ytta possuía era um par de sapatos com solas e saltos grossos e um agasalho de pele de carneiro sem mangas. O velho tirou um pedaço de pão preto de algum lugar e Ytta enfiou dentro de seu saco. Beijou as mãos do velho, sua testa, sua barba, e começou a latir de novo, como se possuída pelo espírito de um cachorro. Essa Ytta era mais alta que Dora. Tinha olhos verdes e tão terríveis como os de uma fera. O cabelo de um raro tom de vermelho. Para descrever para você como fomos de Kuibyshev até Moscou e de lá de volta para a Polônia, precisaríamos ficar aqui sentados até amanhã. Fomos nos arrastando, nos escondendo ao longo de todo o trajeto, enfrentando a prisão, a separação e a morte a qualquer momento. Mas o verão tinha chegado e depois de intensos esforços finalmente alcançamos a Alemanha e dali Paris. Falando, parece simples. Na verdade, só chegamos à França em 1946, ou talvez já em 1947. Um dos assistentes sociais do Comitê de Distribuição Conjunta era amigo meu, um jovem de Varsóvia que foi para a América em 1932. Sabia inglês e outras línguas também. Você bem pode imaginar o poder que os americanos exerciam naqueles dias. Eu podia facilmente ter conseguido um visto para a América por intermédio dele, mas Dora enfiou na cabeça que eu tinha uma namorada lá. Em Paris, o Comitê, na verdade o mesmo rapaz, nos conseguiu um pequeno apartamento, o que não era fácil. Mensalmente, recebíamos um salário em dinheiro da mesma organização.

"Sei o que vai me perguntar. Tenha um pouco de paciência. É, eu morei com as duas. Casei oficialmente com Dora na Alemanha, ela queria passar debaixo do dossel e passamos, mas na verdade tinha duas esposas, duas irmãs, igual ao patriarca Jacó. Só me faltava uma Bila e uma Zilpa. O que podia me impedir? Não as leis judaicas e, com toda a certeza, não as leis dos gentios. Na guerra, toda a cultura humana desmoronou como uma ruína. Nos campos, não só na Alemanha, mas na Rússia, e depois, nos campos de PD onde os refugiados moraram por anos, toda vergonha desaparecia. Sei do caso de uma mulher que tinha o marido de um lado e o amante de outro, e os três viviam juntos. Vi tanta coisa louca que para mim passaram a ser normais. Um Schicklgruber ou um Dzhugashvili aparece, e volta o relógio dez mil anos. Não inteiramente, veja bem. Havia também casos de rara piedade e de auto-sacrifício por uma lei menor do *Shulchan Aruch*, ou mesmo por algum costume. Até isso pode ser uma loucura também.

"Eu não queria aquilo tudo. Uma coisa é ter uma aventura, outra muito diferente é transformar aquilo numa instituição permanente. Mas havia escapado de minhas mãos. A partir do momento em que as duas irmãs se encontraram, eu não era mais um homem livre. Elas me escravizaram com seu amor por mim, o amor entre elas e os ciúmes. Num minuto estavam se beijando e chorando com grande devoção e no minuto seguinte começavam a se atacar, a puxar os cabelos e a se xingar com palavras que não se ouvem nem no submundo. Nunca tinha visto uma histeria daquelas nem ouvido gritos assim. A cada poucos dias uma das irmãs, às vezes as duas, tentava se suicidar. Num momento, tudo estava tranqüilo, nós três sentados comendo ou discutindo um livro ou um quadro, e de repente um grito horrível e as duas irmãs rolavam no chão, arrancando pedaços uma da outra. Eu corria, tentava separar as duas, mas levava um soco na cara ou uma mordida e começava a pingar sangue. Nunca saberei por que elas brigavam. Felizmente, morávamos num andar alto, num sótão, e não tínhamos vizinhos no andar. Uma das irmãs corria à janela e tentava saltar, enquanto a outra pegava uma faca e ia para cima da garganta dela. Eu agarrava uma pela perna e tirava a faca da outra. Elas rugiam para mim e uma para a outra. Eu tentava descobrir o que havia provocado a explosão, mas com o tempo aprendi que elas mesmas não sabiam o porquê. Apesar disso, quero que saiba que as duas eram inteligentes a sua própria maneira. Dora tinha excelente gosto para a literatura. Quando dava sua opinião sobre um livro, era muito exata. Ytta tinha pendores musicais. Cantava sinfonias inteiras. Quando estavam dispostas, demonstravam grande capacidade. Pegaram uma máquina de costura em algum lugar e de trapos e retalhos costuravam vestidos que deixariam orgulhosas as damas mais elegantes. Uma coisa que as duas irmãs tinham em comum era a completa falta de juízo. Na verdade, tinham muitos traços em comum. Às vezes, me parecia até que eram dois corpos em uma única alma. Se existisse um gravador para registrar as coisas que diziam, principalmente à noite, faria Dostoiévski parecer banal. De dentro delas jorravam reclamações contra Deus, junto com lamentos pelo Holocausto que nenhuma pena poderia transcrever. Aquilo que a pessoa é de fato só emerge à noite, no escuro. Agora sei que as duas tinham nascido loucas, e não vítimas de alguma circunstância. As circunstâncias, naturalmente, pioravam tudo. Eu próprio virei um psicopata morando com elas. A loucura não é menos contagiosa do que o tifo.

"Além de brigar, discutir, contar histórias sem fim dos campos e de sua casa em Varsóvia, e de conversar sobre roupas, modas e sei lá mais o quê, as irmãs tinham um assunto favorito: a minha traição. Forjaram contra mim uma acusação que fazia os julgamentos de Moscou parecerem lógica pura. Sentadas ali no sofá, me beijando, encenando uma divertida competição por mim, elas se permitiam um jogo que era ao mesmo tempo infantil e animal, e portanto indefinível, sempre me insultando. Tudo se resumia ao fato de eu só ter uma necessidade: traí-las e me divertir com outras mulheres. Cada vez que a porteira me chamava ao telefone, elas corriam para ouvir. Quando eu recebia uma carta, elas prontamente abriam. Nenhum ditador imporia uma censura tão estreita quanto a que essas irmãs exerciam sobre mim. Não deixavam dúvidas de que o carteiro, a porteira, o Comitê Conjunto e eu fazíamos parte de uma conspiração contra elas, embora o tipo de conspiração de que se tratava e sua finalidade serem coisas que nem suas mentes tortuosas podiam definir. Lombroso dizia que a genialidade é loucura. Ele esqueceu de dizer que a loucura é genialidade. O desamparo delas também era genial. Eu às vezes tinha a sensação de que atravessar a guerra havia esgotado nelas aquela força específica de sobrevivência que todo ser humano e todo animal possuem. O fato de Ytta não ter sido capaz de encontrar na Rússia outro emprego além de empregada e amante de um velho sapateiro só fazia acentuar sua falta de iniciativa. Elas sempre brincavam com a idéia de se tornarem criadas em Paris, governantas, ou algo nessa linha, mas estava claro para mim e para elas também que não conseguiriam manter nenhum tipo de emprego por mais de algumas horas. Eram também as criaturas mais preguiçosas que já encontrei, embora de vez em quando fossem tomadas por uma explosão de empenho e energia tão exagerada quanto sua habitual preguiça. Duas mulheres deviam ser capazes de manter uma casa, mas nosso apartamento era sempre uma bagunça. Faziam a comida e ficavam discutindo quem ia lavar os pratos até ser hora de cozinhar outra vez. Às vezes, passavam-se dias e até semanas em que só comíamos alimentos secos. A roupa de cama estava sempre suja e havia baratas e outros insetos. As irmãs não eram sujas fisicamente. Ferviam panelas de água à noite e transformavam o apartamento em uma casa de banhos. A água pingava, e o morador do andar de baixo, um cavalier francês, batia na nossa porta e nos ameaçava com a polícia. Paris estava passando fome, mas na minha casa a comida era jogada no lixo. O apartamento tinha pilhas de trapos. Elas raramente vestiam os vestidos que costuravam ou que recebiam do Comitê Conjunto, e circulavam meio nuas e descalças.

"Por mais parecidas que fossem, as irmãs também eram diferentes. Ytta possuía uma brutalidade completamente ausente da moça da casa hassídica. Muitas de suas histórias versavam sobre espancamentos, e eu sabia que ela ficava sexualmente excitada com derramamento de sangue e violência de qualquer tipo. Ela me contou que, quando ainda era menina, na casa do pai uma vez afiou uma faca e matou três patos que a mãe conservava num barracão. Por causa disso, o pai a espancou severamente, e Dora jogava isso na cara dela quando brigavam. Ytta era excepcionalmente forte, mas cada vez que tentava fazer alguma coisa, conseguia se machucar. Andava coberta de bandagens e esparadrapos. Muitas vezes insinuava que ia se vingar de mim, apesar de eu a ter resgatado da escravidão e da vida de necessidades. Eu desconfiava que em algum lugar lá no fundo dela mesma gostaria de ter ficado com o velho sapateiro; talvez porque isso lhe teria permitido esquecer a família, principalmente Dora, com quem mantinha uma relação de amor e ódio. Essa hostilidade costumava aflorar em cada discussão. Era Dora que gritava, chorava e ralhava, enquanto Ytta recorria a golpes físicos. Muitas vezes tive medo de que pudesse matar Dora num ataque de raiva.

"Dora era mais bem-educada, mais refinada e dona de uma imaginação doentia. Seu sono era agitado e ela sempre me contava seus sonhos, que eram sexuais, diabólicos, enrolados. Ela acordava citando versículos da Bíblia. Tentava escrever poemas em polonês e iídiche. Formulou uma espécie de mitologia pessoal. Eu sempre dizia que ela estava possuída pelo dybbuk de um seguidor de Sabbatai Zevi ou Jacob Frank.

"Sempre tive curiosidade pela instituição da bigamia. Dá para eliminar os ciúmes? Dá para repartir alguém que se ama? Em certo sentido, nós três estávamos participando de um experimento cujos resultados ainda aguardávamos. Quanto mais durava a situação, mais evidente ficava para nós que as coisas não podiam continuar como estavam. Alguma coisa tinha de acontecer, e nós sabíamos que seria má, uma catástrofe. Cada dia provocava uma nova crise, cada noite trazia a ameaça de algum escândalo ou impotência. Embora nossos vizinhos dos andares abaixo tivessem seus próprios problemas e estivessem acostumados com loucuras desde o tempo da ocupação alemã, começaram a olhar para nós com desconfiança, a bisbilhotar, a sacudir a cabeça nos censurando. Por mais pecaminoso que fosse nosso comportamento, nossa criação religiosa logo começou a cobrar nosso judaísmo. Dora fazia a bênção das velas do shabat toda sexta-feira e depois ficava ali sentada fumando cigarros. Tinha formulado sua própria versão do *Shulchan Aruch*, na qual carne de porco era proibida, mas carne de cavalo era kacher, na qual não havia Deus, mas tinha-se de jejuar no Yom Kippur e comer matzo na Páscoa. Ytta tinha virado ateísta na Rússia, pelo menos era o que dizia, mas toda noite antes de dormir resmungava uma oração noturna ou algum encantamento. Quando eu lhe dava uma moeda, ela cuspia em cima para evitar mau-olhado. Levantava de manhã e anunciava: "Hoje vai ser um dia de má sorte... vai acontecer alguma coisa ruim...". Inevitavelmente o que acontecia era que ela se machucava, ou quebrava um prato, ou rasgava uma meia.

"Dora cuidava das nossas economias. Eu sempre lhe dava mais do que precisava, uma vez que ela recebia salários de algumas instituições e também dinheiro de parentes na América. Depois de algum tempo, notei que ela tinha juntado algum dinheiro. A irmã parecia saber disso e recebia sua parte do butim. Eu sempre ouvia as duas cochichando e discutindo sobre dinheiro.

"Esqueci do principal: filhos. As duas irmãs queriam ter um filho meu e houve muitas discussões por causa disso. Mas eu era definitivamente contra. Estávamos vivendo de caridade. Cada vez que a conversa virava para filhos, eu dava a mesma resposta: 'Para quê? Para que o próximo Hitler tenha quem queimar?'. Não tenho filho até hoje. No que me diz respeito, quero pôr um fim na tragédia humana. Desconfio que nem Dora nem Ytta seriam capazes de gerar filhos. Mulheres assim são como mulas. Nunca vou entender como um judeu hassídico veio a ter duas filhas assim. Temos genes que vêm desde o tempo de Genghis Khan, ou sabe Deus quando.

"A calamidade que prevíamos chegou discretamente. As discussões foram cessando, pouco a pouco substituídas por uma depressão que consumia os três. Começou quando Dora ficou doente. Nunca descobri exatamente qual era o problema dela. Perdeu peso e tossia muito. Suspeitei de tuberculose e levei Dora ao médico, mas ele não encontrou nenhum sinal de doença. Receitou vitaminas e ferro, que não adiantaram nada. Dora ficou frígida também. Não queria mais se juntar às nossas brincadeiras e conversas noturnas. Até arrumou um catre para ela, que montou na cozinha. Sem Dora, Ytta logo perdeu interesse em nosso triângulo sexual. Não era nunca ela quem tomava a iniciativa; na verdade, só fazia o que Dora mandava. Ytta comia muito e dormia pesado. Roncava e bufava no sono. Logo se estabeleceu uma situação em que, em vez de duas mulheres, eu não tinha nenhuma. Ficávamos quietos não só durante a noite, mas durante o dia também; atolamos na morosidade. Antes, eu chegava a cansar de tanta conversa, das intermináveis discussões e dos extravagantes elogios que as irmãs despejavam sobre mim, mas agora tinha saudade daqueles dias. Conversei com as irmãs sobre essa situação e decidimos pôr um fim no alheamento que havia se instalado entre nós, só que essas coisas não podem ser mudadas com decisões. Eu muitas vezes tinha a sensação de que algum ser invisível espreitava entre nós, um fantasma que selava nossos lábios e sobrecarregava nossos espíritos. Sempre que eu começava a dizer alguma coisa, as palavras me entalavam na garganta. Quando chegava a dizer, as palavras que saíam não pediam resposta. Eu ficava olhando, perplexo, as duas irmãs tagarelas que tinham fechado a boca. Parecia que todo discurso tinha sido removido de dentro delas. Tornei-me tão taciturno quanto elas. Antes, era capaz de ficar conversando horas sem nenhum pensamento ou reflexão, mas de repente passei a ser diplomático e cuidadoso, pesando cada palavra, temendo que, independente do que dissesse, pudesse provocar uma comoção. Eu costumava rir quando lia suas histórias de dybbuks, mas então eu me sentia possuído. Quando queria fazer um elogio a Dora, saía um insulto. Estranho que nenhum dos três parava de bocejar. Ficávamos sentados, bocejando, olhando um para o outro com olhos úmidos de perplexidade, parceiros em uma tragédia que não conseguíamos nem entender nem controlar.

"Fiquei impotente também. Perdi o desejo pelas duas irmãs. Passava as noites na cama, mas em lugar da luxúria sentia uma coisa que só pode se chamar de antiluxúria. Tinha sempre a incômoda sensação de que minha pele estava gelada e meu corpo encolhendo. Embora as irmãs não falassem da minha impotência, eu sabia que estavam deitadas na cama com as orelhas em pé, ouvindo o estranho processo que ocorria dentro dos meus órgãos, o refluxo do sangue, a paralisia e o encolhimento dos membros que pareciam degenerar a ponto de murchar. Eu sempre imaginava ver no escuro uma silhueta tão frágil e transparente como uma teia de aranha, alta, magra, de cabelo comprido, um esqueleto sombrio com buracos no lugar dos olhos, um monstro de boca torta que ria sem som. Dizia a mim mesmo que eram meus nervos. O que mais podia ser? Não acreditava em fantasmas, como não acredito até hoje. Uma noite me convenci de uma coisa: pensamentos e emoções podem literalmente se materializar, se transformar em entidades com alguma substância. Até hoje, quando penso no assunto, formigas me sobem e descem pela espinha. Nunca falei disso com ninguém, você é a primeira e, garanto, a última pessoa que vai ouvir isto.

"Foi numa noite de primavera em 1948. Uma noite de primavera em Paris pode ser às vezes muito fria. Fomos dormir separados: eu no catre, Dora no sofá e Ytta na cama. Apagamos as luzes e deitamos. Nem no campo me lembro de uma noite assim tão fria. Nos cobrimos com todos os cobertores e trapos da casa, mas não conseguíamos nos esquentar. Vesti as mangas da malha nos pés e joguei meu casaco de inverno em cima do cobertor. Ytta e Dora se entocaram nas cobertas. Fazíamos isso tudo sem falar, e esse silêncio emprestava aos nossos frenéticos esforços uma opressão meditativa indescritível. Me lembro precisamente de estar ali na cama e de pensar que o castigo viria naquela noite. Ao mesmo tempo, rezava em silêncio a Deus para que não viesse. Durante algum tempo, fiquei ali, meio congelado, não só de frio mas também de tensão. No escuro, procurei o *shed* (era assim que eu chamava a criatura de teias de aranha e sombras), mas não via nada. Ao mesmo tempo, sabia que estava ali, espreitando em algum canto ou talvez até atrás da guarda da cama. Disse a mim mesmo: 'Não seja idiota, fantasma não existe. Se Hitler pode matar seis milhões de judeus e a América manda bilhões de dólares para reconstruir a Alemanha, não existem outras forças além do material. Fantasmas não permitiriam uma injustiça dessas...'.

"Eu tinha de urinar e o banheiro ficava no corredor. Geralmente consigo me segurar se for preciso, mas dessa vez era uma vontade insistente demais. Levantei do catre e me arrastei pela porta da cozinha, que levava para fora. Não tinha dado dois passos, quando alguém me deteve. Meu irmão, eu sei todas as respostas e conheço a maluquice das interpretações psicológicas, mas aquela coisa na minha frente era uma pessoa e estava impedindo minha passagem. Eu estava assustado demais para gritar. Não sou de gritar. Tenho certeza de que não gritaria nem que estivessem me matando. Bom, e quem estava lá para me ajudar, mesmo que eu gritasse? As duas irmãs meio malucas? Tentei empurrar o sujeito e toquei em alguma coisa que podia ser borracha, massa de pão ou algum tipo de espuma. De certos medos não se consegue fugir. Uma furiosa altercação irrompeu entre nós. Eu o empurrei e ele cedeu um pouco, mas ofereceu resistência. Me lembro agora de que eu tinha menos medo do mau espírito do que do barulho que as irmãs podiam fazer. Não sei dizer quanto tempo durou a luta, um minuto, talvez apenas alguns segundos. Pensei que ia morrer ali mesmo, mas lá fiquei e lutei, teimosamente, silenciosamente com um fantasma, ou fosse o que fosse aquilo. Em vez de frio, senti calor. Em um segundo, estava molhado como se tivesse tomado uma ducha. Uma coisa que nunca vou entender é por que as irmãs não gritaram. Tenho certeza de que estavam acordadas. Ao que parece, estavam apavoradas com o próprio medo. De repente, levei um golpe. O Maligno desapareceu e senti que meu órgão também não estava mais no lugar. Ele havia me castrado? A calça de meu pijama tinha caído. Procurei meu pênis. Não, ele não havia sido arrancado, mas estava tão afundado dentro de mim que formava uma depressão em vez de uma saliência. Não me olhe assim! Não estou maluco agora e não estava maluco então. Durante todo esse pesadelo, eu sabia que eram meus nervos, que era o nervosismo que tinha assumido substância. Einstein afirma que massa é energia. Eu digo que massa é emoção comprimida. Neuroses se materializam e assumem forma concreta. Sentimentos tomam corpo ou são corpos em si mesmos. São esses os seus dybbuks, espíritos, duendes.

"Segui pelo corredor com os joelhos tremendo e encontrei o banheiro, mas não havia mais o que urinar. Li em algum lugar que em terras árabes essas coisas acontecem com os homens, principalmente com aqueles que mantêm haréns. Estranho, mas durante toda a agitação eu me mantive calmo. A tragédia às vezes traz uma espécie de calada resignação que vem não se sabe de onde.

"Voltei para o apartamento, mas nenhuma das irmãs fez barulho. Ficaram lá, quietas, tensas, mal respirando. Será que haviam lançado um encantamento em mim? Estariam enfeitiçadas? Comecei a me vestir devagar. Coloquei a cueca, a calça, o paletó, o casaco de verão. No escuro, empacotei algumas camisas, meias e manuscritos. Dei às duas irmãs tempo suficiente para me perguntar o que eu estava fazendo e para onde ia, mas elas não emitiram um pio. Peguei minha mochila e saí no meio da noite. Esses são os fatos."

"Para onde você foi?"

"Que diferença faz? Fui para um hotel barato e aluguei um quarto. Aos poucos, tudo começou a voltar ao normal e consegui funcionar de novo. Consegui de alguma forma superar a noite de pesadelo e na manhã seguinte peguei o avião para Londres. Eu tinha lá um velho amigo, um redator do jornal iídiche local que já havia me convidado algumas vezes para ir até lá. O escritório editorial consistia de uma única sala, e o jornal acabou logo depois, mas nesse ínterim consegui algum trabalho e acomodações. Dali, parti para Buenos Aires em 1950. Aqui encontrei Lena, minha atual mulher.

"O que aconteceu com as irmãs?"

"*Você* sabe? Eu também não."

"Nunca mais ouviu falar delas?"

"Nunca mais."

"Você procurou as duas?"

"Essas coisas a gente tenta esquecer. Eu me hipnotizei para pensar que a coisa toda havia sido só um sonho, mas ela aconteceu mesmo. É um fato tão real quanto eu estar aqui sentado com você agora."

"Como você explica isso?", perguntei.

"Não sei."

"Talvez elas estivessem mortas quando você foi embora."

"Não, estavam acordadas e ouvindo. Dá para diferenciar entre vivos e mortos."

"Não tem curiosidade de saber o que aconteceu com elas?"

"E se eu tiver, o que posso fazer? Elas provavelmente estão vivas. As bruxas estão em algum lugar, talvez casadas. Fui a Paris três anos atrás, mas a casa onde morávamos não existe mais. Construíram um estacionamento lá."

Ficamos sentados, calados, e eu disse: "Se massa consiste de emoção, cada pedra do calçamento é um novelo de aflição".

"Talvez. De uma coisa eu tenho certeza: tudo vive, tudo sofre, luta, deseja. Não existe o que se chama morte."

"Se isso for verdade, Hitler e Stalin não mataram ninguém", eu disse.

"Não se tem o direito de matar uma ilusão também. Tome seu café."

Durante um longo momento, nenhum dos dois falou; aí, perguntei de brincadeira: "O que se pode aprender com essa história?".

Haim Leib sorriu: "Se for verdadeira a teoria maluca de Nietzsche sobre a exaustão de todas as combinações atômicas e o eterno retorno, e se vier a existir um novo Hitler, um novo Stalin e um novo Holocausto, e se dentro de um trilhão de anos você encontrar uma mulher em Stettin, não vá com ela procurar a irmã".

"Pela sua teoria, não tenho escolha senão ir e experimentar tudo o que você experimentou", eu disse.

"Nesse caso, você vai saber o que eu senti."

Três encontros

Saí de casa aos dezessete anos. Disse a verdade a meus pais: que eu não acreditava no Gemara nem que toda lei do *Shulchan Aruch* foi dada a Moisés no monte Sinai; que eu não queria ser rabino; que não queria um casamento arranjado por um casamenteiro; que não queria mais usar o casaco comprido, nem os cachos laterais. Fui para Varsóvia, onde meus pais tinham morado um dia, procurei formação acadêmica e uma profissão. Meu irmão mais velho, Josué, vivia em Varsóvia e era escritor, mas não podia me ajudar. Aos vinte anos, voltei para casa com o pulmão congestionado, uma tosse crônica, sem educação formal, sem profissão e sem nenhum meio com que pudesse me sustentar na cidade. Durante o tempo que estive fora, meu pai havia sido nomeado rabino de Stikov-Velha na Galícia oriental, uma aldeia de algumas dezenas de barracos tortos, de teto de palha, construídos em torno de um pântano. Pelo menos era assim que me parecia Stikov-Velha no outono de 1924. Tinha chovido outubro inteiro, e aqueles barracos refletiam-se no pântano como se fosse um lago. Camponeses rutenos, judeus curvados com seus casacos compridos, mulheres e meninas usando xale na cabeça e botas de homens pisando a lama. Nuvens de neblina giravam no ar. Corvos voavam no alto, crocitando. O céu era baixo, cinzento, pesado de tempestades. A fumaça das chaminés não subia, flutuava para baixo, na direção da terra encharcada.

A comunidade deu a meu pai uma casa que era uma semi-ruína. Nos três anos que fiquei fora, a barba dele, vermelha quando parti, estava riscada de branco. Minha mãe trocou a peruca por um lenço. Tinha perdido os dentes e seu rosto encovado fazia o nariz ficar curvado, o queixo recuado. Só seus olhos continuavam jovens e alertas.

Meu pai me avisou: "Esta é uma comunidade religiosa. Se não se conduzir como deve, vão nos expulsar com paus".

"Pai, estou me rendendo. Minha única esperança é que o Exército não me chame."

"Quando tem de se apresentar?"

"Dentro de um ano."

"Vamos arrumar um casamento para você. Se Deus quiser, um sogro te livra. Esqueça as suas bobagens e estude o Yoreh Deah."

Fui até a casa de estudos, mas não havia ninguém estudando lá. A congregação, na maioria artesãos e granjeiros, vinha rezar de manhã e voltava para as preces noturnas; no intervalo, o lugar ficava deserto. Encontrei ali um velho exemplar da Cabala. Tinha trazido comigo de Varsóvia um livro de álgebra e uma tradução polonesa dos poemas de Baudelaire.

Abraham Getzel, o casamenteiro, veio dar uma olhada em mim. Um homem pequeno com uma barba branca que chegava quase até a cintura. Era também o bedel da aldeia, o cantor, e professor do Talmude. Ele me mediu de cima a baixo e suspirou. "Os tempos mudaram", reclamou. "As moças querem um marido que seja provedor."

"Não se pode censurar."

"A Torá perdeu o valor na nossa geração. Mas não se preocupe, vai encontrar uma noiva."

Ele propôs uma viúva que era seis ou sete anos mais velha que eu e tinha dois filhos. O pai dela, Berish Belzer, era gerente de uma cervejaria pertencente a um barão austríaco. (Antes da guerra, a Galícia havia sido governada pelo imperador Franz Josef.) Quando o tempo clareava um pouco durante o dia, dava para ver a chaminé da cervejaria. A fumaça negra pairava em cima dela como um chapéu.

Berish Belzer foi à casa de estudos para ter uma conversa comigo. Tinha barba curta, cor de cerveja. Usava casaco de raposa e chapéu-coco. Um relógio pendia da corrente de prata de seu colete. Depois de conversarmos alguns minutos, ele disse: "Vejo que não é um homem de negócios".

"O senhor tem razão."

"Então o que você é?"

E o casamento não se fez.

De repente, o correio trouxe notícias de Varsóvia. Meu irmão tinha se tornado co-editor de um semanário literário e me ofereceu o trabalho de revisor. Disse que eu poderia publicar minhas histórias lá, se fossem boas. No momento em que li a carta, minha saúde melhorou. Daí em diante não tossi nem uma vez durante a noite. Recuperei o apetite. Comia tanto que minha mãe ficou alarmada. Junto com a carta veio o primeiro número da revista. Discutia um novo romance de Thomas Mann, *A montanha mágica*, e continha poemas em versos livres, ilustrados com desenhos cubistas. Trazia a resenha de um livro de poesia intitulado *Uma botina na lapela*. Os artigos falavam do colapso do Velho Mundo e da emergência de um novo homem e um novo espírito que iria rever todos os valores. Publicava um capítulo de *O declínio do Ocidente*, de Oswald Spengler, além de traduções de poemas de Alexander Blok, Mayakovsky e Esenin. Novos escritores haviam surgido na América durante os anos de guerra, e sua obra começava a ser publicada na Polônia. Não, eu não podia desperdiçar meus dias em Stikov-Velha! Eu só esperava o dinheiro da passagem de trem ser mandado de Varsóvia.

Agora que estava a ponto de voltar para a cultura moderna, comecei a observar o que estava acontecendo em Stikov-Velha. Ouvi as mulheres que vinham consultar meu pai sobre questões rituais e fofocar com minha mãe. Tínhamos um vizinho, Lazar, o sapateiro, e sua mulher nos trouxe a boa notícia de que sua única filha, Rivkele, ia se casar com o aprendiz do pai. Logo depois, a própria Rivkele veio nos convidar para a festa de noivado. Olhei para ela surpreso. Ela me lembrava uma garota de Varsóvia. Era alta, esguia, com a pele excepcionalmente branca, cabelo preto, olhos azul-escuros, pescoço comprido. O lábio superior recuava ligeiramente para revelar dentes brancos sem uma marca. Usava um relógio no pulso e brincos pendurados nos pequenos lóbulos das orelhas. Usava um xale elegante com franjas e bota de salto alto. Olhou para mim timidamente e disse: "Você está convidado!".

Ambos ficamos vermelhos.

No dia seguinte, fui à festa com meus pais. A casa de Lazar, o sapateiro, tinha um quarto e uma grande sala onde a família cozinhava, comia e trabalhava. Espalhados pelo chão, em volta da bancada de trabalho, havia sapatos, botas, saltos. O noivo de Rivkele, Yantche, era baixo, largo e moreno, com dois dentes de ouro na frente. A unha de seu dedo indicador direito era deformada. Para a festa, havia vestido colarinho e peitilho de papel. Estava oferecendo cigarros aos convidados homens. Ouvi quando disse: "Casar e morrer são duas coisas que o homem tem de fazer".

Varsóvia não tinha a menor pressa em me mandar o dinheiro da passagem. A neve caiu e Stikov-Velha ficou tomada pelo gelo. Papai foi à casa de orações para estudar e se aquecer à estufa. Mamãe foi visitar uma mulher que havia escorregado no gelo perto do poço e quebrado a perna. Fiquei sentado sozinho em casa, revendo meus manuscritos. Embora fosse dia, um grilo cricrilava, contando uma história velha como o tempo. Ele parava, ficava ouvindo o próprio silêncio, e recomeçava. Os vidros superiores da janela estavam cobertos de flores de gelo, mas pelos vidros de baixo vi o aguadeiro com pingentes de gelo na barba levando dois baldes de água numa canga de madeira. Um camponês com chapéu de pele de carneiro, os pés enrolados em trapos, ia atrás de um trenó carregado de troncos e puxado por um cavalo magro. Dava para ouvir o tilintar do sino em seu pescoço.

A porta se abriu e Rivkele entrou. "Sua mãe está?", perguntou.

"Foi visitar uma doente."

"Ela ontem me emprestou um copo de sal e estou devolvendo." Colocou o copo de sal em cima da mesa e olhou para mim com um sorriso tímido.

"Não tive a oportunidade de lhe desejar felicidades na festa de noivado, então desejo agora", eu disse.

"Muito obrigada. Se Deus quiser, o mesmo para você." Depois de uma pausa, acrescentou: "Quando chegar a sua vez".

Ficamos conversando e contei que estava voltando para Varsóvia. Era uma coisa que devia ser mantida em segredo, mas me exibi para ela, dizendo que era escritor e que tinha acabado de ser contratado por um periódico. Mostrei a revista e ela me olhou assombrada. "Você deve ser muito inteligente!"

"Para escrever o que mais precisa é ter olho."

"O que você escreve, as suas idéias?"

"Eu conto histórias. Isso se chama literatura."

"Ah, sei, acontece muita coisa na cidade grande", disse Rivkele, concordando com a cabeça. "Aqui o tempo não anda. Antes, tinha aqui um sujeito que lia romances, mas os hassidistas caíram em cima dele e rasgaram os livros todos. Ele fugiu para Brody."

Ela se sentou na beira do banco e ficou de olhos baixos, pronta para se levantar no momento em que alguém entrasse. Disse: "Em outras cidades mostram peças de teatro, fazem reuniões, e sei lá o quê, mas aqui todo mundo é antiquado. Comem, dormem e assim passam os anos".

Sabia que fazia mal em dizer, mas disse mesmo assim: "Por que não deu um jeito de casar com alguém de uma cidade?".

Rivkele ficou pensando. "Será que aqui eles se importam com aquilo que uma moça quer? Fazem você casar e pronto."

"Então não é um casamento por amor?"

"Amor? Em Stikov-Velha? Eles não sabem o que quer dizer essa palavra."

Não sou agitador por natureza, e não tenho razão para elogiar a Iluminação que me desencantou, mas de alguma forma, como se fosse contra a minha vontade, comecei a contar a Rivkele que nós vivíamos no século XX e não na Idade Média; que o mundo havia despertado e que aldeias como Stikov-Velha não eram atoleiros físicos apenas, mas espirituais também. Falei sobre Varsóvia, o sionismo, o socialismo, a literatura iídiche e o Clube dos Escritores, de que meu irmão era sócio e do qual eu possuía uma carteira de convidado. Mostrei a ela a revista com as fotos de Einstein, de Chagall, do bailarino Nijinsky e de meu irmão.

Rivkele bateu palmas: "*Oy*, ele e você são parecidos feitos duas gotas de água".

Disse a Rivkele que ela era a garota mais linda que eu conhecia. O que seria dela em Stikov-Velha? Logo ia ter filhos. Acompanharia o resto das mulheres de botas duras e lenço sujo na cabeça raspada, esperando a velhice chegar. Os homens todos dali visitavam a corte do rabino Belzer e falavam que ele fazia milagres, mas eu tinha ouvido dizer que a cada poucos meses epidemias assolavam a cidade. As pessoas viviam na imundície, não sabiam nada de higiene, de ciência, de arte. Não era uma cidade, falei, dramático, mas um cemitério.

Os olhos azuis de Rivkele, com seus cílios longos, me fixaram com a tolerância de um parente. "Tudo o que você diz é a pura verdade."

"Fuja deste atoleiro!", gritei, como um sedutor num romance barato. "Você é jovem e bonita, e dá para ver que é inteligente também. Não pode jogar fora sua vida num lugar esquecido como este. Em Varsóvia, pode conseguir um emprego. Pode sair com quem bem entender e de noite fazer cursos de iídiche, hebraico, polonês, do que quiser. Eu vou estar lá também e, se você quiser, a gente pode se encontrar. Levo você até o Clube de Escritores e vão ficar loucos quando virem você. Pode até virar atriz. A atrizes que fazem os papéis românticos no teatro iídiche são velhas e feias. Os diretores vivem desesperados atrás de moças bonitas. Vou ter o meu quarto e podemos ler livros juntos. Vamos ao cinema, à ópera, à biblioteca. Quando eu ficar famoso, vamos para Paris, Londres, Berlim, Nova York. Lá estão construindo casas de sessenta andares; os trens correm por cima e por baixo das ruas; as estrelas ganham milhares de dólares por semana. Podemos ir para a Califórnia, onde é sempre verão. As laranjas são mais baratas que as batatas..."

Eu tinha a estranha sensação de que não era eu falando, mas o dybbuk de algum velho propagandista da Iluminação falando pela minha boca.

Rivkele lançava olhares assustados para a porta. "Você fala de um jeito! Imagine se alguém escuta..."

"Que escutem. Não tenho medo de ninguém."

"Meu pai..."

"Se seu pai amasse você, devia ter encontrado um marido melhor que Yantche. Os pais aqui vendem as filhas como os asiáticos incultos. Estão todos mergulhados em fanatismo, superstição, trevas."

Rivkele levantou-se. "Onde eu passaria a primeira noite? Ia se armar uma confusão tamanha que minha mãe não ia agüentar. O escândalo seria maior do que se eu me convertesse." As palavras estancaram na boca de Rivkele; sua garganta se mexia como se estivesse sufocando com algo que não conseguia engolir. "É fácil para um homem falar", murmurou. "Uma mulher é como... a menor coisa e acabam com ela."

"Isso era antes, mas está surgindo uma nova mulher. Até aqui, na Polônia, as mulheres já têm direito a voto. As moças de Varsóvia estudam medicina, línguas, filosofia. Tem uma advogada que freqüenta o Clube dos Escritores. Ela escreveu um livro."

"Uma mulher advogada... como é possível? Vem vindo alguém." Rivkele abriu a porta. Minha mãe estava parada na soleira. Não estava nevando, mas seu lenço escuro estava branco de geada.

"Rebbitsin, vim devolver seu copo de sal."

"Por que a pressa? Bom, obrigada."

"Quem empresta tem de devolver."

"O que é um copo de sal?"

Rivkele foi embora. Minha mãe olhou para mim desconfiada. "Você estava conversando com ela?"

"Conversando? Não."

"Enquanto estiver aqui, tem de se comportar de maneira decente."

II.

Dois anos se passaram. A revista onde meu irmão era editor e eu, revisor fracassou, mas antes disso consegui publicar umas doze histórias e não precisava mais de carteira de convidado no Clube dos Escritores, porque tinha me tornado sócio. Eu me mantinha traduzindo livros do alemão, polonês e hebraico para o iídiche. Tinha me apresentado à junta militar, que me dispensou por um ano, mas agora devia me apresentar de novo. Embora eu sempre criticasse os recrutas hassídicos porque se mutilavam para evitar ser aceitos no serviço militar, jejuei para perder peso. Tinha ouvido histórias terríveis sobre os quartéis: mandavam jovens soldados se atirar no estrume, saltar sobre valas; eram acordados no meio da noite e forçados a marchar quilômetros; cabos e sargentos batiam nos soldados e pregavam peças perversas. Era melhor se esconder, ou até se matar. Pilsudski tinha ordenado que os médicos militares só aceitassem jovens fortes no Exército, e fiz tudo o que pude para me fazer fraco. Além de jejuar, ficava sem dormir; fumava constantemente, acendendo um cigarro no outro; bebia vinagre e salmoura de arenque. Um editor tinha me encomendado a tradução da biografia de Romain Rolland escrita por Stefan Zweig, e eu passava metade das noites trabalhando nela. Aluguei um quarto de um velho médico que tinha sido amigo do dr. Zamenhof, criador do esperanto. A rua tinha o nome dele.

Nessa noite, havia trabalhado até as três da manhã. Aí, deitei na cama de roupa. Toda vez que adormecia, despertava com um sobressalto. Meus sonhos tinham ficado estranhamente vívidos. Vozes falavam comigo de todos os lados, sinos tocavam, coros cantavam. Quando abri os olhos, ainda ouvia as reverberações. Meu coração palpitava, meu cabelo estava de pé na cabeça, como arame. Minha hipocondria tinha voltado. Senti os pulmões comprimidos, a ponto de um colapso. O dia estava chuvoso. Sempre que olhava pela janela, via um cortejo funerário católico a caminho do cemitério de Powazek. Quando finalmente sentei para trabalhar na tradução, Yadzia, a criada, bateu na porta e anunciou que havia uma moça procurando por mim.

Quem me procurava era Rivkele. Não a reconheci imediatamente. Estava bem vestida, com um casaco de gola de pele e um chapéu da moda. Levava uma bolsa e um guarda-chuva. O cabelo era cortado *à la garçon* e o vestido elegantemente curto; chegava só até os joelhos. Fiquei tão aturdido que esqueci de me surpreender. Rivkele me contou o que acontecera com ela. Um americano tinha ido visitar Stikov-Velha. Era um antigo alfaiate que disse ter se tornado fabricante de roupas femininas em Nova York. Era parente distante do pai dela. Ele garantiu à família que tinha se divorciado da esposa na América e começou a cortejar Rivkele. Ela rompeu o noivado com Yantche. O visitante da América levou-lhe um anel de diamante, foi com ela para Lemberg, levou-a ao teatro iídiche, ao teatro polonês, a restaurantes e se comportou no geral como um futuro noivo. Visitaram juntos a Cracóvia e Zakopane. Os pais dela exigiram que ele casasse com ela, mas ele inventava todo tipo de desculpas. Tinha se divorciado da mulher segundo a lei judaica, mas ainda precisava de um documento civil. Enquanto esperava, Rivkele passou a viver com ele. Rivkele contava e chorava. Ele a seduziu e enganou. Não tinha fábrica nenhuma; trabalhava para outra pessoa. Não tinha se divorciado da mulher. Era pai de cinco filhos. Tudo isso veio à tona quando a mulher apareceu de repente em Stikov-Velha e fez um escândalo. A família dela era de Jaroslav e Przemysl (açougueiros, carreteiros, sujeitos bravos). Eles alertaram Morris, esse era o nome dele, de que iam quebrar seu pescoço. Entregaram-no à polícia. Ameaçaram denunciá-lo ao cônsul americano. O resultado foi que ele voltou para a mulher e juntos pegaram o navio de volta para a América.

O rosto de Rivkele estava banhado em lágrimas. Ela tremia, sacudida por soluços. Logo a verdade veio à tona. Ele a deixara grávida; estava no quinto mês. Rivkele gemeu: "Só me resta me enforcar!".

"Seus pais sabem que..."

"Não, não sabem. Morreriam de vergonha."

Aquela era outra Rivkele. Ela se curvou para dar uma tragada no meu cigarro. Precisava ir ao banheiro e atravessei a sala com ela. A esposa do médico, uma mulher pequena, magra, de rosto pontudo, muitas verrugas e olhos saltados, amarelos como se tivesse icterícia, fuzilou Rivkele. Ela demorou tanto no banheiro que tive medo que tivesse tomado veneno.

"Quem é essa criatura?", perguntou a mulher do médico. "Não gosto da cara dela. Isto aqui é uma casa respeitável."

"Minha senhora, não tem razão para desconfiança."

"Não nasci ontem. Faça o favor de procurar outro quarto em outra casa."

Depois de algum tempo, Rivkele voltou para o meu quarto. Tinha lavado e empoado o rosto. Tinha passado batom.

"Você é o responsável pela minha tragédia", disse.

"Eu?"

"Se não fosse você, eu não teria ido com ele. O que você contou não saiu da minha cabeça. Você falou de um jeito que fiquei querendo ir embora de casa na mesma hora. Quando ele chegou, eu estava, como se diz, madura."

Senti vontade de discutir com ela e dizer que fosse embora, mas ela havia recomeçado a chorar. Depois, se pôs a cantar uma música mais velha que o sexo feminino: "Para onde eu vou agora e o que eu faço? Ele me retalhou sem usar uma faca...".

"Ele deixou algum dinheiro, pelo menos?", perguntei.

"Sobrou um pouco."

"Quem sabe ainda dê para fazer alguma coisa."

"Tarde demais."

Ficamos sentados sem falar, e as lições das cartilhas morais me voltaram à cabeça. Nenhuma palavra se perde. Más palavras levam a maus atos. Palavras de difamação, deboche e profanação se transformam em demônios, diabos, duendes. Pairam como acusadoras diante de Deus e, quando morre o transgressor, correm à frente de seu féretro e o acompanham até o túmulo.

Como se estivesse adivinhando meus pensamentos, Rivkele disse: "Você me fez ver a América como um quadro. Eu sonhava com aquilo de noite. Me fez odiar minha casa e Yantche também. Você me prometeu escrever, mas nunca recebi uma única carta sua. Quando Morris chegou da América, me agarrei a ele como se estivesse me afogando".

"Rivkele, tenho de me apresentar ao Exército. Posso ser mandado para um quartel amanhã."

"Vamos juntos para algum lugar."

"Para onde? A América fechou as portas. Todas as estradas estão interditadas."

III.

Nove anos se passaram. Era o meu terceiro ano em Nova York. De quando em quando, publicava um conto em um jornal iídiche. Morava num quarto mobiliado não longe da Union Square. Meu quarto era escuro. Tinha de subir quatro andares para chegar a ele, e fedia a desinfetante. O linóleo do chão estava rasgado, e baratas corriam por baixo dele. Quando acendia a lâmpada nua pendurada no teto, via uma mesa de bridge torta, uma cadeira estofada demais com o forro rasgado e uma pia que pingava água enferrujada. A janela dava para uma parede. Quando sentia vontade de escrever, o que era raro, ia à biblioteca pública na esquina da rua Quarenta e Dois com a Quinta Avenida. Ali no meu quarto, eu só deitava na cama e fantasiava sobre fama, riqueza e mulheres que se atiravam em cima de mim. Tinha tido um caso, mas acabara, e estava sozinho fazia meses. Vivia de orelha em pé para o caso de ser chamado ao telefone público do térreo. As paredes da casa eram tão finas que dava para ouvir todos os ruídos, não só do meu andar, mas dos andares inferiores também. Um grupo de moças e rapazes que se chamavam de "companhia de repertório" tinha se mudado para o prédio. Estavam se preparando para colocar em cena uma peça em algum lugar. Enquanto isso, subiam e desciam a escada, gritando e rindo. A mulher que trocava as roupas de cama me disse que praticavam o amor livre e fumavam maconha. Em frente ao meu quarto, morava uma moça que tinha vindo do Meio-Oeste para Nova York querendo ser atriz, e durante dias e noites cantava melodias chorosas que alguém me disse se chamarem "blues". Uma noite, ouvi quando repetia sem cessar uma melodia lamentosa:

Ele não vai voltar,
não vai voltar,
não vai voltar,
nunca, nunca, nunca, nunca.
Não vai voltar.

Ouvi passos e uma voz chamando meu nome. Eu me sentei tão depressa que quase quebrei a cama. A porta se abriu e na luz fraca do corredor vi um vulto de mulher. Não acendi a luz porque tinha vergonha do estado do meu quarto. A pintura da parede estava descascando. Havia jornais velhos jogados, junto com livros que eu havia comprado barato na Quarta Avenida e roupas usadas.

"Posso saber quem quer falar comigo?", perguntei.

"É você. Reconheço a voz. Sou Rivkele, filha de Lazar, o sapateiro, de Stikov-Velha."

"Rivkele!"

"Por que não acende a luz?"

"A luz está quebrada", eu disse, perplexo com minha própria mentira. A cantora de blues do outro lado se calou. Era a primeira vez que eu recebia visita ali. Por alguma razão, a porta dela ficava sempre entreaberta, como se lá no fundo ainda esperasse que aquele que não voltava um dia voltasse afinal.

Rivkele resmungou: "Tem um fósforo pelo menos? Não quero cair".

Me dei conta de que ela falava iídiche com um sotaque que não era exatamente americano, mas que não soava mais do jeito que falavam em nossa terra. Saí cuidadosamente da cama, levei-a para uma espreguiçadeira e ajudei-a a se sentar. Ao mesmo tempo, tirei do encosto da cadeira uma meia minha e joguei de lado. Disse: "Então está na América!".

"Não sabia? Não escreveram para você contando que..."

"Muitas vezes perguntei de você nas minhas cartas para casa, mas nunca responderam."

Ela ficou quieta um momento. "Não sabia que você estava aqui. Só descobri na semana passada. Não, há duas semanas. O que eu passei procurando você! Você usa outro nome como escritor. Por que isso?"

"Lá em casa não contaram para você que eu estava aqui?", perguntei como resposta.

Rivkele não respondeu, como se estivesse pensando na pergunta. Então, disse: "Estou vendo que não sabe de nada. Não sou mais judia. Por causa disso, meus pais não me reconhecem mais como filha. Papai sentou em shivá por mim".

"Você se converteu?"

"Me converti, sim." Rivkele fez um som que parecia uma risada.

Puxei um cordão e acendi a lâmpada nua que estava meio coberta de tinta.

Não sei por que fiz isso. Minha curiosidade para ver Rivkele no papel de gentia deve ter sido mais forte que qualquer vergonha que eu sentia por minha pobreza. Ou talvez, naquela fração de segundo, eu tenha concluído que a desgraça dela era pior do que a minha. Rivkele piscou e vi um rosto que não era dela e que nunca teria reconhecido na rua. Me pareceu largo, pastoso e de meia-idade. Mas essa estranheza só durou um instante. Logo me dei conta de que não tinha realmente mudado nada desde a última vez que a vi em Varsóvia. Por que, então, teria me parecido tão diferente à primeira vista?, pensei.

Aparentemente, Rivkele teve a mesma sensação, porque depois de um momento disse: "É você, sim".

Ficamos ali sentados, nos observando. Estava com um casaco verde e um chapéu combinando, as pálpebras pintadas de azul e as faces pesadamente vermelhas. Tinha ganhado peso. Ela disse: "Tenho uma vizinha que lê o jornal iídiche. Eu falava muito de você para ela, mas como assina suas histórias com outro nome, como ela podia saber? Um dia, ela entrou e me mostrou uma história de Stikov-Velha. Entendi na mesma hora que era você. Liguei para a redação, mas não sabiam seu endereço. Por que isso?".

"Ah, estou aqui como turista e meu visto já expirou."

"Você não tem permissão para viver na América?"

"Preciso primeiro ir ao Canadá ou a Cuba. Só posso conseguir um visto permanente para voltar se ele for dado por um cônsul americano em um país estrangeiro."

"E por que não vai?"

"Não posso ir com passaporte polonês. Tudo depende dos advogados e das despesas."

"Deus do céu!"

"O que aconteceu com você?", perguntei. "Teve o bebê?"

Rivkele colocou um dedo de unha comprida, vermelha, sobre os meus lábios. "Shh! Não tive nada. Você não sabe de nada!"

"Onde está?"

"Em Varsóvia. Num asilo de enjeitados."

"Menino?"

"Menina."

"Quem trouxe você para a América?"

"Não foi Morris, foi outro. Não deu certo. Nos separamos, eu fui para Chicago e lá conheci Mário..." Rivkele começou a falar uma mistura de iídiche e inglês. Tinha se casado com Mário em Chicago e adotado a fé católica. O pai de Mário tinha um bar que era freqüentado pela Máfia. Um dia, numa briga, Mário esfaqueou um homem e agora cumpria seu segundo ano de prisão. O nome de Rivkele agora era Anna Marie e ela estava trabalhando como garçonete em um restaurante italiano em Nova York. Mário ainda tinha pelo menos um ano e meio para cumprir. Ela possuía um pequeno apartamento na Quinta Avenida. Os amigos do marido apareciam, querendo dormir com ela. Um a tinha ameaçado com uma arma. O dono do restaurante era um homem de mais de sessenta anos. Era bom para ela, a levava ao teatro, ao cinema, a boates, mas tinha uma mulher má e três filhas, uma mais perversa que a outra. Eram inimigas mortais de Rivkele.

"Está morando com ele?"

"Ele é como um pai para mim." Rivkele mudou de tom. "Mas nunca esqueci de você! Não passa um dia sem que eu pense em você. Não entendo isso. Quando soube que você estava na América e li o artigo sobre Stikov-Velha, fiquei muito excitada. Telefonei para o jornal umas vinte vezes. Alguém me disse que você vai à redação à noite e deixa lá os seus artigos. Então fui até lá uma vez, tarde da noite, quando saí do trabalho, esperando encontrar você. O homem do elevador me disse que você tinha uma caixa postal no nono andar, onde eu podia deixar uma carta. Subi, e todas as luzes estavam acesas, mas não havia ninguém. Perto da parede, uma máquina estava escrevendo sozinha. Fiquei com medo. Me lembrei do que dizem no Rosh Hashanah..."

"O Livro Celestial que se lê sozinho e no qual todo mundo escreve os próprios pecados."

"Isso mesmo. Não consegui encontrar sua caixa postal. Por que você se esconde dos jornalistas? Eles não vão te denunciar."

"Ah, o editor acrescenta tudo quanto é bobagem nos meus textos. Estraga o meu estilo. Pelos poucos dólares que me paga, me faz parecer um charlatão."

"Aquele artigo sobre Stikov-Velha era bom. Eu li e chorei a noite inteira."

"Sente saudade de casa?"

"Tudo junto. Caí numa armadilha. Por que você vive num buraco desses?"

"Não tenho dinheiro nem para isto aqui."

"Eu tenho algum dinheiro. Como Mário está na cadeia, seria fácil para mim conseguir um divórcio. Posso ir para o Canadá, para Cuba, aonde você tiver de ir. Sou cidadã americana. Nós dois nos casamos e assentamos. Mando trazer minha filha. Eu não queria ter filho com ele, mas com você..."

"Conversa-afiada."

"Por que diz isso? Estamos os dois enrascados. Eu me meti numa confusão e estou me sentindo desamparada. Mas quando li o que você escreveu, me voltou tudo. Quero ser uma filha judia de novo."

"Não comigo."

"Você é responsável pelo que me aconteceu!"

Ficamos quietos, e a mulher do outro lado que tinha parado de cantar e parecia estar ouvindo a própria perplexidade, como o grilo de Stikov-Velha, retomou seu triste canto:

Ele não vai voltar,
não vai voltar,
não vai voltar,
nunca, nunca, nunca, nunca.
Não vai voltar....

Paixões

"Quando um homem persiste, pode fazer coisas que se pensariam impossíveis", disse Zalman, o vidraceiro. "Em nossa aldeia, Radoszyce, havia um homem simples, mascate de aldeia, Leib Belkes. Ia de aldeia em aldeia, vendendo para as camponesas lenços, contas de vidro, perfume e todo tipo de jóia folheada a ouro. E comprava delas uma medida de trigo sarraceno, uma réstia de alho, um pote de mel, um saco de fibra de linho. Nunca ia além do povoado de Byszcz, a oito quilômetros de Radoszyce. Obtinha suas mercadorias com um vendedor de Lublin, e o mesmo homem comprava dele seus produtos. Esse Leib Belkes era um homem comum, mas piedoso. No shabat, lia a Bíblia em iídiche de sua mulher. O que mais gostava era ler sobre a terra de Israel. Às vezes, parava na rua os meninos do cheder e perguntava: 'O que é mais fundo, o Jordão ou o mar Vermelho?'. 'Na Terra Santa nasce maçã?' 'Que língua falam os nativos de lá?' Os meninos costumavam rir dele. Ele próprio parecia alguém da Terra Santa: olhos negros, barba negra de azeviche, e o rosto também escuro.

"Uma vez por ano, um mensageiro costumava passar por Radoszyce, um judeu sefardita. Era enviado para coletar esmolas que seriam dadas em nome do rabino Meir, o Milagreiro, para interceder por eles na próxima vida. O mensageiro usava uma túnica de listras pretas e vermelhas, e sandálias que pareciam do tempo antigo. O chapéu também era do outro mundo. Fumava um cachimbo de água. Falava hebraico e aramaico também. Tinha aprendido iídiche recentemente. Leib Belkes ficava tão fascinado com ele que ia junto de casa em casa para abrir as caixas de esmolas. Levava-o também a sua casa, onde ele comia e dormia. Enquanto o mensageiro ficava em Radoszyce, Leib Belkes não trabalhava. Ficava fazendo perguntas como: 'Como é a Cova de Macpela?', 'Alguém sabe onde Abraão foi enterrado e onde Sara foi enterrada?', 'É verdade que a Mãe Raquel levanta do túmulo à meia-noite para chorar por seus filhos exilados?'. Eu ainda era um menino na época, mas também acompanhava o mensageiro onde ele fosse. Quando se via um homem desses na nossa região?

"Uma vez, depois que o mensageiro foi embora, Leib Belkes entrou numa loja e pediu cinqüenta maços de fósforos. O comerciante perguntou: 'Para que precisa de tantos fósforos? Vai botar fogo na aldeia?'. E Leib disse: "Quero construir um Templo Sagrado'. O comerciante achou que ele havia enlouquecido, mas mesmo assim vendeu todos os fósforos que tinha.

"Depois, Leib entrou em uma loja de tintas e pediu tinta dourada e prateada. O comerciante perguntou: 'Para que precisa dessas tintas? Vai fazer dinheiro falso?'. E Leib respondeu: 'Vou construir um Templo Sagrado'. O mensageiro tinha vendido para Leib um mapa, uma folha grande de papel mostrando o Templo com o altar e todos os outros objetos rituais. De noite, quando Leib tinha tempo, sentava e ia construindo o Templo de acordo com essa planta. Não havia crianças na casa. Leib Belkes e a mulher tiveram duas filhas, mas elas foram trabalhar como domésticas em Lublin. A mulher dele perguntou: 'Por que está brincando com fósforos? Virou menino de cheder outra vez?'. E ele respondeu: 'Estou construindo o Templo de Jerusalém'.

"Conseguiu construir tudo de acordo com essa planta: o Santo dos Santos, o Pátio Interno, o Pátio Externo, a Ara, o Menorah, a Arca. Quando as pessoas de Radoszyce ficaram sabendo o que ele estava fazendo, vieram olhar e admirar. Os professores traziam os alunos. O prédio todo ficava em cima de uma mesa, e não podia ser deslocado, porque desmoronaria. Quando o rabino ouviu falar disso, ele também foi à casa de Leib Belkes e trouxe os rapazes da yeshiva com ele. Sentaram-se em volta da mesa e ficaram assombrados. Leib Belkes havia construído com fósforos o Templo Sagrado, exatamente como era descrito no Talmude!

"Bom, mas as pessoas são invejosas e se ressentem das realizações dos outros. A mulher dele começou a reclamar que precisava da mesa para seus pratos. Em Radoszyce havia bombeiros e eles ficaram com medo de que tantos fósforos pudessem causar um incêndio e a cidade inteira se queimasse. Houve tantas ameaças e reclamações que um dia, quando Leib voltou de uma de suas viagens, o templo havia desaparecido. A mulher jurou que os bombeiros tinham vindo e demolido tudo. Os bombeiros acusavam a mulher.

"Depois que seu templo foi destruído, Leib Belkes ficou melancólico. Ainda tentava fazer negócios, mas ganhava cada vez menos. Muitas vezes ficava sentado em casa, lendo livros de histórias iídiches que tratavam da terra de Israel. Na casa de estudos, incomodava os estudiosos e os rapazes da yeshiva fazendo perguntas sobre a vinda do Messias. 'Será que uma única nuvem imensa vai levar todos os judeus para a Terra Santa? Ou vai descer uma nuvem separada para cada cidade?' 'Será que a Ressurreição dos Mortos vai acontecer imediatamente? Ou vai haver um período de espera de quarenta anos?' 'Vai ser preciso arar os campos e colher os frutos dos pomares? Ou vai cair maná do céu?' As pessoas tinham algo com que se divertir.

"Uma vez, tarde da noite, quando a mulher mandou que fechasse as venezianas, ele saiu e não voltou. Houve um grande alvoroço em Radoszyce. Alguns acreditavam que ele havia sido arrebatado por demônios. Outros achavam que a mulher tinha amolado tanto que ele fugira para a casa de parentes do outro lado do Vístula. Mas quem pode fugir de noite sem um sobretudo e sem uma trouxa de roupa? Se tivesse acontecido com um homem rico, teriam mandado gente procurar. Mas quando desaparece um homem pobre, é um pobre a menos na cidade. A esposa, Sprintza era o seu nome, ficou abandonada. Ganhava pouco amassando pão em casas ricas às quintas-feiras. Recebeu também algum apoio das filhas quando elas casaram.

"Passaram-se cinco anos. Um dia, numa sexta-feira, Sprintza estava parada junto ao forno, cozinhando a refeição do shabat, quando a porta abriu e entrou um homem de barba grisalha, empoeirado e descalço. Sprintza achou que era um mendigo. De repente, ele disse: 'Estive na Terra Santa. Me dê um pouco de sobremesa de ameixa'.

"A cidade enlouqueceu. Vieram todos correndo, e Leib foi levado ao rabino. O rabino o interrogou e ficou sabendo que Leib tinha ido a pé até a Terra Santa."

"A pé?", Levi Yitzchok perguntou.

"É, a pé", Zalman respondeu.

"Mas todo mundo sabe que para a Terra Santa é preciso ir de navio."

Meyer Eunuco pôs a mão no queixo onde uma barba devia ter crescido e disse: "Será que ele mentiu?".

"Trouxe cartas de muitos rabinos, além de um saco de terra que ele mesmo escavou no Monte das Oliveiras", disse Zalman. "Quando alguém morria, ele colocava um punhado debaixo da cabeça do defunto. Eu mesmo vi: era branca como giz triturado."

"Quanto tempo levou a viagem?", perguntou Levi Yitzchok.

"Dois anos. Na volta, ele pegou um barco. O rabino perguntou: 'Como pode um homem fazer uma coisa dessas?', e ele respondeu: 'Eu queria tanto que não consegui agüentar mais. Aquela noite, quando saí para fechar as persianas e vi a lua correndo no meio das nuvens, comecei a correr atrás dela. Continuei correndo até chegar a Varsóvia. Lá, gente boa me ajudou no caminho. Atravessei campos e florestas, montanhas e desertos, até que cheguei à terra de Israel'."

"Me surpreende que não tenha sido devorado por feras", Levi Yitzchok meio perguntou, meio afirmou.

"Está escrito que o Senhor protege os simples", disse Meyer Eunuco.

Durante algum tempo, os três ficaram quietos. Levi Yitzchok tirou os óculos azuis do nariz e começou a limpá-lo com sua faixa. Sofria de tracoma. Um de seus olhos era branco leitoso e não enxergava nada com ele. Levi Yitzchok tinha uma bengala que pertencera ao pregador de Kozienice. Levi Yitzchok nunca se separava dela, nem no shabat. Era manco e uma muleta não é proibido. Durante longo tempo ficou com o queixo apoiado na bengala. Depois se endireitou e disse: "A teimosia é uma força. Em Krasnystaw havia um alfaiate chamado Jônatas. Costurava para mulheres, não para homens. Via de regra, um alfaiate de mulher é uma pessoa frívola. Quando alguém costura uma roupa para uma mulher, tem de tirar as medidas e ela às vezes pode estar em seus dias impuros. Mesmo estando em seus dias puros, não é adequado tocar uma mulher, principalmente se ela for casada. Bom, mas tem de haver alfaiates. Não se pode fazer a própria roupa. Acontece que esse Jônatas era um homem piedoso, mesmo não sendo educado. Porém adorava o judaísmo. No shabat, lia a Bíblia em iídiche junto com a mulher, Beila Yenta. Quando um vendedor de livros vinha à cidade, Jônatas comprava dele todos os volumes e livros de histórias em iídiche. Havia em Krasnyslaw uma congregação de recitadores de salmos e uma sociedade de estudantes do Mishná. Jônatas fazia parte de ambos os grupos. Ouvia as palestras, mas tinha medo de falar qualquer coisa, porque sempre que emitia uma palavra em hebraico ele a mutilava e os estudiosos caçoavam dele. Posso vê-lo diante de mim: alto, magro, marcado pela varíola. A gentileza brilhava em seus olhos. Diziam que não se podia encontrar alfaiate melhor nem em Lublin. Quando fazia um vestido ou uma capa, caía como uma luva. Tinha três filhas solteiras. Quando menino, eu costumava ir sempre à casa deles porque um amigo meu, Getzel, órfão, era seu aprendiz. Outros mestres maltratam os aprendizes, batem neles e não dão o suficiente para comerem. Em vez de ensinar para eles a profissão, mandam fazer outras coisas, cuidar dos bebês ou esvaziar os penicos, de forma que nunca aprendem a profissão, e deviam era receber um salário. Mas Jônatas ensinou o ofício ao órfão e a partir do dia que ele aprendeu a fazer uma casa e pregar um botão, Jônatas passou a lhe pagar quatro rublos por ano. Getzel havia estudado numa yeshiva antes de ser ajudante de alfaiate e Jônatas costumava lhe fazer todo tipo de pergunta impossível: 'Como era o nome da mãe de Ogue, o rei de Basã?', 'Noé levou moscas na arca?', 'Quantos quilômetros há do paraíso até a Geena?'. Ele queria saber tudo.

"Agora, ouçam isto. Todo mundo sabe que no dia do Louvor à Lei os cidadãos honrados, os ilustrados, os influentes, eram chamados primeiro para levar os rolos, antes dos trabalhadores, das pessoas simples, dos que ganhavam pouco. É assim no mundo inteiro. Mas em nossa cidade, o chefe da sinagoga era de fora. Conhecia muito pouca gente e alguém teve de lhe dar uma lista com a ordem das pessoas a ser chamadas. Havia outro Jônatas na cidade, um estudioso, homem rico, e o chefe da sinagoga confundiu os dois e chamou o Jônatas alfaiate primeiro. Na casa de estudos houve murmúrios e risos. Quando o Jônatas alfaiate soube que havia sido chamado primeiro, junto com o rabino e os anciãos, não conseguiu acreditar em seus ouvidos. Percebeu que era um erro, mas quando um homem é chamado para levar o rolo não ousa recusar. Entre os trabalhadores e aprendizes que rezavam junto à parede oeste, houve risos. Começaram a empurrar Jônatas e a dar-lhe beliscões de brincadeira. Isso aconteceu antes de o governo assumir a venda de vodca, e vodca era mais barata que borscht. Em qualquer casa meio decente se encontrava um barril de vodca, com canudos para beber, e pendurado em cima um presunto de carneiro para mastigar depois.

No dia de Louvor à Lei, as pessoas se permitiam tomar um golinho antes das orações, e quase todo mundo ficava ligeiramente embriagado. Jônatas, o alfaiate, chegou à mesa de leitura e lhe deram o rolo. Todo mundo olhando, mas só uma pessoa falou. Reb Zekele, um agiota. Ele exclamou: 'Quem chamou um ignorante para carregar o rolo primeiro?', e devolveu seu rolo para o bedel. Sua dignidade não permitia que carregasse o rolo junto com Jônatas, o alfaiate.

"Houve uma comoção na casa de estudos. Devolver o rolo era sacrilégio. O chefe da sinagoga ficou confuso. Envergonhar uma pessoa na presença de toda a comunidade era um pecado terrível. Ninguém cantou nem dançou com os rolos dessa vez. As mesmas pessoas simples que tinham rido junto com Jônatas pela honra recebida, agora amaldiçoavam Reb Zekele e rilhavam os dentes. Quando a cerimônia terminou, Jônatas, o alfaiate, chegou perto de Reb Zekele e disse em voz alta, para todo mundo ouvir: 'É verdade que sou ignorante, mas juro que dentro de um ano serei um estudioso mais sábio que você'.

"O agiota riu e disse: 'Se isso acontecer, construo de graça uma casa na praça do mercado para você'. Reb Zekele, o agiota, era comerciante de madeira. Tinha hipotecas sobre metade das casas da cidade.

"Jônatas ficou perplexo durante algum tempo. Depois disse: 'Se eu não for um estudioso mais sábio que você, faço para sua mulher, de graça, um casaco de pele de raposa até os pés, debruado de veludo e com dez caudas'.

"O que aconteceu na cidade aquele dia é indescritível. No setor das mulheres na sinagoga ouviram falar da aposta, e foi um pandemônio. Algumas mulheres riram, outras choraram. Outras ainda brigaram e tentaram arrancar os chapéus da cabeça uma da outra. Havia muitos pobres na cidade e poucos ricos, mas naquela época ninguém economizava num feriado. Quase todo mundo tinha convidados para beber em sua casa. Houve baile na praça do mercado. As mulheres cozinharam grandes panelas de repolho com passas e creme tártaro. Assaram strudel, tortas, todo tipo de bolos de frutas. A Sociedade Funerária deu um banquete e o hidromel correu como água. Um dos anciãos que tinha méritos especiais aos olhos da comunidade foi homenageado com uma abóbora iluminada por velas em cima da cabeça, ele próprio carregado nos ombros do povo até o pátio da sinagoga. Bandos de crianças, os carneiros sagrados, correram atrás dele, balindo. Havia na cidade um bode que não permitiam que fosse sacrificado porque era primogênito, e os moleques colocaram um chapéu de pele em seus chifres e o levaram ao banho sagrado. Nesse dia, em particular, só se falou de uma coisa: do juramento de Jônatas e da promessa do agiota. Reb Zekele, o agiota, tinha dinheiro suficiente para construir facilmente uma casa de graça, mas como Jônatas poderia se transformar num estudioso em um ano? O rabino anunciou imediatamente que um juramento desses não tinha validade. Antigamente, disse o rabino, Jônatas teria sido açoitado trinta e nove vezes com um cinto por desrespeitar um mandamento. 'Não tomar Seu santo nome em vão.' Mas o que se podia fazer hoje? A cidade se dividiu em dois partidos. Os estudiosos diziam que Jônatas devia ser multado e ir à sinagoga de meias para se arrepender publicamente por jurar em falso. E se recusasse, deveria ser excomungado e ninguém mais usar seus serviços. O populacho ameaçou botar fogo na casa do agiota e expulsá-lo da cidade com varas. Graças a Deus, não existe ladrão judeu. Na noite do feriado, todo mundo ficou sóbrio. Começou a chover, e todo mundo voltou a seus problemas."

"E esqueceram do assunto?", perguntou Zalman, o vidraceiro.

"Não esqueceram de nada. Espere só", disse Levi Yitzchok.

Levi Yitzchok tirou sua caixa de madeira de rapé, abriu, cheirou e espirrou três vezes. Seu rapé era famoso. Colocava dentro dele sais aromáticos usados no Dia do Perdão para reanimar os que jejuavam. Limpou o nariz vermelho com seu grande lenço e disse: "Se Getzel, o aprendiz, não fosse meu amigo, eu não teria sabido de todos os detalhes. Mas Getzel morou na casa de Jônatas e me contou tudo. Quando Jônatas voltou para casa aquela noite, no momento de abrir a porta, exclamou: 'Beila Yenta, seu marido morreu! De hoje em diante, você é viúva! Minhas filhas, vocês são órfãs!'. Elas começaram a chorar, como no nono dia do Ab, 'Marido, Pai, por que vai nos deixar?'. E Jônatas respondeu: 'De hoje até o dia do Louvor à Lei do ano que vem, não sou mais provedor'.

"Tinha escondido atrás dos pratos de Páscoa umas economias de cem guilderes, que seriam o dote para sua filha mais velha, Taube. Pegou o dinheiro e saiu de casa. Havia na cidade um homem chamado Reb Tevele Me Coce. Me Coce, claro, era apelido. Em seus anos de juventude, havia sido professor de Talmude. Como todo professor, tinha sobre a mesa um pé de coelho preso a uma tira de couro. Mas não usava aquilo para bater nas crianças, e sim para se coçar. Tinha eczema nas costas. Quando começava a coceira, entregava o pé de coelho a um dos alunos e ordenava: 'Me coce'. Foi assim que ganhou o apelido. Na velhice, desistiu de ensinar e vivia com a filha. O genro era pobre, e Tevele Me Coce vivia em extrema pobreza. Jônatas, o alfaiate, foi procurar Tevele Me Coce e perguntou: 'Quer ganhar algum dinheiro?'. 'Quem não quer dinheiro?', Tevele perguntou de volta. E Jônatas disse: 'Pago um guilder por semana se me ensinar a Torá inteira!'. Tevele caiu na gargalhada. 'A Torá inteira... Nem Moisés sabia isso! A Torá é como costurar, não tem fim!' Conversaram um longo tempo e finalmente foi decidido que Tevele ensinaria a Jônatas durante um ano inteiro para transformá-lo em um estudioso mais sábio que Zekele. Jônatas calculou que se alguém estudasse sete páginas do Talmude a cada dia do ano, aprenderia todos os trinta e sete tratados. Diziam que Zekele não tinha lido nem metade disso. Bom, o Talmude não basta. Era preciso estudar também o Midrash, os comentários. Por que prolongar? Jônatas, o alfaiate, virou um menino de yeshiva. Sentava a uma mesa na casa de estudos e noite e dia estudava com Tevele. No meio da semana, quando o setor das mulheres estava vazio, levavam seus livros até lá, para não serem perturbados. Se eu disser que estudavam dezoito horas por dia, não é exagero. Ao longo de toda a semana, Jônatas dormia num banco na casa de estudos. Só ia dormir em casa no shabat e nos feriados".

"O que aconteceu com a família dele?", Zalman perguntou.

"O que acontece com toda família quando o provedor vai embora? Não morreram de fome. As meninas foram trabalhar. Beila Yenta era costureira e aceitava trabalhos leves. Meu amigo Getzel, aos poucos, tomou o lugar do mestre. Jônatas só fazia uma coisa: estudar. Nunca no mundo se viu tamanha dedicação! Duas ou três noites por semana ele não dormia nada. A história logo se espalhou para as aldeias vizinhas, e as pessoas vinham olhar Jônatas como se ele fosse um milagreiro. No começo, Reb Zekele riu da história toda. Disse: 'Se esse simplório pode ser um estudioso, vai crescer cabelo na palma da minha mão'. Depois, quase no final do ano, as pessoas começaram a falar das maravilhas do conhecimento adquirido por Jônatas. Ele recitava de cor partes inteiras do Gemara. Era capaz de antecipar as perguntas de comentadores como o rabino Meir de Lublin e o rabino Shlomo Luria.

"Então, Zekele, o agiota, ficou apavorado. Ele também começou a queimar óleo à noite para passar à frente de Jônatas. Mas já estava atrasado demais. Além disso, estava mergulhado até o pescoço em seus negócios e até a raiz dos cabelos no meio de um processo judicial. Sua mulher, Slikka, criatura ambiciosa, faladeira, estava louca para Jônatas lhe fazer um casaco de pele de raposa com dez caudas sem nenhum custo, e pela primeira vez na vida estimulou o marido a estudar. Mas não funcionou. Vou resumir. No oitavo dia do Sukot, os sete anciãos da cidade e um grupo de outros estudiosos se reuniram na casa do rabino e examinaram Zekele e Jônatas como se fossem dois meninos de yeshiva. Zekele tinha esquecido muita coisa. Durante anos só estudava no shabat, e há um provérbio que diz: 'Quem estuda só no shabat é só um sétimo de um estudioso'. Quanto a Jônatas, ele lembrava a maior parte do Talmude de cor. Seu professor, Tevele, observou que ao ensinar Jônatas ele próprio se transformara num erudito. Jônatas não só demonstrou conhecimento como astúcia também. A casa do rabino estava lotada de gente. Outros tiveram de ficar na rua para ouvir Jônatas discutir a Lei com o rabino. No começo, Zekele tentou encontrar erros nas respostas de Jônatas, mas o jogo logo virou, e era Jônatas quem corrigia Zekele. Eu não estava lá, mas quem viu Zekele disputar com Jônatas, o alfaiate, sobre alguma passagem difícil de Maimônides ou sobre o sentido de uma frase obscura do rabino Meir Schiff jurava que era como uma luta entre Davi e Golias. Zekele gritava e ofegava e censurava o oponente, sem nenhum resultado. Não, Jônatas, o alfaiate, não havia jurado em falso. O rabino e os sete anciãos foram unânimes no veredicto de que Jônatas era um estudioso mais sábio que Zekele. A mulher e as filhas de Jônatas estavam sentadas na cozinha e, quando souberam do veredicto, uma abraçou a outra, chorando. A cidade inteira fumegava feito uma chaleira. A rua da Sinagoga estava cheia de marinheiros, sapateiros, vendedores de escovas de pêlo de porco, cocheiros e outras pessoas. Era a vitória deles.

"No dia seguinte, Jônatas foi chamado em primeiro lugar para levar o rolo, e dessa vez não por erro. As pessoas mais honradas o convidaram para um drinque. Diziam que agora Jônatas podia ser rabino, ou assistente de rabino, ou pelo menos um abatedor ritual. Mas Jônatas fez saber que estava voltando a suas tesouras e ferro de passar. Zekele tentou evitar o pagamento, argumentando que não tinha jurado, só prometido, e que uma promessa não precisa ser mantida. Mas o rabino ordenou que construísse uma casa para Jônatas, citando o Deuteronômio: 'O que saiu dos teus lábios guardarás, e cumprirás'. Zekele procrastinou o mais que pôde, mas depois da Festa de Shavuoth a casa já tinha telhado. Só então Jônatas fez saber que não queria a casa para si, mas como hospedaria para rapazes da yeshiva e viajantes pobres. Assinou um documento doando a casa à comunidade."

"Continuou alfaiate, ahn?", perguntou Zalman, o vidraceiro.

"Até o fim."

"Casou as filhas?"

"Como não? Não existe claustro judeu."

Durante todo o tempo em que Levi Yitzchok estava falando, Meyer Eunuco fazia gestos, os olhos amarelos cheios de riso. Então fechou os olhos, baixou a cabeça, e parecia ter cochilado. De repente, endireitou o corpo, pôs a mão no queixo sem barba e perguntou: "Como o mascate da aldeia sabia o caminho para a Terra Santa? Muito provavelmente perguntou. Acho que deve ter passado por terras turcas, pelo Egito, por Istambul. Como conseguia comer? Muito provavelmente mendigava. Existem judeus em toda parte. Muito provavelmente dormia na casa dos pobres. Nos países quentes dá para dormir até na rua. Quanto a Jônatas, o alfaiate, acho que desde a infância devia ter fome de conhecimento, e a força de vontade é poderosa. Existe um ditado: 'Sua vontade pode fazer de você um gênio'. Quando se é preguiçoso, um ano não é nada, mas se o sujeito estuda dia e noite com dedicação, absorve tudo como uma esponja. Ele fez bem de não aceitar a casa de Reb Zekele, porque é proibido fazer uma pá para cavar da Torá. Desse jeito, ele ganhou, além de tudo, a virtude da hospitalidade. Leib Belkes e Jônatas eram pessoas simples, os dois, embora não completamente. Mas acontece de grandes homens também terem uma obsessão na cabeça. Existe um ditado: 'A grandeza também tem sua cota de loucura'.

"Em Bechtev, havia um cabalista, rabino Mendel. Descendente da famosa Hodel, que costumava dançar em círculo com os hassidistas. Deus nos livre, ela não pegava na mão deles diretamente. Trazia um lenço em cada mão e os hassidistas seguravam no lenço. O rabino Mendel podia ter muitos seguidores, mas não gostava de multidões e evitava que elas se formassem. Mesmos nos Grandes Dias Santos não reunia mais que um grupo pequeno na casa de estudos. Sua esposa morreu moça e não lhe deixou um filho para tomar seu lugar de rabino depois que morresse. Muitos casamentos foram propostos, mas ele se recusou a casar de novo. O seguidores discutiam com ele: 'E o mandamento *Crescei e multiplicai-vos*?'. Mas o rabino respondia: 'Já vou levar tantas chicotadas na Geena que umas poucas a mais não importam. Por que têm tanto medo da Geena? Se foi criada pelo Todo-Poderoso, deve ser o paraíso disfarçado'. Ele que me perdoe, mas era um tipo de santo meio tortuoso. Um grande espírito mesmo assim. Muito se falava dele, mas ele pouco se importava. Chegava a dizer palavras duras contra o Senhor do Universo. Uma vez, quando estava recitando os salmos, chegou à passagem que diz: 'Aquele que habita nos céus se rirá'. O rabino Mendel exclamou: 'Ele rirá, mas eu estou arrasado'. Quando os que se opunham a ele ouviram essa blasfêmia, quase conseguiram que fosse excomungado.

"Os discípulos de Baal Shem não acreditavam no jejum. Hassidismo era alegria, não tristeza. Mas o rabino Mendel se permitia o jejum. Começou jejuando só às segundas e quintas-feiras. Depois começou a jejuar de um shabat até o seguinte. Também mergulhava em banhos frios. Chamava seu corpo de inimigo e dizia: 'Não se tem de aplacar um inimigo. Claro, não é permitido matá-lo, mas ninguém é obrigado a mimá-lo com marzipãs'. Seus velhos seguidores hassídicos morreram aos poucos. Homens mais jovens se juntavam nas cortes de Gora e Kotzk. Na corte do rabino Mendel restaram apenas vinte ou trinta seguidores persistentes, além de alguns parasitas que ficavam com ele o ano inteiro e comiam da mesma panela comum. Um velho bedel, surdo feito uma porta, fazia mingau todos os dias. Uma mulher caridosa ia de casa em casa por eles e coletava batatas, aveia, farinha, trigo-sarraceno e tudo o que lhe oferecessem.

"Num Rosh Hashanah, o rabino não tinha mais de vinte pessoas em sua casa de estudos. No Yom Kippur seguinte, ele tinha apenas um quórum, incluindo ele próprio, o bedel e os parasitas. No púlpito, o rabino Mendel recitou todas as orações: Kol Nidrei, a oração matinal, a oração do meio-dia, a oração de encerramento. Já era tarde quando terminou a oração noturna, e abençoou a lua nova. O bedel ofereceu aos que jejuavam um pouco de pão amanhecido com arenque e um pouco de sopa de galinha. Nenhum deles tinha dentes mais, e suas barrigas estavam chupadas de subnutrição. O rabino Mendel era mais velho que todos eles, mas sua voz continuava jovem. A audição também era boa. O rabino sentou à cabeceira da mesa e falou: 'Aqueles que correm atrás dos prazeres do mundo não sabem o que é o prazer. Para eles a gula, a bebida, a lascívia e o dinheiro são prazeres. Não existe maior deleite do que o serviço do Yom Kippur. O corpo está puro e a alma está pura. As orações são uma alegria. Há um ditado que diz que confessar os próprios pecados não engorda. É completamente falso. Quando confesso meus pecados, fico vivo e vigoroso. Se pudesse dar um palpite no céu, todo dia seria Yom Kippur'.

"Depois de dizer essas palavras, o rabino levantou da cadeira e exclamou: 'Não posso dar palpite no céu, mas na minha casa de estudos posso. De hoje em diante, para mim será um perpétuo Yom Kippur, todos os dias, exceto o shabat e os Feriados!'. Quando as pessoas na aldeia souberam o que o rabino estava a ponto de fazer, foi um pandemônio. Os estudiosos e anciãos foram até o rabino e perguntaram: 'Isso não é desobediência à Lei?'. E o rabino respondeu: 'Faço isso por razões puramente egoístas, não para agradar ao Criador. Se me castigarem lá em cima, aceito o castigo. Eu também quero ter algum prazer antes de ir embora!'. O rabino gritou para seu bedel: 'Acenda as velas; vou recitar a Kol Nidrei'. Correu para o púlpito e começou a entoar a Kol Nidrei. Eu não estava lá, mas quem estava presente declarou que nunca se tinha ouvido uma Kol Nidrei assim desde que o mundo começou. Toda Bechtev veio correndo. Pensaram que o rabino Mendel tinha enlouquecido. Mas quem ousava arrancá-lo do púlpito? Lá ficou com sua roupa branca e estola de orações e recitou: 'Serei perdoado' e 'Nossas súplicas subirão'. Sua voz era mais forte que a de um leão, e tamanha a doçura de seu canto, que cessaram todas as apreensões. Vou resumir. O rabino viveu mais dois anos e meio, e esses dois anos e meio foram um longo Yom Kippur."

Levi Yitzchok tirou os óculos escuros e perguntou: "O que ele fez com os filactérios? Não vestia os filactérios nos dias de semana?".

"Vestia", respondeu Meyer Eunuco, "mas a liturgia era a liturgia do Yom Kippur. Perto do fim do dia, lia o Livro de Jonas."

"E comia alguma coisa à noite?", perguntou Zalman, o vidraceiro.

"Jejuava seis dias por semana, a menos que houvesse um feriado no meio."

"E os parasitas jejuavam com ele?"

"Alguns foram embora. Outros morreram."

"Então ele ficou rezando para as paredes?"

"Tinha sempre gente que ia olhar e admirar."

"E o mundo permitiu uma coisa dessas?", perguntou Levi Yitzchok.

"Quem haveria de fazer guerra contra um homem santo? Temiam a irritação dele", disse Meyer Eunuco. "Percebia-se claramente que o céu aprovava. Quando um homem jejua durante tanto tempo, sua voz fica fraca, ele não tem força para ficar de pé. Mas o rabino fazia todas as rezas em pé. Os que o viram diziam que seu rosto brilhava como o sol. Ele não dormia mais do que três horas, de manto e estola de oração, com a testa apoiada no Tractite Yoma, exatamente como em Yom Kippur. Na prece do meio-dia, ele se ajoelhava e entoava a liturgia referente ao rito do Templo Sagrado de Jerusalém."

"O que ele fazia quando era Yom Kippur de verdade?", perguntou Zalman, o vidraceiro.

"O mesmo que em qualquer outro dia."

"Nunca tinha ouvido essa história", disse Levi Yitzchok.

"O rabino Mendel era um santo oculto, e desses pouco se sabe. Ainda hoje Bechtev é uma aldeia esquecida. Naquela época, ficava longe de tudo, um pântano entre florestas. Até no verão era difícil chegar lá. No inverno, a neve deixava as estradas intransitáveis. Os trenós atolavam. E havia o perigo de ursos e lobos."

Fez-se silêncio. Levi Yitzchok tirou sua caixa de rapé. "Hoje em dia, uma coisa dessas não seria permitida."

"Transgressões maiores que essa são permitidas em nossos dias", disse Meyer.

"Como ele morreu?"

"No púlpito. Estava de pé, recitando: 'Que pode o homem alcançar se tudo o que ganha é a morte?'; quando chegou ao versículo 'Só a caridade e a oração podem mitigar o desespero da morte', o rabino caiu e sua alma partiu. Foi um beijo do céu, uma morte de santo."

Zalman, o vidraceiro, colocou um pouco de tabaco no cachimbo. "Qual será o sentido disso?"

Meyer Eunuco ponderou um pouco e disse: "Que tudo pode se transformar em paixão, até servir a Deus".

Irmão besouro

Comecei a sonhar com essa viagem quando tinha cinco anos de idade. Naquela época, meu professor, Moisés Alter, leu para mim no Pentateuco a história de Jacó atravessando o Jordão levando apenas seu bastão. Mas uma semana depois de minha chegada a Israel, com a idade de cinqüenta anos, restavam poucas maravilhas para eu ver. Tinha visitado Jerusalém, o Knesset, monte Sião, os kibbutzim na Galiléia, as ruínas de Safad, os restos do forte de Acre, e todos os outros pontos. Tinha até feito a então perigosa viagem de Berseba a Sodoma, e no caminho vi camelos atrelados aos arados dos árabes. Israel era ainda menor do que eu imaginava. O carro de turistas em que eu viajava parecia rodar em círculos. Durante três dias, em todos os lugares aonde íamos, brincávamos de esconde-esconde com o Mar da Galiléia. Durante o dia, o carro estava sempre superaquecendo. Eu usava dois óculos escuros, um em cima do outro, para me proteger do brilho do sol. De noite, soprava um vento quente de algum lugar. No meu quarto de hotel em Tel Aviv, me ensinaram a manobrar as persianas, mas no curto instante que me levou chegar ao balcão, a areia fina trazida pelo vento khamsin conseguiu cobrir o lençol da minha cama. Com o vento vieram gafanhotos, moscas e mariposas de todos os tamanhos e cores, junto com besouros maiores que qualquer outro que eu já tinha visto. O zumbido era incrivelmente alto. As mariposas batiam nas paredes com uma força inacreditável, como se estivessem se preparando para a guerra final entre o homem e o inseto. O bafo tépido do mar fedia a peixe podre e excremento. Naquele fim de verão, as falhas de eletricidade eram freqüentes em Tel Aviv. Uma escuridão suburbana cobriu a cidade. O céu encheu-se de estrelas. O pôr do sol deixou para trás o vermelho de uma chacina celestial.

Num balcão do outro lado da rua, um velho com uma pequena barba branca, solidéu de prata cobrindo em parte a testa alta, meio sentado, meio reclinado numa cama, lia um livro com uma lente de aumento. Uma jovem ficava lhe trazendo refrescos. Ele anotava nas margens do livro. Na rua abaixo, moças riam, gritavam, provocavam os rapazes, do mesmo jeito que eu tinha visto fazerem no Brooklyn e em Madri, onde parei a caminho. Provocavam-se com gíria hebraica. Depois de uma semana visitando tudo o que um turista tem de ver na Terra Santa, eu estava farto de santidade e saí para procurar alguma aventura não santa.

Tinha muitos amigos e conhecidos de Varsóvia em Tel Aviv, até uma antiga amante. A maior parte dos que me foram próximos havia morrido nos campos de concentração de Hitler ou de fome e febre tifóide no Oriente Médio soviético. Mas alguns de meus amigos foram salvos. Encontrei-os sentados em cafés de rua, bebendo limonada com canudinho e entabulando as mesmas conversas de antes. O que são dezessete anos, afinal? Os homens tinham ficado mais grisalhos. As mulheres tingiam o cabelo, maquiagem pesada escondia suas rugas. O clima quente não havia enfraquecido seus desejos. As viúvas e os viúvos tinham casado de novo. Os recém-divorciados procuravam novos parceiros ou amantes. Ainda escreviam livros, pintavam quadros, tentavam conseguir papéis em peças, trabalhavam em todo tipo de jornais e revistas. Todos conseguiram aprender pelo menos um pouco de hebraico. Em seus anos errantes, muitos tinham aprendido russo, alemão, inglês e até húngaro e uzbeque.

Imediatamente abriam espaço para mim em suas mesas e começavam a relembrar episódios que eu não podia esquecer. Me pediam conselhos sobre vistos para a América, agentes literários e empresários. Conseguíamos até fazer piada sobre amigos que há muito haviam virado cinzas. De vez em quando, uma mulher tinha de enxugar uma lágrima com a ponta do lenço, para não borrar o rímel.

Não procurei Dosha, mas sabia que nos encontraríamos. Como poderia evitá-la? Naquela noite, aconteceu de eu estar sentado em um café freqüentado por comerciantes, não artistas. Nas mesas em torno, o assunto era negócios. Comerciantes de diamantes levavam pequenos sacos de pedras preciosas e suas lupas de joalheiros. Uma pedra passava rapidamente de mesa em mesa. Era inspecionada, tocada e depois devolvida com um aceno de cabeça. Parecia que eu estava em Varsóvia, na rua Krolewska. De repente, a vi. Ela olhou em volta, procurando alguém, como se tivesse um encontro marcado. Percebi tudo de imediato: o cabelo tingido, as bolsas sob os olhos, o ruge nas faces. Só uma coisa continuava inalterada: a silhueta esguia. Nos abraçamos e pronunciamos a mesma mentira: "Você não mudou nada". E quando ela se sentou à minha mesa, a diferença entre o que ela havia sido e o que era agora começou a desaparecer, como se alguma força oculta tivesse rapidamente retocado seu rosto para a imagem que permanecia em minha memória.

Fiquei ali sentado ouvindo a confusão de sua conversa. Ela misturava países, cidades, anos, casamentos. Um marido tinha morrido; de outro, ela se divorciou. Agora morava ali perto, com outra mulher. O terceiro marido, do qual estava mais ou menos separada, vivia em Paris, mas esperava vir logo para Israel. Tinham se conhecido num campo de trabalho em Tashkent. Sim, ela ainda pintava. O que mais poderia fazer? Tinha mudado de estilo, não era mais impressionista. Aonde um realismo antiquado podia levar hoje em dia? O artista tinha de criar alguma coisa nova e inteiramente pessoal. Se não, a arte falia. Lembrei a Dosha o tempo em que ela considerava Picasso e Chagall duas fraudes. É, é verdade, mas depois ela havia chegado a um beco sem saída. Agora sua pintura era realmente diferente, original. Mas quem precisava de pinturas ali? Em Safad havia uma colônia de artistas, mas não tinha conseguido se adaptar à vida lá. Já lhe bastava ter vagado por todos os tipos de aldeias abandonadas na Rússia. Precisava respirar o ar da cidade.

"Onde está sua filha?"

"Carola está em Londres."

"Casada?"

"Casada. Sou uma *sabta*, uma avó."

Sorriu timidamente, como quem diz: "Por que não contar para você? Não dá para enganar ninguém mesmo". Notei seus dentes encapados há pouco. Quando o garçom chegou, ela pediu café. Por um momento, ficamos ali sentados em silêncio. O tempo nos castigara. Havia nos roubado pais, parentes, tinha destruído nossas casas. Caçoava de nossas fantasias, de nossos sonhos de grandeza, fama, riquezas.

Tivera notícias de Dosha quando ainda estava em Nova York. Alguns amigos comuns me escreveram dizendo que as pinturas dela não eram expostas, que seu nome nunca era mencionado na imprensa. Como tinha tido um esgotamento nervoso, havia passado algum tempo numa clínica ou num asilo.

Em Tel Aviv, as mulheres raramente usavam chapéus e quase nunca de noite, mas Dosha estava com um chapéu de palha de abas largas, enfeitado com uma fita violeta, inclinado em cima de um olho. Embora tivesse o cabelo tingido de mogno, havia nele traços de outras cores. Aqui e ali, tinha até um tom azulado. Mesmo assim, seu rosto conservava sua justeza juvenil. O nariz era fino, o queixo pontudo. Os olhos, às vezes verdes, às vezes amarelos, tinham a intensidade juvenil dos infatigáveis, ainda prontos para lutar e ter esperanças até o último minuto. De que outra forma ela podia ter sobrevivido?

Perguntei: "Tem um homem, ao menos?".

Os olhos dela se encheram de riso. "Começar tudo de novo? Desde o primeiro minuto?"

"Por que esperar?"

"Você não mudou nada."

Tomou um gole de café e disse: "Claro que tenho um homem. Sabe que não posso viver sem eles. Mas é um louco, e não estou falando figurativamente. É tão louco por mim que me destrói. Me segue pela rua, põe a porta abaixo no meio da noite, me envergonha na frente dos vizinhos. Cheguei a chamar a polícia, mas não consigo me livrar dele. Felizmente está em Eilat neste momento. Tenho pensado seriamente em pegar uma arma e dar um tiro nele".

"Quem é ele? O que faz?"

"Ele diz que é engenheiro, mas na verdade é eletricista. É inteligente, mas doente mental. Às vezes, acho que o único jeito seria eu me suicidar."

"Ele pelo menos te satisfaz?"

"Sim e não. Detesto selvagens e estou cansada desse. Ele me entedia, mantém todo mundo longe de mim. Estou convencida de que algum dia vai me matar. Tenho tanta certeza disso quanto de que é noite agora. Mas o que posso fazer? A polícia de Tel Aviv é como a polícia de toda parte. 'Depois que ele matar a senhora', dizem, 'mandamos prender.' Ele tinha de ser preso. Se eu tivesse para onde ir, iria embora, mas os consulados estrangeiros não estão exatamente doando vistos. Pelo menos, tenho um apartamento aqui. Um apartamento e tanto! Mas é um lugar para dormir. E o que posso fazer com as minhas pinturas? Elas só juntam poeira. Mesmo que eu quisesse ir embora, não tenho dinheiro para a passagem. A pensão que recebo do meu ex-marido, o médico, é de poucas libras, e ele já está sempre atrasado com os pagamentos. Eles aqui não entendem nada. Não é a América. Estou passando fome e essa é a triste verdade. Não pegue a carteira; não está assim tão ruim. Vivi sozinha e vou morrer sozinha. Tenho orgulho disso, e além do mais, é o meu destino. O que estou passando e o que já passei, ninguém sabe, nem Deus. Não tem um dia sem alguma catástrofe. Mas de repente, entro num café e você está aí. Isso é mesmo uma coisa."

"Não sabia que eu estava aqui?"

"Sabia, mas como podia saber como você estaria depois de tantos anos? Eu não mudei nada, e essa é a minha tragédia. Continuei a mesma. Tenho os mesmos desejos, os mesmos sonhos, as pessoas me perseguem aqui do mesmo jeito que vinte anos atrás na Polônia. São todos meus inimigos, e eu não sei por quê. Li seus livros. Não esqueci nada. Sempre pensei em você, mesmo quando estava inchada de fome no Cazaquistão e olhei a morte nos olhos. Você escreveu em algum lugar que a gente peca em outro mundo e que este mundo é o inferno. Para você, isso pode ter sido só uma frase, mas é a verdade. Eu sou a reencarnação de algum homem mau de outro planeta. A Geena fica *dentro* de mim. Este clima me deixa doente. Os homens aqui ficam impotentes; as mulheres se consomem de paixão. Por que Deus escolheu esta terra para os judeus? Quando começa a soprar o khamsin, meu cérebro trepida. Aqui o vento não sopra; ele uiva como um chacal. Às vezes, fico na cama o dia inteiro porque não tenho força para levantar, mas de noite vago por aí como uma fera de rapina. Quanto tempo posso agüentar assim? O fato de estar viva e vendo você já é uma festa para mim."

Ela afastou a cadeira da mesa, quase a derrubou. "Esses mosquitos estão me deixando louca."

II.

Embora eu já tivesse jantado, comi de novo com Dosha e bebi vinho Carmel com ela. Depois, fomos para sua casa. No caminho, ela foi se desculpando pela pobreza do apartamento. Passamos por um parque. Mesmo iluminado por lâmpadas, estava coberto de uma escuridão que nenhuma luz consegue penetrar. As folhas imóveis das árvores pareciam petrificadas. Passamos por ruas escuras, cada uma com o nome de um escritor ou estudioso hebreu. Li as placas acima das vitrinas de lojas de roupas femininas. A comissão que modernizou o hebraico criara uma terminologia para sutiãs, meias de náilon, espartilhos, penteados femininos e cosméticos. Encontraram a fonte para esses termos mundanos na Bíblia, no Talmude babilônico, no Talmude de Jerusalém, no Midrash e até no Zohar. Já era tarde da noite, mas edifícios e asfalto ainda exsudavam o calor do dia. O ar úmido cheirava a lixo e peixe.

Senti a idade da terra debaixo de mim, as civilizações perdidas em camadas. Em algum ponto abaixo havia bezerros de ouro, as jóias das prostitutas do templo, imagens de Baal e Astarté enterradas. Aqui profetas previram tragédias. Do porto próximo, Jonas fugiu para Társis para não ter de profetizar a destruição de Nínive. À luz do dia, esses acontecimentos pareciam remotos, mas à noite os mortos caminhavam de novo. Ouvi o murmurar de fantasmas. Um pássaro acordou lançando um agudo alarme. Insetos batiam contra o vidro das luzes da rua, loucos de desejo.

Dosha pegou meu braço com uma lealdade não profanada por qualquer traição passada. Me levou pela escada de seu prédio. O apartamento era na verdade uma construção independente na cobertura. Quando ela abriu a porta, me atingiu uma onda de calor misturada ao cheiro de tinta e de álcool usado num fogão portátil. O quarto único servia de estúdio, quarto de dormir e cozinha. Dosha não acendeu a luz. Abriu as venezianas e a noite brilhou com a luz dos postes e das estrelas. Havia uma pintura encostada à parede. Eu sabia que à luz do dia suas linhas e cores estranhas pouco significariam para mim. Mesmo assim, achei intrigante no momento. Nos beijamos sem falar.

Depois de anos morando nos Estados Unidos, tinha esquecido que podia haver um apartamento sem banheiro. Mas Dosha não tinha nenhum. Havia apenas uma pia com água corrente. A privada ficava na cobertura. Dosha abriu uma porta de vidro para a cobertura e me mostrou aonde ir. Não encontrei nem interruptor nem cordão para acender a luz. No escuro, tateei um gancho com pedaços de papel espetados. Ao voltar, vi, através das cortinas da porta de vidro, que Dosha tinha acendido a luz.

De repente, a silhueta de um homem atravessou a janela. Era alto, de ombros largos. Ouvi vozes e compreendi imediatamente o que tinha acontecido. Seu amante louco havia voltado. Mesmo aterrorizado, senti vontade de rir. Minha roupa estava no quarto dela, eu tinha saído nu.

Sabia que não havia escapatória. A casa não estava ligada a nenhum outro edifício. Mesmo que eu conseguisse descer os quatro andares até a rua, não poderia voltar ao meu hotel sem roupa. Me ocorreu que Dosha podia ter escondido minhas coisas depressa, quando ouviu os passos do amante na escada. Mas ele podia sair a qualquer minuto. Comecei a procurar pela cobertura algum bastão, um objeto qualquer com que pudesse me defender. Não encontrei nada. Encostei na parede externa da toalete, esperando que ele não me visse. Mas quanto tempo podia ficar ali? Dentro de poucas horas o dia ia nascer.

Eu me agachei como um animal cercado esperando o caçador atirar. Brisas frescas do mar se misturavam ao calor que subia da cobertura. Eu tremia e mal conseguia deixar de bater os dentes. Compreendi que o único jeito de escapar seria escalar os balcões até a rua. Mas quando olhei, vi que não conseguia alcançar nem o mais próximo. Se saltasse, podia quebrar uma perna ou até fraturar o crânio. Além disso, podia ser preso ou levado para um hospício.

Apesar da minha ansiedade, tinha consciência do ridículo da situação. Podia ouvir os dois rindo do meu malfadado encontro amoroso nos cafés de Tel Aviv. Comecei a rezar a Deus, contra quem eu havia pecado. "Pai, tenha misericórdia de mim. Não me deixe morrer desta maneira ridícula." Prometi uma soma para a caridade se conseguisse escapar daquela armadilha. Olhei para as incontáveis estrelas que pairavam estranhamente próximas, para o cosmos que se espalhava com todos os seus sóis, planetas, cometas, nebulosas, asteróides e sabe-se lá que outros poderes e espíritos que ou são o próprio Deus ou aquilo que Ele formou com Sua substância. Imaginei que havia um toque de compaixão nas estrelas ao olharem para mim em meio à sua alegria noturna. Pareciam me dizer: "Espere um pouco, filho de Adão, sabemos da sua aflição e estamos tomando providências".

Durante longo tempo fiquei olhando o céu e o emaranhado de casas que constitui Tel Aviv. Uma buzina de vez em quando, o latido de um cachorro, um grito humano irrompendo da cidade adormecida. Pensei ouvir o mar e um som de campainhas. Aprendi que insetos não dormem à noite. A todo minuto minúsculas criaturas passavam esvoaçando, algumas com um par de asas, outras com dois. Um enorme besouro subiu no meu pé. Parou, mudou de direção, como se tivesse se dado conta de que havia perdido o rumo nessa cobertura estranha. Nunca me senti tão próximo de uma criatura rastejante como naqueles minutos. Tínhamos a mesma sorte. Nenhum de nós dois sabia por que tinha nascido e por que tinha de morrer. "Irmão Besouro", murmurei, "o que querem de nós?"

Fui tomado por uma espécie de fervor religioso. Estava parado numa cobertura em uma terra que Deus havia devolvido para aquela metade de seu povo que não fora aniquilada. Me vi no espaço infinito, entre miríades de galáxias, entre duas eternidades, uma já passada e outra por vir. Ou talvez nada tivesse passado, e tudo o que foi ou jamais será estivesse desenrolado no universo como um vasto rolo de pergaminho. Pedi desculpas aos meus pais, onde quer que estivessem, contra os quais um dia me rebelei e que estava agora desgraçando. Pedi o perdão de Deus, pois em vez de voltar à Sua terra prometida com renovado desejo de estudar a Torá e seguir Seus mandamentos, tinha ido com uma libertina que se perdera na vaidade da arte. "Pai, me ajude!", clamei em desespero.

Comecei a ficar cansado e sentei. Como estava esfriando, me apoiei na parede para me proteger. Minha garganta estava arranhando e sentia no nariz aquela secura acre que vem antes de um resfriado. "Será que alguém já se viu nesta situação?", perguntei a mim mesmo. Estava amortecido por aquele silêncio que vem junto com o perigo. Podia morrer congelado ali naquela noite quente de verão.

Cochilei. Tinha me sentado, com o queixo encostado no peito, as palmas das mãos nas costelas, como um faquir que fez o voto de permanecer para sempre naquela posição. De vez em quando, tentava aquecer os joelhos com meu bafo. Prestei atenção e ouvi apenas o miado de um gato em algum telhado vizinho. Ele gemeu primeiro com o grito agudo de uma criança, depois como uma mulher em trabalho de parto. Não sei quanto tempo dormi, talvez um minuto, talvez vinte. Minha cabeça ficou vazia. Minhas preocupações desapareceram. Me vi num cemitério onde havia crianças brincando. Elas tinham saído de seus túmulos. Entre elas, havia uma menina pequenina com saia pregueada. Entre os cachos loiros, dava para ver furúnculos em sua cabeça. Sabia quem era ela, Jochebed, filha dos nossos vizinhos no número 10 da rua Krochmalna, que tinha pegado febre escarlate e sido levada num carro fúnebre de criança uma manhã. O carro era puxado por um único cavalo e tinha muitos compartimentos parecidos com gavetas. Algumas crianças dançavam em círculo, outras brincavam em balanços. Era um sonho recorrente que tinha começado na minha infância. As crianças, parecendo saber que estavam mortas, nunca falavam nem cantavam. Suas caras amarelas mostravam aquela melancolia do outro mundo que só se revela nos sonhos.

Ouvi um rumor e senti o toque de alguém. Abri os olhos e vi Dosha usando um roupão e chinelos. Estava trazendo minha roupa. Meu suspensório arrastando pela cobertura junto com uma manga do paletó. Colocou no chão meus sapatos e pôs o dedo nos lábios, indicando silêncio. Fez uma careta e mostrou a língua, brincando. Voltou e, para minha surpresa, abriu um alçapão que dava na escada. Quase pisei em cima dos meus óculos, que tinham caído de um bolso. Em minha confusão, não me dei conta de quando Dosha se foi. Vi uma caderneta caída perto de mim, era o meu passaporte americano. Comecei a procurar meu dinheiro, meus cheques de viagem. Me vesti depressa e, na precipitação, coloquei o paletó pelo avesso. Minhas pernas tremiam. Entrei no alçapão e me vi na escada.

No térreo, encontrei a porta com uma corrente e trancada. Tentei forçar, como um ladrão. Por fim, o cadeado se abriu. Depois de fechar silenciosamente, fui andando depressa, sem olhar para trás nem uma vez para a casa onde tão recentemente estivera aprisionado.

Cheguei a uma alameda que parecia recém-construída porque ainda não estava pavimentada. Ia seguindo qualquer rua que encontrava só para me afastar o máximo possível. Andava e falava comigo mesmo. Parei um transeunte mais velho, dirigi-me a ele em inglês, e ele me disse: "Fale hebraico", e então me mostrou como chegar ao meu hotel. Havia uma censura paternal em seus olhos cheios de sombra, como se me conhecesse e adivinhasse minha difícil situação. Antes que eu pudesse agradecer, desapareceu.

Fiquei ali onde ele me deixou, pensando no que havia acontecido. Parado sozinho no silêncio, tremendo com o frio do amanhecer, senti alguma coisa se mexer na barra de minha calça. Me inclinei e vi um enorme besouro preto, que correu e desapareceu em um instante. Seria o mesmo que tinha visto na cobertura? Preso em minhas roupas, havia conseguido se libertar. Nós dois tínhamos ganhado uma nova chance dos poderes que governam o universo.

O traidor de Israel

O que podia ser melhor do que ficar parado num balcão e poder ver toda a rua Krochmalna (a parte onde moravam os judeus) desde Gnoyna até Ciepla e ainda mais longe, até a rua do Ferro, onde havia bondes? Não passava um dia, nem uma hora, sem que alguma coisa acontecesse. Uma hora, um ladrão era pego, depois Itcha Meyer, o bêbado, marido de Esther, da loja de doces, enlouquecia e dançava no meio da sarjeta. Alguém ficava doente e chamavam uma ambulância. Começava um incêndio em uma casa e os bombeiros, usando chapéus de latão e altas botas de borracha, vinham com seus cavalos galopantes. Eu passava tardes inteiras de verão no balcão com minha capa comprida, o solidéu de veludo em cima do cabelo vermelho, com meus dois cachos despenteados, esperando mais alguma coisa acontecer. Enquanto isso, observava as lojas do outro lado da rua, seus clientes, e também a praça, que fervia de batedores de carteira, moças perdidas e ambulantes fazendo loteria. Você tirava um número de um saco e, se estivesse com sorte, podia ganhar três lápis coloridos, ou um galo de açúcar com um pente de chocolate, ou um palhaço de papelão que sacudia os braços e as pernas quando se puxava um cordão. Uma vez, um chinês com uma trança passou pela rua. Em um instante, a rua ficou preta de gente. Outra vez, apareceu um homem de pele escura com turbante vermelho e uma faixa, usando uma capa que parecia uma estola de oração, e sandálias nos pés nus. Descobri depois que era um judeu da Pérsia, da cidade de Susã, antiga capital onde o rei Assuero, a rainha Ester e o perverso Hamã viveram.

Como eu era filho do rabino, todo mundo na rua me conhecia. Quando se está em cima de um balcão, não se tem medo de ninguém. A gente se sente como um general. Quando um inimigo meu passasse, eu podia cuspir no solidéu dele e tudo o que ele podia fazer era sacudir o punho e me xingar. Nem o policial parecia tão alto e forte lá de cima. Moscas de barriga roxa, abelhas e borboletas pousavam no balaústre do balcão. Eu tentava pegá-las ou só as admirava. Como conseguiam voar na rua Krochmalna, e de onde tiravam todo aquele colorido? Tentei ler um artigo sobre Darwin no jornal iídiche, mas mal consegui entender.

De repente, o tumulto recomeçou. Dois policiais estavam levando um homenzinho, e atrás dele corriam mulheres gritando. Para minha surpresa, entraram no meu portão. Eu mal podia acreditar: o policial trouxe esse homenzinho à nossa casa, à sala de meu pai. Veio acompanhado de Shmuel Smetena, um advogado não oficial, camarada tanto dos ladrões quanto da polícia. Shmuel sabia russo e muitas vezes servia de intérprete para os judeus na rua entre eles e as autoridades. Logo descobri o que havia acontecido. Aquele homenzinho, Koppel Mitzner, mascate de roupas usadas, era casado com quatro mulheres. Uma vivia na rua Krochmalna, outra na rua Smocza, uma em Praga e uma em Wola. Meu pai levou um bom tempo para se orientar na situação. O velho policial, com uma insígnia dourada no quepe, explicou que Koppel Mitzner não havia se casado legalmente com as mulheres, por licença do magistrado, mas só de acordo com a lei judaica. O governo não podia processá-lo, uma vez que as mulheres tinham só contratos de casamento judeus, não certidões russas. Koppel Mitzner argumentou que elas não eram suas esposas, mas suas amantes. Por outro lado, os funcionários não podiam permitir que afrontasse a lei sem punição. Portanto, o chefe de polícia havia ordenado que o acusado fosse levado ao rabino. Que estranho eu, apenas um menino, entender todas essas complicações mais depressa que meu pai. Ele estava ocupado com seus volumes do Talmude e dos comentários, quando Koppel, suas esposas e toda a multidão de homens e mulheres curiosos irromperam em nosso apartamento. Alguns riam, outros censuravam Koppel. Meu pai, um homem pequeno, frágil, usando túnica comprida e o solidéu de veludo acima da testa alta, os olhos azuis e a barba vermelha, afastou, relutante, a pena e o papel sobre a mesa. Sentou-se à cabeceira e pediu aos outros que se acomodassem. Alguns sentaram em cadeiras, outros em um longo banco junto à parede forrada de livros até o teto. Entre as janelas ficava a Arca dos Rolos Sagrados, com sua cornija dourada, na qual dois leões seguravam tábuas com os Dez Mandamentos nas línguas enroladas.

Ouvi cada palavra e observei cada rosto. Koppel Mitzner, pequeno como um menino de cheder, pele e ossos, tinha o rosto estreito, nariz comprido e um pomo-de-adão pontudo. Em seu queixo minúsculo crescia uma esparsa barba cor de palha. Usava paletó xadrez com uma camisa fechada no colarinho por um botão de latão enfeitado. Não tinha lábios, apenas um rasgo como boca. Sorriu astutamente e tentou gritar mais alto que os outros com sua voz fina. Fingia que a coisa toda não passava de uma piada ou de um erro. Quando meu pai finalmente entendeu o que Koppel havia feito, perguntou: "Como ousa cometer um pecado desses? Não sabe que o rabino Gershom decretou pena de excomunhão para a poligamia?".

Koppel Mitzner fez com o dedo um sinal para todo mundo ficar quieto. E disse: "Rabino, em primeiro lugar, não casei com elas de livre e espontânea vontade. Elas me pegaram numa armadilha. Centenas de vezes eu disse que tinha esposa, mas elas grudavam em mim feito sanguessugas. O fato de eu não ter acabado no hospício da rua Bonifrate prova que sou mais forte que ferro. Segundo, não preciso ser mais piedoso que nosso patriarca Jacó. Se Jacó casou com quatro esposas, eu posso ter dez, talvez até mil, como o rei Salomão. Acontece que eu sei também que a regra do rabino Gershom foi feita para mil anos, e novecentos anos desses mil já se passaram. Só faltam cem anos. Aceito a punição. O senhor, rabino, não vai queimar na minha Geena".

Houve um alvoroço de risos. Alguns jovens aplaudiram. Meu pai agarrou a barba: "Não podemos saber hoje o que vai acontecer daqui a cem anos. Neste momento, a regra do rabino Gershom tem validade e quem desobedece à regra é um traidor de Israel".

"Rabino, eu não roubei, não enganei. Hassidistas ricos vão à falência duas vezes por ano, depois viajam até o seu rabino nos feriados e sentam à sua mesa. Quando eu compro alguma coisa, pago em dinheiro. Não devo um centavo a ninguém. Sou provedor de quatro filhas judias e nove afilhados."

As esposas tentaram interromper Koppel, mas a polícia não deixou. Shmuel Smetena traduziu as palavras de Koppel para o russo. Mesmo eu não entendendo a língua, me ocorreu que tinha abreviado os argumentos de Koppel: ele gesticulou, piscou e parecia não querer que os russos entendessem todas as defesas de Koppel. Shmuel Smetena era alto, gordo, com um pescoço vermelho. Usava paletó de veludo cotelê com botões dourados e no colete uma corrente de relógio feita de rublos de prata. A parte de cima de suas botas brilhava como laca. Fiquei olhando as esposas de Koppel. A da rua Krochmalna era baixa, larga como uma panela de cozido de shabat, tinha nariz de batata e seios imensos. Parecia a mais velha da turma. Sua peruca estava despenteada e era preta feito carvão. Ela chorava e limpava as lágrimas com o avental. Apontava para Koppel um dedo grosso, de unha quebrada, chamando-o de criminoso, porco, assassino, devasso. E avisava que ia lhe quebrar as costelas.

Uma das mulheres parecia menina. Usava chapéu de palha com uma fita verde e levava uma bolsa com fecho de latão. As faces vermelhas eram iguais às das mulheres da rua que ficavam nos portões, esperando clientes. Ouvi quando disse: "É um mentiroso, o maior enganador do mundo inteiro. Me prometeu a lua e as estrelas. Não dá para encontrar outro mentiroso e falador igual em toda Varsóvia. Se não se divorciar de mim neste minuto, que apodreça na prisão. Tenho seis irmãos e cada um deles é capaz de fazer picadinho desse aí".

Ao dizer essas palavras zangadas, seus olhos sorriam e ela exibia as covinhas. Pareceu-me adorável. Abriu a bolsa, tirou uma folha de papel e enfiou na frente da cara de meu pai. "Está aqui o contrato de casamento."

A terceira mulher era baixa, loira, mais velha que a de chapéu de palha, mas muito mais moça que a da rua Krochmalna. Disse que era cozinheira em um hospital judeu, onde havia conhecido Koppel Mitzner. Ele se apresentou a ela como Morris Kelzer. Tinha ido ao hospital porque sofria de severas dores de cabeça e o dr. Frankel mandou que ficasse dois dias em observação. A mulher disse a meu pai: "Agora entendo por que a cabeça dele doía. Se eu cozinhasse a kasha que ele cozinhava, minha cabeça teria arrebentado e eu teria enlouquecido dez vezes por dia".

A quarta mulher tinha cabelo vermelho, a cara cheia de sardas e olhos verdes como folhas novas. Notei um dente de ouro de um lado de sua boca. A mãe dela, que usava chapéu de contas e fitas, estava sentada no banco, berrando cada vez que o nome da filha era mencionado. Esta tentou aquietá-la dando-lhe sais aromáticos, usados no Yom Kippur por aqueles que não são nem fortes o bastante para jejuar, mas tampouco querem quebrar o jejum. Ouvi a filha dizer: "Mãe, chorar e gemer não adianta. Entramos numa confusão e temos de sair".

"Deus existe, existe", guinchava a mulher. "Ele tarda, mas acaba castigando duramente. Ele há de ver nossa vergonha, nossa desgraça, e há de julgar. Um malfeitor desses, um libertino, uma besta dessas!"

Sua cabeça pendeu para trás, como se estivesse para desmaiar. A filha correu à cozinha e voltou com uma toalha molhada. Esfregou as têmporas da mulher com ela. "Mãe, volte a si. Mãe, Mãe, Mãe!"

A velha acordou sobressaltada e começou a gritar de novo. "Gente, estou morrendo!"

"Olhe, engula isto." A filha colocou um comprimido entre suas gengivas nuas.

Depois de algum tempo, os policiais foram embora, ordenando que Koppel Mitzner comparecesse ao quartel policial no dia seguinte, e Shmuel Smetena começou a ralhar com Koppel. "Como pode um homem, principalmente um homem de negócios, fazer uma coisa dessas?" Meu pai falou para Koppel que ele tinha de se divorciar das outras três esposas sem demora e ficar com a esposa original, a da rua Krochmalna. Meu pai pediu que as mulheres se aproximassem da mesa e perguntou se concordavam com o divórcio. Mas por alguma razão elas não responderam com clareza. Koppel tinha cinco filhos com a esposa da rua Krochmalna, dois com a cozinheira do hospital judeu e um com a ruiva. Só com a mais nova não tivera filhos. Eu já havia aprendido o nome das mulheres. A da rua Krochmalna chamava-se Trina Lia, a cozinheira Gutsha, a ruiva Naomi. A mais jovem tinha nome gentio, Pola. Geralmente, quando as pessoas vinham para uma Din Torá, um julgamento, meu pai buscava uma conciliação. Se um dos litigantes pleiteava vinte rublos e o outro negava dever alguma coisa, o veredicto de meu pai era que se pagassem dez. Mas que tipo de concessão era possível fazer num caso desse? Meu pai fez um sinal negativo com a cabeça e suspirou. De quando em quando, dava uma olhada nos livros e manuscritos. Não gostava de ser incomodado em seus estudos. Acenou para mim, como quem diz: "Veja aonde o Maligno pode levar quem esquece a Torá".

Depois de muito negociar, meu pai mandou as mulheres para a cozinha, discutir suas queixas e os detalhes financeiros com minha mãe. Ela era mais vivida do que ele em questões mundanas. Tinha dado umas espiadas na sala da corte e lançou a Koppel um olhar de desdém. As mulheres correram imediatamente para a cozinha e eu fui atrás. Minha mãe, mais alta que meu pai, magra, doentiamente branca, com o nariz fino e grandes olhos cinzentos, estava, como sempre, lendo algum livro de moralidade hebraico. Usava um lenço branco em cima da peruca loira. Ouvi quando disse para as esposas de Koppel: "Divorciem dele. Fujam dele como se foge do fogo. Que eu seja perdoada pelas minhas palavras, mas o que viram nele? Um debochado!".

Gutsha, a cozinheira, replicou: "Rebbetzin, é fácil divorciar de um homem, mas nós temos duas filhas. Verdade que é uma ninharia o que ele paga para o sustento delas, mais ainda é melhor que nada. Se a gente se divorciar, ele vai ficar mais livre que um passarinho. Uma criança precisa de sapatos, de uma saia, de calcinha. Bom, e o que eu vou dizer para elas quando crescerem? Ele vinha só aos sábados, mas para as meninas era o papai. Trazia doces, um brinquedo, um biscoito. E fingia amar as duas".

"Sabia que ele tinha uma esposa?", minha mãe perguntou.

Gutsha hesitou um pouco. "No começo, não sabia, e quando descobri já era tarde demais. Ele disse que não morava com a mulher e que qualquer dia se divorciavam. Ele me fascinava e me enfeitiçava. Falava bem, era uma raposa de esperto."

"Ela sabia, a vagabunda, sabia!" Trina Lia gritou. "Quando um homem visita a mulher só no shabat, ele é menos kacher do que carne de porco. Ela é igual a ele. Gente como ela só quer agarrar o marido das outras. É uma vagabunda, uma perdida." E Trina Lia cuspiu na cara de Gutsha.

Gutsha enxugou o rosto com um lenço. "Ela devia cuspir sangue e pus."

"Realmente, não consigo entender", minha mãe disse para as mulheres e para si mesma. E acrescentou: "Quem sabe ele podia ser obrigado a pagar para as crianças pela lei dos gentios?".

"Rebbetzin", disse Gutsha, "se um homem tem sentimento pelos filhos, não precisa ser forçado a nada. Esse aí vinha cada semana com uma desculpa diferente. Ele dava uns poucos guilderes como se fosse esmola. Hoje os policiais foram até o hospital e me tiraram de lá como se eu fosse uma criminosa. Meus inimigos se alegraram com a minha queda. Deixei minhas filhas com uma enfermeira que tem de sair às quatro e aí elas vão ficar sozinhas."

"Nesse caso, vá para casa já", disse minha mãe. "Alguma coisa há de ser feita. Ainda resta um pouco de ordem neste mundo."

"Ordem coisa nenhuma. Cavei meu próprio túmulo. Devia estar louca. Mereço as pancadas que estou levando. Estou pronta para morrer, mas quem vai cuidar das minhas queridas? Não é culpa delas."

"Se essa aí é mãe, eu sou uma condessa", berrou Trina Lia. "Vaca, lazarenta, bandoleira!"

Eu tinha muita pena de Gutsha; mas estava curioso para saber dos homens e corri de volta para a sala onde ainda estavam discutindo. Ouvi Shmuel Smetena dizer: "Escute aqui, Koppel. Diga o que disser, as crianças não podem ser as vítimas. Vai ter de prover para elas, senão os russos te botam na gaiola por três anos e ninguém vai mexer um dedo. Nenhum advogado vai pegar um caso desses. Se você explode de raiva e enfia uma faca em alguém, o juiz pode ser leniente. Mas o que você fez esses dias todos não é coisa de ser humano".

"Vou pagar, vou pagar, não seja mais realista que o rei", disse Koppel. "São meus filhos e não vão ter de pedir esmola. Rabino, se me permite, juro pelos Rolos Sagrados." E Koppel apontou a Arca.

"Jurar? Deus me livre!", meu pai replicou. "Primeiro, você tem de assinar um papel dizendo que vai obedecer a meu julgamento e cumprir suas obrigações com seus filhos. Ai de mim!" Meu pai mudou de tom. "Quanto tempo vive um homem? Vale a pena perder a outra vida por causa dessas paixões maldosas? O que acontece com o corpo depois da morte? É comido pelos vermes. Enquanto se está respirando, dá para se arrepender. No túmulo não existe mais vontade própria."

"Rabino, estou pronto a jejuar e a pagar penitências. Posso explicar: eu perdi a cabeça. Um demônio ou um mau espírito entrou em mim. Fiquei mais enrolado do que uma mosca na teia. Tenho medo que as pessoas resolvam se vingar de mim e ninguém mais entre em minha loja."

"Os judeus são misericordiosos", disse meu pai. "Se você se arrepender de todo coração, ninguém vai perseguir você."

"É a absoluta verdade", Shmuel Smetena concordou.

Deixei os homens e voltei para a cozinha. A velha, mãe de Naomi, estava dizendo: "Rebbetzin, não gostei dele desde o começo. Bati os olhos nele e disse: 'Naomi, fuja dele como se foge da peste. Ele não vai se divorciar da mulher. Deixe primeiro ele se divorciar dela', eu disse, 'depois a gente vê'. Minha querida senhora, não somos gente da sarjeta. Meu falecido marido, pai de Naomi, era hassidista. Naomi era uma menina honesta. Foi ser costureira para me sustentar. Mas ele tem uma língua rápida, as palavras brotam doces. Quanto mais tentava me agradar com elogios, mais eu via a cobra que ele era. Mas minha filha é uma boba. Se disserem para ela que tem uma feira de cavalos no Céu, ela vai querer subir e comprar um cavalo lá. Além disso, teve azar. Casou e ficou viúva depois de três meses. O marido dela, um gigante de homem, tombou feito uma árvore. Ai, o que eu estou tendo de passar na minha velhice. Queria ter morrido faz tempo. Quem precisa de mim? Eu só dou prejuízo".

"Não diga isso. Quando Deus nos manda viver, nós temos de viver", disse minha mãe.

"Para quê? As pessoas zombam de nós. Quando ela me disse que estava grávida daquele palerma, eu arranquei os cabelos e... Gente, estou morrendo!"

Naquele dia, as três mulheres concordaram em se divorciar de Koppel Mitzner. As ações de divórcio ocorreriam em nossa casa. Koppel assinou um papel e adiantou cinco rublos a meu pai. Meu pai já tinha escrito o nome das três mulheres. O nome de Naomi era um nome judeu. Gutsha era diminutivo de Gutte, que estava no Tovah. Mas que nome era Pola? Meu pai procurou o nome num livro intitulado *Nomes de pessoas*, mas não havia Pola. Me pediu para trazer Isaías, o escriba, e os dois conversaram. Isaías tinha muita experiência nessas questões. Contou a meu pai que cada vez que redigia um papel de divórcio, desenhava um círculo num caderno e que recentemente seu filho havia contado oitocentos círculos desses. "Segundo a lei", disse Isaías, "um nome gentio é aceitável num documento de divórcio."

Naomi devia se divorciar primeiro. A cerimônia ritual ocorreu num domingo. Mas naquele domingo nem Koppel nem suas esposas apareceram. Espalhou-se pela rua Krochmalna que Koppel Mitzner havia desaparecido junto com a esposa mais jovem, Pola. Ele abandonou as outras três esposas, e nunca lhes seria permitido casar de novo. Ninguém sabia para onde haviam ido ele e Pola, mas acreditava-se que os dois fugiram para Paris ou Nova York. "Para onde mais", disse minha mãe, "fugiriam dois charlatões como esses?"

Lançou-me um olhar zangado, como se desconfiasse que eu sentia inveja da viagem de Koppel e, quem sabe, até talvez de sua companheira. "O que está fazendo na cozinha?", gritou. "Volte para seu livro. Essas depravações não são para você!"

A viagem astral

Foi assim. Num dia quente, eu estava na parte residencial da Broadway, diante de um trecho de grama limitado por uma cerca, e comecei a jogar comida para os pombos. Os pombos me conheciam e normalmente me cercavam quando me viam com o saco de sementes. A polícia tinha me dito que era proibido alimentar os pombos no parque, mas não foram além disso. Uma vez, um enorme policial até me abordou e disse: "Por que todo mundo traz comida para os pombos e ninguém pára pra pensar que eles podem estar precisando de água? Faz semanas que não chove em Nova York. Os pombos estão morrendo de sede". Ouvir isso de um policial foi uma experiência e tanto! Fui direto para casa e trouxe uma tigela de água, mas metade derramou no elevador e os pombos derramaram o resto.

Nesse dia, a caminho do cercado de grama, vi o número novo do *The Unknown* numa banca de jornais e comprei um exemplar, já que a revista desaparecia do meu bairro assim que saía. Por alguma razão, muitos leitores da parte residencial da Broadway se interessam por telepatia, clarividência, psicocinesia e a imortalidade da alma.

Pela primeira vez, os pombos não se juntaram em torno de mim. Olhei e vi, uns passos adiante, uma mulher que também estava atirando punhados de grãos. Comecei a rir: debaixo do braço ela também levava o novo número do *The Unknown*. Apesar do dia quente de verão, usava vestido preto e chapéu preto de aba larga. Meias e sapatos pretos. Devia ser estrangeira, pensei, nenhuma americana usaria essas roupas neste clima, nem que fosse para um funeral. Levantou a cabeça e vi um rosto que parecia jovem ou, pelo menos, não velho. Era magra e morena, com nariz estreito, queixo comprido e lábios finos.

Eu disse: "Concorrência, hein?".

Ela sorriu, mostrando grandes dentes artificiais, mas seus olhos negros continuaram sérios. Disse: "Não se preocupe, meu senhor. Outros pombos virão. O bastante para nós dois. Aí vêm eles!". E apontou profeticamente para o céu.

Sim, do centro da cidade vinha vindo um bando inteiro. O gramado ficou tão cheio que os pássaros pulavam e esvoaçavam para abrir caminho até a comida. Pássaros, como os hassidistas, gostam de se acotovelar.

Quando esvaziamos nossos sacos, fomos até a lata do lixo. "Você primeiro", eu disse, e acrescentei: "Estou vendo que nós dois lemos a mesma revista".

Ela respondeu com uma voz profunda e sotaque estrangeiro. "Muitas vezes vi você dando comida para os pombos e quero que saiba que quem alimenta os pombos nunca passa necessidade. Os poucos centavos gastos com esses pássaros adoráveis nos trazem muita sorte."

"Como pode ter tanta certeza disso?"

Ela começou a explicar e fomos andando juntos. Convidei-a para um drinque e ela disse: "Com prazer, mas não tomo bebida alcoólica, só suco de fruta ou suco de legumes".

"Venha. Se você lê *The Unknown* é das minhas."

"Sim, meu maior interesse é o oculto. Leio publicações semelhantes da Inglaterra, do Canadá, da Austrália, da Índia. Já lia na Hungria, onde nasci, mas hoje em dia você, lá, vai para a cadeia se acreditar em poderes superiores. Existe uma revista assim em hebraico?"

"Você é judia?"

"Por parte de mãe, mas para mim não existem raças e religiões diferentes, só uma única espécie humana. Nós perdemos as fontes de nossa energia espiritual, e isso deu origem a uma desarmonia em nossa evolução psíquica. O resultado foi a divisão. Quando emitimos ondas de fraternidade, de ajuda recíproca, de paz, essas vibrações criam uma sensação de identificação entre todas as criaturas de Deus. Você viu como os pombos vieram voando. Eles se juntam em torno do Central Savings Bank, na esquina da Broadway com a rua Setenta e Três, que é longe demais para os pombos saberem o que está acontecendo nas ruas Oitenta. Mas a consciência cósmica dentro deles está em perfeito equilíbrio e portanto..."

Tínhamos entrado em uma cafeteria com ar-condicionado e nos sentamos num dos cubículos. Ela se apresentou como Margaret Fugazy.

"Incrível", disse, "notei que você sempre dá comida aos pombos à uma hora, quando sai para almoçar, enquanto eu dou comida de manhã. Fiz como sempre hoje de manhã. De repente, uma voz me ordenou que eu desse comida de novo. Agora, às seis da tarde, os pombos não sentem tanta vontade de comer. Estão começando a se acomodar ao ritmo noturno. Os dias estão ficando mais curtos e estamos em outra constelação no ciclo solar. Mas quando uma voz repete a mesma coisa insistentemente, é uma mensagem dos poderes do mundo. Saí e encontrei você chegando para alimentar os pombos também. Como foi que se atrasou?"

"Também ouvi uma voz."

"Você é médium?"

"Estou brincando."

"Não deve brincar com essas coisas!"

Depois de quarenta e cinco minutos, eu tinha ouvido uma porção de confidências. Margaret Fugazy viera para os Estados Unidos nos anos 50. Seu pai era médico; os pais já tinham morrido. Aqui em Nova York ficou amiga de uma mulher que tinha mais de noventa anos, médium e meio cega. Viveram juntas algum tempo. A velha morreu com a idade de cento e dois anos, e agora Margaret se mantinha dando cursos de ioga, concentração, estimulação mental, biorritmo, consciência e Eu Sou.

Ela disse: "Fiquei muito tempo observando você dar comida aos pombos antes de descobrir que era escritor e vegetariano. Comecei a ler seu trabalho. Isso levou a uma comunicação telepática entre nós, mesmo que de um só lado. Cheguei a visitar você diversas vezes em sua casa, não fisicamente, mas no meu corpo astral. Gostaria de ter chamado sua atenção, mas você estava dormindo profundamente. Em geral saio do meu corpo por volta do amanhecer. Só encontrei você acordado uma vez e você me falou sobre os mistérios da Cabala. Quando tive de ir embora, você me deu um beijo".

"Sabe meu endereço?"

"O corpo astral não precisa de endereços!"

Nenhum de nós dois falou durante algum tempo. E Margaret disse: "Podia me dar seu telefone. Essas visitas astrais são tremendamente perigosas. Se o cordão de prata se quebrar...".

Não terminou, aparentemente com medo das próprias palavras.

II.

A caminho de casa, à uma hora da manhã nesse dia, disse a mim mesmo que não podia me envolver com Margaret Fugazy. Meu estômago doía por causa da soja, da cenoura crua, do melado, das sementes de girassol e do suco de salsão que ela havia me servido de jantar. A cabeça doía por causa dos conselhos para evitar tensão espiritual, controlar os sonhos e emitir raios alfa de relaxamento e raios beta de atividade intelectual e raios teta de transe. Era tudo culpa de Dora, pensei. Se ela não tivesse me abandonado e fugido para o kibutz onde sua filha Sandra estava tendo o primeiro filho, estaria com ela agora em um hotel em Bethlehem, New Hampshire, onde não há pólen, em vez de sofrer com minha alergia na poluída Nova York. Verdade que Dora tinha implorado que a acompanhasse até Israel, mas eu não tinha nenhuma intenção de me ver num kibutz esquecido perto da fronteira da Síria, esperando Sandra dar à luz.

Estava com medo de ir andando os poucos quarteirões que iam da avenida Columbus com a rua Noventa e Seis até o meu apartamento-estúdio nas ruas Oitenta Oeste, mas nenhum táxi parou para mim. Subindo de elevador, fui tomado por medos. Quem sabe havia sido assaltado enquanto estava fora? Quem sabe, de vingança por não encontrar nenhum dinheiro ou jóias, os ladrões tivessem rasgado meus manuscritos? Abri a porta e fui atingido por uma onda de calor. Havia esquecido de baixar as persianas e o sol torrara o apartamento o dia inteiro. Ninguém limpava ali desde que Dora foi embora, e a poeira me fez começar a espirrar. Tirei a roupa e deitei, mas não conseguia dormir. Meu nariz estava entupido, a garganta arranhando, e tinha a sensação de estar com o ouvido cheio de água. Minha raiva de Dora cresceu e fantasiei todo tipo de vingança. Quem sabe casar com essa milagreira húngara e mandar para Dora um telegrama com a boa-nova?

O dia estava raiando na hora que apaguei. Fui despertado pelo telefone. O relógio na mesa-de-cabeceira mostrava dez e vinte. Peguei o telefone e resmunguei: "*Nu?*".

Ouvi uma voz feminina. "Acordei você, foi? É Margaret. Margaret Fugazy. Morris... posso te chamar de Morris?"

"Pode me chamar até de Potifar."

"Ah, escute só! O que quero dizer é que hoje de manhã veio um sinal de que nosso encontro de ontem não foi uma simples coincidência, mas um ato do destino, ordenado e executado pela mão da Providência. Primeiro, quero que saiba que quando saiu fiquei profundamente preocupada com você. Você me prometeu que ia tomar um táxi, mas eu sabia, não me pergunte como, que não ia fazer isso. Pouco antes do amanhecer, me vi de novo no seu apartamento. Que desordem. A poeira! E quando vi seu rosto pálido e ouvi sua respiração apressada, resolvi que não pode absolutamente ficar na cidade. Por outro lado, não seria bom nossa relação começar com uma longa separação. Bom, hoje cedo uma velha amiga minha telefonou, Lily Wolfner, húngara também. Fazia mais de um ano que eu não falava com ela, mas a noite passada, antes de dormir, de repente pensei nela e isso para mim é sempre sinal de que vou saber da pessoa. Às nove horas em ponto, meu telefone tocou e eu tinha tanta certeza que atendi dizendo "Alô, Lily". Lily Wolfner é agente de viagens. Ela organiza excursões para Europa, África, Japão e Israel também. As excursões dela têm sempre um programa cultural. Os guias são psicólogos, psiquiatras, escritores, artistas, rabinos. Duas vezes fui guia nessas excursões interessadas em pesquisa psíquica, e um dia te conto as incríveis experiências que tive com elas.

"Eu disse: 'Lily, por que pensou em mim?', e ela respondeu que tinha um grupo que queria juntar uma visita ao Estado de Israel durante as Grandes Festas com um curso avançado de conscientização. Me convidou para ser a guia. Não me lembro como, mas mencionei seu nome a ela, e o fato de ter prometido me dar uma aula esotérica sobre a Cabala. Por favor, não me interrompa. Assim que ouviu seu nome, ela ficou simplesmente histérica. 'O quê? Ele existe de verdade? Mora bem aqui em Nova York e você jantou com ele?' Resumindo: propôs que nós dois fôssemos guias nessa excursão. Ela concorda com qualquer exigência sua. São mulheres ricas, muitas delas provavelmente leitoras do seu trabalho. Eu disse que ia falar com você, mas primeiro ela precisava falar com as mulheres. Menos de meia hora depois, me ligou de volta. Tinha já falado com as clientes e ficaram tão excitadas quanto ela com a idéia. Meu caro, precisa ser cego para não ver a mão do destino em tudo isso. Lily é uma mulher de negócios, não uma mística qualquer, mas me disse que eu e você juntos faríamos uma dupla fantástica! Quero que saiba que nos últimos meses enfrentei crises profundas em minha vida: espiritual, física, financeira. Cheguei mais perto do suicídio do que pode imaginar. Quando me aproximei de você ontem, entendi que de alguma forma minha vida estava em suas mãos, por estanho que pareça. Eu imploro, portanto, suplico de joelhos, que não diga não, porque isso seria a minha sentença de morte. Literalmente."

Margaret não me permitiu dizer nem uma palavra de evasiva. Queria contar para ela que não era especialista em Cabala e que não tinha nenhuma vontade de andar por Israel com um bando de mulheres que ia tentar misturar turismo e misticismo, mas de algum forma hesitei, confuso com minha própria fraqueza.

Margaret exclamou: "Morris, me espere. Vou até aí!".

"Com o corpo astral?", perguntei.

"Cínico! De corpo e alma!"

III.

Quem foi que disse, talvez ninguém: nossos dramas são sempre melodramas. Eu fui ao mesmo tempo ator e observador neste melodrama.

Estava sentado em um ônibus com ar-condicionado correndo de Haifa para Tel Aviv. Tínhamos passado o Rosh Hashanah em Jerusalém. Visitamos Sodoma, Elath, Safad, as regiões ocupadas em torno do Canal de Suez e as Colinas de Golã, diversos kibbutzim. Sempre que parávamos eu fazia uma palestra sobre a Cabala, e Margaret dava conselhos sobre amor, saúde e negócios; como usar o inconsciente para comprar ações, apostar nos cavalos, encontrar empregos, maridos; como meditar. Falava sobre o delta de ondas cerebrais e sobre as ressonâncias da personalidade tântrica, sobre as dimensões da Shambala e o panorama de evocações cibertrônicas. Realizava análises astroquímicas, mostrava como localizar o terceiro olho, o olho pineal, revelava os mistérios da Lemúria do Monte Shasta. Participei de sessões em que ela hipnotizou as senhoras, a maior parte das quais adormeceu, ou pelo menos fingiu dormir. Ela jurou que minha mãe revelou-se a ela e insistiu para que cuidasse de mim; nasci sagitariano, e alguém de Escorpião podia dar início a um conflito fatal comigo.

Eu me vi envolvido em uma situação que me envergonhava. Graças a Deus, até então não havia encontrado Dora, nem ninguém conhecido, mas a excursão ficaria em Israel ainda uma semana inteira. Podia facilmente acontecer de alguém me reconhecer. Além disso, o grupo começou a se desentender, decepcionado com hotéis, com refeições, com os artigos à venda nas lojas de lembranças, e estava cada vez mais crítico com os guias. Muitas esfriaram com Margaret e suas lições, e o entusiasmo pela Cabala diminuíra. Uma mulher deu a entender que minha interpretação da Cabala era subjetiva demais e não passava de uma espécie de miscelânea poética.

De acordo com a programação, devíamos passar uns dias em Tel Aviv para as mulheres terem tempo de fazer compras. Elas passariam o Yom Kippur em Jerusalém e no dia seguinte voariam do aeroporto de Lod para a América. Eu tencionava fazer uma surpresa para Dora no fim da excursão, e antes de partir de Nova York tinha solicitado a Lily Wolfner um bilhete em aberto para não precisar voltar com o grupo. Disse a ela que tinha de cuidar de alguns assuntos literários em Israel. Para evitar complicações, não mencionei isso a Margaret.

Depois do café-da-manhã, na véspera de o grupo ir para Jerusalém rezar no Muro das Lamentações, tive de revelar meu segredo. Queria ficar em Tel Aviv para o feriado, no mesmo hotel em que estávamos hospedados. Estava cansado das viagens constantes e da companhia dos outros e desejava um dia para mim sozinho.

Estava preparado para algum ressentimento, mas não para a cena que Margaret armou. Ela chorou, acusou Lily Wolfner e eu de termos conspirado contra ela e me ameaçou com castigos dos poderes superiores. Uma grande catástrofe haveria de me atingir por minha insinceridade.

De repente, bradou: "Se vai ficar em Tel Aviv, eu fico também! Não tenho de rezar em nenhum lugar santo no Yom Kippur. Cumpri meu trabalho tanto quanto você!".

"Você tem de seguir com o grupo; senão perde sua passagem", eu disse.

"Na manhã seguinte ao Yom Kippur pego um táxi para Lod direto daqui."

Quando as mulheres souberam que os dois guias iam ficar em Tel Aviv para o Yom Kippur, fizeram observações maliciosas, mas não havia tempo para explicações demoradas: o ônibus estava esperando em frente ao hotel. Margaret garantiu às mulheres que ia encontrar com elas no aeroporto logo cedo no dia seguinte ao Yom Kippur, e despediu-se. Eu estava constrangido demais até para me desculpar. Tinha prejudicado não só o meu prestígio, mas também o da Cabala.

Depois, mostrei a Margaret o meu contrato, que estipulava que meu trabalho havia terminado na noite anterior; eu tinha todo o direito de ficar em Israel quanto tempo quisesse.

Margaret se recusou a olhar. "Você tem alguma mulher aqui", sentenciou, "mas seus planos vão dar em nada!" Apontou um dedo para mim, murmurou alguma coisa, e senti que estava tentando invocar os poderes do mal contra mim. Pasmo com minha própria superstição, tentei amansá-la com promessas, mas ela disse que havia perdido toda a confiança em mim e me chamou de nomes horríveis. Quando finalmente foi arrumar as malas, aproveitei o tempo para tentar falar com o kibutz perto das Colinas de Golã onde Dora estava. Não consegui a ligação.

Tantos hóspedes tinham ido para Jerusalém que o hotel não fizera nenhum preparativo para a festa pré-feriado. Margaret e eu tivemos de encontrar um restaurante. Embora eu não seja um freqüentador de sinagogas, faço jejum no Yom Kippur.

"Vou jejuar com você", Margaret anunciou quando contei para ela. "Se Deus resolveu me castigar com tamanha humilhação, sem dúvida devo ter cometido algum pecado grave."

"Você diz que é meio gentia, mas se comporta como uma perfeita yenta", brinquei.

"Sou mais judia no meu dedo mindinho do que você no seu ser inteiro."

Pretendíamos comprar alguma coisa para comer antes de começar o jejum, mas quando terminamos de almoçar as lojas estavam fechadas. As ruas, desertas. Até a embaixada americana, que não ficava longe do hotel, parecia festivamente silenciosa. Margaret foi ao meu quarto e saímos ao balcão para olhar o mar. O sol arcava para oeste. A praia estava vazia. Qualquer intimidade que pudesse haver entre nós dois havia se rompido; éramos como um casal casado que já havia se decidido pelo divórcio. Nos afastamos um do outro para olhar o sol lançando suas redes de fogo sobre as ondas.

O rosto moreno de Margaret ficou vermelho como um tijolo, e seus olhos negros exsudavam a melancolia daqueles que se afastaram de seu ambiente e nunca se sentem à vontade em outro. Ela disse: "O ar aqui é cheio de fantasmas".

IV.

Ficamos acordados até tarde debruçados sobre uma tábua de Ouija, que me fez uma profecia terrível atrás da outra. De puro tédio, ou talvez para terminar de vez nossa falsa relação, confessei a Margaret a verdade sobre Dora. Ela estava cansada demais para fazer outra cena.

Na manhã seguinte, saímos para uma caminhada ao longo da rua Ben-Yehuda, pelo Boulevard Rothschild. Pensamos ir a uma sinagoga, mas todas por onde passamos estavam cheias de fiéis. Do lado de fora, havia homens com suas estolas de oração. Por volta das dez da manhã, voltamos para o hotel. Tínhamos esgotado nossas conversas e me deitei para ler um livro sobre Houdini, que sempre considerei possuidor de poderes misteriosos, apesar do fato de ele se opor aos espíritas. Margaret sentou à mesa e colocou as cartas do tarô. De quando em quando, arqueava as sobrancelhas e me lançava um olhar desanimado. Depois, disse que por causa da minha traição não havia dormido nada a noite anterior, e foi para seu quarto. Me avisou para não incomodá-la.

No meio do dia, ouvi uma sirene prolongada e imaginei que os militares estariam fazendo algum teste no Yom Kippur. Estava sem comer desde as duas da tarde do dia anterior e tinha fome. Li, cochilei e me permiti um pouquinho da introspecção nesse Dia do Perdão. Toda a minha vida persegui o prazer, mas minhas namoradas ficavam sérias demais e adquiriam a amargura de esposas abandonadas. Essa última jornada havia me degradado e exaurido. Nem mesmo minha alergia havia melhorado.

Adormeci e acordei depois do pôr do sol. Pelos meus cálculos, os judeus nas sinagogas estariam encerrando os serviços religiosos. Uma estrela apareceu no céu, logo uma segunda e depois uma terceira, e então era permitido quebrar o jejum. A porta se abriu e Margaret deslizou para dentro feito um fantasma. Tínhamos jejuado não vinte e quatro horas, mas trinta. Margaret parecia esgotada. Descemos de elevador. O saguão estava em penumbra, a porta de entrada coberta por um pano preto. Atrás do balcão, havia um homem mais velho que não parecia funcionário do hotel. Estava lendo um jornal iídiche velho. Fui até ele e perguntei: "Por que está tudo tão quieto?".

Ele me olhou, incomodado. "O que o senhor queria? Um baile?"

"Por que está tão escuro?"

O homem coçou a barba. "Está se fazendo de bobo, é? O país está em guerra."

Ele explicou. Os egípcios tinham atravessado o canal de Suez, os sírios tinham invadido as colinas de Golã. Margaret devia entender um pouco de iídiche, porque gritou: "Eu sabia! O castigo!".

Abri a porta da rua e saí. A rua Yarkon estava envolta em trevas, todas as janelas cobertas com lençóis. Longe da alegria do final do Yom Kippur em Tel Aviv, quando os restaurantes e cinemas ficam cheios, mais parecia a noite do nono dia de Ab em algum shtetl polonês. Os faróis dos poucos carros que circulavam devagar estavam apagados ou cobertos com tinta azul. Andamos um pouco pela rua Ben-Yehuda na esperança de comprar comida, mas as lojas estavam fechadas. Voltamos para o meu quarto e Margaret descobriu um rádio na mesa-de-cabeceira. As notícias eram todas da guerra, a comunicação civil havia sido suspensa. As Forças Armadas foram mobilizadas. O locutor apelava ao povo que não entrasse em pânico. Encontrei um saco de bolachas e duas maçãs em minha mala, e Margaret e eu quebramos o jejum. Margaret tinha pedido um táxi para levá-la ao aeroporto de Lod às cinco dessa manhã, mas será que ele viria? E será que haveria aviões partindo para a América? Pelas notícias das colinas de Golã, eu tinha a sensação de que o kibutz onde Dora estava havia caído nas mãos dos árabes. Quem podia saber se Dora estava viva? Havia uma possibilidade de os sírios ou os egípcios chegarem a Tel Aviv amanhã. Margaret insistiu comigo para ir com ela para Lod se o táxi aparecesse, mas eu não estava a fim de perder meus dias e noites em um aeroporto onde haveriam de se juntar milhares de turistas de todos os cantos do país.

Margaret perguntou: "E morrer aqui seria melhor?".

"É, melhor."

Ficamos ouvindo o rádio até duas horas. Margaret parecia mais chocada com o que chamava de minha baixa conspiração do que com a guerra. Sua única consolação, confessou, era o fato de que sabia disso no fundo da alma. Ela agora previa que Dora e eu nunca mais no encontraríamos. Chegava a afirmar que aquela guerra era uma das calamidades que a Providência havia preparado para mim. Como o tempo era uma ilusão e todos os acontecimentos eram predeterminados, ela concluía que o julgamento muitas vezes vinha antes da transgressão. Sua vida estava cheia desses exemplos: inimigos impedidos de atingir seus pérfidos objetivos por circunstâncias preparadas meses, ou mesmo anos antes, por seu anjo da guarda. Os que efetivamente conseguiram machucá-la foram depois mortos, mutilados ou vitimados pela loucura. Antes de ir para seu quarto, Margaret disse que ia rezar para eu ser perdoado. Me deu um beijo de boa-noite. Insinuou que, embora o Dia do Perdão tivesse terminado, as portas do arrependimento continuavam abertas para mim.

Caí num sono profundo. Abri os olhos quando alguém me sacudiu pelo ombro. Estava escuro e por um momento não entendi onde estava e quem estava me acordando.

Ouvi Margaret dizer com voz solene: "O táxi está aí!".

"Que táxi? Ah!"

"Venha comigo."

"Não, Margaret, eu vou ficar."

"Nesse caso, passe bem. Me perdoe!"

Me beijou com lábios ásperos. Seu hálito cheirava a jejum. Fechou a porta ao sair e entendi que tínhamos rompido para sempre. Só depois que foi embora percebi os motivos da minha decisão. Eu não tinha uma reserva como ela, mas um bilhete aberto. Além disso, tinha dito às mulheres da excursão que ia ficar, não seria direito aos olhos dela nem aos meus fugir como um covarde. Uma vez, Dora e eu tínhamos brincado com a idéia de nos vermos juntos em um navio afundando. Os outros passageiros gritavam, choravam e brigavam para chegar aos botes salva-vidas, mas ela e eu continuávamos no salão de jantar com uma garrafa de vinho. Íamos gozar nossa felicidade e afundar em vez de empurrar, brigar e implorar um bocadinho de vida. Agora essa fantasia havia assumido um tom de realidade.

Estava amanhecendo. O sol ainda não havia surgido, mas vários homens e mulheres já faziam ginástica calistênica na praia. Na penumbra, pareciam sombras. Senti vontade de rir daqueles otimistas que desenvolviam seus músculos às vésperas da morte.

Enfiei a mão no bolso do paletó pendurado nas costas da cadeira e toquei meu passaporte e cheques de viagem. Não tinha havido nenhuma razão para eu trazer comigo uma grande soma de dinheiro, mas estava com mais de dois mil dólares em cheques de viagem e além disso um talão de cheques. Ninguém tinha roubado nada, e voltei à cama para recuperar o sono. Tinha conhecidos em Tel Aviv e alguns que podiam até ser chamados de amigos, mas estava decidido a não me revelar a ninguém. O que poderia dizer que estava fazendo ali?

Quando havia chegado? Ia me enrolar em novas mentiras. Liguei o rádio. O inimigo estava avançando e nossas baixas eram severas. Outras nações árabes se preparavam para invadir.

Tentei de novo fazer um telefonema para o kibutz de Dora, mas me disseram que era impossível. O fato de o telefone e a eletricidade estarem funcionando e haver água quente nos quartos parecia incrível.

Desci de elevador para o saguão. No dia anterior, tinha tido a impressão de que o hotel estava vazio, mas ali havia homens e mulheres conversando em inglês. Todos os empregados homens do hotel haviam sido convocados, e seus lugares estavam tomados por mulheres. O café-da-manhã estava sendo servido no salão de jantar. Padarias haviam assado pão durante a noite, eles ainda estavam quentes do forno. Pedi uma omelete e a garçonete que me serviu disse: "Coma enquanto existe comida". Embora fosse um dia de sol, imaginei camadas de sombra caindo de cima como no começo de um eclipse solar. Não me aproximei dos outros americanos. Não tinha a menor vontade de conversar com eles e ouvir seus comentários. Além disso, falavam tão alto que dava para ouvi-los de qualquer jeito: no aeroporto de Lod, diziam, as pessoas se aglomeravam do lado de fora com a bagagem, e não havia atendimento. Eu podia ver Margaret entre eles, murmurando encantamentos, conjurando espíritos de vingança.

Depois do café-da-manhã, fui passear na rua Ben-Yehuda. Caminhões cheios de soldados passavam rugindo. Um homem de barba branca, de casaco comprido e um chapéu rabínico levava um ramo de palmeira e um de cidreira para a festa de Sukot. Outro velho batalhava para levantar um Sukot em um balcão. Magros jornais tinham sido impressos durante a noite. Comprei um, peguei uma mesa num café da calçada e pedi bolo com café. Minha vida inteira me considerei tímido. Constantemente sobrecarregado de preocupações. Tinha certeza de que, se estivesse em Nova York agora, lendo sobre o que ocorria em Israel, teria sido tomado de ansiedade. Mas estava tudo calmo dentro de mim. Da noite para o dia tinha me transformado em um fatalista. Trouxera da América comprimidos para dormir; tinha também lâminas de barbear que podia usar para cortar os pulsos se a situação ficasse desesperada. Enquanto isso, mordiscava o bolo e tomava o café forte. Um pombo se aproximou da minha cadeira e joguei-lhe uma migalha. Era um pombo da Terra Santa, pequeno, marrom, magro. Balançava a cabecinha para cim e para baixo como se estivesse concordando com uma verdade tão velha quanto a própria terra: se estiver destinado a viver, você vive;

se estiver destinado a morrer, não é nenhuma desdita tampouco. Existe algo chamado morte? Isso é coisa inventada pela covardia humana.

Passei o dia andando sem rumo, lendo o livro sobre Houdini, dormindo. O supermercado da rua Ben-Yehuda tinha aberto e estava cheio de clientes. Filas se estendiam do lado de fora; esposas comprando tudo o que havia à vista. Mas consegui comprar pão amanhecido, queijo e fruta verde em lojas menores. Durante o dia, parecia reinar a paz, mas de noite a guerra voltava. Mais uma vez a cidade estava escura, as ruas vazias. No hotel, hóspedes sentados no bar assistindo televisão em tenso silêncio. O perigo estava longe de terminar.

Por volta das onze horas, subi para meu quarto e saí ao balcão. O mar oscilava, espumava, ronronava com o grunhido abafado de um leão que está brevemente saciado e pode ficar feroz a qualquer momento. Jatos militares passavam rugindo. As estrelas pareciam perigosamente próximas. Um vento fresco estava soprando. Cheirava a alcatrão, enxofre e batalhas bíblicas que o tempo não encerrara nunca. Ainda estavam todas ali, e as legiões de Edom e Amaleque, de Gog e Magog, de Amom e Moabe, os senhores de Esaú e os sacerdotes de Baal, faziam a eterna guerra dos idólatras contra Deus e as sementes de Jacó. Dava para ouvir o clangor de suas espadas e o estrondo de seus carros. Sentado na cadeira de vime, eu respirava o cheiro acre da eternidade.

Sirenes gemendo um alerta longo e sem fôlego me acordaram de um cochilo. O som era como o toque de mil chifres de carneiro, mas eu sabia que o hotel não tinha abrigo. Se caíssem bombas neste prédio, não haveria escapatória. A porta do meu quarto pareceu abrir-se sozinha. Entrei e sentei na cama, pronto para viver, pronto para morrer.

V.

Oito dias depois, voei de volta para os Estados Unidos. Na semana seguinte, Dora chegou. Que estranho, no Yom Kippur, Dora havia escapado com a filha e o bebê recém-nascido para Tel Aviv e se hospedado num hotel da rua Allenby, a poucos quarteirões do meu hotel. A circuncisão foi feita na véspera do Sukot. Contei a Dora que havia passado algumas semanas como escritor residente em alguma faculdade da Califórnia. Dora tinha o costume de me interrogar minuciosamente sempre que voltava de viagem, em busca de contradições.

Achava que minhas palestras não passavam de expedientes para encontrar outras mulheres e enganá-la. Dessa vez, aceitou minhas palavras sem desconfiança.

Voltei a alimentar os pombos todos os dias, e não encontrei mais Margaret. Ela não telefonou nem escreveu, e pelo que sei tampouco me visitou astralmente.

Então, um dia, em dezembro, eu estava andando com Dora pela avenida Amsterdam, ela à procura de uma estante de segunda mão, quando um rapaz colocou um panfleto em minha mão. Embora estivesse frio e caindo neve, ele estava sem casaco e sem chapéu, com o colarinho da camisa aberto. Pareceu-me espanhol ou porto-riquenho. Geralmente recuso esses panfletos. Mas havia algo na aparência do rapaz que me fez aceitar o papel molhado, uma expressão de ardor nos olhos negros. Não era apenas um distribuidor de panfletos contratado, mas adepto de uma causa. Parei e li o nome de Margaret Fugazy em grandes letras acima de uma foto de como ela devia ser vinte anos antes. "Perdeu seu amor?", eu li; "Perdeu um parente próximo e querido? Está doente? Com algum problema material ou familiar? Está diante de algum dilema sem solução? Venha visitar Madame Margaret Fugazy. Só ela pode lhe ajudar. Madame Margaret Fugazy, a famosa médium, formada em ioga na Índia, na Cabala em Jerusalém, especializada em percepção extra-sensorial, orações subliminares, na força de Javé, nos mistérios dos óvnis, auto-hipnose, sabedoria cósmica, cura espiritual e reencarnação. Consultas sempre individuais. Resultados garantidos. Primeira consulta, US$ 2."

Dora me puxou pela manga. "Por que parou? Jogue isso fora."

"Espere, Dora. Aonde ele foi?" Olhei em volta. O rapaz tinha desaparecido. Será que estava só esperando por mim?

Dora perguntou: "Por que está tão interessado? Quem é Margaret Fugazy? Você conhece?".

"Conheço, sim", respondi, sem entender por quê.

"Quem é ela? Uma de suas bruxas?"

"É, uma bruxa."

"Como você conheceu? Voou com ela na vassoura para alguma Missa Negra?"

"Lembra do Yom Kippur que você foi passar no kibutz de Golã? Enquanto você estava lá, fui com ela para Jerusalém, para Safad, para o Túmulo de Raquel, e estudamos juntos a Cabala", respondi.

Dora estava acostumada com minhas brincadeiras e absurdos. E ralhou: "É mesmo? E o que mais?".

"Quando estourou a guerra, a bruxa ficou com medo e foi embora."

"Deixou você sozinho, é?"

"É, sozinho."

"Por que não me procurou? Eu também sou um pouco bruxa."

"Você também tinha desaparecido."

"Coitadinho. Abandonado por todas as suas bruxas. Mas você pode encontrar com ela de novo. Ela se anuncia. Não é um milagre?"

Ficamos ali parados, pensando. A neve caía seca e pesada. Batia em meu rosto como granizo. O casaco de Dora tinha ficado branco. Um único pombo tentou voar, bateu as asas, mas caiu de volta. Dora disse então: "Aquele rapaz parecia estranho. Devia ser um bruxo. E tudo por dois dólares. Venha, vamos para casa — de metrô, e não por nenhuma viagem astral".

O manuscrito

À sombra de um grande guarda-sol, tomávamos café-da-manhã num café ao ar livre na rua Dizengoff, em Tel Aviv. Minha convidada, uma mulher de quase cinqüenta anos, cabelos recém-tingidos de vermelho, pediu suco de laranja, uma omelete e café preto. Adoçou o café com sacarina, que pegou com as unhas prateadas de dentro de uma minúscula caixinha de comprimidos coberta de madrepérola. Eu a conhecia fazia vinte e cinco anos, primeiro como atriz no Teatro de Variedades de Varsóvia, o Kundas; depois como mulher de meu editor, Morris Rashkas; e ainda mais tarde como amante de meu falecido amigo, o escritor Menashe Linder. Aqui em Israel ela casou com Ehud Hadadi, um jornalista dez anos mais novo que ela. Em Varsóvia, seu nome artístico era Shibtah. No folclore judaico, Shibtah é uma diaba que arrasta os rapazes da yeshiva à lascívia e rouba bebês de jovens mães que saem sozinhas à noite sem um avental duplo, um deles vestido para trás. Seu nome de solteira era Kleinmintz.

No Kundas, quando Shibtah cantava suas canções impudicas e recitava os monólogos que Menashe Linder escrevia para ela, as "próprias tábuas do palco queimavam". Os críticos admiravam seu rosto bonito, seu corpo gracioso e os movimentos provocantes. Mas o Kundas não durou mais que duas temporadas. Então Shibtah tentou fazer papéis dramáticos, mas fracassou. Durante a Segunda Guerra Mundial, ouvi dizer que tinha morrido em algum lugar, no gueto ou num campo de concentração. Mas ali estava ela, sentada na minha frente, vestida com uma minissaia e uma blusa brancas, com grandes óculos escuros e chapéu de palha de abas largas. Tinha ruge nas faces, as sobrancelhas tiradas e usava braceletes e camafeus em ambos os pulsos, e muitos anéis nos dedos. De longe, podia ser tomada por uma mulher jovem, mas o pescoço estava começando a ficar frouxo. Me chamava pelo apelido que me deu quando éramos ambos jovens: Loshikl.

Disse: "Loshikl, se alguém no Cazaquistão me dissesse que você e eu íamos estar um dia sentados juntos em Tel Aviv, eu acharia que era uma piada. Mas quando alguém sobrevive, tudo é possível. Você acredita que eu fui capaz de ficar na floresta serrando troncos doze horas por dia? Era isso que a gente fazia, a vinte graus abaixo de zero, com fome e com a roupa cheia de piolhos. A propósito, Hadadi quer entrevistar você para o jornal dele".

"Com todo prazer. De onde ele tirou o nome Hadadi?"

"Quem sabe? Eles todos assumem nome tirados do Hagadá. O nome verdadeiro dele é Zeinvel Zylberstein. Eu mesma já tive mais de dez nomes. Entre 1942 e 1944, eu me chamava Nora Davidovna Stutchkov. Engraçado, não é?"

"Por que você e Menashe se separaram?", perguntei.

"Bom, sabia que você ia fazer essa pergunta. Loshikl, nossa história é tão estranha que às vezes nem acredito que aconteceu de verdade. Desde 1939 minha vida não passa de um longo pesadelo. Às vezes, acordo no meio da noite e não me lembro quem sou, qual é o meu nome e quem está dormindo ao meu lado. Estendo a mão para Ehud e ele começa a resmungar: *'Mah at rotzah?'* ('O que você quer?'). Só quando escuto Ehud falando hebraico me lembro que estou na Terra Santa."

"Por que se separou de Menashe?"

"Quer mesmo saber?"

"Quero, sim."

"Ninguém sabe a história inteira, Loshikl. Mas vou contar tudo para você. Para quem mais, se não você? Em todas as minhas viagens, não passa um dia que eu não pense em Menashe. Nunca fui tão dedicada a ninguém como fui a ele, e nunca serei. Eu pulava no fogo por causa dele. E não é só uma frase feita, provei isso com meus atos. Sei que você me considera uma mulher frívola. No fundo do seu coração, você continua um hassidista. Mas nem a mulher mais piedosa teria feito por Menashe um décimo do que eu fiz."

"Me conte."

"Ah, bom, depois que você partiu para a América começaram os nossos poucos anos bons. Sabíamos que uma guerra terrível estava chegando e que cada dia era um presente. Menashe lia para mim tudo o que escrevia. Eu datilografava seus manuscritos e colocava ordem no caos dele. Você sabe como ele era desorganizado, nunca aprendeu a numerar as páginas. Só tinha uma coisa em mente: mulheres. Eu desisti de brigar. Disse a mim mesma: 'É assim que ele é e não vai conseguir mudar nunca'. Mesmo assim, foi ficando cada vez mais ligado a mim. Consegui emprego de manicura e estava sustentando Menashe. Você pode não acreditar, mas eu cozinhava para as amantes dele. Quanto mais velho ficava, mais tinha de se convencer de que ainda era um grande Don Juan. Na verdade, havia momentos em que era completamente impotente. Num dia era um gigante, no dia seguinte, um inválido. Por que precisava de todas aquelas pobres criaturas? Ele não passava de uma criança grande. E assim foi até estourar a guerra. Menashe raramente lia um jornal. Raramente ligava o rádio. A guerra não era uma surpresa total para ninguém, já em julho andaram cavando trincheiras e construindo barricadas nas ruas de Varsóvia. Até os rabinos pegaram pás e cavaram trincheiras. Na hora que Hitler estava pronto para invadir a terra deles, os poloneses esqueceram suas birras com os judeus e viramos, Deus nos guarde, uma nação. Mesmo assim, quando os nazistas começaram a nos bombardear, ficamos chocados. Depois que você foi embora, comprei umas cadeiras novas e um sofá. Nossa casa ficou uma linda *bonbonnière*. Loshikl, a tragédia chegou em questão de minutos. Houve um alarme e logo os edifícios estavam desmoronando, os corpos espalhados pela sarjeta. Nos mandaram ir para os porões, mas os porões não eram mais seguros do que os andares superiores. Algumas mulheres tiveram juízo e prepararam comida, mas eu não. Menashe entrou no quarto dele, sentou na cadeira e disse: 'Quero morrer'. Não sei o que aconteceu nas outras casas, nosso telefone parou de funcionar imediatamente. As bombas explodiam na frente das nossas janelas. Menashe baixou as persianas e ficou lendo um romance de Alexandre Dumas. Todos os seus amigos e admiradores desapareceram. Correu um boato de que jornalistas tinham um trem especial, ou talvez vagões especiais em um trem, para abandonar a cidade. Numa época daquelas, era loucura se isolar, mas Menashe não se mexeu de casa até anunciarem pelo rádio que todos os homens fisicamente capazes tinham de atravessar a ponte de Praga. Não fazia sentido levar bagagem, porque os trens não estavam correndo, e o que dava para levar a pé? Claro que me recusei a ficar em Varsóvia e fui junto com ele.

"Esqueci de contar o principal. Depois de anos sem fazer nada, em 1938, Menashe de repente passou a sentir a compulsão de escrever um romance. A musa dele despertou e ele escreveu um livro que, na minha opinião, era a melhor coisa que já tinha escrito. Copiei tudo para ele, e quando eu não gostava de certas passagens, ele sempre mudava. Era autobiográfico, mas não inteiramente. Quando os jornais souberam que Menashe estava escrevendo um romance, todos quiseram começar a publicar o texto. Mas ele tinha resolvido não publicar uma palavra até terminar. Lustrou cada frase. Chegava a reescrever três, quatro vezes alguns capítulos. O título provisório era *Degraus*, que não era mau, uma vez que cada capítulo descrevia uma fase diferente da vida dele. Chegou a terminar só a primeira parte. Era para ser uma trilogia.

"Quando chegou a hora de empacotar nossos poucos pertences, perguntei a Menashe: 'Já embalou seus manuscritos?'. E ele disse: 'Só *Degraus*. Minhas outras obras vão ter de ser lidas pelos nazistas'. Levou duas malas pequenas, e eu tinha jogado umas poucas roupas e sapatos dentro de uma mochila, o máximo que conseguia carregar. Começamos a caminhada até a ponte. À nossa frente e atrás, marchavam milhares de homens. Raramente se via uma mulher. Era como um enorme funeral, literalmente. A maioria deles morreu, alguns por bombas, outros nas mãos dos nazistas depois de 1941, e muitos nos campos de trabalhos forçados de Stalin. Havia otimistas levando grandes baús, que tiveram de abandonar antes mesmo de chegar à ponte. Estava todo mundo exausto de fome, medo e falta de sono. Para aliviar a carga, as pessoas jogavam fora ternos, casacos e sapatos. Menashe mal podia andar, mas carregou as duas malas até de noite. Estávamos a caminho de Bialystok, porque Stalin e Hitler haviam dividido a Polônia, e Bialystok agora pertencia à Rússia. No caminho, encontramos jornalistas, escritores e aqueles que se consideravam escritores. Todos levavam manuscritos e mesmo no meu desespero tive vontade de rir. Quem precisava dos seus escritos?

"Se eu contar como chegamos a Bialystok, teríamos de ficar sentados aqui até amanhã. Menashe já tinha se desfeito de uma das malas. Antes, eu abri para ter certeza de que o manuscrito não estava dentro, Deus nos livre. Menashe tinha caído em tal depressão que parou totalmente de falar. Começou a lhe crescer uma barba grisalha: tinha esquecido o barbeador. A primeira coisa que fez quando finalmente paramos numa aldeia foi se barbear. Algumas cidades já tinham sido eliminadas pelos bombardeios nazistas. Outras continuavam intocadas e a vida prosseguia como se não houvesse guerra. Estranho, mas alguns rapazes, leitores de literatura iídiche, queriam que Menashe fizesse uma palestra para eles sobre alguma questão literária. As pessoas são assim: um minuto antes da morte ainda têm todos os desejos dos vivos. Um desses sujeitos chegou a se apaixonar por mim e tentou me seduzir. Eu não sabia se ria ou chorava.

"O que aconteceu em Bialystok é impossível de descrever. Como a cidade pertencia aos soviéticos e os perigos da guerra tinham cessado, os que sobreviveram se comportavam como se tivessem ressuscitado. Escritores iídiche-soviéticos vinham de Moscou, da Cracóvia, de Kiev, saudar os colegas da Polônia em nome do partido, e o comunismo passou a ser um artigo absolutamente precioso. Os poucos escritores que realmente eram comunistas na Polônia faziam tanta pose que a gente pensava que estavam a ponto de ir para o Kremlin assumir o posto de Stalin. Mas mesmo os que tinham sido anticomunistas começaram a fingir que sempre foram simpatizantes secretos ou ardorosos parceiros de viagem. Todos se gabavam de suas origens proletárias. Todos conseguiam encontrar um tio que era sapateiro, um cunhado cocheiro ou um parente que estava preso pela causa. Alguns descobriram, de repente, que seus avós eram camponeses.

"Menashe era, de fato, filho de trabalhadores, mas tinha orgulho demais para se gabar disso. Os escritores soviéticos aceitavam Menashe com certo respeito. Falou-se em publicar uma grande antologia, em criar uma editora para esses refugiados. Os futuros editores perguntaram se Menashe tinha trazido com ele algum manuscrito. Eu estava junto e falei sobre *Degraus*. Menashe detestava quando eu elogiava seu trabalho, tivemos muitas brigas por causa disso, mas contei para eles o que achava dessa obra. Ficaram todos intensamente interessados. Havia fundos especiais para subsidiar essas publicações. Ficou decidido que eu traria o manuscrito no dia seguinte. Nos prometeram um grande adiantamento e também melhores acomodações. Dessa vez Menashe não me censurou por louvar seu trabalho.

"Voltamos para casa, abri a mala e ali estava um grosso envelope identificado como *Degraus*. Tirei o manuscrito, mas não reconheci nem o papel nem a datilografia. Meu caro, algum principiante tinha dado seu primeiro romance para Menashe ler, e Menashe colocou o texto dentro do envelope em que antes guardava seu romance. Aquele tempo todo, nós estávamos carregando o escrito de algum charlatão.

"Até hoje, quando falo nisso, me arrepio. Menashe tinha perdido mais de dez quilos. Parecia fraco e doente. Eu tinha medo que fosse enlouquecer, mas ele ficou ali abatido e disse: 'Bom, é o que é'.

"Além do fato de ele não ter mais nenhum manuscrito para vender, havia o perigo de desconfiarem que ele houvesse escrito uma obra anticomunista que estava com medo de mostrar. Bialystok fervilhava de informantes. E apesar de a NKVD ainda não ter um braço em Bialystok, muitos intelectuais tinham sido presos ou expulsos da cidade. Loshikl, sei que você está impaciente e vou me ater aos fatos. Não dormi a noite inteira. De manhã, levantei e disse: 'Menashe, vou para Varsóvia'.

"Quando ele ouviu essas palavras, ficou pálido como a morte e perguntou: 'Você perdeu a cabeça?'. Mas eu respondi: 'Varsóvia ainda é uma cidade. Não posso permitir que seu trabalho se perca. Não é só seu, é meu também'. Menashe começou a gritar. Jurou que se eu voltasse para Varsóvia ele se enforcava ou cortava a garganta. Chegou a me bater. A guerra entre nós durou dois dias. No terceiro dia, eu estava a caminho de Varsóvia. Vou lhe contar uma coisa: muitos homens que saíram de Varsóvia tentaram voltar. Sentiam saudades das esposas, dos filhos, das casas, se isso tudo ainda existia. Tinham ouvido falar do que acontecia no paraíso de Stalin e resolveram que preferiam morrer com seus entes queridos. Eu disse para mim mesma: é preciso ser louca para sacrificar a vida por um manuscrito. Mas fui tomada por uma obsessão. Os dias tinham ficado mais frios e levei uma malha, roupa de baixo quente e um pedaço de pão. Entrei em uma farmácia e pedi veneno. O farmacêutico, judeu, ficou olhando para mim. Eu disse que tinha deixado um filho em Varsóvia e não queria cair nas mãos dos nazistas com vida. Ele me deu um pouco de cianureto.

"Não viajei sozinha. Até chegarmos à fronteira, fui na companhia de vários homens. Contei a todos a mesma mentira: que estava louca de saudade do meu bebê, e eles me cercaram de tamanho amor e cuidados que me deixaram constrangida. Não permitiam que eu carregasse minha trouxa. Pairavam em cima de mim como se eu fosse uma filha única. Sabíamos muito bem o que esperar dos alemães se fôssemos pegos, mas nessas situações as pessoas se tornam fatalistas. Ao mesmo tempo, alguma coisa dentro de mim ridicularizava a minha iniciativa. As chances de encontrar o manuscrito na Varsóvia ocupada, e depois voltar viva para Bialystok, eram uma em um milhão.

"Loshikl, atravessei a fronteira sem nenhum incidente, cheguei a Varsóvia e encontrei a casa intacta. Uma coisa me salvou: as chuvas e o frio tinham começado. As noites eram escuras feito piche. Varsóvia estava sem eletricidade. Os judeus ainda não tinham se juntado no gueto. Além disso, não pareço judia. Cobria o cabelo com um lenço, e podia ser facilmente tomada por uma camponesa. E também evitava as pessoas. Quando via alguém à distância, me escondia e esperava até que fosse embora. Nosso apartamento havia sido ocupado por uma família. Estavam dormindo em nossas camas e usando nossas roupas. Mas não tinham tocado nos manuscritos de Menashe. O homem era leitor da imprensa iídiche e para ele Menashe era um deus. Quando bati na porta e contei quem eu era, eles ficaram com medo, achando que queria retomar o apartamento. A casa deles tinha sido destruída por uma bomba e um filho havia morrido. Quando contei que tinha voltado de Bialystok por causa do manuscrito de Menashe, eles ficaram sem fala.

"Abri a gaveta de Menashe e lá estava o romance. Fiquei dois dias com essas pessoas e elas repartiram comigo a comida que tinham. O homem me deu a cama dele, quer dizer, a minha cama. Estava tão cansada que dormi catorze horas. Acordava, comia alguma coisa e dormia de novo. Na segunda noite, estava de volta a caminho de Bialystok. Fui de Bialystok a Varsóvia e de volta a Bialystok sem ver um único nazista. Eu não caminhava o tempo todo. Aqui e ali um camponês me oferecia esconderijo. Quando a gente sai da cidade e começa a andar por campos, florestas e pomares, não há nazistas nem comunistas. O céu é o mesmo, a terra a mesma e os animais e os pássaros são os mesmos. A aventura toda levou dez dias. Para mim, foi como uma grande vitória pessoal. Antes de mais nada, eu tinha encontrado a obra de Menashe, que levava dentro da blusa. Além disso, provei a mim mesma que não era a covarde que achei que fosse. Para dizer a verdade, atravessar a fronteira de volta para a Rússia não era tão arriscado. Os russos não criavam dificuldades para os refugiados.

"Cheguei a Bialystok de noite. Tinha geado. Fui até nossas acomodações, que consistiam de um quarto, abri a porta e, imagine só!, meu herói estava na cama com uma mulher. Eu sabia muito bem quem era: uma poetisa atroz, feia como um macaco. Uma pequena lamparina de querosene estava acesa. Os dois tinham conseguido alguma madeira ou carvão porque a estufa estava aquecida. Ainda estavam acordados. Meu querido, eu não gritei, não chorei, não desmaiei como acontece no teatro. Os dois ficaram me olhando em silêncio, de boca aberta. Abri a porta da estufa, tirei o manuscrito de dentro da minha blusa e coloquei no fogo. Achei que Menashe podia me atacar, mas ele não disse uma palavra. O manuscrito levou algum tempo para pegar fogo. Empurrei com o atiçador as brasas para cima do papel. Fiquei ali, olhando. O fogo não tinha pressa, nem eu. Quando *Degraus* virou cinzas, fui até a cama com o atiçador na mão e disse para a mulher: 'Saia daqui, se não quiser virar um cadáver'.

"Ela obedeceu. Vestiu seus trapos e saiu. Se tivesse feito um som, eu teria matado aquela mulher. Quando a gente arrisca a própria vida, a vida dos outros também fica sem valor.

"Menashe ficou sentado quieto enquanto eu tirava a roupa. Nessa noite, trocamos só poucas palavras. Eu disse: 'Queimei o seu *Degraus*' e ele resmungou 'É, eu vi'. Nos abraçamos e nós dois sabíamos que estávamos fazendo aquilo pela última vez. Ele nunca foi tão terno e tão forte como nessa noite. De manhã, levantei, arrumei minhas poucas coisas e fui embora. Não tinha mais medo do frio, da chuva, da neve, da solidão. Fui embora de Bialystok e por isso é que ainda estou viva. Vim para Vilna e consegui emprego numa cozinha de sopa. Vi o quanto podem ser mesquinhas as chamadas grandes personalidades, como faziam política e manipulavam em troca de uma cama para dormir e comida para comer. Em 1941, fugi para a Rússia.

"Menashe também estava lá, me disseram, mas nunca nos encontramos, nem eu queria. Ele disse em uma entrevista que os nazistas haviam tirado o livro dele e que estava a ponto de reescrever a obra. Pelo que sei, nunca reescreveu nada. Isso realmente salvou a vida dele. Se estivesse escrevendo e publicando, teria sido liquidado junto com os outros. Mas acabou morrendo mesmo assim."

Durante longo tempo ficamos sentados em silêncio. E eu disse: "Shibtah, quero perguntar uma coisa, mas você não precisa me responder. Vou perguntar por pura curiosidade".

"O que você quer saber?"

"Você era fiel a Menashe? Fisicamente, eu digo."

Ela ficou em silêncio. Depois disse: "Podia te dar uma resposta de Varsóvia: 'Não é da sua lazarenta conta'. Mas como você é Loshikl, vou contar a verdade. Não".

"Por que não, se amava tanto Menashe?"

"Loshikl, eu não sei. Como também não sei por que queimei o manuscrito. Ele havia me traído com batalhões de mulheres e eu nunca fiz nem uma censura a ele. Tinha resolvido fazia muito tempo que dá para amar uma pessoa e dormir com outra; mas quando vi aquela monstruosidade em nossa cama, a atriz que existe dentro de mim despertou pela última vez e eu tive de fazer uma coisa dramática. Ele podia facilmente ter me detido. Em vez disso, ficou assistindo."

Ficamos ambos em silêncio de novo. E ela disse: "A gente nunca deve se sacrificar pela pessoa que ama. Quando se arrisca a vida como eu arrisquei, não resta mais nada para se dar".

"Nos romances o rapaz sempre casa com a moça que ele salvou", eu disse.

Ela ficou tensa, mas não respondeu. De repente, pareceu cansada, esgotada, enrugada, como se a velhice a tivesse alcançado naquele exato momento. Eu não esperava que fosse dizer nem mais uma palavra a respeito, quando ela falou: "Junto com o manuscrito, queimei minha capacidade de amar".

O poder das trevas

Os médicos todos concordavam que Henia Dvosha sofria dos nervos, não do coração, mas sua mãe, Tzeitel, esposa de Selig, o alfaiate, confidenciou a minha mãe que Henia Dvosha estava se matando porque queria que seu marido, Issur Godel, casasse com sua irmã, Dunia.

Quando minha mãe ouviu essa estranha história, exclamou: "O que está acontecendo na sua casa? Por que uma jovem, mãe de dois filhos pequenos, quer morrer? E por que haveria de querer que o marido casasse justamente com a irmã? Não se deve nem pensar nessas coisas!".

Como sempre quando ficava nervosa, a peruca loira de minha mãe estava toda descabelada, como se um vento forte tivesse soprado de repente.

Eu, menino de dez anos, ouvi com perplexidade o que Tzeitel disse, mas de alguma forma senti que estava falando a verdade, por mais estranho que parecesse. Fingi ler um livro de histórias, mas empinei as orelhas para ouvir a conversa.

Tzeitel, uma ampla mulher morena com uma ampla peruca e um amplo vestido com muitas dobras, e sapatos de homem, continuou: "Minha querida amiga, não estou falando só por falar. É uma espécie de loucura dela. Ai de mim, o que eu tenho de agüentar depois de velha. Só peço a Deus um favor: que Ele me leve antes dela".

"Mas por que isso?"

"Por nada. Ela começou a falar nisso há dois anos. Se convenceu que a irmã está apaixonada por Issur Godel, ou ele por ela. Como diz o ditado: 'Ilusão é pior que doença'. Rebbetzin, tenho de contar para alguém: mesmo assim doente, está fazendo um vestido de casamento para Dunia."

A Mãe de repente percebeu que eu estava ouvindo e gritou: "Suma da cozinha e vá para a outra sala. Cozinha é lugar de mulher, não de homem!".

Comecei a descer para o pátio, e quando estava passando pela porta aberta da oficina de Selig, o alfaiate, dei uma olhada para dentro. Selig era nosso vizinho do lado, no número 10 da rua Krochmalna, e a oficina ficava no mesmo apartamento em que morava com a família. Selig estava sentado na frente da máquina de costura, pregando o forro de uma capa de chuva. O que a mulher tinha de larga, ele tinha de estreito. Ombros estreitos, nariz estreito, barba grisalha estreita. As mãos também eram estreitas, e de dedos longos. Os óculos de armação dourada e de meias lentes estavam presos no alto da testa estreita. Na frente dele, diante de outra máquina de costura, ficava Issur Godel, o marido de Henia Dvosha. Tinha uma barbichinha amarela que terminava em duas pontas.

Selig era alfaiate de homem. Issur Godel fazia roupas para mulheres. Naquele momento, estava abrindo uma costura. Diziam que tinha mãos de ouro e que se tivesse sua própria oficina numa rua elegante ganharia uma fortuna, mas a mulher não queria mudar do apartamento dos pais. Quando sentia dores no peito e não conseguia respirar, sua mãe lá estava para cuidar dela. Era a mãe, e às vezes a irmã, Dunia, que a acalmavam com gotas de valeriana e esfregavam suas têmporas com vinagre quando desfalecia. Dunia trabalhava em uma loja de roupas na rua Mead, usava roupas elegantes e evitava as meninas piedosas do bairro. Tzeitel cuidava também dos dois filhos pequenos de Henia Dvosha, Elkele e Yankele. Eu sempre ia à oficina do Selig, o alfaiate. Gostava de ficar olhando as máquinas costurarem, e catava os carretéis vazios do chão. Selig não falava como as pessoas de Varsóvia, vinha de algum lugar da Rússia. Estava sempre discutindo comigo o Pentateuco e o Talmude, e especulava sobre o que os santos faziam no Paraíso e como os pecadores queimavam na Geena. Selig havia sido tocado pela Iluminação e muitas vezes falava como herege. Dizia para mim: "Seu pai e sua mãe estiveram no Céu e viram aquelas coisas todas com os próprios olhos? Talvez não exista nenhum Deus. Ou, se existir, pode ser que Ele seja um gentio, não um judeu".

"Deus, um gentio? Não se pode dizer essas coisas."

"Como você sabe que não? Por que está escrito nos livros sagrados? É *gente* quem escreve esses livros e gente gosta de inventar todo tipo de bobagem."

"Quem criou o mundo?", eu perguntava.

"Quem criou Deus?"

Meu pai era rabino e eu sabia que não ia querer que eu ouvisse esse tipo de conversa. Eu tapava os ouvidos com os dedos quando Selig começava a blasfemar e resolvia nunca mais entrar na oficina dele, mas alguma coisa me atraía para aquela sala onde uma parede era coberta com capas, coletes e calças penduradas e a outra com vestidos e blusas. Havia também o manequim de costura, sem cabeça e com seios e quadril de madeira. Dessa vez, senti um forte impulso de espiar na alcova onde Henia Dvosha ficava deitada na cama.

Selig prontamente entabulou conversa comigo. "Não vai mais para o cheder?"

"Terminei o cheder. Já estou estudando o Gemara."

"Sozinho? E você entende o que lê?"

"Quando não entendo, procuro no Comentário de Rashi."

"E o próprio Rashi entendeu?"

Eu ri. "Rashi sabia a Torá inteira."

"Como você sabe? Conheceu Rashi pessoalmente?"

"Conhecer Rashi? Ele viveu faz centenas de anos."

"E como você pode saber o que aconteceu há centenas de anos?"

"Todo mundo sabe que Rashi era um grande santo e estudioso."

"Quem é 'todo mundo'? O porteiro ali no pátio não sabe nada disso."

Issur Godel disse: "Sogro, deixe o menino em paz".

"Eu fiz uma pergunta e quero uma resposta", disse Selig.

Nesse momento, uma mulher baixinha, redonda feito um barril, entrou para experimentar um vestido. Issur Godel levou-a para a alcova. Vi Henia Dvosha sentada na cama costurando um vestido branco de cetim que caía até o chão dos dois lados da cama. Tzeitel não tinha mentido. Era o vestido de casamento para Dunia.

Saí correndo da oficina e desci a escada. Tinha de pensar sobre aquela história toda. Por que Henia Dvosha haveria de costurar um vestido para a irmã usar quando casasse com Issur Godel depois de ela, Henia Dvosha, morrer? Isso seria um grande amor pela irmã ou pelo marido? Pensei na história de Jacó que trabalhou sete anos por Raquel e como o pai dela, Labão, enganou Jacó e colocou Lia em lugar de Raquel, no escuro. Segundo Rashi, Raquel tinha dado a Lia sinais de que ela, Lia, não passaria vergonha. Mas que tipo de sinais seria? Eu estava cheio de curiosidade sobre homens, mulheres e seus incríveis segredos. Tinha pressa de crescer. Tinha começado a observar as meninas. A maior parte delas tinha peito grande, como o manequim de Selig, mãos e pés menores que os dos homens e cabelo penteado em tranças. Algumas tinham pescoços finos, compridos. Eu sabia que se fosse para casa e perguntasse à Mãe que sinais tinham as garotas e que sinais Raquel podia ter dado a Lia, ela só ia gritar comigo. Tinha de observar tudo sozinho e ficar quieto.

Olhava as meninas que passavam e pensava ver algo de caçoada em seus olhos. Os olhares delas pareciam dizer: "Um menino pequeno querendo saber de tudo...".

Embora os médicos garantissem a Tzeitel que sua filha viveria um longo tempo e lhe receitassem remédios para os nervos, Henia Dvosha piorava dia a dia. Dava para ouvir seus gemidos de nosso apartamento. Freitag, o barbeiro-cirurgião, lhe dava injeções. O dr. Knaister mandou que fosse levada para o hospital da rua Czysta, mas Henia Dvosha protestou dizendo que os doentes lá eram envenenados e dissecados depois de mortos.

O dr. Knaister arranjou uma consulta tripla: ele e mais dois especialistas. Duas carruagens pararam diante da porta do nosso prédio, cada uma dirigida por um cocheiro de cartola e uniforme de botões prateados. Os cavalos tinham crinas curtas e pescoços arqueados. Enquanto esperavam, olhavam adiante, impacientes, e os cocheiros tinham de puxar as rédeas para aquietá-los. A consulta durou longo tempo. Os especialistas não concordaram, e discutiram em polonês. Depois de receberem seus vinte e cinco rublos, subiram em suas carruagens e foram embora de volta para os bairros ricos onde moravam e clinicavam.

Poucos dias depois, Selig, o alfaiate, veio até nós em mangas de camisa, uma agulha na lapela e um dedal no dedo indicador da mão esquerda, e disse para meu pai: "Rabino, minha filha quer que recite a confissão com ela".

Meu pai segurou a barba e disse: "Por que a pressa? Com a ajuda do Todo-Poderoso, ela ainda vai viver cento e vinte anos".

"Nem cento e vinte horas", Selig respondeu.

A Mãe olhou para Selig com censura. Embora ele fosse judeu, falava como um gentio; os que vinham da Rússia não tinham a sensibilidade de um judeu polonês. Ela começou a enxugar as lágrimas. O Pai vasculhou sua escrivaninha e pegou *O vau de Jacó*, um livro que tratava da morte e do luto. Virou as páginas e sacudiu a cabeça. Depois levantou-se e foi com Selig. Era a primeira vez que meu Pai ia ao apartamento de Selig. Ele nunca visitava ninguém, a não ser quando era chamado para oficiar um serviço religioso.

Ficou lá um longo tempo, e quando voltou disse: "Ah, que tipo de gente é essa? Que o Todo-Poderoso nos guarde e proteja!".

"Recitou com ela a confissão?", perguntou a Mãe.

"Sim."

"Ela disse alguma coisa?"

"Perguntou se era permitido casar logo depois do shivá, os sete dias de luto, ou se era preciso esperar o sheloshim, os trinta dias completos."

A Mãe fez cara de quem ia cuspir. "Não está regulando da cabeça."

"Não."

"Você vai ver, ela ainda vai viver muitos anos", disse a Mãe.

Mas sua previsão não se concretizou. Poucos dias depois, ouviu-se um lamento no corredor. Henia Dvosha tinha falecido. A porta da rua logo ficou cheia de mulheres. Tzeitel já havia conseguido cobrir as máquinas de costura e enrolar o espelho com um pano preto. As janelas foram abertas, de acordo com a Lei. Issur Godel apareceu no meio do batalhão de mulheres. Estava vestindo uma capa aberta até o joelho, peitilho de papel, colarinho duro e um solidéu pequeno. Logo se pôs a caminho do funcionário da comunidade para tratar do funeral. Então, Dunia entrou no pátio usando chapéu de palha decorado com flores, vestido vermelho e uma bolsa na mão, como uma dama. Dunia e Issur Godel se encontraram na escada. Durante um momento ali ficaram, sem falar, depois murmuraram alguma coisa e se separaram, ele desceu, ela subiu. Dunia não estava chorando. Seu rosto estava pálido, seus olhos expressavam algo semelhante a raiva.

Durante o período de luto, vinham homens duas vezes por dia rezar na casa de Selig, o alfaiate. Selig e Tzeitel ficavam sentados em banquinhos, com meias nos pés. Selig olhava o Livro de Jó publicado em hebraico e iídiche que havia emprestado de meu pai. Estava com a lapela rasgada em sinal de luto. Conversava com os homens sobre assuntos comuns. O custo de tudo estava subindo. Linha fina e linha grossa, material para forro, tudo mais caro. "As pessoas trabalham hoje em dia?", Selig reclamava. "Elas brincam. No meu tempo, um aprendiz vinha para o trabalho ao raiar do dia. No inverno, o trabalho começava quando ainda estava escuro. Todo trabalhador tinha de fornecer uma vela de sebo por contra própria. Hoje, a máquina faz tudo e o trabalhador só quer saber de uma coisa: novo aumento mês sim, mês não. O que fazer num mundo de tamanhos vagabundos?"

"Todo mundo foge para a América!", disse Shmul, o carpinteiro.

"Na América estão em pânico. Tem gente morrendo de fome."

Fui rezar todos os dias na casa de Selig, o alfaiate, mas nunca vi nem Issur Godel nem Dunia lá. Será que Dunia estava se escondendo na alcova? Ou tinha ido trabalhar em vez de observar o shivá? Assim que terminou esse período de luto, Issur Godel aparou a barba e trocou o tradicional solidéu por um chapéu, e a capa por um paletó mais curto. Dunia informou à mãe que não ia usar peruca depois que se casasse.

Na véspera do casamento, acordei exatamente quando o relógio da parede estava batendo três horas. A janela do nosso quarto estava fechada com um cobertor, mas o luar brilhava dos dois lados. Meus pais estavam falando baixinho, e suas vozes vinham de uma cama só. Meu Deus do Céu, meu pai estava deitado na cama junto com minha mãe!

Prendi a respiração e ouvi a Mãe dizer: "É tudo culpa deles. Namoravam na frente dela. Se beijavam e sabe-se lá o que mais. Foi a própria Tzeitel que me contou. Uma maldade dessas pode arrebentar um coração".

"Ela devia ter pedido o divórcio", disse o Pai.

"Quando se ama, não se pede divórcio."

"Ela falava da irmã com tanta veneração", disse o Pai.

"Tem gente que beija a espada do Anjo da Morte", replicou a Mãe.

Fechei os olhos e fingi que estava dormindo. O mundo inteiro parecia uma grande fraude. Se meu pai, o rabino que pregava a Torá e a piedade o dia inteiro, podia ir para a cama com uma mulher, o que se podia esperar de Issur Godel ou de Dunia?

Quando acordei no dia seguinte, o Pai estava recitando as orações da manhã. Pela milionésima vez, repetiu a história do Todo-Poderoso ordenando a Abraão que sacrificasse o filho Isaque no altar, e depois o Anjo gritando do Céu:

"Que a tua mão não caia sobre o menino". Meu pai usava uma máscara: santo de dia, debochado de noite. Jurei parar de rezar e virar um herege.

Tzeitel disse para minha mãe que o casamento ia ser discreto. Afinal, o noivo era viúvo, com dois filhos, a família estava de luto, por que fazer espalhafato? Mas por alguma razão, todos os moradores do pátio conspiraram para tornar ruidoso o casamento. De toda parte choveram presentes para o casal. Alguém contratou uma banda. Vi um barril de cerveja de aros dourados sendo carregado escada acima, e cestos de vinho. Como éramos vizinhos de Selig e além disso meu pai ia celebrar a cerimônia, éramos considerados parte da família. A Mãe pôs seu vestido de festa e mandou pentear a peruca num cabeleireiro. Tzeitel me deu uma fatia de bolo de mel e um copo de vinho. O apartamento de Selig estava tão cheio que não havia espaço para o dossel matrimonial, e ele teve de ser armado no estúdio de meu pai. Dunia usava o vestido de casamento de cetim branco que a irmã tinha feito para ela. As outras noivas que haviam se casado em nosso prédio sorriam, respondiam com graça aos votos que lhes eram feitos, riam e choravam. Dunia mal dirigiu a palavra às pessoas e manteve a cabeça levantada com uma arrogância mundana.

Comentou-se que Tzeitel teve de implorar para ela mergulhar no banho ritual. Dunia tinha seus próprios convidados, garotas de vestidos decotados e rapazes de rosto barbeado com grossos topetes e chapéus de abas largas. Em vez de camisa, usavam blusas pretas amarradas com faixas. Fumavam cigarros, piscavam e falavam russo entre si. As pessoas do nosso pátio disseram que eram todos socialistas, os mesmos que haviam se rebelado contra o czar em 1905 e exigido uma Constituição. Dunia fazia parte do grupo.

Minha mãe se recusou a provar o que quer que fosse: alguns convidados trouxeram todo tipo de comida e bebida, e não se podia mais ter certeza de que fosse tudo rigorosamente kacher. Os músicos tocaram melodias do teatro, e os homens dançaram com as mulheres. Por volta das onze da noite, meus olhos estavam fechando de cansaço e a Mãe mandou que eu fosse para a cama. Acordei durante a noite e ouvi pés batendo no chão, cantos, música pagã, polcas, mazurcas, melodias que despertavam em mim desejos que eu sentia serem maus, mesmo não entendendo o que eram.

Depois, acordei e ouvi meu pai citando o Eclesiastes: "Ao riso disse: está doido; e da alegria: de que serve esta?".

"Estão dançando em cima dos túmulos", a Mãe sussurrou.

* * *

Logo depois do casamento, irromperam escândalos na casa de Selig. Os recém-casados não queriam ficar na alcova e Issur Godel alugou um apartamento térreo na rua Ciepla. Tzeitel veio chorando falar com minha mãe, porque a filha havia cortado os cachos laterais de Yankele, tirado o menino do cheder e colocado em uma escola secular. Também não fazia comida kacher e comprava a carne de um açougueiro gentio. Issur Godel não se chamava mais Issur Godel, mas Albert. Elkele e Yankele também receberam nomes gentios: Edka e Janek.

Ouvi Tzeitel falar o número da casa onde estavam morando os recém-casados e fui ver o que estava acontecendo lá. À direita do portão havia uma placa em polonês: ALBERT LANDAU, ALFAIATARIA FEMININA. Pela janela aberta, vi Issur Godel. Quase não o reconheci. Tinha se livrado completamente da barba e agora usava um bigode virado para cima; estava com a cabeça descoberta e parecia jovem e cristão. Enquanto eu estava ali parado, as crianças chegaram da escola: Yankele de calças curtas e boné com uma insígnia, uma mochila nos ombros; Elkele de vestido curto e meias até os joelhos. Chamei os dois: "Yankele... Elkele...", mas eles passaram e nem olharam para mim.

Tzeitel vinha todo dia chorar com minha mãe: Henia Dvosha tinha lhe aparecido em sonho e gritado que não conseguia descansar em seu túmulo. Seu Yankele não tinha dito o Kadish para ela e não podia ser admitida no Paraíso.

Tzeitel contratou um bedel para dizer o Kadish e estudar o Mishná em memória da filha, mas mesmo assim Henia Dvosha aparecia para a mãe dela e lamentava que sua mortalha havia caído e que estava nua; juntava-se água em seu túmulo; uma mulher vadia tinha sido enterrada ao lado dela, uma madame de bordel, que saracoteava com demônios.

O Pai chamou três homens para melhorar o sonho, e eles ficaram na frente de Tzeitel e entoaram: "Tiveste uma *bondosa* visão! Uma bondosa visão tiveste! Bondosa é a visão que tiveste!".

Depois, o Pai disse a Tzeitel que não se deve lamentar os mortos tempo demais, nem dar muita importância aos sonhos. Como diz o Gemara, assim como não há cereal sem palha, não pode haver sonho sem palavras vãs. Mas Tzeitel não se conteve. Correu aos líderes da comunidade e à Sociedade Funerária pedindo que o corpo fosse exumado e enterrado em outro lugar. Parou de cuidar da casa e ia todo dia ao túmulo de Henia Dvosha no cemitério.

A barba de Selig ficou inteiramente branca e em seu rosto apareceu uma teia de rugas. Suas mãos tremiam e as pessoas do pátio reclamavam que ele ficava com uma capa ou uma calça durante semanas, e quando finalmente devolvia estavam ou curtas demais, ou justas demais, ou o pano havia se estragado ao passar. Sabendo que Tzeitel não cozinhava mais para o marido e que estavam vivendo só de comida seca, a Mãe mandava com freqüência alguma coisa para ele. Tinha perdido todos os dentes, e quando eu aparecia com um prato de aveia, com um pouco de sopa de galinha ou torta recheada, ele sorria com as gengivas nuas e dizia: "Então está me trazendo presentes, é? Por quê? Não é Purim".

"É preciso comer o ano inteiro."

"Para quê? Para engordar os vermes?"

"O homem tem uma alma também", eu dizia.

"O homem não precisa de batatas. Além disso, já viu uma alma alguma vez? Isso não existe. Mentira, bobagem."

"Então como a gente vive?"

"Pela Respiração. Eletricidade."

"Sua mulher..."

Selig me interrompeu. "Ela é louca!"

Uma noite, Tzeitel segredou a minha mãe que Henia Dvosha tinha passado a residir em sua orelha esquerda. Ela cantava hinos de shabat e de festas, recitava lamentações pela Destruição do Templo e até chorou o naufrágio do *Titanic*. "Se não acredita em mim, rebbetzin, escute você mesma."

Empurrou de lado a peruca e colocou a orelha junto à de minha Mãe.

"Está ouvindo?", Tzeitel perguntou.

"Estou. Não. O que é isso?", a Mãe perguntou alarmada.

"Faz três semanas já. Eu fiquei quieta, achando que ia passar, mas cada dia está pior."

Eu senti tanto medo que saí correndo da cozinha. Logo se espalhou pela rua Krochmalna e pelas ruas vizinhas a notícia de que um dybbuk tinha se instalado na orelha de Tzeitel e que ele entoava a Torá, fazia sermões e cacarejava como um galo. As mulheres vinham encostar o ouvido no ouvido de Tzeitel e juravam que ouviam uma voz cantando a Kol Nidrei. Tzeitel pediu a meu pai que encostasse o ouvido no dela, mas o Pai não consentia em tocar a carne de uma mulher casada. Um especialista em nervos de Varsóvia se interessou pelo caso: o dr. Flatau, famoso não só na Polônia, mas em toda a Europa e talvez na

América também. E apareceu um artigo sobre o caso em um jornal iídiche. O autor emprestou seu título da peça de Tolstói, *O poder das trevas*.

Mais ou menos por essa época, mudamos para outro pátio na rua Krochmalna. Semanas depois, em Sarajevo, um terrorista assassinou o arquiduque austríaco Ferdinando e sua esposa. Desse ato de violência veio a guerra, a carência de comida, o êxodo de refugiados das pequenas cidades para Varsóvia e as reportagens nos jornais sobre milhares de mortos.

As pessoas tinham outras coisas para comentar além de Selig, o alfaiate e sua família. Depois do Sukot, Selig morreu de repente e, poucos meses depois, Tzeitel o seguiu para o túmulo.

Num dia daquele inverno, quando alemães e russos lutavam no rio Bzura e as vidraças de nossa casa tremiam com os tiros de canhão e o forno continuava frio porque não dava mais para comprar carvão, uma ex-vizinha do número 10, Ester Malka, fez uma visita a minha mãe. Issur Godel e Dunia, contou ela, estavam se divorciando.

A Mãe perguntou: "Por que cargas-d'água? Era para estarem apaixonados".

E Ester Malka replicou: "Rebbetzin, eles não *conseguem* ficar juntos. Os dois dizem que Henia Dvosha aparece toda noite e se põe na cama entre eles".

"Ciumenta até no túmulo?"

"Parece que sim."

A Mãe ficou branca e disse as palavras que eu nunca esqueci: "Os vivos morrem para os mortos poderem viver".

O ônibus

Por que fiz justamente aquela excursão em 1956 é algo que até hoje não entendi: me arrastar de ônibus pela Espanha durante doze dias com um grupo de turistas. Partimos de Genebra. Entrei no ônibus por volta das três da tarde e encontrei as poltronas quase todas tomadas. O motorista pegou minha passagem e apontou para um lugar ao lado de uma mulher que usava uma vistosa cruz preta no peito. Tinha os cabelos pintados de vermelho, o rosto fortemente maquiado, as pálpebras dos olhos castanhos untadas de sombra azul, e debaixo de toda essa tinta e tintura emergiam fundas rugas. Tinha nariz de gancho, lábios vermelhos como brasa e dentes amarelados.

Começou a falar comigo em francês, mas eu lhe disse que não entendia a língua e ela mudou para alemão. Notei que seu alemão não era o de uma alemã de verdade nem de uma suíça. Seu sotaque era parecido com o meu e ela cometia os mesmos erros. De quando em quando, soltava uma interjeição que soava iídiche. Logo descobri que era refugiada de um campo de concentração. Em 1946, chegou a um campo de PD perto de Landsberg e ali, por acaso, fez amizade com um diretor de banco suíço de Zurique. Ele se apaixonou por ela e lhe propôs casamento, mas sob a condição de ela abraçar o protestantismo. Em sua terra natal seu nome fora Celina Pultusker. Agora era Celina Weyerhofer.

De repente, começou a falar comigo em polonês, depois passou para iídiche. Disse: "Como não acredito mesmo em Deus, que diferença faz se é Moisés ou Jesus? Ele queria me converter, então me converti um pouquinho".

"E por que usa essa cruz?"

"Não por nada a ver com religião. Esta cruz ganhei de alguém que estava morrendo e que não vou esquecer até cerrar os olhos."

"Um homem, hã?"

"E o que mais? Uma mulher?"

"Seu marido não tem nada contra isso?"

"Eu não pergunto. Olhe ele aí."

A sra. Weyerhofer apontou um homem sentado do outro lado do corredor. Parecia mais novo do que ela, com um rosto claro, liso, olhos azuis e nariz reto. Para mim, parecia o típico banqueiro: sóbrio, afável, a calça muito bem passada e um pouco levantada para preservar o vinco, sapatos recém-engraxados. Estava usando chapéu-panamá. Seu porte expressava ordem, disciplina. Sobre os joelhos, o *Neue Zürcher Zeitung*, que notei estar aberto na seção financeira. Do bolso do peito, tirou um lenço com o qual limpou os óculos. Isso feito, olhou o relógio de ouro no pulso.

Perguntei à sra. Weyerhofer por que não estavam sentados juntos.

"Porque ele me odeia", ela disse em polonês.

Sua resposta me surpreendeu, mas não muito. O homem me deu uma olhada de lado, depois virou o rosto. Começou a conversar com a senhora sentada à janela, ao seu lado. Tirou o chapéu, revelando uma brilhante careca cercada por um tufo de cabelo loiro pálido. "O que esse suíço pode ter visto nesta pessoa sentada ao meu lado?", perguntei a mim mesmo, mas essas coisas não se pode perguntar.

A sra. Weyerhofer disse: "Pelo que posso ver, o senhor é o único judeu no ônibus. Meu marido não gosta de judeus. Não gosta de gentios também. Tem um milhão de preconceitos. Não gosta de nada do que digo. Se pudesse, ele matava a maior parte da humanidade e deixava só os seus cachorros e uns poucos banqueiros de quem é camarada. Estou pronta a lhe dar o divórcio, mas ele é pão-duro demais para pagar pensão. Agora mesmo mal me dá o suficiente para eu me manter. Mas é muito inteligente, uma das pessoas mais lidas que já conheci. Fala seis línguas perfeitamente, mas, graças a Deus, polonês não é uma delas".

Ela virou para a janela e perdi qualquer vontade de continuar conversando. Tinha dormido mal na noite anterior, e assim que reclinei caí num cochilo, embora minha mente continuasse tendo pensamentos despertos. Tinha rompido com uma mulher que amava, ou que pelo menos desejava. Acabara de passar três semanas em um hotel em Zakopane.

Fui acordado pelo motorista. Tínhamos chegado ao hotel onde íamos jantar e dormir. Não consegui me orientar a ponto de resolver se ainda estávamos na Suíça ou se já havíamos chegado à França. Não retive o nome da cidade que o motorista anunciou. Peguei a chave do quarto. Alguém já havia deixado lá a minha mala. Um pouco mais tarde, desci para o restaurante. Todas as mesas estavam tomadas e eu não queria sentar com estranhos.

Enquanto estava ali parado, apareceu um menino de uns catorze ou quinze anos. Ele me lembrou a Polônia de antes da guerra com suas calças curtas e meias altas de lã, paletó com a gola da camisa para fora. Era um belo rapaz: cabelo preto cortado curto, olhos escuros brilhantes e a pele excepcionalmente pálida. Bateu os calcanhares à maneira militar e perguntou: "O senhor fala inglês?".

"Falo."

"É americano?"

"Sou cidadão americano."

"Talvez queira sentar conosco? Eu falo inglês. Minha mãe fala um pouco também."

"E sua mãe concorda?"

"Concorda. Ela viu o senhor no ônibus. Estava lendo um jornal americano. Depois que eu me formar no que vocês chamam de *high school*, quero estudar numa universidade americana. O senhor, por acaso, não é professor?"

"Não, mas já dei aula em universidades algumas vezes."

"Ah, só de olhar para o senhor eu já sabia. Por favor, nossa mesa é aquela ali."

Levou-me até onde a mãe estava sentada. Ela parecia ter seus trinta e tantos anos, roliça, mas com um rosto bonito. O cabelo preto estava penteado em dois birotes, um de cada lado do rosto. Usava roupas caras e muitas jóias. Eu disse alô e ela sorriu e respondeu em francês.

O filho dirigiu-se a ela em inglês: "Mãe, o cavalheiro é dos Estados Unidos. Professor, como eu disse que era".

"Não sou professor. Fui convidado por uma universidade para ser escritor residente."

"Por favor. Sente-se."

Expliquei à mulher que não sabia francês e ela começou a falar comigo em uma mistura de inglês e alemão. Apresentou-se como Annette Metalon. O nome do menino era Mark. Os garçons ainda não tinham conseguido servir todas as mesas e enquanto esperávamos contei à mulher e ao filho que era judeu, que escrevia em iídiche e que era da Polônia. Sempre faço isso o mais breve possível, para evitar equívocos depois. Se a pessoa com quem estou falando é esnobe, sabe que não estou tentando me apresentar como algo que não sou.

"Meu senhor, eu também sou judia. Por parte de pai. Minha mãe é cristã. Isso mesmo, meu falecido marido era sefardita", disse a sra. Metalon. Iídiche era uma língua ou um dialeto?, me perguntou. No que se diferenciava do hebraico? Era escrito com caracteres latinos ou hebraicos? Quem falava a língua? Tinha algum futuro? Dei respostas breves a tudo. Depois de alguma hesitação, a sra. Metalon me disse que era armênia e que vivia em Ancara, mas que Mark freqüentava uma escola em Londres. Seu marido era de Salônica. Era importador e exportador de tapetes orientais e tinha outros negócios também. Notei um anel com um imenso diamante em seu dedo e magníficas pérolas no pescoço. Por fim o garçom chegou e ela pediu vinho e um steak. Quando o garçom soube que eu era vegetariano, fez uma careta e me informou que a cozinha não estava equipada para refeições vegetarianas. Disse-lhe que comeria qualquer coisa que conseguisse, batatas, legumes, pão, queijo. Qualquer coisa que me trouxesse.

Assim que ele foi embora, começaram as perguntas sobre meu vegetarianismo: era por causa da saúde? Por princípio? Tinha alguma coisa a ver com uma postura kacher? Eu estava acostumado a me justificar não só com estranhos, mas também com pessoas que me conheciam havia anos. Quando contei à sra. Metalon que não pertencia a nenhuma sinagoga, ela me fez a pergunta para qual nunca encontrei resposta: em que consistia o meu judaísmo?

Pela reação que o garçom havia tido, eu pensei que fosse sair da mesa com fome, mas ele me trouxe um prato de legumes e uma omelete de cogumelos, além de frutas e queijo. Mãe e filho experimentaram meus pratos e Mark disse: "Mãe, quero ser vegetariano".

"Não enquanto viver comigo", respondeu a sra. Metalon.

"Não quero ficar na Inglaterra e com toda certeza nem na Turquia. Resolvi que quero virar americano", disse Mark. "Gosto da literatura americana, da sinceridade americana, da democracia e do senso de negócios americano. Na Inglaterra não existe oportunidade para ninguém que não tenha nascido lá. Quero casar com uma moça americana. Que tipo de documentos exigem para conseguir um visto para os Estados Unidos? Tenho passaporte turco, não inglês. O senhor poderia me mandar uma declaração?"

"Sim, com prazer."

"Mark, o que é isso? Acabou de conhecer o cavalheiro e já está pedindo coisas para ele."

"O que estou pedindo? Uma declaração é só um pedaço de papel e uma assinatura. Quero estudar na Universidade de Harvard ou na Universidade de Princeton. Qual dessas duas universidades tem o melhor curso de administração de empresas?"

"Não sei dizer."

"Ah, ele já resolveu tudo sozinho", disse a sra. Metalon. "Um menino de catorze anos com uma cabeça de velho. Nisso puxou ao pai. Ele sempre planejava até o último detalhe e com anos de antecedência. Meu marido era quarenta anos mais velho que eu, mas tivemos uma vida feliz." Ela tirou um lenço de renda e enxugou uma lágrima invisível.

A rotina do ônibus exigia que todos os dias os passageiros trocassem de lugar. Isso dava a todos a chance de sentar na frente. A maioria dos casais ficava junto, mas os que viajavam sozinhos estavam sempre mudando de parceiros. No terceiro dia, o motorista me colocou ao lado do banqueiro de Zurique, que aparentemente estava decidido a não sentar com a mulher.

Ele se apresentou: dr. Rudolf Weyerhofer. O ônibus havia partido de Bordeaux, onde passamos a noite, e se aproximava da fronteira espanhola. De início, nenhum dos dois falou; então, o dr. Weyerhofer começou a falar da Espanha, da França, da situação na Europa. Me interrogou sobre a América, e quando lhe contei que fazia parte de um jornal iídiche sua conversa mudou para judeus e judaísmo. Não era estranho um povo ter mantido sua identidade ao longo de dois mil anos, vagando pelos países do mundo e ao fim de todo esse tempo voltar para a terra e para a linguagem de seus ancestrais? Era um exemplo único na história da humanidade. O dr. Weyerhofer disse que tinha lido a *História dos judeus*, de Graetz, e até um pouco de Dubnow. Conhecia as obras de Martin Buber e o *Jesus de Nazaré*, de Klausner. Mesmo assim, a essência do judaísmo não era nada clara para ele. Perguntou sobre o Talmude, o Zohar, o hassidismo, e respondi do melhor jeito que pude. Eu tinha certeza de que ele logo começaria a falar de sua mulher.

A sra. Weyerhofer já havia conseguido irritar outros passageiros. Tanto em Lyon como em Bordeaux, o ônibus fora forçado a esperar por ela, meia hora em Lyon e mais de uma hora em Bordeaux. Os atrasos comprometiam todo o horário de viagem. Ela havia ido às compras e voltara cheia de embrulhos. Pelo jeito como me havia descrito o marido miserável que lhe negava uma migalha de pão, eu não conseguia entender onde arranjava dinheiro para comprar tanta coisa. Nas duas vezes ela se desculpou e disse que seu relógio havia parado, mas as mulheres suíças achavam que ela havia voltado os ponteiros do relógio de propósito. Com seu comportamento Celina Weyerhofer humilhava não apenas o marido, que a acusava em público de mentir, como também a mim, pois era óbvio para todos no ônibus que, como eu, ela era judia da Polônia.

Não me lembro mais como foi, mas o dr. Weyerhofer começou a desabafar comigo. Disse: "Minha mulher me acusa de anti-semitismo, mas que tipo de anti-semita sou eu se casei com uma mulher judia saída de um campo de concentração? Saiba o senhor que esse casamento me causou enormes dificuldades. Na época, muita gente dos círculos financeiros estava contaminada pelo veneno nazista e perdi contatos importantes. Pensei seriamente em emigrar para a sua América ou até para a África do Sul, uma vez que havia sido praticamente excomungado da comunidade de negócios cristã. Como é que o seu povo chama isso... cherem? Meus benditos pais ainda estavam vivos e ambos eram cristãos devotos. Você podia escrever um grande livro sobre tudo o que eu passei.

"Minha mulher se converteu, mas fez isso de um jeito que a coisa toda virou uma farsa. Essa mulher faz inimigos aonde quer que vá, mas seu pior inimigo é a própria boca. Ela tem um talento para entrar em choque com todo mundo que conhece. Tentou estabelecer ligações com a comunidade judia em Zurique, mas disse coisas tão chocantes e se comportou de tal forma que os membros não quiseram saber dela. Procurava o rabino e se apresentava como ateísta; entrava em debate com ele sobre religião e chamava o rabino de hipócrita. Acusa todo mundo de anti-semitismo, mas ela própria diz coisas dos judeus que só se espera de um Goebbels. Faz o papel de feminista radical e apóia protestos contra o governo suíço porque ele se recusa a dar direito de voto às mulheres, mas ao mesmo tempo censura as mulheres da forma mais violenta.

"Vi o senhor conversando com ela quando estavam sentados juntos e sei que deve ter lhe contado o quanto sou mesquinho com dinheiro. Mas essa mulher tem mania de compras. Compra coisas que nunca vai usar. Tenho um grande apartamento atravancado com tanta mobília, tantas bugigangas e quadros idiotas que mal dá para a gente se mexer. Nenhuma empregada quer trabalhar para nós. Comemos em restaurantes apesar de eu detestar comer fora. Eu devia estar louco quando concordei em fazer esta viagem com ela. Mas parece que não vamos agüentar os doze dias. Sentado aqui com o senhor, estou com a cabeça no meu dinheiro que vai indo embora e em abandonar o ônibus antes mesmo de chegar à Espanha. Sei que não devia estar confiando meus problemas pessoais desse jeito, mas como o senhor é escritor, talvez lhe seja útil. Digo para mim mesmo que os campos e a falta de rumo destruíram totalmente os nervos dela, mas já encontrei outras mulheres que sobreviveram a todo o inferno de Hitler e que são pessoas calmas, civilizadas, agradáveis".

"Como o senhor não viu isso antes?", perguntei.

"Ahn? É uma boa pergunta. Eu mesmo me pergunto a mesma coisa. O simples fato de eu estar contando tudo isso ao senhor é um mistério para mim, uma vez que os suíços são calados. Ao que parece, dez anos vivendo com essa mulher alterou minha personalidade. Foi ela que se converteu, mas parece que eu é que quase virei um judeu polonês. Leio todas as notícias judaicas, principalmente as que tratam do Estado judeu. Muitas vezes critico os líderes judeus, mas não como um estranho e mais como alguém de dentro."

O ônibus parou. Tínhamos chegado à fronteira espanhola. O motorista foi até o posto da fronteira com nossos passaportes e lá ficou um longo tempo.

O dr. Weyerhofer começou a falar baixinho, quase num murmúrio. "Devo ser sincero. Ela possuía um traço bom: era capaz de atrair um homem. Sexualmente era incrivelmente forte. Eu próprio não acredito que estou dizendo essas coisas: no meu círculo, falar de sexo é tabu. Mas por quê? O homem pensa nisso do berço à sepultura. Ela tem uma poderosa imaginação, uma fantasia perversa. Sou experiente com mulheres e sei. Ela me disse coisas que me deixaram louco. Tem mais histórias do que Sherazade. Nossos dias eram amaldiçoados, mas nossas noites eram uma loucura. Ela me esgotava até eu não conseguir mais trabalhar. Será que isso é uma característica das mulheres judias da Europa oriental? As judias suíças não são muito mais interessantes que as cristãs."

"Sabe, doutor, é impossível generalizar."

"Tenho a sensação de que muitas mulheres judias da Polônia são desse tipo. Vejo nos olhos delas. Fiz uma viagem de negócios ao Estado judeu e até encontrei com Ben-Gurion, junto com outros líderes israelitas. Fizemos negócio com o Banco Leumi. Minha teoria é que a mulher judia de hoje quer compensar todos os séculos de gueto. Além disso, os judeus são um povo de imaginação, mesmo não tendo ainda criado nenhuma grande obra na literatura moderna. Li Jakob Wassermann, Stefan Zweig, Peter Altenberg e Arthur Schnitzler, mas eles me decepcionaram. Eu esperava algo melhor dos judeus. Existem escritores interessantes em iídiche ou hebraico?"

"Escritores interessantes são raros em todos os povos."

"Olhe aí o motorista com os passaportes."

Atravessamos a fronteira e uma hora depois o ônibus parou para almoçarmos em um restaurante espanhol.

Na entrada, a sra. Weyerhofer veio até mim e disse: "O senhor sentou com meu marido hoje e sei que ele falou de mim o tempo inteiro. Sei ler lábios como uma surda-muda. Saiba o senhor que ele é um mentiroso patológico. Nenhuma palavra que sai de sua boca é verdadeira".

"Acontece que ele elogiou a senhora."

Celina Weyerhofer ficou tensa. "O que ele disse?"

"Que a senhora é excepcionalmente interessante como mulher."

"Foi isso que ele falou? Não pode ser. É impotente faz muitos anos, e ficar ao lado dele me deixou frígida. Física e espiritualmente tenho nojo dele."

"Ele elogiou sua imaginação."

"Não me resta nada além da minha imaginação. Ele drenou meu sangue como um vampiro. Não é normal sexualmente. É um homossexual latente — não tão latente —, mesmo negando com veemência quando digo isso. Ele só quer ficar com homens e quando ainda dormíamos no mesmo quarto passava noites inteiras me interrogando sobre minhas relações com outros homens. Eu tinha de inventar casos amorosos para ele ficar satisfeito. Depois, jogava esses pecados imaginários na minha cara e me chamava de nomes horríveis. Me forçava a confessar que eu tinha tido relações com um nazista, quando Deus sabe que eu preferiria ser esfolada viva. Quem sabe podemos sentar juntos a uma mesa?"

"Prometi almoçar com uma senhora e seu filho."

"Aquela que eu vi com o senhor ontem no restaurante? O filho dela é lindo, mas ela é gorda demais e quando ficar velha vai cair aos pedaços. Viu quantos diamantes ela usa? Uma joalheria ambulante, coisa de mau gosto, desagradável. Em Lyon e em Bordeaux ninguém conseguiu banheiro, só ela. Se é tão rica, por que andar de ônibus? Para ela não dão quarto simples, dão suíte. É judia?"

"O falecido marido era judeu."

"Viúva, é? Provavelmente está procurando um partido. Os diamantes, muito provavelmente são imitações. O que ela é, francesa?"

"Armênia."

"Os bobos dos homens se matam e deixam propriedades inteiras para essas vacas. Onde ela mora?"

"Na Turquia."

"Cuidado. Para mim, bastou um olhar para saber que é uma aranha venenosa. Mas os homens são cegos."

Eu não podia acreditar, mas Mark estava tentando arranjar uma relação entre mim e sua mãe. Estranhamente, a mãe desempenhava um papel tão passivo quanto uma donzela de antigamente cujos pais estivessem tentando lhe arrumar marido. Disse a mim mesmo que era tudo imaginação minha. O que uma viúva rica, uma armênia que mora na Turquia, poderia querer com um escritor iídiche? Que tipo de futuro ela podia ver nisso? Verdade que eu era um cidadão americano, mas não teria sido difícil para a sra. Metalon conseguir um visto para a América sem mim. Concluí que o menino de catorze anos tinha sugestionado a mãe, que ele a dominava como o pai provavelmente fazia antes dele. Brinquei também com a idéia de que a alma do marido tinha entrado em Mark e que ele, o sefardita morto, queria que a esposa casasse com outro judeu. Evitava sentar junto com os dois, mas todas as vezes Mark me encontrava e dizia: "Minha mãe está esperando o senhor".

Havia um comando implícito em suas palavras. Quando chegava minha vez de pedir os pratos vegetarianos, Mark assumia e dizia ao garçom ou garçonete exatamente o que me trazer. Sabia espanhol porque seu pai tinha tido um sócio com quem conversava em ladino. Eu não estava acostumado a tomar vinho às refeições, mas Mark pedia sem me consultar. Quando chegávamos a uma cidade, ele sempre conseguia um jeito de deixar sua mãe e eu sozinhos para comprar lembranças. Nessas ocasiões, me alertava severamente a não gastar nenhum dinheiro com sua mãe, e se eu já havia feito isso exigia saber quanto havia sido e dizia para a mãe devolver. Quando eu protestava, ele arqueava as sobrancelhas. "Meu senhor, nós não precisamos de presentes. Um escritor iídiche não pode ser rico." Abria a bolsa da mãe e contava a quantia, fosse qual fosse.

A sra. Metalon sorria passivamente e acrescentava, meio de brincadeira, meio a sério, que Mark a tratava como se fosse filha dele. Mas evidentemente aceitava essa relação.

Será assim tão fraca?, eu pensava. Ou existe algum esquema por trás disso?

A situação me parecia especialmente estranha porque mãe e filho passavam juntos apenas as férias. O resto do ano, ela ficava em Ancara, enquanto ele estudava em Londres. Pelo que pude entender, Mark era dependente da mãe; quando precisava de alguma coisa, tinha de pedir dinheiro.

De início, os dois se sentavam juntos no ônibus, mas um dia, depois do almoço, Mark me disse que eu devia sentar com sua mãe. Ele próprio sentou-se ao lado de Celina Weyerhofer. Arranjou tudo sem a permissão do motorista, e duvido que tivesse discutido isso com a mãe.

Eu vinha me sentando ao lado de uma mulher da Holanda, e essa mudança de lugar provocou murmúrios entre os passageiros. Desse dia em diante, passei a ser o acompanhante da sra. Metalon não apenas no restaurante, mas também no ônibus. As pessoas começaram a piscar, dizer coisas, dar risadinhas. Boa parte do tempo eu olhava pela janela. Passamos por regiões que lembravam o deserto e a terra de Israel. Havia camponeses montados em burros. Passamos por uma área onde os ciganos moravam em cavernas. Moças equilibravam cântaros na cabeça. Vovós levavam nos ombros feixes de lenha e de ervas, embrulhados em panos de linho. Passamos por antigas oliveiras e por árvores que pareciam guarda-chuvas. Carneiros pastavam entre retalhos de terra rachada na planície semiqueimada. Um cavalo andava em torno de um poço. O céu, azul-pálido, irradiava um calor feroz. Havia algo bíblico pairando sobre a paisagem. Trechos do Pentateuco me passavam pela cabeça. Parecia que eu estava em algum lugar das planícies de Mamre, onde, a qualquer momento, ia se materializar a tenda de Abraão, e o anjo traria a Sara a notícia de que, aos noventa anos, fora abençoada com um filho homem. Minha cabeça rodava com histórias de Sodoma, do sacrifício de Isaque, de Ismael e de Agar. Os montes de cereais nos campos colhidos traziam à memória os sonhos de José. Uma manhã, passamos por uma feira de cavalos. Os cavalos e os homens pairavam imóveis, congelados em silêncio, como fantasmas de uma feira em um tempo perdido. Difícil acreditar que naquela terra, quinze anos antes, grassara uma guerra civil, e stalinistas haviam matado trotskistas.

Mal havia se passado uma semana desde nossa partida, mas eu sentia que estávamos viajando fazia meses. De ficar tanto tempo sentado na mesma posição, eu me via tomado de uma luxúria que não era amor nem paixão sexual, mas algo puramente animal. Minha companheira parecia sentir a mesma coisa, porque dela emanava um calor especial. Quando acidentalmente tocava minha mão, ela me queimava.

Passávamos horas sentados sem dizer uma única palavra, mas de repente ficávamos falantes e dizíamos tudo o que nos vinha à boca. Confiávamos coisas íntimas um para o outro. Bocejávamos e continuávamos conversando, meio dormindo. Perguntei como tinha acontecido de se casar com um homem quarenta anos mais velho.

Ela disse: "Eu era órfã. Os turcos mataram meu pai, e minha mãe morreu pouco depois. Éramos ricos, mas nos tiraram tudo. Conheci meu marido como funcionária de seu escritório. Ele tinha olhos intensos. Deu uma olhada em mim e entendi que me queria e que estava pronto para casar comigo. Tinha uma vontade de ferro. E também a força de um gigante. Se não fumasse charuto desde manhã cedo até tarde da noite, teria vivido até os cem anos. Era capaz de beber quinze xícaras de café por dia. Ele me exauria, até que passei a ter aversão pelo amor. Quando morreu, minha consolação foi ficar em paz, para variar. Agora tudo começou a despertar de novo dentro de mim".

"Você era virgem quando casou?", perguntei, meio sonhando.

"Era, era virgem."

"Teve amantes depois que ele morreu?"

"Muitos homens me quiseram, mas fui criada de um jeito que não poderia amar um homem fora do casamento. De onde vim, na Turquia, uma mulher não pode se permitir liberdades. Lá todo mundo sabe o que todo mundo faz. Uma mulher tem de zelar pela própria reputação."

"Você ainda está ligada à Turquia?"

"Ah, tenho uma casa lá, criados, uma empresa."

"Aqui na Espanha, você pode fazer o que quiser", eu disse e imediatamente lamentei minhas palavras.

"Mas aqui tenho um acompanhante", ela disse. "Mark me vigia. Vou lhe dizer uma coisa que vai parecer loucura. Ele me guarda mesmo quando está em

Londres e eu em Ancara. Muitas vezes sinto que vê tudo o que eu faço. Sinto que não é ele, mas o pai."

"Acredita nisso?"

"É fato."

Dei uma olhada para trás e vi Mark olhando fixamente para mim, como se quisesse me hipnotizar.

Quando paramos num hotel nessa noite, primeiro tivemos de formar fila para usar o banheiro, depois esperar um longo tempo pelo jantar. Os quartos que nos deram tinham tetos altos, paredes grossas e antiquados lavatórios com bacias e jarros de água.

Nessa noite, paramos tarde, o que quer dizer que o jantar só foi servido depois das dez. Mais uma vez, Mark pediu uma garrafa de vinho. Por alguma razão, me deixei persuadir e tomei vários copos. Mark me perguntou se eu tinha conseguido tomar banho durante a viagem e respondi que me lavava toda manhã com água fria no lavatório, como os demais passageiros.

Ele deu uma olhada para a mãe, meio perguntando, meio determinando.

Depois de alguma hesitação, a sra. Metalon disse: "Venha ao nosso quarto. Eu tenho banheiro".

"Quando?"

"Hoje à noite. Vamos partir às cinco da manhã."

"Aceite, meu senhor", disse Mark. "Um banho quente faz bem. Na América todo mundo tem banheiro, seja porteiro ou servente. Os japoneses tomam banho em tinas de madeira, a família inteira, todos juntos. Venha meia hora antes do jantar. Não é bom tomar banho imediatamente após a refeição da noite."

"Vou incomodar vocês. Evidentemente estão cansados."

"Não, senhor. Nunca vou dormir antes de uma ou duas da manhã. Estou planejando dar uma caminhada pela cidade. Preciso esticar as pernas. De ficar sentado o dia inteiro no ônibus, elas estão doloridas, duras. Minha mãe também dorme tarde."

"Não tem medo de andar sozinho à noite em uma cidade estranha?", perguntei.

"Não tenho medo de ninguém. Fiz um curso de luta romana e de caratê. Tive lições de tiro também. Não é permitido para rapazes da minha idade, mas tenho um professor particular."

"Ah, ele faz mais cursos do que os fios de cabelo da minha cabeça", disse a sra. Metalon. "Quer saber tudo."

"Na América, vou estudar iídiche", Mark anunciou. "Li em algum lugar que na América um milhão e meio de pessoas falam essa língua. Quero ler seu trabalho no original. É bom para os negócios também. A América é uma verdadeira democracia. Lá é preciso falar com o cliente na língua dele. Quero que minha mãe vá para a América comigo. Na Turquia, ninguém de origem armênia tem segurança de vida."

"Meus amigos são todos turcos", protestou a sra. Metalon.

"Quando começarem os pogrons, deixam de ser seus amigos. Minha mãe tenta esconder de mim, mas sei muito bem o que fizeram com os armênios na Turquia e com os judeus na Rússia. Quero visitar Israel. Os judeus de lá não baixam a cabeça como os da Rússia e os da Polônia. Eles oferecem resistência. Quero aprender hebraico e estudar na Universidade de Jerusalém."

Quando nos despedimos, Mark escreveu o número do quarto deles em um papelzinho que destacou de uma caderneta. Fui tirar um cochilo em meu quarto. Trançava as pernas ao subir a escada. Deitei na cama de roupa, com a intenção de descansar meia hora. Fechei os olhos e mergulhei numa sonolência profunda. Alguém me acordou, era Mark. Até hoje não sei como entrou em meu quarto. Talvez eu tenha esquecido de trancar a porta, ou ele deu uma gorjeta à camareira para poder entrar.

Disse: "Desculpe, senhor, mas está dormindo faz uma hora. Parece que esqueceu que vinha ao nosso quarto para o seu banho".

Garanti a Mark que estaria na porta do quarto deles em dez minutos, e depois de certa hesitação ele foi embora. Tirar a roupa e encontrar na mala um roupão e chinelos não foi fácil. Amaldiçoei o dia em que havia resolvido fazer essa excursão, mas não tive coragem de dizer a Mark que não iria. Com toda a sua delicadeza e polidez, Mark transmitia uma espécie de brutalidade infantil.

Joguei um casaco leve sobre o roupão e de pernas bambas comecei a subir os dois andares até o quarto deles. Ainda estava meio dormindo, e por um momento tive a sensação de estar a bordo de um navio. Quando cheguei ao andar dos Metalon, não consegui encontrar o papelzinho com o número. Tinha certeza que era 43, mas a lâmpada minúscula no teto alto ficava escondida atrás de uma cúpula opaca e quase não emitia luz. Na penumbra, não consegui encontrar esse número. Levei um longo tempo tateando, e bati na porta.

A porta se abriu e, para minha surpresa, vi Celina Weyerhofer de camisola, o rosto pesadamente untado de creme. O cabelo parecia molhado e recém-tingido. Fiquei tão confuso que não consegui falar. Por fim, perguntei: "Este é o 43?".

"É, é o 43. Aonde o senhor vai? Ah, entendi. Parece que a sua dama dos diamantes está neste andar também. Vi o filho dela. O senhor errou."

"Madame, não quero incomodar. Mas saiba que me convidaram para tomar um banho lá, só isso."

"Banho, é? Muito bem, um banho. Eu não tomo banho há uma semana. Que tipo de excursão é esta em que alguns passageiros conseguem privilégios e outros são discriminados? O anúncio não falava nada de duas classes de passageiros. Meu caro senhor, como é mesmo seu nome?, eu avisei que essa pessoa ia lhe preparar uma armadilha, e vejo que está acontecendo mais cedo do que eu previa. Espere um pouco, seu banho não vai sair correndo. Desde quando chamam isso de banho? A gente chama por outro nome. Não corra. Como esqueceu o número, vai ter de bater na porta de estranhos e acordar as pessoas. Todo mundo está morto de cansado. Nesta viagem, antes mesmo de deitar a gente é obrigado a levantar de novo. Meu marido dorme bem. Deita, abre um livro e dois minutos depois está roncando feito um lorde. Leva sempre o próprio despertador. Eu parei de dormir inteiramente. Literalmente. É a minha doença. Não durmo há anos. Falei disso com um médico em Berna, na verdade um professor de medicina, e ele me chamou de mentirosa. Os suíços podem ser muito ásperos quando querem. Ele estudou uma coisa num livro de medicina, ou tinha lá uma teoria, e só porque os fatos não batem com a teoria dele, eu viro mentirosa. Venho observando o senhor sentado com aquela mulher. Parece que conta muitas piadas pelo jeito que ela ri. Meu marido sentou do lado dela, antes de ela monopolizar o senhor, e ela contou para ele coisas que nenhuma mulher decente conta a um estranho. Desconfio que seja madame de algum bordel na Turquia. Ou algo assim. Nenhuma mulher respeitável usa tanta jóia. Dá para sentir o perfume dela a um quilômetro. Não tenho nem certeza que o menino seja filho dela. Parece haver alguma relação antinatural entre os dois."

"Madame Weyerhofer, o que está dizendo?"

"Não estou inventando nada. Deus me amaldiçoou com olhos que vêem. Digo 'amaldiçoou' porque para mim é mais uma maldição do que uma bênção.

Se o senhor precisa mesmo tomar um banho, como diz, vá e aproveite, mas cuidado: uma pessoa dessas pode facilmente contaminar o senhor sabe Deus com o quê."

Exatamente nesse momento, a porta do outro lado do corredor se abriu e vi a sra. Metalon numa esplêndida camisola e chinelos dourados. Estava de cabelos soltos, que lhe chegavam aos ombros. E maquiada. As duas mulheres se olharam furiosamente e a sra. Metalon disse: "Onde foi? Estou no 48, não no 43".

"Eu me enganei. Me atrapalhei todo. Sinto muitíssimo..."

"Vá tomar seu banho!", disse a sra. Weyerhofer, e me deu um ligeiro empurrão. Murmurou palavras em francês que eu não entendi, mas sabia que eram insultos. E bateu a porta.

Virei para a sra. Metalon, que perguntou: "Por que foi justamente para o quarto dela? Esperei tanto você. Seja como for, não tem mais água quente. E para onde Mark desapareceu? Ele saiu para um passeio e ainda não voltou. Para mim, foi uma noite totalmente perdida. Essa mulher, como é o nome dela?, Weyerhofer, é uma encrenqueira, e louca também. O próprio marido admite que ela tem uma perturbação emocional".

"Madame, cometi um erro terrível. Mark escreveu o número do quarto para mim, mas perdi o papel ao trocar de roupa. Tudo porque estou tão cansado..."

"Ah, agora é que essa maldita cadela de cabelo vermelho vai me difamar para todo mundo no ônibus! É uma cobra, cada palavra dela é veneno."

"Não sei o que fazer para me desculpar. Mas..."

"Bom, não é culpa sua. Foi Mark que armou toda esta situação. O motorista me disse para manter em segredo que nós tínhamos um banheiro. Não queria criar conflito entre os passageiros. Agora vai ficar furioso comigo, e com razão. Não posso mais continuar esta viagem. Vou parar com Mark em Madri e tomar um trem ou um avião de volta para a fronteira, talvez até para Paris. Entre um pouco. Já estou comprometida mesmo."

Entrei e ela me levou ao banheiro para mostrar que não havia mais água quente. A banheira era de estanho. Excepcionalmente alta e comprida, tinha do lado de fora uma espécie de haste com a qual se retinha ou soltava a água. As torneiras eram de cobre. Tornei a me desculpar e a sra. Metalon disse: "O senhor é uma vítima inocente. Mark é um gênio, mas como todos os gênios tem seus caprichos. É um prodígio. Aos cinco anos, sabia fazer logaritmos. Leu a Bíblia em francês e lembra de todos os nomes. Ele me ama e está decidido a me fazer encontrar alguém. Na verdade, está em busca de um pai. Toda vez que nos encontramos para as férias, começa a procurar um marido para mim. Cria situações embaraçosas. Eu não quero me casar. Decerto não com ninguém que Mark escolha. Mas ele é compulsivo. Fica histérico. Eu não devia dizer isto, mas tenho uma boa razão para dizer: quando faço alguma coisa de que não gosta, ele me maltrata. Depois se arrepende e bate a cabeça na parede. O que posso fazer? Amo esse menino mais do que a própria vida. Me preocupo com ele dia e noite. Não sei exatamente por que ficou tão impressionado com você. Talvez por ser judeu, escritor e da América. Mas nasci em Ancara, lá é a minha casa. O que eu faria na América? Li uma porção de artigos sobre a América, e não é país para mim. Entre nós, os criados são baratos e tenho amigos que me aconselham em questões financeiras. Se eu sair da Turquia, teria de vender tudo por uma ninharia. Só digo isso para que saiba que não pode haver nada entre nós. Você não gostaria de viver na Turquia do mesmo jeito que eu não quero viver em Nova York. Mas não quero perturbar Mark e portanto espero que pelo resto da viagem seja gentil comigo, sente conosco às refeições e tudo mais. Quando terminar esta excursão e voltar para casa, que isto não seja mais que um episódio em sua vida. Meu filho deve voltar logo. Diga que tomou o banho. Vai poder tomar quando chegar a Madri. Vamos passar dois dias lá e me disseram que o hotel é moderno. Tenho certeza de que em Nova York existe alguém que você ama. Sente-se um pouco".

"Acabei de romper com uma mulher."

"Rompeu? Por quê? Não gostava dela?"

"Nós nos amávamos, mas não podíamos ficar juntos. No ano passado, discutimos constantemente."

"Por quê? Por que as pessoas não podem viver em paz? Havia um grande amor entre mim e meu marido, embora tenha de admitir que me submetia a ele em tudo. Me intimidava tanto que não consigo dizer não nem para meu próprio filho. Ah, estou preocupada. Ele nunca demora tanto. Provavelmente quer que você declare seu amor por mim, de forma que quando chegar já esteja tudo arranjado entre nós. É uma criança, uma criança difícil. Meu maior medo é que possa tentar o suicídio. Ele já ameaçou fazer isso." Disse estas últimas palavras de um só fôlego.

"Por quê? Por quê?"

"Por nenhuma razão. Porque ousei discordar dele a respeito de alguma bobagem. Deus Todo-Poderoso, por que estou lhe dizendo tudo isso? Só porque meu coração está pesado. Não diga nada, Deus me livre!"

A porta se abriu e Mark entrou. Quando me viu sentado no sofá, perguntou: "O senhor já tomou seu banho?".

"Já."

"Foi bom, não foi? Parece refeito. Sobre o que estava conversando com minha mãe?"

"Ah, várias coisas. Disse a ela que é uma das mulheres mais bonitas que já conheci", respondi, perplexo com minhas palavras.

"É, ela é bonita, mas não deve continuar na Turquia. No Oriente as mulheres envelhecem depressa. Li uma vez que uma atriz de sessenta anos fazia uma menina de dezoito na Broadway. Se nos mandar uma declaração, vamos encontrar o senhor."

"É, vou fazer isso."

"Pode dar um beijo de boa-noite em minha mãe."

Me levantei e nos beijamos. Meu rosto ficou úmido e quente. Mark começou a me beijar também. Eu disse boa-noite e desci a escada. Mais uma vez me pareceu estar a bordo de um navio. Os degraus corriam contra meus pés. E de repente me vi no saguão. Na minha confusão descera um andar a mais. Estava quase escuro lá embaixo; o atendente da portaria cochilava atrás do balcão. Numa cadeira de couro estava a sra. Weyerhofer de roupão, pernas cruzadas, velada em sombras, fumando um cigarro.

Quando me viu, disse: "Como eu não durmo mesmo, prefiro passar a noite aqui. Cama é para dormir ou fazer amor, mas quando não se pode dormir e não se tem ninguém para amar, a cama vira uma prisão. O que está fazendo aqui? Não consegue dormir também?".

Aspirou fundo a fumaça e o rebrilhar do cigarro iluminou momentaneamente seus olhos. Refletiam curiosidade e mal-estar.

Ela disse: "Depois desse tipo de banho, um homem devia dormir tranqüilo em vez de vagar por aí feito alma penada".

Mark começou a dizer a todos no ônibus que eu e sua mãe estávamos noivos. Planejou que quando o ônibus voltasse para Genebra, eu devia pedir ao cônsul americano vistos para ele e a mãe, assim poderíamos voar todos juntos para a América. A sra. Metalon lhe disse diversas vezes que seria impossível: tinha compromissos de negócios em Ancara. Eu inventei a mentira de que tinha assuntos literários a resolver na Itália. Mas Mark dizia que a mãe e eu podíamos protelar nossos negócios. Falava comigo como se eu já fosse seu padrasto. Enumerava os recursos financeiros da mãe. O pai tinha deixado um fundo de capital para ele e o restante de suas propriedades ficara para a esposa. Segundo Mark, ela possuía um total de não menos de dois milhões de dólares, talvez mais. Mark queria que a mãe liquidasse todas as posses na Turquia e transferisse o dinheiro para a América. Ele iria estudar na América antes mesmo de se formar no secundário. Os juros de capital da mãe permitiriam que vivessem luxuosamente.

Mark havia decidido se estabelecer em Washington. Era infantil e tolo, mas esse menino me dava medo. Eu sabia que seria difícil me livrar dele. A mãe tinha insinuado que outra decepção poderia levá-lo efetivamente ao suicídio. E sugeriu: "Talvez pudesse passar algum tempo comigo na Turquia? A Turquia é um país interessante. Você teria material para escrever para o seu jornal. Podia passar lá duas ou três semanas, depois voltar para a América. Mark não ia querer ir junto. Aos poucos, ele vai entender que não servimos um para o outro".

"O que eu iria fazer na Turquia? Não, é impossível."

"Se o problema é dinheiro, seria uma satisfação para mim cobrir suas despesas. Pode até ficar comigo."

"Não, senhora Metalon, está fora de questão."

"Bom, alguma coisa vai acontecer. O que eu faço com esse menino? Está me deixando louca."

Passamos dois dias em Madri, um dia em Córdoba, e estávamos a caminho de Sevilha, onde o plano era ficar dois dias. O programa da excursão prometia uma visita a um clube noturno. Nosso itinerário deveria passar por Málaga, Granada e Valência, até Barcelona, e dali para Avignon, depois de volta a Genebra.

Em Córdoba, a sra. Weyerhofer atrasou o ônibus quase duas horas. Desapareceu do hotel antes de nossa partida e, apesar das buscas, não foi encontrada. Por causa dela, os passageiros já haviam perdido uma tourada. O dr. Weyerhofer insistiu com o motorista para ir embora e deixar sua esposa maluca sozinha na Espanha como ela merecia, mas o motorista não teve coragem de abandonar uma mulher em um país estrangeiro. Quando ela finalmente apareceu carregada de trouxinhas e pacotes, o dr. Weyerhofer lhe deu duas bofetadas. Os pacotes caíram no chão e um vaso se quebrou. "Nazista!", ela guinchou. "Homossexual! Sádico!" O dr. Weyerhofer disse em voz alta para todo mundo ouvir. "Bom, graças a Deus, esse é o fim do meu martírio." E levantou a mão para o céu como um judeu piedoso fazendo um voto.

O tumulto provocou mais quarenta e cinco minutos de atraso. Quando a sra. Weyerhofer finalmente entrou no ônibus, ninguém queria sentar a seu lado, e o motorista, que tinha nos visto conversando algumas vezes, perguntou se eu aceitaria, uma vez que não havia poltronas individuais. Mark tentou me colocar ao lado da mãe e tomar o meu lugar, mas a sra. Metalon gritou com ele para que ficasse com ela, e ele concordou.

Durante um longo tempo, a sra. Weyerhofer ficou olhando pela janela e me ignorou como se eu fosse o culpado de sua desgraça. Por fim, virou-se para mim e disse: "Me dê seu endereço. Quero que seja minha testemunha no tribunal".

"Que tipo de testemunha? Se chegar a tanto, o tribunal ficará do lado dele e, se me perdoa, com toda razão."

"Hã? Ah, sei. Agora que está se preparando para casar com a herdeira armênia, já passou para o lado dos anti-semitas."

"Madame, sua conduta prejudica mais os judeus do que todos os anti-semitas juntos."

"São meus inimigos, inimigos mortais. Sua madame de Constantinopla estava cintilando de prazer quando aqueles demônios me humilharam. Estou de novo onde estava: em um campo de concentração. O senhor está para se converter, eu sei, mas vou voltar para o Deus judeu. Não sou mais esposa dele e ele não é mais meu marido. Deixo tudo para ele e sumo com a minha vida, como fiz em 1945."

"Por que deixa o ônibus esperando em toda cidade? Isso não tem nada a ver com judaísmo."

"É uma conspiração, me escute. Ele organizou a coisa toda nos mínimos detalhes. Eu não durmo a noite inteira, mas quando amanhece, assim que começo a cochilar, ele volta o relógio para trás. Foi truque dele também o senhor bater na minha porta aquela noite, como era mesmo o nome da cidade?, quando estava a caminho do seu banho no quarto da prostituta turca. Era uma conspiração para ele poder me pegar com um amante. É evidente. Ele quer que eu vá embora sem nada e conseguiu o que queria, o raposa. Não vão permitir que eu fique na Suíça, mas quem vai me aceitar? A menos que eu consiga chegar a Israel. Agora estou entendendo tudo. O senhor vai ser testemunha *dele*, não minha."

"Não vou ser testemunha de ninguém. Não diga bobagem."

"O senhor, é claro, acha que estou louca. É o que ele quer, me prender num hospício. Durante anos vem falando isso. Já tentou uma vez. Fica me mandando para o psiquiatra. Quis me envenenar também. Três vezes colocou veneno na minha comida e três vezes o meu instinto, ou talvez tenha sido Deus, me avisou. Por sinal, saiba o senhor que esse menino, Mark, que quer tanto que o senhor sente do lado da concubina turca, não é filho dela."

"Então quem é ele?"

"Amante dela, não filho. Ela dorme com ele."

"A senhora estava lá e viu?"

"Uma camareira em Madri me contou. Ela se enganou, abriu a porta do quarto deles de manhã, e encontrou os dois juntos na cama. Tem mulheres doentes assim. Uma quer um cachorrinho, outra um menino novo. Realmente, o senhor está rastejando na lama."

"Não estou rastejando coisa nenhuma."

"Vai levar essa mulher para a América?"

"Não vou levar ninguém."

"Bom, melhor eu calar a boca." A sra. Weyerhofer virou-se para o outro lado.

Recostei a cabeça na poltrona e fechei os olhos. Sabia muito bem que aquela mulher era paranóica, mas mesmo assim suas últimas palavras tinham me abalado. Quem sabe? O que ela disse podia ser verdade. A perversão sexual é resposta para muitos mistérios. Fui quase dominado pela náusea. É, pensei, ela tem razão. Estou rastejando para dentro de um pântano.

Naquele momento, só tinha um desejo: sair daquele ônibus o mais depressa possível. Me ocorreu que apesar de toda a minha intimidade com a sra. Metalon e Mark, ainda não tinha dado a eles meu endereço.

Cochilei e quando abri os olhos, Mark me informou que estávamos em Sevilha. Eu havia dormido quase três horas.

Apesar de nosso atraso, ainda tínhamos tempo para uma refeição rápida. Eu me sentei como sempre com a sra. Metalon e Mark. Mark pediu uma garrafa de Málaga e eu bebi uma boa metade dela. Os vapores da embriaguez subiram do estômago para a cabeça.

O assunto das conversas nas mesas era o dr. e a sra. Weyerhofer. Todas as mulheres concluíram que o dr. Weyerhofer era um santo por suportar tamanho horror.

A sra. Metalon disse: "Eu gostaria que esse fosse o fim dela. Até a paciência de um santo tem limite. Ele é banqueiro, é um homem bonito. Não vai ficar sozinho muito tempo".

"Não queria esse homem para meu pai", disse Mark.

A sra. Metalon sorriu e piscou para mim. "Por que não, meu filho?"

"Porque eu quero morar e estudar na América, não na Suíça. A Suíça só serve para se escalar montanha e esquiar."

"Não se preocupe, esse perigo não existe."

Ao dizer isso, a sra. Metalon fez uma coisa que nunca havia feito: apertou seu joelho contra o meu.

Havia coches a nossa espera diante do hotel para nos levar a um cabaré. As velas que brilhavam em suas lanternas lançavam misteriosos desenhos de luz e sombra. Eu não andava de carruagem puxada a cavalo desde Varsóvia. A noite toda foi de encantamento: o passeio do hotel até o cabaré com a sra. Metalon e Mark, e depois a apresentação. Dentro do coche, rodando pelas ruas parcamente iluminadas de Sevilha, a sra. Metalon pegou minha mão. Mark estava sentado a nossa frente e seus olhos brilhavam como os de algum pássaro noturno. A sra. Metalon ia exclamando: "Que noite esplêndida! Olhe o céu, tão cheio de estrelas!".

Toquei seu seio, ela estremeceu e apertou meu joelho. Estávamos ambos bêbados, não tanto do vinho, mas de cansaço. Mais uma vez senti o calor de seu corpo.

Quando descemos do coche, Mark foi uns passos adiante e a sra. Metalon sussurrou: "Gostaria de ter outro filho".

"De quem?", perguntei.

"Adivinhe", ela respondeu.

Não sei dizer se os atores e as atrizes, a música, a dança eram tão brilhantes quanto pensei, mas tudo que vi e ouvi naquela noite me arrebatou: a música meio árabe, o jeito quase hassídico com que os bailarinos batiam os pés, aquele insinuante toque de castanholas, as roupas estranhas. Melodias que deviam ser eróticas me recordavam liturgias cantadas na noite de Kol Nidrei. Mark encontrou um lugar desocupado perto do palco e nos deixou sozinhos. Começamos a nos beijar com o ardor de amantes há muito separados. Entre um beijo e outro, a sra. Metalon (que me disse para chamá-la de Annette) insistia que eu fosse com ela para Ancara. Estava disposta até a visitar a América. Eu tinha obtido uma vitória daquelas que nunca consegui explicar, a não ser pelo fato de, num duelo de amor, a vítima estar às vezes tão disposta a se render quanto o atacante a conquistar. Essa mulher tinha vivido sozinha muitos anos. Estava acostumada aos abraços de um homem mais velho. Pensando nessas coisas, alertei a mim mesmo que Mark não iria permitir que nossa relação se resumisse a um caso amoroso.

De quando em quando, ele olhava para trás, a nossa procura. Não acreditei naquela história caluniosa de mãe e filho, mas era óbvio que Mark seria capaz de matar alguém que ele achasse estar desonrando sua mãe. As palavras da mulher sobre ter outro filho apontavam perigo. Por mais forte que fosse o meu desejo pelo corpo dela, sabia que não tinha nenhum laço espiritual com ela, que depois de algum tempo predominariam desentendimentos, tédio e remorsos. Além disso, sempre tive medo dos turcos. Quando criança, tinha escutado em detalhes as selvagerias de Abdul-Hamid. Depois, li sobre os pogrons contra os armênios. Lá, na distante Ancara podiam facilmente inventar uma acusação contra mim, tomar meu passaporte americano, me jogar na prisão, da qual não sairia com vida. Era estranho, mas quando menino no cheder sonhava que estava numa prisão turca amarrado com pesadas cordas e por alguma razão nunca esqueci esse sonho.

Na volta do cabaré, mãe e filho me perguntaram se eu tinha banheira no quarto. Eu disse que não, e imediatamente me convidaram para tomar banho em sua suíte. Mark acrescentou que ia dar uma volta pela cidade. Como ficaríamos mais uma noite em Sevilha, não teríamos de levantar cedo na manhã seguinte.

A sra. Metalon e Mark ocupavam uma suíte de três cômodos. Prometi ir e a sra. Metalon falou: "Não demore muito. A água quente pode esfriar depressa". Suas palavras pareciam conter um sentido simbólico, como se saídas de uma parábola.

Fui para o meu quarto, que ficava bem debaixo do telhado do hotel. Dele exsudava um calor tórrido. O sol havia batido ali o dia inteiro. Acendi a luz e fiquei um longo tempo imóvel, estupidificado pelo calor e pelas experiências do dia. Tinha a sensação de que dentro em pouco labaredas iam brotar de todos os lados e o quarto se incendiaria como uma lanterna de papel. Sobre a cama de metal havia um grande travesseiro e um cobertor vermelho cheio de manchas. Eu precisava me esticar, mas o lençol parecia sujo. Imaginei sentir o cheiro do esperma que sabe-se lá quantos turistas haviam vertido ali. Meu roupão e meu pijama estavam dentro da mala, e eu não tinha força para abri-la. Bem, e o que adiantava tomar um banho se logo depois ia ter de deitar naquela cama suja?

No coche e no cabaré tudo dentro de mim fervia de paixão. Agora que tinha a chance de ficar sozinho com a mulher, a paixão havia evaporado. Em vez de paixão, senti raiva dessa rica viúva turca e de seu filho mimado. Cuidei para que Mark não me acordasse. Tranquei a porta com a chave pesada e ainda coloquei a trava. Apaguei a luz e deitei vestido no colchão de molas, decidido a resistir a toda tentação.

O hotel estava situado num bairro barulhento. Rapazes gritavam e moças riam maliciosamente. De quando em quando, eu identificava um grito de homem seguido de um suspiro. Seria lá fora? Em outro quarto? Será que alguém havia sido assassinado ali? Torturado? Quem sabe ainda havia ali resquícios da Inquisição. Senti picadas e me cocei. Estava gotejando suor, mas não fiz nenhum gesto para me enxugar. "Esta viagem é uma loucura completa", disse a mim mesmo. "A situação toda cheia de ameaças."

Adormeci e dessa vez Mark não veio me acordar. Ao nascer do dia, esfriou e me cobri com o mesmo cobertor que horas antes tinha me enchido de tanta repulsa. Quando despertei, o sol já estava queimando. Me lavei com a água morna do jarro sobre o lavatório e me enxuguei com a toalha áspera. Parecia ter resolvido tudo durante o sono. Ao longo do passeio de coche pela cidade na noite anterior, eu tinha notado filiais da Cook's Tours e da American Express. Tinha a minha passagem de volta para a América, um passaporte americano e cheques de viagem.

Quando desci com a mala para o saguão, me disseram que eu havia perdido o café-da-manhã. Todos os passageiros tinham saído para visitar igrejas, o palácio mourisco, um museu. Graças a Deus, tinha escapado de cruzar com a sra. Metalon e seu filho e ter de me justificar com eles. Deixei com o caixeiro do hotel uma gorjeta para o motorista do ônibus e fui direto para a Cook's. Tinha medo que houvesse complicações, mas eles pagaram meus cheques e me venderam um bilhete de trem para Genebra. Eu ia perder uns duzentos dólares para a companhia de ônibus, mas por culpa minha, não deles.

Deu tudo certo. Havia um trem que partia para Biarritz. Eu havia reservado uma cabine-dormitório num vagão pullman. Embarquei e comecei a corrigir um manuscrito, como se nada tivesse acontecido.

Ao anoitecer, senti fome e o condutor me mostrou como chegar ao vagão-restaurante. Todos os vagões de segunda classe estavam vazios. Espiei o vagão-restaurante. Ali, numa mesa perto da porta, estava Celina Weyerhofer batalhando com um franguinho.

Nos olhamos em silêncio durante longo tempo e a sra. Weyerhofer disse: "Se isto é possível, então pode até ser que venha mesmo o Messias. Por outro lado, eu sabia que nós dois íamos nos encontrar de novo".

"O que aconteceu?", perguntei.

"Meu bom marido simplesmente me expulsou. Deus sabe que eu estava por aqui com essa viagem." E apontou a garganta.

Propôs que eu me sentasse com ela e serviu de intérprete para pedir minha comida vegetariana. Parecia mais mansa e sadia do que eu jamais vira antes. Parecia até mais moça em seu vestido preto. Ela disse: "Você fugiu, hã? Fez bem. Ia se ver preso numa trama da qual nunca mais ia escapar. Ela combinava com você tanto quanto o doutor Weyerhofer combina comigo".

"Por que deixava o ônibus esperando em todas as cidades?", perguntei.

Ela pensou um pouco. "Não sei", disse por fim. "Não sei mesmo. Havia demônios me perseguindo. Eles me confundiam com seus truques."

O garçom trouxe meus legumes. Comi olhando pela janela a noite que caía sobre os campos colhidos. O sol se punha, pequeno e fulgurante. Descia depressa, como um carvão saído de alguma conflagração celeste. Uma penumbra noturna pairava sobre a paisagem, uma eternidade cansada de ser eterna. Deus do Céu, meu pai e meu avô tinham razão de evitar olhar para mulheres! Cada encontro entre um homem e uma mulher leva ao pecado, à decepção, à humilhação. Baixou sobre mim um temor de que Mark pudesse me encontrar e se vingar.

Celina pareceu ler meus pensamentos e disse: "Não se preocupe. Ela logo se consola. Por que razão resolveu fazer essa viagem? Só para ver a Espanha?".

"Queria esquecer alguém que não se deixa esquecer."

"Onde ela está? Na Europa?"

"Na América."

"Não se pode esquecer nada."

Ali ficamos até tarde e a sra. Weyerhofer desenvolveu para mim sua teoria fatalista: tudo era determinado ou fixo, cada ato, cada palavra, cada pensamento. Ela própria ia morrer logo e nenhum médico ou bruxo poderia salvá-la. Disse: "Antes de o senhor entrar aqui, eu estava fantasiando que fazia um pacto de suicídio com alguém. Depois de uma noite de prazer, ele enfiava uma faca em meu peito".

"Por que justamente uma faca?", perguntei. "Não é uma fantasia judaica. Eu não conseguiria fazer isso nem com Hitler."

"Se a mulher deseja isso, pode ser um ato de amor."

O garçom chegou e resmungou alguma coisa.

A sra. Weyerhofer explicou: "Somos os últimos no vagão-restaurante. Eles querem fechar".

"Já terminei", eu disse. "Gastronomicamente e em outros sentidos também."

"Não tenha pressa", disse ela. "Ao contrário do motorista do nosso malfadado ônibus, as forças que nos enlouquecem têm todo o tempo do mundo."

Uma noite na casa dos pobres

Às nove da noite, o atendente da casa dos pobres apagou a lamparina de querosene. Deixou queimando apenas uma vela de sebo, que logo começou a oscilar. Lá fora, a geada cintilava, mas dentro da casa dos pobres estava quente. Os doentes graves ficavam em camas. Os outros dormiam em enxergas de palha no chão.

Perto do forno, Zeinvel, o ladrão, aleijado por camponeses quando foi pego roubando um cavalo, e Mottke, o bedel, que durante longo tempo serviu de bedel para um falso rabino chamado Yontche, um sapateiro que vestia roupa de rabino hassídico e viajava pelas cidades polonesas dizendo realizar milagres. Tinham ido juntos até a Lituânia. Yontche, depois, foi pego no ato com uma criada e fugiu para a América. Mottke também tentou escapar para a América, mas foi detido na ilha Ellis e deportado por causa do tracoma. Depois ficou meio cego. Tanto Mottke, o bedel, quanto Zeinvel, o ladrão, moravam na casa dos pobres fazia anos, embora em quartos separados a maior parte do tempo.

Zeinvel era alto, preto como um cigano, de olhos amendoados, cabelos negros, a boca cheia de dentes brancos. Além de manco, sofria de tuberculose. Quando jovem tinha tido fama de dândi. Conseguia aparar a barba mesmo na casa dos pobres. Mottke era pequeno, redondo como um barril, com tufos de cabelo loiro-palha em volta do crânio cheio de cascas de ferida e uma barba amarela que crescia só de um lado do rosto. Seus olhos estavam sempre inchados e meio fechados. Era bastante estudado e diziam que ele e Yontche costumavam trocar de papéis. Um mês Yontche era o rabino e Mottke o bedel, no mês seguinte o contrário.

Depois de algum tempo, a vela de sebo se apagou. A lua cheia brilhava lá fora e sua luz refletida pela neve batia nas paredes da casa dos pobres. Zeinvel e Mottke nunca iam dormir antes da meia-noite. Conversavam e contavam histórias.

Mottke estava dizendo: "Frio lá fora, hein? Vai ficar ainda mais frio. Aqui na Polônia o frio ainda é suportável, mas na Lituânia quando vinha o gelo os carvalhos quebravam nas florestas. Uma coisa é boa lá: a madeira é barata. As aldeias são pequenininhas, mas quase todos os homens são estudados. Você conhece um carpinteiro ou um ferreiro: de dia ele aplaina uma prancha ou bate com o martelo na bigorna, mas depois das rezas da noite lê um capítulo do Mishná para um grupo na casa de estudos. Eles não dão muito valor para rabinos hassídicos. Pode-se viajar metade da Lituânia sem ver um hassidista. Os homens evitavam a gente, mas as mulheres sempre vinham nos procurar escondidas, e traziam o que podiam: uma galinha, uma dúzia de ovos, uma medida de trigo, até uma réstia de alho. O que não faltava era doença por todo lado, e a gente dava todo tipo de remédio: ovo de vaca e leite de pato, além de diversos amuletos e talismãs que nós dois inventávamos. Quando a gente estava na Lituânia, aconteceu uma coisa que armou a maior confusão numa aldeia".

"O que foi?", perguntou Zeinvel.

"Uma coisa com um dybbuk."

"Um dybbuk na Lituânia?"

"É, na Lituânia. Tinham me falado que os lituanos não acreditam em dybbuks. Vilna Gaon não acreditava nessas coisas, e de Vilna Gaon para Deus é um pulo. Mas o que os olhos vêem não se pode negar. O nome da aldeia era Zabrynka. Quando Yontche e eu chegamos lá, o abatedor ritual nos convidou para o jantar de shabat. Na Lituânia o convidado do shabat não dorme na casa dos pobres. Fazem uma cama para ele na casa do dono. O nome do homem era Bunem Leib, e a mulher era Hiene, nome que não se escuta por aqui. Só tinham uma filha, Freidke, uma menina baixa de cabelo vermelho e sardenta. Estava noiva de um rapaz que estudava com o abatedor, pai dela. O nome dele era Chlavna. Na Lituânia, eles têm os nomes mais gozados. Era um rapaz bonito, alto, moreno, bem vestido. Na Lituânia ninguém veste roupa de cetim no shabat, a não ser talvez o rabino. Também não usam cachos laterais tão compridos que nem na Polônia. É tudo diferente com eles. A gente põe açúcar no gefilte fish, eles botam pimenta.

"Yontche era um comilão. Assim que entrava numa casa, ia direto na comida. Eu gosto de olhar as coisas. Percebi que Freidke estava loucamente apaixonada por Chlavna. Não tirava os olhos dele. Ela tinha olho azul, brilhante, e com uma certa melancolia. Por quê? Faz parte da minha natureza perceber as coisas, sejam ou não da minha conta. Um rapaz saudável, moço, devia ter apetite, e estranhei que Chlavna quase nunca comia nada. Tudo que serviam para ele, deixava no prato: o pão de shabat, a sopa, a carne, até o cozido de cenoura. Quando Hiene servia para ele um copo de chá, a mão dele tremia tanto que derramava tudo na toalha da mesa. Ih, pensei, a mão de um abatedor não pode tremer. Isso não dá certo.

"Yontche e eu comemoramos o shabat lá, e depois do shabat seguimos caminho. A gente não sabia ainda, mas aquele ia ser o nosso último inverno juntos. Não tivemos muita sorte na Lituânia e Yontche agia mais como cocheiro que como rabino. Geralmente, quando eu saía de uma cidade logo esquecia de todo mundo de lá, mas sentado no trenó ia pensando em Freidke e Chlavna, e sabia que de algum jeito ia acabar voltando para Zabrynka. Mas por quê? O que aqueles estranhos significavam para mim?

"Chegamos a outra cidade e ali eu briguei com Yontche de verdade, e disse que ele era um renegado e que devia queimar numa fogueira. Fiquei tão arrasado que fui para uma taverna. Sentei, tomei um trago de vodca, e alguém veio falar comigo, um homenzinho que era agente de viagem, e disse assim: 'Você não me reconhece, mas nós nos conhecemos em Zabrynka. Você é o bedel'.

"'O que está acontecendo em Zabrynka?', perguntei, e ele disse: 'Não soube da notícia? Um dybbuk possuiu a filha do abatedor'.

"'Um dybbuk?', eu disse. 'Dentro de Freidke?'

"E me contou esta história: uma noite de shabat, logo depois que fui embora da cidade, os açougueiros levaram para Bunem Leib um grande touro preto com chifres espirais, um bicho feroz. Como o noivo de Freidke, Chlavna, tinha aprendido o ofício, com todas as suas leis, e tinha já matado diversos novilhos, Bunem Leib resolveu deixar que matasse aquele. Quando um touro é morto, os açougueiros amarram o bicho com cordas, jogam no chão, e seguram para ele sangrar até a morte. Mas quando Chlavna fez a bênção e cortou a garganta do touro, o animal se soltou, se pôs de pé e começou a correr em torno com tamanha fúria que quase derrubou o abatedouro. Saiu correndo pela praça do mercado, derrubou um poste de luz e virou uma carroça. Esse tempo todo o sangue jorrando dele feito uma torneira. Depois de uma longa perseguição, os açougueiros pegaram o bicho e arrastaram de volta para o abatedouro, já uma carcaça. Só então descobriram que Chlavna tinha desaparecido. Alguém disse que tinha sido visto encostado no poço. Outros o viram correndo para o rio. Procuraram com varas, mas não foi encontrado. O rabino examinou a faca que Chlavna havia usado e descobriu que a lâmina tinha dentes. Declarou que o touro não era kacher. Os açougueiros ficaram com tanta raiva de Bunem Leib ter passado o trabalho para Chlavna que quebraram as vidraças.

"Aquela foi uma noite de um longo torvelinho para Bunem Leib e sua família. Ao amanhecer, quando ele e a mulher finalmente adormeceram, foram acordados por um estranho choro, não humano, mas animal. Freidke estava nua no meio da sala, mugindo feito gado. Estava tremendo, convulsa, e mugindo, como se fosse o próprio touro que seu noivo havia estragado. Então, uma terrível voz humana saiu de sua boca. Toda Zabrynka veio correndo e ficou claro que um dybbuk havia possuído Freidke. O dybbuk gritava que tinha sido um homem em vida, um malfeitor, bêbado, devasso. Quando morreu, sua alma não foi admitida no Céu, mas condenada a reencarnar como touro. O Anjo da Morte havia lhe dito que, se esse touro fosse abatido de acordo com a lei ritual e judeus piedosos comessem sua carne depois de recitar a bênção certa, ele, o pecador, seria redimido. Agora que Chlavna havia tornado a carne impura, a alma do pecador abandonada tinha entrado em Freidke.

"Fiquei tão chocado com o que o agente de viagem contou que larguei a mala e a bagagem de Yontche, peguei minha trouxa e voltei para Sabrynka. Tinha caído neve alta e fazia um frio intenso. Não consegui um trenó e tive de andar metade do caminho até lá. O vento quase me levava. Eu estava certo que o meu fim tinha chegado e comecei a fazer minha confissão.

"Ficou apaixonado por Freidke, hã?"

"Apaixonado? Está falando bobagem."

"O que aconteceu depois?", Zeinvel perguntou.

"Cheguei a Zabrynka no meio da noite. As venezianas estavam todas fechadas, mas a casa de Bunem Leib estava acesa e havia gente lá dentro. Pareciam ter ficado ouvindo o dybbuk em vez de ir dormir. Ninguém prestou atenção em mim quando entrei. Depois, fiquei sabendo que a mãe de Freidke tinha ficado doente de tristeza e sido levada para a casa de algum parente. Mal reconheci Bunem Leib. Tinha ficado abatido, amarelo e seco naqueles poucos dias depois que estive lá. Freidke lá estava, descalça, meio nua, com o cabelo vermelho arrepiado sobre os ombros, o rosto mais branco que o de uma morta e os olhos saltados. Gritava com uma voz que eu não podia nunca acreditar que estava saindo da garganta delicada de uma menina. Não era voz humana, era de touro. Ouvi quando mugiu: 'Me mate, Bunem Leib, mate! Eu sou o touro que fez você ficar treifá e, portanto, condenado ao tormento eterno. Você não me vê, mas hordas de demônios, de elfos e diabos estão pairando por aqui, esperando para me estraçalhar e me levar para os desertos detrás das Montanhas Escuras. Nem o seu mezuzá, nem os talismãs e amuletos que você pendurou em todos os cantos da casa podem me ajudar. Olhe, se não for completamente cego: monstros com narizes no umbigo e cobras no lugar de cabelos, com focinhos de porcos, pretos como piche, vermelhos como fogo, verdes como bile! Eles dançam e uivam como loucos. É minha culpa, Bunem Leib, você ter escolhido um schlemiel para genro, um molenga que não é capaz de usar uma faca? Ele é tão capaz de ser abatedor quanto você de ser babá. As mãos dele tremiam como as de um homem de noventa anos. Era tão fraco que quando via uma pinta de sangue na clara do ovo já quase desmaiava. Um abatedor não pode ter medo de sangue. Um homem de verdade não sai correndo da noiva quando as coisas dão errado. Você escolheu um filhinho da mamãe para sua filha, um moleque mimado, um eunuco. Ele tinha mais medo de mim, o touro, do que eu de sua faca! Me mate, Bunem Leib, e me salve de todos estes espíritos perversos. Senão, vou te espetar com meus chifres e te levar para o pântano de onde não existe nunca salvação'.

"'Minha filha, do que está falando? Você é a minha menina', Bunem Leib disse para ela. 'Deixe esse demônio maldito te libertar e se Chlavna não for para você, encontro outro marido, se Deus quiser, e vamos levar você até o dossel matrimonial. Deus Misericordioso, me ajude! Não agüento mais essa angústia.'

"Bunem Leib estava chorando. Mas Freidke respondeu: 'Não sou sua filha, sou o touro que você entregou nas mãos de um vigarista. Pegue sua faca e me mate! Derrame o meu sangue! Você, Bunem Leib, é um macho, não um frouxo. Nenhum touro, nenhuma vaca, nenhum carneiro ou galo jamais fugiu de sua faca. Me mate, Bunem Leib, me mate!'."

"Você ouviu tudo isso?", Zeinvel perguntou.

"Que eu escute o chifre de carneiro anunciando o Messias do mesmo jeito que ouvi isso."

"Continue."

"É impossível contar tudo. Chegando a madrugada, Bunem Leib ficou tão cansado e esgotado que teve de ir dormir, mas os arruaceiros da cidade tomaram conta do espetáculo. Para eles, aquilo era diversão. Imagine, uma filha única, uma pombinha quietinha, de pé no meio da noite, os seios descobertos, o cabelo vermelho mais assanhado que o de uma bruxa, e confessando pecados que fazem a cabeça girar. Ouvi quando disse: 'Quando vivo, fiz tudo para ofender a Deus. Raspei a barba, comi carne de porco no Yom Kippur, forniquei com meninas gentias e com prostitutas judias. Reneguei a Deus e pensei que ia viver cem anos e gozar todas as minhas abominações. Mas de repente fiquei doente, com varíola, e vi que estava acabado. Mesmo assim, blasfemei contra Deus e servi a ídolos até meu último suspiro. Quando finalmente expirei, a Sociedade Funerária não quis limpar meu corpo e me enterraram sem mortalha, à meia-noite, sem ninguém me dizer o Kadish. Antes mesmo de os coveiros jogarem a última pá de terra em cima de mim, o Anjo Dumah abriu meu túmulo, cuspiu em mim, me furou com seu bastão de fogo e me arrastou até os portões da Geena. Tentou me jogar para dentro, mas Satã bateu a porta e gritou: 'Seria uma desgraça para a Geena deixar esse lixo entrar aqui'."

"Você pode ser o maior herege do mundo, Zeinvel, mas quando se vê e se escuta uma coisa dessas, você tem de admitir que Deus existe."

"Não tem, não."

"Então o que era isso tudo?"

"Nervos."

"E como é que os nervos sabem o que acontece no outro mundo?", Mottke perguntou.

"Os nervos sabem tudo."

"O quê? São profetas?"

"Melhor ainda", disse Zeinvel. "Boa noite."

"Bom, você está falando besteira."

Zeinvel tinha adormecido e estava roncando, mas Mottke estava acordado. Disse a si mesmo: "Dormiu, é? Besta, idiota... Acha que sabe tudo, mas para mim é um tonto".

"Mottke, cale a boca."

"Não está dormindo?"

"Estou dormindo, mas escuto cada palavra mesmo assim. Aprendi esse truque na cadeia. Lá, se você dorme para valer, tiram a roupa do seu corpo. O que aconteceu com Freidke?"

"Como vou saber? Fiquei três dias lá, depois fui embora. Mas não contei tudo ainda. Os vizinhos me juraram que Freidke nunca tinha cantado antes. Verdade que uma garota bem-educada não faz sua voz ser ouvida, para não provocar a gente, homens. Mas mesmo assim, se uma menina tem voz, ela canta enquanto está embalando uma criança, ou canta junto no shabat. De repente, Freidke tinha começado a cantar músicas engraçadas em iídiche, polonês e até em russo. Fez uma serenata para uma noiva e fez graças de casamento, tudo rimado. Caçoou das mulheres que pechincham no açougue e de como espadanam na água no banho ritual. Os arruaceiros falaram coisas maliciosas para ela, e ela respondeu para cada um em seus próprios termos. Respondeu tão em cima que eles ficaram sem fala. Todos os vizinhos disseram a mesma coisa: aquela não era Freidke, mas um gaiato, um malandro, com a língua afiada feito navalha. As blasfêmias dele faziam todo mundo rolar de rir. Meu irmão, ali eu vi uma mulher se transformar num touro e num homem. Nervos não podem fazer uma coisa dessas."

"O que pode?"

"Só Deus."

"Deus não existe."

"Como o mundo se formou?", Mottke perguntou.

"Cresceu de si mesmo, como uma casca de ferida."

II.

Zeinvel adormeceu de novo, mas Mottke ficou bem acordado. Os doentes da casa dos pobres suspiravam e resmungavam no sono. Zeinvel tinha razão, Mottke pensou. Um Deus piedoso não iria permitir tanto sofrimento. As pessoas ali morriam como moscas. Todo dia a Sociedade Funerária vinha com a prancha de abluções buscar um corpo.

Durante algum tempo, Mottke ficou ouvindo um grilo cantar atrás do fogão. Retinia como se tivesse sininhos. Contava uma história sem começo nem fim. Como é que cricrilava assim a noite inteira?, Mottke pensou. Grilo também não precisa dormir? Ou será que dorme durante o dia? E o que encontram para comer no meio dos trapos? Era uma loucura pensar que aquele grilo tinha um pai, uma mãe, um avô, uma avó, e talvez filhos também. Estou todo atrapalhado, Mottke pensou. Passo o dia inteiro morrendo de cansaço e de noite minha cabeça funciona feito uma máquina.

Às vezes, durante o dia, quando Mottke queria exibir sua erudição, esquecia de tudo, misturava passagens como um ignorante. Mas no meio da noite sua cabeça se abria. Lembrava capítulos inteiros das Escrituras, seções do Gemara, até liturgias do Rosh Hashanah e do Yom Kippur. Gente que tinha morrido havia tanto tempo que ele nem lembrava mais seus nomes se materializava, aparecendo viva diante dele. Lembrava os nomes de aldeias onde tinha estado com Yontche. Cantos dos cantores e cantigas dos hassidistas lhe vinham à mente. Mottke tinha sido criado em uma família religiosa. Seu pai o tinha levado para ver o rabino prodígio em Turisk. Quando menino, havia lido os livros hassídicos e até sonhara ser rabino. Mas seu pai morreu de tifo, a mãe casou com um grosseirão e Mottke descambou para aquela farsa de fé com Yontche.

Agora Mottke começou a cantarolar uma canção que tinha ouvido em Turisk no jantar de shabat:

Eu cantarei louvores
para abrir o portal
dos celestes pomares
ao sagrado casal.

Zeinvel começou a tossir e sentou-se. "Por que está cantando no meio da noite? Está com fome?"

"Não estou com fome."

"Está com uma vespa na sela, é?"

"Desperdicei minha vida inteira por nada", disse Mottke, chocado com as próprias palavras.

"Está querendo virar penitente, igual aquele músico que vendou os próprios olhos para não olhar para as mulheres?"

"Tarde demais para isso."

"É, meu irmão, para nós já devia ser tarde demais quando nós nascemos", disse Zeindel. "Essa história com Freidke foi tudo mentira e bobagem. É tudo inventado: o Deus judeu, o Deus cristão. Aquele Chlavna era um pateta trapalhão e um miserável de um covarde. Freidke, por outro lado, estava fazendo cena porque ele largou dela. Moça nova escuta as histórias das mulheres mais velhas, absorve cada detalhe, e depois imita.

"Eu tive uma mulher maluca uma vez, filha de um professor do Talmude. Ela se chamava Mindle. Parecia uma virgem kacher. Eu podia jurar que ela não conseguia contar até dois: uma carinha pálida, grandes olhos pretos. Tudo começou quando a gente se encontrou na bomba de água e eu enchi dois baldes para ela. Ela me deu um belo agradecimento e um sorriso doce. Eu já era ladrão nessa época e já tinha tido mais mulheres que os cabelos da sua cabeça. Naquele tempo, não era tão fácil conseguir uma garota judia, pelo menos não por aqui, mas não faltavam shiksas. Elas não sabem o que é dissimulação. Têm o sangue de tio Esaú nas veias. Bom, mas eu vi fogo nos olhos de Mindle. Cada vez que via ela indo com o balde, corria para fora com o meu balde. Devo ter bombeado centenas de baldes para ela. Comecei a achar que aquilo era perda de tempo. De repente, entrego o balde na mão dela e ela enfia um bilhete na minha mão. Corri tão depressa com meu balde que derrubei metade da água. Entrei em casa e li: 'Me encontre no cemitério à meia-noite'.

"Uma frase, só isso, linda caligrafia. Eu tinha experimentado de tudo: meninas, matronas, moças, velhas, mas fiquei mais nervoso que um menino de yeshiva. Estava com medo também. Naquele tempo, eu ainda acreditava nas criaturas da noite. Que tipo de garota ia encontrar um sujeito no cemitério à meia-noite? Diziam que os mortos iam rezar na sinagoga de noite e que se alguém passava na porta eles chamavam para dentro para ler a Torá. Além disso, a filha de um carpinteiro havia se enforcado na nossa cidade porque tinha ficado grávida de algum vagabundo, e diziam que ela saía da cova à noite e andava pelo meio dos túmulos. Mesmo assim, mal podia esperar a noite cair e, depois, quando o relógio da prefeitura batesse as onze e meia. Minha prenda tinha pensado em tudo com antecedência. O pai dela, hassidista tão fervoroso que usava dois solidéus, um na frente e outro atrás, ia para a cama com as galinhas. Levantava antes do amanhecer para lamentar a Destruição do Templo. A mãe viajava de feira em feira para sustentar a filha mais velha, uma viúva sem tostão que morava em Krasnystaw com três filhos. Vendia casacos que ela mesma acolchoava.

"Vou encurtar a história. Mindle tinha deixado nosso encontro para o fim do mês, quando a lua não brilha e quando a mãe estava fora, em alguma feira. A noite estava quente e escura. O caminho para o cemitério passava pela rua da igreja. Os judeus moravam perto da praça do mercado. Mais adiante, só moravam gentios: casas pequenas e cachorros grandes. Quando passei, me atacaram como uma matilha de lobos. De um cachorro se pode escapar, mas de cinqüenta não se tem a menor chance. Além disso, quando os gentios ouvem os cachorros latindo, saem correndo para fora com seus bastões. Achei que ia ser martirizado, mas de algum jeito consegui chegar ao cemitério. Ia tateando, procurando o caminho feito um cego. Eu ainda era crente nessa época, e na minha cabeça doei dezoito groschen para caridade. Estiquei os braços e lá estava ela, como se tivesse brotado do chão. Quando se tem medo, todo desejo desaparece, mas no momento em que toquei nela, ela me queimou feito um carvão em brasa. Cochichou um segredo em meu ouvido. Não precisava falar. Como alguém tão fogoso pode ter crescido na casa de um professor piedoso?"

"Ela te satisfez, hã?", Mottke perguntou.

"Essa não é a palavra", disse Zeinvel. "Caímos um nos braços do outro e não conseguimos nos separar. Eu tinha certeza que ela era virgem, mas foi-se o tempo!"

"Gostosa, hã?"

"Ficamos horas deitados no meio das lápides, e eu queria mais. Quente feito fogo e afiada feito punhal. Quando eu começava a esfriar, ela me dizia alguma coisa tão apimentada que eu estremecia e a brincadeira começava de novo. Nunca vou descobrir onde ela aprendeu a falar assim na nossa pequena aldeia."

"Como é que não casou com ela?", Mottke perguntou.

"Hã? Eu queria uma garota respeitável, não uma vadia. Ela falava com franqueza: um homem para ela era aperitivo. Precisava de muitos, sempre novos. Eu não sou nenhum santo, mas queria uma esposa igual minha mãe. Na minha profissão, o sujeito precisa estar preparado para cumprir pena. Ficar na prisão e se preocupar com a mulher que pode estar circulando com tudo quanto é vagabundo não dá gosto. Mesmo enquanto estava ali abraçando e beijando e prometendo para ela a lua e as estrelas, eu queria era a minha Malkele, que descanse em paz. A gente já se conhecia então. Era amiga da minha irmã Zirel. Eu não planejava continuar sendo ladrão. Queria guardar dinheiro e ser comerciante de cavalos. Mas o homem põe e Deus dispõe."

"Isso quer dizer que você acredita mesmo em Deus", disse Mottke.

"Só parece. O que é Deus? Quem é Ele? Ninguém foi até o Céu e entrou em entendimento com Ele. Está tudo escrito na Torá, mas o que é a Torá? Pergaminho e tinta. Quem segura a caneta escreve o que bem entende. Faz quase dois mil anos que os judeus estão esperando o Messias, mas ele não tem pressa em aparecer."

"Então o mundo não tem lei, hã?"

"Quem pode, pega. E quem não pode, fica sete palmos abaixo."

"É, mas se essa gente boa não mandasse mingau de aveia e sopa para cá, nós dois já teríamos esticado as canelas", disse Mottke.

"Eles não fazem isso por nós", disse Zeinvel. "Acham que isso vai reservar uma cadeira de ouro para eles no Paraíso e grandes porções do Leviatã."

"Você mesmo disse uma vez que acreditava no destino", Mottke protestou. "Disse que a última vez que foi roubar um cavalo sabia com antecedência que ia cruzar com um camponês e que assim estava escrito. Palavras suas."

"Deus é Deus, e destino é destino. Eu tinha roubado meia dúzia de pangarés em poucas semanas, e os camponeses começaram a dormir nos estábulos. Ficavam de guarda com machados e matracas. Minha Malkele implorou: 'Zeinvel, chega!'. Ajoelhou na minha frente e me mandou ficar em casa. Falou em abrir uma loja ou, se o pior acontecesse, em ir para a América. Exigiu que eu jurasse pelo Pentateuco que ia começar uma vida nova. Mas na hora mesmo que eu estava jurando, sabia que o juramento não valia nada. Não está em mim ficar parado numa loja pesando duzentos gramas de amêndoas ou de creme tártaro. Não tenho paciência para essas bobagens. Nem fui feito para a terra de Colombo. Todo mundo que foi para lá acabou passando calças ou vendendo de porta em porta. Chegaram cartas contando de uma depressão em Nova York, dos trabalhadores catando comida nas latas de lixo. Eu amava Malkele, mas ela não era Mindle. Eu era fiel a ela, Deus é testemunha, mas ficar sentado com ela dias e noites enquanto ela ralhava comigo não era para mim. Ela teve dois abortos. Estava constantemente choramingando por ela e por mim também. Eu queria experimentar a sorte de uma vez por todas."

"Você acredita na sorte?"

"Acredito. Na sorte e no azar."

"Deus existe, existe!", disse Mottke.

"E daí se existe? Fica lá sentado no sétimo Céu, os anjos todos elogiando

Ele com seus hinos, e Ele se importa tanto com a gente quanto com a geada do ano passado."

"O que aconteceu com Mindle?", perguntou Mottke.

"Ah, o pai fez ela casar com um idiota qualquer, filho de um hassidista rico, seguidor do rabino dele. A minha gatinha foi com ele para baixo do dossel pura e de véu como se nunca tivesse sido tocada. Para mim é um enigma por que ela concordou em ser usada desse jeito. Mulheres assim às vezes casam com um idiota para ter alguém para enganar mais fácil. Enganar é muito emocionante, quase tanto quanto roubar. Mas por tudo se paga um preço. Ela morreu dois anos depois, de parto."

"Então foi assim que terminou?"

"É. O marido, o palerma, foi para a casa do rabino dele e ficou lá por meses. Eu estava cumprindo pena na prisão de Janov. Depois, me transferiram para Lublin. Daquela vez eu era inocente. Tinha sido falsamente acusado. Quando por fim saí, Mindle já estava no outro mundo."

"Decerto foi castigo de Deus", disse Mottke.

"Não."

Fez-se silêncio. Até o grilo parou de cantar. Depois de um momento, Zeindel disse: "Não esqueci dela. Se existe uma Geena, quero deitar do lado dela numa cama de pregos".

Fuga da civilização

Comecei a planejar minha fuga da civilização não muito tempo depois de aprender o significado da palavra. Mas a aldeia de Bilgoray, onde morei até os dezoito anos, não tinha civilização suficiente para se fugir dela. Depois, quando fui para Varsóvia, tudo o que eu podia fazer era voltar correndo para Bilgoray. A idéia só tomou corpo quando cheguei a Nova York. Foi aqui que comecei a sofrer algum tipo de alergia: febre de rosa, febre do feno, quem sabe? Tomei comprimidos aos frascos, mas não me fizeram muito bem. O calor daquele começo de primavera estava tão intenso quanto em agosto. O quarto mobiliado onde eu morava no West Side era sufocante. Não sou de consultar médico, mas fiz uma visita ao dr. Gnizdatka, que eu conhecia de Varsóvia e que lia fielmente tudo o que eu conseguia publicar na imprensa iídiche.

O dr. Gnizdatka enfiou um espéculo na minha narina e um abaixador de língua na minha boca e disse: "*Paskudno*" ("Mal").

"O que eu faço?"

"Mude para perto do mar."

"Onde fica o mar?"

"Vá para Sea Gate."

No momento em que o dr. Gnizdatka disse o nome, entendi que tinha finalmente chegado a hora de escapar da civilização e que Sea Gate podia servir ao mesmo propósito que Haiti ou Madagáscar. Na manhã seguinte, fui ao banco e saquei minhas economias de setenta e oito dólares, deixei meu quarto, embalei todos os meus pertences em uma grande mala de papelão e fui andando até o metrô. Numa cafeteria da East Broadway, alguém me disse que era fácil conseguir um quarto mobiliado em Sea Gate. Levava alguns livros para me servir de esteio espiritual enquanto estivesse longe da civilização: a Bíblia, a *Ética*, de Spinoza, *O mundo enquanto vontade e idéia*, de Schopenhauer, além de um livro escolar com fórmulas matemáticas. Eu era então um ardente spinozista, e segundo Spinoza, só se pode atingir a imortalidade se se medita sobre idéias adequadas, o que significa matemática.

Devido ao calor de Nova York, eu esperava que Coney Island fosse estar lotada e a praia coberta de banhistas. Mas na avenida Stillwell, onde desci do trem, era inverno. Que surpresa o tempo ter mudado naquela horinha que levou para eu ir de Manhattan para a ilha. O céu estava encoberto, soprava um vento frio e começou a cair uma chuva de agulhas. O bonde da avenida Surf estava vazio. Na entrada de Sea Gate havia um portão de fato para manter a privacidade da área. Dois policiais ali postados me detiveram e perguntaram quem eu era e o que ia fazer em Sea Gate. Eu quase disse: "Estou fugindo da civilização", mas respondi: "Vim alugar um quarto".

"E trouxe bagagem?"

Esse interrogatório em um país que se diz livre me ofendeu e perguntei: "É proibido?".

Um policial sussurrou alguma coisa para o outro e os dois riram. Recebi permissão para atravessar a fronteira.

A chuva ficou mais forte. Eu gostaria de perguntar para alguém onde conseguir um quarto, mas não havia a quem perguntar. Sea Gate parecia desolada, ainda profundamente mergulhada em seu sono invernal. Para me encorajar, lembrei de Sven Hedin, de Nansen, do capitão Scott, de Amundsen e de outros exploradores que deixaram o conforto das cidades para descobrir os mistérios do mundo. A chuva tamborilava na minha mala de papelão como se fosse granizo. Talvez *fosse* granizo. O vento me arrancou o chapéu da cabeça e ele rolou e voou como um diabrete. De repente, no meio da chuvarada, vi uma mulher me acenando da varanda de uma casa. Sua boca se mexia, mas o vento levava embora sua voz. Fez sinal para eu me aproximar e me proteger da força da natureza. Me vi diante de uma linda casa com frontão no telhado, coluna, porta ornamentada. Entrei na varanda, deixei cair a mala (livros e manuscritos podem ser pesados como pedras), enxuguei o rosto com um lenço e consegui ver a mulher mais claramente: uma morena que me parecia ter uns trinta anos, de pele olivácea, olhos pretos e feições clássicas. Havia algo de europeu nela. As sobrancelhas eram grossas. Não havia sinal de cosméticos no rosto. Estava usando um casaco e uma boina que me lembrava a Polônia. Falou em inglês, mas quando respondi e ouviu meu sotaque, mudou para iídiche.

"O que está procurando? Vi você andando na chuva com a mala pesada e pensei que podia..."

Contei que tinha vindo alugar um quarto e ela sorriu, não sem ironia.

"E isso é jeito de procurar quarto? Carregando a bagagem? Por favor entre. Tenho uma casa cheia de quartos para alugar."

Levou-me para uma saleta, arrumada de um jeito que eu só tinha visto no cinema: tapetes orientais, quadros com molduras douradas e uma escada cheia de entalhes com corrimão de veludo vermelho. Teria entrado num antigo palácio? A mulher estava dizendo: "Não é estranho? Acabei de abrir a porta neste minuto. Ficou fechada o inverno inteiro. O tempo esquentou e resolvi que talvez já fosse hora. Em geral, a temporada aqui só começa em fim de maio, começo de junho".

"Por que a casa fica fechada no inverno?", perguntei.

"Ela não tem aquecimento a vapor. É uma construção velha, de setenta, oitenta anos. Pode ser aquecida, mas o sistema é complicado. O calor vem por aqui." Apontou uma grade de latão no piso.

Então me dei conta de que estava muito mais frio dentro da casa do que fora. Havia no ar um ranço característico de lugares que ficaram sem sol durante muito tempo. Permanecemos em silêncio um momento, e ela perguntou: "Está querendo se mudar já? A eletricidade ainda não está ligada e o telefone não foi instalado. Geralmente, os hóspedes vêm combinar as condições, pagar um depósito e se mudam só quando o tempo fica quente".

"Entreguei meu quarto na cidade."

A mulher me olhou interrogativamente e depois de alguma hesitação disse: "Eu podia jurar que vi seu retrato no jornal".

"É, publicaram minha foto na semana passada."

"Você é Warshawsky?"

"Eu mesmo."

"Meu Deus do Céu!"

A escuridão baixou e Esther Royskes acendeu uma vela num candelabro de cobre. Estávamos sentados na cozinha, tomando sopa, como marido e mulher. Ela já havia me contado toda a sua história: os problemas criados por seu ex-marido, um poeta comunista; como havia se divorciado dele; e que ele fugira para a Califórnia com uma amante e deixara Esther cuidando das duas filhas pequenas. Dois anos antes, Esther havia alugado aquela casa contando ganhar a vida com ela, mas a casa não lhe dava rendimento suficiente. As pessoas esperavam até depois do 4 de Julho e tentavam pechinchar. No ano anterior, diversos quartos tinham ficado vazios.

Pus a mão no bolso, tirei os setenta e oito dólares e lhe ofereci como pagamento adiantado, mas ela protestou. "Não, não vai fazer isso!".

"Por que não?"

"Antes, você tem de ver o que está alugando. É úmido e escuro aqui. Deus nos livre, mas você pode pegar um resfriado. E onde vai comer? Eu gostaria muito de cozinhar para você, mas como disse que pretende virar vegetariano pode ficar difícil."

"Vou comer em Coney Island."

"Vai acabar com seu estômago. Lá só tem cachorro-quente. Um homem que faz a mala e vem para Sea Gate sem planejamento não é prático. Foi um milagre que trouxe você para mim."

"É, um milagre."

Seus olhos pretos me olharam meio de brincadeira e entendi que aquilo era o começo de uma relação séria. Ela também parecia saber disso. Me contou coisas que geralmente não se contam a um estranho. As sombras que a luz da vela projetava em seu rosto me lembravam um desenho a carvão sobre tela. Ela disse: "Semana passada, eu estava deitada na cama lendo sua história no jornal. As meninas estavam dormindo, adoro ler à noite. Quem escreve sobre fantasmas hoje em dia?, pensei, e ainda mais em um jornal iídiche! Você pode não acreditar, mas pensei que gostaria de conhecer você. Não é estranho?".

"É, estranho."

"É bom você saber que existe uma história romântica ligada a esta casa. Foi construída por um milionário para sua amante. Sea Gate ainda era, então, um lugar só para aristocratas ricos e americanos. Depois de sua morte, a amante continuou aqui até morrer. Os móveis são dela, até a biblioteca. Parece que não deixou testamento e o banco vendeu tudo intacto. Ficou anos desocupada."

"Ela era bonita?"

"Venha ver o retrato dela."

Esther pegou o candelabro. Tivemos de atravessar uma série de quartos escuros para ir da cozinha até a saleta. Trombei com batentes e bati em cadeiras de balanço. Tropecei num volume em um tapete. Esther me pegou pelo pulso. Senti o calor de sua mão. Ela me perguntou: "Está com frio?".

"Não. Um pouco."

À luz trêmula da vela, paramos e olhamos o retrato da amante. Tinha o cabelo arrumado num penteado alto e o vestido decotado expunha um pescoço comprido e a parte superior dos seios. Os olhos pareciam vivos na semi-escuridão. Esther disse: "Tudo passa. Ainda encontro flores e folhas prensadas dentro dos livros dela, mas dela nada restou".

"Tenho certeza que seu espírito vaga por estas salas à noite."

O candelabro tremeu na mão de Esther, e as paredes, os quadros e os móveis sacudiram como objetos de cena num teatro. "Não diga isso. Vou ficar com medo de dormir!"

Olhamos um para o outro como dois telepatas. Lembro que pensei: uma situação que um romancista teria de construir devagar, gradualmente, através de diversos capítulos ao longo de meses, ou talvez de anos, o destino havia arranjado em minutos, com poucas pinceladas. Estava tudo pronto: os personagens, as condições, as motivações. Bem, mas no verdadeiro drama ninguém pode prever o que vai acontecer no minuto seguinte.

A chuva tinha parado e estávamos de volta à cozinha, tomando chá. Pensei que fosse tarde, mas quando olhei o relógio de pulso ele indicava oito e vinte e cinco. Esther olhou seu relógio também. Ficamos um pouco sentados em silêncio. Percebi que ela estava pensando em alguma coisa que exigia uma decisão imediata, e eu sabia o que era. Quase podia ouvir sua voz em minha cabeça, talvez o gênio das espécies femininas, dizendo: "Ele não devia conseguir assim tão fácil. O que um homem pensa quando é capaz de conseguir uma mulher tão depressa?".

Esther fez que sim com a cabeça. "A chuva parou".

"É."

"Escute uma coisa", disse. "Pode ficar com o melhor quarto desta casa, e não vamos discutir sobre dinheiro. Vou ficar honrada e feliz de ter você aqui. Mas é cedo demais para se mudar. Eu pretendia passar a noite aqui, mas agora vou trancar a casa e voltar para minhas filhas."

"Por que não quer ficar? Por minha causa?", perguntei, envergonhado de minhas palavras.

Esther olhou para mim, interrogativa. "Deixe estar."

Depois disse algo que, pelas regras da diplomacia feminina, não deveria ter dito: "Tudo precisa amadurecer".

"Muito bem."

"Onde você vai dormir agora que já entregou seu quarto?"

"Eu me viro."

"Quando pretende se mudar para cá?"

"O mais depressa possível."

"Quinze de maio é demais para esperar?"

"Não, não é demais."

"Nesse caso, está tudo resolvido."

E me olhou com uma expressão de ressentimento. Talvez esperasse que eu fosse implorar e tentar convencê-la. Mas implorar e convencer nunca fez parte da minha estratégia masculina. Nas poucas horas que eu passara com Esther tinha ficado um pouco mais seguro de mim. Calculei que ela devia ser uns dez anos mais velha que eu. Eu estava munido da paciência necessária de alguém disposto a desistir da civilização e suas vaidades.

Nenhum de nós tinha tirado os casacos, estava frio demais, de forma que não tivemos de vesti-los. Peguei minha mala, Esther a sua bolsa de pequenas viagens. Ela apagou a vela. Disse: "Se você não tivesse falado do espírito dela, eu teria ficado".

"Tenho certeza de que o espírito dela é bom."

"Até os bons espíritos às vezes fazem travessuras."

Saímos da casa e Esther trancou a porta. O céu agora estava claro, luminoso como se houvesse uma lua invisível. As estrelas cintilavam. O raio luminoso de uma torre giratória próxima bateu num lado do rosto de Esther. Não sei por que, mas imaginei que era a primeira noite da Páscoa. Percebi que a casa ficava isolada das outras casas e era cercada por gramados. O mar ficava a apenas um quarteirão. Por causa do uivo do vento eu não tinha ouvido antes, mas sem vento agora dava para ouvir a água batendo, espumando, como um guisado em algum caldeirão cósmico. À distância, um rebocador puxava três barcaças escuras. Mal dava para acreditar que a apenas uma hora de Manhattan podia se ter tamanha calma.

Esther falou entrecortado. "Você queria me dar um adiantamento, mas eu recusei. Se está falando sério sobre o quarto, eu aceito, só para ter certeza que..."

"Vinte dólares bastam?"

"Bastam, sim. Só estou pedindo para você não mudar de idéia", disse ela, e riu, tímida.

À luz da noite, contei os vinte dólares. Fomos andando juntos até o portão. Reconheci um dos policiais que estava a postos quando cheguei. Ele olhou para nós e para nossas malas compreensivo, como se adivinhasse nossos segredos, igual a um mago. Sorriu e piscou o olho, e ouvi quando disse: "Vocês dois vão voltar para a civilização?".

Vanvild Kava

Se existisse um prêmio Nobel por escrever pouco, Vanvild Kava teria ganho. Durante sua vida ele publicou uma brochura fina e alguns artigos. Metade da brochura consistia de nomes de autores e títulos de livros. Mesmo assim, era membro do Clube dos Escritores Iídiches em Varsóvia e até pertencia ao P.E.N. Clube.

Quando consegui uma carteirinha de convidado do Clube de Escritores, Kava já estava lá fazia anos. Era conhecido como um personagem estranho e o mais severo dos críticos. Declarou que clássicos iídiches como Sholom Aleichem e Peretz eram meios-talentos e que Mendele Mocher Sforim não tinha talento. Chamou Sholem Asch de um jovem promissor que não havia chegado lá. Meu irmão, I. J. Singer, e meu amigo Aaron Zeitlin, ele considerava apenas principiantes. Igual a um professor, Kava gostava de avaliar as realizações dos outros com notas, e a cada um deu a nota sete. Eu não podia negociar com ele sobre meu irmão, mas disse que Zeitlin era a coisa mais próxima de um mestre que eu podia imaginar. Eu o comparava a escritores como Edgar Allan Poe, Lermontov e Slowacki. Mas mesmo sobre esses poetas a opinião de Kava não era das melhores. Encontrava defeitos em todo mundo. Kava dizia que como a civilização e a cultura têm apenas uns cinco mil anos, a literatura ainda está no começo de seu desenvolvimento, na verdade na infância. Pode levar outros cinco mil anos para aparecer um gênio literário completo. Eu protestava que todo artista deve começar do começo; que, ao contrário da ciência, a arte não floresce na informação e na qualidade dos outros. Mas Kava respondia: "A arte tem suas mutações e seleções, seu próprio crescimento biológico".

Parece inacreditável que pudesse existir um crítico tão furioso no Clube dos Escritores Iídiches de Varsóvia. Toda sexta-feira nas seções de livros dos jornais iídiches, os resenhadores revelavam pelo menos meia dúzia de novos talentos. Eram tão tolerantes quanto Kava era estrito. Depois que ele se mostrou disposto a me dar a nota 0,003 (bastante alta para um principiante como eu), tivemos muitas conversas sobre literatura. Kava me declarou que *Guerra e paz*, de Tolstói, pode ser bem rico e preciso nas descrições e nos diálogos, mas é pobre como construção. Dostoiévski tinha uma visão mais ampla que Tolstói, mas só possuía uma obra consumada: *Crime e castigo*. O valor de Shakespeare estava em sua poesia, não tanto nos sonetos, mas nos poucos poemas que apareciam em suas peças. Kava admitia que, como primitivo, Homero era legível. Chamava Heine de rimador. Em seu folheto, listava todas os obras literárias e científicas que precisavam ser traduzidas para o iídiche, para que a língua passasse a ser mais que um dialeto. Os iidichistas o atacavam como seu pior inimigo, mas os tradutores profissionais o elogiavam. Alguns literatos achavam que Kava devia ser expulso do Clube de Escritores Iídiches e outros o defendiam, dizendo que ele era ridículo demais para ser levado a sério.

O Destino e o próprio Kava faziam o possível para ele parecer um palhaço. Era pequeno, emaciado, tinha a boca torta e ciciava pelos cantos. Os gaiatos do Clube de Escritores se especializavam em imitá-lo, suas insinuações extremas, seu uso de frases científicas e o estilo pedante de falar. Para Kava, Freud era um mero diletante e Nietzsche um pretenso filósofo. Os literatos gozadores deram a Kava um apelido: Diógenes.

Kava vivia de tostões. Sua única renda provinha de substituir os revisores da imprensa iídiche quando eles saíam de férias de verão. Os linotipistas, porém, ignoravam completamente suas correções, uma vez que ele possuía seus próprios conceitos de gramática e sintaxe. Levava enciclopédias e léxicos inteiros e diversos dicionários para a sala de composição. Os editores diziam que se todas as correções de Kava fossem aceitas, os jornais diários só poderiam ser publicados de três em três meses.

Nem é preciso dizer que Kava era um velho solteirão. Que mulher haveria de casar com alguém como Vanvild Kava? Inverno e verão usava o mesmo chapéu-coco desbotado, um casaco puído nos cotovelos e um colarinho duro conhecido como "mata-padre". Me disseram que no bolso do colete levava um cronômetro em vez de relógio. Se alguém perguntava as horas, dizia: "Um minuto e vinte e um segundos para as cinco". Quando lia provas, usava uma lupa de relojoeiro. Kava vivia em um minúsculo quarto de sótão num quinto andar sem elevador, cujas paredes eram todas cobertas de livros. Em suas visitas ao Clube de Escritores, nunca pedia nada do bufê, nem um copo de chá. Tinha descoberto um lugar onde podia comprar pão preto amanhecido, queijo e frutas por quase nada. Diziam que lavava os próprios lençóis e que os passava colocando debaixo dos pesados volumes de sua biblioteca. Mesmo assim, não havia nunca nem uma mancha em suas roupas. Tinha um método para afiar navalhas em um copo. Vanvild Kava era um asceta, não em nome da religião, mas em nome de sua versão do mundanismo.

De repente, um dia, o Clube de Escritores foi sacudido por uma sensação. Kava tinha se casado. Com quem? Uma mulher jovem e bonita. É preciso conhecer o Clube dos Escritores Iídiches e sua paixão pela fofoca para entender o tumulto que essa notícia criou. De início, todo mundo achou que era uma piada. Mas logo ficou claro que não era piada. Os revisores e linotipistas já haviam publicado suas congratulações em seus jornais. Um dia, Kava levou sua esposa nova ao Clube de Escritores, exatamente na mesma hora em que chegava todos os dias: dezessete minutos depois das onze. Ela parecia ter quase trinta anos, estava vestida na moda; tinha cabelo escuro, curto e unhas esmaltadas. Falava bem polonês e iídiche. Tudo o que puderam fazer os que estavam presentes no clube aquele dia foi ficarem de boca aberta. Kava pediu dois copos de café para ele e sua amada e um pouco de bolo. Quando o casal saiu, exatamente dezessete minutos depois do meio-dia, o clube começou a zunir de excitação. Imediatamente criou-se uma porção de explicações e teorias. Lembro-me apenas de uma: que Kava era uma espécie de Rasputin iídiche, um milagreiro sexual. Mas essa teoria foi imediatamente descartada como bobagem. Todos os homens do Clube de Escritores consideravam impotentes todos os outros membros masculinos.Kava não podia ser exceção.

Durante dias e semanas, o Clube de Escritores Iídiches manteve-se ocupado tentando resolver esse enigma, mas assim que se encontrava uma solução, ela caía por terra. Alguns escritores sabiam que eu era amigo de Kava; além disso, recebera mais algumas frações de ponto em sua avaliação, e insistiram que eu fornecesse algum esclarecimento. Mas eu estava tão confuso quanto os outros. Ninguém teria coragem de abordar Kava e fazer-lhe alguma pergunta pessoal. Havia naquele homenzinho um orgulho que não permitia intimidade.

Então, aconteceu uma coisa. Eu costumava visitar a casa de uma moça que tinha uma amiga da cidade de Pulava. Em Pulava havia uma grande gráfica onde eram impressos alguns livros iídiches. Os moradores da cidade também se gabavam de ter alguns escritores e tradutores. Essa menina de Pulava era amiga da mulher de Kava, e, uma noite, as duas foram visitar minha amiga enquanto eu estava lá. Foi um inesperado golpe de sorte. Jantei com uma pessoa que era parte de um mistério. Ela me pareceu inteligente e cheia de tato, e não havia nada de enigmático em seu comportamento. Discutimos política, literatura, o grupo literário de Pulava. Depois do jantar, a sra. Kava acendeu um cigarro e ficou conversando comigo enquanto as duas outras moças lavavam os pratos. Eu disse a ela: "Gostaria de lhe perguntar uma coisa, mas não se ofenda se for muito pessoal. Não precisa me responder se...".

"Sei o que quer me perguntar", ela interrompeu. "Por que casei com Kava. Todo mundo fica me perguntando a mesma coisa. Vou lhe dizer por quê. Eu não nasci ontem, conheço os homens, mas todos os homens que tive a infelicidade de conhecer me entediavam até a morte. Nenhum deles tinha opinião própria. Todos diziam as coisas comuns que os rapazes dizem para as moças. Repetiam os editoriais dos jornais quase literalmente e liam os livros que os resenhadores recomendavam. Alguns me propuseram casamento, mas como eu podia viver com um homem que me fazia bocejar logo no primeiro encontro? A conversação com um homem é de grande importância para mim. Claro que ele tem que ser um homem, mas isso não é tudo. Então conheci Vanvild Kava e nele encontrei todas as qualidades que estava procurando desde que cresci: uma pessoa com conhecimentos e com opiniões próprias. Comecei a jogar xadrez quando tinha doze anos e acho que sabe que Kava é um esplêndido jogador de xadrez. Poderia ter sido um grande mestre se tivesse dedicado tempo a isso. Claro que é mais velho que eu, e pobre, mas nunca andei atrás de riqueza. Ganho a vida como professora e não preciso ser sustentada. Não sei o que acha dos escritos dele, mas para mim é um escritor muito bom. Espero que ao meu lado ele passe a trabalhar com regularidade e produzir boas obras. É tudo o que posso dizer."

Cada palavra da sra. Kava expressava determinação. Era a primeira vez que alguém falava sobre Kava sem rir dele, sem caçoar de seus maneirismos. Contei a ela que conhecia Kava e admirava sua erudição e opiniões fortes, embora fossem extremadas às vezes. Ela me disse: "Ele é original. Nunca banal. O problema é que escreve em iídiche. Se utilizasse outro meio de expressão, seria altamente apreciado, concordassem ou não com ele".

Quando fui ao Clube de Escritores no dia seguinte, contei aos colegas que tinha encontrado a mulher de Kava e repeti o que me dissera. Todos pareceram decepcionados. Um deles perguntou: "Como alguém pode amar uma pessoa como Kava?". E eu dei a resposta de sempre: "Ninguém pode determinar quem pode e quem não pode ser amado".

Depois de algum tempo, parei de freqüentar a casa onde havia encontrado a mulher de Kava, e as visitas de Kava ao Clube de Escritores foram ficando menos constantes que em seus anos de solteiro. A única notícia que tive dele foi que havia renunciado ao emprego de revisor substituto. Comecei a acreditar que ele podia amadurecer com essa mulher e talvez escrever algo de valor. Não tinha dúvidas de que o sujeito possuía alto potencial literário. Uma pessoa que exige tanto dos outros deverá exigir também muito de si nas devidas circunstâncias.

Mas então aconteceu algo peculiar que me intriga até hoje, quarenta anos depois. Um ano ou dois haviam transcorrido, e meu amigo Aaron Zeitlin, que passara a ser editor de uma revista trimestral, me ofereceu o cargo de editor associado. Estávamos procurando um artigo importante sobre literatura iídiche ou literatura em geral para o primeiro número e propus a Zeitlin que Kava o escrevesse. De início, Zeitlin objetou. "Justamente o Kava?", disse. "Primeiro, vai levar um ou dois anos para escrever. Depois, vai fazer picadinho de todo mundo. Vai sujar nosso nome logo de saída." Mas eu respondi: "Não tenha tanta certeza. Tenho a impressão de que ele mudou depois que se casou. E mesmo que estraçalhe com todo mundo, podemos sempre colocar uma nota de pé de página dizendo que não concordamos com ele. Pode até ser bom para a revista publicar uma coisa totalmente negativa".

Depois de longas negociações, consegui convencer Zeitlin a fazer uma tentativa, mas ele determinou que Kava tinha de concordar com uma possível nota de discordância e tinha também de dar uma data definitiva de entrega. Fiquei contente de Zeitlin se deixar convencer. De alguma forma, sentia que Kava podia nos surpreender.

Aconteceu de Kava aparecer no Clube de Escritores no dia seguinte e, quando lhe fiz a proposta, ele pareceu abalado. Disse: "Está me pedindo para escrever o artigo principal? Estou excomungado da literatura iídiche faz anos. O nome Kava não é kacher. De repente, você me escolhe".

Garanti a Kava que tanto Zeitlin como eu o tínhamos em alta conta. Insisti com ele para não exigir o impossível dos escritores e garanti também que não mudaríamos nada em seu artigo. Se acontecesse o pior, acrescentaríamos uma nota dizendo que discordávamos. Só isso.

Depois de muito hesitar, Kava concordou em escrever o ensaio e me deu a data de entrega. Prometeu que de jeito nenhum o ensaio teria mais de cinqüenta páginas. Contei a Kava que tinha uma premonição de que aquele artigo seria um ponto de virada em sua carreira literária. Kava deu de ombros e disse, lacônico: "O tempo dirá".

Estava quase no dia da entrega do manuscrito e não tínhamos nenhuma notícia de Kava. Ele parou totalmente de ir ao Clube de Escritores, e isso, para mim, era sinal de que estava ocupado, trabalhando no artigo. Um dia, recebi um telefonema dele. Pediu uma prorrogação de duas semanas no prazo de entrega do manuscrito. Perguntei como estava indo o trabalho e ele disse: "Temo que esteja um pouco mais longo que cinqüenta páginas".

"Quanto mais?", perguntei.

"Nove páginas e meia."

Sabia que Zeitlin ia ficar zangado comigo. Cinqüenta páginas já era longo demais. Mas sabia também que se um trabalho é bom, o leitor e os críticos o aceitam de qualquer tamanho. Por um momento, senti vontade de pedir a Kava que me mostrasse um fragmento de seu trabalho, mas resolvi não demonstrar impaciência. Quando contei a Zeitlin o que tinha acontecido, ele disse: "Meu medo é que Kava nos traga não cinqüenta e nove páginas e meia, mas cinqüenta e nove linhas e meia".

Chegou o dia, e encontrei Kava no Clube de Escritores. Ele levou o manuscrito. Tinha cinqüenta e nove páginas e meia. Vi que tinha muitas correções, assim como muitas citações em alemão, francês e até inglês, o que podia ser um problema para um editor de uma revista iídiche. Além disso, as linhas eram tão apertadas que as cinqüenta e nove páginas e meia da caligrafia de Kava podiam render oitenta páginas impressas. Ele disse: "Estou lhe dando isto com a condição de que não leia aqui, mas vá para casa e leia sozinho. Só então pode dar a Zeitlin".

Peguei o manuscrito e corri para casa o mais depressa que pude. Estava dominado pelo desejo de provar a Zeitlin que eu tinha razão. No momento que entrei em meu quarto mobiliado, me joguei no sofá e comecei a ler. Li três ou quatro páginas e tudo me agradou. Kava começava com uma caracterização da literatura em geral e da ficção iídiche em especial. O estilo estava certo, as frases eram curtas e concisas. Nunca apreciei tanto ler um manuscrito quanto aquelas primeiras cinco páginas. Na página seis, Kava escreveu algo sobre o "escritor puro-sangue". Colocou a expressão entre aspas, observando que o termo é usado para cavalos de corrida, não para avaliar talento. É estranho que em iídiche, entre todas as línguas, essa expressão seja aplicada a níveis mentais.

Li mais e para minha surpresa vi que Kava se detinha demais na explicação dessa expressão emprestada. Certamente é uma digressão que pode ser cortada, pensei, se Kava não se importar. Mas quanto mais eu lia, mais perplexo ficava. Kava havia escrito um ensaio inteiro sobre cavalos: cavalos árabes, cavalos belgas, cavalos de corrida, cavalos appaloosa. Li nomes de que nunca tinha ouvido falar. Eu literalmente não conseguia acreditar em meus olhos. "Talvez eu esteja sonhando", disse a mim mesmo. Belisquei as bochechas para ter certeza de que não era um pesadelo. Vanvild Kava tinha feito um exagero de pesquisa, citado pilhas de livros, para um artigo sobre cavalos, sua fisiologia, anatomia e comportamento, suas diversas subespécies. Chegava a incluir uma bibliografia. "Será que está louco?", perguntei a mim mesmo. "Será um jogo de rancores?" A idéia de ter de levar aquele manuscrito para Zeitlin me fez estremecer. Estava fora de questão publicar aquilo um dia. Ia ter de quebrar minha palavra de honra e devolver o manuscrito a Kava. Apesar de toda a minha angústia, sentia vontade de rir.

Depois de muito pensar, fui encontrar Zeitlin. Nunca vou esquecer as caretas que fez quando chegou às páginas em que Kava começava a se estender sobre a expressão "puro-sangue". Levantou as sobrancelhas amareladas e não baixou mais até terminar. Durante algum tempo, seu rosto refletiu uma mistura de ironia e repulsa. Depois, vi em seus olhos algo como a tristeza de um médico quando o paciente vem reclamar de resfriado e se acaba descobrindo um tumor maligno. Ele me disse: "Eu não falei? Como você pôde esperar outra coisa de Kava?".

Eu não tinha escolha. Precisava devolver o manuscrito. Perguntei a Kava por que tinha feito aquilo e insisti que me desse uma explicação. Ele ficou sentado imóvel e pálido. Então, escutei-o dizer: "Eu falei que estava excomungado da literatura iídiche. Não me venha mais com convites para escrever. Terei de viver o resto dos meus anos sem a sua revista". Houve um momento em que me senti tentado a chamar a sra. Kava e contar-lhe a minha dificuldade, mas tinha certeza que ela sabia daquele ensaio e que muito provavelmente ia defender o marido. Ao longo dos anos, uma visão distorcida das coisas pode ser contagiosa.

Foi gentileza de Kava não parar de falar comigo depois desse incidente. Nenhum de nós dois nunca mais mencionou o caso. Durante muitos meses, eu me levantava no meio da noite e pensava: terá sido um ato de masoquismo? Alguma forma de insanidade mental? Nesse caso, de que tipo? Esquizofrenia? Paranóia? Senilidade precoce? Uma coisa estava clara: Kava havia dedicado uma enorme quantidade de trabalho e estudo àquele ensaio inútil. Ninguém no círculo iídiche tinha o menor interesse em cavalos. Jovem como eu era, já havia chegado à conclusão de que existem multidões de atos humanos para os quais não há motivação. Na verdade, na prosa ficcional as motivações sempre estragam a história.

Em 1935, quando fui embora para a América, o setor iídiche do P.E.N. Clube publicou meu primeiro romance, *Satã em Goray*. A junta executiva contratou Kava para fazer a revisão e escrever o prefácio. Temi que fosse encontrar miríades de erros em meu livro e usar o prefácio para algum de seus conceitos malucos. Mas ele não criou nenhuma dificuldade especial na revisão e seu prefácio foi curto e objetivo. Não, Kava não era louco. Tive a sensação de que seu tratado sobre cavalos foi seu último vôo ao absurdo. Então, parti para a América.

De vez em quando, ainda tento sondar qual pode ter sido o sentido daquele estranho ato de Kava, mas sei que, se havia algum, residia no mesmo local onde Vanvild Kava está agora — no chamado Grande Além.

O reencontro

O telefone tocou e o dr. Max Greitzer acordou. Na mesa-de-cabeceira, o relógio mostrava quinze para as oito. "Quem pode estar chamando tão cedo?", murmurou. Pegou o fone e uma voz de mulher disse: "Doutor Greitzer, desculpe ligar a esta hora. Uma mulher que foi um dia querida pelo senhor faleceu. Liza Nestling."

"Meu Deus!"

"O enterro é hoje às onze horas. Achei que gostaria de saber."

"Está certo, obrigado. Obrigado. Liza Nestling teve um papel importante na minha vida. Posso perguntar com quem estou falando?"

"Não importa. Liza e eu ficamos amigas depois que vocês se separaram. A cerimônia vai ser na casa funerária Gutgestalt. Sabe o endereço?"

"Sei, obrigado."

A mulher desligou.

O dr. Greitzer ficou parado um momento. Então, Liza tinha ido embora. Doze anos haviam se passado desde o rompimento. Ela fora seu grande amor. Uma relação que durou quinze anos, não, não quinze, treze. Os últimos dois anos foram cheios de tantos desentendimentos e complicações, de tanta loucura, que não há palavras para descrevê-los. Os mesmos poderes que construíram esse amor o destruíram completamente. O dr. Greitzer e Liza Nestling nunca mais se encontraram. Nunca escreveram um para o outro. Através de amigos dela, soube que estava tendo um caso com um pretenso diretor teatral, mas foi tudo o que soube dela. Não sabia nem se Liza ainda estava em Nova York.

O dr. Greitzer ficou tão perturbado pela má notícia que não se lembrava como tinha se vestido e encontrado o rumo da casa funerária. Quando chegou, o relógio do outro lado da rua mostrava vinte e cinco para as nove. Ele abriu a porta e a recepcionista lhe disse que tinha chegado cedo demais. A cerimônia só aconteceria às onze horas.

"Seria possível vê-la agora?", Max Greitzer perguntou. "Sou um amigo muito próximo e..."

"Deixe eu perguntar se já está pronta." A moça desapareceu atrás de uma porta.

O dr. Greitzer entendeu o que ela queria dizer. Os mortos eram caprichosamente preparados antes de ser mostrados a suas famílias e àqueles que compareciam ao funeral.

A moça logo voltou e disse: "Tudo bem. Quarto andar, sala três".

Um homem de terno preto o levou pelo elevador e abriu a porta da sala número 3. Liza estava num caixão aberto até a altura dos ombros, o rosto coberto com gaze. Ele só a reconheceu porque sabia que era ela. O cabelo preto tinha a falta do brilho da tintura. As faces estavam pintadas com ruge e as rugas em torno dos olhos fechados, escondidas com maquiagem. Nos lábios avermelhados havia uma sombra de sorriso. Como eles produzem um sorriso?, Max Greitzer pensou. Liza uma vez o acusou de ser uma pessoa mecânica, um robô sem emoção. Era uma falsa acusação na época, mas agora, estranhamente, parecia verdadeira. Ele não estava nem abatido nem com medo.

A porta da sala abriu e entrou uma mulher com uma estranha semelhança com Liza. "É a irmã dela, Bella", Max Greitzer disse a si mesmo. Liza tinha falado muitas vezes de sua irmã mais nova, que morava na Califórnia, mas ele nunca a conheceu. Deu um passo de lado quando a mulher se aproximou do caixão. Se ela começasse a chorar, estaria perto para consolá-la. Ela não demonstrou nenhuma emoção especial, e ele resolveu deixá-la com a irmã, mas lhe ocorreu que podia ter medo de ficar sozinha com um morto, mesmo a própria irmã.

Depois de alguns momentos, ela se virou e disse: "É, é ela".

"Você deve ter vindo da Califórnia", Max Greitzer disse, só para dizer alguma coisa.

"Da Califórnia?"

"Sua irmã um dia foi muito próxima de mim. Falava sempre de você. Meu nome é Max Greitzer."

A mulher ficou quieta e pareceu pesar suas palavras. Depois disse: "O senhor está enganado".

"Enganado? Você não é a irmã dela, Bella?"

"Não sabe que Max Greitzer morreu? Vi o obituário nos jornais."

Max Greitzer tentou sorrir. "Talvez outro Max Greitzer." No momento em que pronunciou essas palavras, percebeu a verdade: ele e Liza estavam ambos mortos. A mulher que estava falando com ele não era Bella, mas a própria Liza. Então entendeu que se ainda estivesse vivo, estaria abalado de tristeza. Só alguém do outro lado da vida podia aceitar com tamanha indiferença a morte de uma pessoa que amou um dia. Será que o que estava experimentando era a imortalidade da alma?, pensou. Se fosse capaz, daria risada agora, mas a ilusão do corpo havia desaparecido; ele e Liza não tinham mais substância material. Mas estavam ambos presentes. Sem voz, perguntou: "Como é possível?".

Ouviu Liza responder com seu estilo perspicaz: "Se assim é, então deve ser possível". E acrescentou: "Para sua informação, seu corpo também está aqui".

"Como aconteceu? Ontem, quando fui dormir, eu era um homem sadio."

"Não foi ontem e você não era sadio. Parece que um certo grau de amnésia acompanha o processo. Aconteceu comigo há um dia e portanto..."

"Eu tive um ataque do coração?"

"Talvez."

"O que aconteceu com *você*?"

"Comigo tudo leva um longo tempo. Por falar nisso, como você ficou sabendo?", acrescentou.

"Achei que estava deitado na cama. Às quinze para as oito o telefone tocou e uma mulher me contou de você. Não quis dar o nome."

"Às quinze para as oito seu corpo já estava aqui. Quer dar uma olhada em você? Eu já vi. Está no número cinco. Fizeram de você um *krasavetz*."

Fazia anos que não ouvia ninguém dizer "*krasavetz*". Queria dizer homem bonito. Liza tinha nascido na Rússia e sempre usava essa palavra.

"Não. Não tenho curiosidade."

* * *

Estava tranqüilo na capela. Um rabino de barba raspada, cabelo encaracolado e gravata espalhafatosa fez um discurso sobre Liza. "Era uma mulher intelectual no melhor sentido da palavra", disse. "Quando veio para a América, trabalhava o dia inteiro em uma loja e à noite fazia a faculdade, tendo se formado com grandes méritos. Não teve sorte e muitas coisas em sua vida deram errado, mas continuou uma dama de grande integridade."

"Não conhecia esse homem. Como ele pode saber a meu respeito?", Liza perguntou.

"Foi contratado pelos seus parentes e deram as informações", Greitzer disse.

"Detesto esses elogios profissionais."

"Quem é o sujeito de bigode grisalho na primeira fila?", Max Greitzer perguntou.

Liza soltou algo como uma risada. "Meu pretenso marido."

"Você era casada? Só ouvi dizer que teve um amante."

"Tentei de tudo, sem nenhum sucesso."

"Onde gostaria de ir?", Max Greitzer perguntou.

"Talvez ao seu funeral."

"De maneira nenhuma."

"Que estado de ser será este?", Liza perguntou. "Vejo tudo. Reconheço todo mundo. Tia Reizl ali. Bem atrás dela minha prima Becky. Uma vez apresentei você a ela."

"É verdade."

"A capela está meio vazia. Pelo jeito como eu agia com os outros nessas circunstâncias, é o que eu mereço. Tenho certeza de que a capela para você deve estar lotada. Quer esperar para ver?"

"Não tenho a menor vontade de descobrir."

O rabino terminou a apologia e o cantor recitou "Deus cheio de misericórdia". Seu canto mais parecia um choro e Liza disse: "Nem meu próprio pai lamentaria assim".

"Lágrimas pagas."

"Chega disso", disse Liza. "Vamos embora."

Os dois flutuaram da funerária para a rua. Ali havia seis limusines enfileiradas atrás do carro fúnebre. Um dos motoristas estava comendo uma banana.

"É isso que chamam de morte?", Liza perguntou. "A mesma cidade, as mesmas ruas, as mesmas lojas. Eu também sou a mesma."

"É, mas sem corpo."

"O que sou então? Uma alma?"

"Realmente, não sei dizer", respondeu Max Greitzer. "Está com fome?"

"Fome? Não."

"Sede?"

"Não. Não. O que você diz disso tudo?"

"As mais incríveis, absurdas, vulgares superstições estão se mostrando verdadeiras", disse Max Greitzer.

"Quem sabe vamos descobrir que existe até um Céu e um Paraíso."

"A esta altura, tudo é possível."

"Quem sabe vamos ser chamados ao Tribunal do Altíssimo depois do enterro para prestar contas de nossos atos?"

"Até isso pode ser."

"Como é que nós estamos juntos?"

"Por favor, não me faça mais perguntas. Sei tanto quanto você."

"Isso quer dizer que todas as obras filosóficas que você leu e escreveu são uma grande mentira?"

"Pior, são tudo bobagem."

Nesse momento, quatro carregadores levaram para fora o caixão com o corpo de Liza. Em cima dele, havia uma coroa com uma inscrição em letras douradas: "À inesquecível Liza, nossa amorosa lembrança".

"De quem é essa coroa?", Liza perguntou, e ela mesma respondeu: "Para isso ele não é pão-duro".

"Gostaria de ir com eles até o cemitério?", Max Greitzer perguntou.

"Não. Para quê? Aquele cantor de sinagoga falsificado é capaz de recitar o Kadish para mim gemendo."

"O que você quer fazer?"

Liza ouviu a si mesma. Não queria nada. Que estado estranho, não ter nenhum desejo. Em todos os anos de que se lembrava, sua vontade, seus desejos, seus medos a atormentavam sem cessar. Seus sonhos eram cheios de desespero, de êxtase, de loucas paixões. Mais do que qualquer catástrofe, ela havia temido o último dia, quando tudo se extingue e começa a escuridão do túmulo. Mas ali estava ela, lembrando o passado, e Max Greitzer estava com ela de novo. Disse para ele: "Imaginei que o fim seria muito mais dramático".

"Não acredito que isto seja o fim", disse ele. "Talvez uma transição entre dois modos de existência."

"Se for assim, quanto tempo vai durar?"

"Como o tempo não tem validade, duração não faz sentido."

"Bom, você continua o mesmo, com suas charadas e paradoxos. Venha, não podemos ficar aqui, se você quer evitar encontrar quem veio ao seu funeral", disse Liza. "Para onde vamos?"

"Você decide."

Max Greitzer pegou o braço astral de Liza e começaram a subir sem propósito, sem destino. Como fariam num avião, olharam para a terra lá embaixo e viram cidades, rios, campos, lagos, tudo, menos seres humanos.

"Você disse alguma coisa?", Liza perguntou.

E Max Greitzer respondeu: "De todas as minhas desilusões, a maior é a imortalidade".

Vizinhos

Ambos viviam no meu prédio em Central Park West, ele dois andares abaixo de mim, ela um acima. Difícil imaginar maior contraste do que aqueles dois. A ele vou chamar de Morris Terkeltoyb, escritor de "histórias verdadeiras" para o jornal iídiche de que era colaborador. Margit Levy era ex-amante de um conde italiano. Havia uma qualidade comum aos dois: nunca descobri a verdade acerca de nenhum deles. Morris Terkeltoyb me garantiu que suas histórias eram inventadas, mas quando as li compreendi que não podiam ser apenas fantasia. Continham detalhes, pequenos incidentes, que só a própria vida consegue criar. Além disso, eu sempre o via com velhos que pareciam os personagens de suas histórias. Morris Terkeltoyb estava longe de ser um homem de capacidade literária. Seu estilo fervilhava de clichês. Uma vez vi um manuscrito dele no jornal. Não tinha a menor noção de sintaxe. Usava vírgulas e hifens indiscriminadamente. Cada frase terminava com três travessões. Mas Morris Terkeltoyb queria que eu acreditasse que ele era um escritor criativo, não um repórter.

Durante os anos que o conheci, me contou muitas mentiras. Incontáveis mulheres haviam se atirado em seus braços: socialites, estrelas da Metropolitan Opera, autoras famosas, bailarinas, atrizes. Cada vez que Morris Terkeltoyb viajava para a Europa de férias, voltava com uma lista de novas aventuras amorosas. Uma vez, me mostrou a carta de uma amante numa caligrafia que reconheci como a dele mesmo. Ele não tinha vergonha de incluir em suas histórias nem cenas tiradas da literatura mundial. Na verdade, era um velho solteirão solitário que sofria do coração e só tinha um rim. Ele próprio parecia não saber que havia perdido um rim; fiquei sabendo por um parente dele.

Morris Terkeltoyb era baixo, de ombros largos, com resquícios de cabelos brancos que penteava como uma ponte de um lado a outro da cabeça. Tinha grandes olhos amarelos, nariz que parecia um bico e uma boca quase sem lábios, um rasgo revelando uma grande dentadura postiça. Dizia ser descendente de rabinos e comerciantes, e devia ter estudado o Talmude na juventude, porque sua conversa era cheia de citações desse livro. Sua língua era o iídiche, mas falava também um mau inglês, um polonês errado e uma espécie de alemão-iídiche que usava nos congressos sionistas. Lentamente, consegui desencavar algumas verdades sobre seus exageros. Na Polônia, tinha sido noivo da filha de um rabino; ela morrera de febre tifóide antes do casamento. Estudara no seminário rabínico Hildesheimer em Berlim, mas nunca se formou. Freqüentou palestras sobre filosofia numa universidade na Suíça. Publicou alguns poemas em iídiche numa coletânea e alguns artigos no jornal hebraico *The Morning Star*. Conheci apenas uma de suas amantes: a viúva de um professor de hebraico. Conheci-a em uma festa em Nova York, e depois de alguns drinques ela me contou que havia tido um envolvimento de anos com Morris Terkeltoyb. Ele sofria de insônia e tinha períodos de impotência. Ela caçoava da vaidade dele. Tinha se gabado para ela de ter tido um caso com Isadora Duncan.

A outra vizinha, Margit Levy, parecia não ser mentirosa, mas os acontecimentos de sua vida eram tão estranhos e complicados que nunca consegui entendê-la. O pai era judeu; a mãe pertencia à aristocracia húngara. Diziam que o pai tinha se suicidado ao descobrir que a mulher estava tendo um caso com um nobre da família Esterhazy, parente do Esterhazy que foi figura importante no caso Dreyfus. O amante da mãe se suicidou quando perdeu sua fortuna em Monte Carlo. Depois de sua morte, a mãe de Margit ficou louca e permaneceu em uma clínica de Viena durante vinte anos. Margit foi criada pela irmã do pai, que era amante de um brasileiro dono de uma plantação de café. Margit Levy falava doze línguas. Tinha malas cheias de fotografias, cartas, todo tipo de documentos que atestavam a veracidade de suas histórias. Costumava me dizer: "Minha vida dava para escrever não um livro, mas uma literatura inteira. Filmes de Hollywood são brincadeira de criança perto do que aconteceu comigo".

Agora, Margit Levy morava em um único quarto, pensionista de uma velha solteirona e sobrevivia do Seguro Social. Sofria de reumatismo e mal conseguia andar. Dava passinhos curtos, apoiada em duas bengalas. Embora dissesse ter sessenta e poucos anos, eu calculava que tinha bem mais de setenta. Margit Levy existia em um estado de confusão. Cada vez que me visitava, esquecia alguma coisa: a bolsa, as luvas, os óculos, até uma das bengalas. Às vezes, pintava o cabelo de vermelho, outras vezes de preto. Passava ruge nas faces enrugadas e usava rímel demais. Tinha bolsas escuras debaixo dos olhos pretos. As unhas dos dedos tortos eram pintadas de vermelho-vivo. O pescoço dela me fazia pensar em uma galinha depenada. Contei-lhe que não era bom em línguas, mas ela insistia em falar comigo em francês, italiano, húngaro. Embora seu nome fosse judeu, notei que usava uma pequena cruz por baixo da blusa, e desconfiava que tivesse se convertido. Margit Levy uma vez pegou emprestado da biblioteca pública um livro meu e depois disso passou a ser leitora de qualquer coisa que eu escrevesse. Garantiu-me que possuía todos os poderes que eu descrevia em minhas histórias: telepatia, clarividência, premonição, a capacidade de se comunicar com os mortos. Tinha uma tábua Ouija e uma mesa menor, sem pregos. Pobre como era, assinava uma porção de revistas sobre ocultismo. Ao final da primeira visita que me fez, pegou minha mão e disse com voz trêmula: "Eu sabia que você ia entrar na minha vida. Esta será minha última grande amizade".

E me trouxe de presente um par de abotoaduras herdadas do conde Esterhazy, o mesmo Esterhazy que perdeu oitenta mil coroas em uma única noite e depois meteu uma bala na cabeça.

Não me ocorreu aproximar meus dois vizinhos. A verdade é que eu não convidava nenhum dos dois. Costumavam bater em minha porta e, se não estivesse muito ocupado, eu dizia a quem quer que fosse para entrar e oferecia a ele ou ela um café e biscoitos. Morris Terkeltoyb recebia jornais hebraicos de Tel Aviv. Quando encontrava a resenha de um livro meu ou mesmo um anúncio, vinha me trazer. De quando em quando, Margit Levy assava um bolo no forno da casa da solteirona onde ela morava e insistia em parar para me dar um pedaço.

Mas uma vez aconteceu de virem os dois ao mesmo tempo. Margit encontrou entre seus papéis uma carta de que tinha me falado. Morris havia descoberto uma revista mensal da África do Sul que republicara um conto meu. Apresentei meus convidados um ao outro; embora morassem no mesmo prédio havia anos, nunca tinham se encontrado. Margit ficara parcialmente surda nos últimos meses. Por alguma razão, não conseguia pronunciar "Terkeltoyb". Puxava a orelha, franzia a testa e pronunciava errado o nome. Ao mesmo tempo, gritou ao ouvido de Morris Terkeltoyb como se ele é que tivesse dificuldade para escutar. Morris falou com ela em inglês, mas ela não conseguiu entender seu sotaque. Ele mudou para alemão. Margit Levy sacudiu a cabeça e o fez repetir cada palavra. Como uma professora exigente, corrigiu sua gramática e sua pronúncia. Ele tinha o hábito de engolir palavras, e quando ficava nervoso sua voz se tornava aguda. Sem terminar o café, ele se levantou e foi para a porta. "Quem é essa velha maluca?", me perguntou. Saiu batendo a porta como se fosse culpa minha ele não ter conseguido impressionar Margit Levy.

Quando ele foi embora, Margit Levy, que de regra era exageradamente polida com todo mundo, chegando a ponto de cobrir de elogios os cães e gatos dos vizinhos, chamou Morris Terkeltoyb de idiota sem educação, um rufião. Embora soubesse que eu era polonês, não conseguiu conter a raiva e disse que ele era um "shlemiel polonês". Desculpou-se imediatamente e me garantiu que eu era uma exceção. As manchas que surgiram em sua face eram tão vermelhas que podiam ser vistas por baixo do ruge. Largou o café que eu havia colocado diante dela. Na porta, pegou meus dois pulsos, me beijou e pediu: "Por favor, meu caro, não me deixe encontrar de novo essa criatura".

Imaginei ouvi-la chorar ao subir a escada. Margit tinha medo de elevador. Uma vez, tinha ficado presa em um elevador por três horas. Além disso, a porta de um elevador fechou em cima de sua mão, fazendo-a perder um anel de brilhante. Ela processou o prédio.

Depois desse encontro, resolvi não deixar nenhum dos dois entrar no meu apartamento se o outro estivesse lá. Perdi a paciência com ambos. Quando Morris Terkeltoyb não estava se gabando de seus sucessos com as mulheres ou dos brilhantes convites que recebia de editoras e universidades, reclamava da grosseria que recebia de editores, revisores, funcionários do sindicato dos jornalistas, secretárias do P.E.N. Clube. Não era aceito em nenhum lugar, as pessoas estavam sempre a enganá-lo. Os revisores do nosso jornal não só se recusavam a corrigir os erros que ele marcava em suas histórias como intencionalmente mutilavam seu texto. Uma vez, ele pegou um homem da composição invertendo linhas de um artigo seu. Morris protestou com o sindicato dos impressores, mas não recebeu nenhuma resposta. Disse que a literatura iídiche era desonesta. Acusou os autores do teatro iídiche de roubar suas histórias. Ele me disse: "Você provavelmente acha que eu sofro de mania de perseguição. Esquece que as pessoas realmente se perseguem".

"Não, não acho."

"Meu próprio pai me perseguia." E Morris Terkelrtoyb recitou com voz chorosa um longo monólogo que podia ser publicado numa série de doze capítulos em sua página de histórias reais. Cada vez que eu tentava interrompê-lo para pedir mais detalhes, ele acelerava com tamanha intensidade que não havia como detê-lo. Descartou todas as minhas perguntas com um gesto impaciente de mão. Afinal, suas histórias me deixaram completamente deprimido.

Cheguei à conclusão de que, apesar de todas as diferenças, Margit Levy e Morris Terkeltoyb tinham muito em comum. Assim como ele, Margit misturava nomes, datas, episódios. Como ele, Margit acusava de inúmeras ofensas contra ela pessoas que haviam morrido anos antes. Todos os poderes do mal conspiravam para destruir Margit Levy. Um corretor que havia investido o dinheiro dela virou apostador de corridas de cavalos e dissipou seu capital. Um médico que deveria curá-la do reumatismo deu-lhe uma injeção que lhe provocou uma erupção de pele e originou uma doença que quase a matou. No inverno, ela muitas vezes escorregava no gelo, caía de escadas rolantes em lojas de departamentos. Sua bolsa era roubada. Uma vez, foi assaltada no meio do dia, numa rua cheia de transeuntes. Margit Levy jurou que, quando saía de férias, a solteirona dona da casa onde ela morava usava seus vestidos e roupa de baixo, que abria suas cartas e até tomava seus remédios.

"Quem iria tomar remédio dos outros?", perguntei.

Ela replicou: "Se pudessem, as pessoas roubavam os olhos dos outros".

No verão, tirei férias prolongadas. Fui à Suíça, à França, a Israel. Parti no meio de agosto, quando minha alergia começa, e voltei no começo de dezembro. Tinha pagado o aluguel adiantado e trancado o apartamento antes de partir. Não havia nada nele para os ladrões, a não ser livros e manuscritos.

No dia que voltei, estava nevando em Nova York. Quando desci do táxi na frente do meu prédio, fiquei pasmo com o que vi. Margit Levy ia se arrastando apoiada em uma bengala e em uma muleta, com Morris Terkeltoyb segurando seu braço. Com a mão livre, ele empurrava um carrinho cheio de alimentos do supermercado da avenida Columbus. O rosto de Margit estava amarelo de frio e mais enrugado que nunca. Usava um casaco de pele nojento e um chapéu preto que me lembrava de minha infância em Varsóvia. Parecia doente, emagrecida. Os olhos, juntos demais, tinham uma expressão penetrante como das aves de rapina. Morris Terkeltoyb também havia envelhecido. Seu nariz de bico estava vermelho, e fios de barba branca lhe brotavam do rosto.

Por mais excepcional que seja um acontecimento, minha surpresa nunca dura mais que um instante. Eu me aproximei dos dois e perguntei: "Como vão, meus amigos?".

Margit fez um sinal negativo com a cabeça. "Os fatos falam por si mesmos."

Mais tarde, um vizinho me contou que a velha solteirona onde Margit morava havia devolvido o apartamento para ir para Miami. Margit ia ser jogada na rua. Em vez disso, tinha ido morar junto com Morris Terkeltoyb. Como isso veio a acontecer, meu vizinho não sabia. Notei que o nome de Margit Levy tinha sido acrescentado ao de Morris Terkeltoyb na caixa de correio.

Poucos dias depois de minha volta, Margit me visitou. Chorou, misturou alemão e inglês, e me contou com grandes detalhes que a solteirona egoísta havia decidido se mudar sem aviso, que todos os vizinhos havia tratado seu problema com indiferença. O único que demonstrou humanidade foi Morris Terkeltoyb. Margit agia como se ele a tivesse recebido apenas como pensionista. Mas no dia seguinte Morris bateu em minha porta, e suas frases incompletas e seus gestos esclareceram que a relação deles era mais que de hóspede e hospedeiro. Disse: "Fica-se mais velho, não mais novo. Quando se está doente, precisa-se de alguém para trazer um copo de chá". Balançou a cabeça, piscou, sorriu, culpado e manso, me convidando para ir vê-los à noite.

Desci depois do jantar. Margit me recebeu como uma *hostess*. O apartamento parecia limpo, havia cortinas nas janelas, a mesa tinha uma toalha e pratos que só podiam pertencer a Margit. Eu levei flores; ela me beijou e enxugou as lágrimas. Margit e Morris continuavam a se dirigir um ao outro como "o senhor", "a senhora", em vez do familiar "você", mas achei ter ouvido Margit esquecer uma vez e usar o "você". Conversavam entre eles numa mistura de alemão, inglês e iídiche. Quando Morris Terkeltoyb comeu arenque com os dedos e começou a limpar a mão nas mangas, Margit lhe disse: "Use o guardanapo. Estamos em Nova York, não em Klimontow".

E Morris Terkeltoyb respondeu com uma típica entonação hassídica polonesa: "*Nu*, seja".

Nesse inverno, Morris Terkeltoyb teve um prolongado período de doença. Começou com uma gripe. Quando o médico descobriu que tinha diabetes, receitou insulina. Ele parou de ir ao jornal e passou a mandar seus manuscritos pelo correio. Margit me disse que Morris não conseguia ler seus artigos para o jornal, tinham erros demais. Ficava com palpitações no coração cada vez que lia um. Ela me pediu para levar as provas para ele. Eu estava disposto a ajudar, mas raramente tinha tempo de ir ao jornal. Fazia uma porção de palestras, ficava fora da cidade durante semanas. Uma vez, quando entrei na sala de composição, encontrei Margit Levy. Lá estava ela lendo as provas. Tomava o metrô para o centro da cidade duas vezes por semana, primeiro para pegar as provas, depois para devolvê-las. Ela me disse: "Aborrecimento faz mais mal para a saúde do que o que qualquer remédio pode curar". Disse também uma coisa que só podia ter vindo de Morris Terkeltoyb: "Um escritor não morre por erro médico, e sim por erro de imprensa". Jake, o demônio linotipista, jogou as provas para ela, apressado. Margit colocou os óculos e começou a ler. Jake muitas vezes rodava provas com tamanho descuido que ficavam faltando letras nas margens ou faltavam linhas porque o jornal era pequeno demais para a coluna inteira. Mesmo não sabendo iídiche, ela parecia perceber que algumas provas estavam erradas e foi procurar Jake entre as ruidosas máquinas de linotipo. O rapaz gritou com ela e disse-lhe nomes, reclamou Margit ao voltar. "É assim que tratam a literatura na América?".

Por volta da primavera, Morris Terkeltoyb começou a ir ao jornal de novo, mas Margit teve uma crise de pedra no rim e foi levada para o hospital. Morris a visitava duas vezes por dia. Os médicos encontraram todo tipo de complicações. Fizeram muitos exames e tiraram uma boa quantidade de sangue. Morris reclamou que os médicos americanos não tinham respeito por seus pacientes e os cortavam como se já estivessem mortos. As enfermeiras não vinham quando eram chamadas e os doentes não recebiam comida adequada. Morris tinha de preparar sopa para Margit e levar-lhe suco de laranja. Ele me perguntou: "De que forma os médicos são melhores que escritores ou diretores de teatro? É a mesma espécie humana".

* * *

Saí novamente de Nova York durante três meses. Quando voltei no outono, tinha lido no jornal que o Sindicato dos Escritores Iídiches estava realizando uma cerimônia vespertina pelo trigésimo dia da morte de Morris Terkeltoyb. Ele caíra vítima de um ataque cardíaco enquanto lia provas. Talvez tenha morrido de um erro de impressão. À noite, levei Margit de táxi até o salão. Era mal iluminado e estava meio vazio. Margit estava envolta em preto. Não entendeu os oradores iídiches, mas cada vez que o nome de Morris Terkeltoyb era pronunciado ela soluçava.

Poucos dias depois, Margit bateu à minha porta. Pela primeira vez a vi sem cosméticos. Pareceu-me uma mulher de noventa anos. Tive de ajudá-la a sentar numa cadeira. Suas mãos tremiam, a cabeça estava sacudindo e falava com dificuldade. Disse: "Não quero que joguem os manuscritos de Morris no lixo depois da minha morte". Tive de fazer para ela o juramento solene de que encontraria uma instituição que aceitasse os manuscritos e os livros, as centenas de cartas que ele mantinha em baús e até em um cesto de lavanderia.

Margit sobreviveu treze meses. Durante esse tempo, sempre vinha a mim com projetos. Queria publicar uma coleção dos melhores escritos de Morris Terkeltoyb, mas ele havia deixado tantos manuscritos que levaria anos para selecioná-los. Não havia chance de se encontrar um editor. Ficava me fazendo a mesma pergunta: "Por que Morris não escreveu em alguma língua compreensível, polonês ou húngaro?". Queria que eu encontrasse uma gramática de iídiche para ela aprender a língua. Mesmo não tendo lido nada do que ele escreveu, Margit o chamava de talento, possivelmente gênio. Uma outra vez, Margit encontrou um manuscrito que parecia uma peça de teatro e insistiu comigo para oferecê-lo a um diretor de teatro ou para encontrar alguém que o traduzisse para o inglês.

Margit Levy passou os dois últimos meses de vida mais no hospital do que em casa. Fui visitá-las algumas vezes. Ficava na ala geral, e seu rosto tinha mudado tanto que a cada visita tinha dificuldade para reconhecê-la. A dentadura postiça não servia mais nas gengivas murchas. O nariz tinha ficado um gancho igual ao de Morris. Falava comigo em alemão, francês, italiano. Uma vez, encontrei outro visitante com ela: um advogado alemão. Ouvi quando disse a ele que tinha comprado um lote em um cemitério da Sociedade Klimontow, perto do túmulo de Morris.

Ela morreu em janeiro. Era um dia gelado e ventava. Duas pessoas foram à capela: o advogado e eu. O rabino recitou depressa o "Deus cheio de misericórdia" e pronunciou um breve elogio fúnebre. Ouvi quando disse: "O privilégio de deixar um bom nome é só para as aldeias. Numa cidade como Nova York, o nome da pessoa quase sempre morre antes dela". Então o caixão foi colocado no carro funerário e Margit Levy foi para a eternidade sem ninguém para acompanhá-la.

Queria cumprir minha promessa de encontrar um lugar para os montes de manuscritos de Morris Terkeltoyb, mas as instituições com que falei se recusaram a recebê-los. Mantive em meu apartamento uma mala cheia de seus escritos e dois álbuns que pertenceram a Margit Levy. Todo o resto o zelador jogou na rua. Nesse dia, não saí de casa.

Na mala de Morris Terkeltoyb encontrei, para minha surpresa, maços de cartas de amor esmaecidas que haviam sido escritas por mulheres, todas em iídiche. Uma mulher ameaçava se suicidar se ele não voltasse para ela. Não, Morris Terkeltoyb não era o vaidoso psicopata que eu achava que fosse. Foi realmente amado pelas mulheres. Lembrei de Spinoza dizendo que não existe falsidade, apenas verdades distorcidas. Uma idéia estranha me passou pela cabeça: talvez entre essas cartas eu pudesse encontrar uma de Isadora Duncan. Por um momento havia esquecido que Isadora Duncan não sabia iídiche.

Um ano depois da morte de Margit Levy, recebi um convite da Sociedade Klimontow para comparecer à inauguração de um monumento a Malkah Levy. A Sociedade havia lhe dado um nome hebraico. Mas nevava naquele domingo e tive a certeza de que a inauguração seria adiada. Além disso, acordei com uma crise forte de ciática. Tomei um banho quente, mas não havia ninguém por quem me barbear e vestir. Nem eu sentia falta de ninguém. Depois do café-da-manhã, peguei o álbum de Margit, algumas cartas de Morris, olhei as fotos e li os textos. Adormeci, sonhei e esqueci meus sonhos assim que acordei. De quando em quando, olhava pela janela. A neve descia esparsa, serena, como se contemplando sua própria queda. O dia curto chegava ao fim. O parque desolado virou um cemitério. Os prédios do Central Park South se erguiam como lápides. O sol estava se pondo em Riverside Drive e a água do reservatório refletia o pavio que queimava. O radiador perto do qual me sentei chiou e zuniu: "pó-pó-pó". A cantilena penetrou-me os ossos juntos com o calor. Repetia uma verdade velha como o mundo, profunda como o sono.

Lua e loucura

Lá fora caía uma neve pesada. Havia começado ao amanhecer e continuara o dia inteiro, até o começo da noite. Depois, veio a geada. Na casa de estudos de Radzymin estava quente. Dois mendigos com cordas na cintura assavam batatas sentados ao lado do forno. Jeremias, um velho, estava recitando salmos. Tinha ficado cego, mas conseguira aprender de cor o Livro dos Salmos. A uma longa mesa, diante da Arca do Rolo Sagrado, estava Zalman, o vidraceiro, Levi Yitzchok, que sofria de tracoma e usava óculos escuros até de noite, e Meir, o eunuco, um cabalista, famoso por passar meio mês sadio e meio mês maluco, depois da lua cheia. A conversa girava em torno da piedade, e Zalman, o vidraceiro, disse:

"Claro, a piedade é uma virtude, mas demais pode ser ruim. Não muito longe da nossa cidade de Radoszyce, vivia um fazendeiro polonês, o conde Jan Malecki, dono de grandes propriedades. Muito antes de o czar decretar a liberdade dos servos, o conde chamou todos os seus camponeses para uma reunião e disse a eles: 'A terra não pertence a mim, mas a quem trabalha nela. Vocês não são mais meus escravos. Elejam um ancião e dividam os campos entre vocês'. Posso ver esse Malecki diante dos meus olhos: um homem grande, gordo, com a cara vermelha e um bigode loiro que chegava quase até os ombros. Não tinha filhos, mas sua esposa, a fazendeira, tinha cinco irmãs e dois irmãos. Cada um deles tinha muitos filhos e Malecki sustentava toda a família empobrecida. É curioso que, embora tenha libertado os camponeses, o próprio Malecki trabalhasse nos campos: arava, semeava e colhia. Tinha adquirido uma máquina para cortar palha, que misturava com feno para alimentar o gado. Era capaz de ficar horas de pé junto a essa máquina, trabalhando como um contratado, enquanto os cunhados e cunhadas e seus filhos vagabundeavam, vestidos como se fossem a um baile. Uma vez, o judeu de sua corte, Zelig, perguntou o sentido de permitir que os outros se comportassem assim e Malecki respondeu: 'Cada homem deve fazer o que quer. Eu gosto de carregar peso, então carrego. Eles gostam de vagabundear, então que seja'. A propósito, todos os parentes de Malecki se envolviam em discussões e calúnias. Os jovens roubavam também. Seus sobrinhos ficavam bêbados, andavam com pistolas; iam caçar nas florestas do conde e às vezes miravam um no outro. As meninas tocavam piano e iam a festas. O povo de Radoszyce deu um apelido para o conde: Jan Schmatte, que quer dizer 'trapo'.

"Como ele não era um rebelde e nunca discutia com ninguém, os russos não tinham nada contra ele e fizeram dele juiz de Radoszyce e de toda a região. Ele recusou o salário. Me disseram que no dia que virou juiz, os ladrões deram um banquete. Sabiam que Malecki nunca iria colocar ninguém na prisão. E assim foi. Quando lhe traziam um ladrão que se defendia dizendo que suas botas estavam rasgadas, que estava com dor de cabeça, que não tinha um tostão, Malecki não só o soltava como lhe dava também alguns rublos. Satisfazia-se com uma promessa do acusado de ser honesto daquele dia em diante. Os assassinos e batedores de carteira tinham algo para rir.

"Havia um homem em Radoszyce de nome Maciek Sokal, conhecido como Advogado. Ele era tão advogado quanto eu sou médico. Mas sabia ler. Mesmo assim, sempre que alguém ia a julgamento contratava Sokal para defender seu caso. Sokal era um trapaceiro, bêbado, uma criatura baixa. Antes de começar a aparecer na corte como defensor, era conhecido como Sokal, a testemunha perpétua. Para qualquer um acusado de crime, ele inventava um álibi, comparecia como testemunha e jurava em falso. Sokal sabia que Malecki era ingênuo e ensinou aos criminosos como enganá-lo. As coisas chegaram a tal ponto que ladrões de outras aldeias começaram a vir para Radoszyce.

"É, logo veio à tona que Malecki havia criado uma porção de problemas com sua indulgência. Os donos de lojas de Radoszyce não dormiam à noite. Contrataram um vigia para guardar suas lojas com uma vara e uma matraca, mas os bandidos o surraram e ele ficou doente na casa dos pobres durante semanas. Começaram a roubar cavalos nas aldeias vizinhas. Quando os camponeses pegavam um ladrão e levavam para Radoszyce, Malecki imediatamente o libertava. Alguns comerciantes foram roubados tantas vezes que venderam suas lojas por uma ninharia e se mudaram para outras cidades. Outros partiram para a América. Os camponeses começaram a dizer que só havia uma saída: livrar-se de Malecki. Mas os russos estavam do lado dele. Que lhes importava se os lavradores poloneses estavam sofrendo? As pessoas diziam que, por causa da esperteza de Sokal e da piedade de Malecki, a vida ficara mais miserável do que nunca.

"Não longe de Radoszyce, havia um povoado de nome Bojary. Lá havia um malandro chamado Wojtek: bêbado, assassino, ladrão, estuprador. Não tinha pai. A mãe o gerou de um cigano viajante. Começou a roubar quando tinha cinco anos de idade. Depois de algum tempo, a mãe morreu e Wojtek virou *parobek*, um trabalhador de campo, para um camponês que havia comprado terras próprias. Esse Wojtek costumava ir à feira semanal de Radoszyce toda quinta-feira, e sempre armava escândalo. Entrava numa loja para comprar um gorro ou um paletó e se recusava a pagar. Ficava bêbado na taverna, batia nos camponeses, quebrava vidraças, virava mesas e bancos. Era conhecido como incendiário. Sempre que brigava com alguém, colocava fogo em sua casa. Todo mundo sabia. Mas quando era preso e levado a julgamento, nunca havia nenhuma testemunha contra ele.

"Em Bojary, vivia também um camponês, Stach Skiba, que tinha uma filha, Stasia, uma garota sadia, bem trabalhadeira, hábil em casa e nos campos. Não tinha mãe. Muitos rapazes a queriam para esposa e iam até ela com presentes. Mais do que qualquer outro, Wojtek correu atrás dela. Mas a moça disse para ele: 'Salsicha não é para cachorro'. Ele ameaçou apunhalar a moça, o pai e o homem com quem se casasse. Mas os camponeses não se assustavam com facilidade. Stasia finalmente ficou noiva de um forte rapaz camponês, Stefan, e ele disse a Wojtek que se algum dia dissesse uma palavra má para sua noiva lhe quebraria o pescoço. Depois de algum tempo, houve o casamento, e todos os camponeses foram à cabana de Stach Skiba e comeram, beberam, dançaram. No meio da comemoração ouviu-se um grito e um lamento. A casa tinha pegado fogo de todos os lados. Alguns que tentaram forçar a passagem pela porta estreita foram pisoteados até a morte. Alguém havia empilhado grandes pedras na soleira. Mais de vinte pessoas morreram nas chamas, entre elas a noiva e o noivo. Alguns outros foram tão queimados que ficaram aleijados para o resto da vida.

"Dessa vez, havia uma testemunha. Uma menina de oito anos de idade tinha visto Wojtek colocar as pedras na porta de Skiba. Além disso, um comerciante judeu de Radoszyce, chamado Naphtali Gorszkower, contou à polícia que no dia anterior ao incêndio Wojtek havia comprado dele uma enorme lata de querosene. Os camponeses pegaram Wojtek, bateram nele e o levaram de carroça até Radoszyce. Imediatamente Sokal apareceu e começou a ralhar com os camponeses por machucarem um rapaz inocente. O único policial da cidade colocou Wojtek na cadeia, mas Sokal foi direto até o conde Malecki e contou que camponeses bêbados tinham atacado um rapaz inocente e quebrado suas costelas. Sokal disse também a Malecki que Naphtali Gorszkower tinha sido convencido a prestar falso testemunho pelo ancião da aldeia, que comprava de Gorszkower sal, querosene e graxa para eixos. Sokal exigiu que Sua Excelência ordenasse a imediata soltura de Wojtek e punisse aqueles que o haviam espancado. Não estava claro por que Sokal trabalhava com tanto empenho para Wojtek, embora as pessoas dissessem que os ladrões de Radoszyce pagavam um salário mensal para Sokal defender cada malandro da cidade.

"Enquanto Sokal se demorava no tribunal, onde o conde atendia com suas roupas oficiais, uma cruz pendendo de uma corrente dourada no pescoço, cuidando de assuntos oficiais, um batalhão de camponeses se reuniu do lado de fora, esperando as notícias. De repente, a porta se abriu e Sokal apareceu sacudindo um papel. Malecki havia lhe dado uma ordem assinada para soltar Wojtek imediatamente e compensá-lo pelo abuso. Quando os camponeses viram Sokal com o papel, enlouqueceram. Começaram a gritar com vozes ferozes e se jogaram em cima dele. Me contaram que em menos de um minuto Sokal foi estraçalhado. O fabricante de caixões, vizinho nosso, depois nos contou que pouco sobrou do corpo para colocar no caixão. Do tribunal para a prisão eram apenas dois passos. Os camponeses enraivecidos quebraram a porta e arrastaram Wojtek para fora; alguns logo arrumaram uma corda e o enforcaram num poste de luz. Com a corda no pescoço, ele conseguiu dizer: 'Irmãos, lembrem que sou órfão'. E um dos camponeses gritou de volta: 'Logo vai deixar de ser órfão'.

"Quando os judeus ouviram o que estava acontecendo, ficaram assustados. Os comerciantes do mercado imediatamente fecharam seu comércio e todos se esconderam. Podia facilmente acontecer de os camponeses em sua fúria atacarem os judeus. Naphtali Gorszkower nem se preocupou de fechar sua barraca. Começou a correr e continuou correndo até chegar à América. É modo de dizer. Ele desapareceu, e sua esposa foi considerada mulher abandonada. Só que um ano depois veio uma carta para ela de Nova York. Mas vou resumir. Alguém da multidão gritou: 'Vamos pegar Malecki!'. E era só disso que os camponeses precisavam. Botaram abaixo o tribunal e mataram o conde. Tudo isso aconteceu em questão de minutos.

"Quando o governador ficou sabendo o que os camponeses tinham feito, mandou uma comissão de cem cossacos para Radoszyce, e iniciou-se uma investigação, que durou meses. Em primeiro lugar, colocaram os ladrões a ferros e mandaram para a prisão de Radom, ou talvez fosse alguma outra cidade. Os comerciantes de Radoszyce ficaram aliviados. Porém os judeus ainda tinham muito com que se preocupar. Havia alguns funcionários do condado que incitaram a comissão contra eles, dizendo que os judeus é que tinham colocado fogo na casa de Stach Skiba, apontando que por essa razão Naphtali Gorszkower havia fugido. Chegaram a colocar a mulher de Naphtali na cadeira durante algumas semanas.

"O que podiam fazer os cossacos? Galopavam para lá e para cá em seus cavalinhos, sacudindo os chicotes. Quem quer que estivesse passando pela rua levava chicotadas. Uns doze camponeses de Bojary foram mandados para a Sibéria, sem julgamento. Um deles era o pai da menininha que tinha visto Wojtek colocar as pedras na porta de Skiba. Foi acusado de fazer a filha prestar falso testemunho, porque uma vez tinha brigado com Wojtek por causa de um porco que Wojtek havia roubado. Como uma comissão pode ajudar? Não podem fazer os mortos reviverem. O que eu digo é que houve muito sofrimento por causa da piedade fora de lugar do conde Malecki. Uma vez, li um comentário iídiche sobre a Bíblia que dizia que quem tem pena dos maus acaba sendo cruel com os inocentes."

"É no Gemara", corrigiu Meir, o eunuco.

Estava tudo sossegado na casa de estudos de Radzymin e dava para ouvir o pavio da lâmpada chupando querosene. O velho Jeremias recitou por acaso um capítulo dos Salmos que falava da misericórdia de Deus ao matar Siom, rei dos amorreus, e Ogue, rei de Basã, para dar suas terras como patrimônio a Israel. Os dois mendigos tinham aberto a porta do forno e com os dedos nus puxavam as batatas tostadas. Reb Levi Yitzchok removeu os óculos escuros dos olhos vermelhos e limpou-os com a barra do casaco. Meir, o eunuco, passou a mão pelo rosto sem pêlos. Deu uma olhada pela janela, para o céu. A lua ainda não estava cheia, mas dava para discernir o crescente que faltava. Um momento depois, Levi Yitzchok colocou de novo os óculos escuros e disse:

"O que não falta são fazendeiros malucos na Polônia. Alguns perdem a cabeça de tanto beber, outros de tanta luxúria. Esse conde Malecki devia talvez ter ouvido falar da lei judaica que diz que ninguém pode ser julgado por um pecado sem o testemunho de duas pessoas que tenham aconselhado o acusado e lhe revelado o castigo antes de ele ter cometido o crime. Diz no Mishná que um tribunal que passa uma sentença de morte a cada setenta anos é chamado de corte assassina."

"Que assassino vai matar alguém na presença de duas testemunhas e depois de ser advertido?", perguntou Zalman, o vidraceiro. "O assassino espera o momento em que não vai ser visto. Atacam quase sempre no escuro, quando não tem ninguém perto."

"Deus vê", replicou Levi Yitzchok. "Ele não tem necessidade de testemunhas. Ele próprio é testemunha, juiz, justiceiro. Mas como você está falando de piedade fora de lugar, também tenho uma história para contar."

"Vamos ouvir."

"Em Kozienice havia um dono de terras chamado Stanislaw Karlowski, um homem pequeno. Era conhecido como o Louco Karlowski. Na idade adulta, se envolveu em litígios com outros donos de terras e nessas demoradas disputas perdeu muito dinheiro, além de prestígio. Tinha herdado de ambos os avós tanto gado, tantos campos e florestas que podia se permitir todos os caprichos. Tinha o hábito de ir ao tribunal e xingar o juiz, que acusava de ignorante e subornável. Seus advogados imploravam que se calasse. Mas quando um homem é louco, não escuta conselhos. Os donos de terras vizinhos sabiam do seu temperamento e estavam sempre reclamando parte de sua terra, e ele era sempre o perdedor. Tinha uma esposa, também imensamente rica. Vinha de uma família de reis poloneses. Nunca vi a mulher, mas me disseram que era muito bonita e uma vadia. Todo mundo sabia que tinha muitos amantes. Chegava a ter casos com os fazendeiros que levavam seu louco marido ao tribunal.

"Em nosso tempo, os duelos são proibidos, mas naqueles dias os nobres estavam sempre duelando. Um nobre dizia ao outro que seu cavalo não corria tão depressa quanto devia e era imediatamente desafiado para um duelo. Um duelo não podia acontecer sem padrinhos, como eles chamavam. A missão deles era fazer as pazes entre os antagonistas, mas na verdade eles provocavam ainda mais raiva, loucos para ver um combate e derramamento de sangue. Uma vez, um nobre chamou de promíscua a esposa de Karlowski. Na mesma hora, Karlowski desafiou esse nobre para um duelo. Como sempre, os padrinhos colocaram lenha na fogueira. Karlowski pegou uma pistola, o oponente outra, e foram trocar tiros numa clareira da floresta. Os padrinhos espreitavam de ambos os lados, esperando ver quem matava quem. Era o que os gentios chamavam de questão de honra. Segundo as regras, ambas as partes deviam atirar ao mesmo tempo. Mas como saber o momento exato de puxar o gatilho? O outro atirou primeiro e feriu Karlowski no joelho. Depois de um duelo, os ex-inimigos eram obrigados a perdoar um ao outro, apertar-se as mãos e, às vezes, até a se beijar. Então os dois homens se desculparam um com o outro, cumpriram toda a cerimônia. Aquele que atirou primeiro foi para casa montado em seu cavalo para comemorar a vitória. Karlowski foi enfaixado, colocado numa britska e levado para casa.

"Agora escutem. Enquanto Karlowski estava às voltas com o duelo, sua esposa infiel levou um de seus amantes até o balcão de uma torre de onde podiam enxergar longe, e ambos ficaram olhando de binóculos o lugar onde o duelo estava acontecendo, se beijando, se abraçando e tendo lá o seu prazer o tempo todo. Ambos esperavam que Karlowski fosse morto e, quando viram pelos binóculos que estava sendo colocado em uma britska, acharam que já estava morto. Desceram para tomar vinho e se consolar. Então, quando Karlowski foi trazido de volta vivo, a esposa imediatamente desmaiou, mas depois que foi reanimada beijou o marido, fingiu chorar de alegria e agradeceu muito por defender sua reputação. Ele se recuperou, mas ficou manco.

"Vocês ainda não ouviram nada. Depois de algum tempo, ela se cansou completamente dele. Empacotou as roupas elegantes e todas as jóias, pegou todo o dinheiro em que conseguiu botar a mão e foi para o estrangeiro com seu jovem amante, talvez para Paris ou algum lugar assim. O marido mandou cavaleiros armados atrás dela com mandados de prisão, mas o casal já tinha atravessado a fronteira e não havia nada que seus perseguidores pudessem fazer. Karlowski reclamou com seus poucos amigos que o jovem charlatão tinha seduzido sua mulher inocente e a forçado a deixar o caminho da decência. Como estava envolvido com processos legais até o pescoço, não tinha muito tempo para ficar se preocupando com sua desgraça. A cada poucos meses precisava vender mais uma floresta ou um pedaço de terra para pagar os litigantes e advogados, assim como as multas por desacato ao tribunal. Teve de emprestar dinheiro a juros altos. Chegou a ficar devendo ao judeu que gerenciava os negócios de suas propriedades que eram cada vez menores. Assim se passaram três anos. Um dia, uma carruagem chegou ao castelo de Karlowski, e quem vocês acham que estava dentro? A esposa dele, não sozinha, mas com uma criança pequena, um bastardo. As pessoas que viram quando chegou tinham certeza de que Karlowski ia sair com uma arma ou uma espada e matar a mulher. O que pode ser pior do que uma esposa que volta para o marido com uma criança nascida da prostituição? Mas ele perdoou. Eu não estava lá, mas me disseram que ela agarrou o pescoço dele, lamentou e jurou que sentia falta dele o tempo todo. A culpa era daquele garanhão por quem tinha sido enfeitiçada, seduzida e levada à vergonha. Como é que está escrito? 'E tens uma testa de prostituta, e te recusas a envergonhar-te...' Ela comeu, limpou a boca e disse: 'Não fiz nada de mal'. Continuou chorando e Karlowski tentou acalmar a mulher. Não demorou muito e ela era de novo a senhora do castelo. Encontrou outros pecadores, ou quem sabe os velhos voltaram. Por causa dos seus litígios, Karlowski tinha de ir sempre a Lublin e Varsóvia. Chegou a apelar para o sínodo de Petersburgo, esperando encontrar justiça lá. Suas dívidas tinham ficado tão grandes que estava à beira da ruína. Mas então uma tia centenária morreu e deixou para ele uma pequena fortuna. Ele então pagou as dívidas e pôde financiar novos litígios.

"Não pensem que já ouviram a história inteira. Um dia, outra carruagem chegou ao castelo, e quem vocês acham que estava dentro? O pai da criança. Tinha cometido algum crime pelo qual podia ir para a cadeia. Ele fingiu que tinha vindo visitar o filho, mas era só um pretexto para pedir dinheiro para a mãe. Parece que ela não conseguia esquecer dele. Disseram que empenhou as pérolas para pagar as contas dele. Se não me engano, ele tinha jogado com cartas marcadas e foi deserdado pelos pais. Acho também que estava doente, de bebedeira ou devassidão. Bom, e o que vocês acham que Karlowski fez? Ficou amigo ardoroso do corruptor de sua mulher, recebeu o sujeito no castelo, chamou médicos para ele se curar. Até os sacerdotes das aldeias vizinhas condenaram Karlowski e seu louco comportamento. Mas Karlowski tinha uma capela particular na propriedade e seu próprio diácono, que pregava que seu senhor tinha se comportado como era dever de um cristão piedoso, perdoando o inimigo e dando a outra face."

"O que aconteceu depois?", perguntou Zalman, o vidraceiro.

"O que podia acontecer?", disse Levi Yitzchok. "O sem-vergonha ficou no castelo um longo tempo, descansou, sarou e engordou. A mulher não era mais jovem o bastante para ele, e ele começou a procurar caça mais nova. Logo encontrou alguma governanta ou ama pronta a ficar à disposição dele. Um dia, arrombou o cofre de Karlowski, pegou tudo o que havia de valor, até as jóias da amante, e fugiu com aquela outra mulher. Acho que era uma parente distante da esposa. Karlowski continuava com seus litígios. Um dia, quando o juiz deu um veredicto contra ele, ficou tão chocado que caiu morto. A esposa achou consolação com o cocheiro ou com algum outro criado, mas os credores acabaram tomando a propriedade e expulsaram a mulher de lá. Morreu pouco depois."

"O que aconteceu com o filho ilegítimo?", perguntou Zalman, o vidraceiro.

"Não sei, não", disse Levi Yitzchok. "Mas o que acontece com os maus e seus frutos? Como diz o salmista, são como palha levada pelo vento."

Durante um longo tempo, ficou tudo quieto de novo na casa de estudos. Um dos mendigos tinha se esticado em um banco e adormecido. Estava roncando e resmungando, e de vez em quando assobiava pelas narinas. O outro mendigo estava sentado, ouvindo as histórias. Tinha uma barbicha amarela e olhos grandes como de bezerro. Balançava a cabeça concordando com cada palavra de Levi Yitzchok, até que ele também dormiu. Meir, o eunuco, limpou o gelo da vidraça com a palma da mão e olhou o céu, como se quisesse ter certeza de que a lua ainda não estava completamente cheia. Virou-se e disse:

"O que o fazendeiro Malecki estava fazendo não tinha nada a ver com piedade. Diz o Eclesiastes: 'No lugar da justiça havia iniqüidade'. Todos esses juízes e advogados precisam de criminosos, assim como um médico precisa de pacientes. Do honesto que foi prejudicado não vão tirar proveito. Quanto ao outro fazendeiro, como era o nome dele, Karlowski, ele sabia muito bem o que aquela megera dele estava fazendo, mas gostava de deixar que ela vivesse com as suas podridões. O que diz o Gemara? 'O escravo exulta com a desordem.' Quando um homem afunda nos Quarenta e Nove Portais da Corrupção, desorganiza sua natureza. O mal vira bem, a vergonha vira honra. Chafurdam na lama e têm orgulho disso. O que foi Sodoma? O que foi a geração do Dilúvio? Nada além de perversidade. E o que aconteceu com o rabino José della Reina? Ele já tinha conseguido colocar Satã em grilhões e estava a ponto de trazer a Redenção. Mas de repente foi tomado por uma piedade errada e ofereceu uma pitada de rapé a Satã. Seu gesto de compaixão com o Arquimaligno foi como incenso para os ídolos, e todo o esforço do rabino José caiu por terra. Imediatamente o Maligno se libertou das correntes, recobrou seus poderes do mal e impediu a Redenção. O rabino José podia ter se arrependido, porque as portas do arrependimento estão sempre abertas, mas tinha caído em resignação. Como não podia trazer o Fim dos Dias, tentou trazer o fim do mundo. Assim como havia invocado antes os santos nomes, virou-se então para os nomes das Legiões do Mal. É um passo só da luz para as trevas.

"'Quanto maior o homem, maior sua paixão', diz o Talmude. O rabino José nasceu com fogo no sangue. Naquele tempo, a Espanha pertencia aos filhos de Ismael. O rabino José tinha ouvido dizer que havia um califa cuja mulher era a maior beldade de todas as terras, e seu nome era Ptima. Era absolutamente luxuriosa, uma reencarnação de Cozbi, a filha de Zur. Como o rabino José tinha jogado fora a canga da santidade e desistido do objetivo de ser totalmente justo, escolheu a culpa total. Pronunciou um nome satânico e pediu a dois demônios que trouxessem essa Ptima. Ele ainda morava numa caverna, como no tempo em que jejuava e fazia penitência para trazer o Messias. Diziam que era descendente de José, o Justo, e que tinha tanta graça quanto seu ancestral. Não é de admirar que quando ele e Ptima se encontraram, entregaram-se a todas as abominações possíveis.

"Existe um provérbio: 'Com o tempo a gente enjoa até de kreplech'. Depois de alguns meses, o rabino José ficou sabendo que a mulher do grão-vizir era ainda mais voluptuosa que Ptima. O nome dela era Grisha. Como ele havia desistido das recompensas da alma, nada podia impedir que experimentasse também essa. Pediu aos demônios que lhe trouxessem Grisha, e quando obedeceram viu-se dominado por sua beleza carnal. Daí em diante, os maus espíritos lhe traziam essas duas mulheres toda noite: Ptima do pôr do sol até a meia-noite, e depois que ele mandava Ptima para a cama, coisa que levava um instante, gozava com Grisha até o amanhecer.

"Uma vez, Ptima estava passando suas horas com o rabino José, quando encontrou na cama um camafeu com o nome de Grisha gravado. Ficou com ciúmes e perguntou para o rabino José quem era essa Grisha. Assim como Dalila persuadiu Sansão, Ptima tanto infernizou o rabino José que ele acabou contando que era a esposa do grão-vizir. Ptima sabia que o rabino José fazia aqueles milagres todos por força de algum nome maldito, e depois de embalar o sono dele começou a procurar esse nome. Descobriu que estava escrito em um pedaço de pergaminho guardado dentro de um saquinho pendurado em seu pescoço. Assim que descobriu o nome ímpio, passou a dominar a situação. Pediu que os demônios amarrassem o rabino José com uma faixa e lhe trouxessem os homens mais poderosos de todos os reinos do homem.

"Não sei se sabem que os Anjos Caídos, assim como os descendentes de Anak, que foram vistos pelos espiões que Moisés mandou para Canaã, vivem até hoje. Eles se escondem atrás das Montanhas Negras ou talvez do outro lado do rio Sambatyon. O Anjo da Morte não tem domínio sobre eles, uma vez que não são deste mundo. Ptima mandou os demônios trazerem esses gigantes para ela. Eles obedeceram, e ela copulou com eles na presença do rabino José durante três dias e três noites. Podem imaginar a angústia que o rabino José sofreu, mas como ela estava de posse do nome impuro, ele não podia se libertar. O califa procurou sua mulher, mas ela havia desaparecido.

"A primeira vez que Ptima mandou os mensageiros do mal lhe trazerem os Anjos Caídos e os filhos de Anak, sussurrou o nome de forma que o rabino José não pudesse escutar. Antes do amanhecer do quarto dia, estava tão cansada do seu jogo abominável, que deixou de tomar cuidado e pronunciou o nome em voz alta. O rabino José parecia estar dormindo, mas acordou naquele momento. Tinha esquecido o nome e nada podia fazer, mas agora que sabia retomou seu poder e mandou os mensageiros da noite fazerem sua vontade em vez da dela. Como ambos os lados usavam o mesmo encantamento para propósitos diferentes, um cancelou a magia do outro e os perversos voaram de volta para o monte Seir e se equilibraram. Aos poucos, o rabino José conseguiu se soltar e agarrou Ptima pelo pescoço, pronto para estrangular a mulher. Que distância existe entre o adultério e o assassinato?

"Quando a esperta Ptima percebeu que seu fim estava próximo, começou a implorar e a dizer palavras doces para o rabino José e a se defender dizendo que era ele que ela amava de verdade e que tinha se entregado aos monstros celestes só por ciúmes. Ela disse: 'O que você ganha me matando? Nunca vai encontrar ninguém mais apaixonada'. Quando o rabino José respondeu que a carne de Grisha era ainda mais satisfatória que a dela, Ptima disse: 'Grisha não está mais entre os vivos. Mandei os diabos acabarem com ela e eles obedeceram. Foi enterrada ontem'. E continuou: 'Me deixe viver e nós dois podemos conquistar o mundo. Você invoca as mulheres mais lindas e eu os homens mais ricos. Fazemos os homens dormir e roubamos deles os diamantes, as medalhas e tudo o que possuem. Você vai ser o rei do mundo inferior e eu sua amorosa rainha. Como gratidão por sua misericórdia, eu domino minha natureza ciumenta e organizo para você um harém com mais esposas e concubinas do que o rei Salomão podia se gabar de ter. Vamos reviver a rainha de Sabá, Rahab, a Meretriz, e dar rédeas soltas a todos os desejos do nosso coração'.

"É sabido que aqueles que conseguem convencer os outros são fáceis de ser convencidos. O rabino José perguntou-lhe se concordaria em reviver Grisha e ela replicou: 'Seu prazer é o meu prazer. Trago Grisha de volta à vida e nós três vamos nos alegrar juntos'. 'O que acontece com o seu marido?', perguntou o rabino José, e ela respondeu, astuta: 'Por você, eu faço de mim uma viúva'.

"O rabino José não só cedeu à aberração dessa piedade como cometeu um erro fatal. Quem estuda a Cabala sabe que com feitiçaria pode se conseguir tudo, menos a ressurreição dos mortos. Assim que o rabino José e Ptima tentaram reanimar Grisha, os dois perderam a força. Uma louca risada se ouviu no monte Seir. Satã e Lilith estavam rindo tanto que o barulho ecoava pelos desertos. O rabino José della Reina perdeu o poder da santidade e também o poder do diabólico. Ficou doente por contaminação. Ptima estava então mais que disposta a voltar para o califa, mas ele estava a mais de seiscentos quilômetros. Além disso, os guardas não iam deixar que entrasse no palácio, porque sua beleza havia desaparecido e tinha se transformado em nada mais que um saco de ossos. Ninguém ia reconhecer aquela mulher."

"O que eles fizeram então?", perguntou Zalman, o vidraceiro.

"O rabino José cuspiu em cima dela e a deixou abandonada à própria sorte. Ela virou mendiga na mesquita e morreu logo depois. O rabino José era orgulhoso demais para se arrepender e expirou em rebelião. Reencarnou como cachorro."

"Nunca ouvi falar disso", disse Levi Yitzchok.

"Pois ouviu agora", disse Meir.

"Leu isso em algum livro?", perguntou Levi Yitzchok.

"Eu sou o livro", Meir respondeu.

Ele se levantou e começou a andar de parede a parede. Esfregava as mãos. A lamparina de querosene tremulava. O pavio oscilava e soltava fumaça. A casa de estudos de Radzymin ficou cheia de sombras. Zalman, o vidraceiro, disse: "Realmente, eu teria medo de voltar a pé para casa".

Meir, o eunuco, pareceu ouvir suas palavras, porque parou, riu e declarou: "Não seja bobo, Reb Zalman. A lua está brilhando. O céu está claro. O Mal nada mais é que uma volta da espiral da loucura".

Glossário

ADAR: Décimo segundo mês do calendário judaico.

ASMODEUS: Demônio de origem persa, também conhecido como Asmadia. Foi dominado pelo anjo Rafael. Pode ser afastado com o cheiro de peixe e o contato com a água.

ASQUENAZE: Tendência do judaísmo da Europa central e oriental. Opunha-se ao judaísmo sefardita da península Ibérica e do Norte da África, com fortes diferenças na liturgia e na interpretação da lei mosaica. Hoje, essa diferença é menos importante e, em todo o mundo, judeus asquenazes e sefarditas convivem em harmonia. A língua dos asquenazes é o iídiche.

AV: Quinto mês do calendário judaico.

BABKA: Pão fermentado, originário da Polônia, aromatizado com rum e recheado com passas, amêndoas e raspas de casca de laranja.

BAR-MITZVÁ: "Filho do mandamento", em aramaico. Cerimônia que marca a maioridade religiosa do menino perante a lei judaica. A celebração é realizada no primeiro shabat depois do décimo terceiro aniversário, quando o jovem é chamado pela primeira vez para ler a Torá na sinagoga.

BLINTZE: Panqueca macia e muito fina, feita com qualquer tipo de farinha. A blintze é dobrada ou enrolada para conter um recheio doce ou condimentado, ricota ou queijo branco com frutas ou carne temperada, e depois dourada na gordura. Salgada, serve-se com creme de leite azedo.

Ingredientes: 150 g de manteiga, ½ xícara de leite, ⅔ de xícara de farinha, 4 ovos, 300 g de queijo cremoso amolecido, 200 g de ricota, 3 colheres (sopa) de açúcar de confeiteiro, baunilha, uma pitada de sal, raspas da casca de meio limão, frutas vermelhas (amoras, framboesas, morango) para a calda, creme de leite (opcional).

Modo de preparo: misture a manteiga derretida, o leite, o sal e 3 ovos. Refrigere durante duas horas, acrescente farinha até transformar o líquido num creme ralo. Use uma concha dessa massa rala para cada panqueca. Frite as panquecas uma a uma em frigideira untada com pouca manteiga, em fogo médio. Vire. Reserve. Na batedeira, bata os queijos, o açúcar, a baunilha e o ovo, até atingirem uma consistência uniforme. Coloque uma quantidade de recheio no centro de cada panqueca, enrole e arranje numa fôrma. Prepare uma calda rala com as raspas de limão. Adicione as frutas vermelhas e deixe cozinhar ligeiramente. Coloque sobre as panquecas. Sirva acompanhado de creme de leite sem bater.

BORSCHT: Sopa de beterrabas da Rússia e da Polônia. Servida quente ou fria, vem sempre acompanhada de creme de leite azedo.
Ingredientes: 1 quilo de beterrabas, 1 litro de água, 2 colheres (sopa) de açúcar, ⅓ de xícara de suco de limão, sal, pimenta, creme de leite azedo.
Modo de preparo: lave e raspe a casca das beterrabas, cozinhe em panela de cerâmica ou de vidro (cuidado, porque o limão reage com o alumínio) com a água, o açúcar, o sal, a pimenta e o suco de limão, até as cascas ficarem bem moles. Deixe esfriar por várias horas e depois bata no liquidificador junto com um pouco da água do cozimento. Acrescente mais dessa água até obter a consistência desejada. Sirva fria ou quente, acompanhada de creme de leite azedo à temperatura ambiente.

BRIRI e SHABRIRI: Shabriri é um protodemônio muito antigo. Tem muitos olhos e grandes mãos com garras afiadas. Cospe uma bola que faz murchar e envelhecer as pessoas. Pode também desmanchar magia e lançar encantamentos curativos. Contra febre e cegueira, alguns tratados rituais hebraicos recomendam o uso de seu nome escrito num talismã triangular:

SHABRIRI
ABRIRI
RIRI
RI

O triângulo invertido corresponde a metade da estrela-de-davi, formada por dois triângulos entrelaçados.

BUNDISTA: O Bund foi um movimento político judeu-socialista fundado em Vilnius, na Rússia czarista, em 1897, por um grupo de treze trabalhadores e intelectuais judeus, que pedia o fim das ações anti-semitas. Poucos anos depois, transformou-se em um movimento mundial, com centenas de milhares de membros lutando por condições sociais mais humanas e pelos direitos dos trabalhadores em muitos países. Além da terrível sorte dos operários desse período doloroso na Rússia, os operários judeus sofriam com o preconceito e o ódio, muitas vezes abandonados por seus próprios rabinos, que se punham do lado das autoridades.

CACHOS LATERAIS: *Peot*, em hebraico. Diz o Levítico: "Não cortareis o cabelo, arredondando os cantos da vossa cabeça, nem danificareis as extremidades de vossa barba". Usados pelos judeus hassídicos e ortodoxos, originalmente servia para distinguir os judeus dos povos pagãos que cortavam o cabelo. Os cachos também indicam que quem os usa tem consciência de sua natureza dual, uma vez que eles dividem a cabeça em duas metades: a da frente, racional e espiritual; a de trás, impulsiva e sensual.

CAMPO DE PD: Campos de Pessoas Deslocadas (Dislocated Persons) eram campos de escravos, de concentração e afins, estabelecidos na Europa pelos nazistas.

CHEDER: Escola infantil.

CHESHVAN: Oitavo mês do calendário judaico.

CHOLENT: De origem centro-européia, o cholent é a comida tradicional do shabat. Cada família tem sua receita, mas geralmente é preparado com algum tipo de carne, feijão, batata, cebola, e temperos. Como é proibido cozinhar no shabat, muitas famílias preparam o prato na sexta-feira ao pôr-do-sol e o deixam cozinhando em fogo muito lento até o dia seguinte, o shabat.

Ingredientes: 1 quilo de costela de boi, ou acém, em pedaços, 2 cebolas grandes picadas, 4 dentes de alho amassados, 2 colheres (sopa) de óleo, 4 salsichas, 2 ossos de tutano, 1 copo com feijões diversos, 1 copo de feijão-fava, 1 copo de cevadinha, 2 batatas grandes em fatias grossas, 2 colheres (sopa) de ketchup, 1 colher (sopa) de mel, 2 a 3 ovos crus com casca, embrulhados em papel-alumínio, *kishque*, sal, pimenta em pó, páprica a gosto.

Modo de preparo: na véspera, coloque os feijões de molho e tempere a carne com sal, pimenta, páprica, alho, cebola. No dia seguinte, frite a carne no óleo até dourar. Retire e reserve. Em camadas, coloque as batatas fatiadas, a carne, os ossos de tutano, as salsichas, os feijões, a carne, o arroz, o *kishque*, o mel, o ketchup, o sal, a pimenta em pó e os ovos embrulhados. Cubra com água e leve para cozinhar em fogo muito lento por, no mínimo, seis horas, de preferência durante toda a noite, até o shabat.

Maneira de servir: forre uma forma refratária com arroz branco. Sobre ele, arrume o *kishque*, sem papel, cortado em fatias grossas, os ovos descascados, cortados ao meio na vertical. Em outra forma, coloque a carne, as salsichas, os ossos e cubra com parte do molho. Em uma terceira forma refratária, mais funda, coloque os feijões com o restante do molho. Sirva bem quente.

Ingredientes para o *kishque*: 2 copos de farinha de trigo, ¾ de copo de óleo, ½ copo de água fria, 1 cebola picada, óleo, sal, pimenta, páprica.

Modo de preparo: misture a farinha com o óleo e os temperos. Frite a cebola até dourar, misture com a farinha, mexendo para formar uma massa consistente. Faça um rolo grande ou dois menores, embrulhe em filme plástico (faça alguns furinhos com o garfo) e coloque na panela sobre os demais ingredientes do cholent. (Originalmente, os *kishques* são feitos com a pele do pescoço das aves. Ver *Derma*.)

DERMA: Prato de origem centro-européia feito com a pele do pescoço de peru, de galinha ou mesmo de ganso, recheados com massa de farinha temperada.

Ingredientes: 4 peles do pescoço de peru. Recheio: 6 xícaras de farinha de trigo, 1 tablete de caldo de galinha, 2 colheres (sopa) de gordura de galinha sem pele, em pedaços pequenos, 250 g de margarina, 2 cebolas grandes cortadas miudinho, 2 dentes de alho bem amassados, 2 colheres (chá) de sal, pimenta-do-reino moída, água gelada, agulha e linha forte.

Para o caldo: 2 cebolas em pedaços, 2 dentes de alho cortados ao meio, 2 cenouras cortadas em palitos, 2 folhas de louro, 4 grãos inteiros de pimenta-do-reino, 2 colheres (sopa) de óleo.

Modo de preparo: limpe as peles cuidadosamente. Lave e enxugue com toalhas de papel. Costure uma das extremidades. Coloque em uma tigela todos os ingredientes secos, acrescente a gordura de galinha, o tablete de caldo de carne esfarelado, o óleo, as cebolas e o alho. Misture bem. Preencha as peles com essa massa, tomando cuidado para não rechear demais. Verta cuidadosamente 2 ou 3 colheres de água gelada por cima e costure a parte superior. Lave com água gelada. Coloque esses *kishques* de pele em uma panela grande, cubra com caldo de galinha e acrescente o restante dos ingredientes do caldo. Deixe abrir fervura, tape a panela e cozinhe em fogo muito brando até o caldo se reduzir à metade, tomando o cuidado de virar os *kishques* de vez em quando. Remova a tampa e leve ao forno quente até adquirir uma bela cor dourada.

DIA DE REGOZIJO COM A LEI: Ver *Simchat Torá*.

DIN TORÁ: É a arbitragem judicial. Como em todas as atividades do tribunal rabínico, as testemunhas têm de ser kasher (judeus observantes, cuja honestidade está acima de qualquer dúvida).

DING AN SICH: Conceito formulado pelo filósofo alemão Immanuel Kant em sua *Crítica da razão pura*. Quer dizer "a coisa em si", a realidade da coisa, a essência que existe além do conhecimento das aparências. *Das Ding an sich* é incognoscível, embora exista de fato.

DYBBUK: A palavra hebraica original queria dizer "fenda" ou "apego". Um dybbuk é uma alma desencarnada e perdida que penetra no corpo de uma pessoa e lá se instala.

ELUL: Sexto mês do calendário judaico.

ETHROG: Também *etrog*, é a cidra. Uma das quatro espécies de plantas usadas na Festa do Tabernáculo, ou Sukot, ao lado da palmeira lulav, da hadas (mirra) e do arava (salgueiro). O etrog tem sabor e aroma, o lulav tem sabor mas não aroma, a mirra tem aroma mas não tem sabor e o salgueiro não possui nem um nem outro (como as pessoas na vida, diz um comentador).

FARFEL: Massa de macarrão com ovos, depois ralada, moída ou partida, usada em sopas.

Ingredientes: 4 xícaras de farinha de trigo, 4 ovos, 2 colheres de água fria.

Modo de preparo: peneire a farinha e forme um monte. Faça uma depressão no meio e coloque ali os ovos e a água. Trabalhe a massa até ela ficar elástica. Abra com rolo e corte em tiras. Ponha para secar sobre um pano enfarinhado durante trinta minutos. Enrole sem fazer pressão e fatie com uma faca afiada, em tiras finas, para fazer os macarrões. Abra as tirinhas, polvilhe com farinha e deixe secar até endurecer.

Para fazer farfel: use um copo de farinha a mais, para a massa ficar mais dura. Forme uma bola, deixe secar e endurecer um pouco, depois rale ou esfarele em pedaços irregulares, deixando secar completamente.

FESTA DE OMER: Ver *Omer*.

FESTA DO TABERNÁCULO: Ver *Sukot*.

FILACTÉRIOS: *Tefilin*, ou filactérios, são duas caixinhas de couro, cada uma presa a uma tira também de couro, dentro das quais há um pergaminho com os quatro trechos da Torá que deram origem ao uso dos filactérios. Um deles diz: "Ouve, Israel, o Senhor nosso Deus é o único Senhor. Amarás, pois, o Senhor teu Deus de todo o teu coração, e de toda a tua alma, e de todas as tuas forças. E estas palavras, que hoje te ordeno, estarão no teu coração; e as ensinarás a teus filhos [...] Também as atarás por sinal na tua mão, e te serão por frontais entre os teus olhos" (Deuteronômio 6:4-8). Todas as manhãs, exceto no shabat e nos feriados religiosos, o homem judeu tem de usar os *tefilin* ao rezar: um com a tira enrolada na mão esquerda, junto ao coração, sede das emoções; a outra caixinha acima da testa, perto do cérebro, sede do raciocínio.

FLANKEN: Prato judaico preparado com carne de lombo cozida (ou costelas), geralmente servido com raiz-forte.

Ingredientes: 1 quilo de costelas com bastante carne, cortadas em pedaços pequenos, ou 1 quilo de lombo de boi em cubos grandes, ¼ de xícara de farinha de trigo, 1 colher (sopa) de mostarda em pó, 1 cebola fatiada, ¼ de xícara de vinagre, sal e pimenta.

Modo de preparo: peça que o açougueiro corte a costela em pedaços que caibam no prato. Limpe a gordura e derreta em uma panela de fundo grosso. Misture a farinha, a mostarda, o sal e a pimenta. Passe os pedaços de carne nesse pó. Frite a carne em fogo forte, até dourar bem, acrescente as cebolas e doure mais um pouco. Adicione o vinagre, tampe a panela e deixe cozinhar em fogo muito baixo por umas duas horas, até a carne ficar macia. Remova o excesso de gordura.

FRANJAS: O *talit* era um manto retangular de lã ou linho, com franjas nos quatro cantos, usado diariamente pelos homens judeus, conforme o mandamento divino: "Que nas bordas das vossas vestes façais franjas (*tzitzit*) pelas vossas gerações [...] E as franjas vos serão para que, vendo-as, vos lembreis de todos os mandamentos do Senhor, e os cumprais" (Números 15:38). Depois do exílio e dispersão dos judeus, o *talit* deixou de ser usado todos os dias e passou a ser adotado apenas nas orações. Os ortodoxos levam sempre debaixo da camisa um pequeno *talit* (*talit katan*). Rezar vestindo o *talit* simboliza submissão à Vontade Divina e aos mandamentos da lei judaica, e a consciência de que Deus está em toda parte, nos quatro cantos do mundo, assim como as franjas nos quatro cantos do *talit*.

GPU: Gossudarstwenoje Polititscheskoje Upravlenije (Diretório Político do Estado): serviço secreto russo em atividade na década de 1930 e que antecedeu a NKVD e a KGB.

GEFILTE FISH: Talvez o prato judaico mais conhecido no mundo, feito com peixe moído, farinha e ovos. O nome vem do iídiche *gefüllte*, que quer dizer "rechear", pois antigamente recheava-se a pele do peixe com a massa.

Ingredientes: ½ de peixe (lúcio, carpa ou pescada de rio), 2 cebolas grandes picadas, 2 ovos, ¼ de xícara de farelo de pão duro, 2 colheres (sopa) de água, 4 talos de salsão cortados em cubos, 3 ou 4 cenouras fatiadas, água, sal, pimenta, salsinha.

Modo de preparo: corte o peixe em fatias largas, separe cuidadosamente a carne, a cabeça e as espinhas, sem romper a pele. Salgue a pele e as espinhas e coloque em uma vasilha tampada na geladeira, enquanto prepara o recheio. Pique em pedaços muito pequenos a carne do peixe e uma cebola (ou passe no processador). Acrescente os ovos, o farelo de pão, o sal, a pimenta e água suficiente para fazer uma mistura leve. Mexa muito bem. Molhe as mãos com água fria. Forme pequenos ovos com a massa e coloque dentro das peles de peixe. Ponha a cabeça e as espinhas no fundo de uma caçarola, sobre elas as fatias de peixe montadas com a pele, acrescente o resto da cebola, o salsão, a cenoura e cubra com água fria. Quando abrir fervura, deixe cozinhar destampada até a água se reduzir à metade (cerca de duas horas). Deixe esfriar ligeiramente antes de transferir o peixe com todo o cuidado para não destruir a fôrma. Sirva acompanhado de raiz-forte.

Variações:

1. pode-se usar duas fatias de pão branco em vez do farelo de pão. Embeba o pão com água antes de usar.

2. bolas: enrole a massa de peixe preparada na forma de bolas, use a pele, a cabeça e as espinhas no fundo da panela de caldo, só para dar gosto.

3. inteiro: não fatie o peixe. Corte ao meio e faça filés, tendo o cuidado de não romper a pele. Deixe a cabeça e o rabo intactos. Prepare o recheio básico e encha com ele a pele do peixe, moldando para parecer natural. Use uma caçarola oval e coloque os peixes sobre os legumes. Cubra com água fria e deixe cozinhar em fogo muito lento.

GEMARA: Livro que, ao lado do Mishná, compõe o Talmude. Existem duas versões do Talmude, o de Jerusalém e o Babilônico. O Babilônico foi composto entre os séculos III e V da Era Comum, editado por Rav Ashi e Ravina. É um registro de discussões orais, aparentemente caótico, mas que constitui um tesouro de leis, tradições e costumes judaicos.

GOLEM: O nome aparece pela primeira vez nos Salmos, indicando uma substância amorfa ou um embrião. Nos comentários talmúdicos, ao descrever as etapas da criação de Adão, os rabinos dizem que antes de tomar vida ele era um golem, uma massa incompleta e indefinida.

Na Idade Média, com o crescimento da magia, golem passou a indicar uma imagem de barro ou de madeira de forma humana à qual o mago era capaz de dar vida colocando em sua boca um papel com o nome de Deus.

Havia um método mais eficiente: o mago escrevia na testa do boneco a palavra *emet*, "verdade", que o animava. Retirando a primeira letra, alef, a palavra se transformava em *met*, "morte", e o golem voltava imediatamente à imobilidade.

Esse robô mágico era um servo fiel que obedecia as instruções do mestre, podendo ser assim ligado e desligado.

GROSZY: A unidade monetária da Polônia é o *zloty*, dividido em cem *groszys*.

HAGGADÁ: "Narrativa", é o livro lido durante o Seder. Conta a história do Êxodo e fornece a seqüência de rituais observados nessa noite.

HALLAH ou CHALÁ: Pão servido no shabat e em outros feriados, além de ser utilizado no consumo diário. Feito com ovos e fermento. Pode ter muitas formas, mas tradicionalmente é assado no formato de trança.

HANUKÁ: Festa das Luzes, celebrada durante oito dias, a partir de 25 de Kislev. Comemora a vitória dos macabeus contra os opressores sírios em 165 a.C. Os judeus eram em número menor e venceram os opositores, o que atribuiu uma aura milagrosa ao episódio.

HANUKIÁ: Candelabro de nove braços usado no Hanuká. Oito braços correspondem aos oito dias do feriado. No nono braço, fica a *shamash*, vela com a qual se acendem as outras.

Segundo a lei, a luz do Chanuká é sagrada e não pode servir a nenhuma finalidade prática: não se pode ler à luz das velas de Chanuká, por exemplo. A *shamash* garante que esse preceito seja obedecido, pois se involuntariamente usa-se a luz por qualquer motivo, pode-se dizer que foi usada apenas a luz da *shamash*, não das velas sagradas.

HASIDIM: Movimento fundado por Israel Baal Shem Tov, no século XVIII, como reação à rigidez do judaísmo da época, que se limitava quase exclusivamente ao estudo do Talmude. Para compensar a vida economicamente difícil e espiritualmente vazia dos judeus, Baal Shem Tov formulou ensinamentos simples e místicos, pregando uma íntima vinculação entre Deus e o homem. Para o hassidista, a fé não é privilégio da elite culta, mas um exercício diário de todos os homens. A devoção a Deus manifesta-se em todas as atividades humanas, na dança, no canto, mesmo nas ações mais triviais do cotidiano. Para Martin Buber, o hassidismo aboliu a diferença "entre espaços sagrados e profanos, entre tempos sagrados e profanos, entre ações sagradas e profanas, entre palavras sagradas e profanas".

HAVDALÁ: Quer dizer "separação": a separação entre o shabat e o resto da semana, entre o espiritual e o material, entre o sagrado e o profano.

HORST WESSEL: Líder alemão, filho de um capelão militar. Na década de 1920, abandonou a faculdade de direito que cursava em Viena, voltou a Berlim e juntou-se aos operários. Exerceu forte influência sobre os proletários do Sturm 5 da SA de Berlim, deslocando os operários da influência comunista para o nacional-socialismo. Com isso, atraiu violento ódio dos comunistas. Em 1938, época em que os alemães eram bombardeados com canções patrióticas exaltando o "caráter alemão", Wessel colocou letra em uma velha balada naval (*Die Fahne Hock*), que passou a ser a música símbolo da ideologia nazista, a ponto de, historicamente, assumir seu nome, o *horst wessel lied*. Wessel envolveu-se num triângulo amoroso e acabou morto por seu rival, transformando-se numa figura lendária do nazismo.

IYAR: Segundo mês do calendário judaico.

KADISH: Hino de louvor a Deus. Recitado tradicionalmente nos enterros, é tido como oração pelos mortos, embora não faça menção a morte ou luto. É uma exaltação a Deus e uma súplica por um mundo de paz. No século XVI, os cabalistas atribuíam poder místico ao Kadish, dizendo que toda vez que ele era recitado a alma do falecido subia para um nível espiritual mais alto.

KAISER ROLL: Pão arredondado de quatro gomos, coberto com sementes de papoula.

KASHA: Designa os pratos originários da Europa oriental, feitos com flocos de trigo-sarraceno. Dá nome também aos próprios flocos de trigo. Na Polônia, *kasha* é um mingau denso; na Rússia, é geralmente assado em forma de pequenas panquecas (ver *Knishe*).

KASHER: "Apropriado para uso e consumo." Alimento aceito pela lei judaica. As leis alimentares judaicas (*kashrut*) derivam de preceitos bíblicos, quase todos encontrados no capítulo 11 do Levítico. Os alimentos proibidos são chamados de *treifá*. *Parve* são os alimentos neutros, como ovos, frutas e verduras, que podem ser consumidos tanto com carne quanto com laticínios.

KETUBÁ: Contrato de casamento, originalmente escrito em aramaico. Elaborado há 2 mil anos, especifica o dote da noiva e os direitos de propriedade do marido, mas ao mesmo tempo garante os direitos da mulher e tem cláusulas que a protegem no caso de divórcio ou de morte do marido.

KISLEV: Nono mês do calendário judaico.

KNEIDLACH: Bolinho de massa básico para uso em diversas receitas.

Ingredientes: 2 xícaras de farinha de matzá (farinha de pão sem fermento), ¼ de xícara de óleo ou de gordura de galinha, 3 ovos, 1 e ¼ de água, sal e pimenta.

Modo de preparo: misture todos os ingredientes e deixe a massa descansar por uma hora. Faça bolinhas pequenas na palma da mão untada com óleo ou água. Cozinhe durante vinte minutos em água ou em caldo de carne, peixe ou galinha.

KNISHE: Ou *kasha*. De origem judaica, consiste de massa com recheios variados, usado como acompanhamento de pratos principais.

Ingredientes: ½ quilo de farinha, 1 colher (chá) de açúcar, 1 colher (chá) de sal, 2 ovos, ½ copo de óleo.

Modo de preparo: faça uma massa com todos os ingredientes, mais 1 copo de água morna e 1 colher de sobremesa de fermento em pó dissolvido em água. Cubra com pano úmido e guarde por pelo menos três horas na geladeira. Divida a massa em bolas, abra primeiro com o rolo, depois com as mãos enfarinhadas ou untadas. Jogue a massa no ar diversas vezes, para esticar mais. Use o recheio de sua preferência, feche, unte com gema de ovo. Asse em forno médio.

KOL NIDREI: Serviço religioso que dá início às comemorações do Yom Kipur, é um pedido de anulação de votos, um pedido de perdão pelas promessas pessoais feitas impulsivamente e que não podem ser cumpridas. O detalhe importante é que essa "anulação" vale só para as promessas feitas a Deus, e não ao semelhante.

KREPLECH: Espécie de ravióli. No Purim, no Yom Kipur e no Rosh Hashaná é recheado com carne; no Shavuot ou no Hanuká, prefere-se o recheio de queijo.

Ingredientes: 2 xícaras de farinha de trigo, 2 ovos, 2 colheres (sopa) de óleo, sal, pimenta-branca.

Modo de preparo: peneire a farinha. Bata os ovos, acrescente água, sal, pimenta e óleo. Verta sobre a farinha. Mexa até obter uma massa lisa e macia (acrescente mais um pouco de farinha se ficar mole demais). Amasse durante cinco minutos. Cubra e deixe descansar por meia hora. Divida em três partes. Com o rolo, abra cada parte na forma de um retângulo de meio centímetro de espessura. Corte em quadrados ou em círculos e no centro coloque uma colher do recheio de sua preferência. Dobre ao meio e feche a massa com água ou clara de ovo, apertando bem as bordas. Para cozinhar, coloque com delicadeza em uma panela de água salgada fervendo, e deixe até amolecer. Retire cuidadosamente com escumadeira e sirva na sopa; ou frite e sirva como acompanhamento.

KUGEL: Compreende diferentes tipos de prato, e até a pronúncia varia: kugel ou kigel. Pode ser um acompanhamento feito com batata, ovos e cebola, ou uma sobremesa como a da receita abaixo.

Ingredientes: 3 ovos, ¼ de xícara de manteiga derretida, ¼ de xícara de açúcar, ½ colher de chá de canela em pó, ½ quilo de macarrão grosso (pennete, por exemplo), ¼ de xícara de passas, ¼ de xícara de amêndoas peladas, ½ xícara de maçã cortada em cubos pequenos.

Modo de preparo: bata os ovos. Acrescente a manteiga, o açúcar e a canela e misture muito bem. Cozinhe os macarrões e escorra na água fria. Coloque na mistura de ovos e mexa bem. Deixe na geladeira durante meia hora, para que o macarrão absorva a mistura. Mexa de novo. Despeje metade do macarrão numa fôrma e coloque por cima as passas, amêndoas e maçãs. Cubra com o restante do macarrão e depois com o que restou do molho de ovos. Asse em forno quente entre meia hora e 45 minutos, até a mistura de ovos ficar firme e os macarrões de cima crocantes. Pode ser servido quente ou frio.

LANDSLEIT: Palavra originária do alto alemão, coletivo de homem da terra, camponeses, e por extensão, nativos, compatriotas.

LEVIRATO: Ou *yibum*, é a lei que obriga um homem judeu a se casar com a viúva de seu irmão, quando este morre sem deixar filhos. "Quando irmãos morarem juntos, e um deles morrer, e não tiver filho, então a mulher do falecido não se casará com homem estranho, de fora; seu cunhado estará com ela, e a receberá por mulher, e fará a obrigação de cunhado para com ela. E o primogênito que ela lhe der será sucessor do nome do seu irmão falecido, para que o seu nome não se apague em Israel" (Deuteronômio, 25). A palavra em português vem do latim *levir*, que significa "cunhado".

LILITH: A dupla narrativa bíblica da criação do homem levou à suposição de que Adão teve outra mulher antes de Eva. Essa parceira original teria sido a demoníaca Lilith, feita, tal como Adão, do barro da terra. Desde o princípio, Lilith insistiu em ser tratada como igual do homem, o que gerou atrito entre o casal. Lilith acabou abandonando o Paraíso e, a pedido de Adão, Deus enviou três anjos para trazê-la de volta. Ao ouvir que os anjos faziam ameaças a seus descendentes, Lilith jurou se vingar nos filhos do homem para todo sempre. Não há vestígio dessa personagem na tradição rabínica. A primeira aparição da lenda encontra-se na obra medieval *Alfabeto de Ben-Sira*.

LULAB: Ver *Ethrog*.

MAGID: Quinto passo do Seder que narra a história do Êxodo. Os quinze passos do Seder são: 1. Kadesh 2. Ur-chatz 3. Karpas 4. Ya-chatz 5. Magid 6. Ra-chatza 7. Motzi 8. Matzah 9. Maror 10. Korech 11. Shulchan Orech 12. Tzafun 13. Barech 14. Hallel 15. Nirtzah.

MAIMÔNIDES: Rabino Moshe ben Maimon, também chamado Ramba'm, mais conhecido como Maimônides (1135-1204), médico, escritor, filósofo e estudioso da religião. Um dos poucos filósofos judeus a influenciar o mundo não judeu. Nasceu em Córdoba, Espanha. Viveu no Marrocos, depois na Palestina e no Egito, onde atendeu Saladino, o sultão egípcio. Suas principais obras são *O comentário do Mishná*, *Guia dos perplexos* e o *Mishné Torá*, um amplo código da lei mosaica. Com exceção do *Mishné Torá*, redigido em hebraico, a maior parte de sua obra foi produzida em árabe.

MATZÁ: Alimento básico durante o Pessach. É um pão ázimo, de farinha e água sem fermento. É preparado sob rigoroso controle, para que não se excedam os dezoito minutos que a farinha molhada leva para começar a fermentar. A matzá é furada para impedir que a massa forme bolhas de ar e cresça dentro do forno. Pronta, a matzá pode ser consumida sem restrições. Moída, é utilizada como farinha de matzá na preparação de outros alimentos.

MAZEL TOV: Parabéns, congratulações.

MEDRASH (Midrash): Interpretação não literal e ensinamentos didáticos dos sábios sobre a escritura. Significa procurar, buscar, no sentido de abrir o texto bíblico a novos sentidos. Isso liga o homem ao passado e, ao mesmo tempo, à sua comunidade. Midrash (aramaico), ou medrash (iídiche), é uma abordagem do texto sagrado que permite descobrir novos sentidos bíblicos, sempre contemporâneos.

MESHUGA: "Maluco", "cabeça oca", em iídiche, pela via do hebraico.

METRATON: Anjo chefe de todas as legiões celestes. Seu nome vem de Metathronios, "aquele que está perto do trono de Deus".

MEZUZÁ: Pequena caixa ornamentada contendo um pergaminho com passagens bíblicas. Fixada ao batente da porta de entrada da casa, invoca a proteção divina. Para ter validade (ou seja, ser kasher), o texto bíblico deve ser escrito à mão por um sofer (escriba), a pena utilizada tem que ser de uma ave kasher (ganso ou peru), a tinta precisa ser preta, permanente e fabricada só com ingredientes vegetais, e o pergaminho deve ser feito de pele de um animal kasher.

MIDRASH: Hebraico, significa "estudar, explicar, examinar, elucidar". É um gênero de literatura rabínica surgido no século V da Era Comum. São antologias de interpretações de passagens bíblicas, ao lado de lendas e contos do folclore judaico. Foram escritas até o final do século XVI, com a finalidade de preencher aparentes lacunas de doutrina, para conciliar coisas que por vezes parecem inconciliáveis, sem nunca perder de vista a beleza estética e a reverência do texto original.

MISHNÁ: Obra escrita pelo rabino Yehuda HaNasi, Judá, o príncipe, conhecido apenas como Rabino. A palavra "mishná" significa literalmente "repetição" e também "estudo", "ensinamento". É a codificação da lei oral que, ao lado do Gemara, constitui a base do Talmude.

MITZVÁ: É o dever do homem religioso. Mais que uma boa ação, é a obrigação que temos com Deus e com nosso semelhante. As *mitzvot* são 613, divididas em dois grupos: 248 "farás" e 365 "não farás". Constituem regras éticas para o dia-a-dia, em todas as áreas da vida, e não apenas os rituais. Para o judeu, a doutrina é essencial, mas o mais importante deve ser a ação.

NEGROS CENTOS: Grupos reacionários e anti-revolucionários formados na Rússia depois da Revolução de 1905, fortemente anti-semitas.

NISSAN: Primeiro mês do calendário judaico, no qual ocorre a Festa de Pessach, que comemora a libertação do povo judeu do Egito. Os doze meses judaicos são: Nissan, Iyar, Sivan, Tamuz, Av, Elul, Tishrei, Cheshvan, Kislev, Tevet, Shevat, Adar.

OMER: Antiga medida de peso, equivalente a cerca de dois quilos. Só depois de se oferecer um omer de grãos da nova colheita de cevada a Deus, no segundo dia de Pessach, é que se podia usar a nova safra. Daí a origem do nome Sefirat Omer, a contagem dos 49 dias entre Pessach e Shavuot.

ONKELOS: Tradutor da Bíblia hebraica para o aramaico, sua obra depois recebeu o título de *Targum Onkelos*. Respeitado pelos estudiosos hebreus de seu tempo (século III a.C.), sua tradução é quase tão sagrada quanto o próprio Pentateuco.

OY VEY: Expressão iídiche que significa "Ah, que terrível!".

PASKUDA: Mau, enganador, pérfido, perverso.

PESSACH: Significa "passar por cima". É a páscoa judaica, comemorativa do êxodo dos judeus do Egito e que historicamente representa a formação de sua identidade como povo e o surgimento da nação. Assim como a Páscoa cristã, a Pessach comemora a redenção, a liberdade.

PILPUL: Investigação, discussão e conclusões de estudos talmúdicos.

POOD: Unidade de peso russa equivalente a cerca de dezoito quilos.

PURIM: Festa que comemora o fim do decreto de extermínio do povo judeu pelo rei persa Assuero, fruto da conspiração de seu conselheiro, Hamã. Os episódios estão descritos no Livro de Ester. O nome *purim* vem da palavra hebraica *pur*, "sorteio", método usado por Hamã para escolher a data em que pretendia massacrar os judeus.

QUORUM: A celebração de qualquer ato religioso público exige a presença de um mínimo de dez homens, o *minyan*. Esse número foi estabelecido com base em diversos episódios bíblicos (entre eles os dez espiões de Canaã e os dez justos que poderiam salvar Sodoma e Gomorra) em que o número dez surge como uma expressão de totalidade, de completude (de*eidá*, "congregação").

RASHI: Rabino Shlomo Itschaki, um dos maiores comentaristas da Torá. Nasceu em Troyes, na França, em 1040 e morreu em 1105. Fundou sua própria academia aos 25 anos. Buscava explicações ou desenvolvimento para cada palavra do texto bíblico, que ele expressava em comentários concisos. Debruçou-se também sobre o Talmude, e suas observações, simples e breves, para cada frase do Gemara tornaram o Talmude compreensível aos não-acadêmicos. Até os dias de hoje, é impensável o estudo do Talmude sem os comentários de Rashi.

RODA DE DREIDL: Uma das muitas graças das festas de Hanuká é a roda de dreidl, um jogo para crianças de todas as idades. O dreidl é um pião de quatro lados com uma letra hebraica em cada um. Dependendo da letra que fica visível quando o pião pára de rodar, ganham-se moedas e prendas.

ROSH HASHANÁ: "Cabeça do ano". Na Diáspora, os dois dias de festa que assinalam o início do ano novo judaico contado a partir da criação do mundo. É o dia em que o Senhor julga cada ser humano e decide seu destino, dia de reflexão e de determinações pessoais para cada judeu.

SCHAV: Sopa fria feita com folhas de azeda, servida com creme.

Ingredientes: ½ quilo de *schav* (folhas de azeda), 2 colheres (sopa) de manteiga ou óleo, 1 cebola ralada, 6 xícaras de água, 2 colheres (sopa) de açúcar, sal, suco de 1 limão, 2 gemas de ovo batidas, creme de leite azedo para acompanhar.

Modo de preparo: lave bem as folhas de azeda em água corrente. Remova e despreze os talos. Corte as folhas em tiras finas. (Pode-se também usar espinafre, mas o gosto resulta diferente, pois a azeda tem um sabor amargo-ácido.) Aqueça a manteiga e refogue as folhas e a cebola. Cozinhe, mexendo durante dez minutos, até a cebola ficar transparente e a azeda murchar. Acrescente a água e o sal. Deixe ferver por trinta minutos. Remova do fogo e acrescente o açúcar, mexendo sempre, depois o limão, uma colherada de cada vez, experimentando a todo instante, para escolher o sabor que lhe agrada. Verta uma ou duas colheradas do caldo sobre as gemas de ovo, mexa e despeje a mistura no caldo. Aqueça de novo a sopa, sem deixar ferver. Sirva quente, acompanhada de creme de leite azedo.

SCHNAPPS: Aguardente feita de cereais ou de batata, transparente e muito forte, que pode ser aromatizada.

SEDER: Significa "ordem" e é a celebração da primeira noite de Pessach. Junta os rituais religiosos a uma ceia festiva. A Torá ordena: "E este dia vos será por memória, e celebrá-lo-eis por festa ao Senhor; nas vossas gerações o celebrareis por estatuto perpétuo... porque naquele dia vos tirei do Egito" (Êxodo 12:14,17). No Seder cada judeu revive a experiência de seus antepassados na noite em que partiram do Egito. Todos os rituais e comidas simbólicas do Seder têm como intenção ajudar a vivenciar o sofrimento e a redenção dos ancestrais.

SEFARDIM, SEFARADIM, SEFARADITA: Do hebraico Sefarad, Espanha, são os judeus oriundos da península Ibérica quando de sua expulsão em 1492 e que foram para o Norte da África, Turquia e Oriente Médio, principalmente. Hoje em dia, são os judeus orientais, em oposição aos *ashkenazim* (do hebraico Ashkenaz, Alemanha), judeus do vale do Reno que se espalharam por países como Polônia, Lituânia, Rússia e são conhecidos hoje como judeus ocidentais.
O ladino, um dialeto hispano-judaico, está para os sefardim como o iídiche, derivado do alemão, está para os *ashkenazim*. Os dois grupos apresentam também diferenças de costumes religiosos, de liturgia e de pronúncia do hebraico.

SEJM: Parlamento polonês do século XV até final do XIX, que possuía uma câmara baixa (*Izba Poselska*) e uma câmara alta (*Senat*), submetidas ao rei. A partir de 1918, Sejm é apenas a câmara baixa; a câmara alta continua sendo o *Senat*.

SELICHOT: Orações penitenciais com que o indivíduo confessa os pecados, pede perdão a Deus e se purifica das faltas que impeçam sua comunhão espiritual com Deus.

SHABAT: Sétimo dia da semana, santificado para testemunhar a fé em Deus, o Criador. Assim como Ele descansou depois da criação do mundo, também os homens devem descansar.

SHAMASH: ver *Hanuká*.

SHAVUOTH: Feriado em que se celebra a entrega dos Dez Mandamentos no Monte Sinai. Segundo o Talmude, isso aconteceu no sexto dia do mês de Sivan. O nome bíblico desse dia, *shavuot*, ou Chag Ha Shavuot, significa "Festa das semanas" e indica o encerramento das sete semanas (Sefirat Ha Omer) contadas a partir do segundo dia de Pessach.

SHEMÁ: Significa "ouve", primeira palavra do versículo "Ouve Israel, o Eterno é nosso Deus, o Eterno é Um" (Deuteronômio 6:4). Ao lado de três outros versículos, Deuteronômio 6:5-9 e 11:13-21, e Números 15:37-41, é recitado na oração matinal, na oração noturna e, de novo, antes de dormir. Segundo alguns religiosos, constitui o credo fundamental da lei judaica.

SHEVAT: Décimo primeiro mês do calendário judaico.

SHIVÁ: Significa "sete". São os sete dias de luto fechado, a partir do dia do enterro. Os enlutados ficam em casa, sem se envolver em nenhuma atividade, nem profissional nem de lazer, e realizam serviços religiosos três vezes ao dia.

SHLEMIEL: Tolo, bobo, pateta.

SHNORRER: Mendigo, aproveitador.

SHOCHET: Abatedor ritual. Segundo a Torá, o ideal seria uma dieta vegetariana. No entanto, realista sobre as condições de alimentação, o judaísmo passou a admitir o consumo de carne, estabelecendo, porém, leis rigorosas quanto aos animais que podem ser consumidos e normas específicas para evitar seu sofrimento no momento do abate. O *shochet* é treinado nessas técnicas rituais de abate e na supervisão dos procederes de remoção do sangue do animal, cujo consumo não é kasher, "porque a vida da carne está no sangue" (Levítico 17:11).

SHOFAR: Chifre de carneiro kasher usado como instrumento de sopro e único instrumento musical utilizado pelos judeus que sobrevive desde a Antiguidade. De origem marcial, é preparado segundo normas precisas. Historicamente, o *shofar* já foi usado em rituais para chamar a chuva, em tragédias naturais e assim por diante. Nos dias de hoje, seu emprego se resume ao mês anterior ao Rosh Hashaná, anunciando a chegada do ano novo. É tocado também no final do Yom Kippur, o Dia do Perdão.

SHTETL: Pequenas cidades de população quase exclusivamente judaica, comuns entre os judeus ashkenazi da Polônia. Assim como os bairros judaicos dentro de cidades cristãs, as*shtetl* tinham suas próprias leis e meios de defesa.

SHULCHAN ARUCH: Grande comentário que abrange todas as leis e práticas judaicas, pesquisado e escrito por Rebe Yossef Karo (1488-1575), de Safed, Israel, e que recebeu acréscimos do rabino Moshe Isserls, da Cracóvia, Polônia, nos anos 1570. É composto de quatro partes que abarcam todas as atividades humanas, das mais simples às mais elevadas: Orach Chayim, "Modo de vida"; Yoreh De'ah, "Ensino do conhecimento"; Even Ha-Ezer, "Pedra do socorro"; e Choshen Mishpat, "Peitoral do Juízo".

SIMCHAT TORÁ: Encerramento do ciclo anual da leitura da Torá e início de um novo ciclo, sugerindo que seus ensinamentos são perenes e que sua sabedoria nunca se esgota. O estudo da Torá nunca está completo. É uma das datas mais alegres e animadas do calendário judaico.

SITZFLEISCH: Palavra alemã que significa "paciência", "pachorra".

SIVAN: Terceiro mês do calendário judaico.

SLIVOVITZ: Aguardente de ameixas fabricada na Hungria.

SOLIDÉU: Ou *kipá*. Ninguém sabe como nem por que difundiu-se o uso do solidéu. Foi só no século XIX que os judeus ortodoxos adotaram a *kipá* como distintivo.

SUKÁ: Cabana coberta de folhas usada no Sukot (ver *Sukot*).

SUKOT: Festa do Tabernáculo, ou Festa das Cabanas, celebra a travessia do deserto depois da saída do Egito. A partir do décimo quinto dia do mês de Tishrei, durante sete dias, o fiel deve habitar uma cabana (Levítico 23:42): "Sete dias habitareis em tendas; todos os naturais em Israel habitarão em tendas para que saibam as vossas gerações que eu fiz habitar os filhos de Israel em tendas, quando os tirei da terra do Egito". Constrói-se então a *suká*, uma cabana humilde, primitiva, onde devem ser realizadas as refeições, para relembrar a simplicidade da vida.

TALMUDE: Uma das maiores obras judaicas, quase toda escrita em aramaico. Contém as explicações da Lei Oral. É composta do Mishná e do Gemara. O Talmude foi compilado na Babilônia e em Jerusalém, entre os séculos II e XVIII, por mestres do judaísmo. Judá HaNasi registrou por escrito a lei oral, os comentários e as interpretações da Torá, baseado na obra de outros rabinos importantes (como Akiva e Meir), e seu texto é o Mishná. Os comentários ao Mishná feitos posteriormente foram reunidos no Gemara. O Mishná e o Gemara, juntos, formam o Talmude.

TAMUZ: Quarto mês do calendário judaico.

TEVET: Décimo mês do calendário judaico.

TISHREI: Sétimo mês do calendário judaico.

TORÁ: "Guia", "orientação". Também conhecido como Pentateuco (os Cinco Livros, os mesmos cinco primeiros livros da Bíblia cristã: Gênesis, Êxodo, Levíticos, Números, Deuteronômio), constitui um manual de vida outorgado por Deus a Moisés.

TREIFÁ: O contrário de kasher. Indica os alimentos proibidos.

VINHO DE MEL: Também conhecido como hidromel. Bebida tradicional desde os tempos bíblicos, fabricada com mel fermentado, água e levedura, e aromatizada com ervas, especiarias ou aromas de flores.

VISHNIAK: Licor muito doce que pode ser preparado com frutas como cereja, laranja, pêssego ameixa.

Ingredientes: ½ quilo de cerejas (ou outra fruta fresca), ½ quilo de açúcar, 1 litro de vc rum ou conhaque (de alta gradação alcoólica).

Modo de preparo: lave as frutas (não descasque) e coloque-as em um recipiente de vidro. Cubra com o açúcar. Não mexa nem misture. Verta a bebida sobre o açúcar e as frutas. Não mexa. Tampe. Guarde o frasco em local escuro e deixe descansar por três meses. Coe e engarrafe.

YARMULKA: Ver solidéu, ou *kipá*: barrete usado pelos homens judeus durante serviços e estudos religiosos.

YESHIVA: Escola de estudos talmúdicos e estudos avançados da Torá.

YOM KIPUR: Dia do Perdão. Feriado mais importante do ano judaico, quando se faz um balanço da própria vida e tomam-se decisões para o futuro, depois de perdoadas as falhas por Deus.

ZOHAR: "Livro do Esplendor", é o texto mais importante do misticismo judaico. Surgiu entre os cabalistas por volta de 1250, na forma de *midrashim*, interpretações dos textos bíblicos. Sua origem é envolta em mistério: seria uma manuscrito do rabino Shimon Bar Yohai, descoberto por um certo Isaac ben Shmuel, que acabou concluindo que o texto era obra do espanhol Moises de Leon. Estudos posteriores, porém, atribuem o texto definitivamente a Shimon Bar Yohai.

Sobre o autor

Isaac Bashevis Singer nasceu em Radzymin, Polônia, em 1904. Filho e neto de rabinos hassídicos, foi criado numa atmosfera de intensa religiosidade e educado exclusivamente em instituições de ensino judaicas. Sem vocação religiosa, seu primeiro emprego foi numa revista literária em Varsóvia, que editou seu primeiro romance em 1932. Três anos depois foi para Nova York, onde passou a trabalhar num jornal iídiche. Mais tarde, uma sucessão de contos e romances lhe deu fama internacional. Mesmo após adquirir a cidadania americana, Singer continuou a escrever em iídiche, colaborando com os tradutores que vertiam suas obras para o inglês. Isaac Bashevis Singer ganhou o prêmio Nobel de literatura em 1978. Faleceu em Miami em 1991.

A Companhia das Letras publicou seu romance *Sombras sobre o rio Hudson* em 1999.

ESTA OBRA FOI COMPOSTA EM DANTE PELO ESTÚDIO O.L.M. E IMPRESSA
PELA GEOGRÁFICA EM OFSETE SOBRE PAPEL PÓLEN SOFT DA COMPANHIA
SUZANO PARA A EDITORA SCHWARCZ EM MAIO DE 2004